中國歷代書目題跋叢書

〔清〕黄丕烈　撰
余鳴鴻　占旭東　校補

蕘圃藏書題識校補

（外六種）上

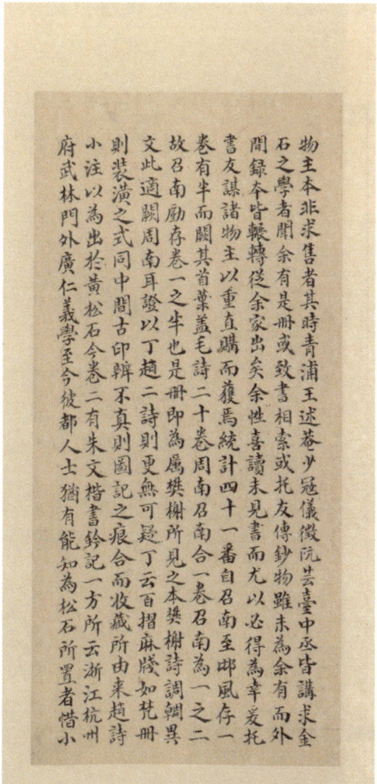

物主本非求售者其時青浦王述菴少寇儀徵阮芸臺中丞皆講求金
石之學者聞余有是册或致書相索或托友傳鈔物雖未爲余有而外
間録本皆輾轉從余家出矣余性喜讀未見書而尤以必得爲幸爰托
書友謀諸物主以重直購而獲焉統計四十一番自召南至邶風存一
卷有半而闕其首葉蓋毛詩二十卷周南召南合一卷召南爲一之二
故召南勵存卷一之半也是册即爲厲樊榭所見之本樊榭詩謂輒異
文此適闕周南耳證以丁趙二詩則更無可疑丁云百摺麻牋如梵册
則裝潢之式同中間古印辨不真則圖記之痕合而收藏所由來趙詩
小注以爲出於黄松石今卷二有朱文楷書鈐記一方所云浙江杭州
府武林門外廣仁義學至今彼都人士猶有能知爲松石所置者惜小

1-2　士禮居舊藏宋拓本《蜀石經毛詩》黄丕烈跋（本書 990 號）

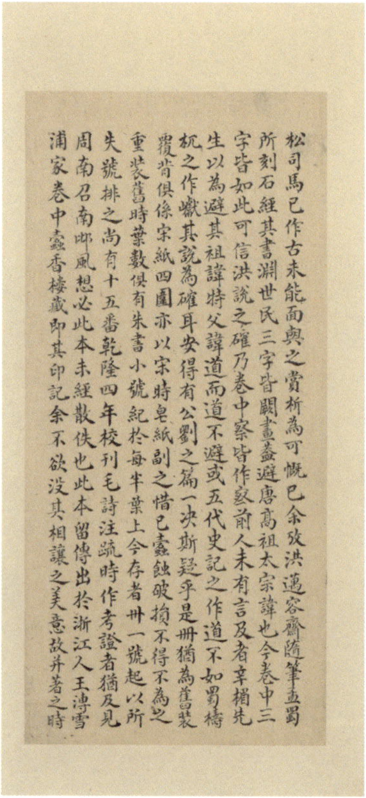
松司馬已作古未能面與之賞析為可慨已余攷洪邁容齋隨筆盡蜀
所刻石經其書淵世民三字皆闕畫蓋避唐高祖太宗諱也今卷中三
字皆如此可信洪說之確乃卷中察皆作𥨊前人未有言及者辛楣先
生以為避其祖諱特父諱道而道不避或五代史記之作道不如蜀檮
杌之作歠其說為確耳安得有公劉之篇一決斯疑乎是冊猶為舊裝
覆背俱係宋紙四圍亦以宋時皂紙副之惜已蠹蝕破損不得不為之
重裝舊時葉數俱有朱書小號紀於每半葉上今存者卅一號起以所
失號排之尚有十五番乾隆四年校刊毛詩注疏時作考證者猶及見
周南召南邶風想必此本未經散佚也此本留傳出於浙江人王溥雪
浦家卷中蠹香樓藏即其印記余不欲沒其相讓之美意故并著之時

1-3　士禮居舊藏宋拓本《蜀石經毛詩》黄丕烈跋（本書990號）

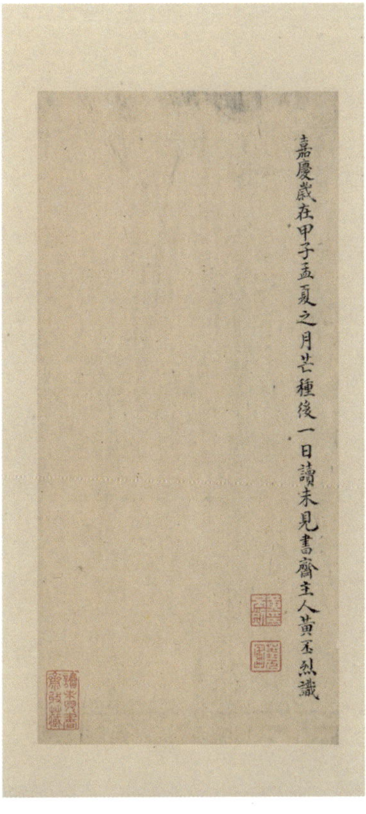

嘉慶歲在甲子孟夏之月芒種後一日讀未見書齋主人黃丕烈識

1–4　士禮居舊藏宋拓本《蜀石經毛詩》黃丕烈跋（本書 990 號）

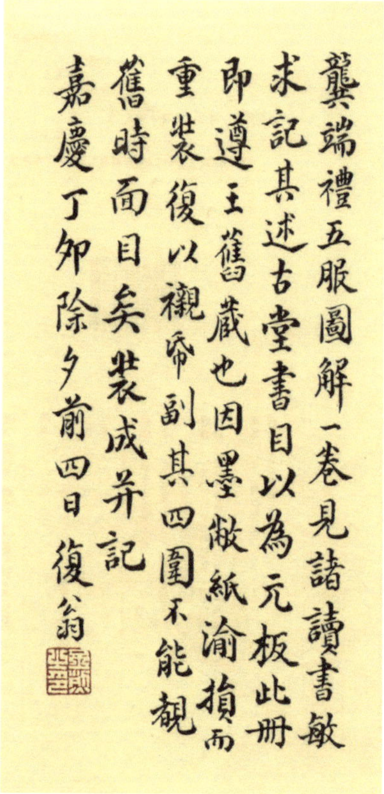
龔端禮五服圖解一卷見諸讀書敏
求記其述古堂書目以為元板此冊
即遵王舊藏也因墨敝紙渝損而
重裝復以襯紙副其四圍不能覩
舊時面目矣裝成并記
嘉慶丁卯除夕前四日復翁

2　元泰定元年杭州路儒學刻本《五服圖解》黄丕烈跋（本書11號）

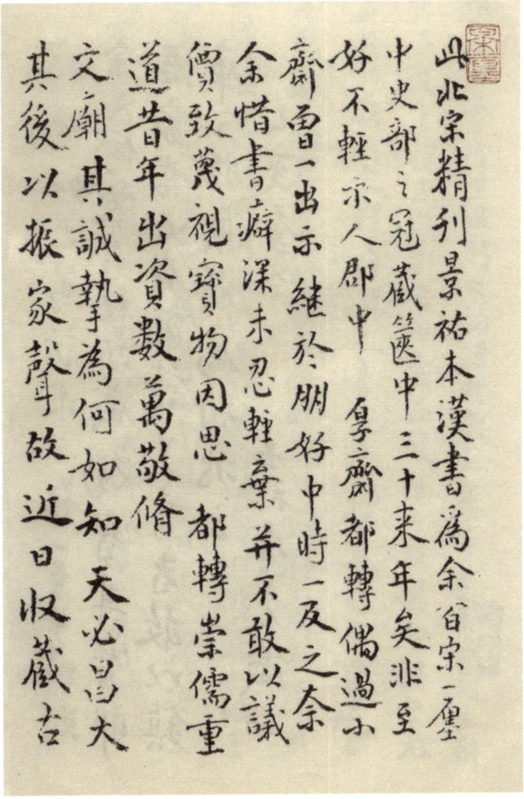
此北宋精刊景祐本漢書爲余百宋一廛
中史部之冠藏篋中三十來年矣非至
好不輕示人郡中 臯齋都轉偶過小
齋曾一出示 繼於朋好中時一及之奈
余惜書癖深未忍輕棄并不敢以議
價致蔑視寶物因思 都轉崇儒重
道昔年出資數萬敬脩
文廟其誠執爲何如知天必昌大
其後以振家聲故近日收藏古

3-1 北宋刻遞修本《漢書》黄丕烈跋（本書 29 號）

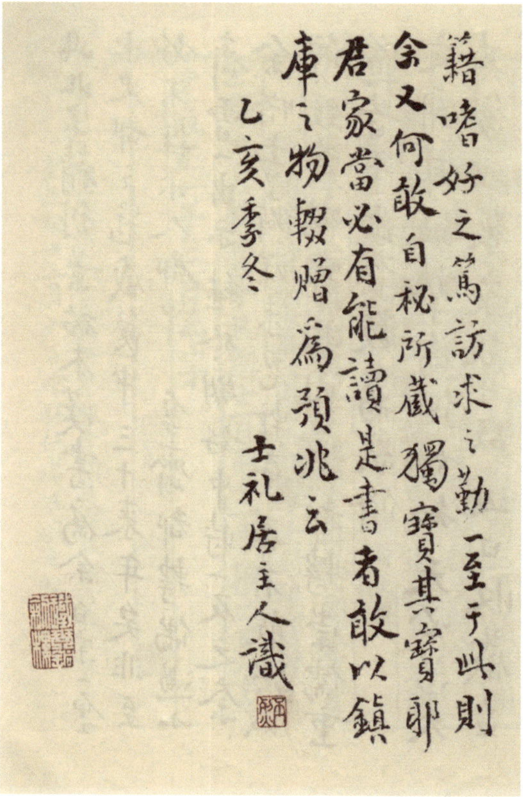

3–2　北宋刻遞修本《漢書》黄丕烈跋（本書 29 號）

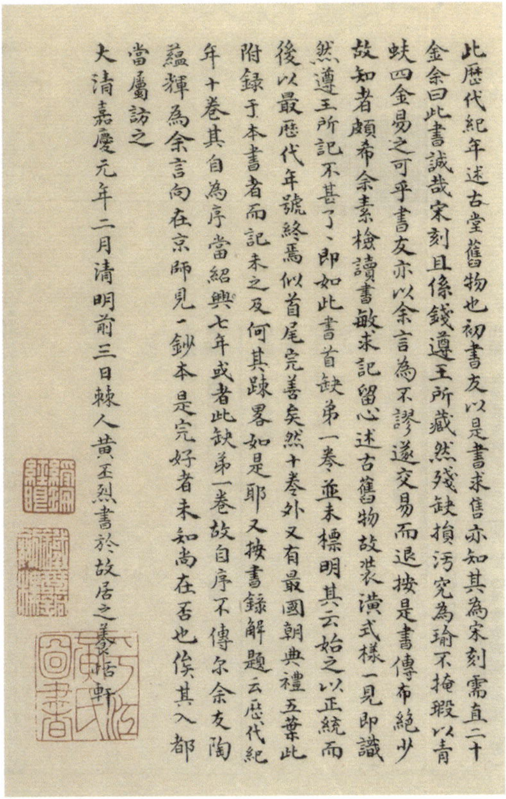
此歷代紀年述古堂舊物也初書友以是書求售亦知其為宋刻需直二十
金余曰此書誠哉宋刻且係錢遵王所藏然殘缺損污究為瑜不掩瑕以青
蚨四金易之可乎書友亦以余言為不謬遂交易而退按是書傳布絶少
故知者頗希余素檢讀書敏求記留心述古舊物故裝潢式樣一見即識
然遵王所記不甚了了即如此書首缺弟一卷並未標明其云始之以正統而
後以最歷代年號終焉似首尾完善矣然十卷外又有最國朝典禮五葉此
附録于本書者而記未之及何其疏畧如是耶又按書録解題云歷代紀
年十卷其自為序當紹興七年或者此缺弟一卷故自序不傳尔余友陶
藴輝為余言向在京師見一鈔本是完好者未知尚在否也俟其入都
當屬訪之
大清嘉慶元年二月清明前三日棘人黄丕烈書於故居之養恬軒

4 宋紹熙三年盱江郡齋刻本《歷代紀年》黄丕烈跋（本書38號）

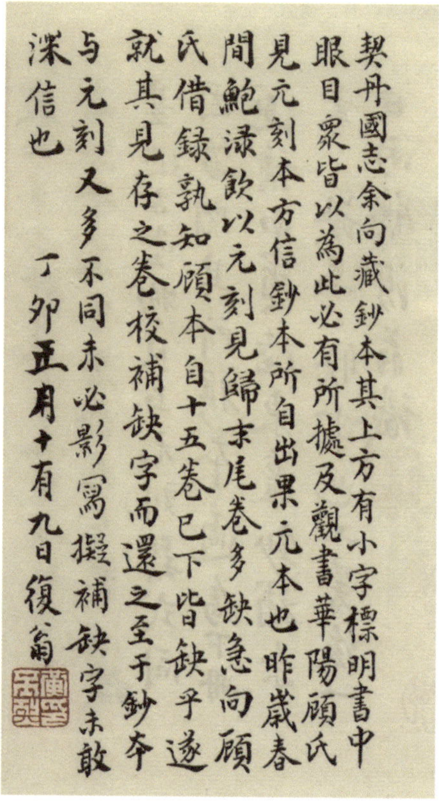
契丹國志余向藏鈔本其上方有小字標明書中
眼目衆皆以爲此必有所據及覯書華陽顧氏
見元刻本方信鈔本所自出果元本也昨歲春
間鮑渌飲以元刻見歸末尾卷多缺急向顧
氏借録孰知顧本自十五卷已下皆缺乎遂
就其見存之卷校補缺字而還之至于鈔本
与元刻又多不同未必影寫擬補缺字未敢
深信也
丁卯五月十有九日復翁

5-1　元刻本《契丹國志》黄丕烈跋（本書43號）

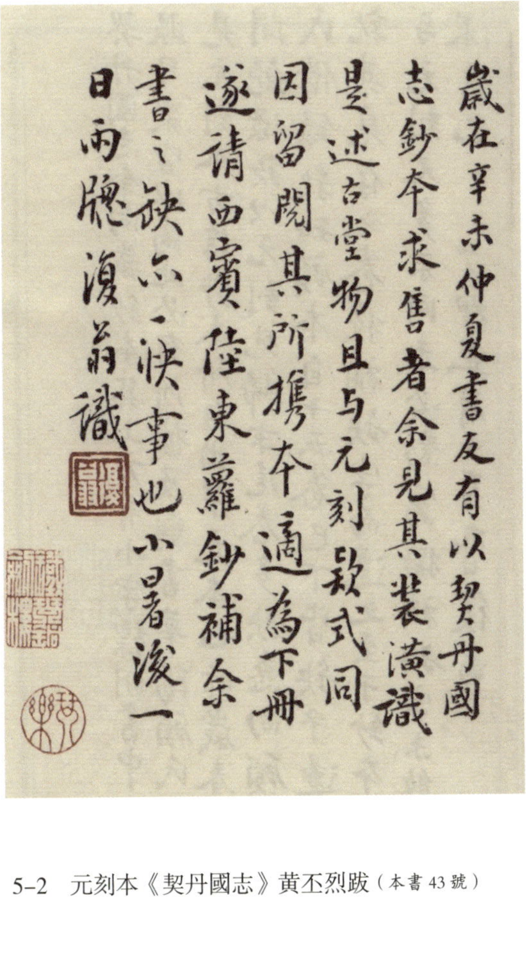
歲在辛未仲夏書友有以契丹國
志鈔本求售者余見其裝潢識
是述古堂物且与元刻款式同
因留閱其所携本適爲下册
遂請西賓陸東蘿鈔補余
書之缺亦一快事也小暑後一
日雨牕復翁識

5-2　元刻本《契丹國志》黄丕烈跋（本書 43 號）

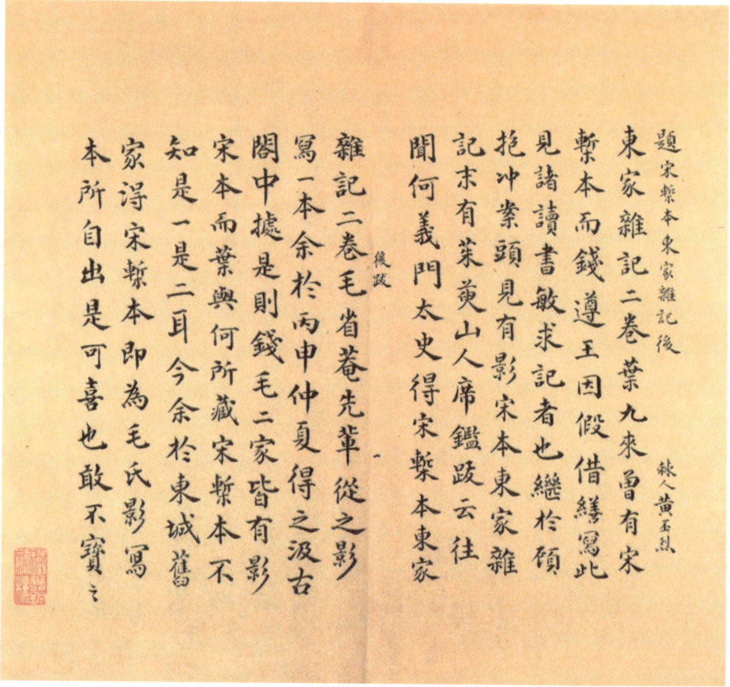
題宋槧本東家雜記後　棘人黃丕烈

東家雜記二卷，葉九來曾有宋槧本，而錢遵王因假借繕寫，此見諸讀書敏求記者也。繼於頓抱沖案頭見有影宋本東家雜記，末有茱萸山人席鑑跋云：往聞何義門太史得宋槧本東家

後跋

雜記二卷，毛省菴先輩從之影寫一本，余於丙申仲夏得之汲古閣中。據是則錢毛二家皆有影宋本，而葉與何所藏宋槧本不知是一是二耳。今余於東城舊家得宋槧本，即為毛氏影寫本所自出，是可喜也，敢不寶之

6　宋刻遞修本《東家雜記》黃丕烈跋（本書55號）

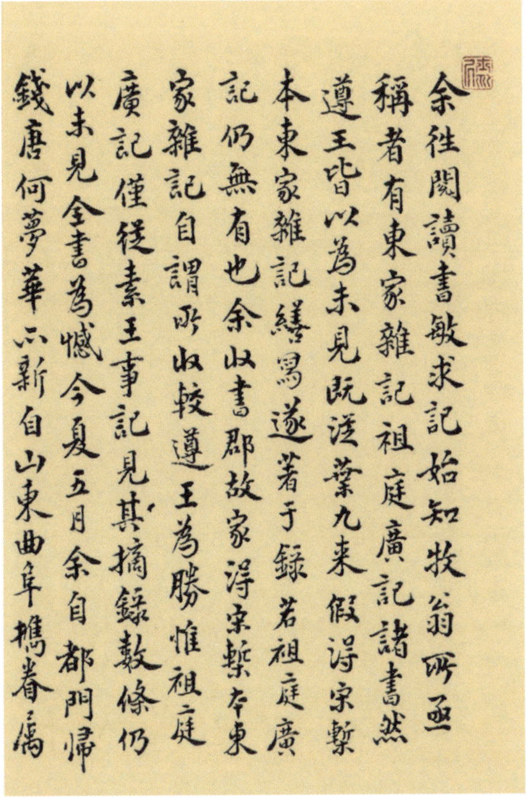
余往閲讀書敏求記始知牧翁所亟
稱者有東家雜記祖庭廣記諸書然
遵王皆以為未見既從葉九來假得宋槧
本東家雜記繕寫遂著于録若祖庭廣
記仍無有也余收書郡故家得宋槧本東
家雜記自謂所收較遵王為勝惟祖庭
廣記僅從素王事記見其摘録數條仍
以未見全書為憾今夏五月余自都門歸
錢唐何夢華示新自山東曲阜攜眷屬

7-1　蒙古乃馬真后元年孔氏刻本《孔氏祖庭廣記》黄丕烈跋（本書56號）

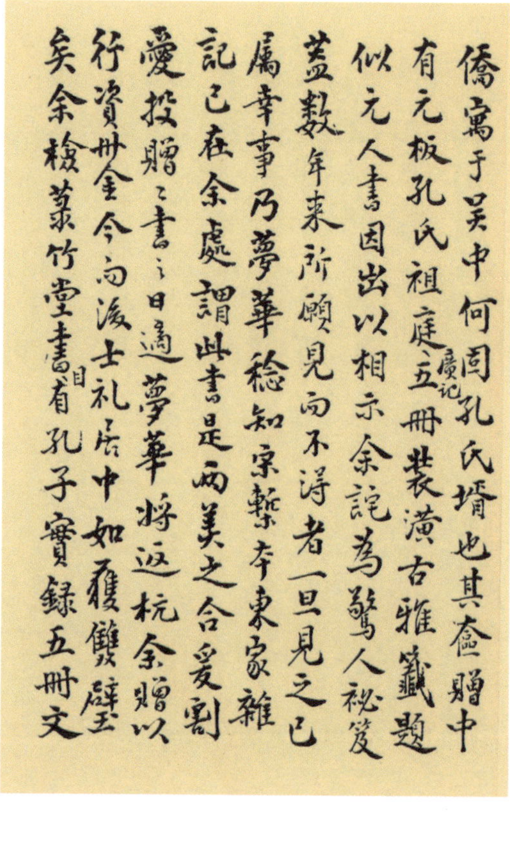

僑寓于吴中何閏孔氏壻也其奩贈中
有元板孔氏祖庭廣記五册裝潢古雅籤題
似元人書因出以相示余詫爲驚人秘笈
蓋數年來所願見而不得者一旦見之已
屬幸事乃夢華稔知余東家雜
記已在余處謂此書是兩美之合爰割
愛投贈〻書〻日適夢華將返杭余贈以
行資卅金今而後士礼居中如獲雙璧
矣余檢蕘竹堂書目有孔子實録五册文

7-2　蒙古乃馬真后元年孔氏刻本《孔氏祖庭廣記》黄丕烈跋（本書56號）

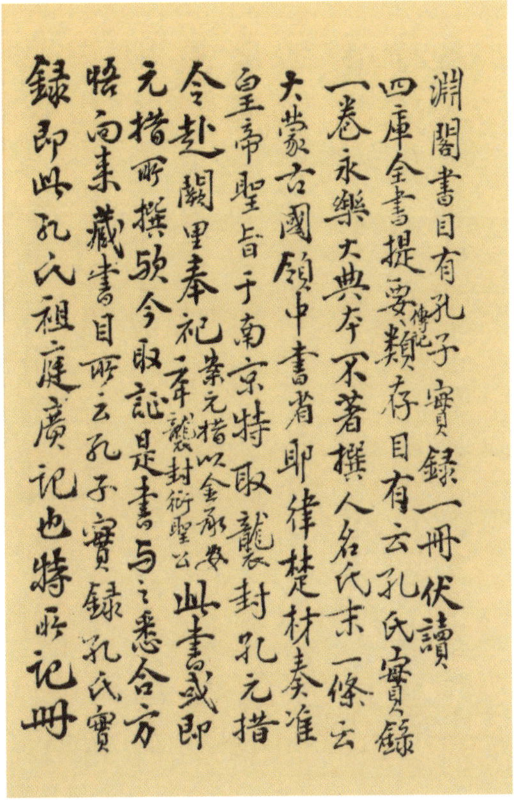

淵閣書目有孔子實錄一册伏讀
四庫全書提要傳記類存目有孔氏實錄
一卷永樂大典本不著撰人名氏末一條云
大蒙古國領中書省耶律楚材奏准
皇帝聖旨于南京特取襲封孔元措
令赴闕里奉祀案元措以金承安二年襲封衍聖公此書或即
元措所撰頗今取証是書与之悉合方
悟向來藏書目所云孔子實錄孔氏實
錄即此孔氏祖庭廣記也特跋記册

7–3　蒙古乃馬真后元年孔氏刻本《孔氏祖庭廣記》黄丕烈跋（本書56號）

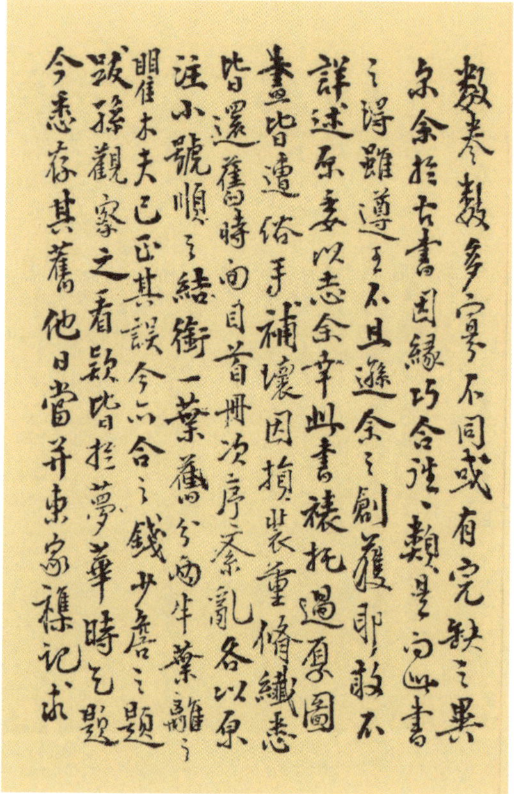
數卷數多寡不同或有完缺之異
余於古書因緣巧合，往往賴是，而此書
之得雖遵王不且遜余之創獲，那敢不
詳述原委以志余幸。此書裱托過原圖
盡皆遭俗手補壞，因損裝重修，纖悉
皆還舊時面目。首冊次序紊亂，各以原
注小號順之。結銜一葉舊分兩半葉，離之
瞿木夫已正其誤，今亦合之。錢少詹之題
跋、孫觀察之看款，皆於夢華時乞題，
今悉存其舊。他日當并東家襍記云。

7–4　蒙古乃馬真后元年孔氏刻本《孔氏祖庭廣記》黄丕烈跋（本書56號）

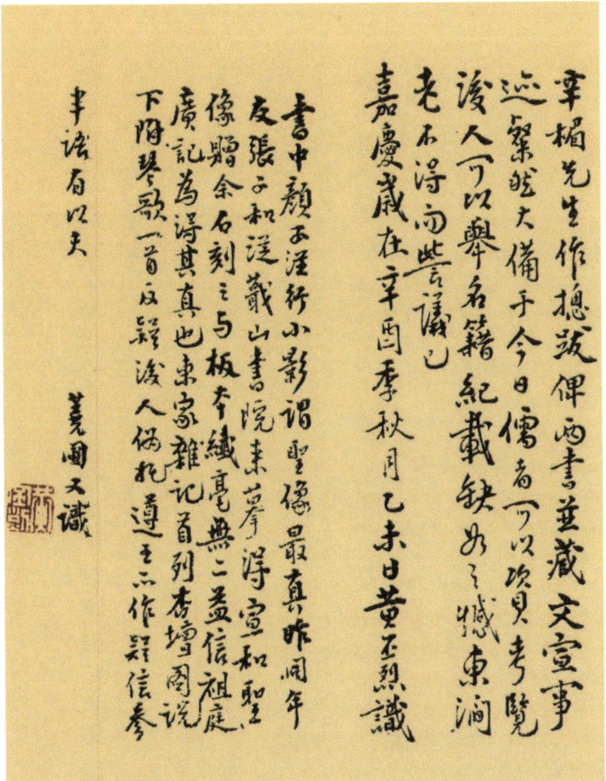
峯楣先生作總跋，俾兩書並藏，文宣事迹槩然大備于今日，讀者可以攷覽，後人可以舉名籍紀載缺如之憾，東澗老不得而訾議已。嘉慶歲在辛酉季秋月乙未日黄丕烈識。

書中顔子從行小影，謂聖像最真。昨同年友張子和從蕺山書院來，攜摹得宣和聖像贈余，石刻之與板本纖毫無二，益信祖庭廣記爲得其真也。東家雜記首列杏壇圖說，下附琴歌一首，反疑後人偽托，遵王亦作疑信參半語，有以夫。蕘圃又識

7–5　蒙古乃馬真后元年孔氏刻本《孔氏祖庭廣記》黄丕烈跋（本書 56 號）

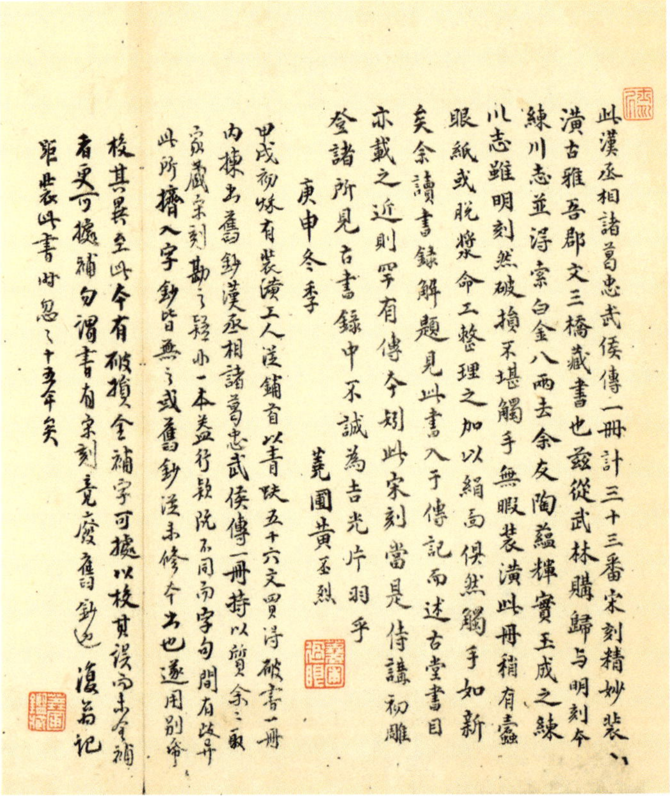

此漢丞相諸葛忠武侯傳一冊計三十三番宋刻精妙裝、、
潢古雅吾郡文三橋藏書也茲從武林購歸与明刻本
練川志並浮索白金八兩去余友陶蘊輝賓玉成之練
川志雖明刻然破損不堪觸手無暇裝潢此冊稍有蠹
眼紙或脫漿命工整理之加以絹面俾然觸手如新
矣余讀書錄解題見此書入于傳記而述古堂書目
亦載之近則罕有傳本劂此宋刻當是侍講初雕
登諸所見古書錄中不誠為吉光片羽乎
庚申冬季　蕘圃黃丕烈
甲戌初冬有裝潢工人從鋪首以青蚨五十六文買得破書一冊
內揀出舊鈔漢丞相諸葛忠武侯傳一冊持以贊余、、取
宜為藏宋刻勘、疑小一本蓋行款既不同而字句間有改異
此所擠入字鈔皆無之或舊鈔從未修本出也遂用別紙
校其異于此本有破損全補字可據以校其誤而未全補
者更可據補句謂書有宋刻竟廢舊鈔也　復翁記
距裝此書時忽又十五年矣

8　宋刻本《漢丞相諸葛忠武侯傳》黃丕烈跋（本書57號）

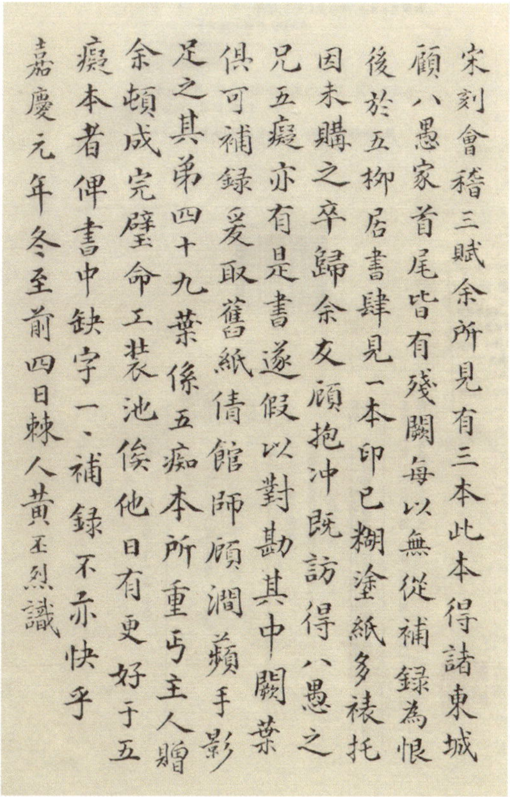

宋刻會稽三賦余所見有三本此本得諸東城
顧八愚家首尾皆有殘闕每以無從補録爲恨
後於五柳居書肆見一本印已糊塗紙多裱托
因未購之卒歸余友顧抱冲既訪得八愚之
兄五癡亦有是書遂假以對勘其中闕葉
俱可補録爰取舊紙倩館師顧澗薲手影
足之其第四十九葉係五痴本所重丏主人贈
余頓成完璧命工裝池俟他日有更好于五
癡本者俾書中缺字一、補録不亦快乎
嘉慶元年冬至前四日棘人黄丕烈識

9 宋刻元修本《會稽三賦》黄丕烈跋（本書 112 號）

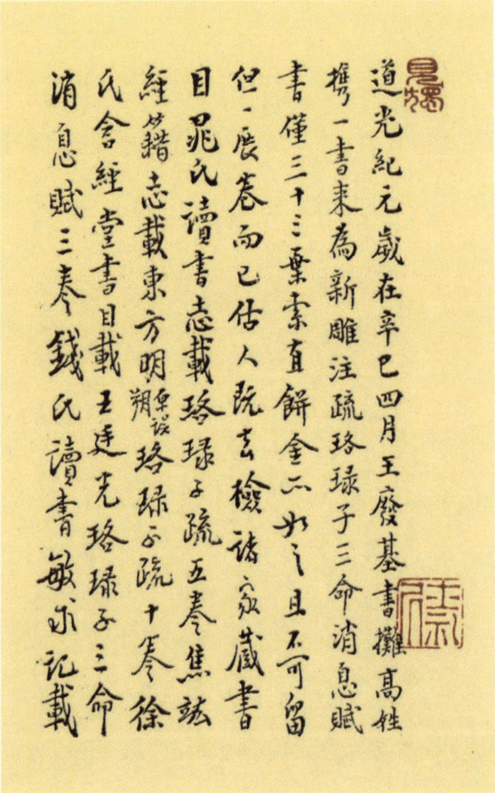
道光紀元歲在辛巳四月王廢基書攤高姓
携一書來為新雕注疏珞琭子三命消息賦
書僅三十三葉索直餅金二,少之且不可留
但一展卷而已。估人既去,檢諸家藏書
目:晁氏讀書志載珞琭子疏五卷,焦竑
經籍志載東方明朔誤珞琭子疏十卷,徐
氏含經堂書目載王廷光珞琭子三命
消息賦三卷,錢氏讀書敏求記載

10–1　金刻本《新雕注疏珞琭子三命消息賦》黃丕烈跋（本書 186 號）

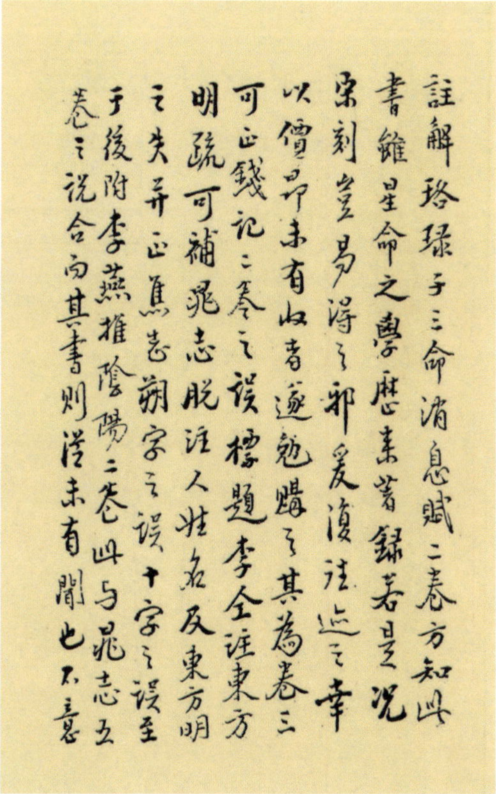
註解珞琭子三命消息賦二卷方知此
書雖星命之學歷來著錄若是況
宋刻豈易得之邪爰復注述之幸
以價昂未肯收書遂勉購之其為卷三
可正錢記二卷之誤標題李全注東方
明疏可補晁志脫注人姓名及東方明
之失并正焦志朔字之誤十字之誤至
于後附李燕推陰陽二卷此與晁志五
卷之說合而其書則從未有聞也不喜

10-2　金刻本《新雕注疏珞琭子三命消息賦》黃丕烈跋（本書 186 號）

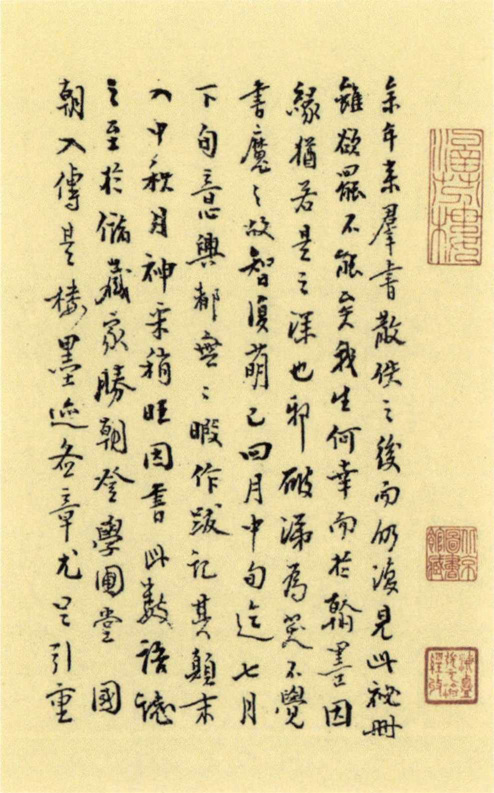

10–3　金刻本《新雕注疏珞琭子三命消息賦》黄丕烈跋（本書 186 號）

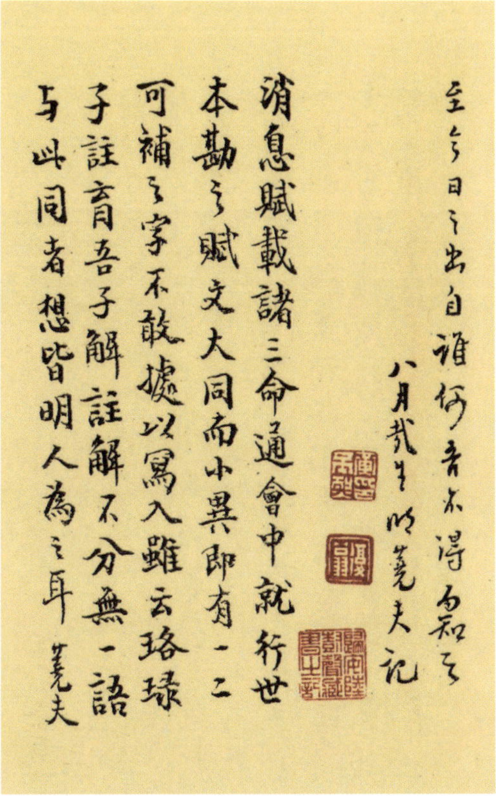

10-4　金刻本《新雕注疏珞琭子三命消息賦》黄丕烈跋（本書186號）

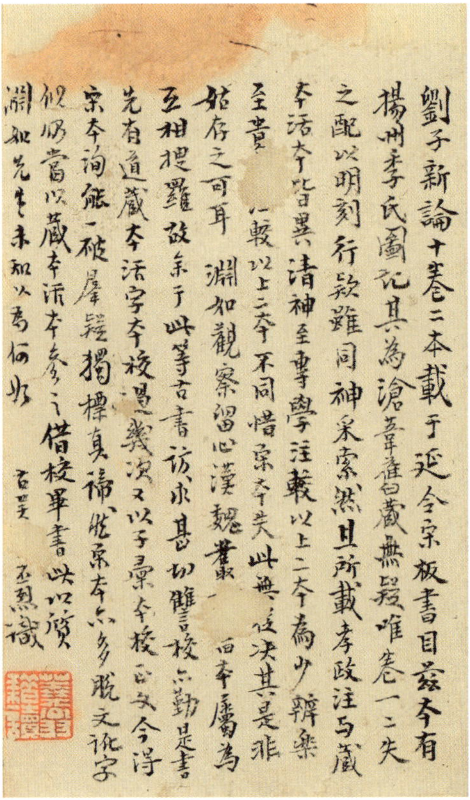

11　宋刻本《劉子》黄丕烈跋（本書 1024 號）

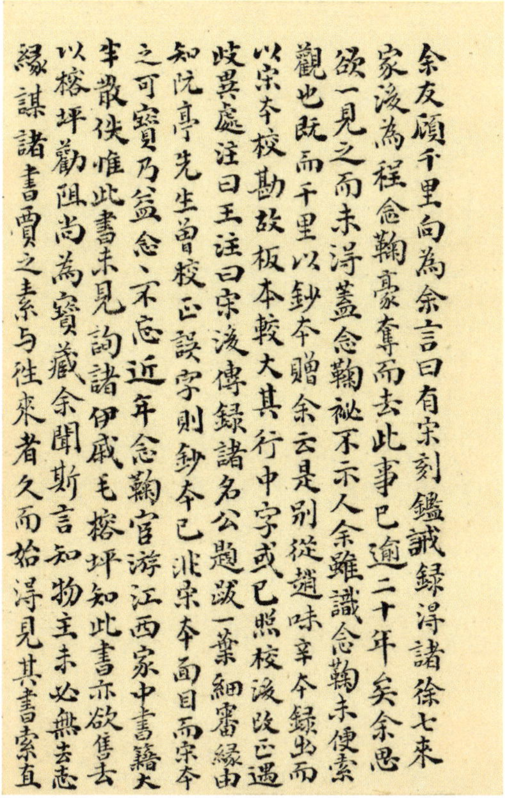
余友顧千里向為余言曰有宋刻鑑誡録得諸徐七來
家後為程念鞠豪家奪而去此事已逾二十年矣余思
欲一見之而未得蓋念鞠祕不示人余雖識念鞠未便索
觀也既而千里以鈔本贈余云是別從趙味辛本録出而
以宋本校勘故板本較大其行中字或已照校後改正遇
歧異處注曰王注曰宋後傳録諸名公題跋一葉細審緣由
知阮亭先生曾校正誤字則鈔本已非宋本面目而宋本
之可寶乃益念、不忘近年念鞠官游江西家中書籍大
半散佚惟此書未見詢諸伊戚毛榕坪知此書亦欲售去
以榕坪勸阻尚為寶藏、余聞斯言知物主未必無去志
緣謀諸書賈之素與往來者久而始得見其書索直

12-1　宋刻本《重彫足本鑑誡録》黄丕烈跋（本書 265 號）

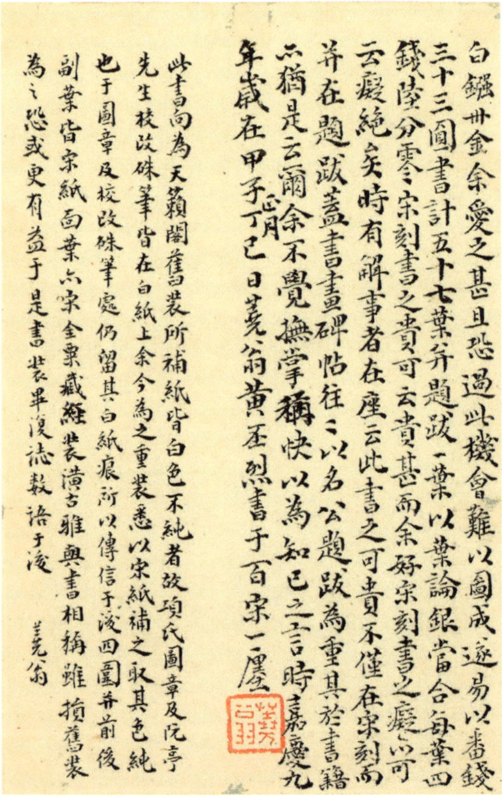
白鏹卅金余愛之甚且恐過此機會難以圖成遂易以番錢
三十三圓書計五十七葉并題跋一葉以葉論銀當合每葉四
錢陸分零〻宋刻書之貴可云貴甚而余好宋刻書之癡亦可
云癡絕矣時有解事者在座云此書之可貴不僅在宋刻而
并在題跋蓋書畫碑帖往〻以名公題跋為重其於書籍
亦猶是云爾余不覺撫掌稱快以為知己之言時嘉慶九
年歲在甲子正月丁巳日蕘翁黃丕烈書于百宋一廛
此書向為天籟閣舊裝所補紙皆白色不純者故項氏圖章及阮亭
先生校跋硃筆皆在白紙上余今為之重裝悉以宋紙補之取其色純
也于圖章及校跋硃筆處仍留其白紙痕所以傳信于後四圍并前後
副葉皆宋紙面葉亦宋金粟藏經裝潢古雅與書相稱雖損舊裝
為之恐或更有益于是書裝畢復誌數語于後　蕘翁

12–2　宋刻本《重彫足本鑑誡録》黃丕烈跋（本書 265 號）

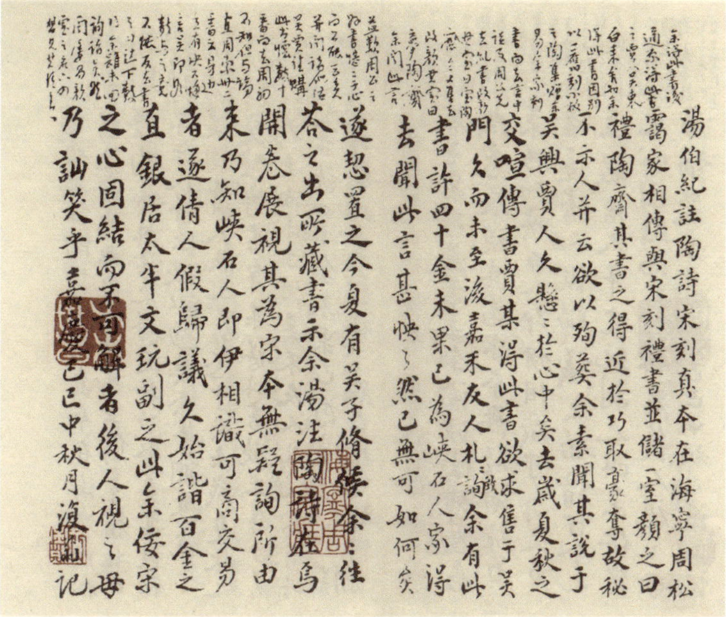

13　宋淳祐元年湯漢刻本《陶靖節先生詩注》黄丕烈跋（本書 332 號）

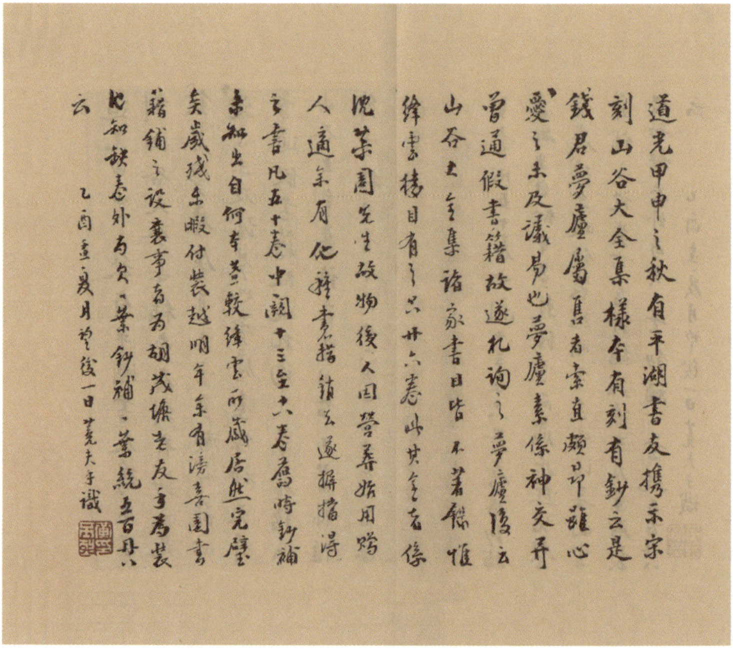

14　宋乾道麻沙鎮水南劉仲吉宅刻本《類編增廣黄先生大全文集》黄丕烈跋

（本書 422 號）

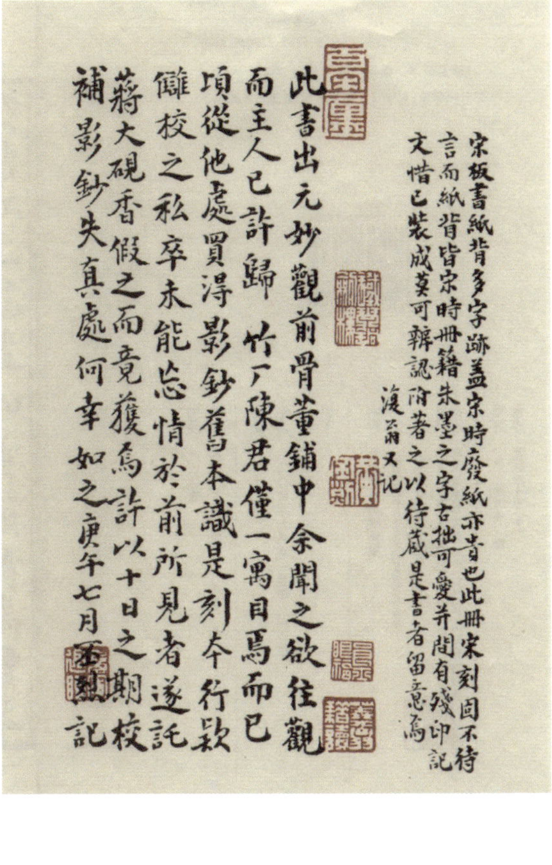
宋板書紙背多字跡蓋宋時廢紙亦昔也此冊宋刻固不待言而紙背皆宋時冊籍朱墨之字古拙可愛并間有殘印記文惜已裝成莫可辨認附著之以待藏是書者留意焉
復翁又記
此書出元妙觀前骨董鋪中余聞之欲往觀而主人已許歸 竹厂陳君僅一寓目焉而已頃從他處買得影鈔舊本識是刻本行款讎校之私卒未能忘情於前所見者遂託蔣大硯香假之而竟獲為許以十日之期校補影鈔失真處何幸如之庚午七月丕烈記

15 宋刻本《蘆川詞》黃丕烈跋（本書595號）

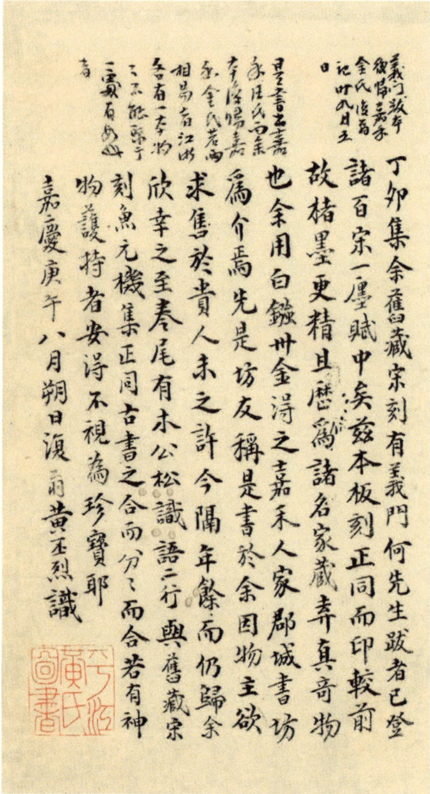

丁卯集余舊藏宋刻有義門何先生跋者已登諸百宋一廛賦中矣兹本板刻正同而印較前故楮墨更精且歷爲諸名家藏弆真奇物也余用白鏹卅金得之嘉禾人家郡城書坊爲介焉先是坊友稱是書於余因物主欲求售於貴人未之許今隔年餘而仍歸余欣幸之至卷尾有木公松識語二行與舊藏宋刻魚元機集正同古書之合而分分而合若有神物護持者安得不視爲珍寶耶
嘉慶庚午八月朔日復翁黄丕烈識

16　宋刻本《丁卯集》黄丕烈跋（本書737號）

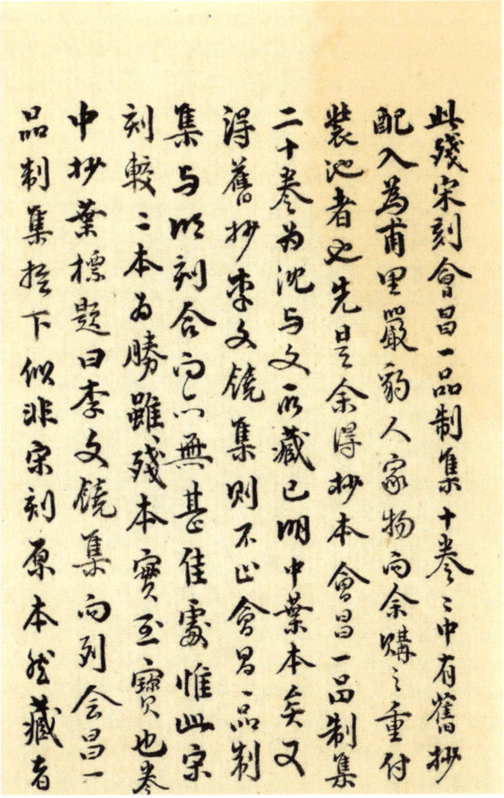

17-1　南宋刻本《會昌一品制集》黃丕烈跋（本書 1028 號）

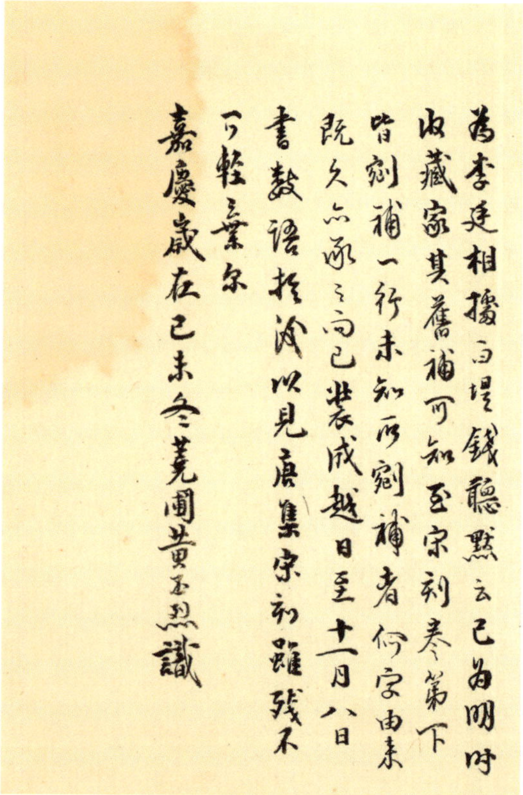

為李廷相擴白堤錢聽默云已為明時
收藏家其舊補可知至宋刻卷第下
皆鈔補一行未知所鈔補者何字由來
既久亦承承而已裝成越日至十一月八日
書數語於後以見唐集宋刻雖殘不
可輕棄爾
嘉慶歲在己未冬蕘圃黄丕烈識

17–2　南宋刻本《會昌一品制集》黄丕烈跋（本書 1028 號）

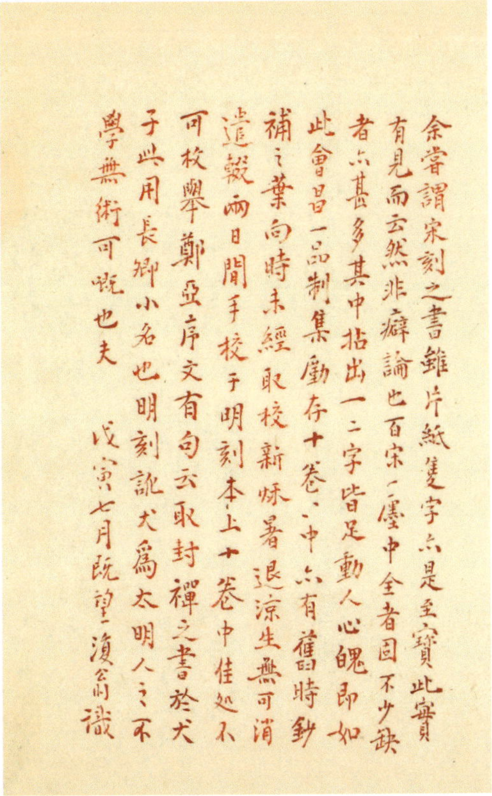

余嘗謂宋刻之書雖片紙隻字亦是至寶此實
有見而云然非癖論也百宋一廛中全者固不少缺
者亦甚多其中拈出一二字皆足動人心魄即如
此會昌一品制集僅存十卷卷中亦有舊時鈔
補之葉向時未經取校新秋暑退涼生無可消
遣輟兩日閒手校于明刻本上十卷中佳處不
可枚舉鄭亞序文有句云取封禪之書於犬
子此用長卿小名也明刻訛犬爲太明人之不
學無術可慨也夫
戊寅七月既望復翁識

17-3　南宋刻本《會昌一品制集》黄丕烈跋（本書 1028 號）

《中國歷代書目題跋叢書》出版説明

漢代劉向、劉歆父子編撰《别録》《七略》，目録之學自此濫觴，在傳統學術中發揮了重要作用。歷代典籍浩繁龐雜，官私藏書目録依類編次，繩貫珠聯，所謂「類例既分，學術自明」（《通志·校讎略》），學者自可「即類求書，因書究學」（《校讎通義·互著》），實爲讀書治學之門户。而我國典籍屢經流散之厄，許多圖書真容難睹，甚至天壤不存，書目題跋所録書名、撰者、卷數、版本、内容即爲訪書求古的重要綫索。至於藏書家於題跋中校訂版本異同、考述版本淵源、判定版本優劣、追述藏弆流傳，更是不乏真知灼見，足以津逮後學。

我社素重書目題跋著作的出版，早在二十世紀五十年代，我社就排印出版了歷代書目題跋著作二十二種，後彙編爲《中國歷代書目題跋叢書》第一輯。此後，我社又與學界通力合作，精選歷代有代表性和影響較大的書目題跋著作，約請專家學者點校整理。至二〇一五年，先後推出《中國歷代書目題跋叢書》第二至四輯，共收書目題跋著作四十六種,加上第一輯的二十二種,計六十八種,極大地普及了版本目録之學。面對廣大讀者的需求,我社將該叢書陸續重版,並訂正所發現的錯誤,以饗讀者。

上海古籍出版社
二〇一八年八月

出版説明

黄丕烈（一七六三—一八二五），字紹武，又字紹甫，號蕘圃、蕘夫等。清江蘇長洲（今蘇州）人。乾嘉時期著名藏書家、校勘學家、版本目録學家、出版家。

黄丕烈無疑是中國歷代藏書家中的傑出代表，他畢生收藏了大約二百部宋版書，上千種元、明刻本，以及大量舊鈔本、舊校本等。乾嘉時期的衆多藏書家中，就藏書之富、質量之精，黄丕烈首屈一指，因而後人稱頌「乾嘉以來藏書家，當以丕烈爲大宗，而乾嘉間之藏書史，可謂百宋一廛之時代」（陳登原《古今典籍聚散考》，上海書店，一九九〇年，頁二八九）。

黄丕烈在藏書、校書、刻書等方面均有卓著貢獻，而其最主要的學術成果則是散見於諸多典籍中的題跋文字。黄丕烈每得一書、讀一書、校一書、鑒别一書，總要爲之題跋，記録得書之來龍去脈、鑒書之心得體會、校訂之結果、版本源流及掌故等，有些書甚至寫過多篇題跋。尤其是對宋版書，更是細心研讀，精審細校。繆荃孫《蕘圃藏書題識序》云：

「其題識於版本之後先，篇第之多寡，音訓之異同，字畫之增損，授受之源流，繙摹之本末，下至行幅之疏密廣狹，裝綴之精粗敝好，莫不心營目識，條分縷析，跋一書而其書之形狀如在目前。」黄丕烈一生中爲約八百多種珍貴古籍撰寫題跋逾千篇，嘉惠學林匪淺。「顧批黄跋」堪稱古籍收藏之標尺，具有極高聲譽。「黄跋」是典籍文獻研究的重要史料，向爲治版本文獻之學者所重視，對黄跋之搜集、研究歷來也是文獻學研究的熱點之一。

自清末以來，黄丕烈題跋經後人多次搜集編纂，結集爲多種作品傳世。最早專門輯刻黄跋者爲吴縣潘祖蔭。清光緒十年(一八八四)，潘氏滂喜齋刊刻《士禮居藏書題跋記》六卷，收題跋三百四十一篇。江陰繆荃孫續收黄氏題跋，編爲《士禮居藏書題跋續記》二卷，收題跋七十篇，光緒二十二年(一八九六)由江標刻入《靈鶼閣叢書》。繆氏再輯《士禮居藏書題跋再續記》二卷，收黄跋五十篇，一九一二年由鄧實刻入《古學彙刊》第一集。後繆氏與章鈺、吴昌綬三人，薈萃以上三書，並重加校訂，又從烏程張氏適園、松江韓氏讀有用書齋、海鹽張氏涉園等處抄得百餘篇，合編爲《蕘圃藏書題識》十卷，共收得黄跋六百二十三篇，另《補遺》五篇，共六百二十八篇，於一九一九年由南京金陵書局刊行。一九一七年，無錫孫祖烈亦曾有彙編《士禮居藏書題跋記續編》之舉，於上海醫學書局石印出版，然此《續編》僅爲搬取《士禮居藏書題跋記》《續記》《再續記》而已。而繆氏編輯《蕘圃藏書題識》則作了多方面校訂工作，改正了《題跋記》《再續記》在條目部類、版本著録等方面的諸多差錯。一九二九年《冷雪齋叢書》收李文裿所輯《士禮居藏書題跋補録》一卷，載黄跋二十八篇。一九三三年，王大隆輯刊《蕘圃藏書題識續録》四卷，附《雜著》一卷，補收題跋一百十七篇。李文裿所輯二十八篇中，除《淮海居士長短句》及《讒書》二篇外，其餘二十六篇同見於王録之内。一九四〇年，王大隆又輯成《蕘圃藏書題識再續録》三卷，補收題跋七十四篇。王輯二録均由王氏學禮齋刊行。（以上題跋數字來源於李開升《黄丕烈題跋輯刻考述》，《圖書館理論與實踐》，二〇一五年第六期。）至此，已收得黄氏爲八百餘種古籍所撰題跋，較大規模的黄丕烈藏書題跋輯録工作基本結束。此後直至近年，黄丕烈藏書題跋仍續有小規模輯補。李開升《黄丕烈題跋補遺》一文，就較詳細地梳理了上世紀四十年代以後黄跋之零星輯刊的情況，彙集了書刊上零星公布的黄跋及詩文四十四篇的信息，並公布了前人未輯黄跋及詩文三十九篇。（李開升《黄丕烈題跋補遺》，見《文津學志》第六輯，二〇一三年八月。）二〇一七年，陳先行、郭立暄整理的《上海圖書館善本題跋輯録（附版本考）》出版，此書是二〇一三年《上海圖書館善本題跋真蹟》的整理本，收上海圖書館藏善本之手書題跋，包括黄丕烈爲四十種古籍所作之題跋（一種存疑），其中《張乖崖事文録》《壽親養老新書》《劉子》《蘇學士文集》《存復齋文集》《鐵崖先生集》《牧齋有學集》七種已見於前述李開升《補遺》，《賈誼新書》《會昌一品制集》《孫可之文集》《石屏詩集》《夷堅志》五種黄跋可全部或部分補前人所缺。其餘二十八種則已見於前人所輯。（陳先行、郭立暄《上海圖書館善本題跋輯録（附版本考）》，上海辭書出版社，二〇一七年。）

一九九三年，中華書局將《蕘圃藏書題識》《蕘圃刻書題識》《蕘圃藏書題識續録》《蕘圃藏書題識再續録》《士禮居藏書題跋補録》及《百宋一廛賦注》《百宋一廛書録》合編爲《黄丕烈書目題跋》，與《顧廣圻書目題跋》合爲《清人書目題跋叢刊》第六册影印出版。筆者曾以中華書局影印本爲工作本，進行標點，並作簡單校勘，名爲《黄丕烈藏書題跋集》，於二〇一三年出版。該書僅在前人所輯基礎上進行標點，並未校核黄跋原文，存在諸多問題。潘祖蔭、繆荃孫等在輯録黄跋之時，受當時條件所限，大多並未目驗黄跋真迹，輾轉傳抄，衍、脱、訛、倒的情況很多，還有以同義字、詞隨意替换的情況，雖然有些不影響文意的理解，但畢竟不是黄跋原文，更有甚者，少數跋文爲抄録者以己意檃栝之，完全改變了黄跋原貌。近年來，筆者通過多種途徑，如查閲館藏黄跋原本典籍、影印出版的新版古籍、版刻圖録以及圖書館公布的電子資源等，共收得黄跋手迹約六百種，與刻本一一核對，勘正諸多錯誤，使黄跋輯録的準確性大大提高。

本書是對民國刻本《蕘圃藏書題識》等的校補，校勘記中所謂「原作××」「原誤××」或「××原脱」等，均指刻本而言。本書校勘，於不影響文意的異文，如手跋「爾」刻本作「耳」，手跋「邪」刻本作「耶」，手跋「廿」「卅」刻本作「二十」「三十」，手跋「燈」刻本作「鐙」等等，均參照手跋徑改，不出校記；影響文意理解的訛誤，則出校記説明。刻本的避諱字，如「弘」作「宏」，「章」「淳」「玄」等字缺末筆等等，均予徑改。手書情況複雜，異體字很難做到嚴格統一。人名、字號或地名等也多有寫法不一，如「緑飲」「渌飲」、「綬堦」「綬階」、「訒庵」「訒菴」、「白堤」「白隄」等，此類均仍其舊。刻本中有部分題跋輯録有遺漏者，予以補入。補録者原則上須成句子，某些簡單批語如「飯後校」「午前校」「大除晨起校」等，因過於瑣碎，均不補。

又所見五十五種典籍（含書畫作品）題跋爲刻本所無，作爲補遺附全書之末。此五十五種題跋均爲筆者目驗黄丕烈手跋或書影，其中二十篇已見於前揭李開升《補遺》，此訂正李《補遺》錯訛數處；而李所輯其餘十九篇題跋，因筆者未見黄丕烈手跋或書影，此處不收，讀者可參李文。

另編有四角號碼書名索引附於書後以便查找。

因客觀條件限制及點校者力所不逮，並未找到本書全部黄跋手迹予以校對，僅勘核了六百種左右，約占全書百分之七十；而即使以手跋勉力校核者，亦難免錯訛，祈請讀者不吝指正。

余鳴鴻

二〇二四年八月

總目

蕘圃藏書題識

繆荃孫　輯
余鳴鴻　點校

蕘圃藏書題識序

江南藏書之風，創自虞山絳雲樓，汲古閣爲最，後皆萃於泰興季氏。乾嘉以來，推長洲黄蕘圃爲大宗，搜弆不下錢、毛、季三家。先生意欲輯《所見古書録》，將所藏爲正編，所見而未藏者爲附録，一宋槧，二元槧，三毛鈔，四舊鈔，五雜舊刻，並未編定。身後瞿木夫分爲二十卷，稿本亦不知歸何所。顧千里爲作《百宋一廛賦》而蕘圃注之。名爲「百宋」，實則一百二十六種。百宋之外又得多種，曰《求古居書目》。儗再得百種，倩澗薲作後賦，掩陋之願，見之前篇。其題識於版本之後先、篇第之多寡、音訓之異同、字畫之增損、授受之源流、繙摹之本末，下至行幅之疏密廣狹、裝綴之精粗敝好，莫不心營目識，條分縷析。跋一書而其書之形狀如在目前，非《敏求記》空發議論可比。荃孫同治戊辰在四川書局讀《北江詩話》，知藏書有五等。同事錢徐山年丈更津津樂道蕘圃不置，隨即購得《士禮居叢書》，寶之如拱璧。丙子通籍，潘文勤師以黄氏題跋八十篇，云鈔自聊城楊氏，屬爲排比前後，將刻入《滂喜齋叢書》。荃孫少之時乞假入川，因懷其稿游江浙，鈔之於罟里瞿氏、錢塘丁氏、歸安陸氏、仁和朱氏。時於坊間得一二種，即手鈔之，回京刊行，即初刻三百五十二篇也。後又鈔之歸安姚氏、德化李氏、湘潭袁氏、巴陵方氏、揭陽丁氏，荃孫亦收得十餘種，録成二册。江建艧借一册去，刻於湘南。尚有一册，建艧不知也。而跋及封面均云「繆氏輯本」，並不掠美。近人云，江氏鈔於新陽趙氏。趙氏書荃孫亦鈔得一二種，至少之數。後一册鄧秋湄印行，吾友長洲章式之、仁和吴印臣擬薈萃爲一編，據所見書輯得若干。荃孫又鈔之烏程張氏、劉氏，松江韓氏，海鹽張氏，式之重編十卷，共六百二十二篇，而重刻之金陵，始丙辰，迄己未始成，另輯《刻書跋》一卷附後。荃孫寢饋其中蓋四十年矣。明知此事亦無盡期，如有所得，當再續之。刻畢而識先生之精語曰：「即一目録之學，涉筆愈知其難，遑論其他？」又曰：「昔人不輕借書與人，恐其秘本流傳之廣。此鄙陋之見，何足語藏書之道！」又曰：「識書之道在廣見博聞，所以多留重本。」又曰：「古書源委必籍他書以證明之。」又曰：「凡舊板模糊處，最忌以新板填補。」又曰：「舉宋刻之殘鱗片甲盡登簿録。」此百宋一廛收殘本四十二種，在在爲後學開示門徑。至先生目録收藏之外，於跋中偶有遺漏譌錯，一時檢點不到，不足爲先生病也。歲次屠維協洽，江陰繆荃孫序。

目録

蕘圃藏書題識目

蕘圃藏書題識卷二

蕘圃藏書題識卷三

蕘圃藏書題識卷四

蕘圃藏書題識卷五

蕘圃藏書題識卷六

蕘圃藏書題識卷七

蕘圃藏書題識卷八

蕘圃藏書題識卷九

蕘圃藏書題識卷十

集類四

蕘圃藏書題識補遺 七九四

蕘圃藏書題識卷一

經類

一 毛詩傳箋二十卷 宋刊本

余自講求書籍[一]以來，於宋刊《毛詩傳箋[二]》附釋文本凡五見而有其三：一爲顧氏小讀書堆本，相傳爲南宋光宗時刻，余未及借校，友人鈕非石校於葛本上，其佳處實多焉；一爲毘陵周九松藏本；一爲此本；一爲小字本；一爲陳仲魚本。然已上四本皆有重言互注等附入，非傳箋净本也。向聞吴稷堂家有宋版《毛詩傳箋》，未之見，心甚怏怏，不過守此册爲至寶。小字本雖全，未易駕而上之。頃松江書籍鋪以吴本歸余，取對此刻似勝。即檢一條：《邶·柏舟》小序下[三]「柏，木名」，此已闌入箋文，而吴本云「柏，木名，以爲舟也」，於傳下加圈以别之，且未脱「以爲舟也」四字，况無重言、互注等。安得不以吴本爲甲，而此本遜居乙耶？因附記於此。小字本近歸三松堂潘氏，非余有矣。癸酉立秋後十日下弦，復翁識。

【校勘記】

〔一〕講求書籍　「講」原作「購」，據二〇〇七年上海嘉泰春拍古籍善本專場第一二九七號拍品《黄丕烈手書〈毛詩傳箋跋〉》改。該拍品爲黄裳舊藏，僅有跋，無書。

〔二〕毛詩傳箋　前揭黄丕烈手書「傳箋」作「箋傳」，蓋繆荃孫輯刻《蕘圃藏書題識》時正之。

〔三〕邶柏舟小序下　前揭黄丕烈手書「小序下」三字爲小字寫於「邶柏」右側，繆氏輯刻《題識》時移入正文。

2 毛詩傳箋殘本□卷 宋刊本

此殘宋本《詩經傳箋》附釋文本，余得諸己巳年，鈔補於庚午年，猶未及裝潢也。頃又得一小字本，大同而小異，合諸延令季氏《書目》所云「鄭箋陸德明釋文《詩經》二十卷八本」之説正符。其《目》又載《監本纂圖重言重意互注點校毛詩》六本〔一〕，乃得此本之名。是書雖非季氏舊物，而「監本」之名從此識矣〔二〕。監本亦非一刻，余新得者，標題《監本重言重意互注毛詩》，較此少「纂圖」字、「點校」字，可知非一刻矣。昔人聚書不妨兼收並蓄，故得成大藏書家。余力萬不逮季氏之一，而好實同之。兹藏二刻居然相埒，後之得是書者，殆將由百宋一廛之簿録而沿流溯源乎？喜而書此，以誌余言之非妄云。辛未初冬復翁書於求古居。

越月季冬〔三〕望後一日裝成，原收及裝潢鈔補之費共計百金。

【校勘記】

〔一〕六本 「本」原誤作「年」，據國家圖書館藏宋刻本《監本纂圖重言重意互注點校毛詩》二十卷黄丕烈跋改。

〔二〕從此識矣 「從」原誤作「以」，據前揭書黄丕烈跋改。

〔三〕越月季冬 「季」前原有墨釘，「冬」字原缺，據前揭書黄丕烈跋删補。

3 纂圖重言重意互注毛詩二十卷 宋監本

宋刻《監本纂圖重言重意互注毛詩》，余於向年得之郡故家，内原闕第五至第七計三卷。其時適有别本宋刻小版者，亦屬殘本，而此三卷可配入，故並購之，擬重裝焉，因循未果。今歲夏初，五柳主人從都中歸，携有全部宋刻〔一〕，行款正同，謂可借以影鈔補全，無如已許售海寧陳仲魚。遂轉向仲魚借之，以了此願。鈔畢復手校其誤。三卷中止誤一字，七卷六葉三行「淫」誤爲「浮」，竟改之，墨痕可驗也。嘉慶庚午秋八月朔日，復翁黄丕烈識。

【校勘記】

〔二〕宋刻　「刻」下原衍「本」字，據黄丕烈手跋删。此跋附於前揭國家圖書館藏宋刻本《監本纂圖重言重意互注點校毛詩》二十卷之後。

4 詩説十二卷　鈔本

是書宋刻余曾見之，後爲藝芸書舍歸去。其爲之介者，五柳主人也。坊友射利，往往以祖本售人，先於未售之前，録副以爲别售之計。此其初心止爲射利起見，然余謂此法良善，使一本化爲無數之本，則其流傳廣矣。唯流弊有不堪言者，録副時豈能纖悉無訛〔一〕？烏焉帝虎，從此日多，且源流斷不肯明以示後人。即如子瀟以爲近年何夢華購得徐氏本，影寫兩分〔二〕以售吾邑陳子準、張月霄，此得諸售者之侈言耳，其實已從吾鄉本傳録者也。宋元人解經，余所不喜，故此書見而未得。今伯元又傳録以丐題識，余第就所知源流爲一述之。解經當否，子瀟詳言之，無煩贅筆已。道光辛巳孟冬月，士禮居主人識。

【校勘記】

〔一〕纖悉無訛　「訛」原作「誤」，據臺北圖書館藏清道光元年張伯元抄本《詩説》十二卷(存九卷)黄丕烈跋改。

〔二〕 影寫兩分 「分」原作「份」，據前揭書黄丕烈跋改。

5 毛詩故訓傳三十卷 稿本

此《毛詩故訓傳》三十卷，金壇段茂堂大令一家專經之學也。《漢志》《毛詩》經、傳各自爲書，今既失傳，段先生釐而傳之，俾箋不與傳並載，學者始識傳本獨行，唯毛氏爲能解《詩》，得其故訓，故《詩》必繫以毛也。後人口稱「毛詩」，動以朱子《詩傳》當之，失其義矣。既究心故本，從事注疏，傳、箋並舉，罔知率從。段乃别而白之，以定一尊。蓋讀傳而後讀箋，讀傳、箋而後讀正義，且由是以讀釋文，若者與毛異，若者與毛同，若者當從毛，若者當違毛，昭然在目。段故不憚爲之，專於毛也。原稿四册，潘理齋農部從茂堂先生生時借鈔，逮殁而後人始爲付梓。先生所説多附於傳句下，鈔刻互有出入，或鈔後手自删改，或後人有意去取。余故借鈔校刻，悉悉照改，有顯見鈔誤者，不復遵之。學者讀此，可得故訓大旨，其功顧不韙歟？道光三年癸未立秋日校畢記，蕘夫。

以原稿鈔出本校，第四册〔一〕，江録本覆勘，三十日午後畢。

江録本末有鐵君篆字一行云：「嘉慶甲戌二月，江沅書於三山節署。」蓋其時就館浙閩督署時也。想茂堂先生書尚未有成，而鐵君愛之甚，故手爲之録副。迨後有定本，理齋之所鈔者是也。迨後刻已非,及身後人但據札記及定本付梓,故時有出入,而余必以未定〔二〕之江録本手校者。鐵君云,茂堂先生垂老,精神已衰,往往有取未定本入刻而反遺定本者,《尚書撰異》中某卷是也。且鐵君深於經學,《説文》尤所家傳,即如「令人善忌」句爲是,而增「憂」字爲非。此時刻本居然未定者爲「令人善忌」,而定者爲「令人善忌憂」,是未可不參考。余故悉校出,以俟讀者參考焉。秋清逸士校畢記。

【校勘記】

〔一〕第四册　此三字原缺,據國家圖書館藏嘉慶二十一年段氏七葉衍祥堂刻《毛詩故訓傳定本》顧鳳藻過録黄丕烈跋補。

〔二〕必以未定　前揭書過録黄跋無「以」字,或爲繆氏輯刊《藏書題識》時補。

6 周禮鄭氏注殘本二卷 蜀大字本

倚樹吟軒楊氏,余幼時讀書處也。其主人延名師課諸子,有伯子才而夭。余就讀時,與仲氏偕時同筆硯,情意殊投合也。其家有殘宋蜀大字本《周禮·秋官》二册,蓋書友詭稱樣本,持十金去,以取全書,久而未至,亦遂置之。余稍長,喜講求古書,從偕時乞得,登諸《百宋一廛賦》中,偕時亦不以余爲豪奪也。客歲,偕時病歿,年纔五十有四,從此失一良友，甚可傷也！余今春耳目之力漸衰，偶有小恙即畏風惡寒，久不至外堂，日於樓下西廂〔一〕静坐養疴，檢點羣書，偶及此册，因記曩事如此。人往風微，覩此贈物，益增傷感。而此殘鱗片甲，猶見蜀本規模，勝似後來諸宋刻。余所見有纂圖互注本，有點校京本，有余氏萬卷堂本，有殘岳本。幸叨良友之贈，物以人重，人又以物重也。甲戌閏二月一日，復齋黄丕烈識。時積雪盈庭，春寒透骨，窗外又飄飄未止也。奈何！奈何！

余年來家事日增，精神日減，校書一事久廢。然由博反約，尚喜手校經籍。此《周禮》蜀本殘帙，向未校出。今秋新收殘岳本地、春二《官》，手校於嘉靖本上，因復校此《秋官》以儷之。《周禮》善本六《官》有半矣，豈不幸哉！乙亥孟冬二十有五日，復翁。

【校勘記】

〔一〕樓下西廂　「樓下」二字原誤倒，據静嘉堂文庫藏宋蜀大字本《周禮》殘本二卷黄丕烈跋乙正。

7 纂圖互注重言重意周禮十二卷 宋京本

宋刻《周禮》所見有三本：一爲余仁仲本，藏於小讀書堆，係中版，獨闕《秋官》。倚樹吟軒有蜀本，止《秋官》二卷，則大版也，見爲余有。陶筠椒有纂圖互注本，卻無闕卷，有闕葉，版子適中，惟此又係巾箱中本。余所見《左傳》題曰「婺本」，此《周禮》題曰「京本」，蓋同一例矣。惜少春、夏《官》，安得彙而敘之如百衲《史記》乎？爲古書發一歎云。抱沖作古，書籍不輕假人。筠椒以待賈而沽，未能借校。致令槎翁之書留余百宋一廛中，僅得與蜀殘本一校，未盡其善，又可惜也。還書之日，書數語於尾，以質諸槎翁，槎翁想亦同慨已。時嘉慶丙寅穀雨後二日，黄丕烈識。

8 禮記鄭氏注殘本九卷 宋刊本

此殘宋本《禮記鄭氏注》，五至八、十一至十五，共九卷，余得於任蔣橋顧月槎家。偶取《月令》與他本相對，注中「耒，耕之上曲也」「耕」皆誤爲「耜」，惟此不誤，乃知其佳。碌碌未及全校，恐破爛不完之物，後人視爲廢紙，故先加裝潢，藏諸士禮居中，稍暇當校勘一過。宋本《禮記》惟故人顧抱沖小讀書堆有全本，《曾子問》中多「周人卒哭而致事」句，定爲太平興國本。又有殘本，先係顧懷芳物，曾從借來，校於惠松崖所校明刻鄭注本上，内《曲禮》「石惡」一條足正諸本之誤，今歸于抱沖。此外未見有宋本也。書此以見殘編斷簡亦足珍惜云。嘉慶二年歲在丁巳孟冬月五日，黄丕烈書於士禮居。

丙子季夏，檢點羣經及此。抱沖已於丁巳年作古，其所藏宋本《禮記》經注全者，係宋時撫州本。陽城張古餘守江寧，介抱沖從弟千里影寫付刊，外間頗多傳播。惜千里作考證，未及將抱沖所歸顧懷芳家殘宋本、余家所藏殘宋本一取證耳。時長孫美鏐侍，因舉《禮記》諸宋本源流示之。復翁記。

9 禮記鄭注二十卷 校宋本

此本頗善，未識自蜀石經本出否。癸酉六月用此宋本《正義》校一過，南宋本間亦參焉，稱完善矣。松崖。

國朝有武英殿仿宋本《禮記》，係從岳刻翻雕，《注》後附《釋文》，不專鄭《注》也。此本未識從何本翻刻，間或闌入《釋文》，吾吴惠松崖先生曾手校一過。是書得自朱秋崖家，鈔補首二卷乃其所爲，余藏諸篋中久矣。今秋從東城顧氏借得殘宋本《禮記鄭注》，字畫整齊，楮墨精雅，因卷首殘缺，未識何本，始以大字本名之云爾。取與惠校本對勘，時有異同，惟大字本所避宋諱視他本較多，如「縣」、「斋」、「豎」、「萑」、「荳」等字，皆宋嫌諱而猶避之，是必宋本中之善者矣。俟暇日當以殿本參之。時癸丑秋孟，黄蕘圃識於讀未見書齋。

此惠校本《禮記鄭注》，余得諸滋蘭堂，復以兩殘宋本覆校，雖未全璧，亦可寶也。丁巳冬，書友因有人欲覓翻宋本三《禮》，苦無其書，而商之於余。余因所藏是雜湊者，擬去之以待購其全者。然又因《禮記》是惠校，且覆勘多善本，雖允其請，而屬其與得主説定，日後仍欲攜歸對臨。今茲三月，偶得此刻《禮記》，擬借臨，而異日書友竟以此校本歸余[一]，蓋楮墨完好，一無動筆，外人所好大抵如是。而此一校再校者，宜其始重而終輕也。豈知余之視此，一若寶玉大弓之歸哉。爰誌之，以著余輕棄之過，以明余終得之幸焉。嘉慶戊午三月下澣七日，記於讀未見書齋。

《附音重言古注禮記》，《曲禮》至《月令》凡五册，宋刻巾箱本之殘者也。每葉十六行，行十六字，大小俱如此。余數年前業見之，略校半卷，議價未妥，還之。今夏鄭雲枝復攜來，易余刻《國語》、《國策》五合去，因遂手校於此本上。佳處間有，雖殘本亦可珍。且余舊藏殘北宋本僅《月令》起，茲又多四卷矣。惟是巾箱本，分卷與各本異。《檀弓》下合與《檀弓》上爲第二卷，故《王制》爲第三，《月令》爲第四，以此分[二]卷。其實《曲禮》爲上下，《檀弓》分上下，《王制》、《月令》各自爲第，仍自不差。惜卷數不全，無從審其由爾。書之經部，日少一日，余故收之，幸毋誚我佞宋之癖。戊辰四月十有八日，黄丕烈。

以張古餘新刻撫州《禮記》經注本校巾箱本之合者，加圈以識之。復翁。

道光甲申春季，書友以周香嚴家藏殘宋刻《禮記》卷第五《月令》一册示余，索直十餅，因留之，竭一日力校之，注「周本」者是也。字有異者記之，有與舊校合者偶記之，舉一以概其餘，不數數記也。筆畫精妙無逾此者，亦未能悉記也。老蕘。

周本與諸本異者，惟「犧牲毋牝」一條，又避諱「扉」一字。

【校勘記】

〔一〕 異日書友竟以此校本歸余　「異」原誤作「翼」，「本」字原缺，均據《楹書隅録》卷一校補。

〔二〕 「合」至「分」二十三字原脱，據清光緒十年滂喜齋刻本《士禮居藏書題跋記》卷一補。

10 大戴禮記十三卷 校本

乾隆庚戌小春下弦後二日，假滋蘭堂所藏惠松崖手校本對勘一過。蕘圃烈識。

長至日又取盧雅雨本覆校一過。烈記。

乾隆壬子莫秋，滋蘭堂所藏惠松崖校本適歸余架。然惠校猶有未盡善處，反不如此本之精妙也，後之覽者，勿以其爲臨本而忽視之。蕘圃識。

十一月中，偶於書肆〔一〕得宋刻本。適余友顧抱沖欲得惠校本，因照原值歸去，以惠校即據宋本也。

【校勘記】

〔一〕 偶於書肆　「偶」字原缺，據《楹書隅録》卷一補。

11 宋五服圖解一卷 元刊本

龔端禮《五服圖解》一卷,見諸《讀書敏求記》,其《述古堂書目》以爲元板。此册即遵王舊藏也,因墨敝紙渝,損而重裝,復以襯紙副其四圍,不能覩舊時面目矣。裝成并記。嘉慶丁卯除夕前四日,復翁。

12 公羊解詁十二卷 宋余仁仲本

《九經三傳沿革例》載有建余氏本。余所見殘本《穀梁》在周香嚴家,即萬卷堂余仁仲校刻者也。此外有《周禮》,亦缺《秋官》,藏顧抱冲所。今秋得此《春秋公羊經傳解詁》十二卷,完善無缺,實爲至寶。得之價白金一百二十兩,不特書估居奇,亦余之愛書有以致此。初,是書出鎮江蔣春農家,書估以賤直購之,攜至吾郡,疊爲有識者稱贊,故索價竟至不減。余務在必得,惜書而不惜錢物,書魔故智有如是者。《春秋》五傳,《鄒》、《夾》已亡,《左》、《穀》二家僅存晉人之注,惟《公羊注》猶漢人,安得不以至寶視之?儻有餘力,當付剞劂,以廣其傳焉。嘉慶戊辰秋七月,黄丕烈識。

13 春秋繁露十七卷 校本

右《春秋繁露》十七卷，袁壽階借得揚州秦太史藏鈔本，而余轉假以手自校讐者也。鈔本爲影宋，遇宋諱間有闕者。字畫斬方，一筆不苟，信屬宋刻精本。每卷首尾葉最末一行欄格外，有細楷書十字曰「虞山錢遵王述古堂藏書」，蓋猶述古舊物矣。今以《永樂大典》本證之，多與此合，知兩本同出一源〔一〕，唯纂輯時稍加點竄，不如此鈔本爲宋刻真面目。若明刻，則有毫釐千里之分矣。鈔本述古後未知誰藏，惟卷一格外有墨書一行云：「休寧戴震觀於江都客邸。」今歸秦太史，有「臣恩復」、「秦伯敦父」、「石研齋秦氏印」三圖記。通體有蠹蝕莓爛痕，已經裱托，幸不甚傷字，故校讐時未及注出。嘉慶九年甲子二月朔辛酉日，蕘翁黄丕烈識。

嘉慶甲戌秋，偶過胥門經義齋書坊，坊友胡立羣爲余言，浙江人係歸班進士，謁選入都，云行篋中攜有宋版《春秋繁露》。字形類顔、歐書，所印紙似澄心堂紙，裝四册，索直百金。因水道阻滯，急於趨程，不能取閱，以所聞證所見，疑即影宋所自出也。筆諸是册尾，以紀奇書流傳在天壤間固自不乏，特未遇則不知耳。復翁。均在末卷。

【校勘記】

〔一〕 同出一源　「同出」二字原誤倒，據國家圖書館藏明嘉靖三十三年趙維垣刻本《春秋繁露》十七卷黄丕烈跋乙正。

14 經典釋文三十卷 校本

乾隆壬子仲冬，從同郡朱秋崖家假得惠松崖手校善本。秋崖爲余言，伊小阮文游曾有影宋鈔本，即松崖所據以校《易釋文》者也。余取讀之〔一〕，較舊本頗善。此一本已重梓於《雅雨堂叢書》中矣，餘種松崖雖間有評閱處〔二〕，並未注出影宋本校，知校勘不全。近時盧文弨翻雕是書，云悉借文游影宋本校刻，他種未及盡對，即《易釋文》一種猶與惠校有不合處，几塵風葉之喻，信然。余案頭除通志堂外，尚有雅雨之《易釋文》、撫州本之《禮記釋文》、邵氏本之《爾雅釋文》。盧氏之重雕者，擬將悉取以資校勘，不且益臻美備乎？黄蕘圃識。

【校勘記】

〔一〕 余取讀之　「取」原作「故」，據國家圖書館藏清刻本《經典釋文》三十卷過録黄丕烈跋改。

〔二〕 間有評閱處　「間」字原脱，據前揭書過録黄丕烈跋補。

15 論語集解十卷 鈔本

何晏《論語集解》十卷，有高麗本。此見諸《讀書敏求記》者也。記云：「此書乃遼海道蕭公諱應宫監軍朝鮮時所得，甲午初夏，予以重價購之於公之仍孫。」似遵王之言甚的矣。其實不然。余向於京師遇朝鮮使臣，詢以此書，并述行間所注字，答以「此乃日本書」。余尚未信之。頃獲交翁海村，海村著有《吾妻鏡補》。舉「正平」年號問之，海村云：「其年號正平，實係日本年號，並非日本國王之號，是其出吉野僭竊其國，號曰『南朝』，見《日本年號箋》。」據此則書出日本，轉入朝鮮。遵王但就其得書之所故誤認爲高麗鈔本耳。是書向藏碧鳳坊顧氏，余曾見之，後歸城西小讀書堆。今復散出，因亦以重價購得，展讀一過。信遵王所云，筆畫奇古，似六朝初唐人隸書碑版，不啻獲一珍珠船也。原有查二瞻詩一紙，僅黏附卷端，兹命工重裝入册，記其顛末如此。己卯中秋五日，丕烈識。

16 孟子注疏解經十四卷 舊鈔本

是書於辛亥歲從學餘書肆中得來。始余於肆中見有是書，攜歸繙閲，見有殘缺，心不甚喜，因還之。後偶檢錢曾《讀書敏求記》，其所載「《孟子注疏》十四卷，是叢書堂録本，簡端五行，爲匏翁手筆。古人於注疏皆命侍史繕寫，好書之勤若是。間以建本、監本校對，踳謬脱落，乃知匏翁鈔此爲不徒也」云云，方悟所見之本爲也是翁家故物。亟往索之，云已攜至玉峯書籍街去矣。迨至書船返棹，而是書依然在焉。喜甚，攜之歸。開卷視此五行，果與後之筆跡迥殊，其爲叢書堂録本無疑。至卷中鈔寫不全，想係照宋刻録出之故，容俟暇日取他本校對，以徵此本之善。噫！遵王所藏曾幾何時而已入書賈之手，豈不可惜！然猶幸余之因《敏求記》中語而知是書而寶之，不亦快哉！壬子九月四日命工重裝，書此數語於後。黄丕烈。

17 讀四書叢説殘本五卷 元刊本

此元刻殘本東陽許謙《讀四書叢説》中《大學》一卷、《中庸》上下二卷、《孟子》上下二卷也。余於宋元經學不甚喜購，然遇舊刻亦間收焉，惟此則甚樂之，爲其《中庸》多一下卷故也。國朝《四庫書目》止收四卷，故嘉定錢竹汀撰《補元史藝文志》卷亦如此。今兹夏余爲竹汀先生刊《補志》〔一〕一書，竹汀因余於元代藝文頗多蒐羅，屬爲參校。適書友攜此書至，知多一卷，强索重直，余許以緡錢二千易之而未果。告諸竹汀，竹汀〔二〕已采入《志》中改爲五卷矣。越月，有三書賈持書易錢而去，爰記此緣起以徵信於後。余檢《菉竹堂書目》，載《四書叢説》四册，而卷數不詳。又璜川吴氏書目收藏較近，則云七卷，然係鈔白，未敢信。余惟就所見之五卷爲信可爾。儻異日一齋書目之二十卷盡出，不更快乎！庚申九月小晦日挑燈記。

【校勘記】

〔一〕刊補志 「刊」原作「訂」，據國家圖書館藏元刻本《讀四書叢説》八卷黄丕烈跋改。

〔二〕竹汀 此二字原缺，前揭書黄丕烈跋此處有重文符號，據補。

18 論語叢説三卷 影元本

此《論語叢説》上、中、下三卷，錢唐何君夢華爲余鈔得者也。余初得《大學、中庸、孟子叢説》，獨缺《論語》，夢華借余本鈔之，并補余所缺，且爲余云《論語叢説》即余本所逸，印本大小闊狹紙墨都同，真奇事也。今藏德清徐氏〔一〕，緩日擬爲余購之。己巳六月望後一日，復翁。

【校勘記】

〔一〕今藏德清徐氏 「今」原作「書」，據國家圖書館藏清抄本《讀論語叢説》三卷黄丕烈跋改。

19　鄭世子瑟譜□卷　毛鈔本

此毛鈔本《鄭世子瑟譜》,余數年前得諸書友,云是宋商邱家故物。既檢《汲古閣珍藏秘本書目》有之,知非通行本矣。去冬歙汪濴雲先生曾借觀,留閱易月。蓋濴雲素諳琴理,觀此可通於瑟也。今春倩作《續得書十二圖》,極爲精妙。濴雲愛我實甚,未敢以俗物相酬,爰輟此乙部書,并佐以古琴一張。琴爲太倉顧雪亭所質,亦舊物也。我有嘉賓,斷章取義,竊效得食相呼之雅矣。壬戌夏五月望前三日,吴縣黄丕烈識。

20　輶軒使者絶代語釋别國方言十三卷　舊鈔本

《讀書敏求記》載《方言》十三卷,謂出於宋刻影鈔。此正德己巳舊鈔本也,二卷「吴有館娃之宫,秦有榛娥之臺」,俗本脱去「秦有」二字。馮巳蒼云:「并榛娥而吴之。」豈知今有據俗本以榛娥之臺入吴乘古迹補者。讀者不讀古本,其弊有如此者。丕烈識。

21　博雅十卷　校本

此書於丙辰年高郵宋定之曾借去,謂將攜至王懷祖處,助伊校勘之用也。閲一二載,懷祖先生《廣雅疏證》出，見其中所有影宋本，未知即此與否。定之久不來，書亦未歸。及歲辛酉，入都晤王編修伯申。伯申，懷祖子也。問其端的，云此書曾由定之借閱，已還之矣。後問定之蹤跡，今始見還。雖幾乎遺失，而影宋本佳處，《疏證》已掇之，亦一幸事。俟取《疏證》一核之。壬戌之秋七月既望，蕘翁丕烈識。

22 博雅十卷 校宋本

余向收李明古家書，內有皇甫録本《博雅》，詫爲得未曾有。取余舊儲影宋鈔之本相勘，行款悉同。信乎陳少章先生云皇甫本最佳，誠不誣也。李本缺首序最後一葉，當時〔一〕冀後日之或遇斯刻，可以補全，今果遇之，豈不幸耶！書出坊間，收於郡故家，疊經朋好中往訪檢取，唯此獨遺，爲余收得。朋好聞之，亦謂檢書之法萬不如余。併誌之以博一笑。戊寅處暑日重裝，越日晨起記，復翁。

【校勘記】

〔一〕當時　「時」原作「日」，據國家圖書館藏明正德十五年世業堂刻本《博雅》十卷黄丕烈跋改。

23 博雅十卷 影宋本

《博雅》十卷，隋曹憲撰。魏張揖嘗采《蒼》、《雅》遺文爲書，名曰《廣雅》。憲因揖之説附以音解，避煬帝諱更爲「博」云。後有張揖《表》。憲後事唐，太宗讀書，有奇難字〔一〕，輒遣使問憲，憲具爲音注，援驗詳複，帝歎賞之。

右昭德晁先生公武字子止《郡齋讀書志》，紹興二十一年鋟板，寶祐丙辰書云「前五日吴山俞松題記」。

《博雅》十卷，誠人間罕見之奇書。今之儒士，《爾雅》尚不能讀，況《博雅》乎？先祖中散之題跋，先君從事之隸籤，至余三世得讀而識之，尤不易得也。子孫能保守而識，猶家傳之寶耳。鐘謹題。

右《廣雅》十卷，有士人袁飛卿舊云在某家可跡，因從求之凡半載，僮十數往返皆莫致，疑其吝也。邇忽來畀，繕録整然，徵白金五十星，乃始釋去。錢物可得，書不可得，雖費當弗校。但今之學者崇尚輕鄙，古文奇字實無用，則此書寧非贅乎？小齋初夏稍清閒，聊書以識所自云。時在正德乙亥夏閏四月廿三日，支硎山人手書。

此正德乙亥支硎山人跋本《博雅》，載《讀書敏求記》中。其標題曰「博雅」，因是用曹憲注本故爾。今自畢效欽以來本，悉改復張揖舊名，似是而實非矣。揖《表》向在後，觀晁氏《讀書志》，可見今本移於卷首亦非也。他如《釋詁》「官，君也」，見《廣韻》二十六「恒」，今誤爲「宫」；「桓，憂也」與《方言》一同，今誤爲「柏」；「嬴，好也」今誤從嬴，字書無此字也；「靚，視也」引見《集韻》六「脂」，今誤爲「靚」；「艮，鞏也」即《方言》「艮，堅也」，今誤爲「良」；「幎，廣也」引見《集韻》二十三「錫」，今誤爲「暝」；「縪，闡。緩也。鼬，巢。健也。繬，色。縫也」今皆誤音爲正文；「組，縫也」引見《集韻》二十三「襇」，今誤爲「組」；「傺、眙，止、待、立，逗也」，逗，《説文》：「止也。」今誤爲「逼」；「莱，箴也」，今誤爲「策」；「扚，擊也」，今誤爲「杓」；「迒，迹也」，見《爾雅·釋獸》、《説文·辵部》，今誤爲「亢」；「俆，遲也」即《説文》「俆，緩也」，今誤爲「徐」；《釋言》「誰，呵也」，見《漢書·志》、《史記·本紀》，今誤爲「譙」；《釋訓》〔三〕「匔匔」，引見《集韻》一「東」及二「屋」，今誤不可識；「諱，欺也」，見《集韻》十八「隊」及三十「號」，今誤爲「評」；《釋器》「瓨，瓶也」，今所誤不知所從；「篙謂之薄」，今誤爲「簿」；「釪，鐏也」，字在翰韻，今誤從于；「琜，笏也」，今誤爲「蒢」；《釋樂》「大護」爲「護」，與上「韶」、「韺」字例不一；《釋邱》「隁、滓，厓也」，引見《集韻》十九「侯」，今誤爲「詳」，益不可通；《釋草》「郝蟬，丹蔘也」，引見《御覽》，今誤「丹」爲「也」；《釋木》「椬、櫨，棕也」，引見《集韻》五十「珹」，今誤從扌；「橁，柔也」，今誤爲「柔」；《釋魚》「鱄、鮃，鮈也」，今誤爲「鰗」，字書亦無此字。其餘偏旁音切足資是正者往往多有，洵善本也。支硎山人，錢遵王謂惜逸其名氏，然跋後副葉有《與劉太守札》草稿，自名曰「庠」。曾爲河南巡撫，壬申歲以户侍歸。其別墅曰東溪。著《東溪吟稿》、《續稿》，求楊儀部序。似非必不可考者，姑識以待熟於明代事跡者而訪焉。札稿文云：「前者刻成拙稿，尚未有序，愚意欲求儀部楊先生佳章冠諸篇首。然先生文章高古，足以傳後，但甚難求，須煩親自造府一言，未知肯許否也。又詩鄙俚不足取，但因備員巡撫河南，論事忤時，以户侍告病歸。其東溪別墅則隱居之所，或采山釣水、賦詩適興，而愛君憂國之念未嘗少忘。亦煩道達於文，發之溢美之言，所願聞尚容專謝。庠拜告劉太守賢友，舊日曾有《東溪吟稿》二册，此則壬申歲自河南回所作，故云《東溪續稿》也。」大清嘉慶元年九月十有二日，澗蘋顧廣圻書於士禮居。

明刻有皇甫録本，行款正與此同。惟後跋等篇皇甫本不載，又前增刻書人姓氏，致行數參差。且有每行歧異者，或文字不同。高郵王念孫著《廣雅疏證》，因及門宋學博假予家校本去，取資標影宋本者，即此是也。彼未詳影宋本之所自出，故予特表之。知影宋本世不易得，非敝藏《敏求記》中本，無二本也。飛卿，郡人，後歸也是翁。余亦郡人，今歸愛日精廬。郡邑遷流，不知其極，苟得其人，何分郡邑耶？道光四年四月十九日，蕘夫識。

【校勘記】

〔一〕有奇難字　「字」原作「事」，據《郡齋讀書志》卷四改。

〔二〕釋訓　原作「釋詞」，據《廣雅》改。

24 説文十五卷 校本

庚戌冬季從萃古齋主人錢君景開借得手校《説文》善本，與余所儲汲古閣相對，其間頗有異同。蓋汲古閣所刊，原係北宋本校刊，而此時外間所傳汲古閣本，其版誠爲汲古所刊，但後來曾售於維揚馬氏。今取以對，汲古閣初印之書竟有絶不相類者，不識何人修改，以致亥豕傳訛，顧余竊有疑焉。今人校書多據宋本，亦有高下之别，即如《説文》，汲古閣校刊據北宋本，而錢君所據以校汲古閣本者，又爲麻沙宋本。是二本者，安知不有瑕瑜耶？金壇段君玉裁爲今之名儒，取錢君校本於宋本之謬者旁抹之，誠爲有識。然余將近時傳本展閱，亦有一二可據，何必過信汲古閣之本而没其善也。辛亥正月下澣，先取錢校照録，此本容取汲古閣初印本及他書之可以證《説文》者覆爲參校，庶云備爾。聽松軒主人蕘圃黄丕烈識。

25 汗簡三卷目録敘略一卷 舊鈔本

《汗簡》一書，錢唐汪立名所刊，出於竹垞藏舊鈔本，舊刻無聞焉。錢遵王《讀書記》謂孱守居士藏書率多異本〔一〕，此殆是也。《汗簡》，字學中不甚重，潛研老人曾言之。然論古書源流，是本何可廢〔二〕哉？且孱守居士鈔於明代，較竹垞所藏更舊，因急收之。己巳冬至後二日，復翁識。

【校勘記】

〔一〕率多異本　「異」原作「善」，據國家圖書館藏明弘光元年馮舒抄本《汗簡》三卷黄丕烈跋改。

〔二〕是本何可廢　「本」原作「書」，據前揭書黄丕烈跋改。

26 歷代鐘鼎彝器款識法帖二十卷 舊鈔本

嘉慶癸酉秋日，手校明刻朱謀垔本。此抄不知何本，多所節文，朱本皆有之，故余用朱筆校增。此雖出顧云美舊藏，并相傳爲其手書，然未全，故敢動筆校之。復翁。

此敘用楊氏虛白堂所藏硃印本校，已多訛謬，然其本不知從何出。釋文節落爲多，想所摹款識無可信矣。此書自以宋刻爲最佳，精鈔次之。明刻有二：一爲硃印本，此陸刻是也；一爲墨印本，余所收朱刻是也。在明刻本，朱又勝於陸矣。余故校朱本於此鈔本上，而陸本之不如各本，已遜此鈔本，又何論朱本耶？後之讀是書者宜知之。癸酉十月十日，蕘翁識。

嘉慶癸酉重陽後三日，用明朱謀垔刻本校。此鈔多脱誤，悉據以改正。唯篆文余非所審[一]，不敢輕動。復翁。

明刻朱謀垔本校。九月寒露節校畢記。

余幼年讀書弘農楊氏，見架上有硃印《鐘鼎款識》一部，初不知爲何用也。及長而知蒐訪書籍，次第購藏有鈔本《鐘鼎款識》兩部，一爲此本，一爲精鈔本。其時因此部爲顧云美藏，且卷首多序文，歷載刻書原委，故以此爲佳。後聞朱謀垔有刻本尋常墨印者，偶從他處見之而未及購。昨歲得石刻殘本，取校此本獨勝，急覓朱本一對無有也。頃書友從杭州歸，攜得朱本，遂用硃筆手校於是。朱本[二]止有謀垔序一篇，而此兼載朱刻以後序，并萬岳山人本序，想最後之本矣[三]。萬岳山人本即硃印本，多所節文。此往往有節文，當即出硃印本。硃印本與朱本，後先不知誰何，約略定之，朱爲勝矣。余藏石刻殘本少一至六又十七、十八共八卷，既無石刻，則朱本可據。因誌原委如右。復翁記。

【校勘記】

〔一〕 余非所審　「余」原作「全」，據臺北圖書館藏清康熙九年黄公禾抄本《歷代鐘鼎彝器款識法帖》二十卷黄丕烈跋改。

〔二〕 遂用硃筆手校於是朱本　此十字原脱，據前揭書黄丕烈跋補。

〔三〕 萬岳山人本序想最後之本矣　此十二字原脱，據前揭書黄丕烈跋補。

27 廣韻五卷　校本

道光壬午仲夏，坊友以李子仙手臨、顧澗蘋所録惠松崖、段若膺兩先生校定本《廣韻》示余，謂新得諸子仙學徒蔣約人家，驗其字迹果然。臨本在嘉慶丁巳，蓋在二十年前矣，故書法不及近歲之工。兹擇其與姓氏有證佐，及《廣韻》向未載其姓者，自補書一二，摘録於余所輯《廣韻姓氏考》上。有云「惠云」者，松崖先生説也。不繫某某云者，未知誰何。其中載顧澗蘋説一條，又載璣、寅案，雖未詳其姓，以同時求之，璣者，費士璣也，寅者，同時有兩人名寅者，一蔣寅，一顧寅，未敢定誰何耳。福云者，子仙也。惟若膺説不見姓名，或前所云不繫某某者，或段説耳。段、李皆作古人，澗蘋又交絶，無可訪問矣。蕘夫記。

28 廣韻五卷 校本

是書爲段若膺先生校本，有朱、墨兩筆，卷首跋語兩通，首墨次朱，想先後所校，故以朱、墨識别也。先生手校書甚夥，身後以白鏹三千金歸諸壻家龔闇齋觀察。先生有令似兩人：伯氏安貧，依然儒素；仲氏與乃姊丈鬩部事，頗以多財著，并徙而他宅，不復守枝園舊宅矣。伯氏余與之蹤迹亦殊疏闊，今夏持先生墓誌文過余，余亦遂往答之，遂及伊家事，始知楹書俄空爲雲煙之散。詢以手澤，因出此《廣韻》相示，并許見借。暑天無暇，入秋來天氣漸涼，從事校勘，悉照校語臨之。中有朱、墨圈及尖角在每字旁者，不知命意所在，始於上平悉臨之，然卒茫乎未有知也，遂輟而不臨。先生於韻學甚精，著有成書，此必其所自爲記認之處，惜傳授無人，不能悉其綱領，惟就正譌之處纖悉臨摹，已見校勘。此書之精無逾是本矣。時道光甲申秋閏七月十三日，古吴黄丕烈識。

江陰繆荃孫、長洲章鈺、仁和吴昌綬同校輯。

蕘圃藏書題識卷二

史類一

29 前漢書一百二十卷[一] 宋本

右宋景文公以諸本參校,手所是正,並附古注之末。至正癸丑三月十二日,雲林倪瓚在凝香閣謹閱。

顏注班書行世諸刻,大約源於南宋槧本,文句或用三劉、宋子京之説,或校刊者用意添改,往往致譌,而剩字尤多。此以後人文理讀前人書之病也。惟是刻乃景祐二年監本,獨存北宋時面目,惜補版及剜損處無從取正,然據是可以求其添改之迹,誠今日希世寶笈也,後之讀者幸知而珍重之。嘉慶戊午用校時本一過於讀未見書齋,其所取正文多別記,兹不論。澗薲顧廣圻。俱在末卷後。

此北宋精刊景祐本《漢書》,爲余百宋一廛中史部之冠,藏篋中三十來年矣,非至好不輕示人。郡中厚齋都轉偶過小齋，曾一出示，繼於朋好中時一及之。奈余惜書癖深，未忍輕棄，并不敢以議價致蔑視寶物。因思都轉崇儒重道，昔年出資數萬，敬修文廟〔二〕，其誠摯爲何如？知天必昌大其後，以振家聲。故近日收藏古籍，嗜好之篤，訪求之勤，一至於此，則余又何敢自秘所藏、獨寶其寶耶？君家當必有能讀是書者，敢以鎮庫之物輟贈爲預兆云。乙亥季冬，士禮居主人識〔三〕。

【校勘記】

〔一〕一百二十卷　此本今藏國家圖書館，著録作「一百卷，北宋刻遞修本」。

〔二〕敬修文廟　「文廟」前原衍「吾郡」，據前揭書黄丕烈跋删。黄氏手跋「文廟」提行。

〔三〕士禮居主人識　「識」字原脱，據前揭書黄丕烈跋補。

30 前漢書 殘宋本

海寧吴槎客先生藏書甚富，考核尤精，每過吾郡，必承枉訪，并出一二古書相質。然檥舟匆匆，未及暢談，余亦不獲舉所藏以邀鑒定也〔一〕。頃同陳仲魚過訪，茶話片時，歷歷述古書源流，俾得聞所未聞，實爲忻幸。其行囊攜得《漢書》殘宋本數册，字大悦目，在宋槧中信爲佳刻。余所臧景祐本外，卻無別本可對，惟范史亦有此十六行十六字本，與此刻〔二〕當是同出一時。卷第下撰書、注書之人〔三〕亦分兩行，蓋款式同也。其中字句之不同與注釋之詳略，余固未及取景祐本相勘，而紙墨精好，有過之無不及矣。且余所深服乎槎客者，如此種殘編斷簡，幾何不爲敝屣之棄，而裝潢什襲，直視爲千金之比，可謂愛書如性命。又得同志之人勸其翻雕以惠後學，始幸天壤之大，不乏好古之士。特恐卷帙繁富，窘於資力，盡與孫氏等耳。槎客當亦以余言爲然。時嘉慶乙丑四月三日，黄丕烈拜觀并跋。〔四〕

【校勘記】

〔一〕以邀鑒定也　「鑒定也」原作「鑒賞」，據國家圖書館藏宋蔡琪家塾刻本《漢書》一百卷(存十四卷)黄丕烈跋改。

〔二〕與此刻　「刻」原作「本」，據前揭書黄丕烈跋改。

〔三〕注書之人　「之人」二字原脱，據前揭書黄丕烈跋補。

〔四〕時嘉慶乙丑四月三日黄丕烈拜觀并跋　此十六字原脱，據前揭書黄丕烈跋補。

31　後漢書一百二十卷　元大德本

今歲正月，鱣從武林得元本《漢書》，攜之中吳別業，吾友黄君蕘圃過而見之，云家藏有元本《後漢書》，當以持贈。越數日，冒雨載書而來，欣然受讀，楮墨精良，實勝《前漢書》遠甚。中有錢陸燦名號印，知爲湘靈曾藏。標題皆其手書，卷末云「右奉淳化五年七月二十五日敕重刊」。正後有景祐元年九月秘書丞余靖上書，蓋係景祐間所刊。淳化本而元時重刊者版心識有「大德九年刊補」，而徵、竟、敬、慎等字皆避諱缺筆，猶不失宋本面目也。因取汲古閣本校之，凡劉刊吴補及近刻惠氏補注所已辨者俱不具論。如今本《和帝紀》云：「孝和皇帝諱肇。」注：「伏侯《古今注》曰：肇之字曰始，肇音兆。臣賢案：許慎《説文》：『肈，音大可反，上諱也。』但伏侯、許慎並漢時人，而帝諱不同，蓋應别有所據。」是本正文作諱肈，注：伏説作肇，許説仍作肈。按《説文》云：肈，上諱，在戈部，當从戶聲。惟伏侯《古今注》从攴作肇，故云伏、許並漢時人，而帝諱不同，若如今本溷而爲一，何不同之有邪？斯可寶一也。今本《鄭康成傳》云「師事京兆第五元」，是本「元」下多「先」字；又云「吾家舊貧，不爲父母羣弟所容」，是本無「不」字，俱與唐史承節所撰《鄭公碑》合。吾師阮撫使《山左金石志》云：「『爲父母羣弟所容』，猶言幸爲親包覆成就，蓋不欲舉親之失如此。」自後校書者，因前不樂爲吏，父數怒之，遂疑此書「爲父母羣弟所容」不相合，輒妄加「不」字，踵謬至今。是碑遠勝今本《後漢書》。鱣今得見元本《後漢書》無「不」字，斯可寶二也。今本阜城王延傳云：「以汝南之長平、西華、新陽、扶桑四縣益淮陽國。」

注:「扶桑故城在陳州太康縣北。」」是本作「扶樂」。按錢詹事《考異》云:「『扶桑』當依閩本作『扶樂』。」鱣謂「桑」、「樂」形似致誤,劉隆、馬援二傳皆作「扶樂」,《郡國志》陳國有扶樂可證。斯可寶三也。今本《郭太傳》云:「初太始至南州,過袁奉高不宿而去。從叔度累舊不去,或以問太。太曰:『奉高之器譬之泛濫,雖清而易挹;叔度之器汪汪若千頃之波,澂之不清,撓之不濁,不可量也。』已而果然,太以是名聞天下。」凡七十四字。是本皆章懷注,引謝承之文。按《考異》云:「初讀此傳至此數行,疑其詞句不倫。後得閩中舊本,乃知本章懷注,今本皆儳入正文。閩本係嘉靖己酉按察使周采等校刊,其原出於宋刻,較之它本爲善。如左原以下十人,附書《林宗傳》末,今本皆各自跳行,閩本獨否。」鱣於是本益歎詹事之言信而有徵,其左原以下十人並不跳行,斯可寶四也。今本《律曆志》云「五者以備」,是本作「五是以備」。《考異》云:「閩本及古本作『五者』,此後人以今本《尚書》易之。」鱣按:《李雲傳》云「五氏來備」,注「是」與「氏」古字通。蓋惟古本《尚書》作「是」,故章懷云然。三國時「氏儀」亦作「是儀」。閩本雖出於宋,然此等舛譌猶未盡善。斯可寶五也。約舉五事,已見其凡。古人云:「日讀誤書,亦是一適。」然而古書未宜輕心從事。蕘圃嘗曰:「汲古閣刻書富矣,每見所藏底本極精,曾不一校,反多臆改,殊爲恨事。」斯言良然。安得好古者悉照元本精摹付梓,嘉惠藝林,厥功不亦懋哉!嘉慶十年三月識。

《後漢書》本宋刻佳者，淳化不可得見，景祐本殘者有之，此外如建安劉原起刊於家塾敬室本，又有一大字，皆名爲宋，而實則不及元明刊本。何以明之？蓋所從出本異也。惟正統本最稱善，以所從出爲淳化本也。景祐至大德，大德至弘治，遞爲修補，故板刻字樣各有不同，非如正統者，乃翻淳化本耳。大德本亦自淳化本出。此又有景祐間余秘丞書十年一例專刻也。余向在京師，收得前後《漢》正統本，甚爲寶愛。後因旅囊空匱，欲商諸仲魚，慨以幾十金相易。而書魔故態，仍復固留未予，帶諸南歸，心甚怏怏。及歸，而又爲一友人豪奪而去。頃仲魚得大德本《漢書》，問及前所欲易書，余無以應，因檢舊藏大德本《後漢書》贈之。此書書友攜來，余未知貴重，不過以幾金相易，而仲魚展閱之下，頗得其佳處，作爲跋語表之，非特書之幸，亦余之幸也。向使藏諸篋笥而以尋常本視之，書不且因余而轉晦哉！爰重跋數語以著余過，以著仲魚之鑒賞云。蕘圃。

32 吴志二十卷 宋咸平刊本

嘉慶癸亥九月七日，友人招飲旗亭，至晚始歸。大兒玉堂以書友所攜書二種首册呈覽，曰：「此山塘萃古齋之夥送來者。」余閱之[一]，一爲《吴志》，一爲《史記》，皆宋鎸本[二]，而《吴志》尤勝於《史記》。始猶惜《吴志》爲國志之一，究是未全之書，及閱其目録、牒文，自一卷至十分爲上帙，十一卷至二十卷分爲下帙，并載《中書門下牒》一通，乃知此書非不全者。因檢毛汲古、錢述古兩家書目，皆載有《吴志》二十卷本，益信其爲專刻本矣。特毛、錢未言專刻，而外間又少流傳，故世人不知耳。余獲讀此未見書，何其幸耶！明日，適訪友城西，出金昌門，至海寧陳君仲魚寓中，出此相賞，并告以欲往山塘書肆買書，故遂借仲魚舟，並邀仲魚同往，仲魚亦欣然相與。登舟抵其艙，見有一小榜，榜曰「津逮舫」。余謂仲魚曰：「君好書，故所乘舟以是名之。今遇余〔三〕借此訪書，則所取之名若豫知今余有是事而名之也。」我兩人不覺掀髯而笑。是日，余又欲往訪周丈香嚴。仲魚亦素慕香嚴名而未識面，爰迤而西，至水月亭晤香嚴。香嚴識古書，爲吾儕巨擘，亦舉以示之。香嚴曰：「《史記》本〔四〕尚多，未足奇，若《吴志》真奇書。向第見藏書家書目載其名，猶疑爲國志中僅留此一種，今目見之，并細審目録、牒文，其爲專刻無疑。未見書之必歸于讀未見書齋，何巧乃爾。」相與談笑而别。自是進蔣家橋，從冶坊濱直到虎丘，與書友言定價直，益以建文時刻本《元音》共四十五番，約日送全書來，而余與仲魚各分路歸。夕陽在山，不復涉海湧峯矣。余思虎丘爲吾吴勝地，愛山水者游不倦焉。猶憶白堤錢聽默開萃古齋，此老素稱識古，所見書多異本，故數年前常一再訪之，今老且死矣，書肆又不在山塘，余足跡亦弗之及，乃其子因舊業未可廢，此地又無他書肆，於春間始設此小攤。主人既未識書，火伴亦屬盲目，而異書之得仍由萃古齋來。余故特著之以紀其事。至于仲魚、香嚴賞奇析疑，本爲朋友樂事，其中委婉曲折，皆足助我生色，故不憚言之覼縷也。蕘翁黄丕烈記。

【校勘記】

〔一〕余閲之　「閲」原作「問」，據静嘉堂文庫藏宋咸平刊本《吴志》二十卷黄丕烈跋改。

〔二〕宋鎸本　「鎸」原作「槧」，據前揭書黄丕烈跋改。

〔三〕今遇余　「余」字原脱，據前揭書黄丕烈跋補。

〔四〕史記本　「本」字原脱，據前揭書黄丕烈跋補。

33 大唐創業起居注三卷 校本

甲戌秋校此《大唐創業起居注》，用舊抄本，因案無副本，借張訒菴藏《秘册彙函》本校之，殊草草也。既從玄妙觀東冷攤亦獲一《秘册彙函》本，重用舊抄本校如右，中有素紙三，即照舊鈔補之。舊鈔雖脱落殊甚，然如「疊和」之「和」、「試難」之「難」皆勝於《秘册》本，則其餘之佳槩可知矣。乙亥端陽後十日，廿止醒人識。

紅筆校舊鈔竣，覆以墨筆圈其佳處。舊鈔誤者，間從此刻焉。不知此外尚有古本否。

復翁又記〔一〕。俱在卷末。

【校勘記】

〔一〕　復翁又記　「記」原作「識」，據南京圖書館藏黄丕烈校明《秘册彙函》本《大唐創業起居注》三卷黄丕烈跋改。

34　大唐創業起居注三卷　校本

訒菴藏《秘册彙函》本，余借之與舊鈔本勘一過。中有佳處，訒菴屬校於上。復翁。

35　稽古録二十卷

崇禎甲戌，讀司馬温公《資治通鑑》，凡四閲月始竟。以爲古來君臣事迹所以興衰之故，既詳且盡矣。而無提綱挈領，不能一時取覽，讀未幾，湖賈以此書見售，意始慊然。又悵夫《目録》一書無由見也。石君。

康熙甲辰春，自裝成二本訖。若得《目録》、《外紀》二書相配，則《通鑑》之事實大備矣。惜乎未有以遇，怏怏於中耳。又有《朱子綱目》前編、續編，此又一種不列温公之教者，世人莫不奉爲寶符聖訓。余竊謂宣聖筆削，萬古不能繼，朱子擬之儼然素王矣。又分注於下，操素臣之筆，不已勞乎？而金履祥、陳桱從而僭其位，何後世聖師賢弟之多也！且孔子、左邱明尚出兩人之筆，而宋元儒皆以一人而兼兩任，又何其不憚煩若是！世人舍孔、左而奉宋元之儒，則不知又何説也。因裝成之後，聊抒所懷，記之卷末以示後之有志者。

司馬温公《稽古録》，向藏陳禾叔校本，大都以意改定，非有舊本爲據也。余初聞此黑口板本在金昌某骨董家，未及往訪，先從他坊間獲一本，與所聞同是黑口，取校舊藏爲勝，蓋刻在先爾。既而重訪是册，見部葉有葉石君手跡，卷終并有兩跋，遂復收之。中有闕葉，悉從前本影鈔足之，前本後歸五硯樓云。嘉慶丙寅二月廿有四日，蕘翁黄丕烈識。

36 五代春秋一卷 校本

甲戌十一月廿有九日〔一〕，偶從坊間借得傳是樓黑格鈔本校一過。鈔本每葉二十二行，每行二十字，計十二番。稍有異字，較此新刻殊勝。老蕘。

【校勘記】

〔一〕 廿有九日　原作「二十九日」，據復旦大學圖書館藏清乾隆五十九年秀水陳氏紫藤書屋刻本《五代春秋》二卷黄丕烈跋改。

37 編年通載四卷 殘宋本

章衡《編年通載》，世間向無傳本，偶於友人處見一書估，爲余言是書，友人亦爲余言此書之善，蓋書估先以此書質諸余友，而爲之評論其價直也。既而書友引至某坊，往取樣本示余，詭云：「有他人已先取觀，未敢與君議交易。」問其緣由，本某坊物而爲伊所涉手者。余亦不辨其爲誰之物，第問其價，則同然一辭，必得白金五十兩而後可。余雖愛其書，然彼既以他人先取爲辭，未便持此樣本歸。越日，探知書賈已還某坊，遂從某坊得之，竟予以四十金，以四金勞書估，爲其先爲余言也。及交易後，某坊始爲余言「初不識此書之貴，四十金之數即君友人所定」云。因誌其顛末如此。復翁。

余既得章衡《編年通載》四卷殘本宋刻，爲之誌其顛末，并歷考自宋以來之書目爲之引證矣。欣喜之情，有不能已於言者。復爲之跋於尾曰：余性喜讀未見書，故以之名其齋，自後所見，往往得未曾有，始信天之於人，必有以報之也。古人云：「思之思之，鬼神通之。」余之於書，殆造斯境歟？即如此書，雖歷載於宋人諸家目錄及明朝收藏諸家，然世間絶無其書。今得見宋刻殘本，足徵古書授受源流，爲之拍案叫絶。一卷數之可信。向傳十五卷，閱《通志略》云十卷，此序云列爲十卷，其可信者一。一收藏之可信。《文淵閣書目》載有二部，一十册，一五册，此第三卷有「文淵閣」印，其可信者二。一殘闕之可信。十册、五册文淵閣，菉竹堂五册，所載如是；二册内閣、絳雲樓、述古堂，所載又如是。其裝四册者，或十册、五册之有所失，二册之有所分。其第五卷以下皆闕，與内閣藏書目録合，其可信者三。至於圖記之冠以「南昌」，標題之訖於西晉，皆向來藏弆之淵源，足以傳信者也。

後跋書一葉，適紙盡，因輟筆。至九月廿有七日尋獲故紙，補書後一葉。時病手〔一〕，腕力輭弱，强爲之，筆跡與前稍殊也。復翁又識。

己巳正月見甲申歲刊於白鷺洲書院本《前漢書》，其卷首有云「今本注末入諸儒辨論，具列如左」，卻載章衡《編年通載》，是在宋時其書固盛行也。因并記之。復翁。

【校勘記】

〔一〕 時病手　「時」原作「歲」，據國家圖書館藏宋刻本《編年通載》十卷黄丕烈跋改。

38 歷代紀年十卷 宋本

此《歷代紀年》，述古堂舊物也。初，書友以是書求售，亦知其爲宋刻，需直二十金。余曰：「此書誠哉宋刻，且係錢遵王所藏，然殘缺損污，究爲瑜不掩瑕，以青蚨四金易之，可乎？」書友亦以余言爲不謬，遂交易而退[一]。按：是書傳布絶少，故知者頗希。余素檢《讀書敏求記》，留心述古舊物，故裝潢式樣一見即識。然遵王所記不甚了了，即如此書，首缺第一卷，並未標明。其云始之以「正統」，而後以「最歷代年號」終焉，似首尾完善矣。然十卷外又有「最國朝典禮」五葉，此附録於本書者而記未之及，何其疏略如是耶[二]？又按：《書録解題》云《歷代紀年》十卷，其自爲序，當紹興七年。或者此缺第一卷，故自序不傳爾。余友陶藴輝爲余言，向在京師見一鈔本，是完好者，未知尚在否也，俟其入都，當屬訪之。大清嘉慶元年二月[三]清明前三日，棘人黄丕烈書於故居之養恬軒[四]。

【校勘記】

〔一〕「初」至「退」六十八字原脱，據國家圖書館藏宋紹熙三年盱江郡齋刻本《歷代紀年》十卷黄丕烈跋補。光緒十年滂喜齋刻本《士禮居藏書題跋記》卷二不缺。

〔二〕何其疏略如是耶　「其疏略如是」五字原脱，據前揭書黄丕烈跋補。

〔三〕嘉慶元年二月　「二月」原脱，據前揭書黄丕烈跋補。

〔四〕養恬軒　「養」原作「敉」，據前揭書黄丕烈跋改。王大隆《黄蕘圃先生年譜補》補黄丕烈齋名，於「養恬書屋」下加小字注「又宋本《歷代紀年》跋作『敉恬軒』」（中華書局一九八八年第一版第一〇〇頁），蓋承《士跋記》與《藏書題識》之誤。手跋寫作「養」。

39 續宋中興編年資治通鑑十五卷 影鈔元本

余向收得舊鈔殘本，係郡中柱國坊王氏物，既而借海昌吴兔牀家鈔本足之〔一〕，又借坊間元刻本校之。校未終，取去。因又借香嚴書屋藏鈔本參校，復經兔牀嗣君蘇閣手校之〔二〕，可云盡善矣。去春有蕭山人來吴作寓公者，意欲予手校本。適屆新正，囊中羞澀，聊藉此沾潤，易得番餅八枚〔三〕。然時時念及，輒又惋惜。適香嚴本亦欲贈人，作介者仍以示余。余必欲得既去之本手校方敢留之，蓋前此借校，知中多闕失，恐無別本參校，無以卒讀。作介者許借元刻備校，因復收之。歲莫校始，有事即止，越歲初至二月望前二日始竣事。是本所據亦佳，中有校改處，元刻不逮者，爰知元本非一刻，蓋有勝於今所見者矣。元本出楓江草堂朱氏〔四〕，亦長興人而僑吴者。余前校此書已曾借過，今復通假，深感主人之德，并謝作介之惠。校畢，復初氏識。道光乙酉花朝後一日，書於見復居。

自甲申殘歲校始，至乙酉新年作輟，靡常越二十日訖此七卷。時春雪大下，曉寒逼人，窗外山茶花紅英點白，佳致嫣然，亦可自愛。惜山僧招我探梅，不能作灞橋驢背上人，恐詩思亦復澀耳。復初氏書於百宋一廛之南窗。

凡古書不易購者，往往流傳弗廣。即如此書，除元刊外，雖抄本亦稀。故一書而全補非易，予向藏者止有半部，疊經借抄、借校，始爲完書。可見書之不易購矣。是本有格與無格，一不同；有格者又抄手非一，更不同矣。然中多缺誤，復賴校元刻而正之。甚哉，古書之不易購也。復初氏記於滂喜園。〔五〕

【校勘記】

〔一〕家鈔本足之　「足之」原作「是正」。是書今藏國家圖書館，著録作《續資治通鑑後集》十五卷，據該書黄丕烈手跋改。

〔二〕手校之　「校之」原作「校正」，據前揭黄丕烈跋改。

〔三〕番餅八枚　「八」原作「十」，據前揭黄丕烈跋改。

〔四〕楓江草堂朱氏　「朱」原作「宋」，據前揭黄丕烈跋改。「楓江草堂」爲長興人朱紫貴室名。據《清史稿藝文志補編》朱紫貴有《楓江草堂詩集》十卷、《文集》一卷。

〔五〕本條原缺，據前揭書黄丕烈跋補。該書有黄氏三跋，本條在卷十五之後。

40　蜀鑑十卷　明鈔本

《蜀鑑》一書，向少傳本，家中所儲，有張充之青芝子。手鈔者。昨歲，五柳主人以殘刻本見遺，缺首二卷，楮墨古雅，洵爲舊刻。卷端有「紅豆書屋」印。因檢惠氏《百歲堂藏書目》，於史部云「《蜀鑑》十卷李文子刻元槧。」，知爲松厓先生家藏本。惜所缺無由補全，心甚悵怏。後顧子千里歸江寧，爲予言伊師張白華先生家有此刻，遂丐歸影鈔足之。前有方正學序，是明初板矣。爰誌數語於卷首而重裝之。丁卯孟夏四日，復翁識。

41 宋紀受終考三卷 明刻本

余所收王蓮涇家書最多，皆得於其族孫處，則猶是家藏未散本也。就中有《孝慈堂書目》，分門編類，敘次頗詳，以之求蓮涇所藏，雖久散之本，按其册數之多寡、紙色之黄白，幾如析符之復合。可知書籍貴有源流，非漫言藏弆已也。頃郡中程姓書散，肆中購去，邀余觀之，見此册有「蓮涇珍藏」印，又有「太原叔子藏書記」印，遂攜歸取證。《書目》所云棉紙襯釘一册，依然在目。余與蓮涇之緣抑何深耶？爰著數語於卷端。嘉慶己未冬十一月晦日，蕘圃黄丕烈識。

42 思陵録二卷 舊鈔本

校周益公全集及此種，因憶藏書有鈔本，無周某集卷第幾字樣，或出于專本。遂取此本讐於所校本上，用朱筆，故此本間有朱筆抹者，皆因彼以知此之誤也。用「乀」者，據彼所有以知此所脱也。不盡據彼校此者，留此本面目爾。壬申四月朔，復翁識。

43 契丹國志十七卷 元刻本

《契丹國志》余向藏鈔本，其上方有小字標明書中眼目，衆皆以爲此必有所據。及觀書華陽顧氏，見元刻本，方信鈔本所自出果元本也。昨歲春間，鮑渌飲以元刻見歸，末尾卷多缺。急向顧氏借録，孰知顧本自十五卷以下皆缺乎，遂就其見存之卷〔一〕校補缺字而還之。至於鈔本與元刻又多不同，未必影寫，擬補缺字，未敢深信也。丁卯正月十有九日〔二〕，復翁。

歲在辛未仲夏，書友有以《契丹國志》鈔本求售者〔三〕。余見其裝潢，識是述古堂物，且與元刻款式同，因留閲。其所攜本適爲下册，遂請西賓陸東蘿鈔補余書之缺，亦一快事也。小暑後一日，雨窗，復翁識。

【校勘記】

〔一〕見存之卷　「之」原誤作「三」，據國家圖書館藏元刻本《契丹國志》二十七卷黄丕烈跋改。

〔二〕十有九日　「有」字原缺，據前揭書黄丕烈跋補。

〔三〕 求售者 「求」原作「見」，據前揭書黄丕烈跋改。

44 契丹國志十七卷 舊鈔本

余向藏《契丹國志》有曹彬侯手鈔本，繼又得鮑渌飲所歸元刻本，末亦多缺失，賴曹本補之。歲乙亥，有人指名相索，遂轉歸之，深惜從前未校其異於曹本也。近有書友攜舊鈔來，行款與曹本異，疑出元本。因憶試飲堂顧氏有殘元本在，遂借歸取勘，行款與書賈本同，特鈔時未必影寫耳。余抱殘守缺，喜爲古書補亡，乃丐諸顧氏，以家刻書易得，復借諸書賈，倩友傳録，照鈔本行款補於元刻本後。雖未必盡如元刻，然差勝於不知妄作者矣。惟是原鈔，不能無誤，傳録亦復多訛，十六至十九録誤者，寫手自改二十卷。後余手校，即校正補脱，不復剜改，恐時久脱落也。丁丑十一月二十有二日，蕘翁記。

《契丹國志》近時埽葉山房始有刻本，前此如元刻外無他刻，故自來藏書家皆儲鈔本。余何幸而兩收！元刻雖俱未完善，然屢得舊鈔補之，差勝不知妄作矣。年來力不從心，典籍大半散逸，然積習未除，抱殘守缺，時一留心，殊自笑書魔之猶在也。嘉慶己卯孟秋白露前一日識於縣橋小隱，黄丕烈。

45 十九史略詳解十卷 明刊本

是書舊名《十八史略》,元曾先之撰,見明《内閣藏書目》,陳殷音釋,洪武壬子刻。此則并首二卷爲一,而以梁敬孟《元史略》合之爲《十九史略》,刻於正統己未者,音釋則十八卷之舊也。傳本甚罕,故目録家均未之及。此爲季氏藏本,後歸汪氏訒菴,均有藏印,可寶也。蕘翁記。

46 國語二十一卷 校宋本

吾家所藏《國語》有二:一從明道二年刻本影鈔,一是宋公序補音南宋槧本。間以二本參閱,明道本《周語》云:「昔我先王世后稷。」注云:「后,君也;稷,官也。」則是昔我先王世君此稷之官也。考之《史記·周本紀》亦然。而公序本直云「昔我先世后稷」,讀者習焉不察,幾謂爲周家[一]之后稷矣。「僖二十四年[二],秦師將襲鄭,過周北門[三],左右皆免胄而下拜。」注云:「言免胄,則不解甲而拜。」蓋介胄之士不拜,秦師反是,所謂無禮則脱也。公序本又失去「拜」字,與注文大相違背。微明道本,於何正之?今世所行《國語》皆從公序本翻雕,知二字之亡其來久矣[四]。也是翁錢遵王識。在卷首。

宋板《國語》二本：一摹吾家明道二年刻本，比真本不差毫髮；一是宋公序補音刻本，段節分明，注解詳備。合而觀之，此書遂無遺憾。嘉靖中，吴門翻刻宋本闕誤多矣。錢士興記。

明道本《周語》：「單襄公曰：『驩，此其孫也。』」注曰：「此周子者，晉襄公之孫也。」「襄」字上應無「單」字，以公序本爲正。《楚語》「王孫圉」，明道本作「王孫圍」。衆皆作「圉」，未審孰是。士興又記。均在卷首敘後。

戴剡源先生讀《國語》曰：「先儒奇太史公變編年爲雜體，有作古之材。以余觀之，殆放於《國語》而爲之也。」此真讀書好古之識。世無識書人，但知蘇、歐，通套評論之而已。洞庭葉石君識，時年六十有七。三月十一日。在卷末。

錢遵王印寫錢宗伯家藏宋刻本，與今本大異，今歸於葉林宗。借勘一過。戊戌夏五月六日，常熟陸貽典校畢識。

六月十二日燈下覆校畢。敕先。在卷末。

宋本《國語》從來罕有，義門先生以不得購見爲恨事。此書晚出，可謂唐臨晉帖矣。末册有跋語，原尾可證。在卷首。楊紹和案：「此段係墨筆書，無款。以蕘翁辛亥跋語證之，當從陸校本過録，故附於敕先諸跋之後。」

乾隆丁卯照影宋本校,頗有俗字,不及新本之古。

十月從錢氏本再校。松崖棟記。

壬申正月上元再閲一過。

二月七日又閲一過。均在卷末。

朱墨校宋本《國語》,墨筆得之友人,朱筆得之沈寶硯,云「陸敕先校本也」。敕先本寶硯秘不示人,此特其臨本耳。壬申八月廿八日記,松崖。

墨筆所校與寶硯本略同,惟未校注耳。又記。均在卷首。

壬申九月又從陸敕先本校對一過。

十月從錢氏本再校。

宋公序本改從古字,頗失舊觀,當略從十之四五,餘當仍明道本刻刊也。壬申十月望後再記,松崖。

乾隆庚戌長至日,小門生朱邦衡臨校。

乾隆庚戌臘月,借同郡滋蘭堂朱秋崖臨校惠松崖校本參校一過。平江黄丕烈識。

庚戌秋於文瑞書肆得校本《國語》六册,係明翻宋刊本,而爲陸敕先校。敕先之跋,朱書燦然,大抵後人臨本。其校本之善否,猶未敢必也。適便訪余友朱秋崖,譚及是書,云有臨校惠校本，取而讀之，始知敕先果有《國語》校本。校《國語》者不止敕先，余所得者特敕先校本耳，不若惠校之從二本也。爰假録此。蕘圃烈書。

是書爲山東孔氏校刊本，書中確有改正處，特校未盡耳。余因得敕先校本，從同年賓嵎蔣君借閲一過。繼又借得秋崖藏本，思傳録一册，苦無他本。乃從賓嵎易得此書，喜之不勝，竭數晝夜之力而竣事。間以陸校本參互疑似，然猶未盡其同異。殘臘不及覆校，當俟諸來歲也。庚戌臘月望前，蕘翁丕烈又書。

辛亥春季校竣《説文》，後適五柳居主人陶藴輝思以《唐六典》易余所藏臨陸敕先校本《國語》，爰復以陸校覆勘一過，卷中墨筆皆從陸校參考而書之者也。彼此互校，尚多疑似，或更博考諸書以冀一得，乃云備耳。時三月下澣一日燈下，蕘圃校畢書。

此本爲浙人戴公名經所臨，乃西船廠毛氏師也，相傳陸校真本藏於其家。均在卷末。

此書首借朱秋崖所臨惠松崖校閲本對勘，而參以傳録陸敕先校本，亦可自信爲善本矣。繼得影寫明道本，屬余友顧澗薲正之。宋本之妙，前賢所校實多闕遺，遂一一考訂如左。書中稱影宋本者，皆盡美盡善處也。而今而後，《國語》本當以此爲最，勿以尋常校本視之。乾隆乙卯八月，棘人黄丕烈識。在卷首。

乙卯夏日用影宋本覆校一過。澗薲顧廣圻。在卷末。

【校勘記】

〔一〕 謌爲周家 「爲」字原脱，據《讀書敏求記校證》補。

〔二〕 僖二十四年 《讀書敏求記》作「襄王二十四年」。秦師過周北門事發生在周襄王二十六年，徐元誥撰《國語集解》云：「襄王二十六年，魯僖之三十三年也。」

〔三〕 過周北門 「北門」原作「國門」，據《國語·周語中》改。

〔四〕 其來久矣 「其」字原脱，據《讀書敏求記》胡菊圃校本補。

47 國語補音三卷 校宋本

此何小山校本，收於朱文游家。黄丕烈識。

48 新雕重校戰國策三十三卷 宋本

高注《戰國策》行世者惟雅雨堂本，此外曾見小讀書堆所藏影宋鈔本。若宋刻，僅載諸《讀書敏求記》中，云是購於絳雲樓者。然絳雲所藏有梁溪安氏本、梁溪高氏本，未知所購果何本也。既聞海内藏書家尚有兩宋本，一在桐鄉金雲莊家，一在歙汪秀峰家，余渴欲一見爲幸。去冬鮑渌飲來蘇，以金本介袁綬堦示余，訂觀於鈕非石寓樓，遂議交易，以白鏹八十金得之。此本楮墨精好，殆所謂梁溪高氏本歟？屬澗薲取影宋鈔本參校，識是勝於鈔本，澗薲已詳跋之矣。余謂古書流傳，不可不詳其原委。姚宏所注補者非一本，見於吴正傳之言。正傳云：「予見姚注凡二本，其一冠以目録、劉序，而置曾序于卷末，其一冠以曾序，而劉序次之。蓋先劉序者元本〔一〕也，先曾序者重校本也。」今觀此本字畫，定爲紹興初刻，影鈔者當是重刻本，故行款略爲改竄，宋刻本每葉廿二行，行廿字。影宋鈔本每葉廿行，行廿字。而字句亦微有不同。序録一篇，此本在卷末李文叔等「書後」四條之前，姚宏題語又隔一行而附於後。影鈔本則曾序居卷首，而李跋等仍在後，姚宏題語不隔一行。其非一本可知。蓋影鈔之本或即梁溪安氏本，遜而居乙者耶？至於此本之疑爲絳雲所藏，别無確證，惟首册缺目録四葉、一卷一至六葉、末册序後五六葉，當是藏書者圖章題識，淺人撕去之故，豈不可歎！特未識汪本又何如耳，俟徐訪之。汪秀峰與錢聽默最友善，嘗謂錢曰：「吾有宋刻高注《戰國策》，有人需此，當以美妾易之。」今聞作古，未知書在何處。嘉慶歲在己未二月望日，檢書至此，爰題數語以誌顛末。回憶去冬得書之時，在臘月望日，雨雪載塗，肩輿出金閶門，與渌飲、綬堦、非石盤桓茶話，以爲消寒，計者已兩閲月矣。非石有詩贈余，當倩渠録於此册，以誌一時韻事云。棘人黄丕烈識。

雨雪簾纖至〔二〕，同心聚一樓。不嫌疏食薄，忘卻旅人愁。宋本今纔見，牙籤昔已收。

延津欣會合，歲暮足優游。爲蕘圃二兄志題新得宋本《戰國策》跋尾後，洞庭山人鈕樹玉拜稿。

昔余赴禮部試入都，於收舊攤買得「宋板戰國策」牙籤二，未知誰氏物。書去而籤存，殊令人繫思也，攜歸棄置篋中久矣。今得此書，不啻籤爲之兆，爰屬澗蘋影摹於册，俾得附麗長存云。蕘圃。

忽覩奇書至，來從五硯樓。此書耳熟已久。雲莊有親程念鞠于去秋曾以書目一紙，需直五百金，一并售去，此書與焉。冬間鮑丈來蘇，云獨買此書須待歲莫。及季冬中浣，果由袁綬堦處攜來，始得見之。歲闌驚客去，得書之日，綬堦先有札來云：鮑丈急欲歸去，如不成議，即還之。余因出城面晤。金盡動余愁。鮑丈前晤時曾説五十金，既綬堦札中有非百金斷不可之説。時余因往購宋本《咸淳臨安志》，摒擋殆盡，攜六十金而去，餘就非石處暫貸之。秘册誰先購，此書爲郡中毛榕坪購得，雲莊其親也，豪奪而去。澗蘋爲余言。餘函待續收。書目一紙，有元吴草廬《春秋纂言》、高注《戰國策》、大字元本《唐律疏義》廿四本、《王摩詰集》二本、宋板《孟浩然集》五本、宋本《韋驤集》、宋本《林之奇集》、《元秘史》。今《戰國策》既爲余得，而韋、林兩《集》余亦見過，當訪其全。所藏吾許借，余有影宋鈔孫之翰《唐史論斷》，雲莊曾托念鞠來借校。余惜書癖，復萌拒之，後以鈔本托校，又因補録文繁，未及竣事。雲莊遂有嫌，屬鮑丈以此書來蘇，可歸袁，勿歸黄。好作浙東游。澗蘋與雲莊友善，去秋見書目，屬念鞠取示各樣本，未之許，擬買舟往訪之。

二月二十六日，積雨悶人，非石著屐見訪，出書索非石詩，因題于首。余復用此詩韻續補前跋所未盡之意，率成一首。適綬堦亦來，在書塾與方米聚談，遂録于後，仍請非石、綬堦、方米諸君正之。蕘圃。

書付無雙士，圖歸五硯樓。良朋多作合，卒歲亦無愁。不惜餅金擲，惟欣秘笈收。今來觀跋尾，題句勝清游。重「無」字，以「可消」易「亦無」。

己未仲春，訪蕘圃二兄於士禮居，重觀所得宋刊《戰國策》，次非石題句韻請正。去臘，君得此書由余，而余得《南田畫册》由君，故詩中及之。漁隱主人袁廷檮拜稿。

琅函來有自，跋認絳雲樓。君祇藏書樂，人都卒歲愁。聚真緣所好，美亦定勝收。今日重開卷，同觀集舊游。方米居士夏文燾草。

人間真本在，勝借目耕樓。我獲銘心賞，君擔交臂愁。兼金誇未抵，雙璧擬都收。請捩桐鄉柁，相期換歙游。應蕘圃命繼和，瞿蕡顧廣圻稿。

【校勘記】

〔一〕元本 「元」原作「原」，據國家圖書館藏宋本《戰國策》三十三卷黄丕烈跋改。

〔二〕雨雪簾纖至 「簾」原作「廉」，據前揭書鈕樹玉題詩改。

49 高注戰國策三十二卷 影宋梁溪高氏本

吴師道云「剡川姚宏續校注最後出。予見姚注凡二本，其一冠以目録、劉序，而置曾序於卷末；其一冠以曾序，而劉序次之」云云。此即所謂「冠以曾序」之本也。宋槧原出梁溪安氏，陸敕先亦據以鈔校，刻入盧氏《雅雨堂》，但失其真矣。其冠以目録、劉序本，出梁溪高氏，宋槧之極精好者，今在黄蕘圃家，近將重爲刊行，與此有異同。此本世鮮蓄之者，自是《戰國策》一重公案，後人勿因其一刻再刻而漫視之也。嘉慶癸亥五月，書此留示阿和、阿道。回數家兄下世已閲七年，爲之泫然。澗薲居士廣圻記。在卷首。

此册影宋鈔本高注《戰國策》，東城顧氏藏書，由蔣春皋以歸於小讀書堆者也。抱沖故後，借其遺書，屬伊從弟澗薲校雅雨本，多所正誤，未及還而余適得桐鄉金氏所藏宋刊本，又爲校勘，又可正影鈔本之誤。書以最先者爲佳，信不誣矣。且高注宋刻向有兩本，此本非即從余所得宋本鈔出，故行款不同，字句間有互異。聊誌數語以著源流，俟與後之能讀者證之。嘉慶歲在己未二月花朝後一日黄丕烈識。在卷末。

50 高注戰國策三十三卷 影宋梁溪安氏本

《戰國策》高注本向傳二本，一出於梁溪安氏，一出於梁溪高氏，皆宋刻高氏本，余已刊行於世矣。安氏本影寫者出常熟陸敕先家，敕先跋語皆係親筆，并高氏異同亦黏籤於上。余甚珍之，以二本不可偏廢，并重昔賢手跡也。復翁炙研書。

51 五代史補五卷 校本

甲戌冬孟以舊鈔本校。每葉十八行，每行二十二字。末有徐駿跋，係手迹，謂之徐本云。老蕘。

52 靖康孤臣泣血録不分卷 校本

此明刻本《靖康孤臣泣血録》，因是葉石君、孫慶翁兩家藏本，故收之。歲辛酉，得郡中青芝山堂所儲鈔本，遂手校一過於此刻上，覺勝此遠甚，命工重裝，藏諸篋衍。今日坐雨無聊，偶檢及此，爰題數語於後〔一〕。壬戌立冬後二日甲寅，黄丕烈識。

【校勘記】

〔一〕 爰題數語於後　「於後」二字原脱，據臺北圖書館藏《靖康孤臣泣血録》不分卷黄丕烈跋補。

53 建炎時政記三卷 校舊鈔本

嘉慶乙亥夏日，愓甫借讀一過。在卷首。

甲戌季冬，余新知陳仲遵爲余言，遺經堂近有舊書一單，大半皆鈔本，曾見之乎？余曰未也〔一〕。蓋時迫歲除，無暇爲此冷淡生活，故久不至書坊，即書友〔二〕亦久不來也。大除偶過玄妙觀前，遂至是坊蹤跡之，檢及是册，苦不知其載於何書目。偶與仲遵談及，謂是書係李忠定公所著，載在《郡齋讀書志》第五卷上廿二葉，并借余鮑氏知不足齋鈔本，因手校一過。鮑本實有可正是本誤處，然每卷脱去起止一行，又每日多接連，空格多作某字，且改「赤」爲「尺」，皆非古書面目。究不如此怡顔堂鈔書之爲舊也。乙亥正月十日記，復翁。

【校勘記】

〔一〕 余曰未也　此四字原脱，據臺北圖書館藏怡顔堂舊抄本《建炎時政記》三卷黄丕烈跋補。

〔二〕 書友　「書」原作「坊」，據前揭黄丕烈跋改。

54 梁公九諫一卷 舊鈔本

《梁公九諫》一卷，賜書樓藏舊鈔本，此載諸《讀書敏求記》中者也。今此本有「賜書樓」圖記，字跡又舊，則其爲述古堂物無疑。賜書樓未知誰氏，余所藏《張乖崖集》宋闕鈔補者，每葉板心皆刻「賜書樓」，所鈔字跡，審是明人書，未知即此家否。此本卷中首葉有「辨之」印，此姑餘山人沈與文也。尾葉有一印，其文曰「姑蘇吳岫家藏」，此吳方山也。皆吾郡中人。二人皆明嘉靖時人，皆藏書家，則此書之珍重由來已久。偶爲他邑所得，而仍歸郡中，物之流傳，固自有異，然更得也是翁一番記述，不愈足引重乎？嘉慶癸亥三月朔，黄丕烈書。

《題書紀事詩》久絶響矣，即欲爲《三益聯吟》之續，而良友弗聚，異書不來，意興殊索然也。閒窗檢點藏書，此《梁公九諫》一卷，仍用舊例，獨吟新詩，亦聊爲破寂之助云爾。

得「梁」字禁押本事。

九諫詞猶在，文章振李唐。安危資柱石，舉廢得津梁。氣挾雷霆厲，心争日月光。名臣傳表奏，《讀書敏求記》此入總集，《述古堂書目》則入表奏。應比賜書藏。

55 東家雜記二卷 宋刻本

世文於宣和六年嘗撰《祖庭雜記》,及從思陵南渡,别撰此書,改「祖庭」爲「東家」者,殆痛祖庭之淪陷而不忍質言之歟!考四十九代孫玠襲封衍聖公時,世文稱本家尊長,而卷中述世系訖於五十三代洙,計其時代,當在南宋之季,蓋後來續有增入矣。卷首《杏壇圖説》與錢遵王所記正同,竊意此《圖説》及《北山移文》、《擊虵笏銘》、《元祐黨籍》三篇亦後人增入,非世文意。蕘圃主人精於考古,其以吾言爲然乎否?辛酉十一月,竹汀居士錢大昕記。

《東家雜記》二卷,葉九來曾有宋槧本,而錢遵王因假借繕寫,此見〔一〕諸《讀書敏求記》者也。繼於顧抱沖案頭見有影宋本《東家雜記》,末有茱萸山人席鑑跋云:「往聞何義門〔二〕太史得宋槧本《東家雜記》二卷,毛省菴先輩從之影寫一本,余於丙申仲夏得之汲古閣中。」據是則錢、毛二家皆有影宋本,而葉與何所藏宋槧本不知是一是二耳。今余於東城舊家得宋槧本,即爲毛氏影寫本所自出,是可喜也,敢不寶之!棘人黄丕烈。〔三〕

【校勘記】

〔一〕 此見 「此」原作「書」,據國家圖書館藏宋刻遞修本《東家雜記》二卷黄丕烈跋改。

〔二〕何義門　「義門」原作「□江」，據前揭書黄丕烈跋改。

〔三〕棘人黄丕烈　據前揭書黄丕烈跋手迹，此跋前有標題「題宋槧本東家雜記後」，「棘人黄丕烈」署名在標題下，非在文末，版心並有「後跋」二字。

56 孔氏祖庭廣記十二卷 元刻本

此先聖五十一代孫襲封衍聖公元措夢得所編，前載元豐八年四十六代孫宗翰《家譜舊引》、宣和六年四十七代孫傳《祖庭雜記舊序》。《家譜》與《雜記》本各自爲書，夢得始合爲一，復增益門類，冠以圖象，并載舊碑全文，因「祖庭」之名而改稱「廣記」，蓋仙源之文獻至是始備。書成於金正大四年丁亥，張左丞行信爲之序〔一〕，鐫版南京。此則蒙古壬寅年元措歸闕里後重雕之本也。壬寅爲元太宗六皇后稱制之年，金之亡已十載矣。蒙古未有年號，但以干支紀歲，在宋則爲淳祐二年也。此書世無傳本，兹於何夢華齋見之，紙墨古雅，字畫精審，予所見金元槧本未有若是之完美者。向嘗據漢宋元石刻證聖妃當爲并官氏，今檢此書，并官氏屢見，無有作「开」字者，自明人刻《家語》妄改爲「开」，沿謬到今，莫能更正，讀此益信元初舊刻之可寶。嘉慶六年歲在辛酉五月五日庚辰，嘉定錢大昕謹題。

此記「正大四年訖功」一行當接卷首「資政續編」銜名。金元列銜多左行也，重裝時宜移此半葉於前合之。辛酉四月廿又三日，觀於何夢華三吾鴻景齋中，因題記。蕘生瞿中溶。

余往閲《讀書敏求記》，始知牧翁所亟稱者，有《東家雜記》、《祖庭廣記》諸書，然遵王皆以爲未見。既從葉九來假得宋槧本《東家雜記》繕寫，遂著於録〔二〕，若《祖庭廣記》仍無有也。余收書郡故家，得宋槧本《東家雜記》，自謂所收較遵王爲勝，惟《祖庭廣記》僅從《素王事記》見其摘録數條，仍以未見全書爲憾。今夏五月，余自都門歸，錢塘何夢華亦新自〔三〕山東曲阜攜眷屬僑寓於吴中。何固孔氏壻也，其奩贈中有元板《孔氏祖庭廣記》五册，裝潢古雅，籤題似元人書，因出以相示，余詫爲驚人秘笈。蓋數年來所願見而不得者，一旦見之，已屬幸事〔四〕，乃夢華稔知宋槧本《東家雜記》已在余處，謂此書是兩美之合，爰割愛投贈。贈書之日，適夢華將返杭，余贈以行資卅金。今而後，士禮居中如獲雙璧矣。余檢《菉竹堂書目》，有「《孔子實録》五册」，《文淵閣書目》有「《孔子實録》一册」，伏讀《四庫全書提要·傳記類存目》，有云「《孔氏實録》一卷，《永樂大典》本，不著撰人名字，末一條云『大蒙古國領中書省耶律楚材奏准皇帝聖旨於南京特取襲封孔元措令赴闕里奉祀』。案：元措以金承安二年襲封衍聖公。此書或即元措所撰歟？」今取證是書，與之悉合，方悟向來藏書目所云《孔子實録》、《孔氏實録》即此《孔氏祖庭廣記》也，特所記册數、卷數多寡不同，或有完缺之異爾。余於古書因緣巧合往往類是，而此書之得，雖遵王不且遜余之創獲耶？敢不詳述原委以志余幸。此書裱托過厚，圖畫皆遭俗手補壞，因損裝重修，纖悉皆還舊時面目。首册次序紊亂，各以原注小號順之，結銜一葉，舊分兩半葉離之，瞿木夫已正其誤，今亦合之。錢少詹之題跋、孫觀察之看款皆於夢華時乞題，今悉存其舊，他日當并《東家雜記》求辛楣先生作總跋，俾兩書並藏文宣事迹，粲然大備於今日，儒者可以資考覽，後人可以舉名籍。紀載缺如之憾，東潤老不得而訾議已。嘉慶歲在辛酉季秋月乙未日，黄丕烈識。

書中顔子從行小影謂聖像最真，昨同年友〔五〕張子和從蕺山書院來，摹得宣和聖像贈余，石刻之與板本纖毫無二〔六〕，益信《祖庭廣記》爲得其真也。《東家雜記》首列《杏壇圖説》，下附《琴歌》一首，反疑後人僞托，遵王亦作疑信參半語，有以夫！蕘圃又識〔七〕。

【校勘記】

〔一〕 爲之序 「爲」字原缺，據國家圖書館藏蒙古乃馬真后元年孔氏刻本《孔氏祖庭廣記》十二卷錢大昕跋補。

〔二〕 遂著於録 「遂」字原缺，據前揭書黄丕烈跋補。

〔三〕 新自 「新」字原缺，據前揭書黄丕烈跋補。

〔四〕　已屬幸事　「已」前原衍「而」字，據前揭書黄丕烈跋删。

〔五〕　同年友　「友」字原缺，據前揭書黄丕烈跋補。

〔六〕　纖毫無二　「纖」原作「絲」，據前揭書黄丕烈跋改。

〔七〕　蕘圃又識　「又識」原缺，據前揭書黄丕烈跋補。

57　諸葛忠武侯傳一册　宋刊本

此《漢丞相諸葛忠武侯傳》一册，計三十三番。宋刻精妙，裝潢古雅，吾郡文三橋藏書也。兹從武林購歸，與明刻本《練川志》並得，索白金八兩去〔一〕，余友陶藴輝實玉成之。《練川志》雖明刻，然破損不堪觸手，無暇裝潢。此册稍有蠹眼，紙或脱漿，命工整理之，加以絹面，居然觸手如新矣。余讀《書録解題》，見此書入於「傳記」，而《述古堂書目》亦載之，近則罕有傳本。矧此宋刻，當是侍講初雕，登諸《所見古書録》中，不誠爲吉光片羽乎。庚申冬季，蕘圃黄丕烈。

甲戌初秋，有裝潢工人從鋪首以青蚨五十六文買得破書一册〔二〕，内揀出舊鈔《漢丞相諸葛忠武侯傳》一册，持以質余。余取家藏宋刻勘之，疑非一本，蓋行款既不同，而字句間有歧異。此所擠入字，鈔皆無之，或舊鈔從未修本出也，遂用别紙校其異。至此本有破損全補字，可據以校其誤，而未全補者，更可據補，勿謂書有宋刻竟廢舊鈔也。復翁記。

距裝此書時，忽忽十五年矣。

【校勘記】

〔一〕 索白金八兩去 「去」字前原衍「而」字，據上海圖書館藏宋刻本《漢丞相諸葛武侯傳》一卷黄丕烈跋删。

〔二〕 破書一册 「册」原作「捆」，據前揭書黄丕烈跋改。然從一册内揀出一册，似有不通，疑蕘翁筆誤，而繆氏輯刊《題識》時據意改之。

58 松雪齋殘本行狀一卷 元刊本

嘉慶庚申秋，得元刊本《行狀》十二葉，手勘一過，正誤字如右。蕘圃。

59 古列女傳八卷 明刊校宋本

壬子歲莫，從東城顧氏攜來宋本《列女傳》二册，裝潢精雅，楮墨俱帶古香，心甚愛之。緣需直頗昂，僅留閱信宿而取去。簡端有牧翁題語，詳是書流傳始末甚明，蓋即所云内殿本也。閲歲癸丑新春，余以公車，悤悤入都，未及購買，迨夏初旋里，知是書已爲友人顧抱沖所得，心殊怏怏。既而思牧翁所有二内殿本雖出，而得于吴門老儒錢功甫者，世未之見。殿本既儲於顧氏，錢本必藏庋一處，托人往覓，果有一本繼出者，但紙色染黑，圖畫入時，力辯其爲贋本，而真本亦踵至矣。真本錢本也，與殿本印更前，故圖畫字跡較爲清晰，内野辯、阿谷兩葉殿尚缺，錢本獨完，正所謂白璧無瑕也。至王回、曾鞏兩序，殿本、錢本俱係鈔補，或宋本本無而從别本補足亦未可知，不足云玷也。周薌巖先生屬校此刻，故校錢本宋本於此，而以顧澗蘋所校殿本宋本參之。錢本、殿本非必兩歧，殿本或有修補之誤，錢本或有描寫之病，故瑕疵尚有未盡去者，仍俟善讀書人辨之可爾。乾隆甲寅四月下澣，黄丕烈識於讀未見書齋。

60 中興四將傳□卷 舊鈔本

余向藏《南渡十將傳》元刻本，中有闕葉，因借周丈香巖所藏《中興四將傳》，手補其可補處，繼爲友人指名相索去。案頭無是書，心殊怏怏。今年於劉時舉編《中興通鑑》，頗校勘再三，因思類於此等書者，莫如《十將傳》。適書友以是舊鈔《四將傳》，即收之，惜中多闕文，香巖又化去，不知前借之書可蹤跡否，姑訪之。得於伊令郎漱六之手，遂復手補之，誠快事亦幸事也。原本种、韓二傳别令寫出儷之。己卯秋孟下澣四日，復翁手識。

61　宋朝南渡十將傳不分卷　元刊本

余初見此書，徧檢諸家書目，皆無其書。偶訪周香嚴丈，云晁公武《讀書志》中有之，歸家檢衢本，無其書，後檢袁本，有之，然止《四將傳》，蓋劉錡、岳飛、李顯忠、魏勝也，亦出於史官章穎所撰而上之者。今香嚴所藏毛氏舊鈔本，先之以种諤傳，趙起撰者，此刻所無，後列韓世忠、劉錡、岳飛、李顯忠、魏勝傳，行款與此刻同。每卷不排次第，但云某人傳，無「重刊宋朝南渡十將傳」字樣，又無「宋朝南渡十將列傳」字樣，是必從宋時雕本出也。其不分卷第者，晁《志》本云《四將傳》，可無容別標卷第矣。韓世忠本不在四將列，故毛鈔本在《劉錡傳》前；《劉錡傳》前有《進劉岳李魏傳表》，此《十將傳》故無之也。傳惟劉、岳、李、魏有「史官章穎纂」五字，韓世忠以下皆無之，是必非章穎所纂矣，不知何時合編爲十將，而題曰「重刊」，又曰「宋朝南渡」，是必元人爲之矣。余因其爲秘本，出番錢二十枚購之，其同購者，尚有舊刻《楊鐵崖古樂府》。書估居奇，不肯獨售，此種以彼爲副。爾時嘉慶十年乙丑春三月二十有六日，黄丕烈識。

癸酉冬季，又從坊間購獲元刻東光張預輯《十七史百將傳》殘本，與此可稱合璧，惜半已失之，安得藏書家亦有舊本可爲鈔補乎？書此以俟。甲戌仲春，復翁。

62 紹興十八年同年小録不分卷 校舊鈔本

《紹興同年小録》，明弘治間曾有刻本。《浙江采輯遺書目録》詳言之。余友蔣藝萱之素好張東畬有此書，藝萱攜以示余，余亦欲得之，因物主寶爲宋刻，故議價未妥。去年殘臘，海鹽家椒升以此本來，易去青錢一千五百文。蓋猶是舊鈔，且傳本罕有，宜珍之以與元刻《元統元年進士題名録》並藏焉。嘉慶三年歲在戊午三月六日，黄丕烈識。

嘉慶己巳，恭遇今上五旬萬壽，各省大僚虔備貢品，書籍文玩亦在購辦之列。吾吴爲江南會垣，珍物雲集，城中特開貢局，景慶始開於前，大觀繼開於後。前所云弘治刻《紹興十八年同年小録》適出大觀之局，余借歸校勘，多所是正，惜物主仍視爲宋刻，未知可能成交否。向來以舊鈔書爲可寶，今歷觀諸書鈔本，最爲難信，即如兹録，脱落甚多，此其一也。惟舊刻自宋而元而明，初縱有舛譌，皆屬無心，非有意删削也。聊記於此，以爲讀書者示準則云。己巳七月十日，復翁識。

大觀局者，葑門彭宋兩家所開也。彭行三，號朗峯，宋亦行三，號曉巖，皆諸生。弘治本之《紹興同年小録》爲朗峯之兄彭梧岡物也，彭得於張，屢欲歸余，而其直總無的實數目。窺其意，仍視爲宋刻，故不之果，且係便家，似非重直，毋寧置之，則此書斷不可出矣。

筆之於此，以見書雖明刻，罕秘而不可得如此。甲戌仲春望後三日，春寒奇甚。復翁。以上各跋均在册末。

是册對弘治刻本可謂精審，然經後人挖去刻本人名，未知原本面目何如。余别得金陵嚴長明家鈔本，與此殊異，可參考之。時甲戌仲春望後三日，養疴西廂，檢此識。復翁。在卷首。

此録而外，尚有《寶祐四年登科録》，以文天祥榜故也。所見傳鈔本外，惟明刻爲最初本，然無刊刻年月。玩其版刻字形及紙墨，似較《紹興十八年同年録》稍後。昔曾於經義齋書坊見之，係無錫故家物，物主持來審是何時刻本，適余至坊間，故見之。彼視爲宋刻，故未敢問直也。閱歲辛巳，又從師德堂書坊見一本，彷彿與前所見相同，而視爲宋刻。物主之見解如合一轍，亦遂置之。計一百餘葉，卷帙稍益於《紹興同年録》。後知暫質於武林友人僑吳者張心栽處，余得復見之，故數其葉如此，爰書此附載於紙尾，以見二録舊本無過明刻云爾。道光辛巳秋八月，蕘圃識。在册末。

63 草莽私乘一卷 明鈔本

余性嗜書，非特嗜宋元明舊刻也，且嗜宋元明人舊鈔焉。如此書載諸《汲古閣珍藏秘本書目》，估直二錢，平日留心蒐訪，絶少舊本。此册爲平湖估人攜示余，因爲明人舊鈔，甚重之，蓋估人亦有所受之也。無論是書本屬史傳記類，爲足收藏，出于名鈔名藏尤爲兩美。即其第二跋中所言江上李如一之性情意氣亦頗可敬可愛，見圖籍則破産以收穫，異書則焚香肅拜。其與人共也，遇秘册必貽書相問，有求假必朝發夕至，且一經名人繙閱，則書更珍重，此等心腸，斷非外人所能曉其一二。余特爲拈出，知古人之好書有如是者，安得世之儲藏家盡如之，俾讀書種子緜緜不絶邪？是書之直幾六十倍於汲古所估，旁觀無有不詫余爲癡絶者。然余請下一解，曰今鈔胥以四五十文論字之百數，每葉有貴至青蚨一二百文者。茲滿葉有字四百四十，如鈔胥直約略相近矣，貴云乎哉？矧其爲名人手鈔也。道光甲申閏七月朔日，老蕘書於學耕堂之南軒。

自來藏書家經年代既久，即有名字翳如之歎。如江上李如一，此外絶無表見，唯所藏諸家書目有江陰李氏得月樓，未知即此人否。惜目中不載名氏爲恨爾。同日蕘又記。

私乘存公道，鴻文二十篇。綱常留大節，草莽示微權。感慨宋元際，表揚臣妾賢。讀之如有媿，掩卷淚凄然。老蕘讀書有感而作。

64 元統元年進士題名録不分卷 元刻本

此《元統元年進士録》，録前當有讀卷、監試、執事諸臣銜名[一]，今惟存監膳、供給、□造公服數人，餘皆失之矣。是年歲在癸酉，以十月改元，故列傳或書至順四年，其實一也。元自延祐設科，賜進士五十有六人[二]，嗣後遞有增加[三]，無及百人[四]之額者。是科增至百人，史家以爲「科舉取士，莫盛於斯」者也。廷試進士，例以三月七日，是年順帝以六月即位，故廷試移在九月三日。此亦當書於《選舉志》者，得此可以補《元史》之闕[五]。是榜蒙古、色目五十人，漢人、南人五十人[六]。右榜弟三甲弟十名字彦輝而名殘缺，末筆似「歹」字曳脚，以《元史·忠義傳》證之，當爲塔不台。「台」與「歹」元人多通用，「輝」亦與「暉」同也。李齊，貫保定路祁州蒲陰縣匠户，而史云廣平人；丑閭，貫昔寶赤身役，唐兀氏，而史云蒙兀氏，皆當以録爲正。榜中有兩丑閭、兩脱穎，敏安達爾與明安達耳音亦相同，蓋元人不以同名爲嫌。故其時秦王伯顔方專政，而進士亦有伯顔也。此百人之中，《元史》有傳及附見者凡十人：余闕、月魯不花、李齊、聶炳、塔不台、明安達爾、丑閭皆以忠義彪炳史策，而成遵之政績、張楨之讜直、宇文公諒之文學，亦卓卓可稱，此足以徵科舉得人之效矣。〔七〕宋世《登科録》傳於今者，惟王佐、文天祥兩榜，元之《登科録》前輩未有及見者，頃黄君蕘圃於書肆中偶得之，詫爲希有，屬余審定，爰記所考證於卷末。時乙卯重五日夏至，竹汀居士錢大昕。〔八〕

乾隆六十年乙卯之夏，偶過東城醋坊橋崇善堂書肆，主人出舊書數種示余，惟有校本《易林》係用陸敕先本校者，衹及一卷，餘未動筆。因需直昂，未之得也。最後以此録丐余品評，余曰：「此《題名録》也。」主人遂云：「既是《題名録》，定是無用物，想君亦棄之矣。」余曰：「子如不索重價，我當置之。」主人曰：「我需錢一百四十文，君嫌貴乎？」余曰：「無用需貴價，有用索賤值。君等類如是，我何爲不得？」遂如數歸之。余雖知爲元代《題名録》，然所載人名自余忠宣、劉青田外不甚悉。久知錢竹汀先生熟於元代事，且有《元史稿》，必能悉其詳，遂攜示先生，并乞其跋。既而先生來，欣喜殊甚，謂余曰：「此録於《元史》大有裨益，勿輕視之，余已詳跋之矣。」蓋跋語元元本本，殫見洽聞，苟非胸熟《元史》者，何能輕吐一字？余既重其書之有補於《元史》，且重先生之跋足以表章是書也。急爲重付裝池，再加表托，其費幾至數十倍於書價而不惜，誠不敢效書賈〔九〕之視有用爲無用耳。余於史事不熟，無能道一字，不過敘得書之由，并著書之無用而有用，或待後人之賞鑒而始彰也。古來《題名録》，惟紹興、寶祐兩科最著於世，而此録世無傳本，宜先生之珍重若是。然余謂《紹興同年録》僅見弘治刊本，《寶祐録》雖明刻，亦未見。惟此尚是元刻，則此刻真古於弘治本矣。近擬輯《所見古書録》，自序云〔一〇〕：「編殘簡斷，市希駿骨之來；墨敝紙渝，窺詡豹斑之見。」吾於此録，亦存斯意爾。嘉慶二年歲在丁巳季春月下澣一日，讀未見書齋主人書。〔一一〕

【校勘記】

〔一〕諸臣銜名　「名」字原缺，據《潛研堂文集》卷二十八收《跋元統元年進士題名録》補。

〔二〕五十有六人　「有」字原缺，據前揭錢大昕跋補。

〔三〕遞有增加　「加」字原缺，據前揭錢大昕跋補。

〔四〕無及百人　「無」前原有「應」字，據前揭錢大昕跋删。

〔五〕得此可以補元史之闕　「得此」二字原缺，「元史」原作「史文」，據前揭錢大昕跋補改。

〔六〕五十人　此三字原缺，據前揭錢大昕跋補。

〔七〕「右榜弟三甲」至此，《蕘圃藏書題識》訛誤甚多，如「廣平人」誤作「廣單人」、「弟十名」作「弟十六名」、「當是塔不台」誤作「常是塔不台」、「輝亦與暉同」脱去、「彪炳史策」作「顯名」、「得人之效」作「得人之數」等，且語序混亂，難以校改，乃據前揭錢大昕跋替換。

〔八〕「宋世登科録」至本段末前揭錢大昕跋無。「夏至」前原重一「日」字，據《士禮居藏書題跋記》卷二删。

〔九〕　效書賈　「效」原作「如」，據國家圖書館藏影元抄本《元統元年進士題名録》不分卷過録黄丕烈跋改。

〔一〇〕　自序云　「自」原誤作「目」，據前揭書黄丕烈跋改。

〔一一〕　「嘉慶二年」　至此二十三字原脱，據前揭書黄丕烈跋補。

65　元統元年進士題名録一卷　鈔本

嘉慶二年春正月，從郡城醋坊橋崇善堂書肆獲睹此元刊本，亟購歸質諸錢竹汀先生。先生據之駁正《元史》數條，作跋見示。余因裝治成帙，播諸友人，而是録遂有聞於世矣。得書之後十日，蕘翁記。

66　國朝名臣事略十五卷　校鈔本

丙寅春，買得惠氏遺書，中有蘇天爵《名臣事略》一書，惜止七卷。余家雖有鈔本兩部皆全者，然未敢信其必從元刻出。因假得香嚴書屋藏元刻本，照其行款補録八卷至十五卷，此七卷似係舊鈔，未忍輕棄，遂用之手校元刻於上。孰知行款既未同，文理亦多謬，甚至脱落幾葉，此僅空幾字以誌之，始知鈔本殊不足信也。本擬仍照原刻録出，奈工費浩繁。且此惠藏殘本，終歸無用，故勉爲校勘，聊存梗概。俾知書非初刻原本，即舊鈔亦不可憑，如此爲之發一浩歎。嘉慶十一年十一月望後三日，蕘翁黄丕烈識。

嘉慶十二年春二月，余在吴中，蕘圃黄君以《名臣事略》寫本十五卷見贈。其所藏全者有兩部，此其一也。越半年，復見其案頭有手校惠紅豆所鈔殘本七卷而以周香嚴藏元刻本補鈔八卷者，因亟借歸寓所，對勘一過，知惠鈔殘本所缺者，此本亦缺，所誤者，此本亦誤。至第二卷既缺二葉，又第九卷缺一葉，第十一卷缺六葉，又缺許序三葉、王序一葉，前後共缺十二葉。而脱句誤字尤不可勝數，即如開卷書名，本題《國朝名臣事略》，而鈔本盡作「元朝」，明係後人改竄。是書不校，大失本來面目矣。蕘翁原跋今并録之。海寧陳鱣記。

67 國朝名臣事略十五卷 校元舊鈔本

《名臣事略》吾家曾蓄元刊本，乃吴枚菴舊藏物也，中有漫漶。丁卯季秋，蕘圃黄君易去，以香嚴書屋精本校爲完璧。余後得此鈔本，中多闕字，與元本漫漶處正同，想即祖前本録出耳。且鈔手甚劣，有全行脱落者。今閒居多暇，因復從黄君假得校定元本校讀一過，闕者補之，譌者證之，雖遠遜古刻，若供翻閱則猶可爲善本也。嘉慶己巳重陽日，長洲張紹仁記於緑筠廬。

道光三年癸未春，因友人收得貝磵薌家書，中有舊鈔本蘇天爵《名臣事略》，係王西沚家物，其實是明時澹生堂鈔本也，思購之以臨元本。元本原係執經堂物，余向年承訒菴相讓，故訒菴所留反屬鈔本之校元刻者。余於去年歲除料理歲務，以古書爲活計，元刻亦轉歸他所。今從友人易此舊鈔，從是本手爲校勘，復得補校幾個漏落字，或所據元刻有初印、後印之不同，抑澹生主人從義長者改竄，他日仍擬再借元刻一參之。冬至後三日，蕘夫識。

所鈎勒行款，惟十卷參差一行。并記。均在卷末。

68 國朝名臣事略十五卷 校澹生堂鈔本

蘇天爵《名臣事略》一書世多鈔本，其元板甚鮮。往年吴枚庵家有之，爲張訒菴所得。時余與訒庵未甚稔，謀諸師德堂主人，以鈔易刻，俾校元刻，因是訒庵有校鈔本，而予則有元刻矣。年來力絀，宋元版書日就散逸，元刻歸琴川愛日精廬，余則鈔本亦無故未再校。適見此澹生堂鈔本，復易諸友人所，而借訒菴手校元本增補缺失，改正訛謬，於去冬十一月中手校一過。凡所增補，悉附於後，恐失真也。書之貴元刻而舊鈔之不可信，有如此者，校本之重職是故耳。道光四年甲申二月花朝後一日，老蕘識。

69 國朝名臣事略十五卷 張氏景元刻本

蘇伯修《名臣事略》十五卷，世間傳本絕少，祇近刻活字本，序文、目録俱未刊載。嘗見《汲古閣秘本書目》載有元刻本，卒未得見，月霄以銀六十餅易之於吴門黄氏士禮居，行列精整，真元槧也。今春向愛日假歸，以活字本校之，舛錯脱略不可枚舉。其卷二之三「丞相楚國武定公牧菴姚公撰神道碑」條内，由「此子大」下脱去八條，計元刻二葉五十二行。卷九之二「太史郭公行狀」條内「且緩其言」下脱元刻一葉。卷十一之三「樞密趙文正公神道碑」條内「師取四川」下脱去元板六葉，直接卷十一之四「賈文正公事略」，「十六年李梓發盜據南安，公虞他將往則爲暴，堅其不下」，元刻提行，活字本以之混入「趙文正神道碑」内。更多誤謬，此特就其大者言之。其他每條内脱數句或一行半行，誤十字五字者，每葉内必皆數處，不有元刻，孰知其錯誤至此哉？至元時譯語，彼此互異，未知近刻所據何本，大抵殘文斷簡，不免後人妄意增減，必所據非元刻，故有此耳。因乞子待席，大兄以歐書筆意參摹影寫一帙，視元本始毫髮無憾矣。是書裁取精審，與朱子《名臣言行録》、杜大珪《碑傳琬琰集》並足風世，又不獨以影元精鈔爲足貴也。道光丙戌秋七月望後，琴川張蓉鏡芙川氏跋,時年二十有五。

向余收得紅豆書屋藏鈔本《名臣事略》,中多闕失,因見吴伊仲藏元刊本,借歸手校,知鈔本所少者不僅在字句之間,元刊固可寶也。後爲執經堂張氏所有。時張猶與余未甚熟識,故托坊友轉商之,出重直購此,而以手校本贈之。既而别從他所獲見又一本,與此刻同索直五十餅金。力不能兼蓄,取對影鈔補者,纖悉都合,方信前人重書,必得刻本影鈔,方非不知妄作。所補葉有伊仲圖記,當即其所補。伊仲作客楚中,將書存貯友人處,竟致遺失,幸爲張君所收。張又因余之愛而轉歸余,蓋以余爲書知己耳。曾幾何時,而已三易其所。甚哉!書之難久聚也。蕘夫記。

70 漢天師世家一卷 鈔本

此《漢天師世家》一卷,錢遵王家物也。余觀《讀書敏求記》,以此書列諸「譜牒」門。既得是書,見有虞山錢遵王藏書圖記,益信其爲述古堂物無疑。今春觀書於華陽橋顧氏,啓廚見有《漢天師世家》一册,雖屬刻本,然余本亦是影鈔者,不甚重之,後爲余友顧抱沖得去。爰從假歸,繙内《重編漢天師世家引》二葉宜附於末,脱十三葉、二十四葉、四十一葉宜補空白。鈔本即從刻本所出,已不能纖毫不爽矣。至刻本亦爲錢氏所藏,通體無圖記，而卷末一行上有「嘉靖四年」四大字，筆畫甚潦草，而殊有古意。下有「虞山錢曾遵王藏書」十一小字，字跡識是也是翁書，則其爲述古堂物亦可無疑，蓋與鈔本並藏，而後轉入席孫諸家者也。爰誌之以傳信於後。嘉慶丙辰九月，棘人黄丕烈書於王洗馬巷新居。

江陰繆荃孫、長洲章鈺、仁和吴昌綬同校輯。

蕘圃藏書題識卷三

史類二

71 華陽國志十二卷 舊鈔本

此書無宋刻，則舊鈔貴，兼有郡先輩錢罄室圖記，何義門跋，并朱筆評閱，古色斑斕，令人可愛。紙本霉爛破損，係義門返吴時覆舟黄流所厄，恐不耐展讀，命工重加裱托，改裝倒摺向外，庶免敝渝之患。予友顧澗蘋藏空居閣鈔本與此同出一源，然楮墨之間，古意稍遜，當讓此本爲甲本。因古書難得，并著之，以見罄室而外，空居亦足競爽也。黄丕烈。

72 三楚新録三卷 舊鈔本

丁卯夏借陳簡莊所藏吴枚菴手鈔本傳録，并校其誤脱。復翁。

73 錦里耆舊傳四卷 校舊鈔本

《錦里耆舊傳》四卷，蓋不全書也。余舊藏爲馮氏藏本，相傳爲歷來鈔録之本，祇後四卷〔一〕，故標題卷五至卷八。此本有竹垞老人記，未知即《曝書亭集》所跋本否。跋云三卷，又云至乾德三年止，殊不合也。昨以馮本校其異字於上下方，是者圈之，非者抹之，展卷可了然也。馮本亦有誤處，得此可正。書不嫌多置，職是故耳。立夏前一日，復翁記。

續案：竹垞翁跋云尋有除目二十六人，此册所載卻合。如馮本多「王昭遠右領衛上將軍」一行，雖亦止二十六人，而王昭遠一人兼兩官，未知所多者果確否也。并記。均在末卷後。

【校勘記】

〔一〕祇後四卷　「後」原作「此」，據國家圖書館藏《錦里耆舊傳》八卷（存四卷）黄丕烈跋改。

74 蜀檮杌不分卷 末附吴曦之叛　校舊鈔本

《外史檮杌》十卷，見於宋人之著録，而近所傳者，未知何自出。余向藏舊鈔本，較此少遜，頃借海寧陳仲魚藏本勘一過。彼分卷二，前後俱有序，其自序中語與宋人所載合，必非妄矣，因補録於卷中。此似出明刻，末有范得志跋可證。吴曦之叛[一]云云，又因蜀而附焉者也。丁卯夏五月廿六日，復翁黄丕烈識。

校陳本畢，因取舊藏馮已蒼本校一過。脱誤纍纍，誠較此本爲遜。而鈔手甚舊，必非無據者，其異同悉用墨筆標於上下方。統三本閲之，陳本爲勝矣，其前後序不識果出自《成都文類》[二]爾。復翁又記。

癸酉春莫，吴枚菴借此校本去，歸時見有紅夾籤者若干條，蓋從其本校出者也，因亦以紅筆著其緣由。四月立夏前三日，復翁。以上各跋均在册末。

【校勘記】

〔一〕吴曦之叛　「吴」原作「矣」，據國家圖書館藏舊抄本《蜀檮杌》二卷黄丕烈跋改。

〔二〕出自成都文類　「自」原作「於」，「成都」二字原脱，據前揭書黄丕烈跋校補。

75　重校襄陽耆舊傳一卷

《襄陽耆舊傳》五卷，晉滎陽太守襄陽習鑿齒彦威撰。此見諸《書録解題》者也，後來藏書如絳雲曾一載於目，世行未見古本。頃晤簡莊，云新得一專刻本，板甚古雅，當是明代刻。攜歸，見卷上有「晉習鑿齒」一條，并羅列唐五代人物，則此書之僞顯然矣，然猶不知僞自何人。適書友攜一彙刻本至，不分卷，無「重校」字樣，而末有紹熙改元初伏日襄陽守延陵吴琚識語，以爲係右漕司[一]舊有。此版歲久，漫不可讀，於是鋟木□□郡齋[二]，庶幾流以遺跡，來者易考焉。則此書殆僞自宋人乎？云重校者，殆襲習書之名而實匪其書爾。古書無傳本可質，聊備覽爾，不可以爲據也。敢以是質諸簡莊，簡莊[三]想亦以余言爲然。丙寅立夏後一日，蕘翁。

此本欠葉，因第十八葉與彙刻本文理不對，未敢以十七葉所欠者[四]照彙刻本補之，倘欲便於卒讀，可取彙刻本補之。然余究以爲不可信，聽之亦無妨也。又識。

【校勘記】

〔一〕以爲係右漕司　「爲」字原脱，據臺北「故宫博物院」藏明刻本《重校襄陽耆舊傳》二卷黄丕烈跋補。

〔二〕□□郡齋　「□□」非字迹缺損，前揭書黄丕烈手跋即畫兩方框。

〔三〕簡莊　此二字原脱，前揭書黄丕烈跋此處有重文符號，據補。

〔四〕所欠者　「者」字原脱，據前揭書黄丕烈跋補。

76 馬令南唐書三十卷 校鈔本

余向收得馮氏藏本《南唐書》二册，因家有舊刻，轉歸於周丈香嚴。後余適以舊刻歸他所,而案頭反無。馬書舊本遂從香嚴假歸,命門僕影録一本,録畢久未取對。日來梅雨淹旬,閒居少客,先用朱筆校録誤之字〔一〕一過,次臨朱筆校閱語於上方及行間,又次臨朱筆句讀,蓋重其爲馮氏藏本也。馮氏名舒字巳蒼。卷三十後墨筆所録跋語亦舊時巳蒼用朱筆識之者也〔二〕,分本亦照原本,册首册尾各有「上黨」長方印、「馮氏藏本」方印,兹不能摹其篆文,以楷書記其款式而已。嘉慶庚午夏至後一日,黄丕烈識。

卷中尚有顯然訛字,句讀亦有舛錯。沈欽韓記。均在卷末。

【校勘記】

〔一〕校録誤之字　「之」字原脱,據臺北圖書館藏《馬令南唐書》三十卷黄丕烈跋補。

〔二〕用朱筆識之者也　「之」字原脱,據前揭書黄丕烈跋補。

77　陸游南唐書十八卷　校本

汲古閣初刻陸氏《南唐書》舛誤特甚,此再刻者已多所改正。然如《讀書敏求記》所云「卷例俱遵《史》、《漢》體,首行書某紀、某傳、卷第幾,而注『南唐書』於下。今流俗鈔本竟稱《南唐書·本紀》卷第一、卷二三,列傳亦如之,開卷便見其謬」者尚未改去,其他沿襲舊訛可知其不少矣。陸敕先校本藏小讀書堆,傳臨一過,頗多裨益,藏諸篋中久矣。今蕘圃話及此書未得佳本，而余適欲得其重本之《野客叢書》，因舉以相易。蕘圃其姑儲此以俟，特未審遵王所藏、敕先所見是一是二。惜《敏求記》不言其詳也，他時庶乎遇而辨之。嘉慶己未五月，顧廣圻記。在卷末。

《南唐書》馬、陸並稱。余家舊藏元本馬書較時本頗善。陸書向無舊刻，頃從澗蘋易得傳録陸敕先校本，雖非舊刻，亦可與馬書並稱善本矣，毛刻附於《劍、渭南集》〔一〕以行。余所藏放翁之詩文皆有宋刻，惟此與《老學菴筆記》皆無宋刻，今得此校本，差可與《老學菴筆記》校本並藏，日後儻得舊本，不可取以相參證乎？嘉慶己未夏五月中澣九日，梅雨連朝，陰霾積悶，書此以破岑寂。棘人黄丕烈識。

乙丑冬十月〔二〕得陸敕先手校錢遵王鈔本，復取此參一過。目録校改，悉如《敏求記》中云云矣。向時澗蘋跋云「特未審遵王所藏、敕先所校者是一是二」，今乃豁然頓悟矣，蓋錢遵王之鈔本較善也。蕘翁。

丁卯歲收得穴研齋鈔本，卷末一葉格旁有「虞山錢遵王藏書」七字一行，審是遵王手書，則陸取校者必此書矣。頃取出略爲對勘，時有歧異，未知其故，或遵王尚有別本邪？抑敕先校時有脱誤邪？張訒菴、吴枚菴各借此臨校，余記憶不清，謂已從遵王之原本〔三〕手校一過，今出穴研齋本鈔本證之，知未校過也，恐疑誤良友，書此自訟。乙亥五月二日，廿止醒人識。

【校勘記】

〔一〕 劍渭南集 「劍」下原衍「南」字，據臺北圖書館藏校毛氏汲古閣刻本《陸游南唐書》十八卷黄丕烈跋删。

〔二〕 乙丑冬十月 「十月」原作「日」，據前揭書黄丕烈跋改。

〔三〕 遵王之原本 「之」字原脱，據前揭書黄丕烈跋補。

78 陸游南唐書十八卷 校本

陸游《南唐書》向藏顧澗蘋臨陸敕先校本，其所據者蓋錢罄室鈔本也。兹册爲陸敕先手校本，然其所據又爲錢遵王鈔本矣。聞此書出張青芝山堂，多爲蠹蝕，其上方有補闕字〔一〕，亦飽蠹腹。重爲陸校，命工重裝。初得此書用番錢一枚，若以裝工計之，又多費幾番錢矣。予之愛書并愛藏書者，後人其諒予苦心哉！嘉慶乙丑冬十月，蕘翁識。

顧澗蘋云，在臨陸敕先校錢罄室本上。汲古閣初刻陸氏《南唐書》〔二〕舛誤特甚，此再刻者已多所改正。然如《讀書敏求記》所云「卷例俱遵《史》、《漢》體，首行書某紀、某傳卷弟幾，而注『南唐書』於下。今流俗鈔本竟稱《南唐書》本紀卷弟一，卷二、三〔三〕，列傳亦如之，開卷便見其謬」者尚未改去，其他沿襲舊訛可知其不少矣。予案：陸校錢罄室鈔本以上所云訛謬者具在，是罄室所鈔又一本矣。今得陸校錢遵王鈔本，目録悉如記中語，可知其佳。裝成略取罄室本一勘，此較勝之。唯是澗薲所云汲古有初刻〔四〕、再刻之别，今合兩本觀之，蓋同是一板，初刻者未修，再刻者已修也。特初刻中反有一二佳字合於鈔本，再刻反改去，或以修致誤耳。同日燈下參一過并記，蕘翁。

越歲丁卯五月，獲錢遵王鈔本，取對是本，所校盡同，則是本誠佳矣。若錢本不出乙〔五〕，安知不置於甲乎？復翁記。皆在末卷後。

【校勘記】

〔一〕有補闕字　「補」字原缺，據國家圖書館藏校毛氏汲古閣刻本《陸游南唐書》十八卷黄丕烈跋補。

〔二〕陸氏南唐書　「陸氏」二字原缺，據前揭書黄丕烈跋補。

〔三〕卷二三　「三」字前黄丕烈手跋有「卷」字，《讀書敏求記》無，據删。

〔四〕汲古有初刻　「古」下原衍「閣」字，據前揭書黄丕烈跋删。

〔五〕錢本不出乙　「出」原作「書」，據前揭書黄丕烈跋改。

79 安南志略十九卷　鈔本

從五硯樓藏胡茨村抄本錢少詹假讀手校本傳録。求古居藏。[一]

是書原本爲胡茨村藏書，余所藏他書亦有胡茨村印記，必好書之人矣。頃友人攜徐昂發詩抄本[二]，中有《題胡茨村畫像》二首，急録之以著其人之時代，并識茨村果好書者云。

金泥小字刻牙籤，連屋書囊當畫簷。盡日細繙黄白本，始知閒味十分甜。

銀魚焚卻幾經春，種竹開池寄此身。窗外碧雲高百尺，此君清態最宜人。

前一首可見校書之勤，後一首可想閒居之樂，令人企慕無已。惜姓名罕傳於世，賴所藏書及贈詩人以見之，亦危矣哉。復翁。

此《安南志略》存十九卷，末有脱。向爲胡茨村藏鈔本。余姻家袁壽階得之，錢少詹曾借讀一過，用硃墨兩筆手校，并加句讀。奈舊多訛脱，故句讀未全。余從袁本倩書手[三]傳録，兼臨校語，復自爲依樣點定，誠希有之本也。惟是行款原本參差不齊，并有錯簡，茲行款[四]改爲整齊畫一，錯簡亦依少詹手校者更正，讀畢誌其原委如此。壬申芒種後一日，復翁識。

八月中秋後一日，吴春生訪余〔五〕，見此本五硯樓舊藏者，爲有少詹手迹存，欲易之，因舉以畀之，余遂留此副本以備觀覽。少詹於庚戌年以致仕大員入京祝嘏〔六〕，其年適逢安南國王阮光平新册入覲，故少詹以此備掌故，借讀於五硯樓。跋云「庚戌七月」者，是年爲純皇帝八旬萬壽，祝嘏者先期就道，所以跋云「時在任城舟次也」。復翁又記。

【校勘記】

〔一〕此條原缺，據日本國立國會圖書館藏舊抄本《安南志略》十九卷上册封面黄丕烈題詞補。

〔二〕詩抄本　「詩」原作「諸」，據前揭書黄丕烈跋改。

〔三〕書手　前揭書黄丕烈手跋「書」字無，蓋繆荃孫輯刊《藏書題識》時據意補。

〔四〕「原本參差不齊」至此十三字原脱，據前揭書黄丕烈跋補。

〔五〕訪余　「余」字原缺，據前揭書黄丕烈跋補。

〔六〕祝嘏　「祝」原誤作「視」，據前揭書黄丕烈跋改。

80 東國史略六卷　校鈔本

黑筆照趙本填破損。卷六補脱文三條，仍用黑筆。

紅筆照趙本照校訛謬。有岐異即匡出，或遜此本佳處。

此鈔本《東國史略》六卷，善耕顧氏書也。蛀蝕損字雖黏補，無可填字。適吴謝堂氏書散出，余揀其尤者二種，此書卻與焉。因用朱筆照本校其異，以墨筆填其蠹痕，工未畢輒止，以書非所急，且校讎頗難，貯諸篋中久矣。日來晝長無事，時擾倦魔，偶取出畢之。吴本首有趙清常跋，謂録於燕京馮滄洲仲纓家，必是舊本。今校其字於顧本上，此又可以顧本參吴本取未盡善處也。嘉慶癸酉五月廿有三日，黄丕烈書。時身衣薄緜，幾忘爲夏至節，故能燒燭揮毫，不致蚊蚋交集。并記。在卷末。

81 輿地廣記殘本二十一卷 宋本

殘宋槧本歐陽忞《輿地廣記》，起十八卷四葉，盡三十八卷五葉，大較存廿一卷。季滄葦藏，有圖記。先從兄抱沖收得，維時周漪塘家先有是書鈔本，脱略譌錯殆不可讀，曾借去就所存者校正，深以爲精於後，外間復有從周借傳者。其題目，此殘宋槧則曰「重修本」，蓋緣第十九卷尾云「嘉泰甲子郡守譙令憲重修、淳祐庚戌郡守朱申重修」，第十八、廿三、廿九、三十一、三十五卷尾皆云「淳祐庚戌郡守朱申重修」故也。夫譙令憲、朱申皆自稱郡守而不署何郡，然則果何郡耶？以余論之，二人皆廬陵郡守也。忞書之板何以在廬陵？以忞其郡人也。是書撰於北宋政和中，由嘉泰四年甲子上溯之，相距凡八十餘年，而開雕歲月未有明文也。下數淳祐十年庚戌，首尾四十七年耳。兩次重修，皆郡守主其事，故前後二人並列焉。補葉雖漸多，初板終未全泯，固可寶也。此外又有朱竹垞藏本，曾在浙人韓姓家，所缺卷葉互爲不同，而俱缺者則尚有之也。不寧惟是，以此本相決朱本，乃另一翻板。何以言之？細勘廿一卷内，無一葉之同，即板心記數工匠姓名無不皆然，故曰另一板也。字形相近之譌，往往沿襲重修本，而且加多焉，故曰翻也。翻者，非他也，翻重修本而已矣。周漪塘鈔本正出於彼，其印本甚模糊，宜鈔本之脱落譌錯矣。今年病暑，餘暇借先從兄遺書來讀一過，知其原委，因即題於此首，庶將來有得見之者，據吾所言以覈其實焉。又竹垞藏本，聞汪君閬原近已買得，擬他日借來再勘之。嘉慶庚辰六月望後一日，元和顧千里甫記於楓江僦舍。

此殘宋本歐陽忞《輿地廣記》，自十八卷起至第三十八卷止，爲余亡友顧抱沖藏書也。初抱沖得諸華陽橋顧聽玉家，余未及借讀。適爲周香巖攜去，香巖告余曰：「此本與家藏鈔本行款相同，故得以知其移易卷第之迹，而鈔本似又從別本宋刻傳録，不及殘本之精。」余識其言不忘。既而抱沖作古，從其家借出，見其根題曰「宋板《輿地廣記》廿一卷」，以元、亨、利、貞爲次。于兩浙路上一册，有「宋本」圖記一，有「季振宜藏書」圖記一，知《延令宋板書目》有《輿地廣記》廿一卷，即此本也。蓋是本移易卷第，在滄葦收藏時已然，幸有鈔本可證，得以復其舊觀。爰命工重爲改裝，自十八卷後悉排編無誤。十八卷缺前三葉，三十八卷缺後幾葉，皆向來如此，闕疑可也。册數分四爲五，皆以每路之可分者爲定。書根字迹未敢滅去，俾《延令目》中所云有可考焉爾。嘉慶庚申歲春二月，黄丕烈書於士禮居。

82 輿地廣記三十八卷 校影宋本

此本鈔手惡劣，一依宋刻行款鈔，尚爲善本。余從顧明經抱沖處假得季侍御滄葦所藏宋本二十一卷校勘一過，其第十八卷「改曰建雄軍」以上全缺，當再訪善本補校，以成完璧。嘉慶戊午十一月冬至後四日，香嚴居士周錫瓚識。

初，余借抱沖藏殘宋本二十一卷校勘於聚珍版本上，苦彼此不對，因借香嚴家舊鈔本相證，知舊鈔與宋刊〔一〕甚近，特稍有差誤耳。時海寧陳仲魚見而假歸，遂録其副，自後還香嚴。香嚴手校宋刊於上，余復覆之，此戊午年事也。今乙丑冬，香嚴令鈔胥别寫清本，以此爲筆資，易余四金去，持贈鈔手。余前所校聚珍本已轉歸廬江張太守矣。嘉慶丙寅立春後十日，蕘翁黄丕烈記。

太守名祥雲，號鞠園，以養親乞歸，閩晉江人也。丁卯過吴曾見之，今聞以事下獄瘐死矣。壬申記。此段在前跋上方，故接録於後。

考《曝書亭集》宋本《輿地廣記》跋，知竹垞所藏仁和吴志伊藏本闕首二卷，後從[二]文淵閣本補寫。庚申春，余與海鹽友談及，云此本已於昨冬買出，歸乍浦韓配基，即竹垞舊物也。壬戌春，余計偕北行，配基亦以辛酉選拔朝考入都，把晤於京邸，許以十八卷已前鈔寫寄余。後余被黜還南，配基亦未得高等，聞亦回浙。然彼此音問不通，余未悉配基住居何處，至今不能補全顧本所缺者，可慨也。古書難得，即得矣，而不令同時[三]，雖訪得他本可補者，又以兩地阻隔。造物何不作美如是耶！丙寅穀日挑燈書，蕘翁。

韓本所藏，帶於行篋。應京兆試入都，中丁卯科舉人。近年五柳主人以伊弟京邸來札示余，知在京邸求售，索直朱提百金，久而未有覆音，蓋余托過五柳也。去年主人進京師，首以此書爲屬，今始帶回，已爲余出百二十金購之，蓋因京師風行宋刻之故。喜甚。展卷一過，知竹垞藏本爲確，而宋刻則未經淳祐重修者也。周藏鈔本即出是刻，故殘缺並同，所勝於顧藏宋刻者，不第有三至十八卷爲可貴，即顧本之誤字，兹可悉正矣。見韓本方信周本之鈔尚出宋刻，并悉顧本之誤已屬重修。由此以觀，非合諸本竟不可定何本爲最勝。今有宋刻之僅缺二卷本以爲主，此所磨滅損失處以顧本十九至卅八卷爲之補，又以周本照未經重修宋刻鈔出之本爲之證，庶幾乎其盡善矣。若韓本爲竹垞舊藏，竹垞所補二卷云出於内閣本。今觀卷一末亦有「淳祐庚戌郡守朱申重修」一條,知出於重修本,似與宋刻原本非一。至所據以校宋刻者盡屬閣本,恐不足據矣。蕘翁記,己巳二月望日。

中春下澣七日,破幾日工夫粗校一過,其前十八卷,第一、第二卷仍缺;三卷至十八卷固得其真矣;十九卷至三十八卷,宋刻面目此鈔本悉具;第三十二卷多缺少,鈔刻並同〔四〕,幸顧本有,可以補之。雖重修本,勝於無也,矧究爲宋刻乎?唯是朱藏宋刻所補朱筆及墨筆盡出俗手,竟無一處可據,明明有字跡可辨,而校者已亂爲填改,實爲白玉之瑕。茲幸有顧藏宋刻可證,又有周藏舊鈔可較,尚能得〔五〕什之一二。擬將重付裝潢,獨留宋刻之真者,一概朱墨之校據二本正之,豈不快乎!至内有閣本夾籤,其不可信,前跋已及之,可勿復論。復翁校畢記。

竹垞藏本序及首二卷從内閣本鈔補,並未明言閣本之爲刻與鈔也。茲獲見竹垞舊藏,校此二卷於舊鈔本上,有彼此原鈔異者,但載其字,有本同〔六〕而校補或校改者,悉以朱校識之。蓋原用朱校,未知以意校抑别有所據,不可得而知矣。閣本似出宋刻重修本,據卷一末有「淳祐庚戌郡守朱申重修」一行,知非宋時原刻。此舊鈔似即從竹垞藏本鈔出,磨滅缺失多同,特前二卷或在宋刻未失時鈔出,或别本鈔補,俱不可知。茲與從閣本鈔出者相較,實非一本,行款改易處時見,恐反據閣本,以失其面目,故前二卷擬存此舊鈔補宋刻所缺，或當日鈔在未失之先，則宋刻二卷不反藉舊鈔以傳乎？區區佞宋之心，苦爲分明，雖竹垞復生，宜有以諒我耳。己巳清明後一日，書於百宋一廛之北窗，復翁黄丕烈。

此鈔本即從朱竹垞翁藏宋刻初本出，首二卷或在宋刻未失之先鈔出，故與朱本所補不同。余翻宋本仍用朱本所補者，從其書之原也。此本可證朱本之同，周校朱筆皆顧抱沖藏宋刻覆本，存之以見其異，可與宋刻並藏，以悉是書之源流。甲戌正月記。均在卷末。

【校勘記】

〔一〕宋刊　「刊」原作「刻」，據國家圖書館藏清抄本《輿地廣記》三十八卷黄丕烈跋改。

〔二〕後從　「後」原作「復」，據前揭書黄丕烈跋改。

〔三〕不令同時　「不」前原衍「又」字，據前揭書黄丕烈跋删。

〔四〕鈔刻並同　「並」字原缺，據前揭書黄丕烈跋補。

〔五〕尚能得　「能」字原缺，據前揭書黄丕烈跋補。

〔六〕有本同　「有」前原衍「其」字，據前揭書黄丕烈跋删。

83 東南進取輿地通鑑三十卷 宋本

嘉慶十三四年間，各省大僚購辦備貢書籍，一時故家盡出其所藏以求善價。余得見所未見書亦頗不少，其中或大價未售，或價大而書殘者尤不售，以此余間得一二焉。此殘宋刻本《東南進取輿地通鑑》三十卷其一也。初，是書之名余友周丈香巖爲余言之。香巖見諸伊戚，所謂欲消白鏹三百金，特就香巖一決書之宋刻與否，而價之直不直本所弗計。香巖知其爲宋刻，並詫以爲嚮所未見，故爲余言之。余則性喜讀未見書者也，遂蹤跡之，而書已他往矣。蓋書爲無錫故家物，持來無與論價者即持去。余深以未見爲恨。昨歲，有鐫碑人王震初丐余助刊趙碑費，余稍有以贈之，且爲之轉告一二友人，王頗德余。余素稔其與無錫故家某某熟，托其物色此書，久而果以書來，謂伊友人轉訪而得之者，索直如前。余懇其留閱者纍月，議價再三，未諧，仍取去。此已巳季冬事也。今兹春，王公偕書主人之甥孫君持書來，云主人姓顧，係涇陽先生八世孫，家世業儒。此書尚是涇陽先生從都中寄歸者，有手札藏在家中，故纍代寶之。迄今欲贈人者，因族人有《廿一史》一部質在他所，以此書之價贖歸耳。余重其去書之意乃在乎得書，是不可交臂失之也。許以五十金，議遂成，爲志其顛末如此。庚午夏四月十三日，佞宋主人黄丕烈識。〔一〕

《東南進取輿地通鑑》自來藏書家惟傳是樓著録，然止云二十卷一本，亦不詳刻鈔字樣，則徐氏之書非即是本矣。此書名目在宋已非一定，檢《宋史·藝文志·史鈔類》，云趙善譽《讀史輿地考》六十三卷，一名《輿地通鑑》。陳氏《書録解題》云《南北攻守類考》，監奏進院趙善譽撰，進以三國六朝攻守之變，鑒古事以考今地，每事爲之圖。亦作三十六卷。兹所存者殆一半差弱，序全目佚，三十卷後割補之痕宛然，三國六朝之總圖、總論具存，其每事爲一圖，至晉而止。書之殘毁僅存者，正賴此宋刻祖本，豈非天壤間奇物乎？復翁記。

【校勘記】

〔一〕此據臺北圖書館藏宋刻本《東南進取輿地通鑑》六十三卷（存三十卷）黄丕烈跋補。此條題跋，《士禮居藏書題跋記》《蕘圃藏書題識》均略作「此爲無錫故家物，主人姓顧，係涇陽先生八世孫。此書尚是涇陽先生從都中寄歸者」，僅摘録數語而已。

84 天下郡國利病書三十四册 稿本

乾隆己酉九秋，友人張秋塘以《天下郡國利病書》原稿示余，其三十四册，蠅頭小楷，密綴行間，楮墨具有古氣。秋塘謂余曰：「此亭林真跡也，盍寶之？」余留閱一夕，至《山東省》，見卷首部葉不全，書中文義亦有殘闕，遂掩卷就寢而罷。明晨，秋塘索書甚急，因還之。然余猶不忍舍是書也，往晤秋塘，秋塘備述是書原委，云是傳是樓舊物，而徐後歸諸顧，顧後歸諸王，此書迺得自王蓮涇家。蓋蓮涇素藏書，而健庵係亭林之甥，其爲原稿無疑。即有殘闕，安知非即亭林序中所云「亂後多有散佚」者乎？重詢是書，已歸蔣春皋處,余方悔前此之不即歸之也。

閲歲至壬子春,有五柳居書友攜是書來,余且驚且喜,叩其故,知以古帖從春皐易得。方悟人各有所好,春皐所好在古帖,而是書不甚惜;予所好在古書,而是書得復來。遂以白鏹數十金易之。是書本數與《蘇州府志》「藝文門」所引子衍生曰「今傳寫本三十四册」之説相合,每本旁有小數自一至三十四,惟缺第十四本。兹之强分十五爲十四者,定係後人僞作。每本部葉標「某省」或「某府」字樣,序次先後起自北直而蘇、松、常、鎮、江寧、廬州、安慶、鳳、寧、徽、淮、徐、揚、河南、山東、山西、陝西、四川、浙江、江西、湖廣、福建、廣東、廣西、雲南、貴州、交趾、西南夷、九邊四夷而止。他省不分府,南直獨分者,蓋亭林籍隸南直,紀載加詳與。省府有上、中、下之别,恐卷帙繁重,故分之也。每本有「備録」字,始猶未得其解,覆按《肇域志序》有云「本行不盡則注之旁,旁又不盡則别爲一集,曰備録」,則此書與《肇域志》相出入亦未可知。否則如《利病書序》所云「有得即録,共成四十餘帙,一爲輿地之記,一爲利病之書」,兩書本合而存之與?至於《府志》載是書爲一百卷,而外間傳寫本又强分一百二十卷,今觀原稿並無卷次,則分卷之説俱不足信。且各省先後,傳寫本不復如原稿次第,故取對多所不同。即所闕之第十四本,或居十三本《河南省》之後,而所闕在河南;或居十五本《山東省》之前,而所闕在山東,皆不得而知之也。今十五本從「新店淺」云云起，決非完書，取傳寫本相對，《山東省》有起處數葉，《河南省》亦於起處多兩葉，余爲録入，非敢僞爲也，亦補其所當補耳。他若每本部葉，悉仍其舊。至某省某府以及「備録」二字，其爲亭林手書與否，任人以字跡辨之可也。本數多寡，已分三十四爲六十，有原稿部葉別之，仍可勿亂。〔一〕

【校勘記】

〔一〕此跋《士禮居藏書題跋記》《蕘圃藏書題識》均訛奪甚多，難以校改，兹據《續修四庫全書》史部第五九五册影印《天下郡國利病書》不分卷卷首黄丕烈題詞重録。王大隆重輯此跋，並補録缺失及錢大昕跋，見後文《蕘圃藏書題識再續録》卷一。

85 潮賾一卷 鈔本

此《潮賾》一書，據序文云是嘉定朱中有所作，徧檢宋人書目，均所未載此書，蓋得於蓮涇王聞遠族孫秋濤家，去歲甲寅事也。今兹夏孟，得書於朱丈文游處，蓮涇《孝慈堂書目》適在，是册編入「川瀆門」，注云「鈔白十一番」，數之卻合，則其爲蓮涇物無疑。且外間傳播絶少，可稱秘册，爰重裝而藏之。乾隆乙卯中秋後五日，棘人黄丕烈識。

86 吴地記一卷 校本

壬子季春，从余友顧鑑平轉假伊師張白華所儲《吴地記》及《吴郡圖經續記》二書，俱係錢叔寶校刊之本而龍公所梓者也，故合裝一册。余臨校《吴地記》於是本，間有錢本未善處，即辨正於下。至余所云據校本者，蓋錢本中硃墨所改，未知何人手筆，不及詳矣。其《吴郡圖經續記》當求他本臨校之。蕘圃烈記。

烈案：錢本有跋云：「大明萬曆二年歲次甲戌六月朔旦，郡理泰和龍公宗武捐俸編梓，版留長洲錢氏懸罄室。」

87 吴郡圖經續記三卷 宋刻本

余向聞任蔣橋顧氏有宋刻《吴郡志》，倩人訪求，得諸華陽橋顧聽玉家，蓋華陽即任蔣之分支也。聽玉之祖雨時先生喜蓄異書，手自讐勘，余從其裔孫處得舊鈔本《續圖經》，有跋云：「雍正十二年夏五月既望，於崑山徐氏購得葉文莊所藏宋刻本，校勘一過。」始知顧氏所蓄宋刻地志之書，范成大《吴郡志》而外，又有朱長文《吴郡圖經續記》。一日觀書華陽，適覩是書，楮墨精良，實勝范志，爰詢其直，需白鏹六十金，心愛甚而未之得也。閱載餘，以他事故至聽玉家，聽玉云：「此書於子爲雙璧之合，吾且非子不售矣，子曷歸之以比延平劍乎？」余重其書之不易覯，遂以五十金得之。卷中有鈔補處，皆明人錢罄室手迹。余嘗見錢氏有刻本[一]，云是從宋本校勘者，今取宋本對之，不特行款弗同，且訛舛誠復不少，則宋本之可珍益信。卷中又有新刻以僞亂真者兩半葉，亦後人過於求全，固無損宋刻面目。今而後搜輯吾郡故實者，得此益徵詳備焉。乾隆六十年十二月醉司命日，郡中棘人黄丕烈書於讀未見書齋之北窗。

【校勘記】

〔一〕刻本　「刻」原作「刊」，據臺北圖書館藏宋紹興四年孫佑蘇州刻本《吴郡圖經續記》三卷黄丕烈跋改。

88　吴郡圖經續記三卷　校宋本

壬子春仲，假得錢罄室校刊《吴地記》、《吴郡圖經續記》二書，合裝一册，爰以吴琯所刻《古今逸史》中《吴地記》校訖，思欲傳録。《吴郡圖經續記》余家未有其書，遂從同年沈書山借得此本，臨校一過。魚豕之訛，有錢本更甚於此本者，可知新刻之書亦未始無佳處也。黄蕘圃識。

蕘圃案：凡事必求其古，如書之原序亦必照舊式，如序中擡頭及序後結銜皆古式也，後人重刊不可妄易舊觀。如錢叔寶本猶守此義，因據以改正。

89 吴郡圖經續記三卷 舊鈔本

此鈔本《吴郡圖經續記》，末有錢磬室跋語，當是錢本影寫者。余得諸華陽橋顧氏，即朱筆可潛氏之後也。後又從伊家得宋刻本，爲葉文莊舊藏而錢磬室補葉，圖章筆跡，古色朗然。前人所言悉悉得其實證〔一〕，是可喜也。嘉慶己未，因題瞿安槎安槎即卷中鈐「中溶借觀」印者。《訪吴郡橋梁宋元石刻圖》而繙閱及此，爰并誌之。不烈。

【校勘記】

〔一〕悉悉得其實證　原脱一「悉」字，國家圖書館藏舊抄本《吴郡圖經續記》三卷黄丕烈跋「悉」下有重文符號，據補。

90 吴郡志五十卷 校宋本

是書得自余友張秋塘。同日又得《吴都文粹》。二書皆校自賓王，忽於兩地得之，喜甚。有跋語詳載《吴都文粹》後。先是，有書友攜舊鈔本來，祇有二十八卷，所少者在刻本十九卷至四十卷。舊鈔竟以四十一卷起，即續於十八卷後。以二十八宿排卷，竟無從知其殘闕，豈宋版彫殘，故影鈔之卷數若是耶？因其不全，還之。及得是書，知賓王所校亦據舊鈔本，復假以相對。惟十一卷「吴淵」名下小注「及鄭霖等」云云，刻本缺者舊鈔本皆有之，不獨如賓王所補也。今照舊鈔本足之，亦一快事。其餘大約相同，間有讐校附行末云。乾隆辛亥冬季，郡人黄丕烈跋。

91 雲間志三卷 鈔本

楊潛《雲間志》三卷，余見諸五硯樓，係新鈔□，後歸松江沈氏。頃坊友□□舊鈔本見示，□番餅五枚易之，補余所藏舊志〔一〕之闕。潛研老人云，宋人縣志存於今者，惟《剡録》與此爾。今余所收二志皆舊鈔，可謂幸事。歲莫無聊，藉此消遣悶緒。庚午季冬月二十日，復翁識。

辛未夏仲，沈綺雲以五硯樓本屬爲校勘，余倩陸子東蘿任其事。此本較佳，間有一二字可證此誤者，以墨筆作蠅頭字書于上方。校畢□□□□□識。

【校勘記】

〔一〕 所藏舊志 「藏」原作缺字框，據北京大學圖書館藏明抄本《雲間志》三卷黄丕烈跋補。

92 剡録十一卷　校影宋鈔本

此高似孫《剡録》殘本，從周丈香嚴藏本影寫者。周本爲姑餘山人沈與文所藏，卷中有「吴門世儒家」、「埜竹齋」兩長方印，又有「沈與文印」、「姑餘山人」兩方印，其爲明嘉靖時鈔無疑。遇「完」字作「宄」、「朗」字作「朗」，當是影宋鈔者。宋人地志最足取重，世有梓本，如范成大之志吴郡、陸游之志會稽等書，已不能盡得宋本面目，況宋本外絶無流傳者乎？此本流傳甚少，得此亦足珍秘。聞嘉定錢少詹家有全本，久假之而無以應我，蓋竹汀先生於此書非常所寓目者，一時尋覓未得，遂不能借鈔，殊爲悵然，識之以見古書難得全璧，所遇每如是。二册誤字不少，暇日當細爲手校一過。嘉慶戊午秋八月二十八日燈下，取周本對勘竣事，聊記於此，棘人黄丕烈。

此八卷至十二卷，余從錢少詹藏本補録者也。少詹本與周香嚴所藏影宋殘本行款悉同，而筆墨差少古致，大約國初人鈔本。前有「語古」小長方印，又一小方印，其文曰「髯」，皆何義門先生之章也。中多紅筆。

93 新定續志十卷 宋本

往余從書友包中見殘宋本《嚴州圖經》，因徧閱諸家書目，以究其書原委。恭讀《四庫全書總目》，僅於《景定嚴州續志》條下載有「紹興舊志」、「今佚」之語，而所收者爲《新定續志》，然民間未有是書也。歲庚申，聞浙省書坊從故家買得舊志，書幾至充棟，相傳有影宋鈔《寶慶四明志》，因屬書友之往浙省者贈以盤纏爲余代訪。越半月，僅以一種來，啓包見板口闊而黑，視之則《新定續志》也。心疑爲非宋刻，即持示同人。賣書人如錢聽默、藏書家如周香嚴雖皆素稱識書者，然但詫爲未見書，而宋刻與否，初不敢以意定也。惟西賓顧澗蘋與余賞析，謂非宋刻而何？因思余所藏《中興館閣録續録》有咸淳時補版，皆似此紙墨款式，間有闊黑口者〔一〕，可知宋刻書非必定白口或細黑口也。蓋古籍甚富，人所見未必能盡，欲執一二種以定之，何能無誤耶？是書前有方逢辰序，存三、四、五葉，然其中序述志成之由，謂出於錢君可則之守嚴，而《志》中「書籍門」載有「《新定續志》，知郡華文錢寺丞任内刊」云云，此爲向所未經表明者，故特著之。至於編纂爲浙漕進士州學學録方仁榮、迪功郎差充嚴州州學教授兼釣臺書院山長鄭珤，目録後及卷十終皆兩載之，亦可以得其始末矣。書凡十卷，目録完好，惟序闕三葉前，前或別有序〔二〕，皆不可知。顧余獨有奇焉者,序第五葉末餘紙有字跡反印者,當是水濕所致,驗之爲前《志》所載太宗皇帝詔敕文。爰憶曩所見《嚴州圖經》中有之,且版刻楮墨與《圖經》無二者,或二書本藏一處,相爲比附而行,不知何時散佚,令人區而二之,留此以待他日延平之合。蓋《嚴州圖經》僅載於《宋史·藝文志》,謂是董棻撰,八卷。《解題》及《通考》皆云《新定志》,八卷,董棻令升撰,紹興己未也,淳熙甲辰武義陳公亮重修。不知宋之志藝文者,何以稱爲《嚴州圖經》而不云《新定志》,抑或淳熙重修故改是名歟?按:方序中亦有「淳熙後闕而不修」之語。安得《圖經》並列,一一相爲證明也。《嚴州圖經》爲嚴姓物,嚴於數年前得之於崑山書集街,價止青蚨三兩二錢,藏經紙面,裝四册,止存三卷一百十九葉,云是太倉金元功家物。余檢葉文莊《菉竹堂書目》載有《嚴州圖經》,無卷數册數,當是葉傳諸金,而金又散出者也。先是書友攜是書來,索直百千文,余未及還價而即取去。後嚴持示錢竹汀先生,先生以爲秘籍,世無二本,當寶愛之。故近日欲請觀,每托言爲友人借去不能再見。然屬書友及與嚴素識者往探消息,總以議價定妥,然後索歸,則是書猶非不可復合者。惜余買書金盡,未能如數與之,以致書不復合,司書鬼與司錢神其能爲我一争勝耶?可歎!可恨!余既收得此未見書,因坐齋中讀之,而誌其顛末如此。嘉慶五年閏四月芒種後三日雨窗書,黄丕烈。

是書之來,湖人施錦章爲我向伊親陶士秀處訪來,所云故家,未知誰何。卷中有「吴焯尺梟」、「西泠吴氏」圖章,當是瓶花齋物也。先是士秀以番錢四枚買得宋刻《司馬温公集》，易余六十金而去，今聞其得故家書有三間屋，價止青蚨二十四兩，令人可歎可笑。此書以白金卅金相易，則其他之直錢，不從可推乎？然余謂書友之以書賺錢，原爲貿易常態，而此人頗不俗。蓋書友得書總以完善爲妙，若此書自目録後俱全，且有圖章鈐於首，儻欲求盡善，何不可以破爛不全之序文而去之乎？即此以見其有識，爲誌其姓氏云。

【校勘記】

〔一〕闊黑口者　「黑」原作「墨」，據臺北圖書館藏宋本《新定續志》十卷黄丕烈跋改。

〔二〕前或别有序　「前」原誤作「二二」。前揭書黄丕烈跋此爲重文符號，據改。

94　淳祐臨安志六卷　舊鈔本

今歲夏秋之交，賈人從乍浦韓氏得書數百種，盛稱中多舊本。書大都皆余所有，不復過問，惟相傳有《臨安志》六卷本，余甚疑之。蓋乾道則太多，咸淳則太少，遂就賈人處索觀其書。卷中所志，淳祐而止，余曰：「是必施諤《臨安志》也。」賈人初不知，因余言遂信之。擬與交易，云已售出，惜未歸之。頃晤簡莊，知是書在彼處，外府之藏也，當倩胥録其副。同人賦詩紀事，簡莊倡而兔牀與余和之，洵爲藝林佳話云。己巳季冬十有一月，復翁書於石泉古舍。

詩云,偶從吴市購得宋《淳祐臨安志》六卷,雖非全本,然自來著録家多未見,喜而有作,寄槎客先生。輸錢吴市得書誇,道是西施入館娃。《志》爲施諤所修。宋室江山存梗概,鄉村風物見繁華。關心志乘亡全帙,屈指收藏又一家。同郡孫氏壽松堂舊藏宋本《乾道臨安志》三卷,先生書庫有《咸淳臨安志》九十五卷,嘗刻一印曰「臨安志百卷人家」。況有會稽嘉泰本,賞奇差足慰生涯。同時購得《嘉泰會稽志》。吴槎客和作云:鳳舞龍飛詎足誇,錢塘遺事失宫娃。天教南渡支殘局,人想東京續夢華。朱鳥歌成空有淚,冬青種後已無家。與君鼎足藏三志,予舊有《乾道臨安志》三卷、《咸淳臨安志》九十五卷,皆宋刻及影鈔鈔本,合此爲「臨安三志」云。天水猶懸碧海涯。蕘圃和作云:甄别奇書卻自誇,秦娥未許混吴娃。《淳祐志》舊誤廁《咸淳志》中,故借用方言,卷事詳見《讀書敏求記》。闕疑向已無年號,所見《淳祐志》鈔本皆無年號。微顯今還識物華。半壁河山留六卷,累朝興廢得三家。東南進取忘前鑑,空使宗臣泣海涯。《東南進取輿地通鑑》三十卷,孝節先生趙善譽著,即陳氏《解題》、馬氏《通考》所云《南北攻守類考》也,宋刻藏無錫某氏,近始獲見,因價昂未之買。又庚午春日寄懷,槎客次前韻詩云:千元百宋競相誇,引得吴人道是娃。謂好曰娃,見《説文》。我爲嗜奇荒産業,君因勤學耗年華。良朋隔世忘雙璧,謂顧抱沖、袁壽皆。異地同心有幾家。真個蘇杭聞見廣,藝林佳話徧天涯。仲魚得《淳祐志》即佳話之一。

95 景定建康志五十卷 舊鈔本

嘉慶丙辰，從書肆得影宋鈔《景定建康志》殘本九册有半，問其由來，蓋浙省書攤以此爲模褙書籍之廢紙，已去其二册有半，彼以素紙易之，故奇零如是。予因假抱沖本鈔補，至丁巳冬竣事。抱沖本爲鎮洋聞公名珽字書堂之所藏，與嘉定錢少詹相友善，少詹曾從借觀，故附校語於其中。黄丕烈識。

嘉慶庚申，陽湖孫觀察借予是本寫樣付梓。孫僑寓金陵，從節署獲觀，康熙間敕賜宋本，間有闕失，故假影鈔本相勘。辛酉冬，以原書歸予，并惠新刻本，予逐一繙閱。其間實有誤處宜增補更改者，如卷一第六葉《留都圖》原本闕，宜存空白；卷十三第三十二葉原本有，宜補；卷二十二「古南苑」以下行款宜更正；卷二十九第一葉、卷四十五第一葉文異，俱宜更正。未知校勘時何所據，而不遵影宋本也。壬戌小春丕烈識。

96 咸淳臨安志九十三卷 宋刻本

余向購得鈔本《咸淳臨安志》，較朱竹垞集中所跋本多二卷，六十五、六十六是也。鈔本出盧學士抱經，校本云從鮑以文所藏殘宋槧本補録者，然則潛《志》宋刻流傳非一也。

每從藏書家訪問,知竹垞藏本尚在杭州,偶遇杭友曹竹林詢,悉是書即其親戚所藏,屬伊訪求,已閱三四載矣。今秋九月上旬,以樣本示余,余一見,信爲宋刻善本。每本部葉有楷書細目,似國初人筆,或即竹垞舊藏亦未可知。物主有議價,及書中刻鈔原缺,細數兩紙,自署曰「知稼主人」,未識誰何,而於書中面目開列明晳,當是藏書故家。既晤竹林,乃知此人王姓,學增其名,一貧孝廉。此書久質他姓,兹因明年計偕售去以爲行資,故特送覽以報昔日之命。但百二十千,缺一不可,余耳熟是書久,急出錢易之。全書卅册,既來,費半日功繙閱一過,内紙色黄者與白者有兩種,黄紙墨氣較好〔二〕,皆是宋刻原本,一卷、八十一卷至八十九卷皆鈔,餘卷中間有一二鈔補之葉,悉屬影寫,故刻工姓名及所刻字數上下略具,似非無據者。其六十四卷至六十六卷、九十卷、九十八卷至百卷仍闕如也。因思《曝書亭集》跋語云:「予從海鹽胡氏、常熟毛氏先後得宋槧本八十卷,又借鈔一十三卷,其七卷終缺焉。」今刻本八十三卷,鈔本十卷,似非竹垞故物。然查德尹《查浦輯聞》云:「杭州府志在宋則《淳祐志》、《咸淳志》,《淳祐》施諤。已不復存,《咸淳》則竹垞先生與當湖高詹事士奇合成若干卷,尚缺十卷。」查所云缺者,當是原缺七卷之外所鈔十卷,似與余今所見之本合。查又云:「紙色墨香與書法之美,真目所未覩。」余今所見本亦然,其爲竹垞故物無疑。再檢杭大宗《道古堂集》,有跋云:「書凡百卷,舊藏花山馬氏,吾友吴君尺鳧以二十千購抄其半，其半則得之〔二〕王店朱檢討家。《碑刻》七卷仍缺如也，好事者往往從吴氏借鈔。鈔胥憚煩，每割去大文長記，以是世鮮善本。辛亥歲同在志局，尺鳧攜是書來，予與趙子誠夫共相參校，乃得睹悉真贋，輒歎求書之難。適檢討孫稼翁以宋槧十七册求售，亟從臾誠夫以三十金易之。」由是以觀，竹垞故物本在杭州，今是書果輾轉流傳而出者歟？惜卷數、册數今昔多寡、分合又有不同，豈後人之所爲，抑或前人稱之不得其實乎？唯所缺六十四至六十六爲《人物》，九十、九十八、九十九爲《紀遺》中之《紀事》、《紀文》，一百爲《紀遺》中之《歷代碑刻目》，宋本原目具志中，杭云《碑刻》七卷仍缺如也，未免考之不的爾〔三〕。今書中藏書印，黄紙者均有一大印、二小印，大印爲「高平家藏」，小印一爲「朝列大夫之章」，一則加印於舊印之上，模糊莫辨，似爲「國朝三代先朗」；白紙者卷七十五至卷八十首末皆有「汲古毛氏」印。古籍流傳原委有自，洵可寶也。得書前夕，鮑丈適來晤，言及此，云向所得殘宋本在吴兔牀處。兔牀余亦往來，擬作札商之，或二卷宋刻可得，豈非盡美哉！嘉慶三年歲在戊午季冬月中澣八日，雨窗翦燭書，棘人黄丕烈。

歲庚申春，從吴兔牀處借得六十五、六十六卷，仍係鈔本，旁有「知不足齋影宋鈔」字樣，當非無據也。爰屬西賓顧澗蘋傳録，俟裝潢時一并補入。頃鮑渌飲來訪，談及是書，遂取視之，問其在杭州曾見過此書否。渌飲云，書雖未見，然聞其爲黄姓物，所稱知稼主人,當用宋人知稼翁故事,則竹林傳述以爲王姓者誤爾。又詢其所多二卷宋刻何在,云在孫氏。蓋鮑得此書有兩部,一歸孫,一歸吴。吴之二卷即從孫之二卷影寫者,以之補闕尚非不知而作云。五月朔,坐雨讀未見書齋書此,蕘圃。

壬戌從都中買《夏季搢紳》,偶見浙江寧波府定海縣復設訓導,有王學增其人,始知竹林之言爲不謬,而緑飲所聞爲未確也。古書源流余喜考訂,故一藏書之家而必求其實如此。

此書收藏已閲五載矣,原裝三十册,墨敝紙渝,幾不可觸手。今夏六月始命工重裝,細加補綴,以白紙副其四圍,直至冬十一月中竣事。裝潢之費復用去數十千文,可云好事之至矣。分裝四十八册,以原存部面挨次裝入,俾日後得見舊時面目。其中除六十五、六十六新鈔外,尚有舊鈔幾卷,擬仍訪諸兔牀,或有宋刻可校,豈不更善乎?壬戌季冬,蕘翁黄丕烈識。

【校勘記】

〔一〕墨氣較好　「氣」原作「色」,據静嘉堂文庫藏宋刻本配舊抄本《咸淳臨安志》一百卷(存九十五卷)黄丕烈跋改。

〔二〕其半則得之　「其半」原脱,據前揭書黄丕烈跋補。

〔三〕 考之不的爾 「的」原作「審」，據前揭書黄丕烈跋改。

97 咸淳重修毘陵志三十卷 舊鈔本 原闕第廿卷 趙味辛校本

嘉慶庚午中秋後一日，書船友邵姓攜《咸淳毘陵志》刻本求售，案之目録祇二十卷，其第二十卷「財賦」云云係剜補，知其不全而僞爲者。乃取舊藏鈔本勘之，知王本二十卷，始「地理」，終「財賦」，即是本所從出矣。若與趙本配，刻本又得二十九卷，其二十卷彼此闕如。惜索直太昂，未能即得，聊誌以記異。復翁。

98 崑山郡志六卷 鈔本

崑山本縣也，元成宗元貞二年升縣爲州，故履詳此書有郡志之名。延祐中，移州治於太倉，故《志》中有新治、舊治之别。新治〔一〕今太倉州城，舊治則今縣也。至正中，仍徙州舊治，則履詳已不及見矣。鐵厓序稱二十二卷，今按書止六卷，首尾完具，豈鐵厓所見乃别本邪？此書世罕傳本，嘉慶丁巳十月假妙士孝廉所藏舊鈔本讀之，歎其簡而有要，因綴數言於末。竹汀叟錢大昕。

此楊譓《崑山郡志》六卷，予假自嘉定瞿木夫，命侍史鄒鳴皋影寫，而手校其筆誤處及舊所寫誤者。卷末有竹汀叟跋,即出傳録之手。其所跋爲陳妙士家舊鈔本也。妙士中嘉慶己未進士,歸班以知縣用,今在鴛湖掌教,所藏有此秘本,諒亦好古者。此《志》爲元人著。予家有《玉峯志》、《玉峯續志》,皆出於宋人,得此則宋元以來舊本,亦可考見崑山志乘之源流矣。壬戌九月,蕘翁丕烈識。

黄俞邰《補明史藝文志》「雜史類」云楊譓《宋蓍龜録》,本浦城人,明初徙家太倉,與秦玉、袁華爲友。「地理類」云楊譓《崑山州志》,明初修。今讀鐵崖序亦及《蓍龜》,而云所著州乘則與俞邰所云悉合矣。《蓍龜》不傳,獨傳《崑山州志》,亦幸矣哉。嘉慶丁丑孟秋,因書估以《雍大記》示余,余考《補志》,見有楊譓所著兩書名,遂記此於卷端,其卷數皆未詳也。宋廛一翁。

【校勘記】

〔一〕新治　「治」原作「志」,據上下文意改。

99 玉峯志□卷 鈔本

向時東城顧氏書未散時,書友錢聽默謂余曰:「有祝枝山手書志書一部在,不知何房,子收書勿遺失之。」其時聽默未舉書名,亦並未言某房也。蓋東城顧氏有三家,一騎龍巷，一任蔣橋，一混堂巷。余生也晚，騎龍巷之書久散，余所及收者畸零而已。混堂、任蔣兩家才有去志，而余與顧抱沖得諸最夥。此《玉峯志》、《續志》出混堂巷，余得此時，初未識其誰何書也。後枚菴吴丈從余借鈔，余憶及前言，輒舉以質諸枚菴。枚菴謂此書法非京兆不辦，并書數語，以誌是書向無人論及。及余得此，余友五柳陶君復於玉峰骨董鋪中獲一舊鈔本，不如祝本遠甚，曾歸五硯，今又散諸他矣。余惜世無副本，枚菴鈔後，余亦傳録此本，己卯中夏重裝因記。宋廛一翁。

宋人著述，此書外又有《崑山雜詠》，宋刻精妙，亦出東城顧氏，向歸小讀書堆，今又從諸藝芸書舍矣。數十年來神物，變化無定所，可不慨歟？己卯中伏，蕘翁。

崑山亦有藏書家。丁丑秋，余送考至其地，有張若木秀才邀余披覽古籍，就中最佳者爲宋賓王手校《周益公集》，索直百二一。余以半直估之，遷延三載，近始與羣書歸郡中王雨樓，蓋雨樓慕好書之名而爲此，恐未必真知宋賓王之校本爲善也。附記於此，蕘翁又書。

100 齊乘六卷釋音一卷 明嘉靖刊本

余於地志書喜蓄舊本，惟此尚缺如。頃從肆中搜得，見其紙墨古雅，疑爲元刻。且一單之書皆以尋常本而索善價，此書估價千餘錢，余故喜而購之。及攜歸，澗蘋爲余言曰，卷中薛子熙訂正，爲明時人，曾刻《三輔黄圖》，則其爲明刻無疑。近復有山東新刻本，澗蘋有之，暇日當取一勘云。己未冬十一月，黄丕烈識。

《齊乘》舊刻頗少，近於周香嚴家借一舊鈔本，行款差小，取對此□□同，蓋從明刻傳録而縮之者也。然卷首失去蘇序，卷尾失去《釋音》，其不同多矣，余益以是册爲寶云。庚申正月十日，蕘圃。

香嚴復假余明刻本校舊鈔本一過，知卷三中「齊邑外屬」條下脱去五葉，方悔前取借鈔本對時，略一展閲，僅見其行款相同，以爲不相上下，未及逐葉比較，致有疏脱爾。聞袁氏五硯樓有此刻本，當取之影寫補入。如無，可仍就鈔本足之。其鈔本有勝于此刻者，擬校勘録諸餘紙焉。閏月十七日又記。

按此是明刻，然未究其爲何時所刻。頃從澗蘋借得乾隆辛丑胡德琳序本，載有嘉靖甲子杜子睿序，乃補録之。此刻殆謂嘉靖本歟？嘉慶庚申立春前一日挑燈書此，黄蕘圃氏。

101 齊乘六卷 明本

周丈香嚴取余明刻本覆校，知第三卷末脱去五葉，擬轉從鈔本補入。適《五硯樓書目》出，見有是書，遂假歸閲之，與余本並同，然卷端題銜與鈔本合，其闕字俱有，誤字略去。驗其所有所去之迹，修改顯然，始知明刻亦有原板、修板之别。余本爲原板，袁本爲修板，此所鈔者，時與袁本同，當據修板本爾。至結銜，原板反多「前兵部侍郎」云云，及「後學四明薛晨子熙訂正」一條，蓋修板時或去之以僞爲元刻〔一〕爾。書有一印本即有一種不同處，至今益信。若此本蘇序及《釋音》皆闕者，當是所見之本失之。如袁本蘇序闕前半葉，《釋音》弁於卷一前，安知鈔本所見非如是而前俱闕失乎？周丈不以余言爲謬，已將拙跋附録於此本，故敢覼縷述之如此云。閏月廿四日，自楓江五硯樓攜修板本歸，順道持示周丈，既即翻閲一過。挑燈書，蕘圃丕烈。

按：此是明刻，然未究其爲何時所刻。頃从潤蕢借得乾隆辛丑胡德琳序本，載有嘉靖甲子杜子睿序，乃補録之。此刻殆所謂嘉靖本歟？嘉慶庚申立春前一日挑燈書此，黄蕘圃氏。

【校勘記】

〔一〕僞爲元刻　「元」原作「原」，據臺北圖書館藏舊抄本《齊乘》六卷黄丕烈跋改。

102 琴川志十五卷 鈔本

余有同年友[一]常熟張燮子和因欲修《常熟志》，曾屬覓盧鎮《重修琴川志》。余轉向書林[二]搜訪，及覓得而子和已入詞垣，改農部，宦遊三四年，不獲把晤，此書遂留篋衍。今春，子和迎母入都，便過吴門，來訪，談及此書云：「志局吾不在其列，雖邑志亦不暇流覽也，曷留鄴架乎？」余惟志書多舊本，此《志》洵可收貯，遂命工去其前後部葉之破爛者而重裝之，與《玉峯》、《吴江》諸志備吾郡屬邑，不負郭者之典實其庶幾矣。此本[三]係曹彬侯鈔本，潤賓有《契丹國志》，亦其手鈔，今亦在余處，爰并誌之。嘉慶丁巳季冬中澣一日，蕘圃黄丕烈書。

【校勘記】

〔一〕余有同年友　「有」原作「友」，據常熟市圖書館藏清抄本《寶祐重修琴川志》十五卷黄丕烈跋改。

〔二〕余轉向書林　「余」字原缺，據前揭書黄丕烈跋補。

〔三〕此本　「本」字原脱，據前揭書黄丕烈跋補。

103 洛陽伽藍記五卷 毛斧季校本

郡中醫士薛一瓢家素多藏書，余獲交其孫壽魚，在板寮巷埽葉莊曾見有宋刻《尚書禹貢圖説》一卷。自後壽魚作古，子孫陵替，書籍散亡，求所謂宋刻書無有也。坊友胡立羣年幼多識，爲余言薛氏有毛斧季手鈔《洛陽伽藍記》一本，余急欲一見，久而未得，云已售於他處。然郡城書肆余多素稔，苟過其門，無不留心蒐訪，亦毫無影響。頃在立羣處，忽持此册以示，云於臬司轅東邵姓坊間得之，彼此喜甚，渠出銀三星易得。余以家刻《國語》易之。斧季所校大都以如隱堂本爲主，並非宋刻，然較他本已勝矣。如隱堂原刻藏席玉照家，余昔已收得。取證斧季跋語，所云如隱堂刻悉悉都合，當即一本〔一〕，而毛斧季校今亦收之〔二〕，可謂兩美之合。末附一瓢跋，知是書出何義門家。古書源流有自，益可珍重。蕘翁跋，時丙寅秋七月白露前一日。

甲戌仲春，養疴西廂，重檢一過，時已閲九年矣。復翁。

越歲己卯秋，余從小讀書堆獲一藍格舊鈔本，每葉十六行，每行十七字，亦出如隱堂本，蓋其闕葉與斧季所云同也。因取席玉照藏如隱本校之，連及毛校本，知斧季尚有不悉遵如隱者。復以墨筆注於下〔三〕，非特標異同，即誤字亦並記出，蓋不失如隱刻本真面目也。校畢復翁記,七月十日。

中秋後五日,錢唐何君夢華邀余陪琴川陳、張二公〔四〕。陳字子凖,張字月霄,皆近日好購古書之友。談及顧氏小讀書堆書,渠兩家所收頗夥,而是書藍格舊鈔本亦曾見過,知余收之而校如隱堂刻,遂慫余讓之。既聞旁人傳語云,得之者頗詬余,以爲凡誤字皆校上,並非善本,且云是從活字本校,非古本也,大悔得此書之受余愚弄。竊思余之校如隱刻〔五〕,的是原本,並非活字本。活字者,乃近日坊間印行之本,余恨其本之未得如隱刻寫様,而人偏以校如隱本爲校活字本,非特未見如隱不足以議余校本之謬,且恐活字本亦但得自耳聞未經目見也,否則何以出此謬論邪?是書復經余友張君訒菴借校,再爲余補校前校如隱所脱落,其中佳字固多,而〔六〕訛字亦復不少,此真我輩〔七〕死校古書之成法,儻不知者見之,亦必謂誤字〔八〕皆校上矣。可爲知者道,難爲俗人言,此真無可如何之事矣!余於其還書之日〔九〕而復筆之於此,以一洩其憤云。己卯歲季冬月望前一日,復翁。

【校勘記】

〔一〕一本　「一」字原作缺字方框,據國家圖書館藏明末毛氏緑君亭刻本《洛陽伽藍記》五卷黄丕烈跋補。

〔二〕今亦收之　「今」字原作缺字方框,據前揭書黄丕烈跋補。

〔三〕以墨筆注於下　「墨筆」二字原誤倒，據前揭書黄丕烈跋乙正。
〔四〕陳張二公　「公」原作「君」，據前揭書黄丕烈跋改。
〔五〕如隱刻　「刻」字原脱，據前揭書黄丕烈跋補。
〔六〕而　此字原脱，據前揭書黄丕烈跋補。
〔七〕我輩　「我」原作「吾」，據前揭書黄丕烈跋改。
〔八〕誤字　「誤」原作「訛」，據前揭書黄丕烈跋改。
〔九〕其還書之日　「其」字原脱，據前揭書黄丕烈跋補。

104 長安志二十卷長安志圖三卷 明本

杜常《華清宫詩》：「行盡江南數十程，曉風殘月入華清。朝元閣上西風急，都入長楊作雨聲。」「曉風」字重下句「西風」字，或改作「曉乘」字，亦未佳。楊升菴云，見宋敏求《長安志》乃是「星」字，敏求又云「長楊」非宫名，朝元閣去長楊五百里，此乃風入長楊，樹葉似雨聲也。前説今本乃無之，後説則本李好文《志圖》中語，而升菴以爲敏求，蓋誤。升菴好辨博而不審詳往往如是，此所以來後人《正楊》之譏也。是本舊爲陶爾成所藏，今歸於朝爽閣中。爾成嗜書，而所藏多叢雜，此書雖有刻本，而流傳甚少，且次道爲此書，號稱博洽，爾成諸書當以此爲第一，殊可寶也。庚寅菊月之廿三日，温陵黄虞稷記。

此書人間久已絶少。丁亥歲奉命纂修《方輿路程》，因於織造曹銀臺處借鈔得之，真可寶愛，閲者無忽視之也。壬寅九月十三日，秋泉居士記。

李好文《長安志圖》、宋敏求《長安志》近日靈巖山館曾有刊本，其所據依者，乃汪文升家藏鈔本也。汪本藏吾郡香嚴書屋中，昔孫伯淵居畢弇山幕，校刻此書，曾借之，改易行款，并所脱葉而連之，其大誤者也。余向收璜川吴氏鈔本，借香嚴本勘之，行款已改易，然缺葉痕迹尚存，以香嚴本勘之，知有失葉。其可信爲汪本者，《曝書亭集》云借録於汪編修文升，今香嚴本卷尾有「秋泉居士記」，卷中又有「彝尊」印也。余續收嘉靖辛卯武功康海序，知西安府南埠李侯刻本，彼此參校，所失葉在焉，乃歎書必多得一本爲善。取李刻本文按汪鈔本行款録，恰盡一葉，竊幸是書至我而始獲全也。參校纔畢，適某書友以郡中某故家〔一〕藏成化刊本來，取香嚴本勘之，知即出於是本，特失去「成化重刊」一葉，久不知汪抄本爲何本耳〔二〕。以重直購獲，命工重裝而補其失葉，并録香嚴本原跋附後，以便稽覽。今而後，知俞郜所云「流傳甚少」，竹垞所云「字畫麄惡」皆指是本矣。雖一明代刊本，然搜羅至第三次方得斯刻，可不謂難歟？至於成化與嘉靖本之同異優劣尚容續考。己巳四月六日，復翁識。

香嚴本雖出自是刻，然朱校紛如，已失其舊，安得似此之猶爲廬山真面目邪？勿以明刻輕之。書之號稱祖本者，此即是已。〔三〕

《四庫全書總目·長安志》云：「晁公武《讀書志》載有趙彦若序，今本無之。」又《長安志圖》云：「此本乃明西安府知府李經所録，列於宋敏求《長安志》之首，合爲一編。然好文是書，本不因敏求而作，强合爲一，世次紊越，既乖編録之體，且《圖》與《志》兩不相應，尤失古人著書之意。」此本首載趙序，並未脱佚，而李經所録即復翁跋中嘉靖辛卯刻本。此本當在其前數十年已合二書爲一，不得謂李氏所羼矣。且二書合刻不過以類相從，卷目判然各成部帙，亦未嘗互有竄併，或當日乃以好文之《圖説》附之宋《志》之末，而後來鈔刻誤冠於首耳，故仍依世次分著於録云。《志》二十卷，後有「成化四年孟秋郃陽書堂重刊」木記，每册有「錢氏書印」等印。彦合記。〔四〕

【校勘記】

〔一〕郡中某故家　「中」字原缺，據國家圖書館藏明成化四年郃陽書堂刻本《長安志》二十卷《圖》三卷黄丕烈跋補。

〔二〕「特失去」至「何本耳」十九字原缺，據前揭書黄丕烈跋補。《士禮居藏書題跋記》卷二亦缺，蓋刊刻《士跋記》時即已抄脱一行，《藏書題識》同誤。

〔三〕此條原排作雙行小字，與後一段合爲一段，當是誤認作楊紹和按語。前揭書黄丕烈手跋，此條低一字寫於前跋之後。《士跋記》不誤，《藏書題識》誤。

〔四〕彦合記　《士禮居藏書題跋記》卷二無此三字。「彦合」乃楊紹和表字。此跋當係楊紹和抄録給潘祖蔭，並加按語，刻入《士跋記》，後刊《藏書題識》時又補「彦合記」三字。

105 長安志八卷 明刻本

元李好文《長安志圖》、宋宋敏求《長安志》，靈巖山館曾有刊本。余所藏者，璜川吴氏舊鈔本。近日收得嘉靖時刻本，其《長安志圖》卷下「渠堰因革」標目及一、二、三條俱在，可云佳絶。靈巖山館本已將「四曰豐利渠」條逕接入「富平縣境石川溉田圖」後，而璜川吴氏本僅留原闕半葉，均未妥協，惟竹垞所見汪文升本原闕，以兹刻文句照其每葉二十四行、每行二十二字計，恰爲一葉，且版心無小號，則所闕固自不妨，自後轉相傳寫，行款既改，承接又誤，苟無兹刻，又誰知所闕者猶巋然獨存也乎？因重加裝潢，與宋元舊刻之志書並儲焉。丁卯夏五月，復翁黄丕烈。

書中闕葉擬待别本之與此刻同者補之。頃聞經義齋書坊獲書於河下賈人〔一〕，蓋自湖廣漢口鎮來者，中有嘉靖本《長安志》，因往觀，取對是本，非但缺失多同，且末留空白，印本亦同〔二〕，毫無佳處，益信書之難得全本如是。惟卷十八小號總排第五十五葉。内可補幾字，余本版損失之，彼猶完也。辛未九月十日，復翁識。

【校勘記】

〔一〕河下賈人　「下」原作「上」，據國家圖書館藏明嘉靖十一年李經刻本《長安志》八卷黄丕烈跋改。

〔二〕印本亦同　「本」字原脱，據前揭書黄丕烈跋補。

106 長安志二十卷 鈔本

《長安志》二十卷，宋常山宋次道所撰，舊有圖，亡已久矣。此本前列圖二十有三，闕三。分爲三卷，則元至正初東明李好文官陝西行臺侍御史時所補也。是書傳本甚少，乾隆戊戌春日，假得朱文游所藏汪退谷本曾經朱竹垞鈔讀者，而誤闕尚多，信乎善本之難也。好文字惟中，官至翰林學士承旨。次道又有《河南志》二十卷，今不傳。是歲冬至後四日，督率門徒寫完，漫書於卷尾。枚菴漫士吴翌鳳。

壬寅三月，借海寧吴君葵李所藏竹垞鈔本校對一過，改正數百字，尚未盡善也。送春日漫士記。

書賈朱繡城云海鹽張氏有宋刻本，當托吾友文□借校也。癸卯十二月廿日。

道光癸未秋七月下澣，海昌陳簡莊令嗣元籌攜向山閣舊藏諸書，與予商措三十餅金，余愧囊空，無以應之。元籌亦怏怏，云即解纜歸矣。其去之日，予得詩二律，中有句云：「不知我力薄，翻訝友情疏。」蓋表予懷之歉然也。越日，予門人沈澹生至，因談及攜去之書多在伊族人陳行可處。行可者，沈生之戚與同居者，故稔之。適予亦以舊刻術數書從他處易得三十餅，遂稍分潤與之，轉從行可作介歸此。及校宋李義山詩，别有《元遺山集》，予介歸獨學老人，亦可藉慰予懷矣。是書出吴枚叟家，鈔本又經手校，是又觸余懷舊之情，與簡莊同其感慨者也。八月朔日秋清逸士識。均在卷末。

107 桂林風土記一卷 舊鈔校本

《桂林風土記》，唐光化二年融州刺史莫休符撰，《新唐書·藝文志》作三卷，今祇存一卷。閩謝在杭小草齋所録，舊藏徐惟起家。卷尾稱獲諸錢唐沈氏，是洪武十五年鈔傳，雖非足本，中載張固、盧順之、張叢、元晦、路單、韋瓘、歐陽曠、李渤諸人詩，采《唐音》者，均未著於録，洽聞之君子亟當發其幽光者也。康熙戊子閏月，竹垞八十翁彝尊識。

右從顧秀野草堂藏本校一過，并録竹垞跋。

新正無事，日坐書齋以校讐爲事，甚至心煩頭脹猶不輟手，蓋枯坐不能如無心之老禪也。人日，吴春生因錢辛楣先生降生之辰，效蘇齋修東坡生日瓣香之祝，余亦往焉。晤李子仙，云有竹垞翁跋《桂林風土記》在，越日借歸，竭半日力手校。此原書索三餅金，擬購之，苦直太昂，聊存此異本，如可歸，此作副本〔一〕可耳。余此本係郡先輩張青芝先生手鈔，卷端鈐「張位」小印，即其姓名也。書法工秀，讀書者之藏書此爲善矣。乙亥元夕前一日，復翁校畢記。

校顧本畢，案頭又有吴枚菴丈手鈔殘本，自「靈渠」一條後俱缺。其所據本，未知云何，無目録，序即在本書前，此其異也。枚菴亦見過張本，而校於文句下者亦間載江本，江本亦未知誰何。張青芝之子充之與枚菴相友善，時互爲通假，故張本亦及之。江本者〔二〕，揚州人江藩，號鄭堂，僑居吴之淥水橋〔三〕，家多秘本〔四〕，枚菴亦相識，或即其人。特所鈔不全，不識何故，俟詢諸枚菴，并可問所鈔之本自出也〔五〕。復翁又識。

上元後三日，雨中訪枚翁於歸雲舫，詢及《桂林風土記》前鈔不全原委。枚翁曰：「余尚有重録本。」即請觀，并攜歸一校。蓋此書先所鈔未全者，或鈔未畢而置之，他人掇拾藏之。此本乃癸亥在淮川寓齋重寫本也，跋云〔六〕乾隆丙申傳江藩本，閲三年戊戌，復得鮮溪張氏本，校勘誤闕。據枚翁所言，合諸余所藏張本稍異，洪武、萬曆時二跋悉有，亦有竹垞跋語，或江藩本所固有也。枚翁本多自注校語，其辨析龍開江、龍采木事各闕其半，可謂善讀古書者已。復翁。俱在卷末。

【校勘記】

〔一〕　此作副本　「作」字原缺，據國家圖書館藏清張位抄本《桂林風土記》一卷黄丕烈跋補。

〔二〕　江本者　「者」字原缺，據前揭書黄丕烈跋補。

〔三〕　吴之淥水橋　「吴」下原衍「縣」字，據前揭書黄丕烈跋删。

〔四〕　家多秘本　「秘」原作「善」，據前揭書黄丕烈跋改。

〔五〕　自出也　「自」上原衍「所」字，據前揭書黄丕烈跋删。

〔六〕　跋云　「跋」原作「後」，據前揭書黄丕烈跋改。

108　東京夢華録十卷　校宋舊鈔本

乙亥八月，借江氏宋刊本校閲一過。枚菴漫士。

余向見《汲古閣珍藏秘本書目》有宋版《東京夢華録》。及收得一元刻，楮墨精好，始疑宋版之説或即指是，蓋元刻亦不易得也。頃從吴枚菴家獲其散出之書，中有舊鈔《東京夢華録》，係枚菴手校江氏宋刊本云。宋本八行十六字，取對元刻，行款不同，卷中紅筆校處亦多歧異，乃歎天壤甚大，有宋版而不能發見者幾危矣哉。甲子三月十日，蕘翁識。

余舊藏元刻本爲顧五癡家物，因與此鈔本及校宋本俱不符，故未校。兹昨歲冬季巳歸藝芸書屋，祇留此舊鈔校本爲齋中展玩之副，蓋此等書非有關大用，不必定以刻本爲勝也。聊書數語，以當解嘲。丙子歲初三日，復翁。

戊寅夏，濂溪蔣氏書散出，爲壽松堂孫氏收得，中有弘治甲子年重新刊行本，每葉十六行，行十六字，大旨與此所校八行十六字本同，或當日即據此本以爲宋刊也。校本云八行者，就半葉計之也，方悔前此信此校之爲宋刊，故不敢以元刻校宋。兹見明刻與宋校合，而所謂宋刊者全不可信。甚哉，書非目見難以臆斷也。初伏第四日，復翁記。

越日晨起無事，取弘治甲子重新刊行本手校其異於別紙。間有勝於校本者，擬仍録諸卷中。至訛謬處亦復不少，似前跋以爲「八行十六字」即是此本未必確也。總之，書非目覩，憑口説耳食以定是非，斷斷乎其不可。校畢復翁又記。

道光癸未元夕後三日，沈小宛借此歸還，因欲注其所撰《荆公文集注》也。中有校語二條，并記。蕘夫。

道光癸未二月，張紹仁借觀。均在卷末。

109 夢華録十卷 校元本

余所收東城顧桐井家大板細字元刻《幽蘭居士東京夢華録》十卷，楮墨精好，是明初印本,已歸諸藝芸書舍矣。頃於坊間獲此刻,少第十卷,倩工摹《秘册彙函》本補之,仍往借之,手校如右,并補趙師俠跋。兹因手校,知字有描寫處,稍爲美玉之疵耳。癸未二月蕘夫。

從黄蕘翁借觀元槧《夢華録》,蕘翁屬爲覆校此本,拾遺補闕又得三十餘字。復以毛氏汲古閣舊藏鈔本參閱,并記其異同數字於眉間。道光癸未二月廿四清明日,張紹仁識。

均在卷末。

110　幽蘭居士東京夢華録十卷　元印本

此《幽蘭居士東京夢華録》十卷,東城顧桐井家藏書也。因顧質於張,余以白金二十四兩從張處贖得。裝潢精妙,楮墨古雅,板大而字細,人皆以爲宋刻,余獨謂不然。書中惟「祖」、「宗」二字空格,餘字不避宋諱,當是元刻中之上駟。至於印本,當在明初,蓋就其紙背文字驗之,有「本班助教廖,崇志堂西二班學正翁深、學正江士魯考訖,魏克讓考訖,正義堂、誠心堂西二班民生黄,刷卷、遠差、易中等,《論語》、《大誥》」云云,雖文字不可卒讀,而所云皆國子監中事,知廢紙爲監中册籍也。余向藏何子未校本,即出於此刻,知毛刻猶未盡善,不但失去淳熙丁未浚儀趙師俠介之後序而已。竹垞翁所藏爲弘治癸亥重雕本，此殆其原者。惟汲古閣珍藏秘本有所謂宋刻，其《書目》載之，未知與此又孰勝耶？卷中收藏圖書甚多，知其人者獨顧氏大有諸印，爲我吴郡故家；「夷白齋」一印，不識是陳基否。然篆文印色俱新，恐非其人矣。嘉慶庚申閏四月芒種後三日，輯《所見古書録》，啓緘讀之，因補題數語於後，閲收得時已二載餘矣。讀未見書齋主人黄丕烈識。

是書已歸藝芸書舍，前因匆促未獲録副，且有毛氏汲古舊藏鈔本在〔一〕，似與此本微異，而鈔本又有吴枚菴臨校宋本〔二〕在其上，故去此留彼。既而又得見弘治本，復覆勘之，始知一本有一本之佳處。反思元本之未及校爲可惜，幸藝芸主人樂于通假，遂借歸手校。元刻固精美無比，惜經描寫，略爲美玉之瑕，苟非余藏舊鈔，烏知描寫之誤邪？還書之日，附載斯語以質諸同好者。道光癸未仲春，蕘夫。

【校勘記】

〔一〕舊藏鈔本在　「在」字原脱，據静嘉堂文庫藏元刻本《幽蘭居士東京夢華録》十卷黄丕烈跋補。

〔二〕臨校宋本　「臨」字原脱，據前揭書黄丕烈跋補。

三　會稽三賦三卷　宋本

宋本《會稽三賦》往余所見有三本：一得諸顧八愚家，一見諸顧五癡處，今歸潛研堂。

一見諸顧抱沖所。八愚、五癡爲昆仲，其兩本悉屬舊藏，若抱沖則得諸他處，非郡中物也。然皆大字，不分卷，每半葉九行，每行大十八字，小卅二三字不等，注中有注，此刻板式與前所見者異矣。兹本首載《史序》第一葉與《會稽三賦》第一葉誤倒，故印記反鈐於賦之第一葉，應正之。丙寅穀雨後二日蕘翁識。

112 會稽三賦□卷 宋本

宋刻《會稽三賦》，余所見有三本。此本得諸東城顧八愚家，首尾皆有殘缺，每以無從補録爲恨。後於五柳居書肆見一本，印已糊塗，紙多裱托，因未購之，卒歸余友〔一〕顧抱沖。既訪得八愚之兄五癡亦有是書，遂借以對勘，其中闕葉俱可補録〔二〕，爰取舊紙，倩館師顧澗蘋手影足之。其第四十九葉係五癡本所重，丐主人贈余，頓成完璧，命工裝池，俟他日〔三〕有更好於五癡本者，俾書中缺字一一補録，不亦快乎。嘉慶元年冬至前四日，棘人黄丕烈識。

【校勘記】

〔一〕余友　「余」原作「吾」，據國家圖書館藏宋刻元修本《會稽三賦》一卷黄丕烈跋改。

〔二〕俱可補録　「俱」原作「均」，據前揭書黄丕烈跋改。

〔三〕 俟他日 「俟」字原缺，據前揭書黃丕烈跋補。

113 中吳紀聞六卷 校本

去冬，有嘉禾友人於余同好〔一〕，來訪余，即住齋中，書友聞之，雜沓而至。適有人持明刻《中吳紀聞》校過者，云是陳白陽山人手校，友人遂買之。余向蓄是書有二刻，一明刻，一毛刻而何校者。擬留臨校，參其異同，友人允諾。留將半年，今始臨校。爲家藏多係已校者，恐亂校本面目，必再得一本方可下筆。是書頃向骨董鋪得來，爲西沚家散出之書，人去而物亦去，可傷也夫！辛未四月二十有四日〔二〕，復翁。

西沚即西莊王鳴盛之號也，嘉定人，僑居閶門外龐家衖。乙亥記。

乙亥花朝收得李明古家遺書，中有鈔本《中吳紀聞》，亦有道復跋語，不知與前所見陳校本中誰假誰真。後鈔本歸張訒菴，俟假勘之。四月十八記〔三〕。

五月十有九日，借張本勘一過，與前所見陳校本不盡合。中有一二佳字，用朱字記出。惟前本脱一葉，此本字跡補脱與原鈔字跡異，疑前爲陳校原本，而此臨之也。復翁。

以上各跋均在末卷後。

明刻與陳校，茲校恐亂其真。明刻與此異者，僅以墨筆識之，其陳校別以朱筆識之〔四〕。惜陳校未知所本，抑出意改也。復翁記。在卷首。

【校勘記】

〔一〕於余同好　「於」原作「與」，據國家圖書館藏明末汲古閣刻本《中吴紀聞》六卷黄丕烈跋改。

〔二〕二十有四日　「有」原作「又」，並脱「二十」，據前揭書黄丕烈跋改。

〔三〕四月十八記　「記」原作「日」，據前揭書黄丕烈跋改。

〔四〕其陳校别以朱筆識之　此九字原脱，據前揭書黄丕烈跋補。

114 武林舊事六卷 明本

《武林舊事》六卷，本爲明正德中宋廷佐所刻，余向亦有之，因非十卷本，與坊友易書，不知流落何所矣。既而校勘羣籍，始知書舊一日，則其佳處猶在，不致爲庸妄人删潤，歸於文從字順，故舊刻爲佳也。此本出宋廷佐本，雖不知影鈔與否，而佳處尚存，是可信矣。近校錢述古本，取此相勘，如「祭埽」條之「淚妝」，「禁中納涼」條之「御笐」諸字，未經泯滅，故特表而出之，以著此本之善云。辛未秋日復翁識。

鮑氏刻入《知不足齋叢書》中之《武林舊事》據惠紅豆家鈔本，然參校者，六卷以前據宋廷佐本，七至十卷則據《寶顔堂秘笈》本。余欲尋訪《秘笈》本，坊間竟蔑如也。昨歲大除，往五柳居唔語之，主人以新收全部《秘笈》對，即從之借《武林舊事》歸。自一至六題曰「前武林舊事」，未載留跋，所據亦宋廷佐本也。其續刊者别標「後武林舊事」，分卷一至五，末附弘治人跋。其書起「棋待詔」已下爲一卷，以「乾淳奉親」之事起至末爲二、三、四、五卷。余玩鮑《叢書》跋，知「棋待詔」云云即卷六文而佚之者，因誌其秘笈卷第如此。壬申歲初二日，丕烈識。

115 武林舊事十卷 校本

《武林舊事》乃弁陽老人草窗周密公謹所集也。刊本止第六卷，山中仇先生所藏本終十卷，後歸西河莫氏家。余就假於莫氏，因手鈔成全書，以識歲月，藏於家塾。至元後戊寅正月，忻厚德用和父。

舊鈔補敘一篇，係遵王手書者。此本今在周香嚴令似潄六居，余於夏間借歸手校。其墨校者，余悉據改，其朱校屬西賓陸拙生臨之。復翁記。均在末卷後。

嘉慶辛未冬，重録錢遵王所藏舊鈔本朱校。陸拙生記。(二)在末卷後。

辛未大除，偶過五柳居，主人出《秘笈》相示，因從彼借《武林舊事》歸。《秘笈》以「棋待詔」已下爲一卷，後分二、三、四、五卷爲《後武林舊事》，總成五卷，余取校於此本。壬申正月廿一日校訖記，復翁。

舊刻止有宋廷佐六卷本，《秘笈》所刻有《後武林舊事》，未之見也。近日《知不足齋叢書》謂參酌於宋、陳兩家刻本，然非其舊矣。詞句尚多佳處，讀者可以鮑本爲據。余喜蓄古書，宋廷佐本向亦有之，時以明刻，未之珍惜，已易去，今但存影鈔本矣。復翁記，辛未仲冬[二]。在卷首。

鮑《叢書》據陳《秘笈》本校《後武林舊事》，余誤「陳」爲「商」。壬申春覆勘記。[三]在卷首。

【校勘記】

〔一〕此條原置於本篇最末。據臺北圖書館藏清乾隆四十二年杭州汪日莢夙夜齋刻本《武林舊事》六卷《後集》四卷，陸拙生此句爲小字一行，寫於前跋「復翁記」之下，乃移置此處。

〔二〕復翁記辛未仲冬　原作「辛未仲冬復翁記」，據前揭書黄丕烈手跋乙。

〔三〕此條爲前一條眉批，前跋手迹「宋陳兩家刻本」將「商」塗改作「陳」。

116 桂海虞衡志一卷溪蠻叢笑一卷 鈔本

是書出東城顧氏，余藏之有年矣，近始爲友人攜去。適小讀書堆亦有是本，其寫手如一，想當日録是書者非一本，故兩本如出一手也。乃小讀書堆既還之，而余本友人亦見還，兩本卒未一校，不知有歧異否也。己卯秋孟復翁記。時末伏第七日，秋暑未退，甘雨久缺，農夫望澤矣。

117 石湖志略文略二卷 明刊本

明盧師陳職方其名襄撰《石湖志略文略》兩卷，簡而有法，尚無浮冗之習。顧姜堯章《除夜自石湖歸苕溪》詩有十首，而《文略》僅存其三，豈以餘盡無關石湖而置之歟？又危太樸《游寶積寺》詩，臚其目於「游覽篇」中，而《文略》顧遺之，則蒐輯容有未備也。此書傳本甚稀，黄復翁云一本全者在常熟，今又不知何往，而復翁配全之，乃爲升蘭李君所得。然則常熟之宜有是書，其亦有數存乎其間耶？略讀一過，漫書數語以歸之。文村居士識。

余占籍古吴邑，石湖在邑境中，童子時釣遊地也。初不知其有志，近書友攜一《石湖志》來，裝一册，分二種，《志略》、《文略》各一是也。同人詫爲希有，未及買成，即轉相傳録。枚菴首先鈔之，余亦影一副本。後坊友聞之，又攜一《文略》來，雖朱墨亂塗，印本較舊，且鈐有盧氏圖記，蓋猶當時初本也。余友訒菴張君見之，屬爲代購，而鈔《志略》以補之，此又一本也。後書友應常熟人之求，遂從余索還前帙，而别以《志略》一册歸余。余遂乞諸訒菴,以《文略》補之,復成合璧。自是所見兩刻本,一全者在常熟,一配全者在余家。三鈔本,一枚菴,一訒菴,一余也。己卯中伏日裝成并記,民山一民丕烈。

吴中藏書家余所及見而得友之者,首推香嚴周氏,其顧氏抱沖、袁氏綬階皆與余同時,彼此收書,互相評騭,儻有不全之本,兩家可以合成,必爲允易,周、顧、袁三君皆如是也,故一時頗稱盛事。今抱沖殁已二十餘年,綬階殁已數年,香嚴殁亦百日外矣,感何如之!猶幸近年復友張君訒菴,雖宋元版刻不甚儲蓄,而名校舊刊時一收之,又肯踵互相評騭允易之事,故知交中最爲莫逆焉。此《石湖文略》顛末已詳前跋,兹不悉著。己卯中伏,復翁。

118 游志續編□〔一〕卷　鈔本

辛酉九月望,偶過孔加兄雲光閣,見有此本在几上,云是借陸元洲者。遂爾袖歸,燈下録之,以爲齋中卧遊之玩。少俟閒暇,盡將載籍所傳遊覽諸作録之,以續二公之不足,未知遂此志願否。令徐問之裝完併記。十一月朔,穀。

此錢磬室手鈔《游志續編》真蹟,去冬陶五柳攜以示余,云是吴枚菴家所散出者。余愛之甚,因索直二十金,因循未即交易,至今春始以家刻《國策》十部相易,蓋價亦約略可抵也。相易後，適鮑丈緑飲聞之，欲以所刻《知不足齋叢書》二十部向五柳相易。五柳告以與余交易，故思欲屬鈔副本，以元刻《道園遺稿》相易，余憚煩未之允。余叩五柳，緑飲何以必欲相易故，五柳云，此書原爲緑飲物，後爲枚菴借去，枚菴客楚久而未歸，此書杳無蹤迹，今知散出，故欲易歸耳。適又收得枚菴傳録本，作書致緑飲，緑飲如前約相易而去。余謂此書收藏源流不可没其實，緣表而出之。至於《游志續編》，《補元史藝文志》未載，惟《絳雲樓書目》有之，錢罄室手鈔者，陸其清《佳趣堂書目》載其書，必此本矣。卷中圖章「錢府之印」初不知其人，後訪諸友人，云即允治舊名，見於《明詩綜》。「馮」字一印下刻獸形，未知誰何，疑是馮武之印，然無確據也。甲子冬至前一日，微雪初霽，窗明几净，重檢書此，蕘翁黄丕烈識。

嘉慶丙寅冬，病者五旬，死者二次，自問一切書籍此後非塵封蟻蝕即覆醬瓿入麵肆耳。今幸獲安，漸可至房外閒坐。文字之緣，不忍釋手，啓橱偶檢及此，聊當卧遊以消永晝。復翁。

【校勘記】

〔一〕目録作二卷，正文作墨釘。

119　職官分紀五十卷　鈔本

余郡周丈香巖藏書甚富，與余最爲莫逆，每請假觀，必出書相示，或假歸傳録校讐，無有不遂余所請者。惟此《職官分紀》一書，余從錢少詹先生題跋中知香巖有此書，乃往請觀而未許。後因嘉禾友獲一殘本，亦知香巖有此書，并知余與香巖爲最稔，浼余借鈔，往請而仍不果，則此書之珍秘可知。今兹夏相遇於桃花隖中錢江會館，少頃其僕攜一包書來，詢之，知從書賈處索歸者。啓包視之，乃即《職官分紀》也。問其直，需番餅四十金。時苦囊空，越三月始獲之，減去四分之一，拜良友之賜多。下缺。

120　麟臺故事五卷　舊鈔本　存三卷

是書爲景宋舊鈔，惜止三卷，蓋未全本也〔一〕。然實世間希有之書，與聚珍本不同，其中命篇敘次〔二〕多異。初書賈攜來，手校一過，乃知其佳，旋因議價未諧，復攜去。後知歸於西畇草堂，遂倩余友胡葦洲轉假景録一册，積想頓慰，還書之日，敬志數語〔三〕以拜嘉惠。是書陳《録》云五卷，爲書十有二篇，今劄云三卷，就不全本影寫時改「五」爲「三」也，於每卷填上、中、下字，欲泯不全之跡爲之耳。「隆慶」云云一行，的係叔寶真跡，尤可寶貴。書之可珍者在真本，此種是已，勿以不全忽之。嘉慶甲戌六月十有一日，復翁。

【校勘記】

〔一〕未全本也　「未」原作「不」，據國家圖書館藏明抄本《麟臺故事》五卷（存三卷）黄丕烈跋改。

〔二〕其中命篇敘次　「中」原作「才」，「命」原作「令」，據前揭書黄丕烈跋改。

〔三〕敬志數語　「敬」原作「謹」，據前揭書黄丕烈跋改。

121 中興館閣録九卷續録九卷 校宋舊鈔本

全書借顧抱沖小讀書堆影宋鈔本手校，内正續《官聯》有倒置者，此照影宋鈔本補脱，照舊校宋刻本正誤。宋廛一翁記，丙子季秋。

此書向藏宋刻，曾借小讀書堆影宋本勘之，惟《續録》文誤訂入《前録》中者三葉，影宋時承其錯簡而混厠《前録》中，并擅改版心，妄填名目，以致正續不分。賴有宋刻正之，詳見所撰《所見古書録》中。近宋刻已歸他姓，復購得一鈔本，其原或出聚珍本，由《永樂大典》掇拾者。所誤三葉，以空白闕疑，兹據影宋本補其文，據宋刻正其誤。其餘《續録·官聯》，兹覆校始知尚有錯簡，惜當時宋刻未暇正也。復翁。

此鈔本余得諸五柳居，實嘉善人家物也。聞其家有一進士，故多藏書，是必能讀書者。是書不詳所由來,行款全非舊本,意從《永樂大典》本出而未敢必也。余今手校此影宋本,又依向所親見宋刻之勝於影宋鈔者手證其誤,此本居然善本矣。因思此等書籍,視之無甚緊要,而欲考究一朝典實,非但館閣制度可於此見,即其中人材輩出,姓氏、籍貫、科第犁然在目,孰謂非一緊要書耶?余故不憚借本讐校若此也。復翁。

122 中興館閣録十卷續録十卷　宋槧本

《中興館閣録》十卷《續録》十卷,見於《直齋書録解題》及《文獻通考》。《通考》載陳氏之言,陳氏曰:「秘書監天台陳騤叔進撰。淳熙中,騤長蓬山,與同僚録建炎以來事爲此書,李燾仁父爲之序。《續録》者,後人因舊文增附之耳。」并巽巖李氏之序,巽巖李氏序曰:「上世官修其方,故物不坻伏。後世弗安厥官,其方莫修,職業因以放失。夫方云者,書也。究其本原事迹,及朝夕所當思營者悉書之,法術具焉,使居是官者,奉以周旋,雖百世可考爾。周官三百六十,官各有書,小行人適四方,則物爲一書,多至五書。蓋古之人將有行也,舉必及三,惟始衷終,依據審諦,則其設施斯可傳久。六龍駐蹕臨安踰四十年,三省、樞密院制度尚稽復舊,惟三館秘閣巋然傑出,非百司比。自唐開元韋述所集《記注》,元祐間宋宣獻之孫匪躬作《館閣録》,紹興改元程俱致道作《麟臺故事》。宋氏皆祖韋氏,而程氏《故事》并國初,它則多闕,蓋未知其有宋《録》也。惜最後四卷俄空焉,余屢蒐采弗獲,欲補又弗暇,每每太息〔一〕。今所編集,第斷自建炎以來,凡物巨細,靡有脱遺,視程氏誠富且密。官修其方,行古道者不當如是耶？昏忘倦遊，喜見此書，乃援筆爲之序。」亦可謂詳悉矣。而分門有九，始「沿革」，終「職掌」，又詳於《曝書亭集》跋語中。《中興館閣録》十卷，分九門：一沿革，二省舍，三儲藏，四修纂，五撰述，六故實，七官聯，八廩禄，九職掌。淳熙四年秋，秘書監天台陳騤叔進所撰，序之者丹稜李燾仁父〔二〕也。《續録》亦十卷，則嘉定三年館閣重行編次，後人次第補録，迄於咸淳者。二《録》予鈔自上元焦氏，惜非完書，然《官聯》尚存，以之續洪氏《羣書》，下及王氏、商氏之《秘書志》、黄氏之《翰林記》，先正入官之倫序，粗可紀述，無憂文獻之不足徵矣。然竹垞所藏已爲鈔本，且僅云惜非完書，并未著所缺何處。今予得宋刻本《中興館閣録》，缺「沿革門」，《續録》缺「廩禄門」，其餘闕葉未可悉誌。李燾之序僅存半葉，其首云「《中興館閣録》十卷，淳熙四年秋天台陳騤叔晉與其僚所共編集也」，此二十六字《通考》未載。「上世官修其方」已下至「斯可傳久」，與《通考》所載文同，後云「彼狡焉，棄滅典籍，縱意自如，幸能行」，此十四字與《通考》所載「六龍駐蹕」云云大異，惜乎宋刻殘闕〔三〕，不能定其是非也。此書外間傳播多屬鈔本，近顧抱沖家借得影宋鈔本，與宋刻不差毫髮，惟《續録》卷七「提舉編修國朝會要〔四〕」云云，宋刻此葉板心明係「《館閣續録》卷第七」，誤訂入《前録》中卷第七，而影鈔者逕改去「續録」字樣，混則《前録》中，殊爲謬妄。且《續録》中有「提舉編修國朝會要」八字刻入版心者，兩葉正當接於「提舉編修國朝會要」一葉後，因宋刻誤訂，故失次爾。殊不思慶元以後三人，京鏜、余端禮、謝深甫文本聯屬，而顧改《館閣續録》卷第七爲《中興館閣録》卷第七,何耶?且有「提舉秘書省提綱史事」兩葉,係《續録》卷七之文,因版心無字,混將補《前録》中缺葉,而亦填入《中興館閣録》云云,竟似《前録》本文,殊不思所引《官聯》,俱在淳熙四年以後耶?宋刻之妙,即此已足正鈔本之訛,後之讀是書者,勿以世有傳録之本而忽視之。乾隆甲寅歲五月夏至日,古吴黄丕烈識。

宋刻有原刻、補刻之異,故版刻字跡迥別,至每卷排比葉數,原刻數目本可循序以稽,自有補刻之葉添入,則數目不同,無從稽考矣。矧經妄人點竄,更覺糊塗,今悉據本書文義序次統補刊空白之葉,於每卷注明每葉數目,填於旁紙,庶無紊亂之虞焉。若宋刻原本序次顛倒,又得嘉定錢竹汀、海鹽家椒升兩家舊藏鈔本悉心對勘,俾免舛錯。内有文字同而重出者一葉,未識當時是否錯簡,反致衍文,不敢删削,仍舊並存。信以傳信,疑以傳疑,吾於古書亦守斯訓爾。蕘圃又識。

【校勘記】

〔一〕每每太息　「每每」原誤作「每一」。臺北圖書館藏宋刻本《中興館閣録》十卷(存九卷)《續録》十卷黄丕烈跋手迹「每」下有一點,爲重文符號,據改。

〔二〕李燾仁父　前揭書黄丕烈手跋「仁」寫作「心」,蓋潘祖蔭輯刻《士禮居藏書題跋記》時改作「仁」。據《宋史》本傳,李燾字仁甫。

〔三〕　宋刻殘闕　「宋」原誤作「朱」，據前揭書黄丕烈跋改。

〔四〕　國朝會要　「國」原誤作「圖」，據前揭書黄丕烈跋改。

123　五代會要三十卷　舊鈔本

《五代會要》三十卷，亦建隆初王溥所進，予鈔自古林曹氏，康熙甲戌春，復從商邱宋氏借觀江西舊鈔本勘對無異。編中闕紙數翻，兩本亦同也。五代之亂，干戈俶擾，其君臣易置若傳舍然，未暇修其禮樂政刑。然當日累朝咸有實録可采，而歐陽子作史僅成《司天》、《職方》二考，其餘槩置之。微是書，典章制度無足徵矣。竹垞老人跋。

梁末帝、後唐莊宗使相内俱有朱文課一人，「文課」乃「友謙」之譌。莊宗使相内又有韓林，「林」乃「洙」之譌。錢大昕校。

明宗使相三十八人，今缺一人，蓋脱王晏球一人。此處有脱簡錯入第十一葉内，今考正如右。第十一葉「其年十二月敕」云云至第十二葉第一行「如非嫡」止，當在此葉第一行「及正室」句之上。第十一葉第一行「即是父殁母存即」此下即接第十二葉第一行「敘封進封」云云。借人書籍，不但不損污，并能爲人訂正譌舛，近日頗能行之，此亦足以代一瓻乎？大昕戲題。

《漢本紀》彰德軍節度使王總宏，《通鑑》晉天福八年北京留守李德琉。此行係西沚筆。

《五代會要》向來止有鈔本行世,余於乾隆己酉仲冬儲之,蓋坊間傳鈔本〔一〕也。曾借嘉定錢少詹本手校之,多所是正,惜寫手草率,校改紛紜,久欲重録而未暇。頃坊友攜張青芝手鈔本售余,缺二十二卷以下。擬借一别本補録,適坊友爲余言,某骨董鋪有舊鈔本,因蹤跡得之,出番餅十四枚。舊藏王西沚光禄家,少詹亦經借校,中有夾籤,遂裝褫於後。末一條似西沚筆,並裝之。先爲紅豆齋書,有「松崖」印。竹垞跋語〔二〕亦松崖所傳也。嘉慶戊辰九月,復翁。均在卷末。

【校勘記】

〔一〕傳鈔本　「本」字原缺,據國家圖書館藏清抄本《五代會要》三十卷黄丕烈跋補。

〔二〕竹垞跋語　「語」字原缺,據前揭書黄丕烈跋補。

124　大金集禮四十卷　舊鈔本

《大金集禮》世鮮善本,惟錢遵王《讀書敏求記》載此書,以爲尚是金人鈔本,惜未知流落何所。偶與余友張秋塘談及此書,秋塘云:「數年前余從騎龍巷顧氏得之,而歸於馬鋪橋周香巖矣。」香巖與余相友善,有秘書彼此俱易觀。惟請觀此書,則以朽腐不可觸手爲辭。余亦以家無别本可校,不敢固請。今春觀書於華陽橋顧聽玉家,適得是本,遂攜向香巖處，請其書比較之。紙墨皆古，惜朽腐處殘缺不可盡讀。末有何義門先生跋，亦自敘其得書之由，而書之爲金鈔與否，義門卒不能定也。余略爲繙閱，覺卷第脱誤彼此相同，似余書即從錢本所出，然行款不同，第一卷中反多「貞元」云云四葉，欲徵信而反滋疑，香巖與余唯有相視而笑已耳。適錢少詹辛楣先生借閱，藉以折衷，遇疑處皆筆諸紙條貼其上，足見前輩好學深思，不務涉獵，實爲後生龜鑑。歸架日追敘得書顛末，并著辛楣校閱以傳信於後云。嘉慶元年六月中澣二日書於士禮居，棘人黄丕烈。

125 大元聖政國朝典章□卷 鈔本

此書無標題，據書中夾籤云「大元聖政國朝典章」，其書根又號曰「元至治綱目」，未知其究爲何書，余從故家收得，藏諸篋中久矣。頃書友以精鈔《大元聖政國朝典章》全部求售，因略知梗概。其書凡六十卷，首「詔令」，次「聖政」，次「朝綱」，次「臺綱」，次「六部」。書成於至治之初，以其稱英宗爲「今上皇帝」故知之。今案，此書係不全本，開卷有「兵部」字樣，當是後半部。考《潛研堂跋·元聖政典章》，云其後又有至治二年《新集條例》三册，仍冠以「大元聖政典章」之名，前後體例俱準舊式而不分卷第。據此則是書爲《至治條例》確然可信矣。余向未目驗《大元聖政國朝典章》，疑此即是。今目驗六十卷本，而又證諸

《潛研》所言,方知此書之名「大元聖政國朝典章」徒襲其名,而非其實也。爰書數語於卷首以告來者。時嘉慶乙丑春三月下弦後一日,坐雨百宋一廛書,蕘翁黄丕烈。

126 救民急務録二卷 明刻本

庚辰小春下澣,自杭歸,偶訪友城南,憩衛前書坊,見插架有此册,取視之,甚古雅,蓋嘉靖時刻也。書爲《救民急務録〔一〕》,亦有裨於政治之書,因急收之。且舊藏璜川吴氏,非未經人見者〔二〕,何不一言及邪?復翁。

【校勘記】

〔一〕 救民急務録 「録」字原脱,據上海圖書館藏明嘉靖二十三年刻本《救民急務録》二卷黄丕烈跋補。

〔二〕 非未經人見者 「未」原作「不」,據前揭書黄丕烈跋改。

127 金石録三十卷 校鈔本

《金石録》三十卷,崑山葉文莊公故物,首尾二紙則公手所自書。余收得吴文定公寫本書亦皆然,乃知前賢事事必有體源,貴乎多見而識之也。康熙己丑五月何焯記。闕在京師心友書來，則又收得吴文定叢書堂本矣。《金石録》唯此最善，錢叔寶手鈔者不能及也。近盧運使曾經刊行，然實無此兩真本，故大要甚舛。今家兄抱沖既皆收得，因借以細校，特多是正，惟惜未并得吴文定家本相證。乾隆甲寅六月十一日廣圻記。

東城騎龍巷顧肇聲家藏書甚富，及余知蓄書，其家書散逸久矣，惟此《金石録》及葉石君手鈔《大金國志》尚存，相傳程瘦樵曾欲收之，因索直昂未之得也。余由其族人取閲之，仍以議價不妥，還之。遲之久而知《金石録》已歸吾友抱沖，所存《大金國志》余即歸之，儲諸讀未見書齋矣。既抱沖弟澗蘋爲余言，《金石録》之妙無過此本者，有手校本示余。余病其行款尚未細傳，復向小讀書堆借得原本，自爲對勘，中以他事作輟。澗蘋爲余補校，悉照原本傳録。至葉本妙處，俟後之讀者自領之。嘉慶己未中春月，雨窗燈下，棘人黄丕烈。

右本爲蕘圃所校而予續完之者，葉本妙處亦略擇極精者標著下方，餘散在行間，皆可領得矣。雅雨堂書尚非惡刻，乃其舛如此，即一易安後序已不勝指摘，而全書何論乎？義門雖知用《隸釋》互勘，然所取僅載此跋尾之三卷耳。他如原碑全文散在《隸續》中者，且未遑細較，又曷怪其多誤改也。重讀益歎葉本之妙。顧廣圻校畢記。

癸酉春二月，從書賈處獲見義門跋陸敕先以錢罄室手鈔本校勘者，索直十番，囊慳未得。余於古書之緣日深一日，於購書之力年絀一年，遂致交臂失之，是可歎也。《金石録》向最著名者三本：一葉文莊本，二錢罄室本〔一〕，三吴文定本。余皆見之而未及收，又何論此本之居於次者耶？葉、錢本藏在小讀書堆，他日猶可蹤跡，惟吴本不知流轉何所，徒勞夢想，則此陸校何跋者，後之視今不猶今之視昔耶？附載此一段淒楚之懷於臨校葉本上，俾後之覽者亦有感於斯。三月上巳前一日，連日陰晦，今始放晴。復翁記。

既書友元以四番易去，而貼余家刻，抵直二枚，陸校本仍復歸余。書不舍余，余其敢舍書哉？同日燈下記。

【校勘記】

〔一〕二錢罄室本　「二」原作「一」，據國家圖書館藏清乾隆二十七年《雅雨堂叢書》本《金石録》三十卷黄丕烈跋改。

128 絳雲樓書目一卷 舊鈔本

小山氏手鈔本。

案《絳雲樓書目》有二本，一無倦圃序，不附《静惕堂書目》，詮次亦多不同，似所注宋元版字樣較多。久欲參校，奈二本皆屬鈔本，未敢輕改，故各仍其舊。頃五柳主人以此本見遺，手寫極工雅，知是何仲老鈔本，較昔長孫從坊間得者遠勝。爰手校一過，并屬澗蘋補其空行，俾爲完本云。癸未歲鈔，老蕘記。

129 綘雲樓書目 鈔本

道光癸未仲冬，長孫從坊間取得舊鈔本，手校一過。其中空行大概已見他類，故鈔時空行，余未知其原委，隨手補入，不無衍文，後始覺之，遂不復補。間亦有此本遺者，仍載一二云。

130 得月樓書目一卷 鈔本

江陰李氏《得月樓書目》，各家簿録未載。江陰近在同省，亦未知李氏爲誰何。余自古泉山館借得，傳寫一本，以備披覽。此目雖云摘録，然中多罕有之書，是可珍也。原本誤及可疑處用朱筆識，傳寫誤者〔一〕以墨筆改之。蕘翁記。

江陰李氏得月樓不知其誰何，頃見東澗手録陶九成《草莽私乘》，謂借自江上李如一，并言如一好書獨專，甚至減先人産收買圖籍而不惜，其他性情意氣，無非愛惜之至。此云江陰李氏,殆即所云江上李如一乎?余友海虞陳君子準云,東澗相好有江陰李貫之,殆即是人[二]。予見聞孤陋[三],不識如一、貫之是否一人。以此目證之[四],約略近是。湖估借此目録副,還書之日[五],因書近日見聞如此。道光甲申秋閏月十三日[六],老蕘記[七]於學耕堂。

【校勘記】

〔一〕傳寫誤者　「者」字原缺,據楊崇和楓江書屋藏清抄本《得月樓書目》一卷黄丕烈跋補。

〔二〕殆即是人　「是」原作「其」,據前揭書黄丕烈跋改。

〔三〕予見聞孤陋　「予」字原缺,據前揭書黄丕烈跋補。

〔四〕以此目證之　「目」原作「日」,據前揭書黄丕烈跋改。

〔五〕還書之日　「之」原作「三」,據前揭書黄丕烈跋改。

〔六〕閏月十三日　「日」下原衍「冬」字,據前揭書黄丕烈跋删。

〔七〕老蕘記　「老蕘」原作「蕘翁」,據前揭書黄丕烈跋改。

131 讀書敏求記四卷 舊鈔本

余於辛亥秋得借同郡王秋濤家所藏舊鈔《讀書敏求記》,與刻本校對異同,增補脱落,除鈔本錯謬不録外，有歧異處必列於旁，以示傳疑之意，未敢云精確無訛也。今秋爲鈔胥竊去，售諸郡城竹香書肆。余初未之覺也，及見其書而始知之，遂以錢贖歸。卷末跋語已爲刳去，心甚怏怏。閲二日，偶過吴趨書肆中，見插架有此本，版已糊塗，不及余書之善，而書中間有録寫他書可與此書相爲證明之語，亟收之，而臨前本校對之處於此本，余心頗愜焉。噫！一書耳，而前本之失而復得〔一〕者，既有珠還之喜，而此本之美而且善者，又有璧合之奇〔二〕，非藝林中一快事乎！壬子八月望前三日，古吴黄丕烈題。

【校勘記】

〔一〕失而復得 「復」原誤作「後」，據國家圖書館藏清雍正四年趙氏松雪齋刻乾隆遞修本《讀書敏求記》四卷黄丕烈跋改。

〔二〕璧合之奇 「璧合」原誤倒，據前揭書黄丕烈跋乙正。

132 傳是樓宋板書目一卷 鈔本

《傳是樓書目》裒然大帙〔一〕，約有數本，兹題「崑山徐氏傳是樓宋板書目」，未知即是《小樓書目》否？蓋傳聞《小樓書目》專在宋板也。兹本亦從古泉山館借來，原與延令季氏《宋板書目》、江陰李氏《得月樓書目》摘録合裝，題曰「三家宋板書目」。余因延令季氏《宋板書目》先有鈔本，故第傳録兩家，命閽人張泰手鈔。張泰曾在京師傭書，故字跡頗不惡云。癸亥二月八日，蕘翁記。

【校勘記】

〔一〕 裒然大帙 《士禮居藏書題跋記》卷二「帙」作「集」。

133 史通二十卷 嘉靖本

余向藏沈寶硯校本，其底本爲萬曆時刻，蓋覆嘉靖時陸文裕本也〔一〕。此外又見五硯樓藏孫潛夫校本〔二〕，亦即覆陸本。復經顧澗蘋手校，每用嘉靖本爲證，嘉靖本實未見也。頃書友以此刻求售，識是嘉靖原刻，與覆本多不同，遂易之，爲此是嘉靖刻，故可珍。書友云：「外間買書者唯《史通通釋》是問，若此則無過而問焉者，故以歸子。」余不覺笑。余嗜好與俗殊酸鹽也〔三〕。癸酉冬季記〔四〕，復翁。

書跋語畢，知此係第二册，誤以爲末册云。

【校勘記】

〔一〕 其底本爲萬曆時刻，蓋覆嘉靖時陸文裕本也 「其底本」三字原置於「蓋」字之下，「也」字原缺，據國家圖書館藏明嘉靖十四年陸深刻本《史通》二十卷校補。

〔二〕 孫潛夫校本 「夫」字下原衍「之」字，據前揭書黃丕烈跋删。

〔三〕 殊酸鹽也 「鹽」原作「鹹」，據前揭書黃丕烈跋改。

〔四〕 癸酉冬季記 「記」字原缺，據前揭書黃丕烈跋補。

134 唐史論斷三卷 舊鈔本

《唐史論斷》余向藏影宋鈔精本，每篇《論斷》前有正文，當即其所撰《唐史》也，恨無別本，未及校勘，頃已歸於藝芸書屋汪氏矣。適書去之後，書友以徐虹亭藏舊鈔本示余，遂收之。並無《唐史》，但存《論斷》，留於案頭，猶勝無書。末附曾、歐、蘇三公所撰諸文字節文，似宋本所無，其餘書跋、牒文亦似有異同，惜影宋已轉歸他所，不能一一勘定也。丙子歲初三月〔一〕，廿止醒人記。

【校勘記】

〔一〕 歲初三月 「初」字原缺，據國家圖書館藏清抄本《唐史論斷》三卷黃丕烈跋補。

135 小學史斷二卷 宋刊本

此《小學史斷》，錢唐何夢華藏書也。夢華居杭，每至吴必向坊間捆載而去，謂有友人托購者。曾欲購余宋元諸名家詞并元人曲本，議價未果而去。既而攜宋刊〔一〕魏鶴山《儀禮要義》，欲與余易殘宋本《太平御覽》，又以婉言謝之，心甚怏怏。最後攜此册來，欲易余宋刻大字《通鑑》無注本九十餘卷。余因其欲之屢不遂也，竟以易之，非不知《通鑑》之有用勝於此書者多，而夢華之惓惓於此者，或有可補益之處，安見非托購之友人所使耶？《通鑑》叢殘已甚，余初得價不過四千餘錢，若加裝潢，不知又費幾倍。此册雖亦重裝，然卷帙少，所費尚省，故爲此相易之舉，恐旁人聞之，誚余輕所重而重所輕也，因著其顛末如此。嘉慶十年九月立冬前二日。是日余舉中吴詩課第十四集，酒闌客散，燒燭尚未見跋，偶檢書及此。蕘翁黄丕烈書於百宋一廛。

【校勘記】

〔一〕宋刊　「刊」原作「刻」，據臺北圖書館藏宋刻本《小學史斷》二卷黄丕烈跋改。

江陰繆荃孫長洲章鈺仁和吴昌綬同校輯。

蕘圃藏書題識卷四

子類一

136 鹽鐵論十卷 明鈔本

乾隆乙卯閏月下澣三日，訪友於醋坊橋，路過崇善堂書坊偶憩息焉。余向主人索閲舊書，攜出數種，無當意者，最後以此册示余。余取閲之，書分十卷，尚是舊第，且余正欲覓是書，喜甚，因以青蚨八百四十文易之。字跡不惡，可云舊鈔。板心有「攖寧齋」三字，惜未知其爲誰氏，俟徐訪之。吳郡棘人黄丕烈書。

此攖寧齋鈔本《鹽鐵論》十卷，據序文是從江陰令涂賓賢刻於弘治十四年之本出者，乃余先鈔得一活字本，其板心亦題「弘治歲在重光作噩」，似與涂刻同歲。而活字本既無都穆序，又多脱落訛謬，不及此本殊甚。且余嘗以太元書室刊本校活字本，補其脱落，正其訛謬，今與此本參勘又多合，是此本實善本矣。第七卷以下鈔手與前六卷稍異，而脱落訛謬亦間有之,未知其何故。此本係舊鈔,故未敢點竄,余所校異同在影寫活字本上,可覆按也。嘉慶癸亥五月二日書於百宋一廛,黄丕烈。

137 鹽鐵論十卷 校明鈔本

禎遊學宫時,得漢廬江太守丞汝南桓寬次公所著《鹽鐵論》,讀之愛其辭博,其論覈,可以施之天下國家〔一〕,非空言也。惜所鈔紙墨,歲久漫漶,或不能句,有遺恨焉。迺者承乏江陰,始得宋嘉泰壬戌刻本於薦紳家,如獲拱璧,因命工刻梓,嘉與四方大夫士共之。弘治辛酉十月朔日,新淦涂禎識。

嘉慶癸亥,蕘翁屬覆閲一過〔二〕,就所見標於上方。此書明代屢刻,俱遜於攖寧齋鈔本,然誤處仍多,惟複出字每脱去是其短。〔三〕惜不得宋元舊槧,一埽風庭之葉也。嘉泰壬戌本見弘治辛酉涂禎跋中,不識尚在天壤間否。顧千里記。均在卷首〔四〕。

太元書室刊本校,甲寅除夕前一日澗蘋記。

校畢時未及一更,新月半規,天光潔静,令人添静意幾許。蕘圃氏。

右《鹽鐵論》十卷,係活字本,余借顧澗蘋影寫本傳録者。原本出於洞庭鈕匪石之友所藏,其用以校活字本〔五〕者,則又瞿氏所藏太元書室本也。雖經校勘,訛字尚多,俟以舊鈔本正之。棘人黄丕烈。

嘉慶癸亥夏，用攖寧齋舊鈔本校，與太元書室刊本甚近。然首有都穆序，謂刻於江陰，其作序年歲又同出弘治辛酉，而實勝活字本，未知何故。丕烈校竣書。

通本用墨筆於藍、朱二筆上，是者加圈，非者加豎，兩存者加點，疑者不加圈點，庶兩本佳處可取〔六〕，訛謬者亦不掩矣。端陽日蕘翁記。以上各跋均在末卷後。

【校勘記】

〔一〕天下國家　「下」原作「地」，據國家圖書館藏明抄本《鹽鐵論》十卷涂禎跋改。

〔二〕覆閱一過　「覆」字原脱，據前揭書涂禎跋補。

〔三〕惟複出字每脱去是其短　此句原缺，前揭書顧廣圻手跋注於「然誤處仍多」右側行間，據補。

〔四〕均在卷首　「卷首」原作「卷末」，前揭書涂禎、顧廣圻二跋在卷首，據改。《士禮居藏書題跋記》卷三、《楹書隅録續編》卷三均作「卷首」。

〔五〕活字本　「字」原誤作「本」，據前揭書黄丕烈跋改。

〔六〕兩本佳處可取　「可取」二字原脱，據前揭書黄丕烈跋補。

138 新序十卷　北宋本

舊本《新序》、《説苑》卷首開列「陽朔鴻嘉厶年厶月〔一〕具官臣劉向上」一行，此古人修書經進之體式，今本先將此行削去。古今人識見相越及鑱刻之佳惡，一開而可辨者可也[二]。辛丑夏五謙益題。在卷一後。

余於乾隆乙卯閏月借顧澗薲傳録何校宋本《新序》臨寫一過，知宋本實有佳處，義門所校得其真矣。繼於四月十四日，書船友鄭輔義攜一宋本來，留閱信宿，校首册三卷。開卷第二行有曾鞏地與姓名一行，何校本未及增入，未知何所校之宋本云何也。何校原本在澗薲堂兄抱沖處，係陽山顧大有所藏，顧之前藏於憩橋巷李氏。余所見宋本第一卷末有東澗跋，何校未之及，知非一本。每葉幾行，每行幾字，彼此相類，而所校又與刻本間有殊異，未知何故。余愛之甚，惜需直八十金，故以樣本還之，不及窺厥全豹，大爲恨事。自後書友來，來必曰[三]此書爲物主攜往他處，將不久留於江南境矣，盍如其直得之乎？余遂究其所從來，云是太倉王氏物，渠與畢秋颿制府相友善，宋刻善本亦嘗歸之，故本地不售，將往楚中求售。如售去，家中宋本皆盡往矣。余豔其宋本之多，屬書友更攜他書借閲。書友允吾請，至冬季[四]，果以北宋小字本《列子》來，需直六十金。余喜異書之沓至，後更勝於前，不復計錢物之多寡，以白鏹八十餘金并得之。是時余方承被火災後，爲治家計最急，省他費購書，室人交徧謫我，亦置若罔聞而已。今届移家月餘，諸事稍定，倩工裝池，分爲五册。書中有板刻朱印《温公訓子語》一紙，爲信陽王氏四部堂識，足見藏書家珍重之意，因裱托置諸卷端，俾垂永久。裝畢，追述得書顛末，并著宋本或有異同，校者不無訛誤，是在目見而又心細，方盡讀書之能事爾。時嘉慶元年六月望日，書於王洗馬巷新居之小千頃堂，棘人黄丕烈識。

嘉慶辛酉秋九月望後一日，觀書於東城蔣氏，見有宋刻本《新序》，爲陽山顧大有所藏，方悟〔五〕何校所據即此本矣。初見時，覺板刻字形與余所收似不甚異，及借歸參閲，乃知前所云所校又與刻本間有殊異者，皆顧本有以亂之也。即如卷九中「是後桓公信壞德衰」衍一「德」字，「殷夏之滅也」訛「湯」爲「夏」字，「張子房之謀也」句下脱「楚雖無彊漢史作楚唯無彊」小注十一字，此在卷十中。其錯誤迭出。他遇宋諱如「殷」、如「竟」、如「完」、如「構」皆未缺筆。每葉上填大小字數，下注刻工姓名，皆與余本異。雖行款悉同，而字形活變不能斬方，彼此相較〔六〕真如優孟衣冠矣。始知宋刻本一翻雕而神氣已失，不必在異代也。則此本之可貴，逾勝於初得時，書友之索重直，若有先知者耶？蕘圃氏又識。

蔣本《新序》余定爲覆刻者，前跋已詳之。頃巒庭金君從蔣氏購歸，與余攤書對讀，知兩書實出兩刻，如「信壞德衰」，蔣本擠一「德」字，文理爲順，於原本則衍矣。兹又隨手勘及，如「盈海者矣」，蔣本「者」作「内」，此原本作「者」，朱筆校改「内」字，是又據後出之本改之也。以余所見所聞，如高注《戰國策》、歐陽忞《輿地廣記》、劉向《古列女傳》同一宋本而皆各有異，世非一刻即文非一例，在各存其真可耳。《國策》、《輿地廣記》、《列女傳》余寶其一，而此外藏於他所者，或得諸聞，或得諸見，不能爲兩美之合，亦造物有以使之然也。轡庭先後來吴中，而皆獲至精之本以去，可謂識寶者。而以余訂交如轡庭，談書又得一良友，寒齋數日之敘，百宋一廛中添一段佳話，他日《攤書對讀圖》成，豈異長毋相忘册邪？此五硯樓事。并誌於此，以告後之讀是書者。庚子季冬五日，宿雨初霽，丕烈書。

嘉慶庚午十一月，借居陶陶室，蕘圃先生出示宋槧諸書，皆見所未見，而此本尚不與焉。他日，余得蔣氏宋本《新序》，急乞假以校讀之，知蕘圃已先於辛酉年據校矣。以此本爲初刻，蔣本爲覆刻，審定之確無是過。其記異同，曰衍曰脱，亦道其實。曰誤，予以爲〔七〕正不誤也，惟「湯」易「夏」當别記，不應改本文。而蕘圃墨守初刻，必以不同初刻者即爲誤，予未敢信〔八〕，跋而還之。陶陶室先後得二宋本《陶集》，故名其室〔九〕，并及。嘉興金錫爵記。

【校勘記】

〔一〕 厶年厶月　「厶」原作「□」，據國家圖書館藏宋刻本《新序》十卷錢謙益跋改。

〔二〕 一開而可辨者可也　「開」原作「閲」，後「可」字原缺，據前揭書錢謙益跋改補。錢氏手跋「開」字筆迹稍覺難認，但細辨之，當是「開」而非「閲」。

〔三〕 來必曰 「來」字原缺。前揭書黄丕烈跋上一「來」字下有重文符號，據補。

〔四〕 至冬季 「季」字原缺，據前揭書黄丕烈跋補。

〔五〕 方悟 「悟」原作「唔」，據前揭書黄丕烈跋改。

〔六〕 彼此相較 「較」原作「校」，據前揭書黄丕烈跋改。

〔七〕 予以爲 「予」原作「子」，據前揭書黄丕烈跋改。

〔八〕 予未敢信 「予」原作「余」，據前揭書黄丕烈跋改。

〔九〕 故名其室 「故」原作「取」，據前揭書黄丕烈跋改。

139 新序十卷 校宋本

此康熙庚寅義門何氏用陽山顧大有舊藏宋槧校，乾隆乙卯傳録。澗蘋記，時孟陬九日也。

乙卯閏月，借顧澗蘋傳録何校宋本臨寫一過。何校原本在伊兄抱沖處，俟臨畢當借歸參考之。棘人黄丕烈。

四月望日，往訪抱沖，索觀何校本，知顧本藏於憩橋巷李氏，亦古書授受之源流也，爰復表而出之。蕘圃。

此本間有與宋本字合者，以雙圈識之，視顧澗薲所校《漢魏叢書》本勝之遠矣。卷首序目，《叢書》本無之，此本居然完璧，洵近刻中之佳者也。蕘圃氏識。

嘉慶四年太歲己未五月，孫星衍借歸金陵，校於五松書屋。

嘉慶庚午冬，金君轡庭收得蔣本，所藏《新序》即義門據校之本，陽山顧氏舊藏者，復取讐一過。復翁。

校書之難，如埽落葉，如拂几塵。此書於向年校過家藏宋刻即東澗跋本，後粗以陽山顧氏所藏宋刻覆之，知兩本實有異同，因恖恖借校，略識其異。頃是本已爲嘉興金轡庭所得，復取續校，卷中識「蔣本」者是也。蔣氏即顧舊藏而何所據校者，向藏史家巷賜書樓。蔣氏今分支居西白塔子巷者，家不甚貧，卻愛財而不愛書，故是本爲金所有。余初見時，其家估直十二金，欲并售，未能獨得，後纍至十倍，兹以番餅四十二枚易之。轡庭何幸而遇此！江浙分儲，非復吾郡中物矣。書之黯然。庚午冬十二月十一日記，復翁。

140 説苑二十卷 北宋本

余向藏宋刻《新序》，而《説苑》僅見小讀書堆所藏宋刻殘本，係咸淳乙丑九月重刊者。其本每葉十八行，每行十八字，所缺卷八至卷十三余曾借校一過，此外又借錢遵王校宋本參之。蓋錢校即據咸淳重刊本，因所見本缺葉多同，特錢所校時未缺六卷耳。其中如卷四《立節篇》有「尾生殺身以成其信」一句，卷六《復恩篇》多「木門子高」一條，自明天順本以下皆無者獨完好無缺，信稱善本矣。頃友人陶藴輝以此宋刻《説苑》全本示余，謂是揚州賈人托其裝潢而欲爲他售者，渠許以重直，爲余購得。余喜是書可與《新序》爲合璧，而行款多同，必是北宋以來舊本，因遂得之。取校咸淳重刊本，實多是正，即如卷六「陽虎得罪」條多「非桃李也」四字，盧抱經《羣書拾補》中據《御覽》以爲有「非桃李也」四字，詎知宋刻初本固有之耶？其他佳處不可枚舉，余悉校諸程榮本，以供同好之傳録云。至於書有初刻、重刻之别，又有原板、修板之殊。前所收《新序》係初刻，而陽山顧大有藏者係翻板；兹所收《説苑》係原板，而虞山錢遵王校者係重刊，彼此先後各有異同。今余何幸而兩書皆得盡美盡善之本。展讀一過，盡正羣譌，豈不快哉！豈不快哉！嘉慶歲在丁卯秋八月白露後二日，士禮居重裝并記。復翁黄丕烈。

卷二第五葉原失，用咸淳重刊本補録。

附録小讀書堆殘宋本卷十九、卷二十宋刻款識：

《説苑》卷第十九

歲壬申秋瑯山翁士白重修校正

《説苑》卷第二十

鄉貢進士直學胡達之眎役

迪功郎改差充鎮江府府學教授[一]徐沂

咸淳乙丑九月迪功郎特差充鎮江府府學教授李士忱命工重刊

余初得是書時，見其中有籤題云「《説苑》六册」，無「宋刻」字様，即疑此書之來必非貴重者，或係出於冷攤，而五柳主人以特識得之。久而探聽消耗，知是書爲墨古堂周姓物。周本不識書者，設肆於郡東之王府基[二]。偶一日，有老者以手帕包一書來，索直青蚨七百，周酬以二百四十文，其人即懷錢而去。遂持示同業，某某曰：「此明刻耳，奚貴耶？」後售於五柳，得青蚨一千四百，因入余手，易朱提卅金。是書之爲宋刻，稍稍流傳於外矣。外人轉相告，其語達於周，周邀同業某來索觀[三]，余秘不之示[四]。蓋其書已賤售，而知獲重直，未免啓争競端。且側聞陶之語周，亦猶是同業某之説也。某之説而果是爲不智，陶之語而果是爲不仁，余故未便明示也。而余卻甚德乎陶，向使不以歸余，余亦無從得此至寶，故卒不使周之知陶之歸余者，果周之所得否也。惟是，是書所由來卒不知其自，因思吾郡甚大，故家之藏弆，行李之往來，所藏之富，所來之廣，安得盡入余手而一一爲品題其甲乙耶？余於此不能無感慨云，書此以存一段佳話，俾知書之遇與不遇，係乎人之知與不知。可歎也夫！可歎也夫！九月三日燒燭檢此，復翁。均在末卷後。

舊裝卷四、卷五中互有錯簡，今悉更整，無脱葉也。復翁記。在第六卷後。

【校勘記】

〔一〕鎮江府府學教授　原脱一「府」字。是書今藏俄羅斯列寧圖書館，據是書黄丕烈跋網絡圖片補。下一行同。

〔二〕郡東之王府基　「之」字原缺，據前揭書黄丕烈跋補。

〔三〕同業某來索觀　「某」字原缺，據前揭書黄丕烈跋補。

〔四〕秘不之示　「不之」二字原誤倒，據前揭書黄丕烈跋乙。

141 説苑二十卷 宋本

此咸淳乙丑九月重刊本《説苑》，拜經樓藏書也。余友海寧陳君仲魚知余新得宋刻廿二行廿字本，較諸本爲勝，因取是本相示。余校讀一過，與向所見顧抱沖本相同，而字之正誤彼此互異，當是板有原與修之别，印有初與後之殊也。其妙處，卷四《立節篇》有「尾生殺身以成其信」一句，卷六《復恩篇》多「木門子高」一條，自明天順本以下皆無之，則信稱善本矣。惟是卷六「陽貨得罪」條「非桃李也」四字，余本爲然，與紹弓盧學士《羣書拾補》引《御覽》合,此猶失之,其他與余本異者,亦復彼善於此。此真宋本之乙邪?内缺第十四卷,向未標出,惟抱沖本可補。抱沖本亦闕八至十三[一],此本可補。惜抱沖已作古人,拜經又居他邑,彼此鈔補爲難耳。丁卯小春望日讀畢,復翁黄丕烈。

【校勘記】

〔一〕八至十三　「三」下原衍「卷」字,據國家圖書館藏明刻本《説苑》二十卷(存十九卷)黄丕烈跋删。

142 説苑二十卷　校宋本

嘉慶元年冬,借顧抱沖所藏殘宋本《説苑》校此顧本,缺八至十三。復借周香嚴所藏錢遵王手校宋本補完,因循未成,至二年五月始竣。抱沖已作故人,而書猶未還,傷感之至。蕘圃。

抱沖所藏殘宋本《説苑》雖多修板,然校各本有佳處,即如卷四《立節篇》有「尾生殺身以成其信」一句,卷六《復恩篇》多「木門子高」一條,自明天順以下本皆無之,則非此幾致脱略矣。明刻當以程榮《漢魏叢書》本爲近古,餘則脱略不可殫述。故傳校宋本於此册後之《見是篇》者,勿輕置之。五月二十三日燈下,黄丕烈又識。

丁卯六月十二日，五柳主人以揚州寄到廿二行行廿字宋本示余，因手勘一過，較小讀書堆所藏殘本爲勝。復翁。

前校殘宋本就卷末重刊年月計之，已在南宋末，且多修板，故訛舛甚多。今所見宋本，刻既在前，板亦無修，故是正良多。《説苑》以此爲最矣。

舊本《新序》、《説苑》，卷首開列「陽朔鴻嘉□年□月具官臣劉向上」一行，此古人修書經進之體式。今本先將此行削去，即此已見其謬，無論其他矣。余家舊藏《新序》宋刻，與時本迥異，惟《説苑》僅據小讀書堆殘宋本補以錢述古校宋本，猶未盡善。今見宋刻與《新序》版刻相類，所云體式正同，信善本也。丁卯七月二十五日，復翁識。

十月十一日，海寧陳仲魚自其邑來，攜同邑吴槎客所藏宋刻咸淳乙丑九月重刊本《説苑》示余，余歎爲奇絶。蓋是本與顧抱沖藏者同，而抱沖所缺者八卷至十三卷吴卻有之，可以補校，一奇也。抱沖本與槎客本大同而小異，蓋板有原與修之別，印有初與後之殊，又可彼此參訂，二奇也。惜吴本缺第十四卷，抱沖已作古人，槎客又居他邑，無從作合各爲補全耳。余因仲魚之借而得覩咸淳重刊本之全，勝於向借周藏錢校之尚非宋刻面目，何幸耶！因得廿二行行廿字之宋本，而仲魚知之，并引出咸淳重刊之又一本，不更幸也！校畢記。復翁書於冬蕙山房，時小春，盎中發蕙一枝。

吴本載乾隆甲辰二月仁和孫志祖跋，云「晁氏《郡齋讀書志》敍《説苑》篇目，避孝宗諱，易『敬慎』爲『法誡』，而此本不易，以爲疑」。余謂此疑咸淳本之出孝宗後爾，何亦不避？豈知重刻云者，特翻舊本，故遇「慎」字間缺末筆。若余所得本，并不避「慎」字，則刻較先矣，宜「敬慎」之不易爲「法誡」也。復翁又識。

戊辰夏觀書濂溪坊蔣氏，又見咸淳重刻本，印亦糊塗，字多描寫。較顧、吴兩本爲勝。惜時方購進御書籍，索直甚昂，未易得也。

續從坊友處見一本，與濂溪本正同，亦爲蔣氏物，蓋又居於西白塔子巷者也。

道光元年二月，小讀書堆殘宋本散在坊間，借歸續校，蕘圃。以上各跋均在末卷後。

宋刻二十二行行二十字本已歸藝芸書舍，案頭止此手校本矣。余於此書所見之本，即咸淳重刊本亦共有四種，吴槎客本雖缺第十四卷，而有與殘宋本異者較佳，蓋有原板修板之别也。殘宋本誤字向未一一記出，或因其誤置之，今於二十五年後重覯舊物，反一一校在上方，以辛巳續校别之，知向所未校者，或忽略漏校，或有意删除也。古書日少，向藏者亦復散佚，講此道者實無其人。咸淳本久欲求售，無過而問余，擬購得，卒以估直太昂置之。借諸坊間，續校一過，眷眷於此本之佳，猶留古書面目也。「非桃李也」四字，誠爲廿二行廿字本所獨，每卷標題云「校正《説苑》」，無某朝某年某月某人，莫可得而尋其原委矣。自己所藏既去，又復念及他人所藏者，書魔之故智歷久不忘耳。蕘圃。在第十四卷前。

嘉慶乙亥五月吴翌鳳借校。在卷首。

143 楊子法言十卷 校本

此校本《楊子法言》李注十卷，沈寶硯先生筆也。舊藏滋蘭堂朱氏，余從己酉冬曾假歸，手録一本而急歸之。蓋文游年老愛書，即欲售去，仍復不輕與人，故借録而未議交易[一]。後每從旁人探問消息，聞已爲桐鄉人買去，心甚怏怏。今兹冬仲，五柳書居[二]主人陶藴輝購書於滋蘭堂，是書尚在，重復歸余。余喜甚[三]，以爲寒暑六更，再逢故物，書緣未了，當作如是觀。乾隆乙卯冬至後六日，吴郡棘人黄丕烈題於養恬書屋之北窗。

【校勘記】

〔一〕未議交易　「議」原作「易」，據國家圖書館藏明嘉靖十二年世德堂刻本《揚子法言》十卷（存五卷）黄丕烈跋改。

〔二〕五柳書居　「居」原作「屋」，據前揭書黄丕烈跋改。

〔三〕余喜甚　「余」字原脱，前揭書黄丕烈跋此處有重文符號，據補。

144 潛夫論十卷 明刻本

《潛夫論》以此本爲最古，明人藏弆率用此。余舊藏本爲沈與文、吴岫所藏，馮已蒼所藏即從此出，中有缺葉，出馮鈔之後所補，故取馮鈔校之，已多歧異。頃從坊間購此，首尾完好，適五柳主人應他人之求，遂留此輟彼。丙寅夏蕘翁識。

道光甲申四月，命長孫美鎏手校一過，不僅如在軒大令所摘録之佳字也。予家向藏一本，已易出，今又去刻留校，鄙人心事可知。幸我好友如月霄二兄視明刻如宋本，物得其所，於心稍安焉。蕘夫。〔一〕

【校勘記】

〔一〕 蕘夫 此二字原脱，據國家圖書館藏明刻本《潛夫論》十卷黄丕烈跋補。

145 中論二卷 明刻本

此明刻《中論》二册，余友顧千里藏書也。重其明初刻，且爲馮氏藏本，故以售余。余初不甚重視此本，因舊有此書刻本，約略相似。及取出對勘，知舊有者已繙刻，非特行款不同，且多墨釘，其字亦多錯誤。乃信書以初刻爲佳，即明一代已然矣，遂以番錢二枚易之。同時有《越絶》、《賈子新書》等，皆明初刻，而價各與此同。明刻書人知寶貴已如是，何況宋元哉？癸亥伏日蕘翁記。

146 何博士備論一卷[一]

丁丑仲秋，湖賈以閩中所刻書數種求售，此《何博士備論》其一也。書爲浦城祝氏留香室開雕，首載《四庫提要》[二]，末有祖之望跋，謂鈔自翰林院所藏[三]《四庫》副本。取對此本[四]，大段相同，字句間有異耳。餘書亦皆閩中人著述，開雕於嘉慶辛未，以道遠不通交易，賈人偶得，詫爲奇貨，未之收也。聊記於此。復翁。

後書賈願以他書相易，卒歸之，戊寅記。[五]

《何博士備論》四卷，載《直齋書録解題》别集類。此本偶得諸郡故家，通二十六篇不分卷，未知全否，因其爲穴研齋繕寫，珍之。先是收得穴研齋繕寫諸書，初不知爲誰何，并所鈔時代先後，惟陸游《南唐書》爲虞山錢遵王藏書，則在遵王先矣。他爲宋人説部各種，總得於松江故宦家，有賈人知其由來，謂出於康熙朝明相國家，是亦古物。此册又在郡中故家，三次搜羅共十餘册，惜紙張大小未能一律裝潢，各仍其舊可耳。乙亥夏仲復翁。

續考《也是園藏書目》文集類,何去非《備論》一卷,則後所傳者止此矣。〔六〕

【校勘記】

〔一〕《士禮居藏書題跋記》卷三目録及正文題名下均注明版本爲「述古堂鈔本」,《藏書題識》無,今國家圖書館藏本著録爲「明穴研齋鈔本」,版心下方皆有「穴研齋繕寫」字。

〔二〕首載四庫提要　「載」字原脱,據國家圖書館藏明穴研齋抄本《何博士備論》一卷黄丕烈跋補。

〔三〕翰林院所藏　「所」字原缺,據前揭書黄丕烈跋補。

〔四〕取對此本　「本」字原缺,據前揭書黄丕烈跋補。

〔五〕此條是前跋眉批,寫於最後兩行之上方,《士禮居藏書題跋記》和《蕘圃藏書題識》均移作正文,置於「聊記於此」之前,且誤「卒」爲「率」,並脱「戊寅記」三字。

〔六〕此條原缺,據前揭書黄丕烈跋補,寫於前跋頁眉。

147 九賢秘典一卷 鈔本

此《九賢秘典》一卷,余於《讀書敏求記》中知其名。頃師德堂書坊持以求售,余取其秘也,得之。雖非述古舊物,然爲枚菴手鈔書,倍加愛焉。黄蕘圃書。

148 管子二十四卷 宋本

嘉慶丁丑重陽裝成。越一日，以陸敕先原校宋刻本手勘一過。鈔胥脱誤甚多，臨寫時校正者，墨筆標於上方，茲手勘其脱誤者，以黄筆標之。陸校在劉績本上，於宋刻可疑處，每識於旁，茲鈔胥寫入本行，所以存宋刻之真。而余復標出其字，注曰「校改」者，皆敕先所謂「刻舟」也。陸跋二通，録附於後。復翁。

毛斧季以善價購得錫山華氏家藏宋刻《管子》，錢遵王貽余此本，竭十日之力校勘一過，頗多是正。時賦役倥偬，愁悶填胸，當研朱點筆時，大似奕秋誨奕，一心以爲鴻鵠之將至，撫己爲之一笑也。康熙五年四月二十有六日，常熟陸貽典識。

古今書籍，宋板不必盡是，時刻不必盡非。然較是非，以爲常宋刻之非者居二三，時刻之是者無六七，則寧從其舊也。余校此書，一遵宋刻本〔一〕，再勘一過，復多改正。後之覽者，其毋以「刻舟」目之。康熙五年丙午五月七日，敕先典再識。均在第十九卷末。

此宋刻《管子》二十四卷，原缺卷第十三至卷第十九，任蔣橋顧竹君藏書也。二十年前曾借校之，其佳處實多，因中有缺，心甚有歉，未爲全美。後京師某坊緘寄一宋刻，宋刻已糊塗，經俗人剜其糊塗處以時本填之，多未可信，故卒未據以校藏本。近日宋廛宋刻子部並歸他人，重憶向所未愜意之本，遂從顧氏後人歸之，而中所缺卷，余故友小讀書堆藏陸敕先校宋本，亦向伊後人借歸據補。陸校未記行款，兹就余所收宋刻本行款約略爲之，未可據也。至於字句之間，他卷多同宋刻，則此所缺而陸校有，宋刻應亦可據。且陸校出毛斧季所藏宋刻，則尤可信。唯是校書如埽落葉，他卷之陸校，證以余藏之宋刻，有脱至一句者，安知余所據之卷不有類是者耶？不過以校宋補宋刻，稍勝時本耳。藏書之道如是而已，暇日當再取〔二〕陸校以校余所補本，并以參余所藏本，或可盡得其異同。嘉慶丁丑重陽秉燭記，復翁。均在卷末。

癸丑初秋，有攜東城顧氏所藏陸敕先校本《管子》求售者，余取與《中都四子》本中之《管子》相對，覺陸校本訛謬之正、脱漏之補甚多，信善本也。及觀此本與陸校本如合一轍，始信此本序例云照宋本校勘固非虛語。陸校本索直頗昂，急爲取去，未及全取對勘，即有以正此本之訛謬、補此本之脱漏，諒亦十不得一矣。世之讀《管子》者竟以此本爲枕中秘可爾。七月望後三日，黄蕘圃書於讀未見書齋。〔三〕

楊紹和案：是書每半葉十二行，行二十三字，注二十八字。卷一後有木記云「瞿源蔡潛道宅墨寶堂新雕印」，又末卷後有木記云「瞿源蔡潛道宅板行，紹興壬申孟春朔題」，並巨山張嵲《讀〈管子〉》一則，謂紹興己未從人借得，舛錯甚衆，頗爲是正，鈔藏於家云云。案：壬申乃紹興二十二年，上距己未僅十二年。潛道所刊，當即據張氏鈔藏之本，在今日爲最古矣，其中佳處，足正各本之謬者實多。如《形勢篇》「虎豹托幽而威可載也」未誤作「得幽」，「邪氣襲内」未誤作「入内」，「莫知其澤之」未誤作「釋之」，「其功逆天者天圍之」未誤作「違之」。《乘馬篇》「凡立國都，非於大山之下，必於廣川之上」未誤作「太山」，「藪鎌纆得入焉」未誤作「纏得」。《版法篇》「法天合德，象地無親」未誤作「象法」。《幼官篇》「必得文威武官習勝」下未衍「之」字，「則其攻不待權輿，明必勝則又慈者勇」未誤作「權與」。《宙合篇》「内縱於美好音聲」未誤作「美色淫聲」。《樞言篇》「賢大夫不恃宗室」未誤作「宗至」。《八觀篇》「故曰入朝廷觀左右本朝之臣」「右」下未衍「求」字。《法法篇》「矜物之人」未誤作「務物」，「内亂自是起矣」未脱「矣」字。《小匡篇》「管仲詘纓捷衽」未誤作「插衽」，「維順端慤，以待時使」注「待時，待可用之時也」，「也」上未衍「而使之」三字。《霸言篇》「驥之材，百馬代之」，又「疆最一代」，均未誤作「伐」。《戒篇》「東郭有狗嚯嚯」注「枷謂以木連狗」未誤作「猳謂」。《形勢解》「臣下墮而不忠」未誤作「隨而」，「弱子，慈母之所愛也，不以其理」下未衍「動者」二字，「亂主獨用其智，而不任聖人之智」未誤作「衆人」，「使人有理，遇人有禮」「理」、「禮」二字未互倒，「版法解往事必登」未誤作「畢登」。《海王篇》「萬乘之國，人數開口千萬」未誤作「問口山」。《國軌篇》「不籍而贍國，爲之有道乎」未誤作「道予」。皆與高郵王懷祖先生《讀書雜志》所引相合。其他類是者，尚不能一二數，信知此本之可寶也。

【校勘記】

〔一〕 宋刻本 「刻」字原脱，據俄羅斯列寧圖書館藏宋刻本《管子》二十四卷黄丕烈跋補。

〔二〕 暇日當再取 「再」字原脱，據前揭書黄丕烈跋補。

〔三〕 此跋原缺，前揭列寧圖書館藏本亦無。上海圖書館藏清陳奂家抄本《管子》二十四卷有黄丕烈兩跋，即此跋和前一跋，均爲過録者，據補。

149 管子二十四卷 宋本

《管子》世鮮善本，往時曾見陸敕先校宋本在小讀書堆，後於任蔣橋顧氏借得小字宋本，其卷一後有長方印記，其文云「瞿源蔡潛道宅墨寶堂新雕印」，驗其款式，當在南宋末年，中缺十三至十九卷，即其存者，取與陸校本對，亦多不同，蓋非最善之本也。甲子歲，余友陶蘊輝鬻書於都門，得大宋甲申秋楊忱序本，板寬而行密[一]，亦小字者，因以寄余，索直一百二十金，豪釐不可減。余亦重其代購之意，如數許之，遂得有其全本。案「大宋甲申」不言何朝，核其板刻，當在南宋初，以卷末附張巨山《讀〈管子〉》一篇也。内有鈔補并僞刻之葉在第六卷中，徧訪諸藏書家，無可借鈔。時錢唐友人謂余曰，嘉興某家有影宋鈔本，與此正同。余聞之欣然，久而無以應我之求。適陶君往嘉興，於小肆中獲其半，檢所缺葉，一一完好，字跡與刻本纖毫不爽，方信影鈔者即從余所得本出而下半部偶失之耳。命工用宋紙從影鈔本重摹，輟鈔補僞刻之葉而重裝之。《管子》至今日，宋刻始完好無闕，豈非快事！取對顧氏小字本高出一籌，當是敕先所據以校劉績之本者也。後錢唐友人來詢之，知嘉興所見者即此鈔本，其不肯明言在書肆者，恐余捷足先得，孰知已有代購之人爲之始之終之，俾作兩美之合[二]哉！嘉慶丙寅立冬後一日，士禮居重裝并記。蕘翁黄丕烈〔三〕。

【校勘記】

〔一〕板寬而行密　「行密」原誤作「口黑」，據國家圖書館藏宋本《管子》二十四卷黄丕烈跋改。

〔二〕俾作兩美之合　「作」原作「得」，據前揭書黄丕烈跋改。

〔三〕蕘翁黄丕烈　此五字原脱，據前揭書黄丕烈跋補。

150 管子二十四卷 校影寫宋本　舊寫一至十二卷，黄補十三至二十四卷

影鈔本因缺存十二卷，改其目録，兹從宋刻改補目録以下四葉又七行。〔一〕在目録首葉。

宋刻缺此卷第七葉以下，據此補彼，因此實影鈔也。影鈔時猶未失去，且所影鈔者，即余藏宋刻，故可信此卷之七至十一卷，真如獲拱璧矣。在卷六後。

此影鈔殘本《管子》六册，計十二卷，即從宋刻出，然實有勝於宋刻處。遇紙破字缺悉空之，一善也；有宋刻未失之字間留一二，二善也〔二〕。讀者珍之。蕘圃識。在卷十二後。

余所藏《管子》，係南宋初刻本二十四卷全者，續又得一影鈔本，止十二卷而止，然即從余本出。余本稍經後人描寫，而影鈔者在前，故可寶。且余本缺幾葉，影鈔者猶有之，則尤不可輕棄矣。因命鈔胥照宋本補十三至二十四卷，復手校其訛謬。時嘉慶丁卯立冬

日,復翁識。在末卷。

【校勘記】

〔一〕此條原缺,據上海圖書館藏清初影宋抄本《管子》二十四卷黄丕烈跋補。

〔二〕二善也　「二」原作「一」,前揭書黄丕烈跋爲重文符號,當作「二」,據改。

151　韓非子二十卷　影宋鈔本

第十卷第七葉原缺,趙文毅本有,當是趙移《道藏》以補全耳。驗其字數,於廿六行行廿四字爲不足,是宋本此一葉其文未必便如此,移補者非也。嘗謂宋本書雖無字處亦好,豈不信然!澗蘋記。

續用張古餘司馬所借李書年觀察宋刻本影鈔補全,惟第六行第四字「日」趙本作「曰」,餘無異也。蕘圃記。以上在第十卷後。

此《韓非子》爲錢氏述古堂影宋鈔本,曾藏泰興季氏,見於二家《書目》者也。今裝池尚仍錢氏之舊,首葉有季氏藏書鈐記,可證其確然矣。近日從新安汪啓淑秀峰家所謂開萬樓者賣出,遂於杭郡轉入予手,緣力不能蓄,復爲蕘圃黄君捐卅白金取去,豈物固各有主耶?抑物惟好而有力者〔一〕始能聚耶?於其歸之也,率題數語以志緣起,並質其理於黄君也。若夫此本之勝俗本有不可以〔二〕道里計者，即趙文毅本雖從此本而出，然頗出意見改竄，亦失其真，非得見此本，無由剖斷其是非。不僅僅〔三〕因名鈔而足重，則黄君知之甚審〔四〕，不待予贅言，予故不覼縷云。嘉慶壬戌中元前三日，澗蘋顧廣圻書於城南之思適齋。

余性喜讀未見書，而朋友中與余賞奇析疑者，惟顧子千里爲最相得。歲丙辰，千里借窗讀書，兼任讐校，故余所好之書，亦惟千里知之爲最深，每遇奇秘本爲余所未見者，千里必代購以歸余。四五年來，插架中可備甲編之物正不乏也。歲辛酉，余四赴計偕，賓主之歡遂散，然翰墨因緣，我兩人無一日去懷。千里就浙撫阮芸臺聘入校經之局，每歸爲余言曰：「近日喜講古書者竟無其人。蘇杭兩處古書之多，與講古書人〔五〕之多，杭遠不如蘇。此種話可爲知者道，難與俗人言也。」今夏六月，千里自杭歸，於余面前略言近所得書，如元刊《吕氏春秋》、舊鈔《嚴氏詩緝》、明刻書《三史會要》，余亦以爲書皆好，明日遂以歸余，易白金十二兩而去。問此外可有好者，千里曰無矣，余亦信杭之果無好書。越一日，遇千里於金閶書肆，聚談半日而别。將别去，復佇立於道密語余曰：「有一書銘心絶品，此書必當歸子，亦惟子乃能識此書，然鈔本須得刻本價。」問其名，始云爲影宋鈔《韓非子》，藏爲〔六〕錢遵王、季滄葦兩家，需直白金四十兩。余急欲覩其書，千里曰：「此書爲汪啓淑家所散而他姓得之，托余求售於子，故索重直。」余聞之喜甚。蓋子書中惟《管》、《韓》爲最少，余所收子書皆宋刻爲多，惟《管》、《韓》尚缺，《管子》猶見殘宋本，若《韓非子》并未聞世有宋本，今得影鈔者，豈不大快乎？牀頭買書金盡，措諸友人所，始以卅金購之。全書之得見，遷延至數日，蓋千里亦愛不忍釋手矣。千里跋云力不能蓄，余非真能蓄者，特以所好在是，必多方致之，較千里爲更愛爾。取校趙本，覺誤字特多。惟誤字〔七〕，思之正是一適。惟千里爲能收之於杭，亦惟余爲能收之於蘇，乃信世之識古書者，我兩人殆有同心焉。今而後，子書甲編中又當添置一席矣。收書之日爲中元日，以黄三八郎刻者，仍爲江夏所儲，天壤間翰墨因緣巧合如是，抑何奇邪？并著之以誌幸事〔八〕。時嘉慶壬戌之秋七月既望，黄丕烈書於王洗馬巷之士禮居。以上在卷末。

余既收得影宋鈔本《韓非子》，自謂所遇之厚無過於是，方擬手校同異於趙本，以備徵信之用，適錢唐何夢華過訪士禮居，見案頭有此書，亦詫爲奇絶。越一日，作札告余〔九〕曰，頃與張古餘司馬談及，知《韓非子》宋刻乃在渠處，豈非奇之又奇乎？余聞之喜甚，即往謁古餘，古餘未晤，蓋古餘與余久神交而未曾謀面者也。適西賓夏方米與之熟，方米以他事往候，請觀其書，歸爲余言其真。余即屬方米往假，果以是書來，一見稱快，始信余本之真從宋本出也。然非一本，張本缺第十四卷第二葉，余本卻有，余本缺第十卷第七葉，張本有之，則余本非從張本出矣。顧又有疑焉者，余本爲述古堂所鈔，後歸延令季氏，此可憑兩家《書目》信之。乃余本中間有與張本絶不相謀者，一行一字動見差誤，如謂鈔時僞爲，則十卷七葉何以聽其空白，以傳信於後乎？或者所影鈔之本有修板鈔補之病，遂據以傳録，故訛舛如是乎？此外板心細數及刊刻字數，影鈔者或缺或不同，大約脱略及誤書耳。至於字之筆畫稍有異同，此影鈔者莫辨其形似，致有此失也。今悉以朱筆手校於上，以別紙影鈔宋刻之真者附於末，庶不改影鈔之舊，并可存宋刻之真，儻天壤間又有影鈔之原本出，則錢氏之影鈔者亦不任咎矣。世之古書何限，安能執一以求合耶？我輩生遵王、滄葦之後，而所見翻勝二君，此幸之至者也。張本爲李書年觀察物，古餘借校，故在郡中。觀察爲河南夏邑人，今官江蘇糧儲道，聞其宦於京師〔一〇〕，欲以卅金求售於孫伯淵，伯淵未之買，并爲言「此書之可寶，今將子孫世守矣」。古餘之借，難之又難，而余之見，幸之又幸，因并描其藏書諸家圖書以誌源流。首列「張敦仁讀過」一印，此書得見之由也。每册圖書未能悉摹，兹但取其一，次其先後，每印所在，遵天禄琳琅例，注出某卷某葉，日後得見宋刻，欲定余手校所據本者，可按此知之。爰損舊裝續補於後，他日千里歸，索觀此本，定詫余喜未見書之性又出渠上矣。特未識後之讀書者能諒余區區愛書之心，而不以余爲多事否也。八月六日甲辰蕘翁識。

【校勘記】

〔一〕物惟好而有力者　「惟」原作「雖」，據國家圖書館藏影宋抄本《韓非子》二十卷顧廣圻跋改。

〔二〕不可以　「可」字原缺，據前揭書顧廣圻跋補。

〔三〕不僅僅　原缺一「僅」字，前揭書顧廣圻跋「僅」字下有重文符號，據補。

〔四〕知之甚審　「知之」原誤倒，據前揭書顧廣圻跋乙正。

〔五〕講古書人　「人」前原衍「之」字，據前揭書黄丕烈跋删。

〔六〕藏爲　「藏」前原衍「所」字，據前揭書黄丕烈跋删。

〔七〕惟誤字　「惟」前原有「正」字，前揭書黄丕烈手跋「正」字旁有删改符號，據删。

〔八〕以誌幸事　「幸」前原衍「吾」字，據前揭書黄丕烈跋删。

〔九〕作札告余　「札」原作「禮」，據前揭書黄丕烈跋改。手跋中多見俗體、簡體字，此處乃將「札」誤認作「礼」。

〔一〇〕宦於京師　「宦」原作「官」，據前揭書黄丕烈跋改。

152　韓非子二十卷　校宋本

書必真本爲上，其次從真本手校乃可信，蓋手校真本止隔一層。即如此本，余於宋刻、藏本兩家皆親見真本，似爲可信矣。

《韓非子》別有顧千里爲余手臨諸家校本在趙本上，然諸家所校宋刻及《藏》本，今取以勘余親見之宋刻與《藏》本皆不同，余故云手校真本乃可信也。均在卷首。

向從郡城周香嚴家借得張鼎文本《韓非子》，雖明刻，然頗近古，已屬余友顧澗蘋臨校於趙本矣。去年在坊間購得此刻，取所校張本核之多合，固知其爲善本也。然究未知其本之何自出。爰假貞節堂袁氏所藏《道藏》本手校一過，見卷中有「同卷」字，又有「虧四」記號，乃知亦自《道藏》本出，故大段尚好，惟字句間有不同，想是校改重梓所致，與《道藏》猶不盡合。新歲杜門謝客，竭三四日力而校讐至再，今而後《道藏》本之面目纖悉無遺。趙本云自宋本出，澗蘋又爲余校臨諸本於上，取兩本讀之，信可爲參互考訂之助爾。壬戌春正月九日黄丕烈識。

以朱筆校《道藏》本，此壬戌春間事也。既於是年秋獲影宋本，復手校首幾卷，旋即中止，蓋影宋本雖出自述古，而此外又有宋刻本，適借諸他所，手校於影宋本上，其異同尚多，不暇悉臨校於兹也。今長夏無事，取所有子書次第校勘，《淮南》、《列子》二家已從宋刻精校，此猶少副本，因復續取校宋刻、影宋本傳録於此。《道藏》本與宋刻本互有出入，當參考而酌其中可耳。丙子六月下弦，復翁。均在末卷後。

153 棠陰比事一卷 宋本

此宋刻《棠陰比事》，向藏試飲堂顧氏，傳是樓故物也。顧氏名珊號聽玉者，余素與之好，其所藏間亦歸余，然未能盡觀。聽玉故後，其子姪輩邀余與一二識書者盡發藏，爲之區別高下，作三分，俾各房守焉。是書雜諸租簿中，余拔而出之，定爲上等，後適屬諸有資不必謀售者，余往來於心久矣。近因各省大僚購求備貢之書，書主人獲善價稍稍散出，余因是得以入手，出番餅十四枚，誠快之至也。夫書之貴賤以有用無用爲斷，并以名實相副者爲重。即如此書，世間非無傳本，然經吴訥删定，加以附録，雖有其名而無其實也。安得是書出，俾見廬山真面目乎？頃陽湖孫伯淵觀察山東覆刻元版《唐律疏義》、《洗冤録》二書行世，擬慫恿併刻之以傳，豈不更快乎！嘉慶戊辰秋七月七夕後二日，黄丕烈識。

154 刑統賦疏一卷

傅霖《刑統賦》一卷、楊淵《續刑統賦》，並載諸《讀書敏求記》，不聞《刑統賦疏》也。傅《賦》余亦有之，楊《賦》已不見。頃從郡故家散出零種中偶得之，詫爲奇絶，遂重付裝池而跋之。是書爲吴中沈仲緯氏著，取傅《賦》而爲之疏，文後每條有直解、通例二門。所云通例者，皆取元一代條例爲之證，是深有裨於《元史·刑法志》者也。前有二序，其最著名者爲會稽楊維楨，則沈仲緯在元時必非泯没無聞者。乃考歷來元明諸家《書目》，無所謂沈氏《刑統疏》者，亦可危矣。書僅五十葉，審係元人鈔本。其故家標籤但云「律例」，觀者不甚貴重，得余表之，始爲秘書，亦是書之幸也夫！道光紀元四月望日，小病初愈，坐百宋一廛。蕘夫書。

傅氏《刑統賦》係曹倦圃藏鈔本，前有查初白及藥師跋語兩則。藥師跋云：「案《刑統賦》本八韻，今此本缺後一韻。」余以此《疏》所載賦文證之，自七韻中「雖戲雖失而不從戲失」下對句，至八韻中「親故乞索不論於挾勢」上出句，止共脱賦文若干條，此本居然在也。雖郄之《韻釋》、王亮之《增注》皆不可考，而傅《賦》則居然全矣。又案藥師跋云：「按明洪武中，江西泰和蕭岐字尚仁，嘗取《刑統》八韻賦引律令爲之解，合爲一集。」今其書失傳，則此沈氏之書猶留餘天壤間，不亦幸耶！四月二十日勘賦郄《韻釋》、王亮《增注》本畢，蕘夫又記。

重將傅《賦》細勘，知原注此篇落了「下其私造兵器」一條，前傅《賦》尚多脱文，遑論沈《疏》邪？可見古書流傳甚難，即一《刑統賦》，彼此湊合始得全韻，苟非郄所釋、沈所疏盡爲余見，則此《賦》終不全，暇日當録全文行世，勝於從未見此書者矣。同日蕘夫又識。

故屏服食論以鬭殺　貿易官婢同於和誘　併贓累併法也而法兼於赃　本部如本屬也而屬尊於部　詐傳制書情類詐僞方接私造云云

此疏所缺賦文附記於此。

暇日取傳《賦》全文録出，知郄釋之注本第四韻中亦脱其文，自「囚走而殺」至「使之迷繆」共十句，前記脱文猶漏也。二十五日記。

155 刑統賦解□卷 舊鈔本

《宋史·藝文志》《刑統賦》四卷，不詳作者姓名。晁公武《讀書後志》著録二卷，云「皇朝傅霖撰」，或人爲之注，則傅乃宋人非元人也。趙文敏序云「東原郄君章析而韻釋之」，而不稱其名，則郄必元人。竹垞概以爲宋人者，亦訛。此本爲古林曹氏藏本，甲午五月予從西吴書估購得之。初白老人查慎行志。

案此跋係初白老人手筆，原本五行，有□書諸卷端，郄君已改模糊處。《敏求記》：郄君乃郄君也。兹録出，已改行款，仍書郄君者，誤也。蕘夫。

序文首行另行，自「聖人」云云起，每半葉七行，共計八行，併首行共廿九行。蕘夫記。

按：《刑統賦》本八韻，今此本缺後一韻。□又案：明洪武中，江西泰和蕭岐字尚仁，嘗取《刑統》八韻，賦行律令爲之解，合爲一集，謂「天下理本一，出乎道必入乎刑，吾合二書使觀者有所省也」云云。橫雲山人《明史》爲蕭立傳，今其書失傳，乾隆□□，查岐昌續志於得樹樓。案：□原書於序之上方，今録于此。蕘夫。

156 宋提刑洗冤集録五卷附聖朝頒降新例 元刊本

右《宋提刑洗冤集録》五卷，又《聖朝頒降新例》七葉，蓋元刊本也。案《百川書志・法令門》有《聖朝頒降洗冤録》一卷，當即此。原裝一册，序目後即接《聖朝頒降新例》，病其横亘於中，移置於後。蕘翁。

157 宋提刑洗冤録五卷 校元本

《洗冤録》舊刻不多見，得見覆刻本已鮮世傳者，非其本書矣。余家舊藏《宋提刑洗冤集録》五卷，前有《聖朝頒降新例》幾條，載「大德」云云，故定是元刻。兹胡文焕覆本文理略同，殊多脱誤，且改易卷第，因手校之，庶可讀也。復翁。

明人喜刻書而又不肯守其舊，故所刻往往戾於古。即如此書，能翻刻之可謂善矣，而必欲改其卷第，添設條目，何邪？余向檢《也是園書目》，於《律令門》載有《洗冤録》〔一〕一卷、《無冤録》一卷、《平冤録》一卷，兹從此刻考之，殆即指是書也。蓋書分上下，猶是一卷耳，故《目》云一卷也。《無冤》、《平冤》亦胡文焕刻，余與此録併得之。丁卯秋九月，黄丕烈識。均在卷末。

【校勘記】

〔一〕載有洗冤録　「有」字原缺，據國家圖書館藏明胡文焕刻《格致叢書》本《新刻洗冤録》二卷黄丕烈跋補。

158　齊民要術十卷　校本

《齊民要術》舊本未之見，往聞孫伯淵爲余云，其門人洪殿撰有影宋本，屬其傳録，及寄到而伯淵已作古，無從訪問矣。此校本不知誰人手筆，開端載有宋本行款，并於細書夾注誤爲大字正文之處，亦經校出，版刻無字處，間有填補，一似真見宋本者，惜未詳紀原委。其所校朱筆訖於卷七《笨麴餅酒》第六十六條「作秦州春酒麴法」一段止，亦並未言所據，殘缺豈無端而輟筆歟？此不可得而知也。余因是書古本絶少，又所校非出無據，卒收之。書賈之視此，與余之視此，皆不以尋常《津逮》本視之矣。庚辰二月二日，閒窗偶閲及此，追記數語，以見書至今日而貴重，不必其爲宋元舊本也，即校本稍爲世所未見者亦珍秘之矣。見獨學人識。

嘉靖間湖湘刻本向未之見，頃湖賈以嘉靖本示余，亦知專刻索重直。取對是本，文理多同，唯十行十七字與宋本偶合，且此所缺失嘉靖本同，知即從嘉靖本出，特行款異耳。卷五缺一葉又缺葉前一葉[一]最後四行，共廿四行，此僅空三行，有半若校本，又云二十八行，其多寡實數不可揣知矣。嘉靖本缺二葉，一已鈔補，一以他卷葉數小號同者充之，見胡震亨跋語可考也。嘉靖本字跡惡劣，未知原翻與否，無可質證矣。辛巳二月蕘夫記。

凡古書，翻刻不如原刻，明刻不如宋刻。此嘉靖湖湘間《齊民要術》，謂獲古善本刻之。今取校宋本對湖湘刻本，竟無一字合者，不知善本果云何也。湖湘本與此刻大段相同，其墨釘缺失亦無一可補，所勝者止空行一少一多耳。乃書賈卒以專刻故，不肯貶直售余，又因嘉靖舊刻，思欲留之，存其面目，議價再四，竟不成交，且云物主已別贈人。舊刻之書居奇若是，爲之欷歔久之。道光紀元月在辰上巳日，蕘夫記。

【校勘記】

〔一〕缺葉前一葉　臺北圖書館藏明萬曆間胡震亨刻《秘册彙函》本《齊民要術》十卷黄丕烈跋，「缺葉」二字被墨筆塗抹，不知何人所爲。

159 孫真人千金方三十卷 宋刊配元明刊本

嘉慶四年二月十九日，至昭明巷老屋，遇書友邵鍾琳，謂余曰：「吾兄酉山堂中有元板《千金方》中配明板者，曾送閱乎？」余曰：「未也。」因到彼閱之。適主人不在，从其火取歸，共十四册，内配第六至第十、第十六至十九，仍缺第二十卷，其餘皆宋刻宋印，非元板也。越日，遣人問其價，需錢二兩四錢，遂如直與之。余家舊藏錢述古鈔本，云是從宋閣本出者，已自侈爲善本，今得宋刻勘之，鮮有一處符合者。初不解其故，後檢《通考》，知晁所見者爲《千金方》三十卷，陳所見者爲《千金備急要方》三十卷，本其前類例數條，林億等新纂，則知鈔本即從宋閣本出，已是經後人增損原書，故與宋刻原本多所不同也。二本非特文義增減，即藥名、分兩、法製，殊有不合前人之方，忽經後人以意改削[一]，可信不可信乎？矧錢本所據，今以補入宋本之明本參考，同出一原，於明本爛板，鈔本皆缺文，宋閣本所出益未可信其説矣。惟是《千金方》宋刻昔人無有見及者，所見止《千金備急要方》，故不得不以此爲祖本，而於林億等纂例以前之本反有不信爾。余得此本雖殘缺，亦自侈爲奇秘矣，特示五柳主人，反以明刻爲勝於舊刻，而宋則斷斷乎其不信。宜酉山堂之以無意得之，其火云收於店門前，而仍以無意去之也。古書難識，于今益信云！歲在己未清明前五日，棘人黄丕烈書於士禮居。

二月廿六，洞庭鈕非石、楓橋袁綬階訪余，余以此書出示〔二〕，相約以詩紀事，用「孫」字禁押本事。時同觀者，有西賓夏方米，謂余宜用杜老明妃詩例，遂遵之，率成五律四首，并不重韻。

《千金》偏易得〔三〕，宋刻儼然存。《備急》誠爲要，重刊未足論。混淆今世本，世行本爲九十三卷。補綴舊時痕。晁《志》真堪據，題應陋振孫。

開國滎陽鄭，藏書到子孫。書中有「滎陽開國世裔鄭氏家藏圖書」。幾時晦塵土，頃刻抵瑶琨。纂例曾經億，嫌名卻避「敦」。此書遇「敦」字作「㪟」，避光宗嫌名。卅方嗟尚缺，何處覓仙魂。

《鬼遺方》僅半，藏弆認錢孫。劉涓子《鬼遺方》五卷，僅本書之半也，人視之若全璧焉。余所得朱丈文游藏舊鈔本，有錢遵王、孫慶增圖書。插架分先後，《鬼遺方》去年所得。排籤並弟昆。《敏求記・方書門》始以《千金要方》終以劉涓子《鬼遺方》。世增收駿價，仙感活龍恩。從此思明理，都慙少夙根。

人命千金貴，方書自古尊。所嗟求秘笈，不盡出醫門。《本草》心徒愛，金板《本草》爲袁氏五硯樓所收。《傷寒》眼竟昏。宋板龐安時《傷寒論》爲朱丈文游書單中物，書賈以單示余，余以醫書置之，不知其有宋刻也，惜哉！殘編同《寶要》，《千金寶要》即從《千金方》摘録者。珍重付兒孫。

此《千金唱和册》原本别藏，兹命三孫手録附後，以便觀覽。復翁。〔四〕

余既收得宋刻殘本《千金方》，久藏篋衍，未暇裝潢也。及後收得元刻全本，知從宋閣本出，而錢述古之舊鈔以爲出自宋閣本者據此也。前云此配明本，所見未的。後又收得明翻元刻宋本，缺卷尚可爲狗尾之續，因合裝之。宋自宋，元自元，明自明，迹不可掩，雖合而仍可分，不致以僞亂真也。丁丑夏五，復翁。

【校勘記】

〔一〕後人以意改削　「人」字原脱，據静嘉堂文庫藏宋刻本《新雕孫真人千金方》三十卷黄丕烈跋補。

〔二〕余以此書出示　「此」字原缺，據前揭書黄丕烈跋補。

〔三〕偏易得　「偏」原作「徧」，據前揭書黄丕烈跋改。

〔四〕此條原缺，據前揭書黄丕烈跋補。

160　玄珠密語十七卷　舊鈔本

乙亥秋，余養痾杜門。時郡中有托余轉購古書者，故書友之蹤跡日盈我門矣。托購者惟是宋元舊刻，一切舊鈔名校，故余亦得藉是收録一二焉。七月小盡日，有書友告余曰，某收有舊鈔《玄珠密語》曾送閲乎？余曰未也。遂爲余言其詳。余即往購之。明晨，物主果以此書來，索番餅八枚，并爲余言某坊曾還直若干。某坊者，經義齋主人，胡姓鶴名立羣其字也，在書估中爲能識古書之一人，惜知觀書而所見未廣，聞見尚不能擴耳。安得在余齋坐卧十日，盡發所藏以增長識力乎？又曾以新鈔本參閱，知彼爲十卷而此爲十七卷，其書較全，又末缺失處僅少一葉零。書估之博識如是，而於此書之何本，鈔手之何時，藏弆之何人，皆未有以知之，但知其舊鈔而已矣，舊鈔之必争高價而已矣。及一入余手，而本則定其爲《道藏》也，驗諸卷一、卷二，同卷而已矣；時則定其爲成、弘也，驗諸欄格之闊黑口而已矣；人則定其爲名家也，驗諸書中之藏書圖記而已矣。及出《讀書敏求記》證之，知十七卷爲全。又驗諸《道藏》本目録，知卷一之十七共十三卷，蓋一、二同卷，五、六同卷，十一、十二同卷，十四、十五同卷，故又云十三卷也。惟是坊間新鈔，改爲十卷，不知其由，文義亦微不同，姑用他紙録此缺失者，本書仍以空格存其舊云。至於每篇敘次，此《五行類應紀篇》已下三篇，《道藏》目録在《地合運勝紀篇》後，似又歧異矣。復翁記。

初，書友持此書來，云係杭州人家藏，向以十金得之，余頗信其言，因書中有「古杭高氏藏書」印也。及議成而私謂所親曰，實從閶門外上塘街以青蚨五十六文得之，持示同行胡立羣，許以三餅金，故知其佳，必争高直也。《道藏》目録卷四「基」字號計十三卷。

高瑞南，明中葉人，大藏書家，凡宋版舊鈔書上有藏書印，余家所藏多有之。

嘉慶乙亥中秋前八日,命工錢瑞正子伊人重裝,前跋所云「私謂所親」者,即伊人也,于是書亦有購訪之勞焉。裝成次日,適錢唐何君夢華至,出示此書,并詢以古杭高瑞南君,必知其詳。夢華云,此人家多藏書,并於醫家書尤喜藏弆,其有宋刊《朱氏集驗方》即其書也。今夢華已將真本歸阮氏芸臺,而影寫本歸五硯樓。今鈔本又由五硯歸余,故附載其始末如此。至余舊藏宋本《外臺秘要》亦有其圖記,而宋本《咸淳臨安志》本爲古杭志書,宜瑞南之珍藏也,今皆在士禮居中,得此《玄珠密語》可謂三絶矣。中秋前七日廿止醒人記。

越歲丙子夏日,書友以明刻《外科秘方》示余,方悉高瑞南爲明神廟時人,《外科秘方》即其刻也,渠序云:「余少志博,習得古今書爲最多,更喜集醫家書。」又爲此書得一確證矣。

丙子中秋校《道藏》本,其通體序次與此正同,更無移易也。

人身一小天地,《素問六氣》真探源星宿也。近時醫不讀書,欲求明理,其可得乎?吴中一老醫,王其姓丙其名繩孫其字樸莊其號,余猶及見之,治病亦曾邀之,而未經領略其妙。頃與王惕甫談,知其治惕甫之尊人病,預決其死生遲速,以壬癸日爲難過,并云須歷幾個壬癸日始卒,後果如所言。證以此書,樸莊殆得力於此者乎?蕘翁附記。

樸莊曾屬愓甫作一文字，序其遺書，其卒時，愓甫不在家。歸後其長子又卒，無從得其遺事，故文缺焉。

161 廣成先生玉函經一卷 宋刊本

錢氏《敏求記》有杜光庭《了證歌》一卷，云光庭謹傍《難經》，各推《了證歌》爲之以決生死，宋高氏爲之注，東越伍捷又爲之補注。此書自序則云「謹傍《難經》，略依《決證》，迺成《生死歌訣》一門」，實是一書，惟注本不同，故更其名耳。黎注中引王德膚《易簡方》，謂宋人王碩也，則知民壽亦爲宋人矣。

162 普濟方 殘宋本　存第一至六

戊辰季冬，校時刻本一過，誠如余所云，藥名分兩多有差池也。惟此六卷中，時刻多方幾許，未知何所據而增添，抑别有舊本。彼雲間王某序，以爲鈔本相傳，亥豕良多，用是取坊賈鈔本於家藏善本校訂釐正，鏤版以廣其傳，是未可據矣。此宋刻六卷真本，豈不可寶耶？己巳立春後一日復翁。

初書坊某云，書船有殘宋本《普濟本事方》，余屬其取閱。久之以書來，僅存三册，序全目失，六卷後已遭剜改也。六卷尚完好，第一卷首多《治藥制度總例》。擬購之，無如索直六十金。既而持物主之札索還，并云中人須酬十金，余未及還價而罷。仲冬以來，爲亡兒營葬，爲長女遣嫁，兼之度歲辦糧，所入不償所出，自朝至夕，雖身逸而心勞，幾幾乎坐卧不寧矣；然可以解憂者惟書。余自甲寅後連丁大故，天災人事，困我身心〔一〕，若論處境，不知生人之樂，而好書一事，從未住手，謂「聊樂我員」者，此也。昨書船之友自來，攜各書〔二〕俱無惬意者，因詢前書，云尚在某坊，問其直，元易爲洋矣。今日遂與議易，給以番餅二十枚，以他書貼之，合四十兩青蚨。百忙之中出見銀一斤置此殘帙，旁人視之〔三〕得勿笑其癡邪？獃耶？余曰，此養生藥，思之幾廢寢食。余又不知蠹魚之性，何以固結若是。書存六卷，細點葉數，序二葉，目録存九葉，《治藥制度總例》四葉，卷一十九葉，卷二二十四葉，卷三二十六葉，卷四二十四葉，卷五十九葉，卷六十七葉，共計一百四十四番，以葉論價，合每葉青蚨一百九十五文。近日書直昂貴，聞有無錫浦姓書賈，即浦二田之後，持殘宋本《孟東野集》索直每葉元銀二兩，故余戲以葉論價，此書猶賤之至者也。此書亦即出浦姓手書，有「錫山浦氏珍藏」印，又有「浦氏蕡菽賞鑒」印，當亦二田家藏者。二田故多宋本書，後人不知，盡皆散失。余向年曾得楊倞注《荀子》、錢佃本《二程遺書》，俱由浦姓賤售於某坊，某坊以之歸余者。此書浦姓賤售於某家，某家又售於書船，獲此厚直。

至幸余次第得之，俾宋刻勿致失墜。此區區之苦心，雖無錢而必勉强致之者，職是故耳。至於宋刻之可寶，序及《治藥制度總例》時刻所無，其餘卷中錯誤不可枚舉。莫謂方書雜伎無足重輕，儻藥品缺少，分兩差池，致病罔效，猶諸經典缺誤處，足以妨事，所係豈淺鮮哉。書船友姓邵名寶墉，云其書得諸江陰，即浦姓賤售者，並記。復翁。

跋新得《普濟本事方》後，尚有餘意，詩以盡之：

性嗜奇書及古方，飃零殘帙亦收藏。當時事實觀能得，詩曲由來起孟楊。孟啓有《本事詩》，楊元素有《本事曲》，並詳序文中。

十存其六卷猶全，制度先教治藥先。版係宋雕何處認，真珠丸已諱爲圓。宋刻方書都諱「丸」作「圓」〔四〕，此書開卷「真珠圓」是其證。

秘笈沈淪孰與求，人亡人得理周流。墨林清玩叢殘甚，萬卷堂章卷尾留。書經檇李項藥師藏，六卷，尾有「萬卷堂藏書」記，是在項氏已失四卷。

重裝手澤記偎春，逆數前朝歲戊辰。三百年來五甲子，一書閲過幾家人。正德戊辰至嘉慶戊辰，甲子五周矣，書之授受不知其幾家。

嘉慶戊辰季冬九日，復翁識于百宋一廛。

【校勘記】

〔一〕困我身心　「我」原作「苦」，據静嘉堂文庫藏宋刻本《普濟本事方》十卷（存六卷）黄丕烈跋改。

〔二〕　自來攜各書　「自來攜」原作「攜來」，據前揭書黄丕烈跋改。

〔三〕　旁人視之　「視」原作「見」，據前揭書黄丕烈跋改。

〔四〕　丸作圓　「作」原作「爲」，據前揭書黄丕烈跋改。

163 普濟本事方十卷 鈔本

余去年得殘宋本許學士《本事方》六卷，而止取時本核之，通體不符，未可鈔補。適與老醫周藴石談及，渠有舊鈔本，因借以補鈔。雖未必與宋刻全合，然迥勝俗本矣。鈔畢并識。己巳四月二日復翁。

164 新編張仲景注解傷寒百證歌五卷　新編張仲景注解傷寒發微論二卷 元刊本

余于去冬收得許學士《普濟本事方》宋刻殘本，僅六卷，然出大價，蓋以其書之希有也。吾友某爲余言，許學士尚有《傷寒》書舊刻本在小讀書堆，心甚豔之。春二月下旬，有書船友不識姓名者二人，持元刻《傷寒百證歌》、《傷寒發微論》二書，又有别種醫書二本求售於余。彼因稔知余之出大價得前書，故以此來。一時議價未妥，僅得别種之一本，許書卻還之。一月以來，時復思之不置。適書友亦非余不能售，故重復攜來，豈書之戀余耶？抑余之戀書也。出番餅十七元得此，以別種副之，仍取其希有耳。是二書載《讀書敏求記》，茲遵王圖記宛然，裝潢如舊，其爲述古物無疑。後歸吾郡惠氏，非但松崖先生有鈐印，而余收得《百歲堂書目》有松崖注語，可證物之授受源流悉悉相合，豈不可寶！惟是錢、惠兩家《書目》於《發微論》皆云三卷，此卻上、下二卷，未知何以歧異。惜小讀書堆主人作古數年，偶有欲假之書，思而不得，未能一證卷之多寡爲憾。聞五硯樓曾借録其副，而壽階又往揚州，不克急假觀之以析疑意，是所耿耿。余檢《直齋書録解題》，僅有《傷寒歌》三卷，許叔微撰，凡百篇，皆本仲景法。又有《治法》八十一篇，及《仲景脈法三十六圖》、《翼傷寒論》二卷、《辨類》五卷皆未見。茲以目見者證之，《傷寒歌》三卷與《傷寒百證歌》五卷其同耶？其不同耶？何分卷之異耶？《傷寒發微論》二卷與《翼傷寒論》二卷其不同耶？其同耶？何分卷之符耶？皆莫可詳矣。古書日就湮没，尚賴奕世藏書家表章其名，留傳其種，俾後人有所據依。我輩好古書，而方伎家言亦在收録。若世之庸醫且有問之，而不知其名者，又安能與之賞奇析疑也。閑窗展玩〔一〕，藉此破寂，翦燭書此，覺一切塵攖暫爲拋卻，樂何如之！時己巳初夏，將届小滿，大風揚沙，晴雨忽變，麥秀之寒，甚於常歲，并記。復翁。

越歲丁丑,重裝分四册,又記。

【校勘記】

〔一〕閑窗展玩　「閑」原作「開」,據静嘉堂文庫藏元刻本《新編張仲景注解傷寒百證歌》五卷《新編張仲景注解傷寒發微論》二卷黄丕烈跋改。

165　史載之方二卷　宋本

向聞白隄錢聽默云,北宋時有名醫,因治蔡京腸秘之症,祇用紫苑一味,其病遂愈,醫者由是知名,其人蓋史載之也。後余友顧千里游杭州,遇石冢嚴久能於湖上,出各種古書相質,歸爲余言中有《史載之方》二卷,真北宋精槧,余心向往之久矣。客歲錢唐何夢華從嚴氏買得,今夏轉歸於余。余檢其方,果有「大府秘」一門用紫苑者,始信錢丈之言爲不謬,特未知用而見效之説出何書耳。至於板刻之爲北宋,確然可信,字畫斬方,神氣肅穆,在宋槧中不多覯。其避諱若「昪」字,尤他刻所罕。千里豔稱於前,夢華作合於後,余於此書可云奇遇。余喜讀未見書,若此書,各家書目所未收,惟《宋史新編》有云《史戰之方》二卷。「戰」者,以「載」字形近而譌無可疑者。余重其書之秘,出白金三十兩易得,重加裝潢,遇上方切去原紙處悉以宋紙補之,尾葉原填闕字,亦以宋紙易去,命工仍録其文,想前人必非無知妄作者也。上下卷通計一百單七翻，合裝潢費核之，幾幾乎白金三星一葉矣。余之惜書而不惜錢，其真佞宋耶？誠不失爲書魔云爾。嘉慶丙寅立冬後一日，蕘翁黄丕烈識於百宋一廛。

朱師古，眉州人，年三十時得異疾，不能食，聞葷腥氣輒嘔，惟用一鐺旋煮湯，沃淡飯數匕食之。每用鐺亦須滌十餘次，不然更覺腥穢不可近也。食已，鼻中必滴血一點，㥩㥩瘦削，醫莫能愈。乃趨郡謁史載之，史曰：「俗醫不讀醫經而妄欲療人，可歎也〔一〕。君之疾，在《素問》中經，其名曰『食掛』。凡人肺六葉，舒張如蓋，下覆於脾〔二〕，則子母氣和，飲食甘美，一或有戾，則肺不能舒，脾爲之蔽，故不嗜食。《素問》曰：『肺葉焦熱，名曰食掛。』吴曉鉦釗森曰：《素問》無此二語。余藏有明刊覆宋本，亦無之，疑史君杜撰也。蓋食不下脾，瘀而成疾耳。」遂製藥服之，三日覺肉香，啖之無所苦，自此嗜食，宿恙頓除。右《宋裨類鈔》一則，此見諸〔三〕卷七《方伎門》，書友胡立羣〔四〕檢及告余，余遂借歸，録之以備參考，因其書爲近人所作，未儲也。〔五〕

蔡元長苦大腸秘固，醫不能通，蓋元長不肯服大黄等藥故也。時史載之未知名，往謁之，閽者齟齬，久之乃得見。已診脈，史欲示奇，曰：「請求二十錢。」元長曰：「何爲？」曰：「欲市紫苑耳。」遂市紫苑二十文〔六〕，末之以進，須臾遂通。元長大驚，問其説，曰：

「大腸，肺之傳送，今之秘，無他，以肺氣濁耳。紫苑清肺氣，此所以通也。」此古今所未聞，不知用何湯下耳。右施彦執編〔七〕《北窗炙輠録》卷上一則，可爲錢丈之言左證矣。嘉慶歲在丁卯〔八〕正月二十有九日書。時病後不出户庭，偶檢及之附録。〔九〕復翁黄丕烈。

余喜蓄古籍，苟宋元舊刻，雖方伎必收焉。每得醫書古本，訪求藏書家目證之，辨析同異。頃因收得白沙許學士述《傷寒百證歌》、《傷寒發微論》二書，檢及《直齋書録解題》，有云「《指南方》二卷，蜀人史堪載之撰，凡三十一門，各有論」，未識即此方否。然兹方爲二卷，雖不名爲《指南》，卷數卻合。載之向不知其何郡人，今《解題》云蜀人，向證諸《宋稗類鈔》所引朱師古〔一〇〕眉州人，乃趨郡謁史載之，則其所居之郡可知。向不知其何名，今《解題》云史堪，則載之乃以字行者也。聊著之以見讀書有得乃爾。觸類旁通，其樂又何如耶？己巳四月小滿前二日，復翁識。

【校勘記】

〔一〕可歎也　此三字原缺，據静嘉堂文庫藏宋刻本《史載之方》二卷黄丕烈跋補。

〔二〕下覆於脾　「下」字原缺，據前揭書黄丕烈跋補。

〔三〕右宋稗類鈔一則此見諸　此句原省作「此見宋稗類鈔」，據前揭書黄丕烈跋補。

〔四〕胡立羣　「胡」下原衍「君」字，據前揭書黄丕烈跋删。

〔五〕「余遂借歸」至「未儲也」 此句原省作「録之以備參考」，據前揭書黄丕烈跋補。

〔六〕二十文 此三字原缺，據前揭書黄丕烈跋補。

〔七〕施彦執編 此四字原缺，據前揭書黄丕烈跋補。

〔八〕嘉慶歲在丁卯 「歲在」二字原缺，據前揭書黄丕烈跋補。

〔九〕「時病」至「附録」 此句原缺，據前揭書黄丕烈跋補。

〔一〇〕所引朱師古 「引」原作「云」，據前揭書黄丕烈跋改。

166 衛生家寶産科備要八卷 宋刻本

頃從陳仲魚處借得《敏求記》，檢醫家有《産科備要》八卷，所載「長樂」云云與後跋同，特少「十二月初十日」六字，而「淳熙甲辰歲」五字在「刻板南康郡齋」六字上，殆少易原文入於記中爾。曾云楮墨精好可愛，與余所收正同，想亦是宋板也。爰重誌數語，以見述古堂中不乏奇秘如此。蕘圃。

167 醫説十卷 宋刊本

余向觀書華陽顧氏，見有殘宋本《醫説》，曾借歸手校一過。彼時周丈香嚴有覆宋本，復借余校本傳録一本，蓋悉照余所校也。去冬顧氏原本歸余，中多缺失，板心有莫辨處。又從香嚴借傳校本勘之，知余校本之多譌謬而香嚴承之也。謹就宋刻存者一字一句細校之，方可謝余前此謬誤之過，而益信書之不可不藏宋本也。此時覆本不多見，故用以校宋者乃明刻本。明刻本亦有二，而用爲校宋者，取明刻之差勝者，然中多謬誤，校時不及檢點，故承之也。此書則一字一句但存宋刻，其鈔補之處皆不可信。即有覆本，得原本校之已不可信，況明刻之不佳者乎？萬一再有全宋刻出，始可補此殘缺耳。不則此殘宋刻本不已爲希世寶物耶。余故樂得而收之，又樂得而裝潢之。丙子仲春二十有九日，復翁。〔一〕

【校勘記】

〔一〕此跋《蕘圃藏書題識》脱誤過甚，不可校改，兹據南京圖書館藏宋刻本《醫説》十卷黄丕烈跋全文重録。王大隆輯《題識續録》卷二收録此跋，王氏案語曰：「繆輯本脱誤七十六字。」

168 傷寒要旨二卷 宋本

此書偶從書友得之，初不過重其爲宋刻，而未知其爲何人所著。因見《直齋書録解題》有《傷寒要旨》二卷，李檉撰，列方於前而類證於後，皆不外仲景，知此是李檉所著也。

外間無別本刊行，故人多不識。似此精妙宋刻，人皆目爲明板，惟余確然信之，以白金三兩餘購得。卷中明明有「乾道辛卯歲〔一〕刻於姑孰郡齋」字樣，後人以南宋孝宗朝乾道七年鐫板釋之，可云有識。不知何人妄説，以爲即非宋板亦是明朝初年書，作疑信參半語，可云無識。目録後有跋云「崇禎甲申元宵，蝶菴孫道兄見惠，向置亂卷中。庚戌端節後，雨如瀑布，檢出裝好」云云。但有圖章而無墨書姓名，圖章又糊塗莫辨，未知其爲誰何矣。今余檢出裝好，適在癸亥端節，竟日雨如瀑布，何情景恰相似耶？想見讀書人不事他事，日以破紙爲性命，作消遣光陰之計，古人與余〔二〕亦同此寂寞爾。黄丕烈。

此書爲乾道辛卯刻於姑孰郡齋，其爲宋板固無疑義，而卷中惟避「丸」作「圓」，外此若「驚」、若「玄」未有避者，宜外人之疑爲明刊也。頃五柳主人從都中寄余宋板《洪氏集驗方》，余開卷見其行款、字樣與此相類，閲「後刻之姑孰」及「乾道庚寅」云云，知一時刊刻，故板式相同。迨出此相證，見每葉記刻工姓名，有黄憲、毛用等人，乃知二書同出二工之手，庚、辛兩年先後付雕也。然二書顯晦有同有不同者。此書載諸《直齋書録解題》，而《洪氏集驗方》不載，《洪氏集驗方》載諸《延令季氏宋板書目》，而此書不傳，豈非〔三〕顯晦各異耶？兹何幸余之並藏兩書耶？且是書失傳已久，雖殘編斷簡，猶得收而寶之，所見亦可謂罕秘矣。因再跋數語於卷末。甲子冬十一月望前三日，蕘翁。

此書不傳於世久矣，故各家書目罕載之。後從坊間插架見有《傷寒要旨》籤，急取視之，其標題曰《傷寒要旨方》，次行云「當塗李檉與幾編輯、吴會沈子禄承之校正續補」，知已非李書之舊矣。即所載諸方，敘次略同，而分兩法製，輕重多寡彼此互異，益徵此殘宋本之可寶也。《要旨》一卷，況所未載，更爲絶無僅有之書，安得不視爲奇物耶？丁卯孟夏，復翁。

【校勘記】

〔一〕辛卯歲　「歲」字原缺，據國家圖書館藏宋乾道七年姑孰郡齋刻本《傷寒要旨》一卷《藥方》一卷黄丕烈跋補。

〔二〕古人與余　「與余」二字原缺，據前揭書黄丕烈跋補。

〔三〕豈非　「非」原作「亦」，據前揭書黄丕烈跋改。

169　傷寒明理論三卷傷寒明理論方一卷　元本

余向藏《傷寒明理論》，相傳爲影宋鈔本，紙墨精妙，卻未將别本校過，已舉而歸諸藝芸書舍矣。頃冷攤以舊刻本見遺，審是元刻本，中多闕失，偶有鈔補，亦復不全，遂動校勘之興。從藝芸借歸，命長孫秉剛竭幾日力手校一過，竟有勝於鈔本之處。然彼此既非一樣，行款辭句又復有異，無可全補。遂命工楷書影宋原文之可與刻本參者附麗之，又命秉剛自寫影宋之與刻異者爲校勘記。事畢之後，秉剛請余自爲跋，記其原委，因書此以示之，而即令其手書於後。時在道光癸未九月十七望，秋清逸士跋，孫美鏐書。

越歲甲申夏六月裝成，迨七月初旬有人索觀士禮居子部醫家，因舉此以示之。作介者恐得主不識此骨董，未敢涉手。舉世皆俗眼，其視此不爲棄物乎？吾愛吾寶，於此益信云。龜巢老人自記。

170 新刊河間劉守真傷寒直格三卷後集一卷續集一卷張子和心鏡一卷 元刊本

此元本《傷寒直格》，余得諸臯署前書坊玉照堂。初攜歸時，因家有藏本，此最後所失可鈔補以成完書，故兼置之。及取對舊藏，乃知此爲元時覆本，而余所藏中卷卻缺一葉，得此始補全，益信重本之不可不置也如此。丙子秋分後一日，宋廛一翁。

171 太醫張子和先生儒門事親三卷直言治病百法二卷十形三療三卷撮要圖一卷附扁華訣病機論三卷六門方一卷世傳神效名方一卷治法雜論一卷 金刊本

去秋有書估自禾中歸，攜得醫家書一部，皆太醫張子和先生著述，其一種曰《儒門事親》三卷，爲卷一、二、三，今分三册。其一曰《直言治病百法》二卷，爲卷四、五，今合一册。其一曰《十形三療》三卷，爲卷六、七、八，附《雜記》，今分二册。其一曰《三法六門方》一卷，爲卷十，今合一册。其一曰《撮要圖》一卷，爲卷九。其一曰《世傳神效名方》一卷，爲卷十一，今成一册。其一曰《治法雜論》一卷。爲卷十二，附劉河間先生《三消論》，今成一册。板刻既不精緻，裝潢亦復破損，旁觀者嗤余之展玩不已。而問估人之索直後，與物主議易成，而向之嗤余者，叩余必欲得之故。余遂以此書係金人著述，其版刻亦出金源，且向稱是書總名之曰《儒門事親》十五卷，唯此各標目録，逐種分析，始悉戴人之書自有真面目在，非可以《儒門事親》概之也。因憶潛研老人《元史藝文志》有補金《藝文》者，子類醫方云張從正《汗下吐法有六門三法之目。治病撮要》一卷、《傷寒心鏡》一卷、《秘録奇方》二卷、《儒門事親》十五卷、《張氏經驗方》二卷、《直言治病百法》二卷、《十形三療》三卷。附《雜記》一卷。取證目驗金刻〔一〕張從正之書，多所脗合，唯《儒門事親》十五卷尚襲傳訛之名〔二〕耳，幸有原書可正其誤也。書之可貴者在此。後取嘉靖刻本〔三〕對勘，知尚有「扁鵲、華佗察聲色定死生訣要」、「病機」兩門，此偶失之。忽憶舊藏《醫家圖説》一册，周香嚴以爲張從正《儒門事親》殘本，内有所云扁、華訣病機者，必此是矣。急取證之，果是新收本所缺者，版刻行款多同，唯四圍雙綫，筆畫較精緻。向毛汲古以爲宋板《醫家圖説》，諒重刻於宋，而不及初刻於金之古拙。抑此刻在後，印又在後，故不及彼之工〔四〕，皆未暇深論。第預蓄此二種，以待今日之補全，則余之書福何其大耶！遂不惜命工重裝，費倍所獲之直亦弗計也已。裝成爲嘉慶丙子中春，越日展觀，是爲上巳前二日。蕘翁識。

此宋刻醫家書零種，不知其何總名，兹所存者，每葉板心俱可辨識，曰「撮要」者一葉至四葉，曰「撮要圖」者五葉至八葉，爲一種；曰「五泄」者一葉，曰「五泄圖」者二葉，曰「五泄論」者三葉至四葉，爲一種；曰「病機」者一葉至四葉，爲一種；曰「扁華訣」者一葉至五葉，爲一種。雖所存不過二十一葉，而命名有四種，亦足以備醫家采擇〔五〕矣。卷中有「毛子晉圖書」，知爲汲古舊藏。偶檢其《秘本書目》，有宋板《醫家圖説》一本，其即此歟？爰重裝之以藏諸讀未見書齋。嘉慶丁巳〔六〕冬十一月十八日雨窗，黃丕烈識。

後爲周漪塘先生借去，還書之日，爲題其籤曰「張從正《儒門事親》中殘本」，則此册固

有全本矣。[七]

丙子中春重裝,附於金刻原書之後,内《扁華訣》、《病機》二種可用補金本所缺,其「撮要」云云存其重複可耳。蕘翁又識。

【校勘記】

〔一〕金刻　「刻」字原缺,據静嘉堂文庫藏金刻本《太醫張子和先生儒門事親》三卷黄丕烈跋補。

〔二〕傳訛之名　「名」原作「多」,據前揭書黄丕烈跋改。

〔三〕嘉靖刻本　「刻」原作「刊」,據前揭書黄丕烈跋改。下文「諒重刻於宋」「不及初刻於金」「抑此刻在後」同改。

〔四〕不及彼之工　「及」原作「如」,據前揭書黄丕烈跋改。

〔五〕醫家采擇　「擇」原作「釋」,據静嘉堂文庫藏宋刻本《太醫張子和先生撮要圖》黄丕烈跋改。

〔六〕嘉慶丁巳　「丁巳」二字原缺,據前揭《撮要圖》黄丕烈跋補。

〔七〕此條與後一條原併作一段,然據黄丕烈手跋,此條爲小字一行,題於前跋之前,後一條爲小字兩行,題於前跋之後,故另起段。

172 活幼心書[一]三卷　元刊本

曾世榮[二]《活幼心書》上、中、下三卷,上卷爲《決證詩賦》,中卷爲《明本論》並《拾遺》，下卷爲《信效方》并《拾遺》。余向曾見此刻本，多闕失，故未收，後又收得一本，非此刻矣。適從五硯樓以醫書一廚歸海寧友人，余爲之介，遂檢得是書，中多缺葉，影鈔別本補全，即所收之又一本而非原刻也，重付裝池而識其緣起如此。嘉慶辛未中秋前二日，復翁丕烈識。

【校勘記】

〔一〕活幼心書　「心」原作「新」，據臺北圖書館藏《活幼心書》三卷改，目録同改。黃丕烈跋文中亦寫作「新」，有墨筆圈改作「心」。

〔二〕曾世榮　「曾」原作「魯」，據《藏園訂補郘亭知見傳本書目》卷八、《中國叢書綜録》改。前揭書黃丕烈手跋原亦寫作「魯」，有墨筆圈改作「曾」。

173 陶華傷寒六書六卷 明刻本

嘉慶丁丑春，余送兒孫輩〔一〕道考玉峰。是時書賈雲集，往諸坊閱之，無一古籍爲余所未見者〔二〕，方甚悵怏。適有書坊友〔三〕探知余在考棚，攜諸書見示余〔四〕，檢得明人子部二種〔五〕，此其一也。得此書後，晤王椒畦孝廉〔六〕，渠知是陶節庵，卻未言其著書之名。取歸與《補明史藝文志》〔七〕對，知此書爲陶華〔八〕字尚父，餘杭人，永樂中官本縣訓科。〔九〕《傷寒》六卷，

《瑣言》、《家秘的本》、《殺車搥法》、《截江網》、《一撮金》、《明理續論》〔一〇〕。無一缺失，是可喜也。餘書尚多，俟續訪之。宋廛一翁手記〔一一〕。

【校勘記】

〔一〕兒孫輩　「孫」字原脱，據臺北圖書館藏明嘉靖十二年湖廣布政使司刻本《傷寒六書》十卷黄丕烈跋補。
〔二〕余所未見者　「未」字原脱，據前揭書黄丕烈跋補。
〔三〕書坊友　「坊友」原作「賈」，據前揭書黄丕烈跋改。
〔四〕見示余　「見」原作「來」，據前揭書黄丕烈跋改。
〔五〕子部二種　「子」原作「説」，據前揭書黄丕烈跋改。
〔六〕孝廉　此二字原脱，據前揭書黄丕烈跋補。
〔七〕補明史藝文志　「補」字原脱，據前揭書黄丕烈跋補。
〔八〕陶華　「華」原誤作「谷」，據前揭書黄丕烈跋改。
〔九〕此行小字，黄丕烈手跋注於行間，《題識》移作正文，置於「《傷寒》六卷」之後，且誤「縣」爲「邑」。
〔一〇〕明理續論　前揭書黄丕烈手跋「論」寫作「编」，據《浙江通志》卷二四七、《八千卷樓書目》等改。
〔一一〕宋廛一翁手記　「手記」原作「復翁」，據前揭黄丕烈手跋改。下有「復翁」小方印。

174 乾坤變異録□〔一〕卷 舊鈔本

此《乾坤變異録》一册，余因爲惠氏藏書收之，取核《讀書敏求記》，所載者多不同。《記》云：「《乾坤變異録》四卷，李淳風搜覽古今變異事，勒成三十六篇，釐爲四卷，序而傳之。」兹通爲一册，不分卷，一異也；勒成三十六篇，此「天部占」至「雲氣入列宿」及中、上、外「宫部占」，無三十六篇之數，二異也；《記》云「序而傳之」，此卻無序，三異也。蓄疑久矣，頃又從坊間獲一舊鈔本，卷仍不分，而三十六篇及序、卷首班班可考，似較惠本爲勝。然篇數尚有缺，且每篇文理彼此不同，未能據以改正，兩存之可耳。彼所失篇，此卻有之，不知本子所出之原，未可鈔補。繼自今當以後得本爲甲，此爲乙也。辛未四月晦日，復翁記。

【校勘記】

〔一〕 目録作五卷，誤，此處無卷數。此本今藏臺北圖書館，不分卷。

175 大宋寶祐四年丙辰歲會天萬年具注曆一卷 影宋本

是書余亦有之，蓋從李生尚之傳録本手影者也。原書亦屬鈔本，藏於社壇吴氏，謂得自維揚江氏，竹垞跋已非真迹。因竹汀索觀，故吴氏録副以贈。尚之受業於竹汀，推步之術，竹汀實授之，故尚之亦録一本[一]，竹汀之跋存焉。余從尚之本手影，有吴文境跋，故知其詳也。竹汀跋與此所跋不同，文義多出入，未知此所據云何。其校「大夫卦」爲「禾乃登」者，乃竹汀手筆，校于八月三日。上方云「此處不當有大夫卦」，蓋「禾乃登」之譌，非跋中語也。「崑山徐相國家宋槧本今已不存」云云，余所見竹汀跋無之，未知果竹汀語否。余同年張子和、孫伯元以此屬題，爲識其原委若此。伯元好讀異書，若此類者，余尚有一二種，當出舊藏，俾廣聞見可乎？道光紀元辛巳冬十月下澣四日，復見心翁識。

【校勘記】

〔一〕 亦録一本　「一」字原脱，據南京圖書館藏清張氏小瑯環福地抄本《大宋寶祐四年丙辰歲會天萬年具注曆》一卷黄丕烈跋補。

176　銅壺漏箭制度準齋心製几漏圖式各一卷　影宋本

此《銅壺漏箭制度》、《準齋心製几漏圖式》共二種，見諸《文淵閣書目》陰陽書「宇」字號，《準齋》「宇」五十四，《銅壺》「宇」五十五。此本敘次先後互易，從其古本之流傳也。原書舊鈔，當是影宋。余恐流傳未廣，録副以便傳觀。或互相鈔録，俾晦者益彰[一]，豈不快歟！道光癸未仲冬月，蕘夫書。

【校勘記】

〔一〕晦者益彰　「彰」原作「新」，據國家圖書館藏清道光三年黄氏士禮居抄本《銅壺漏箭制度》一卷《準齋心製几漏圖式》一卷黄丕烈跋改。

177 不得已二卷 鈔本

向聞吾友戴東原説歐邏巴人以重價購此書，即焚燬之，欲滅其跡也，今始於吴門黄氏學耕堂見之。楊君於步算非專家，又無有力助之者，故終爲彼所詘，然其詆耶蘇教，禁人傳習，不可謂無功於名教者矣。己未十月十九日，竹汀居士錢大昕題，時年七十二。

初書估攜此册求售，余奇其名，故以白金一錠購之。後李尚之謂余曰：「錢竹汀先生嘗以未見此書爲言。」則此誠罕覯之本〔一〕矣。因付裝潢，求竹汀一書〔二〕，前所跋者是也。至於步算非專家，余屬尚之詳論其所以。適尚之應阮芸臺中丞聘，臨行揀還，未及辨此，當俟諸異日爾。己未冬十一月既望，書於聯吟西館。黄丕烈。

【校勘記】

〔一〕罕覯之本　「覯」原作「購」，據臺北圖書館藏舊抄本《不得已》二卷黄丕烈跋改。

〔一〕求竹汀一書　「書」原作「言」,據前揭書黄丕烈跋改。

178 太玄集注十卷　過録宋鈔本

乾隆壬子冬季,友人張秋塘攜鈔本《集注太玄》五册示余,云是宋鈔,外間罕有傳本。余取而閲之,司馬光注僅六卷,後四卷許翰注,末有明人跋語。余雖不敢斷爲宋鈔,然其爲秘本無疑。因索估頗昂,還之,後歸於陳雲濤處。秋塘知余愛是書,遂影鈔副本見贈,遂得卒讀之。蓋是書載自《宋史·藝文志》,云司馬光《集注太玄》六卷,而許翰注者不傳。惟陳振孫《書録解題》所載與是書悉合,云「《太玄集注》六卷,司馬光撰,《玄解》四卷、《玄曆》一卷,右丞襄陵許翰撰」。則書之真確益可無疑矣。自宋以後,未見梓行。前明有刻本,亦名《太玄集注》,并首列司馬光序。其實序語與是書原序無一合者,即所注亦不知從何來也,可知流布絶少,在明已不得真本,故托爲其書以欺世耳。夫張敦實之言曰:「子雲作《太玄》以明易,温公作《潛虚》以明玄,則温公之於子雲有深契焉。能知玄者,非温公孰集其大成哉?」近時《太玄》傳本,祇有晉范望解,余家舊藏惠半農評閲本,深譏晉人不識字,注解多謬,半農頗有駁正之處。今觀《集注》,已有先半農而言之者,則他注不誠勝於范注乎?至是書原本已屬鈔本,而此又從鈔本鈔出,魚豕之疑知所不免。若卷首《讀玄》一篇，已取《傳家集》中所載者補其脱、正其訛，如「薑鞠」之正而爲「萬物」，此即宿疑頓破之一。古書難讀於此，益信云。蕘圃黄丕烈識。

甲寅秋，同郡前輩周香巖先生以宋刻殘本《爾雅》見遺，余因舉此相贈。香巖藏弆甚富，聞此書尚未見收，儻蒙采録，或可藉石倉以冀不朽，亦一幸事也。爰記數語於尾。蕘圃。

179 靈臺秘苑十五卷 校明鈔本

此《靈臺秘苑》十五卷，係明人舊鈔，雖有舛誤，尚可是正。近從馬鋪橋周香巖家借得騎龍巷顧氏鈔本，各卷參差不一，與舊本次序無相合者，舛誤處竟莫可是正矣。舊鈔脱「房星釋文」一條，從周本補足。卷十三「羽林軍」後脱葉，因次序不對，難以補入，姑就舊鈔目録按顧鈔本而傳録十一條，未識是否，當俟善本正之。乙卯三月，棘人黄丕烈。

端陽前二日，書友吴東亭攜示〔一〕一新鈔本，急檢卷十三文，惟「鈇鉞」一條及「王良」一條與顧鈔本有歧異者，因文理稍勝，竟從新本謄清於卷中素紙，餘條亦間參兩本，正其舛誤焉。蕘圃氏。均在末卷後。

【校勘記】

〔一〕攜示　「攜」字原缺，據國家圖書館藏校明鈔本《靈臺秘苑》十五卷黃丕烈跋補。

180　乙巳占十卷　舊鈔本

《乙巳占》一書，《曝書亭集》跋僅云七卷，竹垞以爲非完書，而陳氏《書録解題》作十卷，惟錢遵王《讀書敏求記》所載與之合。錢云「始自《天象》，終於《風氣》，凡爲十卷」，則首尾固全備矣。余於數年前聞長善浜程氏有此書，久未得一見。近年程氏有宦遊江右者，因以所藏書售諸伊親毛榕坪。余探知此書在其中，遂從榕坪購得，用八金白銀易之。書係舊鈔，卷首總目外每卷各有子目，此舊式。卷一、卷六末皆有官銜三行，竹垞跋未之及，宜著之俾讀者有考焉。一云「太史局直長主管刻漏臣成衍書」，一云「太史局中官正判太史局提點曆書賜緋魚袋臣李繼宗校」，一云「寧海軍承宣使提舉祐神觀博陵郡開國公食邑二千二百户食封二百户提舉臣邵諤」。嘉慶癸亥季冬月七日，蕘翁黃丕烈識。

181　五行類事占七卷　明鈔本

嘉慶辛酉秋，坊間收得汪秀峰家書，内爲《五行類事占》三册。因憶《讀書敏求記》曾有是書，歸檢之，卷數卻合，知爲舊本。且卷中有「秀水朱氏潛采堂圖書」，又知爲竹垞藏本。第一、二册部面上猶爲竹垞手書，洵可寶也。第三册部面既失，册尾多破損痕，字間有傷殘者，命工重加補綴，俟覓善本足之。其紙皆明代嘉靖時册籍，紙背間可辨識，蓋猶是嘉靖年間人所鈔也。蕘圃黄丕烈。

182 葬書釋注一卷 明刻本

向於郡城故家收得明弘治刻本《地理四書》，内有《葬書注釋》一種，甚古雅，已爲希有之本矣。檢《敏求記》載有《鄭謐注釋郭璞葬書》一卷，云：「元默生鄭彦淵得此書於劉庶幾，云傳之於杜待制，繼又得王伯昌手録孫院判本，標題下書『劉江東家藏善本』七字。二者俱有吴草廬題跋，而孫本尤爲精密。因加訂定，從而釋之。」據遵王所記，是《葬書》注釋以劉江東家藏善本爲佳矣。頃從經義齋與書友胡立羣談論，出此《葬書》，云是洪武舊刻，閲其標題，果有「劉江東家藏善本」七字，則此刻爲勝矣。通本首尾完善，間有破損，遂命工重裝，而題數語以誌緣起。乙丑八月五日，蕘翁識。

183 靈棋經三卷 明刻本

《靈棋經》世多鈔本。去年偶過胥門經義齋書坊，見有刻本，破爛闕失，又經俗工裝潢，遂向主人索得，重爲裝池，前後缺葉用孫本及經義齋别本補入。原書鈔補本不工整，故余亦隨手鈔補，潦草之至。因此刻尚是成化己丑本，故珍之。孫本出成化丁亥，較此尚前三年，然已爲弘治壬子翻刻，而又從翻本傳録者，故仍以此爲舊本也。經義别本不過尋常鈔本，無所稽考，而李跋則反有之，兹所補者即據是本云。乙丑六月廿四日，蕘翁揮汗書。

184 易林十六卷 陸敕先校本

余於數年前曾見吴枚菴臨校陸敕先校宋本《易林》而未竣者，後爲袁壽階得去。壽階又訪知盧學士抱經有臨校本，遂假歸，傳之同人，争相傳校，究以未得陸校原本爲恨。頃友人攜枚菴家書籍求售，《易林》陸校原本適在，遂以白金三兩易之。取勘傳録本，多所是正，真罕遇也。是書共二册。余友顧千里云，向爲伊師張白華所藏，枚菴借而未歸，後即遠客他出，家中書籍散失殆盡，故此書亦遭其厄云。甲子二月望日，蕘翁黄丕烈識。

張白華先生余亦數與往還，有秘籍時亦假觀。晤言及此册，遂詢所由來，云此書係郡中老儒陳景元物，老病臨終舉所藏書籍贈其門人，此書爲程念鞠所得，白華館於程，復從念鞠乞歸，假於吴枚菴，因此致散佚也。今幸爲余有，當校刊行世。此書之不泯没也，幸矣哉！乙丑長夏復翁又識。

185 易林十六卷 校宋本

按陸勅先係從瞿曇谷校宋本傳録。宋本藏絳雲樓，已爲灰燼，而曇谷校時，未及舉録宋本全注，亦并未注出宋本卷數，故此時傳録，于小注未校，卷數亦未校改，蓋皆非宋本之舊矣。蕘翁記。

余數年前曾見吴枚菴臨陸勅先校宋本《易林》一册于書坊，因其不全置之，後爲袁壽階所得。壽階又訪知盧學士抱經亦有臨陸勅先本，遂借歸録副，而吾郡傳校者皆從此出。然書經三寫，訛謬益多，究以未見陸校原本爲恨。一日，友人有以枚菴家書籍求售者，陸校原本適在，因以白金三兩購得，而覆勘于前所臨本上。陸係姜恩刊本，與此毛刻本異，兹悉照校，其中仍不無錯誤者。或宋本如是，抑陸偶遺耳，俟讀者自審之。甲子二月蕘翁。

186 新雕注解珞琭子三命消息賦三卷校正李燕陰陽三命二卷

宋本[一]

道光紀元歲在辛巳四月，王廢基[二]書攤高姓攜一書來，爲《新雕注疏珞琭子三命消息賦》，書僅三十三葉，索直餅金亦如之，且不可留，但一展卷而已。估人既去，檢諸家藏書目，晁氏《讀書志》載《珞琭子疏》五卷，焦竑《經籍志》載東方明原誤「朔」。《珞琭子疏》十卷，徐氏《含經堂書目》載王廷光《珞琭子三命消息賦》三卷，錢氏《讀書敏求記》載《注解珞琭子三命消息賦》二卷，方知此書雖星命之學，歷來著録若是，況宋刻豈易得之邪？爰復往迹之，幸以價昂，未有收者，遂勉購之。其爲卷三，可正錢《記》「二卷」之誤[三]。葉昌熾按：錢遵王所著録係四家注本，别一書也，蕘翁誤。標題「李仝注[四]、東方明疏」，可補晁《志》脱注人姓名及「東方明」之失，并正焦《志》「朔」字之誤、「十」字之誤。至於後附李燕《推陰陽》二卷，此與晁《志》「五卷」之説合，而其書則從未有聞也。不意余年來羣書散佚之後，而仍復見此秘册，雖欲罷不能矣。我生何幸，而於翰墨因緣猶若是之深也邪？破涕爲笑，不覺書魔之故智復萌已。四月中旬迄七月下旬，意興都無，無暇作跋記其顛末。入中秋月，神采稍旺，因書此數語誌之。至於儲藏家，勝朝登學圃堂，國朝入傳是樓，墨迹圖章尤足引重，至今日之出自誰何，吾不得而知之。八月哉生明[五]，蕘夫記。

《消息賦》載諸《三命通會》中，就行世本勘之，賦文大同而小異。即有一二可補之字，不敢據以寫入，雖云「珞琭子注」、「育吾子解」，「注」「解」不分，無一語與此同者，想皆明人爲之耳。蕘夫。俱在末卷後。

【校勘記】

〔一〕宋本　是書今藏中國國家圖書館，著録作「金刻本」，《中華再造善本·金元編》據以影印。

〔二〕王廢基　「廢」原作「府」，據國家圖書館藏金刻本《新雕注疏珞琭子三命消息賦》三卷黄丕烈跋改。

〔三〕錢記二卷之誤　「記二」二字原缺，據前揭書黄丕烈跋補。

〔四〕標題李仝注　「題」原作「顯」，「仝」原作「今」，據前揭黄丕烈跋改。

〔五〕八月哉生明　「哉」原作「載」，據前揭黄丕烈跋改。

187　三曆撮要一卷　影寫宋刊本

余佞宋，故所藏書苟爲宋槧，雖醫卜星相無所不收。此陰陽家言《三曆撮要》，見諸陳振孫《書録解題》，云「《三曆撮要》一卷，無名氏。又一本名《擇日撮要曆》，大略皆同。建安徐清叟宜翁云其尊人尚書公應龍所輯，不欲著名」，此即是也。是書載《百宋一廛賦》

中,所謂《曆要》,矜於所獨,洵屬奇秘之本。數年來,《塵賦》盛傳于時,遂有按籍以求者,宋廛所存僅百一矣。乃宋刻小種,往往有影摹藏弆者,不知世人何故嗜奇,并影寫本亦復指名相索。余笑曰,名實二字最足誤人。余向之嗜此,因所好在是,故實事求之,非噉名也。乃藏書之名豔稱于時,并其實亦亡諸是,豈不可笑邪?此書影寫本又爲人取去,長孫尚欲留其副,復倩人録此。其中每月諸事宜用,如嫁娶至耕種等吉日,以及「萬通曆」、「吉凶各説」、「凶星」等字,皆作白文。又各説中吉凶星下「寅」、「酉」、「丑」、「申」等字,亦皆作白文。今鈔胥憚煩,悉空之,余取而手補,僅作方圍,又於「寅」、「酉」等字上下各以筆鉤之,旁不著墨以别于原本之有圓圈者,後之人亦可得其大概矣。他日或欲照宋本面目,仍雙句郭填可爾。道光乙酉孟夏月望日雨窗,蕘夫書。

江陰繆荃孫、長洲章鈺、仁和吴昌綬同校輯。

蕘圃藏書題識卷五

子類二

188　圖畫見聞志六卷　前三卷元鈔後三卷宋刊

此元人鈔本《圖畫見聞志》三卷，余向從東城故家收得者也，因其殘本，未及列入甲等。頃承周香嚴以殘宋刻本後三卷見遺，與此適爲合璧，雖各自[一]不全，而元鈔、宋刻不皆古香馣靄，令人珍惜無比乎？因宋刻本與此長短不齊，遂損此舊裝，以期畫一。上下方各以餘紙護之，俾兩書原紙不傷而外觀整齊，於古書舊裝名爲損而實則益也。己未五月，蕘圃記。

此殘宋刻本《圖畫見聞志》四、五、六共三卷，周香嚴所藏書也。四月二十二日，余訪香嚴，香嚴詢余近日得書幾何，余以潤蕢於玉峰所收元刻《丁鶴年集》、明人葉德榮手鈔《法帖刊誤》、翻宋版《圖畫見聞志》三種對。香嚴即出《圖畫見聞志》一册示余，曰：「君所得者與此本同否?」余曰:「行款似同,然亦記憶不甚明晰矣。」香嚴曰:「此王蓮涇家藏書也,余初得時亦認爲宋版,既而見其字畫方板,疑爲翻本,曷攜去對之。」余曰:「此册僅半,尚有前三卷否?」香嚴曰:「此殘本也。」余即從香嚴乞之。蓋余舊藏此書元人鈔本止前三卷,香嚴亦所素知,故敢丐此以爲尾之續也。及攜歸與澗蘋同觀,亦認爲翻宋本,遂取前所收者勘之,行款雖同,而楮墨俱饒古氣,細辨字畫,遇宋諱皆缺筆,翻本不如是也。爰揭去舊時背紙,見原楮皆羅紋闊連[二]而横印者,始信宋刻宋印。以翻本行款證之,此即所謂臨安府陳道人書籍鋪刊行本也。且余所藏南宋書棚本如許丁卯、羅昭諫唐人諸集,字畫方板皆如是,益信其爲宋本無疑,率作一律酬香嚴以誌謝。命工裝池,與元鈔爲合璧,所贈雖出自良友,而工費幾及緡錢四五千,爲古書計,所不惜矣。補綴之處有白紙者,皆舊時填寫[三]字跡,其蠹蝕之餘,悉以一色舊紙補綴,遇字畫欄格[四]缺斷者,倩澗蘋以淡墨描寫,至原刻原印之模糊缺失,悉仍其舊,誠慎之至也。余思此書宋刻,向藏書家無有,是今所見雖殘本,幸得元鈔相合,差稱兩美,貯諸讀未見書齋,洵爲未見之書矣。因述其顛末如此。嘉慶歲在己未中夏九日,棘人黄丕烈識。

附録贈周香嚴詩

元鈔藏自我,宋刻贈由君。兩美此時合,一書何地分。翻雕模舊印,缺畫認遺文。嗜古憐同志，相從廣見聞。

壬申立冬前一夕，坐雨百宋一廛中，燒燭檢此，與西賓陸拙生同觀。時拙生亦自玉峰科試歸，而書集街〔五〕竟無一獲。古書難得，數年之間已判盛衰矣。余之重檢是書者，闐門收藏書畫家新得一《圖畫見聞志》，云是元人郭天錫手書，亦係殘本，友人陳拙安爲余言之。安知非即是元人鈔本之原失耶？聊設癡想，附記博聞。復翁。

闐門人家收藏郭天錫書者，亦係前三卷，但更缺失耳。字形稍大，非此所遺也。王震初爲余言之。癸酉歲初六日，復翁又記。

命工錢瑞正重裝。宋刻後三卷共四十一葉。〔六〕

甲戌端午夏至日，以番錢十六餅勉購郭天錫手書殘本，與此并藏。郭册爲明螢照堂車氏舊藏。車氏收藏甚夥，有《法帖》精刊。此郭書真跡，當不謬也。復翁記。

郭天錫手録係月軒王氏藏本，癸酉中秋後八日，王震兄攜來，得以展讀。統計廿三葉半，其文不全，皆就所存裁割裝之成一册。其可考者，曰《圖畫見聞志·敘論》卷第一、《圖畫見聞志·記藝》卷上第二。然細按之，三卷至四卷、五卷間有一二存者，特無標題，未可考耳。最後一條云：「泰定三年丙寅十一月，借俞用中〔七〕本録，用中謂是書得之四明史氏云。十又五日天錫記。」録此以見梗概。復翁。

【校勘記】

〔一〕各自　「自」原作「目」，據國家圖書館藏前三卷元鈔後三卷宋刊本《圖畫見聞志》六卷黄丕烈跋改。

〔二〕羅紋闊連　「連」原作「簾」，據前揭書黄丕烈跋改。

〔三〕填寫　「填」原作「誤」，據前揭書黄丕烈跋改。

〔四〕欄格　「欄」原作「爛」，據前揭書黄丕烈跋改。

〔五〕書集街　「集」原作「籍」，據前揭書黄丕烈跋改。

〔六〕此條原缺，據前揭書黄丕烈跋補。

〔七〕俞用中　「俞」原作「余」，據前揭書黄丕烈跋改。

189　書苑菁華二十卷　影宋鈔本

《書苑菁華》其原本迺先君文敏公所遺，宋朝佳刻也，仲兄珍藏篋笥，宦遊攜行已經三十年餘。近兄物故，猶子不暇檢閲，逕失去第十六卷至終一册，余甚惜之，復恐他日并其所有而亡，遂取過摹寫，藏於齋閣。後聞五芝龔君亦有是書，且不吝假人，又得請歸續録完之。噫！凡物聚散得失固有時也，亦由乎人也。今偶留心典籍，以全古人之書，以存先子遺書之意，豈不快哉！萬曆七年七月既望，東海徐玄佐謹識。

是書於秋間得之湖估，初不知其所自來。中有欽遠猷印，則吳中故物也。末有神廟時人徐玄佐跋，謂其先文敏公所遺宋朝佳刻，從失去末册，後摹寫，復賴别本續録完之，可謂勤矣。按徐文敏者，諱縉，位至少宰，王文恪公之壻，西洞庭人。今子孫不知若何，而公之謚號猶藉後人珍重，遺書留于楮墨，不亦幸哉！己卯十月廿有六日雨窗，長梧子識。

190 畫鑒一卷 校舊鈔本

嘉靖乙丑春三月十三日，鹿田居士史臣紀勘畢。

隆慶三年首夏，顧玄緯載勘，計四十葉。

夏六月小暑日，皇山七十五翁姚咨又校一過。

乙丑歲，有書賈吴姓者持是求售，予因以下闕錢易得。下闕海虞馮彦淵記。均在卷末。

吴郡姑餘山人沈與文校勘。在卷首。

此册余舊藏有年矣，歷經名家收藏，并手校一過。頃從坊間又獲一舊鈔本，出自郡中賜書樓蔣氏，雖訛舛特甚，而字句間有可爲此本校勘左證者，悉用别紙粘於上方，舊時校語亦粘於别紙，即書校語於後，注云「蔣本續校」者，皆余筆也。古人審慎，多作意揣之詞，故未便輕改，兹得别本爲據，可釋然無疑矣。閒窗枯坐，破一日工夫，校此於百宋一廛之北窗下。時濃雲密布，天意釀寒，一種清冷之致，頗自得耳。辛未冬至後四日，復翁識。

在卷末。

191 衍極五卷 校舊鈔本

至正二十六年歲在丙午八月庚戌朔寫起，至十有八日丁卯鈔畢，於泗北村居映雪齋。華亭孫道明叔識，時年七十歲。

弘治丙辰十月十二日，吴山盧雍謹録於長洲烏鵲橋寓所。

康熙二年癸卯三月，子僑寓吴門半塘，偶過訪金孝章，出示此書，猶是吴匏菴先生家藏本也。得未曾見，喜而借鈔，酬應之暇，繕寫竣事，始三月二十一日，畢四月初七日，通計一十六日。老眼雖昏，魯魚稍訂，後之覽者，尚毋忽諸。江陰周榮起識，時年六十四歲。周榮起字硯農，江陰老儒，書多手鈔，精六書之學，毛子晉刻較古書，多其刊正，年八十七乃卒。子長源，字鄴侯，亦文士；二女曰禧、祜，皆工畫，禧名尤著云。吴翌鳳附志，時丙午[二]四月四日雨窗。

《衍極》以五卷者爲佳，明神廟時刻猶如此，近傳二卷，非其舊矣。《讀書敏求記》云龍溪令趙敬叔爲之鋟梓以傳。今考陳衆仲書云：「又喜趙龍溪之能篤意於斯文，然後喜著書者之托以不朽也。」則此書在元時當有刻本，世所傳者不過明刻耳。此册尚是元人鈔本録出，玩吴枚菴跋，識是康熙時人周硯農手鈔。余所藏明刻本當遜而居乙，惟卷端有李齋序一首，明刻反有，爰補録備覽云。嘉慶甲子六月二十日，識於百宋一廛之北窗，黄丕烈。

越歲庚辰，於坊間見有藍格舊鈔本，係從弘治時能静玄孫正隆重刊本鈔出者。取對此鈔，實有脱失，急爲手校其異於周本上。周本雖鈔自元人録本，然正隆所據必非無本，故不憚損污此本，俾文得其全也。復翁。

凡書不可不細校一通，第就其外而觀之，以爲某本勝於某本〔二〕，此非定論也。即如此書，先得明刻本，後得名人鈔本，即定爲鈔勝於刻，此殊不然。余向時卻未敢以明刻校名鈔，近得舊鈔，遂取以校鈔本，知脱失有在明刻所有者，則鈔所自出本無也。但文取其備，因悉補之，惟是字句之間，此或同於明刻，或同於名鈔，是明刻已見正隆重刊本〔三〕，而名鈔出自元人録本，則所據必元刻，故有不同也。名鈔本有一二佳字爲其所獨，如「反汗」、「汗」字極佳。此字明刻、舊鈔皆作「反復」，非矣。不知妄作明刻極多，神廟時本各書往往如是，故余校此本不復記出。苟可與舊鈔證明而異乎名鈔者，文理較勝，偶亦取之。校畢復讐，因記原委以質來者。見獨學人記。均在末卷後。

【校勘記】

〔一〕 時丙午　「時」下原衍「年」字,據清康熙二年周榮起抄本《衍極》五卷黄丕烈跋删。

〔二〕 以爲某本勝於某本　此句原作「謂某本勝某本」,據前揭書黄丕烈跋改。

〔三〕 重刊本　「刊」原作「刻」,據前揭書黄丕烈跋改。

192 衍極五卷 明刻本

此《衍極》五卷,雖明刻本,然分卷尚是舊第,未經硬分二卷也。余得諸閶門横街留畊堂書坊,用白金六星。蓋書不甚緊要,而《敏求記》載之,當亦不恒有之書也。癸亥夏至日黄丕烈識。

193 圖繪寶鑑五卷 元至正刻本

夏文彦《圖繪寶鑑》五卷,載於《讀書敏求記》〔一〕者爲得其真。他如《津逮》所刻,已合明欽天監玉泉韓昂續纂者而并爲六卷,又何論近刻之八卷者乎。余所收論畫諸書,如《畫評》、《圖畫見聞志》、《宣和畫譜》、《廣川畫跋》、《畫繼》、《畫鑒》等,皆有舊刻名鈔,惟此獨無善本,今觀此刻,歎爲希有。蓋書必求其初刻,如此刻雖漶漫不可卒讀,然五卷原書具在，後附《補遺》，與他本附《補遺》於六卷後者面目已改，豈不可寶！且收藏爲廬江王，猶是幾百年前故物，拜經樓主人以爲裝潢極精，非民間藏書。吾嘗見成化時閣本《大唐開元占經》，每册俱用黄綾作部面，復用黄絹作籤條，此可見官書鄭重，即裝潢可辨，與此可互證也。士良搜羅畫人姓氏可謂極詳，然吾有疑焉：嘉熙時有宋伯仁《梅花喜神譜》二卷，潛溪先生詳畫梅之原，五代有滕勝華，宋有趙士雷、邱慶餘、徐熙、仲仁師、楊補之，今《寶鑑》所列一一不爽，獨遺伯仁一人，則士良之書殆有未盡耶？聊記於此以備考。壬戌仲秋二十有七日，海寧陳簡莊攜此本示余，云是吴君兔牀所儲，屬余題識。越五日爲九月二日，聽雨士禮居中，繙閱一過，古香襲人，殊破岑寂，爰跋數語而歸之。吴縣蕘圃黄丕烈識。

【校勘記】

〔一〕讀書敏求記　上海圖書館藏元至正二十六年刻本《圖繪寶鑑》五卷黄丕烈手跋無「記」字，蓋輯刊《題識》時以意補之。

194　書法鉤玄四卷 舊刻本

癸亥夏從醋坊橋書攤得此《書法鉤玄》殘刻本，初不知爲何書，因首尾俱有毛氏父子圖書，且屬舊刻，故以百餘錢易之。後翻至第五十三葉，見有「書法鉤玄卷之三」、「書法鉤玄卷之四」排卷結起二行，乃知是書之名，并悟第三十葉首行題「朱方蘇霖子啓編纂」者，其標卷亦連在上卷尾也。余所藏有《書法鉤玄》舊鈔本，爲徐氏鐵硯齋鈔本與《字學新書》合裝者。檢序目，差得子啓時代并分卷之全，惜原文多摘録，不能得全書之面目。而此三四卷卻是全文，則此本之可寶，勿以得半而輕視之也可。夏至前一日，坐士禮居中，飯畢閲此，黄丕烈題。

195　書經補遺五卷　元鈔本

余素好書，於書友之往來者，即無甚當意，亦必稍與交易，毋使敗興而去，誠欲其以書示我也。郡城金閶門外桐涇橋頭有書鋪芸芬堂，與余居最遠，歲不過一再至焉，今兹秋仲，以鈔本《回疆志》求售。余曰：「此書郡人欲得者頗少，子不憚遠道來，殆將望余之收此棄貨乎？然我爲子下一語，此書非盡出於無用，蓋其成書在《大清一統志》既刊之後，俾後之考輿地者又得所徵，實是亦有用之書矣。」遂以千錢得之。書友亦欣喜而去。閲三月復來，以舊鈔《書經補遺》付我，索白鏹一金。余笑而頷之曰：「余雖肯出價，子不可過爲居奇，且留之稍緩議直。」余偏檢書目，惟王蓮涇《孝慈堂書目》有云《書經補遺》呂宗傑。五卷，元代鈔白，二十七番一册，汲古閣藏本。則其書之可珍益信。適書友來，歸其直青蚨八百錢，亦取其舊爾。至於蓮涇所云二十七番、汲古閣藏本，雖與此册合，然云元代鈔白，吾猶未敢信之。時乾隆六十年十一月下澣四日，書於小千頃堂。棘人黄丕烈。

越歲丁卯，是爲嘉慶十二年，檢及此書，方信元代鈔白之説果不妄也，蓋字之氣息隨時而異，似此書法古拙可愛，斷非明代人所能。前疑爲非者，數年前之識見有未逮也。重跋之以當自訟。二月晦日，復翁黄丕烈。

戊寅秋，濂溪坊蔣氏書散逸，中有元人録《書經》一册，亦出毛藏，取勘此本，似較古拙，卷端亦鈐「元本」、「甲」二印，與此正同。而行款各異，彼爲廿行廿字，共三十七番，卷首鈔補二葉，非元人録本之舊，自序「文而得此」起至跋皆元人筆矣。物主視爲至寶，因仍還之。復翁。

196 雪庵字要一卷 舊鈔本

此書之名見於《讀書敏求記》。頃琴川書賈攜來，余以緡錢一千易之，見有毛氏父子圖書，爰檢《汲古閣珍藏秘本書目》，有云《雪庵字要》一本，緜紙舊鈔本，與此恰合，當即其原書也。相傳《書目》爲斧季手寫，與潘稼堂底本。而近日書籍往往散出，悉可考其源流。

兹册又從琴川得來，則稼堂當日或未盡收矣。書此以志顛末。己未中元後二日，黄丕烈。

197 文房四譜五卷 校舊鈔本

癸酉二月，從吴枚菴借本校。吴本初命門生搨濟陽生所録朱本。朱本者，朱文游所藏拂水蒙叟本也。蒙叟本，從趙清常本對校者，徐序是叟手録，蓋即《敏求記》中所載本也。趙清常本借録孫唐卿本，當枚菴録是書後，復從李氏借得錢蒙叟原本及趙清常原本親爲校勘，以朱筆注錢、黄筆注趙，并録趙、錢兩人之跋於後。今余臨校，但注錢、趙而已。此本得諸海鹽家椒升，所云筆之「詞賦」又每譜詞賦及易簡後序皆有之，是爲善本。然筆之「雜説」脱四十五條，硯之「敍事」脱九條，則又不知何以異也，幸賴吴本足之。吴本有不及此本者，詞句間當再爲斟酌耳。復翁校畢識。

余既借吴枚菴校本手校此本矣，因吴校得知吴本所從校者，有錢蒙叟本，又有趙清常本。蒙叟所取以對校者兩本，皆出同郡朱文游家。余識朱丈時，其書大半散去，且余亦未及搜訪至此等書籍，故是書亦無從問訊。及見吴跋云云，乃思文游書〔二〕惟郡中周丈香嚴收之最多，因往訪之，果有錢蒙叟本。序係蒙叟手録，通體朱墨兩筆校勘，亦出蒙叟手跡，洵奇遇也。顧有疑焉，枚菴前借諸朱丈者的係真本，吴云錢對校趙清常本，并有跋，今周本無蒙叟跋，亦不見及趙本一語，豈所謂錢以趙本對校者，其詳載趙本上，前枚菴借時，錢、趙兩本都見，故得知其詳耶？惜趙本未爲香嚴所收，而其詳不可得聞矣。最有異者，枚菴云錢作某，今證諸錢本，不合者亦甚夥，抑又何耶？俟持周藏錢本，還質諸枚菴，想必有以核其實也。錢本究係鈔本，不無疑誤，余此時專校錢本，故無論是否之字，錢本合於此鈔、原本合於吴校本者，皆以墨筆圈之，或識其字於上下方，所以徵信也。若斟酌是非，旁引曲證，或即就本書他處引用及別書所藏者，祛其誤而存其疑，是在讀者用心可爾。癸酉暮春廿有五日，復翁。

廿又六日續借吴枚菴本，知錢跋果在趙本。此錢原本，本無跋也。

《書史會要》云：蘇易簡，字太簡，梓州桐山人。官至知陳州，贈禮部尚書。風度奇秀，善筆札。

馬端臨《文獻通考》作《文房四寶》五卷，今人俗諺尚有此稱，理或然歟？

朱文游所藏拂水蒙叟本甚爲精審，予六七年前嘗見之，濟陽生從朱本録出，奈胸無點墨，浪作鈔胥，遂致齟齬不可卒讀。丁酉春日，命門生搨之。惜文游養疴閉關，未由借其原本一校讐也。明年仲冬九月，枚菴漫士識於城東寓舍[二]。

又明年初夏，文游出示拂水原本，云蒙叟從趙清常本對校者。卷首徐常侍一序，是叟手録，閲之訛脱依然，殊失所望，略正數字再識於此。漫士又書。

是夏六月，文游丈復以清常元本見借，校正數字。廿五日枚庵記。

《文房四譜》四卷，戊申八月中，友人孫唐卿氏自家山來奚，囊中持此書，因借録，并校其譌者無慮數十。續檢得《徐騎省集》中有是書之序，不知何年失去，今録如前，可謂洛浦之遺矣。時萬曆三十六年戊申〔三〕九月十三日，海虞清常道人書於柏臺公署。

《文房四譜》五卷，此本闕二卷，筆之「辭賦」又每譜辭賦俱闕，又脱易簡後序，非完書也。丙寅五月牧翁記。

廿五日校畢錢本，殊多疑誤之處，因重向枚菴借伊校本覆勘，始悉枚菴所校有不盡出錢、趙兩本者，蓋伊亦以錢本爲訛脱依然，殊失所望，略正數字也。則余所臨校之吴本，非特錢與趙不可分辨，且吴之校出於兩本外者，亦不甚區别，故重以吴本續校卷中云。續案又云：「吴本者，吴鈔之本，吴校者，吴校之本，皆非出於錢、趙兩本也。」并補録諸跋以備參考。時癸酉三月廿又六日，復翁。

【校勘記】

〔一〕乃思文游書 「文游書」原作「文筆」，據國家圖書館藏校舊鈔本《文房四譜》五卷黄丕烈跋改。

〔二〕城東寓舍 「城東」原作「東城」，據前揭書吴翌鳳跋乙正。

〔三〕 三十六年戊申 「戊申」二字原脱，據前揭書趙琦美跋補。

198 文房四譜五卷 鈔校本

郡中有吴枚菴先生者，余向年就試玉峰，曾有半面，未及把臂也。及余知購書，而坊間有善本送閲者，往往出枚菴手鈔及家藏者，方知枚菴好聚書。其書之散逸者，太半出其親友家〔一〕，蓋枚菴遊楚中，書多寄諸他人所，久而不歸，家屬亦尋蹤訪之，故親友亦無忌憚而爲此也。此書卻帶諸行篋，越二十餘年〔二〕始歸，故余與訂交，并請觀其書。是書在借校諸書中爲最精，所據有錢東澗、趙清常兩家本。余校畢即還之〔三〕，繼思兩家本皆出朱文游舊藏。朱氏書余友周香巖得之最多，遂往問之，錢本固在，趙本無有也。覆取對勘吴校，有不盡據錢本與錢校趙本者，疑惑滋甚。復借吴本覆之，而枚菴所校異於錢、趙者〔四〕具可剖析，是錢、趙之外又成一吴本矣。往告之，故欲一證其所以異處。枚菴又取一清本相示，錢、趙異字分注於下，似以前本爲筌蹏也。翌日枚菴過訪，竟慫割愛，欣然諾之，此書遂爲余有。爰記顛末于卷尾餘紙〔五〕，以誌良友之賜。癸酉三月晦日，復翁。

【校勘記】

〔一〕 其書之散逸者太半出其親友家 「逸」原作「遺」，「太」原作「大」，據《西泠印社二〇一一年秋季拍賣會古籍善本專場圖録》收清吴翌鳳抄本《文房四譜》五卷黄丕烈跋圖録改。

〔二〕二十餘年　「二」原作「三」,據前揭黄跋圖録改。

〔三〕即還之　「即」字原脱,據前揭黄跋圖録補。

〔四〕異於錢趙者　「者」字原脱,據前揭黄跋圖録補。

〔五〕卷尾餘紙　「餘紙」二字原脱,據前揭黄跋圖録補。

199 硯箋四卷　校宋本

甲戌秋九月十九日,爲長孫秉剛授室滎陽,心力交瘁,不獲觀書者幾日矣。越一日,適五柳陶君來道喜,留之飯,座間談及新收一舊鈔本《硯箋》,上鈐「吴岫」圖記,不問而知爲嘉靖時鈔本矣。即遣力請取,晨夕稍暇,即手校一過。内卷一第十三葉脱誤與陳録吴槎客本同,知此葉之亡來已久矣。而其中佳處足證毛本之誤者,亦復不少。古書傳鈔豈能無誤?得此證彼,可定去取,所謂三人占則從二人之言也。余既得此陸本,又得顧本,并得陶本,是三本也。以三本參之,而誤可正,書之貴多者以此。日來俗冗敗我清興,此《硯箋》一本又引我觀書之興,良朋之貺爲何如耶?復翁書於陶陶室之北窗。

半是書房半卧房,晨昏作伴有青箱。閒來磨墨親揮翰,一硯隨身友最良。

日來避囂，移榻書齋，晨昏起坐，校勘尤便，聊筆諸《硯箋》尾，以紀一時樂事。復翁。

此《硯箋》四卷舊鈔本，西賓陸東蘿得諸臨頓里冷攤以遺余者，插架無此書，揚州本以時刻未之收。昨歲于陳仲魚案頭見一鈔本，思假録，未暇及此。今適有此，遂假歸，手爲之勘一過，而又以陳本之勝此及疑似者疏諸卷首素紙。是册舊有跋，云從宋版出，未敢以別本擅改，故别以校語附于前，俾此册仍存凈本云。儻天壤間尚有宋版在，或續遇之以折衷其是非，豈不更快乎？辛未秋七月中元前二日書于學耕堂，復翁。

繼從坊間取得揚州本勘一過，知與陳本無大異，所見本此爲最矣。復翁又記。

凡古書，非的見舊本不可擅改。此書雖有陳本，未敢定其是非，即如吴淑《硯賦》「成墨海於一細」，此及陳本皆作「細」，按文義殊不通。因五硯樓藏影鈔宋本《事類賦》適在余所，取閲之，果不謬，蓋「紐」字也，注引《文房四譜》曰：「昔黄帝得玉一紐，治爲墨海焉。」由此推之，書之字以形似而誤者可勝言哉！此賦全文具載本書。

壬申夏五月，從試飲堂顧氏藏舊鈔本校。顧氏本出汲古，當是照宋録本，行款與陳録吴本同，更有勝處者，卷一中脱第十三葉，唯顧本有之。復翁記。

余於古書每見必收，故一書竟有重複至三四本者。旁人笑之，謂書足以備觀覽而已，何誇多鬬靡若是？余曰：「取其書之盡美又盡善也。」即如此《硯箋》，大概置揚州近刻而已矣，余卻未之蓄，爲無舊本也。見有海寧陳録吴本矣，擬鈔之未果也。見有陸收鈔本矣，因借陳本勘之；又借近本勘之，知陳善矣；又知陸善矣，而近本無取焉。此陸本即校陳本者，因陸本善，未敢污之，僅録校語于副紙。適又遇顧本，乃知更善於陳、陸兩家本。今後得宋本，乃真善耳。可見余之重複收書者，無他，期于盡美又盡善也，旁觀者幸勿以爲笑。復翁。

顧氏試飲堂本仍復歸余，余謂顧本同陳傳鈔吴本，惟卷一多一葉爲勝。此陸收舊鈔本，亦謂書係宋版，對本精繕，則未可全非矣。前因無舊本，故未敢輕污，後因有舊本，遂重經校改。今顧本歸余，自應各存兩本面目。況世無宋本，未容過爲軒輊，顧本居甲，陸本居乙，斯可耳。癸酉元夕重裝記，知非子又識。

200 硯箋四卷 舊鈔本

《硯箋》四卷，刊入「揚州十二種」中，舊刻無有也。去年曾見兩鈔本，一則陸東蘿得諸冷攤者，一則陳仲魚鈔諸友人者。陸本既歸余，遂借陳本校陸本，似實有不同處。然陳本與揚州本爲近，未敢信陳本而疑陸本也。頃五月下旬，余世好顧侍萱茂才出其家藏毛抄本〔二〕托余轉付裝池，因得借校，大段與陳本合，而卷二《硯説門》「石性堅膩如玉」條脱小注「蔡帖」二字起至「唐中世以前」條「未甚貴」三字止，適多一葉，蓋揚州本與陸本皆改易行款，故不知其闕失。即陳本行款似與顧本同〔二〕，亦不免脱此一葉也。時侍萱將游武林，思攜贈百硯齋主人，未敢請，歸余。其還書札有云：「余之得遇此書，固余之幸，此書之得遇余，亦此書之幸。謂此一葉苟非余表而出之，不幾終歸湮没乎〔三〕？是實余區區愛書之心有以致此奇遇也。」迨侍萱自武林歸，會面者數矣，彼此不復及前事。適鄉先輩陸西屏著有《續硯箋》留在案頭，侍萱曾見之。後中元日，晚涼時來，候余欲借陸書，因言及毛鈔《硯箋》，所贈之人未之受，尚留篋中。余未及待其詞之畢而即要之曰：「余有陸本，又有揚州本，任君所欲攜一本去，毛鈔本斷斷乎其必歸余。」蒙允翌晨相贈，余迫不及待，急遣奴踽月相索，彼此作書往復，極一段情話，不可無以記之，爰著其顛末〔四〕如此。至於此書既去復來，以愛硯者而不愛説硯之書，卒使愛書者終有之，殆有數存乎？其間不可令人思議已。嘉慶十七年歲在壬申中元後二日，書於學耕堂，求古居主人黄丕烈識。

卷一誤書卷二，癸酉元旦偶重展始知之。蕘翁記。

題毛鈔本《硯箋》 得「箋」字禁押本事。

求書踽月遞長箋，窺秘華陽有洞天。勝是多金遺舊物，珍其完璧愈新鐫。手中葉展奇真絶，心上花開喜欲顛。添得《硯箋》友《硯史》，護持神物想琴川。復翁漫筆。

偶檢《述古堂書目·文房門》：高似孫《硯箋》四卷一本，宋版，知此書宋版尚留人間也。余於古書因緣甚好，或再遇宋版以饜我欲乎？書此期之。再按：此本係舊鈔而毛藏者，前云毛鈔本，誤也。并記。七月晦日，復翁又識。

【校勘記】

〔一〕家藏毛抄本　「抄」原作「校」，據國家圖書館藏明抄本《硯箋》四卷黄丕烈跋改。

〔二〕與顧本同　「同」原作「合」，據前揭書黄丕烈跋改。

〔三〕終歸湮没乎　「終」字原脱，據前揭書黄丕烈跋補。

〔四〕著其顛末　「著」原作「誌」，據前揭書黄丕烈跋改。

201 紹興内府古器評二卷 舊鈔本

崇禎庚午歲得秦季公鈔本，因命家僕録之，時秋盡日也。海虞馮彦淵識。

此書得諸華陽顧氏，已有馮彦淵題識，可謂名書。頃書友攜蔣氏賜書樓書一單，中有是書鈔本，即所謂秦季公本也，末有袁表題識，云借鈔於吴方山，則此鈔之祖本雖得見，而吴本不知又在何所。書籍各有源流，何能盡遇之耶？書此誌幸兼誌慨焉。嘉慶甲戌秋日，復翁。〔一〕

【校勘記】

〔一〕此跋後原尚有一跋，實爲卷十《陶杜詩選》之跋誤置於此，此處删，補入卷十。

202 梅花喜神譜二卷 宋本

余辛酉春計偕北行，與同邑顧南雅、夏方米同伴。將行之日，嘉定瞿木夫畫梅以贈，余裝潢成册，置篋中，將屬人題詠也。既而海寧陳仲魚來附舟，舟行至楓橋，袁綬堦載酒送别，并折庭梅爲探花兆，因以「聊贈一枝春」分韻賦詩，正樂事也〔一〕。出關至揚州，於風雪中南雅畫梅，共四幅，其一即取綬堦贈梅之意，爲思故人，俱寫諸木夫畫册上，同人相與題詠，目之曰〔二〕「梅花字字香」，亦可謂好事矣。二月中旬抵燕臺，即從琉璃廠徧索未見書。適於文粹堂書肆得宋刻《梅花喜神譜》，非第快奇秘之獲，且喜與瞿、顧兩君之畫有若相緣者〔三〕，抑何巧耶？遂重約同行四人題詠，余得七言絶句四章，其末云：「羡殺西湖旅寓中，得來棋譜宋雕工。今番藝術搜奇秘，欲傲虞山也是翁。」蓋遵王所得異書，有爲刻本《讀書敏求記》未載者〔四〕，如李逸民《棋譜》，外間多不及知，余所藏精鈔足本獨有之，故詩語及之。歸家檢抄本《敏求記》〔五〕，於「藝術門」有云宋伯仁《梅花喜神譜》二卷〔六〕，跋語甚詳，亦是景定辛酉刻本，始歎述古藏弆多驚人秘笈，信非虚語。而前所云「欲傲」者，古人有知，余當爲其所笑爾。爰誌顛末，以紀翰墨因緣如是如是。旹嘉慶辛酉[七]六月初七日，黄丕烈跋。

讀畫齋新刻[八]《羣賢小集》皆南宋時人，内有《雪巖吟草》一卷，爲苕川宋伯仁器之叟著。余檢閲至是，喜出望外，謂可得伯仁之履歷也。蓋余所收《梅花喜神譜》不特其書世莫之知，即著書之人亦未有知其詳者。今得此《雪巖吟草》，乃快然相悦以解矣。卷端自序云：「伯仁學詩，出於隨口應聲，高下精粗狂無節制[九]。」兹以譜中所題古律證之，與序語都合，其真以詩陶寫性情，隨其所長而已者耶？」卷後葉紹翁跋作於嘉熙二年，而《吟草》中[一〇]有《嘉熙戊戌家馬塍稿》、《嘉熙戊戌夏[一一]復遊海陵稿》、《嘉熙戊戌己亥馬塍稿》，稿中《歲旦》一首注云「己亥嘉熙三年」，則嘉熙二年爲戊戌，此譜之作當在僑居西馬塍後，以閑工夫作閑事業，意蓋有所感爾。卷中詩有詠梅者二首，其《瓶梅》云[一二]「南枝斜插古軍持，瘦影參差落硯池。莫道人家窗户暖，等閒忘卻隴頭時」。其《問梅》云：「癡風滚滚送寒來，竹裏人家總未開。唯有老巖心事苦，瘦笻敲雪[一三]問梅腮。」亦可知雪巖之於梅花固有相賞獨深者已。至於伯仁梗概見於《烏青文獻》，刻《吟草》者别記一紙附之，名曰《傳略》，今悉傳於左。蕘圃。

宋伯仁字器之，號雪巖，苕川人，舉宏詞科，歷監淮揚鹽課。器之鋭意功名，有擊檝之概，而禄位不顯，事已難爲，故語多慷慨〔一四〕，然能出之以和易自然，流邁而無叫囂之氣，自謂隨口應聲，如敗葉翻風，枯荷鬧雨，低昂疾徐〔一五〕，因勢而出，蓋實録云。

【校勘記】

〔一〕正樂事也　「正」原作「甚」，據上海博物館藏宋景定二年刻本《梅花喜神譜》二卷黄丕烈跋改。

〔二〕目之曰　「曰」原作「爲」，據前揭書黄丕烈跋改。

〔三〕有若相緣者　「有若」原誤倒，「相」原作「舊」，據前揭書黄丕烈跋乙改。

〔四〕敏求記未載者　「未載者」原作「所不載」，據前揭書黄丕烈跋改。

〔五〕抄本敏求記　「抄本」原缺，又衍「讀書」二字，據前揭書黄丕烈跋删補。

〔六〕梅花喜神譜二卷　「二卷」原缺，據前揭書黄丕烈跋補。

〔七〕旹嘉慶辛酉　「旹」字原缺，據前揭書黄丕烈跋補。

〔八〕新刻　「新」原作「所」，據前揭書黄丕烈跋改。

〔九〕高下精粗狂無節制　「狂」原作「往往」，據前揭書黄丕烈跋改。「粗」手跋寫作「觕」。

〔一〇〕而吟草中　「而」原作「即」，據前揭書黄丕烈跋改。

〔一一〕嘉熙戊戌夏　「夏」字原缺，據前揭書黄丕烈跋補。

〔一二〕瓶梅云　「云」原作「之」，據前揭書黄丕烈跋改。

〔一三〕瘦笻敲雪　「瘦」原作「數」，據前揭書黄丕烈跋改。

〔一四〕 故語多慷慨　「故」字原缺，據前揭黄丕烈跋之附録補。

〔一五〕 低昂疾徐　「低昂」二字原缺，據前揭黄丕烈跋之附録補。

203 墨子十五卷 影寫本

此影寫吴匏菴手鈔本《墨子》十五卷，余從顧千里所借嚴氏芳椒堂藏本録出，卷中朱、墨兩筆校改皆仍其舊。是書本出吴郡，不知何時轉入浙江，今得此影鈔，亦可爲中郎之似矣。書此以誌緣起。蕘翁。

初余以此本爲吴文定手鈔，憑張青父跋信之，千里尚猶豫未決。既檢陸其清《佳趣堂書目》有云：「《墨子》十五卷，吴匏菴手録張青父舊藏。」此更信而有徵矣。癸亥正月小晦日，丕烈。

204 墨子三卷 校舊鈔本

《讀書敏求記》載潛溪《諸子辨》云：「《墨子》三卷，戰國時宋大夫墨翟撰。上卷七篇號曰經，中卷、下卷六篇號曰論，共十三篇。」據此則是書兩行於世者也。蓋《墨子》十五卷，《道藏》收之。余所藏嘉靖時刻有二本，皆十五卷，取《道藏》本勘之，無大異者，惟此字句間有不同，當必所自出殊矣。丁卯九月三日燈下記，復翁。

205 墨子十五卷 校明藍印銅活字本

《墨子》向無善本，往時顧抱沖訪書海鹽張氏，曾得一藍印本〔一〕，歸其從弟千里，歎爲絶佳，自後卻無所遇。因從千里借吳匏菴鈔本傳録一本，以備誦讀。頃香嚴周丈有伊親托售之書，內有藍印《墨子》，遂丐歸余〔二〕。其來札云，此刻與畢刻稍異，彼據《道藏》本，此出自內府，皆本於宋刻，未易優劣也。余復取吳鈔本相勘，大段同此〔三〕，而鈔所自出雖未知其何從，其年代較先於此或可互證也。家藏子書極多宋刻，惟《晏子》、《墨子》皆明本中〔四〕之善者，是可喜已。嘉慶丙寅〔五〕春三月七日，從友人齋頭賞牡丹歸，燒燭書此，蕘翁。

丁卯春，以養痾杜門，因假袁氏五硯樓所藏正統十年十一月十一日《道藏》本手校此刻，其異同甚少也。香嚴云此出自內府，恐未必然，蓋亦據《道藏》本也。《道藏》本每卷標題下有「沛一」等數，今悉記於卷尾。復翁黄丕烈識。二跋均在卷末。

丁卯秋續得嘉靖癸丑歲春二月吳興陸穩敘刻本，與此差後一年，而陸敘中有「前年居京師，幸於友人家覓內府本讀」之語，知香嚴以爲此從內府本者非無據也。陸敘又云：

「別駕唐公以博學聞於世，視郡暇訪余於山堂，得《墨》原本，將歸而梓之。」是又一本矣。今取唐本以勘陸本，殊有不合，知陸所云唐得《墨》原本者非即陸本也。陸本出内府，唐本出《道藏》，殆不謬矣。惟陸本無敘，唐本有陸之敘，後人遂疑唐本出自陸本。其實陸刻先一年，唐刻後一年，實不侔爾。秋九月六日，復翁。在卷首。

【校勘記】

〔一〕一藍印本　「一」原作「明」，據國家圖書館藏明嘉靖三十一年銅活字藍印本《墨子》十五卷黄丕烈跋改。

〔二〕丐歸余　「丐」原作「乞」，據前揭黄丕烈跋改。

〔三〕大段同此　「同此」原作「相同」，據前揭黄丕烈跋改。

〔四〕明本中　「中」字原缺，據前揭黄丕烈跋補。

〔五〕嘉慶丙寅　「丙寅」原誤作「丙辰」，據前揭黄丕烈跋改。《士禮居藏書題跋記》卷四收此跋即已誤作「丙辰」，江標撰《黄蕘圃先生年譜》卷上承《士跋記》之誤將此跋時間誤作嘉慶元年丙辰(一七九六)，實應爲嘉慶十一年丙寅(一八〇六)。

206　鶡冠子三卷　校舊鈔本

案：中卷缺文二處，一取《道藏》本補之，行款卻合；一《道藏》本僅空二格，此空二十三行半，且多「地府幽陰之謂」六字小注於「若陰陽」云云白文前，當非無據也。或此舊鈔在宋刻上寫，下實見空此幾行，而《道藏》僅空二格，且去「地府」云云小注，或以意爲之，或所據本異也。安得更有古於《道藏》之本在，取以相證乎？復翁。在中卷末。

余得此舊鈔本《鶡冠子》三册，藏諸篋中久矣。其同得者尚有《墨子》上、中、下三卷，因其鈔本尚舊，故備插架。收書二十年，從無善本可對，且蠹蝕塵封，幾同下駟。頃借袁氏五硯樓各種子書《道藏》本手勘同異，遂及此書，行款大略相同，譌舛更甚。世無宋元善本，《道藏》其先河也。惟所缺《道藏》每空二格，此或注元缺字，或空幾葉幾行。其鈔所自出必非《道藏》，或自古本出亦未可知，存疑可爾。丕烈。

己巳仲冬十有四日，訪寓公張涵齋學士於葑溪。余與涵齋別已三四年矣，茶話移晷，極談古書各種源流。涵齋耄而好學〔一〕，於子書尤所究心，因及《鶡冠子》，謂近刻不全備，偶於《通雅》中所引《環流》章「譬若東西南北之道，多「濫首不足益以纍重嘒意爲模」，共十六字〔二〕，接蹈，然其爲分等也」，知余有舊本并校《道藏》者，屬爲檢閱。余歸視之，此本未有，即《道藏》亦無之，《通雅》疑誤也。且「譬若」作「故」，亦互異。我輩墨守舊本，餘俱非所知，故著之。是册雖校《道藏》，然已不可多得，壽階於今兹將《道藏》諸本悉歸芸臺中丞，而外間無有藏《道藏》者，可不寶之哉！壽階秋初得疾於杭，八月初歸即去世，後日已百日矣。重閱此書，不勝人琴俱亡之痛。復翁。均在末卷後。

【校勘記】

〔一〕耄而好學　「耄」原作「耊」，據國家圖書館藏明抄本《鶡冠子》三卷黄丕烈跋改。

〔二〕十六字　前揭書黄丕烈手跋作「十六字」，然實衹有十二字。《楹書隅録續編》收此跋即改作「十二字」。

207 淮南子二十八卷 校宋舊鈔本

此《淮南鴻烈解》二十八卷舊鈔本，余得諸顔家巷張秋塘處，云是其先世青父公所藏，卷中有校增字如「高誘撰文」云云，皆其筆也。《淮南子》世有二本，一爲二十一卷，出於宋本；一爲二十八卷，出於《道藏》本。至二十卷者，錢述古所謂流俗本也。近時莊刻謂出於《道藏》，顧澗蘋取袁氏五硯樓所藏《道藏》本校之，知多訛脱，余卻手臨一本。頃從都中歸，高郵王伯申編修聞余收《淮南》本極多，屬爲傳校。又五柳居陶藴輝思得善本《淮南》付梓，余家居無事，思爲校勘，遂借袁本重校於此本，《道藏》面目略具於是矣。《道藏》刻於正統十年十一月十一日，卷首碑牌可證，行款每葉十行，每行大小十七字。此本字細行密，不及鉤勒，卷中有青父校增字句，當據別本，今悉照《道藏》删去。雖是弗存，以歸畫一，暇日當取宋刻正之。辛酉九月重陽後二日，蕘圃黄丕烈識。

余收得宋刻，係曹楝亭藏書，故五柳主人於揚州得之以歸余者也。子書唯《淮南》世鮮宋刻，故近今翻刻從前校讐皆未及宋刻，余既收得，同人慫恿校出，忽忽未有暇也。偶一校及，輒又中止。年來目力漸衰，遇小字甚不明了。此書宋刻字既小，又多破體并印本漫漶處，故校難。而所校之本又係小字舊鈔兼細如蠅頭，故校尤難。前輟校不知幾何年，而今兹三月下澣一日始復校此。旬日之間，事阻者三四日，草草畢工，略具面目。於破體字及宋刻誤字之灼見者，亦復不記出，一則省工夫，二則改正字從破體，雖曰存真，反爲費事。唯於古字古義或有可取者，仍標其異而出之，雖疑者亦存焉，蓋愼之也。校書取其佳處，或因疑而削之，甚非道理，猶兢兢守此意耳。丙子四月朔，丕烈。

208 劉子新論十卷 校宋本

殘宋《劉子新論》有注本，藏孫伯淵家，余從之借校於舊鈔《道藏》本上。缺首二卷，以明刻本補之。明刻與《道藏》本殊異，反與此程榮本同，而三卷以後此又不同於宋本，是未知所據云何也。兹復用宋本專校正文於程榮本上，俾知宋本佳處。至宋本之注，因與此不同，未暇校也。且有正文小注校本舊鈔《道藏》本上，故此從略焉。壬申端午後一日，西賓陸拙生以書歸進，復翁記。均在卷末。

209 劉子新論十卷 校宋明鈔本

晁氏《讀書志》云：「齊劉晝孔昭撰，唐袁孝政注。凡五十五篇。言修心治身之道，而辭頗俗薄。或以爲劉勰，或以爲劉孝標，未知孰是。」庚午巳月晦日，葉子寅讀識。

辛卯夏五月十七日晨窗，見太翁外舅圖記。此册有外舅圖記，内子圖記補印。

此書丁丑冬得之梅花館，越宿即取去，庚辰秋再見之南樓，如逢故人，亟攜之歸。内鈔録多誤，朱筆已較正。至劉子姓氏，南陽先生雖言之，而終無的據，當以俟知者。世無刻本，可勿珍諸。康熙庚寅中秋十八日，許心扆識。均在卷首。

此亦五硯樓書也，因舊鈔檢出之，不令隨他書去。卷端題「劉子」，卷下又有「無一」至「無十」字號，其爲藏本出無疑。惜五硯主人在日，未取藏本勘之爲一恨事。而藏本早售去，茲無從借校，又一恨矣。我友周丈香嚴家多秘書，向假得活字本校如右，其朱、墨兩筆舊校者都合余茲校活字本，是者存之，非者不贅焉。讀是書者，以舊鈔爲主，活字參之可耳。嘉慶庚午五月一日校畢，時在支硎道中，復翁。在末卷後。

此書世鮮刻本，惟程榮《漢魏叢書》本有之，然脱誤甚多，不可據也。是舊鈔以他書

《道藏》本證之，每葉二十行，行十七字，其自《藏》本出無疑。不知何故，正文與注或錯出，或譌舛，舊校而外又賴活字本校正無算，可知書非宋刻，可據者十不一二也。余向從萃古齋見一小匡子細字本，主人云是宋刻，惜亦不全。後聞爲陽湖孫伯淵售去，當致書山左，向彼借校，一破羣疑。讀書在廣見博聞，余謂藏書之道亦然，藏而能讀，非見聞廣博不足以奏其功焉。庚午五月十三燒燭重檢，復翁又記。在卷首。

壬申四月，假得孫淵如觀察所藏小字殘宋刻本手校一過，首二卷全缺，他卷亦多脱葉。復翁記。

宋刻分卷與此異，其十卷則同，所異在每卷分合。

宋本二册見季滄葦《延令書目》，題曰「劉子新論」〔一〕，孫氏五松園所藏即此本，今借校於此本上，其勝處固多，其脱誤處當以《藏》本、活本〔二〕參之。

是書校宋不憚至再至三，每校一次即得訛字幾處。書之難校，埽葉拂塵，可謂至論。四月十八〔三〕第三次校畢記。均在末卷後。

《劉子新論》十卷，南宋板本，陶大使所贈。余見《子彙》本作二卷，無注。又有孫鑛評本，文不完，題「播州袁孝政注」，以孝政官爲地名，謬甚。但自《清神》至《專學》，注文反多於此本，不知何故，宜細考。宋題「劉勰」者，仍《唐志》之舊，與明人逕題「劉晝」者殊，無足怪也。孫星衍記於金陵五松園。

宋本

裝潢二册根號乾坤。

題籤　劉子新論宋板神品。

圖書　第一册副葉上：「子儋」、「鑒定法書之印」。在明刻補缺目録第一葉一行上：「季印振宜」、「滄葦」。在明刻補缺目録第一葉一、二行上：「沈子橋印」。在明刻補缺卷一第一葉一、二行之中：「揚州季氏」、「滄葦」、「振宜之印」。在宋刻卷五第十三葉末行：「莚綴草堂」。在第二册副葉上：「良惠堂沈九川印」、「鑒定法書之印」。在宋刻鈔補卷六第一葉第一、二行之中：「季振宜藏書」、「莚綴」。在宋刻第六卷第十葉後三行：「志雅齋」。在宋刻第七卷第一葉前二行：「九[illegible]」、「趙氏子昂」。在宋刻第八卷第一葉前二行：「竹塢」。在宋刻第十卷第十葉不計行：「宗伯」、「沈文私印」、「御史振宜之印」。〔四〕

葉數目録二葉，卷一八葉，卷二九葉。以上皆明刻。卷三計十葉，内脱第八葉。卷四計十葉，内脱第四、第五葉。卷五計十三葉全。卷六計十葉，内鈔補首三葉〔五〕。卷七計八葉全。卷八計九葉，内脱第六葉。卷九計八葉，内脱第二、第三、第四葉。卷十計十葉，全無鈔補。

版心白口上記大小字數。

小耳記每章章名於每葉葉尾欄外上方。實存宋刻六十八葉。内鈔半葉。

校宋刻畢，復記宋刻面目如右。在卷首。

余好古書，無則必求其有，有則必求其本之異，爲之手校，校則必求其本之善而一再校之。此余所好在是也。年來家事攖心，漸奪余好，其興少衰，未有如今兹之甚者。日坐齋中，身閒心忙，視書無一字可入肚，雖流覽之，殊無所得也。古人謂凡人爲一事到成就處，必有魔來擾之，此其是耶？此書因讐校，留案頭三年矣，因記愁緒於此，復翁。時癸酉五月二十有六日。三男生十有一載矣〔六〕，能讀父書者賴此子。

嘉慶丙子閏六月，因收得〔七〕《道藏》本《黄帝八十一難經句解》，内有缺葉，遂托穹窿道士向玄妙觀借《藏》本補鈔，且云《藏》本如欲借觀不妨往取。余於鈔補竣事後開一目去，復檢得數種，原有者校之，不全者補之，卷帙少者擬次第傳録之。此《劉子》原出《道藏》，惜有錯誤，先經前人以朱、墨二筆校勘。及入余手，復取活字本、殘宋本，宋缺，補以明刻本，校正文及注。取《子彙》本校正文，幾於火棗兒餻矣。

兹刻專取《道藏》原本覆勘之，始知此舊鈔本實出《道藏》，唯稍有脱落耳。即活字本、宋刻本正文及注〔八〕亦未必大有歧異，不知所補明刻二卷出於何本，其注多少互異。兹既得見《道藏》真本，自然以此爲主，而以活字、宋刻兩本參焉。明刻之二卷，斷不可據；正文《子彙》本極佳，可取證也。所校《道藏》皆標於下方，以「藏」字注於字下。通體於本行文字、詞句,有經宋本、活本〔九〕、明本及前人朱、墨二筆校改增損者,不復再加區別,唯視下方無《道藏》本標出者,皆與《藏》本合,而舊鈔之爲《道藏》,固可即本身字而知之矣。至於字體不盡合《道藏》本,未能一一照改也。得此番校正後,《劉子》一書可稱善本。余之心力幾悴於此。八月八日燒燭廿止醒人識。

嘉慶十七年四月十四日覆校畢。陸雲士記。以上各跋均在末卷後。

道光癸未秋日,長洲張紹仁假讀。在卷四末。

【校勘記】

〔一〕題曰劉子新論　「曰」原作「云」,「子」下原衍「二」字,據國家圖書館藏明抄本《劉子新論》十卷黄丕烈跋删改。

〔二〕活本　「活」下原衍「字」字,據前揭書黄丕烈跋删。

〔三〕四月十八　「八」下原衍「日」字,據前揭書黄丕烈跋删。

〔四〕以上「揚州季氏」「滄葦」「振宜之印」「季振宜藏書」等圖書,右側有旁注「藍印」二字。

〔五〕鈔補首三葉　「三」原作「二」,據前揭書黄丕烈跋改。

〔六〕生十有一載矣　「十」字原脱,據前揭書黄丕烈跋補。

〔七〕因收得　「因」下原衍「取」字,據前揭書黄丕烈跋删。

〔八〕 正文及注 「及」原作「即」字，據前揭書黄丕烈跋改。

〔九〕 活本 「活」下原衍「字」字，據前揭書黄丕烈跋删。

210 劉子十卷 舊刻本

《劉子》有宋刊本，係小字，向爲五柳居物，後以贈陽湖孫伯淵者。又有舊鈔本，向爲五硯樓物，後以歸余者。有舊刻□本，向爲香巖書屋物，今以售余者。三本各不同，余曾借伯淵藏本校五硯本，又曾借香巖本參校於五硯本上，故知之詳如此。此皆昔年事也，春初香巖主人殁，遺書分貯各房，有目録傳觀於外，余遂檢向所見過者，稍留一二種。惜年來力絀，宋元舊刻散失殆盡，而區區舊刻又復思置之，且賣書、買書，牽補殊艱，自笑兼自媿也。己卯季冬望後一日，復翁。

211 劉子新論十卷 明本

余於《劉子》所見本子多矣，故手校亦屢其詳在舊鈔《道藏》本上。此本係明覆宋刻，因余曾見殘宋本，又見殘宋本之首配明覆本。余校刊時因舊鈔無目，影寫補之〔一〕，此本適缺，復影寫向影寫者補之，餘所缺者，又依校出行款補寫之。一本之書，倩工影摹，倩工裝潢，不知又費多少錢矣。是書於臯轅西中有堂偶得之，時爲道光癸未八月十二日也。越九月十八，盡裝成并記。今日月大可，於明日五更觀日月同升，因天未老晴，故未赴山僧之約。蕘夫記。

【校勘記】

〔一〕影寫補之　「影寫」二字原誤倒，據國家圖書館藏明刻本《劉子新論》十卷黄丕烈跋乙正。

212 宋刻〔一〕顔氏家訓七卷考證一卷　一函三册

此書爲沈虞卿所刊，周益公以殫見洽聞與尤延之並稱之。本汲古閣舊藏，後歸北客，康熙甲午，余復以厚直購而獲焉，與尤氏校刊《山海經》可爲亞匹。虞卿紹熙中嘗以中大夫、秘閣修撰知吾郡，見范《志》牧守題名云。義門野士何焯書。

虞卿自號欣遇，見楊廷秀《朝天集》。

此即宋嘉興沈揆本。錢曾但得其鈔本，録入《讀書敏求記》。《四庫》書載明刻二卷本，當時求宋本未得也。前代列此書於儒家，國朝因其《歸心》等篇不出當時好佛之習，退之雜家，衡鑒之公，上符睿斷。惜纂書時未進此本，他時擬彙以上呈。謹記於後。孫星衍。

過南陽湖舟覆，載書數十簏俱沈濕，但如此本。顧千里告予，何義門家藏書亦皆沈水者。此有義門跋，蓋兩經水厄矣。敘文不知何人所作。近有仿宋刊本，款式悉相同，惟版較小，亦精本也。星衍又記於金陵五松書屋，時庚申年八月。

庚申九月，白堤錢聽默鬻書自金陵歸，攜得宋刻《顔氏家訓》二册，持以示余曰：「此書得諸五松園主人，然其中有一段公案，有非吾不能知者，試爲君言之。蓋此書向藏何義門家，爲吾先人買出以歸於山東某氏。後幾年而吾弟與友人貿易山東，某氏出所藏書畫法帖并此書屬爲品評。吾弟素知其爲佳本，擬購歸而未之許。今適見諸五松園，詢主人所由來，云是官於山東時爲友人所遺。主人因此書遭水濕，托爲裝潢，而吾遂以他書易得。且稔知君之有宋癖也，遇書必求祖本，吾與君交有年矣，從未有以宋刻奉覽者，故借此一本，以爲《所見古書録》備甲編之目，可乎？」余固重其爲宋刻，而書之精靈亦若有戀戀於吾郡者，爰出舊鈔影寫本相易，而益以斤金，命工重爲整理，工成之日，不可不著其緣起，而余遂重有感焉。思吾郡藏書之富，毋過常熟毛、錢二家。毛氏《汲古閣珍藏秘本書目》及錢遵王《讀書敏求記》所載皆云鈔本，並未見有宋刻，乃義門以爲汲古舊藏，當非無據。顧其中遷徙靡常，轉轉[二]以歸於吾郡，此書之歸宿果有定耶？抑無定耶？造物之巧何如是耶！至於收藏之所，自元以來，斑斑可考[三]。書分三册，於每册卷首及尾皆有「省齋」二字、「共山書院」四字圖書，雖省齋不知誰何，而共山書院則元代也。近嘉定錢竹汀先生《補元史藝文志》載有《共山書院藏書目録》，此即所藏之書可知。每册首尾紙背有一長方鈐記，其文云「國子監崇文閣官書，借讀者必須愛護，損壞闕失，典掌者不許收受」，皆楷書朱記。始猶不甚明晢，既而思何小山校本《經典釋文》，於《左氏春秋音義》末卷模有是印，其文正同，且識云「印長二指四寸五分，闊不一指一寸六分」，今取證是印，悉悉相合，可知是書源流，其未至汲古閣以前，已在北地收藏有年矣。義門但知此書爲舊刻，而於紙背印記未經指出，此可發前人所未發，故并誌之。書於宋諱注云某諱而没其文，至於「慎」、「敬」等字並未缺筆，影鈔本一一缺之，遇宋刻誤字悉照校本改去，非其舊矣。鮑氏叢書雖用述古堂影宋本重雕，然其行款已改爲每葉十八行，每行之字即仍其數。以宋刻統排葉數數之，難復舊觀矣。祖本之可貴無過於此。余於翰墨因緣，何若是之深耶。特不知南而北、北而南，書之於吾郡，果以爲虞卿所守之地，能戀戀不去耳。嘉慶五年冬十一月小寒後二日，炙硯書於聯吟西館之南窗。蕘圃黄丕烈識。

辛酉中秋後一日，兒子玉堂從郡廟前骨董鋪中收得古銅印一方，其文曰「共山書院」，雖非此本所印之舊，然其爲地則同，因附鈐於此，以誌巧合。小春四日，蕘圃記。

此淳熙台州公庫本，卷中於「構」字注「太上御名」而闕其文，以其時光堯尚在德壽宫也。前序末有長記「廉臺田家印」五字。考元制，各道置廉訪司，爲行臺所屬，廉臺之名實昉於此。此本蓋宋槧而元印者，其間必有修改之葉，故於宋諱間有不避耳。辛酉十有一月，竹汀居士錢大昕借讀畢記之。

【校勘記】

〔一〕宋刻　是書今藏上海圖書館，著録作「元刻本」，《中華再造善本·金元編·子部》據以影印，郭立暄《提要》云：「今定爲元重刻宋淳熙台州本。」

〔二〕轉轉　原缺一「轉」字，上海圖書館藏本黄丕烈跋「轉」字下有重文符號，據補。

〔三〕斑斑可考　「斑斑」原作「班班」，據前揭書黄丕烈跋改。

213 白虎通四卷〔一〕 元刻本

此小字本《白虎通》，元刻之精妙者，太倉故家物也。夏初，玉峯歲試，時書賈畢集。郡中錢雲起素識古書，往玉峯見是書，歸爲余言之，余屬其代購。因書賈已歸太倉，寄信往取，遲至月餘始來。先是雲起言是元本，余猶疑爲宋刻，蓋盧學士校勘此書云「有海寧吴槎客以小字舊本見示，不知何代所刻，唯『匡』字減一筆，以爲北宋本近是，然不敢定也」云云，故余亦疑之。及見是書，每半版十二行，每行二十三字，其細目上作圓圍者凡十，以

《爵》、《號》、《謚》爲首，以《嫁娶》終焉，俱與抱經先生之説合，則小字舊本殆謂是矣。王頌蔚案：拜經樓藏本與此刻實出一原，後有盧召弓跋，今在潘鄭盦侍郎處。惟字形紙色俱是元刻式樣，其非北宋本明甚。余思《白虎通》宋本流傳絶少，最古以大德刻本爲先。余得兩本湊合，尚有缺葉，然已矜爲罕覯，今又得此小字本，可稱雙璧。且是書有毛晉圖章，知爲汲古舊藏，古香襲人，裝潢亦頗不俗。吾聞太倉多故家，藏書甚富，余年來從書船友稍稍得之〔二〕，書中有「平原陸氏家藏」一印，痕跡尚新，當是其家所自出。余友瞿安槎於玉峯小試亦曾見此，謂書主人與渠相識，當托其搜訪來歷，以著古書之源流云。嘉慶己未歲中夏月下澣一日，梅雨連緜，閒居寂寞，忽覩書來，頓爲釋悶。展卷一過，爰書此數語於尾。黄丕烈。

【校勘記】

〔一〕四卷　今國家圖書館藏原書分上、下二卷，「四」當作「二」。

〔二〕稍稍得之　原脱一「稍」字，國圖藏元刻本《白虎通》二卷黄丕烈跋「稍」下有重文符號，據補。

214 獨斷中華古今注九經補韻三種 舊鈔本

此《九經補韻》、《中華古今注》、《獨斷》三種合裝一册，錢述古舊藏也。余取吴琯《逸史》本考之〔一〕，《九經補韻》多同，《獨斷》不如。此作二卷，獨舊第也，且多宋人跋語，謂刻之舒頖，與《陳録》舒、台二郡皆有刻本之説合，是舒本也。程榮本《漢魏叢書》中卻作二卷，然未知有此跋否。以上三書雖非未見之書，若此古色古香，其鈔必非俗本也。《中華古今注》專刻本約略相同，其餘彙刻中本未經相勘也。余嗜古書，於所從來本尤留意購訪，矧此爲也是翁藏書，手不忍釋，因出高價置之。癸酉四月朔日，時宿雨初霽，餘寒未消，塗中泥滑滑，恐所期之友人行不得也，爲書此跋破寂。復翁。

【校勘記】

〔一〕逸史本考之　「本」字原脱，據臺北圖書館藏舊抄本《九經補韻》一卷附《中華古今注獨斷》黄丕烈跋補。下文「彙刻中本」同補。

215　崔豹古今注三卷　明刊本

宋版崔豹《古今注》，見諸《絳雲樓書目》，近時傳本第得之彙刻書中，未知其本之何從出也。昨於坊間獲一舊刻，未有宋人題識，當從宋版出，特未知與絳雲所云某本同否耳。偶取彙刻書中如吴琯《逸史》本勘之，實爲此勝于彼，殆從宋本出，當不謬也。越歲辛未四月二日，偶檢及此因記。百宋一廛主人黄丕烈識。

癸酉春三月二十有一日，索居無聊，偶讀《文選》沈休文詩「賓階緑錢滿」句，李注引崔豹《古今注》曰：「空室無人行則生苔蘚，或青或紫，一名緑錢。」今檢此本無之，則此書所失多矣，安得有暇日，徧索古書所引足之。復翁。

長洲顧氏家藏宋本校行者，分卷《古今注上》、《古今注中》、《古今注下》，卷上「輿服第一」、「都邑第二」，卷中「音樂第三」、「鳥獸第四」、「魚蟲第五」，卷下「草木第六」、「雜注第七」、「問答釋義第八」。今取勘此本，分卷爲一、二、三，其卷三以「蟲魚第五」起，又於「程雅問董仲舒曰」一條前，脱去「問答釋義第八」標目一行，是所據各一本矣。兩本當句下皆有「一本作某」云云，亦與所見二本不合，足徵當時傳本不一，難得定本也。乙亥夏，復翁。在卷首。

乙亥五月復收得《陽山顧氏文房》本，彼云宋本校刊，取勘多不同，宜兩存之。復翁。

本書計二十七番有半。

己卯中秋得見周香巖家舊鈔本，末葉有「正德二年丁卯九月十日録」，前有《重刊崔豹古今注序》，中有云「余得于景泰丙子，藏凡一十三年，今歲取之詳加校正，將欲鍥梓以傳，惜是書行世甚少，於其間傳録之所謬誤者，不敢妄有所穿鑿，姑從其舊焉」，又云「其間有所謂傳録謬誤向無從質究者，則深有竢乎博雅好古君子爲之訂正焉」。後一行云「己丑歲重九前一日樗齋書」，鈐有圖章云「維蕃清暇」，疑是明之藩王也。亦分卷一、二、三，次行云「晉崔豹正熊撰」，與此刻同。三行云「舜江韓忠子進校正」，不知㮮齋之刻向屬校正于韓忠子進，抑子進覆㮮齋刻也。行款與此異，每葉廿四行，每行廿二字，字句與此同，當是㮮齋用是本翻雕故。末宋人兩跋皆有也。後經盧抱經先生校正，故卷一下有朱書一行云「已亥三月盧弓父校正」。卷首卷終皆有「武林盧文弨手校」長方印。通體朱筆細楷書校改，初不知爲何據而云然，余以陽山顧氏本證之，蓋所據顧本也，間有不同，當從別本耳。書以最先者爲佳，故余謂此刻最佳，而周本次之。盧校雖據顧本，非兩存之道，而校字有可取者，未始不可參也，擬載其異於顧本，不敢入此刻也。自余獲見此本之覆本，而此刻原本愈可珍矣。己卯中秋日，復翁識。

待月深更喜客來，但偕二老共徘徊。今宵不見吳剛影，斫卻低枝桂半摧。年年中秋，有倪萍江、管佛容、吳枚菴三人來坐月談心，今歲中秋唯倪、管二老至，而吳不至，蓋日中來時言月蝕恐不明也。本來如鏡忽如梳，一片清光半是虛。怕向空階久延佇，挑燈重理讀殘書。中秋戌刻月食有作，復翁。

如梳，此始虧也，其後食之，既且黑氣摩盪，全無影者有二時。均在末卷後。

216 近事會元五卷 鈔本

李上交《近事會元》五卷。

上交退寓鍾陵，尋近史及小説、雜記之類凡五百事，釐爲五卷，目曰《近事會元》。唐史所失記者，此多載焉。

右録《讀書敏求記》一則，乙亥夏五，蕘翁。在卷首。

太歲乙酉避亂於洋蕩之村居。是年閏六月，憂悶無聊，遂手書此本，二十日而畢。是書爲秦季公所藏，予從孫岷自借鈔之。七月初六日，孱守老人記。

右係薄丈啓源原本，余從余君蕭客鈔得之，雖甚小碎，然可補唐、五代典故之闕也。孱守老人姓馮氏名舒字巳蒼，又號癸巳老人，虞山人。丙申七夕延陵吴翌鳳書。

今年春，黄丈蕘圃以是書屬鈔其副。緣此書甚秘，外間絶少流傳，且可考唐一代掌故之遺，有裨正史，非泛常類書比也。顧前人以二十日畢之，而余衣食奔走，日不暇給，書此幾及半載。即此可見古人讀書精敏爲不可及，而余孄惰無匹，是可慨已！嘉慶十八年癸酉六月三十日書畢識，愧陸奎捴生甫書。

余蓄雜家書多舊本，大半出諸《讀書敏求記》所載者，唯李上交《近事會元》五卷聞名而已，未見其書也。客歲吴枚菴先生自楚歸，行篋中留得古籍數十種，余次第借校，獲益甚多。中有未蓄者，擬録其副，《近事會元》其一種也，因屬余友陸拙生録之。時枚菴將爲浙中之遊，思急還之，故促迫拙生甚至然，卒賴友人力，得遂録副之願。拙生并爲余云，孱守本在紹興蕭山李柯溪所，亦考索古書源流之一助也。并記。復翁。

是册裝池尚出良工錢半巖手，近日已作古人，惜哉！其子雖亦世其業，而其裝池卻未之見，不知能傳父之手段否。甲戌閏春，復翁偶記。

蕭山李柯溪僑居吴市，頗收古書，余友吴枚菴與之往還。枚菴云，柯溪回家，屬其以原本帶出，俟其假到時，當更以原本勘之。乙亥端午後一日，復翁記。

柯溪去官業賈，人本粗豪，余雖於枚菴座中一識其面，未敢與訂交矣，其所收書，大概爲轉鬻計。蓋蕭山有陸姓，豪於財而喜收書，近日能收書者，大半能蓄財者，可慨也夫。戊寅初冬，復翁漫識〔一〕。以上在卷末。

【校勘記】

〔一〕 復翁漫識 「漫」字原脱，據臺北圖書館藏清抄本《近事會元》五卷黄丕烈跋補。

217 東觀餘論三卷 舊鈔本

《東觀餘論》上下兩卷，今誤裝作三本，在第二本三葉分卷。此戊午冬所得也，惜《法帖刊誤》未録，不爲完璧。今得葉德榮手鈔《法帖刊誤》一册，與此可稱並美，遂并儲之。蕘圃。

218 西溪叢語二卷 校明鈔本

吴郡沈辨之野竹齋校本，紕謬尚未盡，亦當再讀一過。此本雖訛謬殆不可讀，然刻本藉之得以補脱，改正宏多，幸勿忽視之。仲老記。

《西溪叢語》最舊爲鵜鳴館刻，向聞壽松堂〔一〕蔣氏得濂溪坊顧氏書，有錢曾遵王校本，因借校於《津逮》本上，雜諸書堆中，檢而失之。適小讀書堆有舊鈔本，爲嘉靖時野竹齋沈與文所藏，較遵王本爲古，但不知異同若何。復從壽松借之，乃壽松又有一舊鈔本，止上卷，鈔本亦後於沈本，而訛謬亦復不少。兹取以參沈本，就可兩存者書於上方〔二〕，錢本可參校沈本者書於下方。至於敘次先後，壽松舊鈔本略與沈本同，錢本敘次倒置脱落亦多，遵王悉校之，其校正略同沈本，卻非出於沈本，其跋不詳本所自出，故未可知也。錢跋別録附考。乙卯秋復翁記。

余前校錢鈔本，曾借過張訒菴所藏吴枚菴臨何小山校本，在鶴鳴館舊刻上，久而忘之矣。今因得此舊鈔，復與訒菴談及，重借訒菴本覆之。雖臨何小山本，卻與此校本又不同，因復校於下方，注云刻者何校，此本之所從出也；又校之未盡者亦注云刻者何校；於刻本而又不出於此鈔者，注云校，所以辨異也。何校用葉石君所藏嘉魚館惡鈔本，正是此本，而末云「七十四病叟煌記」，又與仲老記者異矣。復翁記。

附記壽松堂蔣氏兩鈔本：

一藍格本，每葉二十行，每行二十二字，前有序，標題下不分卷，結尾亦只標書名，無卷數，按諸沈本實上卷也。一黑格本，每葉二十行，每行二十一字，原失序，分上卷、下卷。上卷計脱七條，下卷計脱兩半條、一全條，皆遵王手補。其顛倒處，亦以數目先後誌之。最後有跋語三行，附著於此：

己酉清和晦日校於述古堂之北窗。雙鉤闌外，柳罩池面，黄鶯坐濕，求其友聲，可謂今雨來人不到門矣。貫花道人錢曾遵王記〔三〕。

按：己酉清和，爲述古主人詮次家藏書目告成之時，《述古堂藏書目序》可考。彼云佛日前七日，此云晦日，蓋去詮次此時已一月矣。貫花道人止見於此，殆取《龍龕手鑑序》

中「穿貫綫之花」語意乎？

錢鈔據脱葉之本，故脱七條，其實脱三條，蓋上卷第四十三葉，別本原有。

附録吴枚菴臨何小山校本原跋：

何小山跋云：「吴郡沈辨之野竹齋校本，訛謬尚未盡，亦當再讀一過〔四〕。乾隆辛酉三月廿五日，用葉石君所藏嘉魚館惡鈔本校，亦藉改正云。時入夏之六日，陰雨不已，麥豆之苗爛盡，耕者何以爲食？可憂，可憂。七十四病叟煌記。」

按：煌，義門之弟，號小山，行二，故又稱仲老云。

昔漁洋獲此書鵪鳴館刻本，上下卷各缺一葉，因從汲古刻本補之，知二本相同也。余前有汲古本校錢鈔本，失之，不復記憶其異同。汲古在《津逮秘書》中零本，倉卒不可得，適從理齋農部處借得汲古刻，復取與此舊鈔一對，方悉與鵪鳴館刻不甚相遠，其脱失處並同，偶有一二異字，并注下方云「毛」者是也。汲古刻前失自序，此不逮鵪鳴館本，理齋欲假余鈔本臨校，余先校汲古，而著其崖略如此。中秋後三日燒燭書，蕘夫。

廿有六日，理齋借校，爲余考證「抏」字一條，精確之至，因録其校語於上方，余加續案以拜一字之師云。復翁又識。

續經張訒菴借校此本，復爲余校鵪鳴館本，得數十條，悉以夾籤附於各條下，精審之至，亦謹慎之至也。兹殘歲，坐雨百宋一廛中，手書於本書各條上方，恐其久而散失脱落也。訒菴校書，心到眼到手到，在朋好中[五]無出其右，故其書俱善。近聞稍稍易出，如有得之者，莫以尋常校本視之。因併筆於此。乙卯季冬月廿有六日，復翁。

一書讐校幾番來，歲晚無聊卷又開。風雨打窗人獨坐，暗驚寒暑迭相催。

人亡人得楚弓同，寒士精神故紙中。多少藏書家具在，姓名不逐暮雲空。復翁漫筆。

鶡鳴館刻與此鈔序次大有不同，此本卻未將刻本先後校入，别有鶡鳴館本在，可互證也。以上各跋均在卷末後。

古人云，校書如埽落葉，如拂几塵，此言誠然。余於是書校至再至三矣，而誤字仍有存者，因復用吴臨何校本在鶡鳴館舊刻本上者覆校，兹始竣事，略記面目，俾讀者覽焉。一校之在上方者[六]，舊鈔，止存上卷本也[七]；一校之在下方者，錢鈔本也；一校之在下方而注明刻者，鶡鳴館本也；一校之在下方而注明校者，即臨何校之向據此野竹齋鈔本，又參用别本，何校之注明别本及「一作」本也。何校雖據此鈔本，而又往往不與此本合，或當日之偶有脱落，或出於以意去取也。今余悉校鶡鳴館刻之與此野竹齋鈔之異同，又全載何小山取野竹齋鈔本校於别本異同於此原校野竹齋鈔本之上，庶使後之覽者，盡得野竹齋鈔與鶡鳴館刻之面目而無遺憾矣。昔人留心此書，如錢也是翁但得鶡鳴館傳録之本，不及見野竹齋鈔本矣，即有增補，大段與野竹齋鈔本合，而字句多少全未及此野竹齋鈔本，可見聞見之難若是。至於《漁洋文鈔》已以鵠鳴館刻爲最古，又所見之未廣者也〔八〕。乙卯中秋前一日，燒燭校訖記。

續借汲古《津逮》本校，知臨何校之所云别本者，往往而合，捨此未見有别本專刻者矣。十八日又記。以上兩跋均在卷首。

【校勘記】

〔一〕向聞壽松堂　「聞」原作「爲」，據臺北圖書館藏校明抄本《西溪叢語》二卷黄丕烈跋改。

〔二〕書於上方　「書」下原衍「此」字，據前揭書黄丕烈跋删。

〔三〕錢曾遵王記　「曾」字原脱，據前揭書黄丕烈轉録錢曾跋補。

〔四〕再讀一過　「過」原作「徧」，據前揭書黄丕烈轉録何煌跋改。

〔五〕在朋好中　「好」原作「友」，據前揭書黄丕烈跋改。

〔六〕在上方者　「在」字原脱，據前揭書黄丕烈跋補。

〔七〕上卷本也　「本」下原衍「子」字，據前揭書黄丕烈跋删。

〔八〕未廣者也　「者」字原脱，據前揭書黄丕烈跋補。

219 西溪叢語二卷 明本

嘗讀《新論》云，若小説家合叢殘小語以作短書，有可觀之辭。予以生平父兄師友相與談説，履歷見聞疑誤考證積而漸富，有足采者，因綴緝成編，目爲《叢語》，不敢誇於多聞，聊以自怡而已。紹興昭陽作噩仲春望日，剡川姚寬令威識〔一〕。

刻西溪叢語敘

宋馬端臨紀載小説家無慮什百，近世每刻輒彙數十家。然雅俗並陳，正靡間出，覽者或不慊云。往過西京馬西玄氏，獲見姚寬《西溪叢語》，文質而達，辨據而晳，事綜而博〔二〕，義則而新，往往足備考證，有裨經史，匪直括異、紀談、啓顔、資暇而已。余竊愛焉，久不去于心。頃過三石喬子文，復見之，問所從，即西玄鈔本也，第多脱誤〔三〕，不便披省，遂相與校覈一過〔四〕，屬臨溪楊子刻之武昌，敘曰：宋姚寬無顯名，觀其自敘，蓋博聞多識之士也。文自言〔五〕嘗按嶺外、出守會稽。或曰寬善天文，言時事有驗，將除郎，卒官止六部監門，今皆不可考見。然其書則藝苑不可廢者，别有《西溪居士集》五卷，見端臨《通考》，獨此不列於小説，豈端臨去寬時未久，書固未盡出邪？嗟乎！寬以瑣辭綴緝，歷數百載尚有表著之者，況大於此者乎？故君子進以功烈自顯樹，退則與道德爲徒，不得已沈冥述作，亦不失爲一家之言，要不至棼棼泯泯，草壤同敝而已。余故於寬書有感也。是刻既出，又必有蒐居士集而新之者，因可並傳不朽云。嘉靖戊申春中月望，錫山俞憲汝成氏撰。〔六〕

張君訒庵藏鴸鳴館刻《西溪叢語》，明人刊此序失去尾葉，余借校時，未有别本可證也。適檢書齋中亦有此書，雜於尋常書籍中，因拔置舊刻之列，而尾葉卻全。復從訒庵借此手影足之。前葉挖去三字，亦補之。乙亥正月四日呵凍記，復翁丕烈。

吴郡沈辨之野竹齋校本訛謬尚未盡，亦當再讀一過。

右《西溪叢語》吴枚庵臨何小山校本，貯之篋中將廿年矣。今夏，顧氏小讀書堆積書散出，小山所據之嘉魚館藏本在焉，爲黄蕘翁購得，因獲見而借歸。對讀一過，何校脱誤尚多，豈小山意有去取乎？或老人目昏未能精詳歟？皆不可知也。因重爲讐勘，拾遺補闕，存疑待考，庶無遺憾矣。嘉魚館本即沈辨之野竹齋鈔本，字畫雖劣，究是古本之善者。此鴸鳴館雖多脱譌，亦有勝於鈔本處。《漁洋文集》中有此刻本跋，詫爲罕覯，今復加校勘，洵成善本，可不寶諸乎？嘉慶己卯九月廿五日，書於静寄東軒。訒庵居士張紹仁。

【校勘記】

〔一〕剡川姚寬令威識　「剡川」原作「西溪」，「識」原作「云」，均據國家圖書館藏明嘉靖二十七年鴸鳴館刻本《西溪叢語》二卷書首姚寬自序改。

〔二〕 事綜而博 「綜」原作「縱」，據前揭書俞憲《刻西溪叢語敘》改。

〔三〕 第多脱誤 「誤」原作「訛」，據前揭書俞憲《刻西溪叢語敘》改。

〔四〕 校覈一過 「覈」原作「覆」，據前揭書俞憲《刻西溪叢語敘》改。

〔五〕 文自言 「文」原作「又」，據前揭書俞憲《刻西溪叢語敘》改。

〔六〕 國家圖書館藏汲古閣刻《津逮秘書》本《西溪叢語》二卷黄丕烈抄録此叙，自「故君子」以下缺，黄氏於頁眉注云：「案此叙無時代、年月、姓名，必失去一葉。復翁。」

220 西溪叢語二卷 明刊本

此鶬鳴館刻《西溪叢語》，余亦有之，但貯諸家塾中，不以爲難得之書，迨後見蔣壽松收顧氏書中有錢遵王家鈔本并手校者，始知即從是刻鈔出，遂重之。錢本缺失多同，因視鶬鳴館刻爲難得，而登諸舊刻之列。後余得嘉魚館鈔本，取刻本相校，鈔固勝刻，而刻亦有勝鈔之處，鈔因與刻並藏。惜刻有缺失并糊塗處，復借張訒庵藏本補鈔寫全，可云盡美矣。頃湖估來，説新開環經閣有舊刻《西溪叢語》，甚完全清爽，余曰：「是必鶬鳴館刻本也。」屬爲取閲，果然，實勝向來所有之本，奈遭俗子評點，瑜不掩瑕。余以難得，故卒收之,易以家刻書三種。今而後,鈔刻皆爲善本,可無遺憾。癸未四月十有三日,蕘夫記。

221 緯略十二卷　舊鈔本

高似孫《續古集》諸略,今惟《子略》刻入《百川學海》中,餘不多見。《緯略》但見鈔本,然亦希有。向曾見明人唐詩手鈔本在用直嚴二酉家,又見一鈔本出柱國坊王氏,後爲郡人吴有堂所收。聞禾中一殘鈔本亦歸吴處,去春有京師謝姓托友購此書,余轉商諸吴,索八金,并欲鈔還所缺者,未諧而止。今兹余欲購之,屬坊友之與吴稔者詢之,必如數而始付閱,屢議不果。頃忽有高姓書賈持此示余,其居奇之心遜於吴多矣,索直十二番,無可減者。余嘉其留心代購,並見書付銀意差雅,猶市道之近情理者,遂如數與之。此書舊藏不知誰氏,鈔手半爲柳大中筆,校勘評閱朱筆,審是何義門。此又賈人所不及知而余所知者,此余雖善價而猶以爲可喜者也。甲戌秋白露後一日,復翁。

222 蘆浦筆記楊公筆録不分卷　附沈括《補筆談》二葉　校舊鈔本

此節録本《蘆浦筆記》,較十卷本爲勝[一]。鮑刻《知不足齋叢書》本雖讐勘精審,猶遜此,矧其他乎?惟余舊藏穴硯齋鈔本,此勝處悉同,此本未可以節文輕棄也。復翁記。甲戌九月。在册面。

十月校穴硯齋本《蘆浦筆記》。卅七葉，附沈括《補筆談》二葉、《楊公筆録》廿一葉。收於玄妙觀東墨林居。[二]

此舊鈔《蘆浦筆記》及《楊公筆録》。初書友攜示余，以《蘆浦筆記》家有舊藏本，《楊公筆録》未知其書，且裝潢狹小，殊不耐觀，遂還之矣。適張訒菴來談及，亦見此二種，其《蘆浦筆記》雖非足本，然有一二處殊勝鮑刻，余復取回與舊藏本相勘，凡舊藏本勝處無一不合，惜非足本。其本之所自出，當可信其爲佳耳。書之不可輕棄如此，爰令賈人重爲裝潢而收之。《楊公筆録》向與偕來，即附後云。甲戌九月廿有九日晨起雨窗識，復翁。

十月初十取舊藏本校，即穴硯齋繕寫本也。復翁。均在册首。

余居城西時，惟府東有一書坊，所謂敏求堂是也。既而由府前[三]以至按察司前直至胥門學士街，三十年間，書坊之多幾以十數矣。玄妙觀前向多書坊，今亦更盛。自余再遷縣橋，與觀前甚近，故賈人之迹日盈我門矣。是册出墨林居，蓋新開鋪子者。始以此書來，余因其行款甚狹小，并閲《蘆浦筆記》之文多不全，還之，既得友人之曾見此者，指示其佳處，而復收之，語詳前跋中。今日又過觀前，諸坊無書可覽，惟於學山堂見亡友顧抱沖手閲汪文盛本《漢書》，其中朱墨燦然，細審之，識是抱沖筆。其所閲著筆不多，想未經卒業之本,或係生前換出,故流落坊間,忽過余眼,倍添懷舊之思矣。憶余於二十年前彼此同好,有得輒復相示,今不得見其人〔四〕,并不得見其書,而余之所謂賞奇析疑者,又太半換一番人。時光之速、人事之變,何可勝慨耶! 抱沖之殁在丁巳年,其二子皆髫齡,今皆成人,惜蹤跡久疏,難如昔年觀書之便也。歸來燒燭,見案前有觀前所得之書在,即記此〔五〕一段感慨於此。時十月初九二更書。復翁。在册末。

【校勘記】

〔一〕較十卷本爲勝　「本」字原脱,據臺北圖書館藏舊抄本《蘆浦筆記》一卷黄丕烈跋補。

〔二〕此條原脱,據前揭書黄丕烈手跋補。寫於前跋之末。

〔三〕由府前　「前」字原脱,據前揭書黄丕烈跋補。

〔四〕今不得見其人　「得」字原脱,據前揭書黄丕烈跋補。

〔五〕即記此　「即」字原脱,據前揭書黄丕烈跋補。

223 蘆浦筆記十卷 穴研齋鈔本

《蘆浦筆記》向時但有傳録之本,近始刊入《知不足齋叢書》中。曾以此鈔本校鮑刻,所正甚多。其尤可笑者,《趙清獻公充御試官日記》中脱「考到諸科卷子」一行起至「駕幸覆考所起居」一行止，共脱九行，雖以渌飲竭卅餘年心力將諸本讐勘，始得付梓，而尚脱誤如是，蓋不遇此本亦事之無可如何者。惜鮑老已作古人，而余方校此本，因知之。則善本雖遇，不能公諸同好也。頃惕甫借觀，還此追記所知如是，俾共知穴研齋繕寫本精妙真無與匹已。乙亥六月七日復翁。

224 蘆浦筆記八卷 鈔校本

郡中吴枚菴先生多古書善本，皆手自鈔録或校勘者，久客楚中，歸囊尚留數十種，此《蘆浦筆記》其一也。余欲借校鮑氏新刊本，久未得閒。適張訒菴來，談及近見一舊鈔殘本，内八卷，文有「起立行伍」句，上多「趙」字，較鮑本爲勝。因檢此本〔一〕，乙「起立」爲「立起」，文似順矣。然初不知原文爲「趙立起行伍」也，遂動校勘之興，并憶所藏穴研齋鈔本宋人説部有數種，此書在焉。取勘是本，所獲實多〔二〕，其最勝者乃卷五《趙清獻公充御試官日記》中文多幾行也。觀鮑本跋語〔三〕，於此書讐勘至數四而尚有脱誤。信乎！古書之難覯而校勘之不易也。惜鮑渌飲已作古人，不能語而□之爲一大恨事，只好與枚菴共爲賞析爾。

【校勘記】

〔一〕　因檢此本　「檢」原作「校」，據國家圖書館藏清抄本《蘆浦筆記》十卷黄丕烈跋改。

〔二〕　所獲實多　「獲」原作缺字框，前揭書黄丕烈手跋此字筆畫不清，但仍可辨識，據補。

〔三〕　觀鮑本跋語　「觀」下原衍「趙」字，據前揭書黄丕烈跋删。

225　賓退録十卷　校宋鈔本

此書向倩甫里陳生假汝南氏所藏明代刻本影寫，照原本讐校，無一字不改正。今康熙六十有一年歲壬寅夏孟，書賈王接三持宋槧五册來，索價十金，無力購之，留案二日，扃户屏客細加校勘，用朱筆塗改。宋本内欠七翻，未校，七翻中必有謬誤之處，心殊怏然。通二册校過者已無魚魯，可稱世間善本矣。但宋本十行十八字，計連欠葉共二百有二番，此本行格不同，頗少古意，惟一序特於宋本上影寫增入爲可觀也。蓮涇後學王聞遠識於孝慈堂之東窗。

此校宋本《賓退録》，出於王蓮涇家，余藏之有年矣。此書雖有新刻，未敢取信，續又得我法齋舊鈔本，因此已校宋不敢取證。頃鮑渌飲以是書毛鈔本屬其子歸余，中途爲捷足者得之，同得者尚有毛鈔周公謹《蘋洲漁笛譜》、沈冠雲臨惠氏父子校閲本《逸周書》共十番，今欲倚價歸余。余之力亦同蓮涇，遂效蓮涇故態，扃户屏客，細加校閲，用朱筆塗改，亦竭二日之力而畢。毛本云宋本對録，則非影寫矣，與王見宋本時有歧異，而所云二百有二番及十行十八字皆同，惟毛仍失序一番爾。中所校序次先後及增損字微異，未知同此一刻否也，俟再訪之。丙寅孟夏蕘翁識。

余收書二十餘年，遇各家所散者，無論舊刻及手校、手稿本，苟且勉力購之，無敢失之交臂。即如此書，爲王蓮涇藏校本，收之已有歷年，今又遇毛鈔本，極欲並儲，已爲他人所得，雖可商，然已懊惱矣，遂假校於此，去蓮涇校時八十五年。而前所謂「宋本内欠七翻未校，七翻中必有謬誤之處，心殊怏怏」者，今可補其闕，豈不甚樂！然究未遇宋刻，仍不敢云「通二册校過者已無魚魯，可稱世間善本」也。蕘翁又筆。

226 學齋佔畢二卷 校宋舊鈔本

余收此叢書堂鈔本《學齋佔畢》殘本二卷，藏諸篋中久矣，苦無善本鈔足。頃友人顧子千里從揚州歸，攜得古書幾種相質，有舊鈔足本，取而互勘，行款已不同，知非同出一源。惜渠本缺序并首卷首葉之前半幅，賴此補全，可爲忻喜。翌日，往訪周丈香嚴，云有不全宋刻，假歸手校，知千里本實從宋刻録出，故行款多合。此鈔本行款每葉少四行，行之字雖同是二十字，已略異矣。因取宋刻校此一卷，其二卷已屬鈔補，亦就其同異校之，未敢信彼是而此非也。乙丑八月二十有六日黄丕烈識。以下各跋均在卷末。

復取顧本校，多與周本合，用墨筆識之鈔本。顧、周兩本似出一原，而周本有不同者，皆出後人刻改，又與此本合，未知此本照周本録出，抑周本反據此本改之。古書源流甚是難考，聊筆之以誌同異。蕘翁。此段在右跋之前。

越歲乙酉爲道光五年，秋七月二十有六日，書友以香嚴舊藏此書殘宋刻一卷、舊鈔一卷，共二卷裝二册求售。蓋香嚴作古，書多分散，兒孫有不愛此，或并藉此先世寶藏聲名，挾册索重直獲利，故肯贈人。予亦重是故友物，必勉力購之，此時聊厭我欲、聊盡我情耳，安知我之兒孫不猶是耶？後之視今亦猶今之視昔，何獨於書？而廿年之隔，老人雖病，猶及重覩故物〔一〕，亦何幸歟！附識於此。六十三歲老人蕘翁記。

【校勘記】

〔一〕重覩故物　「覩」原作「觀」，據國家圖書館藏明吴氏叢書堂抄本《學齋佔畢》二卷黄丕烈跋改。

227 學齋佔畢殘本二卷 宋刊舊鈔合本

此殘宋刻《學齋佔畢》一卷又舊鈔一卷，不過二卷，亦是香嚴書屋舊藏也。予有舊鈔四卷，是全本，向曾借此殘宋刻以補予所缺，而今香嚴本又歸余矣。予之所以必欲歸此殘宋刻一卷者，爲予又將作《續百宋一廛賦》，所以備料也。乙酉秋八月二日秋，清逸士病榻記。

228 續顔氏家訓二卷 殘宋刊本

東城顧氏有殘宋本二種，一爲《續顔氏家訓》，一爲蔡松年詞，一宋刻，一金刻。始攜至余家，余適有次子病危，未及議直，後歸小讀書堆，亦未及向抱沖處借觀也。抱沖既殁，書盡扃閉，假觀尤難。不意閲二十年來一旦俄空焉，精刻名鈔盡入他人之手。而此二種屬書友物色之，覆云無有，既而探聽消息，已歸常昭人家。松年詞標題《明秀集》，無怪書友不知，即物主亦不知爲陳子準所得，此《續顔氏家訓》爲張月霄所得，二種分兩家，物之分合不常如是。頃因修志，往兩家借書，從月霄匄歸，方知《續家訓》前固有《顔氏家訓》原文也，存六、七、八三卷，首缺二葉，即係《續家訓》文，因就三卷中有《顔氏》原文者手校於此，其續者當别録其副。始余檢《讀書敏求記》方知有此書，他目未詳，然遵王亦不言有《顔氏家訓》原文載於續者之前，今方知之。甚哉！撰述之難也。至蔡詞，子準甚秘，未及借觀，其板刻之爲金版約略想見，蓋余所見金刻書氣味都合也。辛巳八月大盡日，復見心翁校訖記於縣橋小隱之學耕堂南軒。

按：黄跋云前正編、後續，此本僅存正編，似黄氏書於續編之跋割黏於此，故書與跋不符。

229 續顔氏家訓三卷

殘宋刻本 存六之八三卷

此殘宋槧本《續家訓》六至八卷，愛日精廬藏書也。余因修郡志事，訪友琴川，過精廬，從主人月霄二兄借歸，手爲繙閲，并録其副。書之源流，具詳主人所著《藏書志》中。此書自晁氏《郡齋讀書志》著於録，馬氏《經籍考》引晁氏亦作八卷，惟晁曰「董正功撰」，馬引作「政公」。焦氏《經籍志》八卷，與晁、馬同〔二〕，「政公」與馬同，唯錢氏《讀書敏求記》則云七卷，又引《經籍志》〔三〕云「左朝請大夫李正公撰」，取證余所藏《經籍志》鈔本，多結銜，易「董」爲「李」，姓異矣，「正」字同，晁公字同馬，名殊矣，惜殘宋槧本無卷首，究未知姓名之何者爲準也。錢氏云七卷，宋槧本、影鈔本各有其半，或尚缺其一，故就存者記之。兹目驗爲八，晁、馬、焦三家著録蓋可信。古人涉筆類有舛誤即如此本。今存卷六之八三卷，而《愛日精廬藏書志》訛卷六爲卷五，想錢《記》之訛八卷爲七卷，無乃亦如是耶？附志之以博一粲。道光紀元十月十日，復見心翁書於百宋一廛。

《顔氏家訓》以廉臺田家印本爲最舊，謂出於嘉興沈揆本。余向有之，疑是元翻宋槧，今取此刻校之，《書證篇[三]》十七《顏氏》正文多「《禮樂志》云給太官挏馬酒」云云一條，計三行有奇，此沈本所無，而先列正文於前。向來著録家多不載此語，月霄特爲拈出，俾世之見此志如見此書矣。復見心翁又記。

【校勘記】

〔一〕與晁馬同　「馬」字原脱，據國家圖書館藏宋刻本《續顏氏家訓》八卷(存三卷)黄丕烈跋補。

〔二〕引經籍志　「引」字原作「云」，據前揭書黄丕烈跋改。

〔三〕書證篇　前揭書黄丕烈手跋「證」寫作「誼」，據《顏氏家訓》改。

230 論衡三十卷　宋刻本

余聚書四十餘年，所見《論衡》無逾此本，蓋此真宋刻元修明又增補殘損板片者，故中間每葉行款字形各異。至文字之勝於他本者特多，其最著者，卷首「至元七年仲春安陽韓性書」兩紙，第一卷多「七下」一葉，餘之佳處不可枚舉，近始手校[一]程榮本知之。程本實本通津草堂本，通津草堂本乃出此本，故差勝於程榮本。其最佳者，斷推此爲第一本矣。通體評閱圈點，出東澗翁手迹，「言里世家」其即此老印記乎？俟與月霄二兄質之。宋廛一翁。

【校勘記】

〔一〕 手校 「手」原作「于」,據國家圖書館藏宋刻本《論衡》三十卷黃丕烈跋改。

231 封氏聞見記十卷 校本

康熙丁未仲冬念四日甲子陰窗閲。何焯。

壬辰四月,借蔣氏家藏鈔本校録一過,增補三百餘字,内何學士暨小山所閲以雌黃墨筆爲别。秋厓朱邦衡識。

道光甲申歲初四日校,鐵如意齋藏叢書堂録本,原出汲古舊藏,中有毛斧季手校「燒尾」、「狂譎」兩條,各本所無,因取録於本門上方。老蕘記。

初五日起覆勘畢。

232 塵史三卷 校舊鈔本

此書脱誤獨多,幾不可讀,當就沈景倩是正。辛未初夏。

癸巳仲春又閲於落木菴中,景倩下世十餘年,留心書史者絶無其人。牧翁所藏數萬卷,辛卯二月四日一炬爲盡;景倩書庫,其子變化無遺,校讐路絶矣。花朝前一日,顧菴記。在卷首跋均朱筆。

此《塵史》上、中、下三卷，係舊鈔而義門先生手校者，向與舊鈔之《碧雲騢》、《羯鼓録》合裝，因遭蠹蝕，重爲裝池，而分此種爲三册。其二種别裝，又非義門校者，故分之也。暑窗無所消遣，時取舊藏古籍零種，繙閲一二，頓覺心目一清云。嘉慶甲子七月二日，蕘翁黄丕烈識。

是書裝成，適周丈香嚴過訪，問及是書有無别本可校，香嚴云有毛斧季校本在，余聞之，以爲此必義門所云毛鈔者是也。既從香嚴假歸，對勘一過，疑義門所云毛鈔未必即此，因云毛鈔作某者不盡合耳。而斧季卻見此本，蓋周本末有斧季跋，云從舊鈔三本校，一爲何元朗所藏，一爲欽仲陽所藏，一爲舅氏仲木所藏。余本則欽仲陽藏本矣。兹復手校異同於上下方，不標毛鈔者，恐誤義門校也。斧季本本與三本異，謂是别本，原作四卷，後照舊鈔校正。三本同出於一，而斧季以爲何本最善，惜斧季未及細注某本作某，兹不可辨。余謂此本有「慶元五年郡守鄱陽洪邃重修」一條，必是傳録宋本，毛本無此，且楮墨俱古。毛鈔不逮欽仲陽本，亦可云善。義門所校與毛校亦不盡合，未知又何據矣。古書必以刻本爲善，一經校勘，即失古來面目，雖屬聞人，動筆亦有一失，如卷中「集賢張君房」一條「儆戒會最五十事」，本不誤，今「最」校作「蕞」〔一〕，誤甚。近惠松崖有《漢事會最》一書，正與此同義，而反改爲「蕞」，豈非不學無術乎？并書以示儆。中元前日，蕘翁又識。

余得見何元朗本，香嚴之歿已逾百日，日惜無從再借[二]毛鈔本一證爲恨。乙卯五月廿九日記。

余最喜藏書，兼購重本，取其彼此可互勘也。即如此書，收是本後又覆至二本，一爲張青芝手録本，一爲馬寒中家藏本，然皆在此本後，無先是者。且是書已經義門校勘，非復原書面目。即余所校毛斧季本，亦不過與義門同時，皆非古本也。頃書友攜示一舊鈔本，行款與義門所校本同，其鈔手較舊，尚留古書面目，因急收之[三]，記其梗概於是，尚容續校也。癸酉中元前一日，復翁。

城南小讀書堆，余故友顧抱沖藏書齋名也。抱沖收藏與余同時，故兩家書互相商榷而得之。抱沖歿在嘉慶之丁巳，二十年來欲借觀其遺書而不能得，蓋始而其孤皆幼[四]，即有季弟在，以非其所典守，故未之許。余幸其尚能慎守弗失，可敬也。近聞稍稍有動摇意[五]，余亦力絀，素所藏者尚不能自保，遑問其他乎！後探知典質消售俄空焉，從坊間得殘零書帳，因屬賈人之與往來者檢取數種，以爲留存故交遺物之計，但開直甚昂，不但世好在先，未便較量，而勉力爲此，斷斷不能多收。此《塵史》斧季所云何元朗本，適在檢取中，因竭一日力將原鈔異同處悉標於上方，云何本者是也。何本上方及行間有朱筆校語，茲並録之，云校某者是也。昔斧季所校三本，一欽仲陽本，已爲余收；一何元朗本，又爲余見；未及收未及見者，止仲木本耳，書此志幸。何元朗本棉紙紅格舊鈔，每葉二十行，每行二十字，首標「塵史」，即接序文，序文後題「鳳臺子王得臣字彦輔」；次行低二格，標目二行，每六類爲一行；第三行低三格，即標子目，後行頂格接正文，是爲一卷。一卷盡又接標目三行，每六類爲一行，共十二類爲二行；又五類爲一行，皆低一格，子目、正文同前卷式，是爲二卷。其三卷則空三格，分五類爲一行，十五類爲三行，又空四格爲子目，正文頂格同前。通三卷，計八十四葉，與欽仲陽本迥異，後亦無「慶元」一條，未知何元朗本又出何本也。卷首格欄上有「東海」二字陽文葫蘆印，格欄下有「何元朗」三字陰文印，校者亦不記姓名，似斧季，而不敢定〔六〕。所校皆云疑者，亦小心謹慎人也。蕘翁。各跋均在卷末。

【校勘記】

〔一〕最校作蕞　「作」字原脱，據臺北圖書館藏明抄本《塵史》三卷黄丕烈跋補。

〔二〕已逾百日日惜無從再借　原脱一「日」字，據前揭書黄丕烈跋補。

〔三〕因急收之　「急」原作「即」，據前揭書黄丕烈跋改。

〔四〕始而其孤皆幼　「而」字原脱，據前揭書黄丕烈跋補。

〔五〕　有動摇意　「摇」下原衍「之」字，據前揭書黄丕烈跋删。

〔六〕　而不敢定　「敢」字原脱，據前揭書黄丕烈跋補。

233 塵史三卷 舊鈔本

嘉慶癸酉初秋，書友從任姓易得舊鈔《塵史》，適過余齋，因得寓目，取較舊藏欽仲陽本，知此爲最先之本。欽仲陽本行款與此同，且字之誤者多合，後經義門何先生手校，斧季毛公曾借諸何氏，題曰「欽仲陽本」，今藏余家，故亦題爲欽仲陽本也。此本鈔手在欽本先，無舊時藏書家圖記，卷端任文田印即今所自出者；卷上缺一葉，影欽本補鈔；卷尾剜去一行，以舊紙黏補，想是原有「慶元」云云一行，亦據欽本填補。秋雨涼生，手訂此本舛誤缺失，而誌其顛末如此。中元後三日，復翁丕烈識。

是書雖非毛氏所云何元朗本及伊舅氏仲木本，然古色古香，溢于楮墨，想不在二本下也。余既得欽仲陽本，又得此，可云雙美，因重裝與欽本並儲，以來自任氏塾中，稱曰任文田本云。　癸酉中秋前十三日，復翁識。

己卯秋，獲見何元朗本，手校其異同於欽仲陽本，因索直昂未之得也。蓋爲小讀書堆藏本，而今已散出矣。復翁。

234 夢溪筆談二十六卷補筆談二卷續筆談一卷 明刻本

《筆談》於宋人説部中最爲賅備，故世尤珍之。然宋刻絶少，所見惟元刻小匡子本爲最古，此後[一]則皆黑口本爲好本子矣。黑口本亦有二：一闊板子，世以贋宋刻；一狹板子，此其是也。矧經校勘，益爲美備。余所喜蓄兼收，而又恐善本之不可獨藏也，因留闊板子之影鈔者，而與書林易此狹板子者，俾同人共覩此善本焉。元板向亦爲余有，此已歸諸他人，爰并著之。嘉慶丙子，蕘翁。

【校勘記】

[一] 此後 「後」原作「外」，據國家圖書館藏明刻本《夢溪筆談》二十六卷黄丕烈跋改。

235 珩璜新論一卷 舊鈔本

甲戌歲暮，往候新交於西畇草堂。西畇草堂者，陳子仲遵之居也。仲遵頗亦嗜古書，故所收間有可觀者。是編係書友攜示而未之買，因出示余，余曰[一]：「此海虞楊五川鈔本也。」後大除夕，書友果以是歸余。余檢《汲古閣目》，云中夾籤立齋筆，益足爲是書增重矣。丁丑四月十有七日，雨窗補記。復翁。

己卯秋見《含經堂書目》，中多夾籤，并有校補處，與此筆跡同，知此果係立齋書，蓋《含經堂集》立齋著。

得此本後，復從海寧陳仲魚借一鈔本，似不如此，故未校其異同〔二〕。而《秘笈》本曾一記其所羨七條，夾入卷中紙腹，亦忘其爲何從借補矣。卷中有從《秘笈》校補一條，朱書寫於別紙，記是仲遵筆，事越五六年，模黏之至矣。昨雨中徧游胥江諸肆，略有所遇，而此書無意中獲一刻本，首有弱侯題詞云：「萬曆己酉六月，得此寫本，命侍史録成，校閲一過。」余取以勘此本，殊不相遠。此本所增補及校正者，往往與刻同，即刻本〔三〕後有校正增補者，亦與此鈔合，或當日曾合於一處，故校補多同。惟俗所謂「平善」，亦有所出也。《趙飛燕傳》「成帝昏夜平善是也」一條，刻有而鈔無，爲歧異耳。己卯八月晦日，復翁識。

余向藏七檜山房鈔本有《支遁集》，支硎吾與山居曾借本刊行，余本後亦轉歸他所。此本又後得，同係七檜山房所鈔。頃檢唐人集部有《李義山詩集》，爲楊五川所鈔校者。五川手跡止此二本矣。庚辰中秋後一日記。

去冬復收秀野草堂本，與此鈔同，無「平善」一條，而詞句亦間有可采，遂著其與此異者于上方。甲申上元後三日雨窗，老蕘校訖記。

【校勘記】

〔一〕示余余曰　原缺一「余」字,《士禮居藏書題跋記》卷四同。國家圖書館藏《珩璜新論》一卷黄丕烈跋後「余」字爲重文符號,據補。

〔二〕校其異同　「校」原作「核」,據前揭黄丕烈跋改。

〔三〕刻本　前揭黄氏原跋「本」後有一「有」字,當爲筆誤,潘祖蔭輯刊《士跋記》時即已删之。

236 珩璜新論一卷 舊鈔本

去冬於坊間見插架有寄賣之書,偶檢三四種與易家刻書,歲莫議成。雨窗無事,因取舊藏七檜山房鈔本經立齋相國手校者,手校此册。原本載毛汲古《珍藏秘本書目》,此册出顧秀野藏,故與毛本相近云。毛《目》並未載明七檜山房鈔,莫雲卿跋但云中有夾籤,係徐立齋中堂筆。甲申春正月十有八日,老蕘記。

七檜山房者,海虞楊夢羽家書齋名也。其藏書所曰萬卷樓,人所共知,七檜山房則人罕知矣。是書後有墨筆題識,出莫廷韓雲卿手,始猶謂是雲卿偶得耳。頃常熟友人陳子準來觀書于百宋一廛,欲訪海虞故家藏本,述及是書,云五川身後因事被累,舉所藏書歸諸莫氏,蓋雲卿爲五川之甥故也。此一段故實,惟海虞人知之,予不之知也。子準意欲搜羅其邑人舊藏諸書仍歸故土，並欲葺諸家藏書原委爲邑中文獻，因句予以原值歸之。予老矣，向有《所見古書録》之輯，將所藏者爲正編，所見而未藏者爲附編，悉載諸家藏書源流，而稿屬草創，卒以家累，故逐漸散逸，即使有簿録可稽，第存其名，其詳不可得而考也。兹子凖矢願如是，不可欽邪？是書偶並收之，而復手校之，若隱隱伏此番以原本贈人之機緘矣。二月二十有七日，晨起尚未梳洗，臨窗忍寒書。老蕘。

《珩璜新論》豈奇書，汲古珍藏至寶如。識是立齋相公筆，五錢估直待沽諸。予取時用番銀七餅，貴賤懸殊一至于此。

七檜山房萬卷樓，楊家書籍莫家收。而今合浦珠還日，識寶端須象罔求。謂子凖。老蕘戲題。

案：雲卿與董文敏相傳是甥舅，今又云爲五川之甥，未知其的，尚當細詢諸子凖，恐予記憶不清也。

237 冷齋夜話十卷 元刊本

《冷齋夜話》所見本此爲最古矣，惜是坊刻〔二〕，故多訛舛。余先蓄一本，係殘帙，後從嘉禾友人處借得，補全以備藏弆。頃書賈獲一全本，中所闕失錯亂復賴前本鈔寫更正，亦一快事。壬申中秋後十日記，復翁。

【校勘記】

〔一〕 惜是坊刻 「刻」原作「刊」，據國家圖書館藏明刻本《冷齋夜話》十卷黄丕烈跋改。

238 春渚紀聞十卷 校宋本

《春渚紀聞》校宋本在郡中楊氏，係毛斧季手校《津逮》本。余經借校一本，旋爲錢唐何夢華易去，續又收得一舊鈔本，枚菴吴君復臨毛校，自以爲盡美矣。頃又借得一藍格鈔本，較勝於余藏，爲手校其異，讐之至再，因記。至此本之善，尚容詳述。癸酉七月廿六日燈下，復翁識。在末卷後。

此本紅筆净校藍格鈔本，雖誤字亦盡校出，存其面目也。藍格鈔本向藏郡中某家，售諸書賈，書賈轉售諸執經堂張氏。一日過訪，張君訒菴欲向余借是書舊鈔本吴枚菴校宋者，余問故，以新得藍格鈔本對。急就觀之，鈔較舊於余所藏者，遂假歸校讐，頗有佳處，蓋行款雖非宋本，而與宋本時有合者，此可信也。爰志原委於卷首云。復翁。在卷首。

師儉堂楊氏藏有毛斧季跋校宋本《春渚紀聞》，余借校一過，其書後爲錢唐友人何夢華取去。後又得一舊鈔本，所脱與毛本同，而行款殊與校宋合，余第手補目録，未經校勘也。兹因借得藍格舊鈔本校此本，覆取楊本再校，始知舊鈔多與宋刻〔一〕不甚遠也。凡毛校皆用黄筆，毛校亦有朱、黄二筆之異，復於本處著之。復翁校畢識。

余校藍格本訖，復取毛斧季校宋本覆校，即付裝池，謂可了事矣。適又借得周香嚴書屋藏紅格本略校一過。是書舊藏朱象玄、曹秋岳兩家，亦古本，然係鈔本，且校者未著所自，不敢輕信，故未循行細校，但取與藍格本、毛校本及此刻有異同者校之，以見字句之是者，當知何去何從耳。蓋毛校究係宋本佳者，固當據以見各本之非謬者，亦當存以見各本之是悉出後人校勘，故余不憚再三覆校也。癸酉九月十七下午校紅格本畢并識，復翁。

吴枚菴手校舊鈔本，西畇草堂陳氏於甲戌十二月歸去，案頭止此一本矣。復翁記。

以上各跋均在末卷後。

嘉慶丁丑仲秋，坊友以浦城祝氏留香室所刻書數種示余，其中有《何博士備論》及何薳《春渚紀聞》。余始初但見《備論》，取對舊藏鈔本都合，知所刻非泛然者，後因索觀《春渚紀聞》，其後載有拙跋，知是刻〔二〕即據余校本，而余之校本蓋曾爲錢唐友人何夢華攜去故也。末有祖之望跋，謂既刻《備論》，又刻《紀聞》，俾何氏喬梓著述並傳，此真盛德事也。因記於此，復翁。在卷首。

余於《春渚紀聞》讐校至再至三，可謂豪髮無遺憾矣。閩省且據余校本入刻，自謂余不負古書，書亦不負余也。戊寅初冬，又獲有明人影宋鈔本，取校毛校，時有佳處，且可據以證各本之不同而歸於一矣，雖訛謬不無，大約影鈔時失之，或宋本誤也。并記，復翁。

在末卷後。

【校勘記】

〔一〕舊鈔多與宋刻　「多」字原脱，據國家圖書館藏明毛氏汲古閣刻《津逮秘書》本《春渚紀聞》十卷黄丕烈跋補。

〔二〕知是刻　「是」原作「此」，據前揭書黄丕烈跋改。

239 春渚紀聞十卷 吴枚庵校明寫本

毛斧季手校本，在虚白堂楊氏，余曾借校并補脱葉及《目録》。今夏復收得此，《目録》仍闕如，遂手補之，至所校與毛校有異與否，尚容續勘也。甲子冬日蕘翁記。

240 避暑録話二卷 明本

丙子三月二日，因祭埽祖塋自胥門歸，道經五柳居書坊分店小憩焉。店中皆時書，以供馬頭生意者，惟櫃外一二插架稍有舊者，遂從架上獲此書，版僅《稗海》中刻耳。内有朱字校改處,及弁首一序,結尾一跋,皆潛夫筆。卷上朱字一行云「壬辰臘月初四日,用葉石君鈔本勘」,其次行云「潛夫」,是可信也,遂攜之歸。主人在家中,不及問其火之價,諒不至視爲奇貨云。蕘夫。

石林葉夢得,字少藴,吴郡人,宋清臣之曾孫。博學强記,徽宗朝舉進士,受婺州教授,尋遷翰林學士。極論大夫士朋黨之弊,專於重内輕外之論,以龍圖閣學士知汝州,尋落職提舉洞霄宫。至政和五年起知蔡州,移帥穎昌,高宗駐蹕揚州,遷翰林學士〔一〕兼侍讀,除户部尚書。歷陳「禦敵十策」,與朱勝非議論不協,由是除資政殿學士,提舉太乙宫,懇辭不就。紹興初,復起江東安撫大使兼知建康,尋拜崇信軍節度使,因避難居湖州,十有八年而卒,追贈檢校少保。平生所著文集若干卷,傳記《避暑録話》、《石林燕語》、《吴船録》、《驂鸞録》〔二〕、《林下放言》之類傳于世。長子模,次子某云。嘉靖癸丑歲仲夏端陽日,守約居士俞弁書於永惠堂中,時年六十又六。道光癸未歲孟秋十一日校畢。

余所藏葉夢得諸著有《建康集》〔三〕、《石林燕語》等書,卻無《避暑録話》,故購此。據潛夫跋云用葉石君鈔本勘,是可信矣。適檢《汲古閣珍藏秘本書目》,云《乙卯避暑録話》二卷、《補遺》一卷合一本,舊鈔,是此猶脱《補遺》也。三月十有八日,雨窗燒燭記。

俞跋敘石林所著有《林下放言》,檢余舊藏石林翁所著者,爲《巖下放言》,非「林下」

也，得無俞記憶有誤否。蕘翁識。

入夏以來，小病淹纏，飲食多減，精神稍衰，校書一事，已成往事。近交新秋，氣體漸復，適有賈人攜此書鈔本廿行廿字者，雖不甚舊，似爲東城顧氏鈔本，因留借校。與潛夫所見鈔本時合時不合，總之無甚關係，亦無可無不可而已。手爲校勘，亦未必盡據所見改之，因究非舊本也。潘理齋亦曾據一鈔本校于《津逮》本上，當更參之。七月十二晨起記，蕘夫。

【校勘記】

〔一〕遷翰林學士　「遷」原作「還」，據臺北圖書館藏明萬曆間商氏刻《稗海》本《避暑録話》二卷黄丕烈跋改。

〔二〕俞弁跋原文如此。《吴船録》、《驂鸞録》二種爲范成大所著，非葉夢得著。

〔三〕有建康集　「有」原作「自」，據前揭書黄丕烈跋改。

241 郤埽編三卷　校宋本

徐度《郤埽編》三卷，《讀書敏求記》云：「是册原書爲王伯穀家藏宋刻，後歸牧翁，亦付之絳雲一燼中矣。存此摹本，猶有中郎虎賁之想。」據遵王所云，渠所藏影宋本矣。今余聞平湖錢君夢廬新得宋本，急作書往借之，果宋刻，本爲書棚本，不知與絳雲原本同乎？異乎？取校毛刻多所是正者，首有序文一篇，毛所無也，影寫補之。錢本爲歷來藏書家珍賞，「玉蘭堂」、「竹塢」二印，文氏也；「乾學」、「徐健菴」二印，傳是樓也；「季振宜藏書」、「季振宜字詵兮號滄葦」二印，延令季氏也；「宋筠」、「蘭揮」、「三晉提刑」三印，商邱宋氏也：此皆可知者也。又有「硯田農」一印、「籃莊」一印（籃即「籃」字，見《說文》；莊即「莊」字，見《說文》）、「碧山草堂」一印、「七十二峯深處」一印、「舊學史氏復隱書印」一印、「碧沁」一印、「舊學圖書」一印、「宋本」一印，不知其誰氏矣。已上皆鈐於卷中者，別有副葉三紙，一在卷中首，二在卷下首尾，紙色古質，似是元朝紙。每葉面居中鈐印三方，一曰「徐氏家藏」、一曰「大司馬之章」、一曰「子孫寶之」，審是元朝人印，印文古質，彌覺可愛，真古書也。是書出杭賈，適錢唐何夢華見之，云五六年前在杭某故家見之，惜其時物主不求售，故未得，今夢廬以番餅三十枚得於歲莫云。校畢復翁記。道光二年仲春日壽鳳識。

余校宋刻後，別取古穴硯齋繕寫本證之，知彼繕寫多同宋刻，特行款殊耳。然有宋刻如此而繕寫異者，特標之卷中，黑筆是也。復翁。

余居在縣橋，蓋臨頓路之東也。仲魚來自西而東，舊學前乃其所經過者。余所居非舊學前也，舊學基阯爲長洲縣舊治，此縣東橋之得名以此，而縣橋又以爲里名也。吴人呼縣橋巷爲懸橋巷，余遷此始正之。乙亥夏五記。

述古何人舊姓錢，向時書籍等雲煙。虎賁猶作中郎想，摹本猶傳卻埽編。

小劫樓頭起絳雲，六丁取去世無聞。浙中别有儲藏富，三卷居然是秘文。

懷人異地各聞名，一紙書馳兩日程。忽爾夜航來遠道，開函古豔使人驚。

曾留竹塢玉蘭堂，卻在文家不是王。七十二峯深處好，幾家流轉感滄桑。

君家書籍憶臨安，多少奇文是宋刊。十卷茅亭客話本，攜來雙璧好同看。

汲古雕來穴研鈔，弁言一葉並皆抛。影橅補闕珍如寶，不獨奇疑取互交。

此詩六絶句，爲借校錢氏宋刻《卻埽編》而作，其實未題於宋本後也。既而夢廬知有是詩，遂寄素箋索書，遂書此寄示，而余校本亦未附録入，故仲魚借校時亦不知有此段情話也。長夏無聊，出舊稿書此，暇日當與仲魚質證云。乙亥六月四日，復翁。在卷首。

乙亥三月，仲魚還是書，偶談及夢廬此書，近欲與硤石蔣夢華各以所愛物相易，將成交矣。惜余得信之遲，而不及先與之一商也。六月四日，復翁記。

仲魚於丁丑二月中辭世，先得諸傳聞，後吴蘇閣札來，始知凶耗之的。待訃不至，擬往弔未果，案頭所借之書猶未還也。二十年來好友，一旦幽明暌隔，傷也如何！偶檢是書，爲綴數語以寄慨云爾。夏五，復翁。

道光三年癸未歲初八日，偶憩學士街書坊，知夢廬書籍亦散逸，所有宋刻《卻埽編》已歸富家馬氏，不復有相易之日矣。越十有八日，沈小宛借此還余因記。蕘夫。

嘉慶十九年重九日，至吴門訪黄主政復翁於舊學前，復翁以其手校《卻埽編》見示，蓋從平湖錢夢廬所得宋刊本對校於毛刻者，復以舊藏穴硯齋寫本重勘。讀其跋尾，具見用意之勤。余欣賞久之，借歸紫微講舍，適案頭有張氏照曠閣刻本，遂取而臨校一過。其自序一篇，張刻卻有，不知據何本所録。張刻且多一跋，係嘉泰壬戌邵康作，而毛刻及錢氏宋本、穴硯齋舊鈔皆無之，可見藏書不嫌重複也。壬戌爲嘉泰二年，上距紹興初徐度作此書已七十餘年，大約邵跋在尹家書籍鋪刊行之後耳。考《渭南文集》跋《卻埽篇》：「此書之作，敦立猶少年，故大抵無紹興以後事。淳熙己酉十一月，書於儀曹直廬。」按是跋先於嘉泰壬戌計十二年，稱其字爲敦立，而邵跋則稱仲立，殆避光廟諱而改「敦」作「仲」歟？邵跋中疑尚有誤字，今補録於毛刻本，俟更與復翁審定之。重九後十日，海寧陳鱣書於向山閣。均在卷末。

242 郤埽編三卷 穴研齋鈔本

《郤埽編》爲王百穀家藏宋刻，亦付之絳雲一炬中。近從平湖錢夢廬處借得宋刻，舊爲玉蘭堂文氏藏書，手校於《津逮》本上。此穴研齋繕寫本，與宋刻雖近，時有不同，中加校語籤，即與宋刻異處也。卷首有序一首，此仍脱焉，别有校本已增補，各存其面目可耳。乙亥季夏〔一〕，復翁。

【校勘記】

〔一〕乙亥季夏　「乙亥」原作「己亥」。王大隆輯《黄蕘圃先生年譜補》謂「己」乃「乙」之譌（中華書局一九八八年版第一三八頁）。從黄丕烈年齡度之，並參前文校宋本《郤埽編》三卷跋，當爲「乙亥」，據改。

243 游宦紀聞十卷 影宋鈔本

此舊鈔本張世南《游宦紀聞》，每卷有唐伯虎題字，余得諸五柳書居，蓋其友沈姓物也。沈素識古，於名公書畫購之以居奇。此書因有子畏墨跡，故亦在所蓄，且可藉以臨摹僞爲欺世真本，秘不肯出。一日攜示五柳居主人陶藴輝，思付裝池，陶君遂慫恿售去，卒歸於余。余嘗閲[一]《讀書敏求記》，有云：「張世南《游宧紀聞》十卷，影宋本舊鈔，乃停雲館藏書，有衡山先生圖記。」今此册有「玉蘭堂」小方印，得無即文氏所藏乎？又閲《汲古閣珍藏秘本書目》，《游宧紀聞》十卷[二]，有唐伯虎標題，又與此書合，則其爲舊本無疑。近時長塘鮑氏刊入《知不足齋叢書》中，係盧抱經先生以舊鈔本參校，今取證此書，大略相似，然古書面目終不類此，爰出白金陆兩[三]易得，命工重裝。人貴其有唐伯虎標題，我愛其爲影宋本舊鈔，彼此之心固各有在爾。乾隆乙卯辜月朔日，吴郡棘人黄丕烈書。

【校勘記】

〔一〕余嘗閲　「嘗」原作「當」，據臺北圖書館藏明抄本《游宧紀聞》十卷黄丕烈跋改。

〔二〕十卷　此二字原缺，據前揭書黄丕烈跋補。

〔三〕爰出白金陆兩　「出」原作「取」，據前揭書黄丕烈跋改。

244 老學庵筆記十卷　校宋本

《老學庵筆記》，先太史淳熙間所著也，紹定戊子刻之桐江郡庠。幼子奉議郎權知嚴州軍兼管内勸農事借紫子遹謹書。案：影宋鈔無此跋。乙亥五月記。

是書毛子晉刊入《放翁集》行於世，予嘗見陸敕先用鈔本所校，斧季又用影宋本校後五卷，用殘宋槧本校第七後半卷及第八卷，改補諸處每與此刻合，今以朱筆圈别識之，蓋此刻所據乃善本也，獨是子晉跋語首稱「向刻《稗海》函中，宜用此爲底本，而相出入如此，敕先、斧季又絶不及此刻」一語皆所未解也。乾隆六十年歲次乙卯正月十一日，澗蘋顧廣圻校畢記。

陸敕先用宋本校汲古毛氏所刊，今歸小讀書堆，取勘此刻，頗多與宋本合者，實勝毛本遠甚已。悉圈其旁，爲識其他異同，仍載如右。乙卯四月澗蘋又記。

嘉慶丙辰正月初九，風雪殊甚。初十日，雪雖止，風尚狂，寒威逼人，春令不減嚴冬也。鄉人有自新安來者，云射瀆官塘有凍死者三人，則他處之爲風雪所困者必多，不亦哀乎！余枯坐書齋，呵凍校書，反爲消寒樂事，視圍鑪煖閣幾自笑其寒酸矣。

客歲借余友顧澗蘋校本《老學庵筆記》，至今春始爲傳録。渠所校爲明會稽商濬本，是《稗海》中所梓，今此本亦同，然其中已有改正處，未識是翻板否。嘉慶元年中澣一日校畢書。棘人黄丕烈。

東城顧五癡家有影宋鈔本，余曾見之，惜需值太昂，未之得也，擬假一對，以著異同。蕘圃氏。

影宋本止有後五卷，毛斧季所據亦然，豈宋槧已不全耶？丁巳七月假得，校一過如右,至其本有評語,極淺陋可笑,而未題唐子畏名,兹悉削不録,恐閲者仍惑焉,爰并識之。廿八日燈下,顧廣圻書。

嘉慶乙亥重閲此,已越廿年矣。計跋此尚在昭明巷老屋。今一再遷徙[一],家中人唯老妻猶是舊有者,長婦及幼兒、幼女、三孫皆後添矣。長兒已亡,長女、次女已嫁。時事變遷,可感也夫!

乙亥四月八日,用新收影宋本校前五卷,并鉤勒行款,補潤蘋、陸敕先校本所未及也。余檢此書後五卷,影宋本雖殘帙,亦未易得,故但借校之,其前五卷未嘗有影宋本也。今忽得影宋十卷,可喜之至,手校如左。其後五卷親見影宋本,故不復校也。復翁。

余收得影宋本,友人張訒庵借校,并此校本同借去,五月初一抵莫還余,適有事未及檢點,明晨坐百宋一廛中,檢點及此。此訒庵於臨校時代爲讐勘,并補後五卷所未校者如此,獲借書益勝於還書一瓻多矣。惜訒庵古道,不即手録於上,謹以夾籤識之,尤慎之至也。廿止醒人記。

一至四影宋本張訒庵補校十條。五至七張訒庵補校十條。按:七卷毛斧季校殘宋本後半卷,影宋如之,訛謬獨少。甚哉,宋刻之可寶而影宋之亦可信也。八至十張訒庵補校九條。通十卷共補校廿九條。廿止醒人手録,乙亥五月二日。

此書臨校宋本，迄今已閲廿年，境界非昔日可比，而所見之書又有影宋本全部出，爲余補昔日所不逮。余之享書福不可謂不厚。豈此一事，果足折諸福使余窘迫無地耶！家計日拙，雖迫於男婚女嫁、衣長食闊之累，前跋已略及之，而此書新載「廿止醒人」之自號，蓋余取淵明詩意寫照。所云「廿止醒人」者，淵明詩《止酒》一章廿句，句有「廿止」字[二]，止酒則醒矣，故余戲取以爲自號云。余自甲寅丁外艱，乙卯遭火災，遂至日蹙一日，然此二十年來，縱極支絀，不如今日之甚，究由余之夢夢也。今醒矣，殆將自止矣。淵明詩本有廿「止」字，而今適當廿年，非前定耶？廿止醒人之自號抑何巧耶？乙亥端陽前四日，復翁丕烈記。

【校勘記】

〔一〕 遷徙　「徙」原誤作「徒」，據江標輯《黄丕烈年譜》卷下改。

〔二〕 句有廿止字　陶淵明《止酒》詩，每句有一「止」字，據文意當作「句有『止』字」或「有廿『止』字」。葉昌熾《藏書紀事詩》卷五引黄氏《士禮居藏書題跋續録》此跋亦作「句有廿止字」，馮惠民點校《黄丕烈年譜》收《藏書紀事詩》此條入附録，仍作「句有廿止字」。未見黄跋手跡，不敢遽定。

245 愧郯録十五卷 宋刻本

此宋刻《愧郯録》八册，計十五卷，雖其間鈔者七十五葉、空白者十葉，然以意揣之，鈔者必非無據，空白者亦是闕疑，仍不失爲古書之舊。頃從杭州書友〔一〕處寄來，易白金一觔而去。余取知不足齋所刻本〔二〕相勘，行款正同，空白亦合，當是此刻所翻，則此誠祖本矣。卷中有楊夢羽圖章，知爲吴郡故物。今復得弓玉之還，不亦快哉！嘉慶己未冬十月既望，書於紅椒山館，蕘圃黄丕烈。

【校勘記】

〔一〕杭州書友　「杭州」二字原脱，據國家圖書館藏宋刻本《愧郯録》十五卷黄丕烈跋補。

〔二〕所刻本　「所」字原脱，據前揭書黄丕烈跋補。

246 潮溪先生捫虱新話十五卷 明刊本

此《捫虱新話》三本，余得諸書友處，取其尚是明代舊刻，因收之。隨取《津逮》中本略爲對勘，亦覺此刻居前，稍勝毛本，而《潮溪先生小傳》惟此猶存，洵善本也。余考《敏求記》所載，云有二本，其一是影宋本，標題云「朝溪先生捫虱新話」，釐爲十五卷。今檢此標題，獨多「朝溪先生」四字，而毛刻猶無，殆自宋本翻雕者乎？嘉慶二年歲在丁巳秋日，書於讀未見書齋，黄丕烈。

述古所藏向有二本，一是宋鈔本，不分卷帙，末有羅源陳善子兼跋，云「丙寅歲，余由海道將抵行在所」云。戊辰秋，余觀書濂溪坊蔣氏，見所謂宋鈔者，果與述古所藏合，而子兼之跋，較《敏求記》所載爲詳。此書余友秋塘張君爲余借出，因得見之，遂屬其校於此册上。陳跋及所多二則用别紙録之附考焉。本書甚古雅，宋鈔之説，兹所校者，皆秋塘筆，余未及親校也，秋塘近始檢還因記。庚午夏五月十九坐雨書，復翁。

此宋鈔本，蔣韻濤故後已經散失，然乃爲余友[一]蔣懷堂所收。一蔣失而一蔣得，儻容借閲，仍可手自讐校一過。秋塘已于昨歲化去，後韻濤殁一年[二]，而余年較兩君尚小，幸而獨留，藏書之家、識古之友亦漸少矣。丁丑夏，張訒菴借校，因其還書而書此。復翁。

後從訒菴借其手校宋鈔本覆勘一過，其書一百則，通作一卷，不分類，無子目，訒菴一一跋出，因照臨于此。丁丑秋白露前四日記，復翁。

【校勘記】

[一] 乃爲余友 「乃」原作「巧」，據北京大學圖書館藏明崇禎毛氏汲古閣刻《津逮秘書》本《捫虱新話》十五卷過録黄丕烈跋改。

〔二〕 後韻濤歿一年 「一年」原作「焉」，據前揭書過録黄丕烈跋改。

247 庶齋老學叢談三卷 鈔校本

嘉慶庚午仲冬，用五硯樓所儲檇李曹氏舊鈔藏本校一過〔一〕，似此較勝。然曹本亦有一二可取處，以朱筆注於上方云。凡行間朱筆所校係舊有。復翁。

【校勘記】

〔一〕 校一過 「校」後原衍「過」字，據上海圖書館藏清抄本《庶齋老學叢談》三卷黄丕烈跋删。

248 霏雪録二卷 校舊鈔本

《霏雪録》，明人説部之佳者，余藏篋中久矣。浙中梁眉子曾一借之，是傳録其副，抑藉爲校讐之用，皆不得而知也。頃試飲堂殘零之書歸於坊友，中有刻本，遂取校其異。板本反有脱落處，皆歲久板壞故，兹鈔本卻有之，想此鈔所據本，尚非板子既壞後所印本也。然玩後序〔一〕，似當初原有刻本已失，兹刻及所鈔皆非初刻本而重梓本矣。刻本多成化時胡謐、弘治時張文昭兩跋，命孫兒影寫足之。時壬午中秋〔二〕三日寫成，越日晨起書，蕘夫。在卷末。

【校勘記】

〔一〕 然玩後序 「玩」原作「既有」，據山東省博物館藏清抄本《霏雪録》不分卷黄丕烈跋改。

〔二〕 壬午中秋 「壬午」原作「壬子」，據前揭書黄丕烈跋改。

249 洞天清録一卷 校舊鈔本

吴丈枚菴多藏秘本，大抵皆手鈔手校者。久客楚中，舊藏書籍寄貯親友所者半皆散逸，歸行篋中尚留一二，歸家從渠借鈔非一矣。《洞天清録集》余去歲借歸，苦無他本可校，繼從坊間覓有《胡氏叢書》本，又以其本不全，未即動手，屆歲除，檢還之。忽於坊間得一舊鈔，見有「洞天清録」字樣，急收之，苦吴本已還，無從對勘。越乙亥正月四日，復向枚菴借歸，竭一日力，遂手校之。舊鈔本序次紊亂，并脱「古琴辨」一門，復命鈔胥照胡本影寫足之，以俟續校。是册不盡爲《洞天清録集》，而有他書附後，并雜厠其中，俟校畢重裝，而以他書附焉，存其來歷也。乙亥新正五日復翁記。是日，陳拙安爲余鐫「一陽更生」印，適來即以鈐於是跋之後。印文取「一陽更生」者，蓋即更號復翁之意，其得見復翁説，兹不復贅。在卷首。

250 意林五卷 校本

嘉慶丙子二月，依《道藏》本校補脱譌。訒菴。

道光紀元辛巳冬孟，士禮居重向讀異齋借此校本傳録一部，蓋《道藏》本已歸藝芸矣。録畢，適坊友以聚珍本來，頗與《道藏》近，特稍有歧異耳，想經參酌，未必悉據《道藏》矣。復見心翁識。

251 景仰撮書一卷 明初刊本

《景仰撮書》世不多傳，其書錫山王達達善述，亦不審爲何時人。卷中遇宋太宗、仁宗等，皆提行，似著書者爲宋人〔一〕，其稱宋者，蓋所述不止宋時人，故以朝代别之也。是書雖罕見，卻無足重，余獨收此者，以所述嘉言懿行，動可師法，置諸座右〔二〕，如示箴規「高山仰止，景行行止」，雖不能至，心嚮往之，誰謂是書非導我以先路者耶？己巳十月，復翁。

【校勘記】

〔一〕 著書者爲宋人　黄丕烈手跋如此。《四庫全書總目》卷一三一有《景仰撮書》一卷，稱「明王達撰」，另有《筆疇》。卷一二四《筆疇》二卷稱王達「洪武中以明經薦爲縣學訓導」，可知王達非宋人，當爲明洪武時人。《鄭堂讀書記》卷五八、《藝風藏書續記》卷二、《善本書室藏書志》卷一九均云王達爲明人。《善本書室藏書志》卷一九《景仰撮書》書志云：「蕘圃疑達善爲宋人，固誤。」

〔一〕置諸座右 「座右」原作「左右」，據南京圖書館藏明刻本《景仰撮書》一卷黄丕烈跋改。

252 續談助五卷 影宋本

《續談助》五卷，宋刻本，爲故友秀水令江陰徐君子寅家藏。子寅殁後，其家人售於秦汝立氏。汝立迺余門人汝操之弟，青年癖古，儲蓄甚富，亦友於余。□假而手録，閲三踰月始訖事，惜乎斷簡缺文未敢謬補，藏之茶夢閣以俟善本云。嘉靖壬戌之秋八月二日，皇山人姚咨識，時年六十有八。

此《續談助》二本，爲茶夢齋主人手鈔本，真奇書也。卷首有虞山錢曾遵王藏書印，而《敏求記》未載，想亦甚秘之耳。張君子和出此相示，可謂不敢自秘矣。皇山人手鈔書，近始得一《貴耳録》，續又得一手跋之《稽神録》，其筆跡皆與此同，可稱三絶矣。一歲之中，而所見獨夥，余與姚君翰墨因緣抑何深耶！卷首餘紙〔一〕有一小印，其文云：「《顔氏家訓》曰〔二〕：借人典籍，皆須愛護，先有缺壞，就爲補治。此亦士大夫百行之一也。皇山人述。」余所藏本皆無之，此又〔三〕不可不著之者，故并志之。庚申冬季，蕘圃丕烈。

【校勘記】

〔一〕卷首餘紙　「首」原誤作「二目」，據臺北圖書館藏清道光丙戌孫鋆鈔本《續談助》五卷過録黄丕烈跋改。

〔二〕顔氏家訓曰　「曰」字原脱，據前揭書黄丕烈跋補。

〔三〕此又　「又」原作「文」，據前揭書黄丕烈跋改。

253 瑯嬛記一卷 舊鈔本

道光甲申長至月〔一〕，予有滂喜園之設，一時故家多有以書籍來售者，然爲長孫美鋆習業所收，在於易爲脱手，非儲藏可比，因遇舊刻名鈔，老人書魔復動，不免流涎。近所收如黄山谷之《大全集》，此可爲吾家世守之寶。其餘經、史、子類，亦復檢取一二，蓋欲重舉祭書之典，即不能盡屬宋刻，無妨稍變其例也。此舊鈔《瑯嬛記》，不知誰所鈔，骨董鋪攜來求售。始云祝京兆書，又云桑民懌書，此徒見序文而爲此言，毫無影響，其實就書中編次云云。又案諸圖記，當是姚汝積茂善手鈔，惜其人未知其詳耳。卷中又云「國朝吴一標建先校」，序中又云「建先剞劂」，是必先有刻本，而此從刻鈔出者。乃舊刻未見，而今世傳本止有毛氏《津逮》中本[二]，其跋云有新安黄氏刻，與此序所云不同。而毛氏似亦未見此本，桑、祝及屠之序或明言之，或晦言之，初不知其何故，而尤可笑者，在「隱其序傳其書」一語，更不知其何故矣。通校一過[三]，與此序次迴殊，且有異同詳略，似此鈔爲勝。惜舊刻不傳，無從識其面目爲恨。歲闌無閒錢置此，姑留此以待友朋之向我索《廛賦》中物而歸價者與之，亦可謂好事之至。季冬月之二十二日，爲乙酉新春後五日，見復生識。

【校勘記】

〔一〕長至月　「月」原作「日」，據臺北圖書館藏明姚茂善朱絲欄抄本《編次鄉嬛記》一卷黄丕烈跋改。

〔二〕津逮中本　「中」字原脱，據前揭書黄丕烈跋補。

〔三〕通校一過　前揭書黄丕烈手跋「通」下字迹漫漶，僅殘存左上角，似非「校」字，且空缺位置僅可容一字，故此處應非「校一過」三字。

江陰繆荃孫、長洲章鈺、仁和吴昌綬同校輯。

蕘圃藏書題識卷六

子類三

254 古唐類範一百六十卷 鈔本

右《古唐類範》一百六十卷，其實即虞氏《北堂書鈔》也。《北堂書鈔》曾改爲《大唐類要》，見於朱竹垞《曝書亭集》跋語中。是書余得自友人陶藴兄處，云□□述古堂□□物。余曰，此爲遵王所記之書尚有可疑，其爲竹垞之跋之書則爲可信。每卷首尾「古唐類範」四字挖補之迹顯然。末有「秀水朱氏潛采堂圖書」、「南書房舊講官」二方印，則其爲竹垞所跋之書一證也。遵王云繕寫精妙，竹垞云傳寫訛舛，今是書訛舛則有之，精妙則未也，則其非遵王所記之書又一證也。至於是書大略出於原書，竹垞已言之，而即可以遵王之言爲據，蓋遵王所記係聞嘉禾收藏家有原書，蒐訪十餘年而始得者，竹垞跋係湖州書賈求售者，想當日原書儲於浙省，故錢、朱藏家皆能得之。獨恨書賈欺人，好改易古書名目，一變而爲《大唐類要》，再變而爲《古唐類範》，轉轉滋謬〔一〕，致失其名。然猶幸改其名而不改其實，得令後人窺見廬山面目，則其知識不勝於妄加删補，作聰明以變亂舊章者哉！余考得是書原委，因題數語於後。時乾隆甲寅四月朔，吴郡黄丕烈識。

【校勘記】

〔一〕轉轉滋謬 「轉轉」原作「輾轉」，臺北圖書館藏明抄本《古唐類範》一百六十卷黄丕烈手跋爲「轉」下加一點，非「輾轉」，據改。

255 太平御覽三百六十卷 殘宋本

《太平御覽》爲類書淵藪，近時講實學者尤重之。余於數年前曾蓄三四部，非活字即宋字本，最後得一舊鈔本，十三行爲半葉者，較諸本爲佳，然以未見宋刻爲憾。聞郡城香嚴書屋周君錫瓚家有宋刻殘本，遂因友人獲交周君，并得請觀其書。周君亦知余嗜古之深也，許以是書借校，且相約勿爲外人道。但余之校，倩友人任其事，竟漏言於同學中，自是欲轉假於余。余不之允，爰托人往假於周，亦未之允，復藉聲勢以挾制之。周頗憾余，而人更以是憾周。幾年之間，借書者踵相接，周於是書亦轉愛而爲惡矣。歲甲子冬，議直二百四十金，以余所藏他宋刻書抵其半，酬介者以十金，此書遂歸余。余得後，借校者仍來。余惜書癖特甚,朋好多知之,自歸我家,竟未出户。去冬始付裝潢,半年乃就,工費又數十金,凡破損及斷爛處悉以宋紙補之,可謂好事之至。存卷數目别紙疏於前,取易覽也。是書出郡中朱丈文游家,朱與惠徵君棟爲莫逆交,惠所著述太半取材是書,故有「定宇借觀」圖記。至卷端「文淵閣」印一方,知是書爲明時内府所藏,不知何時散佚,僅存三分之一有强。然即此殘帙,已足珍奇。昔日宋太宗〔一〕日覽三卷,今存卷可備學者一日一卷之讀。《書》有云,「朞三百有六旬有六日」,蓋周天三百六十五度〔二〕,此書之存於天壤間者,幾幾乎近之,豈不異哉!時嘉慶丙寅芒種後九日,黄丕烈識。

【校勘記】

〔一〕昔日宋太宗　「日」字原脱,據静嘉堂文庫藏宋刻本《太平御覽》一千卷(存三百六十六卷)黄丕烈跋補。

〔二〕周天三百六十五度　「周」字原脱,據前揭書黄丕烈跋補。

256 道藏本太平御覽三卷 舊鈔本

余向考《絳雲樓書目》,《道藏》集有《道藏太平御覽》。《述古堂書目》太玄部有《太平御覽》三卷,其書未之見也。頃從五硯樓袁氏閱所藏《道藏目》,見有是書,遂請借讀,因録其副。藏本每葉十行，行十七字，今改每葉二十行，行仍十七字；於板心填滿「楹二」、「楹三」、「楹四」記號，排定葉數，以便觀覽；第三卷缺二葉，舊所失也。卷數與述古藏者合。《絳雲》雖不載卷數〔一〕，其必爲是書無疑。録畢誌數語于後，復翁。

己巳春，袁氏《道藏》本盡歸揚州阮氏，郡中藏書家未有刻本并録副者，此宜珍惜矣。孟冬朔日復翁又記。

【校勘記】

〔一〕絳雲雖不載卷數　「雖」原作「樓」，據臺北圖書館藏清黄氏士禮居傳抄《道藏》本《太平御覽》三卷黄丕烈跋改。

257　小字録不分卷　明活字本

余向藏《古賢小字録》，係昭文邵朖僊贈余者，云以青蚨三星得之書攤者。「陳思纂次」一行後多「崑山後學吴大有較刊」一行，此册無之，始猶疑其板刻有異。細審之，皆活字板，而前所得者爲後印，兹所得者爲初印也。何以明之？蓋此板後歸吴氏，故增入一行。其改易原書一行，以「姓劉」二字移「宋高祖武帝」下，而去「氏」字，又去小注「宋本紀」三字以遷就之，其痕跡顯然。兹册古色古香，初入眼疑爲舊刻，故書友欲以充宋元版。余亦因其古而出番餅二枚易之,重付裝潢,可謂好事矣。辛未十月二十有五日,復翁記。

慧震　即以所得故爲小字「故」校「卦」

師利　總適出「總」校「忽」

鎮惡　車騎沖没陣「没」校「陷」

豹奴　恒逾不悦「恒」校「桓」

崖　遂不得佳者「遂」校圈去　曰德之休明「曰」上校「增崖」

斑獸　常日早晚「日」上校「增視」　此入「此」校「比」　慮其不法「法」校「去」

已上係舊藏本紅筆校正之字,文理差順,附録備考。彼尾首皆以《古賢小字録》標題,此但曰《小字録》,必修本增加也。復翁又記。

此葉係《小字録》中覆背裝時檢出,附此書以存。蕘翁記。均在卷後。

258 書敘指南十二卷 明刊本

《書敘指南》十二卷,明嘉靖時刻。初書友以是示余,亦重其爲錢磬室藏本,至其書之無足重,雖書友亦知之。余初疑爲明人著述,不之重,後晤書友云,是書《四庫》已收,且書載《文獻通考》,蓋古書也。余因檢之果然。然彼此有不同者,《通考》云「《書敘指南》二十卷」；晁氏曰「任俊撰，崇寧中人，纂集古今文章碎語，分門編次之，凡二百餘類」；陳氏曰「皆經傳四字語，備尺牘應用者」。今書十二卷，卷不同矣；今云「浚水正齋任廣德儉編次」，名不同矣；今不及二百類，類不同矣；今不止四字語，語不同矣。當是明人重刻，有删削增添也。書經翻刊〔一〕必不能復古，寧獨此哉。卷中有補鈔者，有增改者，又不知所據云何矣。朱墨二筆皆出一手，審是明人筆氣，疑爲功甫筆。取他手鈔書證之，似不類，未敢臆斷也。壬申夏五收於經義齋。復翁識。

【校勘記】

〔一〕書經翻刊「刊」原作「刻」，據國家圖書館藏明嘉靖三十七年白石書屋刻本《書敘指南》十二卷黄丕烈跋改。

259 增廣類林十五卷 影鈔金本

《類林》一書，見諸《讀書敏求記·類家》，郡中小讀書堆有此書，卻未寓目。近年小讀書堆散出，聞爲琴川張月霄所有。月霄鋭意搜訪金人書籍，得此詫爲珍秘。此余聞諸月霄友人何夢華者。兹春初，昭文同年張子和之孫伯元以此書寄余，屬爲題跋，余頗疑之。述古原物尚是元人舊鈔，月霄所得未知述古物否，若伯元所示者，斷非元人所鈔，不知顛末,未敢下筆。因遣力專書詢之,覆云係書友王姓所售,據云爲吾鄉席氏舊藏。月霄藏本係吴方山故物,行款與之同,惟缺處稍異耳。余方恍然於書之留傳於世者正無盡藏也。《類林》世不多見,今月霄得諸郡城,而伯元得諸本邑,席氏之説未可憑。末有「孫從添」一印,則故藏書家也。此鈔雖屬甚舊,然就伯元借校於月霄本言之,知二本同出一源矣。海禺素稱古籍淵藪,又得後之好古者尋其墜緒,繼其流風,安見二古之盛不再見於今日邪?因書數語而歸之。道光元年元夕前一日,專力趁夜航歸,即爲識之。宋廛一翁。

附手札

去年別後,杳無一音,不識漢陽之行,何以中止。在家鄉有館地否?不出門可家食否?甚念念也。昨叔美來,適弟他出,不之遇。大孫見之,詢悉閣下未遠游,故札中及之。前承寄陳、張二君信,俱已得復,不即奉聞者,恐或他往,故不致及也。叔美來以三書相示,謂皆其姪伯元所藏,欲作跋語。内《編年備要》係弟原物,平平無可跋。且閲書中伯元與兄札有欲换出之語,如作跋,譽此書失其實,存其真又恐減聲價,故不加墨,而别書一紙〔二〕以見此書源流,望爲轉付伯元。其《營造》一書,精美之至,不但書好,而傳録此書之意更好。且閲其自跋,語語真摯,子和爲有文孫,豈余一己之私言耶?已詳跋之,另札復叔美。其中《類林》一書暫留,此書未知其中原委。去年晤夢華,知陳、張二公頗收古書,皆郡中顧抱沖家所散者，中有《類林》，已歸月霄。今此書在伯元處，是月霄轉歸伯元者乎？抑伯元借諸月霄者乎？未悉其細，不敢下筆，特令役齎還《營造》、《編年》二書，并切致兄親往一問，若月霄歸於伯元，弟當就所聞作一跋語詳之，若借諸月霄，似未可作跋也。再伯元承其家學，能爲古書出力收訪，是大樂事，何敢復有他議？弟與子和素有相易之舉，萬一伯元之書並非月霄原得抱沖之物，本係舊藏，亦祈示及，以便著筆。倘此書實係月霄所歸，未知伯元之意可以他書相易否？抑或緩日借録其副，俱可使得。弟之爲此請者，因《編年》中有夾入之札，中云將來如要消，未識稍能擡起些否？故敢爲此妄言也。此言未便面説〔二〕，乞兄往詢，即賜復與來役，聽其趁夜航歸也。弟復叔美之札，並還書二種，或令來役送去，或即煩兄飭紀送去亦可。此賀新禧，朗仙大兄。丕烈手啓。

【校勘記】

〔一〕別書一紙　「書」原作「出」，據國家圖書館藏清抄本《重刊增廣分門類林雜説》十五卷黄丕烈手札，此處爲「書」字之草體，非「出」字，據改。

〔二〕未便面説　「面」原作「向」，據前揭書黄丕烈跋改。

家祖星軺公性嗜卷籍，四部裒然，幸無罣漏之議矣，乃一傳而佚，殊以神物不克久聚爲恨。《雲谿友議》要是説部中之近古者，是亦當年充棟之一而當其盛，洎其衰，猶依於敝簏也，是可風已。孫垛讀誌。

260 雲谿友議三卷 缺中卷　刻本

郡中有貧士金心山，余數年前曾識之。其時不過相遇於歲科試場中，知其能文章而已，近年來相傳其善書畫。然余與心山蹤跡疏，故未嘗一求其筆墨。既而心山病且死，書賈以其書畫之遺棄敝簏者示余。余重心山人，且以未得其筆墨爲憾，故稍購之，即非其至者，而亦可珍也。又一日，書賈以其家所留書籍求售，余揀得二三册，是其一也。方知心山爲星軺孫，藏書之家，淵源有自，宜其殘編斷簡，亦多善本矣。塾師顧澗薲取校惠松崖勘本，知是刻即爲惠所據，而是本失去中卷，爲可惜已。惠校本今臧小讀書堆，松崖尚不悉照此刻，而澗薲賴此勘正者猶多，然所失中卷，仍賴惠校得以補完。天壤間何其遇合之艱而又甚巧耶？爰書此數語以諗來者。嘉慶歲在戊午春三月，黄丕烈書於士禮居。

《説郛》一種上、下卷，全缺中卷。

此刻最善，當是專本心山所題《説郛》一種，特《説郛》中亦有其書耳，非《説郛》本也。

恐誤後人，故特著之。蕘圃。

261 唐摭言十五卷 舊鈔本

此鈔本《唐摭言》，余於丙辰春得諸書肆中。取其卷末有宋人跋，或從刻本影鈔，較盧雅雨本有異同。近顧澗薲以此參校，果多勘正處，勿以世有刻本而薄鈔本爲不必觀，其信然哉！嘉慶丁巳秋九月二十八日，黄丕烈書。

壬申五月二十有二日，新收得雅雨堂刻本《摭言》。白頭已不誤，當經補校修板故也。復翁又記。其去獲此時又隔十五年矣。

乙亥中秋前二日，五柳主人新收洞庭山上人家書一單，中有惠松崖先生藏一舊鈔本，向爲毛子晉家藏者，又恐殊不同，因併收之，是舊鈔又添一本矣。時光荏苒，回憶得此書時，忽忽二十年，老之將至，可慨也夫！廿止醒人記。

262 開元天寶遺事二卷 舊鈔本

此活字本也，宋有「紹定戊子刊之桐江學宫，山陰陸子遹書」，必從宋本出矣。適檢《新定續志》「書籍門」有此書，知即紹定刊本也。古書原委悉藉他書疏通證明之，有如是者。余借校此於香嚴主人，還書之日，聊志之以質諸同好古書者。壬申夏六月望前一日，復翁丕烈識。

263 開元天寶遺事二卷 明刻本

《開元天寶遺事》上、下卷〔一〕，《顧氏文房小説》本也。書僅明刻耳，在汲古毛氏時已珍之，宜此時視爲罕秘矣。初，書友以是書及皇甫涍輯本《支遁集》示余，索直甚昂，爲有諸名家圖記也。余許以家刻書直千錢者易之，未果，攜之去。明日往詢，云需三餅金。後日親訪之，其《支集》爲他人以千錢易去矣，遂持此册歸，稍慰求古之心。蓋毛氏舊物余本留心，而陽山顧氏名元慶者在吴中爲藏書先輩〔二〕，非特善藏，而又善刻，其標題《顧氏文房小説》者，皆取古書刊行，知急所先務矣。此《開元天寶遺事》，雖未知所從出之本云何，然借西賓陸拙生藏《歷代小史》本證之，彼已脱落幾條，是此本爲善。聞周丈香嚴有元刊本，當假勘之。唐朝小説尚有《太真外傳》、《梅妃傳》、《高力士傳》，皆刊入《顧氏文房小説》。向藏《梅妃傳》亦顧本，《太真外傳》别一鈔本，《高力士傳》竟無此書，安得盡有顧刻之四十種耶？以明刻而罕秘如是，宜毛氏之珍藏于前，而余亦寶愛于後也。壬申夏五月二十有五日燒燭書，復翁。

六月上旬，假得周丈藏本，乃活字本也，卷上次行云「建業張氏銅板印行」，是可證矣。卷下有「紹定戊子刊之桐江學宫，山陰陸子遹書」，當必從宋本出。適檢《新定續志》「書籍門」，有云《開元天寶遺事》，其從宋本出無疑。取勘顧本，互有短長，書經翻刻，不無少誤耳。復翁又識。

道光辛巳三月，重取活本覆校，用墨筆記其異字。蕘夫。

香嚴于今春作古，遺書分屬諸郎〔三〕，有不喜此者，即轉從之，向爲余所見或借校者，偶得一二〔四〕焉。此書傳觀之目無之，大約自留，或已歸他人矣。活本有宋人跋語，必出舊刻，惜無從訪問耳。

【校勘記】

〔一〕上下卷　「卷」字原脱，據臺北圖書館藏明嘉靖間長洲顧氏家塾《四十家小説》本《開元天寶遺事》二卷黄丕烈跋補。

〔二〕藏書先輩　「先」原作「前」，據前揭書黄丕烈跋改。

〔三〕分屬諸郎　「分」字原脱，據前揭書黄丕烈跋補。

〔四〕偶得一二　「得」下原衍「之」字，據前揭書黄丕烈跋删。

264 開元天寶遺事二卷 銅活字本

此册爲虞山錢兄礎珩〔一〕見贈。黄筆無款。在卷末。楊紹和案：即蕘翁所審爲義門筆。

古書自宋元板刻而外，其最可信者莫如銅板活字，蓋所據皆舊本，刻亦在先也。諸書中有會通館、蘭雪堂、錫山安氏館等名目，皆活字本也。此建業張氏本，僅見於是書〔二〕，余收之與《西京雜記》並儲，漢唐遺迹略具一二矣。蕘夫。在卷末。

此書舊藏周丈香嚴書屋中，余於嘉慶壬申歲借校一過，所校者爲埭川顧氏家塾梓行本，彼此互有得失，惟是覆嚴州本，故重視之。卷中向有舊校之字，大約據顧本，如上卷二葉三行第六字「牧」〔三〕原作「守」，後七行第五字「便」〔四〕原作「須」，九葉八行第三格第一字「饞」原作「乾」，後七行第二字「法」原作「鐵」。余借校時尚然，不知香嚴身後，後人重裝，竟將舊校之本〔五〕攙入，殊失活字真面目。余得此後出校本證之，悉知其妄，猶幸余見真本在前，可據舊校一一標明也。其餘增補鉤乙，未經改易，存之以見校者手筆，差爲可喜。憶己卯春香嚴作古，遺書分散，其目頗流轉於坊間，獨此書不著録，或疑其家固守，或已屬他人，竟於無意中遇之，雖重直弗惜〔六〕矣。辛巳三月，蕘夫。

此書估人傳示。周氏所開目録，注云某人題籤、某家藏弆，皆自其有迹者〔七〕言之也。最後標目一行，下有雌黄楷字二行，余審眎之，知係義門手書。倘起香嚴而質之，想亦以爲是也。又記。

宋刻《新定續志》「書籍門」有云《開元天寶遺事》，知此從刊之桐江學宫本出也。四月朔，往訪香嚴季子於水月亭，晤言及此，乃知重裝攙入係其仲兄所爲，若謝庵猶不致若是之妄。謝庵出所著《羣書綴述》相質，萃元明以來人著述爲目録之學者，以續貴與《經籍考》。子晉之有斧季，相去當不遠也。蕘夫記〔八〕。均在卷末。

【校勘記】

〔一〕錢兄礎珩　「礎」原作「楚」，據國家圖書館藏銅活字本《開元天寶遺事》二卷原跋改。

〔二〕僅見於是書　「於」原缺，據前揭書黄丕烈跋補。

〔三〕第六字牧　「牧」原作「收」，據前揭書黄丕烈跋改。

〔四〕第五字便　「便」原作「使」，據前揭書黄丕烈跋改。

〔五〕舊校之本　「本」原作「字」，據前揭書黄丕烈跋改。

〔六〕弗惜　「弗」原作「不」，據前揭書黄丕烈跋改。

〔七〕其有迹者　「其」字原缺，據前揭書黄丕烈跋補。

〔八〕　蕘夫記　「記」前原衍「又」字，據前揭書黄丕烈跋删。

265　鑑誡録十卷　宋槧本

右《鑑誡録》二册，項墨林家藏〔二〕。

時明萬曆元年秋七月既望，重裝於天籟閣，共計二册，原價陸□。

歐陽子《五代史》較温公《通鑑》反略，表兄竹垞先生盡搜十國遺書，仿裴氏注《三國志》，《鑑誡録》其取裁之一也。天籟閣圖書近時散軼殆盡，兹覩此本，古色蒼然，於揚州書局采入《全唐詩》數十篇，因書於後。查嗣瑮。

己丑夏五，竹垞先生來真州，持以見賜，媿不能藏，復影録一本奉還。曹寅。

鉉在維揚書局，適吾師竹垞先生亦來客於此，因得借觀，遂書一通。其紙板傷損處皆手自補綴歸之。時康熙乙酉十月朔，汪士鉉謹記。

王士禛阮亭甫假觀，手録一通，因較正訛謬數十字。朱書。

康熙己巳春日，華隱徐嘉炎從竹垞十兄假觀。時因編輯《全唐詩》，取資甚多。

《鑑誡録》十卷，後蜀何光遠輝夫撰，晁公武《郡齋讀書志》稱「纂輯唐以來君臣事迹可爲世鑑者，前有劉曦度序」。今觀其書，多載可笑詩文，直小説家爾。每題以三字標目，與蘇鶚《杜陽雜編》略同。是册猶宋槧，卷首書「重雕足本」，惟劉序失之。吾鄉墨林項氏藏書也。濟南王先生貽上見而愛之，曾手録一部。康熙丁亥八月既望，竹垞老人識，時年七十有九。

右宋槧《鑑誡録》十卷，今歸長洲程君叔平。頃從叔平借觀，重校一過，凡兩日而竟。復得譌謬七十餘處，餘從闕疑者尚多也。乾隆乙巳九月十日漏下三鼓，試方于魯石緑錠子書，時寓桐鄉金氏之素行堂。懷玉識。

十三日，鮑君以文復攜一本來，互相參校，又得誤處三十餘條。其從《全唐詩》采入者間有異同，仍闕而不補，以存其舊。甚矣，讐勘之難如掃落葉也。鮑君行將刊入叢書，以公天下，即以此爲祖本，叔平其寶之。懷玉億孫甫。

嘉慶甲子，重見此於讀未見書齋，去予前買得時忽忽二十載矣。鮑渌飲丈欲刻入《知不足齋叢書》，至今未果。予向謂此書中〔二〕頗載極有關係文字，足當鑑誡之目，不盡如朱竹垞氏所云，安得好事者傳之？蕘翁屬題數語，聊識於後，并不能無雲煙過眼之感也。正月廿五日，澗蘋居士顧廣圻書。

余友顧千里向爲余言曰有宋刻《鑑誡録》，得諸徐七來家，後爲程念鞠豪奪而去〔三〕，此事已逾二十年矣。余思欲一見之而未得，蓋念鞠秘不示人，余雖識念鞠，未便索觀也。

既而千里以鈔本贈余，云是别從趙味辛本録出，而以宋本校勘，故板本較大，其行中字或已照校後改正，遇歧異處注曰「王」、注曰「宋」。後傳録諸名公題跋一葉，細審緣由，知阮亭先生曾校正誤字，則鈔本已非宋本面目，而宋本之可寶，乃益念念不忘。近年念鞠宦遊江西，家中書籍大半散佚，惟此書未見，詢諸伊戚毛榕坪，知此書亦欲售去，以榕坪勸阻，尚爲寶藏。余聞斯言，知物主未必無去志，緣謀諸書賈之素與往來者，久而始得見其書，索直白鏹卅金。余愛之甚，且恐過此機會難以圖成，遂易以番錢三十三圓。書計五十七葉，并題跋一葉，以葉論錢，當合每葉四錢六分零。宋刻書之貴，可云貴甚，而余好宋刻書之癡，可云癡絶矣。時有解事者在座，云此書之可貴不僅在宋刻，而并在題跋，蓋書畫碑帖〔四〕往往以名公題跋爲重，其於書籍亦猶是云爾。余不覺撫掌稱快，以爲知己之言。時嘉慶九年歲在甲子正月丁巳日，蕘翁黄丕烈書於百宋一廛。

此書向爲天籟閣舊裝，所補紙皆白色不純者，故項氏圖章及阮亭先生校改朱筆皆在白紙上。余今爲之重裝，悉以宋紙補之，取其色純也；於圖章及校改朱筆，仍留其白紙痕，所以傳信於後；四圍并前後副葉皆宋紙，面葉亦宋金粟藏經〔五〕，裝潢古雅，與書相稱，雖損舊裝爲之，恐或更有益於是書。裝畢復誌數語於後。蕘翁。

越歲丙寅秋七月五日，余友蔣賓嵎自楚中歸，因睽違五載，索觀新得古書，略出所藏及此。余適欲補書近日見聞有關於是者，蓋是書千里所得，叔平所收，其朋友之情固篤，而今春叔平從江西解餉至江寧，旅中病卒，千里館於江寧太守許，因料理喪事，令其孤扶柩歸，亦可謂始終篤於情矣。鮑氏已刊入《叢書》中，并記。蕘翁。

【校勘記】

〔一〕本條「鑑誡録」前原有「宋槧」二字，「二册」原缺，「項墨林」原作「項元汴」，據上海圖書館藏《重雕足本鑑誡録》十卷宋刻本卷末題詞校改。

〔二〕此書中　「中」字原缺，據前揭書顧廣圻跋補。

〔三〕豪奪而去　「而」字原缺，據前揭書黄丕烈跋補。

〔四〕書畫碑帖　「帖」原作「版」，據前揭書黄丕烈題跋改。

〔五〕金粟藏經　「經」後原有「箋」字，據前揭書黄丕烈跋删。

266 鑑誡録十卷 鈔校本

《鑑誡録》十卷，世鮮傳本，惟竹垞翁所收爲宋刻重雕足本，其跋見諸《曝書亭集》中，而原書轉入徐七來家。余友顧千里得之，爲其友程叔平豪奪而去。此千里爲余言者也。千里曾有手校本貽余，余亦甚珍之，然非舊鈔，客冬書友攜此册來，易余五番錢，擬傳録顧校於上。今春從程氏購得宋刻，此册又弁髦視之矣。既而思之天壤間安能盡遇宋刻？且此闕文空字實照宋對寫，視顧所鈔猶爲近古，遂命工重爲裝池。原本草釘〔一〕，卷一標題下已爲俗子損壞，因補綴而襯裝之。暇日取宋刻校正，安知後日不遇宋刻者遇之，亦猶今日余之未遇宋刻而遇之之以爲可珍乎？留此作副本讀可也。甲子十月十有三日，蕘翁記。

是書去年鮑緑飲刻入《叢書》廿二集中。近於坊間獲徵刻《唐宋秘本書目》，見是書亦在所徵中。今始得入木，書之顯晦殆有時耶？并記。

【校勘記】

〔一〕原本草釘　「釘」原作「訂」，據國家圖書館藏清鈔本《鑑誡録》十卷黃丕烈跋改。

267 南部新書十卷 明刊本

《南部新書》舊鈔本傳録甚多，大都出於洪武時清隱老人所跋本。然十卷中删削過半，即有補遺，亦未之備。近從白隄錢聽默借録一本，較摘本頗備，然脱落訛謬正復不少，猶有待於他本之校勘焉。余每以不得刻本爲憾，去冬有書友攜一本來，因世間此刻甚少，疑爲宋本，故索直頗昂。余亦重其希有，以青蚨二千錢易之。惜首缺甲、乙二卷，在乾隆辛酉時，已不能鈔補，則刻本之希有益可知矣。今春往晤周香嚴，詢及是書，云有刻本，急假歸倩友陳敬明兄影鈔以成完書。周本係虞山錢曾遵王藏書，故卷首有遵王手録錢明逸序，卷中多校改之字，又爲何心友所藏而孟公覆勘者。館師顧澗蘋云，義門所校實勝於也是翁，擬將校語録出。余曰義門亦以不得宋刻、名鈔是正脱誤爲歉，則所校當有未盡可據者，何不存此完好刻本以復舊觀耶？世無宋刻，則此刻居然最先之本，即有名鈔本，未免轉相傳録，意爲增損。澗蘋讀唐人事實，尚有古奥不可解者，矧其爲周、秦時書？余之不敢録入校語者，正恐妄人强作解事爾。爰志之以告後之不得善本而輕爲校改者云。嘉慶二年歲在丁巳夏五月二十四日，黄丕烈識。

周薌巖所藏也是翁、何義門兩家校本。此書鈔本類，經不熟唐事人改竄。「陳王友元庭堅戊」，所謂王府官友一人，載新舊《唐志》，而鈔本竟削去「友」字，其他錯誤每如此，惟此刻本最爲近之。義門所改頗有未妥者，如「代其精甲」、「五百壬」等，刻本不誤也。其駁正也是翁所校之誤多是，然如改鄭康成《禮記》「大問曰聘」爲「待問壬」、「一房光庭」乃《新唐書·宰相世系表》所謂「房」非姓也，「去一字庚」。未經舉出者尚夥，益徵雌黄不容輕下矣。蕘圃有殘本，缺甲、乙二卷，借此於周君薌巖鈔完之，而不録兩家校語有以哉。大清嘉慶丁巳六月八日，元和顧廣圻讀一過并記。時在士禮居之西齋。

268 澠水燕談録九卷 舊鈔本

王闢聖塗治平四年進士，元祐間爲邑河東。是書所紀皆建隆以後七朝事，而事[一]皆有關理道，不可以稗官概略之也。吴郡張棟伯任甫記。

此書南宋有刻，今板已亡，宜珍惜之。棟又記。

此《澠水燕談録》三册，余從玉峰得來，係舊鈔本。觀其行款及避諱處，當是宋本影寫者。卷首序文十卷之説，與《書録解題》、《讀書志》所載卷數合，其目録則又載九卷，始《帝德》，終《雜録》，似完備者。然國朝[二]《四庫全書簡明目録》亦載《澠水燕談》十卷，云「分十五類，晁公武《讀書志》稱所載三百六十餘條，此本僅二百八十五條，疑商維濬刻入《稗海》有所删節」，是《四庫》所收即《稗海》所梓本也。至十卷之説何以與宋人書目同，及檢《稗海》所梓本，乃知《稗海》分鈔本四卷「高逸」一類爲五卷，以後五卷至九卷爲六卷至十卷，强分之以足其數耳。至《稗海》删節殊甚，不及鈔本多矣。鈔本分十六類[三]，而刻本止十五類，蓋誤以「文儒」附於「貢舉」故也。鈔本所載三百餘條，而刻本止二百八十五條，則鈔本猶與《讀書志》所載條數相近也。特未知宋刻所失第十卷何時可復舊觀，以成全璧耳。爰記之以著緣起。

此本首册及中册上半册、下册末一葉俱柳大中鈔，卷首之序亦其筆也。目録一葉即非大中筆跡，疑後來散佚，故鈔補以移易面目耳，否則斷無通册大中書而一葉他人寫者，即此可斷爲殘本也。然殘本已勝於《稗海》本〔四〕，知舊鈔書最爲可寶也。世人侈言彙刻之書，而舊鈔本悉置之弗講，請以余言箴之。小千頃堂主人黄丕烈識。

舟中望馬鞍山

早發姑蘇驛，扁舟指玉峰。百程紅日暮，一塔白雲封。偶逐名心動，翻添客思濃。好探文筆勝，尋取舊游蹤。乾隆甲寅十一月十七日，啓宇姪以科試獲雋吴庠招覆往昆，余亦同往，念予不到昆〔五〕已七易寒暑矣。舟中望馬鞍山，因口占一律以志其事。此《澠水燕談録》得於昆者也，故以此詩附於卷尾餘紙云。蕘圃。

嘉慶乙丑夏六月，借錢塘何夢華所藏知不足齋傳録萬曆甲戌江陰白沙山人貢大章鈔九卷手校，其第十卷貢本所無，彼以别本足之，當照彼行款録存備覽可也。蕘翁〔六〕。

越歲丙寅，觀書香雨齋吴氏，見有鈔本《澠水燕談録》三册，閲其目爲十卷，且卷首鈐「毛晉」「汲古主人」印，信爲善本，遂假歸，費一日力對勘訖。其分十卷者，蓋析六卷「先兆」一門爲七卷，而以後八、九、十即原書之七、八、九也。第十卷仍缺，并行款亦不及此，字句更多訛，益信書之難得善本，雖毛鈔亦未可信，何論其他耶？七月朔日，蕘翁。

乙丑收得知不足齋藏原本覆校。己巳補記。

知不足齋原本，每葉二十行，每行二十一字。

《澠水燕談録》九卷，原裝三册，俱以素紙覆背，蓋書賈於鈔本書往往爲此，取其多而可獲價也，余則頗厭之。兹因補鈔第十卷，命工重裝，而輟其覆紙，仍爲三册云。閏六月立秋前三日，蕘翁。張棟初名文棟，字伯任，崑山人，《明史》有傳。周星詒云。

【校勘記】

〔一〕「而事」二字原缺，據上海圖書館藏明柳僉抄本《澠水燕譚録》十卷黄丕烈跋補。

〔二〕「國朝」二字原缺，據前揭黄丕烈跋補。

〔三〕十六類　「類」原作「卷」，據前揭黄丕烈跋改。

〔四〕稗海本　「本」字原缺，據前揭黄丕烈跋補。

〔五〕此句兩「昆」字，原均作「昆山」，據前揭黄丕烈跋删。

〔六〕「蕘翁」二字原缺，據前揭黄丕烈跋補。

269 澠水燕談録九卷　鈔校本

此亦九卷本也，錢唐何君夢華假余，余得讀之。乾隆甲寅曾得舊鈔本，每葉十八行，行十八字，似從宋本録出，今得此對勘，方知各有佳處。余本出柳大中鈔，此本出貢大章鈔，皆明時愛書之人。柳前於貢，故略勝，且余本係柳所鈔，而此又傳録貢鈔本也。書必對勘乃知何本之佳，佳處又不致有遺漏，於此益信云。蕘翁。

270 青箱雜記十卷 鈔本

俞子容守約齋藏書，正德辛巳夏六月晉昌唐寅勘畢。

余向藏《青箱雜記》，近爲友人易去，適小讀書堆有此種，因復收之。其鈔手似不及舊藏之精，而此亦出能書者手，非惡鈔可比。通體無一舊人圖書，然中有紅筆增附小兒詩，知非俗筆，其爲名家儲藏決矣。末有「俞子容」云云，當從原本録出，非真跡也。己卯八月四日，天氣驟涼，晨起展卷及此。復翁書。

271 湘山野録三卷 宋刻本

《湘山野録》曾刻入毛氏《津逮秘書》中，外此未見有善本也。近從華陽橋顧聽玉家得此宋刻元人補鈔本，藏經紙面，裝潢古雅，洵爲未見之書。略取《津逮》本相校，知毛刻尚多訛脱，想當日付梓未及見此耳。繼於混堂巷顧五癡家見有毛斧季手校本，即在《津逮》

本上實見過此本,取對至卷中,「時晏元獻爲翰林學士」一行前竟脱落「備者惟陳康肅公堯咨可爲陳方以詞職進用」十八字,初亦不解其故,反覆展玩,乃知此十八字鈔時脱落,後復添寫於旁,斧季校時猶及見此,而後來裝潢穿綫過進,遂滅此一行。向非别見校本,何從指其脱落耶?爰重裝之,使倒折向内,覽之益爲醒目云。嘉慶丁巳冬十月初五書於士禮居,蕘圃黄丕烈。

戊午年五癡子南雅復以斧季校本歸余,今後可稱雙璧之合矣。蕘圃又記。

癸亥春輯《百宋一廛書目》,重閲此,其去裝潢時已越六年矣。流光荏苒,著述粗疏,即一目録之學,涉手愈知其難,遑論其他哉?二月十日雨窗,書於縣橋之新居。蕘翁記。

272 湘山野録三卷 舊鈔本

《湘山野録》余家有宋刻元人補鈔本,又有毛斧季校宋本,實同出一源,而毛校失宋刻元鈔之真,但云校宋,非原書之舊矣。外間傳本除毛氏《津逮》本外,鮮有他本。此册近從坊友易得,始欲手校宋刻元鈔面目于其上,後檢藏本證之,知是本非出毛刻,與宋刻元鈔本時合時不合,必别有據。依未敢輕改,且録之。下卷自「潘逍遥閬有詩名」下□□□□□□,留此爲别本之證。壬申二月丕烈識。

273 湘山野録三卷續湘山野録一卷 校宋本

宋人説部所藏舊本極多，即如此書，得宋刻元人補鈔本於華陽橋顧氏，又得毛斧季手校本於混堂巷顧氏，方幸其兩美必合。而毛校本已爲友人易去，宋刻元人補鈔本又幾幾乎不能自存，因乘此祖本尚留案頭，手校一過，若者爲宋刻，若者爲元人補鈔，略著梗概。至於行款，未及鈎勒，蓋有補鈔者，則脱失增衍，已非整齊，無容屑屑爲此也。收書之力與年俱退，惜書之心亦與年俱衰，即校書之目力心緒亦勉强爲此書之淚落。豈真寶物不常聚耶？抑清福果難償也。廿止醒人識。

毛斧季校本已歸張訒庵，宋刻元人補鈔本頃又歸藝芸書舍，兹重取張歸毛校本覆勘，又多添校處。惜祖本無從印證，或當日毛校參以己意，或余校有漏落也。校訖并記，復翁。

274 百衲居士鐵圍山叢談八卷 舊鈔本

此張充之手鈔《鐵圍山叢談》，其本甚善。余所藏此書有雁里草堂鈔本，此當從之出〔一〕，惜蠹痕滿迹，余依别本補之，間有歧異，皆不及此，暇日當取雁里草堂鈔本校之。

丁卯十二月廿一日，挑燈填補竣事，時久旱得雨，檐漏點滴，差快人意。復翁。

凡書必講其所傳授，即如充之爲青芝先生子，青芝爲義門門人，故書法甚工，其子充之書卻甚拙，然所鈔書出渠父子者皆妙，以有義門爲之先也。如此書出充之故，後破損不堪，書賈補綴未填寫，人視爲棄物矣。惟余知其源流，故得之而手寫其闕失，遂可卒讀，後人勿以尋常本視之。復翁又識。

【校勘記】

〔一〕當從之出　「出」原作「書」，據臺北圖書館藏舊抄本《百衲居士鐵圍山叢談》六卷黄丕烈跋改。

275　鐵圍山叢談殘本二卷　舊鈔本

此似是寫樣，底本未知即知不足齋物否，但硃校多未妥處，偶一閲之，其第二卷六葉「趙企企道」抹去重「企」字之非。案頭無鮑氏《叢書》，未嘗勘對，寄贈復翁審之。丁卯三月買於江寧，四卷至末卷盡闕。十三日燈下記，澗薲居士。

此册係顧子千里從江寧買得寄贈余者，書止三卷，佚其半矣。余取雁里草堂鈔本勘之，似即從是本出，而原鈔訛脱及校正者，已略改之。至云知不足齋物〔二〕，恐非也。丁卯夏四月二十有八日〔三〕，復翁。

【校勘記】

〔一〕 知不足齋物 「齋」字原脱，據臺北圖書館藏舊抄本《鐵圍山叢談》殘本黄丕烈跋補。

〔二〕 二十有八日 「有」原作「又」，據前揭書黄丕烈跋改。

276 讒書五卷 鈔本

隆慶二年二月中旬，借顧從化元板本鈔，第二卷内闕二葉。鈔完因以《吴越備史》列傳書卷首。錢穀記。

隆慶四年七月初一日，從錢叔寶借鈔。

案枚庵鈔本録此跋，今仍之，其所云從錢叔寶借鈔，未知誰氏。蕘翁。〔一〕

枚庵所鈔，云鈔自王西莊光禄家。光禄僑吴之麗家衖，今已下世，其所藏亦稍稍散出，可慨也。蕘翁又記。

【校勘記】

〔一〕 後李文綺輯録《士禮居藏書題跋補録》無此條，另補録兩則。

277　唐語林三卷　鈔本

此舊鈔本《唐語林》三卷，一卷載「德行」、「言語」、「政事」，二卷載「文學」、「方正」、「雅量」、「識鑒」，三卷載「賞譽」、「品藻」、「規箴」、「夙慧」、「容止」、「企羨」、「栖逸」、「賢媛」，共十五門，以陳氏《書録解題》、晁氏《郡齋讀書志》核之，蓋不全本也。陳云八卷，晁云十卷，在宋已有二本。明時《百川書志》亦云十卷，當是晁所見本，然後來藏書家罕有著録。伏讀《四庫全書總目》云：「明以來刊本久佚，故明謝肇淛《五雜俎》引楊慎語，謂『《語林》罕傳，人亦鮮知』，惟武英殿書庫所藏有明嘉靖初桐城齊之鸞所刻殘本，分爲上、下二卷，自『德行』至『賢媛』止十八門。前有之鸞自序〔一〕，稱所得非善本，其字畫漫漶，篇次錯亂，幾不可讀。」審是則明所存者，亦止此「德行」至「賢媛」矣。然云十八門，又云上、下二卷〔二〕，其分門或係記錯，分卷乃經竄改也。《四庫》雖以《永樂大典》所載參互考訂，總非陳氏所見八卷之舊。惟此三卷，當是照宋鈔本，卷中有犯御名廟諱處皆缺其文，可爲確證。揚州書估攜書數十種求售，苦無當意者，此本雖缺，實爲罕秘，以白金三兩四錢易之。今日天氣老晴〔三〕，礎潤皆收，垂簾北窗下，午飯後書此。蕘翁黄丕烈，時甲子六月六日。〔四〕

【校勘記】

〔一〕之鸞自序　「之」前原有「齊」字，據國家圖書館藏明抄本《唐語林》三卷黄丕烈跋及《四庫全書總目·子部》删。

〔二〕上下二卷　「二」原作「兩」，據前揭書黄丕烈跋改。

〔三〕天氣老晴　「老」原作「乍」，據前揭書黄丕烈跋改。

〔四〕上海圖書館藏明嘉靖二年齊之鸞刻本《唐語林》二卷，有周錫瓚跋，並過録黄丕烈此跋。周氏過録者，將「然云十八門」至「經竄改也」一句删去，自「四庫」後至末爲：「《四庫》乃從《永樂大典》校補。此三卷雖不全，尚是照宋抄本，卷中宋諱皆缺其文，可爲確證。揚州書估攜書數十種求售，苦無當意者，此本實爲罕秘，以白金二兩四錢易之。今日天氣老晴，礎潤皆收，垂簾北窗，下午飯後書此。蕘翁黄丕烈，時甲子六月六日。」其文與國圖藏抄本黄氏手跋略有出入，但不影響文意，惟購書價「白金三兩四錢」誤作「白金二兩四錢」則差誤較大。《蕘圃藏書題識》據抄本録，傅增湘《藏園群書經眼録》卷九録此跋文與《題識》同。

278 唐語林二卷 鈔本

《唐語林》未見完本，見者齊之鸞所刻上、下二卷爾。今假士禮居〔一〕新購舊鈔三卷校之，乃知刻本即發源於鈔本，行款、字形一一相同，惟改三卷爲二卷，以致分卷處有幾頁不對，間有改正誤字。明人刻書妄改往往如此。刻本中有舊校者夾簽，云「『李希烈』前一頁缺，别本上、中、下卷者，亦缺二卷廿九號」，似刻本又有一本，或即將三卷本後改二卷。其首卷〔二〕分門「文學」二字獨細小，重添可見矣。余因將分卷之頁重鈔，兼補缺頁，細心校改，以復不全三卷之舊。而刻本之五頁抽出者仍釘於後，著明刻妄改之非。黄跋述書之原委甚詳，亦録之以爲讀是書者考焉。時嘉慶甲子八月九日，香嚴居士周錫瓚識。〔三〕

此本上、下二卷係硬分者，余得舊鈔實分三卷，蓋視晁、陳兩家所云卷數已不全矣。明人好作聰明，往往不肯爲舊貫之仍，故分併皆由自造。今以舊鈔勘之，不特文義皆同，即行款亦合，惟於分卷處有幾葉或擠或排之稍異爾。此迹顯然，莫可掩飾，特未見原本，無從指摘。甚矣，明人刻書之不可信如此。蕘翁。

道光壬午初冬，漪塘先生文孫〔四〕以《小通津山房詩文稿》見示，屬爲我載入新修郡志「藝文」門〔五〕，因拜讀一過。見題跋中〔六〕有此一則，其原本即余藏本也，緣録於後〔七〕，以見當時奇文共賞之心云爾。蕘夫。孫美鏐書。

【校勘記】

〔一〕士禮居　上海圖書館藏明嘉靖二年齊之鸞刻本《唐語林》二卷周錫瓚手跋寫作「士禮齋」。此跋黄丕烈過録於前揭國家圖書館藏明抄本《唐語林》三卷上，由其長孫美鏐書。黄美鏐抄寫之時改「齋」爲「居」，《蕘圃藏書題識》同改爲「居」。

〔二〕其首卷　「首卷」原誤倒，據前揭上圖藏齊之鸞刻本周錫瓚跋及國圖藏抄本過録周跋乙正。

〔三〕「時嘉慶甲子」至末，前揭國圖藏抄本過録此跋無此句。

〔四〕先生文孫　「文孫」二字原脱，據前揭國圖藏抄本黄丕烈跋補。

〔五〕屬爲我載入新修郡志藝文門　此句原脱「屬」字，「新修郡志」作「縣志」，「藝文」下衍「一」字，均據前揭國圖藏抄本黄丕烈跋校改。

〔六〕見題跋中　「見」字原脱，據前揭國圖藏抄本黄丕烈跋補。

〔七〕緣録於後　「緣」原作「爰」，據前揭國圖藏抄本黄丕烈跋改。

279 揮麈前録四卷後録六卷三録三卷餘話二卷 校宋本

壬戌秋七月借試飲堂殘宋本校。此《前録》四卷。蕘翁丕烈。

宋本書籍難得，得宋本而又殘缺不全，以校時刻卒難完善，豈不可恨！即如此書，《前録》、《三録》俱得全卷，《後録》僅有二卷，前、三《録》皆有二本，而卒未完善，安得全爲之校勘耶？乙丑秋又六月十六，蕘翁記。

乙丑秋又六月，續以繁露堂藏宋本補校。在《前録》末卷後。

280 玉照新志五卷 明鈔本□上二卷秦酉巖手寫

此書元人録本,藏顧氏小讀書堆,余亦曾藏影摹元人録本。是册又從骨董鋪劉家得之,始以爲齋中乙本,今影摹本歸諸他室。是册雖兩半部湊合而成,然經酉巖、方山、岷自諸公手迹所及,居然名書秘籍矣。吾友吴枚庵、張訒庵皆傳録一本,己卯花朝,訒菴録畢完書,因著其原委如此。宋廛一翁。

281 河南邵氏聞見録二十卷 校舊鈔本

嘉靖十三年夏日,對宋本校勘一過。前本與中間一册在予家,四十年始得輳完,可見奇書則不易遇也,保之保之。野竹居士謹記。

余向年初欲購書,時因交白隄錢聽默,聞有元人鈔本《邵氏聞見録》在其肆中,未及買,并未及見也。後知售於他所,心甚念之,然無可蹤跡矣。頃檢五硯樓遺書,見有錢手校者,因傳録之。其校在毛刻上,間有此鈔本與校本同者,始知此鈔之善。又有與校本異而勝於刻本者,當存此鈔之舊。余校時雖照錢校鈎抹,然錢校未知能悉存元鈔面目與否。且此鈔已有與元鈔合者,可知必有所據,未敢悉遵錢校爲定本也。惟是所增幾條,及字句有添補處，似錢校爲勝，則此書有野竹居士云對宋本校勘一過者，不知又何故脱誤矣。《敏求記》有「陸其清有宋人鈔本」云云在精鈔本上，安能一旦遇之一證斯鈔也乎？壬申十月十二日，是日交冬弟一寒信。復翁。以上兩跋均在末卷後。

錢聽默手校本，余臨校後即歸諸喬司空巷張訒庵處，蓋五硯樓不能蓄此也。兹鈔本有嘉靖時野竹居士跋。吴中杉瀆橋嘉靖時有沈與文，頗蓄書，其刊刻《詩外傳》有「野竹齋」字樣，不知野竹居士即沈與文否。嘉慶癸酉正月二十有八日午後，知非子識。在卷首。

道光二年又三月十一日，欽韓重校字。改正者以方別之，上格小注皆鄙見也。在第十卷末。

道光二年又三月立夏前三日，沈欽韓重校。在末卷後。

282 聞見後録十五卷 校鈔本

日來心緒忙亂，偶有暇即校書自娱，然必得小種一校輒了，即復及他種，無暇則棄去，非以爲樂也，聊藉此破寂耳。客有攜曹秋岳家藏舊鈔《邵氏聞見後録》示余者，余取向收職思居精鈔本勘之，時得佳處，然中亦多訛謬脱落，未敢塗抹職思居本，案頭又無別本在。適張君訒庵過訪，云有《津逮》本在，即假之歸，屬校異處于上，遂輟二三日工爲之手校一過。曹本鈔手比職思居本爲舊，故多可信，唯鈔手不一，或已有原鈔、補鈔之異，而字形相近致譌，或本字寫誤即改於誤字下，其初寫誤字又未經抹去，往往有不成文理者。此時手校皆仍其誤，恐有意所未經想到處，反以誤字，故失校，殊非慎重古書之道，故累篇滿幅反有不成文理者，外人視之，不且笑改是處爲不是耶？訒庵不如是，故仍用余校書之法校之。校畢記，時甲戌十月七日雨窗，復翁識。在卷末。

前卷及此卷所載《洛陽名園記》，與毛刻《洛陽名園記》有張德和序者迥異，此邵氏所引本勝也。此《記》亦刻在《津逮》中，想又一惡本耳。獨怪陽山《顧氏文房》本有邵博跋者，卻非《聞見後録》本，反與專刻同，何耶？復翁又記。

283 聞見後録三十卷 鈔本

九月廿六日夜過五柳居，主人以此舊鈔本見示，云新從嘉禾得來，書中有曹秋岳家圖記，信是也。余於《聞見録》有元人鈔本，曾手校一過，若《聞見後録》亦有職思居鈔本而以爲佳。今得此校之，知此雖間有譌謬，然中多佳處，竟勝於職思居本，可見書非舊鈔不可據也。原書部面多破損，急命工裝之，取緒閱□□之異□職思居本者，悉標於職思居本上，此不復□以存廬山真面目也。小春廿有六日復翁識，時歲在甲戌。

284 河南邵氏聞見後録三十卷 校舊鈔本

宋人説部雖有刻本，必取其鈔本藏之，恐時刻非出自善本，故棄刻取鈔也。鈔本又必求其最善者，故一本不已，又置别本也。此《邵氏聞見後録》鈔本甚精，忘其爲誰家物。卷中有「職思居」圖記〔一〕，名之爲職思居本云，藏篋中久矣〔二〕，無别本可勘。頃五柳主人以曹秋岳家藏本見示，鈔手甚舊，而取對此本，郤多譌謬脱落，似但據舊鈔，即以此本爲乙，未必全是也。因參校一過而著其梗概於此。甲戌秋九月卅日雨窗，復翁書於陶陶室。

續借張訒庵藏《津逮》本手校一過，雖明知曹本之誤，亦一一校入，存其真也。因思案頭無别本可校，遂仍以異處校於此内。有灼然可見其誤者，不復校於此本上，而疑似之間，亦間存之，至於脱誤，彼此互有，當並參之。若彼勝於此者，確有幾條，固非曹本，無以糾《津逮》之謬也。十月初九〔三〕録曹本異處，皆從手校《津逮》本上寫之，尚未從曹本逐字細校，願以異日畢之。復翁又記。

道光二年閏三月立夏前三日，沈欽韓校讀。均在末卷後。

【校勘記】

〔一〕職思居圖記 「圖」原作「齋」，國家圖書館藏清抄本《河南邵氏聞見後録》三十卷黄丕烈手跋作「冬」，其下左右方向點了三點。黄丕烈手迹中多有將「圖」字簡省作「冬」者，下或兩點或三點。此字當是「圖」而非「齋」。

〔二〕 藏篋中久矣　「久矣」二字原誤倒，據前揭書黄丕烈跋乙正。

〔三〕 十月初九　「九」下原衍「日」字，據前揭書黄丕烈跋删。

285 卧游録□卷 刊本

予家舊藏宋人鈔本《卧游録》一帙，前有王深源序二葉，此刻無之。卷中有「吴郡沈文」、「辨之印」兩方印〔一〕，又有「吴郡沈文」一方印、「繁露堂圖書印」長方印，末葉有「野竹居士沈與文嘗觀」九字，今以顧刻勘之，字體悉合鈔本，當即據此也。

案：顧與沈同爲吴郡人，又同是嘉靖朝，二人或並時未可知也。復翁記。

【校勘記】

〔一〕 兩方印　「印」字原缺，據臺北圖書館藏明嘉靖間刻《顧氏文房小説》本《卧游録》一卷黄丕烈跋補。

286 耆舊續聞十卷 舊鈔本

凡書有藏至數十年而不得一别本參互考訂者，遂篋置之而已。余始獲此本於滋蘭堂朱氏幾二十餘年，苦無善本可校。頃新知吴枚庵自楚中歸，從渠借善本書，遂出四種示余，一爲《吴越備史》，一爲《文房四譜》，一爲《耆舊續聞》，一爲《近事會元》。《備史》五硯樓有鈔本在余案頭，《四譜》與《續聞》舊有之，遂次第手校之。《備史》五硯本已善，《四譜》、《續聞》兩種勝舊藏多矣。然《續聞》近刻於知不足齋，亦借吴本助校，故尚可緩，若《四譜》世既鮮傳布，吴校尤勝，竟非吴本，則余本猶未盡善也。《會元》絶不見其書，托友人手録。近日校讐之樂，見聞之廣，皆我新知所賜矣。癸酉二月初八日，復翁記。

癸酉二月借吴枚庵本校。吴本出余仲林本，此本出朱敬輿，爲仲林門人，其本同出一原也。枚庵于余本重閲改正，用紅筆，又别用汪西亭立名鈔本校定，用雌黄筆，故多是正。今借以録校語，竭一二日而畢。近鮑丈刊入知不足齋，謂亦見枚庵本，未知有異同否也。復翁。

乙亥初夏，有姪婿施棣齋之業師某介棣齋以舊書一單示余，多不全者，唯《老學庵筆記》、《耆舊續聞》二種獨全。詢其價，曰無之。須還，問其可售與否，久而未得覆。《老學庵筆記》向有臨毛斧季校本，取勘之多同，蓋照宋鈔本也。《耆舊續聞》亦佳，與汪本爲近，此朱本殊不逮，因手校一過。鈔本字跡不工，驗其風氣，當在康雍間，分二卷，未識何據，此時校勘以墨筆識之，稱之曰兩卷本云。一至四爲上，五至十爲下。復翁。

287 癸辛雜識前集一卷後集一卷 舊鈔本

此舊鈔本《癸辛雜識》，有前、後而無續、别。然就所存者取與《津逮》本相勘，已多勝處。書以舊刻、名鈔爲勝，豈不信然！勿以不全忽之。蕘翁記。

癸酉歲殘又見一舊鈔本，前、後、續、别俱全。《後集》末有吴方山題識，云先得前、後，後得續、别，知向來傳布本有前、後孤行之本也。又檢毛刻跋，亦有後得續、别之語，益信此本非不全也。甲戌正月三日，復翁。

此我大父鈔本，書頭所記及點竄字皆手跡也。周公謹名密，齊人，寓居吴興，其祖少傅住郡城天聖寺側。公謹寘業弁山，號弁陽老人，所著書《齊東野語》、《癸辛雜識》及《雲煙過眼録》。此陳仲翁題于《雲煙過眼録》中語也。癸巳重九後三日，緝先人之舊業，裝於金華寓齋北窗芙蓉峰下。己亥閏三月，江涪築小齋。

右長短十行字係馮文昌筆。文昌爲祭酒孫，書頭所記謂爲文上方所記墨筆字，點竄字亦墨筆，書中朱藍筆字亦文昌手書，黄筆不知。書末蕘圃兩跋，俱未及蓋印，未審筆跡故歟？

288 青鎖高議前集十卷後集十卷别集七卷 校鈔本

此《前集》，鈔胥至今春始完，適養疴内室西廂，手校其誤。内有原本誤而鈔胥已據文義改正，輒用朱筆識于旁，以存其舊。甲戌閏月，復翁。

是書《後集》先鈔成，因手校一過，中多空白，或係原來缺文，或係剜去有字處，或係墨塗難辨處，聊存此梗概已耳。癸酉除夕前二日校訖，復翁記。

説部舊本難得，即如《青鎖高議》世鮮傳者。客歲玄妙觀前冷攤獲此藍格緜紙舊鈔本，卷尾有「正德年間鈔録」字，且爲松崖惠先生藏本，惜已歸友人處，遂借歸分手録之。此《别集》乃又一人鈔也。復翁。

甲戌孟夏，友人收得《青鎖高議》下册，乃《後集》十卷完具者。先以書名告余，余曰：「爲何時鈔本？」友人云：「楮墨古拙，是爲前明朝鈔。」因遣足取之，手校於臨寫張訒庵本上，實有勝是者。且疑張藏鈔本亦出是前明朝鈔，特傳時又多一番脱誤校改耳。書以最先者爲佳，信然！復翁。

所收舊鈔本覆校至再，可云精審。向有朱、墨兩筆校字，兹悉標記；其不標記者，皆舊鈔本字，而非由校改也。朱、墨校殊不足信，兹就其文理優者標記之，俟讀者領會之斯可耳。原本多方格闕疑字,案文義似無關,不知所據云何。古書無舊刻,但從鈔本作證,究未可臆定也。此本雖止《後集》一種,然所獲良多,不僅在補闕數條也。不經見之書見非一本,殊自幸耳。四月廿有四日,復翁覆校記。

289 閑窗括異志一卷搜采異聞録四卷 舊鈔本

《搜采異聞録》見諸《絳雲樓書目》。此係傳是樓物,故收之案頭,無别本讐對,因向坊間取《稗海》本勘之,實爲此善於彼。蓋舊鈔可貴也,不特總目、子目俱全,即每條詞句[一]亦多佳處。而舊鈔訛謬有可補正者,復載其異於上方。通體於字之是者旁加圈,非者、疑者旁加點,比《稗海》本衍文旁加尖角,此校之例也。戊辰八月八日,復翁。

【校勘記】

〔一〕每條詞句　「詞」原作「字」,據臺北圖書館藏舊抄本《搜采異聞》五卷黄丕烈跋改。

290 歸潛志十四卷 校舊鈔本

此鈔本《歸潛志》,忘其所從來[一],已恝置之久矣。會有坊友攜示張青芝手鈔八卷本,遂校勘一過。復因張本未全,又從坊間借得十四卷本鈔本統校之,始悉此本多訛舛,又有錯入他書。凡書鈔本固未可信，苟非他本參校，又何從知其誤耶？且書必備諸本，凡一本即有一本佳處，即如此固多訛舛矣，而亦有一二處爲他本所不及，故購書者[二]必置重沓之本也。復翁。

余既手校《歸潛志》，於張校、舊鈔二本合者，姑以圈識之，而斷之曰是、曰誤，取三占從二之意也。然於金源事，未諳所言皆妄耳。丁丑夏五，浙江湖州之南潯人施北研先生來余家小住五日，與談金源事，如瓶瀉水，無一留停。蓋北研以老諸生不利舉業，積數十年精力，究心於金源一代事迹，故能如是也。所著有《金史詳校》、《元遺山詩文箋》、《金源雜興》等著，余見其後二種。茲屬校此，下方「某作某」者是也。

北研自有跋在終卷，而附記北研著述於此者，以見一鄉一邑[三]間不乏樸學之士，特世無知之者耳。即有知之者，而著述不能使之行，是誰之過歟？爲之慨然。以上各跋均在卷首。

癸酉冬日於坊間獲一《歸潛志》八卷本，爲郡先輩張青芝手鈔，旋爲吴大春生得之，因手校此。復翁。[四]

癸酉仲冬廿有四日，於經義齋書坊見有張青芝手録劉祁《歸潛志》八卷本，取歸與舊藏本對，似較勝，惜無後六卷。因憶是坊架上向有鈔本《歸潛志》全者在，越日復往取之。

先校此六卷，實優於向所藏者，遂竭一日半夜力校畢。此當留此全本矣。適春生吳大來訪，余云是青芝所鈔，渠欲轉購之。明日當取張本校前八卷也。十一月廿七日燒燭校畢，時二更餘矣。復翁。在第二册，卷九前。

癸酉冬日用別本鈔本校。復翁。〔五〕

丁丑夏六月過復翁家，相知十餘年，始識面也。翁以余喜説金源事，因出此舊鈔，原校與鮑刻略同，惟《歸潛堂記》之「銅壺」此作「銅臺」。向閲鮑本，「壺」字不解，曾擬改作「鞮」字，今見此「臺」字，乃知舊本之足貴。至「太宗神射」之爲「太祖神功」，李純甫卒於元光末，王仲見爲王廣道猶子，良由神川誤記，不必校。先生因屬綴言，不揣鄙拙書此。北研謹題〔六〕。

【校勘記】

〔一〕忘其所從來　「從」原作「由」，據臺北圖書館藏舊抄本《歸潛志》十四卷黄丕烈跋改。

〔二〕故購書者　「書」字原脱，據前揭書黄丕烈跋補。

〔三〕以見一鄉一邑　「以」原作「亦」，據前揭書黄丕烈跋改。

〔四〕此條原缺，據前揭書黄丕烈跋補。在第一册末，卷八之後。

〔五〕此條原缺，據前揭書黄丕烈跋補。在末卷後，施國祁跋之前。

〔六〕　北研謹題　「題」原作「識」，據前揭書卷末施國祁跋改。

291 對客燕談一卷 舊鈔本

此亦東城顧氏試飲堂書也。書估於去夏買出，遍覓售主，無過而問者，因示余。余以家刻書易之，約計直如本書葉數一餅金寬也。原書破損殊甚，復爲重裝〔一〕，取姚荼夢齋手鈔耳，不知者視之，不值一哂。久爲字簏中物，書之遇合亦如是之奇，可爲深歎。癸未秋九月十九日裝成，蕘夫記。

【校勘記】

〔一〕　復爲重裝　此四字原缺，據臺北圖書館藏明嘉靖十五年姚咨傳抄秦艾齋摘録本《對客燕談》一卷黄丕烈跋補。

292 山居新話東園友聞不分卷 舊鈔本

壬申春三月，復翁手校元刻一過。在册首。

乾隆丙午五月買得此本，閱月，借松陵楊慧樓進士藏本校對，補録前後序文，并卷尾脱葉，可稱完本矣。慧樓淡於功名，鈔撮元人説部甚多，又集前賢翰墨爲《昭代叢書續編》，振奇好古，近日鮮有其人矣。并書於此，亦樂吾道之不孤云。漫士記。在《山居新話》卷末。

楊瑀《山居新話》四卷、夏頤《東園友聞》二卷，錢少詹《補元史藝文志》曾收之。頃從坊間買得此二種，是合裝者，皆舊鈔，然俱無卷數。案其文義非不全者，當是傳本之異。至楊瑀書《四庫》書亦收之，夏頤書則未有也。《山居新話》錢作「新語」恐誤。蕘翁識。在卷末。

293 遂昌山人雜録不分卷 校舊鈔本

此鈔本《遂昌山人雜録》，未知鈔自誰氏，其格邊但云「歲丙子鈔畢」，亦未詳其何朝之丙子也。近得一「崇禎七年六月四明范廷芝異生甫校」本，出此校勘，頗資是正。間有此善於彼者，當參考云。蕘翁。

294 遂昌山人雜録不分卷 校明鈔本

崇禎七年六月，四明范廷芝異生甫校。以下各跋均在卷末。

商氏所刻訛舛，不復可讀，此粗愈爾。楊紹和案：當即義門所識。

《遂昌山人雜録》余所藏舊鈔本十八行二十七字，字體較此略整齊，亦係黑格。格邊有「歲丙子鈔畢」五字，在最後一葉，然未詳其鈔自誰氏，即「歲丙子」亦不知其何朝也。頃揚州書友攜此册來，不第爲四明范氏所鈔，可爲珍寶，且係義門先生閲本，尤足貴重，因急收之。復取余舊藏本相勘，大段此本爲勝，然有一二訛舛，亦足互爲校正。不揣惡劣，用墨筆勘之，舊藏本審是明代所鈔，所云「歲丙子」若在崇禎朝當是九年，較此鈔又後也。爰並藏以此爲甲而彼爲乙云。嘉慶歲在乙丑閏六月三日，蕘翁黄丕烈識。

295 青樓集不分卷 校鈔本

嘉慶己巳中秋十有三日，友人招飲于山塘，便道過訪陳仲魚，見案頭有鈔本《青樓集》，遂攜歸，屬内姪丁竹浯傳録，以備閒居流覽云。是日席上侑酒者有張氏素芳，一時色藝冠絶流輩。并記。

十月初旬卧病樓居，偶起坐檢樓所貯書，尋得向藏舊鈔本，因手校一過，多所異。想有兩本，不得據彼改此，亦不得據此改彼，各存之可也。復翁記。

296 陸延枝説聽四卷　明刊本

湖賈以殘帙一册見遺，其書名《説聽》，計四卷，惜首尾葉皆不全，無從知撰人姓氏。卷中有「先君録入，庚巳編矣」語，始知爲陸粲子也。陸粲《庚巳編》十卷，子陸延枝《説聽》四卷，皆載入家俞邰《明史藝文志》「小説家」類。此則《煙霞小説》本，近時此書不甚廣布，故無可鈔補，稍爲黏補，以便展觀云。癸未冬至後四日裝成記，蕘夫。粲弟陸采有《天池聲雋》四十卷，又《覽勝紀談》十卷，是爲天池山人。〔一〕

【校勘記】

〔一〕據國家圖書館藏明萬曆十八年《煙霞小説》本《説聽》四卷黄丕烈跋，此行小字注寫在「陸粲《庚巳編》」右側行間，《題識》移置文末。

297 埭川識往一卷　舊鈔本

此書余得諸郡故家，藏篋中久矣〔一〕，無別本可對也。甲戌四月，路過玄妙觀前，有友人出一書相示，云是外間所罕有者。余取視之，蓋即《埭川識往》也，因謂友人曰，此書原本余得之，請攜歸一對。果自余本出，特傳録又不無稍誤耳。唯是余本〔二〕本有原誤，而校正者痕迹宛然，末一跋中[三]所改有正有誤，「壬午」二字原作「辛巳」，如據卷端弁言，「壬午」爲正；「白沙公」三字原作「二月余」，「予」字原作「中」字，「曲江黃弘農」原作「白沙貢大章」，此原正而校誤也[四]；觀卷端弁言，云「與客至吳門」，客即指野素[五]。未完。

此書未知撰人，前有延陵白沙山人端木氏大章敘，即貢大章。後跋爲曲江黃弘業，非大章。再跋「二月餘」亦當作「白沙公」，觀語氣知之，不得云校誤。

【校勘記】

〔一〕藏篋中久矣　「篋」原作「匣」，據臺北「故宫博物院」藏明綠筠堂抄本《埭川識往》一卷黃丕烈跋改。

〔二〕唯是余本　「余」字原脱，據前揭書黃丕烈跋補。

〔三〕末一跋中　「一」字原脱，據前揭書黃丕烈跋補。

〔四〕而校誤也　「而」原作「兩」，據前揭書黃丕烈跋改。

〔五〕野素　前揭書黃丕烈手跋至「野」字爲止，無「素」字，蓋輯刊《題識》時補之。

298 山海經圖讚十三卷 鈔校本

《山海經圖讚》，《津逮》中有之。蓄書必取舊刻、名鈔，故此本有葉、孫兩家藏書圖記，雖非鈔之至精者,亦在收藏之列。是書出余友張君秋塘,知余所好如是,欲易家刻《國策》一部,遂易之。分十三卷者,猶舊第也。甲戌人日記。時瑞雪未消〔一〕,新月欲下,一種清景,閒窗静夜,人獨領之。復翁記。

【校勘記】

〔一〕 時瑞雪未消　「時」字原脱,據臺北「故宫博物院」藏舊抄本《山海經圖讚》十三卷黄丕烈跋補。

299　穆天子傳六卷　校本

嘉慶乙丑,余初見九行廿二字本,信爲佳本,遂遍借諸家藏本,手校於此。其最舊者爲叢書堂鈔本,然注多删節,故此所校以舊鈔本爲校,餘不過備查核也。蕘翁。在卷首。

丙寅五月朔,書友以范刻《穆天子傳》求售。每半葉九行,行十八字。每卷次行標「晉郭璞注,明范欽訂」,似前所見范本猶翻刻也。字大悦目,印本清爽。惜前人讀過,朱墨燦然,於闕文□字,皆有案語存疑標於上方。竊思此書在荀勗校定時已病其殘缺,郭璞作注,間於注中存疑,後人安能以意補缺耶?通體句讀,頗便觀覽,因悉臨之。其異同處亦用朱筆標注焉。在卷首序後。

此序用玄妙觀《道藏》本校。復翁。

此序用叢書堂抄本校。〔一〕

因續見范刻本，用朱筆校之，復以九行二十二字覆勘，悉注九行本。間有用墨圈者，亦九行本也〔二〕。丙寅五月三日記。在卷首。

勗字公曾，潁川人，漢司空爽曾孫也。晉武帝拜中書監加侍中，俄領秘書監，得汲冢中竹書，詔勗撰次之。范本舊校。

此序亦以《道藏》本校，字體未盡改也。復翁。以上兩條在卷首序後。

丙寅小除，以顧千里影抄《道藏》本校。其與此刻異者，或下方旁行注出，標以「道」字；與此刻同者，不贅注出矣。在卷一後。〔三〕

九行二十二字本，校本文與此刻同〔四〕，疑此即從九行二十二字本出，則彼爲明刻之最先本無疑。

同時又借陳仲魚所得明范欽吉、陳德文校刊本校一過，大段與此刻同，而一二處有合舊鈔者。并記。

同時又借香嚴書屋藏舊鈔本，鈐有「叢書堂」印本，文與此刻同，與所校鈔本不合，且注多節略，似非善本，聊校存其一二異字。蕘翁。

校畢此卷已將夕矣。余以病軀得閒，校此雖憂亦樂也。

予病前校書，已苦其煩，何況病後，家人禁予勿看書者幾匝月矣。自下樓後，枯坐內書房，日聽家人婦子料理歲事，雖非手親治之，耳聞能毋心動乎？因借此六卷書，消我兩日憂，轉不覺其煩也。大除夕然燭，復翁識。

丙子秋日借玄妙觀《道藏》本校，又正數字，皆就前校影鈔《道藏》本所誤者，餘凈校《道藏》，別有本子在。復翁。以上各跋均在卷末後〔五〕。

【校勘記】

〔一〕以上兩條據一九三四年山東省立圖書館影印《海嶽樓秘笈叢刊》本《穆天子傳》六卷黄丕烈校跋補。均在卷首序後。

〔二〕亦九行本也　「九」原作「六」，據前揭書黄丕烈跋改。

〔三〕以上三條均據前揭書黄丕烈校跋補。「范本舊校」爲手跋原注。

〔四〕文與此刻同　「文」原作「又」，據前揭書黄丕烈跋改。

〔五〕「均在卷末後」五字原缺，據《士禮居藏書題跋記》卷四補。

300　鄭桐庵筆記不分卷　鈔本

《鄭桐庵筆記》案：桐庵名敷教，國初人。

此書已遭剜損，卷中空白處皆是也。書名亦削去，從部葉得之。復翁記〔一〕。均在卷首。

吾郡有鄭桐庵，昔賢之著名者也。向嘗得其手鈔佛氏書幾種，業輟贈余同年蔣賓嵎，篋中無桐庵筆墨在矣。壬戌歲杪，再徙居東城之縣橋，偶與韓丈旭亭談及，知桐庵係里中人，心甚悔前此之輕棄矣。續收得宋槧《續幽怪録》，上有桐庵姓字章，急收之，與韓丈作詩紀事。又從伊裔索得筆墨一紙，苦無附麗〔二〕，未暇裝潢。頃賈人自畹城歸，購得桐庵雜著、詩古文詞并《紀年》、《紀遇》等共四册，竊喜桐庵事跡略可考見。適海寧陳君仲魚處亦有《桐庵筆記》一卷，遂借鈔此。桐庵人品學問，《府志》略具，而其遺文逸事散見他處，兹何幸而次第搜羅畢集我室乎！遷居縣橋事載先生《紀年》中，在崇禎五年壬申，先生三十七歲，相傳所居爲秋水軒遺址，無可考。顧瞻舊里，繙閱遺編，惟有益深景仰焉耳。己巳仲冬二十有八日，後學黄丕烈識。在卷末。

【校勘記】

〔一〕 復翁記　「記」字原缺，據上海圖書館藏清嘉慶十四年士禮居抄本《鄭桐菴筆記》一卷黄丕烈跋補。

〔二〕 苦無附麗　「苦」字原缺，據前揭書黄丕烈跋補。

301 劇談録二卷 校本

乙丑十月以開萬樓所藏舊鈔本校，首多序一篇，卷中亦時有一二佳字。每卷撰人多官銜，皆古式也。書以舊本爲佳[一]，信然！即有訛字，可揣而知也。蕘翁。

【校勘記】

〔一〕書以舊本爲佳　「本」字原缺，據國家圖書館藏明毛氏汲古閣刻本《劇談録》二卷黄丕烈跋補。

302 劇談録二卷 明鈔本

舊鈔本《劇談録》，見諸《汲古閣秘本書目》，所藏無有也，《津逮》本已耳。近書估從開萬樓收得舊書數種，内有此册，亟收之以備儲藏，取校毛刻[一]，增多序一篇，每卷多官銜一行，佳字亦時留一二，其舛訛處可揣而知，不礙其爲善本也。嘉慶乙丑十月，蕘翁。[二]

續收得明代專刻細字本，雖序及題銜已具，而佳字反不及此舊鈔，此本未可廢也。庚午十月復翁又記。

【校勘記】

〔一〕取校毛刻　「刻」原作「刊」，據國家圖書館藏明抄本《劇談録》二卷黄丕烈跋改。下文「明代專刻」同。

〔二〕 嘉慶乙丑十月蕘翁　此八字原脱，據前揭書黄丕烈跋補。

303 廣異記 明刻本

《廣記》載劉門奴事亦誤爲「明奴」，惟此書劉缺。見《讀書敏求記》中缺。卷缺。余家素無此書。缺。劉門奴缺。錢《記》不詳著者何缺。人名，旁檢他書，缺。列名缺。人搜擇耶？年缺。書籍一事，缺。生厭心矣。缺。落比比而是近缺。幾缺。乏書因長子咨追事急爲脱缺。書賈捆載以去，可慨也夫！缺。申冬十月缺。有七日，知非子黄丕烈識。

304 稽神録六卷補遺一卷 舊鈔本

此舊鈔本《稽神録》二册，嘉靖時姚舜咨家藏書也。其源流載姚跋語中，兹不贅。余以白金五星易諸書友郁姓。郁姓喜甚，以爲此字簍中物，而竟有出銀易之者，且其同伴亦以爲此五星意外得來，遂拉往飯鋪爲沽酒市脯計。蓋書友視此書字迹惡劣，紙墨污敝，決非有用物也。而余則喜甚，非但姚舜咨跋可證書之源流，且取校向藏秦酉巖鈔本，復經蔣揚孫校補者，知此爲祖本，彼猶有傳寫臆改之病，而此則原書，面目纖悉具在，勝於前所收者多矣。但不加裝潢,仍恐後之見是書者復爲書友之續,因重裝之,工費較書直奚啻數倍。旁觀有竊笑者,余曰:「余獨非爲字簍中物起見耶,特惜字分金過重耳。」相與一笑而罷。因書諸卷尾。乙丑小春望日〔一〕,蕘翁丕烈。

士禮居重裝四册。〔二〕

癸酉初秋,有書友從冬烘書塾中易得破書二種,過余閒談,其意非以是求售也。余檢得《塵史》一本,墨敝紙渝,卻是舊鈔,因遂留之。取校義門手校余澹心藏本,知今所見的是底本,勝於舊藏多矣。啓廚見此《稽神録》,其書之舊而佳,後所得勝於前所藏,最勝之本以無意得之,情事適同,喜而書其顛末於此。時秋雨生凉,夏伏炎威頓減其半。復翁識。

【校勘記】

〔一〕小春望日　「望」原作「五」,據國家圖書館藏明嘉靖二十二年姚咨家抄本《稽神録》六卷《拾遺》一卷黄丕烈跋改。

〔二〕此條原缺,據前揭書黄丕烈跋補。此句小字注於前跋之後。

305 江淮異人録不分卷 校本

古書安能盡見？即如此書，鮑已得善本校伍氏本矣，枚庵云以文從宋刻校正，殆未可信。枚庵既有此鮑校本，復又重録一清本，想已云盡善矣。頃子僊以友人求售之秀野藏鈔本見示，予竭半日力校之，繼以二更遂畢〔一〕。此觸處多妙處，鮑君已作古，不及語之；吴丈朝夕見，當一一告之。俾知《江淮異人録》尚有善本，出鮑本外也，特古書深藏，恨不能盡見耳。今日校書竟日，不致心煩頭脹，甚快事也。乙亥元夕前一日，復翁。

《江淮異人録》一卷，傳本甚罕，余得此於吴興賈人。鮑君以文復從宋刻校正，真善本矣。辛丑二月枚庵記。在卷末。

《江淮異人録》向未見有善本。此册藏五硯樓，識是吴枚庵所藏〔二〕而鮑君渌飲校過者，因檢出之。是册刻入《知不足齋叢書》第十二集，案：《叢書》刻本非渌飲手校此本也〔三〕。檢渌飲跋，但云善本，並未言宋刻校正。其源亦出於伍本，并以爲伍已有改竄，未知何據。《叢書》與此本微異，其刊成在乾隆丁未，復在辛丑後，不知何以不據是本而又改易也。案：此本未盡善，故鮑刻不據此。此云「伍忠光」，彼作「伍光忠」，或係筆誤。枚庵藏本爲渌飲刻入《叢書》，往往著其緣起，而此書不及枚庵名，當非是本矣。余喜古書，雖已經刊行〔四〕，必藏其舊者,況疊經名手校過,尤爲可寶。渌飲筆墨不輕與人,余訂交二十來年〔五〕,求其手跡率不可得,得此補闕,良慰余懷。嘉慶庚午夏季六日,復翁書〔六〕。

吴枚庵别有乾隆癸卯重録鮑校本,亦爲余所收,蓋原本出於鮑,故付梓不云吴本也。又記,乙亥元夕前日。〔七〕

續檢鮑刻〔八〕《叢書》本,非即初次所校者〔九〕。渌飲跋云「喜得善本,特梓以存其舊」,蓋又一本矣,妙處都與〔一〇〕顧本合,稍有異同,殊瑣屑也。元夕又記。

【校勘記】

〔一〕遂畢　「遂」原作「進」,據國家圖書館藏明嘉靖刻本《江淮異人録》不分卷黄丕烈跋改。

〔二〕吴枚庵所藏　「吴」字原脱,據前揭書黄丕烈跋補。

〔三〕手校此本也　「此」字原脱,據前揭書黄丕烈跋補。

〔四〕已經刊行　「刊」原作「刻」,據前揭書黄丕烈跋改。

〔五〕二十來年　「來年」原誤倒,據前揭書黄丕烈跋乙。

〔六〕復翁書　「書」原作「記」,據前揭書黄丕烈跋改。

〔七〕又記乙亥元夕前日　原作「乙亥元夕前日又記」。前揭書黄丕烈手跋「乙亥元夕前日」六字爲雙行小字,注於「又記」之下,據改。

〔八〕 續檢鮑刻 「檢」原作「校」，據前揭書黄丕烈跋改。

〔九〕 初次所校者 「者」字原脱，據前揭書黄丕烈跋補。

〔一〇〕 妙處都與 「都」原作「多」，據前揭書黄丕烈跋改。

306 江淮異人録不分卷 校鈔本

舊藏嘉靖間伍氏刊本，訛脱幾不成書。武林鮑渌飲以藏本校正，因重録之。馬氏《通考》、陳氏《解題》俱作二卷，然二十五人事迹具在，則爲全本無疑。乾隆癸卯霜降日，延陵吴翌鳳識。

鮑校伍氏刊本余亦見之，所據以入《叢書》者非此校本也。乙亥春從李氏獲見顧秀野草堂本，校於鮑校伍本上，兹復謄於吴枚庵手鈔本云。復翁。均在册末。

307 茅亭客話十卷 穴研齋鈔本

《茅亭客話》曾刊入《津逮秘書》中，外此皆鈔本流傳，若舊刻惟宋板耳。余所藏有二本，一宋板，即《敏求記》所云「太廟前尹家書籍鋪刊行本」也，一舊鈔，爲錢罄室家藏，得此穴研齋繕寫本共有三本矣。此册取對宋板，大段都同，中有正文寫爲小字者，宋板如是，故仍之。古書源流明眼人能自辨之[一]，弗可爲外人道也。乙亥夏季，復翁。

【校勘記】

〔一〕能自辨之　「能自」二字原誤倒，據國家圖書館藏明穴研齋鈔本《茅亭客話》十卷黄丕烈跋乙。

308　茅亭客話十卷　明鈔校宋本

《茅亭客話》惟毛氏《津逮》中有之，舊本世不多見，鈔本則載於《汲古閣珍藏秘本書目》。余於去秋曾得一宋刻，即《讀書敏求記》所云「太廟前尹家書籍鋪刊行」本也，取校毛刻，多所改正，兼多石京後序一篇，信稱善本。兹又從吴枚庵家得錢罄室藏本，行款雖與宋刻不同，而字之誤者不到十分之一，有一二衍字，或以意擅改字，亦皆與宋刻舊校合。蓋宋刻已經俗人塗抹，後來傳録多本於此，故適同耳。余破兩夜力，復用宋刻真本校勘一過，因題數語於卷尾。甲子二月晦[二]，蕘翁記。以下各跋均在卷末。

中秋[三]重裝，去其補蠹蝕痕紙色之不純者，斐然可觀矣。蕘翁又記。

十月十有三日，雨窗無聊，整理書籍及此，重展一過。竊幸此等秘本獲一爲難，今余兼有宋刻、舊鈔，何幸如之！俗人以余好收古書，動以洩天地奇秘爲戒。憶春初遭大兒之變，親友勸余勿再收藏，然余反藉此消遣，故校此書時猶在大兒七中。夏秋以來，心緒略定，不謂九月下旬又值伯兄去世，倫常間多不如意事，造物之忌其果然耶？而余藉此消遣之計仍如故也，爲之破涕爲笑。蕘翁又記。

壬申仲冬九日，訪友至胥門，因觀坊間所收吴稷堂書，内舊刻、名鈔絶無創獲，遇稍舊者，賈人已拔置别儲一處矣。余至請觀，見目標「默記」而注「九册」，心疑是書不應如是之多。索其書，乃彙鈔各種而適存九册也，《默記》特其中一種〔三〕耳。中有《茅亭客話》，取歸與此對較，此鈔本爲佳，往往與宋刻合。此本外又益一舊鈔矣。復翁丕烈。

此書宋刻近亦轉歸他所，所藏唯此及穴硯齋鈔本矣。論字之與宋刻合〔四〕，穴硯齋本爲佳。若要存宋刻面目，則此手校者爲勝矣。舍刻論鈔，二本不相上下也。戊寅元旦雪窗記，宋廛一翁。

【校勘記】

〔一〕甲子二月晦　「晦」字原脱，據國家圖書館藏明鈔校宋本《茅亭客話》十卷黄丕烈跋補。

〔二〕中秋　「秋」原作「和」，據前揭書黄丕烈跋改。

〔三〕其中一種　「一」前原衍「之」字，據前揭書黄丕烈跋删。

〔四〕論字之與宋刻合　「論」前原衍「無」字，據前揭書黄丕烈跋删。

309 酉陽雜俎前集二十卷 校本

乙亥夏，吴丈枚庵於新交處借一明刻本《酉陽雜俎》，前集、續集俱全。既自校矣，又轉付張訒庵校之，余即從訒庵借其手校本校於明刻新都本上。訒庵云前集頗佳，續集與汲古本不甚異，且余所藏新都本止二十卷，故借校止前集云。張本從内鄉李雲鵠校本補趙琦美序，又補宋嘉定時人二序，又淳祐時人一序，皆未之傳録。惟趙序煞有關係，知此二十卷源流實出於宋刻，又出於校勘，故與此新都本迥異，又與汲古本亦殊，就所見本，此較勝矣。趙因得續集，而又得前集，蓋琦美之堂兄可庵於婦翁繆含齋可貞氏處轉録崑山俞質夫先生宋刻《雜俎》前集，琦美又校三四過，錯誤分合補脱，正誤不可指屈，并爲搜《廣記》類書及《雜説》所引隨類續補。嘉禾項羣玉氏復以數條見示，續所未備。噫，此趙本之《雜俎》耳，姑臨校以俟宋本，可乎？復翁臨張訒庵校本訖并記。在前集第十二卷前。

《酉陽雜俎》無宋元刻及舊鈔，故所儲止明刻焉。明刻别有内鄉李雲鵠校本，雖出自宋刻，而增删已經動手，其所謂趙本也。校如右。

續以五柳居每葉二十行每行二十三字本校趙本異字，有與同者加墨圈識之。復翁。

均在前集末卷後。續集十卷未校。即前集所據之李雲鵠刻本，想經復翁配入者也。

310 續幽怪録四卷 宋本

嘉慶丙寅孟夏月，杭州書友介其族人陶藴輝售宋刻李注《文選》於余，以此《續幽怪録》二册爲副。藴輝曰：「此書向於東城書坊獲之，後歸知不足齋，今仍返故土，古書殆亦有靈耶？」余檢卷中藏書家圖記，有「鄭印敷教」一章，則其爲東城故物無疑。桐庵先生秋水軒其去余縣橋新居不遠，同里旭亭韓丈曾言之，兹書歸吴，而余適遷居東城，因遂得此以慰書之願云爾。蕘翁。

此臨安府太廟前尹家書籍鋪刊行本也。余所得《茅亭客話》亦爲尹家刊本，行字多寡與此正同。然《茅亭》曾經遵王記之，而此書絶未有著於録者，可云奇秘矣。此《録》續牛僧孺書，本名《玄怪》，見於陳、晁兩家之書。其云「幽怪」者，殆避宋諱與？陳云五卷，晁云十卷，今多於陳而少於晁，其分卷當出更定。晁又云「分『仙術』、『感應』三門」〔一〕，此不分者〔二〕殆合并而去其門類也。尹氏所見諒已不全，就其所載事核之，僅二十三則耳。《述古書目》所收鈔本止三卷，較此更少矣。近《彙刻書目》云《稽古堂日鈔》亦列其名，未知其卷若何。然以宋刻爲據，則此四卷者〔三〕，固足以覘前此之梗概，而訂後來之疏略矣。余喜讀未見書，若此小種，依然舊刻，豈不可備《百宋一廛書録》之續乎？蕘翁又記。

憶題鄭桐庵秋水軒今比鄰周氏所居即其舊址。

縣橋東去路，一境足清幽。世事雲方夏〔四〕，人心水是秋。典型嗟日暮，文字見風流。勿謂我生晚，遺書幸可求。余向收桐庵先生手書佛經數册，輟贈同年蔣賓嵎，後遷居縣橋，知桐庵即同里之先輩，而反無其手澤，心殊怏怏。頃適得此《續幽怪録》，上有先生印章，急購而藏焉，以當合浦之珠。同時又蒙先生族裔〔五〕贈先生遺墨，爰追題《秋水軒》以寄景仰前賢之意云。黄丕烈草。

【校勘記】

〔一〕分仙術感應三門　晁公武《郡齋讀書志》卷十三原文如此。孫猛《郡齋讀書志校證》云：「袁本無此七字。按『三』疑作『二』，或句下有脱文。」

〔二〕此不分者　「不分」下原衍「卷」字，據國家圖書館藏宋臨安府太廟前尹家書籍鋪刻本《續幽怪録》四卷黄丕烈跋删。

〔三〕則此四卷者　「則」字原脱，據前揭書黄丕烈跋補。

〔四〕世事雲方夏　「方」字原作「爲」，據前揭書黄丕烈跋改。

〔五〕又蒙先生族裔　「蒙」原作「得」，據前揭書黄丕烈跋改。

311　録異記八卷　校明鈔本

右《録異記》一集，凡八卷十七類，乃五代人杜光庭所纂。得於友人家，假歸録出，仍鈔別本，總計七十翻。時正德己卯三月望後一日，吴門柳僉大中録畢於桐涇别墅之清遠樓中。其日細雨，閉門弄筆，强述一章以紀之：鈔書與讀書，日日愛樓居。窗下滿地水，萍間卻餌魚。時名隨巧拙，天道已盈虚。莫信村居好，山居樂有餘。

己卯首夏，訪大中村居，承假是録，録畢用書尾原韻奉謝：生平酷好書，僻性懶城居。洗杓嘗鷗酒，焚芸辟蠹魚。荷君函裏秘，益我腹中虚。好語田園輩，辛勤廿載餘。端陽後二日，長洲守約道人俞弁志。

萬曆己丑首夏，趙子玄度訪予齋居，欲得文中子《元經》，予舉以贈之。因語予近得杜光庭《録異記》，凡八卷，予請借觀。去數日，録一册見贈。據前二跋，距正德己卯又七十一年矣。玄度爲今大司成定宇公冢器，翩翩好古言，論風旨綽有父風，蓋後來之俊云。是歲端陽後二日，西巖山人謹識。

方書此時亦漫然耳，至六月二十日復觀之，乃與前跋俱端陽後二日。事之偶合如此，亦異矣哉。西巖并書。

杜光庭，長安人，應九經舉屢不第，思欲脱屣名利，逍遥物外。會僖宗幸蜀，以蜀中道門牢落，思得名士以振之。時潘尊師道術甚高，僖宗所重光庭數下闕三字。僖宗駕回，詔尊師於兩街求其可者。遂以光庭應詔，召問稱旨，即令披戴，仍賜紫衣，號廣成先生，馳驛赴蜀。及王建據蜀,待之尤厚,又號爲天師光庭。嘗以《道德經》注者雖多,未暢厥旨,因著《廣成義》八十卷,他術稱是,識者多之。右出陶岳《五代史補》。己丑季夏酉巖子録。在卷首。

余生五十三年,但知有安愚,不知有守約,今乃并得讀其詩。二老風流可愛,他日志者舊者當訪其事蹟存之也。康熙癸巳焯識。

嘉慶乙丑夏六月十三日,有事入山,便道至閶門,留耕書棧訪揚州書賈,因出舊鈔書數册示余。余所檢者,此爲最佳,卷尾綴柳、俞二公詩,想見昔賢〔二〕留心書籍,往往寄情吟詠,與吾儕三益聯唫時所爲《題書紀事詩》先後同揆也。興之所至,繼賦一律云:

爲欲訪名書,尋蹤到客居。刻虞鵠類鶩,鈔怕魯成魚。善本讐非妄,前賢愛不虚。一編真足寶,可以概其餘。蕘翁黄丕烈。

柳俞去後趙秦來,二老風流亦異哉。獨有髯何誰與繼,宋廛今日卷重開。此書先有柳安愚、俞守約彼此唱和,後有趙玄度、秦酉巖彼此授受,二老風流得替人矣。唯義門學士後無有手跡留此書者。今入余手,屢加校勘,妄思繼之。

四卷奇書出道經,秋宵校閲一燈青。酒杯孤負中秋月,細雨空庭笑聚螢。校此書適在中秋,是夜無月,坐堂中看兒女輩聚螢爲樂。宋廛一翁。以上各跋均在卷末。

【校勘記】

〔一〕 想見昔賢 「賢」原作「人」，據國家圖書館藏明抄本《録異記》八卷黄丕烈跋改。

312 蓬窗類記二卷 明鈔本

道光辛巳，郡中方有修志之舉，思廣收遺籍以助多聞。適估人以鈔本各種相示，惟此册最舊，因購之，在明人著述中不多得也。向爲楊五川所藏，尤足珍重云。復見心翁十月廿六日記。

去冬十二月望間，余友管佛容來，談及伊家藏有此書刻本〔二〕，聞之喜甚。後以迫殘歲，不暇及此，今春開歲又十四日，枯坐無聊，思假刻以校鈔本，遂往借之。止一卷，原分上、下，今存上卷，不分某某記，於原書「類記」之名不合，不足□也〔三〕。卷首王序〔三〕，後有其孫省曾序。蓋重刊删削，非其舊矣，名曰《蓬軒吴記》云。壬午蕘夫。

管氏所藏刻本亦稍有與此異者，就字之可存者校諸上方。内有異者，著之於卷尾，恐爲重刻時增補也。「濰亭」一條「今修撰毛憲清」句下，多「丙辰朱懋忠繼」之句，崑山人也。句上增「皆」字，下「四至」、「四人」改作「五」，此必後人增益而然，不可據。「逃虚子」條末有云：「少師公有叔名震者，公回至家，不容相見，曰：『汝從西方之教，而靖東方之難，難不能靖,置我何地?何見之有?』」此可廣異聞,故存之。餘即有一二異處,無足重輕,不復及云。同日記。

越上元後二日,閒窗無事,仍將刻本校一過。刻不如鈔者悉未校出,因鈔固全本中摘録。二記〔四〕省曾序云《吴記》二卷、《别記》一卷,知所據非全本矣。

【校勘記】

〔一〕此書刻本　「刻」原作「刊」,據國家圖書館藏明抄本《蓬窗類記》五卷黄丕烈跋改。下文五個「刻」字原均作「刊」,同改。

〔二〕不足□也　此四字原缺,據前揭書黄丕烈跋補。第三字難以辨識。

〔三〕卷首王序　「王」原作「三」,據前揭書黄丕烈跋改。

〔四〕二記　此二字原缺。前揭書黄丕烈跋「録」下尚有兩字,似「二記」二字,但筆跡不清,仍存疑。

313 道餘録不分卷　鈔本

禪乘、儒宗由來水火,而實則水乳。此中别之合之,正覺多著語言文字不得,得其旨者,實莫名一詞。然則少師此録不爲贅乎?曰否。别之者,余嫌其詞費,合之者,余亦嫌其詞費。若詞不費而令人豁然意解者,何嘗有語言文字之累耶?中吴賴歟行者書於花象山房。

心山所居亦曰滄蠡閣。俱在卷首。

《道餘録》出姚少師手。余既得《逃虚子集》、《逃虚類稿》矣，故並藏之。此書爲金心山所藏。心山，余友也，能文善畫，又好酒，曾住郡中馬醫科巷。先世富饒，及身貧寠，然爲人高雅，筆墨俱饒天趣，惜身後蕩然，殘編斷簡以及一二畫本俱爲賈人取出，間有得者，余悉珍之，重其人也。戊辰十一月望後二日復翁識。在卷末。

314 道德真經指歸十三卷 校宋本

嘉興刻《道德真經指歸》是吾邑趙玄度本，後從錢功甫得，乃翁叔寶鈔本，自七卷訖十三卷。前有《總序》，後有《人之饑也》至《信言不美》四章，與《總序》相合。其中爲刻本所闕落者尤多。焦弱侯輯《老氏翼》亦未見此本，良可寶也，但未知與《道藏》本有異同否。絳雲餘燼亂帙中得之，屬尊王遺人繕寫成善本，更參訂之。辛丑除夕牧翁記。

亂帙中簡，出《道德指歸》，耑人馳去，此夕將此殘書商榷，良可一胡盧也諸，侯獻歲面言。謙益再筆。

此書亦出郡城顧氏，而忘其爲某房矣。頃顧氏爲任蔣橋一房分支，而遷居在濂溪坊者，有書欲消，余往觀之，於叢殘中檢得嚴君平《道德指歸論》，係錢東澗手跋本。内黏附

「與尊王札」一條，想經尊王繕寫既成，而倩東澗跋之，以原札附入之本也。後書主欲併他書總去，爲他人所得，余蹤跡是書所在，假歸覆勘。中有一二誤字及脱校處，復用朱筆正之，校畢因記。時嘉慶甲戌秋重陽日也。復翁。

古人愛書如命，故獲一異本，雖殘帙亦必轉相告，語其情事，今猶古也。然書本子一本有一本之面目，非得真本，即盡美矣，安得謂之盡善乎？所以東澗於此本錢叔寶鈔者已爲可寶，而猶留一《道藏》本在，想望未見之中，是真能知書者。今余何幸，而所見勝於東澗。東澗當日有遵王互相商榷，引爲同調，而余適有訒庵借校，因思《道藏》之本余能遂訒庵之願，且訒庵又能補余校之漏，可見愛書者尤不可不愛友也。九月下澣五日，訒庵補校疏略訖，揀還復書此以志。秋清逸士。

道光癸未，張訒庵從余借此本臨校，頗以此本脱誤尚多。即余覆校錢跋本亦未盡善，思得《道藏》本校一過，方愜所願。親往天慶觀借之，含糊答應，竟以未有爲詞。此言入於吾耳，余連年入夏病暑，諸事不適，視書籍如仇，矧校勘耶？故訒庵之請久無以應。交秋，精神漸復，遇事喜爲。近校《范石湖集》一再過而興未已[二]，遂從觀中借得《道藏》本手校，自十四至十六午時畢。其覆校則全賴訒庵之眼明手快也。蕘夫。

《道藏》本「能」字號計十一卷，其「能一」至「能四」爲李約《道德真經新注》，其「能五」

至「能十一」爲《道德真經指歸》。前有序，空一格序後接《君平説》，空三格標目，其説亦空一格，間半葉提行標目，次行標撰人、注人，空四格又提行頂格標經文，後接《指歸》，空一格。通體皆同。每卷爲一册，每紙一幅摺五幅，每幅五行，每行十七字。兹就《道藏》本行款鉤畫，儻就校勘款式尋之，似可仍照《道藏》本録出，庶幾與同讀是書者參之。癸未重陽後七日，蕘夫識。

道光癸未九月十九日，重對《道藏》本覆勘一過。訒庵。以上各跋均在末卷後。

【校勘記】

〔一〕一再過而興未已　「一再」原作「二册」，國家圖書館藏明萬曆刻《秘册彙函》本《道德指歸論》六卷黄丕烈跋此二字略有不清晰，然細辨之，當是「一再」二字，而非「二册」，據改。

315　沖虛至德真經八卷　宋刻本

乾隆乙卯季冬，書船鄭輔義攜宋刻《列子》二册求售，適是日余在友人處，因留於大兒玉堂書塾中。至暮抵家，取書閲之，密行細字，尚是宋刻之上駟。急挑燈〔一〕校一卷，覺世德堂本訛舛已復不少，真善本也。明晨，訪顧抱沖于小讀書堆。鄭書友已在座背〔二〕，抱沖問其直，索白鏹六十金，余方以爲價昂，不之得，而抱沖已喧傳余之獨得此書矣。蓋是書先攜至金閶袁綬階處，後到余家，綬階遂爲抱沖言之，而抱沖作書〔三〕於輔義，指名相索，輔義含糊答應。忽見余與輔義耳語，知是書已留余家，故抱沖以余爲必得也。余亦以是書不歸江夏即歸武陵，儻惜財物致失異書，大是恨事，因固留之，并不敢重與物主一觀。輔義來議價者再三，仍執前所言，不得已屬其取向所見之宋刻《新序》同買之，許以八十金而始允。余雖知是書之貴，明爲余與抱沖争購之故，然此愛書之私，終不爲所奪，在余亦自笑其癡獃耳。歲晚事忙，不及敘得書顛末。新年以守制居家〔四〕，不出門賀歲，午窗新霽，展函讀之，爰題數行于後，俾後之覽者，知異書忽來，如景星卿雲〔五〕，争先睹之爲快。若癡獃如余，尤有甚於〔六〕人有不竊相笑者乎！大清嘉慶元年元旦，試筆書此於昭明巷舊居之養恬書屋〔七〕。棘人黄丕烈。

《列子》行世本以世德堂「六子」中本〔八〕爲最。余舊藏影宋鈔本，抱沖曾取與世德堂本校之〔九〕，多所歧異，幾自矜爲善本矣。近得此本，佳處更多，鈔本遂遜而居乙。抱沖從弟澗蘋爲余校是書，見其中所附音，始猶疑爲殷敬順《釋文》，後細審之，乃知非《釋文》，蓋作注者之舊音也。且爲余言，殷敬順乃宋人而托名唐人者，如此本字句，《釋文》所云一本作某某，皆與此本合，則此本之在《釋文》未行以前可知。《列子》善本絶少，得此足正羣譌。書前跋畢，并記數語〔一〇〕以傳信於後。

【校勘記】

〔一〕挑燈　「挑」原作「撥」，據國家圖書館藏宋刻遞修本《沖虚道德真經》八卷黄丕烈跋改。

〔二〕已在座背　「座」原作「坐」，據前揭書黄丕烈跋改。

〔三〕而抱沖作書　「而」字原缺，據前揭書黄丕烈跋補。

〔四〕守制居家　「居家」原誤倒，據前揭書黄丕烈跋乙。

〔五〕卿雲　「卿」原作「慶」，據前揭書黄丕烈跋改。

〔六〕尤有甚於　「於」原作「焉」，據前揭書黄丕烈跋改。

〔七〕昭明巷舊居之養恬書屋　「巷」原作「庵」，「養」原作「救」，據前揭書黄丕烈跋改。

〔八〕六子中本　「中」字原缺，據前揭書黄丕烈跋補。

〔九〕世德堂本校之　「校」原作「較」，據前揭書黄丕烈跋改。

〔一〇〕并記數語　「記」原作「紀」，據前揭書黄丕烈跋改。

316 列子八卷　校宋本

此所校宋本《列子》，殷敬順《釋文》未行以前本也，其中間附作注者舊音。此本字句往往與《釋文》所云一本作某者合，洵古本也。惜中多修板及鈔補處，一一注明，而通體描寫粘補字不無涉而致誤矣。丙子蕘夫記。

校訖并鉤勒每行起訖，前二卷於小注不到底者亦鉤勒之，三卷後止鉤勒到底行款矣。

校宋本訖，偶檢盧抱經《羣書拾補》，有專校《列子》張湛注。其所校都有與宋本合者，用墨圈識之，而余因取《拾補》爲證，復取宋本讐之，又得數字，始知校書不易，讐書爲急也。天壤間物莫能兩全，能讀書矣，而不能藏書，故雖能讀書如抱經而所見非宋刻，故區别《釋文》於張湛注外，如「賈逵《姓氏英覽》」「用綦十二故」二條尚誤認《釋文》爲注，坐藏書不多故也。而余幸藏有宋板矣，坐不能讀書，故藏宋板《列子》二十餘年，未經用力，直至日莫途遠始究心焉，得無爲炳燭之明乎！書此志憾，時丙子五月二十二日，蕘圃又記。

均在末卷。

317　抱朴子内篇二十卷外篇五十卷　舊鈔本

十月十九日，聞閶門文秀堂書坊買得故家舊書一單，急同西席顧澗薲往觀。主人邀澗薲與余登樓觀之，皆無甚罕秘者。惟《抱朴子》一書尚是舊鈔，且見卷末有「吴岫」小方印，及「姑蘇吴岫塵外軒讀一過」小長方印，知卷中點閲亦係方山筆，洵舊本也。問其直，索青蚨三金，遂手攜以歸。余家子書多善本，惟《抱朴子》無之。向在都中，見明魯藩本

《内篇》二十卷、《外篇》五十卷，後爲陶五柳主人買歸，屬澗薲校其翻刻明烏程盧氏本，澗薲復借金閶袁氏所藏《道藏》本爲之校勘。澗薲嘗謂余曰，《道藏》本爲最勝，此外無復有善本矣。今因得此，遂從澗薲借魯藩本相對，雖行款不同，而大段無異，間有一二處與魯藩本異者，卻與《道藏》本合，則鈔先於刻明甚。且魯藩本刻于嘉靖乙丑，而余藏《李文饒集》爲嘉靖時人沈與文所藏，有云壬戌五月借方山吴上舍本校勘，則吴方山正嘉靖時人。而魯藩雖同在嘉靖時，其所記甲子較後于壬戌三年，此本不更在先耶？爰珍之以與諸子善本並藏焉。嘉慶丁巳十一月三日冬至前一夕，讀未見書齋主人黄丕烈書。

嘉慶辛酉冬，閒居無事，借袁氏貞節堂藏本《道藏·淮南子》校，始知《道藏》較宋本雖遜，然勝於他本爲多。因思《抱朴子》家無宋本，即世行本亦未聞有宋刻，遂借袁氏《道藏》本手校于吴岫所藏舊鈔本上。舊鈔行款悉同，每半葉爲《道藏》本一葉，惟訛謬不少。舊有紅筆校改，未必盡與《道藏》合，且有脱葉三。澗薲爲余依魯藩本補一葉，仍未知脱尚有二，倘不經余重校，何知訛謬脱落有如是耶？始信書非手校究不可信也。蕘圃校訖記。

318 抱朴子八卷 校殘鈔本

夢華屬校，云余家有宋刻，此傳聞之誤也。所藏係姑蘇吴岫家藏舊鈔本。復取袁氏五硯樓藏《道藏》本校者，手勘一過，無大異同，即有異字，未知可據否，仍祈酌之。蕘翁。

案：《道藏》本正統十年刻，相傳是本最佳，魯藩本不及也。

319 靈寶畢法三卷 舊本

《靈寶畢法》之名見《絳雲樓書目》「神僊家」，余偶從坊間獲此，不特珍其罕見，且裝潢古雅，補綴渾純，非舊家而好古者不辦。出三番餅易之，存古書也。修煉之術固所未喻，然精理名言實足發聾振聵，養生者可輕棄哉？戊辰八月八日復翁。

320 席上輔談□卷 鈔本

道光癸未秋七月，余病暑初愈，復理冷淡生活，故古書亦復喜寓目。中澣二日，余不在家〔一〕，有持書三種相示者，未之留。兒輩述其名，中有《席上輔談》，係金俊明跋本。此書檢《所見古書録》尚無有。越日往觀，始悟即試飲堂顧氏書也，是昔年見過者。賈人亦含餬答應，總以名人手跡存，需直昂，較余向爲顧氏直估數且十倍之，思還之而意猶眷戀。賈人亦曉余重視此書，又憐余無錢買書之病，許以余重出書相易，卒留案頭。繙閲一過，中多論煉金丹事，蓋玉吾曾究心於《參同契》，有著述，故於丹事頗詳，又男女、陰陽、先後、感應之説，取三谷子《金丹百問》及雲間儲華谷《祛疑》説，不取褚氏《遺書》説，似爲有據，可爲求嗣者法。又查先生一條，是姑蘇人，可入《府志》「雜記門」，并曉近時查先生巷名所自來，因略舉有裨于多學而識者表出之，俾知此書所由重也。七月既望，秋清逸叟識〔二〕。時年六十有一歲。本書六十一番，跋三番。

此書本名《席上腐談》，故宋無欲作一書曰《枕邊孚語》與之作對。因憶我輩以文字爲樂，往往于筆墨間作游戲語。予向名藏書所曰「百宋一廛」，其時海昌吴槎客聞之，即自題其居曰「千元十駕」，蓋吴亦臧書者，謂千部之元板，遂及百部之宋板，如駑馬十駕耳。繼後，嘉定錢潛研老人著説部名曰《十駕齋養新録》，即此十駕之義。八月廿有五日，命工重裝訖，晨起書此。此書近三松老人命侍史手録其副，故稍疲熟，屬爲題。後以目病艱於書，未加墨云。蕘夫并記。

越日書賈來，議直估五餅金，以家刻書易之。又記。

【校勘記】

〔一〕余不在家　國家圖書館藏明抄本《席上輔談》二卷黄丕烈手跋無「在」字，繆氏輯刊《題識》時以意補之。

〔二〕秋清逸叟識　「識」字原脱，據前揭書黄丕烈跋補。

321 清庵先生中和集□卷 元刻本

丙子閏六月六日,余將出門訪友,適有書友攜殘宋本《周禮》、《左傳》及元本《中和集》三書示余,索直番錢十五圓半。余因二經皆殘帙,且爲重言重意本,未甚愜意。而《中和集》雖是道家,然係元刊,且向聞其名,未見其書,一旦遇之,視爲秘笈。通體無缺,有「姚氏舜咨」圖書,則明嘉靖時〔一〕已收藏矣,得不鄭重視之乎!檢《道藏》目録「方法類」「光」字號,計十卷《中和集》。卷一之六有圖。都梁清庵瑩蟾子李道純元素撰。此蓋從《道藏》本翻雕者。併二經殘本,以五餅金得之。此猶不爲甚貴歟!「翻雕」二字是「出」字之誤。宋廛一翁。

余以爲此從《道藏》本出而非翻雕者,蓋其版刻審是元時,若《道藏》本,乃明正統十年刊,故以爲非翻雕也。近因鈔補《黄帝八十一難經句解》,借得天慶觀《道藏》本,擬再往假《中和集》一勘之。下澣四日又書,丕烈。

余初得此書,以爲從《道藏》本出,頃借玄妙觀《道藏》本勘之,知實爲元時初刻〔二〕,非自《道藏》出也。《道藏》均分六卷,題曰「中和集卷之某」,自卷一至卷六皆然,不分前後也。每題下各有小注,如贈某人云云,《道藏》不載,是元刻較詳矣。元刻有《總目》,《道藏》無之。余借得《道藏》有可補正元刻《前集》上《外藥内藥圖》一葉,當在《火候圖》一葉後。板心小號錯填，兹據《道藏》本正之，且《總目》次第可考也。《前集》上「正己第十」條文缺第三行末三字，「不自己」。第四行末缺四字，「接人人亦」。第五行末缺四字，「正惟天下」。第六行缺四字。「修之大用」。《前集》中「内藥」條「萬物含」下缺一字。「三」。《後集》上「錬虚歌」條「玄牝」下缺半字，「門」。「向不」上缺一字。「若」。《後集》中「鑄劍」條「志帥」下缺一字，「雄」。「蟾窟」條「自從打」下缺二字。「透都」。悉據《道藏》本補之。餘大段相同，不必據後來刻本校原刻本也。丙子中秋前七日，對《道藏》本訖并記，復翁。

【校勘記】

〔一〕 則明嘉靖時　「則」原作「即」，據臺北圖書館藏元末明初覆元大德十年原刻《清庵先生中和集》六卷黄丕烈跋改。

〔二〕 實爲元時初刻　「實」字原脱，據前揭書黄丕烈跋補。

江陰繆荃孫、長洲章鈺、仁和吴昌綬同校輯。

蕘圃藏書題識卷七

集類一

322 楚辭殘本□卷 校本

此書於戊申歲從朱文游家得來，閱歲至今壬子，又從渠小阮秋崖處假得惠半農評閱本，因傳録評語及圈點于是。惜佚十三卷，未獲傳録，亦一恨事。蕘圃黄丕烈識。

323 錢杲之離騷集傳一卷 宋本

嘉慶壬戌[一]夏六月七日丙午，士禮居主人邀余題書匱簽，因出新得桐鄉金氏所藏宋刻錢杲之《離騷集傳》示余。卷耑畫蘭一幀，云是方檘盦筆。余按：經云「滋蘭之九畹兮，復樹蕙之百晦[二]」，檘盦蓋取此意。其所畫兩叢，以山谷所云「一榦一花而香有餘者蘭，一榦五七花而香不足者蕙」證之，則蘭蕙可分辨也。檘菴舍於金氏桐華館，主賓相契，脱略形跡，綴此數筆，其殆況同心之臭歟？蕘圃愛書，兼及名繪，於樗盦筆獨缺如〔三〕。今得此世間絶無之書，并得此畫，香草之遺，情復何似。蕘圃以余略識畫理，屬爲之跋，爰書數語於畫右。孫延。

此錢杲之《離騷集傳》，宋板之精絶者。余檢《汲古閣珍藏秘本書目》集部云：「錢杲之《注離騷》一本，宋板影鈔〔四〕。此書世間絶無，一兩五錢。」今爲宋板，宜乎價增十倍矣，顧余竊有疑焉。此書有「戊戌毛晉」印，又有「毛扆字華伯號質菴」印，則是書已傳兩世，而斧季手寫書目售于潘稼堂，不列宋板，豈留其真本耶？抑已經散失邪？不可得而知也。影寫本聞在小讀書堆，宋板今又在余處〔五〕，所謂世間絶無者同在一郡，幸何如之！是書來自桐鄉金氏，卷端畫蘭，云是方薰筆云。辛酉十月蕘圃記。

【校勘記】

〔一〕嘉慶壬戌　「壬戌」原作「壬辰」，據國家圖書館藏宋刻本《離騷集傳》一卷書前孫延跋改。

〔二〕復樹惠之百畮　「復」原作「又」，「畮」原作「畝」，據前揭書孫延跋改。

〔三〕缺如　「如」字原脱，據前揭書孫延跋補。

〔四〕影鈔　「影」原作「景」，據前揭書黄丕烈跋改。下文「影寫本」同改。

〔五〕在余處　「處」字原缺，據前揭書黄丕烈跋補。

324 漢蔡中郎集六卷 明刊本

嘉慶甲子九月，蕘翁出示此書，曰述古堂舊物也。予曰誠然，但非佳本。何以言之？憶盧抱經氏曾言，《蔡集》以天聖年間歐静所輯本爲最古，第一卷首篇是《橋太尉碑》，今本移易其篇第，又并篇中，顛倒次序，大失其意云云，所論致確。此本橋碑在第五卷，碑文次序與盧所謂顛倒者吻合。然則實誤本之祖耳。詳盧言，歐本自在天壤間，何不留心搜訪之？因相與檢《鍾山札記》，果得其論。後尋首冠之三序，知天聖癸亥歐静輯本者十卷六十四篇，今爲六卷九十二篇，全屬嘉靖時俞憲、喬世寧所改。明代人往往少學，而好妄作，宜其無定據也。蕘翁以爲然，乃書於後，用作他日得歐本之發端云。澗蘋居士。

此書經千里跋，後僅隔半載，果得歐陽静所輯本十卷者，係明神廟時徐子器刻。刻雖後於此〔二〕，而居然十卷矣。因是徧借朋友所藏。周香巖有舊鈔，何夢華有活字本，皆十卷，而與徐本字句多不同。就中最善推舊鈔矣，活字與舊鈔頗近，是即俞序所云「吾錫舊刻」也。無論三本各異，其分卷則一，猶爲近古，何藏書如述古，其著録者猶收六卷耶？此書自抱經論及，千里守是説，以勗搜訪歐本，不半年而果得，亦忻幸之至矣。惜千里遠客未歸，未獲共爲賞析耳。借周、何兩本校畢，重檢是書，題數語於後，以見書不患無佳本，以留心搜訪爲急，千里之言眞篤論也。秋分前二日蕘翁識，時在嘉慶十年乙丑歲七月二十有九日。

【校勘記】

〔一〕刻雖後於此　「刻」字原脱，臺北圖書館藏明嘉靖二十七年任城楊賢刊本《漢蔡中郎集》六卷黄丕烈跋前「刻」字下有重文符號，據補。

325　蔡中郎文集十卷 鈔校本

此舊鈔《蔡中郎文集》，無序，有目，通十卷，以《外傳》終焉。藏水月亭周香嚴家。前有「樸學齋」圖章，蓋葉石君故物也。余收得明神廟時徐子器本，亦出葉氏舊藏，而刊本遠不逮鈔，因取校於刊本。且同時又見錢唐何夢華藏華氏活字本，頗勝徐刻，然較鈔本爲遜，已影鈔一本，手校鈔本異同於影鈔本。共計一百十七葉，照樣行書影寫，悉照墨筆，勿依紅筆。墨筆適有模糊之處，須依樣畫葫蘆，不可誤改爲屬。其周本因字跡潦草，未及影鈔而還之矣。頃得惠松崖閱本，係百三名家本，而所校字多非舊鈔、活字兩本所有，其《太尉橋公廟碑》中「臨令賂財贓多罪正」惠校云：「案：謝承書『臨淄令路芝』。」余覆檢活字本，云「臨淄令賂之贓多罪正」，舊鈔本云「臨淄令路之贓多罪正」，今就惠校核之，是惟舊鈔爲近，蓋「路」本未誤，

「之」僅脱草頭，若活字本已訛「路」爲「賂」矣。由此以推，非舊鈔爲最勝乎？遂倩友仍影鈔一本，於字跡潦草處纖悉影摹，以存其真云。丁卯秋九月二日燈下勘畢。復翁。

蔡集以宋人所編十卷本爲最佳，而所見十卷本又以此爲最佳，但未知宋槧可補八卷第二葉之缺否。前者復翁因僕言，次第得鈔、刊各種，今識數語於此，冀再得宋槧云。

326　蔡中郎文集十卷　校本

余所藏《蔡中郎集》六卷本，係述古藏弆者。既而余友顧千里舉盧抱經所言，《蔡集》以天聖年間歐静所輯本爲最古，第一卷首篇是《橋太尉碑》，今本移易其篇第，又并篇中，顛倒次序，大失其意云云。謂六卷本實誤本之祖，歐本自在天壤間，何不留心搜訪之？今乙丑正月十有九日，展墓還，道經胥門，憩經義齋書坊，坊中小主人胡立羣頗習目録之學，持明刻《蔡中郎集》示余。余始猶以爲六卷本，無足重。立羣云：「此十卷本也。」晁、陳兩家皆以十卷爲善，見行本皆六卷矣。」余開卷見有《故太尉喬公廟碑》，知與盧説合，且有「樸學齋」、「歸來草堂」兩圖記，知爲葉石君舊藏，何幸而得此，以践千里留心搜訪之語耶！覆檢《鍾山札記》，果與之悉合，爰題數語，以證此本之善。至是刻爲明神廟時徐子器刻，特未知抱經所見又何本爾。嘉慶乙丑春二十日，是爲雨水節，蕘翁識。在末卷後。

余初得此刻，即借香嚴書屋所藏舊鈔本校勘。鈔本亦出樸學齋，與此刻同是葉石君所藏。然鈔、刻分卷同，而文理殊不同。取校此刻，大有加損，即有鈔本似誤者，今悉仍之，通體朱筆是也。蕘翁。

借鈔本校未畢，適錢唐何夢華行篋中攜得華氏活字本參校，知鈔本爲最佳，活字本近之。且鈔本行草字體有未甚明晢者，可以活字本參之。書之不可不多本相勘，如是如是。蕘翁又識。均在《外傳》後。

校《蔡集》訖，其中鈔本、活字本之異同可謂無遺漏矣。然不得宋刻，總不敢定其是非。即以文理論之，此刻實可通，而鈔與活本皆不如是，是又未敢定此爲是也。卷中朱墨兩筆之圈抹，皆就兩本校之，非圈者必是、抹者必非也，讀者辨之。在卷首。

《蔡中郎集》予向未究心。蕘翁得述古堂所藏六卷本見示，一望決其不佳，後遂別得此本，又再三覆勘。予亦影鈔蘭雪堂本一部，相從借閱，偶有所見，記之於上方，皆顯然舊並不誤而徐子器刻時妄改者也。夫六卷本無足論，即十卷本，其佳惡不同如此。書以彌古爲彌善，可不待智者而後知矣。乃世間有一等人，其人蕘翁門下士也。必謂書無庸講本子，噫！將自欺耶？欺人耶？敢書此以質蕘翁。丙寅十二月澗蘋居士。

抱經自言其所見《蔡集》爲宋刻，在《鍾山札記》「別風淮雨」一條中。今此本妄改「雖變」二字，鈔本、活字本皆誤作「維而」二字，皆非。其所見決然矣，但未審果宋刻否耳。黄君前因余言，訪得十卷各本，安知不更以予言訪得宋刻耶？遂更書此以貽之。嘉慶丁卯正月七日燈下，時惟蕘翁更字復翁之明年也。澗蘋。均在第五卷後。

按：當以鈔本爲最佳，活字板次之。此徐子器本所改，其淺近者，或有是處，稍難讀則每不知而作矣。不揣檮昧，輒加評論，雖未得詳備，然準例求之無難也。宋槧若出，必足證我之非謬。丁卯正月九日燈下，澗蘋又書。在卷首。

327 蔡中郎集十卷 明活字本

東漢人文集存於世者僅此一種，尚是宋以前人所編，其餘無之矣。又此集頗於今文家之學有關涉，尤學者所不可廢，此予所以亟亟費日力爲之再三訂正者也。思適居士書。在卷首。

丁卯正月校讀一過，凡訂正若干條，中有絶精處，索解人不得矣。思適居士。

五月再校於江寧，用《後漢書》參訂，又添若干條。廿一日燈下記。

此活字板，似據一行書寫本作底子，故「數」誤爲「如」、「閑」誤爲「困」之類，往往而有。若得宋槧，必多是正也。九日燈下又記。

此活字本《蔡中郎文集》十卷，藏錢唐何夢華家。夢華過吴門，行篋攜之，因丐歸校明神廟時徐子器刻本，殊多是正。後爲余友顧千里、袁綬階轉假去，各影寫一部。而余所校者，適爲千里攜往江寧，案頭竟乏展閲本。遂命門僕用舊紙影鈔全帙，其卷首碑牌空二格，係俗子剜去年號，以「至正」僞之，故不之補。至於活版刊刻時代，以他書證之，當在成、弘間。鈔畢并記。嘉慶丙寅秋七月五日，蕘翁黄丕烈。

戊辰夏，於骨董鋪又見一活字本，擬購之。因時方盛行舊板書，初索十番，後積累至幾十金，未及收得，殊爲恨事。十一月十九記[一]，復翁。

覆取周香嚴家藏舊鈔本校。舊鈔係樸學齋所藏，前無序，有目，分卷多同，行字互有得失，終以舊鈔爲勝。惜舊鈔係行草筆畫[二]，未能明了，故傳活字本。向以舊鈔校之，參取兩本之勝處可矣。白露前一日，書於百宋一廛之北窗，蕘翁。

嘉慶丁卯正月望前，千里以前假余手校本檢還，其中有千里校語，頗精當，因録於此，以備觀覽。復翁。

十一月五日，千里自江寧歸，余往候之，因出手校《蔡集》共爲欣賞。其中精語較前正月所校本益多而益精，遂袖歸，録於余影寫活字本上。蓋《蔡集》自千里與余互爲商榷，而余始得十卷徐子器本，又借得何夢華所藏十卷活字本、周香嚴所藏十卷舊鈔本，悉校於徐刻上。千里因借余校本而讀之，析疑義如右。則《蔡集》之可以校證者，固由千里能讀之功，而余搜求之力亦頗有焉。録校畢復識其緣起。復翁。

【校勘記】

〔一〕十一月十九記　「九」下原衍「日」字，據上海博物館藏摹寫士禮居影抄明正德十年華堅蘭雪堂銅活字本《蔡中郎文集》十卷黄丕烈跋删。

〔二〕舊鈔係行草筆畫　「係」字原脱，據前揭書黄丕烈跋補。

328　曹子建集十卷　明活字本

《曹子建集》十卷二本，宋板，載諸《述古堂書目》，今未見其書，所見者以此本爲最古矣。此係活字板，當屬明本，余向亦有之，不知何時散逸，後爲書船友收得，付觀裝潢，紙墨毫無疑義。惜余於所藏書不盡加圖記，且余亦不自憶其何由而失，無可左證，而書友又認爲宋刻不可復收矣。適他坊有收得玉峯吴氏書者，此集與余舊藏同出一源，遂歸之。問其直，云估十金，較以贋作真者識見不侔。喜而著其緣起。辛未初秋復翁識。

329 嵇康集十卷 舊鈔本

六朝人集存者寥寥，苟非善本，雖有如無。此《嵇康集》十卷，爲叢書堂鈔本，且匏菴手自讐校，尤足寶貴。歷覽諸家《書目》，無此集宋刻，則舊鈔爲尚矣。余得此於知不足齋。渌飲年老患病，思以去書爲買參之資。去冬，曾作札往詢其舊藏殘本《元朝秘史》，今果寄余，并以此集及元刻《契丹國志》、活本《范石湖集》爲副，余贈之番餅四十枚。閒窗展玩，因記數語于此。觀張芑塘徵君跋，知此書舊出吴門，而時隔卅九年又歸故土。物之聚散，可懼可喜，特未知汪伯子爲誰何耳。嘉慶丙寅寒食日，晨雨小潤，夜風息狂。蕘翁書。

四月望後一日，香嚴周丈借此校黄省曾本，云是本勝於黄刻多矣。余家亦有黄刻，暇日當取校也。前不知汪伯子爲誰何，今從他處記載知其人乃浙籍而寄居吴門者，家饒富，喜收藏骨董，郡先輩如李克山、惠松厓皆嘗館其家，則又好文墨者也。是書之出於其家，固宜後人式微，物多散佚，可慨已。然使後人〔一〕得其物而思其人，俾知愛素好古〔二〕，昔有其人猶勝於良田美産，轉徙他室，數十百年後，名字翳如，不更轉悲爲喜乎！伯子號念貽，云余友朱秋厓乃其内姪也，故稔知之。蕘翁又記。

是書余用别本手校副本備閲，於丁卯歲爲舊時西賓顧某借去，久假不歸，遂致案頭無副，殊爲可惜。頃因啓廚見此，復跋數語，俾知此本外尚有余校本〔三〕留於他所也。癸酉五月廿有六日復翁記。其去得書之日已八閲歲矣。

【校勘記】

〔一〕然使後人　「使」原作「思」，據臺北圖書館藏《嵇康集》十卷黄丕烈跋改。

〔二〕愛素好古　「素」原作「書」，據前揭書黄丕烈跋改。

〔三〕尚有余校本　「余」原作「餘」，據前揭書黄丕烈跋改。

330　陸士衡集十卷　校本

陸校《晉二俊文集》，士衡與士龍俱有。余向藏此本止有士衡，且失徐民瞻序，想因其無《士龍集》故去之也〔一〕。兹余臨校陸校本，但臨校士衡，難爲兩美之合矣。校畢復翁記。

【校勘記】

〔一〕故去之也　「故」原作「而」，據國家圖書館藏明正德十四年陸元大刻《晉二俊文集》本《陸士衡文集》十卷黄丕烈跋改。

331 陶淵明文集十卷 校宋本

余同郡有顧氏，素稱藏書家。近年白隄錢聽默以白鏹易得數種，其中有影宋鈔《陶集》，云是秘本，錢君已轉售諸朱秋崖兄。余聞名久矣，思向秋崖假閲而未請。適秋崖以是書暫質余家，展讀一過，急取案頭刻本校録一過。雖影鈔本，亦未免有譌字闕文，然較刻本爲加詳矣。至於鈔本爲名人手筆，所以可珍，錢遵王《讀書敏求記》中已言之，當又賞鑒家所共悉也。古吴黄蕘圃校畢跋。

332 陶靖節先生詩注四卷 宋刻本

湯文清公事實詳見《宋史·儒林傳》。《靖節詩注》四卷惟馬氏《通考》「經籍門」著於録。是書乃世間所希有，宋刻之最精者也。流傳日久，紙墨敝渝。偶從友人處得之，不勝狂喜，手自補綴，亟命工重加裝釘，分爲兩册，完好如新。余家舊藏有東澗選本，妙絶古今，此更出其上矣。乾隆辛丑長至後三日，内樂村農周春記。

《述酒》詩爲晉恭帝而作，其説略本韓子蒼，而「芊勝」、「諸梁」黄山谷亦嘗解之，非創於東澗也，特此注加詳耳。零陵王以九月終，與詩所云「秋草雖未黄，融風久已分」者正合。靖節時當禪代，雖同五世相韓之義，但不敢直言，而借廋辭以抒忠憤。向非諸公表微闡幽，烏能白其未白之志哉！朱子謂《荆軻》一篇平淡中露出豪放本相，須知其豪放從忠義來，與《述酒》同一心事。陶集《祭程氏妹文》書義熙三年，《祭從弟敬遠文》惟云癸亥，《自祭文》惟云丁卯，此與《宋書》本傳之説相合，但指所著文章而言，若詩則不然。大約晉時書甲子，如庚子至丙辰是也。入宋不書甲子，如《九日閑居〔一〕》之類是也。自來辨此者都未明晰。鄭康成《誡子益恩書》末云：「若忽忘不識，亦已焉哉。」此《命子》詩末二句所本也。陶詩雖平淡，而無一字無出處如此。陶公《晉書》、《宋書》、《南史》並有傳，一人而三史列傳，千古止此一人，人豈以爵位重耶？《晉書》作「泉明」，《南史》作「深明」，並避唐諱。東坡愛陶詩質而綺，癯而腴，晚年居海外，遍和其韻，子由爲之引，稱其遂與淵明比也。至讝菴《律陶》，不足觀矣。此本大字端楷，作歐陽率更體，頗便老眼，且校讐亦鮮「形天」、「庚鈞」之訛。裝後覆閲〔二〕數過，誠可寶愛。松靄。

卷尾〔三〕有董宜陽印。宜陽字子元，自號紫岡山樵，華亭人，上海諸生，工詩文，善書法，與何良俊、徐獻忠、張之象才名相亞，有「四賢」之目。松靄又書。〔四〕均在卷首。

項禹揆字子毗，秀水學生，明季遇難，見《明詩綜》。在卷四末補注之前。

辛丑四月晦日，武林鮑以文自蘇州回櫂，同新倉吴葵里過松靄先生著書齋。是夜，以文痁疾作，不能飲，燈下譚及於以下闕十餘字。陶淵明詩一本，序末標「湯漢」，不知湯漢何許人也。先生便拍案稱「好書」，且告以《宋史》有傳，《文獻通考》著録，以文爽然若失，隨叩《陶集》攜行篋否，則答云已送海鹽張芑堂矣。重午日，先生即從芑堂借觀。芑堂見書雖破碎，而裝面用金粟箋，心疑其爲秘册，索還甚急。賴張佩兼調停互易，初以書畫、銅瓷、端硯，俱不可。芑堂適需古墨，先生因出葉元卿「夢筆生花」大圓墨易之。墨重一觔〔五〕，值白金如數。至癸卯五月閱兩年而議始定，此書迺爲先生所有，蓋其得之之難如此。以文多方購覓，丙午始得一鈔本。芑堂慫恿葵里重行開雕，其懺悔靦面，失宋刻公案，則此書之流通，未始非先生功德也。余交先生久，知得書始末最詳，兹備述之，以見先生嗜書之篤、賞鑑之精。而吴、鮑、張三君子之好事，亦流俗中所罕覯云。丁未冬日，輝山顧自修記。

湯伯紀《注陶詩》宋刻真本〔六〕在海寧周松靄家，相傳與宋刻《禮》書並儲一室，顏之曰「禮陶齋」。其書之得，近於巧取豪奪，故秘不示人，并云欲以殉葬。余素聞其説於吴興賈人，久懸懸於心中矣。去歲夏秋之交，喧傳書賈某得此書，欲求售於吴門，久而未至。後嘉禾友人札致余，有此書，許四十金未果，已爲硤石人家得去。聞此言甚怏怏，然已無可如何矣，遂拋置之。今夏有吴子修候余，余往答之，出所藏書示余，《湯注陶詩》在焉。開卷展視，其爲宋本無疑。詢所由來，乃知硤石人即伊相識，可商交易者。遂倩人假歸，議久始諧，百金之直，銀居太半〔七〕，文玩副之。此余佞宋之心固結而不可解者，後人視之，毋乃詘笑乎！嘉慶己巳中秋月，復翁記。

余得此書後，適原得此書之賈人吴東白來舍，知余得此書，因别以一舊刻小板之《陶集》贈余，易余家刻書而去。言中談及周公先去《禮》書，改顔其室曰「寶陶齋」，今又售去，改顔其室曰「夢陶齋」。余聞此言，益歎周公之好書，惓惓於心而不能去矣。并聞諸他估：吴賈往購此書，懷數十番而去。周初不知，但與論直。周索卅二番，云身邊立有，決不悔言。吴即如數與之，竟不能反，去書之日，泣下數行。余雖未面詢諸吴，然聞屢易顔室之名，亦可想見其情矣。

陶陶室藏《靖節集》第二本。均在卷末。

【校勘記】

〔一〕　九日閑居　「日」原作「月」，據國家圖書館藏宋淳祐元年湯漢刻本《陶靖節先生詩注》四卷《補注》一卷周春跋改。

〔二〕　裝後覆閲　「後」原作「竟」，「覆」原作「復」，據前揭書周春跋改。

〔三〕　卷尾　「卷」原作「首」，據前揭書周春跋改。

〔四〕 據前揭書周春手跋，本條小字雙行寫於第一跋之末。

〔五〕 墨重一觔 「觔」原作「斤」，據前揭書顧自修跋改。

〔六〕 宋刻真本 「真」字前原衍「本」字，據前揭書黄丕烈跋删。

〔七〕 銀居太半 「太半」原作「其大半」，據前揭書黄丕烈跋改。

333 鮑氏集十卷 影宋鈔本

此《鮑集》與讀未見書齋所藏毛氏影宋本同，第二卷缺去兩半葉，余從彼補寫入。主人將以歸綬階，綬階其寶之。庚申九月澗蘋記。

此影宋鈔本《鮑氏集》，與余所藏本同，内缺兩半葉，倩澗蘋影寫補入。適五硯樓主人見之，謂余有一本在，可無需此，遂以五硯樓藏影宋鈔〔一〕《乾道臨安志》三卷相易。蓋《鮑集》則余所羡者，《周志》則余所闕，而可以配宋刻《潛志》者，彼此各得，想綬階必不以余爲强奪也已。庚申秋九月晦日，蕘圃黄丕烈。

【校勘記】

〔一〕 影宋鈔 「影」字原缺，據國家圖書館藏影宋抄本《鮑氏集》十卷黄丕烈跋補。

334 寒山拾得詩一卷 影宋鈔本

《寒山拾得詩》一卷，載諸《讀書敏求記》，此從宋刻摹寫。余向收一精鈔本，似與遵王所藏本類〔一〕，當亦宋刻摹寫者也，惜首尾略有殘闕耳。後五柳主人自都中寄一本示余，楮墨古雅，甚爲可愛，細視之，乃係外洋版刻。惜通體覆背俱用字紙，殊不耐觀，頃命工重裝，知有失去半葉者共四處，以洋紙補之。復取向所收者核其文理，始信二本互異。詩之序次〔二〕有先後，分七言於五言之外，洋版所獨。此《拾得詩・雲林最幽棲》一首内「日斜挂影低」句，精鈔本「日」字下俱缺，此外皆不可考矣，故茲所失四半葉無從補全。而二本版心彼題「寒山子詩」，此題「三隱」，後又云「深詩」，本不相類也。惜遵王所記但云傳世絶少，豈知宋刻摹寫之外，尚有他刻流傳於世耶？此刻似係洋版，然《寒山詩》後有一條云「杭州錢塘門裏車橋南大街郭宅□鋪印行」，則又不知此刻之果爲何地本矣，俟與藏書家驗之。嘉慶丁卯春三月二十有五日，復翁黄丕烈識。

【校勘記】

〔一〕　與遵王所藏本類　「所」字原脱，「本」下原衍「相」字，據國家圖書館藏《寒山詩》一卷《豐干拾得詩》一卷黄丕烈跋删補。

〔二〕 詩之序次 「序次」原誤倒，據前揭書黄丕烈跋乙。

335 王子安集十六卷 鈔本

己巳中秋前五日，晨起，有書友吴立方候於門，攜書一包，云從乍浦韓家得來者。書皆可觀，其中宋刻最精者爲《賢良進卷》，係季振宜藏書，惜止四卷，目後已遭剜改，合諸滄葦《延令宋版書目》所云八卷已佚半矣，且需直昂，未之得。此外有《佛祖通載》二十二卷，書甚秘，亦價貴不獲。收此《王子安集》二册鈔本，雖不爲善本，然傳本少，以家刻零種易之。復翁記。

336 駱賓王文集十卷 北宋本

嘉慶丁卯影寫一部，後十年丙子秦敦夫太史開雕於揚州文局，覆勘印行，爲記帙首〔一〕，使閱此者知其是祖本也。思適居士書。

陳氏《書録解題》言其卷首有魯國郗雲卿序，又言蜀本序文云「廣陵起義不捷而遁」，皆與此合。唯「魯國」下「郗雲卿」之名毛鈔所據損失耳，然則爲蜀本《駱集》可知也。嘉慶丁卯九月，廣圻審定并記。

此宋板[二]《駱賓王集》,余友顧抱沖小讀書堆藏書也,余欲假歸傳録非一日矣。歲丁巳抱沖下世,遺孤尚幼,一切書籍俱托季弟東京代司筦鑰,以余素與抱沖好,故時得借觀。此册昨歲假録,至今始竣事而還之。檢《汲古閣珍藏秘本書目》,有云「宋板《駱賓王集》二本,藏經紙面,八兩」,當即是書。近日書價踊貴,其視毛氏所估不知又添幾倍,阿和兄弟其善守之。嘉慶甲子十月十有四日,蕘翁黄丕烈識。

【校勘記】

〔一〕帙首　原誤倒作「首帙」,據國家圖書館藏宋蜀刻本《駱賓王文集》十卷卷首題記乙。

〔二〕此宋板　「此」原作「北」,據前揭書黄丕烈跋改。

337 張説之文集十卷　影宋鈔本

此碧鳳坊顧氏所藏書也。相傳顧氏書雖殘鱗片甲,無一不精,宋刻固不待言,即影宋本亦無弗精絶者。世傳二十五卷不可得見,此本雖十卷,尚有缺失,然較舊鈔已無可比擬,矧明刻耶?愛日精廬主人聞此書題殘宋刻,欲購之,予曰非也,乃影宋本耳,亦視如宋刻珍之,可謂知所好惡取舍矣,予故爲此書倍珍重焉。甲申孟夏蕘夫。

338 王右丞集十卷 宋刻本

此宋刻《王右丞文集》十卷二册，頃余友陶藴輝從都中寄來而得之者也。先是藴輝在蘇時，余與商榷古書，謂《讀書敏求記》中物，須爲我購之。今兹八月中旬，有人自北來者，寄我三種書，此本而外尚有元刻《許丁卯集》，及宋刻小字本《説文》。來札云《王右丞文集》即所謂「山中一半雨」本，《許丁卯集》即所謂「較宋板多詩幾大半」本〔一〕，可見留心蒐訪，竟熟讀也是翁書，以爲左券，而不負余托。惜以物主居奇，必與《説文》并售，索直白金百二。而余又以《説文》已置一部，不復重出，作書復之，許以二十六金得此兩書，札往返再三〔二〕，竟能如願。不特幸余得書之福，亦重感余友購書之力也。此書作「山中一半雨」本，尚見〔三〕劉須溪評點元刻，止詩六卷，見藏周香嚴家。香嚴又藏何義門校宋本，亦止詩無文，雖同出傳是樓，而敘次紊亂，字句不同，非一本矣。十月十三日，毛二榕坪過訪士禮居，余知其能識古書，出此相質。榕坪并爲余言，向見桐鄉金氏本，板刻差大，詩中亦作「山中一半雨」，文則無有也。與此更非一本，益見此刻最善，而余所藏〔四〕，抑何幸歟！客去，攜書插架，即跋數語於尾。蕘圃黄丕烈識。

嘉慶癸酉中秋後八日，偶過五柳居，知新從無錫人買得元刻劉須溪評點《王右丞詩》，即借歸與宋刻對，其序次悉同，擬購之，未知許否也。廿四日復翁記。

【校勘記】

〔一〕較宋板多詩幾大半本　「較」原作「校」，據静嘉堂文庫藏宋刻本《王右丞文集》十卷黄丕烈跋改。此當指《讀書敏求記》卷四之中「許渾《丁卯集》二卷」條云「元刻增廣者，較宋板多詩幾大半，此又宋本之不如元本矣」，非「校宋板」。

〔二〕札往返再三　「札」字原脱，據前揭書黄丕烈跋補。

〔三〕尚見　「尚」原作「向」，據前揭書黄丕烈跋改。

〔四〕而余所藏　「而」字下原衍「爲」，據前揭書黄丕烈跋删。

339 王右丞詩集六卷　明刊本

此六卷本《王右丞詩集》，係覆刊劉須溪校本，其分卷序次卻與宋本合。余偶得諸坊間。坊友胡葦州云：「《送梓州李使君》詩尚作『一半雨』，洵佳本也。」及余攜歸核之，卷六《出塞作》脱去一行，計二十一字，「驅」字之下「遼」字之上，從他本證之，有「馬秋日平原好射雕護羌校尉朝乘障破虜將軍夜渡」云云。以宋刻行款而論，「驅」字上半葉止，「遼」字下半葉起，可見此本從宋刻覆刊無疑矣。唯是辭句尚多歧異，當再以宋本勘之，則美備無遺憾，當俟暇日手校可爾。庚辰冬至日復翁。

340 王右丞詩集六卷 校宋本

《摩詰集》先借毛斧季十丈宋槧影寫本，屬道林叔校過，康熙己亥又借退谷前輩從東海相國架上宋槧本手鈔者再校，此《集》庶可傳信矣。記示余兒。

道光乙酉，錢唐何夢華以義門校本《摩詰集》十卷見示，因予先有手校宋本六卷詩不分體者，復以何校參之。復翁記。

予藏《王右丞文集》十卷，即其弟王縉表上者也，不知何時付梓，僅存詩六卷。雖宋刻，詩止六卷，餘盡古文，然序次先後衍脱亦多，爰從宋刻手校一過。其最不可通者，一題而兼古今體，宋刻連敘而時本分爲兩處，此急當改正者也。至於宋刻亦有脱落，可據文義正之。七月下浣蕘圃記。

丙戌四月，伯洪借校一過。均在末卷後。

凡覆勘《王摩詰詩》六卷例，何校與舊校合者用圈，何校所據明刻本與舊校合者用△。遇何校仍明刻及校宋者，用何校識之，有校語者用「校云」别之。至於何校分卷及各首序次，多與此刻同，間有異者標出之。校畢總記於卷端。道光乙酉花朝前二日，積雨浹旬，見日者今爲第二日矣。午後向暖，漸覺春融，然東南風大作，又復濃雲滿布，不知明日尚能晴霽否，擬肩輿赴山塘訪故人也。復翁。在卷首。

341　孟浩然詩集三卷　宋本

余於五月杪自都門歸，聞桐鄉金氏書有散在坊間者，即訪之，得諸西山堂書凡五種，宋刻者爲《孟浩然詩集》、錢杲之《離騷集傳》、《雲莊四六餘話》，影宋鈔者爲岳板《孝經》、呂夏卿《唐書直筆新例》，索白鏹六十四金。急欲歸之，而議價再三，牢不可破，卒以京板《佩文韻府》相易，貼銀十四兩方得成此交易。此《孟浩然詩集》即五種中之最佳〔一〕，而余亦斷不忍舍者也。先是，書友攜此書來，余取舊藏元刻劉須溪批點本手勘一過，知彼此善惡，奚啻霄壤，非特强分門類，不復合三卷原次序，且脱所不當脱，如《歲晚歸南山作》，《新唐書》所云浩然自誦所爲詩〔二〕也，元刻在所缺詩中；衍所不當衍，如《歲除夜有懷》，明知《衆妙集》中爲崔塗詩也，元刻在所收詩中。去取果何據乎？今得宋刻正之〔三〕，如撥雲睹青矣。至於此刻爲南宋初刻，類此版式，唐人文集不下數十種，余所藏者有劉隨州、劉賓客，余所見者有姚少監、韓昌黎，皆有「翰林國史院官書」長方印，然皆殘闕過半，究不若此本之爲全璧也。得書之日，忻幸無似，爰書此〔四〕以著緣起。近倩汪澣雲主政作《續得書圖》，題此曰「襄陽月夜，蓋絶妙詩中畫景」云。嘉慶辛酉冬孟九日，書於太白樓下，黄丕烈識。在卷首。

【校勘記】

〔一〕五種中之最佳　原作「五種之最佳者」，據國家圖書館藏宋刻本《孟浩然詩集》三卷黄丕烈跋改。

〔二〕所爲詩　「爲」原作「有」，據前揭書黄丕烈跋改。

〔三〕宋刻正之　「之」字原缺，據前揭書黄丕烈跋補。

〔四〕爰書此　「爰」字原缺，據前揭書黄丕烈跋補。

342 岑嘉州集八卷 舊鈔本

余向藏唐人岑嘉州詩以正德刻者爲最舊，古鹽官張氏藏書也。頃書友攜此書鈔本來，以五百青蚨得之，可謂好書而賤直者矣。較正德刻殊不同，序後多目録，分卷爲八，與杜序合。明刻分卷爲七，兼分體非復舊觀矣。然考諸家書目，有七卷者〔一〕，延令季滄葦家是也。有八卷者〔二〕，以爲宋□影鈔，則《述古堂書目》云□□，余以宋人《書録解題》及《文獻通考》證之，則八卷爲舊，若影鈔四卷，未知其又爲何時□矣。宋刻而已移八卷□□

次,吾烏敢信之哉。嘉慶庚申五月望後一日,識於讀未見書齋。是日宿雨初晴,薰風乍拂,坐古樸緑蔭下,亦□避炎威逼人也。蕘圃黄丕烈。

【校勘記】

〔一〕有七卷者　「者」原作缺字方框,國家圖書館藏明抄本《岑嘉州集》八卷黄丕烈手跋此字漫漶,據上下文意判斷當是「者」字。

〔二〕有八卷者　「八」原作缺字方框,前揭書黄丕烈手跋字迹漫漶,據文意補。

343　唐漫叟文集十卷拾遺拾遺續附　舊刻本

此《唐漫叟文集》十卷,并《拾遺》、《拾遺續》,余向得諸書肆中,篋藏之久矣。頃書船攜一本來,初寓目,疑與此刻同。及取對勘,乃知是本在先,而後得者爲明正德湛若水校刊本,且脱《拾遺續》一種,非全本也。然有《自序》、《自釋》兩篇文字,較此又異,因並儲之。此外又有雍正時天都黄氏刻本,强分十二卷,更非其舊。可知書以重刻而愈失其真,勢所必然者爾,爲之三歎!嘉慶歲在己未冬十二月八日,黄丕烈識。

344 宗玄先生文集三卷 校鈔本

嘉慶丁卯借袁氏五硯樓明刻《道藏》本手校，略有異同也。復翁。在卷首。

乾隆甲辰重九，吴翌鳳借江藩《道藏》本録於求我齋中，嘉慶乙亥轉從蕘圃借鈔。在末卷後。

345 劉隨州集□卷 鈔本

此本乃即照手校本録正，以爲定本者也。余最愛唐人文集，非舊刻即名校名鈔，故所儲甚夥。此重爲薛徵君手蹟，因購得之，今爲屠伯洪從山淵堂購得手校本，以兩餅金易得之。伯洪固請曰：「手校者既歸我矣，兹手書者可割愛，以爲兩美之合乎？」予曰：「成人之美，予性固然。」允之。伯洪知余病，以燕窩一兩送予爲養疴之需，予曰：「昔汲古主人毛斧季有云，當去珊瑚買參服，文字結習，先後同符。」因爲之跋其尾而歸之。時道光五年乙酉秋八月己酉癸丑日，是爲白露節後第二日。日來秋暑如煮，坐卧靡安，瘦骨嶙峋，弱不可支矣。今晨雨過涼生，几席都爽，試曹素功紫玉光墨於竹垞風字硯，揮灑如意，筆墨之□□□□□□來矣。蕘夫。

346 毘陵集二十卷　校舊鈔本

余所藏唐人文集極多，非舊刻即名鈔，不下一二百種，惟《毘陵集》無善本。今秋訪友上津橋，於骨董鋪中獲見舊鈔本，同時又有澹生堂鈔本蘇天爵《國朝名臣事略》，索直十番。攜歸取對，《毘陵集》借香嚴書屋藏書鈔本，《事略》出舊藏鈔本，彼此互勘。《事略》固無甚大佳，《毘陵集》則似勝於所借本。蓋香嚴本行款雖似自宋本出，而丹黄燦然，已爲校者所亂，反不若此本之一仍其舊。此本行款雖異，而鈔手甚舊，知非妄作者。因擬獨留《毘陵集》而還其《事略》，許以四番，物主不允，久而始成。蓋還書之後無過而問焉者，故貇如所許而售也，他日當仍借香嚴本細爲參校云。乙丑十一月二十五日，蕘翁識。

是集借得同郡吳枚菴藏遵王手校舊鈔本粗勘一過。錢校謂出於趙靈均所藏方山吳岫本及馮已蒼本，其原本出吳文定公鈔録天府秘藏本。今余校注云原本者，鈔本舊文也；舊校者，遵王手校異文也。枚菴又從《英華文粹》校其異同，余悉傳之。間有注「吳校」云者，以枚菴手跡證之，知非遵王筆矣。遵王校用墨筆，枚菴校用朱筆，兹混而一之，故必注某校也。雨窗無事，輟幾日工畢此。復翁校并識，時嘉慶癸酉二月二十有九日。

枚菴本余極欲易之，不敢啓齒。甲戌夏旱，米價遽貴，枚菴不無去書稍佐薪水之費，吴春生以五餅金易去。今錢述古本在露凝書屋中矣。乙亥正月二十日，新知陳仲遵氏借讀還余并記。復翁。

余向亦有重本，去年易去，所藏止此，趙氏新刊本亦未有也。同日記。均在末卷後。

347 五百家注音辨唐柳先生文集十一卷 殘宋本

余向聞柳文以吴門鄭氏本爲最善，東城五聖閣顧氏有殘本，數年前書賈曾以示余，索重直，且未定其爲鄭本與否，故未之得，時往來於心不能釋。自遷居縣橋，去顧所居不遠，跡之，書主人已作古，無從問津矣。今兹五柳主人以此二册贈余，欣喜之至，蓋即前所見物也。書存十六至二十一、三十七至四十一，卷第之原不可知。因檢近刻《直齋書録解題》，見有「《重校添注柳文》四十五卷、《外集》二卷，姑蘇鄭定刊於嘉興，以諸家所注輯爲一編，曰集注、曰補注、曰章、曰孫、曰韓、曰張、曰董氏，而皆不著其名。其曰重校、曰添注，則其所附益也」云云。案諸是本，庶幾近之，然亦有不同者。每卷題《五百家注音辨唐柳先生文集》，或加「新刊」於其首[一]。不云重校添注也。卷中曰集注、曰補注外，又有曰舊注者，曰章、曰孫、曰韓、曰張、曰董，此本「董」作「童」。外又有曰汪、曰黄、曰劉者，未知直齋所解題者即此否也。世傳《增廣注釋音辨柳集》亦多矣，大抵元、明刻本。惟此殘宋槧十一卷，楮精墨妙，實出宋刻宋印，急收之以爲《續百宋一廛賦》之助，豈不與前賦昌黎宋槧諸殘本競美乎！戊辰冬至前一日燒燭書此，跋時已二更餘。新月既墜，微霜乍飛，寒威從窗隙中來，一種清興祇自領之，卻憶贈書良友正放舟過梁溪也。復翁。

有客衝寒急遠征，一身端爲利名輕。陔南成養虛真樂，薊北馳聲戀俗情。漫説持家妻共子，空勞相事弟兼兄。束裝早辦歸裝計，莫負良朋勸勉情。嘉慶戊辰十一月四日[二]，五柳主人以京師書肆須急料理，冒寒北行。余意謂家有老母侍奉事大，早作歸計爲安，瀕行諄諄勸勉，去後適檢是書，因追賦一律以贈。復翁。俱在卷首。

【校勘記】

〔一〕於其首　「首」原作「前」，據國家圖書館藏宋刻本《五百家注音辯唐柳先生文集》四十五卷黃丕烈跋改。

〔二〕十一月四日　「四日」原作「五日」，據前揭書黃丕烈跋改。

348 臺閣集一卷 汲古閣鈔元本

嘉慶甲戌夏五月，新收此毛子晉舊藏鈔本《臺閣集》，因出向藏精鈔本手校一過。精鈔本無目與序，此皆有之，似勝。至詞句亦多異同，世無古刻，不敢定其誰是也。復翁。

精鈔本向亦疑爲毛鈔，今觀此本卻有「毛氏圖書」，似較可信。印鈐元本末，有宋人跋，豈元翻宋本歟？彼精鈔亦無宋諱，想亦出元本也。書無古刻而但從鈔本徵信，難矣！復翁又記。

乙亥二月花朝，收得史鑑明古家藏本唐李嘉祐詩集五卷，爲監察御史河中劉成德編校者。因出此舊鈔本手校一過，記「劉本」者皆是也。其命名分卷，不如此集之古。分卷始於七言古詩，次以五言律詩，又五言排律，又七言律詩，以五言絶句、七言絶句終之，大抵皆劉之所編也。編類既不古，且五言後附六言，不別標題，殊爲疏忽。然詞句亦多與此異，多與精鈔本同。亦間有出於兩鈔本外者，固可引爲校勘之用。余藏有鈔本二，得此舊刻成三本矣。矧尾末有「何焯」二字小印，卷中亦多義門手校字，是可寶也。或云明古爲義門高第弟子，觀此則授受源流蓋有自耶。復翁記。

明古李姓，名鑑，與明史西村名字均同。陸敕先校宋本《國語》爲其所藏。蕘翁知爲義門弟子，而誤仞作「史」。

案：舊時書目亦有稱《李嘉祐詩集》者，特不作五卷耳。復翁。

349 唐李嘉祐詩集五卷 □本

李嘉祐詩舊名《臺閣集》，通一卷，不分體。余家藏有二本，皆如是也。其一本毛氏舊藏，前有目，後有建炎年間謝克家跋，是可信其舊矣。是册出劉成德編校，故分五卷。其所以分五卷者，特分體耳，然不及一卷之爲是〔一〕。余取此以校毛藏本，字句多不同，反同於精鈔之一本，亦時與兩本有不合，因盡載異同於毛本上，而此本留爲舊刻之一本云。上有「何焯」圖記，又有手校字，益可珍重〔二〕。乙亥二月二十有一日，復翁記。

後檢諸藏書家目，亦有標題《李嘉祐詩集》者，知與《臺閣集》並稱也，特五卷乃明人所編耳，舊本亦作一卷也。又記。

【校勘記】

〔一〕不及一卷之爲是　「之」字原脱，據南京圖書館藏明刻本《唐李嘉祐詩集》五卷黄丕烈跋補。

〔二〕益可珍重　「重」字原作「矣」，據前揭書黄丕烈跋改。

350 劉賓客文集三十卷外集十卷 校舊鈔本

辛酉秋月，從書坊觀汪氏開萬樓書，有舊鈔本〔一〕《劉夢得文集》四册，卷第皆後人以意補寫，辨其筆跡，非原鈔之舊矣。攜歸校於明刻《中山集》上，案其卷第，爲此刻二十一至三十，然未可據此正彼，亦未可據彼正此，各存面目〔二〕可矣。其餘爲《外集》一至八，因有影宋本在，明刻《中山集》所無，故未之校。即此十卷，略存佳者以備參考。然亥豕甚多，脱誤不免，無足取也，因是舊鈔，故存其異。校畢書，蕘圃〔三〕。在第三十卷後。

舊藏鈔本《劉賓客集》三十卷，近有人購去，爰重繕副本，益以《外集》十卷，俾成完璧，以志欣幸云。庚子初秋苕溪漫士識。在《外集》末卷後。

【校勘記】

〔一〕有舊鈔本　「本」字原脱，據臺北圖書館藏明刻本《劉賓客文集》三十卷黄丕烈跋補。

〔二〕各存面目　「各」字原脱，據前揭書黄丕烈跋補。

〔三〕蕘圃　「圃」下原衍「跋」字，據前揭書黄丕烈跋删。

351　劉夢得集三十卷外集十卷　明鈔本

甲戌端陽後二日，有友人言坊間新出一舊鈔《劉夢得文集》，爲張君訒菴所得。余喜甚，蓋書之出者多矣，何能一一盡遇之，苟遇之得其人，猶余之遇也。越日寓書借之，果以全書來。《文集》三十卷舊鈔，《外集》十卷則國朝人補之者，字跡墨痕昭昭可辨，矧經席玉炤家藏,則尤可珍者也。唯是朱校紛如,間有鈐「文粹校過」、「英華勘過」小印于上方者,行間又不分剖何者爲《文粹》何者爲《英華》。其餘每卷、每篇、每首各有朱筆及鉛粉校改痕。然以余所藏宋刊本核之,舊鈔之底子動合于宋,向校改者不知所自矣。偶以明刊《中山集》勘之時合,因略展一過,還之,并以所勘異同質諸訒菴,未知訒菴以爲然否。復翁。

352 劉夢得文集三十卷　校本

丙子秋日,借張訒菴所收席玉炤所藏舊鈔本,別以《英華》、《樂府》勘過者,丹鉛紛若,幾不知其原本如何。且於鈔本上以丹鉛或墨筆蓋之,欲尋其底子上字,邈不可得,可謂點金成鐵矣。是集余有殘宋刻一至四卷,取對舊鈔多合。而兹所校者,出他選本如《英華》、《樂府》等,以彼改此,反致失真,可歎,可歎!故余校此書,不能一一悉據校本。欲校一舊鈔本子之原者而亦不可據,聊紀其異文云爾,安能得一宋刻之全者一正其誤耶?重陽日校畢因記。復翁。

353 呂衡州文集十卷　校舊鈔本　缺第一至第三卷

余藏呂刺史文集緜紙舊鈔本,得諸碧鳳坊顧氏,惜闕其首三卷。因欲鈔補,遇是集即收，有周松靄藏十卷本、錢遵王藏五卷本、毛子晉藏五卷本，又借得周香嚴藏葉石君家鈔本十卷全者，知周本、毛本皆不可據，周本硬析五卷爲十卷，毛本又移易十卷中爲五卷，紛如亂絲，無可取證。最後得王西沚藏十卷本，出於葉鈔原本，方信錢本之五卷乃十卷之僅存前五卷也。去年倩友傳録錢本之三卷，思補顧本所闕，因照顧本行款寫之。新年杜門謝客，取王本校其異於錢本上，雖未必合舊鈔面目，然葉鈔十卷其來有自，末有孱守居士跋，謂甲子歲從錢牧齋借得前五卷，戊辰歲從郡中買得後三卷，俱宋本，則葉鈔之前五卷其據宋本可信矣。再行間所注某作某，俱孱守所校，又云第二卷《聞砧》以下十五首宋本所無，案陳解元棚本增入，是顧本原失之三卷中第二卷，未知有此否，安得宋本一證之乎？時道光元年二日立春，宋廛一翁定更後燒燭書。在末卷後。

354　吕衡州文集五卷　校明鈔本

從友人處借嘉靖壬午清明日吴門忍齋黄冀録本訂一遍，卷首有「六爻堂」、「黄女成氏」二印記。崇禎甲申二月初吉。

丙戌元宵後五日，又求施師重訂。

舊鈔《吕衡州文集》十卷本，余得諸東城顧五癡家，惜亡其首三卷。後海鹽家椒升來，以新鈔本售余，雖亦十卷，序次與舊鈔不同。馬鋪橋周香嚴先生借兩本去，取所藏葉石君家鈔本對之，知舊鈔者爲佳，而海鹽本蓋分前五卷以符十卷之數耳。葉本有劉序并全目，余俱鈔得，而前三卷異同，較海鹽本爲勝者盡録之，擬補顧本所失落也。厥後香嚴又得吴岫所藏五卷舊鈔本，余亦借校，亦幾幾乎稱善矣。近從書友郁某得一毛子晉手跋本，亦祇五卷，而與海鹽本不同。其所謂五者，蓋取十卷而紊亂之者也。爰取葉本、顧本參訂，知第一、第二乃是葉本之第一、二、三，以一、二卷爲一卷，三卷爲二卷也；三卷之前五篇乃葉、顧本第四卷之半，後十篇則又葉、顧本之第八卷也；四卷爲葉、顧本之第九卷；五卷爲葉、顧本之第十卷。顛倒錯亂，不知其由，姑存之以待考核云爾。黄丕烈識。

嘉慶壬戌冬十一月望前二日〔一〕，復從周丈香嚴處借得一舊鈔本，亦五卷，與此行款正同，顛倒錯亂卻復如此，知此本由來有舊矣。卷端墨書一行，云「照依錢少室家藏本鈔寫」，朱印一，文云「沈印穀伯」。卷末有跋五行云：「此書向無佳本，讀之不勝魯魚。近在君宣齋頭獲覩此編，有『王庭槐圖書』并校録跋語，云彼先君從内府傳寫者，亟取歸而讐正之。大約次序相同，互有少差耳，俟有博學，還祈請正。萬曆丙辰仲秋〔二〕記於懸罄室。」爰録此〔三〕備考。蕘翁丕烈。均在末卷後。

【校勘記】

〔一〕 冬十一月望前二日 「一」字及「前二」二字原脱，作「冬十月望日」，據臺北圖書館藏明抄本《吕和叔文集》五卷黄丕烈跋補。

〔二〕 丙辰仲秋 「仲」原作「中」，據前揭書黄丕烈跋改。

〔三〕 爰録此 「録」原作「誌」，據前揭書黄丕烈跋改。

355 吕衡州文集十卷 校舊鈔本

此本十卷，實祇此集之半，大約好事者之僞爲也。

吴岫所藏舊鈔殘本校，每葉二十行，每行十□字〔一〕。楊紹和案：復翁手記。

同郡周香巖收得舊鈔殘本《吕衡州文集》一册，祇五卷，余借校此三卷，以補所藏舊本之缺失，惜彼此未必同出一源也。丙辰九月十二日，棘人黄丕烈校。在第五卷後。

此本卷六至卷十寔此集四卷至五卷也，四卷下余舊鈔本皆有故周本不及校入矣。在第六卷首。〔二〕

【校勘記】

〔一〕 每行十□字 國家圖書館藏清抄本《吕衡州文集》十卷黄丕烈批語並無空缺或損字，確作「十字」。楊紹和案語：「復翁手記。」當是楊紹和鈔録此跋語時疑復翁筆誤漏字。

〔二〕以上兩條原缺，均據前揭書黄丕烈校語補。

356 張司業詩集八卷 舊鈔本

《張司業詩集》余所藏三卷本係影宋本，續又借試飲堂顧氏藏陸敕先手校本臨校一過。頃書友以八卷本舊鈔者示余，取對前本，知八卷爲勝，方信顧本陸敕先跋以爲八卷最勝者果不誣矣。三卷中，詩此皆有之，而諸體中間有多於彼者，此所以爲勝也。其聯句、拾遺、附録皆八卷所録，爲獨迥與三卷本不同矣。至於古色古香，人所共愛，余又無庸贅言。嘉慶癸酉春三月三日，復翁識。

道光壬午秋，試飲堂書散出，余從坊間轉收得小種幾册陸手校本，此《張司業集》在焉。遂以余臨陸校本貼補坊友，今後余所藏《張集》竟成雙璧矣。外此又有正德時河中劉成德增次本，係分體編輯，統爲一卷，古色古香，居然舊刻，未始不可與此及陸校鼎足而三也。中秋前三日，暑退涼生，秋香滿院，展閲一過，覺塵俗一清。蕘夫記。

此卷末數葉爲陳岐仲手書，時癸未之季秋也。今年春，岐仲没矣，期年之内，遂隔生死，臨紙不覺涕零。

此吾友頤仲書題也。年少多情，當今無雙，世上何從〔一〕常有如此人耶！《張司業集》八卷本爲最勝，席《百家唐詩》〔二〕本亦八卷，即此，彼有馮、錢兩家跋可證也。癸酉三月十二記。

右二行爲黄蕘翁手書原包紙上語，《百家》本適無此書。頤仲，見馮定遠《鈍吟雜録》，姓錢，馮呼爲小友，黄所謂馮，蓋小馮也。咸豐己未七月晦日録，附書末并記如右。應陛。按陳岐仲手書，當從「調張籍」第三行起至末，計共十葉。

【校勘記】

〔一〕何從　「從」原作缺字方框，國家圖書館藏明抄本《張司業詩集》八卷黄丕烈手跋此字草書，較難辨識，然細辨之，當是「從」字，據改。

〔二〕百家唐詩　前揭書韓應陛抄録黄丕烈題識「詩」作「書」，蓋繆氏輯《藏書題識》時以意改之。

357　張司業詩三卷 舊鈔配明刻本

此顧氏試飲堂藏書也，余于庚午冬曾借校一過。今書已散在坊間，余仍訪得之，與之劃抵舊時帳〔一〕。坊友甚快快〔二〕，即以校本貼補之。臨陸校本因續得八卷本舊鈔者，悉校之。此不復校八卷本者，各存其面目而已，而後乃今《張集》之舊本，洵稱雙璧矣。回憶庚午之借，壬午之得，歲星一周，光陰如箭，不知甲午之交又如何爾。八月六日蕘夫。

【校勘記】

〔一〕劃抵舊時帳　「劃抵」原作「畫底」，據國家圖書館藏清順治十八年陸貽典影宋抄本《張司業詩集》三卷黄丕烈跋改。

〔二〕坊友甚怏怏　「友」原作「主」，據前揭書黄丕烈跋改。

358 張司業詩集三卷 宋刊本

宋刻《張司業集》有二：一本八卷，一本上、中、下三卷，而要以八卷爲勝。《百家唐詩》中所刻一卷，僅三卷中之下卷耳，其爲可笑如此。予既別鈔北宋本，復借遵王南宋本補此二卷。聞此外尚有《木鐸集》，惜無從一見之也。辛丑六月十一日貽典識。

按敕先跋謂宋刻《張司業集》有三本，除此三卷及八卷本，當即《通考》所載《張籍詩集》五卷也。《木鐸集》凡十二卷，直齋陳氏云，然未之見也。近獲湯中季庸以諸本校定爲《張司業集》八卷本。魏峻叔高又得《木鐸集》，凡他本所無者皆附其末，并八卷爲勝之矣。復翁識。

359 李元賓文集五卷 舊鈔本

己巳得葉林宗本校一過，行間脱字增補十之三四，儻再遇善本補完此書，殆無遺憾矣。虞山楊灝志。

余向藏《李元賓文集》，係金孝章先生手鈔，此又其一也。丁丑秋，有人向予購唐宋元明人文集百六十種，金鈔本與焉。蓋余藏孝章手跡甚夥，故此集反輟贈之，而是册雖不知何人所鈔，然經楊、席兩家藏弆，亦名書也，因著其原委如此。嘉慶丁丑中秋後四日晴窗記〔一〕，復翁。

道光紀元之三月得見葉林宗本，即楊繼梁所據以校者。然葉本分陸所輯爲三卷，又趙昂所編二卷，與《敏求記》合。是此本之合爲五卷者非舊本，且校亦未盡照葉本也。書之不可信如此。蕘夫。

【校勘記】

〔一〕 嘉慶丁丑中秋後四日晴窗記　此句原脱，據臺北圖書館藏舊抄本《李元賓文集》五卷黄丕烈跋補。

360 孟東野詩集十卷 北宋本

余同年友蔣賓嵎於乾隆甲寅因學徒秋賦[一]，偕遊白門，以五百青蚨從書攤易得刻本《孟東野集》，歸取示余。余曰：「此宋刻之佳者。」賓嵎曰：「予方買時亦知其爲宋刻，特欲就君一決其善否爾。如非善本，當擬燕石之藏，若果宋雕，即爲寶劍之贈。」余不敢重違其意，遂拜受之以貯諸[二]讀未見書齋。因念余祖籍金陵，先塋在焉，今秋本擬附同人之舟登家山，躬埽松楸，藉斯游暇日，得以偏觀書市，廣采珍奇。後緣家務蝟集，未遂此願，心方悵然，何幸賓嵎爲余得是集以慰渴思也。且余儲宋刻唐人集亦不下數種，如《許丁卯》、《羅昭諫》以及《竇氏聯珠集》皆南宋刊本[三]，惟此集實北宋精刊，間有修補之葉，仍復瑕不掩瑜，較余向藏洪武間人影寫書棚本《東野集》奚啻霄壤。爰識數語於卷尾餘紙，一以感賓嵎贈遺之意，一以見賓嵎賞鑑之精，我子孫其念之哉。讀未見書齋主人黄丕烈識[四]。

越歲庚午，是爲嘉慶十五年孟夏二十有八日，從錫山書友復得北宋蜀本，每葉二十四行，行二十一字，殘本，一至五卷，目十卷尚全。燈下取此略爲對勘，似有歧異，暇當以此核之。唐人文集宋刊尤希[五]，余何幸而完璧斷珪爲兩美之合耶！書此志喜。復翁。

【校勘記】

〔一〕學徒秋賦　「賦」原作「試」，據北京大學圖書館藏宋刻本《孟東野詩集》十卷黄丕烈跋改。

〔二〕以貯諸　「貯」原作「藏」，據前揭書黄丕烈跋改。

〔三〕宋刊本　「刊」原作「刻」，據前揭書黄丕烈跋改。

〔四〕讀未見書齋主人黄丕烈識　「讀」前原有「嘉慶十有四年仲春」，前揭書黄丕烈手跋無，據刪。

〔五〕宋刊尤希　「刊」原作「刻」，據前揭書黄丕烈跋改。

361 孟東野文集十卷 宋刻本

此殘宋刻《孟東野文集》十卷本，目録尚全，後五卷失之。或云是蜀本，余以字形核之，當不謬也。是書出無錫故家，去夏已聞之。獲觀者相傳卷中有「翰林國史院官書」朱記，余即斷爲宋刻〔一〕，蓋余家藏有二《劉》及《孟浩然》，《孟集》獨全。周丈香嚴藏有姚合諸集，同此字形，並同此朱記，故信之也。迨今四月始見而購之，用白金五兩四錢，欣喜之至。越八日爲端午、芒種節，展讀一過，因記。是日庚午年壬午月戊午日戊午時。復翁。

《姚合集》壬申五十賦辰周丈以是贈余。同郡蔣氏賜書樓又有殘本《韓昌黎文集》〔二〕。

余於甲寅秋得小字《孟東野集》於蔣賓嵎處，蓋蔣從金陵書攤得者。真北宋刻本，十卷具全，稍有修板，已珍之至矣。兹復獲此，雖非全本，然板片無修，似較舊藏爲勝，暇日尚當取而參之。復翁又記。

余家舊藏尚有明初鈔本，黑格緜紙，首題《孟東野詩集》，結銜題「山南西道節度參謀試大理評事平昌孟郊」，亦十卷，無總目，末題「臨安府棚前北睦親坊南陳宅經籍鋪印」，蓋亦從宋本録出也。取對此刻，大同小異。彼有脱落，賴此正之，而鈔本亦時有佳處可證宋刻之誤者，備參焉可耳。《東野集》全者，宋刻、舊鈔各居其一，而此殘本不與，若統計之有三本矣，他日當合校一本爲《孟集考異》云。十一月二日偶展及此又書。

壬申正月下旬六日，晨起天雨，適木工來劇書櫝尺寸，檢此二書。舊歲爲香嚴周丈借去，故留案頭，隨手及之也。《孟集》合校有志未逮，周丈向曾借校北宋本全者，近又借校此殘者，孳孳矻矻，不知老之將至。余年纔及艾，精力就衰，向以書爲解憂之具，今卻反是，豈真書之不足以云樂耶，抑擾我心者之多也？雨窗無聊，識此破寂。半恕道人筆。

【校勘記】

〔一〕　斷爲宋刻　「爲」前原衍「以」字，據國家圖書館藏宋刻本《孟東野文集》十卷黄丕烈跋删。

〔二〕　此條原缺，前揭書黄丕烈手跋，此條是前跋眉批，寫在「姚合諸集」上方，據補。

362 孟東野詩集十卷 校宋舊鈔本

余藏《孟東野集》二部，其一小板，係全部，而有修板；其一大板，係半部，而字體殊古拙，相傳爲蜀本唐人集。曾藏二劉殘帙，板刻適同，取校《劉集》，他刻多有誤字。《孟集》余未之校，兹見香嚴周丈手校蜀本，注明元藏本者是也。此本止有五卷，所校盡此，其中誤字亦多校出，是古人死校之法，妄人見之，詫爲異事。佳者宜留而誤者宜去，何苦纖悉若此。殊不知日思誤書正是一適，而誤之所由來，或字形相近，或字義兩通，遂有一作某云云。不則古人撰述斷無有依違兩可者，自有兩本出而始有一作某云云矣。因校此，復姑紀其校書大段如此。癸未仲冬蕘夫。在第五卷末。

黄復翁於乾隆五十九年甲寅秋得小字宋刊《孟東野集》十卷於蔣賓嵎處，雖宋時已經修板，然在諸刻中爲最善，細校一過。又有舊鈔，黑格緜紙，首題《孟東野詩集》，結銜題「山南西道節度參謀試大理評事平昌孟郊」，亦十卷，無總目，末題「臨安府棚北睦親坊南陳宅經籍鋪印」。又復翁於嘉慶庚午購得殘宋刻《孟東野文集》十卷本，目録尚全，後五卷缺，出梁溪故家。卷中有「翰林國史院官書」朱記，亦俱參校，終不如小字本之最精善也。嘉慶壬申三月三日，香嚴居士周錫瓚記。

此書予從香嚴後人借歸，命三孫美鎬傳録香嚴手校本。宋本有二刻，香嚴已詳言之。今宋刻盡去，惟舊鈔存，故復借校宋本傳録，閱一寒暑而竣事。予覆勘亦復兩殊，上、下册未必一轍也。道光四年甲申五月十有九日燒燭跋。老蕘。均在末卷後。

363 孟東野集十卷 校本

古人藏書最重通假，非特利人，抑且利己。如予與香巖居士爲忘年交，所藏書必通假。通假之妙，人知利人，我謂利己〔一〕。此何以説？即如此集，余所藏共有三本，香巖跋已詳言之。予自歲乙亥以來，百宋一廛中完璧斷珪一旦俄空焉，殆天與我以好不與我以力耶！然書魔故智，未克盡除，故鈔寫校讐之力尚可副我所好。前香巖在日，曾借手録敝藏《陶淵明集》宋刊精本〔二〕影寫一過，其籤題圖記無不影摹。兹《孟東野集》亦宋刊精本，未及假録而香巖作古，因從其文孫處假歸，因珍重不便假手鈔胥，命三孫美鎬録之，閱歲始就。還書之日，重感故人子孫不忘通假高誼，俾予得鈔録以還舊觀，且多香巖手校異同，尤得所指南云。甲申五月，蕘夫。

【校勘記】

〔一〕　我謂利己　「謂」原作「爲」，據國家圖書館藏明弘治十二年楊一清、于睿刻本《孟東野詩集》十卷黃丕烈跋改。

〔二〕 宋刊精本 「刊」原作「刻」，據前揭書黃丕烈跋改。

364 賈浪仙長江集七卷 明刻本

《賈長江集》十卷，宋刻本，藏揚州阮氏，其毛鈔影宋藏余家。余曾借宋刻校影宋，所差豪釐矣。此外又有舊鈔，爲義門學士手校，無古詩，序次亦多不同。何以張氏藏書棚本校。張氏本即阮氏本也，余因借校知之。此册爲余友訒菴張君所收，云是郡故家物。余見其友葉子寅圖記，朱筆校亦似其手迹，遂借歸出毛鈔勘之。其卷一數番校字悉同於宋本，分卷一處注曰「卷二」，於五絶中《劍客》等首皆注曰「一之幾」，宋刻不分體，故卷一古今體俱有。是校本親見十卷本也。不知何以於「寄孟協律」一題已下皆無校字，遂使此刻之訛謬百出，未經勘正，爲可恨爾。余還書之日，數語以記是書源流，儻訒菴有意續校，當舉所藏畀之，俾《長江集》又添一善本，豈不美與！戊寅六月大盡日，復翁識。

365 韓君平詩集五卷　錢考功詩集十卷 校舊鈔本

韓翃字君平，南陽人，天寶十三年進士。侯希逸表佐幕府，府罷十年不仕，李勉任宣武復辟之建中初,以駕部郎中知制誥,終中書舍人。《集》五卷。

案:此明監察御史河中劉成德編輯、刑部郎中江都蕭海校正本所載於卷首者也。明知《集》爲五卷,而必分體爲八卷:一五言古詩,二七言古詩,三五言律詩,四五言排律,五七言律詩,六五言絶句,七六言絶句,八七言絶句,是可笑也。姑記與舊鈔異同之字而已。甲申六月小盡日,蕘夫記。在《韓集》卷首。

己丑年正月,清遠堂主人道穀命童子張秀鈔竟南窗記。在《錢集》第十卷後。

366 李校書集三卷 校明鈔本

時萬曆肆拾捌年正月初六日鈔完。

按李端字正己,趙州人,李嘉祐之姪也,大曆五年進士。從郭曖游。曖嘗進官,大集賓客賦詩,端最工。錢起曰:「此素爲之,請賦起姓。」端立獻一章,又工於前,客乃服。曖賜帛百匹。後移疾江南,仕至杭州司馬,有詩三卷。

《李端集》三卷,見諸《書録解題》,藏書如述古,未列於目,想傳本希也。予於唐人集遇本即收,不下數十餘種[一],而此集亦無。頃揚州估人攜此求售,喜爲得未曾有本,係舊鈔,校者之筆亦是明人,前後所鈐圖記止一印,而印文印色皆非近時,則此本誠可寶矣。

裝成并記，蕘翁。

按《文獻通考》引晁氏云：「有『新開金埒看調馬，舊賜銅山許鑄錢』之句，此即所賦錢起姓[二]一篇中語也，附誌備考。八月三日燈下記。

余家比鄰有以李鑑明古家舊藏本書一單托消者，內多唐人小集專刻本，因與好友分得之。此《李丕己集》，檢舊藏本出此，勘之殊異，而先有校勘語附於卷端，校而未終，又不詳載其所自，殊疏漏也。事隔十年，并影響都忘，屬想不得其故。今與此新收本對之，似爲近之。日來枯坐一室，校讎都絶。今晨喚一小舟往吾與菴，與琢堂相期在彼一宿。舟中無聊，自縣橋出平江路，由西而達閶門[三]，一路漕艘濡滯，兼之順道過訪段茂堂、周香嚴二老，抵西津橋始畢。舟小無置筆硯地，傾側幾不成字。觀此集多與方外人作友，故諸詩人因游而得方外友，又因方外友而得詩。余非詩人也，然每至僧菴必得詩，其亦事理之所有而性情之所近者乎[四]？校畢記。時乙亥二月花朝日，適逢春社，跋於支硎道中。

余至吾與菴，琢堂亦從鄧尉返棹來，遂同宿菴中。花朝月夕，親戚情話，因用此集中《同苗員外宿薦福寺》韻賦詩紀事，并邀琢堂同作。

爲愛聯牀話，禪房作客房。竹清疏漏月，梅白淺綴霜。聽梵依虛牖，尋詩繞曲廊。歸鴻哀未減，驚枕轉神傷。均在末卷後。

乙丑夏收於揚州書估，士禮居重裝。〔五〕

乙亥春仲，復得同郡〔六〕李明古家藏本手校一過，記於上、下方，卷中墨筆是也。此集無李鑑明古藏印，但有「徐氏完石圖書」，故名之曰「徐完石本」云。趙郡李端正已著。〔七〕在卷首。〔八〕

【校勘記】

〔一〕不下數十餘種　「下」原作「少」，據臺北圖書館藏明萬曆四十八年抄本《李校書集》三卷黄丕烈跋改。

〔二〕所賦錢起姓　「起」字原缺，據前揭書黄丕烈跋補。

〔三〕由西而達閶門　「達」原作「東」，據前揭書黄丕烈跋改。

〔四〕所近者乎　「者」字原缺，據前揭書黄丕烈跋補。

〔五〕此條原缺，據前揭書黄丕烈跋補。

〔六〕復得同郡　「得」原作「從」，據前揭書黄丕烈跋改。

〔七〕趙郡李端正已著　此句原缺，據前揭書黄丕烈跋補。

〔八〕在卷首　本條及前補一條在卷首，其餘均在末卷後。

367 歌詩編四卷集外詩一卷 影宋本

余藏唐人集不下百餘種，舊刻、名鈔都備，即同一集而藏書之家有異，亦在所收，故種更多也。頃書友鄭益偕袖此舊鈔李賀《歌詩編》一册遺余，識是馮氏藏本。檢所藏尚缺此種，急收之。馮所藏唐集已有一二種，行款圖章卻不相類，知鈔各有本，其藏亦非一人也。乙丑夏蕘翁記。

戊辰夏，從經義齋得舊刻本，較此多至元丁丑、弘治壬戌二序，當是明翻元刻也。分卷雖同，標題序次略異，即字句亦間有不同。稍暇當參校之《讀書敏求記》載鮑欽止家本，此殆近之。復翁識。

368 李賀歌詩編四卷 金刻本〔一〕

金刻李賀《歌詩編》四卷，余去年得何義門手校者，始知世有其書，諸家藏書目未之載也。何云碣石趙衍刊本，每葉二十行，行二十字，頃見是本正合，其爲金刻無疑。最後序文何校未録，但云龍山先生所藏舊本，乃司馬温公物。今觀全文，語亦符合，且可補何校所未備，因急收之、書之。奇遇之巧無有過是者，雖重直弗惜矣。己巳中秋月復翁記。

金劉仲尹字致君，蓋州人，有《龍山集》。李獻能欽叔，其外孫也。義門語。并記。

壬申仲冬望日，陸拙生獲觀[二]於讀未見書齋，并題簽以誌幸。

【校勘記】

〔一〕金刻本　此本今藏中國國家圖書館，著録作「蒙古憲宗六年(一二五六)趙衍刻本」，《中華再造善本·金元編·集部》據以影印。李致忠先生《提要》云：「黄丕烈謂此書爲金刻本，非是。」

〔二〕獲觀　「觀」原作「覩」，據前揭國圖藏本陸拙生跋改。

369 李長吉詩集四卷外集一卷 校影宋本

馮藏影宋本，每葉二十行，行二十八字。

昔義門何學士曾見宋本於内府，未及校，後得伊弟心友攜示金本，遂細校一過，以未將宋本覆勘爲憾。其跋云然。兹校影宋本勘過，復以金本參之，知二本相同，有一二誤處，二本互有，即有實誤者，亦可參互證之也。復翁記。

馮藏影宋鈔本校[一]。己巳季秋五日。

風雨廉纖向晚晴，悄然獨坐一燈明。忽驚寒信今年早，雁叫天邊三兩聲。重陽前五日，復翁。

重陽纔過喜天晴，寒月宵來分外明。一種清閒誰領得，滿階梧葉盡秋聲。重陽後三日，復翁疊前韻。

【校勘記】

〔一〕影宋鈔本校　此句原作「影宋本校訖」，據國家圖書館藏明刻本《李長吉詩集》四卷《外集》一卷黄丕烈跋改。

370　王建詩集八卷　明刻毛校本

此毛子晉手校本《王建詩集》八卷本，與余舊藏吴匏菴家鈔本正同。吴本亦藏自汲古閣，而毛所校時合時不合。子晉云〔一〕依宋刻較正，未知所據何本。此刻相傳爲明代川中刻，刻手既惡劣〔二〕，印本復糊塗，幸得子晉手校，加以題跋。且屢經名家收藏，其所知者，南京解元六如居士，爲吾吴唐伯虎。圖章「玉峰徐炯」即傳是樓後人，曾住我郡齊門内花谿，竹垞跋《播芳文粹》〔三〕云「丙戌三月，留徐學使章仲花谿别業，觀宋槧本」，即其人也。其餘「戌郎私印」、「中文蔣癡」、「米汁頭陀」〔四〕皆未詳其人。古香馣靄，珍重異常，書之以前賢手澤而足重者此爾。蕘翁〔五〕。

十月四日，顧千里識其文云是「汁」字，并爲余曰「古有飲米汁的菩薩」語。「米汁」謂

酒也。〔六〕

嘉慶癸未六月四日，收於郡廟前五柳居。所收《王建詩集》以編年計之，此爲第三本。前兩本一爲影宋鈔緜紙本〔七〕，有「毛仲辛氏」一印，一爲叢書堂鈔紅格竹紙本，有「汲古閣」一印，并有子晉校字。三書同出一源，而久分復合，是一奇也。并記。蕘翁。

此刻爲明監察御史河中劉成德編校本，唐人詩集如此刻者頗鮮。頃遊海禺，於坊中遍索古書，僅見一元刻校宋本《郭茂倩樂府》，中有「毛子晉」字〔八〕，擬購之而議價未果，心甚怏怏。後於故家獲書數種，内有明刻唐人張籍詩，亦劉所梓，其版刻之古拙近是，每葉每行字數亦同，唯張詩有直格，與此殊耳。因憶此集卷端弁言，有「與韓愈、張籍同時，而籍尤相友善」語，當是劉公屬意兩家之詩，故並梓之也。昔並梓而今並儲之，誠爲快事。爰記於此〔九〕。蕘翁。

【校勘記】

〔一〕子晉云　「云」原作「之」，據國家圖書館藏明正德劉成德刻《唐大曆十子詩集》本《唐王建詩集》八卷《附録》一卷黄丕烈跋改。

〔二〕刻手既惡劣　「惡」字原缺，據前揭書黄丕烈跋補。

〔三〕竹垞跋播芳文粹　「跋」字原缺，據前揭書黄丕烈跋補。

〔四〕米汁頭陀　「汁」字原作缺字方框。前揭書黄丕烈手跋原亦作缺字方框，旁注一「汁」字，據補。

〔五〕蕘翁　此二字原缺，據前揭書黄丕烈跋補。

〔六〕此條原缺。前揭書黄丕烈手跋，此條爲前跋眉批，注於「米汁頭陀」之上方，據補。

〔七〕宋鈔緜紙本　「鈔」字原缺，據前揭書黄丕烈跋補。

〔八〕毛子晉字　「字」原作「校」，據前揭書黄丕烈跋改。

〔九〕爰記於此　「爰」原作「首」，據前揭書黄丕烈跋改。

371　沈下賢文集十二卷　校舊鈔本

余所藏唐人文集頗富，《沈下賢集》向亦有之，似係舊鈔竹紙本，因未甚佳，已轉歸他人，忘其本之所自出矣。此舊鈔緜紙本，爲故人周香嚴藏書，於其身後得之其家者，蓋後人各房分散，故去之，而得之。因思借本讐校，惟吳丈枚菴曾有是書，惜枚菴云逝，請假爲難，幸其子晉齋允余請，仍啓篋出示，俾得對勘一過。兹悉校於上方，不改本文，云「作」者，枚菴録本即青芝張氏本也；云「校」者，即枚菴借毛褒藏本對校，存參數字者也；云「英華」者，即枚菴復校《英華》本也。己卯十一月望日校畢記。復翁黄丕烈。

372 李衛公文集十七卷外集四卷别集四卷 校宋明鈔本 《文集》卷十八至二十、《别集》卷一至六均闕

向余手校宋本在明刻本上。明刻係竹紙，已經染色，故紙質色黄性硬，觸手便損，因無别本可用，故勉用之。頃長孫秉剛從坊間見此紅格舊鈔本，袖歸取質。余曰：「此明人鈔本，且爲楊灝繼溹藏佳書也〔一〕。」惜《會昌一品制集》缺十八卷下計三卷，然用以臨校宋本大佳。此鈔佳字與宋本合者，記於上方，爰輟二日功手臨舊校於上，入新歲來一快事也。壬午二月初吉，蕘夫。

庚辰秋，殘宋本《會昌一品制集》錢唐友人何夢華介以歸常熟陳子準，所藏止此手校宋本之十卷矣。幸而從前暇日校此，俾宋本面目略識一二，其他雖舊鈔，與宋本已全異矣。余向日收書〔二〕，遇殘帙亦不惜重價購者，職是故耳。今年老力絀，不能如前此之愛護勿失，猶幸異地同心，知余所蓄爲佳而寶之，其亦不幸中之幸耶！重閲校本，書之慨然。壬午春臨。

此紅格舊鈔李文饒文集《會昌一品制集》一卷至十七卷，計缺尾之三卷，爲卷十八、卷十九、卷二十；《李衛公外集·窮愁志》四卷全；《李衛公别集》七卷至十卷，計缺首之六

卷，共三册。凡書貴從其原有之面目，故就所缺存之，無取乎他本補之。去歲二月初，得此臨校宋本，又照此鈔録《外集》，以補緜紙之獨少此集者。久藏篋中矣，後又見有黑格舊鈔《一品制集》之僅存一卷至十六卷本，因出此相對，恕置案頭，歲除未歸，今始檢得，爰題數語以誌抱守老人之别有深意於殘編斷簡也。癸未歲初五日，蕘夫。在卷首。

【校勘記】

〔一〕藏佳書也 「藏」前原衍「所」字，據國家圖書館藏明抄本《李文饒文集》二十卷（存十七卷）黄丕烈跋删。

〔二〕余向日收書 「日」字原缺，據前揭書黄丕烈跋補。

373 李文饒文集十六卷 鈔本

余藏《李文饒文集》多矣，有吴方山藏書鈔殘本、宋刻十卷殘本、舊鈔《正集》《别集》本、手校殘宋明刻二十卷本、紅格舊鈔殘本，有《外集》本。年來吴本已補全售去，殘宋亦他徙，篋中止有二本矣。頃陳貞白家書散出，復得此殘鈔本十六卷，觀序文知原來如是，非鈔後逸也。序中「犬子」二字，獨此與宋刻合，他本不及，因急收之。賈人索直□□金，余以家刻書易之。蕘夫。

癸未歲初整理案頭堆積之書,知紅格舊鈔本尚留在外未歸,因加跋語,取與此本並儲。一紅一黑皆殘本也,併緜紙無欄格本,有三舊鈔本,明刻不數矣。正月人日,癸未人蕘夫手記。

374 宋刻殘本白氏文集十七卷 二函十册

東城顧五癡家藏書甚富,余嘗購得數十種矣。主人知余好之篤,雖一鱗片甲,亦自侈爲奇寶,因出破書一束,指示余曰:「此絳雲餘燼也,曷歸之。」余開卷知是宋刻《白氏文集》,每卷首末皆有「金華宋氏景濂」圖記。爰憶《讀書敏求記》中曾言之,未知即是此書否。然窺主人意頗秘之,未便假歸。歸家檢遵王所記,十三之十六、二十六之三十、三十三之三十八共十七卷,是金華宋氏景濂所藏小宋板,圖記宛然,古香可愛。乃知是書即述古堂中物。倩五癡族姪開之往核卷數,并問其直,後開之來云,是十七卷。余喜甚,而索直逾百金,余又以不能即得爲憂。越歲丙辰,五癡以老病終,厥子、南雅昆季皆兢兢焉守其父書,而南雅與余交亦頗投契,每一過訪,必以是書爲請,遂與元刻《伯生詩續編》以白金二十兩易得,命工重加裝潢,所以存舊物也。顧其書有疑義待析者,遵王云,盧山本爲庚寅一炬,而此集卷中燒痕尚在,有一葉中不過數字者,知絳雲餘燼之説未必無據。餘卷皆散,而二十六之三十獨完好，勝於餘卷，尚是舊時裝潢。通册又似經水濕者，未知天下奇書何其厄於水火之甚耶！至於十七卷中，遵王所記又與今所見不同。十三之十六、二十六之三十合於遵王所記者也，三十三、三十四卷之前有三十一、三十二，後無三十五、三十六、三十七、三十八，而有五十五、五十六、五十七、五十八，不盡合於遵王所記者也。此或係遵王筆誤，而古書之傳信於後綦難矣。余向得蘭雪堂活字本《白氏文集》，敘次亦與宋刻合，惜小注多缺，本文亦有訛脱，擬爲校録副本，聞顧竹君家有宋本《白氏長慶集》，此或廬山真面目矣。然則庚寅一炬，受厄者果《白氏長慶集》乎？抑《白氏文集》乎？儻得一見之以釋其疑，不亦快乎！但未知其書果在否也。大清嘉慶二年丁巳四月己卯日立夏，蕘圃黄丕烈識。

是書裝潢時，適錢竹汀壻瞿萇生來。萇生爲目録之學者，見古書必爲討厥源流。爰取是書展閲，并及拙跋，見遵王所記卷數，悉數之曰：「君所得逾於遵王矣。」余曰：「否，蓋猶是十七卷也。」萇生曰：「十三之十六、二十六之三十、三十三之三十八不過十五卷，而君今所得十三之十六、二十六之三十同於遵王，三十五之三十八爲五十五之五十八所誤，亦未可知。其三十一、三十二兩卷，遵王所未見者也。互計之，遵王所記者十三、十四、十五、十六卷，二十六、二十七、二十八、二十九、三十卷，三十三、三十四、三十五、三十六、三十七、三十八卷。君所得者，十三、十四、十五、十六卷，二十六、二十七、二十八、二

十九、三十、三十一、三十二、三十三、三十四卷，五十五、五十六、五十七、五十八卷，豈非今多於昔乎？」余亦無辭以對，因思遵王未知其誤，而偶誤於前，余欲正其誤，而仍誤於後，天下事之一誤再誤，而尚有待於旁人之繩糾者，比比皆是也。爰誌萇生之語兼以自訟云爾。蕘圃又識。

余收得《白氏文集》在春夏之交，以殘闕不完之物，而閟藏在塵封蠹蝕中已歷有年所，至今始得發而讀之，或亦公之精靈有以呵護之也。近日陳東浦方伯建藩蘇郡，訪求唐宋先賢遺跡，慨然於公之未有專祠，因從虎邱買得蔣氏故園，園爲國初顧云美塔影園故址。鳩工庀材葺而新之，以祀白公。又於其旁添立懷杜閣，移建仰蘇樓，以祀少陵、東坡焉。余思白公在蘇，遺愛至今，稱之有云白公隄者，兹又特立專祠，俾廣大教化，常被中吴矣。新祠落成之日，適是集裝潢竣事，殆氣機之感召使然耶？爰誌其事於卷末，以告後之覽者。中秋前六日夕時翦燭書。書魔。

嘉慶癸亥夏六月十有二日，輯《百宋一廛書目》，重展於縣橋之新居。蕘翁。

375 白氏文集七十一卷 校宋本

目後雌黄書二行，是子晉手跡。卷中句讀有「晉」字小圖印，其朱筆皆斧季字跡。所補缺葉畫烏絲欄者，亦出斧季手。

琴川張君月霄藏有宋刊本《白氏文集》，假歸命長孫秉剛校勘一過，知斧季朱筆校者，即據張君所藏本也。兹校亦用朱筆，恐與斧季混同，因載於格欄外，其行間字以朱筆點於旁，所以識別也。

376 姚少監文集六卷 校宋本

宋本唐人文集有「翰林國史院官書」朱印者，予所見者《劉賓客》、《劉隨州》，係從陸西屏家得來。西屏除二本外，尚有幾册未能記其名目。西屏故後，書籍散亡，屬伊族姪樹屏蒐訪，已杳不可得。今此過訪周香嚴，見案頭有《姚少監集》，實陸家故物也，遂假歸校勘，惜殘缺，與二劉同。世間好物不堅牢有如是耶！書此以誌慨。丙辰十月望前二日，棘人黄丕烈。在卷首。

《水東日記》云，宋時所刻書，其匡廓中摺行上下不留黑牌，首則刻工私記、本板字數，次書名，次卷第數目，其末則〔一〕刻工姓名以及字總數，余所見當時印本如此。浦宗源家有司馬公《傳家集》，行款皆然，又潔白厚紙所印，乃知古於書籍〔二〕不惟雕鐫不苟，雖摹印亦不苟也。

《梅花草堂筆談》云，有傳視宋刻者，其文鉤畫如繡，手模之若窪窿然，故出紹興守家，其先憲副藏書也。問故，將質以償路符之費，且誡售者[三]勿洩有是哉。

此二條係陸西屏所寫附於宋本後者，今并録之以備考。

【校勘記】

〔一〕其末則　「則」字原脱，據國家圖書館藏宋刻本《姚少監詩集》五卷黄丕烈録陸西屏跋補。

〔二〕古於書籍　「於」字原脱，據前揭書黄丕烈録陸西屏跋補。

〔三〕誡售者　「誡」原作「戒」，據前揭書黄丕烈録陸西屏跋改。

377 姚少監文集五卷 舊鈔本

此《姚少監詩集》五卷殘宋本，亦出郡城陸西屏家，向爲翰林國史院官書。余所得殘宋本二劉《文集》，板刻正與此同，西屏家物也。此後出周香嚴，歸之因借而命門僕影鈔，俾與二劉並藏焉。甲子小春月萬壽日，裝成并記，黄丕烈。

378 姚少監文集 殘宋本　存卷一至卷五

此書舊藏陸西屏家，爲水月亭周丈香嚴所得，余曾借鈔其副。壬申五月十有一日，爲余五十賤辰，諸親友之以禮物相遺者，余敬謝弗敢拜嘉，而相知中又有以筆墨文玩諸物爲贈，則弗敢固辭矣。是書贈自香嚴，有札云：「《姚武功集》雖未全，尚是宋版宋印，且有元官印，可寶，奉送聊以當祝，幸哂存之。」蓋香嚴喜藏書，家多秘本，先余數十年而收藏者，今年已七十外矣，知余有同嗜，故蹤跡甚密。余每購得一書，必攜以相質〔一〕，有須參考者，必往借所藏秘本證之，二十年來，可謂同志之友矣。向時尚有抱沖、壽階，今兩君皆先後下世，唯周丈與余一老一艾，孳孳〔二〕於故紙堆中尋活計，可喜亦可憂也。其所贈適及是書者，先是西屏家有劉長卿、劉禹錫《集》，皆宋刻殘宋本〔三〕，皆有「翰林國史院官書」印，爲余所得，故以此歸余，俾散者復聚，且稔知余所藏《孟浩然集》、《孟東野集》皆與此本同一版式。今又得此，唐集宋刻又多一種，可見好書之心，在書得其所，不論獨有爲秘也。余之跋此，非第感朋友贈遺之厚，且以誌書籍彙聚之難，後之得是書者，幸勿以其不全而忽之。壬申六月十有八日，百宋一廛主人黄丕烈識。

卷一至卷五全，目録存五葉，第六卷後目録割去。統計四十七葉。

年來生計日拙，力不足以副書，所藏珍秘大半散失。二《孟集》之一全一缺，同此翰林國史院官書，已歸他所，今所存惟此原出西屏家之三種矣。香嚴與余雖皆日就老耄，而處境亦略似，故不無散失焉。聚久必散，理或然與？書此自慰。戊寅元旦，復翁識。

己卯秋重展,其去香嚴殁已五月餘矣。并記。

【校勘記】

〔一〕必攜以相質　「必」字原缺,據國家圖書館藏宋刻本《姚少監詩集》五卷黄丕烈跋補。

〔二〕孳孳　原作「孜孜」,據前揭書黄丕烈跋改。

〔三〕殘宋本　「宋」字原缺,據前揭書黄丕烈跋補。

379 姚少監詩集十卷　汲古閣鈔本

余向藏《姚少監集》止五卷殘宋刻〔一〕也,頃從小讀書堆收得毛子晉舊藏《姚集》前五卷,審是明人鈔本,後五卷似後來鈔補,不知與前五卷是一是二否。子晉但云此浙本也。川本編次稍異,今取殘宋刻對之果異。蓋相傳殘宋刻是蜀本,當即子晉所云川本,而與此之川本異者,宜其説之合也。唐人詩集舊刻面目往往不同,附存其説於此,以諗好古者云。己卯秋復翁。

【校勘記】

〔一〕殘宋刻　「刻」原作「刊」,據《四部叢刊初編》影印明抄本黄丕烈跋改。下文兩「殘宋刻」原作「殘宋本」「殘宋刊」,「舊刻」原作「舊刊」,均據手跋改。

380 丁卯集二卷 宋本

此書宋本余先藏有一本，版刻糊塗，多屬全寫，因有義門先生跋，故珍之，列諸《百宋一廛賦》中。後復收此，覺字跡清朗，勝於義門全寫者多矣。因以何跋本歸嘉禾金玩華居[一]，而此本遂爲甲本。庚午八月蕘翁記。

《增廣音注唐郢州刺史丁卯詩集》二卷，信安後學祝德子訂正。

【校勘記】

〔一〕玩華居 「玩」原爲缺字方框。北京大學圖書館藏元刻本《增廣音注唐郢州刺史丁卯詩集》二卷黄丕烈手跋此字字迹難認，然細審之，應是「玩」字，當指金鑾庭「玩華居」，據補。

381 周賀詩集一卷 宋刻本

甲辰冬十月，耿菴借鈔重校。

康熙乙酉十二月，感寒在告手校，焯。

丙戌秋夕，得毛豹孫影鈔宋本又校，是冬得王伯谷所藏書棚本又校，改正一字。

嘉慶戊辰秋，借濂溪坊蔣氏宋梓《周賀詩》，即王伯谷所藏書棚本，末有義門跋，手校一過，用墨筆識於下方。復翁黄丕烈。

書棚本二十行，行十八字，通十七番。甲戌六月又得見顧竹君家舊鈔本對一過，與宋刻多同，間有異者，略識於上方。復翁。

《周賀詩》既得見宋刻本，又見《弘秀集》本，可無遺憾。然宋本非一校，時或有漏落，故遇舊鈔又復覆校。每葉廿行，行十八字，與宋本同，而序次偶異，間有異字而注云某一作某。其所云「一作」者，皆與宋本同。則此舊鈔本行款雖同，非即向所校宋本録出耶？校舊鈔畢并記。復翁。以上在卷末。

《周賀集》以宋刻手校。

蕘翁新得毛子晉跋手編《清塞詩集》二卷本，重檢及此補記。辛未莫秋。

周賀初爲僧，名清塞，其詩荷澤李龏和父編入《唐僧弘秀集》，余家藏有宋刻。以上在册面。

382 唐清塞詩集一卷 明刊本

藏書以奇秘爲主，不必論刻之宋金元明也。即如此等書，世不多見即爲奇秘〔一〕矣。余藏殘宋刻《唐僧弘秀集》，係荷澤李龏和父編，其行款正與此同，想此集亦必有宋刻矣。

世無宋刻，安得不以此爲奇秘乎？中秋日重檢及此因記。時潘榕皋、理齋父子散步至舍，劇談而去，頗極友朋之樂。復翁。

衢本《郡齋讀書志》云：《清塞詩》一卷。右唐僧清塞，字南卿。詩格清雅，與賈島、無可齊名。寶曆中，姚合蒞杭，因攜書投謁。合聞其誦《哭僧詩》云：「凍髮亡夜剃〔二〕，遺偈病中書。」大愛之，因加以冠巾，爲周賀云。按袁本「蒞杭」作〔三〕「爲杭州刺史」，袁本「誦《哭僧詩》」無「誦」字，袁本「凍髮」「髮」作「鬢」〔四〕。

《全唐詩》：周賀字南卿，東洛人。初爲浮屠，名清塞。杭州太守姚合愛其詩，加以冠巾，改名《賀詩》一卷。

余初得此詩集，卻未知清塞之名，既從友人處借《全唐詩》核之，於僧中亦無自檢覓，心頗疑焉。後友人以《郡齋讀書志》中所載一條示余，方知清塞即周賀也。覆考《全唐詩》，果詳載于周賀下，因並録之如右。余家舊藏周賀詩係影鈔書棚本而金俊明與何義門兩先生合校者，取對是本，彼此多不同，詩亦互有存失。蓋此爲菏澤李薿和父編，非棚本所自出，故所載各異。至於《全唐詩》采録最詳，故此集之詩無一首遺者。余所重在古本，此集雖載於晁《志》，而編自何人，僅見於此，諸家皆不著録，是可寶矣。同得者尚有唐《貫休詩集》，亦和父編，喻凫、盧仝板刻正同，不列編次之人，皆僅見之本也。嘉慶丁卯夏五月二十日,復翁黄丕烈記。

越歲己巳[五]重陽前一日,雨窗無聊,檢宋刻《唐僧弘秀集》,核之第四卷[六],悉是周賀詩,知此即翻本矣,特改標題耳。爰校正幾字。復翁記。

【校勘記】

〔一〕奇秘　「奇」字原缺,據南京圖書館藏明刻本《清塞詩集》一卷黄丕烈跋補。

〔二〕凍髮亡夜剃　「髮」原作「鬚」,據前揭書黄丕烈跋改。

〔三〕作　此字原缺,據前揭書黄丕烈跋補。

〔四〕袁本凍髮髮作鬚　此句注文原脱,據前揭書黄丕烈跋補。

〔五〕越歲己巳　「已」原作「乙」,據前揭書黄丕烈跋改。

〔六〕核之第四卷　「核之」二字原缺,據前揭書黄丕烈跋補。

383 清塞詩一卷 校明鈔本

此周賀詩也。少年爲僧,號清塞,與無可齊名。寶曆間姚合爲杭州,讀其《哭僧詩》云「凍髭亡夜剃,遺偈病中書」,擊節歎賞,加以冠巾,字南鄉。坊間《清塞》、《周賀》離爲二集,篇章互混,其《留辭姚郎中》至《送僧》四十五首,乃荷澤李和父編入《唐僧弘秀集》中者也，因汰其重複，又編四十五首，釐爲上、下卷，仍其舊名。余嘗謂詩禪古稱韻品，惟唐時鉅公輒欲其反，初不知何意。如韓昌黎亦欲冠巾觀、靈二老，既見觀霜髭種種，爲之潸然。惜其無及先輩，謂其善戲謔兮，不爲虐兮，猶乎？否耶？隱湖毛晉跋。

《清塞詩》宋刻在李和父所編《唐僧弘秀集》中。《周賀詩》宋刻自有書棚本在，見藏濂溪坊蔣氏，余曾借校於舊鈔本上。此册出自毛子晉，以意竄定，非其舊也。吾友陶公因係子晉手跋本歸余，余亦以汲古本[一]重之。適聞思菴主昆峯上人處，有武林梵天寺賜紫沙門法欽編《唐宋高僧詩集》，有元祐元年楊無爲敘者舊刻本，遂手校異字於每首上方以資考證。且此書雖子晉亦未見過，曾於其家刻《弘秀集》中跋語及之，則余所見不差廣於子晉耶？書此誌喜。辛未小春二十日，復翁記。均在末卷後。

【校勘記】

〔一〕汲古本 「本」原作「閣」，據國家圖書館藏明末汲古閣抄本《清塞詩集》黃丕烈跋改。

384 李羣玉方干詩集□卷 舊鈔本

《李羣玉方干詩集》合裝者，余家向有一本，係空居閣舊藏刻。有書賈持此册來，亦李方合裝。而二集後墨筆題識多同，想同出一源。此則汲古舊藏，審其字跡似毛本，後於馮本也。初得見是書時，以馮本對勘，鈔無異字，惟此本《方集》多汲古孫綏萬跋語，知取黑格條鈔本及東山席氏刻本一爲校勘者，然其意以黑格爲不足據，而席氏刻余又以爲在舊鈔後，不應據刻改鈔，故遂置之。及書賈持去，偶閱《讀書敏求記》，云《元英先生家集》十卷，此云元英者，避宋諱也。集中《贈美人》七言長句四首，今本爲俗子芟去，得此始補全之。方歎讀書未徧，致失善本，急令書賈持回，出重資購而並儲焉，稍補余過。嘉慶癸酉三月晦日復翁識。在末卷後。

道光辛巳冬，見黑格條鈔本有子晉跋語，即是分授綏萬之本也。價昂未收，聞是香嚴藏本。復翁記。

385　羣玉集三卷後集四卷　宋本

余藏宋板唐人集亦夥矣，多載《百宋一廛賦》中，即今散逸將盡，而至精極妙者尚有一二種，歷經名家藏弆，世罕其匹也。猶憶《孟東野集》爲蔣賓嵎同年所贈，亦得自送考金陵時冷攤收。得其爲〔一〕安麓村藏則同。麓村者，貴家門客，專識骨董，渠手得必鈐斯印。《孟集》而外，止此二集，因想當時非特藏書之家勝於今日，即識書之人勝於我輩。昔因門客而收，今因門客而去，試問物之所出，果知爲真宋板乎？抑視爲贋宋板也。吾恐主人與客〔二〕皆茫如所賴者，尚有一二冷眼人躭讀玩市，無意得之，不致湮没耳。賓嵎之得《孟集》在甲寅年，今余之得二《李集》〔三〕在癸未年，事隔三朝，時爲一世，何遥遥相對之，湊成一段奇聞也邪？前跋書於《碧雲》之首，後跋書於《羣玉》之尾，互爲聯絡，他日斷不可分而二之矣。上巳後三日，玉峯寓蕘夫記於俞氏之亦愛廬。

卷中舊藏書家圖記皆散見於各書，唯此馮氏諸印未曾一見，想非海虞諸馮族類也。「乾學」、「徐健庵」兩印亦俱鈐在最上處，似其先不即歸於徐，其後又不常於徐物之轉徙靡定矣。今仍在崑山得之，得後又將歸郡中。竹塢、玉蘭堂、辛夷館皆爲郡中人家藏書所，是寓之一説，實無所逃於天地之間。物寓人何獨不寓耶？復爲兩絶句以寄意。

其一〔四〕：向傳常熟空居閣，今見良常汲古齋。馮與一毛兩争勝，静觀二字早安排。

其二：考棚忽遇書棚本，傳是樓頭幾轉移。信宿借人堂館勝，玉蘭開後又辛夷。余所寓亦愛廬，有玉蘭、辛夷，余兩度來此皆見之。雖謂此書之重寓玉蘭堂、辛夷館，何獨不可。

三月七日晨起共得《絶句》十首：《碧雲》四首、一。《客中》四首、二。《向傳》二首。三。參錯書之，故記次第於此。蕘夫。

越日不寐，晨起未起時，先有枕上吟四絶句，隨意口占，稍縱即逝，故急起書之，大旨言得此書之歡喜〔五〕無量也。

其一：碧雲羣玉兩才人，宋板唐書鑒賞真。捧出一函有雙璧，隴西果是數家珍。

其二：書集街頭無一書，汗�修綆復何如。可憐湖賈皆盲目，枉説鄉嬛盡子虚。

其三：良金揀得在披沙，求寶重過郝李祠。玉石磁銅并書畫，我無特識信還疑。

其四：獨有羣書一顧空，驪黄牝牡態何窮。宋廛百一添清賞，老眼無花我仲翁。

紀事題詩，又將倩人作畫，冷客攤錢問故書〔六〕，當續圖諸扇頭。蕘夫。

【校勘記】

〔一〕得其爲　「得」字原缺，據臺灣「中研院」史語所傅斯年圖書館藏南宋臨安府陳宅書籍鋪刻本《李群玉詩集》三卷《後集》五卷黄丕烈跋補。

〔二〕主人與客　「客」原作「若」，據前揭書黄丕烈跋改。

〔三〕得二李集　「得」字原缺，據前揭書黄丕烈跋補。

〔四〕其一　此二字原缺，據前揭書黄丕烈跋補。下文「其二」「其三」「其四」均缺，同補。

〔五〕得此書之歡喜　「得」字原缺，據前揭書黄丕烈跋補。

〔六〕冷客攤錢問故書　「錢」原作「前」，據前揭書黄丕烈跋改。

386　李羣玉集三卷後集五卷　影寫宋刻本

余家向藏舊鈔本《李羣玉集》有三本，未知何本爲善。及得宋刻此集，知葉鈔最近，蓋行款同也。若毛刻《李文山詩集》迴然不同。曾取宋刻校毛刻，其異不可勝記，且其謬不可勝言，信知宋刻之佳矣。毛刻非出宋刻本，故以體分，統前後集併爲三卷。或以意改之，抑別有本。七言律羨三首，七言絶羨一首，宋刻皆無之。五言古詩二十四韻一首，末有缺，宋刻及鈔俱有，而毛刻獨注云缺，則所據必別有本矣。宋廛一翁〔一〕。

【校勘記】

〔一〕宋廛一翁　原作「丕烈」，據國家圖書館藏清道光四年黄氏士禮居影宋抄本《李群玉詩集》三卷《後集》五卷黄丕烈跋改。

387　李羣玉詩集三卷後集五卷 校明鈔本

崇禎三年庚午八月，從安愚道人鈔本手録，二十二日晚完。震澤葉奕〔一〕。

道光四年二月，手校宋刻本。春分日記。續用馮氏空居閣藏鈔本參一過，略記異同。春分後一日記，老蕘。〔二〕

大凡書籍，安得盡有宋刻而讀之？無宋刻則舊鈔貴矣，舊鈔而出自名家所藏則尤貴矣。即如《李羣玉集》，予藏舊鈔本有三本：一葉氏鈔本，一馮氏鈔本，一毛氏鈔本。向因未見宋刻，就此三本核之，似馮本較勝，因有缺處獨全也。去年新得宋本二李，一爲《碧雲》，一爲《羣玉》，卻未經與諸家鈔本相勘。近因常熟友人屬爲影鈔，遂取諸本讐校，始知葉本行款與宋刻合。上中下三卷、目録及卷中詩大段相近，惟《後集》五卷宋刻無目録，諸本皆有之，方疑宋刻之缺〔三〕爲憾。及取葉本相校，迥非宋刻可比，卷中之詩不可信，則目録尤不可信，莫如宋刻之無目録者爲存其真也。且馮、毛兩本似出一源，而此《後集》之詩又似與宋刻近，與葉本又異。即目録，馮、毛二本亦與葉本異。總之，未見宋刻，諸家各爲異同，無可適從。今校宋刻於葉本上，一一存其真，雖宋刻亦有訛舛處，就目驗云，然是非又在，善讀者自能辨之耳。所異毛刻諸書，動輒與藏本互異，即如《八唐人集》中本，以意分體，統三卷及《後集》五卷，一例排次，硬分爲三卷。俾人不知就裏，好古者固當如是邪？我真極不可解矣。甲申仲春〔四〕老蕘。

予校《李羣玉》，用宋刻爲主。此葉鈔行款同宋刻，故校宋刻於此本上，前跋已詳。兹復用馮鈔本參之，毛鈔本即出於馮，稍有異者，當經後人校過也。但如《王内人琵琶引》末缺文，不知毛鈔何據校補，未知所自出，不敢輕信。又有《清明日》一題，宋刻及諸本皆如是，惟馮、毛於卷中作「重陽」，而目録仍作「清明」，似鈔者見詩，知通首皆是「重陽」，故以意改「清明」作「重陽」，而目録不改者，原作「清明」，未及見詩，不知「清明」之爲非也。自是宋刻外唯此校本爲最詳備。其不用毛刻《八唐人集》中之《李文山集》入校勘者，蓋毛既未詳所自出，尤多文理不通之處，有據與否，不得而知，故非所取也。春分後一日覆校訖，記於百宋一廛之北窗玻璃窗下。時雖仲春，連日之寒不減隆冬。予衰老畏寒，未可啓牖，借明窗一二尺許，消我竟日閒[五]，殊自覺其無聊也。老蕘。均在末卷後。

【校勘記】

〔一〕震澤葉奕　「澤」原作「津」，據國家圖書館藏明崇禎三年葉奕抄本《李群玉詩集》三卷《後集》五卷葉奕題識改。

〔二〕此條原缺，據前揭書黄丕烈題識補。此句題於前一條葉奕題識之左。

〔三〕宋刻之缺　「刻」原作「本」，據前揭書黄丕烈跋改。

〔四〕甲申仲春　「春」下原衍「月」字，據前揭書黄丕烈跋删。

〔五〕消我竟日閒　「我」下原衍「一」字，「閒」原作「間」，據前揭書黄丕烈跋删改。

388　孫可之文集十卷　宋刻本

《孫可之文集》毛刻《三唐人集》而外世無刊本，即毛氏所本，亦云震澤王守溪先生從内閣録出者，究未識其爲刻與鈔也。余友顧抱沖得宋刻本於華陽橋顧聽玉家，楮墨精良，首尾完好，真宋刻中上駟。爰從假歸，校於毛刻本上，實有佳處，悉爲勘定。内卷二、卷三與毛刻互倒，自當以宋刻爲是。其脱落如卷八《唐故倉部郎中康公墓誌銘》「楊巖」已下二十四字宋刻獨全，知内閣本非宋刻也。雖宋刻亦有譌脱，然無心之誤，讀者自知。卷中朱筆所改，已得其大半。夫抱沖與余之生，後守溪、子晉者幾何年，而所見有勝於前人者，不誠幸與！還書之日，因誌數語於卷端，藉抱沖小讀書堆以並傳不朽云。大清嘉慶元年正月上元日，書於讀未見書齋。棘人黄丕烈。

王震澤於正德丁丑刻《孫可之集》而自序之，謂獲内閣秘本，手録以歸毛子晉，合習之、持正爲三唐人文者也。此宋槧前在小讀書堆，今藏藝芸主人處。丁亥夏閏，假來細勘正德本，知傳之多失，卷中絶無賞鑒諸家圖記，或皆未見歟？凡取《文粹》所有若干條入《辨證》。顧千里記。

《龍多山録》云：「樵起辛而游，洎甲而休，此用書辛壬癸甲也。」《刻武侯碑陰》云：「獨謂武侯治於燕奭，此用《左傳》管夷吾治於高傒也。」見宋刻而後知正德本之謬。校定書籍可不慎哉！六月朔日再閲書。

道光丁亥，因有《文粹》、《辨證》之役，偏搜唐賢遺集，得王濟之所刻《孫可之》内閣本。復從長洲汪氏借宋槧勘正，視汲古閣三唐人本遠過之矣。宋本舊在小讀書堆，重見恍若隔世，爲題數語於後。澗𧄍。

389 孫可之文集十卷 校宋本

《孫可之集》除毛氏刊入〔一〕《三唐人集》中，世無刻本。子晉跋云：「其集十卷，乃震澤王守溪先生從内閣録出者。」亦未識内閣之本或刻或鈔，惜無明文耳。余友顧抱沖得羣書於華陽橋顧聽玉家，中有宋刻《孫可之文集》，首尾完善，信稱善本。客歲借歸，至新春歲事粗畢，始竭一日之力手爲對勘。宋本實有勝於毛刻者，知内閣本非宋刻也。卷中第二、第三，宋本與毛本互易，自當以所見宋刻爲是。宋刻〔二〕亦有譌脱處，所謂無心之錯，有紅筆校正，悉與毛刻合，知錯處自可悟會耳。可之文全得力於退之，觀其《復佛寺奏》，彷彿《諫迎佛骨表》，學有淵源，即此可見其大矣。大清〔三〕嘉慶元年春正月元夕前一日，燈下書於養恬軒之北窗。棘人黄丕烈。

此書從東城顧氏得來，内有紅筆圈點并評語，未知誰氏筆。今校宋刻悉用墨筆，後之閲者，可知表異矣。蕘圃氏又識。

嘉慶庚申春中，從昭文同年友借明崇禎時所刻《經緯集》十卷，比毛刻敘次適同，然其間竟有與宋刻合者，可知書舊一日，佳處必有。内載王守溪序，謂正德丁丑授户部主事白水王君直夫以刻。則正德時自有刻本，何毛氏竟未及見，且并未及見崇禎時刻也。書此以誌博聞，丕烈。

辛酉冬日，偶至南倉橋書坊，見有殘帙半册，閲之知爲孫可之文而震澤王守溪刻者，行款字形與宋本大約相同。以百餘錢得之攜歸，取勘校宋本，十有八九之合，始信正德本亦從宋刻本出也。誌之以見書之源流有自，輒得徵信於後云。蕘圃又識。

甲子三月得一守溪本全帙，爲吴枚菴家書，暇日當臨校宋本一過。蕘圃。

乙丑冬十月，於書坊見守溪刻《孫可之集》，又有崇禎烏程閔齊伋刻《劉蜕集》、《孫樵集》，劉云「拾遺」，孫云「職方」，此又向所未經見之本也。可知書不患無人刻，特傳之未廣，遂不知耳。因並儲之，而著其集之刻在崇禎時，刊者不止有《經緯集》之名而又有《職方集》之名也。丕烈。均在末卷後。

【校勘記】

〔一〕除毛氏刊入　「除」「氏」二字原缺，據上海圖書館藏明毛氏汲古閣刻《三唐人集》本《孫可之文集》十卷吴卓信過録黄丕烈跋補。

〔二〕宋刻　前揭書過録黄丕烈跋「刻」作「本」。

〔三〕前揭書過録黄丕烈跋無「可之文」至「大清」三十五字。

390 甫里先生文集二十卷 鈔校本

周丈香嚴云，許丹臣爲葉九來婿，故藏書具有淵源。余所見五硯樓藏《劉子》亦其藏書也。此册中所有記語皆其手筆。其云先中翰刊於萬曆癸卯夏者，即所謂明代第二刻也。許以第二刻校此鈔本，故云少二《序》、《碑銘》、《郡志》、《姑蘇志》五篇也。其云二序者，或即第一刻陸、錢及嚴景和，云碑銘者，必宋胡宿《甫里先生碑銘》也。兹係舊鈔，宜乎其無之也。復翁記。

參校成化時覆本。在首葉。

序目至卷六，十三日往西山，在舟中校。舟行剞側，筆勢歪斜，手校幾不成字。十五晚歸，十六酬應一日，至十七日始校此卷七至卷十一。時因山行遇風，頸中作痛，幾不能拗項，殊爲困苦，聊藉校勘以破寂寥。小春望後二日，復翁。在卷十一後。

卷七至十九并卷尾葉跋，二十晨起始校竣。緣十八、九日作輟，未能悉心校勘也。復翁記。在卷二十後。

《笠澤》、《松陵》二集世多傳本，唯此《甫里先生文集》向所未見，《四庫全書》中有之，《提要》云明有二刻，卻未得遇。兹遇其葉茵輯本之原者，何以辨之？蓋因得見嚴景和刻本而知之也。嚴刻藏香嚴書屋，余假之以補兹本二十卷之缺，因手校一過。嚴本覆刻，自較葉輯原本爲遜，時有一二佳處，反爲妄人改去，即如卷十二中「且將絲紵繫蘭舟」，嚴刻改「紵」爲「綫」。檢字書，「紵」與「緒」通，引舟筊也，則「紵」字義自佳，改爲「綫」殊無理。此其遜處也，舉一可以例其餘。唯是葉輯本已屬鈔寫，或因筆誤〔一〕，或因原刻模糊，遂致多訛，此又可以嚴刻正之者也。故手校時是非俱載，其異字讀者臨時自辨之可耳。甫里先生云「值本即校」，其斯之謂歟？復翁。在卷二十後。

嘉慶甲戌初冬，新收舊鈔《唐甫里先生文集》，係寶祐時葉茵輯本，惜缺第二十卷。雖屬附録，究非全書，因從周丈香嚴處借得成化時崑山嚴景和覆本，行款雖不同，卻可補全，遂輟一日工手影足之。計書八葉，爲幾及三千字〔二〕。余憚鈔録書帙，遇補缺時亦録之，久未爲此，手腕欲脱矣。録畢記。十月十有一日，復翁燒燭書。

此書鈔補畢即付裝池，奈工人事冗，不及料理此種書籍，蓋近時風氣，非特書籍價昂，即裝潢書籍亦費大也。雖許以重直，而遷延歲月，擇其尤急者爲之。故付諸裝潢，其書有不易得見者。此書裝畢在乙亥秋杪，亦可爲遲矣。復翁記。在補鈔後。

【校勘記】

〔一〕或因筆誤　「筆」原作「葉」，據南京圖書館藏明抄本《唐甫里先生文集》二十卷黄丕烈跋改。

〔二〕 爲幾及三千字 「爲」字原缺，據前揭書黄丕烈跋補。

391 笠澤叢書□卷 □□本

《紀錦裙》一首，兔牀先生引吴融詩爲證，可破羣疑矣。余謂「裾」與「裙」雖各本不同，而篇中「曳其裾」者，「裾」字本不誤，且「曳裙」未見所出，斷非「裙」，或爲「裾」之誤也。承兔牀借讀，附著於此。嘉慶乙丑四月十九日，蕘翁黄丕烈識。

392 玄英先生詩集十卷 校明影宋鈔本

崇禎戊辰年六月，馮氏空居閣閲。

此卷雖鈔録草率，然尚是先王父遺書分授相弟者。予亦分得一黑格條鈔本，頗多異同，並校一過。歲在甲午，日唯長至，汲古孫綏萬識。

乙未春正二十有五日，風雨扃户，出東山席氏刻本細訂一過，增詩如右。

席氏刻本與墨筆鈔本同，當是原文右增删數字，依家藏墨格條本訂入。

汲古後人毛綏萬以黑格本及席刻本校此集，俱用紅筆，使讀者莫辨何本之爲黑格，何本之爲席刻。且所校席刻有未盡者，得此本後，遂向坊間所得席刻悉爲校出。席刻不分體，并多詩七首，在毛校未補外，因盡録之。此本黄筆皆席刻也。是本間有羨於席刻之詩，題首無某卷某首是也。癸酉五月小晦日校畢識。時農人望雨甚切，天雖蒸潤，未知能大雨時行否？復翁。

席刻有與原鈔本不同者，鈔如右。有爲紅筆校改之處，仍照席刻校上。所以專存席刻面目也。均在卷首傳後。

393 唐求詩集一卷 宋本

泰興季振宜滄葦氏珍藏。

此宋刻《唐求詩集》，與宋刻《茅亭客話》同得於友人顧千里，所云是桐鄉金謌嚴家物而散入他人手者也。從前諸藏書家目録不多見，惟《延令季氏書目》於「唐詩八家」條下列其名。今卷中有「季振宜字詵兮號滄葦」一印，季振宜藏書印，又有「泰興季振宜滄葦氏珍藏」墨書一行，其即爲〔一〕《延令季氏書目》中物無疑。卷端有一長方印〔二〕甚古，惜其文莫辨，似三字，僅末「山」字可識。此外如「危氏大樸與之印」、「陶廬顧湄之印」，共四印，皆表表可見者，惟「紫薇館」印不知誰氏。通卷僅八葉，而收藏自元明以來皆知寶貴，宜其珍秘若斯。余檢《書録解題》載《唐求詩》一卷，云：「唐唐求撰，與顧非熊同時，《藝文志》不載。」又檢《茅亭客話》卷第三有「味江山人」一條，即論唐求事。爰影寫宋板二十六行附於此集後，非但可以考見其事跡，且所載詩與此集間有異同，可以辨證，則此集之與《茅亭客話》必偕來者，豈非奇之又奇乎！嘉慶癸亥七月白露後一日，蕘翁黄丕烈書於百宋一廛。

越日，余友洞庭鈕非石過訪，出示此書，云長方印文是「鹿頂山」三字，記以俟考。

士禮居命工重裝。

十一月朔，往候海鹽友人張芑塘。芑塘亦愛素好古，年已七旬[三]，所見古書甚多，與長塘鮑緑飲相友善，於數年前曾得楊振武家書籍，内有宋刊《唐求詩集》，緑飲易去，未知今歸何處。因余所好爲宋本，故爾談及，而不知此書之已爲余有也。歸而筆諸是集之副葉，以見古書源流有不謀而相爲印證者。蕘翁。均在卷末。楊紹和案：此本與《韋蘇州集》同一行式，皆臨安府棚北大街睦親坊南陳宅書籍鋪刊行，所謂「書棚本」是也。

【校勘記】

〔一〕其即爲 「爲」字原缺，據國家圖書館藏宋刻本《唐求詩集》一卷黄丕烈跋補。

〔二〕有一長方印 「一」字原脱，據前揭書黄丕烈跋補。

〔三〕年已七旬 「已」字原脱，據前揭書黄丕烈跋補。

394　張蠙集一卷　校舊鈔本

蠙字象文,清河人也,乾寧二年趙觀文榜進士及第,釋褐爲校書郎,調櫟陽尉,遷犀浦令。僞蜀王建開國,拜膳部員外郎,後爲金堂令。王衍與徐后遊大慈寺,見壁間題「牆頭細雨垂纖草,水面回風聚落花」,愛賞久之,問誰作,左右以蠙對,因給禮,令以詩進。蠙上二篇,衍尤待重,將召掌制誥,朱光嗣以其輕傲駙馬,宣疏之,止賜白金千兩而已。蠙生而秀穎,幼能爲詩,登單于臺,有「白日地中出,黄河天上來」句,由是知名。初以家貧累下第,留滯長安,賦詩「月裏路從何處上,江邊身自幾時歸〔一〕」。十年九陌寒風夜,夢埽蘆花絮客衣」。主司知爲非濫成名。餘詩皆佳,各有意度,過人遠矣。《詩集》二卷今傳,右録日本刻《唐才子傳》一則,見第十卷。

睡早曉不寐,涼新晨更宜。挑燈還獨坐,展卷且吟詩。細雨聞空滴,狂風任亂吹。旱荒雖可慮,我自作書癡。甲戌六月亢旱之至,近有江湖人謝姓當道,延之祈雨。自斯人登臺作法,風雲際會而雨,獨微熱去涼生,頗宜讀書,因賦此。復翁。以上在卷首。

甲戌六月聞顧竹君家遺書散出,有舊鈔唐人小集數十種在友人處,因尋跡獲見,遂借歸録其目内。余家所無者一二種而已。此集向無舊刻覆校,卷中墨校出於耿菴,朱校出於義門，並多以意改正。兹取顧本校之，大有佳處，識於上下方，用小圈記出者，顧本所獨似較勝也。復翁。

顧本廿行十八字，當即書棚本，蓋余所見宋刻唐人小集皆如是也。在卷末。

《張蠙集》以舊鈔本校，甲戌六月十有二日。在册面。

【校勘記】

〔一〕江邊身自幾時歸　《全唐詩》卷七〇二「自」作「合」。

395 朱慶餘詩集一卷 宋刻本

此唐人朱慶餘詩集，目録五葉、詩三十四葉，宋刻之極精者。余以番錢十圓易諸五柳居。初，書主人有札來云：「尊藏書棚本《朱慶餘集》有否，有人托售，價貴。」余即訂其往觀。是日，肩輿出金閶，過而訪焉，見案頭有紅綢包，知必是書在其中，故鄭重若斯，攜歸與舊藏鈔本勘之。雖行款相同，總不及宋刻之真，席氏《百家唐詩》本更無論矣。嘉慶癸亥閏二月，蕘翁記。

泰興季振宜滄葦氏珍藏。在卷末。

余所藏鈔本有二：一爲舊鈔本而崇禎年間葉奕校者；一爲柳大中鈔本而爲毛豹孫

藏者。葉所據校謂出於柳氏原本，悉用朱筆校正。然余以柳氏原本核之，實多不合，未知葉之紅筆又何據也。柳本有何義門手校字，如《送陳標》云：「滿酌歡僮僕，相隨即馬歸。」何校「歡」爲「勸」、「即」爲「郎」，宋刻不如是也。舊鈔本有葉校字，如《看濤》云：「風雨驅□玉[一]。」葉校「驅□玉」爲「翻前駐」，宋刻亦不如是也。惟兩鈔本多空字，而此宋刻半有填補之字。余以宋刻本羅昭諫《甲乙集》證之，知所空者皆墨釘，妄人不知，謬以意補，去其墨釘耳。從前影寫所據本猶是墨釘，故兩本空字皆合。今宋刻補字[二]，讀者細辨之便可得其作僞之跡。至於席刻，何、葉所校盡入行間。諺云「火棗兒糕」，非目覩諸家藏本，烏能一訂其是非耶？蕘翁。

張文通似是吴江人，復社中名彦也。余家藏其手札數通，乃與金孝章者。癸未三月晦日，蕘翁出宋刻《朱慶餘詩集》相賞，見卷首有文通圖記，因附識册尾，亦足爲是書珍重也。蕘生瞿中溶觀。

【校勘記】

〔一〕驅□玉　國家圖書館藏宋臨安府陳宅經籍鋪刻本《朱慶餘詩集》一卷黄丕烈跋「□」處空一字，下文同。

〔二〕今宋刻補字　「今」字原缺，據前揭書黄丕烈跋補。

396 碧雲集三卷 宋本

道光癸未歲三月，余挈兒輩就試玉峰，因遍觀骨董鋪中，見有標題宋板者無不取閱。聞有郝、李二公祠，中爲邑故家某氏所藏物聚處，遂過之。舉所云宋板者，非特元、明之物視如珍寶，即近日覆刊本〔一〕亦重價居奇。無他，欲以贗亂真，欺人不識也。故各肆〔二〕皆懶再過之，惟郝、李祠有常熟蔣板《敬一堂帖》，有人托覓，重往議價。忽見書堆添宋板書兩部，其一即此宋板《碧雲集》一套，開函視之駭甚，何意宋板竟真〔三〕！且非特《碧雲》，兼有《羣玉》，珍如雙璧，喜出非常。遂舍帖而議書，從所知處借番銀易得，雖物主亦稱宋板，然以他書之號稱宋板者例之，安知其非視爲贗而亂真者乎？因記此得書顛末云。蕘夫。

卷中有「良常馮静觀藏書」狹長印、「馮新之印」、「復初」四方印、「良常馮氏汲古齋藏書」闊長印，初不知爲何時人。時同年溧陽湯達興阿爲郡學博，送考崑山，余往詢之，但云：「良常，茅山地名，取以名金壇，因地相近也。」金壇確有故家姓馮者〔四〕，此藏書之人未之稔也。越日考罷歸，忽有札示余云：「良常馮新，號勉齋，太史馮秉彝之子。伊子名浩，拔貢，武陟例捐教諭〔五〕，現選巢縣學，來省考驗領憑。馮新亦送伊子浩來蘇，昨日開船去。據云自金壇移居揚州，汲古齋藏書大部帶揚，小部遺失〔六〕。」就湯所言，余得此書，藏書人現來此地，亦奇緣也。五月望後重檢，因附誌之〔七〕。蕘夫。

《碧雲》、《羣玉》兩集皆刊入《八唐人集》中，向偶見其他集，此二種卻未之收過。《羣玉》尚有諸家所藏舊鈔本，《碧雲》絶無鈔本。崑山徐氏《書目》載宋刻二集，今見卷中有徐氏印信，即其舊藏也。余得此書，後適過酉山堂〔八〕，爲余言修綆山房有不全《八唐人集》，遂訪之。兩《李》卻有，然《羣玉》無《後集》五卷，未知曾全刻否，抑此刻僅存三卷也。晁《志》止載《羣玉集》三卷，無《後集》，并《碧雲》亦無之，知《碧雲》更秘矣。毛刻未知何據，今校宋本，有宋本不缺而毛刻反缺，甚至字句有極可笑者，知所據非古刻，宜此書之無「汲古閣」印也。毛刻《李羣玉》大異宋本，所分三卷同其次第，則異暇日當取諸家舊鈔手校一過，毛刻無所取材。甚哉！書不得宋刻，竟未可信有如此者。三月望後一日雨窗，蕘夫書於百宋一廛之北窗。

七月下澣，湖估以毛子晉舊藏黑格竹紙鈔本示余，方曉毛所據以入刻者乃元本也，上有「元本」二字印知之。朱、墨二筆校字皆子晉手跡。毛未遇宋本，故此書無汲古圖記〔九〕。九月中澣十日，蕘夫記。

余得此書在崑山考棚，爲癸未春。兹二集卷首各標墨書一行云「癸巳九月潯寓收」。竊思此書必發見於癸，又皆在流寓時，何巧乃爾！且余家讀書成名者，每在癸生人〔一〇〕。

今三孫美鎬又以詩受知於學使者，則此書之入余手，未始非前定數矣。復賦四絶句：

其一〔一二〕：客中清況閲春秋，名物還從暗地收。潯寓不知何處所，我來卻在玉山頭。

其二：作合奇書在癸年，癸生人更有書緣。一家三癸是書業，叔姪祖孫今已然。

其三：《碧雲》可作雲程望，《羣玉》當成玉局材。自此登龍長聲價，詩名合得替人來。

其四：萬物何常盡寓公，人亡人得楚弓同。他年想像藏書者，説是宋廛中一翁。

蕘夫。

【校勘記】

〔一〕覆刊本　「刊」原作「刻」，據臺灣「中研院」史語所傅斯年圖書館藏南宋臨安府陳解元宅書籍鋪刻本《碧雲集》三卷黄丕烈跋改。

〔二〕故各肆　「肆」原作「市」，據前揭書黄丕烈跋改。

〔三〕何意宋板竟真　「宋板」二字原缺，據前揭書黄丕烈跋補。

〔四〕有故家姓馮者　「姓馮」原誤倒，據前揭書黄丕烈跋乙。

〔五〕例捐教諭　「捐」原作「指」，據前揭書黄丕烈跋改。

〔六〕小部遺失　「失」原作缺字方框，據前揭書黄丕烈跋補。

〔七〕因附誌之　「誌」原作「記」，據前揭書黄丕烈跋改。

〔八〕　後適過西山堂　「後」字原缺,據前揭書黄丕烈跋補。

〔九〕　汲古圖記　「汲古」下原衍「閣」字,據前揭書黄丕烈跋删。

〔一〇〕　每在癸生人　「癸」下原衍「年」字,據前揭書黄丕烈跋删。

〔一〕　其一　此二字原缺,據前揭書黄丕烈跋補。下文「其二」「其三」「其四」同補。

397　碧雲集三卷　校宋本

道光三年癸未春,送考玉峯,於骨董鋪獲宋刻唐人《碧雲集》、《李羣玉詩集》。諸名家皆有藏書圖記,惟汲古毛氏獨無,知毛未藏過,故《八唐人集》所刊《碧雲集》卻非宋本。因問諸湖估,適有《八唐人》殘本,此集尚全。歸家後校閲一次,殊有異處,所缺俱據補差。喜余收藏之廣勝於汲古也。蕘夫記。

《李有中集》二卷,晁氏曰:「南唐李有中,嘗爲新塗令,與水部郎中孟賓于善。賓于稱其詩如方干、賈島之徒。賓于,晉天福中進士也。有中集中有贈韓、張、徐三舍人詩,韓乃熙載,張乃洎,徐乃鉉也。《春日詩》〔二〕云『乾坤一夕雨,草木萬方春』,頗佳。他皆稱是。」

七月下澣,湖估以毛子晉舊藏墨格竹紙鈔本示余,方曉毛所據以入刻者乃元本也,上有「元本」二字印知之。朱筆、墨筆，子晉手書。復校一過，與宋合而刻否者識之。蕘夫又記。均在末卷後。

【校勘記】

〔一〕春日詩「日」原誤作「月」，據《郡齋讀書志校證》卷十八改。

398 碧雲集三卷 景宋本

余見毛刻《碧雲集》，知多闕文，及獲見此集宋刻，初不解毛氏何以有缺，想別有所本也。迨夏間，坊友以毛藏舊鈔本來，始知毛刻據元本，故所缺如此，蓋宋元本各有面目在也。鈔本中多子晉手校字，可與宋本並儲。古香古色，益動人珍重前賢手跡之意。予舉此以與月霄賞析之，異地同心之友，眼下寥寥，可慕抑可慨也。時月霄於坊間見舊鈔本《甲乙集》，亦爲子晉手校，索直昂，未之得。予欲借觀，物主吝不一示，豈不可笑！因附記之，以見予於古人因緣何獨厚耶！獨樹逸翁。

399 碧雲集三卷 毛鈔本

予見毛刻《碧雲集》多闕文，及見宋刻，初不解毛氏何以有闕。適坊友以毛藏舊鈔來，始知毛刻據元本,故所闕如此。鈔本中多子晉手校字,可與宋本並儲。古香古色,益動人珍重前賢手跡之意。丕烈。

泰興季振宜滄葦氏珍藏。

400 甲乙集十卷 宋刻本

去歲顧澗蘋秋試歸,余言有宋板羅昭諫《甲乙集》,惜去遲,爲他人得去,心甚怏怏。既而坊間人自金陵歸者告余顛末,蓋是書在委巷骨董鋪,嘉定瞿木夫往觀之,需四兩銀,未能決其爲宋刻,且欲俟澗蘋去一決之,故遲之未得也。有顧某者,在席氏埽葉山房作夥,素不識古書,聞白堤錢聽默在彼,急取是書相質。聽默本老眼,性又直,曰:「此等宋板書,何待看耶?」顧某狂喜,即持銀易歸,并欲聽默定價。聽默估以數金,顧某頗不愜意,以爲宋板書天壤希有,我從未買過,今幸得之,非重直不肯售,遂居奇。雖欲索觀,必親自解包,一展卷而已,什襲藏之,直視此書爲至寶矣。余所好〔二〕惟舊刻,羅集亦有一本,惜止四卷,無目,故聞十卷本,欲蓄之以爲全璧也。議價至一斤金,牢不可破。時余方北行,未成交易。頃自都門旋里,問坊間人,知尚未銷,如願償之,而全書始獲。至寶之說,竟與少見者同病夫?亦可笑已。因思甲寅秋同年蔣賓嵎曾在金陵得宋本《孟東野集》

贈余，爲季滄葦、安麓村所藏，今觀是書，圖章正同，兩書同出一源，而散失不知何時，今復俱歸插架，翰墨因緣何其深歟！卷首有文太清[二]、漁洋山人兩家圖章，余所藏書未之見，更足以罕見珍，故特表出之。至於十卷本，毛刻亦然，然字句不盡合，諒未見宋刻廬山真面目，當以此爲最耳。嘉慶辛酉夏六月望前一日揮汗書。黄丕烈。

癸亥夏五月望日，重展讀於新居縣橋之百宋一廛中，并取四卷殘宋本展對一過。彼印本差後，紙背有「至正十一年」字，蓋元印也，舊藏毛氏汲古閣與席玉照家，未知渠兩家收藏時尚全否。卷中墨釘多同，間有舊人校補字，各書於上方，可謂慎重矣。就所補者録於此以備參考。如卷二：《金陵夜泊》「冷煙輕」下作「霧」字。《湘南春日懷古》「蒼」下作「茫野樹礙」字。《別池陽所居雨夜》「老農」下作「傷」字。《送内史周大夫自杭州朝貢》「三變」下作「殿」字。《繡》「一片緑羅」下作「反絳綃」字。卷三：《重過隨州故兵部李侍郎恩知因杼長句》「周高論百牙琴」上作「莊」字。卷四：《姑蘇臺》「高泰伯開基日」上作「臺」字。共七處，未知所據是何本。就字跡論之，當在毛、席兩家收藏前。殘刻已照此本影寫補全，他日或與友人易去，未必久留我前，聊記梗概[三]於此。蕘翁識。

【校勘記】

〔一〕余所好　「好」原作「存」，據國家圖書館藏宋臨安府陳宅經籍鋪刻本《甲乙集》十卷黄丕烈跋改。

〔二〕　文太清　「清」原作「青」,據前揭書黄丕烈跋改。

〔三〕　聊記梗概　「聊」原作「特説」,據前揭書黄丕烈跋改。

401　讒書五卷　鈔本

海寧吴君槎客因吴江楊進士慧樓有言,聞吴興書賈云吴門藏書家見有全帙,尚願宛轉借鈔,故托其同邑陳仲魚向余借鈔。其實余無此書,遂謝之。此乙丑春事也。後余從書肆果得吴枚菴鈔本,有前四卷,可補吴槎客本。急寓書仲魚,取槎客原本五卷者相質證〔一〕,實較吴枚菴〔二〕多所裨益,而前四卷復賴余所得枚菴鈔本足之。爰倩鈔胥鈔此以寄,他日可語慧樓,俾遂宛轉借鈔之願云。丙寅正月〔三〕十一日,黄丕烈識。

【校勘記】

〔一〕　五卷者相質證　「者」字原脱,據臺北圖書館藏舊抄本《讒書》四卷黄丕烈跋補。

〔二〕　吴枚菴　「吴」字原脱,「菴」下原衍「本」字,據前揭書黄丕烈跋刪補。

〔三〕　丙寅正月　「丙寅」前原衍「嘉慶」二字,據前揭書黄丕烈跋刪。

402　唐貫休詩集一卷　明本

辛未孟冬月朔,支硎澄公挈其徒孫無逸過訪求古堂,相與談詩半日,輟此《貫休詩》、

《清塞詩》兩種以贈，并以陳陽山所贈破山老師「浄如蓮花」印伴之，以誌詩友石交之意云爾。復翁。

《禪月集》余有二本，此《貫休詩集》又一本也，惜無舊刻可勘。此刻小號似連，而文理殊未貫，知有缺失。小號已改刊矣，且與《禪月》多不合〔一〕，無可校者。標題及字句間有歧異，存此作古本觀可耳。丁卯夏五月復翁。

己巳重陽前一日，以宋刻《唐僧弘秀集》校，知三四葉係非原本，應有可據彼補入。餘序次多同，并校正數字。復翁。

【校勘記】

〔一〕且與禪月多不合　「且與」原作「目爲」，據拓曉堂著《嘉德親歷——古籍拍賣風雲録》所收明嘉靖十九年《唐百家詩叢書》本《唐貫休詩集》一卷黄丕烈跋書影改。

403 浣花集十卷　宋刻本

此殘宋刻本《浣花集》四至十卷，余友陸子東蘿以青蚨一分得諸閶門外上塘街冷攤，特爲持贈余者。東蘿初不知爲宋刻本，但云有舊人圖書，葉陽生欲就君質之。余曰：「此人余卻知之。」余將爲言其詳，及觀後一無名氏跋，而益信余所知之人也。近因上津橋葉氏將刊其先世天士所著《本事方釋義》，向余借宋刊許學士《本事方》，因相往還。登眉壽堂，見爲號有陽生道兄，詢悉陽生即天士之父，素精於醫，曾治范伏菴太史初生時無穀道一證，此書所鈐印即其人也。末跋語云，某因病久嗽不愈，以此償藥直，知向時醫家脈藥相連，故云以此償藥直也。是書破爛不堪，命工粗加整理裝成，攜示葉氏後訥人、丰帆輩，各出陽生手批〔二〕醫書，皆云跋語字跡實係陽生公書，而康熙乙卯三月去陽生辭世之年庚申尚有六載，此跋洵不誣也。訥人云，陽生公與汪鈍翁有唱酬之作，蓋精于詩者。一書之微，多取印證，余喜而筆諸卷端。復翁。

前跋未盡之語，續書於卷尾餘紙。舊跋尾半葉有「太醫院」三字，不知誰何所書。然余詢諸王震初，與葉氏事較熟者云，天士公曾蒙欽召進京，將有太醫院某官之擢，後賴陳榕門中常爲之謀脫，案此則此三字或亦出葉氏所書也。附考。〔三〕

余藏韋莊《浣花集》向有三本：一爲黑格精鈔本，一爲藍格舊鈔本，一爲毛氏影鈔宋本。三者之中，影鈔爲上。然得此殘宋刻證之，則又在影鈔者上矣。蓋書以古刻爲第一，一字一句之誤，猶可諦視版刻，審其誤之由來。影鈔則已非廬山真面目，矧其爲泛泛傳鈔者乎？故余佞宋，雖殘鱗片甲亦在珍藏，勿以不全忽之。此册前缺序目及首三卷，若就影鈔本補全，誠爲兩美。然業無宋刻，即影鈔已失其真，故仍願離之，則兩美也，欲卒讀者有影鈔本在，取而觀之可耳。甲戌六月六日復翁補書於第九卷尾，以此半葉係裝時補綴，非宋版本有，雖污之無傷[三]。

余家向藏毛氏影宋本《浣花集》，在唐人諸集中取對此，此實宋版，卷中徵、禎、玄、樹避此四字，而玄、樹有不盡避者，宋版時或有。此余初付裝見者，或疑此刻之非宋，而并笑余[四]佞宋之太甚，所信未必真。然裝成同人傳觀，藏書家如周香嚴，賞鑒家如陶朗軒，皆以余言爲信，則誠可信矣。佞宋？何嘗佞哉！

昔何義門學士跋宋刊許渾《丁卯集》云：「惜板刻糊塗，幸得毛豹孫影寫宋本，一一補其缺失差異於不知而妄作者。」今余收《浣花集》，失其序目及首三卷，亦賴影宋本補全，即守義門之意也。宋刻出自陸東蘿所贈，此屬東蘿影鈔，蓋是書始終成於東蘿云。丁卯季夏裝。復翁記。

【校勘記】

〔一〕 各出陽生手批　「出」原作「幡」，據静嘉堂文庫藏南宋書棚本《浣花集》十卷黄丕烈跋改。

〔二〕 此條原缺，據前揭書黄丕烈跋補。

〔三〕 雖污之無傷　「污」原作「灰」，據前揭書黄丕烈跋改。

〔四〕 而并笑余　「并」原作「妄」，據前揭書黄丕烈跋改。

404 唐女郎魚玄機詩一卷 宋刻本

《唐女道士魚玄機詩集》，陳氏《書録解題》載其名，其書則世未之聞也。癸亥閏餘之月，五柳主人以書棚本《朱慶餘詩集》易余番錢十圓而去，謂是蘭陵繆氏物。且聞其家多宋刻小種，皆善本，惜遲遲散出，大都爲居奇計。余亦利其有，故于其始出也，不惜以重直豔之。既而五柳主人云有《魚玄機集》，亦宋本也。余聞其名，急欲一覩，適五柳主人出弔海寧，遷延不獲見所謂《魚玄機》者，方悵然若有所失，忽從他處遇之，即此《唐女郎魚玄機詩集》也。書僅十二葉耳，索白銀八金，惜錢之癖與惜書之癖交戰而不能決。稽留者數日矣，至是始許以五番售余，可云快甚，而後乃令百宋一廛中〔一〕又添一名書。好事之譏，余竊自哂。此集無別本可對，偶取洪邁《唐人絶句》、韋縠《才調集》選本〔二〕證之，題句亦多互異〔三〕，蓋洪、韋本俱宋刻，而彼有不同於此者，可知宋時亦非一本，烏能執而同之耶？遂用別紙條載於後〔四〕。是本出項墨林家，尤爲可寶。朱承爵字子僑〔五〕，據《列朝詩集小傳》，知爲江陰人，世傳有以愛妾換宋刻《漢書》事，其人亦好事之尤者，《唐女郎》何幸而爲其所珍重若斯。沈勁寒不知何許人，「茶僊」一印更不知其姓與名，俟博訪之。嘉慶八年三月望，春盡日挑燈讀畢書。黃丕烈。

「茶僊」一印，是義門先生圖章，辛未仲冬獲觀，因附誌於此。

【校勘記】

〔一〕百宋一廛中　「中」字原缺，據南京圖書館藏影宋抄本《唐女郎魚玄機詩》一卷過録黄丕烈跋補。

〔二〕才調集選本　「選」字原缺，據前揭書過録黄丕烈跋補。

〔三〕亦多互異　「多」字原缺，據前揭書過録黄丕烈跋補。

〔四〕載於後　「於」原作「其」，據前揭書過録黄丕烈跋改。

〔五〕朱承爵字子僋　前揭書過録黄丕烈跋「字子僋」作「是子僋」，當是過録有誤。

405　魚玄機跋補遺

分韻得機字

小字流芳説幼微，女冠入道翦霞衣。鍾情尚憶雲同夢，怨别還驚雁獨飛。洪度有才偏遇讁，季蘭無行便相譏。見憐難望〔一〕温京兆，笞婢身先動殺機。井桐吟後又薔薇，才女工詩卻也稀。補闕郎猶羞玉貌，咸宜觀自勝羅幃。貪看蝴蝶尋花徑，怕説鴛鴦近釣磯。誦到焚香端簡句，依然一室坐忘機。

道光乙酉七月七日，再集同人於宋廛，分題《魚集》一切情事，並詳第二册中。予戲集集中句，廿四首〔二〕，皆七言絶句。鳳兒補集二首，共得廿六首。持示同人，詫爲鉤心鬭角、無縫天衣，即予自詡，亦以爲巧奪天工也。詩具存第二册中。客有慫恿余曰：「子心思萬竅玲瓏，能更集二首，以成『二十八宿羅心胸』，可誦『元精耿耿貫當中』矣。」予應之曰：「特患無題耳，不患無詩也。」展卷見秋室學士詩集寫照，妙墨猶存，仙蹤已杳，回憶吉祥弄中讀畫談詩〔三〕曾幾何時，不勝室邇人遠之感。因集賸句成詩，即録於秋室札子後空紙：

雪遠寒峯想玉姿，帶風楊柳認蛾眉。憶君心似西江水，鏡在鸞飛話向誰。

近日吴中講究古籍，自香巖、抱沖、壽階二十餘年來先後作古，藏書四友惟余老蕘一人存矣，舊刻名鈔心乎愛之者絶無其人。予閉門養痾，時有遠近書友送古籍來破閒，亦遂不惜重價購之，以此爲良藥苦口利於病也，其書魔之故智復萌哉！近所得最得意者，元鈔陳基《夷白齋稿》、舊鈔舊刻王行《半軒集》諸種，一爲流寓吴中，一爲北郭十友又稱十才子。之一，皆眷眷於宋廛，而遠則揚州，近則吴郡，聚諸一時，豈不快哉！借集《魚集》賸句以紀其事并遣興焉。

朱絃獨撫自清歌，空有青山號芋蘿。應爲價高人不問，道家書卷枕前多。魚玄機爲女道士，故借稱爲道家書卷。中元後二日午後坐學耕堂，蕘翁續集。

【校勘記】

〔一〕難望　「望」原作「忘」，據國家圖書館藏宋臨安府陳宅經籍鋪刻本《唐女郎魚玄機詩》一卷黄丕烈跋改。

〔二〕廿四首　「廿」原作「念」，據前揭書黄丕烈跋改。下文「廿六首」同。

〔三〕回憶吉祥弄中讀畫談詩　此十字原缺，據前揭書黄丕烈跋補。

江陰繆荃孫、長洲章鈺、仁和吴昌綬同校輯。

蕘圃藏書題識卷八

集類二

406 乖崖先生文集十二卷附録一卷 宋本

自「右見卮史」以下從舊鈔本補，鈔本已於壬戌春攜贈蜀人張船山太史同年矣。蕘翁記。

407 王黄州小畜集六十二卷 校宋舊鈔本

余得宋刻補鈔本《王黄州小畜集》，適挈眷赴杭，舟中攜以破寂，手爲校勘。道光元年三月七日，蕘圃記。

是本鈔手亦舊分爲六十二卷，不知何本，内有注「一作某」者，往往與宋刻本合。然字句間亦偶有羨者，決非一本矣。此校本未能悉照宋刻面目，如卷端之總目、每卷之子目，未及一一更正，聊記梗概而已。補鈔亦據照録宋本寫入，時有筆誤，兹亦校其與此鈔異者。四月十日又記。均在卷首序後。

是本向有舊人校字，用片紙黏於每字之旁。脱落過半，兹就其有者表於拙校之前，無可附麗者，仍夾入卷内，有一夾籤，亦存之。蕘夫。

予少時得元之詩文數篇，讀而善之，鋭欲見其全集，遍覓不可得。既知有板梓於黄州，托其州人覓之，又不得。去歲入長安，從相國葉進卿先生借得内府宋本〔一〕，疾讀數過，甚快，因鈔而藏之。今學爲詩者未能窺此〔二〕老藩籬，而動彈射宋人至不遺餘力，此與以耳食者何以異？悲夫！萬曆庚戌三月望日，晉安後學謝肇淛敬跋。

《汲古閣秘本書目》：《王黄州小畜集》三十卷，八本，影宋板鈔本。十八卷别葉有東澗朱筆字，二十三卷有趙清常題識，又有東澗朱筆字在副葉，記二十五、二十六、二十七文章。四兩八錢。《讀書敏求記》：《王黄州小畜集》三十卷，黄州契勘。《小畜集》文章典雅，有益後學。舊本計一十六萬三千八百四十八字，紹興十七年申明雕造，開板之不苟如此。是本後有嘉靖乙丑岳西道人復初跋語，藏於栩栩齋。楊紹和案：謝跋及毛、錢云云，均復翁記於簡末者。

【校勘記】

〔一〕　内府宋本　「宋」前原有「鈔」字，據國家圖書館藏宋紹興十七年黄州刻遞修本《王黄州小畜集》三十卷謝肇淛跋删。

〔二〕　未能窺此　「窺」下原有「見」字，據前揭書謝肇淛跋删。

408　小畜集三十卷　補鈔宋本

去冬聞坊友傳言，云有宋刻《王黄州小畜集》流轉郡中〔一〕，既而遇諸冷攤，果宋刻。其缺者皆吾研齋補鈔，不知誰何也。末有謝肇淛跋，亦未知果爲其手跡，抑係傳録存之。物主居奇議直，未能收得。目雖遇，心未忘，頃又念及，遂重索觀，見卷中遇「留」字皆缺最後一畫，以吕無黨手鈔他書證之，寫「留」字作「畱」，疑出吕氏鈔也。余家藏有鈔本，硬分三十卷爲六十二，以沈虞卿後敘〔二〕居前，失去前之自序，并無後之牒文、官銜，則鈔本之不如宋刻遠甚。明代並無刊本，故傳録亦鮮，昔漁洋山人曾見估人攜來一本，卒以未得爲憾，余故勉力購此。全書四百餘葉，宋刻居三之一，古色古香，不礙爲斷珪殘璧也〔三〕。交易既成，書友云：「遍示郡中諸收藏家，未識此書何以尊貴，都不欲收。今君得此，如護頭目，請問其詳。」余應之曰：「書必宋刻方敢信。宋刻雖不全，據謝跋知鈔補亦出宋本，前人斷不誑語。略取舊藏鈔本對勘，字句實有勝處，豈以鈔補爲瑕之掩瑜耶？」宋刻本有「野竹家」、「吴郡沈文」、「沈辨之」各印，鈔補本有「惠氏」、「小紅豆」兩方印。明與國朝，是書舊在吾郡，人弓人得，欣幸何如。其餘「恥齋」、「光輪」等印皆不可考矣，俟與「吾研齋」名徐訪之。道光紀元之三月三日，又爲寒食，蕘翁燒燭書。

書前跋畢，復檢《汲古閣書目》，知所藏係影宋鈔本，以有東澗及趙清常筆跡，故表之。則余今所得本有沈辨之及惠定宇諸家印者，不亦當珍重耶？至於宋刻之有三分之一，又堪以傲汲古〔四〕矣。附記一笑。蕘夫。

余信此書爲吕無黨手鈔，以他書證之始知之。其版心「吾研齋補鈔」，向未知此齋爲何人齋名。後晤江鐵君，舉此問之，爲余言其詳，乃知即無黨之齋名也，因有《吾研齋小品〔五〕》，故知之。復舉卷中「光輪」、「恥齋」等印詢之，云光輪乃晚村原名，恥齋似亦其號也。己所不知而人知之，學之所以貴乎問也，後生輩宜三復斯言。四月十日復記。

余既得此宋刻補鈔本，因手校一過。余向所藏鈔本注「一本作某」者，往往與宋刻合，而余友收得吴枚庵校鈔本在乾隆二年晉中刻本上，其行款與宋刻同，云亦出宋刻，惜更謬誤，當是刻時妄改耳。吴校所據〔六〕鈔本云出自盧召弓，亦未必盡可據也。余友者，張君訒菴也〔七〕，讎校書甚精審，復借此本去，校還書札云「補鈔卷中亦有脱衍譌字，惜鈔之者未精詳也。人苦不知足，得見宋刻殘本，又惜其不完爲遺恨，不知天壤間尚有完本存留否耶？『染削』二字簽出在第七册《牋啓》中，似作『濡毫筆削』之意，疑與本事不合。王元之引用書典頗有誤處，枚翁〔八〕校本已駁正兩條，恐不止於此也」云云。我輩好書〔九〕苦心同此愛惜。近日故交零落，講究藏書者絶無其人。訒菴幾爲碩果之存，故載其言以寄慨云。端午日閒窗蕘夫識。

【校勘記】

〔一〕流轉郡中　「流轉」原作「流傳」，據國家圖書館藏宋紹興十七年刻遞修本《王黄州小畜集》三十卷黄丕烈跋改。

〔二〕後敘　「敘」原作「序」，據前揭書黄丕烈跋改。

〔三〕斷珪殘璧也　「也」字原缺，據前揭書黄丕烈跋補。

〔四〕以傲汲古　「古」下原衍「閣」字，據前揭書黄丕烈跋删。

〔五〕吾研齋小品　「小品」原作「小照」，據前揭書黄丕烈跋改。

〔六〕吴校所據　「據」原作「舉」，據前揭書黄丕烈跋改。

〔七〕余友者張君訒菴也　此句原作「吾友有張君訒菴者」，據前揭書黄丕烈跋改。

〔八〕枚翁　「翁」原作「庵」，據前揭書黄丕烈跋改。

〔九〕 我輩好書 「好」原作「鈔」，據前揭書黄丕烈跋改。

409 西湖林和靖先生詩集四卷 校宋本

此集爲匏庵相國所藏，標題尚公手跡也。嘉靖戊申春，友人禮部陸君子傳購得之，間以遺余，其雅意不敢當，漫識卷末。隆池山樵彭年書於寒緑堂。

《林和靖先生詩集》余向於郡故藏書家得一鈔本，云是顧云美手鈔，已珍藏之矣。後海鹽友人攜一刻本來，取校鈔本，字句之間實多是正，於鈔本外增多七言律詩六首，《號略秀才以七言四韻詩〔一〕爲寄輒敢酬和幸惟采覽〔二〕》、《壽陽城南寫望懷歷陽故友》、《至梁峽口懷朱嚴從事之官嶺外》、《兩夕舟次〔三〕於此西梁山下泊船懷别潤州杲上人〔四〕》、《春日懷歷陽後園遊兼寄宣城天使》、《招思齊上人〔五〕》。洵善本也。物主需直四金。余因其書尚是明刻，未必有此重價，姑置之。今夏六月，陶五柳主人覯一舊本，於余前豔稱之，曰此書在買骨董人沈鴻紹處，非貴直不售也。且末有彭隆池跋，沈益珍之。余屬五柳主人〔六〕代購，越日以書來，展卷視之，古色黝然。此本紙白而字大，與海鹽本之紙黄而字小迥異，然其爲明刻則同。復取以校鈔本，則海鹽本是正之處都與此刻合，而七律中又增多一首，《和酬泉南陳賢良高見贈》。其餘如「閔師見寫」云云已下三首，鈔本在卷一後，而此在《補遺》中；《病中》二首，鈔本在卷二後，而此在卷三中，是所據本異也。顧鈔本又卷首多《序》一首,《補遺》中多《題草詞》一首,此皆無之。《序》或脱落,而《詞》或詩集所本無,特後人掇拾所存耳。再鈔本卷一末有小注云「有佳句云『草泥行郭索,雲木叫鉤輈』,考失全篇」十八字,更足以見鈔本所自,大抵傳録之本,不及此刻本之可信矣。刻本有紹興時人題識,其來當有原委。素稔故人顧抱沖有殘宋本,擬從其弟東京借來一爲校勘云。嘉慶丁巳閏六月朔日,書於讀未見書齋,黄丕烈。

閏六月三日,東京以其仲氏遺書慨然見借,余於四日竭一日之力校畢。惜宋本殘闕不全,已遭剜補,惟梅序完好。餘詩三十一葉,首題曰「和靖先生詩集上」,次行空二格標目,古詩列五言四首,後接律詩,標目以後,五言、七言不復分體,共得一百五十餘首〔七〕。雖非完璧,其所有者,勝於此刻多矣。予檢《宋史·藝文志》稱「《林逋詩》七卷,又《詩》三卷」;《文獻通考》則云「《林和靖詩》三卷,《西湖紀逸》一卷」。今宋本卷首及版心皆云「和靖先生詩集上」,「上」字係修改者,其下半一畫尚係原刻字痕,其爲「一」、爲「二」、爲「三」未敢定也。姑著所疑於此。蕘圃。

殘宋本後有吾家子羽跋,備述源流,并著殘缺獨存之故。天下佳物原不必完善而始獲珍秘,然能賞識者世有幾人。不隨所藏之書而盡散者,正以不知己而始獲知己也。予於《林集》搜訪幾年,即有名鈔舊刻,總非本書面目。今見宋刻,雖曰殘缺,然以古詩、律詩分體，而五言、七言不復分析，皆是古人編集舊例，存此亦庶幾見古意爾。丕烈。

殘宋本余屬塾師顧澗薲影摹一本，藏諸士禮居中，可與此本相參考云。蕘圃。均在末卷後。

【校勘記】

〔一〕七言四韻詩　「詩」原作「傳」，據臺北「故宫博物院」藏明正統間錢塘王玘刻本《重編西湖林和靖先生詩集》四卷黄丕烈跋改。

〔二〕幸惟采覽　「幸」字原缺，據前揭書黄丕烈跋補。

〔三〕舟次　「舟」字原缺，據前揭書黄丕烈跋補。

〔四〕懷别潤州杲上人　「别」字原缺，「杲」原作「果」，據前揭書黄丕烈跋補並改。

〔五〕招思齊上人　「招」原作「松」，據前揭書黄丕烈跋改。

〔六〕余屬五柳主人　「余」字原缺，據前揭書黄丕烈跋補。

〔七〕共得一百五十餘首　「得」原作「約」，據前揭書黄丕烈跋改。

410　和靖先生詩集不分卷　影宋精鈔本

《和靖集》余向購之於武林徐門子鋪中，後歸靈均。靈均身後藏書散盡，此册以殘缺獨存。戊子夏,趙昭攜過涇上,因復留之,如異鄉見故人也。攝六黄翼。

《林和靖先生詩》僅見明刻本四卷者爲最古,余所藏爲姚江陳贄編次本。盧抱經《羣書拾補》云:明正統八年餘姚陳贄惟成刻本。則余所藏即明正統本。故人顧抱沖有殘宋本,實希世珍也。今夏從抱沖弟東京借歸,手校其異同於明本上,覺宋刻之妙,雖殘缺而獲益滋多。適抱沖從弟澗蘋爲余家塾師,謂余曰:「此種書世不多有,當録一副本,存諸士禮居中,未始非爲此書廣其傳也。且抱沖已故,其書不常寓目,今得副本展玩,不如見故人耶?」余感其言,即倩澗蘋用舊紙手自影摹,自題籤至跋語共三十四葉,與抱沖本無纖毫之異,恐汲古精鈔無以過是矣。宋刻《和靖先生詩》下俱有「上」字,似劖補而描寫者。其每葉排次數目亦非本真,故均未寫入。余案《文獻通考》云「《林和靖詩》三卷」,今宋刻「上」字係修改,然下一畫尚係原刻,其爲「一」、爲「二」、爲「三」俱未可知,故并著其原委以告後之讀是書者。嘉慶歲在丁巳季秋月四日,黄丕烈書於讀未見書齋。

嘉慶丁卯夏四月二十有八日偶檢及此,其去鈔書之日已歷十載矣。回憶抱沖之殁在丁巳四月,近因其弟東京徙居往賀焉,抱沖之長子阿和出見,嶄然頭角已成人。問其遺書,尚扃閉櫥中。今其子年漸長,庶幾能讀父書乎?而余以父執老友,或可藉寓目亦未可知。書此誌喜。復翁。均在册末。

411　林和靖集四卷　宋刻本

此故人顧抱沖遺書也，抱沖在日未及請觀。今夏間得一陳贇刻本，因從其弟東京借歸讐勘。余愛其楮墨精妙，刻鏤分明，雖非完書，亦是秘本，遂屬伊從弟澗薲影摹一本，留諸士禮居中，以爲見書如見故人也。還書之日，聊附數語於尾，藉以明余之不欺死友云。嘉慶二年丁巳秋重陽後三日，蕘圃黄丕烈識。

412　鉅鹿東觀集十卷　宋刊本

此宋刻《鉅鹿東觀集》，余友顧抱沖得諸郡城華陽橋顧聽玉家，真希世珍也。偶檢陸其清《佳趣堂書目》，知其清藏有元刻《玉山雅集》，檇李曹秋岳侍郎聞之，擬購去，而其清未之許，秋岳遂折節訂交，以宋梓魏仲先《鉅鹿東觀集》、孫奕《示兒編》相贈。古人惓惓愛書之意，迄今猶可想見。余始疑抱沖所藏或是其清故物，今從抱沖假歸，開卷有「曹溶私印」、「檇李曹氏收藏圖書記」，方信此書即曹所贈陸者也。且《玉山雅集》見藏聽玉處，則此書之同出於陸氏無疑，特未識《示兒編》又散落何處耳。抱沖愛素好古〔一〕，所藏《示兒編》有吴方山舊藏鈔本，其去宋刻當不遠。《魏仲先集》已爲所得，何不并《玉山雅集》而歸之，以還平原舊觀乎！抱沖聞之，當亦以余言爲不謬也。乾隆乙卯冬季，借《魏集》校畢，還書之日，因記數語於卷尾餘紙云。棘人黄丕烈。

【校勘記】

〔一〕愛素好古　「素」原作「書」，據國家圖書館藏宋紹定元年嚴陵郡齋刻本《鉅鹿東觀集》十卷黄丕烈跋改。

413　鉅鹿東觀集十卷　鈔本

余向於顧抱沖處見有宋刻魏野《鉅鹿東觀集》，擬假録而苦無鈔胥可以任其事者，遂未之假。今兹冬仲晦日，偶至郡廟前五柳書居，案頭有鈔本《鉅鹿東觀集》，云是收來者，因得之。鈔手不甚俗，惜紙皺難以展讀。命工重裝，而假抱沖宋刻本對勘一過，訛字賴正頗多。宋刻闕四、五、六卷，係鈔補，未知與宋刻合否，亦一憾也。宋刻本爲曹潔躬物，後以貽我郡陸其清，此見諸陸其清收藏書目。今抱沖得於東城華陽橋顧聽玉家，蓋古書源流固不可没云。乾隆乙卯十二月中澣三日，棘人黄丕烈。

414 武溪集二十卷 明成化本

明刻黑口宋人集世以爲珍，余《武溪集》向曾置一部，係黄紙者，質粗而墨氣淡，兹書友攜此來，居然勝一籌矣，命工重爲易其面，餘仍舊也。蕘翁，甲子十月十有三日。

415 尹河南集九卷附録一卷 校舊鈔本

以上九卷并附録一卷，亦傳青芝山堂本，與舊鈔同出一手，故差誤特多，兹用盧學士本校定之。時戊戌冬至後二日。漫士。

甲子五月從師德堂收得此本，取對舊鈔本，正彼訛脱特多，可見校本自不可廢。倘有宋刻出，未知相勘又何如矣。蕘翁黄丕烈識。

甲戌夏初，友人從都中歸，路過滋陽，獲其縣令陳貞白所刊《尹河南集》，轉以贈余。貞白吴中名士也，由縣佐得知縣，頗著循聲。仕優則學，流布古書勝於輂金以歸，但爲求田問舍計者多矣。

416 温國文正司馬公文集八十卷 宋刊本

嘉慶丁巳夏，有杭州書友[一]以宋刻《温國文正[二]司馬公文集》介郡城學餘堂書肆示余。余取與案頭所貯鈔本相對，其標題「司馬太師温國文正公傳家集」，已與此不合，而序文節去首尾，并誤「劉嶠」爲「劉隨」，不知其何本也。至于年號、官銜，槩從闕略，俾考古者茫無依據，是可慨已。是刻序文一一完善，次列《進司馬温公文集表》一篇，分卷序次，離合先後，多有不同。偶取校勘，雖文義未甚齟齬，而一字一句，總覺舊刻之妙，愛不忍釋矣。問其直，索白金一百六十兩，余以價昂，一時又無其資，還之。既而思此書爲明初人收藏本，卷首表文第一葉末餘紙有朱書一行，云「洪武丁巳秋八月收」八字，有小方印一，其文云「徐達左印」，有大方印一，其文云「松雲道人徐良夫藏書」；卷第八十後空葉有墨書三行云：「國初，吴儒徐松雲先生收藏《温公集》八十卷，缺九卷，雍謹鈔補以爲完書云。弘治乙丑秋九月望日，石湖盧雍謹記。」則此書本爲吴中藏書，不知何時轉入武林，而今又重歸合浦，此一奇也；且松雲收藏在洪武丁巳，而此書之來又在嘉慶丁巳，其間甲子屢更，顯晦亦復幾易，此奇之又奇也。今雖不能即得，或者遲之又久，必俟諸秋八月收，以符前賢之轍邪。閱月有五，學餘主人來云：「此書出君家，偏示郡中藏書者，雖皆識爲宋刻，然所還之價有不及無過者，曷於前四十之數而益其半乎？」余重是書之刻在宋，爲最初本，兼重以徐、盧二公之手澤，使大弓、寶玉有歸魯之日，未始非前賢實呵護之，故不惜重資購得，得之日適在秋八月，何巧乃爾！爰志顛末，以示後之讀是書者。見奇書之出，造物若有以使之然，而聚散既有其地，顯晦又有其時，豈不異哉！讀未見書齋主人黄丕烈識。

《温公集》八十卷，缺九卷，雍謹鈔補以爲完書云。弘治乙丑秋九月望日，石湖盧雍謹記。

嘉慶己未冬十一月既望，裝此書成，夫然而快然大慊于心也。蓋余自丁巳八月至今即付裝潢，幾閱二載餘，費且倍於得價。然其書若有待於余之裝潢而始完善者，是書之幸實余之幸也。初，書裝十四册，破爛特甚，買得後驅蠹魚至數百計，且缺葉及無字處每册俱有。乃命工補綴，其缺葉皆誤重於他葉之腹，其無字者皆漿黏于前後葉之背，始悟當時俗工所爲，以致不可卒讀，苟非精加裝潢，全者缺之，有者無之，不幾使此書多遺憾耶〔三〕！用著原委，以見古書難得，即裝潢亦當煞費苦心也。至此本爲宋最初之刻，錢竹汀謂余曰，宋王深寧撰《困學紀聞》載《温公集》，字句多與此刻合，知深寧所見即是本也。

世行本以《傳家集》爲最古,今見此紹興初刻題曰「温國文正司馬公文集」,則「傳家」之名,非其最初。及觀周香嚴所藏舊鈔本,亦爲卷八十,而標題則曰「司馬太師温國文正公傳家集」,卷末有「泉州公使庫印書局淳熙拾年正月内印造到」云云,又有嘉定甲申金華應謙之,并有門生文林郎差充武岡軍軍學教授陳冠兩跋,皆云公裔孫出泉本重刊,是《傳家》又重刊本矣。

嘉慶己未十月五日庚寅,竹汀居士錢大昕假觀,時年七十有二。

【校勘記】

〔一〕有杭州書友　「有」字原缺,據國家圖書館藏宋刻本《温國文正公文集》八十卷黄丕烈跋補。

〔二〕温國文正　「國」下原衍「公」字,據前揭書黄丕烈跋删。

〔三〕多遺憾耶　「遺」字原缺,據前揭書黄丕烈跋補。

417 伊川擊壤集殘本四卷 宋本

此殘宋刻本《伊川擊壤集》,祇三、四、五、六卷,一、二卷已鈔補,餘皆失之矣。收藏家圖書如「竹塢」、「玉蘭堂」、「古吴王氏」諸章,皆明代故家,余所藏書多有之,至毛、季兩家〔一〕尤彰彰較著者也,惟周氏天球所見僅此書,當亦不僞。余檢《延令書目》,載此書爲宋板，與此同，二十五卷之目恐是誤處，蓋宋代書目皆云二十卷，延令所藏奚以過之？「五」者，衍字也。惜傳之又久，僅存此卷數耳。余與殘宋本李文饒《會昌一品制集》同得於嚴二酉齋。吉光片羽，寶何如之。蕘圃。

【校勘記】

〔一〕至毛季兩家 「至」字原缺，據臺北圖書館藏南宋末刻本《伊川擊壤集》二十卷《集外詩》一卷黄丕烈跋補。

418 嘉祐集十五卷 宋本

癸酉四月十四日，有書友攜此宋刻《嘉祐集》示余，索直白鏹四十金，云出自松江故家。余一見稱異，刻本之精，印本之爽，在宋本書可爲希有。雖首尾略缺，諸藏書家圖記已鈐於缺少處，崑山徐氏收得時即如是，則缺失已久，瑕不掩瑜。惜牀頭金盡，弗敢過而問焉。及書友持去，因檢舊藏蔣篁亭校宋本核之，方知所據即是本。末句缺失，篁亭注明，卷首朱筆校改第七卷目録起，乃悔當時未及留一對勘也。復令攜來，取第十一卷中第七葉，校云「宋本作『數月』」，顧千里以爲不可解，借余校本識後語。與此宋本對，「數月」「月」字作「年」〔二〕，蓋覆本譌「數年」爲「數月」，蔣校宋作「數年」，而涉筆偶誤，仍寫「年」爲「月」耳。

益見宋本之可寶，而校本之不足恃如此。余遂有欲得意。適外來有至蘇購書者，欲得宋元人集，余輟重出本，屬書友往應其求，固爲貶損以就之，而是書亦以他人還價未至，物主允降價相就，竟成交易。書直未酬，據爲己有，再取蔣校本一一勘之，無不脗合。宋刻中有墨筆所改、所增者，皆篁亭筆。卷四中《遠慮篇》「故後世不得見耳」，校云：「『耳』或改『其』，非是。」此舊時人校改，故篁亭以爲非，惟親見宋刻，又先得校本，故得互相證明。古書授受源流親切如是，余於翰墨因緣抑何深耶！通體塗抹，尚爲宋人讀本，標舉眼目，遇宋諱皆以朱筆圈其字，亦足證板刻之前，故所避不廣，皮相者以爲大疵，非真知宋本之妙者。至於書之由來，唯傳是樓物猶可指證，其目云「宋板蘇明允《嘉祐集》十五卷，四册」，今本悉符云。嘉慶十八年四月十八日，黄丕烈書於百宋一廛。

案：卷十三《蘇氏族譜》子洵下宋本爲妄人增「軾」、「轍」二字，篁亭未及細審，校云「從宋本增」，當誤，苟非〔二〕親見宋刻，何由知之？校本之不如宋本，此可見矣。〔三〕

越日晨起覆閲，知前跋多誤字，三行「缺少」當作「缺失」，六行「未句」當作「末卷」，十二行「固爲」當作「過爲」。昨晚書畢，燭已見跋，未及細閲，因此致誤，乃悟篁亭校誤亦出無心也。復翁又識。時雨甚天陰，薔薇一架，落紅繽紛，新緑掩映，幽窗岑寂，清味如是。

越歲丙子仲春六日，晨起無聊，偶檢及此，覺古色古香，久而彌著。跋語精詳，書之源流洞悉無遺，半生心血略盡於此矣，重展慨然。

【校勘記】

〔一〕 月字作年　「月」原作「二」，上海圖書館藏宋刻本《嘉祐集》十五卷黄丕烈跋，「月」下有重文符號，據改。繆荃孫輯印《士禮居藏書題跋續記》即將重文符號認作「二」字，乃有此誤。

〔二〕 苟非　「苟」原誤作「爲」，據前揭書黄丕烈跋改。

〔三〕 本條按語原作雙行小字接排前跋，前揭書黄丕烈手跋爲眉批，置前跋上方。

419 注東坡先生詩二卷　宋刻殘本　存第十一、四十二卷

《注東坡先生詩》出吴興施氏、吴郡顧氏者，宋刻不多見。余往年遊都中，見之於翁覃溪先生所，即商邱宋中丞得諸吴中本也。書多剥落，原缺十二卷，覃溪愛之甚，藏弆之室名曰「蘇齋」，誠重其世無二本耳。此外有奇零之本，未及記所存卷，今藏小讀書堆。惟《和陶詩》〔一〕二卷係全部之第，四十一、四十二卷雖不全，而自可單行。香嚴書屋中有之，主人亦肯割愛，而需直昂。且余謂非商邱本所缺卷，不急急購之，然往來於懷已三年矣。辛未立冬日，榕皋潘丈拉遊天平觀紅葉，道出來鳳橋，順訪香嚴主人。榕丈云：「聞其有宋刻東坡《和陶詩》，可往借一觀乎？」余曰：「言借未必可得，吾當詭言得以取之。」既見，

談及是書，并與議直，竟許可。遂攜至舟中〔二〕，與榕丈欣賞者累日。榕丈慫恿余得之，余亦以已巳冬新葺陶陶室貯宋刻兩《陶集》，而此東坡《和陶》宋刻亦當並儲，以爲宋廛盛事，特因力有不足，故遲之三年而願未遂。茲一旦以旁人借觀之言，無意中成之，可爲奇事。是晚宿吾與庵，向庵僧澄谷借商邱新刻《施注蘇詩》勘之，注語竟無一首完全者，豈向所收宋刻，雖非缺卷而亦多殘損耶？抑係妄人之删削耶？觀此益信宋刻之可貴。蘇齋所藏商邱昔得於吳中者，彼猶遜於此矣。得之直未歸，得之意已決，乘興書此，謂三年宿願一旦了之也。復翁記。

陶詩自杜、韓兩鉅公皆有微辭，獨東坡推而高之至駕曹、鮑、李、杜之上，謂其質而實綺，癯而實腴。子朱子出，以東坡爲允，引其緒，發其藴，而千古之評遂定。竊惟質而綺者，由其意之足也；癯而腴者，由其神之全也。不外求故其意足，無内媿故其神全，此固有進乎技者。蘇公和作，以綺而學質，以腴而學癯，其超於人也遠矣。超於人，此其所以猶後於陶也與？吾友邗上馬子嶰谷涉江闢小玲瓏山館藏古書，收得蘇公《和陶詩》示余，憶《百家注》分類刻，《和陶》無注，近宋氏刻因緜津先生獲舊本少十二卷，故《和陶注》寥寥數行，忽得完注宋槧善本，讀之欣暢不已。儻依此重雕，並更正字頭偏旁小舛數處，公之海内，以補缺略，真藝林一快事，吾友其有意乎？余雖昏耄，猶願佐校讐之役焉。

余藏宋刊施注東坡《和陶詩》四十年，以爲宋牧仲先生已鐫板行世，視爲尋常習見之書，雖宋刻而不甚珍重。偶閲下相徐晝堂先生名用錫。《圭美堂集》，内有跋宋板施注《和陶詩》，言宋公所刻，注寥寥數行，未爲完善。邗上馬嶰谷有宋刊完注本，慫其重雕而未成。余始知新刊之未全，而信此本之可貴。黄主政蕘圃假校一過，極言商邱所刻與宋本迥異，其書可覆醬瓿。方悟徐公之言爲不謬，是雖尋常習見之書，而爲絶無僅有之本，當珍之重之。蕘圃藏書而能讀書者，因録徐跋於後而以書歸之，勝於余之徒藏而不能讀者遠矣。時嘉慶十六年辛未十月，錫瓚跋。時年七十。

香嚴周丈，郡中藏書家之耆舊也，年已七十矣，猶拳拳於此。謂書之聚散不常，而必以得其人，肩付托之重，方爲書之得所。嘗爲余言，昔年歸朱奂文游〔三〕之書，朱亦以此相勗，故兹之轉歸於人，務守斯意也。是書余得在前，而香嚴之跋在後，故余前跋先之。香嚴藏之四十年而未知其佳，及證以徐晝堂之跋，又益以余校勘之功，方始信新刻之非，而知宋刻之妙，則藏書之難可見矣。爰筆而書之，以告後之讀是書者。辛未冬至日，求古居重裝并記。復翁。

東坡生日是今朝，媿未焚香與奠椒。卻羨蘇齋翁學士，年年設宴話通宵。

東坡生日是今朝，一老衝寒赴友招。聞道春風來杖履，淩雲意氣正飄飄。

東坡生日是今朝，我獨閒居苦寂寥。但把《和陶詩》熟誦，樽無濁酒也愁消。

東坡生日是今朝，助我清吟興轉饒。誰復景蘇同此意，縣橋人又憶花橋。

十二月十有九日〔四〕，往訪潘丈榕皋，知赴友人之招，爲東坡生日修瓣香之祝。晚歸意欲同修此典，獨居寡歡，不復爲此，因出此《和陶詩》諷誦一過，并題四絶句於後。蘇齋翁學士歲例，出宋刻《注東坡詩》，於今日開筵宴客，致祝髯蘇，故詩及之。復翁。均在卷末。

此書舊藏香嚴書屋，標題及分册俱未愜意。因櫝已製成，毁之可惜，且存之以見授受源流，遂於櫝上聊誌數語以諗來者。標題當云《注東坡先生詩》卷第四十一、卷第四十二，分册當云二册全函。蓋此係東坡先生詩刻殘本，不過《和陶淵明詩》爲全璧耳，余藏諸陶陶室中，尤爲兩美之合。向聞蘇齋於東坡生日陳書設筵，邀朋儕爲文字之飲，余媿未能，但開函拜讀，題詩紀事，而研有餘墨，并書是櫝。辛未十二月十九日，識於百宋一廛之南窗。在櫝面。

東坡生日是今朝，薊北蘇齋歲奠椒。何以宋廛人獨坐，和陶一卷詠深宵。

東坡生日是今朝，有客城南置酒招。早覺春風來杖履，篆煙濃傍鬢絲飄。

東坡生日是今朝，可有朝雲慰寂寥。想到六如亭下路，蠻風暖處雪全消。

東坡生日是今朝，斗室長吟興自饒。善本流傳期共賞，一瓻擬致縣東橋。

嘉慶辛未臘月二十六日，雨窗次韻奉題，潘奕雋，時年七十有二。在卷末。

【校勘記】

〔一〕和陶詩　「詩」字原缺，據國家圖書館藏宋嘉泰淮東倉司刻本《注東坡先生詩》四十二卷(存二卷)黄丕烈跋補。

〔二〕攜至舟中　「至」原作「之」，據前揭書黄丕烈跋改。

〔三〕歸朱奂文游　「歸」原作「得」，據前揭書黄丕烈跋改。

〔四〕十月九日　「有」字原缺，據前揭書黄丕烈跋補。

420 豫章黄先生外集六卷 殘宋刻本

此家《豫章外集》六卷，得諸書船友邵姓，云自江陰楊文定公家收來。卷端有楊敦厚圖章，即文定孫也。裝潢精雅，亦以其爲宋刻，故珍之。然六卷後有缺葉，謬以卷十四末葉續之。因後有山房李彤跋，取閲者偶不經意，即信爲完璧者，然其實補綴之痕不可没也。宋陳振孫《書録解題》：《豫章外集》十四卷。案今明刻猶如是，所存詩六行，確在卷十四末，惟李彤跋明刻無之。然翁覃溪云《外集》末有李彤跋，其在十四卷末宜矣。至六卷末所缺，就明刻者以宋板十八行十八字計之，連煞尾一行，適得一葉，當以素紙存其面目可爾。又翁云,《豫章外集》其作詩年月往往在《内集》前,今人稱《外集》爲《後集》,殊不知宋刻板心有「後黄一」、「後黄二」云云,則《外集》之稱爲《後集》,特以所刻之先後言之耳。世人不見宋刻,妄論短長,亦奚爲耶?余舊藏《豫章文集》三十卷本,僅有一卷至十四卷、十七卷、十八卷、十九卷,俱屬宋刻。今又得此,行款悉同,當是聯屬者,何意兩美之適合也!毛氏云在在處處有神物護持,其信然歟?且《延令書目》載有《黄山谷》三十卷、《後集》六卷宋板,合諸此本,卷數卻同,或即滄葦所藏亦未可知。書之以誌舊物源流固各有本爾。時嘉慶三年歲在戊午秋七月,棘人黄丕烈識。

此兩半葉原綴六卷末,今更正。然宋刻難得,不忍遺棄,故取附於後,或異日搜訪,更有宋本傳出,以此爲對勘之助云。蕘圃氏又識。

421　山谷黄先生大全詩注十八卷　明本

余鄉舉後游京師,於廠肆中[一]獲此册,雖多殘闕,而版刻既舊,且末粘籤一條云:「一本永樂二年七月二十五日蘇叔敬買到。」蓋猶是明初官書也。其詳載《讀書敏求記》「古列女傳」條下,因此珍重弆藏,擬覓全本補鈔。數年以來,僅見一本於顧竹君家,印本較此爲勝,惜亦未全。竹君故後,書籍封閉,不復可假矣。殘鱗片甲,無傷古物,爰付裝池，略補素紙，以當闕疑云。丁卯白露後一日，復翁黄丕烈識。

【校勘記】

〔一〕 廠肆中　國家圖書館藏元刻本《山谷黄先生大全詩注》二十卷（存十六卷）黄丕烈跋無「肆」字，蓋繆氏輯刊《題識》時以意補之。

422 類編增廣黄先生大全文集五十卷 宋刻本

《黄山谷大全集》係南宋刊本，吾家世藏宋本僅留此種，是可寶也，子孫其善守之。書凡五十卷，十六册。乾隆壬戌除夕，隱拙翁廷芳志。在卷首。

道光甲申之秋，有平湖書友攜示宋刻《山谷大全集》樣本，有刻有鈔，云是錢君夢廬屬售者，索直頗昂，雖心愛之，未及議易也。夢廬素係神交，并曾通假書籍，故遂札詢之。夢廬復云，《山谷大全集》諸家書目皆不著録，惟《絳雲樓目》有之，只廿六卷。此其全者，係沈茱園先生故物，後人因營葬，始用贈人。適余有他種書籍銷去，遂摒擋得之。書凡五十卷，中闕十三至十八卷，舊時鈔補，未知出自何本，蓋較絳雲所藏，居然完璧矣。歲殘未暇付裝，越明年，余有滂喜園書籍鋪之設，襄事者爲茂塘老友，手爲裝池，知缺卷外尚欠一葉，鈔補一葉，統五百丹八云。乙酉孟夏月望後一日，蕘夫手識。在末卷後。

423 后山詩注一卷 殘宋本

余爲五硯主人幹一事，主人欲酬余，謂「家有殘宋本幾種，當贈子」。忽忽未果，而主人已作古矣。其孤，余婿也，向未經理書籍事，屬余爲之點檢，所云殘宋本亦甚寥寥。此《后山詩注》卻是宋刻，然止一卷，卷首及末俱已剜去，無從識別卷第，因取明刻本核之，始知是册爲第六卷。明刻注于當句下，正文與注牽接去，唯此正文與注各自爲行，當是舊式，存此猶見《後山》真面目也。庚午五月，復翁。

任子淵注山谷、後山詩，據錢遵王《讀書敏求記》云「余所藏俱宋刻本，可稱合璧矣」。今余搜訪二十餘年，《山谷詩注》曾于京師得一宋本，雖殘闕模黏，尚是宋刻。此外見有印本清爽者在郡中故家，僅一觀樣本，其全否未可知。惟《後山詩注》從未見有宋刻，得此一卷勝逾百朋，余故不惜重裝，爲殘宋《山谷詩注》作匹。婿家書籍半就淪亡，而余代爲儲，聊誌我姻家以書作合，二人有同心之嗜，非書主人去即攘爲己有，沾沾自喜也。歲暮天寒，臘雪連朝，深幾尺許，燒燭坐百宋一廛，復翁識。

書計三十二番，裝直青蚨一金。俱在卷末。

424 參寥子詩集十二卷 宋本

《參寥子詩集》明刻本余向亦有之，若宋刻本，於數年前曾聞池上書堂有之，然未之見也。比來家事攖心，置買書籍頗不易易，非特宋刻書日少一日，即有之，而余收書之力亦日難一日也。遷居縣橋以來，葺小廬，屬南雅庶常題曰「百宋一廛」，日坐其中〔一〕檢點古刻，成一簿録，謂之《百宋一廛書目》。蓋余好書之心，不因力歉而稍衰焉。余友陶君蘊輝，雅善識古，并稔知余之所好在古刻，昔余所收者，大半出其手，兹復以宋刻《參寥子詩集》相示，索值白鏹三十金，余亦無如之何，勉購以增書目之光云爾。世行本向傳有二，以法嗣、法頴編者爲勝，此其是也。惜余明刻本尋訪未得，無從證其同異。至于卷端序文，雖係鈔補，而以貴與《經籍考》證之當不謬。若以爲此序是《餞參寥禪師東歸序》，而非《高僧參寥集序》，是并《通考》而昧之，奚足與論古哉？嘉慶歲在癸亥閏二月望後一日，蕘翁黄丕烈識。

【校勘記】

〔一〕日坐其中 「日坐」原作「蓋於」，據國家圖書館藏宋刻本《參寥子詩集》十卷黄丕烈跋改。

425 寶晉英光集六卷 校舊鈔本

序稱《山林集》百卷，今會粹附益〔一〕未十之一，正謂此六卷也。焦氏《館閣書目》稱《寶晉集》十四卷，豈別有書歟？又坊間宋、元名人刻〔二〕米詩半在此集，外其與此合者，或不免字句之異，未知所從本也。百卷、十四卷俱不可得〔三〕，且存此六卷而已，不必雜以吳中贋跡爲貂之續也。戒庵。在序後。

《寶晉英光集》六卷，叢書堂舊鈔〔四〕，吳文定公原博故物也，已爲張青父改竄，雜取吳中贋跡，增至十卷，將以行世。余恐其亂真，亟索故本録之。又予見王越石舟中《倪雲林集》一册堪與此配食，然越石偏索吳中贋跡，增改不已，豈不謬哉！大率今世逋逃藪數端，而米、倪居二，不能字者以米爲逋逃藪，强申縮其筆以爲奇；不能畫者以倪爲逋逃藪，聊點染其筆以爲趣。其禍皆始於骨董三家〔五〕，目中無珠，口中無舌，自欺欺人。敗膏粱子弟〔六〕不足惜也，今後無復知〔七〕古人之真妙，斯歎恨無窮爾。因跋茲集〔八〕，牽連書之以垂訓，雖青父、越石之流移目我，我甘之矣。戒庵老人。

余初見《寶晉英光集》鈔本於吳枚庵處，擬借録其副，怱怱未暇也。適賈人以此舊鈔本來，索直番餅一元有半，遂留之，而借吳本勘之。吳本亦有戒庵老人跋，知同出一原，余因是本較舊，但取吴本原本異同校之，吴復用汪氏本校之，多與原本歧異，不盡據改，恐屢校反失真〔九〕也。戒庵跋謂張青父雜取贋跡增入，惟吴文定本尚爲舊鈔，此本所據傳録者是也。枚庵云：「戒庵老人李姓詡名，萬曆間人，與青父同時人。」此册與枚庵大同小異，惟題跋中一葉此所羨，原注出於青父所竄入，猶可得其真本之正也。枚庵本有墨校宋本字謂：「錢景凱得宋刊《山林集》，詩文不增多，而稍有字句異同處，景凱爲余詳校，注於書之眉。」案：此則宋本之作某皆可信矣，今録於上方，而時有與是本合者，則改曰某宋本亦作某，此余所定也。吴本不如是，知此本勝於吴本矣。錢景凱，書賈中之巨擘，余及交之。其所收宋本《山林集》名曰《山林拾遺集》，矜爲善本，收於東城顧家，惜已爲鹾賈吴姓購去，余不及見云。甲戌六月十日，復翁校畢書。時屋後橋圮石材皆宋嶁村〔一〇〕用以製研，研成試墨書此。

是本出王蓮涇家，彼《目》云岳珂序，戒庵老人跋，一册，舊鈔，七十七番。今檢之卻合。

枚庵本於校畢後介歸張訒庵。

【校勘記】

〔一〕今會粹附益 「今」下原衍「所」字，據臺北圖書館藏舊抄本《寶晉英光集》六卷李詡題識删。

〔二〕元名人刻　「人」下原衍「收」字，據前揭書李詡題識删。

〔三〕俱不可得　「得」下原衍「見」字，據前揭書李詡題識删。

〔四〕叢書堂舊鈔　「堂」下原衍「板」字，據前揭書李詡題識删。

〔五〕骨董三家　「三」原作「之」，據前揭書李詡題識改。

〔六〕敗膏粱子弟　「敗」原作「欺」，據前揭書李詡題識改。

〔七〕今後無復知　「今」原作「令」，據前揭書李詡題識改。

〔八〕因跋兹集　「兹」原作「此」，據前揭書李詡題識改。

〔九〕反失真　「失」下原衍「其」字，據前揭書黄丕烈跋改。

〔一〇〕宋嶁村　「村」原爲缺字框，據前揭書黄丕烈跋補。《士禮居藏書題跋記》卷五「村」字不缺，蓋繆氏輯刊《題識》時誤。

426 青山集六卷 舊鈔本

余於數年前，海鹽友人攜舊鈔《郭青山集》求售，止六卷，因其與陳《録》三十卷之説不合，還之。後檢《居易録》，知郭祥正《青山集》閩謝氏寫本六卷，古詩二卷、近體詩四卷，余所見者當即此，惜已交臂失之矣。頃有湖估持《青山集》二本，一即前所見者，一三十卷本。卅卷本鈔較後，有硃筆校，似曾見過六卷本者，疑六卷本異同處爲勝，遂留六卷本，而舍其三十卷本。既而思三十卷陳《録》所云，必係古本，復從書友借校，知近體詩不過敘次倒置，三十卷間有多而無少，若古體，則彼此互有多少在五古内，而七言古及長短句、歌行雜體，六卷中所少紛如，始知卅卷本非盡無用也，擬將别録其少者附後。三十卷本舛訛不一〔一〕，分體、分卷多所未協，不知即陳《録》所云之舊本否。嘉慶十一年丙寅春三月九日，蕘翁識。

【校勘記】

〔一〕舛訛不一 「訛」原作「誤」，據臺北圖書館藏舊抄本《青山集》六卷黄丕烈跋改。

427 慶湖遺老詩集九卷拾遺一卷補遺一卷 舊鈔本

余喜蓄書，兼蓄重出之本，即破爛不全者，亦復蓄之，重出者取爲讐勘之具，不全者或待殘缺之補也。余每戲謂友朋曰：「余譬惜字，會出分金，特稍從厚爾。」即如此，舊鈔《賀方回集》止半部，係余友海寧陳徵君仲魚所贈，以余有重出之本，或可據舊藏者補録其半，俾成完璧，然余第藏諸篋笥，忽忽未有以補也。頃張君訒庵頗與余同嗜，近亦以余所爲兼收並蓄竹頭木屑之説爲是，故遇書之不全者亦時得之。一日邀余觀新收之書，内有《慶湖遺老詩集》之半。余細閲之,似與仲魚所贈者相似,未即言明,歸取證之,竟爲延平之合。惟第六卷仍缺,即前本之目亦已失之,訒庵一一補完,屬爲跋其顛末。余曰:「此事固奇,然不在乎書合之奇,而在乎所以書合之奇。」蓋兼蓄重出之本及不全之本,此余一已之獨見也。而訒庵竟以余言爲然,忽復效尤,即獲奇驗,則此《賀集》特爲訒庵發軔之始耳。余樂訒庵之與予同心,并樂訒庵之堅信余説,有此巧遇,可以鼓興弗衰,藏書家不又得一人邪?裝成,仲魚適從海寧至,因屬同爲欣賞焉。甲戌重陽後,復翁。

余向從武林書肆得《陳古靈集》半部,係謝在杭家鈔本,曾在周元亮處,各有印記。越數年,錢君廣伯復得其後半部,一一不爽,遂成完璧。今已贈荆谿陳景辰布衣,以其爲古靈後人也。吴槎客明經有跋,載諸《拜經樓文集》,一時傳爲勝事。此《慶湖遺老集》上卷,曾獲諸吴城玄妙觀書坊,因思黄復翁家藏書最多舊鈔秘册,或可鈔全,所以特贈。豈意張君訒庵適有是集之下卷,今秋偶爲復翁所見,遂以余所贈者歸於訒庵。延津之劍,分而更合,已屬奇事,而裝潢甫竟,余自海寧適至吴中,則又奇之又奇也。嘉慶十九年九月十三日,陳鱣記。

428 梁溪集三十五卷 宋刻殘本 一函二十册

枚自髫齡就傅時，家嚴天申公諱令德於課文之暇，備述始祖忠定公《梁溪文集》，自先大父子珮公諱士達入嘉定縣庠，館於疁城時遭兵燹，是集遂失去。枚竊聞之，以始祖之豐功偉烈，爲宋代名臣，其箋奏芻議詩文之屬不得仰窺其全，深爲浩歎。越二十年，枚年甫三十，供奉内廷，時與名公鉅卿及海内藏書諸名儒訪《梁溪文集》音耗，竟無所聞。又越二十餘年〔一〕至雍正己酉，下榻於衍聖公之九如堂，見其牙籤玉軸充棟盈車，詢之守者，知《梁溪文集》爲舊族高陽相公持去。高陽諱霨，聖祖時甌卜者也。又越十餘年，枚抑鬱無聊，歷游幕府，過上谷所屬之地，道經高陽府第，半屬荒基，徐叩之，而是集猶在，乃求其發篋拜觀，實爲宋代鐫板。鴻文偉議，捧讀難竟，因以歷歲所餘館穀傾囊與之，而是集始得返趙。嗟乎！《梁溪文集》吾家故物也，越百年而無恙，物之來歸亦有定數云，乃詳述之，以示後之子孫。乾隆六年歲在辛酉四月望日〔二〕，二十六世孫枚謹識。

李綱《梁溪集》一百八十卷，《述古堂書目》載其名。全集世不多有，何論宋刻？惟此宋刻殘本，始十三，終一百六十三，當是一百八十卷之舊，而闕存三十八卷者。先是遭俗子割補卷第，取卷中文字有數目者每卷填改，鈐以圖記，掩蓋其痕。余悉案舊鈔本更正，而以數目字還其原處,有失去者,仍以素紙空其格,可謂慎之至矣。此書購自東城故家,價止數金,今兹裝池,復用二十金,惟恐後人以殘闕視之而不甚寶貴故。於其裝成之日,著其顛末如此。嘉慶甲子六月二十日,蕘翁黄丕烈識。

【校勘記】

〔一〕又越二十餘年　「又」字原缺,據上海圖書館藏宋刻本《梁溪先生文集》一百八十卷李枚跋補。

〔二〕四月望日　「望」原誤作「朔」,據前揭書李枚跋改。

429 浮溪文粹十五卷　明刻本

嘉慶庚申秋,書友從金陵嚴長明家得書數種,歸即攜示,内有鈔本《浮溪文粹》,似影寫明刻本。余插架本無是書。且有吾郡惠定宇及蔣辛齋兩先生圖記,知爲舊藏吴中之物,擬蓄之,惜需直昂,書止二册,索白金二兩四錢,已還之矣。越一日,有書船友攜此刻本來,一見即詫爲希有,問其直,欲得白金八錢。因重取前本一勘,始知鈔本出嘉靖己卯重刊本,而此猶正德廬江舊刻也。遂取兩本相勘,嘉靖本殘闕殊甚,此俱完善,珍寶之至。用白金六錢易得,手補鈔本脱落,用著數語於此册尾,以見書之佳處必舊本爲多云爾。十月二日挑燈書此於太白樓下,黄丕烈。

430 石林居士建康集八卷 鈔本

錢遵王《讀書敏求記》云：「葉石林《建康集》八卷。少藴兩帥金陵，故以『建康』名其集，蓋其涖官時所作也。」余自購書以來，唯聞望信橋吴嬾庵家有此書影宋本，未之見。此册得諸吴丈枚庵所贈，題曰《石林居士建康集》八卷，詩外有文，自銘、贊、書後、論、序、記、祝文、祭文、表、劄子、奏狀、啓狀、書、碑、傳、志銘，凡十六類，不知錢氏所記，何以入諸詩集類。且末有少藴孫籥跋，謂再鎮建康時所作詩文。錢《記》亦但稱兩帥金陵，故以建康名其集，未析言其再鎮時所作也，豈别有詩集八卷行世歟？聊志所疑于此。是册有「毛氏正本」字，疑從毛本出。枚庵得諸嚴二酉，後客楚中，攜諸行篋，故有「辛亥春，漢陽葉桐封舍人借鈔」字樣。一書之源流轉徙有可考者，因附記之。乙亥二月廿九日，復翁。

丙子秋日，借西畇草堂藏抄本校，頗多是正。〔一〕

【校勘記】

〔一〕此條原缺，據南京圖書館藏清抄本《石林居士建康集》八卷黄丕烈校跋補。

431　北山小集四十卷　鈔本

乾隆六十年六月二十日夜，余家因已遣之婢尋物失火，熖起老母房中，以致及余卧室，倉皇奔救，幸無大患〔一〕，而器用財賄爲之一空，所儲書籍巋然獨存，是必有神物護持者，余亦以是轉憂爲喜焉。閱兩日，書友胡益謙持《北山小集》示余，欲一決其宋本與否。余開卷指示紙背曰：「此書宋刻、宋印，子不知宋本，獨不見其紙爲宋時册子乎？」胡公深以余爲不欺〔二〕，遂議交易。余許其每册一金，卒以物主居奇，倍價易得，復以一金酬之。則親朋見者，無不笑余癡獃。余曰：「天災忽來，身外之物俱盡，所不盡者，唯此書籍耳。則書籍之待儲於余者益急矣，余曷敢不竭盡心力以爲收藏計？且是集流播絶少，寫本不多見，矧其爲宋本？」近時《浙江采集遺書總録》載有知不足齋藏影宋槧寫本，吴之振識云：「此册昔年爲季滄葦侍御所贈，侍御從絳雲樓宋刊本影寫者，是宋本係東澗舊藏。」今本首册有「健庵」圖章，而彭城無所記識，豈真絳雲餘燼耶？余不能辨其是一是二也。卷尾有「黄氏淮東書院圖籍」印，未知吾宗何人，轉相授受，仍歸江夏家藏，我子孫其世寶之，或可自詡爲天下無雙也與！吴郡棘人黄丕烈識。

嘉慶二年歲在丁巳閏六月八日，天晴曝書，展玩一過。時與西席顧澗薲、夏方米同觀，因見目録在葉、鄭兩序後，而反缺半葉，未解其故。余曰：「此當年裝潢匠誤以序文次于目録後、卷一前，故遺失半葉也。今每葉後有字影及朱筆痕，隱隱可見，是爲確證。」爰復著數語，以傳信於後。時在王洗馬巷新宅之士禮居。蕘圃氏識。

癸亥六月一日，輯《宋刻書目》，檢及此集，其去得書之歲月已足八年矣。昔余繪《續得書圖》，名是曰「蝸廬松竹」，蓋致道寓居吾郡之城北，葺屋曰「蝸廬」，而松柱竹椽，饒有古樸之意。今余自壬戌冬又遷於東城〔三〕之縣橋，題藏書室曰「百宋一廛」，夫亦取其小焉耳。爰志數語于册尾。蕘翁記。

《北山小集》爲宋人集中罕有之本，且其中多與吾郡典實有涉，故錢潛研老人取其集中文字入《養新録》中，謂他日修志可資考證。噫！潛研往矣，而是集余不能守，早歸藝芸書舍，當日家藏時，無暇傳録副本，此又余生平缺憾事也。歲辛巳，郡中有修志之舉，始憶及此，遂向主人借歸，分手傳録。録畢細校，即以原本歸趙，而余亦作一小跋記其原委，是又爲此書添一公案矣。海虞月霄張君愛書好古，收弆秘册甚多，著有《愛日精廬讀書志》，於一書之源流纖悉畢具，余所歸之書，亦得附名簡末，此真讀書者之藏書也。聞余有此，欲傳其副，遂復從余分寫本〔四〕仍分寫予之，並讐校之。古云「書經三寫，魯魚亥豕」，自謂此寫本出余士禮居，雖未經老人過眼，然兒孫輩頗習聞校書緒論，一一手校，當不致爲鈔者所誤。回憶初得時,及復寫此,已歷三朝,世有三本,可爲此書幸,即爲余補過幸,安得世有好事者,盡如月霄其人,悉舉世間未見之書,傳録其副,是真大樂事,想藝芸當亦不吝余之屢假也。書此以俟月霄問之,不識以余言爲何如。道光二年歲在壬午秋七月,蕘夫識。

【校勘記】

〔一〕幸無大患　「無」原作「勿」,據《四部叢刊續編》影印清道光張蓉鏡影宋抄本《北山小集》四十卷過録黄丕烈跋改。

〔二〕胡公深以余爲不欺　「公」原作「友」,「以」原作「謂」,據前揭書黄丕烈跋改。

〔三〕遷於東城　「於」字原缺,據前揭書黄丕烈跋補。

〔四〕從余分寫本　「分」原作「之」,據前揭書黄丕烈跋改。

432 栟櫚集二十五卷 明刻本

書有不必宋元舊刻而亦足珍者,此種是也。《述古堂書目》云鄧肅《栟櫚集》二十五卷,猶是足本,近時傳本則爲十六卷矣。古書失傳即此可見。是書出郡故家某姓,初攜來時,破損殊不耐觀,命工稍爲整理藏之。己巳春三月,復翁記。

余得是書即游杭，自杭歸，知貝簡香亦得是集鈔本，傳聞是十六卷，及假觀之，乃知亦二十五卷本，且即從此刻出者，然已遠不逮矣。鈔本爲古虞曹氏藏書，上有「毛扆斧季」印，當屬佳書。乃開卷第一葉去「永安後學」、「知永安縣事」二行，添「古詩」二字於第三行爲一行，又改「皇帝」空格爲提行頂格，以符此刻半葉之行款，失其真矣。卷中磨滅處，字跡糊塗者皆闕之，此刻猶可辨認。卷中闕葉累累，所據不如此刻之完善矣。向以書必刻本爲勝，觀此益信，勿謂明刻不足重也。四月晦日，復翁又識。

頃有書友攜賜書樓蔣氏所藏吕無黨鈔本，頗精雅，並謹慎之至，於漫滅處皆以細筆畫識之，存其真也。乃取是刻校對，其所識字已有大謬者，或印本尚不及是[一]而摹寫未的也。擬重購備考，卒以索直貴置之。辛未五月，復翁記。均在末卷後。

【校勘記】

〔一〕尚不及是　「是」原作「此」，據國家圖書館藏明正德十四年羅珊刻本《栟櫚先生文集》二十五卷黄丕烈跋改。

433　孫尚書大全文集三十三卷　宋本

《孫尚書大全集》五十七卷，見于趙希弁《讀書志·附志》，而《鴻慶集》四十二卷，《書録解題》云然，則是集在宋時已有兩本矣。惟王文恪家藏鈔本後經葉石君校補者爲七十卷，未知增益出於何時。去年得一舊鈔本，即從王、葉兩家藏本録出，而闕其十九卷以前。爰訪諸香巖周丈，原本恰在其家，並借示此宋刻殘本。余喜獲雙璧，並攜歸，一補鈔一影寫而歸之。竊思此種斷簡殘編，他人視爲不甚愛惜者，余以爲倍加珍秘，不謂香巖之先得我心，而與余有同好也。因於還書之日，而誌數語于後。嘉慶甲子六月八日，黄丕烈識。

434　孫尚書大全文集殘本三十三卷　影寫宋刊本

此殘宋刻本《孫尚書大全文集》，僅存三十三卷，即趙希弁《讀書附志》所云《孫尚書大全集》五十七卷本也，外間傳布頗少，余借諸周丈香嚴處，用舊紙委門僕張泰影摹，兩匝月而竣事，藏諸讀未見書齋，居然影宋鈔本矣。雖不及毛鈔之精，而一時好事之所爲，以視汲古閣中入門僮僕盡鈔書者，其風致何多讓焉。嘉慶甲子六月八日，蕘翁黄丕烈。

435　孫尚書内簡尺牘十卷　校宋本

辛卯之春，假林宗氏藏本校過，其缺者友人孫凱之補入，今可爲葉石君校正本矣。此書向屬寒山趙靈均，靈均亡後，圖書盡散，有元刻本，即林宗所藏本也。此卷中大字皆靈均照元刻本校得，其中細瑣未見詳勘。兩書皆寒山舊物，而今分屬，後之人讀此書，當于聚散自勗，得讀則讀，毋使塵封架上，蠹蝕卷中，他年付於不可知之人，復增聚散之感也。余更有《孫尚書大全集》鈔本，多譌，雖于别本參校，其奈交遊不廣，未得完刻細讐，中每耿耿，不知何年乃能如所懷也。洞庭東山葉石君識〔一〕。

此校本《内簡尺牘》，趙凡夫藏書，後歸洞庭葉石君，予於海鹽家椒升處得之，自矜爲善本矣。後於郡城顧五癡家借得一本，無刻書年月，於分類之目末一葉有「蔡氏家塾校正」六字，合諸此本。鈔補序文有云「慶元三祀閏餘之月梅山蔡建侯行甫謹序」云云，未知即此否也。此本校者云：「元英宗天曆庚午刻本，分十六卷，而顧本分卷卻合，然遇宋諱皆缺筆，則非即英宗時本矣。」安知元翻宋本分卷不仍其舊耶？余於尺牘本，文悉照顧本校録，而細目及每卷標題未經傳寫，因異同所重不在是耳。顧本實有勝于此本處，可知宋刻定勝元刻也。得見奇書之幸，雖趙、葉兩君不能專美于前矣。嘉慶丁巳秋九月重陽前三日，黄丕烈識于讀未見書齋。

此《内簡尺牘》宋本，顧南雅於去冬殘臘仍以歸余，易去白金八兩。偶取示白堤錢聽默，云渠於步巖先生置書時以白金一兩六錢買去者，即此宋本，爰並書其語，以見書價貴賤相去若是之遠甚也。戊午五月廿八日曝書及此，棘人黄丕烈又識。

【校勘記】

〔一〕洞庭東山葉石君識　臺北圖書館藏明成化十七年李仁西蜀重刊孫凱之抄補本《孫尚書内簡尺牘編註》十卷葉樹廉手跋「山」字下衍一「識」字，蓋繆氏輯刊《題識》時删之。

436 歸愚集九卷 宋刻殘本 一函四册

乾隆甲寅夏仲，從東城顧氏得殘宋本《侍郎葛公歸愚集》一束，係未經裝池者。始猶不甚貴重，特因宋刻，故儲之耳。後於海鹽家椒升處見一舊鈔本，首尾悉同，中多樂府一卷，但書卷第，不標數目。前有王阮亭、朱竹垞題識，知前人已重爲秘本，然余不能無疑焉。《歸愚集》本二十卷，近時撰集書目作十卷，其誤實始於阮亭。《居易録》卷十六有云：「宋葛立方常之《歸愚集》十卷，詩四卷，樂府一卷，騷賦雜文一卷，外制二卷，表啓二卷。諡文康，勝仲之子；諡文定，邲之父也。《國史經籍志》作二十卷。文定公南渡賢相，有文集二百卷、詞業五十卷，不知傳於世否。」是阮亭所據以爲十卷者，即此鈔本之數，中有樂府一卷，不知從何補入。若宋刻僅有五卷至十三卷，律詩四卷，賦騷銘文一卷，外制二卷，表啓二卷，統計之僅有九卷，無所謂樂府一卷也。兹幸有宋刻可據，足證「十卷」之誤。不則阮亭爲本朝大儒，所言豈無足據，孰知其貽誤後人有非淺鮮者乎？余故樂爲宋刻，重裝之，而影寫阮亭、竹垞題識弁於卷首，竊附數語於尾，以傳信於後云。十一月冬至前三日，小千頃堂主人黄丕烈書。

嘉慶三年歲在戊午初秋，陶五柳主人復以舊鈔本歸余，宋刻舊鈔並藏讀未見書齋〔一〕，真兩美之合也。蕘圃氏又識。

侍郎名立方，謚文定，邲之父也。案《經籍志》：《歸愚集》二十卷，此佚其半矣。文定公南渡賢相，有集二百卷，詞業五十卷，不知傳於世否，當訪之。濟南王士禎書。

竹垞娱老齋成，展讀一過。時康熙丁丑八月二日。

【校勘記】

〔一〕讀未見書齋　「書」字原脱，據上海圖書館藏宋刻本《侍郎葛公歸愚集》二十卷（存九卷）黄丕烈跋補。

437　侍郎葛公歸愚集十卷　舊鈔本

此集係從宋刻殘本録出，卷中行款間有不同。宋本自五卷至十三卷與此本合，而此本中多樂府一卷，爲宋刻所無，大約後人從他處補入，以足十卷之數，惜與宋刻刺謬耳。阮亭、竹垞未見原本之舊，故跋語未及。余家殘宋本楮墨精雅，爲宋刻中之上駟，至樂府一卷,亦係汲古精鈔,取與此本相對,惟序次紊亂,未能如毛鈔之舊,因假李作梅藏本校讀一過,書此數語於後而歸之。蕘圃。

嘉慶三年戊午初秋,陶五柳主人從吴興書賈買得此書,知余曾經過眼,持以示予。余於此書,不啻三過眼矣。向年李作舟與家椒升同來吴下,余借歸與宋刻本展對,無意歸之。既椒升以羣書見示,此□□在,因議直不妥,卒還之。今歲椒升應京兆試北上,艤舟胥江,過余晤言,問及是書,云未帶出,孰知其已歸賈人,而輾轉仍至余家乎?爰題顛末,以儲諸讀未見書齋。棘人黄丕烈。

癸酉三月初四日,是爲寒食節,偶檢及此,距得時已十六年矣。復齋。

438　放翁先生劍南詩稿十八卷　殘宋刻本

好書積習愛探奇,蕓竹空傷蔓草滋。不惜扁舟乘夜泛,復翁來讀放翁詩。

山明水秀鹿城西,解纜歸來日未低。十七年前舊游路,欲尋陳迹已全迷。

嘉慶庚午夏五月十有一日夜,泛至玉峰,觀書於吴氏,鑰啓數廚,舊本絶少,惟放翁先生《劍南詩稿》殘宋刻爲絶佳焉,口占二絶句以紀其游。逮中秋始得挾貲者捆載而歸,因余爲介,故全書皆由余齋運往,此書留下,俟議價易之,補録前作於卷首。

陳氏《書録解題》「别集類」下云《劍南詩稿》八十七卷；「詩集類」下云《劍南詩稿》二十卷、《續稿》六十七卷，蓋兩載之。而初爲嚴州刻，前集稿止淳熙丁未，自戊申以及其終，當嘉定庚午，二十餘年，爲詩益多，其幼子遹復守嚴州，續刻之，則《劍南詩稿》與《續稿》固判然二刻矣。余家舊藏新刊《劍南詩稿》殘宋刻無《總目》，其卷第之可考者有一至四、八至十，其卷第之剜改而猶可約略者，有十四至十六，所謂嚴州刻是也。頃訪書玉峰吴氏，復得殘宋本《放翁先生劍南詩稿》目録三册，爲目録一至十二、十九至三十、三十一至四十五，《放翁先生劍南詩稿》卷四十二至四十四、五十八、五十九、六十至六十二，亦三册。其第一册板心卷第可考，餘二册俱剜去，約略而得其卷第之次序矣。四十二卷中有已未冬至詩六十二卷，中有乙丑重五詩，合諸陳氏所云，必在《續稿》中。此皆題曰《劍南詩稿》者，必非幼子遹復守嚴州續刻之本。就乙丑數至庚午，尚隔有五年，惜目録與詩卷第俱不全，無從得其究竟爲可恨耳。以余搜訪幾三十年，先後獲《渭南》、《渭南集》五十卷宋刻全〔一〕。《劍南》宋刻，雖不盡全，何幸而如此耶？復翁記。

余向從郡故家收得殘宋刻《劍南詩稿》十册，卷第多剜改，以毛刻勘之，得其原本卷第。而毛刻於各卷下注「宋本」者，往往與殘宋本合，然此十卷外尚有注「宋本」字樣者，余所收中卻無，未解其何謂。及續收此别本宋刻，存卷有八，覆取毛刻證之，與其注「宋本」

字樣者適合,乃歎遇合之奇無過於是。蓋汲古當日所據以付梓者,本非宋刻,偶得殘本十八卷校勘之,因各記於卷尾,而不明言所得宋刻之全否以示後人,豈知後世有勤於搜訪者,次第得之,以重爲印證乎?兹取兩宋刻合之,其標題各異,原非一本〔二〕。前所得十卷,當即《劍南詩稿》二十卷本,後所得八卷,當即《續稿》六十七卷本,雖本各不同,而行款字數兩刻適合,從此會歸一處,依然延平劍合矣。余前收此書時,未及將毛氏〔三〕遇之於前,余復遇之於後〔四〕,其一段因緣有足爲書林佳話者。甲戌仲春,養痾杜門,日盤桓於樓下西廂〔五〕,隨檢各書重加繙閲,補題於此。書魔書福余兩兼之,自笑竊自喜也。復翁。

【校勘記】

〔一〕渭南集五十卷宋刻全　此句黄丕烈原跋無,當爲繆荃孫等輯刊《蕘圃藏書題識》時所注。

〔二〕原非一本　「原」字原脱,據國家圖書館藏宋刻本《放翁先生劍南詩稿》六十二卷黄丕烈跋改。

〔三〕未及將毛氏　「毛」前原有「毛本一核」四字,據前揭書黄丕烈跋删。

〔四〕遇之於後　「於」字原缺,據前揭書黄丕烈跋補。

〔五〕西廂　前揭書黄丕烈手跋「廂」寫作「箱」。

439　渭南文集五十卷　宋本

白堤錢聽默,書友中巨擘也,其遺聞逸事有關於書籍者所得最多,嘗謂余曰:「昔絳雲樓未火之先，有白鬚老人自稱放翁示夢於汲古毛氏，謂『我有集在絳雲樓，曷假之。』既寤，異其夢，遂向假歸，而越日火發，《放翁集》得免於厄。」然不知爲詩與文，且斯言亦不知果確否也。厥後有書友設攤於中街路，又有書友某某聚談於攤中，見有人持《渭南文集》來，主人與之直青蚨一兩五錢。某與某視之，非毛氏刻本，心異之，問其消若干價，主人曰：「必倍吾得價而後可。」是時任蔣橋顧家方廣收宋板書，某與某私議曰：「如攜往顧家而問吾價，必宋板矣。」爰向主人質而去。去即往顧家〔二〕觀其書，果問若干價，某與某莫能定其數，詭應曰：「此舊家書，如要，當還價與之。」顧家許以白鏹七十兩，某與某往返再三而猶若勉强成就者。至今顧氏書已漸漸散出，未知其尚在否。余因屬其族人購訪，久之以殘宋本《劍南詩稿》來，而《渭南文集》苦無影響。一日，友人張秋塘來，見案頭貯是書，曰：「子有放翁詩，曷得放翁文乎？」余異其言，屬其以書來，則真宋刻也，其價亦言七十兩。余意欲稍減，而秋塘以爲書出蔣春皋，此人非急須錢者，嫌貴當還之。余方徬徨無定，而裝潢匠錢半岩云有人從蔣家來，知此書非其舊藏，即顧質於蔣者，不過青蚨二十兩，今售去，須白鏹三十餘兩，吾當往圖之。半岩之謀未成，而書已爲五柳居陶琅軒所得。琅軒與余相友善，遂以白鏹四十五兩易歸。旁人有私議者，云：「此書非宋刻，故陶亦賤售。」余曰：「楮白墨黑，如初印者然，人之疑或有之。然此書係翁子子遹所刻，故『游』字皆缺末筆,遇宋諱或缺筆,或云某某廟諱,非宋刻而何?」顧何以不之寶而歸於蔣?蔣何以不之寶而歸於陶?陶何以不之寶而歸於余?余則素聞聽默之言,而知其書之貴重,故深信不疑,豈非事之奇者耶?抑又有奇者,今兹十一月望日,偶至玄妙觀東書攤,買得不全無錫華氏活字本,有吴寬前序,有祝允明後序,又有華珵跋,皆云得子遹舊刻本,故以活字傳之。取對余所藏者,遇有紅筆描改處皆與活字本合,則華氏所藏宋本即此,以幾百年未合之物而一旦相爲證明,何快乃爾。因追敘顛末,並記所聞之有關於是書者,以備後之讀者覽焉。嘉慶丁巳冬十一月十七日,雪窗漫書。讀未見書齋主人黄丕烈識。

【校勘記】

〔一〕去即往顧家 「去」字原缺,國家圖書館藏宋嘉定十三年陸子遹溧陽學宫刻本《渭南文集》五十卷黄丕烈跋「去」下有重文符號,據補。

440 放翁詩選前集十卷後集十卷别集一卷 舊刻本

此舊刻選本《陸放翁詩》,見諸《絳雲樓書目》。余向曾得一本,裝潢古雅,幾同宋刻視之,後爲某人購去,心殊怏怏。蓋《劍南詩選》宋刻殘本,兩次搜羅,曾獲兩本,皆爲汲古主人所見過者。渠刻《劍、渭南集》每卷尾有「宋本校勘」云者,即是渠暗中記號也,其實全部雖毛氏亦未見過，余何幸而重得寓目耶？惜年來散失殆盡，徒托諸記載，以侈余見聞之廣，抑自傷已。此本出香巖書屋中。香巖作古，遺籍淪亡，余重是舊刻，復收之以供展玩，可謂好書結習矣。舊本破損，不如前所收之完好，倩工重整，爲之誌其顛末如此。道光元年夏四月既望之二日，麥秀寒甚，坐雨書。宋廛一翁。

是書裝潢越三年始就，蓋年來力絀，非特買書之錢不裕，即裝書之錢亦屢空也。今春適有人問及，促工裝成付閱，毫無知識，原璧歸趙，始信前此之多財翁而貪此鎮庫寶也。四月十二日，偶檢及此時，復記此一段閒話。今歲麥秀，寒不減大前年，陰雨不止，蠶麥俱不利矣。癸未人蕘夫記。

441 石屏詩集十卷 明刊鈔補本

《石屏長短句》此汲古閣鈔本詞中目，其序次余所定也。

滿江紅、第一。水調歌頭、第二。沁園春、第三。賀新郎、第四。又、第五。又、第六。水調歌頭、第七。滿庭芳、第八。又、第九。(二)醉落魄、第十。(三)柳梢青、第十一。錦帳春(二)、第十二。(四)行香子、第十三。(上)鵲橋仙、第十四。(五)木蘭花慢、第十五。洞仙歌、第十六。西江月、第十七。又、第十八。賀新郎、第十九。沁園春、第二十。(六)鷓鴣天、第二十一。(十三)減字木蘭花、第二十二。(十四)又、第二十三。(十五)又、第二十四。(七)浣溪紗、第二十五。(十七)清平樂、第二十六。(八)臨江仙、第二十七。(十)鵲橋仙、第二十八。(九)祝英臺近、第二十九。(十二)大江西上曲、第三十。滿江紅、第三十一。(十九)望江南、第三十二。(二十)又、第三十三。(二十一)又、第三十四。(二十二)又、第三十五。(二十三)又、第三十六。(二十四)又、第三十七。(二十五)又、第三十八。(十六)清平樂、第三十九。(十八)醉太平。第四十。

硃筆序次皆此集刻本所有,較毛鈔闕十五首。蕘翁記。

《木蘭花慢》上闕「鶯嘑嘑不住」〔三〕,此刻多一墨釘,而毛鈔去之而頂格,謬之至矣。即此可見其佳。

前所校毛鈔本係板心下方有「汲古閣」字,亦鈔上非刻上也。宋元人詞不下百餘種,内有《石屏詞》,故取以校此種。詞本已歸邗溝秦敦夫太史,而余尚有毛鈔《紫芝漫鈔》黑格本,間有斧季手校朱字,似屬初録稿本。而汲古閣黑格本當係繕清本,今取《紫芝漫鈔》本校,是刻大段都同,又似照集本録出,唯《醉落魄》下半闕「牢裹烏紗」,牢下裹上多一「長」字。《木蘭花慢》上半闕「□鶯嘑嘑不盡」,□硃筆校「儘」。與集本稍有羨字及補字,未知毛氏又何據也。閒窗偶檢及此毛鈔詞,因出《石屏集》復校其中所有之詞,而又多同異若此。其《沁園春》集本所無,因補於詞後。惜汲古閣黑格本不在,未知目中何闕爲悵耳。道光二年歲在壬午五月十有七日，復翁記。其去得此書時已二十二年矣。

書棚本《石屏續集》卷二七律共十八首，内二首此刻所無，因補於後。甲戌四月復翁。

壬戌夏五月自都門歸。世事皆淡，惟此幾本破書尚有不能釋然者，故每聞坊間新收故家書，彼以爲無宋元舊刻，不敢送觀，而余必欲觸熱到彼，恣意尋覓。此《戴石屏詩》爲璜川吴氏舊藏，余收諸西山堂者也。所收書不下數十種，其最得意者爲此。余向藏《石屏續集》爲影宋舊鈔，晉江黄氏藏書，然非全集，未足爲饜我欲。今此集止八卷，觀目録及後跋，似有補綴痕，知非全本。然檢各家書目，多所不同。云十卷者，其全本也，亦有作六卷者。《四庫全書總目》云六卷，以父詩弁諸首。今本不然，知非六卷本矣。余即以此八卷而論，亦有不解者。詩後有詞，詞雖與毛鈔多寡不合，然卷端總目詞數與存者合。詞後又無他著述，則所闕者果何物耶？安得有宋刻本出，相與證明之。蕘翁。

避暑西齋，日讀一卷，卷中詩句多有與余趣向適合者，覽之頗爲快意。其七言律中《訪趙升卿》詩一首，第五、六句云：「田園自樂陶元亮，鄉里多稱馬少游。」余拍案叫絶，此石屏先生爲我晨鐘之覺也。蓋余幼時，在我二人懷抱中及有知識，即見卧房中壁廚有一聯云：「我愛陶元亮，人稱馬少游。」今得此書證之，不啻早示我以歸宿之地矣。晚間納涼，與兒子玉堂談及此事，可知人生境界於數十年前已有定著，安能相强耶？蕘圃主人書於士禮居。

八月八日訪香嚴周君於水月亭，問其所儲有《石屏集》否。香嚴曰：「俟檢之。」翼日[三]來士禮居，出一鈔本，爲惠定宇先生藏本，果十卷，前有《東皋子詩》，後九卷、十卷爲附録戴東野及漁村至潛勉廿六人詩。因非影鈔刻本，不便補入，當別録存參云。蕘翁。

丁卯十月，復得蔣辛齋氏藏本，頁序前弘治間謝鐸序，《東皋子詩》一卷、《目録》、卷第九、卷第十都全，附録戴東野至潛勉詩皆具，其第三卷十葉、廿葉賴蔣本補足。夫一集耳，越七年而始全，本之善也，豈不難哉！復翁。

得蔣本後又得濂溪坊顧氏本，蓋通體全是刻本，因舉蔣本歸余友張訒庵。既而有人購此書，復舉顧本歸之，案頭仍然無十卷本矣。於去秋借張歸蔣本足之，其所補者別爲一册，今秋始裝成，著其顛末如此。戊寅八月八日，蕘翁。

自壬戌至今壬午[四]忽已二十餘年矣，書之聚散變幻不測，致去其全而留此不全本，其心事亦可想見，欲如二十年前好書之興致渺不可得，思之慨然。其中更有一事最爲傷感，夏天納涼，父子敘談此樂，於甲子年已成虚話，蓋大兒之殁在甲子春。時雖有歲未及週之三兒，齡纔有七之長孫，其二孫、三孫齒更少，於此而欲求一可共笑語者何人哉？至於書籍之源流授受更無可告訴者。今兒孫小者亦皆弱冠，似尚可識文墨，而書籍都散，與致全無，欲求向日之納涼敘談，有其人而非其時，豈不更可感耶？六十老人蕘夫壬午仲夏記〔五〕。

丁丑秋从余向收同郡蔣辛齋藏明刻影鈔。蔣本舊多剜改明刻痕跡，故復假周香嚴藏鈔本補寫，「黄岩老」云云以後皆據鈔本補入者也。今影鈔一例寫之，不可識別，因附誌之。蔣本已歸張氏執經堂，重假歸補全前所得本，以了宿願云爾，影寫所誤復校正之。復翁記。

詩以道性情，故前人之詩往往有爲後人相印證者，如前所云「田園自樂陶元亮，鄉里多稱馬少游」。二十年前，余方辭縣令歸家，以爲志願如是，石屏之書已先我言之矣，非敢謂有田園之樂爲鄉里所稱也。時有一同年友警余曰：「倘有官不肯爲而食貧居賤，竟不能自存。」余應之曰：「縣令之不肯爲，恐此身與家非吾有耳。至於後來貧賤不可知，且亦非所惜也。」今越廿年，而處境漸爲友人料及，然余終不悔官之未爲，故致此。茲適見馬汝礪後序中亦引石屏詩二語以自厲句，云「一官不幸有奇禍，萬事但求無媿心」，似馬公又爲余先路之導矣，黄巖翁詩其真道性情者耶？吾益三復不置云。蕘夫。

【校勘記】

〔一〕 錦帳春 「錦」前原有小字加括號「（一）」，臺北圖書館藏明弘治十一年廬州府刻配補影鈔本

《石屏詩集》十卷黄丕烈手跋無,據删。

〔二〕 鶯嚦嚦不住　前揭書黄丕烈手跋寫作此。《石屏詩集》卷八「住」作「盡」,黄氏後一跋亦寫作「盡」。

〔三〕 翼日　「翼」原作「翌」,據前揭書黄丕烈跋改。

〔四〕 壬戌至今壬午　「至」原作「自」,前揭書未見此跋,據意改。

〔五〕 壬午仲夏記　「壬午」原作「壬申」,據前文「至今壬午」改。黄丕烈六十歲當道光二年壬午(一八二二)。

442 戴石屏詩集十卷 明刻本

壬戌夏五月自都門歸。世事皆淡,惟此幾本破書尚有不能釋然者,故每聞坊間新收故家書〔一〕,彼以爲無宋元舊刻,不敢送觀,而余必欲觸熱到彼,恣意尋覓。此《戴石屏詩》爲璜川吴氏舊藏,余收諸西山堂〔二〕者也。避暑西齋〔三〕,日讀一卷,卷中詩句多有與余趣向適合者,覽之頗爲快意。其七言律中《訪趙升卿》詩〔四〕一首,第五、六句云:「田園自樂陶元亮,鄉里多稱馬少游。」余拍案叫絶,此石屏先生爲我晨鐘之覺也。蓋余幼時,在我二人懷抱中及有知識,即見卧房中壁廚上有一聯云:「我愛陶元亮,人稱馬少游。」今得此詩證之，不啻早示我以歸宿之地矣。晚間納涼，與兒子玉堂談及此事〔五〕，可知人生境界於數十年前已有定著，安能相强耶？

右跋二通，在八卷本後，丙子上元，家居無事，重録於此全本上，其「避暑西齋」云云前，係第一通跋而摘録之者；「避暑西山」云云後，係第二通跋而全録之者。蕘圃主人書。

《戴石屏詩集》刻本，余於壬戌夏五月始得之，然止八卷，石屏之詩固完具也。然檢藏書家書目，都云十卷，余所得刻本目後〔六〕確有割補痕，初不解何故，往假香嚴周丈藏鈔本，方知前有《東皋子詩》，後有附録諸詩，果十卷始全也。因鈔與刻行款不符，未經補録，所謂刻本八卷，第存諸篋衍耳。及丁卯冬十月得同郡蔣辛齋舊藏明刻全本，遂得補八卷中欠葉，然《後序》第三葉「黄巖老」云云起至末皆失之，余又從周藏鈔本補其文〔七〕，行款未能如舊矣。頃玄妙觀東関師德堂以故家散出書數種示余，余揀得二種，《石屏詩集》在焉。首尾完好，唯卷第三〔八〕十葉、廿葉仍屬鈔補。聞是書亦出蔣辛齋氏，或亦從前本鈔足。一明刻之書，至再至三而始得全本，豈不難哉！豈不幸哉！此書之直儗四番，余以蔣本與閔賈，俾歸他姓以取其直云。甲戌四月，復翁。

【校勘記】

〔一〕 新收故家書　「書」下原衍「籍」字，據國家圖書館藏明弘治十一年宋鑑、馬金刻本《石屏詩集》

十卷《東臯子詩》一卷黄丕烈跋删。

〔二〕余收諸西山堂　「余」字原缺，據前揭書黄丕烈跋補。

〔三〕避暑西齋　「齋」原作「山」，據前揭書黄丕烈跋改。

〔四〕訪趙升卿詩　前揭書黄丕烈手跋無「詩」字。此跋抄録前跋，漏脱「詩」字，據前跋補。

〔五〕談及此事　「事」原作「詩」，下衍「證之」二字，據前揭書黄丕烈跋删改。

〔六〕刻本目後　「目後」原作「目録」，據前揭書黄丕烈跋改。

〔七〕補其文　「文」原作「不足」，據前揭書黄丕烈跋改。

〔八〕唯卷第三　「卷」下原衍「四」字，據前揭書黄丕烈跋删。

443　石屏續集四卷長短句一卷　汲古影宋本

《石屏續集》余向藏舊鈔本，晉江黄氏物也，四卷而止，無《石屏長短句》。此册頃從坊間〔一〕購得，行款的是書棚本，以二番餅易之因記。戊辰夏六月，復翁。

余向藏舊鈔四卷本〔二〕，又得明刻黑口本，從未以此讐勘也。頃索居無聊，取此與黑口本相校〔三〕，知書棚本詞句〔四〕勝明刻多矣。雖未全校，略見一斑，燒燭書此。壬申中秋後下弦日，復翁。

【校勘記】

〔一〕 頃從坊間 「頃」字原缺，據臺北圖書館藏影鈔宋臨安陳氏書籍鋪刻本《石屏續集》四卷《長短句》一卷黄丕烈跋補。

〔二〕 舊鈔四卷本 「本」字原缺，據前揭書黄丕烈跋補。

〔三〕 取此與黑口本相校 「此」字原缺，據前揭書黄丕烈跋補。

〔四〕 書棚本詞句 「詞」原作「字」，據前揭書黄丕烈跋改。

444 魏鶴山集一百二十卷 宋本

向余從書肆中買得《魏鶴山集》，係明邛州刊本，而又雜入錫山安國刊本影寫者，譌舛殘缺，不可卒讀，即還之矣。後聞郡故藏書家有宋本，急欲一見，而索直數百金，不能借出，心殊怏怏焉。嘉慶紀元之冬，友人顧開之攜此書來，議直再三，竟以白金六十兩購得。雖書中殘闕幾及二十卷，而《目録》完好，猶可得其大略。因憶明本《目録》全無，則此本猶可據目尋訪。首卷缺一葉並二葉四行，已遭俗手改易面目，所缺之卷亦爲妄人補寫成帙，按題核之，全無是處。爰命工重裝於首卷，存其舊觀，於補鈔盡行撤去，倘日後更遇宋刻完好者，尚可一一録入，不則毋寧缺之，不致以僞亂真耳。前序後跋，其楮墨字畫均非本書一例，或後人補刊亦未可知，當與識者辨之。嘉慶二年歲在丁巳季春上旬二日，蕘圃黄丕烈。

庚申春季，昭文同年張子和來郡，談及有舊本殘零之《魏鶴山集》，余屬其攜來。越日書至，則錫山安國重刊本也，自九十八以至一百九十與宋刻存卷並同，則可知明時所存已不全矣。向疑一百二卷内末有缺，今觀安刻亦復如是，當非殘缺。一百九十卷安刻有，首葉及後葉四字俱存〔一〕，因影摹存覽。後跋「提點刑獄公」已下無文，安刻正同，惟吴潛後序完善，宋刻俱失，然尾葉餘紙爲後人補綴於前半葉下者，尚留「端平」云云字迹，可知宋刻本有而失之矣，今悉影摹附諸卷末云。

庚申四月十九日，錢大昕假讀，閏月廿日讀畢，時年七十有三。

自成都僉判往眉州主文，鶴山年二十四。案：文靖生於淳熙戊戌，嘉定元年登第，年卅一。次年除僉判，其主文當是三十四歲，非廿四也。大昕校。第一百九十卷末。

據此跋知舊有姑蘇、温溪兩本，皆止百卷，至是始以《周禮》折衷師友雅言并它文增入，爲百有十卷，故有「重校大全文集」之稱。其中有合兩卷連爲一卷者，亦不無魯魚亥豕之譌，然世間止此一本可寶也。大昕記。

《魏鶴山集〔二〕》缺卷

卷之十八、卷之十九、卷之三十五、卷之三十六、卷之三十七、卷之三十八、卷之四十三、卷之四十四、卷之四十五、卷之四十六、卷之五十、卷之五十一、卷之五十二、卷之五十三、卷之七十五、卷之七十六、卷之七十七、卷之一百八。〔三〕

又　缺葉

卷之一、第一葉、第二葉四行。卷之十一、第十一葉。第之十七、第七葉。卷之三十四、第十五葉。卷之四十、第十葉。卷之四十七、第十七葉。卷之八十二、第六葉、第七葉、第二十四葉。卷之八十七、第二十二葉至末。卷之九十、第二葉。卷之一百二、第十一葉至末。卷之一百九。第一葉。〔四〕

嘉慶丁卯冬十月，復收得錫山安氏館刻，繙閱一過。宋本所失者，十八〔五〕至七十七卷都有，惟一百八卷仍闕如也，至缺葉十不得一。以宋刻核之，似明刻即從此本出，而缺卷何以多有，或明代刻時未失耶？抑别本據補耶？余初得此宋刻時，似亦有鈔補者，因照《目録》不符，且有以他卷之文攙入者，故輟之也。今以明刻所有之卷對宋刻，《目録》悉符，非僞爲者比，惟明刻《目録》與本書不符，不知當日刻時何以錯誤若此〔六〕。初書友攜此書來〔七〕，不甚視爲貴重，擬置之而仍易之，易之而仍欲去之。後因宋刻缺卷都有，可留此〔八〕以備卒讀，他日不知可能别遇宋刻，互相參證，俾《魏集》完好無缺，不更幸與！復翁記。

凡書以祖本爲貴，即如此集，卷一失一葉，有二行題爲「寄題雅州胥園」，而《目録》仍存其舊，明刻並《目録》削之〔九〕，是可歎也。且明刻不但此卷不遵宋刻，餘卷亦任意分併，有有書而《目録》反無者，是又可歎也。就此書而論，《目録》二卷已屬至寶，矧通體邪？復翁又記。

【校勘記】

〔一〕四字俱存　「字」原作「行」，據國家圖書館藏宋開慶元年刻本《重校鶴山先生大全文集》一百十卷《目録》二卷黄丕烈跋改。

〔二〕魏鶴山集　「魏」字原缺，據前揭書黄丕烈跋補。

〔三〕本條所列缺卷數，「卷之十八」原缺「之」字，其餘均缺「卷之」二字，據前揭書黄丕烈跋補。

〔四〕本條所列缺葉數，「卷之×」原均缺「之」字，據前揭書黄丕烈跋補。

〔五〕十八　「八」原作「九」，據前揭書黄丕烈跋改。

〔六〕錯誤若此　「誤」原作「亂」，據前揭書黄丕烈跋改。

〔七〕初書友攜此書來　「書友」原作「未及」，後「書」字原作「卷」，據前揭書黄丕烈跋改。

〔八〕可留此　「可」字原缺，據前揭書黄丕烈跋補。

〔九〕目録削之　「目録」後原衍「刻」字，據前揭書黄丕烈跋删。

445 魏鶴山渠陽詩一卷 宋本

海鹽黄椒升，余二十年前友也，頗藏書，最喜金石，尤好蓄古印，兼精篆刻，嘗往來吴門，從潛研老人游，故余得訂交焉。每一至郡，必攜古書相質證，余時或得之。後爲小官于閩中，不見者數載矣。二三年前曾訪余，知辭官歸〔一〕，欲謀遷秩而無貲，蓋家業亦中落，宦情亦差淡也。忽忽别去，别後寄示《渠陽詩》一册，本僅一帙，而古香古色溢于楮墨間。彼蓋重其爲宋刻，故贈余也。余一見即定爲宋刊〔二〕，適坊間借得松江程氏《清綺堂書目》，載有《魏鶴山渠陽詩》一卷，宋板一册，余言爲益信云。

此種書〔三〕非老眼竟不辨其爲宋板，余故照宋板《魏鶴山集》大小重裝，附于全集後，俾知此亦宋刻也。且刻書亦有一時風氣，觀全集刻手〔四〕，方知此亦刻手相同，余故取以附之也。丙子季夏廿八日記。在卷末。

【校勘記】

〔一〕辭官歸　「官」原作「宦」，據國家圖書館藏明刻本《注鶴山先生渠陽詩》一卷黄丕烈跋改。

〔二〕定爲宋刊　「刊」原作「刻」，據前揭書黄丕烈跋改。

〔三〕此種書　「書」原作「本」，據前揭書黄丕烈跋改。黄丕烈手跋爲草體「書」字，非「本」字，下一行「且刻書」同改。

〔四〕　全集刻手　「集」下原衍「後」字，據前揭書黄丕烈跋删。

446　翠微南征録十卷 鈔本

余向藏翠微先生《北征録》，係舊鈔本，外間罕有也。頃書友攜此《翠微南征録》來，卻與《北征録》作合，檢舊時藏書家無有也。適吴枚庵來，余訊之，云《浙江采集遺書目録》〔一〕有之，云十卷，案此抄本却是十一卷，疑《目》誤也。〔二〕刊本，謂是黄虞稷從史館鈔得，屬池人郎遂刊之。蓋華岳貴池人，故刻諸池〔三〕。然此本亦鮮流傳，今鈔本〔四〕雖不甚舊，而取此儷《北征集》，適爲兩美之合，因置之。書共九十五番，合緡錢一千五百餘文，可爲貴矣。甲戌中元日復翁記。

【校勘記】

〔一〕　浙江采集遺書目録　「目」字原缺，據國家圖書館藏清抄本《翠微南征録》十一卷黄丕烈跋補。

此「目」字爲小字注於「録」右上方，爲後所補入。

〔二〕　此小字注原缺。前揭書黄丕烈手跋，此句爲眉批，寫於「十卷」之上方，據補。

〔三〕　故刻諸池　「刻」原作「刊」，據前揭書黄丕烈跋改。

〔四〕今鈔本「今」字原缺，據前揭書黄丕烈跋補。

447 嚴滄浪先生吟卷二卷 鈔校本

余向得《嚴滄浪先生吟卷》有二，皆樵川陳士元暘谷編次、進士黄清老子肅校正者，一有正德丙子莆晚學見素林俊書於書雲莊青野序、正德丁丑後學長汀李堅後序，一無林序但有李後序。板刻雖不同，其爲憲伯胡公本則一也。此外又有《滄浪嚴先生詩談》，係正德二年本，但有《詩辯》等，無《答吴景先書》及五言絶句以下詩，蓋專論詩法，不稱吟卷矣。近開萬樓書散出，坊間持此鈔本來，紙幅狹小，釘綫幾没字痕，初不以爲佳，及閲卷第止二卷，于「楚詞」後不别分三卷，且爲後學趙郡尹嗣忠校正本，與向得兩本異。爰檢《讀書敏求記》，載是書，亦云二卷，則三卷者非舊第矣。此書雖不甚精妙，然鈔手頗舊，故存此本，以三卷者附焉。嘉慶辛酉除夕前四日裝畢書，蕘圃黄丕烈。

448 劉後村集五十卷 舊鈔本

此《劉後村集》，余于甲寅夏得之海鹽友人家椒升處，云是吕無黨手鈔。得後又見一刻本，亦是書友從海鹽攜來者，云是宋本，然以余所見好元板書證之，乃元刻也。余友顧抱沖以緡錢十餘千易之。後椒升[一]又攜一半鈔半刻本來，其鈔者與余所藏本字跡相似，其刻者又與抱沖所得本板刻正同。紫陽山長錢竹汀云《後村集》不止五十卷，今所見俱如是，殆未爲足本，始猶不信是説。及觀華陽顧氏殘本，竟有六十卷字樣，方知竹汀之説爲確，而書之不可以槩論也，如是如是。

【校勘記】

〔一〕後椒升　「後」字原脱，據國家圖書館藏清康熙五十年南陽講席堂吕無隱抄本《後村居士集》五十卷黄丕烈跋補。

449 後村先生詩集大全十一卷　宋刻殘本　一函四册

乾隆甲寅長至後五日，王芑孫觀。

《後村先生分類詩集》各家書目俱未之載。是本原爲項子京天籟閣故物，後爲延令季氏所藏，即《滄葦書目》所載宋刊《劉後村集》一本是也。林吉人、席玉照俱有印記，今由百宋一廛歸小琅嬛清秘。聚散無常，撫卷慨然，記之以詩：

一襟哀郢淚辛酸，詩思分明樂去官。無人可論南園事，留得丹心與後看。詞華哲匠蒙天獎，敕語珠璣冠簡端。編集獨開分類格，古香猶是宋雕刊。墨林萬卷劫灰飛，古本流傳此絶希。八十詩翁高格調，伊川擊壤想依稀。潑茗薰香繡嬾拈，芸編珍重展瑶籤。好花明月原無主，自取猩紅小印鈐。道光戊子二月花朝，琴川女士姚畹真芙初氏題跋，時年二十六歲。清寒淒雨，病榻淹纏，腕弱字劣，不計工拙也，無虚佳日而已。姚氏畹真、芙初女史。

道光庚寅上巳，桐城女士方若蘅叔芷氏假讀於鏡清閣。時盆梅尚未全落，静對古編，覺幽香與墨香同耐人尋味也。燒燭漫誌。畹芳女士。

宋刊《劉後村分類大全集》詩十五卷，雖有缺卷缺葉，而古香可愛，世所罕見。復有項子京、季滄葦、林吉人、席玉照諸藏書家印記，黄蕘圃裝背於殘損之餘，今芙川張君得而珍弆之。予案：《後村墓志》言著前、後、續、新四《集》二百卷，《隱居通議》謂後村卒後，其家薈萃其生平所著，别刊少本爲《大全集》。所謂别刊少本，此書當亦在中，大全則先有其名也。後村詩步趨誠齋、放翁，年八十冥搜不倦，但才力未逮耳。《和居厚弟壽詩》云：「符輩安能剗且編，可憐辛苦事雕鐫。」《贈錢道人》云：「一般難曉處，裝背貴人詩。」兹乃即其所刊書，裝背於五百年之後，而我輩猶得披吟，後村有知，不當發大噱於九泉下耶？時在道光十年七月七日，跋於南郊之拜詩閣。單學傳。單學傳印、海虞老秀才。

道光戊子新正，張君芙川招集小琅嬛福地，酒後出所藏宋本《後村分類詩》見眎，摩挲古澤,不能自休,惟行間已有朱墨塗點處,意甚惜之。及觀第三卷中[二]改「敕詔」爲「敕設」,乃知閱者固是有學之人,轉惜其於全書魚豕未盡勘正也。好古者誠當相賞於驪黃以外哉!充有邵淵耀記。淵耀、壽樂堂印。

道光癸巳端陽前一日,錢天樹拜讀。仲嘉。

此係《大全集》中之一種。月霄從四明范氏所鈔《大全集》,與此微有不同,豈宋時已有兩本耶?雖略有闕帙[三],真不易得之秘笈也。芙川先生從琴川郵寄,因得拜觀,以志眼福。天樹又記。天樹印信。

《後村集》文勝於詩,然詩亦有新雋不可到處,在讀者分別求之耳。世所傳本多六十卷,張月霄從天一閣鈔得一百九十六卷,爲《後村大全集》。此《集》當是《全集》中分類録出,僅十五卷,而五、六、七、八卷已闕,第十五卷亦未全,然古香溢於楮墨,零璣碎璧,彌足珍也。心青居士孫原湘記。孫印原湘、心青。

香瓣西山憶盛年,獨葠湯液苦熬煎。《南園》一記應同憾,八十詩人老更顛。心青記後又題。

《後村集》五十卷,爲林秀發編次者,予向曾蓄。其餘舊鈔皆如是,雖講習堂鈔本亦不外是,知五十卷之傳世久矣。惟予訪書華陽橋顧氏,乃見有六十卷本,與五十卷有雙夾綫、單夾綫之别。即如詩話、詩餘，並不在現有刊本敘次。蓋後人得宋刻殘零版片，任意排比，故六十卷中記、序等類往往羨於五十卷本，知後人就僅存者編卷，彼此有不同也。予曾據此以補五十卷，而其書今存藝芸書屋。其華陽本予介歸禾中金鑾庭玩華居，今主人不在，此書之存亡亦未可定。近日常熟張月霄《愛日精廬藏書志》有《後村大全集》一百九十六卷鈔本，從天一閣舊鈔本影寫，是世間希有之本，係錢塘何夢華爲阮宫保訪求遺書，備《四庫》所用，故搜羅及此，而爲月霄録其副也。此殘宋精槧，可云未見書。標題「後村先生詩集大全」，共十五卷，爲華林劉帝與編集并分類，而每類又分體，雖目録與本書皆有殘闕，然自五、六、七、八卷外，其卷一至卷十五猶可略見一斑，誠奇書也。棄置篋中久矣，兹倩老友胡茂塘手裝治之，居然斷珪殘璧，古香襲人，他日皕賦之成，亦可分一席也歟！卷首有殘序一葉，似出御製，圖書花押，古色斒斕，字跡亦屬真本臨摹。以予所見《江湖小集》序跋等出於名人真迹者，無不神采飛動，觀此益徵宋刻之可寶。後人嗜古，動欲求全，予敢問之，開蒙讀《大學》，亦知有亡篇乎？何不害爲萬古經書也。書此唤醒其夢已。道光乙酉立秋荷華生日，宋廛一翁識。

道光乙未七月中浣六日，合江陶廷杰觀三復。臣印廷杰、蓮生。

【校勘記】

〔一〕第三卷中　「中」字原缺，據上海圖書館藏宋刻本《後村先生大全詩集》十五卷邵淵耀跋補。

〔二〕略有闕帙　「帙」原作「葉」，據前揭書錢天樹跋改。

450 棠湖詩稿不分卷 毛鈔本

嘉慶乙丑冬，錢唐何君夢華訪余，出其友所藏宋刻《棠湖宮詞》示余，因素知余有毛鈔影宋本也。宋刻果出毛氏，上有「宋本」、「甲」兩圖記，餘皆子晉名號章，無他人印記。紙黄色，潤連，係竹料。首標「棠湖詩稿」四字，下有墨釘，板心第曰「棠湖一」、「棠湖二」，不標「宫詞」，疑當日宋刻中一種，故不標「宫詞」。第三十末句「捷書清曙入行宫」，「曙」闕筆作「曙」；第三十八首句云「外庭公事近今稀」，「今」誤字作「金」。有紅筆校「今」。凡遇缺文作墨釘。兹毛鈔板心添入「宫詞」字，「曙」不諱「曙」，「今」不仍「金」，俱非其舊矣。始歎書必宋刻乃佳，此論甚確，否則汲古如毛氏，而一經影寫，已多歧異，何論書經三寫者乎？天下書安能盡得宋刻？即有矣，未必盡能見書福如余，而或得之，或不能得而見之，俾得考其同異，豈不大幸！因記數語於此。十二月初五日，嚴寒閉户，擁鑪炙硯書。蕘翁。在卷末。

451 汪水雲詩不分卷 鈔本

此鈔本《汪水雲詩》，余向從騎龍巷顧氏得來，卷首及尾圖記皆武陵所鈐也。今乙卯四月，書人吕邦惟攜書三種求售，内有《汪大有詩史》一册，行款與此本相同，而字跡較舊，訛舛亦少，第三十九葉多《恭宗皇帝送汪大有南還》詩一首，卷尾多補録四葉，第四十八葉末有「牧翁蒙叟」、「錢謙益印」兩方印，煞尾有「此君别館」小方印，不知誰氏所記。其補録之字跡與通體異，余友陶蘊輝云此牧翁筆，以其爲少年時書，故與老年微異。余雖不甚信，然徵諸前之圖記，理或然也。棘人黄丕烈。

452 汪水雲詩不分卷 後有附録、補録數葉　校舊鈔本

壬寅端陽前三日，樂饑翁攜贈。

此舊鈔《汪水雲集》，予從郡城貯書樓蔣氏〔一〕得來，卷端有金耿庵題識，并大小圖章四方，又有「迺昭印信」、「樂饑」兩圖章，不知彼何人。斯卷尾有行楷四葉，未識誰氏筆，余友陶蘊輝識是東澗老人書，蓋予所見者皆暮年筆，兹或少壯時書，故娟秀如是，且以前兩大方印證之，理或然也。予向得鈔本於騎龍巷顧氏，雖行款悉同，究不及此本之舊，又少

補録之文，故急以千錢購得，爲文房清玩之助，命工補葺而重裝之。乾隆六十年乙卯六月中澣一日〔二〕，棘人黄丕烈書於士禮居。均在卷首。

乙亥花朝，收得《汪水雲詩鈔》，有葉石君跋者，因出是册對勘之，知此《汪水雲詩敘》脱其後者，劉辰翁會孟所書也，「五日廬陵文山」云云者，乃脱其《書汪水雲詩後》之文前段也。余尚有别本〔三〕在，不復補之矣，恐筆跡異也。惟此書鈐有「迺昭」印，向不知爲何人，并以最後補録四葉爲牧翁書，由今考之，皆非也。近日見虞山王乃昭手録詩稿，始知迺昭即乃昭，與牧翁同時而稍後，善於書法，以補録之手跡證諸《石田稿》相類。此書蓋藏於迺昭而爲之補録者。事隔二十年，始得定其何人并何人之手跡〔四〕，亦難矣哉。越二十日檢書偶記。復翁。

道光二年壬午正月十一日，余過胥門學士街書坊，見插架有鈔本《汪水雲詩》，卷端有「王孝詠慧音圖書」，因攜歸，出所藏手校一過，補此册《劉辰翁序》半篇〔五〕，其餘亦稍有歧異。余向校影元鈔本《湖山類稿》，其劉序已有，此鈔本偶失其半耳。立春後一日，蕘夫記〔六〕。均在卷末。

按：汪水雲，浙之錢唐人，善琴，嘗以琴事謝太后及王昭儀〔七〕，出入宫禁，著有《水雲集》。余曾於會稽童寶音齋中見之，亦舊鈔本也。是卷二百二十餘首，皆紀其亡國時事，故名《詩史》。以余所收槐柳巷蔣氏明鈔本校之，互有差異，因即標籤識之。何去何從，蓋不敢率爲改易也。嘉慶元默閹茂皋月十又四日，海禺邵恩多〔八〕識於聯吟西館。在卷首。

【校勘記】

〔一〕貯書樓蔣氏 「貯書樓」原作「賜書樓」，據臺北圖書館藏舊抄本《汪水雲詩》一卷黄丕烈跋改。「貯書樓」「賜書樓」均爲蔣杲書齋名。

〔二〕中澣一日 「一」字原缺，據前揭書黄丕烈跋補。

〔三〕余尚有别本 「尚」原作「向」，據前揭書黄丕烈跋改。

〔四〕何人之手跡 「手」字原缺，據前揭書黄丕烈跋補。

〔五〕劉辰翁序半篇 「半」原作「十」，據前揭書黄丕烈跋改。

〔六〕蕘夫記 「記」原作「識」，據前揭書黄丕烈跋改。

〔七〕王昭儀 「王」原作「五」，據前揭書邵恩多題識改。

〔八〕海禺邵恩多 「恩」原作「思」，據前揭書邵恩多題識改。邵恩多爲常熟藏書家，字朗僊。

453 湖山類稿六卷 校舊鈔本

戊寅秋八月從毛鈔元本甲部校，毛鈔藏濂溪坊蔣韻濤家〔一〕，因湖估獲觀。復翁記。

【校勘記】

〔一〕蔣韻濤家　「韻」原作「雲」，據臺北圖書館藏舊抄本《湖山類稿》六卷黄丕烈跋改。

454 湖山類稿五卷汪水雲詩鈔一卷補遺一卷舊宫人詩詞一卷附録一卷 舊鈔本

汪水雲詩，雜見於鄭明德《遂昌雜録》、陶九成《輟耕録》、瞿宗吉《詩話》及程克勤《宋遺民録》者不過三四首。夏日晒書，理雲間人鈔書舊册〔一〕，得水雲詩二百二十餘首，寫成一帙〔二〕。然迺賢序水雲詩，以爲多紀國亡時事，此帙多有之。而所謂與文丞相倡和獄中者〔三〕，概未之見也，惟《浮休道人〔四〕招魂歌》擬杜《七歌》體製者，今見〔五〕《文丞相集》後。《水雲詩集》劉辰翁批點刊行者，藏書家必有全本，當更與好古者〔六〕共購之。虞山錢謙益識〔七〕。《虞山集》中與此頗有異同，録於後。

錢唐汪元量，字大有，以善琴事謝后及王昭儀，國亡隨之而北，後爲黄冠師南歸。其詩見鄭明德、陶九成、瞿宗吉所載僅三四首。夏日晒書，理雲間人鈔書舊册〔八〕，得其詩二百二十餘首，寫爲一帙。《湖州歌》九十八首，《越州歌》二十首，《醉歌》十首，記國亡北徙之事，周詳惻愴，可謂詩史。有云：「第二筵開入九重，君王把酒勸三宫。酡酥割罷行酥酪，又進椒盤剥嫩葱。」又云：「客中忽忽又重陽，滿酌葡萄當菊觴。謝后已叨新聖旨，謝家田土免輸糧。」與鄭明德所載「花底傳籌殺六更，風吹庭燎滅還明。侍丞寫罷降元表〔九〕，臣妾籤名謝道清」合而觀之，紫蓋入雒，青衣行酒，豈足痛哉！水雲作《謝后挽詩》曰：「事去千年速，愁來一死遲。」國滅君死，幽蘭軒之一燼〔一〇〕，詎可以金源爲夷狄而易之乎？余欲續吴立夫《桑海餘録》，卒卒未就，讀水雲詩畢，援筆書之，不覺流涕漬紙。崇禎辛未七夕，牧翁記。

汪水雲詩，元、明人並相推許，有「詩史」之目。其詠宋幼主降元後事，皆得之目擊，多史傳所未載，而聲情悽婉，悲歌當泣，故國故君之思，斯須不忘，可以媿食禄之臣矣。虞山錢氏跋其詩，摘二絶句云：「第二筵開入九重，君王把酒勸三宫。酡酥割罷行酥酪，又進椒盤剥嫩葱。」「客中忽忽又重陽，滿酌葡萄當菊觴。謝后已叨新聖旨，謝家田土免輸糧。」又引《挽謝后詩》云：「事去千年速，愁來一死遲。」乃云合而觀之，紫蓋入洛，青衣行酒，豈足痛哉！讀畢不覺流涕漬紙，一如有深恥而不忍言者，是大不然。考之《宋史》，理宗謝后寶慶三年册立，垂四十年，而度宗嗣位，尊爲皇太后，又十年而幼主立，尊爲太皇太后，已老病不能聽政。德祐二年宋亡北徙，越七年而終，壽七十四，則至燕時已六十七矣。元世祖崩於元三十一年，壽八十，滅宋在十三年，壽已六十二，寧有劉曜、羊后之嫌？所云「謝家田土免輸糧」者，當是以謝后舉國納降之故，優恤其宗耳，豈有他哉？其歷敘燕會之豐，自「黄帝初開第一筵」至「第十瓊筵敞紫庭」凡十章。據云君王把酒，后妃進巵，三宫坐受，極其隆禮，且屢云「宴罷歸來未嘗暫留元宫也」，始至而十開筵宴，猶以客禮待之，乃加封爵，給第宅，賚縣綺，免后家之税，授降臣之官，見於諸詩，歷歷有序，不當節取二章，深致感慨也。元人以宋爲大國，不意其君臣不戰迎降，喜慰過望，故不戮一人，而遇母后、幼君有加禮，於此見世祖之寬厚。水雲又詠宋宫人分嫁北匠云：「君王不重色，安肯留金閨。」則世祖爲人可知矣。《元史》又稱弘吉剌皇后之賢，見宋幼主入朝而不樂，視宋府庫物一無取，又爲宋全太后不習水土，代奏乞回江南，帝不許，退而厚待之，則知禮數優渥，復有賢后之助焉。大抵既封幼主爲瀛國公，則必別置邸第，母子宫眷仍當聚在其中。觀水雲詩云「昭儀別館香雲暖，手把詩書授國公」，則王昭儀亦未嘗入元宫也，令其爲元妃嬪，安得與水雲時相唱酬哉？至謝太后殁，而後全后爲尼，瀛國作講師，悉見於集。若不詳考本末，而獨摘「新旨」、「免糧」二語，殊足動後人深疑。德祐之事，已是古今至辱，余不忍三朝國母重遭污衊，且使水雲有遺累也，故詳辨之。松陵潘耒識。

乙未送春日借張子充之鈔本校録。枚庵。

《汪水雲集》曾經劉須溪序而刊行，後之藏書家罕有原本，即虞山錢氏所藏亦係鈔本，前數葉及中已多殘缺。水雲當宋亡國，流離轉徙，詩詞多激楚聲，其道當時實事，可補史傳之闕。今讀集中諸什，出韻者有之，想係行吟寫怨，不及檢點耳。長洲顧至跋。

《汪水雲詩》予向藏本亦夥矣，有湖估爲予言，是書已被他人攜去，予不以爲意。頃晨起，估來出此相示，喜之不勝，留之。蓋此爲吴丈枚庵手録本，末之朱筆一行可證也。近日得枚庵家録本并手校書，有《長安志》，此《汪水雲》又第二種矣。故人之逝已越四周，而手澤留存，猶爲我有，不稍紓懷舊之情歟！蕘夫。

此書似於枚庵時所散佚，渠之楚中，書籍寄貯友人所。友固豪於酒者也，往往取爲沽酒貲，故所失特多。予屢收之，故知之。是册爲顧君玉臺所得，卻不言所從來。玉臺爲名秀才，在院肄業時余習見之，未同而言，不爲相識。既殁，後識其弟梓亭，因知伊後人亦稍替，未能承其家學。是書殆從武陵散佚者乎？每慨没世不稱如枚庵者，近修郡志已入《文苑傳》，不患無傳，而顧君以一青衿終其身，過此其能免名氏翳如之歎乎？余故表而出之，以見如玉臺者亦能寶藏古籍，是讀書者之藏書，非沾沾於章句之學可比者也。蕘夫又識。

余舊藏《汪水雲詩》，先有五本，本各異，所異在各以類從也。兹册盡備各本所有，且末多潘次畊跋，表明宋後宫隨瀛國公歸元事甚悉，始知前人之摘録，致滋後人之疑惑爲大不然矣。蕘夫。時道光三年癸未歲秋八月白露後一日記。均在末卷後。

【校勘記】

〔一〕鈔書舊册　國家圖書館藏清吴翌鳳抄本《湖山類稿》五卷《汪水雲詩鈔》一卷《補遺》一卷《亡宋舊宫人詩詞》一卷《附録》一卷，抄録錢謙益題識作此；「書」《牧齋雜著·牧齋集補》《絳雲樓題跋》卷十一作「詩」。

〔二〕寫成一帙　「寫」《牧齋雜著·牧齋集補》《絳雲樓題跋》卷十一作「録」。

〔三〕相倡和獄中者　「獄中」二字《牧齋雜著·牧齋集補》《絳雲樓題跋》卷十一無。

〔四〕浮休道人　「休」原作「林」，據前揭國圖藏本抄録錢謙益題識改。《牧齋雜著·牧齋集補》《絳雲樓題跋》卷十一作「丘」。

〔五〕今見　「今」原作「全」，據前揭國圖藏本抄録錢謙益題識改。《牧齋雜著·牧齋集補》《絳雲樓題跋》卷十一同。

〔六〕與好古者　「與」原作「於」，據前揭國圖藏本抄録錢謙益題識改。《牧齋雜著·牧齋集補》《絳雲樓題跋》卷十一同。

〔七〕虞山錢謙益識　此六字《牧齋雜著·牧齋集補》《絳雲樓題跋》卷十一均作「牧齋」。

〔八〕鈔書舊册　「册」原作「鈔」，據前揭國圖藏本抄録錢謙益題識改。

〔九〕侍丞寫罷降元表　「丞」原作「臣」，據前揭國圖藏本抄録錢謙益題識改。

〔一〇〕幽蘭軒之一燼　「一」字原缺，據前揭國圖藏本抄録錢謙益題識補。

455 林霽山集□卷 舊鈔本

此林霽山先生《文集》、《詩集》各一册，係舊鈔，每册俱有「古吴姚宗甲剩頑手録」字様，知即其人所鈔，惜其人姓氏雖存，而時代究未得其詳，惟卧庵老人有題跋，其人固素藏書者。是書向爲翁春泉舊藏，余於五六年前曾一見過，因索重直，故未之收。今春泉已作古，而其書籍散亡，伊甥李子僊代爲存儲。是册余從子僊轉購，易白金四金去。余家《林集》有四古堂鈔本，卷端鈐「提督江南總兵官」印，書法頗精，與此略異。取對此册，少嘉靖戊子遼藩光澤王序文，末少《附補遺詩》，末少《附補遺異同》四首，分卷卻同，未知何故。近時書目又有五卷本，不識其編次若何矣。甲子夏五月三日，黄丕烈。

456 勿軒集八卷 明成化刊本

《勿軒先生文集》舊藏有鈔本藍格者，出淡生堂，甚古雅。近從胥門書肆於架上獲此，疊經汲古閣毛氏、孝慈堂王氏收藏，雖明刻，實希有也。攜歸與鈔本勘對，彼脱誤多矣。書之明刻而可寶者此爾。嘉慶己巳七月十有一日，復翁丕烈。

457 佩韋齋集二十卷 舊鈔本

此舊鈔本《佩韋齋詩文集》并《輯聞》也，《四庫書目》及他書録皆分隸集部與雜家部，此卻是合排卷數者。今春書估索直八餅金，余許未及半，遂不諧。迨秋莫，屢以促余歸之，既而詢其故，知亡其妻，欲歸葬湖州，藉湊路費。余不忍食言，姑允之，副以零種稍豐其數云。九月大盡日，蕘夫。

458 紫巖于先生詩選三卷 □本

此《紫巖于先生詩選》，世不多見，書友從崑山考棚前得來，見有「門人吴師道選」字様，疑此必爲元人，後檢《簡明目録》載有是書，亦是三卷，乃知爲宋人。書友之言如是，因素知余喜蓄未見書，留以歸余，余適過其肆，見之，遂攜歸，遍檢舊家書目，鮮有載者，信秘本也。昨至護經室索《宋詩紀事》閱之，收此《集》而未及門人吴師道選詩一事，但稱有《紫巖集》，未稱有《紫巖詩選》，不知當時《全集》尚有存者否。然《紀事》中所采不過四五首，此三卷已爲全備，讀紫巖詩者，其可以選本而少之耶？即我輩講藏書者，亦以是爲宋人小集之秘本也可。乙丑四月十五日，大雨傾盆，晨起坐百宋一廛中，偶閱此以遣悶懷。蕘翁書。

459 古逸民先生集一卷附録一卷 舊鈔本

辛未閏三月〔一〕，初游嘉禾，遇渌飲鮑丈於雙溪橋下，晝則同席，夜則聯舫，縱談書林舊聞，亹亹不倦，真快事也。越日同至本立堂書坊，取其家鈔傳秘册贈余，得《古逸民先生集》一卷，精妙絶倫，他日珍之，當不減汲古鈔本矣。復翁。

贈鮑丈渌飲附録於此。

睽迹三年久，淡心半日閒。舊聞探學海，虚願入書山。時擬赴知不足齋觀書，未之許。比舫雙溪下，揚鑣兩浙間。故人珍重意，交道慎終艱。時與余論全交之道。復翁草。〔二〕

【校勘記】

〔一〕閏三月 「閏」字原缺，據《静嘉堂秘籍志》卷三十八（上海古籍出版社二〇一六年版，第一五六二頁）補。

〔二〕此詩原缺，據《静嘉堂秘籍志》卷三十八補。

460　王梅邊集一册 鈔本

《王梅邊集》不分卷，蓋《吾汶稿》節本也。首載《生祭文山》、《望祭文山》兩大文，此集中最大手筆也。所録文先後不以《吾汶稿》爲次，此别有本也。予取校《吾汶稿》，覺缺文譌字時賴此補正，則此雖節本，其本必善也。余從松門戴五〔一〕借得，知爲檇李曹氏古林藏書，而流轉於吾郡。部葉上有「貯書樓藏書」五字，此必郡中蔣篁亭家物也，今重歸嘉禾。物之歸宿有一定也，爲志數語而歸之。壬申四月三日〔二〕雨窗，半恕道人識。

【校勘記】

〔一〕松門戴五　「松」前原衍「戴」字，據國家圖書館藏清初曹氏古林抄本《王梅邊集》一卷黄丕烈跋改。

〔二〕四月三日　「日」前原衍「十」字，據前揭書黄丕烈跋删。

461　楊太后宫詞 宋寫本

日來梅雨浹旬，悶坐者幾日矣。今偶放晴，因訪友城南，於午後憩衛前書肆，主人出新收書數種，遍覽之無一當意者。再三詰主人直，云無有好書，遂縱談及他事。主人忽驚起曰：「有一册，在君必欲得之。」因從架上抽是書。余開卷即應聲曰：「果如子言，我必欲得之也。」蓋書係舊鈔，而又爲諸名家所藏，書之秘册無過於是，不覺十餘日悶懷一朝頓釋。問其來由，則云：「從某故家後知某爲潘元揚，蓋郡人，孝廉，向爲知縣於外者。叢殘中論秤而出者，原本破損過甚，重加裱托而插諸架，若待君來爲歸宿之主，豈非翰墨因緣耶？然止數葉耳，弗敢索重直，請易君家刻《易林》。」余欣然允之，更問其何以重視此書，則云：「墨敝紙渝，圖書密密，必是有用之書，惜首尾兩跋未詳姓名爲茫如耳。」余粗閲一遍，未及諦視，跋語亦甚模黏，袖歸閲之，識是子晉手跡。且其跋云合梓二家宫詞以公同好，與汲古閣刊書細目《詩詞雜俎》中所云正合，尤幸昔賢手澤不致湮没，可喜亦可危已。時侍余之僕發一論曰：「此書力量大，能於故紙中振拔而出，亦大奇哉！」余聞之，戲曰：「非是，僕不足以輔吾主，吾豈蕭穎士耶？何有僕如是？」蓋此論可以明理，可以見道。凡有一物必有一物之精神貫乎其中，此書之精神，昔年藏書家精神貫於此者不知凡幾矣，安能煙消灰滅乎？道理如是書，可以概論其餘。嘉慶庚午五月廿有六日，復翁燒燭書於陶陶室之南窗。是日叔子三癸生七周歲，并記。

462 楊太后宮詞一卷 宋鈔本

《楊太后宮詞》汲古閣曾刊入《詩詞雜俎》中，其稿本余今始獲之，所謂潛夫輯本也。毛子晉云：「舊跋潛夫，不知何許人。」余以稿本核之，其爲宋人無疑。紙係宋時呈狀廢紙，有官印朱痕可證，至潛夫之爲何許人，就其跋云寧宗、楊后，而不繫以宋，則可斷爲宋朝人。其標題曰「潛夫輯」，余疑爲周密公謹，蓋公謹所撰書皆曰「輯」，如《武林舊事》則曰「四水潛夫輯」，《絶妙好詞》則曰「弁陽老人輯」。公謹入元，追憶故國，故有《武林舊事》之作，而此《楊太后宮詞》輯之，殆亦寓懷舊之思歟？余友海寧陳仲魚廣見博聞，助余曲證斯説，謂《齊東野語》有「慈明楊太后事」一則，可見公謹熟於楊后事實。且《癸辛雜識》載咸淳甲戌秋爲豐儲倉。甲戌乃咸淳十年，今跋云「癸酉仲春得之江左」，甲戌上距癸酉止隔一年，公謹生於紹定五年壬辰〔一〕，則癸酉年四十歲矣。得此二證，差信余説之非妄，故用別紙載《齊東野語》一則附於後，而并著仲魚之説云。時嘉慶十五年歲在庚午五月廿有六日，黄丕烈識。

【校勘記】

〔一〕紹定五年壬辰　「五」前原衍「十」字。民國甲子(一九二四)瞿啓甲仿刻之《宋寫本楊太后宮詞》，其後加刻毛晉、復翁跋，黄氏跋此處亦作「紹定十五年」。南宋理宗紹定年號僅六年（一二二八—一二三三），周密生於紹定五年（一二三二），據删。

江陰繆荃孫、長洲章鈺、仁和吴昌綬同校輯。

蕘圃藏書題識卷九

集類三

463　元遺山集三十卷　明鈔本

《遺山集》元刻僅見五硯樓曾藏十餘卷，昔年借校家傳鈔本，知近本校明刻録出居多。是本爲明湯燕生嚴夫氏〔一〕所舊藏，亦出自明本，其朱筆字的系何義門手跡，較他本多是正，視元刻亦在伯仲間矣。嘉慶乙亥午月得此因識，蕘圃。

【校勘記】

〔一〕湯燕生嚴夫氏　「夫」、「氏」二字前原分别衍「裝」、「已」字，據《士禮居藏書題跋記》卷六删。湯燕生，清安徽太平人，字玄翼，號巖夫。

464 湛然居士文集十四卷 舊鈔本

余向藏《湛然居士文集》係七卷，非全本也。頃以骨董鋪獲王西莊家藏本，乃十四卷，且爲宋賓王所校，誠可珍寶。前七卷用向藏本手校其歧異，已歸貝硼香矣。復翁。

465 藏春詩集六卷 校鈔本

《集》中止有七言律詩、七言絶句及詩餘，而無古詩及五言律、絶詩，其非全書明矣。至章奏、碑版之文，劉公所作必富，而集中亦無一字，殆編次時失之耳。菊圃學人記於書隱閣。在卷首。

《集》中凡失録詩詞二十四首，皆一一補録，尚有一首中偶缺一二字者，用朱筆增入。而目中闕字尤多，悉以朱書補之，其亥豕之誤，研朱細改。但此本雖依明雕本繕寫，而雕本亦有訛處不可信者，則以意正之，庶便諷閲云。書隱重又記。

安定小書隱生手校。

劉公名侃，更名秉忠，字仲晦，自號曰藏春，以沙門佐元定天下，始拜光禄大夫、太保，參領中書省事，贈儀同三司，太傅，謚文貞。至元中，學士閻復嘗序其遺集，明天順間，處州守馬偉袁次公詩爲《藏春集》六卷，鋟板行世。今書肆中亦罕有之，僅於顧俠君《元詩選》中見數十首而已。余近得吾鄉曹侍郎倦圃家寫本三册，又爲王黄之氏所藏，而魯魚觸目，脱文時見，因慨曹氏書亦有未經點勘者，不得稱善本也。兹借武原張氏清綺齋藏雕本校對，一一改補，因識歲月。乾隆丙戌歲仲秋十日，安定小書隱生重手識。在目録後。丙戌七月十九日黄昏自序目校起，更餘校畢第一卷。在卷一後。七月廿日晨起校第二卷。在卷二後。廿日午間校四葉，廿一日晨補校第三卷。在卷三後。廿一日午膳後校第四卷，燈下補校完。在卷四後。廿二日晨起校第五卷，過午始畢，補録一首。在卷五後。廿二日黄昏校第六卷，一鼓校完。時乾隆丙戌歲孟秋月，菊圃學人胡重手記。

《藏春詩集》余向收吕無黨手鈔本，亦出天順刻，每葉十八行，行十六字，疑爲照明刻鈔本。然中多闕字、闕文，必刻本漫漶，故鈔亦如之。頃書友自禾中歸，爲我購此本，出檇李曹氏倦圃藏書，而爲胡菊圃手校者。據菊圃跋以爲精審之至，所補脱文悉由雕本，所□較吕鈔其善多矣。書三册，其直番餅三枚，重爲裝潢并記。辛未十月二十有六日，復翁。

始得此書，不知胡重爲何人，適禾中友松門戴五來訪余，詢之，則其人尚在，蓋以錢唐人而寄居禾中者。視其校此書時所記歲月在乾隆丙戌，松門云年已七旬，則校此時尚在壯歲，用心讐勘，自是我輩一流人物，惜未能晤對一堂，爲古書討厥源流耳。復翁又記。

壬申春，偶過一坊間，主人以嘉禾友人書札一通屬寄孫淵如觀察者，問余孫公見在何處否，以便郵遞。余詢之，即爲胡重其人，始信松門之言爲不虛也，他日當爲松門訪之。二月三日雨窗，丕烈記。

壬申二月二日，有懷王蓮涇家《藏春集》示余者，但有閻、黎二序，馬序則失之，無目，亦分六卷，每葉十六行，行二十一字。蓮涇跋云：「康熙歲壬寅三月立夏後五日，借婁東宋氏鈔本再校於孝慈堂之東窗。」蓋蓮涇王姓，聞遠其名，聲弘其字，蓮涇又其號也，有《孝慈堂書目》傳世。婁東宋氏必宋定國賓王也，其人多宋元人集鈔本，亦有名者，附載於此，以見《藏春集》余所收兩本外又別有一鈔本云。三本多有異處，想爲傳寫之故，不無訛謬，而或出於臆改。未見天順原刻，胸中蓄疑，不能釋然耳。二月三日復翁又識。俱在末卷後。

466 月屋漫稿一卷 舊鈔本

得王蓮涇書緣起〔一〕

此《月屋漫稿》，王蓮涇家物也。秋濤爲蓮涇族孫，故藏弆最多，有爲秋濤售余者，有由陶五柳書居〔二〕而仍歸余者，余與蓮涇若有夙契焉。甲寅冬季，秋濤攜此并舊鈔《猗覺寮雜記》諸書示余，余嫌秋濤直頗昂，因還之。至乙卯仲春，秋濤來舍曰〔三〕：「向所示書，今當歸子，雖薄直勿計也。」扣其故，以爲[四]「此幾種已爲白日偷兒竊去，跡至王府基書攤始得，豈非物有定主？吾强守之非計也，請仍歸諸子。」余亦喜而收之[五]，以志此書去而復來、散而復聚之説，而後吾當爲蓮涇謹護而藏之，雖蓮涇□□未之許，偷兒與書肆又何論焉。時乙卯三月朔，棘人黄丕烈書。

【校勘記】

〔一〕此小標題原缺，據臺北圖書館藏清初鈔本《月屋漫稿》不分卷黄丕烈跋補。

〔二〕陶五柳書居　「書」字原缺，據前揭書黄丕烈跋補。

〔三〕秋濤來舍曰　「舍」原作「言」，據前揭書黄丕烈跋改。

〔四〕以爲　此二字原缺，據前揭書黄丕烈跋補。

〔五〕余亦喜而收之　「亦」字原缺，據前揭書黄丕烈跋補。

467　剡源逸稿文一卷詩四卷　舊鈔校本

余素聞郡城朱文游家有何校《戴剡源集》，較刻本差多，惜已售去，未之見也，繼晤其小阮秋厓，云：「有舊鈔《剡源詩文集》兩本，君欲得之以慰渴思乎？」余取示之，文祇四卷，詩亦一卷，因非完帙，遂還之。今歲初，新有書友從任蔣橋顧氏得一《剡源集》售余，余讀之，較舊鈔頗多，而訛謬正復不少，余憶何校本之增補者，不知其所據云何也。一日，偶至友人周漪塘處，談及《剡源集》之善本，渠以爲《剡源集》鈔本殊善，余新從朱秋厓家得來者是已。急叩其所以稱善之故，謂鈔本從舊本摘録，新刻乃後人掇拾，未必盡據舊刻，故有鈔本有而刻本反無者。余聞之，心殊悔前此之未得而急思今兹之假閲。漪塘因告余曰：「比鄰有書攤芸芬堂，中亦有鈔本，盍往求之。」遂欣喜而别，至家，則《剡源集》鈔本已爲前所賣《剡源集》刻本之書友攜來矣，爰取與刻本細加校閲，鈔本之文爲刻本所逸者僅數篇，若詩則爲刻本所逸者比文更多。方思校録一過，適又晤漪塘，漪塘并以沈寶研臨何校本借余，曰：「此即朱文游家故物也。」方悟向所聞何校云者，特自其初言之耳。此本於鈔本之文惟增《唐畫西域圖記》半篇，他則僅補其目。若詩則并僅補其四卷，後附録詩四首之目，餘詩則義門先生本未見過，故所校未全，唯詩文評閲處爲此本所獨。余竭四五日之力，悉從校本照録一過，將并補録詩文於刻本之上，以臻美備，不亦快事乎！癸丑小春五日，黄蕘圃書此數語於後。

甲寅春季，補録舊鈔本詩文於刻本之上，詩文各以類增入。詩有爲本卷所不能盡録，復以餘紙傳録，各標其類，俟後之讀是集者得以依類而補焉。古吴黄蕘圃再書。

戊寅仲秋，又見一《剡源先生文集》舊鈔本，一至二十六皆分卷，首列宋序、自序；二卷篇一、二無目，當失之；卷三、四、五有目，標第二册；卷六、七、八、九有目，標第三册；第十、十一、十二有目，標第四册；卷十三、十四有目，標第五册；卷十五、十六、十七、十八、十九有目，標第六册；卷二十、二十一、二十二有目，標第七册；卷二十三、二十四、二十五、二十六有目，標第八册。然其中序次紊亂脱落不可枚舉，較此明刻有少無多，未知所據何本，故不煩校。詩通爲一册，僅分某卷於板心，其實但分體未分卷也。蕘圃。

468　巴西鄧先生文集不分卷　鈔本

性父以此集與王止仲《褚園稿》同見示，鄧公何得比擬止仲？略讀一二，知其大略因書。弘治二年二月廿四日，楊循吉君謙父。

予從吴門朱文游借得《巴西集》，乃明人鈔本，汲古閣所藏。予募人鈔其副，略校一過。舊鈔潦草，多訛字，如「餘」作「余」、「釋」作「什」之類。予所顧寫手字拙而不讀書，儲之篋中，姑備一家，未可謂善本也。巴西所著曰《内制集》、曰《素履齋稿》，今皆不可得見，此本殆後人蒐羅綴緝成之，故無卷次，然藏書家著録者亦罕矣。乾隆丙申冬十月十三日辛亥，錢大昕及之，甫書於孱守齋。

嘉慶乙丑夏六月，蕘翁借此讀一過。家有藏本，鈔手較此略爲整齊，與此行款正同，訛舛均有，賴此校正者固多，而此復賴余本較正者亦復不少，可見鈔本書必得彼此參考，方爲美善也，未知木夫以爲然否。黄丕烈識。

469 巴西鄧先生文集□卷 舊鈔本

嘉慶乙丑六月，從嘉定瞿木夫借得伊外舅錢辛楣先生所鈔朱文游家藏毛汲古藏明人鈔本，手校一過，行款大略相同，訛舛亦復不少，辛楣校正外，尚有此善於彼者，余爲校於上方，而錢本一二佳處即録於此。書經三寫，魯魚亥豕，有同慨也。得此二本參之，略可讀矣。中脱一葉，復賴錢本足之。蕘翁丕烈識。

470 存悔齋詩不分卷 鈔本

此詩元係永嘉朱先生鈔本，楨從先生游，故假以録，實至正五祀歲乙酉也。時楨年十五，今倏過五載，恍如舊夢，歲月難留，寸陰其可不惜！深媿志不勝，氣不能，勇力以學，撫卷輒成浩歎。謹書以深警，毋待他日徒悔焉。至正九年歲己丑五月廿七日，開封俞楨恐悚拜書。

立庵先生初名楨，字貞木，後以字行。種學績文，躬秉特操，仕終都昌縣丞，以清節顯。此其手録《龔子敬集》,云從永嘉朱先生鈔本翻出。朱名右,字伯賢,有史學,爲後元大儒,事具《金華宋景濂墓誌》中,斯其人之賢蓋可見矣。又按貞木跋尾録于志學之年,而其留心風雅已如此,固宜終身造就,有以大過人也。伏讀不勝景仰。張丑識。

此元人俞貞木手鈔龔璛子敬詩一册,余得諸友人張秋塘。秋塘爲青父後人,有得於先世書畫舫之學,故鑒别獨精。丁巳孟春月攜是册來,曰:「此《存晦齋詩》,載于《真蹟日録〔一〕》,因君嗜古,故特以相示。」余開緘視之,覺古氣撲人眉宇。余雖未識貞木手迹,然爲元時鈔本無疑,遂留示塾師。顧澗蘋亦云:「舊鈔無疑,記家兄抱沖有此,未知同否。」既因秋塘索直昂,姑還之,而於是書源流究不能爲之釋然。遂徧檢各家書目,其《浙江采輯遺書目録》有云「龔子敬《存晦齋詩》,有至正九年俞楨後序」,今卷末有貞木跋,其可信者一;《國朝簡明書目》有云「《存晦齋詩》,龔璛撰,《補遺》一卷,明朱存理輯」。今原詩後有續鈔詩二葉,字迹與所見存理手録《珊瑚木難》、《野航雜鈔》真迹合,且卷首有「信夫」圖記,其可信者二;因向抱沖索觀,蓋汲古毛氏從是本傳録者,斧季跋語詳明,其可信者三;至是書之來,秋塘得諸蔣韻濤,韻濤得諸碧鳳坊顧氏,余閲顧氏《書目》有兩部,一爲抱沖所收,一爲韻濤所得,今借彼證此,因委求原〔二〕,其可信者四。則是册爲《存晦齋詩》之祖本,余得見之,誠爲幸事矣。適秋塘來告諸,故共加欣賞,以白金六兩易之,而是册竟爲讀未見書齋中物。噫！一詩集耳，自元以來，幾經名人收貯，而不能購得者，又復轉相鈔寫，其真本豈易有邪？爰誌數語於餘紙以存顛末云。時在大清嘉慶二年丁巳仲春月社日，書於讀未見書齋，蕘圃黄丕烈。

壬戌孟冬二十日，新寒逼人，夜坐太白樓下，挑燈閲此，其去收書之歲月已越五載餘矣。重閲舊跋，始知誤書「悔」爲「晦」者二處，疏忽殊可笑也。此書真蹟外抱沖有一毛氏摹寫本，然斧季云之〔三〕吴文定公叢書堂鈔本，想亦從此本録出，蓋此本有「吴寬」印，知爲文定舊藏。前跋未及，因補誌之。蕘翁漫識〔四〕。

壬申仲春小盡日，因觀《張貞居詩稿》真蹟，出此元人録本相證。時西賓陸拙生爲余佐校讐之役，共爲欣賞。拙生遠祖實爲性夫後人，遂屬其書籤，并冀如凱度之與性夫主賓相得甚歡也。復翁。

附録抱沖本毛斧季〔五〕跋

《存悔庵詩》先君於崇禎庚辰從馬塾師借鈔。馬師本於王凱度，先君跋之詳矣。後扆於沙溪黄氏得吴文定公叢書堂鈔本，已稱快意，兹又從張青甫後人借得余立庵手録本，即凱度所藏也，托友人影寫一册。末幅立庵手跋，後有朱性甫手録遺詩二紙，前有張青甫跋，并王雪庵手録本傳，悉命第三男綏德摹寫之。前後諸公印記亦令摹而鉤之，與原本無毫末之異。雖不免刻舟之誚〔六〕，然古香難得，流風可師，用存老成典刑云爾。歲在丁亥孟夏，汲古後人毛扆識，旹年六十有八。

【校勘記】

〔一〕真蹟日録 「日」原誤作「目」，據國家圖書館藏元至正五年俞楨抄本《存悔齋詩》一卷黄丕烈跋改。

〔二〕因委求原 「原」原作「源」，據前揭書黄丕烈跋改。

〔三〕斧季云之 「之」原作「爲」，據前揭書黄丕烈跋改。

〔四〕蕘翁漫識 「蕘翁」原作「蕘圃」，據前揭書黄丕烈跋改。

〔五〕毛斧季 「季」原誤作「李」，據前揭書轉録毛扆跋標題改。

〔六〕刻舟之誚 「誚」原作「稍」，據前揭書轉録毛扆跋改。

471 姚牧庵集□卷 舊鈔本

乾隆乙卯三月二日，往訪周薌巖，路過洞涇橋，于芸芬堂書肆小憩焉。主人以鈔本《姚牧庵文集》示余。余曰：「牧庵文曾梓入《中州文表》，兹册無卷第，得無與《文表》相類乎?」假歸對勘，比《文表》增多碑一、《襄陽廟學碑》。行狀一、《中書左丞李忠宣公行狀》。序一、《送姚嗣輝序》、《李平章畫像序》。墓誌銘六、《南京路總管張公墓誌銘》、《廣州知州楊君墓誌銘》、《瀏陽縣尉閻君墓誌銘》、《薊州甲局提舉劉府君墓誌銘》、《廣州懷集令劉君墓誌銘》、《故民鍾五六君墓誌銘》。神道碑半截、《平章政事徐國公神道碑》，脱「贊右丞相」以下。傳一，《金同知沁南軍節度使事楊公傳》。脱銘三，《簡儀銘》、《仰儀銘》、《漏刻鐘銘》。可知此從舊本傳録，非録自《文表》者也。因思《牧庵文集》五十卷今不可得見，即劉欽謨所輯之《文表》今亦不可得見，而余所見之《文表》重梓本與舊鈔時有增損，則此時不得不以舊本爲據[一]矣。越六日，書賈來索書，爰問其直，如數與之，亦以見舊本之可貴類如斯也，豈可以世有選本而遂忽視哉！棘人黄丕烈識。

【校勘記】

〔一〕以舊本爲據　「本」原作「抄」，據國家圖書館藏清抄本《姚文公牧庵集》不分卷黄丕烈跋改。

472 周此山詩集四卷 校舊鈔本

《風》、《雅》、《頌》不作，詩之變屢矣，大抵與世相爲低昂，其變易推也。近世爲詩者，言愈工而味愈薄，聲愈號而調愈下，日煅月煉，曾不若昔時「閭巷刺草」之言，世德之衰一至於此哉！我國家以淳厖雅大之風丕變，海内爲治日久，山川草木之間，五色成文，八風不姦，士生斯時，無事乎文章而其言自美，況以文章而歌詠雍熙之和者乎？此山周先生自括蒼來京師,訪予靈椿寓舍,與語竟日,知能爲詩,因索其所作觀之,何其言之藹如也。夫志得意滿者,其辭驕以淫;窮而無所寓者,其辭鬱以憤;高蹈而長往者,其辭放以傲。先生懷材抱藝,蚤有意於用世,既而托跡丘園,不見徵用且老矣。今考其詩〔二〕,簡澹和平,無鬱憤放傲之色,非有德者能如是乎?《傳》曰:「温柔敦厚,詩教也。」先生可謂有温柔敦厚之德矣。予官橋門七年,凡四方文字當程校者〔三〕,莫不與寓目焉。嘗疑山林間必猶有可觀者未之見也。此詩蓋山林之魁壘而予所未見者乎?故閱之不能去手,因爲選其最佳者若干首〔三〕,題爲《此山先生集》云。登仕郎江浙等處儒學副提舉陳旅書。

案:顧本原脱此葉,審字跡亦屬鈔補,故此鈔缺也。在卷首。

顧俠君藏鈔本,校補闕。在卷二、卷四後。

《此山詩集》二册,得諸余姻五硯樓,篋藏之久矣。頃書賈攜秀野草堂所藏鈔本求售,取對舊藏,知有脱落,擬收之,而議直未果。既晤貝硎香,出渠新收諸書相覓,前欲得本在焉。匄歸手校一過,並補其闕。時梅雨初霽,几席都潤,竭一日力畢之,殊快人意。秀野本每葉二十行,行十八字〔四〕,前有「海寧查聲山名昇」印,又有「顧印嗣立」、「俠君」二圖記,末有「閭丘小圃」、「秀野草堂顧氏藏書印」兩章。并記。復翁。

緑艾黄梅正及時,用卷中西村詩句字。一編細味此山詩。收羅未得從人借,合補亡篇郤是奇。精選元詩秀野堂，完書端賴俠君藏。顧本無闕。縣橋漫説閶丘近，偏使遷流屬簡香。前詩夏間手校時所作，兹届仲秋廿又五日，偶檢及此，適爲壽階三七之朝，因賦二絶志感。漫説收藏五硯樓，人亡人得已堪憂。而今樓在人何在，手觸遺編涕泗流。白隄蕭瑟起悲風，謂彭城中子錢聽默。又見楓漁老去同。謂五硯樓主人，家住楓江，舊有漁隱小圃。從此城西蹤跡少，僅存水月一衰翁。周丈香嚴喜聚書，住水月齋，年已開七矣。均在卷末。

【校勘記】

〔一〕今考其詩　「詩」原作「韻」，據臺北圖書館藏舊抄本《周此山先生詩集》抄録陳旅序改。

〔二〕當程校者　「校」原作「投」，據前揭陳旅序改。

〔三〕因爲選其最佳者若干首　「爲」原作「而」，「者」下原衍「得」字，據前揭陳旅序删改。

〔四〕行十八字　「行」原作「二」，未見黄跋手迹，據意改。此處當將「行」下重複符號兩點誤認爲「二」，《蕘圃藏書題識》多有此類訛誤。

473 知非堂稿六卷 鈔本

《知非堂稿》六卷，《四庫書目》亦止收此，而所謂十七卷及十六卷者，亦云未見，疑爲後人删削而存此六卷，理或然也。余向曾蓄此，已贈人。頃平湖估人王徵麟攜其本地人家所儲古籍示余，皆大價，非七折不可，勉强商之，不易銀而易貨，可謂貴之至者矣。此册最近情，索兩番餅，云「交易成，因書此」〔一〕，以見近日書貴無有如此際者。估人捆載而來，卒無有售者，乃余獨以家刻易之，此亦不得已之苦心也。并附載同易之書於後，以見予書癖之故智云。甲申閏七月朔日，老蕘識。

洪武刻《元史節要》，張美和編，二册。十三洋。

錢東澗鈔陶九成《草莽私乘》一册。十三洋。

朱竹垞鈔《美合集》一册。六洋四角。

此何太虛《知非堂稿》一册。二洋。

計换家刻書二十四洋〔二〕有零。老蕘記。

【校勘記】

〔一〕因書此　「書」原作「至」，據南京圖書館藏清抄本《知非堂稿》六卷黄丕烈跋改。

〔二〕二十四洋　前揭書黄丕烈手跋作此。據前文，當作「三十四洋」，疑蕘翁筆誤。

474 梅花字字香 舊鈔本

小讀書堆亦有《梅花字字香》，鈔手較精，功似稍後矣。通體有朱筆粘籤，審是抱沖手校，近爲他人收得，余轉假取對一過，無大異同也。己卯秋，復翁。

475 中庵詩 鈔本

己丑九月，寓吳門顧澗蘋家，案頭適有殘本《中庵集》，爲容夫先生家鈔本。鱣昔見先生家藏宋元別集，多人間未見之書，皆從掌理閣書時所鈔藏，此其一也。既屬澗蘋爲我録副，復誌於後，以徵奇遇。海寧陳鱣。

嘉慶十六年，借拜經樓本校一過。老蕘。

右殘本《中庵集》十一卷，舊爲汪容夫先生家鈔本，中用硃筆校改處猶是先生手筆也。後爲黄君蕘圃所得，復爲校正數字，即用墨筆所改者也。案此書久佚，《四庫》從《永樂大典》録出，爲二十卷，今缺上七卷、下二卷，蕘翁收時已如此矣。余曾假録一副，擬從閣中補鈔之，未果也。今原本爲閬源觀察所藏，暇日出示，屬爲補跋。案此書雖有闕失，然世不多見，甚爲可貴，觀察好事者能補鈔刊行之，豈非一美事哉！己丑十一月初一日，顧廣圻書。

476 静春堂詩集□卷 舊鈔本

静春堂遺墨□卷，向藏吾郡袁氏，袁之壻徐某歿後，袁之女出篋藏遺物，盡售諸賈人，是卷亦在其中。想袁後無人，故歸壻家，後卒，爲吾友海寧陳君所得，甚珍之。余從五硯樓見有《静春堂集》舊鈔本，因向簡莊借静春遺墨核之，多所校正，而簡莊復出此册，屬爲勘對。其舊鈔之勝於是者，八卷之目尚全，詩則四卷，後失之。當年流傳鈔寫，想因詩不全，故并目去之失彌甚矣。況金華家先生撰墓銘，本云有《静春堂集》八卷，今傳録者并空其格，俾後人昧於卷數，豈不大可恨乎？向之著録者未詳及此，故記此以質簡莊，至於詞句之間無甚異同，不及爲之手校云。庚午四月二十有三日，挑燈聽雨書後。復翁。

477 道園遺稿六卷 元刻本

此知不足齋藏書也，其主人鮑緑飲以是易余所得吴枚庵手鈔陶九成《游志續編》去，其所以相易之故，有不可不著者，因詳著之。先是緑飲有錢叔寶《游志續編》，借於吾郡吴枚庵。枚庵客游楚中，久無音耗，妻子亦蹤跡而去已數年矣。家中一切書籍或寄諸親友，或托諸學徒，年來陸續散出，此書遂爲余有。緑飲覘知之，托余友陶藴輝致意，欲余繕一副本以元刻虞道園《遺稿》相易，而余恐鈔胥傳録損傷元本，因婉詞謝之。適又收得枚庵傳録本，余作書致緑飲，緑飲以此本見畀。首缺家晉卿序一通，從舊藏朱竹垞藏影寫本補全。卷三第四十八葉内缺詩一首，復以别紙補録於後。蓋竹垞所藏本較爲完好，而此本印在後，故首缺序文，中復多脱落也。影寫本缺卷五末一葉及六卷，又賴此刻影寫足之，而後乃今兩本悉無遺憾焉。道園著述甚多，余盡得而藏，《道園類稿》有舊鈔本，《道園學古録》有舊刻本，《翰林珠玉》有元鈔本，《虞伯生詩續編》有元刻本，合此始爲全璧。兹命工重裝，緣著得書之由，并著得書之難，以見余之惓惓於是書者，非無故而然也。歲在甲子十一月冬至前二日甲辰，蕘翁黄丕烈識。

478 道園遺稿六卷 舊鈔本

余蓄道園著述略備，於《遺稿》獨闕，去年始獲此舊鈔殘本，缺卷五末葉及卷六，因其爲竹垞翁舊藏，遂置之不忍棄。今歲又從鮑緑飲丈處易得刻本，因得補其缺失，命工重裝。工云卷五中尚少第十、第十一兩葉，復補之，皆命門僕影寫。然刻本印較後，故中有缺文，此鈔所自出當是初印本，尤可寶也。甲子冬十二月，蕘翁記。

479　新編翰林珠玉六卷　舊鈔本

是書本吾郡物，卷中有「白隄錢聽默經眼」印也。余向於都中廠市見之，未及買，後欲訪求，渺不可得矣。去冬，五柳主人族弟歸，忽代購獲，喜出望外，非特既失復得，固見遇合之巧，且裝潢款識〔一〕無一毫更改，古色古香，猶是二十年前眼中故物。苟非天之畀余，安能遂余好古之願若是之奇乎！復翁，甲戌正月五日記。

此書原索白金四兩，時余識力未到，質疑於五柳主人。主人云，此明刻耳，奚足貴。余亦信之，及歸而晤聽默，爲余言是書之可寶，悔〔二〕已無及矣。及今番收得，云京錢八吊，五柳弟不願取直，欲易余家刻《國策》十部，遂與交易，了夙願焉。

【校勘記】

〔一〕裝潢款識　「識」字原脱，據静嘉堂文庫藏元刻本《新編翰林珠玉》六卷黄丕烈跋補。

〔二〕「質疑」至「悔」三十六字原缺，據前揭書黄丕烈跋補。

480　伯生詩續編三卷　元刻本

虞道園所製詩文極多，《道園類稿》、《道園學古録》、《道園遺稿》、《翰林珠玉》、《伯生詩續編》，共有五種，余次第收録皆備。然僅見者尤在後三種，三種尤在後一種。此元刻《伯生詩續編》三卷，余與殘宋刻《白氏文集》，得諸顧五癡家，用朱提二十金。此書約三分之一，惜首闕目録幾葉，未知影鈔與否，無從是正，藏篋中久矣。頃五癡族人出舊藏本求售，雖鈔補更甚，而目録卻可證余本之影鈔非妄作者。想當日武陵宗族以蓄書爲尚，或互相借鈔，彼此得成完書，其未可更動者，因兩本紙色不純，彼係棉紙此係竹紙故也。今幸併入余手，重加校對，亦一樂事，用書數語於此先得之本云。嘉慶歲在丁卯冬十二月十一日，黄丕烈識。

481 范德機詩集七卷 舊鈔本

毛刻《范德機詩》，不言所據鈔刻本，但云是集與《揭曼碩集》皆芙蓉江周仲榮見貽者，亦未及言爲鈔刻本之異也。此册舊鈔，觀前多綱目及刊刻年月，知據元刻，然中多與家藏元刻不合，因手校之。而舊經不寐道人以毛本校者，又未可執現行之本相勘，蓋毛本已經修改，似非孝章先生取校時之刻板，故動輒歧異。因復取已修本校之下方，云續校毛本者是也。五月初十晨起校訖記。

甲戌端陽前一日，有書友攜書一册示余，謂近從吴江賈人得來者。開卷視之，知爲舊鈔《范德機詩集》而經人校勘者。問其直，索青蚨千錢。余曰：「子知此書之所以可貴乎？」曰：「不知也。」余亦笑而留之。蓋是書爲舊鈔，爲校勘，此書賈之所以索千錢而余之愛此書者。爲校勘者乃不寐道人，未有圖記可證，并有字迹可辨，故可珍，且余之必欲得此書者。是書雖經以毛刻校勘，而又以意改定，然未見元刻，尚多脱略，余適有元刻，手校一過，乃爲善本。此書之必欲歸余而始完善，夫亦有數存焉。復翁記。

續檢《孝慈堂書目》云：「《范德機集》范梈德機。七卷，鈔白一百三十四番，一册，金孝章手校。」知即是册也。復翁，六月六日識。

壬辰十月，對汲古閣本互校一過，彼此闕誤及疑各用圈記。

482 揭文安公文粹不分卷 明刻本

《揭文安集》，其門人燮理、普化所編者，文凡八卷，今不可得見矣。此所選僅五十七首，雖不備，然所稱敘事嚴整、語簡而當者，大略可見焉。明時刊本此時已不可多得，真有幸、不幸[一]耶？恐以後曼碩文遂成湮絶也。道光十五年正月[二]李兆洛借閲因識。

勝國文章之盛，稱虞、揭氏，而獨虞文板刻盛行，吾家所藏亦惟有虞文、揭詩，若揭文則未之見也[三]。今《文粹》若干首，近得之南京刑部郎中張君節之，蓋太師楊文貞公所選定，云案牘之暇，躬爲校勘，爰用餐錢，刻置廣州府學，與四方學者共之。若其治行之高，文章之美，初見《元史》本傳，此不復論。天順五年三月望，平湖沈琮識。

從昭文小鄉嬛福地張氏藏鈔本録補此序。道光辛巳，蕘翁。

【校勘記】

〔一〕真有幸不幸　「不幸」前原衍「有」字，據臺北圖書館藏明天順五年沈琮廣州刊本《揭文安公文粹》一卷李兆洛跋删。

〔二〕道光十五年正月　此七字原脱，據前揭書李兆洛手跋補。

〔三〕則未之見也　「則」字原脱，據前揭書黄丕烈手録沈琮序補。

483　圭齋文集□卷　明刻本

此《歐陽圭齋文集》，余向得諸顧八愚家〔一〕，蓋明初刻也，已什襲藏之久矣。今春陶五柳主人又以一本見示，雖同是明刻，而印本較前，故此本模糊處陶本尚有清晰者，俾得補填一二缺字。陶本有缺葉并爛板，而此本反完善無損壞，則皆修板之故，不及陶本之猶是初刻舊觀也。且卷首宋序後有後至元六年冬十有一月朔揭傒斯序，卷十五後有天順五年歲次辛巳冬十月朔賜進士及第中憲大夫太常少卿兼翰林院〔二〕學士知制誥安成彭時跋,卷十六後有賜進士朝議大夫加授大中大夫南京國子祭酒前翰林侍講同修國史兼經筵官安成吴節與儉跋,并書「成化庚寅夏五月安成後學彭時[三]謹志,成化七年辛卯八月既望晚學安成劉釪書」云云,此本皆脱去,當鈔補之以成完書。嘉慶二年夏五月二十三日壬戌,黄丕烈識。

長夏無事,倩友陳敬明兄影鈔缺葉補足,命工重裝。因陶本已許售楓橋袁綬階處,故不復購此,且以見全本難得,雖金星軺、王蓮涇兩家藏弆,猶未及補全,留傳至今,尚不知其完否。直至五柳主人得海鹽張氏之書,始獲全璧,後之覽者不當珍重耶?丁巳閏六月朔書於讀未見書齋,蕘圃。

己巳二月寒食前一日,五柳陶君從都中寄示惠定宇先生家藏鈔本,取對此刻,漫漶多同,缺失亦復如是,益見余所儲者爲善本矣。雖漫漶處填補未盡,缺失處鈔補方完,然較惠氏藏本已勝。復翁記。

【校勘記】

〔一〕顧八愚家　「顧」下原衍「公」字,據國家圖書館藏明成化七年劉釪刻本《圭齋文集》十六卷黄丕烈跋删。

〔二〕翰林院　「翰」前原衍「朝」字,據前揭書黄丕烈跋删。

〔三〕 安成後學彭時 「後學」二字原缺，據前揭書黄丕烈跋補。

484 柳待制文集二十卷附録一卷 校本

柳先生詩文爲元人集中最上乘，不特世鮮元刻，即明初翻本亦爲今所甚珍。余近鈔宋元人文集，耑事校讎，目無善本，不獨鈔本多譌，即刻本亦難憑也，總於翻刻之頃，惟事矜功護短，不肯自認才學有限，以闕文疑譌留俟後人，以致含胡臆測，三寫成烏。前鈔《周益公集》中詞科舊稿首序，原鈔以「繇」音宙，爻辭。爲「繇」，新鈔改「繇」爲「由」，譌復傳譌，當吾手也。甲辰冬盡，繡水竹垞先生門下客周姓者持《柳文肅公集》來售，據稱映鈔元板，閲之見字畫纖細，疑譌頗多。乙巳春臘，得彭城錢氏收藏明初翻本，又借金星軺所藏國初翻刻本兩較之下，慨夫一解不如一解，不獨今人不如古人也。頽靡不挽，誰使之然。固於暇日〔一〕以繡水爲主，參之明初、國初，辨其筆畫，録其疑譌，以俟政高明未必非明窗浄几一端也。宋蔚如跋。

揭文安公評先生文云，如老將統百萬兵，旗幟鮮明，戈甲焜煌，不見有喑嗚叱咤之嚴。余於己酉長夏假宋蔚如兄家藏鈔本手自印寫，通得五百三十四紙，覺篇篇與文安公之言吻合，非文安公不能定先生之文也。嗚呼！盡之矣。録竟時雍正七年閏七月七夕日，書於杏花小樓。太倉謝浦泰心傳氏謹識，時年五十有四。

乾隆乙卯春從同榜蔣賓嵎館中得天順本《柳文肅公集》，已自詫爲希有，惜中多爛板，字跡糊塗，十五卷。《慈慧庵記》後十三篇盡從闕如，是所憾也。兹八月十日，書船友鄭輔義攜是本來，係太倉謝星躔鈔本〔二〕，觀其跋語，知自宋蔚如藏本傳録。蔚如蓋以影鈔元板爲主，而以他本輔焉者也。取與天順本彼此參對，不特字跡糊塗者十可補其八九，而且十五卷中所闕記文俱全，其餘之賴此校正者不可枚舉，以云影鈔元板未必子虛。行款、字數〔三〕刻本悉同，惟增附文十五則，刻本所無。《文肅集》得此本當爲最善矣。棘人黄丕烈識。

【校勘記】

〔一〕固於暇日　「固」原作「因」，據上海圖書館藏元至正十年余闕浦江刻明永樂四年柳貴補修本《柳待制文集》二十卷《附録》一卷過録宋賓王跋改。

〔二〕太倉謝星躔鈔本　「謝星躔」前揭書過録黄丕烈跋作「浦星躔」。江蘇太倉藏書家謝浦泰，字心傳，星躔其號也。

〔三〕行款字數　「字」字原缺，據前揭書過録黄丕烈跋補。

485 吴禮部文集二十卷 元刻本

此《吴禮部文集》，余於書友處得之，云是郡城故家物，真奇書也。讀《四庫全書總目》：「《禮部集》二十卷，元吴師道撰。」凡詩九卷、文十一卷。流傳頗尠，此本乃新城王士禎寫自崑山徐秉義家，因行於世，是元刻元印之本，未易得也，惟《延令書目》「宋元板雜書文集」載之。今檢此書，有「季振宜藏書」圖記，當即是《延令書目》中所載者歟！中有夾籤，爲傳録者竄改之處，觀此可見寫本之改易舊觀實從此出。卷首序文脱落第一葉，尚留墨印痕，知原序遺失，非其本無。卷末有《元史》本傳，爲舊藏者鈔附便覽。近時寫本因序文脱落，竟以《元史》本傳弁諸首，俱非本來面目矣。惜十四卷中缺第十八葉，更無元本可補爲恨事爾。聞此書先到袁氏五硯樓，主人以議價未妥，遂入余家，余以白金三十兩有奇易得，可知一書之歸宿亦有定也。末册空葉有「陶齋」二字圖書，未知是袁陶齋否，俟與綬階質諸。嘉慶三年歲在戊午秋九月重陽前三日，棘人黄丕烈識。

486 雁門集八卷 明鈔本

此薩天錫《雁門集》八卷，前列至元丁丑于文傳序，其詩後附詞十一首，與錢遵王《讀書敏求記》所云者合。新刻通一卷，失其舊第矣。余向藏《薩集》係洞庭葉石君手校本，觀其跋語，似亦及此本。而《詩餘》本未見過，即詩之序次亦多紊亂不合。今茲夏仲五日，從友人開之顧君得此書，云是伊族人懷芳之物。懷芳素藏書而零落殆盡，斷圭殘璧猶足詫爲寶物，爰重加裝池而儲諸篋衍，俾後之讀是集者猶見廬山真面目焉。小千頃齋主人黄丕烈識。

嘉慶丙寅立春後五日，因新收毛汲古所藏鈔本《薩天錫詩集》，重檢及此，匆匆已易一紀矣。光陰荏苒，學問荒蕪，竊自爲愧。前跋稱干文傳序，承訛作「于」，十二年前曾不知此字爲「干」，似前所見尚淺也。蕘翁記。

甲寅小春命工錢瑞正重裝。

元詩之盛，唱自元遺山，而趙子昂、袁伯長輩附和之，繼而虞、楊、范、揭者出，號爲大家，間有奇才天授，開闔變怪，莫可測度，以驗人之視聽。厥初則貫雲石、馮子振、陳剛中，後則楊廉夫，而薩天錫亦其人也。嘗觀天錫《燕姬曲》、《過嘉興織錦圖》等篇，婉而麗，切而暢，雖雲石、廉夫莫能道。如《贈劉雲江》、《越臺懷古》、《題爛柯山石橋》諸律，又和雅典重，置諸松雪、道園之間，孰可疑異。先正嘗言，天錫作《送訢笑隱住龍翔寺》詩，有「地濕厭聞天竺雨，月明來聽景陽鐘」之句，他日虞公見之，謂之曰：「是詩信佳矣，但一字不穩，何耶？蓋『聞』與『聽』字義相同，盍改『聞』作『看』字。唐人有『林下老僧來看雨』，又有出者矣。」天錫信服。自是其詩必加推敲煅鍊之功而後出，鍥梓完書，此以見前輩之詩不徒恃其才之奇，而必務乎學之篤、功之精詣也。後言詩者，爲何如哉？大明成化甲辰春如月朏，蘇臺張習識。

甲戌中秋後一日，借得張訒庵藏宋賓王手校本，係精鈔本，較此少遜。賓王所校蓋又據别本也，時有羨者。末多張跋，録補于尾。

張跋原本每半葉九行，行十八字。

487 薩天錫詩集十卷 校鈔本

余藏《薩天錫詩集》向有二本，一爲明刻〔一〕黑口而葉石君校補者；一爲舊鈔而八卷，標題《雁門集》者。此小草齋鈔本爲第三本，儲爲篋衍久矣，卻未曾參校。去年又得一舊鈔，爲汲古閣藏本，中有子晉手鈔處。其書爲竹紙黑格，板心有「篤素居」三字，此爲第四本。今春養疴杜門，偶取毛本以校龔本，似毛較勝，蓋毛本鈔在前也。諸體中毛偶有脱失未補，龔卻有之，惟七言絶句中毛與龔互有存佚，然彼此俱無跡可尋，未知何故，當取葉校及八卷本勘之。龔本即小草齋鈔本，龔氏蘅圃曾讀一過，其云「丁卯」者，未記年號，就其鈔手風氣驗之，當在乾隆年間，已甲子一周矣。今予校此，適又歲在丁卯，抑何巧耶？因并志之。黄丕烈。

覆取葉校本，知此所脱者七言絶句，當據毛本增入，至毛本所脱而此有者，葉校亦有也。復翁。

【校勘記】

〔一〕一爲明刻　「刻」原作「初」，據臺北圖書館藏明謝氏小草齋抄本《薩天錫詩集》不分卷黄丕烈跋改。

488　雁門集八卷　鈔校本

東城多故家，故家多古書，古書時有散出者，東城之坊間爲易收，亦爲東城之人所易得，蓋搜訪便也。玄妙觀東有某坊，向與張君訒庵爲最稔，聞其積書幾千金，皆是坊爲之購買者。是坊之估人，余家西城時即與之稔，而東城卜居已數載矣，交易甚少，因是坊人甚古怪，不輕造人家，余亦艱於步，不數數至也。今年夏秋之交，是坊收書甚多，所從渠得者大半爲蔣氏所蓄。蔣與是坊居相近，坊中歸之爲便耳，張君與余亦略分剖之。是《雁門集》余聞於蔣君之口，而見於張君之齋，蔣不欲而張欲之，余不及見而張已獲之，後訪知屬諸張而請見之，張已得之而寶之矣。余一見即詫曰：「君於古書蓋知所寶哉。」此書載《讀書敏求記》，以八卷本爲最古，餘本不及也。余家舊有四本，一舊鈔，亦張習本，失張跋；二明刻，葉石君校本，亦據張習本，失詩餘；三小草齋鈔本〔一〕，爲龔蘅圃藏；四舊鈔，爲毛子晉手補缺失本。嘗取四本參校之，各有異。此時第據遵王所記，則八卷本爲最，而至於彼此多寡各不相同，詞句之間更難枚舉。不過就元人敘元人集，以爲《雁門集》自爲最先之本耳。是本與余本相較，本文已多歧異，何論賓王所校之處邪？假讀一過，爲之題數行以質諸訒庵，當不以余言爲河漢也。訒庵與余訂交於坊間，因居皆在東城，近蹤跡頗密，好收古籍，余頗勸之，故嗜好亦同。余未及見，而訒庵見而收之，可謂知所寶哉。甲戌中秋後一日燈下識，復翁。

【校勘記】

〔一〕小草齋鈔本　「鈔」前原衍「草」字，據前跋文刪。南京圖書館藏清抄本《雁門集》八卷黃丕烈手跋原寫作「草」，旁注「一」「抄」字，當爲筆誤而後改之，《士跋記》《題識》均誤入正文。

489　陳衆仲文集七卷　殘元本

此元刻《陳衆仲文集》七卷，潛研堂藏書也。辛楣先生於辛酉歲與明翻元刻本同以遺余，蟲傷水濕，不可觸手，頃付裝池，僅取元刻列諸《所見古書録》甲編中，謂此半璧之珍，世所未見爾。壬戌秋七月，蕘翁黄丕烈識。

己巳正月下澣二日，海寧陳仲魚來訪，云有同邑[一]吴槎客所藏殘元本《陳衆仲文集》攜在行篋。越二日往觀，遂假歸，補此本缺失糊塗處。吴本印較先，殊勝此刻，惜止四卷，未能補此所缺，然得此已數年，今始遇元刻填寫，亦可喜矣。復翁。

吴本失張序，止存林泉生序，脱第二葉前半葉。

附録[二]

案《千頃堂書目》，陳旅《安雅堂集》十三卷。今世行本大率相同，予舊藏此元刻本二册，曰《陳衆仲文集》，考諸家簿録皆未見有此目，未審其同異若何。卷首林泉生序作於至正辛卯，距衆仲之卒已十年，當是其子籲最初刻本，雖僅存四卷，而詩則已全。零編蠹簡，何可不什襲珍之。兔牀記。

《元百家選詩》小傳：《安雅堂集》一百廿四首。元刻《陳衆仲集》一、二卷一百六十九首，三卷一百五十九首，通計三百廿八首，較《元詩選》多二百四首。案此亦兔牀所記。均在卷首。

嘉慶戊寅八月，石韞玉假讀。在卷一後。

道光庚寅三月，古歙程恩澤借觀。此元人集之罕見者，芙川兄其珍護之。在卷六首。

《衆仲集》十三卷，《四庫書目》所載同。此本元刻，甚精，而止於七卷，又其中漫漶不可辨者甚多。蕘圃自記云辛楣先生并明翻本見遺，何不照翻本補足，豈明本亦止七卷耶？芙川□□寶藏，古書真不易得，予就此本録存之，擬從文瀾閣《四庫》本補足焉。道光十五年七月望，李兆洛識。在卷七後。王頌蔚案：李跋與《養一齋集》所載異。

【校勘記】

〔一〕云有同邑　「云」字原缺，據國家圖書館藏元至正刻明修本《陳衆仲文集》十三卷黄丕烈跋補。

〔二〕附録　此二字原缺，據前揭書轉録吴騫跋補。

490 陳衆仲文集十卷 明刻本

此《陳衆仲文集》明翻元本，嘉定錢少詹與元刻七卷本同以遺余者也。少詹有夾片在此本第十卷首，記云：「自此而下皆予家本所無。《安雅堂集》凡十四卷，予家所藏乃元板，止有前七卷。此本周書昌所遺，則明初人翻刻，亦多曼漶。予家本有第六、第七，此本有第十至第十三，今合兩本録之，尚缺第八、第九、第十四。」丕烈獲此兩刻〔一〕，喜之甚，然衆仲文未能卒讀也。頃萃古主人購書禾中，得一十三卷本，所謂八、九卷俱有，獨闕十四卷爾，唯是十四卷之説，《元史》本傳云然，至各家《書目》，如吾家俞郜《補明史藝文志》號稱廣博，而所收亦十三卷本，且此本末册有一「虞稷」印〔二〕，安知千頃所藏非即此乎？則作史之紀載果可信乎？書經三寫，魯魚亥豕，吾見衆仲文，自元迄明已有三刻，未敢混而一之，爰以元刻七卷爲主，〔三〕而以此刻及明刻附之，蓋存疑也。明刻末有廬陵楊士奇跋，云刻板在福州府學，不著歲月云。

【校勘記】

〔一〕獲此兩刻　「獲」原作「合」，據静嘉堂文庫藏元至正刻明修本《陳衆仲文集》十三卷（存九卷）黄丕烈跋改。

〔二〕有一虞稷印　「一」字原缺，據前揭書黄丕烈跋補。

〔三〕「已有三刻」至此十八字原脱，據前揭書黄丕烈跋補。蓋脱漏一行。

491 安雅堂集殘本三卷 明刻本

秋間從萃古齋收得明刻陳旅《安雅堂集》，缺首三卷，係鈔補者。筆墨甚新，姑存之以備數而已。頃訪友胥江路，出昇平橋南，於經義齋書坊獲此三卷，較前所收者爲舊，因攜歸，取與明刻相對，行款相同，惜上下方稍狹小，倘他日重付裝池，可留此棄彼也。壬戌十一月二十五日燈下記，復翁。

余藏元刻《陳衆仲文集》七卷，嘉定錢少詹所贈，因取以校此三卷，諸多改正補脱。元刻多漫漶，兼有描寫字，則此本未始不可爲讀元本之助也。冬至日校畢記，丕烈。

492 傅與礪詩集八卷 校舊鈔本

元傅若金，字與礪，江西新喻人，受業范德機之門，年三十遊燕京，虞伯生見其詩，大加稱賞，由是知名。元統三年，介使安南，還授廣州教授。余修《江西志》，於臨江人物爲立傳。此八卷借鈔於吴尺鳧氏，尚有《文集》若干卷，當從花山馬氏合成全集。初白翁識，時年七十一。在卷首。

《傅與礪文集》十一卷，《附録》一卷，《詩集》八卷，錢《補元史藝文志》所載如此，但傳本絶少。此詩八卷，不知得於何時，上下方校字〔一〕係余筆，又不知據自何本，皆健忘之故耳。丁丑檢理書籍，因記之如左。

其弟若川云《文集》陸續刊行，則當時所行《詩集》在前，亦未知《文集》果否陸續刊行也，世必有其書，而予已得《詩集》，當訪購《文集》以成完璧。書此自勗。俱在册首。王頌蔚案：二跋不署名氏，審是蕘翁筆，故著於録。

【校勘記】

〔一〕上下方校字　「字」原作「語」，據國家圖書館藏清查慎行家抄本《傳與礪詩集》八卷黄丕烈跋改。

493 蜕庵詩集四卷 校舊鈔本

公一日至武夷，凡所歷悉如舊游，心竊異之。繼至石室，見一道人坐化其中，形體如生，因悟爲前生，慟哭而返，自號云「蜕庵」。康熙乙酉五月十三日午餘録。辛卯三月朔夕讀公集，古詩佳，五律次之，七律尤次。此鈔本在白泉太翁之先，有訛字。北山雅誼，集不泯没，予心向往。丹臣。

丕烈案：此許丹臣跋，在葉退庵鈔本卷四末，今附録於此。

歲辛卯之秋，余以鈔白《劉申齋集》二百餘番，與其清易鈔白《張蜕庵詩集》四卷，計九十二番，裝潢成帙，什襲藏之。壬辰春仲，購書甫里，知丹臣許子架有《蜕庵》舊本，不敢求假。他日歸，因攜余藏本重過甫里，乞丹臣書讐校，得鈔增蒲庵序一首、退庵小序一首、宗泐跋一首。退庵者，崑山先輩，文莊葉先生别號也。并録入闕詩一十八篇，又前後錯亂者一十八處，用朱筆標識於書頭，以仍其舊。又音注互異二百五十又一字，添改塗抹百有六十字，倒轉三十有五字。相助對校者，表弟陳仁治之功居多。而此集遂爲善本，始信書之轉相鈔寫則轉多謬誤，新本之不逮舊本也，有如是集矣。因語其清，且示以校本，其清欣喜欲狂，悉依余本録去。丹臣舊本余於四月中復借觀者，經旬旋即完繳，計緜紙鈔白百三十有一番，乃葉文莊之書，退庵小序數行，蓋文莊手跡也。開卷有「葉氏菉竹堂藏書」圓印，乃葉孝廉白泉之圖記，丹臣壻於葉，故是書得之葉，誠秘本也，緬想之餘，不勝繫戀。時康熙壬辰端午後八日，采蓮涇王聞遠叔子識於孝慈堂。

右《蜕庵詩》四卷，係王蓮涇藏本，觀其後跋所云，信爲善本。然其卷數前人俱未之及，惟王漁洋《居易録》載：「元張翥《蜕庵集》四卷，衡山釋大杼北山編集，洪武三年錫山郎成鈔本。」是四卷之目，固舊本也。近時《四庫書目》以爲五卷，未知所據何本，俟博考之。乾隆甲寅吴郡黄丕烈識。

嘉慶丁卯秋七月，從碧鳳坊顧氏借得刻本《蜕庵集》二册，後跋年號適破損處，以此鈔本證之，蓋洪武刻本也。余案：成化時退庵小序曾云得刻本，尋失去，而别得善本楷録，則葉本非即刻本矣。故今以刻本覆校葉本，尚有訛字是正之處，今而後此集其可稱爲善本乎！刻本亦有訛字，即以鈔本對之，取其理長者從之可爾。黄丕烈又識。

八月一日，往訪周漪塘，談及近校《張蜕庵詩》，得舊刻，頗善。漪塘云：「余亦有舊鈔本,蓋葉文莊藏本而甫里許丹臣所收者也。」聞之不勝欣喜,索書觀之,即王蓮涇所據葉本,王與葉借校之由詳悉可考,真奇遇也。覆取以校此本,覺蓮涇所注尚有脱略,重爲補之如右。蕘圃。八月廿日覆校畢。〔一〕

九月七日〔二〕,以周漪塘所藏刻本覆校。凡余所校刻本有缺者,皆賴以補足,誠幸事也。蕘圃又記〔三〕。

《蜕庵集》刻本顧氏仍以歸余,余復借漪塘所藏屬顧潤蘋鈔補缺葉,與此可稱雙璧矣。戊午秋七月二十一日雨窗,蕘圃識。

辛巳仲夏展讀一過,因取洪武刻本重爲對勘,尚有數處異同之字,今特一一籤出。美鏐校畢因記。

【校勘記】

〔一〕八月廿日覆校畢　此七字原缺,據國家圖書館藏清康熙陸漻家抄本《蜕庵詩》四卷黄丕烈跋補。

〔二〕九月七日　「九」原作「七」,據前揭書黄丕烈跋改。

〔三〕蕘圃又記　「記」原作「識」,據前揭書黄丕烈跋改。

494 句曲外史貞居先生詩集六卷詞一卷雜文一卷 校舊鈔本

嘉慶癸酉正月下浣六日，五柳主人以柳大中手鈔《貞居先生詩詞》舊本見示。《詩集》四卷，與此都不合，惟《貞居先生詞編》與此相勘，惟無首闕，餘次第多同，遂輟一日間手校此，頗多是正。時天陰微雨，門無客來，仍理故業，藉以消遣。知非子識。

495 句曲外史貞居先生詩集五卷 舊鈔本

此《句曲外史詩》係予友金心山所蓄者。心山爲吴庠生，與予同與歲科試，因相識焉，然但知其能文，而餘所善則未之知也。後于親友案頭見有單條小幅，奇花異卉，寫物生動之趣溢于楮墨，方知其善于繪事，而予與心山蹤跡不甚密，因未曾以尺素相求。客歲聞心山已死，殊爲惻然。後書友有攜舊書來者，云是心山物，并于《雲溪友議》末見心山手跋，知爲文瑞樓金星軺之孫，蓋家故藏書，即散亡之餘亦不失惓惓愛書之意，用是重其人以重其物，而于是册聊著梗槩云。蕘圃黄丕烈。

496 三十代天師虚靖真君集一卷句曲外史雜詩一卷 校舊鈔本

坊友以《虚靖真君集》與《句曲外史雜詩》合裝者，欲易余一餅金，余絶愛其《句曲外史雜詩》鈔手之雅，而又重《虚靖集》之秘，遂留之，未及議直也。適借天慶觀《道藏》本《葛仙翁肘後方》補余本之缺，因想及真君在宋崇寧、靖康間，《道藏》必有是書。檢《道藏》目，果有之，遂并借此書，在「席」字一、二號，共七卷，書名「語録」，不以「集」名，亦不分上下也，輟一日力手校之。《道藏》本固佳，藉以校正幾字，而此鈔本亦有一二佳字勝於《道藏》刻本者，知此鈔亦非無所據也。卷帙甚少，因盡照《道藏》本注明分卷、葉數，并鉤勒行款，每行每半葉及全葉〔一〕猶用毛校各書體可也。庚辰十一月二十日，訪友於上津橋，訪僧於怡賢寺，挾此以從事校勘，亦蓬窗破閒〔二〕之一法也。歸而秉燭畢此，補書於上卷尾之餘紙云。蕘翁。

【校勘記】

〔一〕每半葉及全葉　此六字原作正文，與前後字體一致，然據臺北圖書館藏舊抄本《三十代天師虚靖真君集》二卷黄丕烈手跋，此六字前後各作了一個標記，似類括號功能，當是進一步説明前面的「每行」，乃改作小字。

〔二〕 蓬窗破閒 「閒」原作「悶」，據前揭書黄丕烈跋改。

497 僑吳集十二卷 明刻本

右鄭元祐《僑吳集》十二卷，乃弘治中張習重刊本也。就張跋語，鄭有《遂昌山人集》、《僑吳集》，是元時實有兩本，今不可得見，所存者重編本耳。余於數年前觀書朱丈文游家，見此書張刊者，其時不喜購文集，因忽之，後往蹤之，而已散去矣。去年從書船買得宋元人文集數十本，皆太倉宋蔚如校鈔者，《僑吳集》亦在焉。然非刻本，行款未敢信之。近有書估買得海虞故家書，擕至余家，内有此集刊本，字跡古雅，與所藏張來儀、徐北郭諸集悉同，惟紙背皆明人箋翰簡帖，雖非素紙印本，然古氣斑斕，亦自可觀。宋元舊本往往如是，又何傷耶？第十一卷《前平江路總管道童公去思碑》脱去五六兩葉，惜無刊本可録，仍當闕之。又恐讀者不能卒其文，復取宋氏校鈔本照此集行款録附於後，可云慎之至矣。抑有巧者，余向得《皇明詩選》，前、後部葉紙背多係明人箋簡，爰取此以補此集缺葉，而餘者書余跋語，以無用爲有用。天下事又若相待焉，故并志之。嘉慶三年歲在戊午秋七月處暑後八日，棘人黄丕烈識。

498 丁鶴年集四卷 元刻本

題《丁鶴年集》呈蕘圃政

西域詩人集，傳於至正年。諸兄咸附録，高弟各分編。時下哀思淚，亦隨方外緣。須知海巢序，只説武昌前。得「年」字禁押本事。時嘉慶己未四月，顧廣圻稿。

元代詩名盛，涵濡近百年。用戴序語。流風傳絶域，吟稿見遺編。《鶴年集》以此爲最善。廬墓全親孝，居山謝世緣。《石田》《雁門》集，美不擅於前。叔能以伯庸、天錫輩爲比，今藏元人諸集如元刻之《馬石田》、舊鈔之《薩雁門》，皆稱善本，得此可云濟美，故以爲擬。次澗蘋韻題元本《丁鶴年集》。蕘圃黄丕烈草。

明代重刊本，云題正統年。名因文苑重，傳入史臣編。一過真空選，用蕘圃跋語。三長合有緣。三長謂《石田》、《雁門集》及此書也。蕘圃有「結翰墨緣」圖記，「緣」字本此。後來定居上，秘笈勝從前。次澗蘋韻題蕘圃新得《丁鶴年集》。文燾草。

右《三益聯吟》册中題元本《丁鶴年詩》也。此集爲澗蘋歲試玉峰時所收，而後以歸余者，故仿校宋本《建康實録》例，澗蘋爲首唱，而余次之，方米最後者，因余兩人唱和時，方米挈徒小試玉峰，歸後繼和故也。即限「年」字而禁用本事者，亦册中例也。此書破損，不堪觸手，重録三詩於卷首，以見題書紀事，一時賓主之歡有是也。蕘圃跋。均在卷首。

再賦《丁鶴年集》得「丁」字，仍禁本事。

搜來從架下，首葉已殘零。我自一知己，人殊不識丁。收藏誠有數，呵護豈無靈。别具區區意，兹爲隗始寧。時蕘圃命某賈爲玉峰續訪之役。顧廣圻稿。

重覯裝潢舊，旋風葉未零。圖章宜置甲，部次恰居丁。我願希千頃，君交托九靈。詩書情正切，空寐想難寧。時玉峰書攤傳聞有舊刻《大戴禮》，澗蘋欲與余買舟往訪也。次澗蘋韻，蕘圃黄丕烈。

莫嗟相見晚，全帙未奇零。他日誇黄甲，二字借用蕘圃將輯書目，此元刻元人集例入甲等。今朝笑白丁。用澗蘋詩押「丁」字句意。受嗤遭目拙，特賞愜心靈。得隴休重望，教君五藏寧。同蕘圃次韻，方米夏文燾。

中春月，余得宋刻《千金方》，同人相約題詩紀事，限「孫」字而禁用其人本姓，自後因書而賦者，悉用是例矣。初澗蘋得此書，重爲元刻，詩以紀事，擬用「丁」字，畏其難而改用「年」字，卷端三首是也。昨澗蘋自家至書塾，袖出一詩，謂向所爲難者，今反見巧矣。所押「丁」字，果稱巧絶，遂偕方米次和。時命工用也是翁所用旋風葉裝潢法裝之，事既竣，即就副葉界烏絲闌書其上，披覽之餘，亦頗快目。書中《哀思集》重第六葉，《續集》闕第八葉，重第十二葉，總計七十七葉，每葉邊楷書細字，筆墨亦古雅。澗薲謂是明人書，余亦絶愛之，故并及云。《哀思》當作《方外》。蕘圃。

此元刻元人丁鶴年詩，余友顧澗薲歲試玉峰時所收，而以之歸余者也。余向藏正統重刊本，止三卷，今元本分四集，一曰《海巢集》，二曰《哀思集》，三曰《方外集》，四曰《續集》，以《附録》終焉。嘗取與明刻校勘，分卷分體俱非其舊，即如《海巢》一詩，元刻在卷一，或以是名集，職是之故；明刻列諸卷中，失其旨矣。他如《哀思》已下三卷，皆有取意，而後之稱者僅據至仁一序悉以「海巢」名之，有是理乎？得此可證廬山面目，益歎元本之不至淪没者幾希。爰付裝池，俾得附麗不壞，與元刻諸名公集同十襲藏之，較嚮之塵薶故紙堆中，其顯晦爲何如耶？伯樂一過冀北之野，而馬羣遂空，此書之於澗薲，吾亦云然。嘉慶己未孟夏五日，書於士禮居，棘人黄丕烈。均在卷末。

卷端五言古詩《采蓮曲》，第三首已下缺文，久無從補。迄今辛巳，時越二十三年矣，始見沈寶硯徵君手録殘本，依樣補之。昔義門何學士補宋刻《許丁卯集》，得毛豹孫影寫本足之，謂非不知妄作。兹余之補《丁集》而用沈寫本，不猶守此義耶？喜而書此。道光紀元秋九月望日，復見心翁坐雨縣橋之學耕堂燒燭識。在卷一後。

499 江月松風集十二卷 舊鈔本

《江月松風集》爲有元錢思復手書稿草，先民筆墨，具有别致，好事家因裝褙成册，錢磬室、曹秋岳相繼收藏。秋岳亡後，伯兄澂於金閶見之，傾囊得歸，一時争相傳寫，未免有豕魚之譌。此本乃余手鈔，校對獨細，惜有缺落，無從考補。至字畫間有舛誤，亦從闕疑。大抵古人手筆，當仍其舊，不可妄以己意增損也。所得更有張伯淳、貫酸齋書卷，元人《草玄閣湘竹龍唱和》并雜詩束，共此集爲三册，得於康熙丙寅之杪春，而鈔成於季秋之十三日。東洞庭山人又張翁栻識。

旁有朱字，乃録金亦陶夫子所改誤也。丁卯四月，栻。

錢思復《江月松風集》，余向未之見，今見諸玉峰考棚汗筠齋書籍鋪，蓋太倉金元功家物也，郤爲吾郡人手録本。翁名栻，字又張，號南陔，其景仰昔賢之意可見。住東洞庭山，則《太湖》、《具區》兩書〔一〕中當必有其人，惜案頭無其書，不之詳。然愛書如命，手澤猶新〔二〕，其人固可想見，且爲金侃亦陶之高足，宜其流風餘韻，洋溢於縹緗翰墨間也。余生平嗜書，並嗜藏書之人。書賴人以傳，人亦賴書以傳，安能離而二耶？此書罕有，固不待言，藏書之人於此僅見，余故表而出之，爲今撰修郡志者有考焉。道光癸未三月望日雨癸未七月二十有八日,從蕘夫借觀。晦日往瀆川省徐氏妹,午後狂風大作,泊西跨塘橋下,投宿談氏。越日仲秋朔歸,往來舟中讀竟。湖山風月主人記。窗,蕘夫識。

【校勘記】

〔一〕太湖具區兩書 「書」原作「志」,據國家圖書館藏清康熙二十五年翁栻抄本《江月松風集》十二卷黄丕烈跋改。

〔二〕手澤猶新 「新」原作「存」,據前揭書黄丕烈跋改。

500 周職方詩文集二卷 明刻本

向聞錢聽默言,書籍有明刻而可與宋元板埒者,惟明初黑口板爲然,故藏書家多珍之。余自聚書以來,宋元板固極其精妙,而明初黑口板亦皆有佳絶者,即如此《周職方詩文集》二卷,世鮮有著録者。初書友攜數册古籍來,余惟愛此種,因併他種求售不果,後從他處得之,價易青蚨二金餘,於以見書籍之可珍者,雖明刻亦不甚賤也。嘉慶丁卯秋七月二十有五日,復翁黄丕烈識。

501 謝翺巢集摘稿三卷 舊鈔本

《謝翺巢集》世皆流傳鈔本，惟《翺巢摘稿》間有舊刻本。近年蕭山人欲購古籍於胥門某坊，插架中無意得一舊刻本去，心殊怏怏。頃香巖書屋有影寫洪武本，想必即從舊刻出也[一]，購之以聊慰夙願。辛巳三月六日，蕘夫記。

【校勘記】

〔一〕想必即從舊刻出也 「即」字原缺，據臺北圖書館藏影抄明洪武十二年王著刻本《翺巢摘稿》三卷黄丕烈跋補。

502 山窗餘稿一卷 明刻本

甘復《山窗餘稿》，見諸《讀書敏求記》中，從未見其書也。頃過胡葦洲書肆，談及近有此書明刻本，爲王迂樓所收，因借歸，倩友影寫，聊以厭所欲耳，亦自覺可笑也。庚辰十二月東坡生日，蕘夫識。

此刻遇衍字加點於旁，或即以所改字注於旁，遇脱字亦如之，此法甚善。古書每行字不齊，故有時擠下幾字，拔疏幾字，以遷就之，從未有如此刻例之旁注者。吾謂刻書之法此可取，則省修板剜損之虞，且古帖有如此刻者，何獨不可施諸書耶？越一日晨起又識。

是書刻手古拙，想寫樣人亦出讀書人，故時帶行。然印本已後，故字跡筆畫多損壞，讀者當自辨也。後有割補處，鈔寫甚工，又有空行，不知所補何據，所空何故也。其間有墨釘無字處，想板損又無别本可補，故仍之。噫！一元集明刻本耳，尚如此難獲其全，書顧可忽視哉？蓋余鈔此雖可笑，余鈔此書之意則甚有裨也，願以諗來者。同日識，宋廛一翁。

503 樵雲獨唱集六卷 舊鈔本

戊辰秋七月白露後一日，友人陶琅軒赴金陵赶考，寄我殘元本《樵雲獨唱》有鈔補者，内中間有原缺處，想所據本無也。因用朱筆校元本，以墨筆參鈔補，即如此册出吴伊仲舊藏，亦屬可信，而字句實有不知妄改處，信元本爲可寶。余喜古書，不論全否，以舊本爲據。陶君知余之深，故搜得寄余，連夜手校如右。時天氣新凉，燒燭閲此，校畢已月上矣。七月十八日，復翁識。

504 九靈山房集三十卷 明正統刻本

余向年買舟泛琴川，訪同年張君子和於東言子巷，煮春芹煖酒歡聚，猶記酒後狂態，思豪奪其家藏書以歸，明初黑口板《戴九靈集》其一也。後余獲一紅格舊鈔本，缺失大半，因往借前所欲奪者，手爲校補，遇缺失悉一一影寫足之。此吾兩人互相通假古書之一樂也。今忽忽廿來年，子和作古，余亦不常至琴川，徒愴然於懷而已。歲辛巳，子和孫伯元以此本屬題，來札云：「《戴九靈集》先祖在時已邀洞鑒，兹再求題數語於前，以作一重翰墨因緣。」余嘉子和之有孫，而又不忘舊好，重續前盟，而後乃今異地同心之友，得一知己，可以不恨余於伯元有厚望焉。蕘翁。

附手札

前役歸，接令叔復函及尊札，藉悉奉倩之戚，甚爲扼腕。然科甲中人，往往小有啾唧，如芝軒大農，其前事也。希以此排遣，爲屬所示書《類林》、《揭文》、《九靈》三種，俱加拙跋。《釋氏》、《韻會》皆明刻，無可發明，兹又寄到《國語》，此實明刻，非南宋本也，宋本從無闊黑口者。此本之勝不過補音單行耳，亦不著墨即藉繳，其待漏圖刻已送交石竹堂處，俟取歸覓寄，或貴友廿一二間有，便即從伊處轉交可也。草草奉復，緣來人立待耳，俟續陳即候芙川大世兄日好。丕烈手復，正月廿七燈下。

505　樂志園集八卷　校本

此册爲兔牀山人藏本并手校者，介髯翁示余。余取舊藏顧秀野鈔本勘之，大段略同，而詞句互有得失。至命名則有異，此云《樂志園詩集》一至八卷，余本則分題，各自爲一集，一云《來鶴草堂稿》，二云《既白軒稿》，三云《竹洲歸田稿》，鄭文康《後記》，外又有《鶴亭唱和》一卷，又有十葉，亦敬夫詩，無集名，未知云何，此脱之矣。卷一内此多《南海道中》三首半，各本皆空白，因據補余本。余本《竹洲歸田稿》内多「杖屨」云云至「答之」，此本脱也，亦據余本補入。鄭記不全，亦據余本足之。初余校此册未半即病，病且幾死，自謂校讎事絶矣，幸天憐余之好古書，而不致與書永訣，新歲謝客，竟畢校此册，良友之托幸遂宿諾，予喜而良友當亦共喜也。唯《鶴亭唱和》已下詩卷帙甚繁，不能任此筆墨之勞矣，當俟他日命鈔胥續之。嘉慶歲在丁卯陬月哉生明，復翁丕烈記。

歲暮懷人

異地能同好，一周得兩人。僑居情久密，謂髯翁。過訪迹常新。君每過吴，必至余舍。屢寄書相賞，曾遺畫絶珍。蒙君作《員嶠訪書圖》以贈。髯翁倘歸去，爲我賀新春。每歲底托髯翁拜年帖

稱賀。〔一〕

【校勘記】

〔一〕此詩原缺，據《拜經樓藏書題跋記》卷五《樂至園集》（上海古籍出版社二〇一八年版，第一八〇頁。）補。

506 東山趙先生文集十一卷 舊鈔本

此《趙汸集》，名曰《東山趙先生文集》，共十一卷，文八卷，詩三卷，係坊間從貯書樓蔣氏收得者。筆致古拙，硃書校讐，未知爲誰氏鈔而校者。卷端有「檇李曹氏藏書」印，又有「項氏珍藏」印，則其來固有自矣。考《四庫全書目録》，《東山存稿》七卷，《附録》一卷，元趙汸撰。家俞邰《補明史藝文志》：「趙汸《東山文集》十五卷。」今以此本核之，似與俞邰所志爲近。是集世鮮傳本，因以重直購而藏焉。至校者筆，細審似爲潔躬手書云。辛酉冬孟，黄丕烈。

507 雲間清嘯集一卷桂軒詩集一卷 明鈔本

九月二十八日書友以此册歸余，余知爲王蓮涇舊藏，故歸之。隨檢《孝慈堂書目》，云兩書各一卷，崑山葉氏鈔本合一册，鈔白一百七番，今證之確然，問書友謂自吴江得來。王氏居吾郡之鄉間，而此書傳鈔于崑山，流轉于吴江，猶不出吾郡，今以歸余。余所藏多蓮涇故書，聚而散，散而聚，書而有知，其啞然相笑耶。「半繭」乃葉氏園名，今崑山新城隍廟乃其地，圖書印記足徵授受源流，幸時代非遠，猶藉見聞知之，故并誌于書尾。復翁黄丕烈識。

508 東維子文集三十一卷　明刻本

此書收自東城故家，裝潢精妙，久已什襲珍之矣。頃五柳居收得揚州蔣西圃家數種，亦有此集，從余借此本補《目録》一至七七葉，而余本亦闕七卷第五、六葉〔一〕，二十二卷第五葉，二十三卷第十二葉，復從揚州本補兩葉，其二十三卷中一葉均闕如也。原有烏欄空紙，惟恐影寫損裝，遂照録以備誦讀，書訖誌其緣起如此。辛酉孟冬，黄丕烈。

【校勘記】

〔一〕　第五六葉　「五」字原缺，據國家圖書館藏明抄本《東維子文集》三十一卷黄丕烈跋補。

509 鐵崖先生古樂府十六卷 元至正刻本

楊鐵崖先生《古樂府》，其舊刻本余初見諸香巖周丈處，搜訪數年，近始獲，此可謂幸矣，因重借周本相勘。此本印較在先，紙張雖黄白不純，其初印則同。間有缺葉，亦是照刻本補録，非僞爲者。圈點脱落余復取周本摹補，惟是糊塗字跡幾板，周本已爲補刻，不如此之尚屬原刊，兹雖描寫一二，未免轉失其真，故并著之，以誌余過兩本不同之處。周本卷首有張天雨、吴復兩序，此本有宋濂所撰墓志銘，互相歧異，未知何故，擬影鈔兩序以存其舊云。嘉慶乙丑立夏後二日，蕘翁黄丕烈識。

510 鐵崖先生詩集十卷 鈔本

余向藏《鐵崖漫稿》爲舊鈔本，皆文也，別有一册詩，亦鈔本，較《漫稿》筆致稍時近。有人攜此詩集三册來，云是騎龍巷顧氏物，檢其舊傳書帳，果有之，蓋顧氏書散已久，此其僅存者爾。索直十金，以每册二兩易得，取其鈔手甚舊，疑出自洪、永間，可與《漫稿》爲合璧。至于所録詩篇，不特《東維子集》二卷詩有不符，即吴復所編《古樂府》、章琬所集《復古詩》亦不盡合，當是別據舊本。此分甲至癸，爲十卷，與章琬分年詩十卷卷數合，不知是一是二,俟詳考之。嘉慶庚申閏四月望日,書于讀未見書齋,蕘圃黄丕烈。

511 鐵崖賦稿一卷 鈔本

余喜蓄未見書,故向以「讀未見書」名其齋,而自後所獲亦未見者多。故三十年來,檢篋中藏本,輒自詫曰:「此外間罕傳之秘本也。」凡書之未見者非真未見也,或當時有之而後世無傳焉,或某家有之而行世實鮮焉,此皆可以未見目之。即如此《楊鐵崖賦稿》,朱子新録之,明初〔一〕固有傳本也;文瑞樓藏之,一家固有秘本也。曾幾何時,而朱子新之名不傳,文瑞樓之物已散,苟非如余之向識其名、親見其目者,又何從而識之邪?爰書此以志幸。復翁。

六月廿二日,往香嚴書屋借《青雲梯》相勘,此本盡出其中。《青雲梯》原籤如是名目,分三册,每册首題曰「至治之音」四字爲首一行,其次行即云某賦、某人,人或一篇,或不上一篇,惟于二册之下半題曰「楊廉夫諸賦」,始以《黄金臺》,終以《禹穴》,共廿二篇;三册之下半亦題曰「楊廉夫諸賦」,始以《八陣圖》,終以《飛車》,共四十七篇,蓋第二册中摘取《麗則遺音》十九篇,而割此本首三篇入之,其原實合也。復翁手記。

六月六日,前月來過之書船友曹錦榮復來,蓋爲有别種交易介余關白也。云從吴江附夜航而來〔二〕，包中攜有文瑞樓墨格鈔本《楊鐵崖文集》一册，索青蚨每葉二分。余粗一閲之，知是録《鐵崖賦稿》。案頭適有《麗則遺音》在，急取對之，無一首合者。因觀末有朱燧子新跋，始知諸賦簡編浩瀚〔三〕，區區録其二三，是册蓋摘録《鐵崖賦稿》也。朱子新亦元末人而至明初者，喜手録前人制作，向曾獲其手書《青雲梯》三册，皆録元人賦稿，惜已流轉他所，香嚴書屋中尚有其副。兹册亦文瑞樓所録副本也。余嫌書友索直昂，未與議直，而書友欲丐余家刻書出售，因以此爲質，遂得繙閲一過，并徧取《鐵崖文集》本考之，無有及是者，乃知朱公與鐵崖生不後時，故聞見廣、搜羅易耳。則此册雖未必全豹，其論賦則出《麗則遺音》之外，其論文則在鐵崖諸《集》之外，誠不輕見之書〔四〕也。《文瑞樓書目》有《鐵崖賦》一卷，其即是本歟？乙亥季夏八日〔五〕，梅雨初晴，晚起復翁記。

【校勘記】

〔一〕明初　「明」原作「時」，據上海圖書館藏清勞權家抄本《鐵崖賦藁》二卷過録黄丕烈跋改。

〔二〕附夜航而來　「航」原作「船」，據前揭書過録黄跋改。

〔三〕浩瀚　「瀚」原作「繁」，據前揭書過録黄跋改。

〔四〕不輕見之書　「輕」原作「經」，據前揭書過録黄跋改。

〔五〕季夏八日　「日」原作「月」，據前揭書過録之黄跋改。

512 張光弼詩集二卷 舊鈔本

元《張光弼詩》二卷,爲不解事書人强爲解事,作七卷分之,遂失其本來面目。一卷之五卷合作第一卷,六卷之七卷元合作第二卷也。其書借海鹽胡孝轅氏所録。往數年前,聞孫唐卿氏有是集,碌碌南北,未及假録,昨歲差旋,往謁孝轅,遂攜之歸,録之以償夙昔。然胡本中頗多浥爛損壞字,尚須假孫氏本補之。集有《輦下曲》二首、《宫中詞》二十一首,皆道胡元宫闈中事也。别有國初宗室得所賜元老宫人,言庚申君宫中事,爲作宫詞百,今見《文園謾録》,惜爲删去五十二章,惟存四十八章,録作一家,亦備一代之遺事云。時天啓二年壬戌正月上元後一日,書於武源山中。連陰雨二十日矣,尚未有晴意,恐復作元年連緜四五月也。清常道人書。

趙清常道人,藏書之最著名者,余所得其家書卻鮮。去歲從香嚴書屋借鈔其家《脈望館書目》,以爲搜訪之助。頃從坊間購歸元人《張光弼詩集》一册,末有清常跋,知爲其手書,余以所見他書字跡證之益信。隨檢《書目》,於元人文集門卻未載,或編次失落,抑所録在成書後皆未可知。光弼詩傳本頗稀,更得清常手鈔,真可寶也。嘉慶辛酉秋七月廿有八日,蕘圃黄丕烈書。

壬戌從都中購得《建康實録》舊鈔本，與此鈔手略同，似一人所書，因取相對。審此書卻非清常手鈔，特跋語爲清常筆爾，爰以自訟。　蕘翁記。

嘉慶甲戌收得明刻本校，非特浥爛損壞字與趙所據鈔之本合，且此本有墨筆旁添之字，皆刻本所有，其爲海鹽胡孝轅本無疑。　明刻新從湖賈之趕考玉峰鋪中所收，來自浙中，當不誣也。　趙據鈔於前，余覆勘於後，尚有一二字爲趙鈔時所遺。　書經三寫，魯魚亥豕，余故樂得祖本也。　校訖記，閏二月十九燈下，復翁識。

此本多孫唐卿本校補一過，幸先收此，而刻本反可藉是獲全。　書之不可偏廢如此。　復翁又記。

513　鼓枻稿一卷　舊鈔本

此香嚴書屋藏書也，予因罕秘，出重價收之。　既而揚州藝古堂主人以舊鈔元人集數種與余易書，兹《鼓枻稿》亦有之。　分六卷，目録在每卷上，有「西圃蔣氏手校鈔本」長方印，取以勘此，遜此多矣。　道光甲申新秋校，蕘夫。

514 潛溪先生集十八卷 明刻本

此天順刻本《潛溪先生集》，爲弋陽吾家澄濟氏所選定者，各家書目俱不載〔一〕，唯《千頃齋書目》〔二〕及家俞邰《明史藝文志》有之，雖係選本，實舊刻也。頃往常熟同年友張子和家弔其母喪，因於書肆搜得，歸舟展玩〔三〕，首至末悉排長葉，亦刻書之一格，并著之以識古款。至是集亦爲潛溪先生諸集之一本，藏書家何可輕棄耶？已未冬十一月四日黄丕烈識。〔四〕

【校勘記】

〔一〕俱不載　「俱」原作「均」，據南京圖書館藏明天順元年黄溥、嚴塤刻本《潛溪先生集》十八卷《附録》一卷黄丕烈跋改。

〔二〕千頃齋書目　「齋」原作「堂」，前揭書黄丕烈手跋寫作「齋」，據改。

〔三〕歸舟展玩　「舟」原作「再」，據前揭書黄丕烈跋改。

〔四〕已未冬十一月四日黄丕烈識　此句原缺，據前揭書黄丕烈跋補。

515 槎翁文集十八卷 明刻本

余於元人集，凡有文者尤急購之，以其可考元代事實也。此《槎翁文集》向聞洞庭鈕非石曾得之，後爲錢少詹索閲，故未及假觀，頃書友攜是書來，以青蚨二兩四錢易之。内缺第二卷第十二葉、第廿九葉後，第十二卷第十葉，餘亦有缺文，未知非石所藏即此刻否。或可鈔補，亦一快事。余思《槎翁詩集》已登《四庫》，而《文集》未録於類，《存目》中載有《槎翁集》八卷，專指其文，因詩勝於文，故棄文録詩。余得此册《文集》十八卷，則八卷之説當脱一「十」字。又據鄒守益後序云：「詩曰《職方集》，宋學士景濂評之以傳；又曰《槎翁集》，羅吏部允升手校正之，以屬徐郡守士元，俾登之梓。」是此册原與詩殊刻也，但未識宋氏所評即羅序所云蕭氏所刻，俟更覓得其詩以臻全備，更爲善耳。己未夏六月，黄丕烈。

516 丹崖集□卷 舊鈔本

此鈔本《唐丹崖集》[一]，余藏之篋中久矣，疑是影寫本。頃訪同年友於琴川，出所藏古籍相欣賞，見有黑口板天順本《丹崖集》，遂攜歸手校一過。卷中空格皆墨釘，有題無詩處亦同，鈔所誤者可據刻本正之，行款間有與刻殊者[二]，當是鈔所改耳。此實照寫，非影寫也。余於元末明初人文集頗蓄黑口板，今此集得友人藏本，可以校正。甚矣！人之有同嗜也。友爲誰？張其姓，燮其名，子和其字，蕘友其别號也。庚申冬季十有二日，蕘圃黄丕烈識。

【校勘記】

〔一〕唐丹崖集　「唐」字原缺,據國家圖書館藏清抄本《丹崖集》八卷《附録》一卷黄丕烈跋補。

〔二〕與刻殊者　「刻」下原衍「本」字,據前揭書黄丕烈跋删。

517 始豐稿十四卷　明刻本七卷以下景鈔

徐一夔《始豐稿》余於顧抱沖家偶一見之,未及細檢其卷第也。恭閲國朝《簡明書目》載有兩本:一爲十四卷,即《四庫》所收者,是與也是翁藏書目合;一爲六卷,今所得者適合,然有目而六卷後有割裂補綴之痕,且後稿下總目及每卷似俱有「上」字而挖去者,則其有後稿無疑。是本得無爲十四卷而逸其半歟?俟假抱沖本對之。嘉慶四年莫春月下澣六日取付裝潢,用向日得書時所記語録于六卷之後。蕘圃。

四月四日借得顧抱沖藏本一對,彼爲卷十四,固全璧也。然自七至九以《雜識》始以《墓銘》終。七卷注「後稿」,終中,八卷無注,九卷注「後稿中」。第十至十四又以《雜述》始,以《墓銘》及《碑》終,十至十四俱注「後稿」。可知當日以時增益,故前後各自爲稿,且後稿有上、中而無下。其無下者,可以隨時增益也。

卷七，十九葉；卷八，十四葉；卷九，十四葉，內有「又六」，共十五葉；卷十，十八葉，內有「又三」，共十九葉；卷十一，十五葉；卷十二，十四葉，內有「又四」「又五」，共十六葉；卷十三，十三葉；卷十四，十八葉。總一百二十九葉。

此亦得書時借抱沖本核之，自記語並所待補葉數也，今已補就。此八卷，余前所得本目録已割裂，抱沖得本雖十四卷，目録並前六卷而無之，因録續補卷數、葉數以備考。蕘圃。〔一〕

此七卷至十四卷一百二十九葉《始豐稿》，余用抱沖本屬友人影寫者，字體頗得其似，迥非鈔胥比矣。是書世行有二本，恭閲《四庫提要》，載王阮亭所藏爲十四卷，朱竹垞所藏爲六卷，則足本誠爲艱得也。但《千頃堂書目》載有十五卷，其一爲詩，似十四卷究非全本，俟徧訪諸藏書家。己未春季，棘人黄丕烈。

【校勘記】

〔一〕「四月四日」至此三段原缺，據南京圖書館藏明刻本《始豐稿》十四卷黄丕烈跋補。

518 始豐前稿三卷 鈔本

徐一夔《始豐稿》共十四卷，相傳有詩一卷爲第十五卷，然未見也。余家所收爲六卷，而缺其第七卷以下,借顧抱沖藏本鈔足之,今可云無憾。子和出所藏鈔本見示,止有其半,細數之,實止有三卷,此一半中之一半也,暇日當以余本足之。蕘圃黄丕烈。

519 敬所小稿一卷 舊鈔本

己巳夏,有書船友攜天文書二種及此《敬所小稿》求售,余獨取此,爲有晉江黄氏父子藏書圖記在上也。此書各家書目鮮載之,惟俞邰《明史藝文志》「别集類」有云「蘇仲簡《敬所小稿》四卷,名境,以字行,洪武中訓導」。今檢是書,並未標明卷數,而分卷出頭祇有三卷,豈有所遺耶?抑志誤也,俟博考之。仲夏中澣十日,復翁。

道光癸未季冬,風雪掩關,燒燭粗讀一過,通體脱誤良多,苦無别本可正,隨手以意校定,未必全是也。末一首脱誤尤甚,幾不可句。檢《列朝詩集小傳》洪武時竟無蘇公姓氏,殆小家,故未著名耶?因是,歎没世名稱之爲難也。蕘夫識。

520 高季迪缶鳴集十二卷 明刻本

余家向藏高季迪先生《缶鳴集》,係從東城顧氏得來者,裝潢精雅,楮墨具帶古香,想舊刻難得,故珍重如斯。今甲寅初夏十日,適遇郡中迎神賽會,舉國若狂,而余以疏懶性成，未及往觀，午飯後偶步至學餘書林披覽書籍，無一當意者，見架底有破書兩本，古色黯然，視之則舊刻《缶鳴集》也，問其直，索青蚨五星，因以八折歸之。攜歸後，與素藏者相對，字跡清朗，首尾完善，竟爲此勝於彼，且前後胡、王、謝三人之序彼係鈔補，而此屬刻本，并多校刻周立公禮後序二葉，是可喜已，擬亦裝潢而並藏諸篋笥云。時乾隆甲寅四月上澣，郡後學黄丕烈識。

521 眉庵集十二卷 明刻本

嘉靖乙卯臘月廿六日，「王玉芝」朱文印。志於疊翠軒。

弘治丁巳五月鄉達張企翔先生餽此書。「王獻臣」朱文印。

余藏明初人集高、楊、張、徐四家，獨闕《眉庵》一種，向書估從太倉收來者非企翔所梓，故不之取，今周香巖丈慨然以此册贈余，可云四美具矣。始得徐集於顧八愚家，次得張集於顧聽玉家，次得《缶鳴集》於書肆，兹又得此，合四集於一處，其收羅不煞費苦心耶？後之讀此四家詩者，弗謂原刻之易得也。嘉慶己未冬十月五日，識於紅椒山館。丕烈。

522 張來儀文集一卷 舊鈔本

余向藏《静居集》係明初張習刊本，未載其文也。國朝《四庫》但載詩四卷，云其文不傳。然《明史》附《高啓傳》，盛稱其文，而洪武時命作《滁陽王廟碑》，又吾郡《七姬權厝志》亦羽撰文，見於行世搨本，則羽固非不以文著名者也〔二〕。頃書友攜故書數種來，中有《張來儀先生文集》，雖殘毁已甚，余詫爲得未曾有，因出重直購之。至於書之霉爛破損，係經水濕蒸潤，故裱托爲之。此又何義門歸舟落水故事。余所見宋本元舊籍，其藏本往往如是，固不待中有義門手校朱文而始信之也。物主謂文氏鈔本，故索重直，余見不之及，其信然乎？抑否乎？庚辰秋九月二十有七日，復翁識。

續又檢及《文瑞樓書目》，於明人集部洪武朝「張羽《静居集》四卷」一本後「又《文集》一卷，鈔」一本，知金星軺家有是文集矣，未知即此本否。十月五日又記。

《山雉賦》起，《漏月齋記》止，通計存七十番。

余近日收書，往往命長孫秉剛與聞之，取其隨手指示，俾得略有知識也。此書之所以可珍，已備前跋，而中有一佳字，雖義門亦幾交臂失之，校而去之矣，必當摘出，以示兒曹，而後知古人云「欲讀書必先識字」，此小學之不可不講也；「讀天下書未遍，不可妄下雌黄」，此校書之不可不慎也。且人生才識有限，安得讀盡其書。即如《廣韻》，小學書之一種也，而中有「梲」字，注云「讀書牀也」，人盡忽焉。義門因得是集而讀之，而校之，且幾疑「梲」之爲「帨」，而朱校「木」旁作「巾」旁，幸下文又有「帨」字在，方悟「梲」字之非誤，而舉《廣韻》注以證之。此義門之講小學、慎校書也，兒曹其可弗知乎？古人其可弗效乎？雖謂吾之重價購書，爲此一字之師，亦無不可。十月四日，晨起雨霽〔二〕，復翁書。

書籍甚惡硬褙〔三〕。今人令小兒入塾讀四子書，無有不硬褙者，取其難於磨滅，不致方册成員也。然遇極舊之書，又必須覆背護持，方可展視，蓋紙質久必腐毁，覆背庶有所藉托耳。此事卻非劣工所能爲，手段不高，動輒見窒，即如此書，幾與硬褙之四子書無異矣，而覆背護持之法具焉，良工見之，亦詫爲好手段，故戲舉及之。復翁贅筆。

【校勘記】

〔一〕以文著名者也　「名」字原缺，據上海圖書館藏清琴川張氏小琅嬛福地抄本《張來儀文集》一卷過録黄丕烈跋補。

〔二〕晨起雨霽　「晨」原作「辰」，據前揭書過録黄跋改。

〔三〕甚惡硬褙　前揭書過録黄跋「甚」作「再」。

523　逃虛子十卷續一卷　鈔本

余藏《逃虛子詩集》向有二卷，一係殘刻本而補鈔，一係完刻本而無缺，可云美備矣。近從坊間獲見此舊鈔，鈐有「九來」印，知爲葉氏藏書，與刻本爲兩美之合，因出朱提一金購之。卷中間有缺番，當從刻本影寫足之。嘉慶丙寅七月二日，時方小旱，忽得透雨，新涼襲人，几席都潤。蕘翁。

去歲得此書後，適洞庭山人鈕非石攜殘刻鈔本去，今又得一舊鈔本，遂影寫足是本缺葉。余適又得〔一〕一舊鈔《逃虛類稿》，命門僕影鈔其副，而以所得與詩集合裝，倘有友人需此，可應其求也。丁卯夏至前日，復翁。

【校勘記】

〔一〕余適又得　「余」原作「今」，據臺北圖書館藏舊抄本《逃虛子詩集》十卷《續集》一卷黄丕烈跋改。

524　半軒集十二卷　明刻校本

嘉慶三年戊午冬，借得周香巖新從騎龍巷顧氏購得舊鈔本《學言稿》上一册，共計四十七葉，云是元人所鈔，卷首有吴寬印章，則其爲匏庵以前人所鈔無疑，雖非全璧，然取與此刻相對，脱落差誤，不一而足。書以最舊爲最佳，不信然歟！十一月望日冬至校畢書，棘人黄丕烈。

乾隆乙卯夏，介書友邵鍾麐得舊書於同郡朱翁文游家，中有王行止仲《半軒集》四册，爲卷十二，卷首《王半軒傳》三葉、《刊半軒集後録》一葉俱屬鈔補，而目録無傳焉，知有殘闕矣。後檢家俞邰《明史藝文志》載有王行《半軒集》十二卷、補遺一卷，又《楮園集》十五卷，則《止仲集》不止一名，而此名「半軒」者，亦不止十二卷。繼晤周薌巖先生，談及是集，慨然以全本見借，遂從周所藏本補序二葉、目録七葉、《半軒集補遺》廿五葉、《半軒集方外補遺》十三葉，原闕第九葉。而《傳》與《後録》俱依原刻序次録入，舊所鈔補者撤之，存刻本真面目也。末有《楮園草詩》四葉、《楮園草文》十四葉，雖難復十五卷之舊，而周本原鈔附刻本後，故今仍録之。外有舊鈔本《王半軒先生文集》，亦從薌巖借得。義門跋云：「其中《三笑圖贊》、《跋眉庵卷》、《嘉席致語》三篇又企翱當日訪求未得者，則鈔本又可以校勘刻本矣。」擬俟暇日參之。時八月七日，棘人蕘圃氏黄丕烈書。

十月中澣，卜居事成，心緒稍定，重理校勘之事。取舊鈔《王半軒先生文集》參閲一過，并録所多三篇於後，鈔本實有勝於刻本之處，果如義門先生所云也，惜缺葉有無從補全者爲恨恨也。鈔本爲孫雪居舊書,而又經曹倦圃所藏,古書傳後之源流亦不可没,因併著之。棘人蕘圃氏又識。

525 友石先生詩集五卷 明刻本

周丈香嚴得此集板刻正與之同,而缺其第五卷,因借去影鈔足之,併爲余檢點所缺失夾籤,識其中而還之。此去年事也,余鹿鹿未及借補,適香嚴命工裝是書,遂從工處攜歸補全舊鈔二葉,仍附卷尾以存其古。丁卯六月復翁識。

526 韓山人詩集不分卷 舊刻本

吾吴中之鬻書者,皆由湖州而業於蘇州,後遂占籍爲蘇人,其間最著者兩家:曰錢、曰陶。錢景開、陶廷學皆能識古書,余皆及與之交。景開之後雖業書,而毫無所知;廷學之後則不專於業書,而書中之門徑視廷學有過之無不及焉,此吾所以比諸陳道人也。歲甲子春,余友陶君蕴輝以父憂服闋,將就官赴都銓選,而廷學舊業有肆在琉璃廠,仍至彼做買賣,遇舊書時郵寄我。我之嗜好有佞宋癖,蕴輝頗知之,然吾不奇其遇宋刻而寄我,奇其非宋刻而亦寄我也,即如此《韓山人詩集》四册無識者,視之直平平無奇耳,惟蕴輝以爲去年所寄《陶情集》及此《韓集》兩人皆是鄉人，尤可寶重，不遠三千里而寄我，是其學識不可以書估視之矣，否則公望姓名雖我家鄉讀書人亦問諸而不知者，何論書估耶？至於此書之善，尤余所獨知。余向藏鈔本，出於錢景開手，已爲甚秘，今復得此舊刻，且多續集與詞，真明初人集之至善者也，因題數語於後，以著良友寄贈之惠云。他日蘊輝歸，持此跋視之，當亦以予爲知己。時嘉慶乙丑春三月二十有八日挑燈書此，蕘翁黄丕烈識。

丁卯孟冬月朔檢舊藏鈔本，兹所缺第四十三葉，其文適有，遂命工補全。復翁并記。

覆檢知第五十葉亦脱，據鈔本補。又記。

527 韓山人詩正集續集不分卷 明鈔本

丁卯秋莫，以明初刻本手校一過，前脱目録，後脱「蒙齋」記，當補入。此册通體似影鈔者，舊刻間有一二誤字，此亦仍之，偶有爛板，字跡模糊，此卻清爽，當是從初印本寫也，勿以鈔本忽之。復翁。

528 耕學齋詩集十二卷 舊鈔本

此舊鈔《耕學齋詩集》余得諸東城故藏書家，因是曹潔躬藏本，故收之。適書友以東倉陸時化手鈔唐宋元明人集數種求售，内有是集，留之校對一過。曹本尚有一、二通假字，陸本續去之，非也，即訛謬亦更甚於曹本，聊爲參閲以考異可耳。究當以曹本爲據，惟曹本脱落賴陸本增補者，未知陸所據云何，俟再訪求善本正之。時嘉慶二年歲在丁巳六月十一日，連日陰雨晦冥，而昨尤大風頓作，有拔木之變，今晨天晴，展簾校此，午後竣事，書此於讀未見書齋。蕘圃黄丕烈。

校陸本畢後，適憶及篋中有舊鈔殘本《耕學齋集》，係王蓮涇所藏，目爲葉文莊鈔本，因取覆校此本，乃知此本實從葉本傳録，惟行款未之遵循耳。復爲校去陸本訛字幾處，即如卷十二《直沽偶成》次首「馬牛遺矢滿平川」，曹、陸二本俱誤爲「失」。澗蘋云此「矢」字，及揀葉本信然，可見書以最先者爲佳，真確論也。卷十一中增詩一首，或當時筆誤脱落，陸本雖有，次序不符此集，終以葉本爲據，而此猶从葉本傳録，尚爲可信，惜葉本已失其半，不能全校於心，能無耿耿邪？丕烈又跋。

529 耕學齋詩集十二卷 鈔本

嘉慶乙丑八月二十有六日，友人張秋塘以此册來，云是碧筠草堂顧氏舊藏，易余番錢二枚而去。余所藏《耕學齋》有二本，一爲葉文莊家藏本，止存七卷至十二卷，後又得一本，爲曹秋岳所藏，雖不從葉本傳録，而已訛舛不一矣。每惜葉本失去其半，無從□□□□，得此亦出於菉竹堂，且尾鈐「下學齋書畫記」印，□□多同，其爲一家之書無□□□□□□□□藏本對勘，并藉以補闕□□□□□□□□下半葉全闕。

530 青城山人集八卷 校舊鈔本

此《王青城集》，余得諸五柳居書肆，崑山孔氏所藏書也。汝玉爲吴人，考楊循吉《吴中故實記》所載「風雅第五」凡十四人，「青城王先生汝玉」居首，《記》云：「青城王先生汝玉，詩豪放，有寵永樂間，與王偁、孟楊、解縉紳[一]、王達善同名，當時稱東南五才子。」今録其語於集尾，以徵吾郡之文獻云。蕘圃黄丕烈。

余三月下旬自杭歸，探知郡城書肆某家有鈔本宋元明人集，急訪之，苦無愛不忍釋者。蓋余所收已多，故不甚留意，即有一二未收者，大抵皆康熙間鈔，非舊本也。是種之書，半由金星軺、王蓮涇兩家來，故多宋賓王手校之迹，《青城山人詩集》其一種也。余取舊鈔、明刻舊鈔補全本勘之，與舊刻多合，惟余本失四卷已下，故以宋賓王校本參之，兹卷中朱筆是已，并載校語。彼所見似全本，然有誤字，反不及此舊鈔。而舊鈔[二]亦有誤字，因手校之，前有魏、劉、徐、鄒四人序，皆景泰年間人，當補録之。己巳三月廿九日，復翁。

【校勘記】

〔一〕解縉紳「紳」字原缺，據上海圖書館藏明景泰四年刻本《青城山人詩集》八卷黄丕烈跋補。解縉，字縉紳。

〔二〕而舊鈔「而」原作「聞」，據前揭書黄丕烈跋改。

531 楊文懿公集二十卷 殘明本

嘉慶己未正月下澣，書友攜殘本明刻《楊文懿集》求售，僅二十卷，每册首有吴枚庵圖書，當是其家舊藏而失之者也。余因取向收之本相對，刻正同，而紙色白黄微異。余本缺首序二葉，卷十二第十二、第十三葉，其第十四葉余本首行爲「侯服一布」云云，當是修板擠行，故脱前行，今並取以補入。至二十七卷所缺七、八兩葉，適爲缺卷，無從補入爲悵爾。噫！一明人集耳，而缺失久不能完，又何論古於此者耶？并著之以當一喟。棘人黄丕烈識。

532 文温州集十卷 明刻本

《文温州集》相傳爲其子徵明手書以付剞劂者，故藏書家於明人集中最爲珍重。余向從東城顧八愚家得舊刻名鈔不下四百餘册，而是集亦在所蓄，則其可貴益見矣。今孟陬下澣，觀書學餘書林，主人以新得光福徐氏書，故邀余鑒别之。繙閲一過，大都是有明及國初諸人文集，苦無當意者，惟此尚爲名書，且需直不昂，以青蚨三星易之。書友相視而笑，莫解其故，余亦未明告之也。近日書價踴貴，遇此等書反有賤售者，坐不識古耳。爰書此以告後之藏書者。嘉慶元年二月八日，書於養恬書屋。棘人黄丕烈。

533 金子有集不分卷 金子坤集六卷 舊鈔本

此明人金氏昆仲子有、子坤詩集也，檢家俞邰《補明史藝文志》云金大車《子有集》二卷、上元人，嘉靖乙酉舉人。金大輿《子坤集》二卷。大車弟，與大車皆從顧璘學詩。今得此二集，卷數全不符，未知何故，余因其宋蘭揮藏舊鈔本收之。且子有五上春官〔一〕，不第而卒，余亦同此遇阨〔二〕，然年四十四而即歿，余遇阨則同，享年已優於子有矣。生平所好在詩，故偕其弟子坤受業於顧公華玉之門。華玉固詩壇老宿也，金氏昆仲遠道來師，遂與吾吴諸君子相識，可見師友之益不可廢。余近年喜吟詠，無可師，凡友皆師也。若者是吾師而效之，若者否吾師而戒之，學問之道豈不在朋友講習哉！觀二公之題後及傳，於此道三致意焉。吾揭此以示兒孫，俾知世守云。道光癸未中秋後三日，石湖串月時也。秋清逸士記，時年六十一。子有祖籍江寧，又與余貫合，亦一奇也。蕘夫。

【校勘記】

〔一〕 子有五上春官　「子有」二字原缺，據臺北圖書館藏舊抄本《金子有詩集》一卷附《金子坤集》六卷黄丕烈跋補。

〔二〕 同此遇阸　「遇阸」二字原誤倒，據前揭書黄丕烈跋乙。

534 金孝章詩稿不分卷 手鈔本

余於昔賢手跡多所珍惜，而就中能識其真僞者尤以孝章先生爲最切，以所藏多其手跡也。此册出吴中毛意香家。意香工書法，於名人翰墨時獲藏弆，介表工某示余，索直三番。余嫌其太昂，越歲未決。今日某又來，索此，卒以孝章手跡，故如數易之。孝章詩已有刻本，而取校殊不同，雖非全本，亦足珍也。辛未三月廿有四日雨窗記，復翁。

吾鄉踞湖山，旁有鳳巢，幽曠境也，孝章先生有「鳳巢」一印，不知即其地名否〔一〕。卷中有《登馬叔明巢閣》、《登巢居還宿半巢》、《叔明招宿巢閣》、《巢宿將曙》諸詩，不知即鳳巢否，抑别有巢居、巢閣之名也。近日吴巢松買此山，招嬾菴長老〔二〕居此，同人賦詩紀事爲考舊聞，而旁及此「鳳巢」圖記，以見詩人棲息之地令人稱道弗衰者如此〔三〕，究不知是此山與否〔四〕也。庚辰中秋前六日〔五〕偶記。

【校勘記】

〔一〕即其地名否　「名」字原缺，據臺北圖書館藏清初著者手稿本《耿庵詩稿》不分卷黄丕烈跋補。
〔二〕嬾菴長老　「菴」原作「雲」，據前揭書黄丕烈跋改。
〔三〕弗衰者如此　「弗」原作「勿」，「如此」二字缺，據前揭書黄丕烈跋校補。
〔四〕是此山與否　「是」前原衍「其」字，據前揭書黄丕烈跋删。
〔五〕中秋前六日　「六」原作「一」，據前揭書黄丕烈跋改。

535 金俊明鈔書不分卷

此金俊明先生手録《月泉吟社》、《谷音》、《河汾諸老詩》、《中州集》，並《中州樂府·序目》及《小傳》彙爲一册，蓋先生爲勝國遺老，故録之以寄其意。向藏小讀書堆，于今秋始散出，經余眼，余愛不忍釋，以索直昂姑留案間，尚未議易也。閲其卷末附記數語，知先生以未見九峰刻本《中州樂府》不得每人小序爲憾。適余插架有影元鈔《中州樂府》在，檢得人之有小敘者用别紙録出，復出元刻《中州集》校勘一二，俾補先生所未逮。後書友欲易余韓柳文，許以此書爲贈，遂作跋記其原委，並述余取以校勘之故，他日更當以《中州樂府小傳》補入，益臻美備云。丁卯季冬望後一日，復翁識。

536 程穆衡箋吴梅村先生詩集□卷 鈔本

歲辛未閏三月三日，有事至嘉興，因訪戴君松門于吴涇橋。松門愛素好古，圖書滿家，余造訪之夕，挑燈茶話，秘笈遍搜。松門以此書相示，余愛之甚，遂丐歸展讀一過，知實勝於靳箋，爲其注時事，多所發明也。録此爲副，書中寫誤及原有脱落未盡改正，願以異日鈔畢粗對一次。時中秋前三日，黄丕烈識於求古居。

通計五册，共四百九十六葉，紙價四百文，鈔資四千文。

戴本係松門手書，此其影鈔者。

537 義門小稿一册 鈔本

《義門先生詩文》一册，張沖之秀才所藏，壬子二月二十有四日錢大昕借讀一過，距先生没已七十年矣。義門先生詩文世無刻本，此册出張沖之家，當即沖之尊人青芝所輯。青芝名位，爲義門高第弟子，故手録此書。《兩浙訓士條約跋》中有云景雲者，蓋即陳少章也，亦從義門游。昔人詩筆未經手定，片紙隻字門人珍重留之，洵善承教者。沖之名懷榮，與乃翁共喜鈔書，故多秘本，向與竹汀爲友，後竹汀主講紫陽，猶以一衿肄業院中，故又師弟。竹汀嘗爲余言沖之家書籍多善本，余往往借讀，今此册有竹汀題識可知已。沖之身後流落殆盡，余收之不下數十種，每得後亦就質於竹汀。兹先生没已九年，回想曩時賞奇析疑之景又何可得耶？壬申中秋後九日，偶因假於友人，歸還案頭記此。復翁。

538 笛漁小稿七卷 原稿本

嘉禾戴五松門，余舊交也，數年來蹤跡不甚密。今春閏月二日，有事至禾中，夜訪松門于吴涇橋，徧閲所藏之書，兼譚彼此心曲。余作詩贈之，有句云「從好招朋共，傷心失子才」，蓋松門與余嗜好同而境遇亦相等也。頃來吴中行篋帶有叢殘舊本，欲以歸余，余檢得此種，明知書非必欲得者，而披覽之餘頓增傷感。余亡兒年逾弱冠，讀書未得一衿，篋中衹時藝稿存，老人爲之校訂遺稿以行，俾附不朽。竹垞翁有才子而夭，猶賴筆墨以傳，吟詠之作不及成帙，余又老大無成，自著詩稿隨作隨棄，何能更爲後人計耶？聊記于此，以當一哭，他日如有桂孫、稻孫輩爲我守此殘編，則兒雖亡猶未亡也。後之人其勉之。復翁。

癸酉殘歲，東坡生日，偶因悶坐無聊，檢齋中書及《笛漁小稿》原本，讀弁首張序云：「先生年未五十，竟以窮死，豈天之生若人，竟豐其才而嗇其遇耶？」後讀卷中詩，有「家貧怯換年」句，語真情摯，則先生之窮可知。余才不豐而遇亦嗇，有甚於先生者，近嘗得一句云「詩爲遺愁多」，亦性靈中真實語也。兹戲以「家貧怯換年」爲首句衍成一律，後之得是書者，其亦知余之苦衷也乎！詩附後：

家貧怯換年，我亦以爲然。債逼非因酒，糧虚卻有田。兒童希放學，婦女急治筵。拮据唯余獨，愁多雪滿顛。宋廛一翁。

江陰繆荃孫、長洲章鈺、仁和吴昌綬同校輯。

中國歷代書目題跋叢書

〔清〕黄丕烈 撰

余鳴鴻 占旭東 校補

蕘圃藏書題識校補

（外六種）

下

蕘圃藏書題識卷十

集類四

539 三謝詩一卷 宋刻本

郭氏木葉齋鑒定宋本。在卷首。

江左諸謝詩文，見《文選》者六人，希逸無詩，宣遠、叔源有詩不工。今取靈運、惠連、元暉詩合六十四篇爲《三謝詩》。是三人者，詩至元暉語益工，然蕭散自得之趣亦復少減，漸有唐風矣，於此可以觀世變也。唐子西書，康熙壬辰九月蔣杲録。

郡中貯書樓蔣氏[一]，余素聞其有宋刻《三謝詩》，去秋向主人索觀，以贋本相混，其真本則未之見也。今乙卯五月，書友吕邦惟攜此宋刻來，楮墨古雅，洵宋刻中上駟。卷端有「郭氏木葉齋鑒定宋本」九字，不知誰何所書；卷末有蔣篁亭墨跡數行，敘述是書原委頗悉，蓋其爲篁亭所藏，子孫故秘不肯出，而兹忽介書友以示余者，殆將求善賈而沽諸乎？

問其直，果索白金十六兩，中人往反三四，而始以每葉白金二錢易得。宋刻之貴，至以葉數論價，亦貴之甚矣。顧念余生平無他嗜好，於書獨嗜好成癖，遇宋刻，苟力可勉致，無不致之以爲快，矧此書世間罕有，存此宋刻差足自豪。「錢物可得，書不可得，雖費，當勿校耳」，豈特也是翁宜有是言哉。至於是書爲唐庚子西所集，《通考》據《中興書目》云然。近時大興朱竹君曾得宋刻，詑爲希有，舉以告五柳居陶君廷學，曰此宣城本也，余從廷學子藴輝得是言，并誌之以傳信於後。乾隆六十年六月四日，棘人黄丕烈識。

嘉慶七年歲在壬戌九月五日，檢書及此，其去前跋時已閲七載矣。回憶乙卯被災，此書亦在危急之中，卒賴神物護持，得以無失墜，展卷之餘，喜懼交并。此書不特宋本可寶，且有前賢手澤存焉。近作《再續得書十二圖》，以此列入，名曰「三徑就荒」，蓋猶不忘篁亭之遺也。蕘翁又識。均在卷末。楊紹和云：每半葉十二行，行二十二字，卷末有「嘉泰甲子郡守譙令憲重修」一行，旁書「宋寧宗嘉泰四年」七字，亦篁翁筆也。

【校勘記】

〔一〕貯書樓蔣氏　「貯」原作「賜」，據俄羅斯列寧圖書館藏宋刻本《三謝詩》一卷黄丕烈跋改。

540 河嶽英靈集二卷 毛斧季校本

東城任蔣橋顧氏，藏書舊家也，余從其族中得來佳本最多。一日藏書盡散，有書友捆載而歸，邀閱之，悉爲其家藏書之下乘，舊刻名鈔無一存者，惟此本係汲古主人手校本，急檢出以賤直易之。滄海遺珠，竟爲象罔之得，喜何如之！蕘圃。

右《河嶽英靈集》二卷，係汲古主人毛斧季手校本，渠所據云是舊鈔本。集中改正處尚未細審是否，即其分卷之妙已爲可珍。案陳振孫《書録解題》「總集類」有云「《河嶽英靈集》二卷，唐進士殷璠集常建等詩二百三十四首」，則此分卷與《解題》合。近人撰集書目僅據俗本分卷之三，而爲之説曰推測其意，似以三卷分上、中、下三品，奚啻癡人説夢。古書可貴，即此已見，余故重裝而藏諸篋，爲題數語於尾。時甲寅二月廿五日，古吴黄蕘圃識。

虞山邵朗仙借勘一過，時癸亥三月。

541 唐御覽詩一卷 鈔校本

此《唐御覽詩》，爲寒山趙靈均所校而箋注其異同者，非復本書舊觀矣。余友陶蘊輝識是靈均手跡，持以示余，余以青蚨一金〔一〕易得。蓋靈均所寫，余固未灼見，而楮墨頗饒古趣，列諸名鈔秘册中，當亦得一位置地也。棘人黄丕烈，嘉慶四年歲在己未二月三日書於士禮居。

【校勘記】

〔一〕青蚨一金　「蚨」原作「蛈」，據國家圖書館藏明趙均抄本《唐御覽詩》一卷黄丕烈跋改。此跋墨迹，「一金」作「十金」，然細辨之，「十」字之一竪與全篇筆迹明顯不類，當爲後人塗改作僞。

542 中興閒氣集二卷 明刻本

崇禎己卯春中，得趙玄度鈔宋本較增於空居閣。馮舒。

嘉慶癸亥秋得一鈔本，與馮校本大同而小異，因用墨筆手校一過。然卷中先有墨筆校者，故每遇校處〔一〕，鈐「江夏」印章别之。所最異者，李嘉祐末一首，及戴叔倫之或作七首或作二首耳。蕘翁黄丕烈記。

【校勘記】

〔一〕每遇校處　「遇」原作「於」，據國家圖書館藏明刻本《中興閒氣集》二卷黄丕烈跋改。

543 弘秀集十卷 宋本

《唐僧弘秀集》十卷，錢述古所藏不過元人鈔本，惟此尚是宋刻，惜失其九、十兩卷，於六年前爲五柳居主人所遺。紙本破損，腹襯字紙，殊不耐觀。近輯《百宋一廛書目》，舉宋刻之殘鱗片甲盡登簿録，爰命工重加補綴，裝成二册，一以紀良友投贈之雅，一以見古書完全之難云爾。癸亥端陽日，蕘翁黄丕烈。

嘉慶丁卯端陽後五日，於王府基書坊見有舊刻唐《清塞詩集》、唐《貫休詩集》，皆題「菏澤李龏和父編」，與此行款正同，蓋翻宋刻也。和父編《唐僧弘秀集》見於《讀書敏求記》，而二集不傳，由此推之，古書之湮没者多矣。因附記于此。復翁又識。

僧而詩，非僧之本分也；詩而僧，是詩之方外也。余交吾與蕣僧寒石餘事作詩，久而成帙，吴中石遠梅爲刻其《倚杖吟》一卷。近主浙之理安方丈又得詩若干首，余爲之梓于吴中，並前所定者，編次爲《初稿》一、《續稿》一云。重陽前四日偶得舊鈔《唐僧弘秀集》，係崇禎癸未年間鈔本，重是百六十餘年物，取而藏之，出此殘宋刻相對，因附記。近人詩僧非無專集，未知後代能有如和父其人者爲之編纂乎？書此以俟。己巳中秋月八日〔二〕，時風雨滿城，重陽節近矣。復翁記。

余藏《唐僧弘秀集》,此殘宋本外祇有明刻廿四行、行廿字本,每卷次行止有「菏澤」云云一行,無校刻人姓名,卷首但載李序並目録,前後無他序跋,必從舊本出也。因僅爲明刻行款,又與宋本不同,故未之取校。頃從李明古家散出之書獲一明吴興沈春澤雨若校刻本,殊不逮向藏明刻,而其本卻經孫潛夫校舊刻本,又經葉石君校舊鈔照陳解元書棚本録出之本,因出殘宋刻覆之,益見宋刻之妙,而孫校之舊刻本〔二〕、葉校之照録書棚本皆不逮。遂手校一過,始于卷一之缺葉起,及八卷止,可謂能正兩家所校之誤矣。然向止有明刻本而無校宋本,不敢以明刻爲是。今得孫校,知舊刻即明刻本,葉校即照録之書棚本,則凡宋本所缺俱可以兩家所校本補之,未可謂校本之可廢也。憶余自癸亥始得此,今歲星一終而又得兩家校本副之,藏書之難一至于是。乙亥二月望後一日,校此殘宋本於兩家校本上,既竣事,書其顛末于此云。復翁。

【校勘記】

〔一〕中秋月八日　「月」字原脱,據北京大學圖書館藏宋刻本《唐僧弘秀集》八卷黄丕烈跋補。

〔二〕舊刻本　「舊」字前原衍「校」字,據前揭書黄丕烈跋删。

544 唐僧弘秀集十卷 校宋本

壬寅四月，在丁俊卿店見一舊刻，假歸對讀一過。鈔缺佚三處，共詩五首。二十四日孫潛夫記。

其刻牧齋所藏，亦在錢遵王處。

右《弘秀集》，向時重煩凱之校正，已周支干再矣。近來凱之歸句曲，余仍碌碌於琴水之畔。世故紛拏，故交離散，撫卷徘徊，不勝離索之感。人生有幾，聚首難期，憮然者久之。時康熙十四年之暮春日，樸學齋識。

余於己卯歲得一鈔本，照陳解元書棚刻本録字様，瑣碎細詳，首尾與此本校者不異，復有楊循吉詩筆，蓋是楊氏藏本。己未新正檢出，參看一次，誠善本也。附記於此，冀後之好古者毋忽於敝紙敗筆本子。　樸學齋老人葉石君識。

乙亥二月收此書，因出舊藏宋刻殘本校一過，自卷一周昉題「何人曾識此情遠」一句起，至卷八止，凡下方以墨筆識者皆宋刻也[一]。卷中避諱如「貞」作「貞」、「樹」作「樹」，皆未之校改，又如「峰」作「峯」、「間」作「閑」、「艸」作「草」、「鐘」作「鍾」，亦校之未細，因皆無關於文義略之。惟此本一校舊刻，一校鈔本，遇宋刻與舊刻、鈔本異者，則識曰「宋刻同此刻」，以别於他校也。惜宋刻首尾缺失，當賴此校本參之。孫校舊刻當即余所藏明刻每葉廿四行、每行二十字之本也。望後二日辰刻記，復翁黄丕烈。

是日午後，復取明刻校序及卷一。宋刻所缺者并九、十兩卷偶有與校本異者，用墨筆著於上方。明刻似與孫校不盡合，大段同，宋刻勝於此沈刻多矣，唯有總目宋刻卷首缺，未知同否。復翁。均在末卷後。

明刻輟贈余友張訒菴矣。四日記。〔二〕

【校勘記】

〔一〕墨筆識者皆宋刻也「筆」「者」二字原脱，據臺北圖書館藏明萬曆間吴興沈春澤校刻本《唐僧弘秀集》十卷黄丕烈跋補。

〔二〕此句原脱，前揭書黄丕烈跋此句寫於前跋上方書眉，據補。

545　古文苑殘本四卷　宋本

宋本《古文苑》有注本，向於小讀書堆見之，亦不全本也。抱沖作古，此書欲一見不可得矣。此四卷奇零之本，比諸空山落葉，行將付燒茶鐺矣，不知何人拾來，庋之五硯樓，樓頭人去，雜諸破紙堆中，塵封蟻蝕，又落第二劫了。余因檢出〔一〕，排比卷數，僅存四十七番，命工洗滌塵痕，黏補蟻孔，居然古色古香，溢於楮墨間，後之讀之[二]不復以不全本弁髦視之，則此書幸甚！余之重裝此書者幸甚！而向之收拾此書者益幸甚！辛未小春望後一日，復翁書於百宋一廛。

世之最不易得而又最易失者莫如古書，而又莫如古書之殘者，其故安在？古書必貴，人必寶守不輕棄，此不易得也；貴者人不樂收，輒以價昂中止，苟知其可貴而購求之，爲財物所動，此又易失也。予謂古書之殘者更甚，全不可得，得其殘者以爲寶，此不易得也。全既難得，而得者究不全，遂輕視之，此又易失也。予何以爲是説哉？予收藏歷四十餘年，備歷此中得失甘苦之境。全者業以財物所動，輒贈他人，殘者又復忽得忽失，蓋楚人亡弓，楚人得之，苟知其可寶而寶之，我得邪？我失邪？亦視其人之何如耳。抱沖、壽階皆先我而逝，或二十年，或十年，其書之全與不全本，盡皆散佚。我後死而得失之念擾擾於中，有既得而復失者，有失此而復得彼者，即如近日有琴川友人至蘇郡訪書，於抱沖、壽階故物愛如珍寶。抱沖之《九家注杜詩》、壽階之《陳后山詩注》，一鱗片甲，皆挈以歸，物得其主，我失也何有？此本《古文苑》有注本，經兩家儲藏，無一人賞識，燕石自寶，其將與予爲終古乎？然則予與二人之交好，藉一書爲千古，亦可自慰并慰抱沖、壽階矣。道光四年甲申四月二十四日，晨起坐百宋廛燒燭書。

余向屬錢塘陳曼生作《藏書四友圖》，四友中抱沖已作古三年，所存者三人耳。三人者何？香巖也，壽階也，余也。圖之作在己未冬，既而己巳秋壽階死，庚辰夏香巖死，書亦漸化爲煙雲矣。近日余去書以收書，而香巖之書亦復有爲余收者，如蜀大字本之《禮記·月令》、越州密行本之劉昫《唐書》，皆殘宋本。案頭珍玩，聊一寓目，苟得其人，無不可如前所得之轉移。漫記於此，以當雪泥鴻爪云。蕘夫。

【校勘記】

〔一〕余因檢出　「出」原作「書」，據國家圖書館藏宋端平三年常州軍刻淳祐六年盛如杞重修本《古文苑》二十一卷(存四卷)黄丕烈跋改。

〔二〕讀之　「之」原作「者」，據前揭書黄丕烈跋改。

546　文苑英華纂要八十四卷　宋刻本

此卷藝芸書舍本闕一、二葉，第三葉校始。卷二十三後。

五月夏至前一日借藝芸書舍宋本校。

活字本二十五卷止，因校此二十三至二十五卷。戊寅四月復翁。以上卷二十五後。〔一〕

《文苑英華纂要》宋板《文苑英華辨證》。八册，絳雲、滄葦兩家皆如是云云。戊寅檢《絳雲目》，

一本作四册。〔二〕此時僅存七册，失其首矣。然就其所存者核之，言其分集，則失甲之半〔三〕也，
言其列卷，則失一至十六也，言其排葉則失一至四十三也，言其裝册則失第一也。余故以
素紙空白者留其迹，安知後不遇其舊以補其闕乎？丁卯夏孟，復翁黄丕烈識。

余得此書後，坊間又從郡故家得宋版二部，印本多與此同，一歸默堂查氏，一歸冰雪
堂汪氏，彼皆取以鎮宅，未必能假人，故數年來無從借鈔。君子於其所不知，蓋闕如也，余
亦守斯意耳。及今戊寅夏孟，獲見會通館印正本書〔四〕，雖止卷第二十五，然宋板所缺恰
可補鈔，方歎竹頭木屑古人豫儲需用之説爲不誣，而余抱殘守闕之功爲不小也。頃寫後
跋畢，書友來成議，因書原委如此。宋廛一翁。

余既收得活本後，因動鈔補之興，并以活本補宋本，究未盡善，思借汪本補鈔，恐其靳
而不予也。適彼介五柳主人借余舊鈔本《郡齋讀書志》衢本校其所藏本，遂亦丐五柳借其
《纂要》，慨然允諾，鈔補如右。今而後可謂毫無遺憾，非不知而妄作矣。汪本較余藏本印
較後，故闕葉爛板更多，復可從余藏本補之，一舉兩得，方信君子成人之美爲不誣耳。戊
寅六月初九日，記於百宋一廛之北窗。廿止醒人〔五〕。

所鈔補甲集中仍闕第二十八葉，會通館活字本即據缺失之本開雕，并削去第二十九
葉首行「初賦」二字，以當十六卷之首葉，苟非宋本，何從知其僞乎？書之不可不藏宋刻如

是。裝訖後記。在第一册後。

戊寅夏五,借藝芸書舍藏宋本校。此鈔本行款全同,即非影宋,當是照宋録出矣。復翁。在第三册後。

此册亦校藝芸書舍宋本,賴以校正五十四、五、六葉。此鈔本小號錯寫也。八十七、八葉均失,行款稍參差者,鈔不如刻益信,惟文字間有較宋本不甚漫滅者,當是所據本印略前也。戊寅夏五月廿一日晨起校畢識。復翁。在第四册後。

此丙集一至四十三葉,内缺三、四葉,藝芸本同,五葉至十三葉藝芸爛板,此有。復翁記。在第五册後。

此丙集四十四葉至八十二葉終,内缺六十九、七十,計二葉,鈔補七十葉,以前補缺者證之,當非不知而作矣。藝芸本全脱,無可校補矣,此五十五、五十六葉可補彼缺也。復翁。在第六册後。

此丁集一至三十二葉全,爛板較少。復翁記。在第七册後。

余又案:《傳是樓書目》集部總集,宋板高似孫《文苑英華摘句》與《文苑英華辨證》共十二册,又集部文史,宋板彭叔夏《文苑英華辨證》十卷,與高似孫《文苑英華摘句》共十册云云,是徐氏所藏,雖非《纂要》之名,而與《辨證》相合,又爲高似孫所撰,取此書趙序核之，無不合者，蓋趙云「高公手鈔」，必似孫也。向跋但考證與《辨證》十卷相合之處，並未考證撰書者何人。頃又得《傳是樓書目》證之，可云全備矣。向鄭堂云各家書目不之載，今復得此左證，何快如之。四月十二日復翁又記。

戊寅夏，因得活字本，遂動鈔補之興，托五柳主人往借藝芸書舍本校對一過。印本此較舊於彼，故殘毀處差少，即如此本三十三至七十，余脱四十三、四十四、五十五、五十六計四葉，五十九、六十尚有，藝芸本脱也。末趙彣後序，藝芸本亦脱，此尚完好，可見彼印較後矣。三十五、三十六板片損傷多同，無可補。并記。在第八册前。

上闕。越歲戊寅四月十四日晨起，有書友邵鍾琳攜書二種就余質證，云是伊友從太倉得來欲求售者。其一爲七寸板蘇老泉先生《嘉祐集》十四卷，其一爲會通館活字本《文苑英華纂要》也。時余但評其爲明刻善本，因其索直昂，未之留。《蘇集》四十年前曾於紫陽居書坊〔六〕朱秀成處見過，知爲善本。《文苑纂要》但記余亦有殘宋本〔七〕，於向年探討一番之情事，盡忘之矣。及書友去，方命長孫美鏐檢舊藏殘宋覆閲，始知會通館活字本世但見有《辨證》，而《纂要》則未之見也。遂重取歸核之，與前所記悉合，惜止一本也，因歎翰墨因緣有如是之深者，念余雖年衰力絀，尚能見聞廣博，益我聰明。天之愛余爲何如耶？十六日偶記。〔八〕在第八册後。

初五日夜航書到，適弟有題主之局，駕輿將發，但取名條寫一收照，并尊札亦未及開讀，晚歸始悉一切。前小孫來，原爲他事，非斤斤於交易事宜也。蒙不棄，留《纂要》一種，此書弟得諸江鄭堂廿四金，内首册空白，及後訪知汪藝芸有此，借歸鈔補，并校補向時鈔本之未備，心力不知費幾許也。承兄重余之手校留之，并云照得價稍浮。在舍下與府上幾代交情，斷不爲此計較，而小孫新習書業，未免有將本求利之意，故曉曉於半斤八兩之間也。蓋弟處之物，若論時日，固無不以爲貴。彼未知讐校鈔補，皆得從宋本原書而來，非不知而妄作者可比。故昔人如義門先生，動云此據宋本補、某本校，非不知而妄作，正謂此也。一遇知音，則錢物可得，書不易得，如也是園主人所云矣。此書竟如台諭奉納，非爲此書之可貶價，難得知己之重視拙校耳，謹此奉復。外《竹卷》一及《上河圖》一，遵指交夜航，并前《纂要》一包，末册略附小跋。統祈收入賜復爲禱。餘件尚希留意，不必汲汲也。上芙川大世兄。丕烈手啓。堂上祈叱名請安。府志將出，想尊府必要一部也，容續致不一，又及。臘八日。〔九〕

初五日船友持有收條去，屬其於後日取復，渠卻於初七日又來，因弟不在家，未經作復。初八日早間修復封好，約其於初九日來取，乃初八午後弟又不在家。別有夜航信至，始知兄自知前還《纂要》之直過少，故又勉增二餅，足見愛我，諒余之鈔補讐校爲艱也。足感足感。拙跋數字，略及此書過賤之意，今既增二餅，可謂天理人情之至矣，故續於書尾又贅數言，以見古書授受源流如此其鄭重也。《欒城》二十本，止有三集，無《應詔》，卻審係影宋，擬直二十餅，還過十四，未之買也。今寄上首尾兩本，的便仍希示復。《文鑑》來歲因有敝伙可工裝潢者，擬自留做好。若果可作介，歲内定見爲妙。諸承雅愛，無勞屬付耳。上芙川大兄，丕烈手復。小孫禀筆問好，不另復。初八燈下。以上卷八十四後。〔一〇〕

【校勘記】

〔一〕以上三條原缺，據國家圖書館藏宋刻元修本《文苑英華纂要》八十四卷（配補三十二卷清抄本）黄丕烈手跋補。《鐵琴銅劍樓藏書題跋集録》卷四收入。

〔二〕此兩句小字注原缺，據前揭書黄丕烈手跋補，分别寫於「纂要」、「絳雲」右側。

〔三〕則失甲之半　「失」字原缺，據前揭書黄丕烈跋補。

〔四〕正本書　「書」字原缺，據前揭書黄丕烈跋補。

〔五〕廿止醒人　原作「復翁書」，據前揭書黄丕烈跋改。《鐵琴銅劍樓藏書題跋集録》卷四署作「廿止醒人」。

〔六〕紫陽居書坊　「居」原作「閣」，據前揭書黄丕烈跋改。

〔七〕有殘宋本　「宋」原作「書」，據前揭書黄丕烈跋改。

〔八〕 前揭書黄丕烈手跋,自「因歎」至末因紙盡寫於此跋上方書眉。

〔九〕 此條原缺,據《鐵琴銅劍樓藏書題跋集録》卷四補(上海古籍出版社二〇一九年版,第二七七—二七八頁)。

〔一〇〕 此條原缺,據《鐵琴銅劍樓藏書題跋集録》卷四補(上海古籍出版社二〇一九年版,第二七八頁)。

547 皇朝文鑑一百五十卷 舊鈔本

此書向藏小讀書堆,今歸愛日精廬,予所藏亦有。是書計得五部,皆係宋刻,有大字、小字之别,惟因均已殘缺猶爲恨恨〔一〕,即效述古主人百衲《史記》之例,尚少《目録》之下卷,緣借鈔足之,可云快事。比還因記。吴縣黄丕烈蕘夫借讀,時道光壬午秋七月。三孫美鎬書。

互爲校勘,各有佳處,不可以原刻本、修本而存褒貶也。又記。

【校勘記】

〔一〕 猶爲恨恨　原脱「猶」及一「恨」字,據國家圖書館藏明抄本《皇朝文鑑》一百五十卷黄美鎬書黄丕烈跋補。

548　二百家名賢文粹世次不分卷　鈔宋本

此宋刻本《二百家名賢文粹世次》，余友顧抱沖所贈也。抱沖喜蓄書，此實爲抱沖蓄書之殿。君病於元年季冬，卒於二年四月。初得此書，價錢僅十千，雖非完璧，考明《内閣藏書目》已云不全，外間傳本甚少，宋時鴻編鉅製見録是書，余未能借鈔，常從抱沖索觀《世次》，亦可藉見宋人名字爵里。今抱沖病中猶倩鈔胥録以爲贈，爰裝潢以藏諸篋云。嘉慶二年秋九月中浣二日燈下，蕘圃黄丕烈識。

549　崇古文訣二十卷　宋刻本

迂齋標注《崇古文訣》，非世間不經見之書也，即舊刻亦非希有。余辛酉游京師，見殘宋刻而補鈔者，卷有吾郡西崦朱赤英圖記，因遂收之入諸《百宋一廛賦》中。其所存宋刻卷數，注載瞭然也。適書友又攜一宋刻殘本來，係葉石君舊藏，中可配前缺卷，因遂命工重裝，竟成全璧，始歎物之會合有緣，此兩宋刻之殘而復完，實爲難得。矧經吾郡諸名家所藏，而一歸余手，兩美頓合，豈不幸與！嘉慶丁卯夏至日，復翁黄丕烈識。

丁卯冬〔一〕，余友夏方米之尊人容菴丈出其舊藏宋本《崇古文訣》屬爲裝潢，檢視之，知亦係諸宋本湊合而成。卷端有序無目,因從宋本原有序之存者影寫,置余本首。其中更有奇者,多與葉石君舊藏本合,而周九松舊藏本間有失葉在余本内,即如卷十六末葉是也。彼所錯出又係余本之失葉,顛倒錯亂,雖遇之而不能仍正之,是可歎已。夏丈寶愛其書,思裝潢,卒因費不貲,索書去,又遠館洞庭,蹤跡不常晤,未及將兩書原委告之。戊辰正月下弦日,復翁又識。

【校勘記】

〔一〕丁卯冬　「冬」字原缺,據静嘉堂文庫藏宋刻本《迂齋先生標注崇古文訣》二十卷黄丕烈跋補。

550　聖宋文選三十二卷　宋刻本

此宋刻《聖宋文選》三十二卷,舊時鈔補而仍缺七至十一,常熟蘇姓書賈攜以售余者也。初余讀何義門校本《曾南豐集》,知其所據以增文六篇者,爲《聖宋文選》,於是耳,始有《聖宋文選》之名。客冬書賈來,余因其家在常熟,毛、錢諸家物必多,屬渠搜訪,書賈遂舉此書以對,至今秋始來。余一見即詫爲異書,雖無二古汲古閣、述古堂。藏書圖記,而墨敝紙渝,頗饒古趣。即有殘缺,亦不失爲片甲殘鱗。爰問其直,須以新刻《十三經》易之,遂與交易。時閶門書業堂新翻汲古閣《十三經》,每部需錢十四兩。余檢《浙江采集遺書總録》,載《聖宋文選》三十二卷寫本，自歐陽永叔以至陳瑩中，凡十四人，所録祇二十七卷，蓋其中石守道作二卷，宋刻作三卷。李邦直作一卷，宋本作五卷。未知所見果如是，而抑或卷數有筆誤也。顧余又有疑焉者，康熙己巳嘉善柯崇樸序云：「乙丑歲至京師，朱檢討竹垞過余寓舍，因以訪之，轉假得是書。是書〔一〕藏自崑山徐立齋相國，原本宋刻甚工，然無有序紀始末與撰録者姓氏，幸其卷帙完具，使讀者有以窺知其意。」則柯所見者，爲「宋刻甚工」之本，不比傳鈔訛謬；又爲「卷帙完具」之本，不比蠹簡奇零，何以所録某某卷數獨遺其五也。且有異焉者，常熟之本未必是崑山之本，而兹所缺者適爲五卷，然七至十一爲王禹偁一卷，孫明復二卷，王介甫二卷，又非石守道之脱其一，李邦直之脱其四也，豈徐本已經竄改，泯其脱落之迹耶？否則何異同若是也。幸余所見全書，雖缺卷有五，而目録獨全，尚可考見諸人文卷細數。古書可貴於此益信。至義門所見爲石門吕太史家鈔本，其增多子固六篇文，《邪正辨》、《説用》、《讀賈誼傳》、《書魏鄭公傳》、《上田正言書》、《上歐蔡書》。已可補本集之缺，安知其餘不又可參校本集乎？俟博考之。嘉慶歲在己未秋孟中元日收得，越二日跋於讀未見書齋，黄丕烈。

余續從武進趙司馬懷玉所得是書宋刻全本，幸可鈔補矣。因循未果，至今秋適有人欲購宋刻全本，急倩鈔胥填補墨敝紙渝之處，可備卒讀，至缺卷有五，早令工影寫足之。

古書難得，得一兼二，始缺終全，余之獲福於書何幸耶？惜近年力絀，未能愛護勿失，由他書以至宋刻，稍稍失之，竊自慨已。宋刻全本今雖尚存，然永守勿失者，此本壽命較强，蓋物既殘毁，時尚弗屬焉，或以不材終其天年，理固然也。近日陽湖孫觀察淵如謂當取家藏宋刻書盡加塗抹，過激之談，其以是夫？戊辰冬季小寒後六日，復翁識。

庚午二月七日，閒居無聊，檢書及此，時復展觀。是書業以殘本裝成，其補全者，當別裝附後，一則錦函可惜，成功不毁；一則精鈔補全，痕迹兩存，俾後之讀是書者，知余苦心購求，良非易易也。復翁。

甲戌仲春，此書宋刻全本卒爲有力者購去[二]，未知其進御，抑充饋遺，總非尋常藏書家所貯也。因思世間尤物足以禍人，余卅年以來專心購書，所獲多人間未見書，而家道日落，未免割愛及此。留此不全鈔補之本以自娱，且污損異常，誠如淵如所云，此固不利時眼，可以保守勿失也。閏二月二日，復翁記[三]。

【校勘記】

〔一〕是書　此二字原作「云云」，臺北圖書館藏宋乾道間刻鈔補本《聖宋文選》三十二卷黄丕烈跋，「是書」之下加有兩點再兩點，當是重複前二字，非「云云」，據改。

〔二〕有力者購去　「去」字原作「之」，據前揭書黄丕烈跋改。

〔三〕 復翁記 「記」下原衍「於百宋一廛」，據前揭書黄丕烈跋删。

551 聖宋文選三十二卷 宋刻本

余向藏何義門批校曾子固《元豐類稿》，增多文六篇，謂出於石門吕太史家鈔本《聖宋文選》，然其原書世不多有也。既從常熟書友得一殘宋本，缺七至十一而仍有影鈔者，已喜出望外，後稔常州趙味辛舍人處有宋刻全本，辛酉至京師面詢其書。秋間味辛回南，余亦旋里，遂以書歸余，與前得殘本出於一刻。中有缺葉，賴前本補完，至於裝潢璀璨，爲味辛所重新而前人圖記間有剜去者，未知誰何。歲癸亥春，長塘鮑緑飲來，談及是書，云數年前與味辛同在吾郡故家所得，同得者有《劉後村》，亦宋刻。此書後有石門吕晚村長跋，方信義門所見鈔本即從此出，而此書所去圖記或即吕氏，故并長跋亦去之歟？緑飲所言乃書林故事，急取而書諸尾，因追述其得書顛末如右。嘉慶八年春三月望後二日，蕘翁黄丕烈識于百宋一廛。

552 中興羣公吟稿戊集七卷 殘宋本

辛楣少詹事贈小蓮，丁卯冬日，思適居士估值每册三金。并記。

《中興羣公吟稿戊集》七卷近始見讀書齋所刻，其跋云此書見趙希弁《讀書附志》，今檢趙《志》云：「《中興羣公吟稿》四十八卷，右中興以來一百五十三人之詩也。」據此則卷帙甚多，所存已殘缺之至矣。然自後諸家書目皆不載，則此宋刻可珍。余從顧千里手得之，原委詳顧跋，王頌蔚案：卷中顧跋已佚。余不復贅云。丁卯季冬望後一日，復翁。

553　吴都文粹十卷　鈔校本

此即范石湖先生《吴郡志》也。案郡邑作志，守令者主之於上，鄉之搢紳文士簪筆應聘，不過仍前人之舊，稍爲補緝而已。斯《志》則不然。先生爲宋代鉅人，翰墨餘閒，留心郡志，且撰於私家，非有督責迫促之苦，故凡遇人才、風俗、山川、遺跡，必逐一搜討。前賢有關世教之文，以志不得，則先生爲之補撰，誠以山可崩，川可竭，風俗或變更，遺跡或堙没，而文垂天壤，雖歷劫不朽，豈非寸心千古事耶？但行世已久，不無錯譌，又先生作而未竟，致有郡中《西園》譌填《哭崔常侍晦叔詩》，《虎邱諸詠》雜入孫蘭陵《送卓侍者》之什，《鱸鄉亭》、《登吴江亭》悉國師菴《光福上方》、陳堯佐《吴江詠》諸作之重見叠出，《梅譜》之「認桃無緑葉」以石曼卿作梅聖俞。自宋紹定己丑至今雍正初元，歷五百六十餘年承譌猶在，無怪乎譁者謂非石湖筆也。賓王三較茲《志》，知爲先生未竟之作，譁者殆甚焉耳？非先生，其孰能之？古吴婁水宋賓王識。

新安海陽霞川程彦和先生，博雅君子也。向聞其春遠樓中藏書甚富，仰企久矣。癸丑春，來遊婁東，相見如故，遂定交焉。先生以盧熊公武《蘇州志》相贈，余以手較此本荅之，兩書並爲罕見，庸以志獲交同志之好云。古東倉賓王拜手。

大凡天下之物，聚散無常，而吾謂聚必散者理之恒，散復聚者數之異。奚以明其然也？乾隆辛亥仲秋，余於郡城文瑞堂書肆遇書友沈斐雲，攜舊鈔《謝龜巢集》求售，云是婁東宋賓王所校。余初不知賓王爲何許人，斐雲爲余詳言之：賓王本賈人，而藏書之富，校書之精，真讀書人不過是。余雅不喜置集，稍閱即還之。斐雲又言，其人有校本《吴都文粹》，頗願得之否？余聞之而喜，蓋余所藏未經讐勘，脱誤滋多，得校本可是正矣。屬渠攜來，會科試，書賈集玉峰，沈亦往焉，遲之又久，而書不至，比至則依然新鈔，並無讐勘處。詰諸斐雲，茫無以應，但曰賓王校者特《龜巢集》耳，《吴都文粹》實未之有。余重賓王名，仍得其所校《龜巢集》繙閱一過，始知賓王苦心讐勘，精當無比，惜未得其校本《吴都文粹》，有耿耿焉。越九旬，至辜月下弦後一日，余友張秋塘來舍，談及有校本《吴郡志》，欲假君所藏者一對。叩其書之由來，云是婁東宋賓王所校，聞之而驚，且喜曰：「子得《吴郡志》於婁東，亦知賓王有所校《吴都文粹》乎？」秋塘遂述宋跋語中有牽連《吴都文粹》語。

予頗有欲得色，秋塘亦許售而去，急遣伻擕歸。俟閱，乃秋塘方出門，而書友邵鍾琳擕一書來，諦視其序，則固賓王所校《吴都文粹》也。急詢所自，云來自安省。余始疑之，及觀後跋，知爲賓王贈新安程彦和之物，爰取《吴郡志》相對，則兩書跋語互及之，同是得意之本，而輾轉若斯。合浦之珠，延津之劍，二書遇合，何多讓焉？余以重值易之，非徒重賓王之名，且因以志是二書之相得益彰也。古人云「兩美必合」，言物之至美者必不分也。又云「物聚所好」，言人之有好者無弗遂也。今此二書之讐勘〔一〕出於一人，自後分飛異地，不知幾何時，而忽聚於一家，聚於一日，其果美之自在於物而故合之耶？抑或好之自在於人而故聚之耶？冥冥中必有爲之主宰者，而物與人不得而主之也。至沈斐雲之虚言其書以爲是書之兆端，張秋塘之别有其書以爲是書之證佐，邵鍾琳之實得其書以爲是書之歸宿，此三人者，皆出於莫之致而致之，而不知我之得於意外者，早欲得於意中也。一時盛事，曠世奇逢，是當偏告同人，傳爲佳話，俾共曉然於萬物聚散之緣〔二〕如是如是。而此後之聚而散、散而聚者，我又何從而測之哉？大清乾隆五十六年十一月二十八日，聽松軒主人〔三〕黄丕烈呵凍書。

此跋係倩余同年沈書山手書，《吴郡志》中跋亦如之，其外又有顧亭林先生《天下郡國利病書》手稿後跋，亦余撰而沈書者。近年力絀，漸次贈人，惟此存耳。是書所見不下數本，此最精，而未見有舊鈔。頃估人收邢佺山太守叢殘書籍，有是書在其中，分甲至癸十集，卻是明朝鈔本，有「竺塢藏書」及「衡山草堂」等印，知出吾郡文氏舊藏當不誣也。惜缺甲、乙二集，後時人補鈔，爲美玉瑕耳。估人索重直，方欲攜往琴川，余素不强人以所難，姑舍是以待時節因緣，或仍爲余有，手校此本，當必有異焉者。道光癸未九月二十有四日，蕘夫。

越日，估人自琴川歸，知爲月霄張君所得，仍借余參校。二十七日記。

文家藏舊鈔本，上有「文」印、「元發子悱」印，知「竺塢」、「衡山」兩印非贋也。估人因議價未諧，未將全書送去，余因得借校自丙至癸共八本。其來必有所自，時與宋賓王所校云宋刻者有合有不合，即所校云舊鈔者，亦復或同或異〔四〕，故但取參閲〔五〕，不復據以校入，蓋此書原係從《吴郡志》中抽出，名曰《文粹》，既有宋刻《吴郡志》，校本可緩置之。十月十一日，蕘夫記。

【校勘記】

〔一〕 二書之讐勘　「之」原作「云」，據南京圖書館藏清康熙錢枚抄本《吴都文粹》十卷黄丕烈跋改。

〔二〕 曉然於萬物聚散之緣　「然於」二字原缺，據前揭書黄丕烈跋補。

〔三〕 聽松軒主人　「松」原作墨釘，據前揭書黄丕烈跋補。《士禮居藏書題跋記》卷六作「擬」，江標輯《黄丕烈年譜》卷上收列有「聽擬軒主人」别號，當是承《士跋記》之誤。黄丕烈有「聽松軒」齋名。繆氏輯刊《題識》改「擬」之誤，然未補「松」字。

〔四〕或同或異　「同」原作「因」，據前揭書黄丕烈跋改。

〔五〕但取參閲　「取」字原缺，據前揭書黄丕烈跋補。

554 吴都文粹十卷 鈔本

雍正十年歲次壬子，太倉棘人謝浦泰惺廛氏手鈔并校。泣血識。

《吴都文粹》雖爲蘇臺鄭虎臣之所集，而實本於石湖范成大之《吴郡志》。此書中所載詩文悉取於《志》，初未嘗一字增損也。向藏於吾妻吴西齋侍御家，奇貨可居，凡鈔者必求重貲始得，而元本錯落、謬誤、顛倒、闕失不啻萬萬處，自宋蔚如兄購得此書，與錢方蔚兄細加校閲，以王相國家藏宋本《吴郡志》及毛刻《吴郡志》參互考訂凡數十次，遂成善本。余於上年辛亥季冬臘日借得影鈔，而吾母抱微恙，閲五日而痛終天神褫魄奪，幾不欲生，而此事遂寢。至新春到館，然後復理前事，至花朝後十日而告竣，書此以明石湖之手筆二蔚之苦心，且以告世舊鈔之不足珍也。

歙程易疇先生，今之老宿也，向爲嘉定廣文，後即辭官去。平日著述甚富，其餘事所及，字體直逼唐人，往往於親友家見之。余去夏移居王洗馬巷，思以舊宅學耕堂匾其新廬而難其人，塾師顧澗薲[一]謂余曰：「儻得程易疇先生書，此最善，惜離此較遠，當遣人求之。」後聞先生已應孝廉方正之舉，恐不在家，故計議未決。今兹二月十日，錢竹汀先生過舍，談及欲拜遠客，問何人，則曰程易疇先生[二]也。余欣喜欲狂，遂懇竹汀爲之先容，而余即偕澗薲往謁，拜求椽筆。先生允吾請，迅速揮之，並蒙下訪，以自製墨二梃爲贈，余因即取案頭《吴都文粹》四册報之。蓋先生所讀曾無未見之書，而此書多言吾吴故事[三]，先生還鄉之後，未知相會何年。展卷思之，或如在平江茂苑間也。爰記數語於卷端，以誌其事[四]。　時在大清嘉慶二年二月望日，古吴後學黄丕烈識。

【校勘記】

〔一〕 塾師顧澗薲　「塾」前原衍「而」字，據南京圖書館藏清雍正十年謝浦泰鈔本《吴都文粹》十卷黄丕烈跋删。

〔二〕 程易疇先生　「程」字原缺，據前揭書黄丕烈跋補。

〔三〕 吾吴故事　「吴」原作「郡」，據前揭書黄丕烈跋改。

〔四〕 以誌其事　「誌」原作「識」，據前揭書黄丕烈跋改。

555 吴冢遺文三卷續一卷 舊鈔本

《吴冢遺文》二册,正三卷續一卷,王蓮涇所藏本也。余與蓮涇族孫秋濤交好,故所得較多。此册亦係孝慈堂故物,然卻於他處得之,知其散佚者久矣。閱蓮涇後跋,謂是葉文莊公家藏秘本而倩工傳録者,則此書流傳絶少,得此猶足以考見我吴碑刻文字,不致與荒煙蔓草同零落於墟墓間也。乾隆乙卯十二月望前一日,雪霽窗明,檢書及此,因記數語於卷端。棘人黄丕烈。

556 東萊先生詩律武庫三十卷 校宋舊鈔本

此《東萊先生詩律武庫》二册舊鈔本,余於去年以二番餅得之,已篋藏之矣。頃有書坊以舊刻本來,楮墨古雅,余粗閱一過,審爲元刻,因索直太昂,囊中乏錢,止許以白金三兩五錢,蓋書裝七册,合每册五星〔一〕,未及諧而去。然心戀其古物,不能恝置之。會吾友五柳主人歸自京,其同業必取决於彼,詢之,果以六番餅易得,遂從彼取回,破幾日工校如前。卷中遇朗、敦、亘等諱闕避之,乃知宋刻,非元刻也,志此以見書之難定如此。庚午五月初九日,復翁校畢識。

乙亥歲除，歸藝芸書屋，百宋一廛中僅留此鈔本矣，宋本面目略具云爾。丙子春正月初三日，復翁。

宋板《詩律武庫》載諸《汲古閣珍藏秘本書目》，余所取以校是舊鈔者，殆即此刻也。宋刻前後二集，各十五卷，皆題「東萊先生詩律武庫」〔二〕爲首行，各有「目録」二字，次行題「東萊吕氏編於麗澤書院」，其前集有碑牌四行云：「今得吕氏家塾手校《武庫》一帙，用是爲詩戰之具，固可以埽千軍而降勍敵，不欲秘藏刻梓以原空。諸天下收書君子，伏幸詳鑒謹咨。」前集卷一《慶誕》，卷二《幼敏》，卷三《榮貴》，卷四《榮貴慶壽》，卷五、卷六《仙道》，卷七《聲樂》，卷八、卷九、卷十《釋學》，卷十一《文章》，卷十二《詩詠》，卷十三、十四《游賞》，卷十五《贈送》。後集卷一、卷二《酒飲》，卷三《儉約》、《名譽》，卷四《才能》、《識鑒》，卷五《識鑒》、《恩德》、《書畫》，卷六《書畫》、《技藝》，卷七《寶器》、《珍産》，卷八《珍産》、《靈異》，卷九《靈異》，卷十《雷雨》，卷十一《佳人》，卷十二《曠達》，卷十三《感慨》，卷十四《感慨》、《警懼》，卷十五《賢豪》。茲鈔首標總目、門類，通體不分卷，當别一本，并間有勝於宋刻者，字句之間彼或脱佚也。卷中原有朱筆校改，時有同異，或有合於宋刻者，或有宋刻同誤，而此以意校改者。茲校悉誌宋刻訛字，亦存真也。宋刻每葉二十二行，每行十九字，茲不校其行款者，因非一本，故兩存之。宋刻有鈔補，或破損未全者，茲未著明〔三〕，以此本亦有所自，非必不可信者也。復翁又記。

【校勘記】

〔一〕合每册五星「合」字原缺，據國家圖書館藏明抄本《東來先生詩律武庫》不分卷黄丕烈跋補。

〔二〕東萊先生詩律武庫　前揭書黄丕烈手跋脱「律」字，蓋潘氏輯刊《士禮居藏書題跋記》時補之。

〔三〕兹未著明　「著明」原誤倒，據前揭書黄丕烈跋乙正。

557 宋人三家四六 舊鈔本

此《宋人四六》三册，亦汪秀峰家藏書也，號根曰《宋人三家四六》，細數之，有格齋、臞軒、壺山、巽齋、南塘五家，實不止三家，未知標題者僅據每册首葉而言，故有斯誤歟。其中字跡行款互異，未知所據何本。偶憶周香嚴家宋刻《宋人四六》，隨假歸手校，惜非全璧，未能盡校，即序次先後亦不足爲據，姑就所存以記宋本面目而已。辛酉重陽後三日，校畢翦燭書，黄丕烈。

周本尚有後村一家，惜此鈔本所無，未及傳校，一册三十八葉。蕘圃又記。

558 永嘉四靈詩四卷 影宋本

此影宋本《永嘉四靈詩》四卷一册，昭文同年張子和藏書也。余與子和相知以同年，其相得則彼此藏書故。猶憶癸丑同上春官，邸寓各近琉璃廠，每於暇日即徧游書肆，恣覽古籍，一時有兩書淫之目。既而子和即於是科得翰林，散館改部，余下第歸，連丁内外艱，杜門不出，與子和蹤跡殊疏，然彼此書札往還，無不以賞奇析疑爲勗。是册於子和宦游京師時從其家借讀故典籍者，有細目一紙備考。及子和奉太夫人諱南還，便道過訪，談及是册，知余欲傳録未果，欣然輟贈，此書遂爲士禮居中物矣。顧余檢《汲古閣珍藏秘本書目》，宋板《四靈詩》三本，亦云有缺，則此影鈔者必自三本出。惜其目未載卷數，不知所缺同否耳。近日雖有傳本，較此絶無影響。毛氏云此書久已失傳，幸而得此，真確論哉。嘉慶七年壬戌十一月二十八日冬至，黄丕烈書於太白樓下。

《四靈》、《九僧》，言詩者必推之。余向得《四靈》而無《九僧》，心猶歉然，今復獲毛鈔影宋《九僧詩》，真成雙璧，惜子和已歸道山，不及相與欣賞耳。癸酉四月初三，偶檢及此因記。復翁。

戊午仲秋，以汲古閣影宋本校一過。紹乾記。皆在末卷後。

559　九僧詩不分卷　校影朱鈔本

歐公當日以《九僧詩》不傳爲歎。扆後公六百餘年，得宋本弆而讀之，一幸也；校之晁、陳二氏，皆多得詩二十餘首，二幸也；晁公武《郡齋讀書志》、《九僧詩》一卷，一百十篇，陳直齋《書録解題》一百七首，今扆所得一百三十四首，比晁多二十四首〔一〕，比陳多二十七首。此本但有僧名而不著所産，又從周煇《清波雜志》各得其地名，三幸也。又從《瀛奎律髓》得宇昭《曉發山居》一首，并爲增入。但陳直齋所云「景德初直昭文館〔二〕陳充序目之曰『琢玉工』，以對姚合『射雕手』」者，此本無之，誠欠事也。方虚谷謂司馬温公得之以傳世，則此書賴大賢而表章之，豈非千古幸事哉。《雜志》又謂序引崇《到長安》「人遊曲江少，草入未央深」〔三〕，此亦無之。且謂惠崇能畫〔四〕，引荆公詩爲據。讀《瀛奎律髓》有宋景文公《過惠崇舊居》詩，又讀《楊仲弘集》，有《題惠崇古木寒鴉》詩〔五〕，并《歐公詩話》、《清波雜志》二則，附録於左。康熙壬辰三月望日，隱湖毛扆斧季識。

國朝浮圖以詩名於世者九人，故時有集號《九僧詩》，今不復傳矣。余少時聞人多稱其一曰惠崇，餘八人者〔六〕忘其名字也。余亦略記其詩，有云〔七〕「馬牧降來地，雕盤戰後雲」，又云「春生桂嶺外，人在海門西」。其佳句多類此。其集已亡，今人多不知有所謂九僧者矣〔八〕，是可歎也。見《六一詩話》。

煇昔傳《九僧詩》，劍南希晝、金華保暹、南越文兆、天台行肇、沃州簡長、青城維鳳、江東宇昭、峨眉懷古、淮南惠崇也。九僧詩極不多〔九〕。景德五年，直史館陳充所著序引，如崇《到長安》「人遊曲江少，草入未央深」之句皆不載，以是疑爲節本。崇非但能詩者，畫亦有名，世謂「惠崇小景」者是也。「畫史紛紛何足數，惠崇晚出吾最許。」荆公詩云耳。見周煇《清波雜志》第十一卷。

雖昧平生契，懷賢要可傷〔一〇〕。生涯與薪盡，法意共燈長。遺畫空觀貌，殘詩孰補亡。元注：本院惟即師詩稿數卷。神期通一語〔一一〕，無乃困津梁。元注：予爲郡之年，師之去世已二紀矣。方虛谷云：景文年四十四，初得郡壽陽，惠崇舊居院在境內，選此詩以見惠崇之死，宋公年二十也。宋景文《過惠崇舊居》詩見《瀛奎律髓》第三卷。

江上秋雲薄，寒鴉散亂飛。未明常競噪，向晚復争歸。似怯霜威重，仍嫌樹影稀。老僧修止觀，寫物固精微。楊仲弘《題惠崇古木寒鴉》，見《仲弘詩集》第三卷。〔一二〕

《九僧詩》在宋屢爲難得，汲古主人更六七百年得見，誠爲幸事，況所傳本視直齋、公武所見又多二三十首，宜跋語之色飛而神動也。第汲古佳鈔，以謹守宋槧之舊推重士林，而此本首據《清波雜志》，九僧各冠地里，又以《瀛奎律髓》一篇添入宇昭之下，則與宋本〔一三〕稍齟齬矣。余謂《清波》一條既載跋後,則卷首地里〔一四〕自當删去,而《瀛奎》一篇附入今跋〔一五〕,以還宋本舊觀,以裨汲古主人〔一六〕好古之萬一,或不至以此獲罪於當世諸君子也。《九僧詩》入有唐中葉錢、劉、韋、柳之室,而浸淫輞川、襄陽之間,其視白蓮、杼山有過無不及。然山谷所稱「雲中下蔡邑,林際春申君」,此集不載,而惠崇自定《句圖》五字百聯,入此集者亦不及十之二三,使汲古主人聞之,則欣躍之餘,更當助我浩歎矣。《瀛奎律髓》十四卷宇昭《曉發山居詩》曰:「蓐食少人家,寒烟碎落花。鷄鳴窗半曉,路暗月西斜。世故欺懷抱,風霜近歲華。劇憐詩思苦,悽惻向長沙。」〔一七〕乙未冬初,假滋蘭堂藏本録畢記之。古農余蕭客。

歐陽公云:《九僧詩集》已亡〔一八〕,元豐元年秋遊萬安山玉泉寺,於進士閔文如舍得之,直昭文館陳充集而序之。《温公詩話》。

寇萊公延詩僧惠崇於池亭,探鬮分題,萊公得池上柳「青」字韻,崇得池上鷺「明」字韻。崇默繞池逕,馳心杳冥以搜之,自午至晡,以二指點空微笑曰:「此篇功在『明』字,凡五押俱不到,方今得之。」公曰:「試請口舉。」崇舉詩云云,公笑曰:「吾之柳功在『青』字,已四押之,終未愜,不如且罷。」《湘公野録》。

吾郡詩人陸鐵簫先生向有《九僧詩》一帙,據毛本而又加以各本校勘,故前題云「梅蕭閣校正」也。知余新收汲古閣影宋本《宋高僧詩選》，其前集即《九僧詩》，因屬爲校正。余手勘如右，自標題以至行款一一注明，儻欲窺宋本面目，可即是以求矣。宋本之異同悉爲校改一二。蓋此鈔出於傳鈔，非影宋可比，不能如舊時宋本點畫矣。儻後日重梓，標題或不遵宋本名色，其序次行款必當如舊，而每僧後有續補篇什及摘句，皆當一一退居末卷，別爲《補遺》一卷。至摘句之已爲本書有者，亦不容删去，蓋其所摘自爲一出處也。至從他本校補各條，亦應退後爲《考異》一卷，與《補遺》同例。前人跋語別爲《附録》，校訖附數語以與梅蕭先生商之。復翁黄丕烈識。

【校勘記】

〔一〕比晁多二十四首　此七字原缺，據臺北圖書館藏清師竹友蘭室藍格抄本《九僧詩》不分卷過録毛扆跋補。《九僧詩》跋自首至《仲弘詩集》卷三，《鐵琴銅劍樓藏書題跋集録》卷四亦收録，以下所校〔一〕至〔一二〕《鐵琴集録》均不誤。

〔二〕陳直齋所云景德初直昭文館　此十一字原缺，據前揭毛扆跋補。

〔三〕草入未央深　「深」字下原衍「之句」二字，據前揭毛扆跋删。

〔四〕且謂惠崇能畫　「惠」字原脱，據前揭毛扆跋補。

〔五〕古木寒鴉詩　「詩」原作「集」，據前揭毛扆跋改。

〔六〕餘八人者　「者」字原脱,據前揭臺圖藏抄本録《六一詩話》補。

〔七〕有云　「云」字原脱,據前揭臺圖藏抄本録《六一詩話》補。下文「又云」同。

〔八〕所謂九僧者矣　「僧」下原衍「詩」字,據前揭臺圖藏抄本録《六一詩話》删。

〔九〕極不多　「多」下原衍「得」字,據前揭臺圖藏抄本録《清波雜志》删。

〔一〇〕懷賢要可傷　「要」原作「更」,據前揭臺圖藏抄本及《瀛奎律髓》卷三改。

〔一一〕神期通一語　「期」原作「奇」,據前揭臺圖藏抄本及《瀛奎律髓》卷三改。

〔一二〕仲弘詩集第三卷　原作「詩集中卷第二卷」,據前揭臺圖藏抄本改。

〔一三〕宋本　「本」原作「槧」,據前揭臺圖藏抄本過録余蕭客跋改。

〔一四〕卷首地里　「里」原作「理」,據前揭臺圖藏抄本過録余蕭客跋改。

〔一五〕瀛奎一篇附入今跋　「附入今跋」原作「宜列毛公跋後」,據前揭臺圖藏抄本過録余蕭客跋改。

〔一六〕汲古主人　「古」下原衍「閣」字,據前揭臺圖藏抄本過録余蕭客跋删。

〔一七〕「瀛奎律髓」以下所引此詩原缺,據前揭臺圖藏抄本過録余蕭客跋補。

〔一八〕九僧詩集已亡　「已亡」原作「已巳」。余蕭客跋以下,臺圖兩個抄本均缺,此據《温公續詩話》二十五改。

560　增廣聖宋高僧詩選前集一卷後集三卷續集一卷 影宋本

余向藏毛氏精鈔《增廣聖宋高僧詩選》前、後、續集共五卷,裝一册,已歸藝芸書舍,惟存傳録斧季所校《九僧詩》一卷，末附摘句，并從他處補遺，其實詩之正文悉與《聖宋高僧詩選》前集合，而面目已異矣。頃揚州坊友以此見遺，余諗與毛鈔行款字體合，且避諱如「懸」字作「懸」、「樹」作「樹」之類，皆與影宋無二，誠善本也。惜破損失字，擬借歸藝芸本補之。既思讀畫齋曾有巾箱本覆刻，探知鏡古閣蔣氏有之，遂借補缺失最後五行，命孫美鎬手寫，其蠹蝕處差異不知而作矣。道光甲申七月二十六日，宿雨纔過，涼颸漸動，晨坐學耕堂之南軒，秋清逸士書。

讀此書一過，有懷澄公

秋風生桂樹，招我有山僧。昨澄公徒孫辛成師過訪。白露兼旬到，清吟獨學曾。猶憶辛未秋澄公招獨學老人與余華山看老桂。遺文珍舊扇，澄公爲余寫扇頭梵崇「老木因風時自號」一首。秘笈訪同朋。澄公爲余求昷峰所藏〔一〕《唐宋僧詩》一册。展卷添愁思，何心策瘦藤。澄公作古後，山中更無吟侶。老蕘。

【校勘記】

〔一〕昷峰所藏　「昷」原作「吕」，據國家圖書館藏清抄本《增廣聖宋高僧詩選前集》一卷《後集》三卷《續集》一卷黄丕烈跋改。

561 注解章泉澗泉二先生選唐詩五卷 明刊本

此柱國王氏遺書也，賈人收得，疑爲宋刻。余曰此宋人選唐詩耳，乃明刻，非宋刻也。書載《述古堂目》，卷數亦合，卷尾藏書諸家各有題識并圖記。惟顧孔殷一人似乎其名甚熟，適訪顧子湘筠，因閲張氏《畫徵録》，末後有墨筆畫人姓氏附記諸條，中有顧殷禹功，當即其人。較此簽記少一「孔」字，或「孔」字係大排行，故從省也。惜其藝能傳，籍貫不傳耳。道光紀元八月下弦日，復見心翁。〔一〕

【校勘記】

〔一〕此跋爲節録，且將兩跋合併，王大隆補輯在後文《藏書題識續録》卷四。

562 月泉吟社一卷 毛子晉校本

余初得此書，因有毛子晉手校字并手跋語，故珍之。是書出郡故家，李明古遺書一單與余友張訒庵剖分之，此卻自留。訒庵借以校毛刻，并補毛刻所無者，而皆未知其校補之何據。暇日繙閲藏書目，見有標題「月泉吟社詩」者，急檢視之，乃明嘉靖時覆本，毛校補者悉據是也。復翁記，時乙亥四月九日。

563 中州集十卷 金本

余友顧澗蘋嘗爲余言曰，郡中朱丈文游家曾有金板《中州集》，惜已散去，無可蹤跡矣。余心識其言，不敢忘。既檢《延令書目》，載其名，云是十卷六本，亦未見有收藏家有滄葦故物也。頃二月廿八日，往送友人北行，歸家見案頭有小字《中州集》一册，爲丙、丁二集，詢是書友攜來求售者，乃知澗蘋所云即此舊刻歟。按其行款、字數與《列朝詩集》同，可見錢氏之集，詩悉本於元氏，信不誣矣。明日書友來，詢其直，索白鏹五十金，云是金板，須每本十金。余方疑書友學問平庸，無此識眼，而書友以爲物出故家，主人以爲金板，故價昂如是。余屬其攜全書來，通部缺十六葉，十卷後無《中州樂府》，《目録》尾有糢黏字跡幾行。余斷其爲元本明印，非初刻者，故《樂府》已無，卷中板片損半及失葉硬填某至某，其殘缺之迹顯然。藏書家以爲金板，從元氏爲金人言之耳。余方重是書之希有，書友亦居奇，累許〔一〕至十五金而猶不允，欲取全書去，余强留其樣本而以四册還之，猶是羈縻勿絶之意云爾。適道經臬署前，憩文瑞堂書坊，又有一書友談及此書，云是目所未覩者，問之，知爲書船吴姓物。而吴姓適來，乃吴步雲其人。其人固余所素識者，呼與語，遂〔二〕一一以實對，索直青蚨十四千文，因如數與之，而酬前取來者以二千文，此書竟不至受書賈之勒索,可爲生平一得意事。余何與古書緣巧若是耶!吴姓曰:「君真有福分者。是書爲海鹽人張晉喬物,任杭州府學教授,卒於官。余得諸伊姪孫手,實錢十千文,後送諸鮑以文先生處,渠許過元銀十二金。余尚須請益,適渠於大雪中泛舟往杭州,夜半遭風,舟幾覆溺,遂翻然曰:『吾身子尚不免,何況身外物。此書毋使諸失所也。』余取歸書船,今爲君有,豈非冥冥中有若或使之者乎?」交易既成,書此緣起,并著物之歸宿有在不可勉强者。爰什襲而藏諸讀未見書齋,命兒子玉堂歸諸金元文集部。兒子還報曰[三],架上先有《中州樂府》在。啓緘讀之,蓋毛鈔元本,與是集無纖毫異者。余向從東城故家得羣籍一鱗片甲,未及盡記,得此已數年來,若有待於此刻之補闕,抑亦奇矣。今而後,元氏之書可無缺遺之憾焉已。嘉慶庚申三月三日,蕘圃黄丕烈燈下記。

毛氏刻《中州集》并《樂府》,觀其序跋,《中州集》有弘治人跋,謂出於前哲所自録;《中州樂府》有嘉靖人序,謂陸儼山刻之九峰書院,則子晉所梓,皆非元本矣。故取此及鈔本樂府勘之,多所不同。書必取其舊,信然。獨怪《歷朝詩集》出於毛氏所刊,至于行款、格式無一不與元氏原刻《中州集》合[四],影寫《中州樂府》亦出於毛氏,何以所見皆真本,而所用以梓行者皆屬後來之本,豈所見在後而所梓在先耶?抑所見者真本,而所梓者可用後來之本耶?余所覩毛氏珍藏[五]之本不必盡合於所刻往往如是,竊所不解矣。書之以質來者。蕘圃又識。

金板《中州集》缺數

《中州》目：十一葉、二十九葉、三十葉〔六〕、三十一葉、三十二葉。

《中州》一：二十一葉、二十二葉。

《中州》二：十一葉、十二葉。蔣本可補。

《中州》五：二十四葉。蔣本可補。

《中州》六：十葉、十一葉、十二葉、二十一葉、二十二葉、已上蔣本可補。二十八葉。續得別本影寫補入。共缺十六葉。〔七〕

此書久無有見此刻者。自余得此刻本不兩月，書友又從南路書船中得一本，與此刻印本卻無先後，爰從書友取歸。就中可補者止卷六二十八葉，又半葉之碎板及損傷者，皆影寫足之。此刻蟲蝕處〔八〕亦有填補，餘失板者並同，可知書籍流傳，正自不乏，無明眼人識之，盡歸散亡耳。此書經余收得，書友中竟有聞風而購獲者。諺云「價高招遠客」，吾於是益信云。閏月既望，坐雨讀未見書齋，適命工重裝訖，復爲著之如此。蕘圃氏丕烈。

嘉慶丁卯夏復見一本，每葉二十二行，行二十一字，殆明弘治刻〔九〕也，後有頤齋張德輝序，借與舊本行款未對，不獲鈔補耳。復翁。

戊辰九月望日，借濂溪坊蔣氏本勘之，較此刻刷印在先，而佳處《目録》後有《樂府目録》，《樂府》亦全，《中州》二、五、六欠葉皆有，所惜《中州》目、《中州》一欠葉並同。物主需直五十金，爲介者斷以八折，余許卅金，尚未之許，因假歸，擬影鈔足之。復翁識。

己巳春正月晦，鈔補之葉重爲裝入，較庚申初得時忽已十年矣，大兒之歿亦復五足年〔一〇〕。顧後子孫讀學堂書籍尚不能成誦，安望讀此耶？余一生精力半耗於書，未知有能爲我守成者否？挑燈書此，彌覺黯然。復翁。

壬申秋，前所續收之本與書賈易他書，此書唯此本存矣。向留蔣本，有奢願，思蓄之，今成虛願，聊記于此。九月晦日，又挑燈書此，情緒之惡，彌覺黯然。復翁，時年五十，擬易號曰「知非子」。

丁丑初夏，書友有李之純《鳴道集説》示余者，前有金華黄溍序，知係金人序，云遺山元公嘗以中原豪傑稱之，謂其庶幾古者立言之君子，則其人可從《中州集》考之也。因出《中州集》核之，亦但云三十歲後偏觀佛書〔一一〕，能悉其精微，既而取道學書讀之，著一書合三家爲一，就伊川、横渠、晦菴諸人所得者而商略之，毫髪不相貸，且恨不同時與相詰難也，絶未言其所著何書。今得《鳴道集説》讀之，方信是書目録家不載，未知有金刻否。見在鈔本止三卷，未知全否。附記于此。

蔣本亦於今春歸冰雪堂汪氏，因主人韻濤作古，書籍分授諸子，各自售去，兼收之望自此絶矣。暇當檢毛鈔《中州樂府》，合裝以成完璧。宋廛一翁記。

【校勘記】

〔一〕累許　「累」字原缺，據國家圖書館藏元至大三年曹氏進德齋刻遞修本《中州集》十卷《中州樂府》一卷黄丕烈跋改。

〔二〕遂　此字原缺，據前揭書黄丕烈跋補。

〔三〕兒子還報曰　「兒子」下原衍「玉堂」二字，據前揭書黄丕烈跋删。

〔四〕中州集合　「合」前原衍「樂府」二字，據前揭書黄丕烈跋删。

〔五〕毛氏珍藏　「氏」字原缺，據前揭書黄丕烈跋補。

〔六〕三十葉　原缺，據前揭書黄丕烈跋補。

〔七〕金版《中州集》缺葉數原置於全篇最末，據前揭書黄丕烈跋移至本來位置。

〔八〕蟲蝕處　「處」字原缺，據前揭書黄丕烈跋補。

〔九〕明弘治刻　「明」字原缺，據前揭書黄丕烈跋補。

〔一〇〕五足年　「足」字原缺，據前揭書黄丕烈跋補。

〔一一〕佛書　「書」原誤作「言」，據前揭書黄丕烈跋改。

564 梅花百詠一卷 元本

庭前黄梅花盛開，戊辰元旦試筆，適檢及此《梅花百詠》，因附録於卷端。無多土力足滋培，猶憶移居此地栽。花意十分逢臘盛，春心一點冒寒開。中央色秉羣芳正，後殿名齊早歲魁。知爾和羹且莫問，孤高自許肯輸梅。蠟梅與梅花不同，然一開於春初，一開於冬盡，蠟梅若爲歲華之殿焉，故《梅花百詠》中亦及此種。兹名爲黄梅花者，蓋用近時洪稚存、吴縠人消寒會中詩題名也。復翁。在卷首。

韋珪《梅花百詠》傳本絶少，元刻尤稀，此本出杭人姚虎臣家，海寧陳仲魚爲余購得者〔一〕。初，余與仲魚辛酉計偕獲宋本《梅花喜神譜》於琉璃廠，仲魚由是知余愛古書，并知余愛古書之有涉於梅者，故代購此以爲合璧焉。余既得此書，重加裝潢，寶愛之至，曾賦詩紀事，與仲魚欣賞之，忽忽未經録稿於本書尾，其事又隔四五年矣。今虎臣已故，仲魚亦旋舊里，落落晨星，好古之友無一二人，見聞孤陋，誰爲之助余發憤耶？余衰年多病，近又卧床六七日，病魔盛而書魔漸衰，於此事亦嬾矣。今日起坐檢樓頭書，偶及此，因遂補記一段情事。喜耶？懼耶？吾不得而知之矣。嘉慶壬申春季十有三日。黄丕列識〔二〕。

越歲戊寅冬十月三日重觀，其去壬申已過六年，去戊辰又過十年矣，其中時事之變遷，人物之代謝，不知其幾，而吾與此書尚存，豈不幸耶？吾友中如稚存、仲魚相繼徂逝，穀人先生亦於今歲作古，風流雲散，撫景茫然。區區身外之物，猶往來於懷而不能去，得則喜，失則憂，欲一損其嗜好之故習，以歸於無何有之鄉，未知能果斷否也。古云十年一大變，五年亦小變〔三〕，吾於此書流觀作如是想。復翁。

此書世鮮傳鈔，憶惟王蓮涇家《孝慈堂書目》有之，而未之見。收此書後曾獲一鈔本，係中吴心山藏者。心山姓金，名可埰，字心山，工文嗜酒，而晚善畫。余向年與之角藝文場，初不知其爲畫人也，及其善畫而與之蹤跡疏，故不得其畫，身後購求頗難，間得一二小幅梅竹，殊可觀。此書塗抹滿紙，甚至點竄詩句，大約酒後醉筆。《補騷》一篇中，此本破損失字處，藉可補一二，附識於卷尾，序中缺少同之，想亡失已久。戊寅冬十月四日〔四〕，復翁又記。

廿二葉後一行「野寂寞其無人」，後二行「何所獨無芳草兮」，後三行「退將復脩吾初服」。均在卷末。

【校勘記】

〔一〕購得者　「得」字原缺,據國家圖書館藏元至正刻本《梅花百咏》一卷黄丕烈跋改。

〔二〕黄丕烈識　「識」字原脱,據前揭書黄丕烈跋補。

〔三〕五年亦小變　「亦」原作「一」,據前揭書黄丕烈跋改。

〔四〕十月四日　「四」前原衍「十」字,據前揭書黄丕烈跋删。

565 中州啓劄四卷 舊鈔本

郡城故家李鑑明古遺書,殘鱗片甲,約有百餘種,其可取者三四十册而已。至宋、元舊刻,無可爲披沙之揀,唯此《中州啓劄》尚屬元刻。檢錢少詹《元史藝文志》「總集類」云「吴宏道《中州啓牘》四卷」,字仁卿,蒲陰人。[一]與此正合。雖鈔補而仍缺失,取其希有,故存之,不復分與訒菴矣。李氏書與余友張訒菴合得。[二]乙亥二月十四日,復翁。

【校勘記】

〔一〕此小字注原缺,據静嘉堂文庫藏元刻本《中州啓劄》四卷黄丕烈跋補。

〔二〕此小字注原缺,據前揭書黄丕烈跋補。

566 策選□卷 元鈔本

此《策選》的係元人録本，余向得《刑統賦疏》，筆墨、紙質與此正同。去歲估人持此示余，索重直，未之售，今仍攜來，價稍貶矣，因收之，取究爲原鈔也。檢錢辛楣《補元史藝文志》「科舉類」有至正辛巳復科經文，兹書所録皆策文，又首有至正辛巳之序，殆即是歟？然「復科經文」不知何解，是書合否，究未悉也。道光三年癸未端陽前一日，蕘夫記。邵淵耀曰：蕘夫不知復科作何解。案《元史·順帝紀》，至元元年詔罷科舉，至六年十二月復科舉，其明年改元至正，歲正在辛巳也。元代取士經、策並用，此與復科經文雖係同時，亦非一書。

567 宋遺民録十五卷 校舊鈔本

古書日就湮没，即如明初本已不可多得，矧前於此者乎？此《宋遺民録》猶是照明初刻本寫者，篋藏久矣，頃收得毛子晉藏本，於明刻似影摹，故明人題語多有，此稍脱略矣。全書經斧季用朱、墨兩筆手校，又有别一人墨校，余悉臨之，以備參考。至於每卷各有《附録》總置書後，足見古人采訪之勤、體例之善。蓋是書原係程篁墩所輯，儻有未備未確者，不妨俟後人補之正之。近時《知不足齋叢書》中刊此，於所補者刊入當卷下，所正者盡空其文，吾無取乎爾也。兹第就《程録》所有悉爲校勘，而毛氏之附録者不存焉，亦取存此《宋遺民録》之真本而已。復翁。

568 宋遺民録十五卷 明刻本

余向得《宋遺民録》於郡故家，爲汲古毛氏影寫明刻本，而又經斧季手校，各種援引文字異同，已珍惜之至，出重直購之矣。頃書友攜此嘉靖刻本示余，余重其爲原刻，復收之，可謂近時一得意事。中有殘毀處，倩工照毛氏影寫本補之，可見向日儲藏卻爲今日鈔補地也。古書因緣，余何幸而得此邪？裝成并記於卷尾，時道光元年立夏後一日蕘夫記。

末葉填補圖書，鈔胥不善爲此，因命鳳兒摹之。又記。

569 皇元風雅前集六卷後集六卷 舊鈔本

此舊鈔《皇元風雅》前集二至六、後集一至六，眠琴山館藏書也。初賈人以後集謝序弁諸前集之首，而以第六卷改「六」爲「一」，移于二、三、四、五卷之前，又就倒置之卷數掇拾姓氏，以僞爲其全者，惟恐不足取信，於目後題識云「萬曆十六年清常校録」。既而眠琴山館主人訪得余所藏元刻殘本，恰有序目及卷一，爰鈔以補之，而并正改「六」爲「一」之誤，以有謝序并原目附於後，所以存疑也。癸亥夏攜以示余，慨假全本足余所不足，其愛書而因以愛友，其情爲何如乎？余遂影鈔其不足者而歸之，於其歸之也，聊記數語以質之：一原有之序係後集之序，不當附于前集後，此宜更正者也；一原有之目確然僞爲清常之字，亦屬亂寫，此宜删除者也。舊時卷一向存末葉「寄牧庵參政」云云，此宜移入卷一末，而去其新鈔之葉以存其舊者也。主人愛素好古，故敢獻疑以備采聽。主人云建陽蔣易師文編集之《皇元風雅》近始於杏巖書屋中見其殘本，敝藏亦有之，彼此不全，而各不同名，曰《國朝風雅》，知主人想望是書之甚，故并以聞。癸亥五月望後三日，東吴縣橋黄丕烈書。

570 皇元風雅三十卷 元本

《皇元風雅》三十卷蔣易編次者，載諸焦竑《國史經籍志》〔一〕。近《浙江采輯遺書目》止二卷，天一閣寫本，知此書之流傳非廣矣。向嘗收得元刻殘本，又從香巖書屋借得元刻殘本影鈔媲之〔二〕，總不符三十卷之數，亦第藏諸篋衍，備元詩舊本之一家耳。頃有書友攜一部來，竟三十卷，序目都有，遇缺失處已鈔補，驗其裝潢，識是金星軺家故物，非出自尋常藏書人家者，宜可信爲全本也。然以余及香巖本核之，卻多歧異，序目向闕，無可參考,至每卷各有子目,於一卷而列諸人者,則題「《國朝風雅》蔣易編集」,於一卷而列一人者,則曰某人詩目録,「建陽蔣易編集」。間於目録板心填某卷,於卷中起處,但以人姓名爲大題,官銜、籍貫、表字爲小題,不載書名、卷數,每葉板心各載每人名,無卷數。兹刻子目都無,間存王繼學詩目一葉,想子目本與舊藏本同,此皆失之。至每卷各標卷數,其板心亦如之,細玩字跡,無一與本書同者,當是板片不全,子目盡失,遂按人姓名分卷,加此題頭,及板心刻入,故字跡各異,否則本書字跡同出一刻,何中多歧異耶?總之古書日就淪亡,既得見元刻殘本矣,又得見元刻全本矣,而鈔補增改究不知元刻真面目。購書之難一至於是。余日來俗務填膺,尚爲此忙中閒事,所謂書魔積習,自笑亦自歎也。嘉慶十七年歲在壬申中元後三日,求古居主人黄丕烈識。

余藏元殘本反多僧虚谷詩,此卻無之,板片之不全可見矣。卷端序目大半鈔補,因無此詩,故目不載,而賴殘本存之,不可謂非僧虚谷之幸也。并記。復翁。俱在卷末。

【校勘記】

〔一〕國史經籍志　國家圖書館藏元建陽張氏梅溪書院刻本《皇元風雅》三十卷黄丕烈手跋寫作「國史志經籍」。

〔二〕影鈔媲之　「媲」字原缺,據前揭書黄丕烈跋補。

571 元方瀾郭畀鄭銘劉壎詩共一册 舊鈔本

此方瀾、郭畀、鄭銘、劉壎四家，皆元人詩也，雖鈔甚草率，然爲曹倦圃藏書，故收之，重付裝潢，以見舊鈔之可珍爾。黄丕烈。

572 玉山倡和集一卷附録一卷 鈔本

此《玉山倡和》、《玉山遺什》二册，朱性甫家遺書也，爲《玉山名勝集》及《玉山璞稿》所未收。昔鮑丈渌飲曾以此書〔一〕流落江南人家未及刊刻爲恨，及渌飲殁，而此書始出，竟無人好事付梓。余借諸壽松堂蔣氏，蔣氏得諸濂溪坊顧氏，原書大半爲性甫手書，有印記可證。余既倩友影摹其文，又命内姪模圖記各種，而於字之偶誤者手爲校之，命工重裝，而著其原委如此。今後世〔二〕又有一副本，不減中郎虎賁之似矣。乙亥秋七月二十有一日〔三〕，復翁識。

時吴枚菴在座，屬爲題簽，并記。

【校勘記】

〔一〕曾以此書 「書」原作「本」，據國家圖書館藏清抄本《玉山倡和》一卷《玉山遺什》一卷黄丕烈跋改。

〔二〕 今後世　原作「傳之後世」，據前揭書黄丕烈跋改。

〔三〕 二十有一日　「有」字原缺，據前揭書黄丕烈跋補。

573 荆南唱和集一卷 明刻本

《荆南唱和詩》向亦曾有之，是王蓮涇舊物，已爲他人購去矣。兹册出香嚴書屋中，雖明刻，甚古雅，且爲沈寶研所藏，真可愛玩。而卷首破損處補字審爲義門先生手書，蓋沈即何之高第弟子，沈書何補，理或有然也。辛巳三月，蕘夫。

574 金蘭集稿□卷 舊鈔本

嘉慶丁巳夏仲，有杭州書友攜宋本《温國文正司馬公文集》共十四册八十卷，内缺九卷，明人鈔補。余取視之，於劉嶠表文第一葉後餘紙有朱書「洪武丁巳秋八月收」八字，下有「徐達左印」小方印一，「松雲道人徐良夫藏書印」大方印一，於八十卷後空葉有墨書細字三行云：「國初吴儒徐松雲先生收藏《温公集》八十卷，缺九卷，雍謹鈔補以爲完書云。弘治乙丑秋九月望日石湖盧雍謹記。」余初不知徐松雲先生爲何人，後謁錢少詹於紫陽書院，告以姓徐名達左字良夫者。少詹曰：「子何忘之耶？即元末明初類編《金蘭集》者也。良夫世居吴之光福山，今有徐友竹，善鐵筆，而富藏書者，即其子孫。」歸家檢《金蘭集》，閲之知良夫所與遊者皆一時名公鉅卿、高人逸士。倪雲林題其《耕漁軒詩》云：「載耕載漁，爰讀我書。」則良夫之書必多且富矣。惜《金蘭集》中大都敍其友朋唱和之樂，而於藏書未一及焉，爲恨恨耳。幸四百餘年之後，以散在他鄉之物，猶得見吾郡先賢手澤，古香古色，流露於故紙堆中，豈非大幸！且良夫之號松雲道人亦爲郡志家乘所未載，而兹復得以表章者，非又一韻事乎？余性嗜古書，於宋刻尤不忍置，《温公集》以議直不諧力，又難以副我好，遂聽書估取去，未知吾鄉故物此又轉入何地，因留此迹於是集餘紙，俾後之好古者覽焉。嘉慶二年歲在丁巳端陽後三日，書於讀未見書齋之南軒，蕘圃黄丕烈。

575 雅頌正音五卷 明刊本

劉仔肩《雅頌正音》五卷，家俞邰《明史藝文志》有其目，然世不多有。此刻信屬明初舊本，楮墨間猶饒元刻氣息。細玩卷末碑牌，知此爲前集，而所有後集今將編類，則成否未可卜，故志藝文者不聞更有後集也。「金陵王舉直」係書坊籍貫、姓氏，今金陵多書坊，且多刻工，但剞劂不精，坊間亦無好事如舉直者，於此可以觀世變矣。是册出吴枚菴家，余以一番錢得之，稍有破損，兼爲字紙襯其腹，因命工重裝，以舊紙補綴之，工料費又加一番錢。愛明刻書如此，余不當自笑其愚邪！甲子二月清明前五日遣悶，蕘翁書。

576 滄海遺珠八卷 鈔本

余既從昭文同年張子和令嗣處借得《滄海遺珠》八卷鈔藏之已，幸較《四庫》本多詩四卷，然無前序并目，不知何以有四卷、八卷之異。伏讀《四庫全書提要》，知有楊士奇序，得悉選者爲沐英後人，其止有四卷，顛末不之及。頃見小讀書堆遺書精鈔本，前載楊序而後有成化間葉福跋云：「吾萬載令陳侯僅得一册，珍襲歌詠，猶恐傳之未博，故重刻之以博其傳。」方信四卷之止得半也。因補録楊序、葉跋於後，方信見聞不廣，不足以定是非而決疑，信有如是夫？己卯秋，復翁。

朱筆從小讀書堆精鈔本補，蓋張本板壞闕失故也。復翁。

前四卷復從顧氏所藏精鈔本校一過，然不可據者多，非特刻在成化，較余所見本本後，而不知妄作或重刻所改，或傳寫所致，兹一一校出。是者可補余藏本所不逮，非者益見余藏本爲可貴也。己卯秋，復翁校畢識。

577 美合集二卷

是書出平湖估人，不知誰氏物。卷端二印，内一印云「金氏雲莊」，則桐鄉故藏書家也，一字諤嚴，嘗見其所藏多宋元精抄本[一]，此亦出伊家舊儲，固素所珍重者也。世代遷移，神物幻化，有可感者，猶留一姓名圖記供後人摩挲賞玩，非不幸中之幸歟！蕘夫。

從來讀書人筆墨不必其書法之果佳也，一出於手稿，則彌不珍之，蓋物以人重之故。竹垞翁八分書楹帖真者絶少，人多以贋當之，苟獲其真，勝如拱璧矣。予楹帖絶無，而手鈔書間有一二，亦不能全是親筆。向收《笛漁小稿》稿本中有竹翁割入五言排律一首，是其手書。又《長安志》托友傳録而竹翁爲之補定，且有一促其速抄之札。托友傳録雖促之仍寓婉言相商，亦可見古人風雅所存已。唯此乃其手稿，取古來唱酬之作，自一二人以至衆人彙而録之。「美合」云者，蓋取兩美必合之意云爾。平湖估人有書一單，或刻或鈔，必著原委。而此册以竹垞手抄致索重直，余卻能識之不嫌其中有殘缺也。猶憶故友陶君筠椒藏有《明詩綜》草稿，視如珍寶。予謂此猶有刻本存也。若此《美合集》得未曾有，想竹翁自出新意，創爲此集，而卒未成，故世無傳焉，置諸案頭，俾古來衆美畢陳，省得搜羅群籍，條縷出之，其勞逸爲何如邪？旁觀者或竊笑之，而予則自以爲特識以實估人傳述之言也。估人云,平湖頗有好古者,評論一過,故敢以爲竹垞真跡。噫,可爲知者道,難與俗人言。即一書籍,而識與不識,有天淵之判云。道光甲申閏七月初一日老蕘記。

越月至季冬,有一識古者,欲取李東陽行書一軸相易。此軸各論消價,估直朱提一斤,可見予賞鑒爲不虚也。見復生又記。

道光乙酉之春,予有滂喜園書籍鋪之設,老友胡茂塘佐理其事,暇日則以書籍付裝。兹集首不知缺失幾葉,姑以一紙留空。蓋《式微》一詩已前文已佚也。其中失尾一處,破損幾處,皆可從原文補全。然所重在竹垞手跡。手跡既失,未容妄補,識者當亦知之。裝成時爲五月十一日,予年六十三生日也。蕘夫。

通計六卷,存七十番。〔二〕

【校勘記】

〔一〕　精抄本　「抄」原作「妙」,據臺北圖書館藏朱彝尊手稿本《美合集》六卷黄丕烈跋改。

〔二〕　除第一跋之外,其餘均原缺,據前揭書黄丕烈手跋補。

578　六朝聲偶集七卷　鈔補本

徐獻忠《六朝聲偶集》,凡書目皆載七卷,今所收者止四卷,有序,無總目,或因無五、

六、七卷，遂去總目，幸有子目存，可考存卷詩之全否。書名《六朝聲偶》，此正齊、梁，其爲不全可知。兒輩好古學，頗究心，因留此爲流覽之助，若余則止知矢口成吟，不知若何爲「六朝」、若何爲「聲偶」茫如也，但云詩而已，但云有韻之言而已。詩云乎哉？道光癸未中秋後三日，秋清逸士記。

余每得一書，遇書友來，必告以余近所得某書。其書之何本何刻，亦必曲爲解釋，以冀其見聞之廣。蓋業書者未必知書，且遇罕見之本亦往往不識，故示以所得之書，知其中之委曲也。秋間，有賈人以舊鈔《六朝聲偶集》來，惜逸其後三卷，因罕覯收之。茲届仲冬七日，敬業堂閔聯奎持其後三卷來，適可補向所闕，因歎事苟留心搜訪，雖不易得者，未始不可屢見也。且是刻本尤勝於鈔，姑俟之，或續有刻本之全并原失之四卷，豈不更快哉！蕘夫記。

此書前四卷舊鈔，後三卷爲士禮居補鈔，各一册，後册末蓋黄印記。余於咸豐戊午夏得之黄氏，庚申春又於黄氏得明刻一部，前四卷緜紙，後三卷竹紙，亦係湊全本，末皆有「長水書院刻」五字，行款、缺字皆與此同，知彼刻爲此鈔所自出。彼後三卷合一册，起有蕘夫記，語稱殘帙，五、六、七卷合諸前所收一、二、三、四卷，適符全書七卷。顧不言前收之爲鈔爲刻，豈即指此舊鈔前四卷，迨後又得前四卷刻本，乃合後三卷刻本爲一部，而另鈔補全此本歟?應陞。

579 陶杜詩選□卷 查藥師鈔本

余生平酷愛陶詩,既收得兩宋本,藏諸一室[一],名曰「陶陶室」,後輟贈人。又收得一宋本,改顔曰「陶復齋」。此册查藥師手寫,陶詩選後附杜詩者,余絶愛其筆跡,因收之而重爲裝池并記。庚辰秋,復翁。

嘉慶庚辰春,書坊收得海寧許氏散出之書,大抵皆零星小帙,而索直頗昂。余因以家刻書易得幾種,此鈔録《陶靖節詩選》、《杜文貞律詩選》其一也。其標題「後學查岐昌藥師編輯」者爲陶詩,卷端序云「於崇明縣齋讀公詩」;其標題「後學查岐昌偶鈔」者爲杜詩,卷端敘云「先太史授以杜律」,是爲海寧查氏之裔,特不知太史爲何人而崇明縣齋是其治所否也。後晤沈九子逸,方悉藥師乃初白之孫,以孝廉而爲縣令者,且書法亦甚佳。持以質之,果藥師手録本,因著其世系行迹如此。復翁。

近日書直昂貴,苟有舊本出,無論刻鈔,每册動以番餅論價。此一册亦索直半餅,余故以書相易,及付裝池,又需青蚨[二]二百餘文。此書幾七折制錢一金矣,後人勿輕視之。余得時有座客斥爲故紙者,因書此解嘲云爾。復翁。

装成展讀，因腦頭狹小，殊不耐觀，復命工易紙覆襯接腦，始可開展，又費青蚨二星，前客嘲笑當益甚矣。復翁。

此余案頭展玩之書也。百宋一廛堆積如山，每遇歲除，命兒孫輩整理一次，亂者始整齊之。及余索此不得，問長孫秉剛，知已什襲而藏之矣。蓋見余重爲藥師手迹，重爲裝潢，且屢跋不一跋焉，故重之也，其識見勝於前客多矣。道光壬午中秋重展，蕘夫記。〔三〕

【校勘記】

〔一〕藏諸一室　「諸」原作「詣」，據臺北圖書館藏清乾隆三年查岐昌稿本《陶杜詩選》二卷黄丕烈跋改。

〔二〕又需青蚨　「需」原作「費」，據前揭書黄丕烈跋改。

〔三〕此條原缺，據前揭書黄丕烈手跋補。此跋《題識》誤作卷五《紹興内府古器評》二卷之跋，前文已删。

580　浯溪詩文集□卷　□本

余年來書興闌珊，故書友之蹤跡亦鮮。此《浯溪詩文集》二册實出觀東道經堂，介其友邵品立攜來。邵蓋書友中之與余最稔者，旬日間必來再三，故托之也。索番餅廿二枚，許以三之一而售。余之收此，非專爲書之不多見而蓄之也，憶余於乾隆甲寅之中冬，送大姪科試玉峰歸後，忽得一夢，髣髴游崑山，自西麓踰其顛，自上而下，已抵貢院，前見疇人紛紛聚觀，詢其故，云是學使命與考生童玩一帖，名曰「中興頌」，既而寤，其實夢中未見所謂《中興頌帖》也。是時余素未臨摹古帖，故諸帖名亦非素習。晤吾友施少谷、沈書山詢之，方曉《中興頌》者，乃元結撰文而顔真卿書於摩崖者。後從友人處獲見其文，蓋在浯溪所刻。此夢已越二十三年矣，今忽遇此集，其上全載其文。余既未蓄斯帖而先誦其文，亦一文字因緣也。因載夢兆於此，且見此書之來，與余蓋有宿因焉。是書爲嘉靖時刻，有訂補字樣，錢曾《也是園藏書目》有《浯溪勝覽集》一卷，其此書之先河與？記以俟考。丙子仲冬月之二十二日，宋廛一翁。

余向所見《中興頌》乃裁翦裝作卷帙者，頃得此書，後適過三松堂，見榕皐、理齋喬梓將磨搨全文兩張鋪地展玩，欲付裝以飾壁，詢知爲伊墨卿太守所贈。其文左行，是書不載左行之説當是疏脱。是書云碑有三刻，余所見殆全本而初刻者歟？後又從萍庵退叟涵碧樓見飾壁，亦即是碑，蓋榕翁特訪其裝潢耳。詢所從來，乃知有宦於道州者遺之，則其爲初刻益信。復翁。

581 文心雕龍十卷 校宋本

案《讀書敏求記》謂此書至正己未刻於嘉禾，而此本録功甫跋亦云然，然刻書緣起未之詳也。頃郡中張青芝家書籍散出，中有青芝臨義門先生校本，首載錢序一篇，亦屬鈔補，爰録諸卷端素紙，行款用墨筆識之。噫，阮華山之宋槧不可見，即元刊亦無從問津，徒賴此校本流傳，言人人殊，即如此本爲沈寶硯所臨，與青芝本又多異同，同出一師而傳録各異，何以徵信乎？聊著於此，以見古刻無傳，臨校全不足信有如此者。甲子十一月六日，蕘翁記。

戊辰三月得元刻本校正并記行款。復翁。

此嘉靖庚子刻於新安本，郡中朱丈文游家藏書也。文翁故後，書籍散亡，此册爲其甥所取，售於五柳書居者。先是五柳主人來，云是校宋本，需直白金六兩。余重之，故允其請。而書來，其實校語無足重，舊刻差可貴爾。攜屬澗蘋校録一過，與向收弘治本並儲焉。己未中秋檢書及此，爰題數語以著顛末。蕘圃黄丕烈。

582 鍾嶸詩品三卷 舊鈔本

此舊鈔鍾嶸《詩品》上、中、下三卷，藏篋中久矣，苦無别本相勘。適書賈有攜示陳學士《吟窗雜録》舊鈔本，中載《詩品》，殊多删節，唯卷下第四葉第二行「晉徵士戴逵」後所品語脱，又第三行「晉東陽太守殷仲文」後所品人脱，似《吟窗雜録》本爲是，爰補於尾。至於字句異同，當别爲籤記，不敢以删節本定此全文也。嘉慶甲戌正月初五日燒燭記。

評曰：安道詩雖嫩弱，有清工之句，裁長補短，袁彦伯之亞乎？逵子顒亦有一時之譽。晉謝琨。

583 優古堂詩話一卷 明鈔本

余所藏宋元佳刻大半散佚，惟舊鈔名校尚有一二小品存諸篋衍，近來爲餽貧計，取而估直求售，每册至賤者亦必以幾餠計。予竊自笑向日重價收書，銖積寸累，每作一錢物可得書不易得之想。今欲棄之，有誰與予同好耶？吾恐即貶價，仍無過而問焉者矣。頃有平湖賈人持數十種古籍來，大段不及余所藏，而價且過之，浙省不售，遂攜至蘇，其難售與予所藏同。乃因欲易余家刻，姑揀一二種應其請，而子之可笑益甚。就卷中近日儲藏各家，如長塘鮑氏、嘉興戴氏，皆予舊識，即平湖錢氏亦素所神交者，追而溯之，太原之王、崑山之徐又在吾郡，則是書之去浙而來蘇，幾若吾蘇之尚有緣也。謹就其題識圖章渾括成章，以寄余之感慨，俾予之可笑，與後人同笑云爾。

洪熙鈔本真難得，三百年來又幾春。去徐跋時又百餘年。父子儲藏傳是舊，友朋轉徙夢廬新。近出錢味夢軒。一經世守逾珍寶，千卷窮搜劇苦辛。「一經」、「千卷」，卷中圖章字。我有一椿輸鮑老，好書堆案轉安貧。末句用鮑氏圖章。蕘夫，乙酉六月朔題。

584 文則二卷 明本

余於去年聞某書坊有舊刻陳騤《文則》，往訪之，已爲他姓售去，究未知爲何時刻本。檢《汲古書目》有云《文則》一本，緜紙，從元板精鈔，八錢，方疑前所聞舊刻者或是元板。頃吳書估從東鄉太倉來，攜此求售，乃明弘治刻，想去元板未遠，因以家刻《國策》易之，蓋書不多見，索直白金一兩六錢，視毛估鈔本價已倍之矣。嘉慶乙丑春二月三日，蕘翁黄丕烈識。

585 對牀夜話五卷 校舊鈔本

《對牀夜話》五卷，皆詩話也，宋范景文所著。前有馮去非序，稱景定三年，所評詩自唐而止，其揚搉四詩及六朝作者更詳，蓋沈酣風雅之士。前附去非一書，謂與懷姜堯章同游，時有高髯、静逸輩日夜釣遊，孫道子、張宋瑞輩謔浪笑傲，今不能復從遊，雖夢中亦不復見，得見景文斯可矣。則景文爲一時之名士可知。余此本録之趙玄度，以正德間江陰陳沐所翻刻者兩相細校，字句無訛可考也。甲子清和月，曠翁識於高郵舟次。均在末卷後。

《對牀夜話》五卷，知不足齋刻入《叢書》第三集，其所用乃明正德江陰陳沐所翻刻本也。陳刻世不多有，近時傳者祇鮑刻。余偶於郡城書肆收得一鈔本，分卷有八，而失其八卷最後幾葉，前馮序亦無之。取此鈔本核之，殊不同。每段俱有題詞，句亦多異，當在陳本前。此書書目不皆載卷數(二)，多寡之分亦無從得其實，就此本核之，頃所得當勝此也。因手校於其上。「夜話」之名，冷齋已有之，鮑改「話」爲「語」，何耶？抑偶誤耳。渌飲髦矣，足跡又不常至吴，安得與之談，俾知此書除陳本外固尚有可采者在也。書之難得善本，信然！乙丑六月朔，蕘翁坐雨書。

【校勘記】

〔一〕不皆載卷數　「不皆」二字原誤倒，據臺北「故宫博物院」藏舊抄本《對床夜話》五卷黄丕烈跋乙。

586　修辭鑑衡二卷　舊鈔本

王文定公《修辭鑑衡》，見《絳雲樓書目》「文説類」，不載卷數。錢竹汀《補元史藝文志》「文史類」云二卷。頃郡城賜書樓藏書散出〔一〕，中有是書舊鈔本，審是影元鈔本，擬購之而苦其索直昂，業置不復問矣。後因論他書直未之定，必得番餅十一金，余遂檢此而□其數，往反再四，交易始諧。蓋他書或名人手校及手録，或影宋精鈔，皆爲世所通行之書，唯此行世希有，《四庫》雖收，讀其《提要》語，序文缺第一葉，以致始受書於王公之劉某，不知其名，且云缺第五葉。今劉起宗之名固在，而□□□□義都全，此本居然全本矣。二卷之説，細玩□□□原作卷一，而後添爲上下者。卷下結尾卷之下無次第，展視紙本有補綴痕，或尚不止此。然案□□□所□，其次敘，論詩爲首，文爲後，□□附〔二〕，凡一百九十餘條，今本無一失者，是可無疑其缺失也。書之希有而不敢交臂失者以此。王謚文肅，《錢目》云文定者誤耳。□□□□重陽前五日，復翁燒燭書。

【校勘記】

〔一〕藏書散出　「藏」下原有「□」，據國家圖書館藏舊抄本《修辭鑑衡》三卷黄丕烈手跋，「藏」下有空，但似不夠一個字位置。此處應無脱文，故删。

〔二〕其次敘，論詩爲首，文爲後，□□附　前揭書黄丕烈手跋此處缺損多字。《皕宋樓藏書志》卷一一八集部「詩文評類」亦收此跋，並引至順四年文林郎江南諸道行御史臺監察御史王理敘作「理命李君晉仲、李君伯羽校之，釐正其次敘，論詩爲首，文爲後，四六以附」。

587 金石例十卷 元本

會稽夏通叔先生家有《廣川書跋》、《廣川畫跋》，王玩草嘗借謄寫，謂此金石至寶也。蓋宋人所編，出名姓，錢鈞羽家藏之。出《霏雪録》。

此書元至正中刻，嘉靖壬辰三月廿二日於金陵淮清橋書鋪購得之。世無刻本，寶之寶之。前跋亦元人所書。　錢穀記。

右《金石例》，向無刻本，自叔寶得此書，龍宗武借得壽諸梓，遂行於世。龍君序中載得書始末，故知斯本爲真種骨也，後人其寶之。順治乙未夏五雨窗跋，支指生葉裕。

余向收得《金石例》元刻本〔一〕，板刻與此〔二〕正相似。潤蕡以爲第三刻，爰取第二刻本易去，以余本歸諸五硯樓，并云小讀書堆有第一刻，余惜未之見也。此本爲試飲堂物，有錢罄室圖章、題識，洵古書亦名書也。爰從購得周九松所藏第二刻本並儲〔三〕，可云雙璧矣。同收有金俊明手鈔本，似從此本出者，今歸東洞庭鈕非石云。壬戌冬十一月五日，蕘翁黄丕烈識〔四〕。

【校勘記】

〔一〕元刻本　「元」原作「原」，據二〇〇七年嘉德春拍圖録（古籍善本專場）收元至正五年刻本《蒼崖先生金石例》十卷黄丕烈跋圖録改。

〔二〕板刻與此　「刻」字原缺，據前揭圖録補。

〔三〕第二刻本並儲　「本」字原缺，據前揭圖録補。

〔四〕黄丕烈識　此四字原缺，據前揭圖録補。

588 鈔本張子野詞一卷 錢頤仲孫艾寫本

《張子野詞》學山海居中尚有藏本。留此以書存人，見頤仲之爲人，可補志乘所未備。復翁記。

是書欄格傍有「幽吉堂」三字，卷中有「頤仲」、「錢孫艾印」二印、「彭城」一印、「錢氏幽吉收藏印記」一印。余初不知其爲何許人，客歲有書友攜校宋本《嘉祐新集》來，其鈔補之葉俱有「懷古堂」字刻於版心，又有「頤仲」、「錢孫艾印」，玩其跋語，知與錢孫保求赤爲兄弟行，而此鈔本《張子野詞》即錢孫艾手筆也。考《蘇州府志》，錢謙貞字履之，讀書求志，闢懷古堂以奉母，子孫保，字求赤，爲人方嚴抗，特勤讀書，有父風，獨未及其次子孫艾字頤仲者，幸賴《嘉祐新集》有以證之。「幽吉堂」獨見於此書，可見知人論世之難，而没世稱名不能牽連及之者爲更足悲也。乙亥仲夏偶檢及此因記。復翁。

去歲所見校宋本《嘉祐新集》出於懷古堂者，余爲友人陳仲遵言之，後退還書賈，即歸陳氏。頃因欲對錢頤仲筆跡，復從西畇草堂借歸，逐一對勘，知最後《老蘇墓銘》等一卷皆其親筆，與此鈔手正同，則此本的係頤仲手書矣。頤仲既不附見於《蘇州府志》，而幸賴《嘉祐新集》一書後有錢求赤跋，始知其人。甚哉，古書之不可輕棄，足爲知人論世之一助也。因録彼書跋語一則附考：

右《嘉祐集》三本，照紹興宋本校正，其中點閱皆亡弟手筆，兼多手書。其補寫者，爲張氏家僕王泰。今舍弟既發憤而没，王泰亦遭□難以死，獨余煢煢踽踽，苟生人間，每一展覽，未嘗不爲之流涕痛哭也。知此者友人，則馮君定遠、族兄夕公二君與余□弟最厚，他日見此，其亦有與余同悲者耶？丙戌三月庚戌日，錢孫保謹書於鞠庵。

589 東坡樂府二卷 元本

余所藏宋元人詞極富，皆精鈔或舊鈔而名人校藏者，若宋元刻本向未有焉。既從骨董鋪中獲一元刻《稼軒長短句》，可稱絶無僅有之物。其時余友顧千里館余家，共相欣賞，以爲此種寶物，竟以賤直得之，何世之不知寶而子幸遇之乎！蓋辛詞直不過白鏹七金也。近年無力購書，遇宋元刻又不忍釋手，必典質借貸而購之，未免室人交徧謫我矣。故以賣書爲買書，取其可割愛者去之，如鈔本詞屢欲去而爲買宋刻《太平御覽》計是已。今秋顧千里自黎川歸，余訪之城南思適齋。千里曰：「聞子欲賣詞，余反有一詞欲子買之。」余曰：「此必宋刻矣。」千里曰：「非宋刻卻勝於宋刻。昔錢遵王已云宋本〔一〕殊不足觀，則元本信亦可寶，請觀之。」則延祐庚申刻《東坡樂府》也。其時需直卅金，余以囊澁未及購取，後思余欲去詞，辛詞本欲留存，且蘇辛本爲並稱，合之實爲雙璧，因檢書一二種售諸友人〔二〕，得銀廿四兩〔三〕，千里意猶不足〔四〕，余力實無餘，復益以日本刻《簡齋集》，如前需數，而交易始成。余遂得以書歸，取毛鈔《東坡詞》勘之，非一本，「二卷」雖同，其序次前後，字句歧異，當兩存之。鈔本附《東坡詞拾遺》一卷，有紹興辛未孟冬至游居士曾慥跋，謂《東坡先生長短句》既鏤板，復得張賓老所編并載於蜀本者，悉收之。似前二卷亦係曾刊,而《直齋解題》但云《東坡詞》二卷,不云有《拾遺》,似非此本。然《直齋》云集中《戚氏》敘穆天子、西王母事,今毛鈔本亦有此語,似宋刻即毛鈔所自出。而此刻《戚氏》下無此注釋,大概錢所云穿鑿附會者也。且毛鈔遇注釋處往往云「公舊注」云云,俱與此刻合,而其餘多不同,或彼有此無,或彼無此有。余以毛鈔注釋多標明「公舊注」,則此刻之注釋乃其舊文,遵王欲棄宋留元,未始無意。此書未必述古舊藏,前明迭經文、王兩家收藏,本朝又爲健菴、滄葦鑒賞,宜此書之益增聲價矣。癸亥季冬六日,蕘翁黄丕烈識。在卷首。

【校勘記】

〔一〕宋本　「本」原作「刻」,據國家圖書館藏元延祐七年葉辰南阜書堂刻本《東坡樂府》二卷黄丕烈跋改。

〔二〕售諸友人　「諸」原作「之」,據前揭書黄丕烈跋改。

〔三〕得銀廿四兩　「廿四兩」原作「二十四金」,據前揭書黄丕烈跋改。

〔四〕意猶不足　「意」字原缺,據前揭書黄丕烈跋補。

590　東坡樂府二卷　校元本

蘇辛詞余皆有元刻善本,友人張訒菴各借去校閲。年來力絀,悉轉徙他所,仍從訒菴借校本傳録。辛詞向已校，此又近時借臨者，破一日有半之工手校上、下二卷，去真存副，自笑其癡也。癸未仲冬，蕘夫。在末卷後。

591 山谷詞一卷 校宋本

乾道刊本《類編黄先生大全文集》，後有《樂章》一卷，適殿五十卷之末，因家無《山谷詞》，先借護經書屋《六十家詞》中本校一過，此殘歲事也。今春送考事了，兒輩檢篋中亦有毛刻，遂復校此，仍借護經本覆勘之，知尚有脱誤。蓋校書如埽葉拂塵，洵非虚語。而原本分類編纂，故一調而先後互見，兹以數目識之，可得宋本《類編》面目。至於取分之類不復標出，無損於詞也。若護經本予所校者向有之，兹不贅。道光乙酉花朝後三日月望，復初氏書。在卷末。

592 淮海長短句三卷 宋刻補鈔本

嘉慶庚午人日，書友以社壇吴氏所藏諸本求售，中惟《淮海居士長短句》最佳，因目録及上卷與中卷〔一〕之二葉、四葉猶宋刻也。余所見《淮海集》〔二〕宋刻全本行款不同，無《長短句》，蓋非一刻；而所藏有殘宋本，行款正同，内有錯入《淮海閒居文集序》〔三〕第三葉，與此目録後所列序中三葉文理正同,知全集或有長短句本也。惜此已鈔補,然出朱臥菴家舊藏[四],必有所本矣。買成之日,復翁記。

此册不止《長短句》之可寶也[五],前目録後有《淮海閒居文集序》四葉,尤爲可寶。此全集之序,偶未散失,附此以存,俾考《文集》顛末。後來翻刻鈔傳之本俱無有矣,勿忽視之[六]。道光元年四月,蕘夫重檢并記。

【校勘記】

〔一〕上卷與中卷　「與」字原缺,據上海博物館藏南宋乾道刻本《淮海長短句》三卷黄丕烈跋補。

〔二〕余所見淮海集　「余所見」三字原缺,據前揭書黄丕烈跋補。

〔三〕淮海閒居文集序　「淮海閒居」四字原缺,據前揭書黄丕烈跋補。

〔四〕朱臥庵家舊藏　「舊藏」二字原缺,據前揭書黄丕烈跋補。

〔五〕不止長短句之可寶也　此九字原缺,據前揭書黄丕烈跋補。

〔六〕俱無有矣,勿忽視之　「俱」原作「均」,「勿忽視之」四字缺,據前揭書黄丕烈跋校補。

593 淮海長短句三卷 校本

嘉慶庚午人日,書客以江鄭堂舊藏諸本一單見遺,惟殘宋刻《淮海居士長短句》最佳,因手校此，餘舊鈔未校入也。

庚午人日，書客攜殘宋刻來，目録及上卷全，中卷止有第二、第四葉。挑燈手校。復翁。

《淮海居士集》前集四十卷，後集六卷，宋刻本，藏錫山秦氏。余從孫平叔借校，此甲子年事也。頃偶憶及全集中[一]不知有詞與否，因檢校本核之，彼弟有詩文，不收詞也，可見殘宋《淮海居士長短句》蓋專刻矣。甲戌二月三十日春分節，復翁記。時已斷九，寒猶未消，狂風震屋，密霰打窗。吴諺云「拗春冷」，今年更甚。

【校勘記】

〔一〕偶憶及全集中　「及」字原缺，據臺北圖書館藏舊抄本《淮海居士長短句》三卷黄丕烈跋補。

594　詳注周美成詞片玉集十卷

己巳秋七月，余友王小梧以此《詳注周美成詞片玉集》三册示余，謂是伊戚顧姓物。顧住吴趨坊周五郎巷，而與白齋陸紹曾鄰。此乃白齋故物，顧偶得之，托小梧指名售余者。小梧初不識爲何代刻本，質諸顧千里，始定爲宋刻，且云精妙絶倫。小梧始持示余，述物主意索每册白金一鎰，後減至番錢卅圓，執意不能再損。余愛之甚，而又無資，措諸他所，適得足紋二十兩，遂成交易，重其爲未見書也。是書歷來書目不載，汲古鈔本雖有十卷,卻無注。此本裝潢甚舊,補綴亦雅,從無藏書家圖記,實不知其授受源流。余收得後,命工加以絹面,爲之綫釘,恐原裝易散也。初見時,檢宋諱字不得,疑是元刻精本,細核之,惟避「慎」字。「慎」爲孝宗諱,此刊於嘉定時,蓋寧宗朝避其祖諱,已上諱或從略耳。至詞名《片玉集》,據劉肅序似出伊命名。然余舊藏鈔本祇二卷,前有晉陽强焕序,亦稱《片玉詞》,是在淳熙時,又爲之先矣。若《書録解題》美成詞名《靖真詞》,未知與《片玉詞》有異同否。又有《注靖真詞》,不知即劉序所云「病舊注之簡略者」耶?古書日就湮没,幸賴此種秘籍流傳什一於千百,余故不惜多金購之。惟是一二同志老者老、没者没,如余之年及艾而身尚存者,又日就貧乏,無力以收之。奈何,奈何。書此誌感。復翁。

《虞美人》弟三闋據毛汲古閣鈔本校「生」作「先」。復翁。

秋日雜興詩之一

秋來差喜得書奇,李賀歌詩《片玉詞》。金刻四編多趙序,宋箋十卷補陳題。馮鈔别貯添餘閏,陸校先儲出兩歧。集部新收雙秘本〔一〕,囊空一任笑余癡。

趙序,何義門校本失之,此卻有。陳題〔二〕,陳直齋《書録解題》但載《清真詞》二卷、《後集》一卷,未及此本。馮鈔,上鄗馮氏鈔本四卷,後多集外詩,每卷鈐有「宋本」二字,與金刻異。陸校。《片玉詞》二卷爲嘉靖乙未七檜山房校本,後題云「陸兆登校過」。復翁黄丕烈記。

【校勘記】

〔一〕 集部新收雙秘本 「新」原作「先」，據國家圖書館藏宋刻本《詳注周美成詞片玉集》十卷黄丕烈跋改。

〔二〕 陳題 「題」原作「序」，據前揭書黄丕烈跋改。

595 蘆川詞二卷 宋本

此書出玄妙觀前骨董鋪中，余聞之，欲往觀，而主人已許歸竹厂陳君，僅一寓目焉而已。頃從他處買得影鈔舊本，識是刻本行款，讐校之私，卒未能忘情於前所見者，遂托蔣大硯香假之，而竟獲焉，許以十日之期校補影鈔失真處，何幸如之。庚午七月，丕烈記。

宋板書紙背多字跡，蓋宋時廢紙亦貴也。此册宋刻，固不待言，而紙背皆宋時册籍，朱墨之字古拙可愛，并間有殘印記文，惜已裝成，莫可辨認。附著之，以待藏是書者留意焉。復翁又記。

596 蘆川詞二卷 影宋本

周益公云，長樂張元幹字仲宗，在政和、宣和間已有能樂府聲，今行於世，號《蘆川集》，凡百六十篇，以《賀新郎》二篇爲首，其前□李伯紀丞相，此其□□□。胡邦衡貶新州，詞以《賀新廊》□題□□□，曰失位不足弔，得名爲不負也。康熙乙酉，心友得此册於錢曾王家，乃錢功甫舊傳本，而不著作者姓氏，□録益公語於卷□。戊子十月焯記。

前年，玄妙觀西有骨董鋪某收得宋板《蘆川詞》及殘宋本《禮記》，欲歸余，而爲他姓豪奪以去。既物主因曾許余，故假《蘆川詞》一閱，謂畢余讀未見書之願然。余見之，而欲得之願益深，屢托親友之與他姓之熟識者往商之，卒不果，亦遂置之矣。今夏從友人易得舊鈔本《蘆川詞》，行款與宋版同，因重憶宋版，思得一校，余願粗了。復托蔣大硯香請假之，竟以書來，喜甚。取對兩書而喜愈甚，蓋舊鈔本係影宋，每葉板心有「功甫」二字者，其字形之欹斜，筆畫之殘缺，纖悉不誤，可謂神似。而中有補鈔一十八翻，不特無「功甫」字樣，且行款間有移易，無論字形筆畫也。因倩善書者影宋補全，撤舊鈔非影宋者附於後，以存其舊。再舊鈔有何義門先生跋，謂此是錢功甫舊傳本。義門但見「功甫」字樣，故以錢功甫當之，豈知功甫亦宋版原有，豈係傳録人所記耶？惟是宋版款式向無記人名字於卷第下方者，即有書寫刊刻人姓名，皆列於板心最下處，此卻僅見，故義門不計及此。此「功甫」二字，或當時刊諸家詞以此作記耶？《蘆川詞》作者姓張，名元幹，字仲宗，功甫或其别一字耶？俟博考之。

此書宋版余雖未得，得此影鈔本，又得宋板影鈔，舊所缺葉并一一手補其蠹蝕痕，宋板而外，此爲近真之本。昔人買王得羊，庶幾似之。他姓雖豪奪於前，而仍慨借於後，余始甚之，終德之，不敢没其惠也。藏此書宋版者，爲北街九如堂陳竹厂云。嘉慶庚午七月立秋後一日，黄氏仲子丕烈識於求古居。

陳氏於去冬負逋數萬，毁家以償，凡而器用財賄償之不足，一切書畫骨董亦舉而償人，未識此宋本猶在否也。復翁記，丙子閏夏。

昨歲陳竹厂介友人以此書宋刻示余，索直百番，且詭言余曾許過朱提五十金，余以一笑謝之。己卯秋復翁又記。

宋刻本《蘆川詞》卷上首葉有「藏書人家」舊印，原截去其半釘入綫縫中，兹摹諸影鈔首葉上，故印本不全。其聯珠小方印未損，或當日一人所鈐，惜無從考其人。宋本每葉紙背大半有字跡，蓋宋時廢紙多值錢也。此詞用廢紙刷印，審是册籍，偶閲之，知是宋時收糧案，故有更幾石、需幾石下注「秀才」、「進士」、「官户」等字，又有「縣丞」、「提舉」、「鄉司」等字，户籍官銜略可考見，粳儒省文皆從便易，雖無關典實，聊記於此，以見宋刻宋印古書源流多有如是者。紙角截殘，印文模糊不可辨識矣，古色古香，不徒在本書楮墨間也。復翁記。

《蘆川詞》一卷,載諸《書録解題》,余向藏毛鈔卻作一卷,與此多不同。即《六十家詞》本雖亦作一卷,然不合於鈔本,而差近於宋刻本,惟序次先後、詞句歧異并羨出幾首爲不同耳。余佞宋者也,目驗宋刻卷分上、下,且毛鈔及《六十家詞》本皆不言所據何本,則宋刻爲可信矣。余藏詞本甚富,宋刻差少,此影鈔宋本悉從宋刻,目驗而或鈔或校,幾無毫釐之失,信稱善本,書此誌幸,後之讀此書者勿輕視之。蕘圃。

壬申春仲二日,因坊友攜示王蓮涇家鈔本《藏春集》,遂檢閲《孝慈堂書目》,適於目上見有《蘆川歸來集》六卷宋板四册,襯訂原本不全,知張仲宗所著《全集》宋版本尚留天壤間也。蓮涇藏書在國朝康雍間,所居在郡之鄉僻,故身後往往有流傳者,未識此詞本在《全集》中否,抑别刊行。余留心古籍,既遇《蘆川詞》,安知日後不復遇《蘆川歸來集》耶?書此爲券。春社戊申日,陰晦殊甚,雷雨交作,坐百宋一廛中無聊之至,出此録所見古書源流如是。半恕道人筆。

社日獨坐聽雨作

陰晴剛間日,風雨迭相催。未斷清明雪,頻驚啓蟄雷。麥苗低欲没,梅蕊冷難開。我亦無聊甚,看書檢亂堆。

今朝説春社,雨爲社公來。試問有新燕,相期探早梅。向有詞云:「燕子生平多少恨,不見梅花。」真妙語也。近年梅信故遲，社日猶未盛。停鍼忘俗忌，余家婦女以鍼綫爲事，無日或輟。扶醉憶鄰酤。余斷酒已五年，雖赴席有酒戰者，從壁上觀之。日覺愁城坐，頻看兩鬢摧。余處境不順已歷有年矣，雅書可以解憂。今有憂而書不能解，若反足以甚吾憂，知心境益不堪矣。佞宋主人漫筆。

余於姜白石詞中知同時有張功甫其人，喜甚，謂即是仲宗別一字。既又於《陽春白雪》中得張功甫詞二調，一係《鷓鴣天》，一係《八聲甘州》，然檢其詞句，與此詞中所載無合者，是不得以仲宗、功甫比而同之矣。且《陽春白雪》亦選張仲宗詞，似不應一稱功甫一稱仲宗，事之無可發明者有如此種是已。壬申春三月望日。

小病初愈，今纔下樓，晨起書此以消悶懷。半恕道人筆。

此舊鈔，非影宋之《蘆川詞》之殘本，乃余以影宋補其闕而撤之者也。是時不知何時缺失，以此補之，在當日未見宋刻，無從影寫，亦事之無可如何者。兹幸有宋可影，遂以彼易此，非特余之幸，即當日鈔補之人何獨不幸耶？留此以見購書之苦心如是如是。

597 日湖漁唱一卷 舊鈔本

癸酉夏日，五柳書居以鈔本宋詞四種示余，余以其皆重本，故未留。越日思之，書不厭複，爲有異處也，遂復問之，索直三番，余因攜歸，出此《日湖漁唱》一種以校，卻有一、二佳字，誤者亦未免悉標諸行間。書經繡谷插架，繡谷者，西泠吴氏也。吴君名焯，字尺鳧，蓋藏書家。今其書皆散矣，表之以著雪泥鴻爪云爾。七月初四伏日揮汗識，復翁。

598 稼軒長短句十二卷 元本

余素不解詞[一]，而所藏宋元諸名家詞獨富，如《汲古閣珍藏秘本書目》中所載原稿皆在焉。然皆精抄、舊抄，而無有宋元槧本。頃從郡故家得此元刻[二]《稼軒詞》，而歎其珍秘無匹也。《稼軒詞》卷帙多寡不同，以此十二卷者爲最善。毛氏亦從此鈔出，惜其行款體例有不同耳。澗薲據毛抄以增補闕葉，非憑空撰出者可比。而《洞仙歌》中缺一字，鈔本亦無，因以墨釘識之。其十一卷中四之五一葉，亦即是卷七之八一葉之例，非文有脱落而故强就之也。是書得此補足，幾還舊觀。至於是書精刻[三]，純乎元人松雪翁書，而俗子不知，妄爲描寫，可謂浮雲之污；甚至强作解事，校改原文，如卷十中《爲人慶八十席上戲作》有云「人間八十最風流[四]，長貼在兒兒額上」，校者云下「兒」字當作「孫」。澗薲以爲「兒兒」[五]或是「奴家」之稱，二語之意當以「八」字作「眉」字解。知此，則改「兒」爲「孫」[六]豈不大可笑乎？本擬滅此幾字，恐損古書，故凡遇俗手描寫處，皆不滅其痕，後之明眼人當自領之。嘉慶己未，黄丕烈識。

《文獻通考》：《稼軒詞》四卷。陳氏曰信州本十二卷，視長沙爲多。此元大德間所刊，以卷數考之，蓋出於信州本。《宋史·藝文志》云《辛棄疾長短句》十二卷，亦即此也。

嘉慶己未，蕘圃買得於骨董肆[七]，内缺三葉，出舊藏汲古閣鈔本命予補足。因檢卷中所有之字集而爲之，所無者僅十許字耳。既成，遂識數語於後。七月廿二日澗薲書。

嘉慶庚申十月長洲陶梁觀。

十月四日嘉定瞿中溶同觀。[八]

【校勘記】

〔一〕素不解詞　「解」原作「能」，據國家圖書館藏元大德三年廣信書院刻本《稼軒長短句》十二卷黄丕烈跋改。

〔二〕得此元刻　「元」字原缺，據前揭書黄丕烈跋補。

〔三〕精刻　「精」原作「舊」，據前揭書黄丕烈跋改。

〔四〕人間八十最風流　「十」原作「字」，據前揭書黄丕烈跋改。

〔五〕兒兒　後「兒」字原作「二」，前揭書黄丕烈跋爲重文符號，當作「兒」，據改。

〔六〕改兒爲孫　「改」字原缺，據前揭書黄丕烈跋補。

〔七〕古董肆　「肆」原作「鋪」，據前揭書顧廣圻跋改。

〔八〕　陶梁、瞿中溶題款《題識》合併爲「嘉慶庚申十月四日，長洲陶樑、嘉定瞿中溶同觀」，前揭書此兩條題款在書末顧廣圻跋背面右下，同一面又有光緒癸未秋日汪鳴鑾題款。

599　辛稼軒長短句十二卷　校元本

直齋陳氏曰，《稼軒詞》以信州本十二卷爲多。黄蕘翁所藏大德刊本，大字行書，流麗娟秀，如松雪翁體，以卷數考之，當出於信州本。此嘉靖歷城王詔刊本，似即出於元本，以元本所闕三葉此本皆同也。惟中間每多謬譌不合，或因流傳鈔寫，妄有改竄歟。今借黄氏元本一一校正補闕，有可疑者則兩存之，亦成一善本矣。嘉慶丙子四月十八日校畢。訒菴居士記。

昔人不輕借書與人，恐其秘本流傳之廣也。此鄙陋之見，何足語於藏書之道。余平生愛書如護頭目，卻不輕借人，非恐秘本流傳之廣也。人心難測，有借而不還者，有借去輕視之而或致損污遺失者，故不輕假也。同好如張君訒菴，雖交不過十年，而愛書之專，校書之勤，余自愧不及，故敝藏多有借去手校者。此《辛稼軒長短句》元本，余未及校，已爲他人購去，因復從訒菴借校本手臨於何孟倫本上，蓋又在王詔本下也。然脱誤並同，又有歧異處，此艾子所謂一蟹不如一蟹也。顧何刊本有一二字合元本，猶未若王刊本之謬，亦有一二字似本勝於王刊本者，此訒菴所云可疑兩存之字也。向使未經借出而無校本之流傳，則元本幾成獨種矣，又何從而臨校耶？書此以爲借書與人者勸。庚辰小春二十九日，復翁記。均在末卷後。

600 虛齋樂府 述古堂鈔本

此錢遵王述古堂藏書，余得諸碧鳳坊顧氏，是影宋寫本。近有書友攜一本來，亦係影宋本，而出於汲古閣毛氏。恐二本或有異同，爰倩塾師顧澗薲校此，賴正譌字〔一〕。「竹枕綀衾」〔二〕之「綀」字，其最精者也。毛本索直昂，因還之。既而思所藏尚有精鈔《宋元人詞》，亦出於汲古閣，遂取以覆校此本。「綀」字固不誤，而《摸魚兒》「長堤路」句換頭已較毛氏影寫本爲是。「荔支香近，涼館薰風透」，仍不能爲「遶」以押韻，則傳譌已久矣。至下卷「白白紅紅多體態」，此據毛本〔三〕改「體」爲「多」，然重一「多」字，與文義不合。檢精鈔本，亦作「體」字〔四〕，仍當以「體」字爲是。澗薲屬予自記，復書此數語於後。嘉慶丁巳孟秋月下澣五日，讀未見書齋主人黃丕烈跋。

【校勘記】

〔一〕校此賴正譌字 「此賴」二字原缺，據國家圖書館藏清初錢氏述古堂影宋鈔本《虛齋樂府》黃丕烈跋補。

〔二〕竹枕綀衾　「綀」原作「練」，據前揭書黄丕烈跋改。下文兩處「綀」字同改。

〔三〕據毛本　「毛」下原衍「氏」字，據前揭書黄丕烈跋删。

〔四〕亦作體字　「作」下原有「多」字。前揭書黄丕烈手跋，原寫有一「多」字，旁點兩點，當是删除此字，據删。

601 風雅遺音二卷 舊刻本

此《風雅遺音》上下二卷，余疑爲元刻，因其紙紋之闊而字畫之古也。初書友攜是書來，略一繙閱，見其雜載詩文，認爲古文選本，且索直甚昂，擬置之矣。是時，適有友人借鈔毛氏鈔本宋元人詞，盡發所藏以供展玩，見其中有《風雅遺音》，始知是書爲宋詞。遂取刻本對勘，行款不甚相同。卷首僅林序一首，餘序俱闕。目録分上卷、下卷，卷中標題下多「秣下林正大敬之」一行，上、下卷俱如是。每詞下闕俱空一格，直下不提行。每葉二十行，每行十八字，於最後李太白《清平調》辭闕「酹江月」上下闕處皆有之。此鈔本雖未知何自出，然與刻本大段相類，則刻本與鈔本宜並存之。且讀《四庫全書總目》「詞曲類」載有是書，有云卷末有徐釚跋，云《風雅遺音》上下卷，南宋刊本，泰興季滄葦家藏書，靈壽傅使君於都門珠市口購得，遂付小胥鈔録。林序闕前七行，卷末《清平調》逸其半，皆舊時脱落，今亦仍之。此本殆從南宋本翻雕者耶？爰從書友購得，手補「酹江月」一闋。林序闕文亦以朱筆填之，較鈔本反多序二首〔一〕。即非元刊〔二〕，究爲希有，《所見古書録》中定與《稼軒詞》争勝矣。原書俱用字紙實褙，命工重裝，裝訖書此以誌顛末云。嘉慶壬戌季夏月十有二日，蕘圃主人黄丕烈書於學耕堂。

【校勘記】

〔一〕多序二首　「二」原作「兩」，據南京圖書館藏明刻本《風雅遺音》二卷黄丕烈跋改。

〔二〕即非元刊　「刊」原作「刻」，據前揭書黄丕烈跋改。

602 省齋詩餘一卷養拙堂詞一卷 舊鈔本

乙丑六月十一日從周氏舊録本再校一過。時斜風細雨。毛扆。

毛氏舊藏諸詞余所收最富，精鈔本二種都有，稿本止有廖詞，余皆列諸讀未見書齋詞目矣。此二種又出汲古後人毛斧季手校者，非特舊鈔，且於所校之本必溯其原。詳哉言之，小毛公其真知篤好者耶？余往往見毛氏詞本有舊鈔手校者，有謄清稿本者，有畫一精鈔者，雖一詞部不嫌再三講求，余何幸而一一收之，如前人之兼有其本，自幸竊自怪也。

癸酉四月朔，復翁。

同得尚有《詞選》一本。偶檢董鑑詞《水龍吟・夷陵雪中作》「曉來密雪如篩」，此尚誤「密」爲「蜜」，漏校於此，見几塵風葉之論爲不謬矣。復翁。

603 斷腸集二卷 鈔本

《斷腸集》舊本不之見，此二卷本嘉興金德庭寄余將以付梓者。適晤鮑丈渌飲，云有十卷本，因從鮑借得取校，知多所異，然未敢據也。蓋此雖二卷，有田藝蘅序，似出於明時本。而鮑本之分卷既多未妥，且詞中有校語云「據毛刻增入，似出毛後矣」，未敢信，聊記其異而已。潘本係選本，亦見過，併存其面目。復翁記。

《斷腸集》十卷知不足齋鈔本[一]　鮑云此與潘訒叔本不同

卷一標題春景　　卷二〇〇〇〇

卷三〇〇〇〇又標題花柳

卷四標題夏景　　卷五標題秋景

卷六〇〇〇〇　　卷七標題冬景

卷八標題吟賞　　卷九標題閨怨　又標題雜題

卷十標題詞

又後集四卷

卷一〇〇春景　　卷二〇〇夏景

卷三〇〇秋景　　卷四〇〇冬景

【校勘記】

〔一〕此句原缺，據國家圖書館藏清抄本《斷腸全集》二卷黄丕烈跋補。

604 竹山詞一卷靜修詞一卷 元鈔本

竹山先生出義興鉅族，宋南渡後有名璨字宣卿者，善書，仕亦通顯，子孫俊秀，所居擅溪山之勝。故先生貌不揚，長於樂府。此稿得之於唐士牧家藏本，至正乙巳秋七月録。

余藏詞本甚富，宋元刻而外舊鈔都蓄焉。此册近從意香毛公處得之，實枚庵吴君物也。舊題元人鈔本，以他書元人鈔本對之良是，若明人抄〔一〕，不及如是之古拙矣。且《竹山詞》以此爲祖本〔二〕，枚菴或尚有原本，元刻集中可勘。向裝二册，故仍之，讀者勿忽視可耳。嘉慶庚午中秋後七日，復翁識。

【校勘記】

〔一〕 若明人抄　「人」字原缺，據臺北圖書館藏元抄本《竹山詞》一卷附《静修詞》一卷黄丕烈跋補。

〔二〕 此爲祖本　「祖」原作「主」，據前揭書黄丕烈跋改。

605 蕭閒老人明秀集注三卷 影寫金本

題影鈔金槧《蔡松年詞》殘本後〔一〕

琉璃廠裏兩詩淫，蕘友蕘翁是素心。我羨小鄉嬛福地，子孫世守到于今。

作宦游仙事渺茫，故交零落感滄桑。傳家祖印分明在，添得新書〔二〕媲舊藏。

卅年前見兩奇書，覿面相逢付子虚。小讀書堆藏弆久，雲煙化去已無餘。宋槧《續顏氏家訓》、金槧《蔡松年詞》皆郡城故家物，先攜示余，時因次兒病危，無心緒及此，後歸顧明經抱沖，及今散出，余未之知，故不及收。

琴川好古有專家，秘笈儲藏富五車。一取《蔡詞》一《顏訓》，兩人勍敵互相誇。《顏訓》歸張月霄，《蔡詞》歸陳子準。

《顏訓》曾經借我鈔，《蔡詞》相示又誰教。收書不惜黄金盡，珍重相期屬世交。余向收書不惜多金，今芙川亦頗類此。

詞山曲海費搜羅，宋刻元雕幾許多。只有金源《明秀集》，錯教當日眼前過。李中麓家詞山曲海。余藏詞曲甚夥，名其藏弆之所曰「學山海居」。

集雖剩半目猶全，宵雅時風次第編。好事詞山數朱萬[三]，祇將兩闕世間傳。

中州文獻問遺山，樂府諸家見一斑[四]。《四庫》但登《天籟集》，《蕭閒》兀自在人間。金人詞專集登諸《四庫》者止白樸。

道光四年歲在甲申九月大盡日，蕘翁爲芙川世講書于百宋一廛，聊以記事而已。

【校勘記】

〔一〕此小標題原缺，據國家圖書館藏清道光四年張蓉鏡家鈔本《蕭閑老人明秀集注》六卷（存三卷）黄丕烈題詩補。

〔二〕添得新書　「書」原作「詩」，據前揭書黄丕烈題詩改。

〔三〕好事詞山數朱萬　「朱」原作缺字框，據前揭書黄丕烈題詩補。

〔四〕樂府諸家見一斑　「見」原作「一」，據前揭書黄丕烈題詩改。

606 誠齋牡丹梅花玉堂春百詠□卷 影鈔明本

此影鈔明刻《誠齋牡丹梅花玉堂春百詠》，余□□丁竹浯所鈔而藏焉者也，其原委已詳於竹浯自跋。竹浯屬余一言,余以爲書不必跋,而此影鈔者不可不跋。蓋書之愛否,視乎其人之好尚耳;人之愛書與否,視乎其人之習氣耳。即如竹浯雖在蔭下,而幼時讀書未成於文墨,一道殊遠也。甲子歲,大兒署伯驟故,家中應對乏人,遂令竹浯常住余家。余一舉一動皆書也。檢書一事,時任之竹浯,亦頗好之,握管學書,書法頗娟秀。其所居近館師書室,因購古文、唐詩,朝晚誦習,并求爲之講解,四、五年來,文義略知一二。今此書之影鈔并題跋皆其筆也,可見人之習氣不可不慎。余故以此書諸卷端而勗之,竹浯其勉之哉。嘉慶己巳冬至前三日,復翁題。

607 新刻張小山北曲聯樂府三卷外集一卷 舊鈔本

余向收得舊鈔元本《張小山樂府》,止上、中二卷,其下卷闕焉。錢唐何夢華藏有是書,求假未得,深以不全爲憾。今夏有便人至杭,作書促之,遂攜以歸。鈔所闕者,行款正同,當出一源,惟中卷尾缺一十四行,爲附録于下卷之首。因余本係舊鈔,不更損紙續之也。嘉慶庚午八月秋,重爲補録并記,復翁。

越歲丙子季春十日,重展是書,已隔六年矣。其鈔此書之門僕張泰久去他所,因補鈐「入門僮僕盡鈔書」之圖記于卷尾云。廿止醒人識。

608 喬夢符小令十卷 明刻本

汲古閣毛氏《秘本書目》云李中麓家詞山曲海，今余獲其所刻《喬夢符小令》一種，是猶太山之拳石、滄海之勺水也。然刻在隆慶朝，尚在有明中葉。楮墨古雅，可供几席展玩，譬諸骨董家，偶拾取一二奇珍，即視爲寶物，矧古書耶〔一〕？甲戌仲春檢及記，復翁。

【校勘記】

〔一〕矧古書耶 「矧」原作「況」，據臺北「故宫博物院」藏明隆慶元年章丘李氏刻本《喬夢符小令》一卷黄丕烈跋改。

609 鳴鶴餘音九卷 校鈔本

此舊鈔《鳴鶴餘音》八卷，標「隨一」至「隨八」字號，乃《道藏》本也。檢《道藏目録詳注》卷四「隨」字號，計九卷《鶴鳴餘音》。卷一之九，仙游山道士彭致中集諸仙詩歌詞賦。據此則是本尚缺第九卷也。余以語古舊藏珍之。「語古」爲何義門家齋名，義門所藏亦僅止此。去冬從嘉禾友人處〔一〕得一刻本，首載《重刊鳴鶴餘音敘》，與此字句微有不同，而卷中所載與此全異，必非彭致中所集書矣，自當以此爲準。庚午夏五〔二〕中澣八日，梅雨悶人，檢書及此因記。復翁。

丙子夏，從天慶觀借《道藏》本補全，并校此八卷，越十月十有一日統校畢〔三〕。續補者當别裝附後云。

丙子十月從天慶觀借《道藏》本補全并手校此本。此本藏自語古齋，中有補録虞道園《和馮尊師蘇武慢》十二首，譌字獨多，知非補自《道藏》本也。前衍《記》一篇，後羡《無俗念》一首，悉從《道藏》本正之。此脱八卷尾及第九卷，以别紙照《道藏》本補全焉。宋廛一翁記。均在第八卷後。

【校勘記】

〔一〕　嘉禾友人處　「處」原作「家」，據臺北「故宫博物院」藏明藍格鈔本配補清黄氏士禮居傳鈔《道藏》本《鳴鶴餘音》九卷黄丕烈跋改。

〔二〕　庚午夏五　「庚午」原作「庚子」，據前揭書黄丕烈跋改。

〔三〕　統校畢　「校」字原缺，據前揭書黄丕烈跋補。

610　中州樂府一卷　毛鈔本

余應文選局之募，傭書於讀未見書齋，主人出毛鈔《中州樂府》屬摹補目録及後碑牌於首尾。目録前即《中州集》之目録連刻者，茲祇就《樂府》目録補之，故前空數行，刊刻年月一葉即係第十八葉，茲因別書一葉，故附於後，不標小號云。嘉慶戊辰冬，尹傳李德經識。

《中州樂府》：一葉後三行「髫」作「鬢」，後十三行作「鬒」；二葉四行□录；三葉十行「閭」作「閶」；四葉七行「北都」作「此鄰」；五葉十行「如」作「好」，十五行□遮，後十一行□雄，後十五行□十；六葉一行末旁注「集句」；七葉九行□佰，十四行「伭」作「佰」；八葉一行□蘭，三行□印，後十四行「紫」作「柴」；十葉六行「楷」作「措」；十一葉十行「昬」作「民」，後三行□丞，後十三行「紅」作「紘」，後十四行「杯」作「柸」；十三葉後十五行「周」作「問」、「菅」作「管」；十四葉六行「延」作「廷」，後十三行「仐」作「今」，十五後十四行「气」作「乞」；十六葉三行「白」作「自」，後四行「各」作「咎」，後十五行□君；十七葉二行□芚。嘉慶己巳春正月晦日，校濂溪坊蔣氏元刻本與此異字。復翁。俱在卷末。

611 樂府新編陽春白雪十卷 元本

元刻《陽春白雪》，爲錢塘何夢華藏書，矜貴之至，因其是惠香閣物也。惠香閣初不知爲誰所居，夢華云是柳如是之居[一]。茲卷中有「牧翁」印，有「錢受之」印，有「女史」印，其爲柳如是所藏無疑。「惜玉憐香」一印殆亦東澗所鈐者。卷中又有墨筆校勘，筆姿秀媚，識者指爲柳書，余未敢定也。要之，書經名人所藏，圖章手跡，倍覺古香，宜夢華之視爲珍寶矣。先是曾影鈔一本，與余易書，但重其爲元刻，而其餘爲古書生色者，莫得而知。今展讀一過，實饜我欲，雖多金，又奚惜耶？書僅五十一番，相易之價亦合五十一番，惜書之癖，毋乃太過。命工重裝，并誌緣起。嘉慶十有四年己巳正月二十有八日雨窗識。復翁。

余所見《陽春白雪》共有三本，一爲影元鈔本，即從此出，已有失真者，或因印本模糊，以致傳録錯誤，或因閱者校勘，遂使面目兩歧；一爲殘元刻本，僅存二卷，多寡分合又與此本不同；一爲舊鈔本〔二〕，似從殘元刻出，而稍有脱落。今擬以此刻爲主，而以殘元刻、舊鈔參補未備，則《陽春白雪》粲然可觀矣。然觀此刻原校，似尚有殘元刻、舊鈔所未備者，是不知又何本也。古書難得，本子不同，爲之浩歎，當博訪之。復翁又識。

越歲辛未中春廿有二日，錢塘陳曼生偕其弟雲伯同過余齋，出此相示，因雲伯去年曾攝常熟邑篆，有修柳如是墓一事，於河東君手迹亦有見者。兹以校字證之，雲伯以爲然，當不謬也。復翁記。

【校勘記】

〔一〕柳如是之居　「之」原作「所」，據南京圖書館藏元刻本《樂府新編陽春白雪前集》五卷《後集》

五卷黄丕烈跋改。

〔二〕 舊鈔本 「鈔」前原衍「錢」字，據前揭書黄丕烈跋改。

612 樂府新編陽春白雪十卷 元鈔本

惠香閣藏元人舊鈔本《陽春白雪》十卷，依元刊本校録一過，分注於下。丙子二月花朝，牧翁。

元人舊本《陽春白雪》，刻與鈔異，其元刻亦牧老手校，有惠香閣女史題字，在遵王處。此本亦惠香閨中物也，余得之句曲廿餘年矣。康熙十年之春，樸學老人記。

予昔年得惠香閣所藏元刻《陽春白雪》十卷，初不知惠香閣爲何人，錢唐何夢華謂爲柳如是齋名。原本有「錢受之」、「東澗」二印，「惜玉憐香」一印，無柳如是印。今獲此本字作松雪體，書雅秀可愛，卷中校字與元本中筆迹的出一手，古秀娬媚，風韻尤絶，中有「柳如是」小印、「惠香閣」印，卷尾有「牧翁」印并題字一行，知元刻與此同出一源。予所藏《陽春白雪》共三本，年來已爲他人之物，乃垂老之年復獲覩此秘本，非厚幸耶？惜元版二册久去，不得爲雙美之合。書魔之故智，能勿爲之惘惘乎？甲申二月，復見心翁記。

613 樂府新編陽春白雪 元刻殘本　存二卷

楊朝英《陽春白雪》前後十卷，見諸《也是園藏書目》。余向從錢塘何夢華得影鈔元本，卻十卷，分前、後集，謂是足本，什襲藏之矣。頃書友攜一殘元刻本，取對影鈔者，殊不同，止二卷，適當前集之五，然文較多於影鈔者，想當時傳本有二也。而陸其清《佳趣堂書目》云：「《樂府新編陽春白雪》前集四卷、後集五卷，楊朝英選，貫酸齋序。」又不知是何本。茲因參校元刻、影元鈔本，復借得周丈香嚴藏舊鈔本，卷數與陸目合，但以元刻本勘之，卷一自《湘妃怨》起，知所脱乃元刻一卷之首、影元鈔二卷之前幾葉也。至卷中文之删削，段數不全，惟殘元刻爲最備，蓋就此二卷已多妙處，矧全本乎？余因全本不可得見，得見殘本斯可矣。出重價購此，并不惜裝潢之費，職是故耳。原書闕損幾番，照影元鈔本字體描補，異於不知而妄作，倘後來獲見此元刻之全本，審訂卷數分合之所由來，鈔補後集文句之所未備，不更怡然涣然乎？書此以俟，并以告藏書家，雖殘本，苟舊刻〔一〕，寧取毋棄焉。嘉慶戊辰十月二十有二日裝成識，復翁黄丕烈。

統計姓氏一葉，卷一十三葉，卷二十二葉，共二十六番〔二〕。卷一「一」字、卷二「二」字有改補之痕者，原遭俗子寫作卷「上」、卷「下」，茲仍更正也。蕘圃。

【校勘記】

〔一〕苟舊刻　「舊」原作「書」，據南京圖書館藏元刻本《樂府新編陽春白雪》黄丕烈跋改。

〔二〕二十六番　原作「二十五葉」，據前揭書黄丕烈跋改。

614 陽春白雪十卷 舊殘鈔本

錢塘何夢華向年以元人鈔本《陽春白雪》歸余，其時余姻家袁壽階亦有藏本，較何本多外集一卷。今來武林訪何君夢華，上吴山玩遇賞樓書肆，見插架有此殘帙，遂購歸，可據所藏元人鈔本補完，亦抱守老人之幸也。庚辰小春望後一日，書於松木場舟次，復翁。

道光壬午四月廿有五日，夢華從琴川返棹過余，向余問及此書，因有人托鈔副本也。余曰：「此書除元鈔本外尚有一殘鈔本，卻亦得諸武林，尚未鈔全，君如應友人托鈔，何不就君所藏副本上録其半，即以此下半册合之，豈不成兩美乎？」此議未決，而余卻思倩人鈔全，俾成完璧，以了宿願，遂先校其所有者。此殘本似從元鈔本出，於紙損及字跡未明晰處皆缺而不書，或書之不全，即此可見。唯八卷中八葉後有欠葉三葉，計元鈔本七十九行，或鈔後失落，而此十二葉第十三行至十五葉第八行止，增《木蘭花慢》十首，爲周草窗繼張成子作《蘇隄春曉》十題，元鈔本卻未之有，未知其何自寫入，即檢殘鈔本八卷目亦無此。可見書不校對，雖同出一源，而同異有如是者，亦無由知之。甚哉！古書之難言也。廿有六日午後校畢識，蕘夫。俱在卷前。

余生平喜購書，於片紙隻字皆爲之收藏，非好奇也，蓋惜字耳。往謂古人慧命全在文字，如遇不全本而棄之，從此無完日矣，故余於殘缺者尤加意焉，戲自號曰「抱守老人」。不謂數年來完璧之書大半散去，即斷珪亦時有割愛贈人者。宋元舊本非得本子相同無從補全，且工費浩繁，近年力絀，何能辦此？幸有大力者負之而趨，不惜多金鈔補，此亦書之幸，未爲余之不幸也。如此種小品，因有元鈔本可補，故收之。向但知所缺在一至四卷，卻未知八卷中缺三番，昔之藏是書者似亦知其缺，故留空格三葉在卷尾，以待後人鈔補。今余適補之，如其葉數據元鈔計羡一行，而余寫此適於第九葉誤落一行，省後續填，故十一葉格子盡而文亦完，亦事之巧者。元鈔本字體行草，非案文理求之，幾不可辨，故余自寫之。久未握管，腕力不能端楷，但取文理之無譌，不計字體之多拙也。廿有七日晨起至午畢工因記，六十老人。在卷末。

615　朝野新聲太平樂府九卷　元刊細字本

此元刊細字本《朝野新聲太平樂府》九卷，休寧朱之赤藏書，余得諸郡中故家，珍秘之至。既收得鈔本，止八本，兩本並同〔一〕，脱誤亦相似，始知外間傳布本非足本也，因取是以校彼，實多是正。鈔本間有改正字，如「裏」本作「里」、「教」或作「交」〔二〕，此元刻本如是，想係詞典本相傳舊例〔三〕，余所藏元人雜劇刊本〔四〕都有類此者，無足異也。惟鈔本間有衍字衍句，不知其本云何，然通體刻自勝鈔，當以元刻爲准。余素不諳詞，何論乎曲，兹因校刊粗讀一過，其中用意之工、遣辭之妙，固稱傑作，宜有元一代以此擅長也。丁卯秋霜降前一日秉燭書，復翁。

庚辰冬孟，偶取緍閲前跋，有誤書處，如「八本」當作「八卷」、「詞典」當作「詞曲」，因復正之。復翁。

【校勘記】

〔一〕兩本並同　「並同」原作「異同」，據國家圖書館藏明刻本《朝野新聲太平樂府》九卷黄丕烈跋改。

〔二〕教或作交　「或」原作「本」，據前揭書黄丕烈跋改。

〔三〕相傳舊例　「傳」原作「仍」，據前揭書黄丕烈跋改。

〔四〕元人雜劇刊本　「刊」字原缺，據前揭書黄丕烈跋補。

616 朝野新聲太平樂府九卷 鈔本

此五硯樓遺書也。仲冬二十有四日，坊間從彼得之，余實爲之介，家寒藉此爲度歲計，故出此。余雖至親，不能爲之保護，思之實可酸鼻。然聚散何常，昔人身後尚有論秤而盡者，兹幸尚不致如是。是書亦爲梱載中物，余見其鈔手精雅，向坊間轉歸，取對元刻，約略相似，惟多卷首鄧序一篇，可喜也。今日學山海居中一書，忽得雙璧，聊以取快一時，儻日後散亡，尚有如余其人者爲之檢點料理，不致論秤而盡，余亦甚慰矣。時己巳十一月二十有五日，學山海居主人黄丕烈識。

連日天氣嚴寒，河冰斷路，較嘉慶紀元〔一〕之正月初九所遜者惟雪耳。風狂日淡，冷氣彌天，即炙硯含毫，手腕不能振作。今稍温和，磨墨書此，并記。

【校勘記】

〔一〕　嘉慶紀元　「慶」下原衍「之」字，據國家圖書館藏清抄本《朝野新聲太平樂府》九卷黄丕烈跋删。

617 朝野新聲太平樂府九卷 校舊鈔本

余舊藏詞曲甚富，《朝野新聲太平樂府》元刻本其一也。後於肆中見一舊鈔本，因是書傳布少，攜之歸，擬校元刻而未果。且首多殘闕，行款與元刻不同，久不得補，業置之矣。頃書友自杭州趕考歸，帶有此書，亦係鈔本，取對向藏無二樣，向所殘闕者可補，遂收之，命門僕影鈔補全，遂發校元刻本之興。孰知其中脱誤無一葉無之，竭幾日力校完。及終八卷，始知元刻後尚有第九卷在。興復盡此，餘不及手鈔，當别令人繕寫也。因思古書流傳日少，兩鈔本所有卷如是，所殘闕脱誤者並同，則元刻之可貴不問而知。此特詞曲爾，已如是，何論經、史、子、集之尤急者耶？書此以見讀書之難若此。丁卯秋霜降前二日，復翁識。

十月初旬，又借得周香嚴藏鈔本，字甚端楷，然亦有較此更誤者，略記歧異，大都皆以意改竄者也，恐不足據鈔校刻，惟因周本覆校元刻，此本又多校正處，始知落葉几塵爲不謬也。復翁。

此書除余藏元刻細字本外，惟所收兩鈔本及周香嚴藏精鈔本皆余所親見者，然皆賴元刻以補其不逮，未有補於元刻也。余取元刻以校余舊藏鈔本，又校周藏精鈔本，自是元刻之流傳共有二本矣，惜行款格式未能一一細校。蓋鈔本各自爲式，弗能校上元刻也。余最惡以僞亂真，故此鈔本既失第九卷，以周鈔本足之，仍其行款格式，俾知書有自來，非不知而妄作者，否則何難照余鈔本模樣録入耶？裝畢，復翁記，丁卯十月十有九日。是日新寒，水始冰。

己巳中冬念有四日，五硯樓書散，書坊人以青蚨二百四十餘金梱載一船而去。歲闌事迫，亦無可如何者，雖時刻居多，然間有一二舊刻名鈔，余轉向坊人留之。中有精鈔《太平樂府》九卷本，較元刻多至正辛卯春巴西鄧子晉序一篇，餘與元刻差近，惟行款不同耳。今後學山海居中書乃爲雙璧矣。復翁。

618 太平樂府八卷 明本

余藏詞曲富矣，故擬顔其所藏之室曰「學山海居」，取汲古稱李中麓「詞山曲海」之意也。頃游武林，復得此二小種，僅明刻，且《太平》係選本，然猶收之者，其殆泰山不讓土壤，河海不擇細流之謂乎？歸舟弟二日，燒燭書此。己巳春三月下旬六日，復翁。

619 南峰樂府□卷 明本

己巳春三月，余爲武林之游，三上城隍山，索觀古書於集古齋。蓋其主人在杭城書賈中爲巨擘，而去歲又新收開萬樓書，故不憚再三至也。最後爲立夏前一日，與錢塘何夢華偕行，小憩臨江之樓山，舊多茶肆，並有點心之佳者。主人煑茗相待，取蓑衣餅、韭菜餅於旁肆，以繼晨殄，心頗樂焉。因邀坐在店後小樓，見《南峰樂府》、《太平樂府》籤出架上，手探之，乃明舊刻，遂與他書捆載而歸。歸家遍檢諸家書目，偶及《孝慈堂書目》有之，序次目録先後書名本數正合，可見書之得失顯晦有定數也。復翁識。

620 江南春詞一册 舊鈔本

嘉慶癸酉人日，交春纔四朝，天氣漸煖，人事都閒，欲拈筆題詩，苦無題。適檢書得《江南春詞》，遂用其韻，效其體，信手書之，聊以寄興，不計工拙也。

辛盤獻歲羅疏筍，到門客稀容我静。閒庭暗鎖玉梅香，繡户新遺綵燕影。殘雪初消猶怯冷，汲泉乍啓轆轤井。春風飄飄吹衣巾，微雨輕浥街頭塵。

春游遲，春信急，凍塗已滌泥皆濕。農人告余以春及，春水漸渌草將碧。香車寶馬來都邑，陌上花開凝望立。莫教浪跡同飄萍，一年一度空經營。古吳黄丕烈紹甫。

《江南春》刻於嘉靖時，有袁永之所撰後序，想是袁氏梓本，五硯樓袁壽階藏。有舊刻籤，係鮑丈渌飲手書，必渌飲爲之購得者，近時坊間不復有此刻矣。今夏書賈持此舊鈔示余，余一見稱快，惜其文至錫山王問子裕止，即子裕詞「新移江竹遲春筍」已下四首多脱，後復佚張餘峰意等二十人詞，諒所據已不全本矣。兹本目録與袁刻異，本書行款字體多同，暇當從袁刻影鈔足之。就此殘編已屬罕見，兼爲姚公希孟所藏，古色古香，令人愛玩，出番餅一枚易之。頃因檢點書堆，補題數語於尾。時辛未十一月望後一日，燒燭呵凍識，復翁。

續又檢得五硯樓藏鈔本，中多刻《江南春詞小引》一首，係嘉靖十八年袁表邦正甫所書，又在袁永之後序之先。是刻《江南春詞》者乃袁表，非袁袠也。其詞止於陸川無蹇，仍缺清河張鳳翼已下九人，可知當日續有增入，非邦正所刻之舊矣。用是未敢據彼益此，留此舊鈔面目可矣。壬申春季，復翁。

辛巳二月，工人以新裝書籍歸架，中有《江南春》一册，知長孫整理書籍時付裝也，其去得書時已歲越十一矣。見獨學人識。

621 詞選一册 舊鈔本

詞之專集出《六十家詞》外者不下數十種，可云富矣，何取乎《詞選》爲耶？此册與諸書總收，故在所録。書僅册二番，中有闕失者，脱作者姓字，文不全無可考見者一葉，已下董鑑二葉、後缺。丘嵤五葉〔一〕、李處全四葉、後缺。郭應祥四葉、姚述堯一葉、劉學箕五葉、吴琚二葉、盧祖皐二葉、後缺。〔二〕京鏜二葉〔三〕，後缺。最後失作者姓字〔四〕無可考見者三葉。取其書寫甚有筆致，非尋常鈔胥可比。末有「白石山樵藏書」記，不知誰何。李鑑明古亦聞人也〔五〕。癸酉四月九日記，復翁。

余初見此書，謂書估曰：「此書是葉石君手書〔六〕。」蓋余所見他書多如是也〔七〕。然石君時代未細考〔八〕，不知與竹垞翁同時否。書中有引《詞綜》語，必康熙間人也。當考之。又記。

【校勘記】

〔一〕丘嵤五葉　「嵤」原誤作「宗山」，據臺北圖書館藏清康熙間抄本《詞選》一卷黄丕烈跋改。

〔二〕盧祖皐二葉後缺　此七字原脱，據前揭書黄丕烈跋補。

〔三〕京鏜二葉　「京」原誤作「宋」，據前揭書黄丕烈跋改。

〔四〕 最後失作者姓字　「最」原作「前」,「字」原作「氏」,「失」下原衍「考」字,據前揭書黃丕烈跋删改。

〔五〕 亦聞人也　「聞」原作「文」,據前揭書黃丕烈跋改。

〔六〕 葉石君手書　「書」原作「筆」,據前揭書黃丕烈跋改。

〔七〕 多如是也　「是」原作「此」,據前揭書黃丕烈跋改。

〔八〕 時代未細考　「未」字原缺,據前揭書黃丕烈跋補。

622 中原音韻二卷　陸敕先手鈔本

余不善填詞,又安用詞曲之韻,然所藏詞與曲獨多,何不收及詞曲之韻耶?乙亥春仲,有比鄰陳蘊齋持一書目來,邀往觀之,皆零星小種,而書卻秘。問其曾有人觀之否,蘊齋曰,坊友閔姓欲拔取《中原音韻》、《敏求記》,許過二金。蓋閔某去歲涉手濂溪坊顧氏書,如陸敕先、錢遵王姓名固熟聞之,而手迹亦或寓目也。余曰:「此等書未可零星拔取,須一併歸一處方好脱手。」蘊齋遂介歸余,於中拔取二三十本,與張訒齋分得之,餘皆轉爲友人易去。此册卻爲物主留下,及再三索之始歸來,已割其下半册。余不及記其名,因非敕先手迹,亦不甚計較也。六月二十有七日重裝記,復翁。

623 新刊巾箱蔡伯喈琵琶記二卷 元刊本

余向從華陽橋顧氏得陸敕先手鈔《琵琶記》，其標題曰《新刊元本蔡伯喈琵琶記》，後有覩菴跋云：「遵王固有二本，其一元本，其一郡肆翻刻本。」蓋元本者，文三橋識云：「嘉靖戊申七月四日重裝本也。」郡肆翻刻本者，蘇州府閶門内中街路書鋪依舊本命工重刊印行之本，亦嘉靖戊申歲刊者也。然鈔本照原本繕録，計葉二十八行，行三十字，與此刻異矣。此刻楮墨古雅，疑是元刻，卻與遵王所藏不同，詞句亦多與陸鈔本間異，未敢定彼是而此非。此本亦爲顧氏物，最後散出，卷端有陸貽衮冶先印，當是陸貽典敕先兄弟行，何覩菴跋語未之及，惟云定遠亟稱花邊本，已從求亦得之。而此本有錢孫保印，未知即此本否。以余並藏鈔刻〔一〕，可云合璧，未容軒輊於其間。裝成因誌數語於後。嘉慶乙丑春二月四日，蕘翁黄丕烈識。

《明詩綜》云：高明字則誠，元至正進士，爲處州録事〔二〕。聞則誠填詞，夜案燒雙燭，填至《喫糠》一齣，句云「糠和米本一處飛，雙燭花交爲一」，洵異事也。今檢此本，句云「糠和米本是兩倚依」，又有異文，未知此果原本否也。詞曲舊刻世不多見，誌此俟考。壬申二月小晦日，復翁識。

陸務觀詩云：「斜陽古道趙家莊，負鼓盲翁正作場。死後是非誰管得，滿村聽説蔡中郎。」據此則南渡日已演作小説矣，不知宋本流傳尚在天壤否。復翁。

録畢，知「古道」「道」字乃「柳」之誤，復筆之，俾知原詩如是。

余舊聞《喫糠》句云：「糠和米本是同根氣，有誰來簸揚你作兩處飛。」與竹垞《詩話》中語各異，未知孰是也。嘉慶乙亥秋日，枚庵記。

【校勘記】

〔一〕並藏鈔刻　「刻」原作「本」，據臺北圖書館藏明初刻巾箱本《新刊巾箱蔡伯喈琵琶記》二卷黄丕烈跋改。

〔二〕處州録事　「事」原作「士」，據前揭書黄丕烈跋改。

624　新刻原本王狀元荆釵記二卷〔一〕　明本

是齣《元人百種曲》本煞尾與此詞句異，故無從左證，全否未可知也。復翁記。〔二〕

余藏詞曲多舊本，《蔡伯喈琵琶記》巾箱本已從郡故家收得，而爲之裝潢藏弆矣。昨歲歲除，有書估以青蚨二分拾得舊刻《原本王狀元荆釵記》示余，余出番餅一枚易之，重其希有也。先是，裝潢某有子出闤門，見諸冷攤，忽視之，未之取。適余介渠裝潢，與《琵琶記》合裝，索余一番餅，至是竟成奇貨。「賤日豈殊衆，貴來始悟希」，夫物則亦有然者矣。今春二月小盡始裝成因記。復翁。

是書卷末有「姑蘇葉氏戊廿梓行」八字，則此〔三〕蓋郡中刊本也。然世鮮流傳者，故此書間有缺文，無别本可補。偶取坊間通行元曲本手補一二，已不全矣。書之難得如此。姑蘇葉氏，有明一代崑山文莊家最著，此外有洞庭葉家林宗昆仲是也。今「戊廿」字未知其的，誌之備諗來者。復翁。

嘉慶辛未冬收，士禮居重裝，復翁閱。歲壬申記。

【校勘記】

〔一〕荆釵記二卷 「二」字原作缺字方框，據上海圖書館藏明姑蘇葉氏刻本《新刻原本王狀元荆釵記》二卷黄丕烈跋補。目録原亦作缺字框，同補。

〔二〕本條原缺，據前揭書黄丕烈跋補。

〔三〕「則此」二字原誤倒，據前揭書黄丕烈跋乙正。

江陰繆荃孫、長洲章鈺、仁和吴昌綬同校輯

蕘圃藏書題識補遺

625　徐騎省集　舊鈔本

余向欲蓄《徐騎省集》，即新鈔本亦不多得。既聞吴枚庵茂才貧而蓄書，遇善本多手鈔者，訪之已質他姓，多方往求，始得一見。末有跋語，是金侃亦陶者，云此書錢宗伯從宋大字本縮爲小字本録出，擬借鈔，苦其多而未就，已置之矣。後從香嚴周氏談及是書，云有影宋大字本，遂丐歸展讀。適書友自錫山故家收得鈔本，較吴本頗舊，行款亦與影宋本大同小異，爰竭數日功手校其誤。雖縮本仍然，而宋本面目約略可見。宋本亦有訛脱，鈔本間有空格處，當是按其文義以意存疑。此時悉據宋本校勘，不敢輕易。佞宋之譏，識者諒之。宋本遇宋諱避之甚嚴，知宋本確然可信，而影寫者纖悉遵之，知非貿貿傳録之本矣。嘉慶庚申七月白露節後七日，書於聯吟西館，黄丕烈。

626 唐子西先生集 明刻本

連日悶坐齋中，苦無藉以消遣之法。案頭即有書堆，皆習見之物，無可破寂者。今日晨起，有坊友持一包來，檢得《唐子西先生集》七卷本，因是嘉靖時刻，留之。出舊藏鈔本二十卷者，爲宋賓王所校，其據以校者，即止有詩之本也，謂出於金星軺家。覆檢《文瑞堂書目》，果有七卷本。後參諸《延令書目》，亦云宋眉山《唐庚集》七卷，始知是本古有之矣。兩家未載鈔、刻，兹蓋刻本，中有云「淵聖御名」，當是覆宋本。辛未閏月廿三，復翁。

今歲所見古書甚鮮，故遇此種明刻本亦珍重之，視爲奇秘矣。余喜祖本，此書雖明刻，而宋賓王所校據之。余藏校本無祖本，得祖本勝校本矣。重加裝潢，分爲四册，居然成部，閒窗展閱，頗助清興。去得此時已五易烏蟾，流光迅速，不能不動二毛之感也。八月廿有七日記，復翁又識。

627 張伯雨先生集 毛鈔本

元張雨詩余家所儲者名《句曲外史貞居先生詩集》，卷端有吴郡徐達左序，於卷一次行題「吴郡海昌張雨伯雨撰，江浙鄉貢進士姪誼編類，吴郡徐達左校正」，共五卷。書係影寫本,以徐良夫[一]作序考之,當必元末明初刻矣。然外間書目多云《句曲外史集》三卷、《補遺》三卷、《集外詩》一卷,皆以明成化姚綬所購得、嘉靖陳應符所鳌及崇禎毛晉所續者當之,不復知天壤間復有别本在也。頃書友攜此毛鈔《句曲外史詩》上下卷,又《集外詩》一卷,又與徐序本不同。就其分卷,以陸其清《佳趣堂書目》證之,當是元時即有此本。陸云《句曲外史詩》二卷、元鈔影寫陳白陽本。《句曲外史詩補遺》,兹本卻與之合。又家俞邰《補明史藝文志》補元云「《句曲外史詩》二卷」,則二卷本必舊本矣。特未知毛氏刻書時何不以此入刻,而反取陳節齋所輯者刻之,多所訛脱。毛刻以徐序冠諸陳輯本首,尤屬無理。[二]且子晉跋中並無一言及之,實所未解。竊歎書以刻爲幸,然以刻而不佳者爲不幸,《句曲外史詩》毋乃抱是恨歟?因急收此,與徐序本並儲焉。嘉慶甲子十月十有三日,黄丕烈識。

【校勘記】

[一] 徐良夫 「夫」字原缺,據臺北圖書館藏清初毛氏汲古閣精抄本《句曲外史詩集》三卷《集外詩》一卷黄丕烈跋補。《蕘圃藏書題識續録》卷四不缺。

[二] 毛刻以徐序冠諸陳輯本首,尤屬無理　此句前揭書黄丕烈手跋爲眉批,注於前文論毛刻兩行文字之上方。《蕘圃藏書題識續録》卷四置於本跋之後另起一行。

628 存復齋文集 明刻本

此册尚是原刊，非修補本也。前脱一葉，係虞道園序，大字書，惟朱丈文游本爲全，餘本皆失之。今在袁氏五硯樓可就鈔以補其缺，至俞序後朱本尚有鄉後學吴寬、王鏊拜贊兩葉，識是攙入，可不補也。卷五七葉、九葉當改正，文理方順。余借此書於香嚴先生，歸書之日，因題數語以相印證之。嘉慶己未夏五月，黄丕烈。

629 宣和遺事跋 元刻本

己巳三月十日，爲武林之游，越二日抵松木場。明晨，肩輿入武林門，迂道登城隍山，訪書友陶士秀於集古齋。主人不在家〔一〕，余通姓名，主人之弟若姪延余入齋中。余聞其去年收汪氏開萬樓書，索觀其目，檢所欲得者，皆已賣去，甚乏意味。最後舉是書以對，問其刻與鈔，則云舊刻，急索觀之，即與余舊收刻本同一刻也。開卷視之，目録俱全，尤爲欣幸。蓋舊所收者，前失目録幾葉，此刻獨全，故如獲至寶，遂攜歸舟中。適舊收刻本帶在行篋，取兩本相勘。是書亦缺前集之九葉、廿一葉，可影寫足之。始信天壤之間各有定數，不可强也。念余足跡不常出門，今至杭，此書若爲之待，而余又先攜前本以引之，豈非事之素定者乎?交易既成,因誌緣起如右。其直十二番云。立夏前一日,復翁識。

【校勘記】

〔一〕主人不在家　臺北圖書館藏宋末建刊本《新編宣和遺事》二卷黄丕烈手跋無「在」字,蓋繆氏等輯刊《藏書題識補遺》時以意補之。

蕘圃刻書題識

繆荃孫　輯
占旭東　點校

目録

蕘圃刻書記補遺

蕘圃刻書題識

630 重雕嘉靖本校宋周禮札記序

鄭氏之學惟三《禮》爲最精，三《禮》之注惟鄭氏爲最善。向來三《禮》鄭注本合刻者，以十六行十七字本爲佳，相傳爲嘉靖本是也。若宋時三《禮》合刻之本，世鮮傳焉。《禮記》有撫州本，《儀禮》有嚴州本，皆覆雕行世。《周禮》獨缺如，余竊病焉。向聞萬卷堂余氏有單注本，在余友顧抱沖家，未及借校。近於同郡故藏書家見有紹興間集古堂董氏雕本，後爲壽松堂蔣氏收得，遂假歸校勘，多所取正。因思刻以傳世，奈字體細小，兼多破體，取爲家塾課本有所未宜。舊藏嘉靖本字大悦目，頗宜老眼，未有經注字數，其出宋本無疑。仿此開雕，行款悉遵，而幅式稍狹。於經注訛舛之字，悉校宋刻正之。董本爲主，此外參以家藏之岳本、蜀大字本，又借諸家之小字本、互注本，校余氏本，集腋成裘，以期美備。至於嘉靖本之獨勝於各本者，其佳處不敢以他本易之，存其舊也。此刻係校宋本，非覆宋本，故改字特多。然必注明以何本改定，非妄作也。若字之可疑者仍之，而於校語中標出，守闕疑之義也。刊成之日，附校語一卷，以俟讀是書者取證焉。嘉慶戊寅孟冬，吴郡黄丕烈識。

631 宋嚴州本儀禮經注精校重雕緣起

嘉慶乙亥春，宋嚴州本《儀禮》經注刊成，將出以問世。而於嚴本之是非悉校録之，以質諸讀是經者，因著緣起於簡端。曰：

《儀禮》經注宋刻絶鮮，國朝顧氏炎武、張氏爾岐祇取唐石經以校明監本。余先後收得宋刻經注本及宋刻單行疏本，各校副本流傳於外，阮芸臺侍郎取以入《儀禮校勘記》中者是也。後張古餘太守在江寧將此經注及疏合刊，學者已幸雙美合璧矣。歲丁卯，古餘又屬影鈔經注本，將以付刊，既而調任吉安，札致余曰：俟鈔竣，即交伊友收存。如言交去。越歲戊辰，伊友云：古餘謂吴門有好事者如欲刻之，當舉以贈。遂從伊友處次第取刻之，未及半而靳不與，復商諸友人陶蕴輝補寫其樣之未全者，至乙亥工成。是此書經注本之行世，古餘太守爲之倡而余與陶君輔之者也。單注爲宋嚴州本，證諸宋張淳《儀禮識誤》而知之。忠甫之序《識誤》也，曰淳首得嚴州本，故以爲據。今考其從嚴本者十數條，皆與此本合，則此本之爲嚴本信矣。雖然，當日嚴本久行修板，故不無齟齬，今此本與張所見有同者，有不同者，有闕字未補刻者，甚有不成字者，抑忠甫當日取嚴本爲秖，而取自周廣順至宋之監本、宋京之巾箱本、杭之細字本，正南宋嚴本之誤，不足則質之疏，質之釋文，疏、釋文又不足，則闕之。是忠甫固謂嚴本未盡善而校之也。朱子偁其子細精密，視他本爲最勝。今此本雖古刻，乃忠甫未見未訂之本也。取忠甫以諸本及疏、釋文校正者校正之，其能已乎？況監細字，巾箱今雖不可得，而釋文有明葉石君影鈔宋本，疏有單行五十卷宋刻，皆在案頭，往往與所據者合，是不可謂不幸也。又《四庫全書》聚珍板有宋李如圭《集釋》，全載經注，與忠甫所據佳處十同八九，亦足相羽翼。今以陸、賈、李、張四家之書校此本，刊行之，不盡改其字於十七篇内者，存嚴刻之舊面目也。必爲校語以附後者，猶忠甫《識誤》之意也。抑經注之譌闕，出於嚴本張校之外者，尚不可枚數。段若膺先生定校勘記，既臚陳之，而先生《儀禮漢讀考》亦將成書刊行，學者合諸此本讀之，落葉盡埽矣。

因古餘、藴輝襄余刻成此本，遂爲校録一卷，而記其緣起如是。吴縣黄丕烈識。

632 嚴本儀禮鄭氏注續校識語

余既刊嚴本《儀禮》，并附校語行世，近同年友張君翰宣讀是書，舉其誤數十條來諗于余。余惟是刊悉存嚴本面目，其中譌缺斷壞之字，間據陸、賈、張、李四家書是正完補，即校語有未盡舉出之字，多見芸臺侍郎《儀禮校勘記》及段若膺《儀禮漢讀考》中，讀者自能得之，已於前校緣起涉及。而張君精心解詁，妙悟博通，是有以助余不逮，爲不可没，故復校讐一過，續刊所舉，并冀世之如張君者復有以告余也。丁丑仲冬望後，吴縣黄丕烈識。

633 袁本傅崧卿本夏小正校録

《夏小正》戴氏傳四卷，宋給事中傅崧卿注，見馬貴與《經籍考》，國朝《四庫全書》亦録之。以《大戴禮》本所脱誤者，此書猶存其字，故可貴也。傳所審定即不盡然，而讀《小正》者要莫不取證於是。是書世鮮刻本，惟見《通志堂經解》中。丕烈向收得明袁尚之重刊宋本，適余姻家袁君壽階重其爲先世舊物，意欲重雕，故輟贈之。會因病殁，此志不果。後顧梧生孝廉館余家，究心《夏小正》一書，廣搜各本。余復從五硯樓乞得袁本原書，其時同郡江君鐵君亦以惠松崖先生手鈔本見贈，因取《經解》本與惠鈔本並校袁本異同，録得若干條，以備參考。越歲辛巳，梧生慫恿開雕，遂用袁本影寫付梓。其中字畫缺誤、前後歧出，悉仍其舊，不敢添改。于校録中，但正袁刻之誤而不正傅氏之失者，蓋是書之刻意在流傳舊本餉世，至於旁引曲證，審厥從違，有梧生之著述在，俟其脱稿，急爲刊行，此袁本之刻若爲之擁篲先驅也。道光紀元孟夏月望後二日，吴縣黄丕烈識。

634 重雕蜀大字本孟子音義跋

《孟子音義》二卷，近時非無傳本，然欲求宋本面目，邈不可見矣。余偶得影宋鈔本，爲虞山錢遵王述古堂藏書，即以付梓。其用爲校勘者，復假香嚴書屋藏本，係汲古閣影宋鈔，與此同出一源。卷中有一二誤字，兩本多同，當是宋刊原有。且文義顯然，讀者自辨，弗敢改易，致失其真。毛本有斧季跋，云：「余在京師，得宋本《孟子音義》，發而讀之，其條目有《孟子篇敍》，注云此趙氏述《孟子》七篇所以相次敍之意，茫然不知所謂。書賈又挾北宋板《章句》求售，亦係蜀本大字，皆章丘李氏開先藏書也。卷末有《篇敍》之文，狂喜叫絶，令僮子影寫攜歸，附於《音釋》之後。後人勿易視之也。」據斧季所云，是最後一葉本非《音義》所有，故毛本於此葉首一行有「孟子卷第十四」六大字，錢鈔已削之，非其舊矣。因著於此。再香嚴本尚有《孝經今文音義》、《論語音義》各一卷，與《孟子音義》合裝一册。茲就余所有刻之，餘二種尚須倩工模寫，願以異日。聞此三種宋刻真本在揚州某家，五硯樓主人曾見之，親爲余言云。嘉慶己巳仲夏之月四日，黄丕烈書于學耕堂。

635　汪本隸釋刊誤序

洪文惠《隸釋》廿七卷，相傳徐髯仙有宋槧本，甚精妙，後歸毛青城，載還蜀中，此《讀書敏求記》云然。是宋槧本，也是翁亦未之見也。今行世者僅錢塘汪氏新刻本而已。乾隆甲寅歲，予得崑山葉文莊六世孫九來所藏舊鈔本，闕第四、第五、第六三卷，今年秋借貞節居袁氏所有鈔本補全，復借周香嚴家隆慶四年錢氏鈔本勘正。其本皆十行廿字，與元泰定乙丑槧七卷《隸續》同。而遇宋諱處，則缺畫，蓋依宋槧本所鈔也。爰偕顧子千里訂諸本之異同，取婁彦發《字源》爲證，惟葉本最多吻合，乃知文惠原書字體纖悉依碑，而汪本則失之遠也。摘記千有餘條，刊其誤，遂刻以貽留心東漢文字者。又明萬曆戊子有王雲鷺刻本，實汪本所自出，點畫之訛，每昉于此，而汪本轉有正其舛、補其脱者，故置不復論。葉本亦間與《字源》不同，詳觀筆札，不甚精妙，或尚非宋槧本之比。儻欲使文惠所云費目力於此書不少者盡還舊觀，則惟髯仙故物一旦復出，當有此愉快矣。嘉慶丁巳十一月二日，吴縣黄丕烈序。

636 隸釋刊誤後序

右皆汪本之失，今據葉本爲之刊誤，凡葉本與《字源》合者，雖同此一字不過偏旁點畫稍涉歧異，必爲標舉，蓋觀文惠擬《急就》之作，知其最用意於此，校是書自不容不爾矣。又如茭英、儿几、휈艱、䇯皐、月自、卲即之類，既截然兩字，而區别但在分豪。此之不謹，將大有妨文害義者，故不辭泥一筆一畫以求之。至于《石門頌》「韓朖」之爲「輔服」，《婁壽碑》「不可營以禄」之爲「榮」，《唐公房碑》「天下莫」之下有所增加，類是不知者謬用改易，而後人乃以咎此書釋碑爲未審，是誤之爲弊且足以上累文惠，又何可不亟亟刊之？廿一日，黄丕烈後序。

637 校刊明道本韋氏解國語札記識語

《國語》自宋公序取官私十五六本校定爲《補音》，世盛行之，後來重刻無不用以爲祖。有未經其手，如此明道二年本者，乃不絶如綫而已。前輩取勘公序本，皆謂爲勝。然省覽每病不盡，傳臨又屢失真，終未有得其要領者。丕烈深懼此本之遂亡，用所收影鈔者開雕以餉世。其中字體前後有歧，不改畫一，闕文壞字亦均仍舊，無所添足，以懲妄也。讐字之餘，頗涉《補音》及重刻公序本，綜其得失之凡而札記之。金壇段先生玉裁嘗謂《國語》善本無逾此，其知此爲最深，今載其校語。惠氏棟閲本借之同郡周明經錫瓚家，亦載之以表微參。管窺者，以「某案」別之；旁述見聞，則標姓名。諸注疏及類書援引，殊未可全據，故多從略。總如干條爲一卷。至於勝公序本者，文句煩簡，偏旁增省，隨在皆是。既有此本，自當尋案而得，苟非難憭，不復悉數矣。嘉慶四年十月二十七日，吴縣黄丕烈書。

638 重刻剡川姚氏本戰國策并札記序

曩者顧千里爲予言，曾見宋槧剡川姚氏本《戰國策》，予心識之。厥後，遂得諸鮑緑飲所，楮墨精好，蓋所謂梁溪高氏本也。千里爲予校盧氏雅雨堂刻本一過，取而細讀，始知盧本雖據陸敕先鈔校姚氏本所刻，而實失其真，往往反從鮑彪所改，及加字并抹除者，未知盧、陸誰爲之也。夫鮑之率意竄改，其謬妄固不待言，乃更援而入諸姚氏本之中，是爲厚誣古人矣。金華吴正傳氏重校此書，其自序有曰：「事莫大於存古，學莫大於闕疑。」知言也哉。後之君子，未能用此爲藥石，可一慨已。今年命工纖悉影橅宋槧而重刊焉，并用家藏至正乙巳吴氏本互勘，爲之札記，凡三卷，詳列異同，推原盧本致誤之由，訂其失，兼存吴氏重校語之涉於字句者，亦下己意，以益姚氏之未備。大旨專主師法乎闕疑存古，不欲苟取文從字順，願貽諸好學深思之士。吴氏校每云「一本」，謂其所見浙、建、括蒼本也，今皆不可復得，故悉載之。宋槧更有所謂梁溪安氏本，今未見。見其影鈔者，在千里之從兄抱沖家，其云經前輩勘對疑誤，采正傳補注，標舉行間。惜乎不并存也。非一刻小小有異，然皆較高氏本爲遜，故不復論。嘉慶八年八月八日，吴縣黄丕烈撰。

639 賜書樓本梁公九諫識語

《梁公九諫》一卷，賜書樓藏舊鈔本，此載諸《讀書敏求記》中者也。今此本有賜書樓圖記，字跡又舊，則其爲述古堂物無疑。賜書樓未知誰氏，余所藏《張乖崖集》宋闕鈔補者，每葉板心皆刻「賜書樓所鈔」，字跡審是明人書，未知即此家否。此本卷中首葉有「辨之印」，此姑餘山人沈與文也。尾葉有一印，其文曰「姑蘇吴岫家藏」，此吴方山也。皆吾郡中人，二人皆明嘉靖時人，皆藏書家，則此書之珍重由來已久，偶爲他邑所得，而仍歸郡中，物之流傳固自有異。然更得也是翁一番記述，不愈足引重乎。嘉慶癸亥三月朔，黄丕烈書。

題書紀事詩久絶響矣，即欲爲三益聯吟之續，而良友弗聚，異書不來，意興殊索然也。閒窗檢點舊藏，出此《梁公九諫》一卷，仍用舊例，獨吟新詩，亦聊爲破寂之助云爾。得梁字，禁押本事。

九諫詞猶在，文章振李唐。安危資柱石，舉廢得津梁。氣挾雷霆厲，心争日月光。名臣傳表奏，《讀書敏求記》以此入總集，《述古堂詩目》則入表奏。應比賜書藏。

640 重雕曝書亭藏宋刻初本輿地廣記緣起

余喜藏書，而兼喜刻書。欲舉所藏而次第刻之，力有所不能也。會鄱陽胡果泉先生典藩吴郡，敷政之餘，留心選學。聞吴下有藏尤槧者，有人以余對，遂向寒齋以百金借鈔，蓋酬余損裝之資，而實助余刻書之費，洵美意矣。用是藉爲權輿，取所藏宋刻《輿地廣記》刻之，始於己巳之春，畢於壬申之夏，經營三年方得竣事。迨刷印以行，乃顧而喜曰：是書湮没不彰久矣，余雖得之，第藏之篋笥已耳，苟非果泉先生之助余剞劂，安能使晦者忽顯乎？今幸矣，余所藏之書既賴果泉先生代傳之，而余所刻之書亦賴果泉先生佽助之也。余不敢没人之惠，故以刻書原委登諸簡首，俾好古者有所觀感焉。至是書宋刻勝於它本之處，别爲札記，附於卷末，敢以質諸後之讀是書者。嘉慶壬申季夏，士禮居主人黄丕烈識。

641 又序

《輿地廣記》宋刊外，未嘗見有他刻。宋刊之斸存者，雖所見有二，其一則已爲淳祐重修本，且闕卷較多，若此本之未經重修、爲宋刻初本者，尤希世之寶，予故亟欲重雕，以廣其傳也。先爲朱竹垞所藏，即所稱僅闕首二卷、傳寫以成完書者，首二卷之傳寫實從重修本出，卷一末可證。予别有一舊鈔本，行款與宋刻初本悉同，首尾完具。今首二卷不用以重雕者，爲仍竹垞所藏之舊耳。竹垞所藏本模糊闕損處，輒有紅筆填寫，字不知出自誰校，以其用紅筆，故以朱校稱之。朱校本不足道，顧時下鈔本有如是者，又流傳頗廣。嘉定錢竹汀先生有言：「金根白芨之徒，日從事於丹鉛，翻爲本書之累。」予恐世所行本之爲斯書累也，遂於朱校之不足道者，亦悉數焉。周校者，友人周香嚴錫瓚用淳祐重修本所臨校也，因又稱周臨重修本。重修本藏亡友顧抱沖家，不可復見。周君臨校裨益良多，若其異文使所臨校而果然也，則重修本遜宋刻初本遠矣。並記而爲之序。嘉慶壬申十月五日，吴縣黄丕烈識。

642 汪刻衢本郡齋讀書志跋

嘗讀歐陽子《集古録目序》云:「物常聚於所好,而常得於有力者之彊。」此好古者之篤論也。而吾謂聚書之道實如此。昔賢好書寧可飢無食,寒無衣,必宛轉購之,購之必不能富有,即富有矣,而力不足以副之所好,亦卒不遂,此理之常,固無可怪。吾吴多藏書家,康雍之間,如碧鳳坊顧氏、賜書樓蔣氏,皆坐擁厚貲,而又與文人學士游,如何義門昆仲輩爲之師友,故鑒别皆真,無時刻惡鈔以厠其間,一時藏書之盛幾與絳雲、傳是埒,特深自韜晦,故世鮮知爲藏書家耳。余生也晚,不及見其盛,而數十年來與同好諸人,如香嚴周君、抱沖顧君、壽階袁君,承其流風餘韻,亦頗講論及此,卒不能逮之者,非絀於力耶?邇年閬原觀察英年力學,讀其尊甫都轉厚齋先生所藏四部之書,以爲猶是尋常習見之本,必廣蒐宋元舊刻以及《四庫》未經采輯者,於是厚價收書,不一二年,藏弆日富,猶恐見聞未逮,日從事於諸家簿録,討其源流,究其同異,俾古書面目畢羅於心胷,其好古之深心爲何如?又因宋人書目有解題者莫備於晁、陳兩家,陳《録》已有聚珍刊本,晁《志》雖有陳氏刊本,然係袁本,不及衢本之善,遂取所藏衢本付梓。偕嘉禾李君薌沚共相商榷,細爲讐校,復屬余董剞劂之事。余嘉閬原愛書之盛意,體薌沚校書之精心,又爲參互考訂,加以覆案。蓋余從事於兹逾三十年，自謂目録之學稍窺一二，然閲歷益久，知識益難，曾有所見古書録之輯，卒不取以示人者，以所見之究未徧也。兹挂名簡末，聊述鄙懷，誠不勝附驥之幸。至於衢本與袁本之異同，又與《通考》所引之詳略，薌沚已言之甚詳，何待余之覼縷哉。嘉慶己卯十有一月，吴縣黄丕烈識。

643 季滄葦藏書目跋

余喜蓄書，於目録尤所留意。晁、陳兩家之外，近惟《讀書敏求記》敘述原委最爲詳悉，然第講論著書之姓氏與夫得書之顛末，若爲鈔爲刻，未必盡載。故偶遇述古舊藏，取記中所載者證之，一時無從得其面目，余竊病之。向得《汲古閣秘本書目》，以爲得未曾有，業已付梓。今春閒居無聊，檢敝簏中有《季滄葦藏書目》一册，其詳載宋元板刻以至鈔本，幾於無所漏略。余閲《述古堂藏書目序》有云：「舉家藏宋刻之重複者，折閲售之泰興季氏。」是季氏書半出錢氏，而古書面目較諸錢氏所記更詳。於今滄葦之書已散失殆盡，而每從他處得之，證諸此目，若合符節，方信藏書不可無目，且書目不可不詳載何代之刻、何時之鈔，俾後人有所徵信也。但其目係鈔本，魯魚亥豕，亦所間有。因借嘉定瞿木夫、海鹽黄椒升兩家本互相校勘，著其異同，并舉余所藏、余所見者，略著其歸宿之地于各條下,手録付梓,以廣流傳。好古者或有同嗜焉。時嘉慶十年,歲在乙丑孟夏月,蕘翁黄丕烈識。

644 藏書紀要跋

孫慶增所藏書,余家收得不下數十種,其所著述未之聞也。此《藏書紀要》言之甚詳且備,蓋亦真知篤好者。余得諸郡中陳氏,陳固得於金心山,心山爲文瑞樓後人,所傳授必有自矣。余因是書所紀藏書之要皆先我而言之者,遂付梓以行。適晤錢唐何夢華,云是書本附於《文瑞樓書目》後,今書目已刊行,而此猶缺焉,其刻之宜急也。孫公去世未遠,周丈香嚴幼年曾見之,時已七旬餘,兼善醫術。其所藏書鈐尾一印曰「得者寶之」,殆守人亡人得之訓者邪。秘本不敢自私,當公諸同好,吾刻此書亦猶斯意云爾。嘉慶辛未冬季月望前一日,黄丕烈識。

645 王刻九子序

六經皆載道之書,而所以輔經而行者,則有諸子,如曾子、子思子、孟子,以子而升爲經者,家弦户誦,若日月之經天、江河之緯地,固亘古不廢矣。其餘或隱或顯,若存若亡,苟非有表章是書者，恐日久磨滅，即欲讀其書而不可得，則子書之不可無傳本也，其信然哉。考馬貴與《經籍考》，首列儒家，其次列道家、法家、雜家。若荀子、楊子、文中子，儒家之最醇者也。老子、列子、莊子、鶡冠子，道家之最上者也。管子，兵家之最著者也。淮南子，雜家之最古者也。周秦以來，古書之存者毋幾，惟此數子足爲六經羽翼、相輔而行者，皆賴宋元舊刻，有以緜緜延延，傳不絶如綫之緒，非剞劂氏之力不爲功。余素喜藏書，于子書尤多善本，與一二嗜古之友相商，舉宋本之善者，次第刊行，苦無其貲，有志未逮，心竊傷之。今得王君子興，有九子之刻，其本所由來，非取向日之舊梓，即收近日之佳刻，介友人求序於余，余嘉其志之足以有成也，因舉其目，列之如前。而所刻各種皆世間不可少之書，故余樂得而序之也。儻世有好事者，由是書以求宋時雕本，纖悉影摹，俾人人得見真本，豈不善歟！雖謂王君之刻有以導夫先路也可。時嘉慶歲在丁卯夏六月，讀未見書齋主人黄丕烈。

丕烈之印　承之　此印少見

646　題宋刻龐安常傷寒總病論後

郡中藏書家所謂朱奂文游者，余猶及見，其人家多書，以老故大半散去。最後一單中,有龐安常《傷寒總病論》,亦第與羣籍並出,主人不以爲宋刻,估人之買者亦未知爲宋刻也,雜置坊間,有識者過而識之,以青蚨五星易歸。自是我輩之好言收藏者,皆争相購矣。是書先至小讀書堆顧抱沖家,既而五硯樓袁壽階知之,余亦知之,因壽階先與議易,故歸之。抱沖先見是書,遂先録其副。抱沖所録,余未之見,見其友人施君少谷手録本。少谷時在抱沖家,教其子弟習書法,故見而借鈔,鈔畢原書歸壽階。余從之倩工影鈔一本。統而計之,宋刻一,影宋刻者,抱沖、少谷與余有三矣。厥後,余與壽階以影鈔易宋刻,是書遂爲百宋一廛中物。年來力絀,舉而贈諸藝芸書舍,不意壽階之影鈔者,亦於其身後展轉歸藝芸。于是,刻與鈔盡爲他人所有,余則一無所有矣。刻《洪氏集驗方》之冬,余忽得一夢,有人謂余:何不再刻龐《傷寒》?醒而異之,遂商諸藝芸,思借鈔入刻,奈藝芸不允讓影鈔付梓,而允借宋刻備校。適少谷哲嗣稻香欣然輟贈其先人手澤,付諸剞劂,于是復以宋刻較影鈔,而知少谷之影鈔爲功不小也。三卷三十三葉,唯少谷影鈔本有之,餘本都缺。想少谷鈔後,抱沖始鈔,鈔時偶失之,自是宋刻缺此葉,已後影鈔本皆失之。非余之重刻,不知宋刻缺此葉。非少谷之影鈔,不知宋刻之原未缺此葉也。書之經人拆散傳録,其弊有如此者,不可不警也。其中五卷十五葉,宋本缺,惟薛性天家鈔本有之,字跡行款與原本殊,未知何據。後見抱沖所鈔者中亦有此葉,謂是從王宇泰活字本補入。

今余覆刻，據薛本補，據顧本校，存其異同可耳。宋刻不無誤處，余復借張蒔塘家藏鈔本、薛性天家藏鈔本、顧容安家藏鈔本，雖未知其同出一源與否，而字有異同，悉爲標出。可從者，或改正文以就之。未敢信者，或存校語以參之。余友張君訒菴素諳醫理，共相參訂，以定校勘數十條。其任檢閲而草創者，余長孫美鏐之力也。是書自王宇泰活字印行之後未見重梓。即王本相傳，止有二百部，故行世絶少。余姪曾有之，爲友人借去被焚，故未及一校爲憾。朋好中皆想望是書，渴欲一見，故命工梓行。至于是書之深奥，昔安常友人蘇、黄兩公已詳言之，不復丐當代名流之儒醫兼通者贅一言已。道光癸未仲春，黄丕烈識。

647 重雕宋刻傷寒總病論札記識語

此書摘取張長沙之《大要》，辯論精妙。其有證而無方者，上溯《内經》，旁及他書，參以己見，爲增損進退之法，實能發仲景未盡之意，而補其未備之方。是爲龐氏之撰著，非僅述而不作也。故所引原文每有删削，觀諸家鈔本多有異同。或未見宋刻，傳寫互異。或依據張書，增補失真。故今將宋刻龐《論》翻雕，未敢輒改原文，即有鈔本義長者，亦第摘取備考，别疏爲《札記》附於後。丕烈又識。

648 重刊宋本洪氏集驗方後敘

《洪氏集驗方》惟延令季氏書目有之，知宋板外絶無流傳之本。余故從宋本録副，今始付雕。其書五卷皆全，無序有目，而目共五葉，其一號、二號、四號係舊時鈔補，兹以烏絲欄細者别之，此用汲古鈔補宋板例也。本書字句間有不同，如：黄牛角「鰓」或有作「腮」者。或云一枝，或云一箇。又「慢火」或作「熳火」。又「黄耆狀如箭簳，長二三尺，頭不又」者，「又」擬「叉」之誤。又「洗浄寸截，搥破□壁，以鹽湯潤透」，□係蠹蝕處，尚有系旁可審，疑□是「縣」字，以意補之。其餘版心刻工姓名有蠹蝕去者，空之無足重輕，不復補寫。以上各條皆隨舉一二，以見宋刻原本如是，非涉重刊而有訛舛脱漏也。大抵方書之字，大有關係處在藥名、分兩、法製諸端，其餘異同可勿深論。此書刊成，求序於獨學老人。有札示余云：「昨所言交感丹，愚疑用香附太偏重，因查敝處所藏方書，乃是香附一箇，配茯神四兩，尊鈔是『香附一斤』，竊意香附一箇無一斤重之理，恐係鈔胥之誤。祈再查原本。」此固慎重起見，然余即以此方「降氣湯」、「牙藥」二條證之，一用半斤，一用五兩，是遞減用之，原方一斤非誤。佞宋之癖如是如是。并附著之，以質諸深於醫理者一正其是非云。嘉慶己卯孟秋，吴縣黄丕烈敘。

649 宋本洪氏集驗方跋

余素不諳醫而喜蓄醫書，非真好醫書也，好醫書之爲宋元舊刻者。今兹六月中，有揚州書友來，告余云有宋板《太醫集業》四册欲售，余屬其攜來，久而未至，聞已售于他姓，亦不甚惜之。因向來各家書目未載，即舊藏書家亦俱不知，或是書未必真宋板。後閱陸其清《佳趣堂書目》載是書，云文淵閣藏本，有楊南峯、鄒臣虎二跋，方悔前此不之買，而已弗可追矣。適余友陶琅軒〔一〕從都中寄此宋板《洪氏集驗方》二本至，乃欣然以爲聊饜我欲，蓋此宋板醫書亦所罕有。見有「季氏圖書」，隨檢《延令宋板書目》，知即係是書。卷後八行墨跡，季氏云鮮于樞詩跋，諒必有本而云，然百世行之已下，定有脱文，想滄葦收藏時必未遺失，故知之詳也。至于板刻年月，載之甚詳，宋刻固無疑義。而余舊藏《傷寒要旨》與此同出一手，黄憲、毛用刻工姓名可考，而證刊刻之地同是姑孰，刊刻之時同是乾道，唯辛卯差後庚寅一年爾。二書之分不知幾時，二書之合又在一地，豈非奇之又奇耶？餘言詳彼書跋語中，兹特誌得書之由，并誌余所以考證是書者如此。甲子十一月，蕘翁黄丕烈識。

【校勘記】

〔一〕余友陶琅軒　「琅軒」原作「藴輝」，據國家圖書館藏宋乾道六年姑孰郡齋刻本《洪氏集驗方》五卷黄丕烈跋改。按，陶珠琳字藴輝，號五柳主人，與黄氏同時書賈，「琅軒」蓋其别號。

650 墨表四卷

嘉慶丁丑初冬，訪松門於吴涇橋〔一〕，出萬年少《墨表》托付剞劂，曰：「此鮑丈渌飲遺書也。余梓之，以竟彼未竟之志。」遂攜歸付刊。因思向年曾於張白華家見萬所畫《祭硯圖》，筆墨古雅，令人愛絶，今又讀其所著《墨表》，余於翰墨因緣抑何深耶。惜老友云逝，賞析維艱，止此一二素心如松門者，又在異地，不能時常晤語，益知商榷此事爲不易矣。戊寅春分後四日，蕘翁記。

【校勘記】

〔一〕訪　原作「仿」，據黄丕烈代戴氏刊《墨表》(《叢書集成續編》收録)黄丕烈跋改。

651 影宋本梅花喜神譜跋

《梅花喜神譜》，上、下二卷，雪巖宋伯仁器之編，重鋟於景定辛酉。此刻即重鋟本也。

錢遵王所得與此正同，其詳見於足本《讀書敏求記》中。余辛酉計偕北行，得之琉璃廠肆，奇秘之至。案宋伯仁有《雪巖吟草》一卷，刻諸《讀畫齋羣賢小集》，其梗概見於《烏青文獻》，刻《吟草》者附於後，兹不復贅。惟此譜世罕流傳，余姻家袁君壽階曾借歸手摹一本，藏諸五硯樓。己巳秋，壽階作古，擬將手摹本付梓，以表壽階一生愛書苦心。適雲間沈子綺雲愛素好古，慨然引爲己任，屬余讐校精審，并悉摹向來藏書家圖記，以誌授受源流，其盛事也。雕成之日，我同人重舉中吳吟課，各爲填詞紀事，諸君皆與壽階生時交好，故多寓感舊之思焉。綺雲謂余係藏此書之人，且董校勘之役，俾附名簡末。是爲跋。辛未十一月十三日，復翁黄丕烈識。

652 刻陸敕先校宋本焦氏易林序

世所行諸刻《易林》，悉出自明内閣本，成化癸巳彭華《題後》可證也。分上下經爲卷，或又析之作四卷，而其譌舛不可卒讀則盡同。近好事者多傳臨陸敕先校宋本，文句碩異，實視諸刻遠勝。往歲，陸手勘者歸予家，續又收葉石君校本，取以參驗先所傳臨，竟有稍益失真處，故付之刻。凡陸勘而誤，必存其真，雖可知當爲某字者，終不輒以改竄，亦猶予向日刻他書之意耳。其諸刻所附而陸勘未及者，蓋皆非出於宋本，概不載入。陸僅就嘉靖四年所刻以勘,而記於上方,云「卷次非宋本」,考季滄葦《延令宋板書目》「《焦氏易林》十六卷,八本」,未知其爲即校宋本之祖,抑板同而又有一部。然分卷十六,確鑿可信,尚與《隋志》數合。又嘗見一別本乃如此,今特據之,實每卷四卦也。延令藏書散失流轉,予得之頗不少,此書當仍在天壤間,安能一旦再出,使所謂全注並傳,且行款偏旁均復舊觀,必將爲陸勘助埽落葉,豈不更快!識於此,冀我二三同志搜訪之云。嘉慶十三年閏五月十日,黄丕烈書。

653 易林後序

此書今本之誤,非校宋本不能正者。如賁之鼎「東門之壇」,乃《詩·鄭風》文,《正義》云:「偏檢諸本,字皆作壇。」又云:「今定本作墠。」《釋文》云:「壇音善,依字當作墠。」可見作《易林》時固是「壇」字,今作「墠」者,誤依定本以後《毛詩》所改,似是實非。頤之解「飢人入室」乃《史記·殷本紀》所謂「及西伯,伐飢國,滅之」,徐廣曰:「飢一作阢,又作耆。」即《尚書大傳》之「西伯戡耆」也。今「飢人」作「箕仁」,臆改而誤。萃之漸「橘柚請佩」乃《韓詩内傳》漢有游女事,所謂聘之橘柚者也。今「橘柚」作「禱神」,亦臆改耳。旅之蒙「封豕溝瀆」,全取《史記·天官書》語。今「豕」作「涿」,失之遠矣。其類甚夥,咸有如風庭之埽葉也。顧君千里見語曰：

「讀此書之法，又有三焉。以複見求之也，以所出經子史等求之也，以韻求之也。如比之震『扶杖伏聽』誤，无妄之中孚『扶』下無『杖』字，『聽』下有『命』字者是。兑之否『扶』作『俯』，亦非。扶伏者，匍匐也。大過之蠱『故革懈惰』誤，遯之益、鼎之既濟作『五棃解墮』者是。棃，或體作犂也。豐之困『膠牢振振冠帶無憂』誤，明夷之旅作『膠目啓牢振冠無憂』者是。《呂覽·贊能》説管仲事，正曰『膠其目』也。此皆可得之於複見者。

「如乾之咸『反得丹穴女貴以富』，『貴』當作『清』，本《史記·貨殖列傳》『而巴蜀寡婦清其先得丹穴』。大畜之訟『哀相無極』，『哀相』當作『衷袓』，本《左氏傳》『皆衷其袓服』。小畜之漸『鳴鳩飛來』，晉之艮作『餌吉知來』，家人之大畜作『神鳥來見』，皆誤，當作『鳱鵲知來』，本《淮南·氾論訓》『乾鵠知來而不知往』。鄭注《大射儀》引作『鳱』，此與之同。姤之晉『販鼠賣卜』，『卜』當作『朴』，本《戰國策》『周人謂鼠未腊者朴』。升之艮『扶陝之岐』，『扶陝』當作『杖策』，本《尚書大傳》『遂杖策而去，過梁山邑岐山』。今本《大傳》『杖策』誤倒。震卦『枯瓠不朽』，『朽』當作『材』，本《國語》『苦匏不材於人』。既濟之鼎『禍起子商』，『子』當作『于』。于，於也；商，宋也。謂禍起於宋雍氏，本《左氏傳》也。此皆可得之於所出經子史等者。

「如訟之損『更相擊劒』，『劒』當作『詢』。明夷之臨不誤。大畜之家人作『詢』，亦非，以詢與下『走』爲協。晉之漸『神君之精』，『之精』當作『乏祀』，以祀與上『起』、『理』爲協。革之豫『沾我袴襦，重難以涉』，『袴襦』當倒，『涉』當作『步』。未濟之損不誤，以袴、步爲協。兑之噬嗑『茂樹斬枝』，『枝』當作『枚』，以枚與下『飢』爲協。此皆可得之於韻者。其類亦甚夥，難以悉數。

「又如豫之豐云『一説文山蹲鴟』，『一説』即『一作』也。由是以推，凡一繇數句而上下語意不類，蓋皆脱去『一作』字，而誤相連并耳。此又一法也。讀者苟於校宋本得之之外，循是而各各求之，思過半矣。」

予甚然其言，附著於末，以貽好學者。若夫繁文衆詞，自我作古，冀博善讀書之名，而其意不在書，乃顧君生平深惡痛絶者。予雖不敏，亦未忍爲此態也已。閏五月廿四日，丕烈又書。

654　刻連江葉氏本博物志序

予家有汲古閣影鈔宋本《博物志》，末題云連江葉氏，與今世所行本夐然不同。嘗取而讀之，乃知茂先此書大略撮取載籍所爲，故自來目録皆入之雜家。其體例之獨創者，則隨所撮取之書，分别部居，不相雜厠，如卷首《括地象》畢，方繼以《考靈耀》是也。以下雖不能條舉所出，然《列子》、《山海經》、《逸周書》等皆顯然可驗。今本强立門類，割裂遷就，遂使蕩析離居，失其恉趣，致爲巨謬矣。考晁氏《讀書志》及《文獻通考》，皆載「周日用注十卷」，即是此本。晁云首卷《地理略》後有讚文，實爲吻合。遂刻之，以正今本之失。於中仍不免訛錯，如「時含神霧」三，「時」是「詩」之誤。「毌丘儉遺王領」三，「領」是「頎」之誤。「古詹山〔一〕帝女化爲詹艸」六，「古詹山」是「古䍃山」之誤，《山海經》作姑媱。「詹艸」是「䍃艸」之誤。《山海經》作蓄。「取伏卵段」七，「段」是「瑕」之誤。「東阿王《韓詩外傳》無王字。勇士有蕃丘訢」八，「東阿」是「東海」之誤，「蕃」是「菑」之誤。「射窮石以爲伏虎」八，「窮」是「寢」之誤。「今見狗襲」八，「襲」是「龍」之誤。《初學記》引作龍。「師雨妻黑色」八，「師雨妻」是「雨師妾」之誤。「樹之于闕聞」十，「聞」是「間」之誤。此《周書·程寤》逸文也。又如「莖必沐浴」、「昔夏啓莖乘飛龍」、「昔夏啓莖徒九鼎」、「昔舜莖登天爲神」、「桀莖伐唐」、「昔鯀莖注洪水」六，「莖」皆「筮」之誤。「盡似仙人」、兩見。「形盡似猿猴」八，「盡」皆「畫」之誤。「西夏云有巢以民」十，「云」、「民」二字皆「亡」之誤。又如「始皇陵」一條四，略不可讀，及以宋敏求《長安志》在十五卷。引《關中記》訂之，乃得通其闕佚〔二〕處。附録《關中記》曰：秦始皇陵在驪山之北，高數十丈，周六里，今在陰盤縣界。此陵雖高大，不足以消六十萬人積年之功，其用功力或隱不見，不見者，驪山水泉本北流者,陂障使東西流。又此山無石,於渭北諸山運取大石,故其歌曰:運石甘泉口,渭水爲不流。千人一唱,萬人相鉤。今陵下餘石大如壚土屋,其銷功力皆此類也。此等皆不難校正,今悉仍其舊者,恐失真也。略標數端,以待善讀者引伸焉。若夫《通考》所云「博物四百」本,非有成書。而劉昭《郡國志注》、小司馬《索隱》、李崇賢《文選注》及《藝文類聚》、《初學記》、《太平御覽》所引,多出今本外。《隋志》云「《博物志》十卷,張華撰」;又云「《雜記》十一卷,張華撰」。又云「《張公雜記》一卷,張華撰。梁有五卷,與《博物志》相似,小小不同」。然則所引或出二書歟?儻好事者搜輯纂録,不妨别存梗概。苟欲執彼以補此,則恐取無事自擾之誚,有所未可也。

嘉慶八年正月,吴縣黄丕烈書。

【校勘記】

〔一〕古詹山　原作「右詹山」,據《博物志》及下文改。

〔二〕闕佚　「闕」原作「關」,據士禮居重刊本《博物志》卷首載黄氏序改。

655　又跋

去歲謀刻是書,命兒子玉堂依影宋鈔者録一帙,與粤東賈人往古藥洲開彫。洎成寄歸,復命之用原書纖悉校正。因檢予曏所刻《汲古閣秘本書目》中有北宋版《博物志》一本，估價四兩，云：「其次序與南宋版不同，係蜀本大字，真奇物也。」影鈔當出於此，自是一重公案。予前序略而不及，謂宜作後序表出之，碌碌未果也。今年修版方畢，而玉堂遽病，病二十許日，以二月七日死矣。子夏號咷，漢碑語。千載同痛。擬屬我友顧君千里爲撰小傳，并搜其篋中一二讀殘之書，儻係秘笈，即付剞劂，用希附驥。乃憶及前事，輒跋是書之尾。從此印行有日，而玉堂竟不逮見也，可悲也夫。時嘉慶九年三月，丕烈又書。

656 重雕宋本宣和遺事跋

余於戊辰冬得《宣和遺事》二册，識是述古舊藏。詢諸書友，果自常熟得來。但檢《述古堂書目》「宋人詞話」門有《宣和遺事》四卷，兹卻二卷，微有不同。後檢高儒《百川書志》，於「史部傳記」類云：「《宣和遺事》二卷，載徽欽二帝屯太二百七十餘事，雖宋人所記，辭近瞽史，頗傷不文。」據此則二卷非誤。又《文淵閣書目》亦載是書，其卷數未詳。可知此書向來傳布，備藏書家插架久矣。己巳春游杭州，登城隍山，於坊間又獲一本，與前所得本正同，而前所缺失，一一完好。因動開雕之興，用宋體字刊之。原本多訛舛處，復賴舊鈔校之，略可勘正。板刻甚舊，以卷中「惇」字避諱作「惇」證之，當出宋刊，敢以質諸好古者。學山海居主人漫筆。

657　影宋書棚本魚玄機詩跋

唐女道士魚玄機詩集，陳氏《書録解題》載其名，其集則世未專行也。癸亥閏餘之月，偶得之於蘭陵繆氏，書斸一十二番，歷爲諸名家寶藏，古色古香，溢于楮墨，真爲奇秘之物。此集無別本可勘，遂取家藏洪邁《唐人絶句》、韋縠《才調集》選本證之，題句亦多互異。蓋洪、韋本俱宋刊，而彼有不同於此者，可知宋時亦非一本，烏能執而同之耶？因用別紙條載于後，俾讀是書者有所考焉。嘉慶八年三月望春盡日，黄丕烈識。

658　刻宋鈔本楊后宮詞跋

《楊太后宮詞》，汲古閣曾刊入《詩詞雜俎》中，其稿本余今始獲之，所謂潛夫輯本也。毛子晉云舊跋潛夫不知何許人，余以稿本核之，其爲宋人無疑。紙係宋時呈狀廢紙，有官印朱痕可證。至潛夫之爲何許人，就其跋云「寧宗楊后」，而不係以宋，則可斷爲宋朝人。其標題曰「潛夫輯」，余疑爲周密公謹，蓋公謹所撰書皆曰輯，如《武林舊事》則曰「四水潛夫輯」，《絶妙好詞》則曰「弁陽老人輯」。公謹入元，追憶故國，故有《武林舊事》之作，而此《楊太后宮詞》輯之殆亦寓懷舊之思歟？余友海寧陳仲魚廣見博聞，助余曲證斯説，謂《齊東野語》有慈明楊太后事一則，可見公謹熟於楊后事實；且《癸辛雜識》載「咸淳甲戌秋，爲豐儲倉」，甲戌乃咸淳十年，今跋云「癸酉仲春得之江左」，甲戌上距癸酉止隔一年，公謹生於紹定十五年壬辰，則癸酉年四十歲矣。得此二證，差信余説之非妄，故用別紙載《齊東野語》一則附于後，而并著仲魚之説云。時嘉慶十五年歲在庚午五月廿有六日，黄丕烈識。

659　唐宋婦人集跋

往年沈君綺雲有《唐宋婦人集》之刻，皆借本於余家而余爲之校讐付梓者也。復欲刻《斷腸集》以儷之，一時苦無善本，遂不果行。及余購得元刊注本，而綺雲已歸道山，未竟此事，人咸惜之。頃其令弟十峯訪余，以《緑窗遺稿》屬爲付梓，云是鈔自平湖錢夢廬家藏本。余以《元詩選》校正誤字入刻，刻垂成，十峯又從《四朝詩選》及《宋元詩會》校一過，七言絶句内「隔簾風亂海棠絲」，「亂」作「斷」；「小窗今夕繡鍼閒」，「夕」作「日」，録其異字示余。余謂前據《元詩選》校正者，實係訛舛之處，至於各本異字，可附存而不必據改也。因爲小跋，存其校字，并著顛末，俾人知沈氏昆仲皆好風雅，留傳昔賢著述，藝林佳話，永垂不朽云。嘉慶己卯秋七月，吴縣黄丕烈識。

660 船山詩選識語

《船山遺稿》二十卷，於嘉慶乙亥梓於吴中，一時爲之紙貴。迨後全集板已歸蜀，而購者日多，苦無以應人之求。適獨學老人有手録選本，分體編次爲卷六，得詩五百餘首，因付梓，以公同好云。時嘉慶丁丑秋，吴縣黄丕烈識。

661 寒石上人倚杖吟後序

余素不佞佛，故緇流之與交者亦少。乾隆乙卯春，就葑門天寧寺作薦先道場，始識澄谷上人。蓋是時，上人自浙來蘇，開創叢林，法律精嚴，懺事誠肅，吴中人士奉爲依歸。余雖不崇尚釋教，偶與之討論文字，亦娓娓通儒理，自此遂得一方外友焉。既而退院支硎山麓之吾與菴，因出其餘閒，染翰賦詩，積久得《倚杖吟》一卷，刻諸吴中。凡春秋佳日，名流逸士游支硎者必款關訪之，無論識與不識，上人悉與之晉接，招登見山閣，瀹茗清談，極賓主之歡而散。余忝舊交，蹤跡更密，其結文字緣，方外勝于方内矣。嘉慶丙寅，浙中理安方丈乏主者，上人以理安法嗣，義不可卻，因舍蘇就浙。主理安三載以來，間一回蘇，輒語余曰：「衲至理安無他樂，惟是山水清嘉，吟詠之興今逾于昔，新詩又添若干首矣。」余許爲刻之。今春游浙中，出一卷示余，諷誦再四，覺詩境益進。古人云得江山之助，其信然耶。顧余竊有感焉。生平所識緇流，惟杲堂能詩，向與上人爲三高僧，同時結社於葑溪，其一不能舉其名。今杲堂辭世，而上人又遠游吴中，僧可與談詩者，鮮矣。不知上人何時得重返故山，俾二三舊友同造其倚杖處而吟焉。此余所日夕企望者也。兹哀刻其初、續稿，而略敘余與上人結契之情如此。嘉慶己巳四月芒種前一日，吴郡黄丕烈書。

662 寒石上人詩跋

澄谷上人主理安席，已六易歲矣。曾攜其初、續稿各一卷，屬刻于吴門，去年庚午又刻《和法雨大師山居詩》一卷，今夏返支硎，復輯近歲所得詩合爲一卷，而屬余排比先後，統爲四卷，曰：「衲年已及老，此後有詩，當存諸篋中，俟徒輩料理之，不及手定也。君乃衲之故人，曷爲我誌其始末？」遂不辭而筆諸卷尾。辛未大除祭書日，半恕道人謹跋。

663 夢境圖唱和詩集小引

夫天下事皆夢境也，然夢境必有實事以生之。如修志，實事也；修志有竹堂、芝軒兩先生，實事也；予忝隨兩先生後，實事也。乃忽遇諸夢境，則全乎虛矣。然明明有詩句，意又可解不可解，似非無因而至者，安知夢境之不有實事耶？予喜徵夢，因刻《夢境圖唱和詩》爲一集。道光四年甲申季夏月望日，蕘夫識。

664 狀元會唱和詩集小引

客有見予《夢境圖唱和詩》者，曰：「子殆不忘情於狀元，故假諸夢耳。即真有是夢，亦戀戀於功名富貴，故形諸夢想。」殊不知，予之夢其因在聞談詩也。詩之教，徹乎上下。談詩者爲狀元，遂謂有功名富貴氣乎？不然也。國家功令所在，凡入仕必科第，人不學舉業則已，如學焉，誰不思爲狀元者？必以狀元爲功名富貴中人，而非我輩所願爲，此不願爲之心，出諸山林隱逸之士則可，如我輩斷不宜作此違心之論也。狀元何浼我乎哉？予知有詩而已。因刻《狀元會唱和詩》爲第二集。道光四年甲申季夏月望日，蕘夫識。

江陰繆荃孫、長洲章鈺、仁和吴昌綬同校輯

蕘圃刻書記補遺

665 普濟本事方釋義序

余嘗謂天下事有不爲，未有爲之而效不至者。世人自幼習舉子業，殫心於經書文藝，不幾年輒登上第，居顯官，人皆以爲此積學所致。余曰：此特爲之而效至耳。夫天下事爲之而效至者，豈徒科舉之業哉。古語云：「不爲良相，即爲良醫。」醫之活人，其效見於當時者在其術，其效見於後世者在其書。昔宋儒許學士著《普濟本事方》十卷，迄今醫家奉爲圭臬。國朝葉香巖先生爲之釋義，許創於前，葉述於後，爲之而有其效者，前後一揆矣。香巖之書向未刊行，家無藏本，而傳鈔之帙流落人間，故西疇顧君奉爲枕中秘。葉氏子孫訪求數十載，渺不可得。西疇身後，葉氏始訪而得之，將繕本付梓。因元本與坊本多有異同，恐無以信今傳後，遂從余家借得宋刻殘本前六卷，及老醫周蘊石家鈔本後四卷，并無名氏舊鈔本十卷，逐一勘對，始知《釋義》本實係許氏元書，非坊間新刻可及。刊成之日，屬序於余。余曰：予不知醫理也，但有醫書耳。有醫書而可爲醫理之助者，予所願也。許書宋刻世所罕見，余幸有之，以待今日校勘《釋義》之用，此亦非余爲之而效自至者乎？究心醫理之效，通於醫者得之，究心醫書之效，藏其書者得之，豈不相得益彰乎！余嘉是書之刊成，而并感葉氏與余商榷之盛意，遂不辭而贅數語，以見事之爲之而效自至者，凡事皆然也。然則世之讀書者，又安可不稽古求是乎哉。嘉慶歲在甲戌，六月立秋前五日，黄丕烈序。

跋

荃孫自丙辰冬向式之、印臣兩兄取回此稿，交金陵書局刊行。又時時寄稿添入。荃孫年高，兩兄在遠，時有編次不當之處，如《顔氏家訓》與《續訓》應連不連，《揭文粹》應去不去，《陶杜詩選》後一跋誤列《紹興古器評》下，刻起方知。謹識其誤，閲者諒之。《適園叢書》首刻《古書所見録》殘本，與此書大同小異，未容羼入。至坊估取前三本石印，重複舛錯，至誤以蕘圃爲王姓，貽笑大方，更無足論矣。

蕘圃藏書題識續録

王大隆 輯
占旭東 點校

余序

吴縣王君欣夫博學好古，覃思著述，尤喜網羅放失，輯刻昔賢遺書，自甲戌起，歲歲繼承勿絶，已得百數十種。又輯黄蕘圃、顧千里兩家經籍題跋及雜著、集外文，都六種，顔曰《黄顧遺書》。刻既成，索余爲之序。自惟學殖荒落，比來尤不喜作文字，報書謝不敏，而請之益勤，不獲已，遂爲之言，曰：

黄、顧兩先生皆以校讎名家，方千里館蕘圃家時，主賓相得甚歡，既别去，猶爲作《百宋一廛賦》，賞奇析疑，十餘年不絶。其後乃因事齟齬，竟至絶交。千里校士禮居所刻《輿地廣記》，朱墨縱横，塗抹殆遍，跋中詆諆蕘圃甚力，是千里之褊也。至於兩家學術，論者類右顧而左黄，余亦不得而異焉，嘗試論之。

昔人謂有讀書者之藏書，有藏書者之藏書，校讎亦然。千里乃讀書者之校書，若蕘圃者則藏書家之校書耳。蓋千里讀書極博，凡經史小學、天算輿地、九流百家、詩文詞曲之學，無所不通，於古今制度沿革、名物變遷以及著述體例、文章利病，莫不心知其意，故能窮其旨要，觀其匯通。每校一書，先衡之以本書之詞例，次徵之於他書所引用，復決之以考據之是非。一事也數書同見，此書誤，參之他書而得其不誤者焉。一語也各家並用，此篇誤，參之他篇而得其不誤者焉。文字、音韻、訓詁則求之於經，典章、官制、地理則考之於史，於是近刻本之誤、宋元本之誤以及從來傳寫本之誤，罔不軒豁呈露，瞭然於心目，躍然於紙上。然後臚據義證，殺青繕寫，定則定矣。故曰：「誤書思之，更是一適。」斯言也，豈徒曰執誤書嚮壁冥想云爾哉。先生於書必求善本，而以各本互校。然善本之中亦有不善者存，及校本既出，然後其書乃盡善。故凡經先生校正之書，其題跋雖於原本盛有稱美，其實皆筌蹏也。若其所未校，或校而未刻者，讀其跋，則古今刻本異同之故、校讎考證之方，悉宣洩無餘藴，其有益學者大矣。論者徒見其校書不輕改字，以爲先生尊信舊本，如藏書家佞宋之爲者，非知先生者也。

至於蕘圃之校書，蓋得一宋刻本而愛之，或愛之而不能得，因傳録於近刻本之上，尋行數墨，句勘字比而已耳，鉤勒其行款，塗改其諱字而已耳。譬之唐臨晉帖，一筆毋敢出入，號曰「爲宋本留真面目」，其實不如毛氏影宋鈔遠甚。是尚不能傳宋刻之形貌，其能定古書之是非乎？雖然，有説焉。書必講本子，彌古而彌善，千里之言也。舉宋元本中斷不可少之書，覆而墨之，勿失其真，縮今日爲宋元，緩千百年爲今日，亦千里之言也。刻本之古者莫古於宋元，是誠足貴矣。時無攝影上石之術，覆而墨之，良不易易。影鈔須覓善工，貲費幾與刻等，亦非甚易也。蕘圃《士禮居叢書》固取善本覆而墨之矣，絀於貲力，不能多刻，則姑就所見宋元本校於近刻本上，一字不易，爲宋元本留一種子，好學者得而讀之，從而定其是與非焉。其有功古書，不亦多乎！此其道自何義門、鮑渌飲類然，即惠定宇、盧抱經亦往往而然，蕘圃自守校讎家法耳，未可用此爲訾議也。蕘圃題跋喜叙書籍流傳始末，多一時興到之語，不特不能如《七略》之辨章舊聞，併不能如晁、陳之撮舉大旨。然自毛斧季、錢遵王而後，見舊刻之多者，莫如蕘圃。遵王之學，又出蕘圃下，而其《敏求記》尚爲藏書家所取資，況蕘圃之談版本，足供學者之漁獵者乎。故論其學術之淵博，誠不逮千里；至於鑒别古書，則亦不至大相遠也。

欣夫合刻二家之書，使兩先生之題識傳，而古書之崖略亦傳，是欣夫之心即兩先生好古之盛心也。刻書之功有與著述等者，其此類也夫。中華民國二十九年四月，武陵余嘉錫序。

目録

蕘圃藏書題識續録

蕘圃藏書題識續録卷一

蕘圃藏書題識續録卷二

蕘圃藏書題識續録卷三

蕘圃藏書題識續録卷四

蕘圃雜著

跋

蕘圃藏書題識續録卷一

經類

666 詩外傳十卷 元刻本

此元本《詩外傳》，五柳居藏書也。余向年曾見之，因有闕失，未與交易。今兹四月下澣六日，往訪五柳居主人，見其裝潢是書，問之知已爲余友綬階袁君所得。内所闕失，悉照津逮本補足，惟卷二獨少。四行主人疑《津逮》本有殘缺，屬余參考。余遂攜歸，取嘉靖沈辨之雕本校勘，補其殘缺之文。所鈔者有譌謬，復以沈本正之，蓋沈本去古猶未遠也。至元本實有佳處，韓與毛之異同，班班可考。後刻反據毛而改韓，何邪？綬堦信古甚篤，必能辨之，故予不復贅〔一〕。乾隆六十年乙卯重五日夏至，蕘圃黄丕烈書。在制不印。

嘉慶壬戌春游京師，得元刻毛鈔本，與此本正同。壽階聞之，屬爲易去其向所鈔補不與元刻合者。此本所脱，余本卻有可補之葉，而毛鈔者想亦與鈔補多勝，遂命鈔胥傳録。

奈其人欲出門，未畢工而辭去，遂手校其舊存者印本。此略後於余本，而首葉《韓詩序》余卻無之，賴此可補，未始非相得益彰云。癸亥四月十有四日，坐雨太白樓之西廂書，蕘翁黄丕烈。

此綬階袁君三硯齋藏書也，無刊刻序、跋、歲月，袁君定之爲元本云。近從借歸，以勘程榮、毛晉諸刻，實遠勝之。如稱詩與載王伯厚《詩考》者不異，字句多寡與諸子書每相出入，亦與唐宋人注書及類書所引往往有同者。且其標目分條，以至佚字脱句，皆未失古意，足正後來不能闕疑之非。即宋本之善，應不過是也。内失葉二十餘翻，他本無足中補寫者，予謂宜但作烏絲闌，虚以待焉[二]，想袁君亦必以爲當也。乙卯九月，澗藚顧廣圻書。

元刻《詩外傳》十卷，爲綬階袁君所得。丁巳仲春鈕匪石借校過，轉假於予。予因亦得校讀一徧，足正今本脱譌之處甚夥。兹摘其最精妙而證以它書決然無疑者若干條，附録於後，以見此書之可寶云。卷一「差然乖久」，與《御覽》合，今本「然」譌「遲」，「久」譌「人」。「桷桑而爲樞」，與《新序》、《莊子》合，今「爲」譌「無」。卷三「相地而攘正」，今本作「正攘[三]」，證以《荀子》作「衺正」，則元本第誤「衺」爲「攘」耳。「武王載發」，與《荀子》、《詩考》并合，今改「發」爲「旆」，非。「則莫我敢遏」，與《荀子》合，今作「曷」，去辵，非。卷五「行絶禮義」，亦與《荀子》合，今加人旁作「儀」，非。「則舉錯而定，一朝之自」，證以《荀子》，第譌「伯」爲「自」，餘皆合，今本或脱「而」字，或「定」下增「於」字，尤謬。「天謂殷適」，與《詩考》合，今改「謂」爲「位」，非。卷六「遠猷辰告」，與《詩考》合，今改「猷」爲「猶」，非。「是唐之所以象典刑」，與《御覽》合，今譌「唐」爲「君」。「告爾民人」，《説苑》、《詩考》皆作「告」，今改爲「質」，非。「子孫承承」，與《詩考》合，今改「承承」爲「繩繩」，非。「王者必立牧三人」，與《續漢書·百官志》劉昭注合，今譌「三」爲「二」。卷七「喪親三年」，與《説苑》合，今作「親喪三年」，非。「莘莘征夫」，亦與《説苑》合，今作「征夫捷捷」，非。「鶴鳴九皋」，與《説文》、《唐石經》並合，今「鳴」下加「于」字，非。「興兵而攻齊，棲閔於莒〔四〕」，《大戴禮》盧辨注及賈子引「棲」下有「閔王」二字，此本有「閔」字而脱一「王」字。卷八「忘我實多」下有「此忘我者」一句，與《文選》注引合，今本皆脱。「有弃凄凄」，與《詩考》合，今本改作「有濟萋萋」。卷九「爲人子不孝也」，與《御覽》合，今本「子」下加「不可」二字，非。「衣與謬與」，與《荀子》合，今改爲「衣歟食歟」，謬。「及其升少陽」，與《御覽》合，今譌「少陽」爲「於高」。「而去苦少耳」，「而」上有二字少闕，似是「如量」，證以《初學記》、《御覽》所引，正合，今本脱。卷十「瀾然而涕下」，與《御覽》合，今改「瀾」爲「潸」，非。「天難訦斯」，與《詩考》合，今譌「訦」爲「忱」，非。又書中本有闕字，多以□記之，今本則去□直接，後人無從致疑。間有譌作一字,如卷四「□日多者」,證以《荀子》,當是「暇」字,今本或作「每日」,或作「自用」,或作「日日」,皆謬。又古字如「則」作「即」,「鋭」作「兑」,「慧」作「惠」,今本皆改去,賴此本得以正之。近武進趙舍人懷玉校刻是書,所据元本皆未及此精妙,蓋其所据者即明沈辨之重雕之至正本,實未見此真元刻耳。惜哉!嘉慶二年,龍集丁巳,爲病之月辛丑朔六日丙午,嘉定瞿中溶字子盛記。

【校勘記】

〔一〕故予不復贅　「故予」原作「余」,據國家圖書館藏元至正十五年嘉興路儒學刻明修本《詩外傳》十卷黃丕烈跋改。

〔二〕虚以待焉　「焉」原作「書」,據前揭書顧廣圻跋改。

〔三〕正攘　「攘」前揭書瞿中溶跋寫作「壤」。

〔四〕棲閔於莒　「閔」字原缺,據前揭書瞿中溶跋補。瞿中溶手跋此字亦補寫於邊上,王大隆輯録時遺漏。

667　儀禮疏五十卷　影宋單疏本

《儀禮疏》五十卷,始見於陳氏《書録解題》及馬端臨《文獻通考》,然但聞五十卷之名,而原書未見。蓋世所行本，皆附注而行，故分卷即從鄭注爲十七卷也。國朝朱竹垞作「賈公彦《儀禮疏》五十卷，存」，未知所存者僅據疏而言，抑或果見疏之爲五十卷也。余近得《儀禮疏》七帙，通爲五十卷，内缺三十二卷至三十七卷，首尾完善，實足證五十卷之説。正經、注語皆標起止，而疏文列其下，爲宋景德年間本，與馬廷鸞之説合。每卷結銜云「唐朝散大夫、行太學博士、弘文館學士臣賈公彦等撰」，較本多「等」字，與衛湜所云「公彦同李元植編《儀禮疏》」之説合。卷末羅列各臣官銜，自崔偓佺以至吕蒙正，共十四人。而中有云「翰林侍講學士、大中大夫、守尚書工部侍郎、兼國子監祭酒、權同句當官院事、柱國、河間郡開國侯、食邑一千户、食實封四百户、賜紫金魚袋臣邢昺都校」，與晁公武所云「齊黄慶、隋李孟悊各有疏義，公彦删二疏爲此書，國朝嘗詔邢昺是正之」之説合，則此書之爲宋本毫無疑義，豈不可寶哉！

668 夏小正戴氏傳四卷 明刻本

癸亥重陽前一日，訪友上津橋，過一骨董鋪中，適見是書，知爲嘉靖時我郡袁氏所刊。主人重其有欽遠游跋，索青蚨三星，余遂攜歸。明日瞿木夫招爲登高之會，泛舟楞伽山下，坐間知有袁壽階，壽階固謝湖公族孫也，因攜示彼。壽階一見稱快，云此刻家藏尚未收得,欲豪奪而去,余亦許之,但須作跋數語,以紀其事。余思謝湖一號石湖漫士,而壽階云謝湖草堂離石湖不遠,今此書因泛舟石湖爲壽階所見,仍歸袁氏,可謂遇合之奇矣。蕘翁黄丕烈識。

越歲己巳,壽階遽歿,遺籍失守,此書余仍易得。蓋在袁氏爲家刻之可寶,而在人間爲古本之難求,因代儲之,暇日當倩人影寫一本,以廣其傳。近聞江丈艮廷家有傳崧卿本,不知即是此刻否。袁刻《大戴禮》,世尚有流傳者,此《夏小正》竟絶無僅有矣,勿輕視之。丁丑仲夏復翁記。

669 孟子章指一卷孟子音義一卷 鈔本

庚戌小春望日,訪余友朱秋崖先生,出手鈔影宋鈔本趙岐《孟子章指》、孫奭《孟子音義》一册見示,余假以校戴氏所刊《孟子趙注》。戴氏,名震,休寧人也。其所刊《孟子趙注》有《章指》、《音義》二種,其自序云,是書所藉以互勘者,有「朱君文游所藏校本二,一有『虞山毛扆手校』印記,稱引小宋本、元本、鈔本,又有宋本又或稱廖氏本,而逐卷之末多記『從吴文定鈔本一校』。何屺瞻云,毛斧季從真定梁氏借得宋槧本影鈔,今未見其影鈔者」。戴又云「有章邱李氏所藏北宋蜀大字《章句》本,毛斧季影鈔者」,則其校勘之精固有善本以爲之助矣。今秋崖爲文游先生之小阮，而所鈔之書與文游先生所藏之本又適相合；戴公所勘之書既借資於文游先生所藏之書，而余之藉以校戴氏書者又借資於秋崖先生之書：天下事之巧何一至於此耶？余是以不揣鄙陋，謹就戴書與是書有歧異者，併戴書之可以證是書譌謬者，各爲注於上方，俾秋崖亦得所考證。蓋朱氏於吴郡頗稱藏書之家，秋崖又繼文游而深汲古之功者也，故略識數語於簡末，使其名得附朱氏書以傳，豈非厚幸乎哉！乾隆庚戌十月，蕘圃烈。

670 博雅十卷 明刻本

李鑑明古家藏，嘉慶乙亥花朝士禮居收得重裝。

道光甲申二月手校影宋本。

乙亥花朝收得李鑑明古家藏本一單，不下百餘種，其可珍者十之二三，就中最佳則明刻之皇甫録本《博雅》、吴元恭本《爾雅》而已。先是，囊無餘錢，因約友人張訒庵剖分之，吴本《爾雅》歸之訒庵，余乃留此。二本序皆扯落，以殘紙夾本書中，想欲去明刻之迹。然《爾雅》卷中無某人刊字樣，《博雅》則諸卷皆有皇甫録姓名，止損一序，無爲也，重付裝潢，以殘序登諸卷首，毋失其真。未知何日得遇斯刻之有全序者可重補之。裝成再記，復翁。

戊寅夏季，聞濂溪坊蔣氏書散出，間爲余友所得，告余某書若干價，耳聞之，目未見也。云尚有檢存零種不甚緊要之物在某坊，因尋蹤求觀，見單上有《博雅》一種，請觀其書，竟得皇甫録本，又喜前所失《序》具存，蓋至是而向願始償。復翁，立秋後二日記。

戊寅春初，從醋坊橋陳雲濤舍人家，見有陳少章先生手批《絳雲樓書目》，於「博雅」下注云：「皇甫本，佳。」是前輩識多見廣，自媿後生不如多矣。蕘記。

書本之善者，不必定以宋元本爲可寶也。即如《博雅》，惟《敏求記》載有繕録本爲最古矣。但藏之故家，一時傳佈未廣。昔賢讀書，亦講善本。陳少章先生曾有手注《絳雲樓書目》，在陳雲濤舍人家，張秋塘録副，因得寓目。少章云：「《博雅》，皇甫本，佳。」則明刻之可貴不亞宋元，推此種爲最，後人勿輕視之。復翁。

671 急就篇一卷 舊鈔本

此舊鈔本《急就篇》，顔氏注本也。是書有皇象書碑本，凡三十二章，顔注因之。「齊國」、「山陽」二章，後漢人所續，宋太宗書本爲三十四章者是也。余得此舊鈔本，適故人洞庭鈕非石訪余，謂曾見趙文敏正書墨蹟，其文實從皇象本出，有可據趙本以證顔本之謬者。古升、斗字形相近，趙本作「蠡斗參升」，「蠡」與「麗」聲相近，則「蠡斗參升」猶「兩斗三升」耳。而顔本「斗」亦作「升」。又「祠祀社保莪獵奉」[一]，蓋因疾病而禱祀社保，則社者鄉社也，保亦其類。而顔本「保」作「稷」，訓爲「先農」，似亦失考。略舉二條，以見古本之精。余感故人餉我之厚，即載其語，以見此書顔注本尚非精者。惜其所鈔《急就篇》一時檢尋未得，不及借觀爲憾耳。葉石林臨本《急就篇》今存者一千三百九十九字，明初宋温仲補六百一十六字，合之凡二千一十五字。正統間吉水楊君政刻於石，今在華亭，其[二]文與趙本多合，蓋同出皇本，足以參考。此亦非石爲余言者，附識於此。乙亥端午後四日，復翁記。時梅雨初下，未知能霑足否。

此舊鈔《急就篇》顔注本也，苦無別本相勘。己卯夏季，小讀書堆書出，因見有毛藏鈔本。審之，乃浚儀王應麟伯厚補注本也，與此顔注本時有異同。竭幾日力校之，雖兩本各自爲書，未可强合，然伯厚所補注者，首行亦題「顔氏注」，則其不同者，大都在音釋之有增益耳。最後有「齊國給獻」以下百二十八字，爲後漢人所續，御書有，顔注無，王本附於篇末，兹不附録焉。羅願及王應麟二篇後序亦不録入。小讀書堆書索直甚昂，如可收得，當兩存之，否則於此亦可見其梗概也。己卯立秋日校畢，蕘翁識。

【校勘記】

〔一〕獵　通行本《急就篇》作「臘」。按，國家圖書館藏明鈔本《急就篇》黄丕烈跋墨蹟即作「獵」，蓋黄氏偶誤。

〔二〕其　原脱,據上揭黄跋墨蹟補。

史類

672 前漢紀三十卷後漢紀三十卷 明刻本

此明行人司書,每册皆有圖記,惟首册爲不知何人撕去一葉,故獨無之。殘紙尚存釘縫中,可驗也。東澗《書目》中載有行人司書目,其所儲當夥。今僅見此爾,是有足賞玩者。十年前在予笥中,旋爲人取去。後始知其源流,欲仍歸之而未得。乃轉售賈人,爲讀未見書齋主人所有。因得重閲一過,遂識數語以告後之藏此書者。嘉慶己未十一月,顧廣圻。

郡中程姓書爲書賈收得,以校本《太平廣記》求售,因余素知此書也。問其餘,皆云無足奇者。程姓爲余友顧澗薲舊交,故余將往觀,先問澗薲其家有無奇書,澗薲以是書及舊鈔某書對。蓋是書爲明刻,固無足奇,所奇者,是書有行人司圖書記,爲明時官書,藏書家所當珍貴。余故往而取之。然余益歎訪書之難,苟非有先入之言,則卻而不觀,安知不復蹈淵蕢之前轍耶？爰書之，以著訪書之道不可不博聞，亦不可不細心焉爾。己未冬十一月，蕘圃黄丕烈。

「行人司有例，其以事奉差復命者，納書數部於庫，秘閣而外，差可讀者此耳。」此條見陳眉公《太平清話》第一卷。咸豐壬子十月廿七日，録於燈下，履卿。余生於己未十二月，得此有夙緣也。

673 汲冢周書十卷 校元本

丙辰冬，借黄蕘圃所藏元刻本校，並補鈔《王會》脱簡、《周書序》一篇，徐丁黼《跋》亦録於後。廷檮。

余所藏元刻《周書》失去黄玢《序》，故壽階借校時未録。余藏本已於去冬歸琴川友人，家唯惠松崖先生手校本矣。偶過坊間，見此本，遂攜歸，而適又見一元刊有《序》本，遂手補於卷端。案：是刻原有序，壽翁未省而復補之。又丁黼上衍「徐」字，蓋東徐地名也。蕘夫記。

同治元年，在上海購得此袁校元刻本。五年冬，書賈以黄藏元刻本來，無泉得之，因復校一過，知袁校有遺誤，或袁所據又一元本。元本誤缺甚多，惜不獲見惠定宇所見宋本也。橙志。

674 建康實録二十卷 舊鈔本

此舊鈔本《建康實録》,吾友顧澗蘋所藏書也。初,余於小讀書堆見抱沖用此本倩人影寫,詢是澗蘋物,心欲之而未敢直陳也。既余於周香嚴家見有宋本,澗蘋屬余借校。澗蘋謂余曰:「此書即從宋本寫出,特非影寫,故行款不同,復多脱誤爾。今得校勘,益臻美善矣。知君欲之已久,曷歸插架?」遂以遺余。其時適有友需余鈔本《咸淳臨安志》者,余獲直三十金。澗蘋戲曰:「此書余亦欲獲半直。」余重其割愛意,即易之。昔抱沖及袁君綬階皆不過借鈔,而今竟歸之,且視鈔本更多校語,澗蘋之厚余可謂至矣。因記其實,别有唱和詩俟附録備考。時嘉慶己未莫春九日,棘人黄丕烈識。

675 續後漢書二卷 景宋鈔本

蕭常《續後漢書》,世罕傳本,此本當出影宋鈔。惜止上下卷,僅全《昭烈皇帝本紀》之一,其所逸多矣。是書爲柱國坊王氏物,故有「震澤」印。書賈收此以爲未見之書,索余重直,余亦遂置之。既而售者無人,仍與余易家刻書,其直合番餅二枚。壬申歲初二日,半恕道人補記。

676 國語二十一卷 校宋本

宋本《國語》，從來罕有，義門先生以不得購見爲恨事。此書晚出，可謂唐臨晉帖矣。末册有跋語，原委可證。蕘圃。

明道二年所刊《國語》印本不可得見，此影寫者。時章獻明肅劉后臨政，諱其父名，通字每缺一筆，今所寫尚然，精審可知矣。傳校本外間多有，余亦屢見之。錯誤脱落，均所不免。近陳氏樹華曾著《外傳考證》，所據亦傳校本，故終不得其要領。如《周語》「欲城周」，注：「欲城周者，欲城成周也。」今本正文衍「成」字，并添注爲甚蕪累之語。《魯語》「魯夫人〔二〕辭而復之」，今本「夫人」作「大夫」，若是，則敬姜何以爲别於男子之禮乎？又「笑吾子之大也」，注：「謂驕滿也。」蓋大即驕泰字。今本於正文加「滿」字，遂改注「謂」爲「滿」以就之。此類往往未經改正。往者，惠松崖先生假陸敕先所校於沈寶研，寶研秘不肯出。今蕘圃黄君乃以真本見借，所獲抑何奢歟。悉心讎勘，兩踰月始克歸之。自今而後，宋公序以下本皆可覆瓿矣。乾隆乙卯六月四日，澗蘋顧廣圻書。

【校勘記】

〔一〕 魯夫人　「夫」字原脱，據下文補。

677 松漠紀聞二卷補遺一卷　明刻本

《松漠紀聞》本，所見以此刻爲最古，吴琯《逸史》中本較此爲遜。余與他種得諸冷攤，皆《陽山顧氏文房》本。因别置全者，而此殘零各種取可珍者裝之，以備流覽。是書較爲有用，俾登諸雜史部云。丙子季夏裝成，復翁記。

女真之改爲女直，蓋避契丹之諱也。惟見於此書。又記。

丁丑十月初八日，訪戴松門於嘉興郡之吴涇橋，時已昏夜，主人赴席他出，待其歸，促膝話舊，意甚歡也。因出書畫磁銅等物，相與欣賞，余皆未之識，蓋所好不存焉。最後出一書相質，爲《松漠紀聞》二册，上下卷，《補遺》亦三種，惟板刻似出專刻，非叢書中本。其書爲每葉二十行，每行十六字，前有「松漠紀聞」四字標題，次行低一格曰「國史傳略」，第三行頂格起「洪皓字光弼鄱陽人」云云，共十三行又三字，爲一葉。别一葉起標題曰「松漠紀聞上」，次行空七格起「宋徽猷閣學士贈太師魏國公謚忠宣洪皓撰」，計十八字，爲一行擠七格有半，此結銜也。下卷及《補遺》皆同。卷中文字異同瑕多瑜少，擡頭行款皆殊，脱文尤多。遇宋諱不缺筆而擡頭，有不止空格者，似出宋刻，然不敢定也。余遇古書異本必收，此書向藏止有《陽山顧氏文房》本，又有《古今逸史》本，他無聞，此專刻舊本，目所未見，因丐歸，與顧本一勘，歧異如右。儻松門不以宋刻視之，當兼蓄之，且俟寓書詢之，而誌其顛末如此。二十日記，復翁。

洪皓，字光弼，鄱陽人。少有奇節。登政和五年進士第。爲司録，惠徧下民，號「洪佛子」。遷徽猷閣待制，假尚書使金，不屈流冷山，即陳王悟室聚落〔一〕，苦寒，四月草生，八月雨雪。書機事數萬言，及得太后書，藏故絮中，因人達帝。不堪狼狽，幾死。十五年間使虜者凡十三人，惟皓與邵弁得生歸。見於内殿，帝稱忠貫日月，雖蘇武不能過也。聲聞下〔二〕。進學士，與秦檜不合，出知饒州，徙袁州。卒年六十八，謚「忠宣」。皓博學强記，使歸，以留虜中雜事撰《松漠紀聞》、《金國文具録》，并《文集》五十卷、《帝王通要》、《姓氏指南》諸書行於世。子适、遵、邁，紹興間俱中宏詞科，文名滿天下。

右録《國史傳略》在卷首者，借戴本手校，復補此。

【校勘記】

〔一〕 聚落　原作「聚録」，據臺北圖書館藏原書黄丕烈跋墨蹟改。

〔二〕 聲聞下　黄跋墨蹟如此，「聞」下疑脱「天」字，《宋史·洪皓傳》即作「聲聞天下」。

678 黑韃事略一卷籌邊一得一卷渤泥入貢記一卷渤泥表文附慧山記一卷 舊鈔本

郡城閶門外上津橋有骨董鋪，目不識書者也。其附近有故家書散出，多歸之，惜無舊刻名鈔，惟此尚是姚舜咨藏本。書共四種。《黑韃事略》、《籌邊一得》乃其手跡，有跋語可證。余舊藏其鈔本甚多，此可並儲矣。戊辰閏五月，復翁。

679 華陽國志十二卷 明刻本

《華陽國志》向無宋刻傳世，余所藏爲錢罄室藏舊鈔本，幾幾乎以祖本視之，外此皆明刊，無足取者。癸酉秋，書友自金陵歸，攜示此本，謂較諸本爲勝。余曰：「爾何足以知此？是必有所受之也。」因舉潤蕡所屬爲對，爰取錢本較之，果不大差，遂收而重裝之，誌其緣起如此。十月十五日，蕘翁識。

道光辛卯九月望日，長洲顧湘舟藏。

680 釣磯立談一卷 校宋本

康熙丙申正月二日，義門老民何焯手校，前三葉從子錦官補寫，心友得汲古閣舊鈔善本，從賚研齋寄到都下者也。

余友顧澗蘋客揚州[一]，歸舟攜得舊書數種贈余，此何校《釣磯立談》亦其一也。是書已刻入《知不足齋叢書》中，雖已校補，究非原書面目。惟此校汲古閣舊鈔本又出義門先生手，真善本矣。因珍之，重爲裝池，蓋何氏書多經水濕，紙有霉爛痕，遂致[二]破損，非重裝不足以耐久。前附《墨經》仍之。得此書時，曾借香嚴書屋别一鈔本勘之，稍有異字，用别紙籤之。乙丑[三]冬十月十又七日，蕘翁識。

丁卯春三月十八日午後，試步至玄妙觀前，遍歷書肆，無一當意者[四]。偶至帶經堂，見架底有不全揚州十七種，内有《釣磯立談》，與《糖霜譜》、《都城紀勝》同裝一册，謂可取校何校本，因抽視之。及展卷，喜之不勝，蓋爲何小山校本也。遂袖歸，與義門校本對，乃知義門之校出小山校本。考諸[五]歲月，此爲康熙丙申正月二日，彼爲康熙乙未十月五日，從賚研齋寄至都下宜有先後矣。且小山《跋》并載曾見過崑山徐氏大字宋本，尤爲古書添一公案。可見書多一本，即有一本佳處，見聞之不可不廣也，信然。以余病後，艱於步履，至今日始得步至觀前購書〔六〕，而即獲此書從出之本，兩書不知分於何時，今日方得重合，抑何幸歟。顧余獨惜小山所云斧季不能借校，不知與宋刻相去又何如爾。復翁。

己巳初冬，至五硯〔七〕樓，爲袁壻仲和整理其先人壽階親翁遺書，因得見影宋鈔。是書雖無毛氏圖章，當是汲古物，與義門所云汲古閣舊鈔者異，或即小山所云崑山徐氏宋本而影鈔者，蓋卷後「臨安府」云云實宋本面目也。因校如右，以周鈔參之。小雪日，復翁識〔八〕。

【校勘記】

〔一〕 余友顧澗薲客揚州　「余」原作「我」，「州」原作「時」，據臺北圖書館藏清揚州使院重刻楝亭十二種本《釣磯立談》黄丕烈跋墨蹟改。

〔二〕 致　原作「至」，據黄跋墨蹟改。

〔三〕 乙丑　原作「己丑」，據黄跋墨蹟改。

〔四〕 無一當意者　「一」原脱，據黄跋墨蹟補。

〔五〕 諸　原作「之」，據黄跋墨蹟改。

〔六〕 購書　原脱，據黄跋墨蹟補。

〔七〕 硯　原作「研」，據黄跋墨蹟改。

〔八〕 識 原脱，據黄跋墨蹟補。

681 安南志略二十卷 舊鈔本

庚戌七月竹汀居士錢大昕假讀訖，時在任城舟次。

黎崱《安南志略》二十卷，見於錢少詹《補元史藝文志》。而《四庫書目》以爲十九卷，蓋就其見存之卷著録也。是書向未見有刻本，此鈔出胡茨邨家，然譌謬脱落，不可卒讀。余姻家袁壽階藏此，少詹借以讀過，卷中硃墨兩筆校改，皆其手蹟。末附跋語二行。蓋是年庚戌爲高宗純皇帝八旬萬壽，少詹雖致仕，例得入都祝嘏。萬壽節在八月，故七月已就道。其必攜帶《安南志略》者，是時外藩入覲，安南國王阮光平新立，亦與盛典，一時在京臣僚以備顧問，故少詹先讀此。於以見留心掌故，即博學如少詹，尚拳拳於此，豈可以外國圖籍遂棄之如遺乎？壽階故後，書籍散亡，此册以有少詹手蹟，故余獨留之。而後傳録一本，手爲校勘，俟有欲得之者，將歸其直，以易此少詹手校本，并誌少詹所以假讀之故，以諗來者。時嘉慶壬申四月二十有六日，復翁黄丕烈識。

八月中秋後一日，吴春生訪余，見此册有少詹筆，因歸之，付其愛也。復翁。

682　安南志略十九卷　鈔本

杜審言，字必簡，襄陽人。

旅寓安南

交趾殊風候，寒遲暖復催。仲冬山果熟，正月野花開。積雨生昏霧，輕霜下震雷。故鄉逾萬里，客思倍從來。

右從沈朗倩選夢閣藍格鈔本〔一〕《唐詩選》録出，以補《安南志略·歷朝名賢雜題》所未備。甲戌三月立夏後一日，復翁書。

大隆案：繆輯本誤脱，今據活字印本補。

【校勘記】

〔一〕　藍格鈔本　「藍」字原脱，據日本國立圖書館藏舊鈔本《安南志略》黄丕烈跋墨蹟補。

683　徐陶園存友札小引不分卷　舊鈔本

此《徐陶園存友札小引》，壽階從余家藏手稿本傳録者。是書向儲郡中惠紅豆山房，惠硯溪先生壻於徐，故陶園著述留於壻家。紅豆後人陵替，其三代所藏書半歸散佚，余收得甚夥，此其一也。硯溪原名恕，見於此書。余藏手稿外，惟吴春生、袁壽階二人傳其副，此外未之見。髯翁新自五硯樓攜歸其珍藏之是書，通體不知誰書，惟卷端標題爲壽階手跡，髯翁珍之，亦「存友札小引」〔一〕之意也。辛未六月十有五日，過上津橋石泉古舍書。復翁黄丕烈。

【校勘記】

〔一〕存友札小引 「札」字原脱，據臺北圖書館藏舊鈔本《徐陶園存友札小引》黄丕烈跋墨蹟補。

684 元和郡縣志四十卷 鈔校本

《郡縣志》近始有聚珍本及岱南閣刻，前此則惟鈔本流傳。然鈔必以舊乃佳，此本出冶坊浜陳冶泉家。冶泉名樹華，承累代書香之後，由茂才作宦，官至司馬而止。居平手自鈔校諸書，猶及與惠松崖、余蕭客諸君相周旋，故所藏書皆有淵源。罷官後，余猶及其一面。身後書籍零落，半歸他姓。聞有蜀石經《左傳》殘本，見質諸葑門宋于庭孝廉處，宋又隨父任貴州作縣，其物攜行篋中，物主屢欲贖而無由，未知其作何歸結也。今仲魚從坊間易得，不知其書之何來。余悉其原委，因誌數語，并著物之聚散亦甚無定也，爲之慨然。蕘翁書於石泉古舍，乙丑六月十日。

是書爲冶泉司馬鈔本，吾友黄君蕘圃既識其原委矣。越二年，又見錢獻之别駕所藏鈔本，每卷題「武陵盧文弨校閲」，蓋從吾郡盧抱經學士校本傳録，而誤書「武林」作「武陵」也。中有孫淵如觀察跋語及評校處，知觀察曾校閲一過，後即刻入《岱南閣叢書》者。然脱誤甚多，不及此本遠甚。因互爲一校，而并録錢孫兩家之説，雖寥寥數則，究屬通人之筆，非憑空臆談比耳。嘉慶十二年秋日，海寧陳鱣記。

校後數日，有書賈持鈔本來，係吴中周有香孝廉手校，蓋以孔紅谷農部、翁覃谿學士、戴東原吉士各家藏本彼此相參，補正千有餘處，可稱善本。孫觀察亦據以付刻。因亟對校，於是本復補得第十七卷所缺一葉，然是本亦有勝於周本者，知舊鈔正不可偏廢也。鱣再筆。

685 肇域記六卷 鈔本

此《肇域記·山東省》六卷，題曰「東吴顧炎武」，則亭林先生所撰原本也。然余不能無疑焉。考《亭林集》，《天下郡國利病書序》、《肇域志序》俱載之。而於《天下郡國利病書序》則曰：「有得即録，共成四十餘册。一爲輿地之記，一爲利病之書。」是二書原出一稿。於《肇域志序》則云：「本行不盡則書於旁，旁又不盡則别爲一書，曰備録。」余得《天下郡國利病書》手稿與《肇域志序》所云都合，是輿地之記、利病之書原盡在四十餘册中也，特因銓次未定，故不判爲二書。向聞[一]郡中有識古者，曾以《肇域志》稿之奇零者賣於他省，余疑其無是事。及見此書，乃信《肇域志》果有定本。而此書之《序》與集中之《序》又全然不對，且祇山東一省，而[二]又以山東爲一卷之始，是一可疑也。卷中語不盡合於《利病書》，則四十餘册之外又鑿然有一《肇域志》，是又一可疑也。意者，亭林在山東日所著，故先成此數卷以爲例，其起例於山東者，如《山東考古録》亦即一地以名書。而《肇域志》之不妨有别本者，亦如《日知録》之有初刻而與本書不盡同者乎。至於撰述之語，爲《地理志》所係，較《明一統志》，稍檢數條，已知此善於彼。若欲博訪而遐搜之，有西賓夏方米在，已屬其悉心考核矣。嘉慶四年己未夏六月十日書於士禮居，黄丕烈。

【校勘記】

〔一〕向聞　「向」下原有「而」字，據國家圖書館藏舊鈔本《肇域記》黄丕烈跋墨蹟删。

〔二〕而　此字原脱，據黄跋墨蹟補。

686 至元嘉禾志三十二卷 舊鈔本

《嘉禾志》向蓄袁氏貞節堂鈔本，而借嘉定錢少詹家藏鈔本手校一過，袁本亦從錢本鈔出，譌謬更甚，行款亦多改移。今吴枚庵家書有此鈔本，雖非絶精，然與錢本多同，間有一二似勝錢本，爰以臨寫錢本覆勘。卷中紅筆爲枚庵所校，余續校者，於紅筆多用名以別之。時嘉慶癸亥冬至後九日，蕘翁記。

687 絳州志 明刻本　殘存卷一、卷二、卷四至卷七

乙亥夏五月二十七日，梅雨，曉晴。有書船估人〔一〕從胥門訪余於縣橋，蓋其囊中攜有元本《千金方》在也。《千金方》元本余所見不下四五部，皆索重直，卒未之買。而此本《目録》後有碑牌，可知翻刻之由，蓋因近得前宋《金匱》官本故也。余雖不能買此書，而此一語可證錢遵王「閣宋本鈔」之説，即出是刻也。因附識之。

是書得於攜《千金方》來之書友，其意不在此《絳州志》，余因無所交易，聊以家刻小種易之。書載《内閣藏書目録》，可寶也。

【校勘記】

〔一〕書船估人　「船」下原有「友」字，據臺北圖書館藏明刻本《絳州志》黄丕烈跋墨蹟删。

689 水經注四十卷 明刻本

道光癸未正月二十一日，訪舊城南，歸途憩臬轅東中有堂書坊，主人鄭姓，余數十年友也。人既樸實，無時下叫囂習氣，遇有古籍必攜以相質，爲余言之，不相誑也。是日，主人不□家，見插架有《水經注》舊刻本棉紙者，取視之，知爲黄省曾刻。而失其首三卷，已鈔補全。鈔刻卷中皆有朱書校勘，初不知爲誰何筆。既而諦視首末册朱墨書及諸圖記，始知出錢叔寶、功甫父子手。書法圖記，證以他所藏書無少異，惟「錢長谷」一印無考。考功甫原名府，字允治，後以字行，更字功甫，又號少室山人，故稱之曰「少室先生」。案《志・錢穀傳》附見：「子允治，字功甫，貧而好學，酷似其父。年八十餘，隆冬病瘍，映日鈔書，薄暮不止。殁，無子，遺書皆散去。自是，吴中文獻無可訪問，先輩讀書種子絶矣。」據此，則八十二翁之稱非功甫而何？特「錢長谷」一印，他未之見。檢《韻府》「谷」字下引「長谷之山，杳杳巍巍。見《抱朴子》」。殆即少室類乎。又《跋》云：「今歲三伏少熱，新秋薦涼，老人殊不苦也。」知寒暑不輟，一燈瑩然，光景如在目前也。余年與學俱不逮古人，而嚮慕之心無時或已，故遇此如獲珍珠船矣。鷟蟄節記。

續經諦審圖記，乃「長公」非「長谷」也。余所引證，未免舉燭之誤矣。季夏下澣一日，蕘夫記。

689 赤雅三卷 舊鈔本

鄺湛若《赤雅》，《知不足齋叢書》中有刻本，近坊間收海昌許士杰家書有舊鈔本，取對鮑刻，惟卷首有「總論」標題一行、《夷風論略》一篇爲鮑刻所少，因急購之。許爲海昌著姓，與查氏同稱，故其所蓄多查氏著述，并其家手録者皆詩集與傳録古人詩集。惜索直過昂，未能盡得，止留靖節古詩、子美律詩選本，係查岐昌藥師編輯，留作案頭清玩已耳。復翁。

許氏所藏之書，間有「謨觴山房」一印，余卻不知其典實。舉以問榕皋丈，云似記有所出。復詢獨學翁，并云「謨觴地名，是藏書之處，似出《穆傳》」，隨檢之，止有羣玉、策府，若謨觴，未有也。獨學許爲查示，余不及待，仍問諸榕皋丈。伊哲嗣理齋札復云：「謨觴出《記事珠》：嵩高山下有石室名『謨觴』，内有仙書無數。方回讀書於内，玉女進以飲食。」《佩文韻府》有此條。蓋獨學翁之言爲不謬也。附記備考。復翁。

690 營造法式三十六卷 景宋鈔本

余同年張子和有嗜書癖，故與余訂交，尤相得。猶憶乾隆癸丑間，在京師琉璃廠耽讀玩市，一時有「兩書淫」之目。既子和成進士，由翰林改部曹，出爲觀察，偶相聚首，必以蒐訪書籍爲分内事。余亦因子和之有同嗜也，乘其乞假及奉諱之歸里時，輒呼舟過訪，信宿盤桓。蓋我兩人之作合由科名，而訂交則實由書籍也。子和有二丈夫子，皆能繼其家聲，所謂能讀父書者。今其家孫伯元以手鈔《營造法式》見示，屬爲跋尾。余謂此書世鮮傳本，而今得此精鈔之本自娱，固爲美事，然人所難得者，最在「世守」一語。語云：「莫爲之前，雖美弗彰。莫爲之後，雖盛弗傳。」今伯元少年勤學，不但世守楹書，而又能搜羅繕寫，以廣先人所未備，得不謂之有後乎。余年已及耆，嗜好漸淡，所有不能自保，安問子孫。兹讀伯元所藏之書并其題識，知其精進不已，於古書源流及藏弆諸家之始末，明辨以晰。子和爲〔一〕有文孫矣。他日當續泛琴川之棹，以冀博觀清秘，其樂又何如邪〔二〕。道光元年正月十有二日，宋廛一翁。

【校勘記】

〔一〕爲　原脱，據臺北圖書館藏清嘉道間琴川張氏小琊嬛福地精鈔本黄丕烈跋墨蹟補。

〔二〕其樂又何如邪　「其」下原有「可」字，「又」原脱，據黄跋墨蹟删補。

691 絳雲樓書目不分卷 鈔本

此本爲張子白華所藏，余嘗借閱。癸巳秋日，得陳丈少章閲本，愛其博洽，爰鈔録如右。張子疑余有藏匿不反之意，索取甚急，幾至面赤不顧。因録置别本，亟將此册還之。張子博雅多聞，獨於書斤斤護惜，古人所謂讀書種子，習氣未除。然即此知張子能謹守勿替者矣。丙申秋七月二十四日燈下校，枚庵漫士吴翌鳳記。

案《絳雲樓書目》有二本，一無倦圃《序》，不附《静惕堂書目》，詮次亦多不同，似所注「宋元板」字樣較多。擬欲參校，奈兩本皆屬鈔本，未敢輒改，姑各仍其舊云。冬至前三日坐學耕堂之南軒記，蕘夫。

大隆案：繆輯本誤脱，今據《藝風堂藏書記》補。

692 求古居宋本書目不分卷 鈔本

《百宋一廛賦》後所收，俱登此目内。有賦載而已易出者，兹目不列。壬申季冬，復翁記。

693 法帖刊誤二卷 明鈔本

予不善書，而喜玩法書古帖，蓋自先世藏書幾數萬卷，秦漢以來碑碣無不搜購摹搨，垂二百載矣。歲辛卯，一朝散盡，可勝歎惋。今存者僅僅先大父手葺之書，然亦十亡其五。中有宋板《東觀餘論》聞已轉入富室，而架頭止留十餘葉爲宋板之精善者，予欲觀其全不可得也。獻歲從友人借歸，愛其《法帖刊誤》一卷[一]，考鑑洞確，足供臨池之助，輒呵凍録之。戊午春正月二十六，書於娱齋，德榮氏。

宋黄伯思考據辨析，津津中窾，且鑿鑿可證，再三玩之，不覺心花爲頓開。此載《東觀餘論》中，僅摘出而録之，俟覓全鈔可也。當時董氏彦遠之精博，亦可與伯思相上下焉者，前與[二]陳眉公語次，《秘笈》中何以不及黄、董所著？彼亦深以爲恨耳。以上二則係葉氏墨筆題。

余借小讀書堆所藏葉文莊鈔本《金石録》，見有文莊六世孫國華《跋》，筆墨淋漓，古氣[三]溢於故紙，余絶愛之。今春友人顧澗薲歲試玉峯，從書攤購得德榮甫手鈔《法帖刊誤》一册，因余素愛名鈔秘册，遂以歸余。思伯思爲吾宗先哲，以博雅校秘書，可謂遭矣。勝朝項子長曾稱之，子長取宋本文字校而刻之，《東觀餘論》其一也。《法帖刊誤》者，即

《東觀餘論》之綱領，故列在《東觀餘論》上卷[四]。别刊[五]行世者，見諸《百川學海》，德榮摘出而録之，亦其例耶。余於去冬得項氏本，係伯思全書，既又得舊鈔[六]《東觀餘論》，惜《法帖刊誤》無有。方謂其非全璧，兹得此册，不啻爲兩美之合矣。爰什襲藏之，而著數語於後。嘉慶歲在己未，孟夏四月中澣二日，書於士禮居，棘人黄丕烈。

【校勘記】

〔一〕法帖刊誤一卷　「一卷」，標題及目録均作「二卷」，國家圖書館藏明鈔本《法帖刊誤》葉德榮跋墨蹟同。按下文録黄丕烈題識作「法帖刊誤一册」，則此書本爲二卷一册。此「一卷」當作「二卷」或「一册」。

〔二〕與　原作「上」，據葉德榮手跋墨蹟改。

〔三〕古氣　「古」原作「其」，據前揭藏本黄丕烈手跋墨蹟改。

〔四〕上卷　「卷」字原脱，據黄丕烈手跋補。

〔五〕别刊　「刊」原作「刻」，據前揭黄丕烈手跋改。

〔六〕舊鈔　「鈔」下原有「本」字，據前揭黄丕烈手跋删。

694 歷代紀年十卷 宋刻本

此《歷代紀年》，述古堂舊物也。初，書友以此書求售，亦知其爲宋刻，需值二十金。

余曰：「此書誠哉宋刻，且係錢遵王所藏，然殘缺損污〔一〕，究爲瑜不掩瑕。以青蚨四金易之，可乎？」書友亦以余言爲不謬，遂交易而退。案：是書傳布絶少，故知者頗希。余素檢《讀書敏求記》，留心述古舊物，故裝潢式樣一見即識。然遵王所記，不甚了了，即如此書，首缺第一卷，並未標明。其云「始之以正統而後以最歷代年號終焉」，似首尾完善矣，然十卷外又有最國朝《典禮》五葉，此附録於本書者而《記》未之及，何其疏略如是〔二〕耶？又案《書録解題》云：「《歷代紀年》十卷，其自爲序，當紹興七年。」或者此缺第一卷，故自序不傳爾。余友陶藴輝爲余言，向在京師見一鈔本，是完好者，未知尚在否也。俟其入都，當屬訪之。大清嘉慶元年二月清明〔三〕前三日，棘人黄丕烈書於故居之敹恬軒。

大隆案：繆輯本誤脱七十五字，今據《鐵琴銅劍樓宋元書影》補。

【校勘記】

〔一〕損污　原倒作「污損」，據《續修四庫全書》史部影印《歷代紀年》書末黄丕烈跋乙改。

〔二〕如是　「是」原作「此」，據前揭黄丕烈跋改。

〔三〕二月清明　原作「清明二月」，據前揭黄丕烈跋乙。

蕘圃藏書題識續録卷二

子類

695 纂圖互注荀子二十卷 宋刻本

道光五年春，韻溪哲嗣芙川頗嗜古書，因復向余易歸舊物，余重其能承祖志，搜訪遺書，仍復還之。屬爲敘明原委，并留前跋，俾知前日之散逸實出勢不得已，非本心也。念余向曾收藏吕夏卿重校本，又錢佃刊本，《敏求記》中兩宋刻兹已散作雲煙，何論《纂圖互注》本耶？然《賦篇》「請占諸五泰」注云「五泰，五帝也」，獨見於此本。錢佃本卷後《考異》引之，則此本未始非一古本，宜芙川之斷斷不置若此。余故特爲表而書之。蕘夫又記。

新歲札來，弟因不在家，小孫作復，未及縷陳。兹有便舟抵虞，因再修復一切。蒙諭欲歸宋本《荀子》，弟之所以未即允者，一則插架更無别種舊本，二則拙跋中已詳敘得書之由，未免據事直書，故爾遲滯。至於價之先後不侔，又在視書爲何如耳。當初尊處議直或本知不全，弟則重年世之好，未便還價，故以四數奉易。得後始知中有缺卷，更無別言，惟以元本抽補，并加裝潢，又多所費。此時自須議價，繼思年世之好依然而必斷斷於此，反近市儈之所爲。然此時爲長孫習業開設書籍鋪，則舉家之書皆鋪中物也。鋪中以市道待人，何妨議價乎？且計較多寡矣。無已，擬直拾洋，合緡錢每册一六，不爲多也。特送上，即希付價與來人。來人係船户，任姓，是老主顧，與之不妨也。實緣今日乃掛牌吉日，取生意興隆，得此十金，是佳讖也。敢以實情奉告，諒允行矣。外附去元版《通考》一函，實直六洋，留則給直，否則還書可也。《吕衡州集》一時檢不出來，容緩日帶來一認，諸本中不知何本爲舊所歸也。上芙川大兄，丕烈啓。

廿日後志書可得，再送來。十七日，蕘翁日。

996 荀子二十卷 校宋本

《讀書敏求記》載《荀子》有二本，一爲吕夏卿本，一爲錢佃本。此即錢佃本也。先是，予得吕本宋刻，後又得此錢本宋刻，可云雙璧矣。然吕本外間有影鈔本，又有覆本，若錢本知之者鮮，予故樂爲之校出也。錢本載《書録解題》，尤爲宋人所重。他日儻有翻刻《荀子》者，當以此本爲秘而傳之矣。壬申夏四月二十日，復翁識。

697 説苑二十卷 校宋本

舊本《新序》《説苑》卷首開列「陽朔鴻嘉　年　月具官臣劉向上」一行，此古人修書經進之體式。今本先將此行削去，即此已見其謬，無論其他矣。余家舊藏《新序》宋刻，與時本迥異，惟《説苑》僅據顧抱沖藏宋本，係咸淳乙丑九月重刊本，而錢述古校本即據此本，特錢校時猶未失去八卷至十三卷耳。其佳處如卷四《立節》篇有「尾生殺身以成其信」一句，卷六《復恩》篇多「木門子高」一條，固已佳絶。近得揚州賈人宋刻本，更勝於前所見者。佳處不可殫述，余已校勘一過。適訪海寧陳君仲魚於石泉古舍，告以新得《説苑》宋本，其直頗昂，擬爲將伯之呼。仲魚聞之欣然，以爲余有校本，乞代勘之。勘畢，因誌數語，卷中墨筆皆是也。丁卯秋，復翁。

此卷中「非桃李也」一句與《御覽》合，咸淳間宋本無之，惟廿二行廿字本始有，可云佳絶。復翁。在卷六末頁後。

宋刻廿二行行廿字本校，復翁。在卷十後。

698 東家子十二卷 舊鈔本

余性喜讀未見書，故以是名其齋，而遇古書有未經見者，必購之爲齋中藏而後快。此《東家子》亦不數覯之書也。洪武間著書名子者，郁離、龍門兩子外，諸藏書家無他。此《東家子》爲孫作大雅著，見於黄俞邰《補明史藝文志》，云十二卷，與宋潛溪所撰《序傳》合。頃得諸坊間新自故家來者，内有殘缺，余仍購之者，勝於并此殘缺而無之也。就其所存而已遭剜改者，有所謂《教言》、《玄言》、□□、《致言》、《政言》、《則言》、《郛言》、《家言》等篇及《能書後録》一篇，此舊名之存可考見者。至於卷第數目，太半剜改，不可辨矣。鄙意以其所言各種排比其先後，付裝而定其篇第。篇第：《教言》，言天道也；一。《政言》，言人道也；二。案：下文「立天之道」云云，此言天之道，下當有地之道，而此時缺矣，故即以言人道爲二。《玄言》，立天之道□。《□言》，立地之道；三。《則言》，言立人之道也，四。《家言》，言盡己之性也；五。《郛言》，言盡人之性也；六。《致言》，言盡物之性也。七。以《能書後録》終焉。則十二篇之原第有三分之二矣。安得蒐訪原書，一覩廬山真面目乎？著書傳後，僅在明初已殘缺失次如是，是可慨也夫，是可慨也夫。嘉慶庚辰十月三日坐雨翦燭，復翁書。

余初得此書，豔稱於友朋之前，時潘功甫中翰欲借觀，有詩代柬，余以裝未成覆之，亦作一詩答之。功甫詩置紙堆中,揀獲未得,而余詩亦在約略間,蓋余作詩隨口亂道,不存稿,即記憶不清也。茲裝成追録於卷尾。

明初劉宋外,一子號東家。幸視奇文草,驚開老眼花。地天資藴釀,人物顯光華。莫謂叢殘甚,儲藏等聚沙。　庚辰小除夕,書於百宋一廛之北窗,復翁。

699 魏武帝注孫子三卷吴子二卷司馬法三卷　平津館刻本

昔者,我友顧抱沖訪書華陽橋,顧氏購得宋板《孫吴司馬法》,余絶愛之,欲假歸而影寫之,未暇也。近孫淵如觀察過蘇,與抱沖從弟澗蘋談及是書,思以付梓。適余家命工翻雕影宋本《國語》畢,澗蘋即影摹一本,就蕘圃中開雕。工畢,澗蘋承淵如意,轉取贈余。余願大慰,不啻獲一宋本矣。本書纖悉無二樣,所補序及缺葉,澗蘋俱已注明。惟每葉板心刻字大小數,爲向時宋本所無,茲取易於查核,且亦古款,非妄改面目也。庚申四月八日,黄丕烈。

700 孫子注解十三卷遺説一卷　貞節堂鈔本

凡書必取舊本,未經校改也。如《孫子注解》有《遺説》者,此道藏本也。道藏本雖已爲孫淵如觀察刻過，然皆校改，非道藏原本也。五硯舊有道藏本各種書，此本必從之抄出。主人愛博，故道藏本[一]外兼收明刻本，又好古，故雖有新刻，仍留舊本也。惜物是人非，余從[二]主人故後料理遺編，檢此代爲校閱，因知明刻不如道藏之善[三]。昔有人鈔之，今有人校之，他有人讀之，其亦鑒鈔者、校者之苦心乎。壬申仲冬十有二日校畢記，知非子識。

近孫淵如觀察刻《孫子十家注》，謂出於道藏本，後有鄭友賢《遺説》一卷，則此鈔當亦本於道藏也。孫又云大興朱氏有明人刻本，當即黄邦彦本矣，止十三卷，名曰《孫子集注》。五硯既有鈔，復有刻，因以刻參鈔本，而爲之手校一過。壬申冬仲始畢，復翁。

【校勘記】

〔一〕自「各種書」至「道藏本」十八字原脱，據臺北圖書館藏原書黄丕烈手跋補。

〔二〕從　原作「以」，據黄丕烈手跋改。

〔三〕不如道藏之善　「善」下原有「者」字，據黄丕烈手跋删。

701 刑統賦解二卷刑統賦二卷 士禮居寫刻樣本

案《刑統賦》本八韻，今此本缺後一韻。□刻本題識如此，實空格也。又案，明洪武中，江西泰和蕭岐字尚仁嘗取《刑統八韻賦》，引刻本誤「引」作「行」。律令爲之解，合爲一集。謂「天下理本一，出乎道必入乎刑。吾合二書，使觀者有所省也」云云。横雲山人《明史》爲蕭立傳，今此書失傳。□□案，刻本作「乾隆」。丁巳岐昌刻本「岐昌」上多一「查」字。續志於得樹樓。案□案，刻本作「此」。原書於序之上方，今録於此。蕘夫。

丁祖蔭案：此跋已見刻本《蕘圃藏書題識》，較此缺三字，誤一字，多一字，故並録之。

「故屏服食論以鬬殺」條止　沈氏疏脱傳文此條起至「私造」前一條止。

「可以殺傷孰謂扼喉之輕毆」條止　案，沈疏已下脱「已囚」條，對句又脱四條，及「可以」條出句〔一〕，今補於後。

「已囚」句後脱文今據補：「囚走而殺則杖等空手」「妄認或依於錯認」「公取豈殊於竊取」「失器物者方辯於官私」「貸市易者始分〔二〕於監守」「使之迷繆固宜加藥之從强」

「親故乞索不論於挾勢」條止　案：查藥師云，賦本八韻，脱第八韻，兹以沈氏《刑統疏》證之，所脱乃七韻中「雖戲雖失」對句起至八韻「親故乞索」出句也。蕘夫。

非毆非傷而有同毆傷　度關三等自首而獲免者冒度　贓罪六色共犯而合併者盜贓　他捕或同於自捕　因亡有異於徒亡　文無失減者必依減三等之法　罪有强加者不

准加二等之强　誤殺私馬牛者法止無罪　故傷親畜產者價亦不償　見役在官脱户只用
於漏口　特赦免死殺人須至於移鄉　案：此七韻中脱文。

第八韻：大哉罪有累加不累加　贓有併計不併計　公坐爲私者官當同公坐之法
謀殺從故者首罪依謀殺之制　小功大功尊又加等　聽贖收贖語無別異　傷重加凡鬬者
非止内損　出降依本服者兼明外繼　士庶饋與猶坐於去官　案：此是八韻脱文。

此書載《讀書敏求記》，云：「《刑統賦》藏本有二：一是延祐丙辰刻本，東原郄氏韻釋，趙孟頫序；一是至正壬辰鈔本，鄒人孟奎解，沈維時序。」蓋此鈔即從元本出也。然趙序但云郄韻釋，而王亮之增注不詳，似又一本矣。《記》又云「後有李方中韻釋《刑統續賦》」，乃楊淵著，當在傅霖後矣。《述古目》三書亦載之，也是園固盡有之矣，何今日不一見邪？古書之湮没可知已。蕘夫。

查氏藏本已歸常熟張月霄，余得沈氏《刑統疏》，復向張處借歸，鈔此副本。賦文此本脱者，賴沈疏本足之。竊思《唐律疏義》及《洗冤録》元本俱經孫伯淵刻以行世，此傅氏《刑統賦》亦古書也，談法家典實者可不一寓目乎？思刻此《賦》，輔孫書以行，未始非美事也。會〔三〕工人寫樣，誌數語以記緣起云。道光壬午中春望後一日，蕘夫。

傅霖《刑統賦》，余向蓄鈔本有查藥師跋，云此脱第八韻，其全書未經披覽也。頃得元人鈔本沈仲緯《刑統賦疏》所載傅賦，取查本對勘，知四韻中有脱文，即七韻中尾、八韻中首皆有脱文，賴沈疏本足之，真幸事也。遂合《刑統賦解》、《刑統賦疏》兩本引傅賦者録出之，蓋自是而傅賦可卒讀矣。道光紀元辛巳四月二十五日，蕘夫。

此鈔本《刑統賦解》二册，分上、下卷。舊爲古林曹氏所藏，而查氏得樹樓得之，故前有初白及藥師二跋。余從海鹽張氏購來，己卯夏錢唐何夢華介歸海虞張月霄處。頃得元人沈仲緯〔四〕《疏》，復從月霄借歸，録此副本，兩處幸湊全傅賦，抑異哉。

【校勘記】

〔一〕出句　「出」下原有「是」字，據黄丕烈按語手蹟(《續修四庫全書》影印收録原書)删。

〔二〕分　原作「非」，據黄丕烈按語手蹟改。

〔三〕會　原作「令」，據黄丕烈按語手蹟改。

〔四〕沈仲緯　「緯」原作「律」，據黄丕烈按語手蹟改。

702 廣成先生玉函經一卷　宋刻本

《廣成先生玉函經》一册，錢唐何氏夢華館藏書也。先是，己巳春余游武林，訪其主人，主人因出古書相質證，此其一也。極稱其本之秘、其刻之舊，而斷斷乎其不輕與人，余亦以醫家書姑置之。越歲乙亥，夢華欲得余監本《附釋音毛詩注疏》，酬價不足，以古書相補，此書與焉。蓋主人視此直不貲也。余檢各家藏書目，罕載是書，惟《敏求記》載杜光庭《了證歌》一卷，云：「光庭謹傍《難經》，各推《了證歌》爲之，以決生死。宋高氏爲之注，東越伍捷又爲之補注。其於脈理可謂研奥義於精微者矣。」今此書總名《玉函經》，有序，序後標「生死歌訣上中下統一卷」，似非《了證歌》矣。且列名二行，後一行云「盱江水月黎民壽名下紙損失〔一〕編及注」字樣，又非遵王所謂高氏與伍捷矣。然案序云「謹傍《難經》，略依決證，迺成生死歌訣一門」，又與遵王「謹傍《難經》」云云不甚大異，當即一書也。黎民壽亦係宋人，注中有引王德膚《易簡方》云者，蓋指宋人王碩也。是書之藏，在明嘉靖時，曾在吾郡，卷中有「沈辨之氏」印記也。沈名與文，字辨之，號姑餘山人，又號野竹居士，家有野竹齋，住郡之杉瀆橋。一書之傳，由蘇而杭，又由杭而蘇，遷徙靡常，幸有人以儲之，斯可歷久不滅，余故樂得而重裝。時丙子三月上巳日，廿止醒人手記。

大隆案：繆輯本誤脱三百三十七字，今據《鐵琴銅劍樓宋元書影》補。

【校勘記】

〔一〕名下紙損失　此五字原誤作正文，今據文意改作注文，以小字排。

703 醫説十卷 宋刻本

余向觀書華陽顧氏，見有殘宋本《醫説》，曾借歸手校一過。彼時周丈香嚴有覆宋本，復借余校本傳録一本，蓋悉照余所校也。去冬顧氏原本歸余，中多缺失，板心有莫辨處。又從香嚴借傳校本勘之，知余校本之多譌謬而香嚴承之也。謹就宋刻存者一字一句細校之，方可謝余前此謬誤之過，而益信書之不可不藏宋本也。此時覆本不多見，故用以校宋者乃明刻本。明刻本亦有二，而用爲校宋者，取明刻之差勝者，然中多謬誤，校時不及檢點，故承之也。此書則一字一句但存宋刻，其鈔補之處皆不可信。即有覆本，得原本校之已不可信，況明刻之不佳者乎？萬一再有全宋刻出，始可補此殘缺耳。不則此殘宋刻本不已爲希世寶物耶。余故樂得而收之，又樂得而裝潢之。丙子仲春二十有九日，復翁。

大隆案：繆輯本誤脱七十六字，今據盋山圖書館藏本補。

704 洪氏集驗方五卷 宋刻本

余素不諳醫，而喜蓄醫書，非真好醫書也，好醫書之爲宋元舊刻者。今兹六月中，有揚州書友來，告余云有宋板《太醫集業》四册欲售，余屬其攜來，久而未至，聞已售與他姓，亦不甚惜之。因向來各家書目未載，即舊藏書家亦俱不知，或是書未必真宋板。後閱陸其清《佳趣堂書目》載是書，云文淵閣藏本，有楊南峯、鄒臣虎二跋，方悔前此不之買，而已弗可追矣。適余友陶琅軒從都中寄此宋板《洪氏集驗方》一本至，乃欣然以爲聊饜我欲，蓋此宋板醫書亦所罕有。見有「季氏圖書」，隨檢《延令宋板書目》，知即係是書。卷後八行墨蹟，季氏云鮮于樞詩跋，諒必有本而云，然「百世行之」已下定有脱文，想滄葦收藏時必未遺失[一]，故知之詳也。至於板刻年月，載之甚詳，宋刻固無疑義。而余舊藏《傷寒要旨》與此同出一手，黄憲、毛用刻工姓名可考，而證刊刻之地同是姑孰，刊刻之時同是乾道，惟辛卯差後庚寅一年[二]爾。二書之分不知幾時，二書之合又在一地，豈非奇之又奇耶。餘言詳彼書跋語中，兹特誌得書之由，并誌余所以考證是書者如此。甲子十一月，蕘翁黄丕烈識。

頃在揚州郡齋借到《太醫集業》，尋覽之餘，見板口有「三因」字，遂取《三因極一病證方論》互勘，知即割裂其殘本爲之耳。《太醫集業》者，第二卷之一條，並非别有此書也。《佳趣堂書目》所云誤。歸晤蕘翁，出示是跋，舉以語之，屬記於後。他年儻仍收得，必拊掌一笑。嘉慶乙丑八月，澗蘋顧廣圻書。

【校勘記】

〔一〕必未遺失　「必未」原誤倒，據國家圖書館藏宋乾道六年姑孰郡齋刻本《洪氏集驗方》五卷黄丕烈跋乙正。《蕘圃刻書題識》不誤。

〔二〕差後庚寅一年　「庚寅」原缺，據前揭黄丕烈跋補。《蕘圃刻書題識》不缺。

705　楊仁齋直指方論十三卷　舊鈔本

郡中有外科醫生高某，家多秘本醫學書，相傳有鈔本〔一〕《仁齋直指》，外間皆未之見。及去歲某故，所遺少妾幼子家中書半皆散佚，而此書亦出，余得寓目。因徧檢藏書家目，皆云《仁齋直指方論附遺》二十六卷，與此十三卷不合。雖曰明人附遺，其二十六卷與十三卷所以異同之故，未經剖析，故目録家但知有二十六卷，曾不知有十三卷也。及十三卷之書出，而人反疑其卷帙之少，未敢信爲善本，不之重也。今兹歲初，偶於坊間獲明刻本二十六卷者，乃又追蹤十三卷之鈔本，始悉改十三卷爲二十六卷者出於明人，其目録之大小字，或照原，或更改，盡出臆斷，而本書面目盡失。因歎目録之學爲甚難，苟非博聞廣見，難以置喙，書必原本方爲可貴也。余既收得刻本矣，不得不復置鈔本之原書爲如此。丙子二月廿有四日，坐雨百宋一廛中書，廿止醒人識。

【校勘記】

〔一〕鈔本　原脱，據臺北圖書館藏原書黄丕烈跋墨蹟補。

706 銅壺漏箭制度準齋新製几漏圖式各一卷 影宋鈔本

附録經籍考一則

刻漏圖一卷

晁氏曰：「皇朝燕肅撰。肅有巧思，上《蓮花漏法》。嘗知潼州，有石刻存焉。洛陽宋君者，增損肅之法，爲此圖。」仲冬二十有八日，蕘夫記。

大隆案：繆輯本誤脱，今據鐵琴銅劍樓藏本補。

707 大定新編四卷 明刻本

《大定新編》四卷，《大定新編便覽》二卷，《大定續編纂要》一卷，詳載於《讀書敏求記》中，蓋六壬書也。《汲古閣秘本書目》亦載此三書，而其下注云「棉紙舊鈔」，則刻本罕覯矣。郡中故家有《大定新編》四卷，始見其目，後讀其書，雖語言文字全然未曉，而奇書得未曾有，遂手之不置。問其直，索三十餅金〔一〕，余畏而卻退，置弗問焉〔二〕。久之，無過而問者,余許以四餅金,物主允易,而欲余贈以家刻書,其議始成。成議之日,癸酉中秋也。越日秋暑,甚潮濕,吴諺所謂「木犀蒸」,此其是也。復翁識。

【校勘記】

〔一〕三十餅金　「三十」原作「二十」,據國家圖書館藏原書黄丕烈手跋改。

〔二〕置弗問焉　「問焉」原倒,據黄丕烈手跋乙。

708 梅花喜神譜二卷 宋刻本

雨窗岑寂,書前跋畢,因用《雪巖吟草》中《瓶梅》、《問梅》二詩韻作二絶句,以補跋語所未備云。

王府遺編費護持,此書爲王府中散出,其籤題尚是王爺筆。重搜故紙付裝池。裝工有宋紙條,今取之以副四圍。書林佳話傳聞得,尚説長安擔米時。此書原由五柳居歸於王府,贈以京米十挑,魚肉一車云。

神物無端去又來,百窗樓畔卷重開。書爲文氏舊藏,百窗樓在高師巷,與余居相近。更奇雕板年辛酉,喜得相逢笑滿腮。此爲景定辛酉重雕本,與余收藏之歲適合。黄丕烈草。

是譜之副本有二,皆余姻袁壽階從此影鈔者,一贈浙江阮雲臺中丞,一藏五硯樓。壽階作古，余向其孤取付雲間古倪園沈氏翻行，非特慶是譜之流傳，且壽階手迹亦藉以不朽也。癸酉歲初三日，知非子黄丕烈識。

大隆案：繆輯本誤脱，今據新印本補。

709 忘憂清樂集不分卷 宋刻殘本

余向收得鈔本《讀書敏求記》，較刻本增多數條，如「藝術」門《李逸民棊譜》二卷、宋伯仁《梅花喜神譜》二卷，不特世所罕見，即藏書家鮮有著録者。去春客都門，收得宋伯仁《梅花喜神譜》二卷，雖未必是述古舊物，然與遵王所云「刻此譜於景定辛酉」者適合，不啻獲一珍珠船也。居平結想古籍，往往得隴望蜀，嘗謂同人曰：「二譜今見其一，未知《棊譜》一書尚在人間否？」今秋七月四日，華陽橋顧氏約觀所藏書。顧氏即余向年所搜訪者也，自謂試飲堂中，余與亡友抱沖已拔其尤，即有殘鱗片甲，未必秘笈驚人。迨往觀之，而檢存者大半爲舊刻名鈔，真令人目眩心悸。内有《棊經》一册，始猶以爲宋槧本《棊譜》不盡出於遵王所藏，豈知細案全書，所謂「前御書院棊待詔賜緋李逸民重編」者，即是此書，余何幸而翰墨因緣竟若是之見所欲見乎！奈主人未許交易，因借讀，告之故，主人知余爲書魔，而卒許之。書雖藝術，而余所遇之奇與巧〔一〕無過於是者，遂命工重裝而爲之跋。

余以爲遵王所題「《李逸民棊譜》二卷」，實有二誤：論其書名之誤一，證諸古；論其卷數之誤一，驗諸今。馬貴與《通考》云：「《忘憂清樂集》一卷，陳氏曰〔二〕棊待詔李逸民撰集。」今此書有徽宗御製詩，首句云：「忘憂清樂在枰棊。」其下云：「前御書院棊待詔賜緋李逸民重編。」則李逸民撰集之《忘憂清樂集》疑即此矣。至於卷數，今雖不全，然其間有云上者、中者、下者，則此書爲一卷，分上、中、下，其非二卷可知矣。蓋遵王所藏非即此本，《記》云：「宋太宗作《變棊三勢》，使内侍裴愈持示館閣學士，並莫能曉。其一曰『獨飛天鵝勢』，其二曰『對面千里勢』，其三曰『大海取明珠勢』。今其圖不知尚存人間否。」此三勢者，錢本無之，而此本已有其二，是所獲勝於遵王矣。其餘孫策詔吕範、晉武帝〔三〕詔王武子、唐明皇詔鄭觀音弈棊三局，悉與之合。古棊圖以平、上、去、入分四隅爲記，遵王記於弈棊三局後，而此本反列於前，且此葉記數云「下一」，是在後矣。因以錢《記》序次排之，移置下卷之首，此誤之當正者也。每卷每葉細數稍有缺失，庸妄人悉以墨蓋其小號，今皆一一考核，略得形似，未敢紛更，仍循其舊可爾。予不解弈而性好觀棊，遵王所好與余不同。得之意蕊舒放，欣喜竟日，遵王所喜與余卻合。他日作《三續得書圖》，當取老杜詩句以名之曰「清簟疏簾」。比諸日長剥啄展閲此譜者，其樂不更無窮耶？嘉慶壬戌中秋前一日，讀未見書齋主人黄丕烈識。

【校勘記】

〔一〕 奇與巧 「與」原作「且」，據國家圖書館藏宋刻本《忘憂清樂集》一卷黄丕烈跋改。

〔二〕 陳氏曰 「曰」原作「云」，據前揭書黄丕烈跋改。

〔三〕 晉武帝 「帝」原作「子」，據前揭書黄丕烈跋改。

710 西溪叢語二卷 校本

此余手校三本之《西溪叢語》也。始因於友人處見錢遵王手校舊鈔本，欲臨之，苦無《津逮》中刻本。後晤張訒庵，知有鴸鳴館刻本，而并爲吴枚庵手校者。遂借兩家本勘之，知錢校之鈔本即從鴸鳴館刻本出，而行款不盡同，其所校則别一本，不言所自出。而以吴校證之，知亦出鈔本也。余謂書經校勘，已失真面目，故先以鴸鳴館刻校之，再以錢校覆之，三以吴校參之，可謂精審矣。復翁記。甲戌五月十有九日，時梅雨無一點，栽秧不活，漸成亢旱矣。奈何奈何。

711 緯略四卷 明唐子言手寫殘本

余友嚴豹人向住縣橋巷，家多藏書，曾見其收得唐詩手録《緯略》一册，心甚羨之。後遷居甫里，豹人亦故，所藏書往往散佚。余屬書友之素與稔者，訪求是書，久無以應，時越二十餘年矣。昨歲歲除，書友始以是書來，因無閒錢，未獲置之。及兹中春二日，仍與交易，積年之思一旦而慰，可謂快事。書止四卷，較原書少三分之二，然題識俱全，必所據本如是。且卷首有錢遵王圖記，考諸《述古堂書目》云「高似孫《緯略》四卷」，所藏止此，此未可以不全少之。大概名人翰墨以真蹟爲貴，抱殘守缺，吾何憾焉。道光壬午仲春三日，蕘夫。

唐詩字子言，號石東居士，其見於圖記及題識者如是。余向曾得其手録唐詩兩家，字跡稍瘦，結體亦若是。相傳爲文徵明弟子。及得此，持示同人中善書者審之，其近文家宗派信然。因考《書畫譜》有張詩，無唐詩，張亦字子言，所據爲《列朝詩集》，恐有傳譌。復見原書，張詩外果有唐詩，附見於王山人懋明、姚山人咨後，云「詩字子言，無錫人，游於王、姚之間」，則文門弟子之説信邪，否邪？又《明詩綜》云有《石東山房集》，與自稱石東居士合。惟此書摹姚潛坤手録家藏本書之，不知潛坤爲何人，以游於王、姚之間推之，疑即舜咨其人，惜無確證，不敢武斷。蓋舜咨多手録本，皆善者，似或可信云。蕘夫。

郡中有故家以茂才而〔一〕開張書籍鋪，鋪中皆發兑書籍，名山淵堂。主人吴姓，號有堂，亦喜收舊物。向聞其得柱國坊王氏書，中有舊鈔《緯略》，秘不示人。近因予有滂喜園之設，遂相往來，并許通假書籍。先是，向予借《蔡中郎集》校本，故予亦從之借所謂舊鈔《緯略》。及借觀，始知渠所收亦四卷本也。行款相同，鈔手較後，上有「古香樓汪氏印」，蓋出近來數十年間人家藏。惜墨敝紙渝，葉葉板口斷爛，無可觸手。有堂屬予讎勘，予未敢也，因即還之。雖未知其有所歧異與否，而四卷之爲古本無疑。爰記其所見於此，以實向之所聞，而四卷之非無故云然，可想見矣。道光乙酉中春月二十有二日，老蕘識於見復居。

案，《列朝詩集》云：「時以子潛、僅初、舜咨及施子羽爲錫山四友。」蓋子潛爲華學士，有詩贈僅初。僅初者，懋明也。懋明與舜咨俱客於學士。若施子羽，無所表見。蕘夫附記。

余家藏姚舜咨手録本甚多，長孫秉剛因遍檢之，於《清異録》上得潛坤一長方疊字印，下又有「茶夢散人」一方印，始知此即舜咨也。同日記，越前跋已七日矣。

【校勘記】

〔一〕而　原作「向」，據國家圖書館藏明抄本《緯略》黄丕烈手跋改。

712 丞相魏公譚訓十卷 舊鈔本

蘇魏公《譚訓》,余曾借壽松堂蔣氏手校一過,因余藏鈔本甚工整,不復校改。本書用別紙校録,近始命三孫美鎬繕清付裝,附於書尾。初,余校是書,時届歲莫,匆促即還。越年餘,而手書之字,自己且有不識者。因復借之,辨證前校模糊之字。而長孫美鏐適因查點書籍,尋出舊藏鈔本,請覆校宋本,此即美鏐所校之本也。一切宋本面目,纖悉畢具,并有余前校漏落之處,復用別紙仍書於前校本後,謂之覆校。是書今可謂精審矣。昔魏公嘉言懿行待長孫象先編纂而傳,今余半生歷鹿無可表見於後,惟此幾本破書手爲讎校,以爲生平嗜好所在,長孫美鏐亦仰承先志,喜事丹鉛,余亦頗自喜繼起之有人也。爰書此以策勵之。庚辰[一]冬,復翁。

【校勘記】

〔一〕 庚辰　原作「兼午」,據臺北圖書館藏鈔本《丞相魏公譚訓》黄丕烈手跋改。

713 困學紀聞二十卷 校元本

蕘圃出元板屬校此本,因粗閱一過,遇有同異,辰考弘治、厲曆時兩刻本,以審其得失，就所知者略識一二於上方。有「弘治、萬曆本俱已□□本若璩案初刊本作某」云云，獨與元板合者，是閻氏亦曾見過元板。惜乎其勝處未能盡□□□□□。方米夏文熹記。

元本《困學紀聞》始見諸顧桐井家，因卷帙□全，剜去「困學」二字，改曰「王氏紀聞」，且已移其卷第，故置之。既得一本於顧聽玉處，板刻正同，首尾完善，藏諸篋中久矣。今倩方米校此，元本佳處悉見，此後讀者庶不致以弘治本爲元本爾。同日書於聯吟西館。黄丕烈。

714 庶齋老學叢談三卷 舊鈔本

此五硯樓所藏本也，余以錢允治手鈔本校如右。凡書非舊刻最先之本，必得參校，方得其是處，以傳録不無誤也。此本稍遜錢鈔本，然亦有一二佳字，賴正錢鈔之誤。手校余本，復校此，俾此益臻美備云。庚午仲冬，復翁。

715 卧遊録一卷 明刻本

陽山顧氏刻。《卧遊録》一卷〔一〕，戊寅秋以宋人鈔本校。在封面。

太史東萊先生晚歲卧家，深居一室，若與世相忘。而其周覽山川、收拾〔二〕人物之意未能已也，因有感於宗少文卧遊之語，每遇昔人記載人境之勝，輒命門人隨手筆之，而目之曰《卧遊録》，非直以爲怡神玩志之具而已。嘗遺益國周公書曰：「近書新銜，時初授亳州明道宫[三]。譙沛真源恍然在目。若更十年不死，則嵩之崇福[四]、兖之太極、華之雲臺，皆可卧遊也。」觀此，則先生故國之念未嘗一日去心，卧遊之意抑又深遠矣[五]。此書未成編，而已迫夢奠。後二十餘年，先生之從子喬年既取「卧遊」二字扁先生燕寢之堂，復以是編屬東陽郭君書之，且屬深源識其顛末。深源曩侍大愚先生，見先生之愛玩是書[六]，近因請刻之祠中，以惠同志。觀者儻自得之[七]，庶幾遺意之尚可追乎。嘉定九年二月望日，學子王深源謹書。

二頁	十七行	疑傑	疑隟
三	十一	阮籍	阮藉
四	十	乃王	力王
	十二	陸機	陸璣
五	十四	登	登
六	一	登	登
九	十一	皷	鼓

九　十二　院　院

十一　六　悉如　恚如

十四末頁　六　頴　頴

六　「翟必」下脱「爲之」

大隆案：繆輯本誤脱，今據墨蹟補。

【校勘記】

〔一〕卧遊録　「卧遊」二字原誤倒，據臺北圖書館藏此書原本封面乙正。

〔二〕收拾　「收」字原僅書右部，此書原本書前黄丕烈手録王源深序文同，蓋黄氏所見王序殘缺。按，王源深此序今可考見於《説郛》卷七十四下「東萊集」條下，字作「收」，據補。

〔三〕明道宫　「宫」，原作「官」，據臺北圖書館藏原書黄丕烈手跋改。

〔四〕嵩之崇福　「嵩」下原有「州」字，據前揭黄丕烈跋删。「福」字原僅書左旁，據《説郛》卷七十四下「東萊集」條補。

〔五〕卧遊之意抑又深遠矣　「抑」，原作空圍，前揭黄丕烈跋同，蓋黄氏所見王序殘損。按，《説郛》卷七十四下「東萊集」條作「抑」字，據補。

〔六〕見先生之愛玩是書　「先」，原脱，據《説郛》卷七十四下「東萊集」條補。

〔七〕　觀者儻自得之　「儻」，原作空圍，前揭黄丕烈跋同，蓋黄氏所見王序殘損。按，《説郛》卷七十四下「東萊集」條作「儻」字，據補。

716 雞窗叢話一卷　舊鈔本

憶三四年前，嘉禾友人金轡庭有札致余，云：「近見一古銅器，其質方而上鐫韓文四句：《易》奇而法，《詩》正而葩，《春秋》謹嚴，《左氏》浮夸。此器不知何用，疑是書鎮之類。」其所以問余者，知余藏有韓文古本，欲考此四語之先後互異耳。余所藏皆殘宋本，因轉求諸藏有世綵堂本者核之，亦與覆本同，而究不知此四語之何以專刻之古銅上也。越歲己卯夏，禾中張叔未解元來訪余，出古銅器相質證，即轡庭所云，而今始得見之。其字爲陽文反形，鏤刻高聳，刀法堅勁，但知其爲古物，而莫得其名也。既而晤平望翁海村，云此見《雞窗叢話》，名曰「書範」，已將原委寓書叔未矣。遂從海村借得録副，以資流覽云。卷中細注「平案」者，蓋海村名廣平，故云然。　蕘翁記。

古來説部之書盛行於世者，蓋實有裨於學問，即一二瑣屑語，無不足以廣見聞。如卷中載《四時讀書樂》詩，謂非朱文公作而爲翁森作。此條即有據之以邀特識之知者，是可見書無一部不有益於人也。但人精力有限，安得過目不忘，一一記之於心邪？吾觀此書并近日因此獲功名事，不覺慨然。蕘翁又記。乙酉春三月十二日。

翁海村名廣平，生平喜搜羅海外諸國書，曾有《吾妻鏡補》之輯。余收得舊本《論語何晏集解》，知爲日本書，向以爲高麗書者，誤也。爲余考核正平年號一事甚詳，附誌其大略於此。三月望前一日，蕘翁又識。

717 事物紀原事類二十卷 明刻本

此爲童蒙誦習之書，自廢學健忘，開卷沾溉良多，慎毋好言博涉略爲不足觀也。寶硯居士巖記。

己未七月，偶得舊鈔本，用黄筆再參校一過。時館洞涇草堂之竹窗。寶研記。

雍正癸丑新秋，丐小山先生手校宋本勘對一過，宋槧譌舛亦多，玉峯傳是樓藏書也。今在皐橋王氏樂天書屋。中元後一日校畢，寶研居士。

寶研所云宋槧在皐橋王氏樂天書屋，今不知在何處。其所云舊鈔，又未知爲何本。今秋得一明正統甲子南平趙弼本，取對兹本，黄筆悉合，當即舊鈔所自出也。然趙刊多所删訂，見諸李果之序，未必若宋槧之可信。頃又見一宋槧，較所校本多「重修」字樣，其大段不殊，而詞句多誤字，葢書經重修自不能無誤，雖宋槧已如是矣。書此以見舊本難於購獲,苟非多見,不可執一而論也。嘉慶乙丑冬十一月,蕘翁黄丕烈識。

718 姬侍類偶一卷 校明鈔本

此《姬侍類偶》舊鈔本,前後有缺失,補全,卷端有「璜川吴氏收藏圖書」,則鈔補尚新矣。頃坊友攜一故家書籍求售,余檢得此種。蓋書雖無甚要緊,猶是宋人序以流傳之本,且鈔手〔一〕頗舊,校字亦精,特留之。因憶《古歡堂書目》中有此書,即遣奴借之歸,果有之,并係古歡主人手録本,云是江雨來本。因輟一日力,悉校其異於此,兩本互有得失,參觀之可也。惟此本較古歡本多兩聯:一、成君擊磬,屈庭吹簫。一、法嬰歌曲,飛瓊鼓簧。有此方合序所云「一百七十有六句」,未知古歡本何以脱失若此邪。古歡本有案語及夾注,當是主人録時寫入,兹校附存,聯以備考云爾。蕘夫。

右書《浙江遺書目録》作二卷,有嘉定間自序,今本合爲一卷,而自序亦無之。守忠爵里莫考,後人亦無引用之者。乾隆丙申夏日,草録江雨來本,嘉慶丙寅六月謄清。中多譌脱,尚俟校正。吴翌鳳記。

此古歡堂主人手録畢而記之書尾者也。主人殁已一年餘矣,昨過其齋,見插架依然,令子晉齋手謄目録示予,適書友攜《姬侍類偶》來,因丐得臨校。枚翁雖逝,通假之誼後人猶能守之也。校畢并記，道光元年辛巳二月二十三日書於百宋一廛之北窗。

【校勘記】

〔一〕 鈔手 「手」原作「本」，據臺北圖書館藏此書原本黄丕烈手跋改。

719 明皇十七事一卷 青芝山堂鈔本

此《明皇十七事》一書，余未前見，今從蕘翁處借得青芝山堂鈔本，始讀一過。山堂主人張氏名位，義門之徒。其子德榮字充之，猶及與嘉定錢少詹事偕爲諸生，偕肄業紫陽書院。迨少詹事歸田來主院事，仍在試場，未脱弟子籍也。父子相繼專力讎書，不及百年，遺帙散盡，身名翳如，雖同里閈如余有不能追記其行事，歐公所謂「勤一世以盡心於文字間」者，不亦悲乎。嘉慶乙亥夏六月，惕甫。

《明皇十七事》一名《次柳氏舊聞》。見《顧氏文房小説》，今據顧氏本校此青芝山堂鈔本。

以下黄氏校文計三葉半有餘，兹不録。

右青芝山堂鈔書中之《明皇十七事》，以《顧氏小説》證之，即《次柳氏舊聞》也。今據顧本校如前。青芝本每葉二十行，每行二十四字。中多一條，在「肅宗爲太子時」一條後、「興慶宫上潛龍之地」一條前。又最後多一條，據張充之手跋云：「《顧元慶四十家小説》

中本多此條,今補入。」又云:「唐人小説中録十七事止此。」其校語注在「安禄山之叛也」一條下,然就青芝本核之,實不止十七事也。至於顧氏本或多後一條未可知,蓋其書本名《次柳氏舊聞》,非《明皇十七事》也。然以余目驗顧□□□之,竟無此一條,未知何故。豈顧□亦有原板、修板之别而有異耶?□亥六月四日校訖,偶記所見如是。復翁。

越日,借得張訒庵《伍氏小説》中《明皇十七事》勘之,知此鈔本敘次多與伍本同。所云最後一條據《顧氏小説》增入者,此非也,蓋即《伍氏小説》本耳。書不可不旁引曲證而得其原委者如此。

紅筆又校《伍氏小説》本。

720 續世説十卷 舊鈔本

客歲庚戌冬孟從同郡吴氏歸,得古書數十種,内有《續世説》六册,卷首題「魯國孔平仲字毅甫撰」。余初未識是書也,適邀余友錢丈景開、陶君藴輝至家,二人皆能識古書者,因爲余言是書可爲秘本,余由是珍之。後偶檢閲陳振孫《書録解題》小説家類有云「《續世説》三卷,《文獻通考》作十二卷。孔平仲毅甫撰。編唐至五代事,以續劉義慶之書也」,則其書之出自毅甫可無疑矣。惟是余所儲之書卷止有十,較諸書録已逾其七,《通考》尚缺其二,全與否俱不得而知。本朝《絳雲樓書目》僅載其名，未及其卷數。即錢遵王《讀書敏求記》亦附論於《世説新語》之後，而書名不入於雜家，皆以爲東家之曠。然乎？不然乎？乾隆辛亥且月中澣二日，吴趨黄蕘圃書。

721 唐摭言十五卷 舊鈔本

蔣凝賦：「臼頭花鈿滿面，不若徐妃半妝。」今本均作「白頭」。昔人以「臼頭」本爲貴，此尚是「臼頭」本也。蕘翁。

722 開元天寶遺事二卷 明刻本

案，支集與舊藏鈔本現經吾與山居重刊者不同，惜未校其異同。

癸酉歲除，書主來取直，竟以二兩四錢易之。明刻之貴如是。

案，每書每葉欄格外刻「陽山顧氏文房」。

大隆案：以上三條爲第一跋中附注，繆刻脱，今據墨蹟補。

顧刻四十種後亦收之，印本惜糊塗耳。己卯冬季記。

活字本於辛巳春亦出，已重爲裝池，將得之，議價未妥也。清明日，蕘夫。

開元天寶遺事卷上

建業張氏銅板印行

此書所載明皇時事最詳至

一話言一行事後夫字文間

所引〔一〕大抵出於此書者多矣

紹定戊子刊之桐江學宫山

陰陸子遹書

開元天寶遺事〔二〕卷終

周藏活字本，上下卷，首尾款識附録備考。

大隆案：以上皆繆刻所脱，今據墨蹟補。

【校勘記】

〔一〕引　原作「行」，據臺北圖書館藏明刻本《開元天寶遺事》黄丕烈手跋改。

〔二〕事　原作「書」，據黄丕烈手跋改。

723 澠水燕談録十卷 明鈔本

□寅冬，挈猶子應玉峯試，□□街買得。以下缺。

己巳六月三日，鮑丈至蘇，余往訪諸閶門，談良久，書籍源流言之甚晰，偶及是書，云天一閣所藏係十卷足本，未識□補鈔之第十卷即出天一閣否。歸□新刊《天一閣書目》，果十卷，未載□鈔，不知其本如何也。復翁記。

724 癸辛雜志前後集二卷 舊鈔本

《癸辛雜識》前後二集，與汲古閣本大略相同，但互有脱誤，當彼此讎校，方完善耳。至《續集》、《别集》再鈔成附後，更成巨觀矣。

大隆案：此跋繆輯本脱，今據墨蹟補。

725 江淮異人録一卷 校本

嘉慶乙亥，用顧秀野藏鈔本校伍氏刊本，復重臨校於此。此與《知不足齋叢書》本相同，蓋枚庵所據鮑本，非鮑以入〔二〕刻之本也。五月夏至後，復翁記。

大隆案：繆輯本誤脱，今據山東圖書館藏本補。

【校勘記】

〔一〕入　原作「文」，據山東省圖書館藏《江淮異人録》黄丕烈手跋改。

726 茅亭客話十卷 宋刻本

右《茅亭客話》十卷，爲吾家休復所著，毛氏津逮嘗刻之。舊本世不多有。客歲，友人顧千里遊杭州歸，爲余言有宋刻《茅亭客話》，係殳姓物，索直五十金，且其書不輕示人也。余亦以一笑置之。今年千里既不爲杭州之遊，余亦未與問及是書。秋初，忽以是書來，畀易白金十八兩去。卷端鈐有「顧澗薲藏書」印，知千里已藏之久矣。古書散落在他處，苟非有識者以爲收羅，幾何不消歸烏有乎？蓋是書之在杭州，千里爲余言之而余不能得，余雖不能得而千里仍爲余得之者，千里之用心亦勤，余之獲福亦隨。其書之爲人播弄耶，抑人之爲書播弄耶，吾幾不得而知之。裝成之日，略述得書原委，以見吾之愚於書孰甚焉。癸亥仲秋日，黄丕烈記。

727 幽明録不分卷 舊鈔本

嘉慶甲戌，從友人處借得錢遵王藏鈔本與《續搜神記》合裝者，識是此本所自出，因手校其異於上下方副紙。此本想遵王校改，故不盡同原本，一二雖有誤，宜校改，然此本尚有脱落未正者，當校入此本。初校不敢亂此本面目，當再覆校，以原本之勝於此本而脱誤者録入行間，庶免副紙之有時脱落爾。復翁黄丕烈。

728 法藏碎金録十卷 明居敬堂刊本

余於而立之年即喜收書，遇舊刻即收，實未知其書之有用與否也。後講宋元舊刻，以及名人手録，或精校本，遂置明刻不講，而前所收者併遺忘之矣。嘗記獲見錢遵王鈔本於友人所，爲《西溪叢語》，蓋鈔自鶴鳴館刻者。復徧訪刻本於他家，從張訒庵處借得之，而長孫秉剛謂書房中有此書，出視之，果鶴鳴館刻本，余之得於前而忘於後，可笑往往如是。頃坊友收濮院沈姓書，余檢得鈔本《法藏碎金録》，有「嘉靖」字樣，知從明本出。索番餅六金。因憶向年曾蓄鈔本，已贈潘理齋農部，遂往借對勘，而理齋復有一十卷明刊本，一併借歸校之。適兒孫輩整理書籍，於舊藏中檢出一部，與坊收沈本無二，余本乃趙府居敬堂刊,真嘉靖本也,坊本猶從刻本影鈔者耳。事之可笑亦復如是。趙本舊藏季振宜家,可見明刻之書古亦珍秘。余向年無意得之,今日有意求之,而明刻之可貴,直至歷過宋元鈔校之後,方有味乎其言之「書囊無底談未了」,山谷之言豈虛語哉。庚辰十一月二十二日,復翁。

余所贈理齋鈔本乃《法藏金液》上下卷,又係嘉靖時人摘録者。理齋所藏十卷本似從趙本覆出,而每條於次行低一格,不與趙本同,未有晁氏後人官銜,最後當有明代年號,已割去,不可辨識矣。復翁又識。

729 元叟和尚語録不分卷 元刻本

去年夏得此元刻《元叟和尚語録》一册,久欲持贈吾與庵寒石師,因置亂帙中,尋而不獲,已許之矣。頃往五峯展墓,道出支硎,順賀寒石法喜,袖此爲贈,想寒石亦相視一笑也。時嘉慶丙寅春正月十日,蕘翁黄丕烈記。

蕘圃藏書題識續録卷三

集類上

730 蔡中郎文集十卷外傳一卷 明活字本

《蔡中郎文集》，錫山蘭雪堂華堅允剛活字銅版印行者，初見於錢唐何夢華行篋中，遂假歸影鈔一部，同人中亦各有影鈔者。惜目録後碑牌剜去年號，不知其爲明代何時所刻。自後或見有藏有是集者，非舉碑牌[一]而全去之，即於印行時移去年號干支，故不知者僅據天聖年間一序視爲宋刻，往往獲大價，豈不甚可笑乎！是册年號特全，猶是活字真本，書賈居奇，易余番餅五枚而去。□□[二]與之算累年書帳，議成之後，此書方爲我有。欣然跋之，珍重愛惜之意亦幾幾乎宋版視之矣。嘉慶庚午小除前一夕[三]，時雪後繼雨，寒中復暖，窗外風聲漸響，不知能快晴否。復翁黄丕烈識。

【校勘記】

〔一〕 碑牌　國家圖書館藏明正德十年蘭雪堂銅活字本《蔡中郎文集十卷外傳一卷》黄丕烈手跋「牌」作「排」，蓋王大隆輯刊《題識續録》時以意改之。

〔二〕 據前揭書黄丕烈手跋，此處似缺損三字。

〔三〕 小除前一夕　原作「小除夕前一日」，據前揭書黄丕烈跋改。

731 嵇中散集十卷 明刻鈔補本

道光甲申正月穀日，校舊鈔，黑格棉紙，每葉十六行，行二十二字本，並無收藏印，但有硃筆校勘〔一〕。卷一首行下云「七月廿六日較，公遠」，卷十末行下云「崇禎己巳五月弟夏爲僧彌世兄較。時避暑雲東浄室，驟雨初過，北窗涼氣如秋中，啜茗兩杯〔二〕，捉筆記此」，餘無序及總目，每卷子目與此不同，未之校。其十卷文字大略相似，非吴匏庵家本。就三本核之，吴本爲甲，此爲乙，舊鈔亦乙類也。老蕘記。

此黄省曾家梓本也。近出嘉靖時，非宋元板刻可比，而希有如是。此册刻本上有楊五川圖記，則在當時已爲珍秘。且殘闕補鈔皆似影寫，視之色香俱古，始予甚珍之。□有匏庵本，而遜居乙矣。老蕘又記。

【校勘記】

〔一〕「校勘」下原有「者」字，據上海圖書館藏明刻鈔補本《嵇中散集》黄丕烈手跋删。

〔二〕啜茗兩杯　原空後三字，據黄丕烈手跋補。

732 碧雲集三卷 汲古閣毛氏鈔本

予今春送考玉峯，曾獲宋槧唐人詩集，《碧雲》其一也。適從坊間取毛刻《八唐人集》，此種尚有，對勘一過。毛刻多闕失，宋槧皆有之。毛卻未言所據何本，今又得此鈔本，知爲毛氏舊藏，鈐有「元本」印記，是所據爲元本，故與宋槧殊。而以此入刻，未載源流，使人悶悶，今始豁然。可與宋槧並藏，遂收而重裝。裝成，爲癸未秋八月十有七日，時晴霽竟日，明月猶圓，坐學耕堂之南軒書此。秋清逸士記。

此毛氏鈔本，又爲子晉手校，卷中朱筆校字、跋中墨筆增字皆其手跡也。毛氏鈔固足重，子晉校尤可珍，予特表而出之，以俟來者考焉。蕘夫又記。

丁祖蔭案：前跋所稱「跋中墨筆」云云，即刻本題識中「《李有中集》二卷，晁氏曰」至「《春月》〔一〕詩頗佳，他皆稱是」一跋，題識誤將毛跋羼入黄跋中，當削去。

【校勘記】

〔一〕春月　據《郡齋讀書志》卷四中「李有中詩二卷」條及李中原詩，「月」當作「日」。

733 張説之文集二十五卷 明鈔本

歲入己巳，諸事攖心，舉向日聚書之興[一]，委諸度外，即自問亦不知何以若是之落寞也。頃偶從胥門書坊見插架有鈔《張説之文集》一籤，取視之，乃舊鈔者，攜歸與明刻對勘，實多是正，可謂新年極得意事。或天將誘予無廢故業乎？命工重裝，俾唐人集部[二]又添一善本云。二月九日春分節後，復翁黄丕烈。

己巳二月[三]初八日校毛鈔本十卷。

【校勘記】

[一] 興　原作「樂」，據臺北圖書館藏明鈔本《張説之文集》黄丕烈手跋改。

[二] 集部　原作「文集」，據黄丕烈手跋改。

[三] 二月　原作「三月」，據黄丕烈手跋改。

734 李文公集十八卷 舊鈔本

嘉慶丙辰仲秋後三日，黄丕烈假觀。

嘉慶己卯閏四月朔，海虞女士歸樂安，席佩蘭道華氏向小琅嬛福地張氏借讀一月始還。此唐人集之不易得者，爲述古錢氏、馮二癡先生舊藏。《李文公集》，余昔藏有兩本，與後九卷同出一板，審其字畫，是明成、弘間所刻。《目録》之前無銜名一行，則知前補鈔之九卷從宋本所出。宋金華一跋想亦從真跡鈔録〔一〕者，尤爲難得之秘笈也。芙川先生幸善藏之。道光丙申九月下澣，嘉興錢天樹觀并題。

【校勘記】

〔一〕鈔録「録」字原脱，據臺北圖書館藏此書書尾錢天樹跋補。

735 賈長江詩集十卷 舊鈔本

嘉慶戊辰秋，錢唐何夢華攜雲臺中丞所藏宋刻《賈長江集》有鈔補者，借校一過。其書爲泰興季振宜藏本，後歸延令張氏三鳳堂。毛氏所鈔未必出此，故前之《墓銘》，後之《傳》皆阮本所無，而毛獨有。余又藏一舊鈔本，何義門先生跋云：「後得張氏所藏書棚本再校，止改《登樓》落句一比字耳。」今與阮本對勘，正同，是即當時何氏所云張氏藏本也。此黄筆注宋本者，都與阮本合，間有脱校，以硃筆注於下方，阮本宋刻存數附載於後。

宋刻存數：

目録第七葉，卷一第二葉至第七葉，卷二第一葉、二葉、第〔二〕四葉至第八葉，卷三第一葉至第九葉，卷四第一葉至第九葉，卷五第一葉至第九葉，卷六第一葉至第九葉，卷七第一葉至第九葉，卷八第一葉至第九葉，卷九第一葉至第四葉，卷十第三葉至第六葉上半葉〔二〕。

共七十五葉半。

【校勘記】

〔一〕第 原脱，據國家圖書館藏舊鈔本《賈長江詩集》黄丕烈手跋補。

〔二〕葉 原脱，據黄丕烈手跋補。

736 姚少監文集五卷 宋刻殘本

《水東日記》云，宋時所刻書，其匡廓中摺行上下不留黑牌〔一〕，首則刻工私記、本版字數，次書名，次卷第數目，其末則刻工姓名以及字總數，余所見當時印本如此。浦宗源家有司馬公《傳家集》，行款皆然，又潔白厚紙所印，乃知古於書籍不惟雕鐫不苟，雖摹印亦不苟也。《梅花草堂筆談》云，有傳視宋刻者，其文鉤畫如繡，手摸之若窪窿然，故出紹興守家，其先副憲藏書也。問故，將質以償路符之費，且誡售者〔二〕勿洩有是哉。

此附録四行，即陸西屏筆也。西屏善識古，書籍而外，尤多古物。余家向收大理石畫桌，亦其家舊藏，伊姪親爲余言之。此桌出墨林山堂，石背鐫此四字，并鐫云其直四十金。自余收得後，吴中豪家喜蓄大理石器具者，皆來議讓，卒以未諧而止。歲丁丑大除，晤一博聞往事之人，談及墨林，當日有數十萬金之書畫皆於此桌上展閲，故項氏甚重之，而此時光澤可鑒，蓋有無數古人精神所寄也。余雖不講書畫，而古書堆積實在此桌間，安知非此石有靈戀戀於此冷淡生活[三]耶？今而後當謹護持之，勿輕去焉，庶足以慰此古物之精靈乎。戊寅元旦，坐雪百宋一廛，復翁記。

大隆案：繆輯本誤脱，今據《鐵琴銅劍樓宋元書影》補。

【校勘記】

〔一〕黑牌　「黑」原作「墨」，據國家圖書館藏宋刻本《姚少監詩集》五卷黄丕烈録陸西屏跋改。

〔二〕誠售者　「誠」原作「戒」，據前揭書黄丕烈録陸西屏跋改。

〔三〕冷淡生活　「活」原作「涯」，據前揭書黄丕烈手跋改。

737 丁卯集二卷 宋刻本

《丁卯集》，余舊藏宋刻[一]有義門何先生跋者，已登諸《百宋一廛賦》中矣。兹本板刻正同，而印較前，故楮墨更精，且歷爲諸名家藏弆，真奇物也。余用白鏹三十金得之嘉禾人家，郡城書坊爲介焉。先是，坊友稱是書於余，因物主欲求售於貴人，未之許，今隔年餘而仍歸余，欣幸之至。卷尾有木公、松識語[二]二行，與舊藏宋刻《魚玄機集》正同。古書之合而分，分而合，若有神物護持者，安得不視爲珍寶耶？嘉慶庚午八月朔日，復翁黄丕烈識。

義門跋本後歸嘉禾金氏。復翁記，時九月五日。

是書出嘉禾汪氏，而余本後歸嘉禾金氏，若兩相易者，江浙各有一本。物之不能聚於一處有如此者。[三]

【校勘記】

〔一〕宋刻　「刻」原作「刊」，據上海圖書館藏宋刻本《丁卯集》二卷黄丕烈手跋改。下文「宋刻」同改。

〔二〕木公松識語　「木」原作「戴」，據前揭書黄丕烈手跋改。

〔三〕此兩條爲前跋眉批，據前揭書黄丕烈手跋補。

738　李羣玉詩集三卷後集五卷　影宋鈔本

宋刊《碧雲》、《羣玉》兩集，予於去春送考玉峯時得者也。云是本邑故家物，托門客開骨董肆於郝李二公祠，真贋雜出，予憑眼力偶獲焉。適[一]海虞友人張君欲丐予讓之，予因是役也，爲三孫美鎬入學招覆始得寓目，前此正考時往觀無所見，今再來重觀方遇之，攜歸日即命三兒壽鳳鐫小印曰「碧雲羣玉之居」，鈐於長牋短札，自謂得少佳趣，故未之允。既而允爲之録副，月霄欣然從予請，不惜重貲酬鈔胥。鈔畢裝成，正值月霄送其哲嗣赴府試，情事相同，今秋必獲雋游庠，《碧雲》、《羣玉》之佳兆，不有與予三孫同焉者乎？道光甲申清和中澣九日，百宋一廛主人蕘夫識。

大隆案：繆輯本誤脱，今據《適園藏書志》補。

【校勘記】

〔一〕適　原脱，據國家圖書館藏清道光四年黄氏士禮居影宋抄本《李群玉詩集》三卷《後集》五卷黄丕烈跋補。《適園藏書志》卷一〇收此跋，此字不缺，係王大隆補録時誤脱。

739 重刊校正笠澤叢書四卷補遺一卷續補遺一卷 舊鈔本

《笠澤叢書》，此鈔本藏之篋衍久矣。今春海寧吳槎客過訪縣橋，談及家有七卷附補遺一卷本，余屬其寄示。越半月，果以鈔本并合校諸本之碧筠草堂本同寄。余參閲兩本，其七卷附補遺本當是蜀本，而合校本則兼集衆長矣。朱黄燦然，幾至迷目。內有硃筆校者,係從錢唐郁陛宣東觳軒舊鈔本,余取此本勘之悉合。據槎客跋云郁本最佳,故余本未敢再用他校攙入。至郁本所自出,槎客跋又云:「昔王阮亭酷愛此書,曾得毛斧季寄本,所謂都玄敬刊本也。郁本后王益祥跋已缺七十餘字,省其篇章次第,似據都本傳録者。惜不見都南濠跋耳。」據此,則余此本誠佳,因特表而出之。嘉慶乙丑夏六月中伏後三日,蕘翁〔一〕揮汗書。

【校勘記】

〔一〕　蕘翁　「翁」原作「夫」,據臺北圖書館藏原鈔本黄丕烈手跋改。

740　笠澤叢書八卷　鈔本

海寧吴槎客老而嗜書,今年春偕陳簡莊泛舟訪余於縣橋,盡出行篋所攜書相質,宋元舊刻頗有可觀者。余因詢以唐人文集可有佳本否,槎客以舊鈔陸魯望先生《笠澤叢書》對。既歸,遂寄余一校本,即碧筠草堂刻;一鈔本,於《耒耜經》補「墢去」〔二〕已下并五歌序,又多《笠澤叢書補遺》一卷,并王益祥跋、朱衮記、十一世孫悳原後序、都穆跋、雍正辛亥江都陸鍾輝後跋。余病校本冗雜無可據依,鈔本自八卷後又以他本續入,羅列新舊人題跋,若欲定爲何本,幾成火棗兒餻,不敢傳録。適槎客又寄到一本,鈔略舊於前一本,因遂影寫傳之。卷中間有硃筆，仍用録出，示不紊也。余謂《笠澤叢書》據《敏求記》所載，以爲元符庚辰樊開序而鏤諸板，政和改元，毘陵朱衮又爲後序，止分上、下二卷，《補遺》一卷，則此本卷第不符，未必遂爲古本，聊存之以備參考云爾。嘉慶乙丑秋八月秋分後二日，蕘翁題。

覆檢槎客先寄鈔本，知此所校硃筆皆據彼也。注云刻本作某，亦與鈔同。并記，蕘翁。

道光丁亥仲秋，戈載借校一過，有别本是者，悉注於旁，未知東蘿以爲然不。

【校勘記】

〔一〕 墢去 「墢」原作「撥」，據上海圖書館藏鈔本《笠澤叢書》黄丕烈手跋及《笠澤叢書》卷三《耒耜經》改。

741 雲臺編二卷 明鈔本

鄭守愚《雲臺編》共三卷，此脱上卷，俗人妄改「卷中」爲「卷上」，以滅其痕，殊爲可惜。幸有葉石君藏本可參校也。蕘圃記。

742 廣成集十二卷 舊鈔本

此書向藏五硯樓，校近鈔本多莫廷乂《周天醮詞》一篇、《請不赴山陵表》一章。余家藏有曝書亭藏鈔本，校之正譌五十餘字，善本也。汲古閣毛氏所藏，毋忽視之。乙亥秋七月，蕘夫。

743 徐公文集三十卷 舊鈔本

《目録》據影宋本補。在《目録》前。

卷第一，影宋本連《目録》排葉數，此葉爲第十一起，第十八葉止。以後脱同。在卷一首。

嘉慶庚申秋七月二十七日，用影宋大字本校訖記。在卷三十末。

影宋大字本校，每葉二十行，每行十九字，間有十八字、二十字不等。

大隆案：繆輯本誤脱，今據《四部叢刊》影印本補。

744 趙清獻公集十卷 明刻本

嘉慶庚申九月，黄氏士禮居得之五柳居珍藏，此足本也。蕘圃丕烈。

《趙清獻公集》舊藏明人鈔本，爲述古堂所藏，惜缺下半部。甲午正月過味經書屋，芙川兄出此明刻本新得之士禮居者，讀之欣喜，遂假歸補足鈔本，爲之一快。八月初十日，伯生蔣因培識。

745 淮海先生文集四十卷後集六卷長短句三卷又長短句補遺 舊鈔本

余向借無錫秦氏所藏《淮海集》宋本手校一過，頗精審，惜爲人購去。其底本係明細字刻本，忘其爲何時刻矣。篋中但有宋刻後印文集一册，又宋刻宋印與《文集》同行款之《長短句》殘帙，皆非秦氏藏本之宋刻，想宋時必非一刻也。此外又有《淮海閒居集》十卷，向爲顧氏物，而今歸蔣氏者，似與秦本同。此鈔本出香嚴書屋，因有孫潛印，故收之。《文集》四十卷，《後集》六卷，《詞》三卷，較爲全備。及收得，命長孫取舊藏殘宋對勘，并搜得《文集》四十卷，鈔手更舊，亦出孫潛所藏，遂取對勘，始知余所藏者即孫潛據以鈔録之本，而兹所云校者亦即是本也。故校止於四十卷，《後集》及《詞》又别據鈔録矣。明刻四十卷及《後集》亦有藏本，向已遺忘，暇當出之，以資對勘。因此益思宋刻不置云。蕘夫。

746 宗忠簡公集八卷 舊鈔本

案從正德本出，前、後序有明人名，鈔時有意削之，兹已補録。本書行款與明刻異。乙亥夏記，復翁。

747 羅鄂州小集六卷附録一卷 舊鈔本

此鈔本《羅鄂州集》二册[一]，余於癸丑夏從同郡貯書樓蔣氏得來。字跡雖不甚佳，似係影鈔者，因無他本對勘，藏之篋中久矣。今兹甲寅冬孟，有書友攜舊刻求售，取與此本相較，行款字數適同，疑其爲鈔本所從[二]出。然爲卷止於五，而闕略獨多。偶檢《述古堂書目》有云「《羅鄂州集》五卷」，則卷五者乃舊本也。今本之附益者，固非本真爾。校譌字訖，爰書此數語於卷尾。黄丕烈。

【校勘記】

〔一〕二册　原作「二卷」，據臺北圖書館藏舊鈔本《羅鄂州小集》黄丕烈手跋改。

〔二〕從　原作「自」，據黄丕烈手跋改。

748 晦庵先生五言詩鈔不分卷 明刻本

衛前西山堂書坊買得殘零故籍，中多可觀之本。此《晦庵先生五言詩鈔》是舊刻，卻少首半葉，惜無同此刻者補之。頃張君訒庵過訪，見此，因問及伊藏弆有何本，曰有時刻在，遂往借焉。果與此刻合，手爲補闕，其首行標題則據後序爲之，不嫌妄作也。癸未孟夏，蕘夫。

749 澗谷精選陸放翁詩集十卷須溪精選陸放翁詩別集一卷 明刻本

此舊刻[一]選本《陸放翁詩》見諸《絳雲樓書目》，余[二]向曾得一本，裝潢古雅，幾同宋刻視之。後爲某人購去，心殊怏怏。蓋《劍南詩選》宋刻殘本兩次搜羅，曾獲兩本，皆爲汲古主人所見過者。渠刻《劍南》[三]、《渭南集》每卷尾有「宋本校勘」云者，即是渠暗中記號也。其實全部雖毛氏亦未見過，余何幸而重得寓目[四]耶。惜年來散失殆盡，徒托諸記載，以侈余見聞之廣，抑自傷已。此書出香嚴書屋中，香嚴作古，遺籍淪亡，余重是舊刻，復收之，以供展玩。可謂好書結習矣。舊本破損，不如前所收之完好，倩工重整，爲之記其顛末如此。道光元年夏四月既望之二日,麥秀寒甚,坐雨書,宋廛一翁。

是書裝潢越三年始就,蓋年來力絀,非特買書之錢不裕,即裝書之錢亦屢空也。今春適有人問及,促工裝成付閲,毫無知識,原璧歸趙,始信前此之多財翁尚貪此鎮庫寶也。四月十二日偶檢及此,時復記此一段閒話。今歲麥秀寒不減大前年,陰雨不止,蠶麥俱不利矣。癸未人蕘夫記。

【校勘記】

〔一〕舊刻　「刻」原作「刊」,據臺北圖書館藏此書原本黄丕烈手跋(别集卷首)改。

〔二〕余　原脱,據黄丕烈手跋補。

〔三〕劍南　黄丕烈手跋無「南」字,蓋少書,王大隆補此字,是。

〔四〕重得寓目　「重」原脱,據黄丕烈手跋補。

750 石屏詩集十卷 明刻鈔補本

此卷八目,刻本已有。兹鈔胥贅録,當以卷第九一行録起,徑接刻本爲是。戊寅秋裝成記。

大隆案:繆輯本誤脱,今據墨蹟補。

751 魏鶴山集一百二十卷 宋刻本

原裝卷十五第二葉與卷十六第三葉誤倒〔一〕，今憑五柳主人攜示照宋鈔本正之。書遇一部必展讀一過，必有益處，此其是也。嘉慶丙寅夏六月望後一日，蕘翁記。

大隆案：繆輯本誤脱，今據嘉業堂《宋元善本書影》補。

【校勘記】

〔一〕倒 原作「到」，據國家圖書館藏宋刻本《魏鶴山集》黃丕烈手跋改。

752 方是閒居士小稿二卷 舊鈔本

壬申四月廿九日，書友以毛氏精鈔本見示，需直二十餅，余留之，出舊藏此本手校一過。卷中缺字有與精鈔本互異者，當是所據有初印、後印之别。而前後序跋反有彼缺而此不缺者，知彼所據與此非一本也。誤字時有，毛本用粉塗校改，當出意改〔一〕，蓋此本未改，知此猶原本耳。復翁。

此《附録》板心有「汲古閣」三字，當是毛氏增入，故此本無之。「字彦沖」三字，驗其筆蹟，似斧季手添，玆傳之以備覽。此本又有至正廿二年從玄孫跋一紙，毛本失去，想亦所據本無也。復翁記。

【校勘記】

〔一〕意改　「意」原作「臆」，據國家圖書館藏此書原本黄丕烈手跋改。

753 斷腸集十卷 元刻本

松江友人沈綺雲欲刻唐宋婦人詩四種爲一集，最後謀及《斷腸詩集》，所得如金轡庭、鮑渌飲、吴槎客三家本，皆傳鈔本而非刻本，意不欲梓，爲其非古本也。嘉禾友人戴松門爲余言，平湖錢夢廬藏有元刻，苦難借出。遂録副〔一〕見示，識爲鄭元佐注本。《前集》十卷，《後集》僅四卷第二葉止，蓋與《百川書志》所本〔二〕載同，而逸《後集》之半矣。惜缺序文并卷一前之兩葉半，通卷亦有闕文。故沈梓僅有唐之魚、薛，宋之楊后，朱淑真詩仍缺如也。今春海寧陳仲魚過訪，談及是書，云峽石蔣君夢華亦有元刻注本，許爲我借出助勘。頃果以書畀余，竭一二日力手校一過，乃知此與錢本同出一原，此稍有所修補，故誤字特多。間有一二字此較勝於彼者，未知傳寫錯謬，抑錢本原誤，未見刻本，不敢臆斷也。然錢本缺失，時賴此補全，此爲勝於錢本之處。而此係補修之本，非特少《後集》，即《前集》卷中時有脱葉闕文，硬以煞尾卷數終之，此爲謬妄，非錢本又不足以正其誤也。余好爲古書分析原修面目，故敢於還書之日，著其梗概如此，以質諸夢華先生，并以告仲魚之與余同嗜者。此書係寒中故物，未經後人點汙，不敢代爲校改，惟識之卷尾餘紙，儻欲借錢本以補此本之不足，則余有副本在，不妨還假足之。如沈綺雲有意續雕，豈非四美具乎？余且藉是以畢求古之願焉。嘉慶十七年歲在壬申，秋九月重陽前三日，黄丕烈書於求古居。

【校勘記】

〔一〕「録副」下原有「本」字，據國家圖書館藏元刻本《斷腸集》黄丕烈手跋删。

〔二〕本 原脱，據黄丕烈手跋補。

754 閑閑老人滏水文集二十卷 舊鈔本

余向藏《滏水集》爲碧鳳坊顧氏鈔本，頗精。今夏自都門歸，五柳主人攜此本示余，余取與顧本對勘，覺不如此本遠甚，遂以白金二兩易此，而顧本歸諸疏雨劉氏。此本末有硃字四行，識是義門筆，未知此書何來。秋八月初旬，香嚴周君過訪，談及此書，爲飲馬橋貯書樓藏書，始見時，物主因是何批本，故索重值，未之買。後聞其家書籍散失，已邾置之。春夏之交，有書友攜來，未及收，而君已歸，聞已歸君矣。蓋此書實爲就堂上人所鈔，君其寶之。因誌其源流如此。中秋前一日，蕘翁丕烈。

蕘圃藏書題識續録卷四

集類下

755　剡源戴先生文集三十卷　明刊校舊鈔本

義門先生云:「始余病此集譌謬不可讀,遇藏書者必問嘗蓄善本以否。康熙庚寅,始從隱湖毛十丈借得嘉靖以前舊鈔本一册,爲文祇六十五篇,分甲、乙、丙、丁四卷。以校新刻,則《唐畫西域圖記》一篇後半幅脱去二百六十餘字,其他賴以改正處甚多。集中文爲新刻所逸者凡十二篇,復補録焉。毛丈憐余校之勤也,云家有《剡源詩》,亦舊鈔,將并以借我,乃書以志喜。」

余素聞郡城朱文游家有何校《戴剡源集》,較刻本差多,惜已售去,未之見也。繼晤其小阮秋崖,云:「有舊鈔《剡源詩文集》兩本,君欲得之以慰渴思乎?」余取視之,文祇四卷,詩亦一卷,因非完帙,遂還之。今歲初秋,有書友從任蔣橋顧氏得一《剡源集》售余,余讀之，較舊鈔頗〔一〕多，而譌謬正復不少，愈憶何校本之增補者，不知其所據云何也。一日，偶至友人周漪塘處，談及《剡源集》之善否，渠以爲《剡源集》鈔本殊善，余新從朱秋崖家得來者是已。急叩其所以稱善之故，謂鈔本從舊刻摘録，新刻乃後人掇拾，未必盡據舊刻，故有鈔本有而刻本反無者。余聞之心殊悔前此之未得，而急思今兹之假閲。漪塘因告余曰：「比鄰有書攤芸芬堂，中亦有鈔本，盍往求之？」遂欣喜而别。至家，則《剡源集》鈔本已爲前所賣《剡源集》刻本〔二〕之書友攜來矣。爰取與刻本細加校閲，鈔本之文爲刻本所逸者僅數篇，若詩則爲刻本所逸者比文更多。方思校録一過，適又晤漪塘，漪塘并以沈寶硯臨何校本借余，曰：「此即朱文游家故物也。」方悟向所聞何校云者，特自其初言之耳。此本於鈔本之文惟增《唐畫西域圖記》半篇，他則僅補其目，若詩則并僅補其四卷後附録詩四首之目，餘詩則義門先生本未見過，故所校未全，惟詩文評閲處爲此本所獨。余竭四五日之力，悉從校本照録一過，將并補録詩文於刻本之上，以臻美備，不亦快事乎。癸丑小春五日，黄蕘圃書此數語於後。

觀何跋，似未見詩，先見文。然評閲則詩文皆有，諒亦見之。

甲寅春季，補録舊鈔本詩文於刻本之上。詩文各以類增入，詩有本卷所不能盡録，復〔三〕以餘紙傳録，各標其類，俟後之讀是集者，得以依類而補焉。古吴黄蕘圃再書。

甲寅夏仲,有書友攜元人集數種索售,内有《剡源文鈔》一册,留置案頭,取與手校《剡源文集》對勘一過。其删削太甚無論已,所據亦似未見舊鈔本,即有可以校正刻本及鈔本之譌字,亦十不得一。因是書爲家梨洲點定傳録,圈點并著所次卷第數目於《目録》上,藉以見當時掇拾之苦心耳。至其序而梓行者,爲朱爾邁人遠、馬思贊仲安,因與戴集無甚關係,序文未及採録焉。蕘圃。

灊溪舊刻,前明神廟時已無從購得,何論今日哉。然訪聞東城顧五癡家曾蓄一舊刻本,未知即灊溪所序而梓之者否。惜已遺諸友人,而友人又已去世,卒難索覓,爲之慨然。

戴、周二序從周漪塘藏本補。

乙卯三月九日,余友顧開之兄攜一《戴剡源集》來,與此同一刻本,而卷之二十七至末竟無《目録》與詩,大是奇事。豈有同一刻本而節録頓異耶?展玩又無割裂之痕,未識何故。記之以告世之藏書者。

舊鈔本《剡源先生文集》二十六卷後不分卷,每葉二十行,每行二十字。偶得舊鈔,校用黄筆。

鈔本《剡源戴先生文集》校每葉二十二行、每行二十字。

鈔本多《送〔四〕官歸作》一首。此刻有題無詩,又無「滿」、「城」、「風」、「雨」、「近」五韻題并詩，似是脱葉。蕘圃記。

驀喜琅函覯。甚吹來、清颸舶舻，落梅佳候。珍重剡源文字秘，恍入瑶林瓊囿。賸記得、溧陽詩友。集中有陳淵詩序。案，遺山《醉中送陳季淵》詩云「天意乃在溧陽陳」，即此。滿衷丹黄誰點勘，補叢殘、校出知名手。集凡三十卷，明萬曆刊本。比文鈔已多大半，又從各本補詩更多，可稱全璧。鴻筆在，義門後。

籤丁那敢癡還留。從副與、元翁小録，一編相就。謹繕《遺山年譜》一册就正。太息四明風馬限，未似楚公程鉅夫。輻輳。更未似、趙公劉秉忠。親授。《遺山集》有《與子聰書》即此。雪集《雪樓集》。春篇容假我，儘拜君高誼隆圭卣。臨穎罷，祁頓首。

右倚《賀新涼》一解代札呈愳蕘圃先生大人閣下。五月二十日，施國祁。

【校勘記】

〔一〕頗　原作「固」，據臺北圖書館藏明刻本《剡源戴先生文集》黄丕烈跋改。

〔二〕刻本　原脱，據黄丕烈手跋補。

〔三〕復　原脱，據黄丕烈手跋補。

〔四〕「送」字原重，據黄丕烈手跋删重。

756 静春堂詩集四卷 静春翰墨二册附　舊鈔本

此《静春堂詩集》其可寶者，在八卷之目尚全，或可因是以俟後之訪求。且係舊鈔，楮墨俱古，在元人集中亦爲罕秘。余故樂得而裝之。裝成并記。甲戌閏春仲月十有八日，復翁。

此册卷首六葉即《鐵網》中所載《袁静春雜詩跋》也。最後一葉據《鐵網》，是吴寬跋，此失其名矣。蕘翁記。

此册藏袁氏五硯樓，主人没後，始見之。余鈔得一本，友人見而欲之，酬其直，余即以直歸〔一〕五硯而易此。非敢豪奪也，主人愛汝南世澤，凡有本支翰墨，蒐訪無遺，此册卻非其世澤，故敢易之。近《四庫書目》有是書，云四卷，不復載原書八卷。此册《目録》尚全，可見原本卷數。後之著録者，但就現存言之，一失也。得此可證四卷之説猶誤耳。先是，吾友陳仲魚從某坊獲《静春堂名賢留題真蹟》，余得此册後，因借真蹟校此弁首諸文，卷中朱筆是也。古書源流喜有印證，雖一鈔本，勝如珍寶。五硯藏之，向未經宣發其佳處，余故特爲表而出之，以告後之讀是書者。嘉慶癸酉十二月朔日，五峯山人識。

金匱錢泳梅溪訪余於縣橋小隱，告余曰：「泳在揚州，當歲莫時曾以十金獲一《淳化閣帖》，上有袁泰仲長朱書〔二〕，書法甚妙，不知爲誰何。」余曰：「此元人静春先生子也。」夫以名人而人有不盡知名者，人之湮没不稱〔三〕多矣，可慨也夫。甲戌夏仲，復翁。

吴郡朱存理性父集録《鐵網珊瑚書品》目録卷六列《袁静春雜詩》，計十三首，即此卷端《杭州道中書懷》已下十三首也。其《杭州》一題，《鐵網》作《舟行漫興》，《重午客中》一題末多「雨」字，此其異也。《寄吴中諸友》「寄」作「懷」，末多「六首」二字，又與此本不同。性父所見係静春手蹟，於元大德五年辛丑自石洞書院謝事游杭，因書五言唐律十三首奉漁陽鮮于公伯機。伯機時爲浙東帥府都曹，吟詩作字，奇態横出，一時南士多慕與之游，故通甫亦以詩求正。此見諸海虞吴訥跋語。其跋亦詳載《鐵網》中。鮮于以下又得龔璛、干文傳、貢奎、鄭元祐、柳貫、黄溍、陳方、姚安道，共九人，皆元人也。入明則有王燧、吴訥二人，據是可見静春之爲人，其詩與書皆爲當時所重，矧其爲後世耶。戊寅三月清明後一日，偶檢及此，因記於卷尾。最後有吴寬一跋。宋廛一翁。

【校勘記】

〔一〕「歸」字下原有「之」字，據上海圖書館藏鈔本《静春堂詩集》黄丕烈手跋删。

〔二〕書　原作「印」，據上揭藏書黄丕烈跋改。

〔三〕「不稱」下原有「者」字，據黄丕烈手跋删。

757　句曲外史詩集二卷集外詩一卷　明鈔本

元張雨詩余家所儲者，名《句曲外史貞居先生詩集》，卷端有吴郡徐達左序，於卷一次行題「吴郡海昌張雨伯雨撰，江浙鄉貢進士姪誼編類，吴郡徐達左校正」。共五卷〔一〕。書係影寫本，以徐良夫作序考之，必元末明初刻〔二〕矣。然外間書目多云《句曲外史集》三卷、《補遺》三卷、《集外詩》一卷，皆以明成化姚綬所購得、嘉靖陳應符所釐及崇禎毛晉所續者當之，不復知〔三〕天壤間復有别本在也。頃書友攜此毛鈔《句曲外史詩》上下卷，又《集外詩》一卷，又與徐序本不同。就其分卷以陸其清《佳趣堂書目》證之，當是元時即有此本。陸云《句曲外史詩》二卷、元抄影寫陳白陽本〔四〕。《句曲外史詩補遺》，兹本卻與之合。又家俞邰《補明史藝文志》補元云「《句曲外史詩》二卷」，則二卷本必舊本矣。特未知毛氏刻書時何不以此入刻，而反取陳節齋所輯者刻之，多所譌脱，且子晉跋中並無一言及之，實所未解。竊歎書以刻爲幸，然以刻而不佳者爲不幸，《句曲外史詩》毋乃抱是恨歟？因急收此，與徐序本並儲焉。嘉慶甲子十月十有三日，黄丕烈識。

毛刻以徐序冠諸陳輯本首〔五〕，尤爲無理。

【校勘記】

〔一〕 共五卷　此三字原脱，據臺北圖書館藏原書卷末黄丕烈手跋補。

〔二〕 明初刻　「刻」原作「刊本」，據黄丕烈手跋改。

〔三〕 不復知　「復」字原脱，據黄丕烈手跋補。蓋下文有「復」字嫌重，故王大隆删之也。

〔四〕 元抄影寫陳白陽本　原作「陳白陽本元鈔影寫」，據黄丕烈手跋乙正。

〔五〕 首　原脱，據黄丕烈手跋補。

758 來鶴草堂稿一卷既白軒稿一卷竹州歸田稿一卷附鶴亭倡和一卷 舊鈔本

海寧吴兔牀以舊鈔本示余，余取此互勘，去冬校未半，病大作，因循未了。此債新年始畢，校而還之。復翁。

759 雲松巢詩集一卷 舊鈔本

庚申四月之望，晨未起，閽人報有客至，急披衣盥漱而出迎之，則秋塘張君在座也。張固善識書畫者，兼及古籍。問所自來，以爲有書一本，特持示君。探懷而出之，蓋一舊裝潢者,視其款識,似爲也是翁家書。開卷讀之,爲《雲松巢詩集》,元贈朝列大夫瑶川朱希晦著者。前有鮑序,後有嘉靖時七世孫〔一〕諫序。《詩集》自五言、六言、七言絶句以及五言、七言律,五言、七言古體,終以五言長律,似完善者,其爲足本無疑。張君曰:「子亦識卷首墨書一行及卷中圖書兩方爲誰人蹟乎?」余曰:「墨書似遵王,而未之敢信。若圖書之『語古』二字、『髯』一字,皆爲義門之章,則余所藏夥矣。」張曰:「墨書則雖出於錢而非遵王,其體是蘇書,子熟視之,當自識爾。」余曰:「然。」張曰:「書既元人集而爲舊鈔,且得前輩名流幾番藏弆,不可爲讀未見書齋中添一位置耶?」余亦以爲可珍,遂出白金二兩易之。因思是書卷數載諸《讀書敏求記》者爲確,而所見不分卷,又非殘零,何與錢本不合?且《四庫全書總目》以爲三卷,正統中玄孫元諫刊板,章陬爲之序。《浙江采集遺書總録》以爲十卷,寫本,有天台鮑宏原〔二〕、章陬撰序。所聞異詞,吾不知其原本究竟何如也。俟與諸藏書家博訪之。蕘圃主人黄丕烈識。

【校勘記】

〔一〕七世孫　「七」原作「九」,據臺北圖書館藏原書黄丕烈手跋改。按,該書序亦作「七世孫」。

〔二〕鮑宏原　按,觀該書卷首序署作「鮑原弘」,蓋黄氏偶誤。

760 石門集二册 舊鈔本

庚申冬，余楚游溯袁江，道出新喻，登其城樓，學宫在焉。見其山川明秀，人物樸野，憶其中必有鍾靈特出之傑萃於一身者，而近時無聞焉。及覽學宫題名者，自宋、元、明，代有其人，緬想高風，裵裒不忍去。此《石門集》乃新喻梁孟敬〔一〕先生所著，知不足齋鮑以文兄得於吴門書肆，刻本流傳絶少。庚午春以文出此書示余，且云元末明初如此集者真善本也。因償直得之，并記於此。戴光曾。

以文又云：吴中書肆寶是堂徐氏者，以文於壯歲至吴，識徐氏一老者，生平精於鑒賞，并多蓄秘鈔之本，以文與之往還凡十餘年。一日，忽謂以文曰：「余所有之書惟歸於子爲得所，直可不計。」促其攜歸，惜以文以客囊無幾，僅取其精品數十種。此其一也。後再往，則此老已殁，書亦去所歸矣，是頁首列印章是也。附識之。

松門戴丈以新得知不足齋本《石門集》見示，遂受而揮汗讀之。鈔字甚劣，其謬誤脱落不勝枚數，然讀而有益於見聞者，正不可不條舉之。晁昭德稱徐仲祥爲徐商老之子，與商老《宋史》本傳不合，前人已據《西漢會要》樓序證本傳不誤也。讀集中《叢桂軒記》更得左證之一助耳。《梓宇記》及題梅莊、瓜所、歸耕軒之詩皆嘉興之藝文，爲新修志所未收者。其《梓宇記》爲張翔南作，翔南博極羣書，所著有《梓宇集》。《文苑列傳》失序此記，頗爲疏漏。其所載有《贈濮元戎》一詩，偏閲未見，或即在所脱中也。辛未六月，金錫爵坐玩華居濡毫書此以還。

辛未春閏月三日，有事至嘉禾，訪寓公邢佺山於北門。因佺山與余同好古書，面未識而神已交也。既晤，詰知所藏宋元人集甚富，如周益公、魏鶴山皆有舊鈔，其書具有淵源。後於案頭見有舊鈔本《梁石門集》，閲之，有序無目，不分卷，因憶余家向有舊刻本，無序有目，卻分卷爲七，似不及余本，且詢知是借諸友人者，遂置之，弗復考其異同矣。頃松門戴五自禾來吴，出行篋之書以相質，揀得此集，始知書爲松門物，而佺山借鈔，故留於彼。今松門欲以此歸余，遂出舊藏證之，乃知兩本一而二、二而一者也。行款多同，特此鈔較刻匡格略大，每葉起訖不爽一字，此二而一者也。然詩文互有多寡存佚，此一而二者也。蓋非余不足以補此鈔之譌謬脱落，非戴又不足以補余刻之散失淪亡也。余本有目一葉，首行題「石門先生文集目録」，次行題「門人黎卓崇瞻編次」，三行題「甲集目録」，以下題「卷一」，爲古賦二篇，「卷二」爲五言古詩十五題、歌行十三題，「卷三」爲樂府辭十三題、五言律詩十四題、五言絶句三題，「卷四」爲七言律詩五十四題，「卷五」爲七言拗體七題、七言長律二題、七言絶句十五題，「卷六」爲記十一篇，「卷七」爲序七篇。自卷六已下，目録擠刻，當必有所鑱削而爲之，故與卷五前行款不類也。本書第一卷標題「石門集」下注云「甲之一」，又云「臨江梁寅孟敬」，板心亦刻「甲一」。至卷二直標曰「石門集」，卷之二板心亦題曰「前二」。卷三已下標題不曰「卷之某」，但下注曰「甲之三」，版心亦題曰「前三」，四、五、六、七皆如之。或彼刻不過甲集，此鈔或統甲以下而彙之，故詩文較多也。未及校勘，先誌面目於是，以待他日之考訂焉。復翁。

【校勘記】

〔一〕梁孟敬　「孟敬」原倒作「敬孟」。按，《石門集》作者梁寅，字孟敬，元末明初人。《明史》卷二百八十二有傳。下文黃跋亦作「孟敬」，據乙。

761　冀越集前後二卷附相宅管説　古歡堂鈔本

右《冀越集》二卷，元熊太古撰。太古，豐城人，天慵先生朋來之子。篇末所引《瑟譜》及《家集》皆朋來所著也。余舊藏明伍氏刻本無後卷，乾隆壬寅六月借蔣氏賦琴樓所藏吴匏庵本録全，是年九月又得武林鮑氏知不足齋本校讎譌脱〔一〕，遂并録而識之如此。太古表字莫考，所書二十幸〔二〕可作小傳讀，不啻太史公自序云。明年二月晦日雨窗吴翌鳳書。

舊鈔本校著於上方。復翁。

戊辰四月二十有二日，至上津橋骨董鋪觀西莊王氏所散之書，中有舊鈔本熊太古《冀越集記》二册，攜歸校閱，紀其同異於上方。舊鈔每葉十八行，每行二十字，本文較標題空一格，有擡頭處須出格也，每卷首題「冀越集記」，次行、三行多撰校人名，載其式如右。余案此鈔所自出，遇世皇等出格，似元刻，然開卷「元朝軍制」，「元」不稱「國」，又何耶？抑鈔者後改耶？再虞城程金鉅野〔三〕校不知何朝人，俟考之。復翁黄丕烈識。大隆案：此種當隸子部，編次偶誤。迨刻成始知，附訂於此。

【校勘記】

〔一〕譌脱 「譌」原作「誤」，據《續修四庫全書》影印《冀越集記》所附吴翌鳳跋改。

〔二〕二十幸 「幸」原作「事」，據前揭吴翌鳳跋改。

〔三〕程金鉅野 「程」原脱，據前揭《冀越集記》所附黄丕烈跋補。

762 蘇平仲文集十六卷 明刻本

是集余得諸都中書肆，惜板已糊塗，兼多闕葉。攜歸後，遍訪藏書家，聞周漪塘處有此，遂假歸鈔補三十八頁，并填没字數十處。其十五卷之八九葉均之闕如，仍一恨也。癸丑九秋下澣裝畢，因記於卷尾。黄丕烈。

甲寅夏仲，有書船友鄭輔義來，屬覓是集，及中秋前果以鈔本來售。急視所闕之葉，依然完好，遂手自鈔補。蘇太史文至是始〔一〕可盡覽矣。鈔本爲宋蔚如校藏、錢方蔚録本，云自天藻堂錢柱西氏〔二〕藏本鈔出，蓋善本也。俟暇日，當參校一過。烈又識。

【校勘記】

〔一〕始　原脱，據北京大學圖書館藏明刻本《蘇平仲文集》黄丕烈跋補。

〔二〕氏　原脱，據上揭藏書黄丕烈跋補。

763 守黑齋遺稿十一卷 明刻本

明初人集偶見即録，故所收不下數十種。凡有名於當時者勿論已，即有梓本不甚流布，因見是本，遂證諸向來諸藏書家目録，其名氏爵里纖悉相合，俾恍然於某某之集，標題如是，卷第如是，而我所以知珍重之者，皆古人有以詔我也。獨此守黑先生文集爲上虞夏時時中〔一〕著，自見之始知之，求向來諸藏書家目録爲之左證，無有也。雖繁稱博引如家俞邰《明史藝文志》，案朝代求之，蔑然無有焉。亦奇矣，亦秘矣。則是書之得見，豈不可喜耶？顧余獨有感者，守黑爲洪武時人，非有明輓近可比，集本頗多，或加採擇，遂致湮没不傳。乃裒然成帙，皆係古文，非一二風雲月露之作，亦隨頽波逝水以俱亡，何不幸耶！余就卷中得其身世大概，知守黑懷才未遇，抱道自高，中年失明，留心著述，無顯爵高位於當世，故雖有專集，不登國史。向使無此板本，幾幾乎與草木同腐矣。幸有集梓以傳後，使後人見而知之，勝於聞而知之，不猶〔二〕可喜耶？因誌〔三〕數語，以見書之幸而僅存者若此。若此類者，又不憑向來諸藏書家目録而得之目見者也，何幸如之！嘉慶己巳秋九月二十六日雨窗記〔四〕，復翁。

【校勘記】

〔一〕夏時時中　原脱一「時」字，據臺北圖書館藏原書黄丕烈手跋補。按，證諸該書卷中署名，蓋夏時，字時中，守黑其號也。

〔二〕不猶　「猶」原作「尤」，據黄丕烈手跋改。

〔三〕誌　原作「識」，據黄丕烈手跋改。

〔四〕雨窗記　「記」字原脱，據黄丕烈手跋補。

764　巽隱集四卷　明刻本

程集以此刻爲最先，《四庫》所收亦濮本。葉啓勳案：此題在書面右角上方，作兩行寫。嘉靖吳南溪初刻本。葉啓勳案：此在書面中間，作一行寫。《巽隱集》卷一、卷二。葉啓勳案：此在書面左角，作一行寫。《巽隱集》卷三、卷四。葉啓勳案：此在書面左角，作一行寫。

余向藏《巽隱集》四卷，係重刻本，蓋明神廟時濮陽棐所梓也。其序云：「集舊有刻者二，一刻於南溪吳公，再刻於西虞范公，今皆廢無存。」是明神廟時已鮮舊刻矣。郡中香嚴書屋中亦藏濮本，他無有焉。昨歲始獲吳刻，此本是也。同爲四卷，而敘次迥殊。此似編年，彼爲分類。其不同者，一題下詞句彼此互有損益，自當以吳刻爲準。余蓄書必初刻，故舍濮而取吳登諸明人集目。濮刻有弘治乙丑李廷梧序，謂出自其家曾孫山所編，尤可見其敘次所由來。此本失之，當據補於卷首。壬申人日，燒燭識。半恕道人筆。

765 楊東里詩集三卷 明刻本

余向藏《東里詩文續集》爲成化間刊本，頃從歌薰橋書坊揀羣籍中得此詩集，前有正統楊溥序，不過因明初舊刻收之。歸檢家俞邰《補明史藝文志》，載有「《文集》二十五卷，《詩集》三卷，《續集》六十六卷」，皆爲楊東里所著，而未注編集何人。及閱《續集》韓雍序，知《文集》爲永嘉黄公所序，《詩集》爲江陵楊公所序，因此轉恨二十五卷之《文集》獨未見耳。明人黑口板集已如此難得，又何怪宋元佳刻乎？壬戌六月三日揮汗書，蕘圃黄丕烈識。

766 誠齋牡丹百詠一卷梅花百詠一卷玉堂春百詠一卷 明刻本

明周憲王有燉爲周定王長子、高皇帝孫,洪熙元年襲封,史稱定王。好學能詞賦,嘗作《元宫詞百章》。以國土夷曠、庶草蕃蕪,考核其可佐饑饉者四百餘種,繪圖疏之,名《救荒本草》。闢東書堂,以教庶子,長史劉淳爲之師。憲王遭世隆平,奉藩多暇,勤學好古,嘗集名蹟,手自臨摹勒石,名《東書堂法帖》,歷代重之。著有《誠齋録》、《新録》,尤工樂府傳奇,中原弦索多用之。李景文詩云:「齊唱憲王新樂府,金梁橋外月如霜。」牛左史詩云:「唱徹憲王新樂府,不知明月下樊樓。」是也。此名華百詠三種係宣德年間專刻本,世罕流傳。考《静志居詩話》云:「憲園詩不事嘔心,頗能合格。梅花、牡丹、玉堂春一題動成百詠,才思不窮,誠宗藩之雋。」然《明詩綜》未經録入,想不見是本耶?今年四月,余得元人韋德珪《梅花百詠》,以贈黄君蕘圃。越一月,更得此,而更贈之,又增佳話矣。嘉慶十二年夏五月,海寧陳鱣記。

此《牡丹梅花玉堂春百詠》,簡莊以之贈余者。内姪丁竹浯借此影鈔一部,因重裝而誌其緣起。簡莊以爲宣德舊刻,此卻未的。余今春從書船友得此書,板刻更舊,殆宣德刻也。前多《誠齋牡丹譜》八葉,更勝於此本矣。小春望日,復翁,己巳。

767 杜東原集七卷 舊鈔本

余友周丈香嚴爲同時藏書四友之首，蓋其收藏在數十年前已。與余爲忘年結契，緣所好同耳。二十年來，抱沖没於丁巳，壽階没於己巳，今己卯春，香嚴又没矣。余以一身而兼三君之哭，又且歷見其書之聚散，可不慨歟？此册是香嚴所藏書，雖止係明人集部，然東原先生近在同城，而張君企翶之鈔、俞君子容之跋俱係吴中，名賢留心文獻若此，余得不重視之耶。五柳主人郎君雅宜邀余觀香嚴遺書，檢得此册，頗謂得意，并爲雅宜道其原委，俾知一書之珍秘有由也。嘉慶己卯重陽後一日，後學黄丕烈識。

越歲庚辰之初冬，有書友攜書數十種至，余檢得《張來儀文集》、《東家子能書》鈔本，止此二種，皆殘毁不全，皆索重直而去。余方訝物主之何以重視如是，即書估居奇，亦不致如是之能識古而索重直也。後晤雅宜，談及此，雅宜曰：「得毋周香嚴家物乎？」蓋其書單留雅宜處，若者已消，若者猶在，雅宜記及《東家子能書》之名，故知是香嚴物也。出單後核之，信然。數十種内書概皆單上有名者，惟《張來儀集》未有名，或以他家物雜廁其間也。此外余又得《老學庵筆記》、《晏子春秋》，亦香嚴書。還直而未收者，有舊鈔《秦淮海》、舊刻《陸放翁詩選》、舊刻《濂溪集》云。因檢書單見《杜東原集》舊刻本，《年譜》爲沈石田手書,已售諸杭州,而不可復蹤跡矣。方歎同出一原,而忽分兩地,即余前檢書單時,亦不及細閱,而或致後來之追思有如此者。甚哉,收藏之難也。庚辰小春八日,復翁又記。

道光乙酉之孟秋,予又見香嚴家明初人諸集,或刻或鈔,皆古色古香,愛不忍釋。諸集或已得,或未及成交,因出是書重觀,方幸散者之復聚也,然所得舊鈔《張來儀集》已轉歸琴川張月霄矣。蕘記。

768 張來儀先生文集一卷

何夢華鈔本　邵朗僊校

此義門手校舊鈔本《張來儀先生文集》,余於去秋友人錢唐何夢華介歸海虞張君月霄,夢華録副,易償他書之直。時同歸復同録其副者,爲宋板《歷代紀年》。越歲除〔一〕,月霄介余年家子邵朗僊易余向年所收故友之物:影宋《列子》,周香嚴藏;舊鈔何晏《論語集解》,日本國本;及舊鈔《金石録》,葉文莊跋本,顧抱沖藏;元刊《名臣事略》,吳枚庵藏。於其去也,以此兩書屬爲轉取原書校勘一過。二月二日晚從西山歸,始知朗僊已校訖寄過。越二日,爲文昌誕後一日,晨起繙閱一過,拜我良友之惠多矣。蕘夫記。

丁祖蔭案:此跋署日月未書年,首葉有朱題「道光癸未上元日從義門校舊鈔本勘過」一行,自係邵朗僊手識。蕘跋爲癸未二月四日可知。

【校勘記】

〔一〕 歲除 「除」字原脱，據上海圖書館藏清抄本《張來儀先生文集》一卷《補遺》一卷黄丕烈手跋補。

769 文温州集十二卷 明刻本

乾隆癸丑仲冬十四日，潘世恩芝軒氏借閲，旬餘還，䋎漫志。

嘉慶丙子正月上元後一日，蕘夫黄丕烈觀於虞山張氏味經書屋。

770 蠛蠓集五卷 明刻本

玉峯考棚上書賈雲集，有坊友攜小讀書堆遺書往售，内有《蠛蠓集》二册，甚古雅，索直二金，無可減，因置之。而長孫秉剛適於鄰坊見有此集，未之識，歸述所見，命攜來，板刻正同，惟此竹紙與彼棉紙異耳。直不啻十分之一，遂購得，廁諸明人集部中，居然與前明朝人集之舊刻者可伯仲也。集五卷，見家俞邰《明史藝文志》中。有欠葉，小讀書堆本有之，當向借鈔補全。復翁，庚辰三月記。

《四庫提要》亦作五卷,與本書合,不知《簡明目録》何故有六卷之説〔一〕。恐後人誤認别有六卷之本,致滋疑惑,特再標明之。穀雨後二日,又記。

計欠卷三第六十三葉、卷五第十四葉。

【校勘記】

〔一〕《四庫全書》本、粵刻本《四庫全書簡明目録》卷一八《集部六》均作五卷,不誤。疑黄氏所據爲誤本。

771 桐庵文稿一卷 鈔本

癸酉秋季,有書友攜此册示余,並索重直。余曰:「此非汝輩所知,是必有指示歸余者,故不以尋常故紙視之也。」後訊之,果然。蓋余嘗從鄭氏後裔訪桐庵遺墨,曾有手書文一篇贈余,故又以此托人示余。余重爲鄉先輩手澤,且閲欽序三題識,知係熊魚山評閲本,益珍之,因以十餅金購藏焉。復翁。

772 竇氏聯珠集五卷 舊鈔本

《杏山館聽子規》。詩不備録。

右從宋板補闕一首，係第八葉，諸本皆脱去。宋本每葉十八行，行十七字〔一〕。羽谷齋頭有此鈔本，屬爲補録。復翁記。時嘉慶庚午中秋後七日。

【校勘記】

〔一〕宋本每葉十八行行十七字　原少一「行」字，據國家圖書館藏原書黄丕烈手跋補。

773 唐百家詩選二十卷 校宋本

余向於顧抱沖齋見有殘宋本《王荆公唐百家詩選》，未之暇閲也。頃從五柳書屋得一殘宋本，衹十一卷，方冀抱沖本或可鈔補，遂假歸繙閲。兩本絶不相似，蓋抱沖本爲分類，而此編仍舊體，雖同是宋本，實爲此善於彼。爰取新刻本相較，覺宋本有可信處，即曰未全亦足重也。昔宋商丘得殘本付梓，日後獲全，已視若拱璧，然取得之，是鈔本。義門先生嘗言之。今得宋刻，更爲可據。若楊蟠序文，商丘未經梓入，殆係鈔本遺失之故。而丘迴求則以爲楊蟠僞本欺世，諒所見分類本有此序，而不知此本亦有之，則舊刊固如是。其古書未見，不可輕置一詞，我輩正當永守此戒。嘉慶元年夏六月，命工重裝，因書數語於後。吴郡棘人黄丕烈。

嘉慶十三年歲在戊辰之夏，六月二十四日午後，過五柳書居，又從主人得淮山陽丘迴求所刻大中丞宋公手授宋槧本《王荆公唐百家詩選》第五卷、第八卷,又第十三卷至第十六卷,遂取對。是宋槧殘本,知向所梓即用此槧也,校余本少第一卷至第四卷、第九卷至第十二卷,多第十三卷至第十六卷,仍同缺第十二卷、第十七卷至第二十卷。古人珍重宋槧,殘亦寶之,有同心已。復翁。

774　吴下冢墓遺文三卷續一卷　舊鈔本

嘉慶乙丑元夕後一日,孫壽之以别本屬校,取其字句之彼善於此而此反可賴彼是正者,略著於上下方。蕘翁識。

大隆案:繆輯本誤脱,今據墨蹟補。

775　注解章泉澗泉二先生選唐詩五卷　明刻本

此柱國王氏遺書也。賈人收得,於叢殘中檢出示余,疑爲宋刻。余曰:「此宋人選唐人詩耳。乃明刻,非宋刻也。」物主因書不數見,索餅金,余亦以是故,頗欲之。仲夏收得,仲秋始裝,通册皆折其一角,雖補綴不之填寫,蓋物取其原,詩或可依他本補,注則未有以據也。書載《述古堂目》,卷數亦合。古本流傳,即一選詩不數見者如是。近有獲元人范德機選《杜李詩》，乃元刻，與《絳雲書目》合。甚哉，錢氏之購書惟古本是愛，有如是夫。因并著之。道光紀元八月下弦日晨起，見殘月半規，疏星幾點，掬水盥洗，磨墨書此，一種清興，又旬中不多遇之日矣。復見心翁。

卷尾藏書諸家各有題識并圖記，然其間有真有不真，有識有不識，惟顧孔殷一人似乎其人甚熟。適訪顧子湘筠，屬檢吴趨傅清，因閲《國朝畫徵録》，末後有墨筆畫人姓名附記諸條，中一條云「顧殷禹功」，當即其人。較此圖記少一「孔」字，或「孔」字係大排行，故從省也。惜其藝能傳、籍貫不傳耳。同日燒燭書。書此跋後，重檢序文上小圖記，亦作「顧殷」，知得兩稱也。又記。

776 中州集十卷 印溪草堂鈔本

大隆案：繆輯本誤脱二百十八字，又誤將兩則併爲一則，今據盋山圖書館藏本補正。

乾隆甲寅仲冬，得此於吴趨坊，平江黄氏士禮居藏書。

777 玉山名勝集四卷 明刻本

此刻本《玉山名勝集》四卷，余向從郡故家收得，藏諸篋衍，未知其爲佳也。頃五柳書居於揚州賈人買書幾種，中有何義門手校本，在影寫明人徐虞倩、張孟奇輯訂刻本上，朱書燦然，讎校精善，遂以重直購之。因取此本相對，始知與義門所據本同出朱性父舊藏，真可寶貴。蓋義門跋云：「此書元本乃朱性父先生故物，得之見山庵主，就堂師斧季十丈聞而以此本見委是正。」則徐、張所輯訂者，不如此刻遠甚。爰追跋數語，以誌欣幸。潔躬之藏，固有先得我心者已〔一〕。嘉慶歲在辛酉，冬十一月三日，黄丕烈識。

【校勘記】

〔一〕「已」原作「也」，據臺北圖書館藏明刻本《玉山名勝集》黄丕烈手跋改。

778 歸田詩話三卷　明刻本

瞿宗吉《歸田詩話》已刻入《知不足齋叢書》中，而舊刻曾見之郡故家，因通體朱筆點污，又索重值，未之收。去春游玄妙觀前，於冷攤獲此印，雖不如前所見本，而未經塗抹，兼爲義門先生舊藏，遂攜歸，久未給價，昨始以家刻書易成。閒窗無事，檢案頭書及此，因題於卷首。前所見本如尚在，當兼蓄之。蓋彼猶初印，無漫滅處也。壬申端陽後一日，半恕道人識。

779 簫臺公餘詞一卷 繡谷亭吴氏鈔本。黄蕘圃據汲古閣鈔本校

案《北窗炙輠》紀姚進道事，其名闕如，但云華亭人。朱竹垞跋此書謂，子韶以文祭之云：「生平朋友不過四人，姚、葉先亡，公繼又去。」又云：「進道名述堯，張孝祥榜進士，有《簫臺公餘詞》一卷。」又案《詞綜》載姚進道，華亭人，詞一首，此卷無之，疑非一人也。

癸酉夏，五柳主人以宋詞三册示余，余獨留此册，以有《玉照堂詞鈔》在也。附收《簫臺詞》。用毛鈔本校，頗有勝於此本者。校畢，復翁記。

簫臺爲地名，繡谷欲考之而無由，僅據卷中有「東魯風流」字，疑爲齊、魯間地。後以東魯不入南宋版圖釋之，仍無從考其實也。余謂「正簫臺花縣」必是作令於此地，故詞以「簫臺公餘」名也。余案諸詞中似官於永嘉，又旁及青田云云，必在温、處之間也。惟簫臺典實一時莫考，當博徵之。癸酉中伏日，揮汗書。復翁。

780 虚齋樂府二卷 景宋鈔本

此《虚齋樂府》，毛鈔景宋本也。先是，書友攜來，索重直，余因有錢遵王家鈔本，遂屬顧千里手校其佳處而還之，不知其售於何所也。此嘉慶丁巳秋事。及歲己巳秋，余姻袁

壽階病殁,所遺書籍不免散失,余檢點及此,方知是書歸宿,遂復收之。余思藏書如毛、錢可云精矣,而汲古較勝於述古,即一書已分優劣,其他不從可知乎? 余所收詞本極富,故不厭其重複云爾。甲戌仲春,復翁。

781 玉照堂詞鈔一卷

繡谷亭吴氏鈔本。黄蕘圃據《知不足齋叢書·南湖集》本校

余藏毛鈔詞極夥,多有出於六十家外者。癸酉夏,有友人攜吴繡谷鈔藏宋人詞三册,計四家,《日湖漁唱》、《閒齋琴趣外編》及《簫臺公餘詞》多爲敝藏所有,惟《玉照堂詞鈔》向所未有,遂收之。不知此本外,尚有專行詞本否也。癸酉七月初五日,復翁記。

翌日往訪吴丈枚庵,枚庵〔一〕固素工詞者,因詢《玉照堂詞》有專刻否。應云此刻在鮑氏《知不足齋叢書》中,《南湖集》弟十卷也。歸而檢出,校如右。《南湖集》〔二〕亦出《永樂大典》所載,故鮑刻亦有采〔三〕於他處者。是册雖非專刻,然不與鮑刻同源,可取也。名曰詞鈔,本非全文,鮑刻有多於此者,各存其舊可耳。七月八日,復翁校鮑本訖書此。

【校勘記】

〔一〕枚庵　原脱,據上海圖書館藏鈔本《玉照堂詞鈔》黄丕烈手跋補。

〔二〕自「弟十卷也」至此十四字原脱,據黄丕烈手跋補。

〔三〕　采　原作「來」，據黄丕烈手跋改。

782　古今雜劇六十六册　也是園藏，趙清常鈔補，明刻本。何小山手校，今缺二册

讀未見書齋得各種元刊及明刊舊曲本，開列如後。

元刊本《古今雜劇》三十種，《琵琶記》一種，共十册。

明刊本《古名家雜劇》、《元人雜劇選》共　本。

清常鈔補、小山手校《古今雜劇》，也是園藏，明刊本，共六十六册。

甲子冬十一月廿八日，蕘父記。

余不喜詞曲，而所蓄詞極富。向年曾見《蔡松年詞》金刊本，因其未全，失之交臂，後爲抱沖所得。蓋其時猶於古書未能篤好，不免有完缺之見存也。嗣後，收得詞本極多，宋刻單行詞本一册都無，元刻如蘇、辛極古矣，外此者，毛鈔、舊鈔、名校都備〔一〕。往因欲得宋本《太平御覽》而無其資，始有去詞之意，其目稍稍散去。有杭人某幾幾乎欲全得去，幸勉力購得《御覽》，以他書易之，而酬其半直，詞本可保守勿失。至曲本，略有一二種，未可云富，今年始從試飲堂購得元刊、明刊、舊鈔、名校等種，列目如前。即欲買詞之杭人，亦曾議併售去。今詞議未成，而曲更無論。因思毛氏云「李中麓家詞山曲海，無所不備」，而

余所藏培塿溝渠也。然世之好書者絶少，好書而及詞曲者尤少。或好之而無其力，或有其力而未能好之，即有力矣、好矣，而惜錢之癖與惜書之癖交戰而不能決，此好終不能專。余真好之者也，非有力而好之者也，故幾幾乎得而復失，皆絀於力以致未能伸所好也。兹幸矣，幸世之有力而不能好者得遂余之無力而卒能好者也。擬裒所藏詞曲等種，彙而儲諸一室，以爲學山海之居，庶幾可爲講詞曲者卷勺之助乎。甲子冬十一月二十有八日，讀未見書齋主人黄丕烈識於百宋一廛之北窗。

丁祖蔭案：曾見我虞趙氏舊山樓藏有此書，假歸，極三晝夜之力展閲一徧，録存跋語兩則。卷首尚有所謂《元刊明刊雜劇曲目》，又《也是園藏書古今雜劇目》、並注明闕失。案，也是園原目除重複外，係三百四十種，蕘圃所存爲二百六十六種，實闕七十四種。《古名家雜劇目録》、分文、行、忠、信四集。《刻元人雜劇選目録》、《待訪古今雜劇存目》以上四目劇本俱《也是園目》所載，爲此書所闕。併也是園原目朱筆標著其次第。及《汪氏録清現存目録》十四紙，依此書之次第另録之，實存二百三十九種，又闕二十七種。時促不及詳録，悤悤歸趙，曾題四絶句以誌眼福。雲煙一過，今不知流落何所矣。擲筆爲之歎息不置。

【校勘記】

〔一〕 名校 「名」原作「各」，據下文改。

蕘圃雜著

783 況太守辟疆館記僞刻辨正一

辨云：有以新出況鍾《辟疆館記》石刻示余者，讀之而不能無疑也。吾郡志書最古有《蘇州圖經》，其軼久矣，傳者有朱長文《吴郡圖經續記》、范成大《吴郡志》、盧熊《蘇州府志》、王鏊《姑蘇志》，外此雜録如陸廣微《吴地記》、龔明之《中吴紀聞》、陸友仁《吴中舊事》之類，莫不具存。而是碑所引《至元吴地記》、《景定姑胥志》二書，世不概見。如果二書在正統猶存，不應遽軼。即或昔存今軼，在當日盧、王諸公不容無覩，其修志不能不引，而今顧闕如，且諸家書目不載其名，可疑者一也。

志分門有官宇、壇廟、第宅、園林諸目，今案碑文，核其罅漏。府署向在王廢基，有唐宋題紀可據，其去今碑所在之地甚遠，自至正後始遷今所。今所乃古之茶鹽司，由茶鹽司而爲營田都水司，由營田都水司而爲蘇州府治，歷然無可疑者。而兹碑獨據《景定姑胥志》言「和豐坊有顧況宅，唐大曆中拓府治規其半爲廐」云云，是誤以今署爲古治，可疑者二也。

碑又據《至元吴地記》以五顯廟爲辟疆故地。辟疆園在宋諸家如朱長文、范成大、龔明之皆以爲莫考,何至元時獨能指其地?且五顯廟明以前無稽,碑稱況公請於朝云云,既有朝命,不應不列入祀典,且況公之新泰伯、伍、范諸祠志書悉載,何獨遺五顯王廟?可疑者三也。

辟疆園唐顧況嘗假以居,《續圖經》可考。而以爲在和豐坊,和豐乃宋坊,唐無此名,顧況即寓辟疆園,不聞辟疆園即在和豐坊。第宅、園林兩相牽合,可疑者四也。

《至元》、《景定》兩志今既無徵,而甃井得石之説又不見於同時諸公,其所稱「辟疆東晉字」,了無旁證,蹇叔真且誤以「辟疆東晉日」四句爲顧況詩,寧不思「池塘復裔孫」爲他人語氣耶?蓋郡守贈詩載諸《續圖經》甚明白也。至敘況公丁憂復任事,年代、事實大有歧異。楊循吉《吴邑志》云:「知府況鍾,宣德五年五月命擇江南守臣,禮部尚書胡濙舉以應,詔除蘇州府知府。六年三月奔繼母喪,秉燭治任,詰旦就道。」其丁憂之期在宣德六年三月,非正統三年之冬也。又云:「未幾,七縣士民列其政績封上,乞求還任,詔爲奪情,復起之。七年正月再至。」則碑所云「以郡事委郡丞邵諶,而以五顯王廟南偏爲居廬終制焉」者妄也。再視府事爲宣德之七年,非正統六年。楊《志》云:「正統四年,以通滿三考,上績天官，軍民八萬餘人保留再任。」此又第三任矣，與《記》所云服闋再任年月不符。況公在任，楊《志》載有「正統元年創作後堂衙宅，其餘一皆如制」，若果如此記所載，辟疆館事不應無説，而今皆不載，何耶？

以上諸條皆余就昔所聞，證今所見，決知此石非真。舊志或以任晦宅爲辟疆故居，朱長文、范成大、龔明之皆作疑信參半語，何至景定時《志》轉能定此爲顧況宅耶？五顯廟諸志不詳，惟《姑蘇志》有靈官廟，舊名靈順行祠。吴郡共有四祠，一在西米巷，名如意庵，嘉熙四年建，與此時碑記所出之地合。蓋和豐坊在米行，西米巷當即舊米行也。吾郡多博聞强記之儒，當必有辨之者。余姑爲引其端焉。

784 況太守辟疆館記僞刻辨正二

後辨云：《辟疆館記》碑文余得之同年王惕甫，蓋太守將屬惕甫爲文記其事，故爲之核其實也。已復親至西米巷，訪其僧雲峯。雲峯指壁間别有《況知府重建五顯廟祠記》碑，余讀之，得所謂如意庵者，有詢諸土人，云至今尚稱靈官廟，是守溪所云「靈官廟一在西米巷，名如意庵」者信矣。碑陰有《重建五王廟圖》，圖在垣外，風雨剥蝕，圖形莫辨，僅存篆額六字。余第就記文核之，益得《辟疆館記》作僞之證。

僧之言曰，嘉慶十一年得此庵於老尼，其時殿庭中即有二石，合貯一處，其一載乾隆年間重修事，其一即《辟疆館記》也。其徒某見石有字痕，洗之，適有幕客某寓此，云是碑可搨以易米，因搨出之。據此，則石故棄置庭外，非出自土中也。且余以《行祠記》與《辟疆館記》對勘，一陷壁間，已漫漶斷裂，而置諸庭中者獨完好如新乎？漫漶者正統四年所刊，完好者正統六年所刻，同一時，同一地，而完缺新舊迥別，兩碑語又齟齬不合。《重建五顯王行祠記》自崇寧而嘉泰，而寶慶，而咸淳，而洪武，因浮屠而有僧庵，因僧庵而有肖像，基址之恢擴、殿閣之改易，靡不備載，並未以五顯廟爲辟疆故地也。至元與咸淳同時，撰《行祠記》者既不能考其地之於古何屬，而《至元吳地記》又何從知爲辟疆故地乎？此僞托舊志之一證。

《行祠記》敘況侯修廟之事，乃與聯官某某節縮俸入爲之，則非請於朝矣。兩碑記重修，一云正統四年，一云三年，相距一年，斷非再舉。此錯撰事蹟之一證。

《記》又云：「先是，廟南畫於鄰垣，中庭湫隘，兩簷相接，至是貿其南地，退樓閣之址於南北。」及敘重興後事，但云「庭既閎豁，破完腐堅」，未聞有青葱蓊藹、竹木明瑟之致。即使後越二載可以增置房屋，然況公再視府事時恐未必有此蕭閒情致。此謾誇勝境之一證。

然則《辟疆館記》在作僞者即剌取《重建五顯王行祠記》中語而潦草爲之，因五顯廟以得和豐宋坊而妄以爲辟疆故址矣。規其地近今治，可恢拓及之，而妄以爲唐大曆中矣。因得其聯官同知邵諶之名，而妄以爲委之郡事矣。點竄塗改，其蹟顯然。碑石作書條款式，與乾隆《重修碑記》相類，是直近時好事者爲之，亦無足辨焉爾。

785 賞雨茅屋説

嘉慶庚午孟夏下澣九日，理安寒石上人訪余於縣橋，袖中出和法雨大師《山居》詩二十七首相示，余展讀一過，不覺神往。於九溪十八澗中，恍若對螺髻之峯，登松顛之閣矣。余與上人蹤蹟之邇、情誼之親，在吾與山居而不在理安山居。理安山居之勝吾得者其暫，吾與山居之樂吾得者其常。上人從理安返吾與，雖暫而不常，吾之欲與上人聯牀話舊猶是向日情也。因訂五月一日入山作一宿留。時約同游者，爲海寧陳仲魚、沈子逸。

是日，三人先後至，主賓相見甚歡，謂今日甚雨，疑不果來，而竟皆來，爲樂也。上人招至見山閣，憑闌遠眺，煙雲變幻之態較晴明更勝。余約坐中四人以「賞雨茅屋」分韻，各賦詩如右，擬倩友繪圖。明日，穹窿道士李補樵適來，遂屬作《話雨圖》。此五月二日事也。

余謂是游極朋友相聚之樂，方内與方外不過五人，以一雨爲之作合，殆天假之緣矣。及余歸，偶讀《東萊先生詩律武庫》「釋學門」云：「有僧問杭州廣嚴寺咸澤禪師云：『如何是廣嚴家風？』師答云：『一塢白雲，三間茅屋。』」不禁拍案叫絶，謂「賞雨茅屋」四字，此詩境也，而禪理寓焉。是《話雨圖》即謂之《賞雨茅屋圖》也可，且不可以無說。因爲之說，曰：

夫上人之去吾與而主理安也，思繼法雨禪師之志矣。法雨吾不知其何以名，余嘗至理安，見所謂法雨泉者，水不加盈，旱不加竭，其澤之及人靡不溥徧，禪師之功德當作如是觀。上人《山居》詩云：「濕透巉巖一天雨。」又云：「法雨恩霑草不枯。」其言雨澤之由近及遠也如是。方今麥隴初登，秧田未插，農之待雨也甚亟。乃上人之來，雨亦隨之，此雨之所以宜賞也。昔德山宣鑒禪師潙山問衆：「還識阿師也無？」衆曰：「不識。」潙曰：「是伊將來有把茅蓋頭，罵佛罵祖去。」是茅屋爲修真養静之所，釋子所獨專。今吾與二三同游托宇下而無霑服失容之慮，是雨宜賞，是茅屋之雨更宜賞也。此詩境耶？抑禪理耶？詩境之通於禪理耶？抑禪理之寓夫詩境耶？問之上人，無言也。問諸同游之二三子，亦無言也。客有聞余之說者，爲之進一解曰：「『巳公茅屋下，可以賦新詩。』今兹之游，其詩境彷佛遇之。」余欣然引是爲證，以畢余說。

786 與吴兔牀札

月前承顧，簡亵爲罪。面懇將尊藏宋元板書鈔一細目，以便爲《所見古書録》附編之助，蒙允録寄。再有懇者：《咸淳臨安志》敝藏尚有鈔配，謹將卷數開電。計開鈔補卷數一卷、八十一卷至八十九卷。如鄴架亦係鈔本，固無庸論。若有宋刻在余本鈔補卷内者，祈惠借一校。即交陳簡莊帶付更便也。草此奉候，即請兔牀先生日安。黄丕烈頓首。

787 與陳簡莊札

日前在尊寓敘談半日，極爲良朋聚首樂事。所借楼翁元刻《陳衆仲文集》與舊儲少詹所贈本同，印卻在先，藉此可填補磨滅之字，喜極，竭半日之力已校畢矣。惜錢本尚多三卷，八之末失之，弟雖有明本全者在，然未敢取補也。奉還楼翁時，乞問拜經樓中尚有别本完全者否。弟於古書極思以缺者補全爲快，而又不敢以他本相補，故遇之爲難。今得見此，何快如之。吴本脱首張翥《序》一首，失林泉生《序》半葉，卷中破碎不一，是可以錢本補也，不識楼翁有意成全之否。兹特繳上，乞查收。歸舟想尚有待，何日顧我一談，當煮茗以待。壽階歸否，其議論若何，便希及之。上簡莊二兄先生。弟丕烈手啓。

788 求古精舍金石圖序

余以求古名其居，爲藏宋刻書籍也，因自號佞宋主人。間亦收藏石刻，得蜀石經《毛詩》殘碑，持示潛研老人。老人曰：「子佞宋，將效予之佞金石乎？」蓋潛研嗜金石，著有成書，一時學者多宗之。故北平數覃溪，南直數潛研也。頃戊寅新秋，新畬先生以《求古精舍金石圖》寄余，并屬一言爲之引。顧余非嗜金石者，於所學毫無知識，不足爲新畬重。惟是求古之心則同，請得畢其説焉。

古人一事一物，必有精神命脈所係，故歷久不敝。然世遠年湮，不無顯晦之異，又有待於後人之網羅散失、參考舊聞，此古之所以貴乎求也。書籍與金石無二理，余與新畬所求乎古者，事不同而心無不同，故所以名其居舍者，實不同而名無不同。以余求古者推之，即可知新畬所以求古者矣。余之求古介於汲古、述古之間，新畬之求古超乎考古、博古而上。「自古在昔，先民有作」，凡事皆當作「與古爲徒」之想與。「求則得之，舍則失之」，凡人皆當凜「弗求何獲」之戒與。苟知此意，而新畬之金石其迹即余之書籍亦迹也[二]。第守「求古」二言爲之的，則在在皆可以名之，而余之居、新畬之舍不更爲迹之又渺小者乎。敢以斯言質諸新畬，新畬以余言爲然否？戊寅立秋後三日，復翁丕烈。

【校勘記】

〔一〕 書籍亦迹 「亦」字疑「其」之誤。按，上文言「金石其迹」，此言「書籍其迹」，正是對文之例。「亦」當作「其」。

789 百宋一廛書録序

予喜聚書，必購舊刻，昔人「佞宋」之譏，有同情焉。每流覽諸家書目，以求古書源流，如《述古》、《汲古》最爲珍秘，然其中亦不能盡載宋刻。即《延令宋板書目》亦以宋先之，其後亦不無兼收並蓄也。嘗聞崑山徐氏有《小樓書目》，出於傳是樓外，以爲盡録宋板，惜家無其書，未能一一寓目焉。十餘年來，究心載籍，欲仿宋人晁、陳兩家例，輯録一書，繫以題識，名曰《所見古書録》，究苦擇焉而不精，語焉而不詳，故遷延未成。適因遷居東城縣橋，重理舊籍，特裒集宋刻本彙藏一室，先成簿記，謂之《百宋一廛書録》。廛本廛字，顧南雅庶常爲余題字，取唐碑「纏」、「㢆」等字例易之，从省文也。此百種中，完者半，缺者半，皆世所罕秘者，不但時刻、惡鈔未可同日而語，即影寫宋本不能附驥以行。此則區區佞宋之私，誠無以自解於世者耳。嘉慶癸亥六月二十有七日，蕘翁黄丕烈識。

790 小安樂窩詩鈔序

海虞邵君荻香，余同年友也。君舉京兆，余捷省闈，己酉赴禮部，雖有團拜之會，初未一識其面，然久熟知其名。於何知之？於君之同邑張君子和知之。子和與君同舉京兆，而余與子和交實在己酉歲，同是同年，而識張不識邵，此中蓋各有前定焉。子和與余交好，以各有藏書癖，故子和嘗爲余言曰：「子爲我之書友，荻香爲我之詩友。」余因知荻香素工詩，惜余南北奔馳，於日下未有一年淹，而荻香亦餬口四方，與余曾不一把臂，可以盡讀其錦囊佳句也。歲庚申，子和挈其子赴府試。有與之偕來者指示余曰：「此故人荻香子，子未識荻香，今識荻香子，亦可慰相思矣。」問荻香顛末，知已作古，心甚怏怏。然得晤其令子，使余轉悲爲喜。遂招集讀未見書齋，即席賦詩，吴太史玉松亦在座，有云：「種樹有心培子弟，看花無夢到公卿〔二〕。」荻香子蓋已邀青盼矣，是歲即游泮宫。越二年爲余課孫，朝夕與余唱和，方知荻香之詩學有傳人。因請讀荻香詩，出《小安樂窩詩鈔》一帙，曰：「詩不盡是，是爲子和年伯所選定者。」余展讀一過，益信子和所稱道者爲不謬，而余數年來欲讀荻香詩之心亦藉可稍慰也。聞將付梓，俾世之論詩者爲豹斑之見，今而後荻香其可不死哉。况有荻香之子在，得以傳其詩學而推廣之，荻香復何懼哉。子名恩多，字闐僊，□□庠生。

【校勘記】

〔一〕 看花無夢到公卿 「花」原作「山」，「到」原作「列」，據國家圖書館藏稿本《小安樂窩詩鈔》卷末黄丕烈手跋改。

791 蕘言跋

此余省墓并紀游草也。舟中半月餘，矢口成吟，積六十餘首，歸來删存釐爲二卷，繕寫付梓。一時興到所成，皆屬草草，故卷中一首或複至幾字。繕寫有脱字、誤字，皆不及知，梓成始知之。複字此余自誤，不必正。正其脱字一：《述》三葉後三行「莊」下脱「景」。正其誤字一：《省》二後六行「河」當作「沙」。識於跋語，不復刓改。災黎禍棗，昔人所譏，余之求精而反粗，可譏尤甚焉。蕘夫黄丕烈記。

792 彭尺木撰書天寧庵新開叢林記册跋

吾鄉先達以儒而通於禪者，獨數彭尺木進士，其所著《二林居士文集》可覘其學也。余以年家子曾一接丰采，未及挹其言論也。此《天寧新開叢林記》爲澄公作，澄公蓋以禪辛未季冬朔，至吾與庵書此。復翁記。

而通於儒者也，余訂交數年餘矣，亦以其爲文字禪，於我有裨耳。

793 玄機詩思圖跋

道光乙酉，新秋七月七日，鳳兒邀集同人縣橋小隱學耕堂，爲吟社第三集。是集吟課丐題宋廛所藏《唐女郎魚玄機詩集》，不限體韻，各盡所長。其必以《魚集》者，蓋嘉慶癸亥春始得是集，及仲夏下澣三日邀同人題之，共得十二人，一時傳爲佳話。越三日，鳳兒始生。及長，稍解聲韻，頗好吟詠，因舉是集畀之，俾世守宋廛百一之珍。且物與人皆來自癸亥，又成一奇遇也。今年已二十三矣，雖制舉之學不工，一衿亦未幸獲，而喜與勝己者游。前此黄文節公生日會於儀宋堂，荷華生日立秋會於小芠蘆館，今七月七日又會於縣橋小隱，皆一時知名之士，蓄道德而能文章者。吾子能往從之游，非老人之一快乎？是爲記其緣起。老蕘。

與會同人姓氏列後：

尤崧鎮榕疇、陸損之東蘿、彭蘊章詠莪、朱綬酉生、陳彬華小松、吴嘉淦清如、褚逢椿仙根、孫義璽子和、沈秉鈺式如、潘曾沂功甫、吴根壽雲、李一鳳苞之、黄壽鳳同叔、黄美鎬飲魚。

七月七日重讀《魚集》一過，撫今追昔，情緒蒼茫，不覺詩思之填膺也。然時苦氣逆不順，未能構思，因集集中句成七絶八首，每首各注所指，聊以自怡云爾。

河漢期賖空極目，夢爲蝴蝶也尋花。閒乘畫舫吟明月，不羡牽牛織女家。其一。七月七日第二次集同人題詠。

今朝北雁又南飛，無限荷香染暑衣。疏散未閑終遂願，博山鑪暖麝香微。其二。吟社始於六月十二，再會於六月廿四，今會已入新秋數日矣。

僻巷深居謬學顔，忽將瓊韻叩柴關。多情公子春留句，獨自清吟月色閒。其三。是會潘功甫未及入會，而先有詩，詩成在七月哉生明日。

座上新泉泛酒杯，綺羅長擁亂書堆。井邊桐葉鳴秋雨，移得仙居此地來。其四。近沈綺雲有《唐宋三婦人集》之刻，皆出自予家，而《魚集》以宋刊故獨登《百宋一廛賦》。

珍簟新鋪翡翠樓，紅牋開處見銀鉤。布衣終作雲霄客，且惜時吟在白頭〔二〕。其五。前會如南雁、堯香、琴涵以及木夫、竹友，今皆爲京外官。

柳絲梅綻正芳菲，比翼連襟會肯遲。聚散已悲雲不定，不堪吟苦寂寥時。其六。前會如壽階、蔚堂、子仙、嬾雲，今皆先後作古。

自歎多情是足愁，片時已過十經秋。如松匪石盟長在，夜夜燈前欲白頭。其七。此册所貯錦囊，用洞庭山人鈕匪石所贈古錦以製。山人暮年落寞，餬口四方，故是會反無隻字。

嶰谷風吹萬葉秋，晚風敧柳似眉愁。欲將香匣收藏卻，卻恐相將不到頭。其八。吾家百宋一廛中物，案圖索驥，幾爲一空。惟此以予所鍾愛，得以守之弗失。此宋廛百一之珍也，子孫其世守之，勿爲豪家所奪。

七月七日晨起，坐百宋一廛之北窗，蕘夫書。

此上石章、下銅鏡，二者皆得諸顧子鑑泉。初，予欲購一長方印，鑑泉因取紅黃壽山石章相示，質頗佳，上有辟邪鈕，惜已鐫成，文曰「生來瘦」。予雖不適用，然篆出於喬昱手，物以人重，留之以爲文玩可矣。至於銅鏡，本非所須，鑑泉云：「是青銅鏡，鑑之可見真面目。」亦遂留之。時予有琴川之行，蓋爲往弔陳君子準也。初一出門，初三歸家。三晝夜中，勞頓傷感，疲憊已極。偶憩滂喜園中，適有西城舊人過予門，曰：「主翁今年七十五歲耶？」予甚異其言，急問：「鏡曾磨否？」兒輩應曰：「磨矣。」取而鑒之，形神瘦削，頓改舊容。噫，一生之肥瘠，亦何關於人事而必有石章以爲先機之示兆？又有銅鏡以爲對面之參觀？始知一動一静，悉本天然矣。或誚之曰：「子此行才三日耳，有詩若干首，得毋苦吟而瘦乎？」予曰：「瘦有精神，何以肥爲？」且曰：「生來瘦則瘦者生來之機也。予今年劚六十三歲耳，而外人以爲七十五，此一紀之壽，天假我以年矣。夫何憂？」道光乙酉七月七日，復翁記。大隆案：此文在小影之上，「生來瘦」印文之下飲魚書小楷精絶。

生來瘦，生來瘦。我有好容顏，忽焉頓改舊。衰軀抱微疴，胸鬲苦欬瘷。不道口流涎，面竟觀河皺。瘦卻有精神，清臞勝寒陋。旁人許加年，七十五歲壽。蕘夫。大隆案：此詩在「生來瘦」印之側。

青銅鏡，青銅鏡。我有真面目，見君益清浄。憶自辛年來，常苦夏畦病。病時多塵容，顔色失其正。一入新秋來，精瑩得金性。寄語磨鏡郎，揚輝月秋孟。蕘夫。此詩在鏡中影之左。二詩並飲魚所録。

七月十日病榻無聊，惟以宋雕《魚集》展閲消閒，因仍集句成詩。有詩製題，前四首敘當日雅集之意，兼及雅集之人，題旨在各首下。後六首一敘宋廛觴詠之事，一敘《魚集》題詞之人，餘敘舊題之人，人各一詩，即當懷舊之作云爾。

休招閒客夜貪棊，淚落晴光一首詩。且醉尊前休悵望，石城城下暮帆遲。其一。座中秋賦白門者共有八人，此集即爲祖餞亦可。

況當風月滿庭秋，何事能消旅館愁。莫倦蓬門時一訪，願君争取最前籌。其二。席上探花以爲諸君奪元之兆。

一枝月桂和煙秀，苦思搜詩燈下吟。扃閉朱門人不到，新情字字又聲金。其三。三孫以詩獲雋游庠，今科居然觀場，儻得擲地聲金，或冀仰天攀桂，予時作非分之想。

滿庭黄菊籬邊坼，歷歷銀鉤指下生。畢竟入門應始了，舉頭空羡榜中名。其四。小松遭憂，壽雲、高尚皆未赴試。

喧喧朱紫雜人寰，白日清宵是散仙。長者車音門外有，春花秋月入詩篇。其五。自道宋廛讌集之樂。

同向銀牀恨早秋，堅圓静滑一星流。暫持詩句魂猶斷，潘岳多情欲白頭。其六。歸佩珊夫人詞筆甚妙，三松女弟子也。爲予代求之。

萬里身同不繫舟，南雅曾任雲南學差。有遮闌處任鉤留。乞假後旋赴補。春來秋去相思在，南北魚雁時可相通。鸚鵡籠中語未休。今以言事鐫級謫爲散仙。其七。南雅宦羈京闕。

閒居作賦幾年愁，楊柳東西絆客舟。方米久已賦閒，今春就徐氏館，買舟北上。惆悵春風楚江暮，離腸百結解無由。即使明春得第，而年已及周甲，亦復何用。我輩故交不勝惜别之心。其八。方米遠館北行。

幽棲莫定梧桐處，窗下銀燈暗曉風。范蠡功成身隱遁，持竿盡日碧江空。其九。木夫久宦河南，近始歸隱練川矣。

深巷窮門少侣儔，爲憐鄰巷小房幽。不辭宛轉長隨手，雙燕巢分白露秋。其十。春生因昆仲析居，從老屋遷此，與予同居處。

六十三歲病叟書。

七月十日之夜，風雨大作，夜眠不寐，仍想集《魚集》句爲詩，然記憶不清，只好先製題以待。此時光景正與《魚集》中「滿庭木葉愁風起，一首詩來百度吟」情緒合也。遲明梳洗既畢，佛堂香火亦竣事，遂磨墨伸紙，隨臥時所製題爲之，寫畢益覺筆歌墨舞，神采飛動也。病魔爲詩魔戰勝而退矣。喜而書此。

鴛鴦一隻失羣飛，聞道鄰家夫壻歸。字字朝看軒碧玉，蘼蕪盈手泣斜暉。其一。卷中先有女史曹貞秀題句，有「楞伽山人同觀」款，今墨琴已失偶，而予近日又乞得昭文孫子瀟夫婦題句，儻使墨琴見之，定多傷感。

忽喜扣門傳語至，陽春歌在換新詞。彩雲一去無消息，不料仙郎有别離。其二。沈綺雲，墨琴夫人妹壻也。曾覆刊此集，甚精，板歸松江古倪園。今綺雲作古，需此甚難，或向伊弟十峯求之，間有得者。是首鳳兒補集。

别日南鴻纔北去，花叢自徧不曾裁。蓬山雨灑千峯小，兩朵芙蓉鏡裏開。其三。詠莪、功甫來歲俱上春官，定看徧長安花矣。蓬萊伊邇，芙蓉鏡下及第，此二君也。

茫茫九陌無知己，芳意潛消又一春。何事玉郎搜藻思，卻緣香甚蝶難親。其四。予幼子同叔及子仙令郎苞之，一以壽鳳名，一以一鳳名，今春十試俱未售，不勝鳳兮鳳兮之感。

煙花已入鸜鵒巷，仙籍人間不久留。寶匣鏡昏蟬鬢亂，篇篇夜誦在衾裯。其五。惕甫幼子，予第三壻也。予嘗欲再會同人，分題《魚集》，井叔實應其選，乃不及待而去秋病歿。大抵年少風流，誤入煙花之隊。臨歿，以《嗣雅堂稿》廿五册授其繼室曹左芬，左芬堅守不輕示人，聞近已刊行矣。

叔夜佳醪莫獨斟，不眠長夜怕寒衾。白花發詠慚稱謝，透幌紗窗惜月沈。其六。此敘昨夜風雨不寐光景，爲總結。

午後風稍息，時露日光。一力從山中來，昨遣請展五峯墓并候山僧，阻風雨宿庵中。庵僧知予病，特遣道人向孫家橋蓮蕩中擇白華蓮蓬十隻貽予。剥之色香味俱備，可謂知情識趣之辛成和上矣。此養病第一快事，因附書諸册，秋清逸士手稿。

是會期而未至者一人，曹墳稼山也，即墨琴之姪、井叔之表兄，故與予三兒尤稔。胸中頗多藴蓄，時作長編大文以發揮之。近應賀方伯選《經濟文編》之聘，就館薇垣。其不來者，想公事倥傯也。家住城西之谿上，去楓江不遠矣。三兒補集一首請正，余以爲甚妙，因手書之。時七月中元前三日。

西看已有登垣意，楓葉千枝須萬枝。書信茫茫何處問，終期相見月圓時。

此書曾爲蓺芸主人指名相索，予曰：「留此爲娱老之資，雖千金不易也。」從此無有過而問焉者。正所謂「不用多情欲相見，瀟湘夢斷罷調琴」，復綴一絶，以足其意。

珠歸龍窟知誰見，翠葉那堪染露塵。一曲艶歌琴杳杳，王孫方恨買無因。老蕘。

【校勘記】

〔一〕 白頭　魚玄機《和友人次韻》詩句作「手頭」。

794 潘三松爲改七薌作墨蘭卷跋

嘉慶十六年二月二十七日，萬承紀觀。

同日七薌攜此卷於縣橋小隱得觀，昨在三松堂獲見沈子綺雲所藏卷一卷，皆榕翁所作，以分贈綺雲、七薌者，今裝成，復攜來，始獲見焉。抑何幸耶！頃夏子羽谷作横幅蘭畫贈余，惜未倩七薌一爲之評騭也。蕘翁。

795 卷勺園集序

《卷勺園集》者，乍浦劉瑞圃先生録其平生游賞與名流贈答之作也。先生結廬海濱，息跡塵壤，既重交游，尤躭文詠。樓觀滄海，客謂移情。家有小園，山非依樣。池亭風月，隨朝暮以生新；魚鳥煙花，逐暄涼而異態。雲南雲北，既嘯侶而偕來；一詠一觴，亦幽情之斯寄。或巨山宿老，領袖東南；或雛鳳妙年，跌蕩文史。獻縞贈紵，履綦如新。巴曲郢歌，詞華各擅。齊契則風雨亦來，投分則履帶能適。東閣交筵，西齋下榻。蓋客不厭過從之歡，主亦忘瞻對之勞者矣。時或春花驟發，秋雨且晴。涼月舒魄，冬霰停陰。琴樽以宴友朋，嘯詞以樂晨夕。落梅風過，二月春耕；叢菊花開，一帆秋駕。傷春傷別，對庭藥而留連；愁水愁風，送歸艎之渺瀰。兼以棲息玄門，欽心禪悅。造鷲嶺之居，松扃煙敞；演龍宫之偈，桂幌霞開。林間浹乎方外，杖錫接乎華纓。以兹勝游，萃兹勝侶，莫不寫入新圖，編成緗帙。是非篤志風義，取邑林壑，勢位無以易其素，簪紱不以攖其心，氣與青冥争高，志與白雲比潔者，又何以羣賢萃止、名彦欽遲如此乎？洛下之銅巖頹而輒響，湘水之石雨集而能飛。誅茆開徑，客許羊求。頌酒絃詩，朋來辛李。論其旨趣，實符古懽。獻酬既屢，賡唱遂多。總成兩卷，都爲一編。先生恐人事之多乖，萍蹤之難合。斷雲隴首，隨風東西；芳草天涯，積時新故。顧省前塵，追思良會。將付梓人，以貽來者。猥授簡末，使奏蕪詞。僕未嫺五際，敢贊一辭。徒以僑札之契、珠玉之投，名義斯在，煙墨不韜。後之讀是録者，將謂玉山名勝之集、月泉吟社之編，不是過也已。嘉慶庚辰秋七月，吴縣黄丕烈拜譔。

796 題改玉壺山人藏龔御雲山無盡圖卷

辛未春分日，改君七薌偕古倪園主人訪余於陶陶室，攜此卷相示。余素不識畫，而卻喜畫，余倩諸友人畫得書圖已有三十六幅矣。兹又將乞七薌爲之，七薌知余藏《古列女傳》，其畫爲古佩服而欲觀之，以進於古事，先示余《雲山無盡卷》，余亦何幸而得見耶。卷中有歙汪梅鼎看款〔一〕。澥雲，余友也，續得書十二圖，即其所作。中有一圖云《雲山江水》，頗極筆墨之妙，然其跋云「止畫釣臺一角」，恐不能如此之無盡也。請還以質諸七薌之善畫者。蕘圃黄丕烈燒燭書。

【校勘記】

〔一〕汪梅鼎　原作「汪鼎梅」。按，汪梅鼎，字澥雲，安徽休寧人，乾隆五十八年進士，善畫。錢泳《履園叢話》卷十一《畫學》有汪梅鼎小傳。下文云「澥雲吾友也」，可見正是此汪梅鼎，今據以乙正。

797 竹柏樓居圖頌

蓋聞漢家中壘曾畫屏風，晉代虎頭亦圖佩服。惟編傳於《列女》，可附益以後人。又愷二兄凛式穀於王孫，素欽節義；遵詒謀於棠邑，久著賢明。出示先伯母韓太孺人《竹柏樓居圖》。虞嬪行篤，江湖之泣血猶斑；衛寡字依《御覽》，今本誤作「宣」。心勞，石虎之寓言何若。居樓不下，跡守漸臺；獨宿何傷，心甘蓬室。丕烈跋後終慙長睿，恍觀仁智之圖；校書竊慕子容，親見母儀之像。文擬續夫一卷，詩用頌以四言。其辭曰：

陶嬰少寡，貞順十三。高行處梁。貞順十三。夫人省兹，頌義小序。執節有常。節義二。勤愨治中，母儀五。知世紀綱。頌義小序。左琴右書，賢明十五。莞葭爲牆。賢明十四。處子擇藝，母儀十一。言成文章。頌義小序。稱列先祖，母儀八。亦無愆殃。母儀八。蓋母有力，母儀三。君子稱揚。貞順十三。表其閭里，賢明七。德行光明。母儀九。

798 鍾式研銘

叩之無聲，然雅音以成。

跋

大隆幼治流略之學，讀潘文勤公所刻《士禮居藏書題跋記》，心竊好之。與仲兄蔭嘉蒼虬每談宋廛遺事，津津忘倦。後得繆筱珊、章式之、吴印臣三先生合潘文勤、江建霞、鄧秋枚三刻并輯遺佚爲《蕘圃藏書題識》，既據以補江氏所編《年譜》，復廣求未刻題識，兼及詩文，有續輯之志。而常熟丁君初我祖蔭慫恿最力，首録所藏題識十餘篇見貽。上元宗丈子戴舜年，南陵徐丈積餘乃昌，常熟瞿君良士啓甲、鳳起熙邦父子，長沙葉君定侯啓勳，元和顧君公碩則奂，東莞莫君天一伯驥，吴興周君越然子彦〔一〕亦先後鈔示。今夏訪書三泖，盡觀韓氏讀有用書齋藏書，又得數十篇。乃編次爲四卷，附《雜著》一卷。念此事終無窮盡，誠如繆氏之言。今所得雖不逮潘刻，以較江、鄧二刻則駸駸過之。崑山趙君學南詒琛、海門施君韻秋維藩促付梓人，并助校勘監雕，尤勞心力。他若德化李氏、江安傅氏、南海潘氏所藏及坊肆續有發見，補苴罅漏，則俟海内之有同好者再續焉。抑芹伯更欲校補繆輯本重刊，異日書成，則此册視爲筌蹄可也。剞劂告竟，而初我墓有宿草，子戴丈亦捐館舍，又不禁傷感靡已矣。民國二十二年，歲在癸酉，季冬，吴縣王大隆跋。

【校勘記】

〔一〕子彦　原作「越然」。按，周越然字子彦，吴興人，與王大隆相友善。原重「越然」二字，顯係誤刻，今改正。

蕘圃藏書題識再續録

王大隆 輯
占旭東 點校

目録

蕘圃藏書題識再續録目

蕘圃藏書題識再續録卷一

蕘圃藏書題識再續録卷二

蕘圃藏書題識再續録卷三

蕘圃藏書題識再續録卷一

經類

799 周易集解十七卷 校影宋鈔本

晁公武書文略。

丕烈案，此篇全録晁公武《讀書志》文，想係昔人附録於後，非計用章後序可比。不知影宋本何以有此。

鮮于侃跋據鼎祚自序止云「十卷」。李鼎祚自序朱睦㮮本云「一十八卷」，與毛刻同。海寧陳鱣嘉慶十六年七月既望跋。大隆案：文載《經籍跋文》，今略。

陳云按明嘉靖三十六年朱睦㮮刻此書，當作「十卷」。

丕烈案，余新收朱睦㮮本「十七卷」，此云「十卷」，未知何據。

丕烈案，近見何義門跋津逮本是書云：「斧季云，是書胡氏初開者訛脱不可讀，其尊人得宋本,遂重開之,獨爲一書之冠云。」又跋云:「癸巳之冬,復命祗役武英。乙未夏初,御前以宋槧本數種重裝,中有是書,果毛氏舊物分授斧季之兄奏叔者,後歸季氏,不知何時進入天府。信乎斧季之言不妄也。書一刻於乾道,再刻於嘉定,有鮮于侁及其子申之二跋,所見者乃嘉定大字本。」據此,則毛藏毛刊同出一源,十七卷之本實宋本重開者。況朱睦㮮序亦云從宋本出,故朱、毛二刻卷數同。乃毛褒華伯所藏影宋鈔本又爲十卷,且標題「易傳卷第幾」,乾、坤下諸卦皆列某宫某月某世,無不與影宋本合。獨斧季以爲「胡氏初開者訛脱不可讀」耶。且胡亦非無據者,末載計用章序,胡以爲出自焦弱侯家。考焦氏《國史·經籍志》亦云「十卷」,則孝轅之説合。要之,十卷、十七卷判然兩本,以所聞何義門説證之,則十七卷本有鮮于侁及其子申之二跋;以所見胡孝轅本證之,則十卷本有計用章跋,似有異同。而毛氏影宋,計與兩鮮于之序跋皆具,是又混而爲一矣。疑義之不可析如此。還質髯翁,髯翁以爲何如〔一〕?

【校勘記】

〔一〕何如　原倒作「如何」,據浙江省博物館藏毛氏汲古閣刻《津逮秘書》本《周易集解》黄丕烈跋墨蹟乙。

800 韓詩外傳十卷 校元本　闕九、十兩卷

四月下澣六日夜膳後挑燈校此，覺元刻尚留一二古字。書以最前刻者爲最佳，開卷已信如是矣。棘人丕烈。卷一末。

二十七日晨起校此。有書客來，攜舊鈔集數種，相與劇談半日，至午乃畢。校「療飢」，「飢」字與《毛詩傳箋》合，「療」字與《釋文》「當從療」之説合，信元刻之善〔一〕也。

壬申夏五游西山，舟中無聊，偶攜此書，擬臨陸東蘿手校本上之旁引曲證語，奈舟太小，持〔二〕筆即摇動不已，故所臨未終二卷，遂置之。後自山中歸，望日燒燭重臨，始畢第二卷。復翁記。

元本《詩外傳》余藏毛氏本亦於甲戌春歸默堂，篋中止校元本矣。近新交張訒庵、吴枚庵，各借此臨校，遇模糊處反以相質，余幾忘所校之同異矣。甚哉，元本之不可輕棄也。歸默堂之本不可復蹤跡，而歸玩華居者或可再借歸以證其同異〔三〕。余素不信校本，今自校者且難信之，皆因惜錢而不惜書以致此也。清夜自思，頓殊今昔，爲之掩卷歎息不已。乙亥五月二日，訒菴還書歸篋。復翁偶記。

舊友雲煙散，新交旦莫來。異書拋欲盡，愁緒理難開。心血半生耗，容顔今歲衰。空

門時念我，彼岸首應回。乙亥五月二日枯坐百宋一廛，感懷作。廿止醒人。

乙亥冬借向歸金玩華居元刻本，倩内姪丁達夫影摹一本，仍與校本並藏。蕘翁記，十二月十九日燈下識。以上卷二末。

五月望後一日臨校畢此卷。

昨晚校未畢，今早往顧春艖處賀湯餅，午後又值諸友人來劇譚[四]。至夜客去，方校此，已更餘矣。以上卷三末。

日來俗務蝟集，未能畢力校勘。端陽前一日晨起，校終此卷。天氣倏陰倏晴，即有微雨而不澍，鄉人盼雨甚急，麥已收，秧將插矣。彼蒼其默佑之哉。小千頃堂主人黄蕘圃氏識。

五月十七日午後臨校畢此卷。以上卷四末。

端陽節後連日天陰，礎潤而不雨，潮濕薰蒸，正所謂黄梅時節也。人頗懶倦，無意校書。至九日粥後，校終此卷。○俗諺云「夏至難逢端午日」，今歲適逢，此是誠難得也。附記於此。

五月十七日，燒燭臨校畢此卷，適又屆端陽節後，連日天陰，惟雨不甚大，天亦不甚熱，較十七年前稍異耳。事隔數年，而校書不輟，故我依然，可謂幸矣。附記。

余臨陸東蘿校本至此卷止，已後五卷皆倩東蘿代臨矣。東蘿與澗薲居相近，交亦密，故校書事亦頗勤渠手。校本亦據五硯與余兩家所藏元本，其參校他書異同，則又東蘿所自爲也。余延東蘿司讎校事止二年，余力既不足，硯田之資不足以贍東蘿，忽忽別去，晨夕又失一晤語之友。唯留此手跡，時得展玩。此書之中，諸同人筆墨頗多，風流雲散，曷勝離合之感。壬申歲莫書。復翁。以上卷五末。

飯畢校此。今午〔五〕頗有霽色，然浮雲往來，仍有欲雨之意，農人望之至矣。沛然下雨，其在斯時乎。卷六末。

校此卷畢。斜照滿庭，緑陰映牖，林間清風，徐徐來矣。不雨奈何？卷七末。

今日寂静無事，于午後連校三卷。昔也是翁云：「閒窗静坐，爐香郁然。覽茲墨妙，是正書中一二譌字，覺人世間榮名利養之樂，罕有逾於此者。」余亦以爲然。卷八末。

甲申夏復以殘元本校一卷至四卷，所校字皆注於下方，不復記出，想讀者自能別之也。鋆識。卷四末。

【校勘記】

〔一〕「善」下原有「本」字，據國家圖書館藏元刻本《韓詩外傳》黄丕烈手跋删。

〔二〕持　原作「執」，據黄丕烈手跋改。

〔三〕　同異　原倒，據黄丕烈手跋乙。

〔四〕　譚　原作「談」，據黄丕烈手跋改。

〔五〕　午　原作「日」，據黄丕烈手跋改。

801　周禮鄭氏注十二卷　校宋本

《周禮》宋本纂圖互注者流傳尚多，庚子歲余得京本《校注鄭注周禮》，内附釋文，係巾箱小本。因取此本於邗上旅寓校讎一過，是正頗多。然此本係翻宋刻佳本，尚多誤謬，信書之不可不參校也。庚子孟夏聽默識。

聽默者姓錢，字景凱，住山塘，書賈中識古之人也。《天禄琳琅》云「白隄錢聽默經眼」，即其鈐於古書之圖記也。復翁識。

案，此本最佳，錢云尚多誤謬，此惑於他本也。

十一月十七日，亦取纂圖互注本參校一過，未知與錢所校本同否，所校字時有出入。《周禮》纂圖互注本曾見宋刻，非佳本也。經注本此爲最善，不附《釋文》，尤爲可寶。是書藏某家，因有錢聽默校宋本，物主視爲奇貨。余因集各本校此書，不得不購此一明刻損污之本，出番餅十枚置之。可云書魔矣。乙亥秋九月小盡，復翁。

余所見互注本而「秋」、「冬」二官非互注者，向在海寧陳氏，今聞已轉徙矣。十月二十七日，復翁。以上卷一後。

某家得此時，見有「校宋本」在上，已出重貲，故此時購之，必索重直，且經估人之手，宜增至十番也。

余於去秋校《周禮》，曾借五柳居所收小字宋本，校《天官》上、下卷於毛刻注疏本上，後屬陸東蘿覆校。付刊之樣專以嘉靖本爲主，其他宋本有勝於嘉靖本者時一參之。故此刻《天官》上、下有小字本者，皆就舊校毛本上臨出也。原校小字宋本係首册，《天官》上、下全，《地官》止有上卷，因向有真岳本，故未校。頃從書友又獲一小字宋本，即五柳所收原帙而散佚者，係《夏官》上、下全，《秋官》止有上卷，急收之，而校於此。間有一二佳處，其誤者亦復不少。援前校例，《秋官》向有蜀大字本，故亦不校也。丙子閏月十有二日，竭竟日力校之。復翁記。以上卷八後。

此嘉靖本《三禮》中之《周禮》也。昔以青蚨六百餘文購一塾師讀本，已點污矣。久而失之，兹復置此，污損更甚，卷中紅筆是也。蕘夫記。卷九後。

蜀本《秋官》二卷，向藏虚白堂楊氏，余從愓甫乞得，遂爲己有，入諸《百宋一廛賦》中。今秋又從香嚴書屋中購獲岳板真本《地官》、《春官》四卷，與此適得《周禮》之半。凡天下事得半已足矣，寧望全耶？此外，余本藏顧氏，董本藏蔣氏，皆非全璧也。復翁。卷十後。

丙子十月借鈕非石手校、顧抱沖藏余仁仲本校。

此本卷一末有錢聽默跋，云得京本《校注秋官》，又多蜀本校字。余兹校德興董學士宅集古堂本於汲古注疏本上，復以董本參錢所校者，但就錢校處參校董本。經注與此本異同字不復校上者，以有全校本在毛刻上也。董本有鈔補卷，故宋刻標曰「董本」，闕卷標曰「鈔補」云。復翁。

海寧陳仲魚僑吴之時，與余同好收書，故彼此所收非見知即聞知也。渠從嘉禾金公手得宋刊《周禮經注》，《天官》至《夏官》皆「纂圖互注」本，「秋」、「冬」二官則單注有經文者也。仲魚歸隱向山閣，蹤跡不常晤。今秋思校《周禮經注》付梓，因購各家宋本，遂往借之。適已轉徙他所，幸他所反近在我郡，仍托友借之，校如右。兼用墨筆、黄筆者，以先有二色筆校别本也。竊思天壤間事每相左，即如陳本不能守而轉徙他所，董本余不能收而已售他人，皆事之相左者也。今將以嘉靖本付梓，而以各本異同入諸札記中，聊以償余夙願已耳。乙亥十一月十五日，復翁。以上十二卷後。

802 周禮注疏四十二卷 校宋本

抱經盧文弨以吴門惠氏校本并武英殿新刻本、明北雍本校正。惠半農先生名士奇暨子松崖先生名棟，於經史皆有評校，此以宋本校正《疏》，以余氏萬卷堂本校《經注音義》。弨今所校，凡依惠本改定者不一一標識，惟惠本所未經改而新本及管見有增減更易之處，乃著之。以上盧文弨跋。

此《天官》上復以五柳居藏小字宋本校，亦用墨筆，未免有與臨周本用墨筆亂者，偶以「小字宋本」標出，或加墨圈識。其字有雙圈者，周校多同也。凡書各有源流，即如字體小寫，小字宋本與董本多同，故遇小寫字反以墨圈識之，非取其字體之正也。十月十九日，復翁。

十月二十有六日，覆取嘉靖本勘此《天官》上，云「覆嘉者」是也。嘉無破體小寫字，故多與董本小字本異。以上卷四後。

十月二十有七日午前覆校嘉靖本，唯《掌次》「張帟，柩上承塵」，「上」誤「小」，乃嘉本所獨耳。卷七後。

五柳居有小字宋本，存《天官》上下、《地官》上，兹取以校《天官》上、下。其《地官》上不覆校者,《地官》自有岳本在,係真宋板之最佳者,故略之。十月二十一日,復翁。

十月二十有七日覆嘉本。前有「嘉」字者,係臨周校也。云「案」者,即臨校周校時先以嘉本參之也。復翁。

周本校語云錢孫保、季振宜所藏宋板《周禮·春官》、《夏官》、《冬官》爲余仁仲本,《天官》、《地官》則又别一宋槧,《秋官》則鈔補者也。余假諸顧秀才之逵,又參以岳本校訖,癸丑二月廿二日也。

蕘案,此是周香嚴臨段茂堂校本前跋,當是茂堂所記。以上卷八後。

十月二十有七日覆校嘉靖本,並略參真岳板。復翁。卷十後。

凡同宋本者,則上方寫「岳」字,以岳本校若膺氏。卷十五後。

以余仁仲本校,以岳本校。卷十八後。

此本先有盧抱經先生校勘紅筆,自此册而止,兹用黄筆加圈紅筆以别之。卷十八後。

以余仁仲本校。卷十九後。

以余仁仲本校,此卷尾葉闕其半。卷二十七後。

以余仁仲本校。卷二十九後。

余仁仲本。卷三十三後。

余仁仲本闕，岳本校。卷三十四後。

岳校。卷三十六後。

案，此卷因董本闕，以鈔本補，改用黑筆。兹臨周校全用黑筆，故注岳本用黑筆處皆别標出云。卷三十七後。

以岳本校。卷三十八後。

凡黑筆云「周校」者，皆臨校也。卷三十九後。

《秋官》下、《冬官》上係鈔補，用黑筆校。蕘翁。

臨校周校亦用黑筆，皆校岳本也。其注「周校」云者，用余仁仲本。卷四十後。

此書黄筆以蔣壽松藏顧氏散出之殘宋本校。其最佳者，《天官》上「腊人」注也。餘多訛舛。蕘翁。卷四十二後。

全書覆取周臨段校余仁仲刊本，又錢孫保補鈔宋本，又岳本及段茂堂意改本，余取周臨校本勘此，於董本異同，悉加圈出。兹取載於此校本上下方及行間者，皆余本與岳本也。補鈔宋本及意改本未及校入，恐展轉傳寫，昧所從來也。讀此書者，但認黄筆爲董刊宋本，《秋》下、《冬》上董已闕，不可信。至岳本，想係覆本。并記。復翁。

803 殘宋大字本禮記校勘記一卷 稿本

殘宋大字本《禮記鄭氏注》五至八，十一至十五，共九卷。每半葉十行，每行大十八字，小廿五字不等。板心有刻工「姚臻」、「毛諒」、「徐高」等姓名，的是南渡前精刻本也。余得於任蔣橋顧月槎家。偶取《月令》與他本相對，注中「耒耕之上曲也」，「耕」皆誤爲「耜」，惟此不誤，乃知其佳。率取他宋槧，如撫州本等校之，得異同處若干條，録之如左。他日再得佳本，當詳加校勘作記以表之。嘉慶乙亥，黄丕烈書於士禮居。

丙子莫春，雨窗無事，删𨶙一過。復翁。

804 大戴禮記十三卷 明刻本

此翻宋刻《大戴禮記》，余得諸太倉故家。頃知九梅主人欲爲《小正》之學，將搜訪各本以證異同，因輟此爲贈。嘉慶壬戌夏初伏日識。蕘翁。

805 博雅十卷 明刻本

高郵王懷祖先生著《廣雅疏證》，其所據各本有影宋本、皇甫本、畢本、吴本。所云「影宋本」者蓋即余家藏《敏求記》中「正德乙亥支硎山人手跋本」也。皇甫本未之見，未知所刻如何。畢本者，畢效欽《五雅》中本也。吴本者，吴琯《古今逸史》中本也。此外又有堂策檻本，是即郎本，王未之及，想未以爲善本耳。王云《廣雅》諸刻本以明畢效欽本爲最善，以余觀之，此殊不然。余嘗以影宋本校畢本，脱誤仍不免。今得皇甫本，出影宋本勘之，行款悉同，即邊幅之闊狹、字體之大小，亦無弗同，影宋本與皇甫本同出一源矣。且影宋本與皇甫本同出於一時，同出於一地。一爲正德乙亥支硎山人手跋，謂鈔自士人袁飛卿；一爲皇甫録校正，有其子皇甫沖序，皆爲吴郡人，考其登第年代，與袁飛卿後先不遠。或宋本在吴中某家，而一借鈔之，一校刻之，故大略相同也。每葉十四行，每行十五字，無不同。所異者，卷端書名標題後多撰人諸名耳。皇甫本字較影宋本稍誤，暇日當取影宋本勘之。或仍留此浄本，以存真面目云。復翁。

予得皇甫録本二部，久思以影宋本校於皇甫本矣。因思向時顧千里館余家，爲余校書，曾用畢效欽本以影宋校之，於佳字一一記出，有長跋可證。又於部葉上標題云「影宋鈔本校，影宋本已誤者，悉不改正」。蓋非昔人所云死校法也。既而余亦用紅筆略識其字之與畢本異者，恐後人莫辨，認顧校之紅筆爲一，故特表明。而此番用墨筆校皇甫本，復參顧校，於顧校未記出者，仍以墨筆記出，擬仍昔人死校法也。然細玩顧校紅筆，亦不甚於影宋本作依樣葫蘆，殆斟酌其是非出之，且影宋本不過就其大概言之，非必如毛氏影鈔纖悉必遵，故每遇脱字，或補於行末，或於行末空一格，取不走行也。而影宋原屬舊鈔筆，雖未必無訛舛，畢本又屬細字後印，故字體亦未必全是。惟此本大字悦目，與影宋結體相同，用以校勘，實爲相宜。兹之所校，於影宋本佳字固無一遺，就千里所記悉爲表明，而影宋本之誤字未能盡載，與死校之法仍有未遵。蓋舊鈔究非精鈔，故從違相半耳。老蕘記。

余向以王云「《廣雅》諸刻本以明畢效欽本爲最善」此説殊不然者，今用影宋本校皇甫本，又參畢本，始信余説之非妄。就顧校記出影宋佳處有二十八條，皇甫本未誤與之合者十七條，與畢本同誤者十一條，至畢脱而皇甫本未脱者當别記之。老蕘又識。以上首册後。

甲申二月下澣雨窗，用影宋本校，復參顧千里舊校影宋本，影宋佳處無遺失。卷五末。

用影宋本校，復參顧千里舊校影宋本。甲申二月廿七日校竣。今日未雨，既晴。卷十末。

806 廣韻五卷 校本

望後一日覆勘一過，自二卷至五卷有校語及勘正處，悉大字。及小字之〇△，不盡臨矣。老蕘。

史類

807 史記一百三十卷 校宋本

此毛刻初印《史記》十册，在《十七史》全部中。向聞在郡某故家，書失其一册，後全部歸壽階袁君。而一册壽階以白鏹十金贖回，亦可爲好書之至矣，今身後轉歸他所。綺雲沈君因史中《漢書》係校余家藏宋刻本，復屬校其司馬氏、范氏之書。兹用大字蜀本校，原書爲裴駰《集解》，間有錯出《索隱》文，想宋刻所本如是。宋本亦多誤字，臨校者據以改之，存其舊時面目耳。通體當必有佳處，惜未能一一識之爲恨。還書之日，聊誌數語于此。辛未中春，復翁丕烈。

808 後漢書一百二十卷 校宋本

綺雲沈君從吾郡五硯樓袁氏得初印汲古閣《十七史》全部，内《漢書》壽階已借余校北宋本臨校一過矣，餘史尚闕如。綺雲因念史中惟《史》、《漢》最緊要，非校幾不可讀，遂屬余補校《史記》、《後漢書》，兹《後漢》用北宋本及南宋諸本校如右。其北宋本即與《漢書》

同出一源者，惜未全，以南宋諸本參之。其南宋本又闕三卷，則以正統本補之。蓋正統本雖出明刊，而所據則淳化本也，故論《後漢》本，正統爲最近。余俗冗未暇，倩西賓陸東蘿任其事。陸固素嫻此事者，較前所校《史記》爲明於體例云。辛未五月端陽後一日，求古主人黄丕烈識。

809 前漢紀三十卷 明刻本校影宋鈔本

此書係明刻，合《前》、《後漢紀》而爲一部，予於辛亥歲得諸西山書肆中。開卷見硃、墨兩筆，稍有點讀而未終，遇脱落處則曰「疑有誤」，乃知此人亦未得善本校讎，故所閲未竟。惟落款「孱守老人」初不知爲何人，及檢錢遵王《讀書敏求記》，知爲馮巳蒼，方悟卷首之「大樹將軍印」本馮氏印也。然讎校未竟，頗爲惋惜。今秋偶過學餘書肆，見插架有舊鈔《前漢紀》，攜歸與此本對勘，此所脱落大半賴鈔本補完，誠一快事。舊鈔卷首多《目録》一紙，書中遇宋諱如桓、匡、愍、敬，盡從闕筆，其爲照宋鈔無疑。雖殘闕，亦所不免，想宋刊亦同，故無從補竟〔一〕耳。壬子九秋朔日校畢，書此誌喜。古吴黄丕烈。

【校勘記】

〔一〕無從補竟　「竟」原作「完」，據國家圖書館藏明嘉靖二十七年黄姬水刻本《前漢紀》黄丕烈跋改。

810 戰國策十卷 宋刻本

此書爲毛榕坪故物。余與榕坪雖居在同城，蹤跡不甚密，故未及細問其原委。前月杪，榕坪偕陽湖孫淵如觀察訪余，因暢敘兩日，晤言及此，榕坪謂余曰：「余得此書於□□馮秋鶴家，其先世有名黔者爲顯宦，從他省得來。」榕坪從秋鶴手易歸，卷中所鈐「馮氏秋鶴」即其印也。爰誌其書之來歷如此。至卷中「澤存堂藏書」印不知何人，康熙時有張姓名士俊者，曾翻雕宋本《玉篇》、《廣韵》于澤存堂，豈其人歟？夏五月端午後三日，丕烈識。

811 金國南遷録一卷 校鈔本

右葉石君校藏本，海寧陳仲魚借以示余。余昨歲購一本與此正同，前題後跋，髣髴如是，謂勝于顧肇聲家鈔本。今得葉本，思一勘之，不知歲除收拾置於何所，因出顧本手校如右。通體〔一〕注黄筆者，皆葉石君手跡也。葉跋無所考證本子處，文繁未及録，惟據趙與旹《賓退録》以爲其僞有三，當可信。余蓄書必講本子，此與顧本異，故校之。他日重尋得昨歲所得本對之，未知尚有異同否。辛未三月十九日燈下校畢識。復翁。

【校勘記】

〔一〕體　原脱,據國家圖書館藏鈔本《金國南遷録》黄丕烈手跋補。

812 重刊宋朝南渡十將傳十卷 元刻本

此表從毛鈔本補録備覽,章穎所上《四將傳》宜有之。此刻無者,或因《十將傳》而不列此表,抑或置諸卷首而脱失也。每葉二十四行,每行二十一字。後欲繕録重裝,照此行款可爾。蕘翁識。卷首。

此刻本《十將傳》諸家書目不之載,真奇書也。南倉橋書坊攜以示余,卒未知爲誰家所藏。先見頭本,後乃見全書,索直十六金,余議價未得。《岳傳》中原闕一葉,以白紙畫烏絲存之,誠謹慎之至。適余假得香嚴書屋所藏鈔本,其文尚全,因遂手録以補。香嚴本出毛氏舊鈔,當非無據者。鈔本行款略異,照此刻每行二十一字補之,不致大錯。益信毛鈔之善。余性躁急,書未買成,而已爲之鈔補,一可笑;且今日正自旗亭赴酌歸,醉眼昏花,而燒燭寫此,行款參差,字跡草率,不計工拙爲之,又一可笑也。蕘翁識。卷二中。

813 國朝名臣事略十五卷 舊鈔本

道光癸未照校元刻本，每半葉十三行，行二十四字。此第十一卷計脱一百五十六七行，以元刻行款核之，爲六葉多一少三行〔一〕，兹校補手録之。蕘夫。自二十迄二十四畢工校補。

【校勘記】

〔一〕 六葉多一少三行　按，上文言元刻每半葉十三行，一百五十七行則正合六葉多一行。「少三」二字疑衍。

814 蜀檮杌二卷 校舊鈔本

海寧陳氏向山閣藏書鈔本校。

馮巳蒼藏鈔本校。

癸酉三月吴枚菴借去，有與此本異者，紅筆手書，夾簽識之。復翁記。

815 輿地廣記三十八卷 校影宋鈔本

宋本存六葉半，朱墨紛如，填補其闕，仍有空白者，皆不足據也。觀此卷，知鈔本實出此刻，因破損而行款改移，隨意裱托，故此鈔仍之。若非顧本尚在，幾不可卒讀矣，當以顧本正之。在卷三十二首。

816 天下郡國利病書不分卷 稿本

崑山顧亭林先生著作富矣，余所見刊本惟《左傳杜解補正》、《九經誤字》、《石經考》、《金石文字記》、《音學五書》、《昊才老韻補正》、《日知録》、《譎觚十事》、《昌平山水記》、《山東考古録》〔二〕、《京東考古録》、《救文格論》、《雜著》、《詩集》、《文集》數餘種而已。其傳寫行世者，自《天下郡國利病書》外不多見。間讀其《文集》，有《天下郡國利病書序》、《肇域志序》，竊疑兩書何以一存一佚，書之顯晦殆有幸有不幸耶？

乾隆己酉九秋，友人張秋塘以《天下郡國利病書》原稿示余，共三十四册，蠅頭小楷，密綴行間，楮墨具有古氣。秋塘謂余曰：「此亭林真跡也，盍寶之？」余留閲一夕，至《山東省》，見卷首部葉不全，書中文義亦有殘闕，遂掩卷就寢而罷。明晨，秋塘索書甚急，因還之。然余猶不忍舍是書也，往晤秋塘，秋塘備述是書原委，云是傳是樓舊物，而徐後歸諸顧，顧後歸諸王，此書迺得自王蓮涇家。蓋蓮涇素藏書，而健庵係亭林之甥，其爲原稿無疑。即有殘闕，安知非即亭林序中所云「亂後多有散佚」者乎？重詢是書，已歸蔣春皋處，余方悔前此之不即歸之也。

閲歲至壬子春，有五柳居書友攜是書來，余且驚且喜，叩其故，知以古帖從春皋易得。方悟人各有所好，春皋所好在古帖，而是書不甚惜；余所好在古書，而是書得復來。遂以白鏹數十金易之。是書本數與《蘇州府志》「藝文門」所引子衍生曰「今傳寫本三十四册」之説相合，每本旁有小數自一至三十四，惟闕第十四本。兹之强分十五爲十四者，定係後人僞作。每本部葉標「某省」或「某府」字樣，序次先後起自北直而蘇、松、常、鎮、江寧、廬州、安慶、鳳、寧、徽、淮、徐、揚、河南、山東、山西、陝西、四川、浙江、江西、湖廣、福建、廣東、廣西、雲南、貴州、交趾、西南夷、九邊四夷而止。他省不分府，南直獨分者，蓋亭林籍隸南直，紀載加詳與。省府有上、中、下之别，恐卷帙繁重，故分之也。每本有「備録」字，始猶未得其解，覆按《肇域志序》有云「本行不盡則注之旁，旁又不盡則别爲一集，曰備録」，則此書與《肇域志》相出入亦未可知。否則如《利病書序》所云「有得即録，共成四十餘帙，一爲輿地之記，一爲利病之書」，兩書本合而存之與？至於《府志》載是書爲一百卷，而外間傳寫本又强分一百二十卷，今觀原稿並無卷次，則分卷之説俱不足信。且各省先後，傳寫本不復如原稿次第，故取對多所不同。即所闕之第十四本，或居十三本《河南省》之後，而所闕在河南；或居十五本《山東省》之前，而所闕在山東，皆不得而知之也。今十五本從「新店淺」云云起，決非完書，取傳寫本相對，《山東省》有起處數葉，《河南省》亦於起處多兩葉，余爲録入，非敢僞爲也，亦補其所當補耳。他若每本部葉，悉仍其舊。至某省某府以及「備録」二字，其爲亭林手書與否，任人以字跡辨之可也。本數多寡，已分三十四爲六十，有原稿部葉别之，仍可弗亂〔二〕。

噫，古來地理書何限？地理書之不全而仍寶於世者又何限？後魏酈道元之《水經注》、唐李吉甫之《元和郡縣志》、宋樂史之《太平寰宇記》、王存之《元豐九域志》、元岳璘所修之《一統志》皆是也，何嘗必求其全也哉。向使如外間傳寫之本强分卷數以托於全，幾如無縫天衣，已失廬山面目，殊不思亭林自序中原以爲初稿未即成完書也，烏乎可？余今得是書，以還亭林之舊觀，以正俗本之訛謬〔三〕，余有之抑豈惟余之幸耶？敢不寶而藏之，以俟後之能讀是書、能用是書者。乾隆歲在玄黓困頓，陽月上弦前一日，聽松軒主人書。

亭林先生博學通儒，所譔述行世者皆有關於世道風俗，非僅以該洽見長。唯《天下郡國利病書》未有刊本，外間傳寫有意分析，失其元第，然猶珍爲枕中之秘。頃蕘圃孝廉購得傳是樓舊藏本三十四册，識是先生手跡，蠅頭小楷，密比行間，想見昔賢用心專勤，不肯假手鈔胥，故能卓然成一家言也。蕘圃其善藏之。壬子十月廿四日，竹汀居士錢大昕題。

乙卯春再閲於讀未見書齋，其中仍不無出自鈔胥手者，而朱筆校改皆先生手定。余向所題識未免㤼疏，更題年月，兼以自訟。大昕又記。

大隆案：此跋潘氏、繆氏刻本奪訛甚多，今據墨跡重録。

【校勘記】

〔一〕山東考古録 「山」，原作「京」字，據《續修四庫全書》史部第五九五册影印《天下郡國利病書》卷首黄丕烈題詞改。

〔二〕弗亂 「弗」原作「勿」，據黄丕烈題詞手蹟改。

〔三〕訛謬 原作「謬訛」，據黄丕烈題詞手蹟乙。

817 剡録十一卷 校影宋鈔本

始余從少詹借此書時，云别有一本，前有序文者。頃從少詹壻瞿安槎處寄到，復影寫高、史二序，以弁諸首云。己未中秋後八日，蕘圃丕烈。

丙子秋七月十日，借得西畇草堂陳氏藏本，手校一過。亦止六卷，與余所藏影周本合。蓋周本出沈與文，此陳本出吴方山也。卷首無序，卷一標題下有「方山」、「吴岫」小方印二印，其文上一印陽文「方山」二字并列，下一印陰文〔一〕「吴岫」二字直下。卷六下結尾末有「姑蘇吴岫家藏」小方印一，其文六字，作三行陽文。吴、沈蓋同時，則其書之同出一源可知,故字形多相似者。余校時遇誤字一一證之,見古本面目,非盡出傳録之誤,或刻本已如是耳。七夕後四日,復翁識。

此八卷至十二卷,余從錢少詹藏本補録者也。少詹本與周香嚴所藏影宋殘本行款悉同,而筆墨差少古致,大約國初人鈔本。前有「語古」小長方印,又一小方印,其文曰「髯」,皆何義門先生之章也。中多紅筆大隆案:以上載《楹書隅録》,繆輯題識。添改字,余傳録時悉一以墨筆臨之,而注其上方。惟兩處曾屬澗蘋以紅筆影摹之,重其爲義門所校也。前卷一至卷六上、下,遇異同或校正處,皆覆勘之,而注曰「錢本」,明兩本之異也。較周所藏差爲增益,然兩本比較,終少七卷,未知何故,俟更訪之。蕘圃。

余於地志之書素所寶愛,不獨吾郡之舊志爲留心蒐訪也。此《剡録》一書始從周香嚴借鈔殘本,又從錢少詹借鈔完本,似可爲愜心矣。然此書舊時書目及各藏書著録多不載其名,即有名存,而卷數未詳,無從考核。伏讀國朝《四庫全書總目》定爲「十卷」,云是江蘇巡撫進本,前有嘉定甲戌似孫自序及嘉定乙亥嵊縣令史之安序,而兩本皆無序,是年遠失之耳。所序原書序次自《縣紀年》以迄《草木禽魚詁》,一一與今本都合。而所載之「十卷」與所鈔之十二卷中脱七卷之故,仍不解其故。古書難信有如此者。黄丕烈又記。

右《剡録》列十二卷,闕第七。考《簡明目録》只作「十卷」,又不言有殘闕之處,未審何故。諸家書目著録者亦鮮，無從考核也。嘉慶乙亥仲夏借本傳録畢，聊記其後。枚菴。

【校勘記】

〔一〕陰文　原脱「文」字，按上下文例當有，因補，蓋王大隆漏抄。

818 至元嘉禾志三十二卷 貞節堂鈔本

嘉慶庚申秋七月，借錢少詹本手校訖。

此鈔本《至元嘉禾志》六册，三十二卷，貞節堂袁氏借錢少詹本傳録者，頃與《嘉泰會稽志》並歸於余。余雖未借少詹本，時已惜其鈔寫不精，及假原本手校，知鈔胥遇筆誤處往往脱寫上一字而重下一字，以足一行，且有無故而空一葉半葉者。向非余之借原本手爲校勘，安知後之人不信爲本書面目固如是乎？雖原本亦屬鈔寫，較諸此本頗整齊。至於闕失訛謬〔一〕，亦復不少，任讀者自領之。七月十五中元節，黄丕烈識。

【校勘記】

〔一〕訛謬　「訛」原作「誤」，據臺北圖書館藏原書黄丕烈手跋改。

819 絳州志十卷 明刻本

余往聞杭州瓶花齋吴氏有舊地志幾楹〔一〕，大半爲余同年張子和買歸。子和本昭文人,癸丑成進士,授庶常,告假歸,掌教紹興之蕺山,故於杭獲之也。今人已故,而物之存否未可知。今明刻《絳州志》亦出瓶花齋,卷中「吴城字敦復」一印即其主人,余故樂有是書并藏書者,而表出之。乙亥仲夏,復翁偶記。

【校勘記】

〔一〕 幾楹　「楹」原作「種」,據臺北圖書館藏原書末黄丕烈手跋改。

820 石墨鐫華八卷　明刻本

陝西西安府學宋向□鎮長安,摹搨古碑三千餘本,民以爲害,往往鑱削其字。韓縝修壩橋,督工急,民磨碑石供之。遭此二厄,故闕者甚多。宋搨有未遭厄者,或全且不剥蝕,所以珍貴。〔毛晉秘笈〕

余向收《石墨鐫華》爲金耿庵手録本,重其明鈔也。頃從試飲堂顧氏復得此明刻舊本,兼爲毛氏父子收藏,中多手跡,古香尤覺可愛。因與耿庵鈔本並藏,名鈔舊刻,一書而兩全其美,豈不幸歟?壬戌仲冬,蕘翁丕烈。

蕘圃藏書題識再續録卷二

子類

821 新序十卷 校宋本

此二卷中墨筆爲續校宋本所改定，又記。

藍筆校二卷，因不便覽閲，改以墨筆終之。案，此墨筆續校乃向日之續校也。庚午。

乙卯四月十四日，書船友鄭輔義攜宋本《新序》首册來，留閲信宿，校此三卷，與何校本似有微異處，不知何所據之宋本云何也。開卷第二行有曾鞏姓名一行，何校未增入。所正字尚有爲何校所軼及兩殊者，悉照宋本改定。惜其需值太昂，難以得之，不得窺厥全豹爲恨恨耳。

以上在卷二後。

第一卷末有東潤跋四行，與《有學集》所載合。「可也」，「可」字乃爲「此」字之誤。跋後有「牧齋」闊方印、「錢印謙益」方印。筆墨古雅,圖章宛然,令人愛不忍釋。惜錢之癖與惜書之癖交戰於中而不能決,奈何?奈何?蕘圃氏望日燈下記。在卷三後。

822 説苑二十卷 宋刻本

道光辛巳春,余得小讀書堆本,因仍向拜經樓借此宋本鈔補八至十三卷。中有脱葉,在卷十第十一葉、第十二葉。其卷十二之第十一葉原錯簡在卷第十第十一葉之部次,特爲更正。第十卷所失兩葉無可補矣。向日郡中蔣氏有二部,皆咸淳本,已轉徙他所,莫由蹤跡也。重陽後六日,復見心翁識。

823 説苑二十卷 校宋本

余既校《説苑》之後三月,於坊間見此嘉靖年間何良俊刻本,楮墨精好,字畫清爽,因購得之,以爲臨校宋本之用。蓋余於此書始校於嘉慶丙辰,用顧抱冲藏咸淳乙丑重刊本,闕八至十三,用周香嚴藏錢遵王校本,錢校即顧藏未闕以前之本也。咸淳本佳處:卷四《立節篇》多「尾生殺生以成其信」一句,卷六《復恩篇》多「木門子高」一條,信稱善本。及今秋得廿二行廿字本,其佳處更勝於咸淳本,當由北宋梓矣。爰校於向校咸淳本上,朱墨紛如，恐致眩目，兹復臨一净本，以示讀是書之的云。十月既望，復翁。在卷末。

824 説苑二十卷 校宋本

丁卯十月十一日，復以海寧吴槎客藏咸淳本校。復翁。

辛巳二月二十日，復以顧抱冲舊藏咸淳本續校，又得異字幾處，皆向所失校者。忽忽已二十五年矣。蕘夫。以上卷七後。

丁卯十月望日，復以吴兔牀藏咸淳本校。卷末。

道光元年辛巳二月廿二日校，咸淳本之與廿二行廿字本異字，悉記之。蕘夫。

卷一至卷七辛巳二月校。以上附别紙。

825 揚子法言十卷 校宋本

此即世德堂據以重刻本也，即取宋麻沙本增入温公集注，爲十卷本。雖有改易，亦罕見書也。近從千里借得影鈔宋十行本校之，舛誤尚少，自不失宋刻面目，顧可忽視哉？蕘夫識。

826 太玄經十卷 校本

是書爲惠半農校閱之本,於范注紕繆處悉加駁正,信善本也。繼又得鈔本《司馬光集注太玄》,與先生駁正之語多所印合。益歎先生學術邃深,識見高卓,故下語輒合古人,絶非腐儒所能企及。後之讀《玄》者,由先生校閱之本而進觀温公集注之書,不誠津梁有自乎?爰命工人重爲裝治,寶而藏之於讀未見書齋。蕘圃黄丕烈。

827 文房四譜五卷 校舊鈔本

癸酉三月二十又四日,借周香嚴藏錢原本校,用墨筆,燒燭至更餘始盡一卷。復翁。

二十六日又借吴枚菴校本覆校勘。

828 劉子十卷 明鈔校宋本

宋本補闕二卷,想是翻宋本,以行款每葉二十行、行十八字與宋本行款同也。然每題上空三格,與宋本異。且宋本與藏本活本正文小注無甚大異,而此本小注全有多寡損益,殊可怪也。校畢記。復翁。

丙子八月借玄妙觀藏本校正。又小注多同，所異者行款錯誤耳。孫藏宋本上所補明刻殊不足信，黄筆校處可從削也。丕烈。

余校此書用活字本，用《子彙》本，可謂勤矣。而猶惓惓於宋刻者，蓋書以宋刻爲最佳。世無宋刻則已，苟有之而聞之、見之不能得之，必思借之，手爲校之，此余愛書之苦衷也。陽湖孫伯淵與余同愛書之友也，思借此書於二年之前，適伊病假歸田，來游吴中，面假於去冬，今假於孟夏，諄諄以尚未校過爲詞，必約日見還。余因竭幾日畢之，讎勘者佐以西賓陸拙生。丹黄粲然，幾致目眩，然心苦爲分明，讀者何難尋其脈絡耶。校畢，復以伯淵跋語及宋本面目盡記於卷首，宋刻之似略可辨識。他日與伯淵熟商，能再借我影鈔，則余又滋幸矣。孟夏十有三日，雨窗，黄丕烈識。

829 劉子新論十卷 校宋本

孫氏五松園殘宋本闕目并一、二卷，餘八卷稍有欠葉。已將正文小注校於舊鈔本上，復以《漢魏叢書》本校，正文一仍宋刻之舊。復翁記。在《目録》眉端。

830　西溪叢語二卷　校明鈔本

鴸鳴館本余亦有之。

錢氏即從鴸鳴館本出，别以他本校之，多所補脱校正，末書「此本」云云墨書一行。「仲老記」者，何小山也。

潘理齋云「抗」〔一〕字《説文》在臼部，即舀之或字，从手从冘〔二〕，以沼切。「抌」字《説文》在手部，从手冘聲，竹甚切，深擊也。《集韻》以「抗」爲「抌」，收入平、上二音，俱以爲即舀字。而以「抗」字收入聲，云「投也」，與《説文》互異，恐誤。案，前校云「抗」，字書無之，故理齋借校時考之如此。蓋余但查字典，未考古書也，今考之如右。而「抗」即舀之或字，《説文》引《詩》「或舂或舀」，陸《釋文》爲「杼舀也」。「杼，食汝反。《蒼頡篇》云取出也」。據此，則此藍格本「抗」字正與「取出」合，錢本作「掠」，此本剜改作「流」，皆非矣。理齋考訂最確。蕘翁記，八月二十六日。

潘理齋云「之以」二字當倒轉，余初不解，後晤言及此，余云：「《漢書》原文如此。顔師古云『往也』，即之字之訓。」九月朔記。上卷「成公」條書眉。

己卯秋收於小讀書堆。

蕘翁覆校錢述古校本，即何小山所云葉石君藏嘉魚館鈔本。

又參校吴枚菴臨何煌校本，在鴸鳴館舊刻上，亦出葉石君藏嘉魚館鈔本，而又不同，大都書經三寫之故。蕘翁記。

又全校鴸鳴館刻本異同，并載臨校别本異字。中秋前一日記。

十八日又參校汲古《津逮》本，與鴸鳴館本同。

【校勘記】

〔一〕抗　原作「抭」，據《西溪叢語》卷上及《説文解字·臼部》「舀」字條改。下文同改。

〔二〕穴　原作「穴」，據《説文解字·臼部》「舀」字條改。

831 野客叢書十五卷 明鈔殘本

《野客叢書》以三十卷爲足本，明陳繼儒刻入《秘笈》者删節多矣。此本尚是舊鈔，惜殘闕，僅有其半。余得之東城故家，重加裝池，珍舊本也。棘人黄丕烈。

832 學齋佔畢四卷 舊鈔本

余舊藏《學齋佔畢》係叢書堂紅格舊鈔本，惜已闕其下二卷，無從鈔補。頃我友顧子千里從揚州歸，攜得舊鈔《學齋佔畢》二册，行款與叢書堂本異，即詞句亦多殊者，就二本核之，似顧本爲勝。然首闕序并卷一第一葉上半葉，未敢以他本遽補之。適訪周丈香嚴，問及是書，以殘宋本對，越日請觀，止有第一卷，是宋刻其第二卷已屬鈔本，遂乞千里影寫，足其所闕者。蓋此鈔本實出自宋刻，故行款邊幅多同。始信古書遇合真可遇而不可求也。至於周本佳處，余手校於叢書堂本上，兹册不須點污矣。蕘翁識。

序及第一卷首半葉，蕘翁以香嚴書屋所藏殘宋本屬補足，時方小病，腕力孱弱，未能求工也。越十日裝成，重觀因記。乙丑九月，澗薲居士書。

833 鶴林玉露十六卷 明刻本

庚辰小春之望日訪友至武林，因遍觀書肆于青雲街之寶書堂，見插架有舊刻《鶴林玉露》，余取閲之。主人曰：「此瓶花齋故物也。」卷端墨書幾行及「蟬華」一印，即吳公手書而加以鈐記者。余雖未識其手跡，重是舊本，歸之。卷八尾偶失，瓶花齋已録别紙，而俗手剜改痕跡顯然，是可歎耳。歸坐雨窗，復翁記。

卷端有印長方樣者，因紙損不可識别。錢唐何君夢華曰：「此『繡谷熏習』四字也。」蓋吴尺鳧近在杭州，故夢華以同鄉稔知之。昔賢苦心購書，雖後不無散佚，而流風餘韻猶留於後人齒頰間，較諸良田美産轉换他家、不復溯其主名者，何啻霄壤耶？書此爲物主一吐氣耳。復翁。

辛巳二月裝成，原損失處以别本手補其字。卷一六葉十一行「征」字，别本模糊，存彳旁，此本存「一」底，以意定爲「征」字，俟更考之。其别本字有勝於此者，亦略識之。蕘夫。

834 庶齋老學叢談三卷 舊鈔本

右《庶齋老學叢談》三卷，乃宋從事郎、崇明州判官致仕盛公如梓著。其於經史、天文、地理、名物以及文章流派、儒先格言引證辨駁，皆有根據，足以覘其學之有本也。觀《叢談》中語氣，知公是揚州人。其談賈平章佚事數則，似曾受賈之知者。要其晚年，誤國之罪亦未嘗爲之諱也。大抵宋末諸公流入元年者，率隱居以著述自適，如盛公輩者，何可勝道。然有傳有不傳，即如此集，其存者亦幾希矣。但卷帙無多，倘有好事君子爲重刊之，介夫先生宜爲留意也。康熙己亥十月大雪前三日，鹿原林佶借觀，力疾跋。

或疑開卷即頌元受命之符，以公非仕宋者。予以爲書成於元之世，安得不出此？且崇明稱州與判官，皆宋制也。惜客寓藏書少，不能博徵廣引以證，尚其俟諸他日乎。佶又跋。

庶齋，揚州人，元大德中仕爲衢州教授、崇明州判官，鹿原以爲宋人，誤也。雍正壬子，錢塘厲鶚跋。

此册雖非舊鈔，然末有厲樊榭跋，亦可珍也。爰以五百錢易得。相傳此書在賣骨董高姓鋪中，陶五柳主人與我友孫蔚堂豪奪而歸，大抵以跋語爲重耳。然則人固貴有名哉。蕘圃黄丕烈識。

835 洞天清録一卷 校舊鈔本

《洞天清録集》，余友吴枚菴有手鈔本。始於乾隆之丁酉六月，借蘆區沈氏所傳焦弱侯鈔本，有何義門跋者，因依樣謄寫。閲二十年，客潭州之瀏陽，復從豐城熊闇門借得校本，較前本爲詳，因依樣對。度沈、熊二氏本蓋出於一原，而不免異同，蓋沈多傳鈔之誤也。枚菴之言如是，則焦本爲是書最善本，而何校焦本出於熊氏高，尤勝也。余手臨一過，不即據改者，仍恐所據之未善，抑所校之偶疎也。復翁。

熊氏本亦出義門所校，其跋語與沈氏本大有增損，疑熊本爲義門覆閲時所改也。以上在卷末。

836 冀越集記前後二卷 舊鈔本

余初得一舊刻本《冀越集》，不分卷數，因上有「不寐道人」印，知爲金孝章所藏〔一〕，其書必非無用者。後閲錢辛楣先生《補元史藝文志》，于「雜家類」載有「熊太古《冀越集記》二卷」，疑此非全書。後果收得吴枚庵手鈔本，又有《後集》，并多序文一通，檢枚庵跋，知無後卷者乃伍氏刻本也。緣校刻本異同于前卷上。鈔本殊勝刻本，想鈔所自出定爲元刻矣。甲子十一月冬至前夕，新寒，昨莫得微雪，霽色映窗。蕘翁書〔二〕。前集末。

【校勘記】

〔一〕「藏」下原有「書」字，據國家圖書館藏鈔本《冀越集記》黄丕烈手跋删。

〔二〕蕘翁書　原作「蕘圃」二字，據黄丕烈手跋改。

837 菰中隨筆三卷詩律蒙告一卷亭林著書目一卷 舊鈔本

右《菰中隨筆》三卷，《詩律蒙告》一卷，《亭林著書目》一卷，俱未梓行者。余於學餘書肆中見之，擬買而未許也。爰假歸，倩胥鈔録此副本，略取舊鈔本校對一過，至舊鈔本之訛謬尚多承襲而未及改正，俟暇日讀之，稍加參訂焉。乾隆甲寅三月下澣，郡後學黄丕烈識。

838 事類賦三十卷 宋刻鈔補本

嘉慶癸酉季冬廿有二日手補。蕘圃。

余姻家袁氏五硯樓有舊鈔《事類賦》，爲錢遵王藏書，已詫爲秘本。去年有書友攜郡中故家書來，内有宋刻補鈔、仍有闕卷之《事類賦》，取對錢本，方知錢本實照宋本也。擬收之，惜索值昂，還之。今春偶一憶及，竊謂古書難得，且兩本相得益彰，非錢本無以補宋本之闕，亦非宋本無以正錢本之誤，今幸而遇之，倘不幸而失之，非余之咎而誰咎耶？因復購之，喜而書此，並以告世之藏書者，當爲古書作合計也。嘉慶癸酉花朝，復翁識。

是書所以必收之故，具詳得時跋語中。兹届歲闌，適鈔補十四五六卷成，因復繙閲一過，遇紙損字壞處，悉手爲填補。竊歎購書之難，難乎其好，尤難乎其力也。所闕三卷，恐俗手鈔補，反損是書古色古香，故倩名手寫之。文則從錢本，行款體則摹宋刻形像，可謂精緻矣。然書止四十葉，字二萬四千五百十六，價五千三百九十四，紙值、裝工不在其數，旁人視之不且驚駭乎？余之敢爲此者，非有力也，好也。歲事日逼，而余猶勤勤於手爲填補者，恐倩工又多費錢耳。今而後讀此書者，苟非遇全宋刻，可云無遺憾矣。宋廛一翁。

補葉從錢遵王藏鈔本校。

癸酉冬從錢遵王藏鈔本手補，破損處文義易明者置之。錢遵王藏鈔本後歸張訒菴，訒菴復借余宋刻校鈔本，因再核余所校錢鈔者，尚有脱校幾條，手爲籤出，謹黏於上方，以誌余過，以紀友善。四月十九，復翁。卷五後。

三月初八日，補校卷五末葉并此卷。此《江賦》中「温嶠燃犀」句注中仍引《晉書》作「燬犀」，是也。近因校刊宋本《輿地廣記》引用「燬犀」，覆檢《晉書》并旁考他書舊本，無作「燃犀」者。附記。卷六後。

癸酉春三月初七日，校錢遵王藏舊鈔本。時冒雨泛舟，挈次孫美銘往亡兒墓，俾修祭掃，兼欲葺治頹垣，故冒雨行也。舟中無事，從葑溪至横塘適畢此卷。春帆細雨，新燕掠波，頗饒野趣。卷七後。

校未終卷，已抵西跨塘，乘雨豁登岸，使美銘祭墓畢，歸舟午飯，又畢此卷。時遠山模糊，微雨蒙蘢，蓬窗筆硯都潤。卷八後。

薄暮抵家，晚飯後燒燭校畢此卷。是書七、八、九卷三卷已前尚有鈔補者，尚未先校也。復翁。卷九後。

三月初八晚校畢。時簷溜涔涔，淫雨爲患，春花可危矣。卷十後。

卷十一一葉闕前半葉後三行，破損後半葉、二葉前半葉。原本誤以一葉前半葉黏二葉後半葉，續檢得「楚有歌者」至「上如抗而下」即一葉後半葉，二葉前半葉係裝錯，當更正。其原有兩半葉空白，當輟之。

癸酉季冬廿有二日，手補十一卷首葉第七、八行闕字，所有錯葉俟再更正。錢遵王藏舊鈔本既不無訛謬，鈔胥又多筆誤，因用朱筆抹出，仍令墨筆補正之。復翁校訖記。

余家古書裝潢皆出工人錢瑞正手，性甚迂緩，如取歸裝成，動輒半年，故戲以「錢半巖」呼之。余延至家裝書，由老屋以至遷居、再遷居，幾二十餘年矣。近日聲價甚高，余亦力絀，未能如向日邀之之勤，且有子可繼其業，故鮮動手焉。因此浸淫樗蒲，夜以繼日，得疾臥牀，來令其子索未了之工值。此書胚胎一江工人爲之，而舊時墨賤非老於裝古書者無有也，遂令錢工子足之。嘉慶甲戌二月花朝前三日，復翁裝成記。時去得此書時卻一年矣。

錢遵王藏舊鈔本力不能兼蓄，物主又急需變賣，因慫恿一友人嗜古者得之，且可據宋刻以正鈔本之誤，則錢本不又成一宋本乎？又記。

友人者張君訒菴也，不事舉業，專心購書，近與余熟，亦喜購古籍矣。得錢鈔本後，果借余宋刻校錢鈔本一過，是世間又多一宋本矣。復翁。卷十六後。

此卷昨晚校起，神倦輟筆，今晨又以酬應出門，午後歸，始校畢。三月九日，雨窗。卷十七後。

燒燭至定更始畢此卷。卷十八後。

三月初十日，雨歇，天稍放晴。晨有客來，清談片刻，客去。手校此卷，時纔日中也。復翁。卷十九後。

毛氏補鈔闕卷未必全據宋刻，若錢鈔本，審其筆意似爲有明嘉靖時鈔，則較舊矣。且以宋刻存卷證諸錢藏鈔本，雖行款未必全合，而大段相同，可見其鈔之照宋傳録，特非影宋耳。兹鈔業有毛氏圖記，可見其鈔補之出于毛氏，未便竟輟而去之耳。且錢藏鈔本究降于宋刻一等，傳鈔不無脱誤，故但以錢本手校其異于毛鈔上，遇錢本之灼見其誤者，不復録出。惟原闕十四、十五、十六，當據錢本足之，願俟異日。其餘散闕零葉，錢本有者，亦當補入。三月初十，校毛鈔補卷訖，因記。卷十九後。

839 穆天子傳六卷 校本

丙寅小除，以顧千里影鈔道藏本校。其與此刻異者，旁行加△，或下方旁行注出，標以「道」字。與此刻同者，不贅注出矣。卷一後。

840 西京雜記六卷 校本

道光元年辛巳二月得此本于經義齋,因取舊藏嘉靖壬子孔天胤本校。

841 湘山野録三卷續一卷 校宋本

丙子六月十九日毛校本覆勘一過。復翁。

毛斧季校本覆勘,渠跋云從宋雕本勘一過者,非别又有全宋雕本也。毛氏往往不露真言,所言諸校本大率如是。以上在卷末。

842 夷堅志一百卷 舊鈔本

《夷堅志》甲、乙、丙、丁四集,宋刻本,由萃古齋售于石冢嚴久能,今又爲何夢華買出,其歸宿未知在何處。余所藏宋刻有《夷堅》支甲一至三三卷,七、八兩卷皆小字棉紙者;《夷堅》支壬三至十共八卷;《夷堅》支癸一至八共八卷,皆大字竹紙者。近又得《夷堅志》乙一至三三卷,爲大字棉紙者。此本係舊鈔支甲至支戊五十卷,支庚、支癸二十卷,又三志己十卷,三志辛十卷,三志壬十卷。取兩集以配全,而其本皆不全本也。每見近時坊刻稱《夷堅志》者，大都發源於是，而面目又異矣。天壤甚大，未識洪公所著《夷堅》各志其宋刻能一一完全否。癡心妄想，其有固未可必，其無亦安敢必耶？嘉慶丁卯正月六日，復翁丕烈識。在《夷堅》支甲序前。

此影宋鈔《夷堅志》甲、乙、丙、丁四集，外間希有之書也。洪公撰《夷堅志》原書四百二十卷，初十集以甲、乙等十干記，次以支甲、支乙等記，次以三甲、三乙等記，次以四甲、四乙等記。祇有甲、乙。世所流傳，雜取支與三志湊成十集，非其舊矣。此雖四集，尚是《志》之原文，出於宋刻，向托友人從宋刻影鈔。今宋刻歸余，而此影鈔者遂居乙焉，藏諸讀未見書齋中以爲副本。適京師有洪太史欲購藏先世製述，郵筒往復，卒以清俸無多，難於割置。始歎物聚所好，而必有力以副之之爲難也。復翁記。在丁志二十卷後。

余喜蓄宋刻，間收舊鈔，丁卯歲因宋刻《夷堅志》甲、乙、丙、丁四集出，每以未得一見爲恨，遂屬夢華録副以藏。既阮中丞以宋刻贈余，而副本欲易去，適郡中有訪及洪氏著述者，遂輟贈之。此事已越三載矣。後知余尚有鈔本《夷堅》支并三志合併本在，又央友購之，余亦允其請。蓋人各有所好，此好宋刻而一。《夷堅》也有三種宋刻，蓋最後所得《夷堅志》乙三卷與四集本同，故不數之也。彼好鈔本而欲成合璧，余敢不輟贈，以遂其好乎？倘余佞宋之癖天竟有以成之，俾《夷堅》各種復遇宋刻，當又必録副贈之也。書此爲券。乙亥孟夏，復翁。在《夷堅》支癸十卷後。

843　閑窗括異志一卷　舊鈔本

《閑窗括異志》惟《絳雲樓書目》有之，舊本不多見，因取《稗海》本勘之。雖無大異，然究勝於彼。偶有訛脱，亦屬筆誤，悉分別圈點尖角以識之。其脱文復賴《稗海》本足之。案諸目録宜有也，因用别紙録出附卷尾。戊辰八月八日，復翁。

己巳仲冬廿有八日，取《鹽邑志林》本手勘一過，載於下方。有未盡者，間附行旁。至行間有硃筆改字，乃向所有也。通體不標目，其勝於此鈔本者，惟「倪生僞香」條中多十五字耳。復翁燒燭書。計三十四番，補闕二番。

844　括異志十卷　舊鈔本

白隄錢聽默，今之陳思也。年已七十矣〔一〕，猶講求古籍不輟口〔二〕。往年游金陵，爲余購宋本《顔氏家訓》以歸。頃往禾中，得明刻黑口本書數百種，内有鈔本《括異志》一册，識是曹倦圃藏書。聽翁告余曰：「此册頗舊，故以示君。烏程劉疏雨思得之，未許也。然欲傳録一本，以廣流傳，緩日仍當歸君耳〔三〕。」余取對正德元年江表黄氏鈔本，間有異同，未可定誰優劣，當並儲之。奈聽翁欲取歸傳録，任其攜去，議價而未及予銀，豈知不及一月，聽翁竟作古人。余一聞信，即從伊族姪探聽此書，懼其家之拋擲也。九月十有四日，余赴洞庭鈕匪石招觀劇旗亭，路出金閶，過萃古齋，適聽翁子在，問其書，依然無恙，急攜以歸。仍許給前索二兩銀，以踐夙諾云爾。蕘翁黄丕烈識。

【校勘記】

〔一〕年已七十矣　原脱「已」、「矣」二字，據南京圖書館藏鈔本《括異志》黄丕烈手跋補。

〔二〕口　原脱，據黄丕烈手跋補。

〔三〕耳　原脱，據黄丕烈手跋補。

蕘圃藏書題識再續録卷三

集類

845　東皋子集三卷　鈔校本

乙未四月燈下校畢。枚庵。

庚子初冬于鮑以文丈處見宋槧本，凡五卷，視此增多三十餘篇，惜未假得〔一〕校補，書此以俟。十八日，延陵吴翌鳳又記。

余向藏《東皋子集》係骨董舖收諸王西沚家者，苦無别本對勘。丁丑秋假得吴枚庵藏本，手勘一過，并臨枚庵校字及後跋二條。其行款彼此如一，想同出一源也。八月下弦後一日記。復翁。

道光紀元中秋後六日，訪友琴川于遵古堂，見插架有此，拔之出，乃明刻也。歸取舊藏王西沚家鈔本對，有同異，竟又是一本。此分卷一、二、三，目之敘次亦殊，因手校如右。

復見心翁記。

是書出西沚家，蓋收諸郡城西上津橋骨董鋪中，與西沚所居近，故出必至是也。今余得諸琴川，初不問爲誰何藏本，及歸家，長孫從旁指視曰：「此亦西沚藏本也。」合而分，分而合，不知幾何時矣。翰墨因緣，如是如是。復見心翁又記。

【校勘記】

〔一〕假得　「假」原作「暇」，據國家圖書館藏原書書末吴翌鳳跋改。

846 東皋子集三卷附録一卷 明刻校本

此明翻《東皋子集》乃余尚湖秋泛時所得書也，亦係王西莊家舊藏。然與余得自郡中之王西莊家鈔本略異，刻有增多者，亦有脱落者，兩本不可偏廢也。初余收得鈔本時，苦無别本可對勘，因借吴枚菴家鈔本相對過。今余得此明刻，枚菴已先逝二年，賞奇析疑之樂無復有矣，思之黯然。道光紀元中秋後十日，復見心翁記。

847 駱賓王文集十卷 影宋鈔本

宋板《駱賓王文集》十卷，小讀書堆藏書也。抱沖故後，書籍不輕假人。余以素好，故每從其弟假之，時得展閲焉。此本昨歲假歸，倩鈔胥影寫，輒復中止，至今歲始命門僕畢其工，蓋幾幾乎不能竣事矣。此書向爲汲古閣所藏，然已非全是宋刻。毛氏以鈔寫補完，亦鈐「宋本」，知非妄作。於每卷字體及畫烏絲欄處，皆有分辨，觀原書固可一目了然。而此時重經傳録，未免火棗餻，因將顧本面目詳載於後，而余本之所以分辨刻與鈔者亦附載之。

裝潢藏金紙面，分二册。一卷至五卷上册，六卷至十卷下册。

「圖書」、「宋本」、「甲」、「汲古閣」、「毛晉私印」、「子晉」、「毛晉」、「汲古主人」、「毛氏子晉」、「毛晉書印」、「汲古得修綆」，皆毛氏一家圖書。惟卷五末有「魯可圭圖書」，係狹長方印，辨其印式，當是元人圖書。

宋刻《目録》第三葉至五卷止。

影宋鈔序文、《目録》二葉，止第六卷至第十卷止。十卷細字，較六、七、八、九卷字體略異。

校勘一卷二葉五行「燀」紅筆校「爛」，三葉二行白筆塗「理」作「埋」，四葉五行白筆塗「清」作「淸」，二卷七葉八行黑筆改「轉」作「傳〔二〕」。

上册至下册六卷七葉六行。鈔胥許某寫，皆畫烏絲。烏絲五卷止〔三〕，六卷起仍未畫。

下册六卷七葉七行至十卷。門僕張泰寫，未畫烏絲。

《駱集》十卷本宋刻外未之見，余故影鈔是册也。頃五柳主人以十卷本示余，書係白口板，每葉十八行，每行二十一字，其非宋刻明矣。每葉紙背俱册籍，蓋宋、元、明以來俱有用廢紙刷印者。此刻疑出自明，而余舊藏《皮日休文集》與此刻手正同，與此用廢紙刷印亦類。彼有祝子夏[三]跋于卷端餘紙，以爲殘紙有蒙古姓名，斷爲元刻。此書紙背未及審其文，元與明不敢遽定也。總之，古書分卷以宋刻爲準，《駱集》之十卷是爲可貴[四]，吾故詳敘其源流，附載于影鈔本後云。丁卯夏四月二十九日，復翁。

陳氏《書録解題》言其卷首有魯國郗雲卿序，又言蜀本序文云「廣陵起義不捷而遁」，皆與此合，唯「魯國」下「郗雲卿」之名毛鈔所據損失耳。然則爲蜀本《駱集》可知也。嘉慶丁卯九月，廣圻審定并記。

十一月望日，復翁臨顧千里跋。

第三卷《早秋出塞寄東臺詳政學士》詩「投迹忝詞源」下明本空六格，此本空二格，園接源韻也。十卷《應詰》一篇連脱十六字，余故跋明本云：書無宋本不可讀，此明刻之佳者尚如是，質諸復翁丈，以爲何如？庚午十二月十四日，嘉興金錫爵借校，書此以還。

五柳本以原直四金歸嘉禾金鐏庭，鐏庭于中冬廿又三日暫寓余齋，故歸之，并借影鈔宋本以去也。此本經鐏庭以明本校，益信此本爲佳。此本係從宋本影鈔，雖千里、壽階各有影鈔本,總不及此本之精。小讀書堆而外,其以此爲乙本歟。庚午小除夕前一日燒燭書。復翁。

小讀書堆本澗蘋影鈔之,以貽秦敦父太史,於嘉慶丙子開雕,昨歲大除始得寓目。刻板雖精,字句已有移易矣。復翁,戊寅元日。

【校勘記】

〔一〕傳　原作「傅」,據南京圖書館藏影宋鈔本《駱賓王文集》黄丕烈手跋改。

〔二〕止　原作「至」,據黄丕烈手跋改。

〔三〕祝子夏　原作「祝之夏」,據黄丕烈手跋改。

〔四〕貴　原作「寶」,據黄丕烈手跋改。

848 孟東野詩集十卷 校宋舊鈔本

周校標明元藏本及有圈記出者,確可信爲蜀本矣。有墨筆校於旁行者,卻無標明。

茲余編校,概曰元藏本,恐當日不如是,故加「校」字別之。在卷五末。

849 小畜集三十卷 校本

余舊藏《小畜集》鈔本出自宋槧，丁酉八月二十三日借餘姚盧𢭃菴學士校本對，度精審可從。閱七年甲辰，復得此晉中刻本，行款不古，誤謬尤甚，重加點勘，儲作副本可耳。七月三日校畢此卷漫記。翌鳳。

余得宋刻殘帙，復經吾研齋補鈔本王黄州《小畜集》，因與張君訒菴談及，遂出所收吴枚翁手校本示余，蓋乾隆初晉中刻本也。其行款悉與宋刻同，字句亦不甚大異。序云「近得宋槧鈔本於長安市」，當不誣也。惟重刊時細加讎校，不無有金根之誤耳。枚翁所據雖出名人校本，然未見宋刻，究恐改是爲非。且宋刻亦有誤處，必得目驗始可信耳。借讀並記。道光元年四月十日，蕘夫。

余友黄蕘翁近購殘宋刻《小畜集》吾研齋補鈔本，余知而往觀之，言及敝篋中亦有此書，索去勘對，始知雖新刊而行款與宋槧頗同，惟間有誤改之字爲可惜耳。即從黄君借新得本歸來，細心覆校宋刻存者，此本誤字悉皆改正。吾研齋補鈔之卷似出宋本，但跳行空格等以宋本體例案之，則不符合。姑就鈔本款式略記于首卷，異同之字則備注于行間，俟考，緣未見宋刻不能確信無疑也。倘得見宋槧，重勘闕處，庶無遺憾矣。未知能否，企而望之。道光新元四月二十又七日，張紹仁識於乘鯉坊巷讀異齋。

850　河南先生集□□卷　校舊鈔本　存首末二册

從吴枚庵□校本校，吴本有紅、黄兩筆，後悉標出。專云吴本者，原鈔本也。在卷首。

此本舊鈔式樣，想從宋本録出。然闕落甚多，或宋刻殘毁所致。兹從吴枚庵鈔本校，可云盡善也。如有宋刻出，當更有誤者。蕘翁。

余校此集後，又見一鈔本甚精，上鈐錢辛楣名號圖章，當是其家所逸者。中多脱失〔一〕，略與此鈔同，余前云或宋刻殘毁所致，恐職是故也。草草不及細讎。惟末有尤延之一跋，以可見宋刻原委，爰録于右。蕘翁。以上在卷末。

案吴枚庵本無目録，故未校，後見錢本有之，故校如右。然錢本目録亦二十卷止，「奏爲金湯」云云一條適一葉盡，疑宋本目録此後闕故也。尤跋又有廿卷之説，未知何故，俟博考之。在目録後。

【校勘記】

〔一〕　脱失　「失」原作「文」，據國家圖書館藏原書黄丕烈手跋改。

851 嘉祐集十五卷 校宋本

凝碧亭顧氏有殘宋本《新雕老泉先生文全集》，僅存詩一卷。此首起至末，宋本標題大字，餘小字，廿行廿八字。復翁記。在卷十五《答陳公美》詩首。

852 淮海先生文集四十卷後集六卷長短句三卷又長短句補遺 舊鈔本

自十二至二十五卷，偶得宋本殘帙，藏篋中久矣。兹收此舊鈔，出爲對勘，用墨筆識之。惜闕葉連篇，仍多漏略。蕘夫。卷二十五後。

以舊藏鈔宋本《淮海長短句》校。宋本皆有調無題，此鈔又一本也，面目稍異，兹不悉改，但記異字。蕘夫。《長短句》後。

853 增廣箋注簡齋詩集三十卷 元刻鈔配本

余向收得高麗板《簡齋詩集》箋注本，因借香嚴書屋藏本勘之，無一合者，蓋彼所藏乃胡仲孺《增廣箋注簡齋詩集》本也。渠本闕第三十卷《無住詞》以下，而目録尚全，可考其顛末。其書實係元板，然《傳是樓宋板書目》有云「《簡齋詩集》九卷，三本，胡稺，宋版」，方疑别是一刻，何獨云九卷？或傳是所儲非全本也。今秋我友吴春生攜一殘本來，卻止九卷而三本裝者，且首册有墨籤題[一]云「胡注簡齋先生詩宋刊殘本」，卷中雖無徐氏圖記，然向來藏書家以此爲宋本有明徵矣，又安知九卷者非即前目所載者乎？遂假香嚴本補其闕失，仍舊裝册數而裝之，其九卷以下擬别録以足之云。乙丑冬十月十七日，蕘翁識于百宋一廛[二]。

越十日，雨窗無聊，重以周本勘一過，于蠹痕紙損處一一手自填補，真異乎不知而妄作者矣。前所補鈔即屬影寫，或因字跡模糊，或因臨時筆誤，亦皆親爲校正。每歎古書難得，即得矣，又未必完善[三]，所賴後人留心補緝耳。蕘翁。以上卷九末。

丁丑秋，賈人復攜蔣本至，幾忘昔年曾見之矣。然余所鈔周本十至十二卷中有殘損處，因命鈔胥以黄筆補之，誌所自也。十三卷中亦有黄筆補字，鈔胥以意補耳。蕘翁。十二卷末。

《簡齋詩箋注》從香嚴藏本補全，第十卷至第二十九卷纖悉影寫，即遇原刻訛字及紙版破損處，無不仍其舊觀，誠慎之至也。其第三十卷未知可從他處獲全否。丙寅夏五月望後二日，蕘翁識。

書此跋畢，檢所鈔補者，三十卷中詩止闕幾行，惟《無住詞》失之，前跋偶誤耳。

錢唐何夢華影鈔得嘉禾人家所藏全本，屬補其闕，戊辰三月道經吳門，因以鈔補八葉贈我。命工損裝足之，亦快事也。紙色墨痕均非一律，留此以見古書完善之難，必屢加蒐訪而始得全璧，勿謂小種書籍不必大費苦心也。顧余猶有憾者，嘉禾藏者刻與鈔尚未分明，即周本紙渝墨敝處尚未能一一全寫，難之中又有難焉。誰云此書已臻美備耶？是在讀書無倦耳。復翁。

辛未季冬同郡賜書樓蔣氏攜出，此書元刻僅存一至十二卷，若取補余藏本，可多元刻十至十二計三卷。惜物主視爲至寶，所索價出于意料之外，余以一笑置之。可見古書流傳，大半散佚，此本幸遇余爲之補全，即末卷非親見元刻，勝于無矣。□月望前一日燒燭書，時積雪映几，嚴寒逼人，歲殘清冷〔四〕之致，聊以自娱。復翁識。

丁丑秋重觀蔣本，卷首《年譜》起，首葉有「乾學」、「徐健庵」二印，《目録》剜去十三卷下，序全失。蕘翁又記。以上卷末。

【校勘記】

〔一〕 籤題 「籤」原作「箋」，據國家圖書館藏原書黄丕烈手跋改。

〔二〕 百宋一廛 原脱「一」字，據前揭書黄丕烈手跋補。

〔三〕 未必完善 「善」原作「書」，據前揭書黄丕烈跋改。

〔四〕 清泠　此二字原脱,據前揭書黄丕烈手跋補。

854 須溪先生評點簡齋詩集十五卷 日本刻本

毛藏本每葉十六行,每行十六字,末無刊刻時、地、人名,似活板印行者。《簡齋集》刻本世不多有,即鈔本亦鮮傳録,惟《汲古閣珍藏秘本書目》兩載之,一云「《簡齋詩集》四本,高麗紙,宋板,四兩」,一云「《陳簡齋詩集》十五卷,四本。陳與義字去非。舊鈔,二兩」。當時顧抱沖訪書華陽橋,顧氏曾得一本,云是高麗板,余卻未曾借讀,故板刻款式未甚分明。近顧千里以一本示余,謂與抱沖本同。余按其板刻款式定爲日本刻,且柳希春跋有「嘉靖二十三年」字樣,則非宋板矣。不識毛藏果與此有異,抑辨之不明,否則故矜珍秘,故視爲宋板爾。至于卷數,毛《目》不載,今檢此本卷數卻與毛《目》舊鈔者合。此所刻者爲劉須溪評點本,固非陳氏《書録解題》所云《簡齋集》十卷、《簡齋詞》一卷本矣。特以書來海外,因購而藏焉。蕘翁記。

七月二十五日,五柳主人招飲白隄,晤邵松巖。松巖即近日爲小讀書堆攜書出售者也。詢以所見之高麗板《陳簡齋集》,渠云即是小讀書堆之物,始知抱沖向所收於華陽顧氏者,此也。故本數與《汲古目》合。千里之歸余者,別是日本刻,非一板矣。惟「高麗紙宋板」，家刻所據《汲古目》如是，而吴枚庵手鈔本止云「高麗板」，證以今所見本，紙墨間毫無宋刻氣息，乃知現刊毛《目》衍「紙宋」二字，遂使蓄疑到今，必得目驗而始悉其非宋板也。可見目録之學未可輕議聞知，尤貴見知。一書如是，餘書可知，甚矣，其難言哉。蕘夫記。

庚辰秋坊友以洋紙印本《簡齋詩集》示余，適爲毛藏，卻四本，未識即高麗紙宋板否也。余曾遇高麗使臣朴貞蕤，云日本書旁有和訓，彼國無之。今所見無和訓，當是高麗本矣。

855 閑閑老人滏水文集二十卷 舊鈔本

余所有《滏水集》傳於朱竹垞前輩，復借汲古閣毛氏本對勘，二本無大異同，獨此本間有多一二句[一]者，意此本乃閑閑公之舊。朱氏本則後人病其凡冗而頗加删削，然[二]間有失其本意處，不如何義門跋止此，下闕。

癸亥秋七月二十一日，過五柳居主人，以新從揚州估人易得書兩種出示，一爲義門先生手批陸文量《菽園雜記》，一即閑閑老人《滏水文集》也，末有朱之赤長跋，云是僧南潛所遺本，遂取以覆校此本。此本雖經義門校勘，然訛謬尚多，頗多是正，惜中闕七、八、九卷，無從對勘爲恨耳。金人文集傳者絶少，此集亦止係傳寫，彼此不無岐異〔三〕，安得板行舊本一正魯魚耶？中秋前十日校畢。連日病足疾，枯坐百宋一廛中，謝絶酬應，始得竣事。蕘翁記。

此集即收得兩本，後又見西沚王光禄家藏本，因照朱本行款補所闕失，王本遂轉歸同郡某，未及細校也。頃書友從玉峯趕考，獲有鈔本《滏水集》，上鈐「張位之印」，彼初不知爲誰何，因攜示余。余曰：「此張青芝先生手筆也。」遂收之。適病腹疾腸秘，眠食不安，今日始能起坐書齋，擬爲校勘。且義門係青芝之師，或當日傳本亦出義門所。蓋此書義門跋云「傳於朱而校以毛」者，固自有別本在也。爲誌其源流如此。復翁記，時嘉慶己巳秋九月二十有三日。

【校勘記】

〔一〕二句　原作缺字方框，據國家圖書館藏此書何義門跋補。

〔二〕然　原作缺字方框，據前揭書何義門跋補。

〔三〕彼此不無岐異　「無」原作「能」，據前揭書黄丕烈跋改。

856 剡源戴先生文集三十卷 明刻校舊鈔本

戊寅仲秋，又見一《剡源先生文集》舊鈔本，一至二十六皆分卷。首列宋序、自序二篇；卷一、二無目，當失之；卷三、四、五有目，標第二册；卷六、七、八、九有目，標第三册；卷十、十一、十二有目，標第四册；卷十三、十四有目，標第五册；卷十五、十六、十七、十八、十九有目，標第六册；卷二十、二十一、二十二有目，標第七册；卷二十三、二十四、二十五、二十六有目，標第八册。然其中次序紊亂，脱落不可枚舉，較此明刻有少無多，未知所據何本，故不之校。詩通爲一册，僅分某卷于板心，其實但分體未分卷也。復翁記。詩前以《戴表元傳》弁首，卷中題「剡源戴先生文集」。

857 吴禮部别集二卷 鈔校本

吴禮部正傳集世多傳本，獨《詩話雜説》一卷罕有藏弆者。明金華胡孝廉元瑞家收書最富，嘗跋此册及《敬鄉録》云：「偏舉郡邑，凡有聞者，緝其製作履歷，粲若指掌，下逮畸流逸客，片語隻詞亦博采旁證，竟其隱伏，耳目所及，點綴弗遺。其爲力勤而用心苦矣。今去吴公僅二百載，而文獻之詳邈弗得覩。南渡而上，才人篇什，史乘軼而未收者，尚倚藉諸編稍獲綜其崖略。余於禮部異世子雲也,因筆于末簡,以俟異世之爲余子雲者諗之。」觀元瑞云云,此書之難得而可寶貴審矣。邗江馬四兄半槎癖嗜異書,搜剔隱秘,購得元時刻本,方與余同緝《宋詩紀事》,獲覯南宋諸賢逸唱,歎爲未有。獨《敬鄉録》無從訪求,向曾晤東陽王先生虎文,云有其書,恨不借鈔以成合璧,而爲元瑞之子雲,則余兩人未敢多讓焉。皇清雍正十一年五月一日,杭人厲鶚謹題於邗上之小玲瓏山館。

是書向年得於城中騎龍巷顧氏,分上、下二卷。上卷有吴正傳序及「劉孝標」云云二條下,皆複寫下卷之全文,下卷寫至「方岳」一條止,心疑爲殘闕之本。近晤黄主政蕘圃,云于維揚書賈得一刻本,蕘圃因取鈔本勘對并互校誤處,方知明刻上、下二卷止存下卷。余因假再校,删去重複,定爲下卷,而仍存上卷之吴序、劉孝標二條於前。蓋以明刻每葉廿行,此適符一葉之數,疑上卷已斷爛,猶存殘簡,鈔入以留上卷之痕跡。蕘圃云首二條作僞者爲之,恐未必然也。《别集》不載於墓表碑文,蕘圃以爲後人掇拾成書,其言當矣。其書如論陶靖節詩三條,皆掇取《禮部集》中跋語,可見也。一桃源圖後題,一家藏《淵明集》跋。卷内云:「《題赤松》詩,舒道紀最佳,見下卷。時天彝詩見下卷。」今皆不見於集中。且此已爲下卷,何又有「見下卷」之疑有上、中、下三卷,明刻時想已不全,而分爲上、下二卷。説耶?上卷吴序云「取録中佳者别爲卷附後」,舒、時二家詩其亦在後卷而失之耶?余因校畢，并録厲徵君太鴻跋於後，而欣是書之得以更正，略加辨語，俟後之得完本者考焉。嘉慶九年歲在甲子，香嚴居士周錫瓚識。

厲樊榭云：「《吴禮部詩話》所載晚年宋人詩句最佳，如李坦之、戴祖禹輩皆世所未見者。暇日以硃筆點定，略改譌字數處。雍正壬子冬十月廿七日，古杭厲鶚記。」

吴師道集後墓表臚列生平所著書，獨無所謂《詩話雜説》者，近錢少詹《補元史藝文志》方有《吴禮部詩話》二卷，諸家書目並未著録，何是書之秘也。頃揚州書估以小玲瓏山館所藏《吴禮部别集》卷下售余，其標題卻曰《詩話雜説》，不逕名《詩話》而曰《别集》，不僅名《詩話》而兼雜説，似又與少詹所載者異矣。然此有卷下，則二卷之説得之。此本分卷下前半爲卷下，而改曰卷上，又多師道自題一首及劉峻云云一條，未知其何據也。略以刻本正之。丕烈。

八月一日，香嚴丈復以校正本示余，并云鈔本之卷上師道自序及劉峻云云一條，想以殘闕不全之故，留此一葉之痕。蓋其所憑信者，以明刻證之適爲一葉也。然余云僞作，又因鈔本複出下卷之文而謬曰卷上，則其僞作之跡顯然，故并疑卷首一葉有二行，亦以僞作目之。今得香嚴訂正，俾留傳此殘闕不全者，以待後來印正〔二〕，不誠慎之又慎耶？書此以誌余之鹵莽。蕘翁又識。

【校勘記】

〔一〕以待後來印正　「待」原作「侍」，據臺北圖書館藏原書黄丕烈手跋改。

858 周翰林近光集三卷扈從集一卷 鈔本

此集雖非舊鈔，然筆意頗不俗，且爲外間未刻之本，因收之，與元人諸集並藏焉。己未冬季望前二日燈下記。丕烈。

859 蛻庵詩集四卷 校舊鈔本

洪武刻本校，二十四葉。
葉退庵鈔本校，四十葉。其有與刻本合，而此册未經校出者，續以葉本注出，或於刻本字上加一圈以識之。
蕘圃。以上卷一後。
洪武刻本校，九葉。
葉退庵鈔本校，十六葉。以上卷二後。
洪武本校，二十五葉。

葉退庵鈔本校，三十六葉。以上卷三後。

洪武本校，二十五葉。內闕第二十一葉、第二十二葉。

葉退庵鈔本校，三十六葉。以上卷四後。

860 覆瓿集二十四卷 明宣德刻本

劉誠意《覆瓿集》係明初板，近日流傳頗少，宜珍惜之。康熙壬申三月重裝於松風書屋。

【徐釚】家俞邰《明史藝文志》「別集」載：「劉基《覆瓿集》二十四卷，《拾遺》二卷，前元時作。」外間實罕見也。此《覆瓿集》二十四卷，與《志》合，《拾遺》無聞焉。己巳仲冬廿有四日，坊間得五硯樓書，余轉向取歸，猶是珍惜之意云爾。康熙時徐太史以爲近日流傳頗少，矧經百餘年來耶？雖明初刻，當與《宋潛溪文粹》等並重矣。嘉慶十有四年十一月，復翁黄丕烈識。

861 槎軒集十卷 舊鈔本

青邱《槎軒集》世行本甚少，余於數年前得諸東城顧氏，係舊鈔，惜首尾略闕，以素紙闕疑，久而無可借補。今春閉門養静，有書友攜一本來，鈔雖不及向藏之舊，而首尾闕者多在，因遂手補之。字跡潦草，一種自然之趣卻還可合。鈔畢之日爲仲春十日，大雪盈庭，春寒逼研，閒居清味，亦自可人。復翁記。

戊辰二月從三益堂書坊攜來本補首尾共十七葉，目録後及十卷後附録不及寫矣。

862 槎軒集十卷 舊鈔本

《槎軒集》余向收諸郡故家，惜首尾多闕，無從補全。頃書友攜此册來，幸完好，遂兼[一]蓄之，而手鈔向所闕失者，惟附録下憚煩未鈔，以此爲正本也可。戊辰春三月二十有八日，復翁。

【校勘記】

〔一〕兼　原作「並」，據上海圖書館藏鈔本《槎軒集》黄丕烈手跋改。

863 竹齋詩集一卷 鈔本

中秋朔後五日，偶過經義齋書坊，見有鈔本《竹齋詩集》一册，殘闕不全，雜諸亂書堆中。主人初不以是[一]示余，余一見而異之，異其爲王元章之集也。王元章係元人，善畫梅，素聞其姓名，實不知其有詩集，今始知之。且余蓄元人集頗富，從未見此集，因急收之。歸命内姪丁竹浯[二]手爲補綴，加以裝池。本書尚全，唯首尾有闕，當續求别本足之。元章人本狂生，故詩句多豪放不覊，言之甚暢，非拘拘於繩墨間。想畫梅亦復如是，惜未能一見其真跡也。壬申八月八日定更時復翁記。

【校勘記】

〔一〕是　原脱，據臺北圖書館藏原書黄丕烈手跋補。

〔二〕丁竹浯　「浯」原作「梧」，據黄丕烈手跋改。

864 松陵集十卷　校本

斧季手校此書，極爲精細，此本予甲寅九月所摹也。原本藏小讀書堆中，有抱冲記録何仲子跋語一紙，有云：「毛十丈有小字殘本十一紙，取校所刊之本，更無譌誤，老人恒言此集校修爲精信也。」今此正其已校修之本，依宋刻者加圈别之。其餘如「誰可征弄棟」，卷一。弄棟，漢縣，許叔重作「梇棟」者，而「征弄」刻作「作」；「梁莊生問枯骨王樂成虚言」，卷二。「王樂」即見《莊子・至樂篇》，而「王」刻作「三」；「君看杖製者」，卷四。此用左氏《哀廿七年傳》而微誤耳，而刻作「荷製」；「遠帆投何處」，卷五。「帆」字本去聲讀[一]，而刻作

「棹」；「箬下斬新醒處月」，卷八。「斬新」唐人詩多有之，而刻作「漸新」。又宋本用字最古雅者，若以「斥候」爲「斥堠」，「嗤妍」爲「媸妍」〔三〕，「彫龍」爲「雕龍」，「遂古」爲「邃古」，「苞羅」爲「包羅」，「底下」爲「低下」，「鈴閣」爲「鈴閤」，「步綱」爲「步罡」，「負檐」爲「負擔」，「蕭灑」爲「瀟灑」，「楊州」爲「揚州」，「楊雄」爲「揚雄」，「三茆」爲「三泖」，「查頭」爲「楂頭」，「殘霞」爲「餐霞」，「常娥」爲「嫦娥」，「戟支」爲「戟枝」。蓋「遂古」出楚詞《天問》，「戟支」出《三國志・吕布傳》，字皆如宋刻，而皮、陸時恐未必有「罡」、「嫦」等字也。卷内皆未經更正，僅藉校得見而已。仲子所跋殊弗爲確。蕘圃插架未具此書，檢以歸之，而識其崖略如此。嘉慶改元，歲在丁巳，九月廿有一日燈下書，時在王洗馬巷之士禮居中。澗薲顧廣圻。

毛斧季校本《松陵集》，余于數年前從邵書友處見之，而未及購買，後聞其歸于顧抱沖，遂從借歸，擬傳録一本，因循不獲從事，而抱沖已作古人，書猶未還，心殊怏怏。抱沖從弟澗薲適館余家塾，出其所傳録本爲贈。凡書中佳處，悉悉載于後跋，與斧季手校真本無毫髮之異矣。而抱沖藏本有手鈔何小山跋語一紙，余又傳録于此，一以見昔人校書之勤，一以見故友藏書之善，今而後校本《松陵集》之可寶，不僅以斧季手跡爲重也。至抱沖之本所校宋刻精妙處，澗薲當細爲摘出，俾抱沖遺孤成立讀之，益加明了，豈不快乎。嘉慶二年秋九月二十二日書于讀未見書齋。黄丕烈。

毛十丈有小字殘本十一紙，不忍捐棄，于故簏檢出，僅一卷之半，費三日工裝裱。此壬辰歲事也。去年九月毛丈作古，今月望日其孫持書售人，余感老人愛重宋槧意，以三星銀買之。取校所刊之本，更無譌誤，老人恒言此集校修爲精信也。康熙甲午萬壽太歲年夏六月十七日，何仲子識於語古東軒。溽暑亢旱，焦灼土田。余得于軒中，把卷納涼，爲樂何如。宋本十二行，行廿二字。遇苒俱虛，唯存左傍，似是高宗時刻本，而「通」字中闕豎畫，又仁宗未親政時所刊，爲不可解。

【校勘記】

〔一〕 帆字本去聲讀 「去聲」二字原漫漶不清，據顧廣圻《思適齋書跋》「松陵集十卷」條補。

〔二〕 嗤妍爲媸妍 「媸」原作「嗤」，據顧廣圻《思適齋書跋》「松陵集十卷」條改。

865 竇氏聯珠集五卷 貞節堂鈔本

《竇氏聯珠集》宋本藏余家，此鈔〔一〕即從出者。末録毛跋，此壽階所增也。宋本《竇常集》末多《杏山館聽子規》一首，毛刻所無，想所據本脱葉。中有硃筆校勘，乃義門手筆。

余所藏有一舊鈔，亦脱是首，可知世所行本，除宋本外，此爲近真之本矣。復翁。

【校勘記】

〔一〕「鈔」下原有「本」字，據上海圖書館藏貞節堂鈔本《竇氏聯珠集》黄丕烈手跋删。

866 新刊古今歲時雜詠四十六卷 明鈔校本

是書去取不類，即唐以前諸詩亦斷非宋宣獻公所集，蓋書坊妄托耳。然尚多今日不見之本，如司空表聖一家，已可增多至十餘首，亦可備詩家之採獲也。康熙己丑冬月，何焯偶書於語古小齋。

余昔年藏此《古今歲時雜詠》十册，但記爲舊鈔而已，因《讀書敏求記》盛稱之，故余亦甚珍之也。昨歲殘晤五柳主人，談及新收是書，遂假歸，已大除夕矣。兹甲戌元旦，閉門謝客，命長孫秉剛檢此與五柳本粗對一過。彼每葉廿二行，與此異；每行二十字，與此同。其詞句之異同亦殊不侔，蓋所傳本非一也。是書有何義門跋，頗病其瑕疵，然也是翁謂此等書除宋刻繕寫外，别無刊本流布，將來蕪没無傳，甚可惜耳。余之收此亦此意也。近從書友處見舊鈔本《陳學士吟窗雜録》，實勝明刻。余既藏明刻，又見舊鈔，可云眼福。倘舉其書以問人，幾鮮知者，可爲一歎。即如此書，余既藏舊鈔，又見精鈔，寧非福耶？世之講古書者鮮矣，有一二好古者，非貧老病死，則其好終不能堅，豈書之福勝者，他福即因以折耶？掩卷歎息，余將搔首問天已。復翁。

867 圭塘欸乃一卷 鈔本

《圭塘欸乃集》舊鈔本余已蓄之矣，此册因卷首有「檇李曹氏」印，復以番錢十枚置之，重收藏之人也。戊辰立冬前二日，復翁燈下識。

868 新刊麗則遺音古賦程式四卷 元刻鈔配本

往從香嚴周丈借觀《麗則遺音》，歎爲精妙絶倫。首鈐毛氏父子印記，是即《汲古閣珍藏秘本書目》中所載最精元板《麗則遺音》也。雖寶愛之至，而影寫殊難，僅登其書於余所著《所見古書録附録》中，家實未有其書也。既而玄妙觀前骨董鋪劉希聲持殘本，僅存三四卷，來示余，余喜甚，喜半部之鈔補易爲力，而卷中有「黄氏珍藏」印，識是家陶菴先生故物，因急收之。復從周氏借本傳録，於周本儲藏之印、標題之籤，無不影摹逼肖，而字體之一筆一畫纖悉無訛，又不待言矣。惟傳録時，字旁評點[一]不盡摹入，蓋非所急也。此書之得，已越四五年，其中影摹傳録皆藉家中親友下榻荒齋者乘暇爲之，不限時日，故至今始克裝成。丁丑春朝蕘翁記。

元刊十七番，鈔補二十三番。

【校勘記】

〔一〕字旁評點　「字」原誤作「方」，據國家圖書館藏元刻本《新刊麗則遺音古賦程式》黄丕烈手跋改。

869　國朝風雅不分卷　元刻本

揭希韋，邵武經歷，盱江揭祐民。

盧彦威，翰林待制，汲郡盧亘。

揭曼碩，集賢學士，豫章揭傒斯。一册。

范德機，憲司知事，臨江范梈亨父〔一〕。

劉聲之，三山劉濩。一册。

柳道傳，太常博士，東陽柳貫。

黄晉卿，國子博士，東陽黄溍。乙卯進士。

吴正傳，建德縣尹，東陽吴師道。辛酉進士。十四卷，一册。

王繼學，浙東廉使，東平王士熙。

黄子肅，翰林應奉，昭武黄清老。丁卯進士。

薛宗海，國子助教，永嘉薛漢。一册。

右香嚴書屋所藏殘本，與此刻正同。其中詩人姓名、履歷附録于此，以備參考。蕘翁。

【校勘記】

〔一〕范梈亨父　「亨」原作「享」，據國家圖書館藏元刻本《國朝風雅》黄丕烈手跋改。范梈，字亨父，一字德機，見《元史》卷一百八十一《虞集傳》附。

870　六朝聲偶集七卷　明刻合配本

物無重輕，以全爲上。事無巨細，以合爲奇。此徐獻忠《六朝聲偶集》不過總集中之一種耳，因不習見，殘帙亦收之。偶舉示書友之常所往來者，冀其或有配頭也。仲冬七日果獲殘帙五、六、七卷，合諸前所收一、二、三、四卷，適符全書七卷，是可謂巧遇矣。喜而識其緣起于卷端。蕘夫。

871 對牀夜話八卷 舊鈔本

此鈔本《對牀夜話》，鈔手當在康雍間。其與正德江陰陳沐刻本異者，彼分五卷，此分八卷也，且每條皆有題詞，句亦未經節省，文理文氣較爲明順。鮑氏《知不足齋叢書》所刊即用陳本，故遜此耳。惜第八卷闕其最後幾葉，無從補全。余得諸經義齋書坊，已遭俗手黏漿襯釘〔一〕，主人屬余校對，審其佳而留之，命工重裝，裝成誌其同異如此。乙丑六月望日，蕘翁記。

【校勘記】

〔一〕釘　原作「訂」，據臺北圖書館藏鈔本《對牀夜話》黄丕烈手跋改。

872 逸老堂詩話二卷 舊鈔本

日來酷暑杜門，清曉早凉，頗有以一二種説部詩話等書，或舊鈔，或舊刻，助余消遣，此亦家居消暑之一樂也。此册爲一書友攜至，問其直，云新從故家架上取得，特送覽，尚未有價。余屬留之，會觸熱出門，日午方歸。偶一披閲後跋，無姓名可考，徧檢案頭諸家書目，不得《逸老堂詩話》之名。方悵怏，而於卷中得其父俞君寬父之名，是知戊申老人乃俞姓。後又檢得陸其清《佳趣堂書目》載有是書，並注云俞寬父之子，然其名字不傳，可知書既流傳，不患無所稽考也。喜甚，未及買而已加題識，書魔故智復萌，自覺可笑。明日書友至，如議直不成，尚當向之索酬，方許攜去，蓋後有得此者，可省檢書之勞也。辛未六月二日，求古居主人記。

跋

余于癸酉歲輯刻《蕘圃藏書題識續録》四卷，見聞弇陋，自視欿然。既而至德周君叔弢暹首以所藏《題識》十餘種自津寄讀，江安傅先生沅叔增湘、武昌徐君行可恕、長沙葉君定侯啓勳、祁陽陳君澄中清華、吴興張君葱玉珩、同縣潘君博山承厚亦各以所藏鈔示，吴興張君芹伯乃熊又續得數十種，而高陽王君有三重民爲鈔于北平圖書館，海寧趙君斐雲萬里爲鈔所見聊城楊氏海源閣散出者，常熟瞿君鳳起熙邦重檢楹書，增補數種，又爲借鈔于南海潘氏寶禮堂及上海涵芬樓，于是余得藉諸君之力，編爲《再續録》三卷，合諸繆氏所刻，雖不敢謂無遺，而蕘圃精力所聚亦略備矣。蕘圃爲賞鑒家之藏書，發自洪北江，已有定論。其鑒别精，搜羅富，每得一書必丹黄點勘，孜孜不倦，務爲善本留真，以待後人之研討，存古之功自不可没。至題識，多率意信手之筆，如日記，如瑣録，而性情真摯躍然紙上，遺事墜掌足資多聞，固《録》、《略》之别子，而書林之雅談也。同縣顧君起潛廷龍從宋槧《揮麈録》所摹小像攝影寄贈，據印于首，以志景慕。歲在庚辰孟夏，吴縣王大隆謹跋。

士禮居藏書題跋補録

李文裿　輯
占旭東　點校

目録

士禮居藏書題跋補録

澗谷精選陸放翁詩集十卷須溪精選陸放翁詩集八卷陸放翁詩別集一卷　明刊本

斷腸集十卷後集四卷　景寫元本

静春堂詩集四卷附録一卷　舊鈔本

句曲外史詩文集二卷集外詩　明鈔本

蘇平仲文集十六卷　明刊本

桐菴文稿一卷　鈔本

來鶴草堂稿一卷既白軒稿一卷竹洲歸田稿一卷附鶴亭倡和一卷　秀野草堂鈔本

徐陶園存札小引　舊鈔本

唐百家詩選二十卷　據宋本校宋犖刻本

虚齋樂府　汲古閣景宋鈔本

(以上各條前録已收,正文從略)

士禮居藏書題跋補録

873 讒書四卷 舊鈔本

隆慶二年二月中旬，借顧從化元板本鈔，第二卷内闕二葉。鈔完因以《吴越備史》列傳書卷首。錢穀記。

隆慶四年七月初一日，從錢罄室借鈔。

海寧吴君槎客因吴江楊進士慧樓有言，聞吴興書賈云吴門藏書家見有全帙，尚願宛轉借鈔，故托其同邑陳仲魚問余借鈔，其實余無此書，遂謝之。此乙丑春事也。後余從書肆果得吴枚菴鈔本，有前四卷，可補吴槎客本。急寓書仲魚，取槎客原本五卷者相質證，實較吴枚菴多所裨益，而前四卷復賴余所得枚菴鈔本足之。爰倩鈔胥鈔此以寄，他日可語慧樓，俾遂宛轉借鈔之願云。丙寅正月十一日，蕘翁識。

枚菴所鈔，云鈔自王西莊光禄家。光禄僑吴之龐家衖，今已下世，其所藏亦稍稍散出，可慨也。蕘翁又記。

《讒書》前列題詞，槎客本與枚菴本微有不同，余用紅筆校于上方。鈔者不知，誤寫入，兹仍校出注之。蕘翁。

按：《蕘圃藏書題識》所著録脱「枚菴所鈔」以下兩則。

874 淮海居士長短句三卷 宋刊本

嘉慶庚午人日，書友以社壇吴氏所藏諸本求售，中惟《淮海居士長短句》最佳，因目録及上卷與中卷之二葉、四葉猶宋刻也。余所見《淮海集》宋刻全本行款不同，無《長短句》，蓋非一刻；而所藏有殘宋本，行款正同，内有錯入《淮海閒居文集序》第三葉，與此目録後所列序中三葉文理正同，知全集或有長短句本也。惜此已鈔補，然出朱卧庵家舊藏，必有所本矣。買成之日，復翁記。

此册不止《長短句》之可寶也，前目録後有《淮海閒居文集序》四葉，尤爲可寶。此全集之序，偶未散失，附此以存，俾考文集顛末。後來翻刻傳鈔之本俱無有矣，勿忽視之。道光元年四月重檢并記，蕘夫。

按：《蕘圃藏書題識》所著録第二段有脱句及顛倒，當時未見原書，輾轉傳鈔，故有此誤也。

百宋一廛賦

顧廣圻　撰
黄丕烈　注
占旭東　點校

875 百宋一廛賦

予以嘉慶壬戌遷居縣橋，構專室貯所有宋槧本書，名之曰「百宋一廛」，請居士撰此賦。既成，輒爲之下注，多陳宋槧之源流，遂略鴻文之詁訓，博雅君子幸無譏焉。

元和顧廣圻撰　吴縣黄丕烈注

佞宋主人「佞宋」出《述古堂書目序》，予恒引爲竊比，故居士設此名也。搜求經籍，鳩集藝文。深識妙覽，博學贍聞。折肱既更，醉心有在。東都托始，南渡斷代。排比百種，標榜一廛。此讀依徐仙民《周禮音》。傳之好事，詫爲極觀。乃有瞑行闌子寓言也。踵廛而誶諸曰：「蓋吾聞善讀者之於書也，并包自古，貫穿及今。琢璞任手，握珠委心。祛鍥舟於來編，悟斲輪於往牒。敏超閲肆，識週亡篋。縱有隋唐卷軸、漢魏油素，尚將規檢迴沇，刊落抵捂。是知惡札非苦，俗本何病。值摘獲佳，遭鉛斯正。且夫相變者勢，遞運者時。殺簡忽其告謝，鏤版遒以方滋。而乃峻立畦畛，强分堂室。豈貴遠而賤近，抑噉名而吐實。辱在下風，惑此莫釋。敢效其愚，高明盍擇？」主人造然未有以云也。時則思適居士存焉，居士姓顧，名廣圻。元和縣學生。喜校書，皆有依據，絶無鑿空。其持論謂：凡天下書皆當以不校校之。深有取于邢子才「日思誤書，更是一適」語，以之自號云。　將盱衡而詰，爰有晬其容曰：

異乎，客真所謂夏蟲難與語冰，栝柏之鼠不知堂密之有美樅也。郭注《爾雅》引《尸子》此文，「栝」本作「松」。　在昔校領者依中，寫定者据故。徐遵明之所往讀，杜伯山之所愛護。用以發其深思，於焉遂其好古。自曩哲而固然，非僂指之勝數。夫宋也者，濬摹印之重源，延轉録之一脉。孳長興以萌芽，拓顯德而增益。貽後留真，晞先襲迹。及靈光之猶存，舍司南其安適？此四韵，實顯宋槧之體用也。夫書之言宋槧，猶導河言積石也。上言之，則東漢一字羣經、魏三字羣經并《典論》鐫勒於石，此一源也。下言之，則唐元和壁經「析堅木，負墉而比之，製如版櫝」，此又一源也。自是至于後唐長興《九經》刻版，周顯德《經典釋文》雕印，既省傳寫之勞，兼視豐碑爲便，人事所趨，勢固宜爾。於是終始宋代，官私所造，遍於四部，《玉海》及馬氏《經籍考》等詳其事焉。就中即有利病，究之上承轉録，此其嫡脉，故曰貽於後而留其真，以晞於先而襲其迹也。及今，遠者千年，近者猶數百年，所存乃當日千百之一二耳。幸而得之，以校後本，其有未經改竄者鮮矣。夫君子不空作，必有依據，宋槧者亦讀書之依據也。故比之以司南，謂指南之車，韓子書爲此稱矣。　奈何謾訛正以同歸，味精濫之殊致。觸手斷鎮庫之珍，瞥目乏驚人之秘。耳域陬食，心安陋肆。指趣已爽，涉獵皆盭。今將究深情，宣至理；勘利病，讐臧否。中長見於主人，啓未聞於吾子。則有舉此明後皆陳一廛之所有，下文云「亦有」，云其餘又有，義皆同。　姬公《禮經》，六籍冠冕。高密家法，傳注之選。厄繇難讀，文褫句揃。不覩嚴州，絶學曷顯？忠甫所載，則符節必合；開成所勒，則矩矱未偭。嚴州本《儀禮鄭氏注》十七卷，每半葉十四行，每行大廿五字，小卅字不等。居士嘗跋其後，云「張忠甫校《儀禮》有監、巾箱、杭、嚴凡四本。今所存《識誤》稱嚴本者十許條，以此驗之，無一不合，其爲嚴本決然矣」云云。亭林顧氏言十三經中《儀禮》脱誤尤多，《士昏禮》脱「壻授綏」云云一節十四字，賴有長安石經據補，而其注疏遂亡。又言《鄉射》脱「士鹿中」云云七字，《士虞》脱「哭止」云云七字，《特牲》脱「舉觶者祭」云云十一字，《少牢》脱「以授尸」云云七字，以爲此秦火之未亡，而亡於監刻。今考嚴本，則各條固儼然具存也，其餘補正注文者尤不可枚舉。居士嘗采入所撰《思適齋筆記》，後經、史、子三部古書亦多有所采也。

陳李聞人，紛紜失路。官本復出，景德旦暮。列卷五十，面目呈露。標經題注，乃完乃具。宏文學士，悉情裁疏。尋馬序於《通考》，豁長夜而重曙。景德官本《儀禮疏》五十卷。每半葉十五行，每行廿七字。每卷題「唐朝散大夫行太學博士弘文館學士臣賈公彦等撰」。「悉情裁疏」者，公彦等序中語也。陳，陳鳳梧；李，李元陽；聞人，聞人詮。散疏入注，而注之分卷遂爲疏之分卷。又去疏所標經文起止，蓋出於陳鳳梧，明正德時事也。而聞人詮、李元陽因之，萬曆監本、汲古毛氏本又轉轉因之。於是而馬氏《經籍考》所載《儀禮疏》五十卷，又載其先公序，曰「得景德中官本《儀禮疏》四帙，正經注語皆標起止，而疏文列其下」者，舉世無復識其面目者矣。先公，貴與父，名廷鸞。今與其所得者正同。末後名銜盈幅，案之《玉海》，悉符故事。居士屢誇此書在宋槧中爲奇中之奇、寶中之寶，莫與比倫者也。唯第三十二至第三十七凡缺六卷，僅從魏了翁《要義》中粗識其大略耳。

憮許劍之待懸，悵籯金之莫换。亦有《周禮》一官，《春秋》泰半。殘大字本《周禮》鄭氏注《秋官》二卷，每半葉八行，每行大十六字，小廿一字。舊許贈居士從兄抱沖道人之逵，未及而道人殁矣。殘相臺岳氏本《春秋經傳杜氏集解》行字之數與覆本同，所存一至六，又十五至十八，又二十三至二十六，又二十九、三十，凡十六卷，得三十卷之泰半也。同縣袁廷壽壽皆甫亦有殘本，而未能取之以相補。

《月令》第六，昭公廿年。玩索有得，丹鉛所傳。耒耕上曲，死而賜謚。隻字能排，百朋奚啻。殘大字本《禮記鄭氏注》每半葉十行，每行大十八字，小廿五字不等。所存五至八，又十一至十五，僅九卷。予跋之云：「《月令》注『耒耕之上曲』也，他本『耕』皆誤爲『耜』，賴此正之，可知其佳也。」殘小字本《春秋經傳杜氏集解》每半葉十四行，每行大廿三字，小廿三字，所存前後凡二十三卷。又殘中字本每半葉八行，每行十七字，所存前後凡十八卷。若以兩本相補，唯少第十四卷耳。其昭公廿年兩有，與閻百詩、何義門所說「死而賜謚」皆合，但未知當日所見爲何本。

《穀梁》附音之制，《爾雅》單義之式。先聲孕南，支流殿北。監本《坿音春秋穀梁傳注疏》二十卷，每半葉十行，每行大十八字，小廿三字。官本《爾雅疏》十卷，每半葉十五行，每行三十字。言此《穀梁》既并注疏，又附釋文，其制與明南監所貯十行版大段悉同，是孕其先聲。《爾雅》則邢義單行，舊式猶在，雖疏家支流，實爲北宋之殿也。居士前在阮中丞元十三經局立議言，北宋本必經注自經注，疏自疏，南宋初始有注疏，又有後始有附釋音、注疏。晁公武、趙希弁、陳振孫、岳珂、王應麟、馬端臨諸君以宋人言宋事，條理脈絡粲然可尋。而日本山井鼎《左傳考文》所載紹興辛亥三山黄唐跋《禮記》語，尤爲確證，安得有北宋初刻《禮記注疏》及淳化刻《春秋左傳注疏》事乎？今此賦所云即平昔議論也。

《說文解字》，始一終亥。無手迹於邵陵，有舊觀於東海。隘林宗之重寫，鄙斧季之輕改。收儲則一夔已誇，著述則三家猶采。小字本《說文解字》十五卷，中缺者影寫補足。每半葉十行，每行大十八字，大小廿五字不等。嘗別見國初葉林宗奕所藏，僅從此刻傳寫者耳。近青浦王司寇昶家乃有之，極加寶貴，幾流一足之譽也。常熟毛氏初刊頗與相近，後經斧季扆節次校改，而大徐氏之舊觀漸以盡失。金壇段茂堂先生玉裁來寓吴中，遂有《汲古閣説文訂》之作，宋本之妙固已洗剔一新，即遇其誤，亦必反覆推尋，不加遽斥。夫以海内通儒，談其專業，猶且服膺，鄭重鉛槧，疲勞者如此，然則有何末學置喙地哉？客曰：今之《説文》皆許慎手迹乎？事見《顔氏家訓》。人不通古今，而好爲議論，類如是耳。南唐《繫傳》，難弟楚金。漫漶俄傾，點竄侵尋。碩果之辨，不食字林。起寒山以把臂，咨靈威以賞音。殘本《説文繫傳》每半葉七行，每行大十四字，小廿二字。所存起《通釋》之第三十至末，凡十一卷。寒山趙頤光家舊物也。此書尤延之、吕太史、李巽巖皆言其斷爛闕誤，時距小徐未爲遠，故曰俄傾也。今歙人有刊行之者，正文尚脱落數百字，又經不學之徒以大徐本點竄殆遍，真有不如不刻之歎。予得此本，當即《困學紀聞》所云「今浙東所刊，得於石林葉氏蘇魏公本」者也，非猶不食之碩果乎？殘本故云辨。辨，古瓣字。小學類，故云字林耳。予又有虞山錢楚殷家所鈔完本，鈕君樹玉曾借去校讀，擊節不置，使槧本而完，當復何如也？鈕君家洞庭山。浩澥乙部，逴躒三家。冒戒傷廉，所取太奢。此言《史》、《漢》、《國志》三家，史部之最，而尚必取宋本焉，故云傷於廉也。《漢書》特善，清秘留將。是曰景祐，戛乎弗亡。余丞之上言，觀、洙之參詳。削長決贅，補乙彌創。招小宋以研精，當悔下其雌黄。每之罔而愈況，胡項背之敢望。僕嘗目驗，若毛若汪。景祐二年本《漢書》一百卷，每半葉十行，每行大十九字，小廿七字。末列秘書丞余靖上言，又張觀、王洙皆預參詳中也。每卷上下方皆有朱校字，最後復有墨書二行，云：「右宋景文公以諸本參校，手所是正，並附古注之末。至正癸丑三月十二日，雲林倪瓚在凝香閣謹閲。」居士曾爲予細校汲古本，而予以汪文盛本佐證之，凡於二本所削所補各千百字。推原其故，景文之是正已屬有失無得，烏論後此者。乃遞經大書深刻，悉溷班書，可不謂至誣乎？唯此本未經淆亂，誠宜壓卷史部也。之罔，元劉之罔。其所刻，流俗輒目爲佳，故居士偶涉之耳。乙者，以鉤識去其字。招，舉也。讀如翹闕。良史實録，藉用識蜀。乃本古以愜心，復字大以悦目。蜀大字本《史記集解》一百三十卷，每半葉九行，每行大十六字，小廿字。所缺舊鈔補足。又殘本僅有《西南夷》至《汲鄭》五列傳。考《汲古閣秘本目》有蜀本大字《史記》，云有缺，未知與此何如也。孤行《吴志》，數册仍六。舉承祚之一隅，反少期之全局。單行本《吴志》二十卷，每半葉十四行，每行廿五字。冠裴松之《上三國志表》於首，其下即接「吴書一」云云，乃當日專刻，即《汲古閣秘本目》所載宋版《吴志》六本者也。舉一隅，反全局，言推異同之大凡。承祚、少期，文體之互耳。後漢翻雕，秘書指蹤。牒互孫宣，班、范闕通。建塾敬室，緻美罕同。兼收並蓄，矩疊規重。殘本《後漢書》每半葉十行，每行大二十字，小廿四字。僅存紀八、志三、列傳十五卷而已。乃北宋年間翻雕景祐本也，故行款正同。又殘本二，皆缺損已甚，嘉定戊辰蔡琪純父所刻也。前仍列秘書丞余靖上言，而行款改爲八行十六字矣。景祐校班、范二書，同時雕印。予所藏班書前互入乾興元年中書門下牒國子監文一通，即孫奭以劉昭注司馬彪志補、章懷注范書故事也。《曝書亭集》謂此不自奭始。以今考之，則以彪補范誠始於劉，而以昭補賢實始于孫，朱説疏矣。又殘本二，一但缺志，一缺損已甚，而其中有志第二十二，又第二十四至末凡八卷，每半葉十行，每行十八字，《目録》後題云「建安劉元起刊於家塾之敬室」，乃南宋精雕也。此一書三刻，而殘本共五。緬劉昫之撰《唐》，時罔新而那舊。緣歐、宋以易稱，幾不察於相狃。驟開卷而知益，杖紹興之教授。殘本劉昫等《唐書》每半葉十四行，每行廿五字，僅存志十一至十四、廿一至廿五、廿八至卅，列傳十五至廿八、卅八至卌七、五十至六十、七十八至八十三、一百十五至一百十九、一百廿九至一百卅四、一百四十下至一百四十四上，凡六十七卷有零。每卷末有題名，云「左奉議郎充紹興府府學教授朱倬校正」，又有校勘人題名四行，文繁不録。予跋之曰：「標題云『唐書』者，昫等撰時本然。蓋歐、宋《新唐書》未盛行之先，無舊稱也。覆本在明嘉靖時不特多誤，抑神氣索然矣。」莆田《編年》，始末九朝。流傳寓内，夥矣胥鈔。呰目升而綱降，閔實混而名淆。快拜嘉於一諾，飫良友之淳醪。遜廿五以居乙，引積薪而解嘲。莆田陳均《皇朝編年備要》三十卷，每半葉八行，每行大十六字，小廿三字，「編年」下有空字二格。又殘本《皇朝編年綱目備要》每半葉八行，每行大十六字，小廿四字，列目止於廿五卷，後別爲一行，云「已後五卷見成出售」。今於廿五卷中又缺其五，所存者凡二十卷而已。二本版刻不同，皆宋精雕。今世通行傳鈔改大小字而一之，又不復知其有「綱目」之名，失之甚矣。完本初爲予友五硯主人袁壽皆甫所藏，後割愛見歸，遂甲予舊有也。見可釋《鑑》，音訓是優。被抑身之，耽與闡幽。行明字繣，終卷無脩。哂舊史之枕秘，謂未白乎豕頭。史炤《通鑑釋文》三十卷，每半葉十二行，每行大小三十字。自元胡三省身之《通鑑釋文辨誤》盛行，而此書遂微。其實胡所長地理，若聲音訓故，乃不如史之有所受之也。予別見同郡蔣姓所藏，行間字裏皆未若此本之明繣。昔郿城舊史氏某公偶得一新鈔本，特詫爲枕中秘，曾請借觀，堅不相許。後既得此，因於予所畫得書圖跋語中稍靳之，而居士取以入賦也。見可，炤字。《中興館閣》、《録》、《續》系聯。《永樂大典》，證明匪全。奪胎肖貌，簡或閒編。潛采自鄶，洵無譏焉。陳騤《中興館閣録》十卷，《續録》十卷，每半葉九行，每行大小十八九字不等。《書録解題》云：「《續録》者，後人因舊文增附之也。」《録》缺「沿革」一門，《續録》缺「廩禄」一門，《永樂大典》已如此矣。居士從兄抱沖道人所藏乃毛氏影鈔精本，惟貌惟肖者也。然宋本誤裝《續録》卷第七「提舉編修《國朝會要》」一葉及「提舉秘書省提綱史事」二葉上入《録》之七卷中，而影鈔者竟改填板心字爲「中興館閣録」云云以實之，非見此本無由覆正也。外此所見鈔本更非毛比矣。故曰竹垞潛采堂以下等諸自鄶焉。

《東家雜記》，去聖雖遠。杏壇三成，堯顙親展。愈求野於禮失，慨并官之久舛。會叔節之書丹，諗郰邑以數典。孔傳《東家雜記》二卷，每半葉十行，每行十八字。首列《杏壇圖説》，詳《讀書敏求記》。壇三重也。遵王家所鈔今在抱沖道人小讀書堆，而余所得未知即葉九來宋槧否。中載聖妃氏曰并官，錢少詹大昕有言，以《韓勑碑》考之，字本是并，而今作幵，即聖裔有不知其誤者。此尚未譌，故居士以爲，豈非劉子駿所謂「不猶愈於野」者也。

子政《列女》，深父發矇。頌後有贊，遂等俄空。割賚研之和璧，競南城之楚弓。惜畫像之終佚，進補亡於屏風。建安余氏勤有堂本《古列女傳》七卷，《續》一卷。每傳有圖，傳在圖之左、右及下方。行、字之數不畫一。此書是王回深父據頌所定，於是而顔黄門以爲後人所羼者始别在《續》内矣。予初見此書，從抱沖道人許。有國初人跋云「余藏《列女傳》古本有二：一得於吴門老儒錢功甫；一則亂後入燕，得於南城廢殿中。此則廢殿本也。近又簡吴中舊刻，頌後有贊，乃黄魯曾以已作竄入，與古文錯迕，讀者習而不察久矣。秦漢古書多爲今世妄庸人駮亂，其禍有甚於焚燎」云云。後予遂從他所得此，即所謂錢功甫本也。又别見蔣篁亭杲校本嘗兩及之，云何義門處見之，謂賚研齋寶如雙璧也。居士爲道人校讐，重刊行世，文悉仍舊，即考證亦别爲卷。獨定其畫像題顧凱之者爲余氏補繪而削去，予佞宋，尚時時惜之。故居士以爲，豈欲進補屏風之亡乎？仍意不之許也。畫之屏風，向頌義大序之一句。

《歷代紀年》，十得其九。自序紹興，今也烏有。順理懸解，陳《録》乃剖。也是疏略，難復辭咎。殘本晁公邁《歷代紀年》卷二至十，所缺第一卷也。每半葉十行，每行十九字。《書録解題》云其自爲序，當紹興七年。今未見，以此序在首而亦缺也。此即述古堂舊物，而《敏求記》但言紹興壬子樂清包履常爲之鋟木以傳，不及自序之有無并所缺卷，是疏略也。土風清嘉，維桑與梓。樂圃先生，石湖居士。《圖經》續前，《郡志》肇始。必文足以能徵，寧疵刓之徒恃。幸宋子之導先，喜葉公之見誒。汰懸磬之秕糠，洗汲古之泥滓。紹興甲寅本朱長文《吴郡圖經續記》三卷，每半葉九行，每行十八字。中間缺葉，錢磬室手鈔補足。首有楷字長方印，其文曰「葉文莊公家世藏」。紹定本范成大《吴郡志》五十卷，每半葉九行，每行大小十八字。述古堂舊物也。《圖經續記》磬室曾刊行，《志》則汲古閣刻之。予最先得太倉宋賓王蔚如所校《志》，知毛據殘宋本開雕，故如牧守題名脱落特多，餘亦每與此不合。乃懸磬室中親藏宋槧《圖經》，何訛舛亦復不少耶？明代刻本其不足徒恃有如此者。臨安百卷，分豆剖瓜。海鹽嘗熟，薈萃竹垞。墜簡十七，或亡或賒。不遘神膠，詎容足蛇。殘本潛説友《咸淳臨安志》所存八十三卷，每半葉十行，每行大小廿字。又鈔補者十卷。《曝書亭集》跋此書曰：「予從海鹽胡氏、嘗熟毛氏先後得宋槧本八十卷，又借鈔一十三卷，其七卷終闕焉。」今予所得較多宋刻三卷矣，然其餘十七卷或竟未見，或雖鈔補而終非宋刻。唯聞長塘鮑君廷博所藏本内有宋刻六十五、六十六二卷，爲出竹垞所見外，不識天壤間其尚有他本可補足否也。嚴州故郡，一名新定。錢君可則，成志氏姓。入山得寶，斯癡宜詅。欿然有懷，食蹠之性。錢可則《新定續志》十卷，每半葉八行，每行大小十八字。編纂者爲方仁榮、鄭瑤。其曰《續志》者，續董弅《新定志》也。《志》即《嚴州圖經》，錢少詹大昕論此曰「宋人州志多用郡名標題」，其説是矣。初書賈某甲業於杭之城隍山，收雜志書數百種，以帳寄示，《續志》在焉。予遂探得之，每以波斯識寳自銜。然《圖經》殘本首三卷近在某乙許，因居奇差池，亦用爲歉。每展此書，輒復縈抱。居士其知予心哉。姚校短長，抽其端緒。懸諸國門，不朽盛舉。永續命於剡川，厚釋誣於雅雨。方綴學之共仰，良無煩乎覼縷。剡川姚氏本《戰國策》三十三卷，每半葉十一行，每行二十字。其注之所校又雙行分系於注下，所謂注中有注者也。癸亥年予影摹重刊，又以至正乙巳吴師道本互勘，爲之札記，詳列異同，凡三卷。於是而盧雅雨本竄入、鮑彪所改及加字并抹除者各條，始不復相牽溷矣。此書與予庚申年刊明道本影鈔《國語》皆頗行於世。蘭陵老師，舊監經營。唐栞台庫，瞠其先鳴。擴紀聞之同異，訂軒輊而爲平。懲餘姚之匍匐，循故步乎熙寧。熙寧本《荀子》二十卷，每半葉八行，每行大十六字，小廿四字。《困學紀聞》云：「《勸學篇》『青出之藍』作『青取之於藍』，『聖心循焉』作『備焉』，『玉在山而木潤』作『草木潤』，『君子如嚮矣』作『知嚮矣』；《賦篇》『請占之五泰』作『五帝』，監本未必是，建本未必非，餘不勝紀。」又云「今監本乃唐與政台州所刊。熙寧舊本亦未爲善，當俟詳考」。此本之末有「吕夏卿重校，王子韶同校」題名，即熙寧舊本也。建本與元《纂圖互注》者頗近，明世德堂本又從之出。餘姚盧學士文弨合校諸本，撰定開雕。曾見從此影鈔者而引之。居士細加覆審，其所沿革往往可議，故步一失，無所持循。凡合校之弊，必至於此矣。《新序》經進，年月具官。庚寅焚如，歷劫偏完。裨益是正，奚止一端。髯兮侈富，於兹寒酸。《新序》十卷，每半葉十一行，每行廿字。每卷首題「陽朔元年二月癸卯護左都水使者、光禄大夫臣劉向上」。第一卷後有國初人跋，云「舊本《新序》、《説苑》卷首開列『陽朔鴻嘉△年△月具官臣劉向上』一行，此古人修書經進之體式，今本先將此行削去」云云。本紅豆舊物也，後入《延令書目》，可知未遭庚寅之炬。予嘗校之一過，每與居士商搉，如《戰國策札記》所載桃仁字之屬，取資宏多矣。陽山顧大有所藏亦宋槧，後歸蔣辛齋氏。賜書樓之書散出，予嘗見之，其刻差後，遂多錯誤。然則此真北宋槧也。昔何義門手校據彼而未知有此，故言何所見他宋槧極多而於兹有所不逮矣。何用一小方章，其文曰「髯」。授《老》則漢時結草，注《莊》則晉代懸河。易州深刻而齊軌貴少，吴縣大書而合轍美多。建安虞氏本《道德經》二卷，每半葉十行，每行大小廿字不等。河上公章句也。予跋之曰：「『如春登臺』尚未誤倒，與唐開元易州石刻合，因知其佳也。」南宋本《南華真經》十卷，每半葉十行，每行十八字。郭象注也。以《經典釋文》標舉之大字證之，合者居多矣。吴縣，謂陸元朗。沖虛錯互，舉世相仍。處度敬順，糾纆淄澠。劃然分判，使我伏膺。《吴都》注後，藐藐尠朋。《沖虛至德真經列子》，張湛處度注，八卷，每半葉十二行，每行二十五字。今世所行明世德堂本，注與唐當塗縣丞殷敬順釋文合并，不復可以識别。盧學士《羣書拾補》以意分之，不若此本未附釋文尤爲確然而無誤也。卷第五「五山始峙而不動」一句俗本皆脱「而不動」三字，居士舉劉淵林《吴都賦》注有之以相證，謂《列子》善本無踰此，今考《玉海》載祥符四年官校《列子》事，殆其時之本歟？居士嘗爲余言，殷敬順釋文乃宋道士碧虛子陳景元依托，今賦文仍云敬順者，不遽改舊稱也。高解《鴻烈》，蓋云善哉。向貴蘆泉，頓成陪臺。憒《道藏》之贋鼎，每張目而一欸。將高郵以助予，臨欲借而遲回。小字本《淮南鴻烈解》二十一卷，每半葉十二行，每行大廿二字，小廿五字。棟亭曹氏舊物也。相傳惠松厓絶稱明蘆泉劉績補注本，惠嘗見宋本者也。其實劉出於正統十年《道藏》，不如宋槧遠甚。近有安庸人取《道藏》以己意塗竄增删，又多造「童牛」、「角馬」之字移易舊文，刻版印行，不知者遂目《道藏》爲真如此，其貽誤何可勝言耶。高郵王庶子引之方事重校，曾枉札相訊，居士與王不相知，而頗諷予借與之也。黄門《家訓》，篇廿卷七。欣遇考證，檢度縝密。縮述古而稍布，窘邊幅之小失。恢逸聞於書院，喟共山其無匹。淳熙台州公庫本《顔氏家訓》七卷，每半葉十二行，每行十八字。後附嘉興沈揆《考證》一卷，凡三册，每册首尾有「省齋」一印、「共山書院」一印。「省齋」未詳，「共山書院」有《藏書目録》，柳待制爲之序，稱汲郡張公，不詳其名，延祐三年參議中書省。錢少詹大昕補《元史・藝文志》載之者也。又每册首尾紙背有一長方鈐記，云「國子監崇文閣官書。借讀者必須愛護，損壞闕失，典掌者不許收受」，皆逸聞也。末有何義門跋，云此書爲沈虞卿所刊。虞卿紹熙中嘗以中大夫、秘閣修撰知吾郡，見范志牧守題名。又云虞卿自號欣遇，見楊廷秀《朝天集》。近長塘鮑氏已用述古堂影鈔本刊入《知不足齋叢書》第十一集，然就其叢書爲大小，邊幅失之窘矣。

倦翁《愧郯》，亦叢長塘。導源夢羽，功歸濫觴。岳珂《愧郯録》十五卷，每半葉九行，每行十七字。八至十一凡四卷皆鈔補，餘尚有空白未補者十葉，即鮑氏叢書底本也。有「楊氏夢羽」一印。

光遠鑑戒，鄙爲不腆。流丹青而貿實，瞻雲煙之過眼。小字重雕足本何光遠《鑑誡録》十卷，每半葉十五行，每行廿四字。出項氏天籟閣，經阮亭、竹垞諸老手題。初居士從徐七來家廉值得之，旋爲其友程子世銓奪去。鮑緑飲時尚未與居士相識，從程借鈔，近亦刻入叢書。其跋絶不及居士，且有程以厚價購得語，當由不悉原委也。今其事已閱二十許年，程薄宦江右，而書轉展歸予。曾屬居士補作一跋，跋之尾句曰：「不能無雲煙過眼之感也。」

文瑩《湘山》，元鈔未并。《揮麈》結銜，朝請明清。認諱《圖畫》，添序《茅亭》。《津逮》率爾，革秘之名。釋文瑩《重雕改正湘山野録》三卷，《續》一卷，每半葉九行，每行廿字。宋刻，上卷三葉起至中卷二十三葉止，凡四十七葉。餘五十三葉，元人補鈔。有跋云「至正十九年六月十九日覽訖」。殘本《揮麈後録》所存僅第一、第二兩卷，《三録》三卷全，每半葉十一行，每行廿字。卷首題「朝請大夫主管台州崇道觀汝陰王明清」一行，臨安府陳道人書籍鋪刊行本。郭若虛《圖畫見聞志》六卷，每半葉十一行，每行廿字。遇宋諱皆闕筆，翻本不如是矣。黄休復《茅亭客話》十卷，每半葉九行，每行十八字。末有石京後序一篇。以上四種皆經汲古毛氏刊入《津逮》中。然《湘山野録》斧季重用前本手勘者，今亦在予家，錯誤無慮數十百處也。其餘大率類是，故居士以爲秘書之名即革之斯可矣。醫藥方論，載網載羅。乾道《傷寒》，淳熙《産科》。專門疇覺，遑計其他。李檉《傷寒要旨》二卷，每半葉九行，每行十六字。末葉有二行云：「右《傷寒要旨》一卷，《藥方》一卷。乾道辛卯歲刻于姑孰郡齋。」此書載《書録解題》，陳氏曰皆不外仲景也。朱端章《衛生家寶産科備要》八卷，每半葉九行，每行十五字。末卷有三行云：「長樂朱端章以所藏諸家産科經驗方編成八卷，刻版南康郡齋。淳熙甲辰歲十二月初十日。」錢遵王言其首列借地、禁草、禁水三法，今罕有行之者，亦罕有知之者矣。《活人》問答之叢殘，《事親》圖説之戢孴。得《十便》於《大衍》，貴《千金》於《備急》。窺《秘要》於鄴臺，僉有瀋之可拾。殘本《重校正活人書》每半葉十行，每行十九字。所存十至十二，凡三卷。《書録解題》云：「《南陽活人書》十八卷，朝奉郎直秘閣吴興朱肱翼中撰。以張仲景《傷寒方論》各依類聚爲之問答也。」晁氏《讀書志》云二十卷，今未知孰是。殘本張從正《儒門事親》所存二十一葉，自《撮要》至《扁華訣》凡七目，有毛子晉印章。《汲古閣秘本目》「宋版《醫家圖説》一本」即此也。殘本《十便良方》每半葉十三行，每行廿二字。所存十一至十七，又廿一至廿三，凡十卷。其目尚存，蓋本四十卷，勴得四之一耳。其序乃鈔補，稱附益紹熙孫稽仲所集《大衍方》，果得其便凡十焉。末署「慶元乙卯十月二十四日汾陽博濟堂書」，作者姓名未詳。孫名紹遠，《大衍方》載《書録解題》。殘本《新雕孫真人千金方》每半葉十四行，每行廿四字不等。所存一至五，又十一至十五，又二十一至末，凡二十卷。以錢述古鈔本《千金備急要方》校之，尚鮮有一處符合者，可稱奇秘矣。「人命至重，有貴千金」，思邈自序語也。殘本《外臺秘要方》每半葉十三行，每行廿四字。所存但目録及第廿二卷耳。近聞居士爲陽城張古餘先生敦仁以廉值獲泰半部，心馳神往於一見矣。以上五書皆缺損已甚，故等之於拾瀋。拾瀋字本出《左氏傳》，而此所用意有小異也。籠經史與百氏，羌更僕而未殫。苟泛言以及集，又文海而詩山。此二韻爲下文其餘又有張本也。爾其陶誠敻世，籤題元筆。規往之外，几塵屢拂。《陶淵明集》十卷，每半葉十行，每行十六字。《汲古閣秘本目》云「與世本敻然不同，如《桃花源記》中『聞之欣然規往』，今時本誤作『親』」，謬甚，他如此類甚多。籤題係元人筆，不敢易去」云云，即此本也。最後附曾紘説一首，云「親友范元羲寄示義陽太守公所開《陶集》」，末署「宣和六年」，是北宋槧矣。宋宣獻言「校書如拂几上塵，旋拂旋生」，即此説中語也。翰林歌詩，古香溢紙。擩染亂真，對此色死。元豐三年臨川晏氏本《李太白文集》三十卷，行字之數與康熙中繆氏覆本同，繆嘗用以亂真，然特不可以對此耳。九家杜注，寶慶漕鋟。自有連城，蝕甚勿嫌。殘本《新刊校定集注杜詩》每半葉九行，每行十六字。所存五十五葉。即寶慶乙酉曾噩子肅重摹淳熙成都本，刊于南海之漕臺者也。《敏求記》稱其開板宏爽，刻鏤精工，洵然。惜缺損已甚耳。「自有連城」者，斷章於遺山詩。王沿表進，移氣麻沙。秀句半雨，夙假齒牙。《王右丞文集》十卷，每半葉十一行，每行二十字不等。傳是樓舊物也。王縉搜求其兄詩筆，隨表奉進。此刻是麻沙宋版。《送梓州李使君》詩亦作「山中一半雨，樹杪萬重泉」云云，皆見《敏求記》。孟出史院，慬脱覆瓿。抉剔其妙，辰翁卻走。《孟浩然詩集》三卷，每半葉十二行，每行廿一字。有「翰林國史院官書」楷字鈐記。嘉定瞿中溶鏡濤甫見之，曰：「此元時印也。存於今者慬矣。」慬、僅同字。予以校元刻《須溪先生批點孟集》，乃知辰翁强分門類，遂致全篇或脱或衍，字句間更不足言矣。昌黎數四，百衲之裔。別加點勘，須兹起例。殘大字本《昌黎先生文集》每半葉十行，每行十八字。所存卷二十二至卷二十六而已。傳是樓舊物也。又殘小字本《昌黎先生集》每半葉十一行，每行廿字。所存卷一至十，字畫方勁，而未有注，當是北宋槧。又殘本同前刻，所存第三十九、第四十兩卷。又殘本《朱文公校昌黎先生集》每半葉十二行，每行廿一字。所存卷十一至末。予欲以四殘本相補完，故曰可作述古堂主人《百衲史記》之流裔也。別加點勘者，郡前輩陳少章氏先已著有《韓集點勘》也。又張古餘先生向得殘本，今年春曾許與南宋殘本《九章》及張丘建《孫子筭經》一併脱手見贈，介居士及袁壽皆甫易校。予新得殘本《太平御覽》，助孫淵如先生星衍付刻於山東，後經某人惎之不果。某人者，予舊學徒也。

廬山《長慶》，見取六丁。金華太史，獨著精靈。殘本《白氏文集》每半葉十一行，每行廿一字。所存十三至十六，又二十六至三十四，又五十五至五十八，凡十七卷。《長慶集》北宋時鏤諸版所謂廬山本者，庚寅一炬，種子斷絶，唯此金華宋氏景濂所藏小宋版圖記宛然，古香可愛，推希世珍矣。事詳《敏求記》，其所數存卷有誤，今正之。

賓客碑文，受教名儒。以石攻錯，乍彰其瑜。殘本《劉夢得文集》每半葉十二行，每行廿一字。所存一至四而已。曩者錢少詹大昕借讀明刻完本《劉集》於予，手校袁州萍鄉縣楊岐山故廣禪師碑文，疏於別紙，云石刻與刻本不同者二十餘字，多五十餘字。今宋本雖未能盡爾，然與明刻異者必與石刻同矣。

五言長城，未隳文房。雜著附見，知勝建昌。殘本《劉文房文集》每半葉十二行，每行廿一字。所存五至十，凡六卷。《書録解題》云：「《劉隨州集》，唐隨州刺史宣城劉長卿文房撰，詩九卷，末一卷，雜著數篇而已。建昌本十卷，別一卷爲雜著。」予別藏臨何義門校，即據建昌本以相覆勘，知此爲勝也。

次道序後，貞曜增重。彼哉玩物，則諸骨董。小字本《孟東野詩集》十卷，每半葉十一行，每行十六字。北宋槧也。有集賢校理常山宋敏求後序及本傳、貞曜先生墓誌各一首，曾藏於延令季氏，亦入傳是樓，蓋叠爲真賞家所重矣。又有「安麓村」一印。安，賣骨董者。

敬輿中書，文饒一品。

事涉經濟，不厭其審。殘小字本《陸宣公奏草》五、六兩卷，又《中書奏議》五、六兩卷，每半葉十二行，每行廿二字。汲古閣舊物也。殘本《會昌一品制集》每半葉十三行，每行廿二字。所存一至十，凡十卷。此二種予悉嘗用以手勘他本，語人云：不敢因其缺損已甚而忽之，豈特佞宋，亦以重二公也。今爲賦所取。胡曾《詠史》，廣陵賸餘。米評陳注，興歎翳如。《注胡曾詠史詩》三卷，每半葉十一行，每行大廿二，小廿七字。延令季氏舊物也。首題「前進士胡曾著述并序，邵陽叟陳蓋注詩，京兆郡米崇吉評注并續序」，世罕知之者矣。此書江君藩自揚州以之歸余也。詩凡一百五十首，起《烏江》，終《滎陽》。雖小可觀，睦親之坊。唐求味江山人，幼微咸宜女郎。昭諫《甲乙》，用晦《丁卯》。洎《朱慶餘》，一一妍好。《唐山人詩》一卷，《女郎魚玄機詩》一卷，《甲乙集》十卷，《許丁卯集》二卷，《朱慶餘集》一卷，每半葉十行，每行十八字。皆臨安府棚北大街睦親坊南陳宅書籍鋪印行，所謂書棚本是也。若乃覯《温國》於徐盧，箴《傳家》之膏肓；《温國文正司馬公文集》八十卷，每半葉十二行，每行廿字。首爲劉嶠序，次爲《進司馬温公文集表》。表第一葉間有朱書一行，云「洪武丁巳秋八月收」，鈐以小方章一，文云「徐達左印」，又大方章一，文云「松雲道人徐良夫藏書」。卷第八十後副葉有墨書三行，云：「國初吴儒徐松雲先生收藏《温公集》八十卷，缺九卷，雍謹鈔補以爲完書云。弘治乙丑秋九月望日石湖盧雍謹記。」予得之，以嘉慶丁巳暇日偶校舊鈔《傳家集》，觸處見誤，近刻復何足道耶？書之可稱祖本者，唯此種是矣。眂石林之《奏議》，鬱剥落而生芒。葉夢得《石林奏議》十五卷，每半葉十行，每行廿字。每卷次行題「模編」二字，後有跋，末署「開禧丙寅六月既望，姪孫朝奉大夫、改差權知台州軍州兼管内勸農事借紫箋謹書」。此書陳直齋著於《録》，近《汲古閣秘本目》載影宋精鈔，此較勝之矣。居士頗惜其紙板有剥落處也。神子遹之《渭南》，叶告夢之殊祥。

《渭南文集》五十卷，每半葉十行，每行十七字。前有序一首，署「嘉定十有三年十一月壬寅，幼子承事郎、知建康府溧陽縣、主管勸農公事子遹謹書」。此是家刻，故「游」字皆去末筆。白堤錢聽默，書賈之多聞者也，語予曰：「相傳庚寅一炬之先，放翁示夢於汲古主人，曰有《渭南文集》一部在某所，可往借之，遂免於厄。」噫，文人結習有如是哉。通體完好，中有闕葉，錢叔寳手鈔補足。

摭劍南以作貳，俾掍連之就匡。殘本《新刊劒南詩稿》每半葉十行，每行廿字。所存一至四，又八至十，又十五至十七，凡十卷。前有淳熙十有四年臘月幾望門人、迪功郎、監嚴州在城都稅務鄭師尹序一首。《書録解題》云：「《劍南詩稿》二十卷，止淳熙丁未；《續稿》六十七卷，自戊申以及其終。當嘉定庚午其幼子遹續刻之。」今經汲古毛氏一槩合刻，面目無復存焉者矣。此雖殘帙，猶可考其初不掍連也。

躋《友林》之逸品，儷聲價於吉光。史彌寧《友林乙稿》一卷，每半葉八行，每行十六字。予又有覆本，行字相同。《潛孯堂題跋》中「在都門所見」即覆本耳。真本流麗娟秀，兼饒古雅之趣，在宋槧中別有風神，未容後來摹倣也。予跋之，目爲逸品。又考趙希弁《讀書附志》云「《友林詩稿》二卷，有黄景説、曾丰序」，今詩既一卷，又無此序，佚其甲稿無疑矣。

裂《梁溪》之卅八，孰斯文之可喪。殘本《梁溪文集》每半葉九行，每行廿字，凡三十八卷。末有乾隆六年二十六世孫枚跋，稱「雍正己酉下榻衍聖公之九如堂，詢知《梁溪文集》爲舊族高陽相公持去。高陽諱霨。越十餘年過上谷所屬之地，高陽府第半屬荒基，而是集猶在，因以歷歲所餘館穀與之，而是集始得返趙」云云。觀此可知其珍重也。然實經割移卷第，而跋未之知，今予就版心字跡釐正焉。《古律詩》九、十兩卷爲第十三、十四，《表劄奏議》三至十四爲卷第四十一至五十二，又廿四至卅二爲第六十二至七十，又五十三至六十爲第九十一至九十八，又六十二爲第一百，《迂論》四爲第一百四十八，又九、十兩卷爲第一百五十三、一百五十四，《題跋》上、中、下爲第一百六十一至一百六十三。《書録解題》云百二十卷,趙希弁《讀書附志》云百七十卷。此即百七十卷之本。證《擊壤》於泰興,殘本《伊川擊壤集》每半葉十行,每行廿一字。所存三至六,凡四卷而已。泰興季氏舊物也。《延令目》云宋邵康節《擊壤集》二十五卷,即此,彼時蓋尚完。然考晁、陳及馬氏著録,五乃衍字。諛《乖崖》於崇陽。殘本《乖崖先生文集》每半葉十行,每行廿字。所存一卷至六卷,以下至卷十二皆賜書樓舊鈔本也。《讀書志》「十卷」,陳直齋云「近時郭森卿宰崇陽刻此集,舊本十卷,增廣并語録爲十二卷」。今此本前有咸淳乙巳中春朔邑子朝散大夫、特差荆湖安杭大吏司主管機宜文字、權澧州軍州事、賜緋龔夢龍序,云:「前令君天台郭公森卿嘗栞寘郡齋,已未兵燬,遂爲煨燼。今令史左綿伊公賡以儒術飾吏,復鋟梓以壽其傳。」是郭本之重刻於崇陽者也。奇兩探於真魏,《西山先生真文忠公文集》五十五卷,每半葉十行,每行十八字。其卷八至十一,又二十五至二十八,又五十二至五十五,皆鈔補,而第五十一全卷盡缺。考《書録解題》、《經籍考》皆五十六卷,《延令目》乃云五十一卷,今宋槧前後凡存四十二卷,而止於卷之第五十,鈔補未知所出,無以訂此也。《鶴山先生大全集》一百十卷,每半葉十一行,每行廿字。首有淳熙己酉宛陵吴淵序,第一卷首缺損一葉又四行,其第五行始爲「寄題雅州胥園」云云,而明卭州刻本竟以此題爲首,誤甚矣。惜缺十八、十九、卅五至卅八、四十三至四十六、五十至五十三、七十五至七十七、一百八,凡十八卷。西山與鶴山並稱,洵南宋之兩大儒也,予皆得其集之善本,亦足以豪矣。異三擇乎《豫章》。殘本《豫章黄先生文集》每半葉九行,每行十八字。所存一至十四,又十七至十九,凡十七卷。其第一卷末有「山房李彤、洛陽朱敦儒正是」一行。殘本《豫章黄先生外集》每半葉九行,每行十八字,所存一至六而已。第六卷末葉爲書賈所去,别以第十四卷末葉足之,因此葉後亦有「山房李彤」云云一行,自詭於全帙也。《延令書目》載後集六卷,殆緣是歟?然其所載《山谷集》三十卷,則未缺,今不知在何所。殘本任淵《山谷黄先生大全詩注》每半葉十一行，每行大廿字，小廿四字。所存卷一至十八，其後皆缺。每卷中復多缺葉，末葉有黏籤一條，云「一本永樂二年七月二十五日蘇叔敬買到」。抱沖道人得南城廢殿本《古列女傳》有此，即載於《敏求記》者，其外未聞更見於他書也。予嘗携就小讀書堆驗之，字跡正出一手。**文考信於南卿**，殘本王阮《義豐文集》每半葉十行，每行十八字。所存五十八葉。前有淳祐戊申大梁趙希㙚敘，後有淳祐癸卯吴愈敘。通體均遭割補，文僅末半葉，與前半葉《和淵明詞》云云初不連屬，缺損已甚矣。元書幾卷，無從考見，惟《桯史》以爲阮所作詩號《義豐集》，刻江泮，校官馮椅爲之序者，有詩無文，决非此本也。南卿，阮字。**詞傳疑於立方**。殘本《侍郎葛公歸愚集》每半葉十二行，每行廿二字。所存五至十三，凡九卷。漁洋山人《居易録》云：「宋葛立方常之《歸愚集》十卷，《詩》四卷，《樂府》一卷，《騷賦襍文》一卷，《外制》二卷，《表啓》二卷。」今宋槧無《樂府》，而余藏汲古毛氏精鈔《宋人詞百種》中有之，即刻入《六十家》者也。或是傳鈔者取以附益耳。《書録解題》「二十卷」，此槧當與之同，但不識《樂府》在缺卷内否。**諦《欒城》而小字**，殘本《欒城集》每半葉十一行，每行十八字。所存《前集》共八卷，《後集》所存九至廿一凡十三卷。明刻於文中年月、官銜任意删削，殊不耐觀。予别從抱沖道人處見一殘册，其字較大，亦宋槧也。**披《益公》而疏行**。殘本《周益公集》每半葉十行，每行十六字。所存者爲《省齋文稿》一至八，又廿八至卅六；《平園續稿》一至十五，又廿七至卅，又卅六至四十；《玉堂類稿》六至八，又十一至十三；《歷官表奏》一至五，又十至十二；《承明録》一至六；《書稿》九至十一；《附録》五卷；凡六十九卷。疏行大字，軒爽悦目。予又嘗别見《歐集》於某所，款式悉同，此殆倣彼而爲之也。**《參寥》歸攝六之物**，《參寥子詩集》十二卷，每半葉十一行，每行廿四字。驗其收藏，最先爲蓮鬚閣舊物，有「黄子羽讀書記」小印也。子羽名翼，攝六是其號。此印前《湘山野録》亦有之。凡各書圖記唯涉賦文乃加詳述，餘或有偶及者，然多不盡也。如此書，并有季滄葦、徐健菴名氏章。致道返淮東之藏。《北山小集》四十卷，程俱致道撰。每半葉十行，每行廿字。用故紙刷印。錢少詹有跋云「驗其帋背，皆乾道六年官司簿帳，其印記文可辨者，曰『湖州司理院新朱記』，曰『湖州户部贍軍酒庫記』，曰『湖州監在城酒務朱記』，曰『湖州司獄朱記』，曰『烏程縣印』，曰『歸安縣印』，曰『監湖州都商税務朱記』，意此集板刻於吴興官廨也。紙墨古雅，洵是淳熙以前物」云云。卷尾有「黄氏淮東書院圖籍」印，未詳其爲何人。上句曰「歸」，此曰「返」者，由吾宗以取義也。伊駢列以十數，悉求是之康莊。言宋集而得宋槧，考信最確，不假他塗也。至於宣城之《三謝》，唐庚集《三謝詩》一卷，每半葉十二行，每行廿二字。卷中有「嘉泰甲子郡守譙令憲重脩」云云，所謂宣城本者是也。予得於蔣氏貯書樓。篁亭有手記字數行在末葉。京兆之五竇。《竇氏連珠集》每半葉九行，每行十七字。淳熙五年刊本也。昔見何義門校汲古閣刻其跋云「康熙辛卯春日購得葉九來所藏宋本，乃顧大有舊物，因改正五十餘字。中行《杏山館聽子規》一篇諸本皆脱去。尤可笑者，和峴、王崧二跋中『大天』字皆訛爲『大夫』，人不通今古，其陋乃至此耶」云云。今覆按之，誠然。其《聽子規》詩乃竇常之末篇。使君之《才調》，《才調集》十卷，每半葉十行，每行十八字。卷二至卷五爲宋槧，餘鈔補。第一卷有「季振宜藏書」一印。合諸《延令目》云「《才調集》十卷，四本，宋本鈔補」，知其即此。衲子之《宏秀》。殘本唐僧《宏秀集》每半葉十行，每行十八字。缺後二卷，并缺第一卷一葉又半葉。《敏求記》載元人鈔本十卷，云寶祐第六春菏澤李龏和父編，蓋完帙也。唯《汲古閣秘本目》「影宋板精鈔」，不著其完與殘，未知出何本耳。荆公之《百家》，殘本《唐百家詩選》每半葉十行，每行十八字。所存一至十一，凡十一卷。首有楊蟠序，商丘新刻所無，餘亦相去逕庭。又有分類宋槧殘本，在小讀書堆。洪氏之《萬首》。殘本《萬首唐人絶句》每半葉九行，每行廿字。所存前後凡三十六卷，而序及《目録》完好無恙。《敏求記》言：「《目録》二卷，《七言》七十五卷，《五言》二十五卷，《六言》一卷。趙宧光所刊，統而一之，譏其好自用。」誠哉是言也。明嘉靖時有覆宋本者，規模未改，勝趙刻遠甚，然終不若此之可寶。《唐粹》則一朝，《文粹》一百卷，每半葉十五行，每行廿六字不等。末題云「臨安府今重行開雕《唐文粹》壹部，計貳拾策，已委官校正訖。紹興九年正月△日」，其名銜文繁不録。嘗見何義門、小山兄弟嘗用此以校明刻本，朱字爛然，至於盈紙，予近亦思手勘一副本，而逡巡未就，乃知前人用功之勤，亦有未可遽没者。《宋選》則衆手。小字本《聖宋文選》三十二卷，每半葉十六行，每行廿八字。無序、目并撰録人姓名。凡選十四家：《歐陽永叔》二卷，《司馬君實》三卷，《范希文》一卷，《王禹偁》一卷，《孫明復》二卷，《王介甫》二卷，《余元度》一卷，《曾子固》二卷，《石守道》三卷，《李邦直》五卷，《唐子西》一卷，《張文潛》七卷，《黄魯直》一卷，《陳瑩中》一卷。此書徐立齋舊物也，近從武進趙司馬懷玉所歸於予。又嘗别得殘本，同此一刻，缺卷七至十一，王禹偁、孫明復、王介甫三家他日當影鈔補足之。遇其全可以樂，遭其缺可以守。冶金鐵而必精，流纖洪而均受。言總集類八種，全缺參半，其書亦非一致，特因宋槧並收也。其餘又有朱、楊之《易》，徐《解》拾遺。朱子《易學啓蒙》上下卷，每半葉七行，每行十五字。卷首自序一通，末署「雲臺真逸手記」，亦逸聞矣。《張先生校正楊寶學易傳》二十卷，每半葉十行，每行廿一字。張先生者，誠齋門人張敬之顯父也。前有淳熙戊申誠齋自序及《奏劄》。此二種，宋人説經之未入徐氏《通志堂經解》者，故曰拾遺也。紅豆累跋，河汾表微。《文中子》十卷，每半葉□行，每行□□字。紅豆舊物也。卷端有其二跋，其一云：「此爲宋刻善本。今世行本出安陽崔氏者，經其刊定，駁亂失次，不復可觀。今人好以己意改竄古書，雖賢者不免，可歎也。」其一云云乃論王通也，兹不具録。統和《手鏡》，方遼庶幾。《龍龕手鑑》四卷，每半葉十行，每行大小卅字不等。《上聲》一册，汲古毛氏精鈔補足，相傳此書遼刻元名《手鏡》，宋刻改爲「鑑」。今驗此標題，是宋而非遼矣。《敏求記》所載與此正同，乃遵王仍以契丹鏤板説之，豈因首列「統和十五年丁酉七月初一癸亥燕臺憫忠寺沙門智光字法炬序」，遂以爲據耶？序云「猶手持於鸞鏡」，鏡字但缺一筆而不改，則又何也？《四六餘話》，非槧猶稀。《雲莊四六餘話》不分卷，每半葉十一行，每行十九字。首題「楊囦道深仲」，末題「熳亭黎夢庚秀伯校正」。此書不見於諸家著録，唯《述古堂目》有之，云「一卷，鈔」，益知宋槧之爲罕秘矣。一册垂丞相之型，《漢丞相諸葛忠武侯傳》一卷，每半葉十行，每行十七字。凡卅三葉爲一册。文三橋舊藏也。此傳宋侍講張栻所爲，其詳在《書録解題》傳記類。廿葉感左徒之躅。錢杲之《離騷集傳》一卷，每半葉九行，每行十八字。凡廿一葉，云廿葉，舉大數。鮑氏刊入叢書，即從此出。汲古閣舊物也。予得之桐鄉金主事德輿家，卷首有畫蘭一幅，香草以配忠貞，其斯之謂歟？蔡撮鑑而甫知文子，《袁氏通鑑紀事本末撮最》八卷，每半葉十四行，每行廿三字。首列兩行，一云「建安袁樞機仲編」，一云「建安蔡文子行之撮」，各家書目所未載。有「毘陵周九松藏書」一印。劉苑詩而纔聞伯玉。《詩苑衆芳》每半葉九行，每行十五字。無序目、卷數。凡詩廿四家，首長樂潘氏，終古汴吴氏，署云「吴郡梅溪劉瑄伯玉敬編」，亦各家書目所未載也。愚齋增注之三賦，大字本王十朋《會稽三賦注》不分卷，每半葉九行，每行大十八字，小卅二字不等。注中有注。三賦者，《會稽風俗》、《民事堂》、《蓬萊閣》也。前有嘉定丁丑愚齋史鑄序，云「《風俗》一賦雖有剡溪周君爲之注，惟以表出山川事物爲意，而公之文章以經史百家之言盤屈於筆下者，殊未究其根柢。暨《民事》、《蓬萊》之作，其注又闕然無聞，由是不揆蕪淺，輒皆爲之注」云云。周名世則。梅山校正之《尺牘》。《李學士新注孫尚書内簡尺牘》十六卷，每半葉十二行，每行大廿字，小廿五字。無序文及刊刻年月，目後有「蔡氏家塾校正」六字。予向有趙靈均用元天曆庚午本所校之明刻，其首有鈔補序一通，云「慶元三祀閏餘之月，梅山蔡建侯行父謹序」，以之相證，即此本之序，而今失去耳。元本蓋從之出也。**《文訣》變其從同，**殘本《迂齋先生標注崇古文訣》每半葉十二行，每行廿三字。所存首至卷八，又卷十五至末，又鈔補四卷，元二十卷之中仍少十二、十四兩卷。有一印，文曰「吴郡西崦朱赤榮書畫印」，又有「赤榮」、「西崦」各一印，吾郡明初之藏書者也，頗不經見，《文訣》藉此增重矣。予嘗欲搜訪藏書家，起元明之交，終於所聞見，各撰小傳，合編一集，然後如赤榮者或不致有名氏翳如之歎，此亦好古者之責也。**《曆要》矜於所獨。**《三曆撮要》一卷，每半葉十行，每行十九字。竹汀錢少詹觀之曰：「所引《萬通》、《百忌》、《萬年》、《具注》、《集聖》、《廣聖》諸書，皆選擇家言，司天監據以鋪注頒朔者也。劉德成、方掺仲、汪德昭、倪和甫，蓋當時術數之士，今無能舉其姓名者矣。」予謂陰陽伎術之書本易亡失。《集聖曆》四卷，宋楊可撰，載晁《志》。《百忌曆》二卷，稱唐吕才撰，載陳《録》。今皆未見。此曆亦載陳《録》，云：「一卷，無名氏，又一本名《擇日撮要曆》，大略皆同。建安徐清波宜翁〔一〕云其尊人尚書公應龍所輯，不欲著名。」今予所得即直齋著録之本也，外間絶未聞有傳之者。**以及硯石南宫，**米芾《硯史》一卷，每半葉十一行，每行廿字。白堤錢聽默曰，此《山林拾遺集》之一種也。錢嘗收得完本，今轉從未詳所歸。**書法道人，**陳思《書小史》十卷，每半葉十一行，每行廿字。宋槧起卷第六，其以上毛氏鈔本補足。有天台謝愈修序，稱道人趣尚之雅，編類之勤云云。**《忘憂清樂》，**《忘憂清樂集》不分卷。板有上、中、下小數，行字不等。載足本《敏求記》中，稱爲李逸民《棋譜》二卷，非也。《書録解題》云「《忘憂清樂集》，棋待詔李逸民撰集」，即此。又考《讀書志》云「《忘憂集》三卷，宋朝劉仲甫編」，故此集首題曰「前御書院棋待詔李逸民重編」也。上、中、下小數，豈記劉之舊第耶？特拈出正之。**《梅花喜神》，**宋伯仁

《梅花喜神譜》不分卷。自蓓蕾以至就實圖形百，各系以五言斷句，景定辛酉金華雙桂堂重鋟。此書亦載足本《敏求記》。予辛酉北遊，得之琉璃廠。伯仁字器之，湖州人。《江湖小集》載其《雪岩吟草》，歷官事行大略可見。然世之知有此人此書者鮮矣。其初刻在嘉熙戊戌者，今當不復可得。《夷堅》片甲，殘本《夷堅支甲》每半葉十二行，每行廿三字。所存一至三，又七、八，凡五卷。又殘本《支壬》每半葉十行，每行十八字。所存三至十，凡八卷。《支癸》所存一至八，凡八卷。合兩刻，僅廿一卷而已。文惠元書共四百二十卷，此缺損已甚矣。《類説》一鱗，殘本《類説》每半葉十行，每行十六字。所存序及《仇池筆記》、《遯齋閒覽》、《東軒筆録》而已。序末署「紹興六年四月望日温陵曾慥引」。《汲古閣秘本目》云「宋板《類説》真本」，首册即此也。《讀書志》「六十卷」。莫不附驥而服上駟，在御而充下陳。自「其餘又有」以下，居士第其品於乙，故云爾也。揔無慮而算目，頗踰數而多閏。通數所賦，不數重本，凡得百有九種。嗜遑遑其靡厭，挹兼箱於劣僅。馳香嚴與芳茱，思計日而取儁。範居室於衛荆，姑掩皕而一愸。香嚴，吾友同郡周君錫瓚書屋名。其家宋槧有殘本《太平御覽》等。芳茱，歸安嚴君元照之堂也。君字九能，居士與之稔，爲予言其宋槧《儀禮要義》等。右皆銘心絶品，爲之形於夢寐者也。居士既成此賦，予旋得《御覽》矣。又別得紹興本《管子》、《洪氏集驗方》、《秦隱君詩》、殘本《幼幼新書》、《揮麈録前録》、殘小字本《三蘇文粹》、殘本《續資治通鑑節要》、《皇朝中興繫年要録節要》、殘本《王逸注楚辭》、衛湜《禮記集説》、錢佃本《荀子注》、殘本《資治通鑑》、李善注本《文選》、殘本《東都事略》、《史載之方》、《韓文考異》、李復言《續幽怪録》之屬，凡數十種。倘符掩皕之頌，其請居士爲後賦乎。皕，二百也，見《説文》。於是撰江夏之別録，彙無雙而作囿。要擇精而語詳，竭兩端於我叩。推尚友於延令，覈名實之不售。置《敏求》以絶塵，肯卑之而或糅。予思撰所藏書録，專論各本。以宋槧一、元槧二、毛鈔三、舊鈔四、雜舊刻五分列，今宋槧粗就矣。昔人書目未有題以宋板者，有之自延令季氏始，但其目後仍厠他刻，此區區之未盡愜心者也。《讀書敏求記》則凡宋元鈔刻雜糅並陳，又或騁其行文之便，一槧略去弗言，致令不可識别，尤不能無憾耳。且其箬部福帙，福即副貳字，顔氏《匡謬正俗》詳之矣。千積萬贏，甄綜近時，陶鑄元明，亦嘗雲而仍之；至其遐稽幽討，鉅豪攈芒，測量中古，傳聞漢唐，固已高而曾之。得其大，則存亡起廢，憭惑條紛，炙轂賢路，擁篲聖門；得其小，則博物所效，多聞攸資，秘帳助談，闤市立師。是故上徹下通，鉅函細入，交讀藏以成其善。此百宋之所以莫能及也。存亡者，晦而仍出也。起廢者，壞而復善也。憭惑者，疑而取決也。條紛者，亂而復理也。四者居宋槧之大端矣，聖賢經傳乃賴之以不墜，其爲用亦鉅矣哉。故博物多聞猶其小者耳。夫洞庭廣樂，豈齊響於鼃咬；豐人杼首，焉偶形于么麽。狂簡不知所裁，識者燭其弗可。而況顛倒白黑，錯亂是非，予兔園以徇曲，奪鴻寶以挾私，亦猶折衡而揣輕重，跕表而儗高卑。必倍勞而倍拙，不足咍而足悲。用是略抒揚搉，粗陳梗槩，冀蘇重惟之久迷，請覺瓟繆之常寐。倘欲極其精微，窮其博大，逐字洞其癥結，每篇斷其凡最，鑽孶卒業，竟壽畢世，非僕倦談所能一二者也。

居士之言未終，客乃氣索神沮，手頹不能畫，舌强不能語，忘乎其所詰，失乎其所據，敞罔靡徙，遷延而去。於是主人曰：「善。願因筆墨，次第厥詞，答難應問，終身誦之。」始予請居士撰《藏書賦》,在己未、庚申間,許而未爲也。後以今名重請,迨甲子冬秒此賦方就。時居士教讀於廬州府晉江張太守所,又明年乙丑春手書其稿見寄。及秋,居士以將往山東應孫淵如先生之招,而歸家省母然後行。適余注賦竟,遂仍相商搉,定之如右也。

百宋一廛賦并注畢。

賦二千六百四十字,注一萬三千二百五十字。

嘉慶乙丑九月,蕘翁手寫刊行。

【校勘記】

〔一〕徐清波宜翁　「波」,《直齋書録解題》卷一二實作「叟」,《文獻通考》卷二二三同,「波」字蓋刊誤。「宜」,《文獻通考》卷二二〇作「真」。

百宋一廛書録

黄丕烈　撰
占旭東　點校

目録

876 百宋一廛書録序

予喜聚書，必購舊刻，昔人「佞宋」之譏有同情焉。每流覽諸家書目，以求古書源流，如《述古》、《汲古》最爲珍秘，然其中亦不能盡載宋刻，即《延令宋板書目》亦以宋先之，其後亦不無兼收並蓄也。嘗聞崑山徐氏有《小樓書目》出於傳是樓外，以爲盡録宋板，惜家無其書，未能一一寓目焉。十餘年來，究心載籍，欲仿宋人晁、陳兩家例，輯録一書，繫以題識，名曰《所見古書録》，究苦擇焉而不精，語焉而不詳，故遷延未成。適因遷居東城縣橋，重理舊籍，特裒集宋刻本彙藏一室，先成簿記，謂之《百宋一廛書録》。廛本廛字，顧南雅庶常爲余題字，取唐碑「纏」、「瀍」等字例易之，从省文也。此百種中，完者半，缺者半，皆世所罕秘者，不但時刻、惡鈔未可同日而語，即影寫宋本不能附驥以行。此則區區佞宋之私，誠無以自解於世者耳。

嘉慶癸亥六月二十有七日，蕘翁黄丕烈識。

877 楊誠齋易傳

《張先生校正楊寶學易傳》二十卷，爲門人張敬之顯父校正者。前有淳熙戊申八月二日《自序》、《奏劄》一通、《誠齋〈易傳〉投進本末》，蓋誠齋于經筵進講所著也。宋本世不易得，五柳主人云昔年某王府許以二百金購此書，鮮有獲者，今晚出，而求之者已下世，書亦有遇有不遇也。予得此本後，又見一宋本，與此板刻正同，而朱筆點抹亦略相似，爲西巖朱叔英藏書，前題後跋，索直一百六十金，予以一笑置之。此本爲文升所藏，則吾吴故物也。又有真實齋圖書記在，明爲馮夢禎所藏，古香馣薆，勿以宋人經學少之。

878 周禮鄭氏注

余友顧抱沖收得小字本《周禮》，獨缺《秋官》，以鈔補刻，已稱難得，適余友倚樹吟軒中有大字本《周禮》二册，驗是蜀本，適爲《秋官》。余曰：「世間有此巧事，一本獨缺《秋官》，一本獨存《秋官》，何兩美不相合邪？」主人知余好之甚，遂輟贈余，余擬轉贈抱沖，而抱沖作古，此舉遂廢，此書永爲士禮居中物矣。今驗兩本板刻，似此較勝于彼，惜未借顧本傳録，究未知佳處若何耳。

879 禮記鄭氏注

此殘宋本《禮記鄭氏注》，今存者五卷至八卷、十一卷至十五卷爾。偶取《月令》與它本相對，注中「耒耕之上曲也」，「耕」皆誤爲「耜」，惟此不誤，故知其佳，惜余未及全校也。宋本《禮記》惟余友顧抱沖有全本，《曾子問》中多「周人卒哭而致事」句，定爲太平興國本。又有殘本，曾從借來，校于惠松崖所校明刻本上，内《曲禮》「石惡」一條足證諸本之誤。此外未見有宋本也。

880 儀禮疏

此宋時官本疏，分卷五十，尚是賈公彦等所撰之舊。中缺三十二至卷三十七，然首尾完具，實足證五十卷之説。正經、注語皆標起止，而疏文列其下，爲宋景德年間本，與馬廷鸞之説合。馬端臨《文獻通考》云：「先公《儀禮注疏序》曰：『余生五十八年，未嘗讀《儀禮》，一日從敗篋中得景德中官本《儀禮疏》四帙，正經、注語皆標起止，而疏文列其下。』」每卷結銜云「唐朝散大夫、行太學博士、弘文館學士臣賈公彦等撰」，與衛湜所云「公彦同李元植編《儀禮疏》」之説合。卷末列各臣官銜，自崔偓佺以至吕蒙正共十四人，而中有云「翰林侍講學士、太中大夫、守尚書二部侍郎〔二〕、兼國子監祭酒、權同句當官院事、柱國、河間郡開國侯、食邑一千户、實封四伯户、賜紫金魚袋臣邢昺都校」，與晁公武所云「齊黄慶、隋李孟悊各有疏義，公彦删二疏爲此書，國朝嘗詔邢昺是正」之説合。顧子千里嘗用行世各本勘之一過，補其脱，删其衍，正其錯繆。千里云其所標某至某、注某至某尤有關于經注，而各本刊落，竄易殆盡，非此竟無由得見，實於宋槧書籍中，爲奇中之奇、寶中之寶，莫與比倫者也。

【校勘記】

〔一〕守尚書二部侍郎 「二」，國家圖書館藏清勞格抄本同，據《宋史·邢昺傳》似爲「工」字之誤。

881 儀禮注

余於癸丑歲除得單疏本《儀禮疏》，因思得隴望蜀，欲再得《儀禮注》，以爲雙璧之合。越明年春，果得《儀禮注》於書船友，其實嘉定王狀元敬銘家物也。書友初不爲余言，余以嘉定瞿木夫處知其原委。當時金日追對揚著有《儀禮正譌》，近在同邑，初不知有是書，故所校經注〔一〕殊不足據。此本無刊刻時地可考，顧千里取校是書，爲余跋云：「張忠甫校此書，有監本、巾箱本、杭本、嚴本四種，今識誤所存嚴本者十許條，以此本驗之，無一不合，其爲嚴本决然矣。經注之文并未依張更易，後來竄改者自末由闌入，故可正今本者多也。」則此《儀禮注》實爲得未曾有。每卷末有「經若干字，注若干字」，分兩行，十七卷末有「經共計若干字，注共計若干字」，此古式也。内《有司》篇失去二葉，未敢用他本輕補之。紙背有箋翰字句，宋刻書往往有此。至於藏書印有「兹溪艸堂」一印、「宗伯」一印，通部副葉有「臣是酒中仙」一印，皆不知其人。舊有錦函，已破爛，屬存籤題，一曰「宋雕儀禮計四册」，今未改裝，特易函耳。

【校勘記】

〔一〕所校經注　「所」，勞格抄本作「取」，旁有墨綫，似嫌意有所礙。「所」字當爲張鈞衡所改。

882　婺本點校重言重意互注尚書孔氏傳

余訪友虞山，偶於書坊得此，雖非宋刻上駟，然亦古本也。昔五柳主人自都中歸，攜得《左傳》注本一册〔一〕，亦題曰「婺本」，此《尚書孔氏傳》正與之同。「重言重意互注」，宋人刻經往往有此，亦足見舊時面目。上有「彭城楚殷氏讀書記」一印，知是虞山故物。又有「傳家一卷帝王書」小圓印一，若專爲《尚書》設者，是一奇也。

【校勘記】

〔一〕按，勞格抄本此下有二十字空闕，蓋所據本如是。張氏徑删去，未當也。

883 易學啓蒙

宋元經學一變漢唐之舊，故余家所儲絶少。《易學啓蒙》因宋刻故儲之。且檢閲各家書目，往往載胡方平《易學啓蒙通釋》、税與權《易學啓蒙小傳》，而朱子之書恒略焉。豈流傳未廣歟？卷首序不直書姓名，而曰「雲臺真逸手記」。曾質諸錢竹汀先生，先生云：「朱子嘗爲雲臺之官，所謂雲臺真逸者，猶諸華陽真逸之類。」据是，則此六字正可見朱子仕蹟，而它處有削去者，何耶？此本爲崑山徐氏舊藏，知珍惜者已久矣。

884 春秋經傳集解

小字本《春秋經傳集解》三十卷，存者二十三卷。就其存者卷中《昭二十年傳》「衛侯賜北宫喜謚曰貞子，賜析朱鉏謚曰成子，而以齊氏之墓予之」，杜注云：「皆死而賜謚及墓田，傳終言之。」較各本「皆未死而賜謚」少一「未」字。向見何校《困學紀聞》，云宋本《左傳》有作「皆死而賜謚」者，當即此本。每葉二十八行，每行二十四字〔一〕。板刻狹小，字畫精工。惜遭前人點抹，朱筆縱橫，殊不耐觀。然迭經名家收藏，如「顧印仁效」、「馮彦淵讀書記」，圖章具存，前人亦知寶惜矣。

【校勘記】

〔一〕每行二十四字「三」，勞格抄本作「三」，旁有墨綫，存疑。考《百宋一廛賦》黄丕烈注語，謂此書「每行大廿三字，小廿三字」，則「三十四」確屬訛誤，張氏改之爲是。

885 春秋經傳集解

大字《春秋經傳集解》三十卷，存者十八卷，與小字本合之，止少第十四卷耳。每欲援百衲《史記》之例，聚各本彙裝，惜岳刻附《釋文》，未能與小字、大字兩本不附《釋文》者合之也。昭二十年傳杜注「皆死而賜謚」句兩本並同，知此本之佳。舊爲毛氏所藏，楮瑩墨凝，絶無點汙，雖不全亦至寶也。後序末有「經凡一十九萬八千三百四十八言，注凡一十四萬六千七百八十八言」，分兩行刻。不曰「字」而曰「言」，蓋從古也。

886 春秋經傳集解

此宋本《春秋經傳集解》，杜氏注前有《春秋序》一篇，序後有碑牌一，其文作細篆，計十字：相臺岳氏刻梓荆溪家塾。明時翻刻已無此款。今所存者卷一至卷六、卷十五至卷十八、卷二十三至卷二十六、卷二十九、卷三十，其間仍不無缺葉，蓋殘毁之至矣。其收藏圖書有「☴」一印、「沈士稱」一印、「滄浪漁隱」一印、「東歀父子」一印。卷下有墨書一行，云「吴興沈巽士稱題」，前所載圖書皆其印也。通體塗抹不堪，其於卷端標明云：「凡抹朱，文章；青，義理；黄，辭命；墨，大綱。」古人讀書之法自爲區别，以便誦習，有如此者，曷足怪耶。又有「大章」一印，「冒鸞」一印，是收藏家非評閲之人矣。

887 監本附音春秋穀梁傳注疏

此監本《附音春秋穀梁傳注疏》，首題「國子四門助教楊士勛撰，國子博士兼太子中允、贈齊州刺史、吴縣開國男陸德明釋文」，蓋世所謂十行本也。往見惠松崖手校諸經注疏，惟《公羊》、《穀梁》皆以監本附音者爲據。相傳是本爲宋刻流傳，特元明以來代有修補耳。外間行本有小字花數，而修版至正德年止，遇宋諱則以圓圍别之。今此本純是細黑口，無小字花數，亦無修版，其爲宋刻無疑。且以余所得殘本《公羊》證之，前有景祐年間牒文，與此刻正同。則是本之宜寶，不益可信耶。

888 家禮

朱子書宋刻者余所見極多，皆疏行大字，字形方板。此《家禮》一至三爲鈔補，四、五卷《附録》則皆宋刻本也。閲鈔補之序云：「趙君師恕之宰餘杭也，乃取是書鋟諸木，以廣其傳。」是今所存者當是餘杭本。刻本上有「竹東草堂書畫」印，未知誰何。

889 爾雅疏

此《爾雅疏》十卷，前結銜云「翰林侍講學士、朝請大夫、守國子祭酒、上柱國、賜紫金魚袋臣邢昺等奉敕校定」。余始見一本，出於顧懷芳家，五硯樓主人得之，既而懷芳伯父五痴亦有是書。已鈔一至三三卷，第四卷起俱宋刻。八卷十一葉缺。卷首有「文淵閣印」一，蓋猶是明内府物也。後訪得香嚴書屋適有殘本三卷在，索觀之，雖非原帙〔一〕，卻亦宋刻，特印本爲洪武時，其紙背字跡可驗。遂去鈔存刻，居然完璧矣。五硯樓本曾屬常州臧在東校出，今雖已録其佳者入渊撫所刻《十三經考證》中，然究恐世人輕改古書，暇日當取而校之。通體三十行，行三十字。單疏本余所見十三經唯此及《儀禮疏》而已。

【校勘記】

〔一〕雖非原帙　「帙」原作「失」，勞格抄本同，據文意改。

890 説文

此宋刻小字本《説文解字》，相傳以爲麻沙刻者即此也。宋刻自第一下起至第七下第十葉半止，皆白紙而印較先者。又第十四上至第十五下止，皆黄紙而印稍後者。俱刻本，餘俱鈔補。曾借香嚴書屋中藏本勘之，纖毫無異，可知所補亦影宋矣。然此本與他本互有不同，即如香嚴本，自一篇下至七篇下與此非一槧，故段若膺先生曾作《説文訂》一書，取證於香嚴本并青浦王述菴少寇本，亦時有不同也。王本余曾見之，通體皆黄紙，印本較後，已遭俗人描寫，未及與此刻對勘。而香嚴本自二篇下至七篇下已外皆合，余本缺火部一葉、水部二葉，皆依香嚴本足之。惟最後一葉有「于二月江浙儒學」云云七字，雖其文不全，各本皆無之，亦足以資考核矣。大抵此書刻於宋而修於元，故印本非一。世以麻沙宋刻爲不足寶貴，然歷時既久，又無别行始一終亥之本，故此槧足珍焉。

891 説文繫傳

《述古堂驚人秘笈》盛稱徐鍇《説文繫傳》，而其書之刻與鈔未之詳也。近時搜訪書籍，顧抱沖曾得一舊鈔本，余亦得一鈔本，爲錢楚殷藏書，行款與顧本同。余友洞庭鈕非石留心《説文》，曾借去校讀，歎爲奇書。則《繫傳》真驚人秘笈矣。今又得殘宋本，爲吴郡趙宧光家經籍。雖所存者劚《通釋》之第三十、《部敘》第三十一、三十二，《通論》之第三十三、三十四、三十五，《祛妄》第三十六，《類聚》第三十七，《錯綜》第三十八，《疑義》第三十九，《系述》第四十，而宋本面目居然可覩。昔李巽巖時蒐訪歲久，僅得七、八闕卷，今余所獲不已多耶。簡耑結銜一行與《敏求記》所載合，惟《通論》已下皆稱撰，不稱傳釋，爲異耳。

892 龍龕手鑑

此書載於《讀書敏求記》者頗詳，今所藏者即統和十五年丁酉七月一日癸亥序本，後割去一行，未知其云何也。相傳是書刻於遼者爲「龍龕手鏡」，翻刻於宋者爲「龍龕手鑑」，今序文云「猶手持於鸞鏡」，鏡字作鏡，蓋猶避宋諱也。卷中有毛晉私印鈔補上聲一本，餘皆宋刻。又有「白川書院朱墨揔記」一印，又「冒安石珍藏圖書」一印、「三朝元輔」一印，皆不知其誰氏，當博訪之。

893 書小史

此宋板《書小史》爲錢唐陳思纂次。序文、卷一至卷五俱毛鈔補，卷六至卷十則宋刻也。錢唐陳思以業於書者而善著述，如《江湖小集》、《寶刻叢編》、《小名録》多傳布於世，唯《書小史》則傳布絶少，矧此宋刻不益可珍耶？余觀天台謝愈修序稱之曰「道人趣尚之雅，編類之勤」，則其所梓行者非比坊間射利之徒所爲。又云：「每一到都，必先來訪，訂證名帖，飽窺異書。」亦可見道人之在當時多與通人往來，非沾沾以鬻書爲事也。

894 史記

此大字宋板《史記》一百十六至一百二十，爲列傳之第五十六至第六十，一爲《西南夷》，一爲《司馬相如》，一爲《淮南衡山》，一爲《循吏》，一爲《汲鄭》，但有集解，非三家注也。首葉有官印一方，係長印，文不可辨矣。余檢《汲古閣珍藏秘本書目》有蜀本大字《史記》，注云有缺，未明言所缺何處，此刻殆近之。

895 漢書 秘書監上護軍琅玡縣開國子顔師古等注

此北宋槧本《漢書》。無目録。前有中書門下牒國子監文一通，細案之，乃孫奭以劉昭注補《後漢志》三十卷入於范書中之緣由也。末題「乾興元年十一月十四日牒」，後列官銜四行，一「右諫議大夫參知政事魯」，一「給事中參知政事吕」，一「中書侍郎兼禮部尚書平章事王」，一「守司徒兼侍中」，其最後不書姓者，以其爵最尊故。方知此牒誤置於此，然世不多見，且其誤已久，故特仍之。至《漢書》爲景祐二年監本，末有余靖上言，獨存北宋本面目。且是書相傳爲宋景文手校本，其所校當時諸本字朱書燦然，各著同異，後人以子京校語攙入本文，無怪其失真矣。曾用以校汲古本，知後人用意添改，蓋不見子京未校已前本耳。至於此書之爲宋子京手校與否，無可徵信。惟卷末有墨書二行，云：「右宋景文公以諸本參校，手所是正，並附古注之末。至正癸丑三月十二日雲林倪瓚在凝香閣謹閱。」識古者辨其字跡，以爲是真〔一〕，則倪可信即宋可信矣。昔人侈千金《漢書》，爲有趙文敏像，而此書古色古香，尤出其上，余之得此用朱提二百五十金，由今思之，雖千金寧復多耶？

【校勘記】

〔一〕以爲是真　「真」，勞格抄本無此字，蓋張氏以意補之。

896　後漢書

此十六行十六字本《後漢書》，字大悦目，前有「景祐元年九月秘書丞余靖上言」云云，中有二年九月校畢語，蓋即景祐二年本也。据目録後有碑牌一，其文云「時嘉定戊辰季春既望蔡琪純父謹咨」，則坊間堈本矣。於紀、志、傳下皆題「宋宣城太守范曄撰，唐章懷太子賢注」，殊不知蔚宗有志未成，至梁世有剡令劉昭者補成之語矣。劉昭注補云者，注司馬彪續《漢書》之志，以補蔚宗之缺也。坊本之誤自宋已然，可資一噱。此本爲檇李項氏所藏，前有「澌右項篤壽子長藏書」一印，又有「項篤壽」一印、「項氏子長」一印。惜殘缺。余續得郡城蔣氏本，中有與此刻同者，補志十至二十，補傳五十、六十四下、六十五至六十八、七十一至七十四、七十九、八十，而仍缺志二十一、二十二，傳四十九、五十一、五十二至六十四上、六十九、七十、七十五至七十八，安得一旦復從他處補全，便爲完璧。

897 後漢書

此二十行十八字本《後漢書》，有帝紀、列傳而無志，目録第一葉缺前半葉，有「御史之章」、「季振宜印」、「滄葦」三圖記，則其鈔有自矣。第三葉亦鈔補，自三葉以下俱刻小數，即三號起皆列傳八十卷也。細玩痕迹，似非向有志而今以補綴滅其痕者，當是孫宣公未請以劉昭注補十志入范書以前本也。目後有碑牌一，題云「建安劉元起刊於家塾之敬室」，知非坊間尋常堈本，然已附劉攽等語，非如景祐本之專存章懷注也。此本紙瑩如玉，墨凝若漆，洵宋本之精緻者。間有缺卷缺葉，亦精楷繕録。書賈自雲間購歸，云是張得天家故物。士禮居重爲裝之。

898　後漢書

此《後漢書》二十行二十字本，以所藏《漢書》證之，殆即所謂景祐二年栞本也。余初得《漢書》無目録，前有誤裝《後漢書》牒文一通，乃知《後漢書》亦有景祐本。及後收得一部係雜配者，其中帝紀之卷三至卷九，后紀之卷十上，志第三《律曆》下，志第九《祭祀》下，志第二十《郡國》三，列傳卷二至卷五、卷二十一、卷四十九、卷五十四、五十五、卷六十至卷六十二、卷六十四上、卷七十上、卷七十下、卷七十六，共二十六卷，雖闕而不全，然於紀、傳下題曰「唐章懷太子賢注」，於志下題曰「劉昭注補」，雖以志攙入紀、傳之中，而不歿其實，與南宋十六行十六字本於志下分題兩行，一曰「宋宣城太守范曄撰」，一曰「唐章懷太子賢注」者，奚啻霄壤之別。

899　後漢書

此亦十六行十六字本，與項本同。目録自四十八卷臧洪已下皆割去，余亦取志、傳之可補項本者而移之，故殘缺更甚。今所存者爲紀之第一上下、第二、第十下，志之第一、第

二、第二十三，傳之第七、第十至第十四、第十七至第二十下、第二十三、第二十四、第三十上至第三十八、第四十至第四十七。倘項本得他處足成之，則此本亦可影摹以爲完璧矣。

900 後漢書

余向得劉元起刊於家塾之敬室本《後漢》，有紀、傳而無志，以爲當時原刊本未有志，及得此而知是本原刻有志，或附在後，别爲目録耳。今存者志第二十二，志第二十四至第三十，列傳第六，列傳第八、第九、第十五、第十六、第二十二至二十九、第五十一至第五十三、第五十六至第五十九、第六十三、第六十九上、第六十九下〔一〕，共三十一卷。

【校勘記】

〔一〕 第六十九下 「下」字原脱，據勞格抄本補。

901 唐書

此殘宋本《唐書》，劉昫等修，每卷末有「左奉議郎充紹興府府學教授朱倬校正」，又有「左從政郎紹興府録事參軍徐俊卿校勘，右文林郎充浙東路提舉茶鹽司幹辦公事霍文昭校勘，右文林郎充兩浙東路提舉茶鹽司幹辦公事蘇之勤校勘〔一〕，左從政郎紹興府録事參軍張嘉賓校勘」,又有「紹興府鎮越堂官書」硃印,則此書刻在紹興府而又藏於紹興府者也。明時翻刻行款相同,而優孟衣冠,全無神氣矣。唯七十六卷尚是當時舊刻,但云「唐書」而無「舊」字。「舊」之云者,特以後有《新唐書》,故别言之耳,非向有是名也。

【校勘記】

〔一〕蘇之勤　「之勤」原作「三勒」,勞格抄本作「三勤」,據《鐵琴銅劍樓藏書目録》卷八「舊唐書六十一卷宋刊殘本」條著録改。

902 路史

羅長源《路史》世行本以細字者爲勝,近始得一宋本,知細字本卻從此出,然已失其真矣。今宋刻之存者《前紀》一至五、《後紀》一至十三、此卷分上、下。《發揮》一至六、《餘論》一至十、《國名記》甲至己,不分卷。其餘《封建後論》一篇,《究言》一篇,《必正劄子》一篇,《國姓衍慶紀原》一篇,《歸愚子大衍數》一篇,《大衍説》一篇,《四象説》一篇。統計之,似《前紀》稍缺,餘皆完善。間取細字本勘對,遇宋刻模糊處已盡去之,世人猶奉爲枕秘,不大可笑乎?此本從河南宋商丘家來,信稱善本。卷耑有「臣筠」一印、「三晉提刑」一印。

903 通鑑釋文

胡三省注《通鑑》盡取資於史見可之書，而反撰《通鑑釋文辨誤》，以矜其識。三省書世多有，而見可之書世不多有。外間好古者偶得一鈔本，即詑爲枕中秘，而得此宋本，其秘更何如乎？余始聞桐鄉金氏有宋本進入内府，而同郡蔣氏亦有宋本，余取證之，似彼爲翻刻，而此其原本也。字畫明朖，展卷瞭然。宋刻之有用者，史部亦在所急，非第以舊本爲珍。倘得重梓壽世，未知與三省之書果孰得而孰失也。

904 皇朝編年備要

馬貴與《經籍考》載有「《皇朝編年舉要》三十卷，《備要》三十卷，《中興編年舉要》十四卷，《備要》十四卷」，今所傳者維《皇朝編年備要》三十卷而已。此書前有陳均自序，并紹定真、鄭、林三序。余檢宋刻《真西山文集》有《皇朝編年舉要備要序》，云「莆田陳均以其所輯《皇朝編年舉要》之書合四十八卷」，又與《通考》所載異矣。目録題「皇朝編年備要」，而每卷於「皇朝編年」下空兩格，始接「備要」二字，錢少詹以爲所闕者或即「舉要」二字，然以余別本證之，所空兩格係「綱目」二字，則與《宋史·理宗紀》「端平二年三月乙未詔太學生陳均編《宋長編綱目》，補迪功郎」之説合，且與少詹所云「予讀其書有大字，有分注，略仿紫陽《綱目》之例」者亦適相符也。是書先爲五硯樓藏，故《潛研堂文集跋》有云：「予初於袁又愷齋假讀此書。」并於林序後親爲題識云：「林岊字仲山，福州長樂人，淳熙十四年王容榜進士。開禧三年三月除秘書郎，七月除著作佐郎，以祖諱改除秘書丞，十月出知衢州。見《中興館閣續録》。」此又可備宋代職官考，故并著之於此。

905 皇朝編年綱目備要

此《皇朝編年綱目備要》二十卷，不全，宋刻本也。前有陳均自序并紹定真德秀、鄭性之、林岊三序及《凡例》、《目録》等，俱與袁本合，惟書之行款獨異，此爲十六行十六字本。偶以袁本勘之，間有袁本空字處此本已接連，非闕疑之義矣。然袁本有爛版，而此本反無，因知非一刻。故版之爛者獨存，足以補其闕。書之不可不多蓄幾本，其益爲無方耳。目止於二十五卷，後則别爲一行云：「已後五卷見成出售。」蓋徽、欽兩朝續爲一目也，袁本可證。它日當案袁本足成之，便可卒讀。

906 袁氏通鑑紀事本末撮要

袁氏《通鑑紀事本末》有兩宋本，一爲大字，一爲小字，皆非難得之物。惟此袁氏《通鑑紀事本末撮要》各家書目不載，余以其秘也，故收之。標題分兩行，一云「建安袁樞機仲編」，一云「建安蔡文子行之撮」，則此乃蔡氏所爲也。書凡八卷，字畫古拙，此宋刻之至精者，爲毘陵周九松藏書，蓋向來所珍重矣。

907 歷代紀年

此《歷代紀年》，述古堂舊物也。初，書友以是書來求售，亦知其爲宋刻，需直二十金。余曰：「此書誠宋刻，然殘闕損汙，究爲瑜不揜瑕。」以青蚨四金易之。按是書傳布絶少，故知者頗稀，余素檢《讀書敏求記》，留心述古舊物，故裝潢式樣一見便識。然遵王所記不甚了了，即如此書首缺第一卷，並未標明。其云「始之於正統而後以最歷代年號終焉」，似首尾完善矣，然「十國」外又有「最國朝典禮」五葉，此附録於本書者而記未之及，何其疏略如是耶？又按《書録解題》云：「《歷代紀年》十卷。其自爲序，當紹興七年。」或者此缺第一卷，故自序不傳爾。余友陶蘊輝爲余言，向在京師見一鈔本，是完好者，未知尚在否也，俟其入都當屬訪之。

908 中興館閣録續録

《中興館閣録》十卷,《續録》十卷,見於陳氏《書録解題》及馬氏《文獻通考》。《通考》載陳氏之言并巽巖李氏之序,亦可謂詳矣。而分門有九,始「沿革」,終「職掌」,又詳於《曝書亭集》跋語中。然竹垞所藏已爲鈔本〔一〕,且僅云惜非完書,並未著所缺何處。今余得宋刊本《中興館閣録》缺「沿革」門,《續録》缺「廩禄」門,其餘缺葉未可悉數。李燾之序廑存半葉,其首云:「《中興館閣録》十卷,淳熙四年秋天台陳騤叔晉與其僚所共編集也。」此二十六字《通考》未載。「上世官修其方」已下至「斯可傳久」與《通考》所載文同,後云「彼狡焉,滅棄典籍,縱意自如,幸能行此」十四字與《通考》所載「六龍駐蹕」云云大異。惜乎宋刻殘闕,不能定其是非也。此書外間傳布多屬鈔本,惟顧抱沖家所藏影宋本與宋刻本不差毫髮。然《續録》卷七「提舉編修國朝會要」云云,宋刻此葉板心明係「續録卷第七」,誤訂入「前録卷中第七」。而影鈔者竟没去「續録」字樣〔二〕,混厠前録中,殊爲謬妄。且《續録》中有「提舉編修國朝會要」八字刻入板心者二葉,正當接於「提舉編修國朝會要」一葉後,因宋刻誤訂,故爾失次。殊不思慶元以後三人京鏜、余端禮、謝深甫文本聯屬,顧改

「館閣續録卷第七」爲「中興館閣録卷第七」，何耶？且有「提舉秘書省提綱史事」二葉，係《續録》卷七之文，因板心無字，混將補前録中缺葉，而亦填入「中興館閣」云云，竟似前録本文，殊不思所引官聯俱在淳熙四年以後耶。宋本之妙，即此已足正影鈔本之誤，何論惡鈔耶？余本一一可覆按，兹爲重裝，悉爲更正。至原缺之處，聞《永樂大典》中所〔三〕收已如是，則其亡來有自矣。書之可稱祖本者，斷推此種矣。

【校勘記】

〔一〕竹垞　「垞」原作「𢱍」。按，朱彝尊字錫鬯，號竹垞，清初浙江秀水人。善詩文、考據，尤工詞。著《曝書亭集》、《經義考》等傳世。勞格抄本正作「垞」，據改。

〔二〕字樣　「樣」原作「漾」，據勞格抄本改。

〔三〕所　原脱，據勞格抄本補。

909　東家雜記

《東家雜記》影宋本余見諸小讀書堆，此外鈔本亦時見一二，不及顧本之精妙。最後見宋本於凝碧亭顧氏，蓋數年前騎龍巷顧氏散出而凝碧亭主人收之者，余從而購之。取對顧本，覺影鈔者已稍點竄面目，非盡本真。首列《杏壇圖説》，宣尼十哲，師坐弟侍，儀容儼然,令人肅然起敬。當日遵王所假借繕寫者爲葉九來家宋槧本,未知即此本否。其中載聖妃爲并官氏,與石刻合。錢少詹辛楣云:「并官之爲幵官,就聖裔有不知其誤者。」今得此左證,不尤可信乎?

910 列女傳

余友顧抱沖得宋本《列女傳》,有東澗跋云:「《列女傳》古本有二,一得於吴門老儒錢功甫家,一則亂後入燕,得於南城廢殿。此則内殿本也。」余因是訪求錢功甫本,果得於華陽橋顧氏。内殿本裝二册,錢功甫本裝四册,裝褫俱絶儕輩。昔蔣篁亭云何義門處見之,謂賚研齋寶之如雙璧。然今分屬兩家,不知何時可復合矣。明代亦有翻本,世不多見,畫圖人物相去遠甚,此宋刻不誠可珍哉。

911 漢丞相諸葛忠武侯傳

此《漢丞相諸葛忠武侯傳》一册,計三十三翻,宋刻精妙,裝潢古疋,吾郡文三橋藏書也。兹從武林購歸,稍有蠹痕或漿脱處,命工整理之,居然觸手如新矣。余讀《書録解題》,見此書入於「傳記」,而《述古堂書目》亦載之,近則罕有傳本,矧此宋刻。當是侍講初琱入諸《所見古書録》中，不誠吉光片羽乎？

912 新編方輿勝覽

祝穆《方輿勝覽》止南渡半壁天下，不及樂史《太平寰宇記》之全備。然《寰宇記》僅見鈔本，《方輿勝覽》猶有刻本，我輩講求板刻，此書宋本亦在可珍之列。雖所存者數卷，而字畫之精，楮墨之妙，洵無有過是者。每卷皆有官印一方，雖其文莫辯，尚是宋元舊藏，幸勿以殘本忽之。

913 吴郡圖經續記

余始得任蔣橋顧氏鈔本，爲顧雨時先生手校者，末題云「雍正十二年夏五月既望於崑山徐氏購得葉文莊所藏宋刻本，校勘一過」，乃知宋刊亦出其家。既而從雨時後人得此宋刊本，書三卷，分裝三册。每册有藏經紙籤書之者，錢罄室筆也。卷中有闕葉，亦罄室手補。前序首葉有「葉文莊公家世藏」楷書長方印，有「乾學徐健菴」印，每卷有「葉氏菉竹堂藏書」圓印。雨時所云，洵不謬矣。前序爲元豐七年九月十五日州民、前許州司户參軍朱長文上。後有《書吴郡圖經續記後》，一爲元祐元年四月十五日臨邛常安民《書圖經續記後序》〔一〕，一爲元祐七年十二月朔大雲編户林慮序，一爲祝安上書。祝云：「元符改元，安上以不才濫綰倅符，而得此書于公之子耜，惜其可傳而未傳也。於是不敢自秘，偶以承乏郡事，俾鏤板于公庫，以示久遠。」此越明年歲在庚辰八月望日，朝請郎通判蘇州、權管軍州事時也。最後有紹興四年六月初十日漣水孫佑書一通。孫云：「自庚辰八月權州祝君鏤板題跋之後，距今紹興甲寅實三十五年，佑被命假守。時兵火之餘，圖籍散亡，每賢士大夫相過〔二〕，必以諮訪。未幾，前湖州通判陳能千自青龍泛舟，攜此書相訪，開卷欣躍，因授學官孫衛補葺校勘，復爲成書以傳。」則此書在宋有兩刻，今本乃重刊本也。明錢磬室曾用此本翻雕，而行款不同，且訛舛誠復不少，愈知宋刻之可寶矣。

【校勘記】

〔一〕一爲元祐元年四月十五日臨邛常安民書圖經續記後序　「一」，原脱，勞格抄本同，據烏程蔣汝藻景宋本《吴郡圖經續記》後三序次序及上下文意補。

〔二〕相過　原作空格，勞格抄本同，據《吴郡圖經續記》孫佑後序補。

914 吴郡志

《吴郡志》有汲古閣本行世，然多殘闕。余始見一影宋殘本，取對毛刻，知十一卷牧守題名脱落獨多，此外字句之間不一而足。後得宋賓王校宋本、沈與文影宋本，知毛所據以入刻者，蓋不全宋刻也。今本爲宋刻全本，目後有題識一行，云「錢曾遵王述古堂藏書」，識是也是翁筆。通體黄白二紙合成，惜經俗人描寫，於糊塗處間有辨之不清而描之不明者，即如△卷△行有擠字處，影宋本尚不誤，毛刻反誤，蓋描寫之失真也。

915 咸淳臨安志

余向藏鈔本《咸淳臨安志》出於抱經盧學士校本，較竹垞翁所跋本多六十五、六十六兩卷，相傳爲從鮑緑飲所藏殘宋本補録者。因從杭州人訪之，果得此宋刻本。其實非即鮑本，因其中仍缺六十五卷、六十六卷也。原裝卅册，每册皆有細書部葉，似國初人書。疑爲竹垞舊藏。乃細核之。紙有黄白二種，皆宋刻，惟一卷、八十一卷至八十九卷皆鈔，昔竹垞翁跋云：「予從海鹽胡氏、常熟毛氏先後得宋槧本八十卷，又借鈔一十三卷。」今刻本八十三卷、鈔本十卷，似非竹垞故物。然查德尹《查浦輯聞》云，杭州府志在宋則《淳祐志》、《咸淳志》,《淳祐》施諤已不復存,咸淳則竹垞先生與當湖高詹事士奇合成若干卷,尚缺十卷。如除原缺七卷計之,而所缺十卷即爲所鈔十卷,當即余所得之本矣。且卷八十首末皆有汲古毛氏印,其一證也。此外又有大印一、小印二,大印文爲「高平家藏」,小印文一爲「朝列大夫之章」,一爲「國朝三代簪纓」,皆未可考矣。今裝四十八册,其原册數可依細書部葉核之。

916 新定續志

此《新定續志》爲宋鄭瑤、方仁榮撰,即《四庫全書總目》所云《景定嚴州續志》也。前方逢辰序存三、四、五葉,前已失去。然其序述志成之由,謂出於錢君可則之守嚴,而志中「書籍」一條載有「《新定續志》,知郡華文錢寺丞任内刊」云云,此爲向來所未經表明者,故特著之。至編纂爲浙漕進士、州學學録方仁榮,迪功郎差充嚴州州學教授兼釣臺書院山長鄭瑤,《目録》及卷十終皆兩載之,亦可以得始末矣。至於書名「新定」,「新定」乃其郡名,與《元豐九域志》之「新定」標題者異。

917 會稽三賦

此宋刻《會稽三賦》，東嘉王十朋撰。前有嘉定歲在丁丑日長至愚齋史鑄序，序云：「紹興間，詹事王公以射策魁多士，入官越幕。贊治之暇，乃於圖志掇其赫奕之事迹，加以舊傳新覩可紀之事，從類鋪張，著爲《風俗賦》，以抑揚品藻寓於答問。及賦『民事堂』、『蓬萊閣』，文皆醇正，語亦高妙，其有見於奉君命、紀勝概者備矣。《風俗》一賦雖有剡溪周君爲之注，惟以表出山川事物爲意，而公之文章以經史百家之言盤屈於筆下者，殊未究其根柢。暨《民事》、《蓬萊》之作，其注又闕然無聞，由是不揆蕪淺，輒皆爲之注。」故《會稽風俗賦》下題曰「剡溪周世則注，郡人史鑄增注」，於《民事堂賦》、《蓬萊閣賦》但題曰「愚齋處士注」而已。此本得諸顧八愚家，首尾皆有殘闕，賴八愚兄五痴家亦有是書，遂假繕録。五痴本已贈錢少詹辛楣，與此印本約略相等。抱沖亦有之，遜此印本多矣。此本爲滄葦舊藏，又有「季寓庸珍藏書畫印」一，未知誰何。

918 荀子

《讀書敏求記》所載《荀子》有二本，其一爲淳熙八年六月吴郡錢佃得元豐國子監本，并二浙、西蜀諸本參校，刊於江西計臺本；其二爲吕夏卿重校本，從宋刻摹寫者。予嘗見香嚴書屋影宋鈔本，字大悦目，不殊遵王所言。後得此刻，即所謂吕夏卿重校本也。每葉十六行，行十六字。非特板刻之精，且裝潢絶妙，從汙壞破損之後而精加補綴，幾不知其曾經遭劫者。是書出任蔣橋顧氏，相傳其家裝潢匠爲孫有年，每日工銀二星，或一日補一蛀痕，亦不加促迫，故能心細手和如是。此即孫某所爲也。前有《荀子序》、《荀子》新目録皆出於倞所爲。序云以文字煩多，故分舊十二卷三十二篇爲二十卷，又改《孫卿新書》爲《荀子》，其篇第亦頗有移易，使以類相從云。每卷題「登仕郎守大理評事楊倞注」。二十卷末載有舊日題云「荀卿新書十二卷三十二篇，護左都水使者光禄大夫臣向言」云云。最後有二行，一題「將仕郎守秘書省著作佐郎充御史臺主簿臣王子韶同校」，一題「朝奉郎尚書兵部員外郎知制誥上騎都尉賜紫金魚袋臣吕夏卿重校」。遵王所云影宋鈔，當即從此出也。藏書家有「鄒氏子之」一印、「同心之印」一印、「忠公後裔」一印、「鄒印同心」一印、「道鄉書院」一印、「孫印朝肅」一印、「恭屮」一印。

919　新序

昔東澗跋《新序》云，舊本《新序》《説苑》卷首開列「陽朔鴻嘉□年□月具官臣劉向上」

一行，此古人修書經進之體式，今本先將此行削去，古今人識見相越及鑱刻之佳惡，一開卷而可辨者也。今余得宋刻《新序》，此跋正在第一卷後，每卷結銜云「陽朔元年二月癸卯護左都水使者光禄大夫臣劉向上」，卷中與時本不同處未可枚舉。余初見義門何氏用陽山顧大有舊藏宋槧本校者，較此尚多錯誤，未知其故，疑何校之疏。豈知宋時竟有兩刻，既於蔣氏賜書樓見一本，即所謂陽山顧大有藏者，與此錯誤處宋刻亦如是，蓋余本爲原，而顧本其翻也，何固不任咎也。

920 顏氏家訓

鮑氏《知不足齋叢書》所刊本，以爲用述古堂影宋本重雕，前序目有「廉臺田家印」可證也。今此宋刻即爲影宋本所自出。通七卷，末附《考證》一卷，淳熙七年春二月嘉興沈揆所刊本也。末有義門野士何焯跋，跋云：「此書爲沈虞卿所刊。虞卿紹熙中嘗以中大夫、秘閣修撰知吾郡，見范志牧守題名。」又云：「虞卿自號欣遇，見楊廷秀《朝天集》。」此書向爲汲古舊藏，後歸北客，康熙甲午義門以厚直購而獲焉。陽湖孫淵如觀察宦於山左得之，後以歸余。余考是書源流，自元以來班班可考。書分三册，於每册卷首及尾皆有「省齋」一印、「共山書院」一印，雖省齋不知何人，而共山書院則元代也。近嘉定錢少詹撰補《元史·藝文志》，載有《共山書院藏書目録》，此即所藏之書可知。每册首尾紙背有長方鈐記，其文云：「國子監、崇文閣官書，借讀者必須愛護。損壞闕失，典掌者不許收受。」皆楷書朱記。以余所見何小山校本《經典釋文》、《左氏春秋音義》末摹有是印，其文正同。且識云印長二指四寸五分，闊不一指一寸六分，其度適合。此向所未經表見者，故備著於此。後以示錢少詹，少詹云：「此淳熙台州公庫本。」卷中於「構」字注「太上御名」，而闕其文，以其時光堯尚在德壽宫也。前序末有長記「廉臺田家印」五字，考元制，各道置廉訪司，爲行臺所屬，廉臺之名實昉於此。此本蓋宋槧而元印者。余以此與長記有考證，亦附誌之。

921 文中子

《文中子》宋刻本頗古疋，因其疑於阮逸僞爲，故不登甲編。卷耑有東澗跋二〔一〕，其一云：「《文中子中説》此爲宋刻善本，今世行本出安陽崔氏者，經其刊定，駁亂失次，不復可觀。今人好以己意改竄古書，雖賢者不免，可歎也。」此跋足證輕改古書之失，故載之。其後一跋盛稱文中子序述六經，爲洙泗之宗子云云，不復盡載矣。書爲徐健菴、季滄葦兩家收藏，又有「香山潘崇禮甫藏書」印，又有黄氏一印，模糊莫辨其名字。稍有蠹痕，補綴完好，可稱精品。

【校勘記】

〔一〕 跋二 「二」下原衍「册」字，據勞格抄本删。

922 老子道德經

此老子《道德經》，河上公章句，分《道經》、《德經》，共八十一篇，爲建安虞氏刊於家塾。卷中有葉氏「菉竹堂藏書」圓印。雖非宋刻上駟，亦古本也。《異俗篇》「如春登臺」尚不誤，合於易州石刻，因知此本之佳。惜墨敝紙渝，且遭俗工裝裱，殊不耐觀。

923 南華真經

《莊子》郭象注者宋刻本有二，一爲小讀書堆所藏，板刻稍狹，字畫稍方，相傳以爲北宋本；一即此本，予所藏者也。予得諸骨董家薛壽魚，云是蘭陵繆氏物。楮墨完好，部面皆金粟牋。卷中有「華生」、「華氏秘笈」二印〔一〕，或是真賞齋物。又有「袁氏與之印」，則又吾吴六俊所藏也。惜抱沖作古，書籍不輕假人，未及取其所藏宋刻一較同異也。

【校勘記】

〔一〕二印　「二」原作「一」，據勞格抄本改。

924 列子

此書標題「沖虛至德真經」，次行曰「列子」，曰「張湛處度注」，無序、目。諸家圖記多鈐於卷一，曰「宋本」，曰「甲」，曰「毛晉」，此汲古閣也；曰「古吴王氏」，曰「王印履吉」，此雅宜山人也；曰「玉蘭堂印」，曰「辛夷館印」，曰「竹塢」，此文徵仲也；曰「季振宜印滄葦」，此延令季氏也；曰「乾學」，曰「徐健菴」，此傳是樓也：皆表表可見者。最先有「鎦績孟□」一印，末一字其文莫辨，未知是補注《管子》、《淮南子》之劉績否。「孟□」必其號也。此本二十四行，行二十五字。張湛注有舊音，而無殷敬順之釋文。非但世德堂本不可同日語，即影鈔宋刻别本亦不如遠甚。即如卷五「山始峙而不動」，劉淵林《吴都賦》引正有「而不動」三字，與此合，諸本則皆脱落。余友顧千里以爲《列子》善本無踰此者，余以重賈購諸太倉故家。

925 戰國策

高注《戰國策》行世者惟雅雨堂本，此外曾見小讀書堆影鈔宋本[一]。若宋刻僅見諸《讀書敏求記》中所載，云是購於絳雲樓者。然絳雲所藏有梁溪安氏本、梁溪高氏本，未知所購果何本也。既聞海内藏書家有兩宋本，一在桐鄉金鄂巖家，一在歙汪秀峯家，余渴欲一見爲幸。己未冬鮑丈緑飲以金本歸余，楮墨精好，亦未敢定爲何本。既借顧本影鈔者核之，識是此本爲勝。蓋姚宏所注補者非一本，見於吴正傳之言。正傳云：「予見姚注凡二本，其一冠以目録、劉序，而置曾序於末；其一冠以曾序，而劉序次之。」蓋先劉序者原本也，先曾序者重校本也。今觀此本字畫，定爲紹興初刻。影鈔者，當是重刻本，故宋刻略爲改竄。宋刻本每葉廿二行，行廿字，影鈔本每葉廿行，行廿字，而字句亦時有不同。《序録》一篇此本在卷末李文叔等書後四條之前，姚宏題語又隔一行而附於後；影鈔本則曾序居卷首，而李跋等仍在後，姚宏題語不隔一行：其非一刻可知。蓋影鈔本所謂梁溪安氏本，遂而居乙者也。至於此本之疑爲絳雲樓所藏，别無確證。惟首册缺《目録》四葉、卷一一至六葉，末册序後五六葉當是藏書者圖章、題識，後人有意去之耳。至於此刻之勝如第六卷第四葉首三行，顧千里爲余云，初槧當於影鈔，固不待言，惟修改處未能盡善。如影鈔本。附録於此。

【校勘記】

〔一〕宋本　原脱「宋」字，據勞格抄本補。

926 淮南子

《淮南鴻烈解》二十一卷，見於《讀書敏求記》。《記》云：「《淮南子》善本極少，此從宋刻影摹者。」今余所得乃宋刻也，得於揚州。卷端有「楝亭曹氏藏書」一印，故此書出自揚州。近時莊刻《淮南》謂出於道藏本，取道藏本對之已不合，何論宋刻？余初得惠松崖校本，謂出於宋本，高注已較明刻諸本獨多，然出於臨校宋本，並非親見宋刻。香嚴書屋藏六藝本，謂親見宋刻，今取以勘之，亦多不同，蓋校時脱誤也。近高郵王編修伯申校此書，與余札云：「窮搜力索，不過劉績本而已。蓋劉績翻道藏本，不如宋刻尚未可以道里計，何論其他？此書字小行密，兼之墨敝紙渝，幾思傳校，殊苦倦怠。」故宋刻〔二〕外卻無副本，書之可稱秘笈者無逾於此。原裝十二册，籤題皆藏經紙，題曰「淮南子許慎注北宋本」。其云「許慎注」者，因卷中題「太尉祭酒臣許慎記上」而誤爾。古香可愛，未敢輕去，爰附辨於此。

【校勘記】

〔一〕宋刻　「宋」原作「是」，據勞格抄本改。

927 重雕改正湘山野録續湘山野録

《湘山野録續録》津逮本卷上第二葉第四行「掖」字起三行半小注云：「首行有缺誤。」後見毛黼季校宋本，於「掖」字前增十四行，前空二行，知校本之爲勝。後見原本，蓋宋刻而元人鈔補者也。宋刻上卷三葉起至中卷二十三葉止，餘皆元人補鈔。於卷中跋云「至正十九年六月十九日覽訖」，下有圖章二，一爲「弦歌里民」，一爲「樊士寬印」，審是元人篆刻本，未知即是人所鈔否也。向爲有明黄翼收藏，於卷末餘紙識〔一〕云：「《湘山野録》共計一百葉，内宋本四十七葉，鈔白五十三葉。」下有黄子羽小圖記，當是吾家子羽筆也。

卷中〔二〕「真宗欲擇」云云一條多「備者惟陳康肅公堯咨可與陳方以詞職進用」十八字，原鈔脱去，後增於旁行。

【校勘記】

〔一〕識　勞格抄本無此字。

〔二〕卷中　原脱，據勞格抄本補。

928 揮麈後録揮麈第三録

王明清《揮麈前録》四卷，《後録》十一卷，《三録》三卷，《餘話》二卷，見於《延令宋板書目》者，其全璧也。聞顧抱冲有之，未知即此本否。余向游京師，於琉璃廠得此殘宋本，《後録》闕有二卷，《三録》尚全，唯卷耑牒文具存，特稍破損，經妄人填補爾。既而於華陽橋顧氏試飲堂見一宋本，與此刻〔一〕稍異，《前録》、《三録》俱全。《前録》余本無之，無從對勘。《三録》與余本對勘，時有不同。津逮本於卷二「宣和中蘇叔黨游京師」一條云「蔽，宋刻作敝」，余本如是，洵非誣也。又卷二「趙叔敬者」一條中脱「陳確字叔能，秀人也」。目觀是亂，復爲察官，上疏論其事」一行共二十一字，兩宋刻皆有之，蓋津逮本之不如遠矣。卷耑結銜云「朝請大夫主管台州崇道觀汝陰王明清」，毛刻削去此文，更非舊式。

【校勘記】

〔一〕刻　原脱，據勞格抄本補。

929 愧郯録

《愧郯録》余有兩本，一得於杭州，一得於郡城，皆宋刻而各有鈔補。郡城本南潯友人易去，所留者乃杭州本也。宋刻缺八、九、十、十一卷，并補鈔、散闕者核之，共七十五葉，空白十葉，就其行款相對，所補必非無據，所空亦屬缺疑。知不足齋所刻當即據此本。目録卷九中金年號，「金」字係屬後人改補，鮑刻仍之，郡城本猶未改也。此本有「楊氏夢羽印」，吾郡故物，而仍歸故土，書之精靈亦有聚而不散者耶。

930 夷堅支志

往嘗見《夷堅志》宋刻本爲萃古齋所藏，後歸石冢嚴久能家。近於藏書家得《夷堅》支甲、支壬、癸三種，共四册。此三種中支甲字差小而棉紙印者，支壬、支癸字差大而竹紙印者。余檢《直齋書録解題》：「《夷堅志》甲至癸二百卷，《夷堅》支甲至癸一百卷，三甲至癸一百卷，四甲、四乙二十卷，共四百二十卷。」今所存者乃《夷堅支志》也。支甲爲卷一、卷二、卷三、卷七、卷八，支壬爲卷三、卷四、卷五、卷六、卷七、卷八、卷九、卷十，支癸爲卷一、卷二、卷三、卷四、卷五、卷六、卷七、卷八，存此亦足以見其梗概矣。唯支癸序存，有云：「予既畢《夷堅》十志，又支而廣之，通三百篇。」則《直齋》所云洵不誣也。

931　三曆撮要

此書見於《直齋書録解題》，云：「一卷，無名氏。」今觀此書悉悉相合，當是陳氏所見本。余嘗攜示錢辛楣先生，先生云所引《萬通》、《百忌》、《萬年》、《具注》、《集聖》、《廣聖》諸書皆選擇家言，司天監據以鋪注頒朔者也。劉德成、方操仲、汪德昭、倪和甫蓋當時術數之士，今無能舉其姓名者矣。書中引沈存中《筆談》，當是南宋所刊，余得此書於郡故家，外間絶無傳本，亦可爲陰陽家之枕中秘矣。

932　外臺秘要

此《外臺秘要方》四十卷，今所存者目録及第二十二卷耳。其序文及表俱鈔補。卷首標題「朝散大夫守光禄卿直秘閣判登聞檢院上護軍臣林億等上進」，卷末題「右迪功郎充兩浙東路提舉茶鹽司幹辦公事張寔校正」。書雖殘闕，歷經名家收藏。目録一册有「曹溶之印」，第二十二卷有「武林高瑞南家藏書畫印」，則此書固有自來矣。

933 新雕孫真人千金方

余家舊藏錢述古鈔本《千金備急要方》，云是從宋閣本鈔出。今得宋本勘之，鮮有一處符合者。初不解其故，後檢《通考》，知晁所見者爲《千金方》三十卷，陳所見者爲《千金備急要方》三十卷，其前「類例」數條林億等新纂，則知鈔本即從宋閣本出，已是〔一〕經後人增損，故與宋刻原本不同。二本非特文義增減，即藥名、分兩、法製亦多不合。前人之方，忽經後人以意改削，可信不可信乎？矧錢本所據今以補入宋本之明本，參考同出一原，於明本爛板，鈔本皆缺。宋閣本所出，蓋未可信矣。唯此宋刻實爲祖本，雖闕六卷至十卷、十六卷至二十卷，已自侈爲奇秘。至於配入之明板，斷不可用。

【校勘記】

〔一〕已是　「已」字原脱，據勞格抄本補。

934 十便良方

此《十便良方》四册，序鈔目刻全，書共四十卷，今存者十一至十七、廿一至廿三耳，勵得四分之一，然已罕秘之至。考鈔補之序文爲「時慶元乙卯十月二十四日汾陽博濟堂書」，並未著作書者姓名。序中稱：「紹熙辛亥東南漕使孫公稽仲有所集方書一編，名曰《大衍》。第惜其太略，於是因仍其法，徧搜方論，覃思累年，摘其簡而至切、迅而不暴、與時運相宜者，以附益公之不足，果得其便凡十焉。」今檢《書録解題》，但有《大衍方》，而《十便良方》不傳，可知此書之罕秘矣。

935 傷寒要旨藥方

此宋刻《傷寒要旨藥方》首尾俱有殘缺，余檢陳氏《書録解題》有「《傷寒要旨》二卷，李檉撰。列方於前，而類證於後，皆不外仲景」。今此書首缺三葉半，無序文可考，而第二卷尾葉有墨刻二行，云：「右《傷寒要旨》一卷，《藥方》一卷，乾道辛卯歲刻於姑孰郡齋。」則分卷正與陳氏所云合，當即李檉書也。楮墨瑩潔，字畫瘦削，宋刻之不易辨者。惟白隄錢聽默定爲宋刻，可稱老眼無花云。

936 重校正活人書

《直齋書録解題》云：「《南陽活人書》十八卷，朝奉郎直秘閣吳興朱肱翼中撰。以張仲景《傷寒方論》各以類聚爲之問答。」今此宋刻題曰「重校正活人書」，書中問答正與《直齋》所云合。止存十、十一、十二三卷。紙潔墨瑩，印本亦在宋時。卷首有「鳴篪」一印，卷末有「子子孫孫其永保用」一印，雖未知其人，亦久以此書爲珍秘矣。

937 産科備要

此書載於《讀書敏求記》，以爲「紙墨精好可愛」，余所得本正與遵王之説合。全書無序有目，題曰「衛生家寶産科方」。分八卷。目録有結銜一行，云「翰林醫學差充南康軍駐泊張永校勘」，每卷題曰「衛生家寶産科備要」，末卷有跋語三行，云：「長樂朱端章以所藏諸家産科經驗方編成八卷，刻板南康郡齋。淳熙甲辰歲十二月初十日。」蓋是書猶是淳熙原刻也。册中諸印曰「仲雅」，曰「鳴篪」，曰「孫氏禹見家藏」，曰「孟洪」，曰「西澗草堂」，曰「房山房氏家藏」，曰「子子孫孫其永保用」。余辛酉夏自京師購歸，嘉定瞿木夫因喪明抱痛，閉門養痾，借讀一過，爲余跋云：「此淳熙十一年長樂朱氏取諸家産科方合刻成書。中遇輹、懸字俱缺筆，又丸皆作圓，避欽宗嫌名也。其所載《産育寶慶集方》，陳直齋謂李師聖有説無方，醫學教授郭稽中爲時良醫，以方附論，遂爲完書。今考師聖自序，知郭與李同時，是書實成於師聖也。『當歸一味散』注引王子亨《指述論》。子亨名昃，直齋書目載之，今已失傳。『桃仁承氣湯』謂龐安常用之驗。安常名安時，有《傷寒總病論》行世。

產育方藥諸書《唐志》載昝殷《產寶》一卷，今惟《寶慶集方》尚存《永樂大典》中，然已佚去借地法矣，猶賴此書傳之。所采虞統《備產濟用方》諸論尤爲切要」云云。則《產科備要》而必係以「衛生家寶」，不誠可珍哉。

938 儒門事親

此宋刻醫書零種，不知其何總名。兹所存者每葉板心俱可辨識，曰「撮要」者一葉至四葉，曰「撮要圖」者五葉至八葉，爲一種；曰「五泄」者一葉，曰「五泄圖」者二葉，曰「五泄論者」三葉至四葉，爲一種；曰「病機」者一葉至四葉，爲一種；曰「扁華訣者」一葉至五葉，爲一種。雖所存不過二十一葉，而命名有四種，亦足以備醫家采擇矣。卷中有「毛子晉圖書」，知爲汲古舊藏。偶檢其《秘本書目》有宋板《醫家圖説》一本，其即此歟。爰重裝之，以藏諸讀未見書齋。後爲周香巖借去，還書之日爲題其籤曰「張從正《儒門事親》中殘本」，則此册固有全本矣。

939 硯史

《硯史》一册，爲文氏徵仲所藏宋刻之精者。余初未識爲何書中之一種，既晤白隄錢聽默，持示此本，錢云：「此《山林拾遺集》中之一種也。」余向聞錢有《山林拾遺集》，揚州吴氏以一百二十金購去，惜余未及借讀，不能記集中各種耳。

940 圖畫見聞志

予初蓄《圖畫見聞志》有一至三三卷，爲元人手鈔。後得翻宋本，質諸周香嚴，香嚴云：「余亦有一刻本，未知即是此本否。」及出以相示，而楮墨俱饒古氣，細辨字畫，遇宋諱皆闕筆，翻本不如是也。爰揭去舊時背紙，皆羅紋闊連而横印者，始知爲宋刻宋印。以翻本行款證之，此即所謂臨安府陳道人書籍鋪刊行本也。爰從香嚴乞得與元鈔合裝，可稱雙璧矣。

941 梅花喜神譜

此《梅花喜神譜》爲宋伯仁器之編。自蓓蕾以至就實圖形百，各系以五言斷句。余初不知爲何人，既讀《雪岩吟草》，知其生嘉熙間，曾爲淮揚鹺務官，有擊楫之概，而寄情吟詠，大都皆有爲而言之者。故譜中第一首曰：「應思漢光武，一飯能中興。」亦情見乎詞矣。是書曾載諸《讀書敏求記》，而茲爲文徵仲舊藏，不知何時散失，反於京師琉璃廠得之，真奇事也。

942 忘憂清樂集

李逸民《棋譜》一卷，唯《讀書敏求記》有之，而世鮮傳本，此宋刻中之真秘笈也。余得諸試飲堂。題簽曰「棋經」，余細核之，廼即前御書院棋待詔賜緋李逸民重編本也。然予所藏非即錢本，彼以爲宋太宗作《變棋三勢》，其一曰「獨飛天鵝勢」，其二「對面千里勢」，其三曰「大海取明珠勢」，不知其圖尚在人間否。今三勢余本有二，是所見勝於遵王矣。至於分卷，似一卷分上、中、下，非二卷也。前載御製詩，首句云「忘憂清樂在棋枰」，以貴與《通考》證之，所云《忘憂清樂集》者必此矣。余故以此立名焉。

943 類説

《汲古閣珍藏秘本書目》有宋板《類説》真本首册，余收得一本，有「毛晉圖書」，知即此本矣。首有《類説序》、「紹興六年四月望日温陵曾慥引」，開卷標題「類説」。共有三種：一曰《仇池筆記》，一曰《隱齋閑覽》，一曰《東軒筆録》。首尾完好，留此猶見宋槧面目。往時曾見一舊鈔本，係大板，非從此出也。

944 陸宣公奏草中書奏議

《讀書敏求記》云：「陸宣公《翰苑集》二十二卷，《制誥》十卷，《奏草》六卷，《中書奏議》六卷。權載之序，大字宋槧本。」今余所藏小字宋槧本爲《奏草》之卷五、卷六，《中書奏議》卷五、卷六，楮墨精好，又在遵王所見之外。卷中有「古虞毛氏奏叔圖書記」、「毛表之印」、「汲古閣圖章」，知爲汲古舊物。試飲堂有大字本，惜未與之一較異同爲恨。

945 石林奏議

《石林奏議》十五卷，每卷次行有「模編」二字，無序文，有後跋。跋已剥落，首云：「叔祖左丞蚤以文學被遇三朝，□自禁塗寖登二府，此奏議之所獻納論思也。」又云：「頗多惣集不載，往往□見者爲之興歎。因鋟木天台郡□，以廣其傳。」末題「開禧丙寅六月既望，姪孫朝奉大夫改差權知台州軍州兼管内勸農事借紫箋謹書」，是編與刻非出一人矣。《汲古閣珍藏秘本書目》僅載影宋本精鈔，此較爲勝。

946　離騷集傳

錢杲之注《離騷》一本，宋板影鈔者，見諸《汲古閣珍藏秘本書目》，然已稱此書世間絶無，則宋槧本益可珍矣。余得諸桐鄉金氏，其實亦爲汲古舊藏。全書不過數葉，而楮墨古疋，累經名家收藏。卷耑素紙畫蘭蕙一叢，美人香艸，其有靈均之思乎？

947　陶淵明集

《汲古閣珍藏秘本書目》云：「宋板《陶淵明集》二本，與世本夐然不同。如《桃花源記》中『聞之欣然規往』今時本誤作『親』，謬甚。『五柳先生贊云』一本有『之妻』二字，按《列女傳》，是其妻之言也。他如此類，不可枚舉。」又云：「籤題係元人筆，不敢易去。」余所得即此本也。每册皆以宋錦裝面，卷端有「宋本」、「甲」、「毛晉之印」三圖記，其爲汲古閣物無疑。書分十卷，卷末附北齊楊僕射休之《序録》、宋丞相私記、曾紘説三通。曾云：「親友范元羲寄示義陽太守公所開陶集，想見好古博雅之意，輒書以遺之。宣和六年七月中元臨漢曾紘書刊。」蓋此北宋曾氏刊本也。余又見有影寫宋本，但有楊之《序録》、宋之私記，而曾説不傳，可知此刊之秘矣。卷中藏書圖記其近而可徵者，毛氏之外有「文彭」、

「文壽朋氏」二印，此外有「嘯庵」、「桃源戴氏」、「宋微子後自亳之吴再遷于鄞」三印，驗其篆文印色，皆元時人也。别有夾籤，題云「陶靖節集，宋刻」，下有「俊明明懷」、「不寐道人」二印，此又孝章先生之遺筆矣。

948 王右丞文集

此宋刻《王右丞文集》十卷，即所謂「山中一半雨」本也。余得諸五柳書居，蓋傳是樓舊物。外此尚有劉須溪評點元刻本，止詩六卷，見藏周香巖家。香巖又藏何義門校宋本〔一〕，亦止詩無文，雖同出傳是樓，而敘次紊亂，字句不同，非一本矣。又聞桐鄉金氏有宋本，板刻差大，詩中亦作「山中一半雨」，文則無有也。此毛二榕坪親爲余言之。惟此猶是寶應二年正月七日王縉搜求其兄詩筆十卷隨表奉進之舊，雖曰麻沙宋板，視諸本有過無不及焉。

【校勘記】

〔一〕何義門校宋本　「校」下原衍「本」字，據勞格抄本删。

949　李太白集

《讀書敏求記》云：「《李翰林全集》三十卷。太白集宋刻絶少，此是北宋鏤本，前二十卷爲歌詩，後十卷爲雜著。」今此刻亦三十卷，卷一載序及墓誌、碣、碑記、新碑文、碑文等，卷二至二十四爲歌詩，卷二十五至卷三十爲古賦、表、書、序、讚、頌、銘記、碑文，與遵王所藏者異矣。其先藏自郡城繆氏，繆曾用以翻刊，楮精墨妙，嘗以僞亂真，曾欲作《考異》一卷而未成，其夾籤猶在卷中也。余以一百五十金得之繆氏。昔繆氏藏此特構一樓，名曰「太白樓」。今余兩遷居矣，居各有樓，亦以此集貯於樓上，名曰「太白」，謫仙人其好樓居耶。行款序次，翻本多同，余不復贅。藏書諸家，如崑山徐氏其最著者。此外有「王氏敬美」、「錢氏南金」、「王印彦淳」、「王氏君復」，皆不詳其人。惟「袁氏與之」，則吾吴六俊之一也。

950　昌黎先生集

小字本《昌黎先生集》余有十卷，賦、詩俱全，文俱缺失。别得一本與前刻正同，爲三十九、四十卷，皆文也。首尾有「上黨圖書」，知爲馮氏舊藏。安得訪求遺逸，得此文集之全者，豈不更美乎？

951 昌黎先生集

此《昌黎先生集》十卷，門人李漢編。雖闕雜著已下，然賦、詩俱全，亦可爲無用之用矣。《昌黎先生集》注本行世，此係白文，間有小注，斸云「一作某」而已。字畫斬方，尚是北宋風氣。卷中多舊校語，朱墨燦然，惜遭俗手裝潢，上下方各有損傷字處，是可歎也。

952 昌黎先生集

余訪瞿木夫於金閶[一]，木夫出所得《四六必用新編方輿勝覽》[二]宋刻殘本相質，云近從書友以賤直得之。余方艷其以賤直易舊刻也，既而路過西館橋，於書肆中遇一書友告余曰：「前有《方輿勝覽》，惜未送閲。」余急問其有他書否，曰：「尚有韓文在，欲得之乎？」急索觀，而破書兩册，居然宋刻韓集之極精者。標題「昌黎先生文集」，存卷二十二至卷二十六。宋刻宋印，紙背皆有小朱印，蓋宋紙之佳者。卷第二十二下有「梁國公之裔」一印，又有「乾學」、「徐健菴」二印，卷第二十四下但有「乾學」、「徐健菴」二印，信爲傳是樓藏書。每葉廿行，行十八字。字畫軒朗，可云韓集之最，雖余向藏小字本，亦遜此精妙矣。勿以其缺失而忽之。

【校勘記】

〔一〕於金閶　「於」字原脱,據勞格抄本補。

〔二〕四六必用新編方輿勝覽　「用」字原脱,勞格抄本同。按楊守敬《日本訪書志》云,日本尚藏有《方輿勝覽》宋嘉熙刻本,「每卷標題『新編四六必用方輿勝覽』」。據補。

953　朱文公校昌黎先生集

《朱文公校昌黎先生集》序目全,共四十卷,脱去一至十卷。書友因不全故,以賤直售余。余則因《昌黎先生集》先有細字本《賦詩》十卷在,雖非朱文公所校,然彼此合之,居然可作完集讀也。此刻不及十卷之精,而以視東雅堂刻本則頗古矣。

954　劉夢得文集

《劉賓客文集》三十卷,《外集》十卷,《敏求記》所載,乃繕寫精妙之本。余所儲影宋鈔小字本有《外集》,若《文集》三十卷止有明刻而已。錢少詹辛楣先生曾借閲,於卷四《袁州萍鄉縣楊岐山故廣禪師碑文》下夾入校語一紙,云「石刻與刻本不同者二十餘字,多五十字」。既而余得宋刻《劉夢得文集》，存者卷一之卷四，所云《袁州碑》正在卷中，因取少詹所校與宋刻對之，合者四處。「形政不及」形作刑，「墮其去來」墮作隨，「甄升」升作廾，廾即舛字，「千百人」千百作百千，較明刻爲勝，始信少詹昔與余戲語曰：「君輩佞宋，我輩佞金石，蓋有以夫。」今四卷中二至四俱碑文，安得盡得石刻而一一證之？

955 白氏文集

此殘宋本《白氏文集》十七卷，即《讀書敏求記》中所云「是金華宋氏景濂所藏小宋板，圖記宛然，古香可愛」者也。然遵王所記尚有錯誤，記云十三之十六、二十六之三十、三十三之三十八，共十七卷，然如數計之，止得十五卷。今余所得者十三之十六、二十六之三十四、五十五之五十八，適符十七卷之數，其每卷首末皆有「金華宋氏景濂」圖記，即爲《讀書敏求記》中物，特所載卷數偶誤爾。余本得諸顧五癡家，五癡以爲絳雲餘燼，故每卷中燒痕尚在，甚至有一葉中不過數字者。昔遵王以爲庚寅一炬，廬山本實遭其厄。今觀此本，亦出燼餘，何幸六丁所收，尚留此十七卷在天壤間耶？珍藏之者自明初至今又將五百年矣，在在處處有神物護持，吾烏得不信其說？爰重付裝潢，加諸什襲，以視向之破書一束堆積於塵坷蟻蝕中者，其顯晦爲何如耶？

956 會昌一品制集

余得《會昌一品制集》二十卷，爲沈與文所藏。已有明中葉本，又得舊鈔《李文饒集》，則不止《會昌一品制集》，與明刻合，亦無佳處，唯此宋刻較二本爲勝。宋刻題曰「會昌一品制集」，而「卷第幾」下俱割補一行，未知其何字。而補入之鈔本題曰「李文饒集」，而列「會昌一品制集」於下，非宋刻之舊矣。鈔葉上有「李廷相印」，白隄錢聽默云明代人，則鈔補亦舊。姑以其可便卒讀而存之。

957 乖崖先生文集

《乖崖先生文集》相傳宋代有二本，一本十卷，一本十二卷。十二卷之本蓋郭森卿官崇陽刻者也。今所得即郭本，而又爲後人重刻。前有咸淳己巳中春朔邑子、朝散大夫、特差荆湖安撫大吏司主管機宜文字、權澧州軍州事、賜緋龔夢龍序，其云「前令君天台郭公森卿嘗栞寘郡齋，己未兵燬，遂爲煨燼。今令史左綿伊公賡以儒術飾吏，復鋟梓以壽其傳」，是此本又爲宋刻之第三本矣。惜斸存六卷，六卷以下爲賜書樓舊鈔本，然較外間傳本已有不同處，即如《青箱雜記》載詠贈官妓《小英歌》，時本以爲「今不見集中」，然宋刻第二卷有云《筵上贈小英》，當即此首。而郭序云：「或者以《小英歌》詩等不類公作，然其辭艷而不流，自不害爲宋廣平《梅花賦》耳。」則《小英歌》宋刻明明有之，時本豈以其不類而削去耶？然非其舊矣。

958 温國文正司馬公文集

此《温國文正司馬公文集》宋刻標題如是，已與鈔本所云《司馬太師温國文正公傳家集》者不合，而序文節去首尾，并誤撰序人劉嶠爲劉隨，不知其何來也。至於年號官銜，概從缺略，俾考古者茫無依據，是可慨已。此本序文一一完善，次列《進司馬温公文集表》一通，分卷、序次、離合、先後多有不同，信祖本也。更有奇者，余初見此書在嘉慶丁巳夏，其購之日在秋八月，而此書爲明初人收藏本，卷首表文第一葉末餘紙有硃書一行，云「洪武丁巳秋八月收」八字，有小方印，其文云「徐達左印」，有大方印一，其文云「松雲道人徐良夫藏書」，是松雲與余收藏之歲月，雖甲子七更而析符復合，何其巧耶！卷第八十後空葉有墨書三行，云「國初吴儒徐松雲先生收藏《温公集》八十卷，缺九卷，雍謹鈔補，以爲完書云。弘治乙丑秋九月望日，石湖盧雍謹記」，則此書本爲吴中藏書，而今自武陵購來〔二〕。

【校勘記】

〔一〕 按，此下實缺損。勞格抄本尚録殘句「未始非前賢實呵護之」。

959 伊川擊壤集

此殘宋本《伊川擊壤集》祇三、四、五、六卷，前一、二卷已鈔補，餘皆失之矣。收藏家圖書如「竹塢玉蘭堂」、「古吴王氏」諸章皆明代故家，余所藏書多有之。至毛、季兩家尤彰明較著者也。惟「周氏公瑕」一印所見僅此書，當亦不僞。余檢《延令書目》載此書爲宋刻，與此同，目云二十五卷，恐是誤處。蓋宋代書目皆云二十卷，延令所藏奚以過之？五者，衍字也。惜傳之又久，斸存此卷數耳。明刻黑口，行款略同，然不如遠甚矣。余得諸嚴二酉家，吉光片羽，寶何如之。

960 欒城集

《欒城集》〔一〕，往時於小讀書堆曾見一殘宋本，止一册，板刻略寬大，與明刻板差同。繼余得一本，板刻略小，每卷下俱遭俗手割補，移其卷第。取明刻證之，改爲卷一者爲三十三，卷二爲三十四，卷三爲三十五，卷四爲四十二，卷五爲三十六，卷六爲三十七，卷七爲三十九，卷八爲四十，皆《欒城集》也。卷九至卷二十一皆《欒城後集》，明刻正同。偶取校明刻，大有異處，宋本爲勝。即如三十四卷年月日甲子可爲□學之用〔二〕，官銜姓氏可爲職官之用，明刻皆删去，何耶？

【校勘記】

〔一〕按，勞格抄本此處有十一字空格。

〔二〕□學之用 「學」原作空圍，據勞格抄本補。

961 豫章黄先生文集

家豫章先生《文集》一至十四卷，又十七至十九卷，皆宋刻。而後三卷與前十四卷字蹟微有不同，似前十四卷爲原，後三卷其翻本也。余得諸郡故家，以宋刻故珍之。一卷首缺幾葉，故序目不全。一卷末有墨書一行，云「山房李彤、洛陽朱敦儒正」，是猶是宋時原刻。雖所缺尚有十三卷，取較明刻，已多不同，誰謂殘缺之不足珍耶？

962 豫章黄先生外集

此家豫章《外集》六卷，得諸書船友邵姓，云自江陰楊文定公家收來。卷耑有楊敦厚圖章，即文定孫也。裝潢精雅，亦以其爲宋刻故珍之。然六卷後缺葉，謬以卷十四末葉續之。因後有山房李彤跋，取閲者偶不經意即信爲完璧者，然其實補綴之痕不可没也。宋陳振孫《書録解題》「《豫章外集》十四卷」，按今明刻猶如是。所存詩六行，破在卷十四末，唯李彤跋明刻無之。然翁覃溪云《外集》末有李彤跋，其在十四卷末宜矣。至六卷末所缺，就明刻者以宋板十八行十八字計之，連煞尾一行，適得一葉，當以素紙存其面目可爾。又翁云《豫章外集》其作年月往往在《内集》前，今人稱《外集》爲《後集》失之，殊不知宋刻板心有「後黄一」、「後黄二」云云，則《外集》之稱爲《後集》特以所刻之先後言之耳。世人不見宋刻，妄論短長，亦奚爲耶？余舊藏《豫章文集》三十卷，酈有一至十四、十七至十九，俱宋刻。今又得此，行款悉同，當是聯屬者。何兩美之適合也。且《延令書目》載有「《黄山谷集》三十卷，《後集》六卷，宋板」，合諸此本，卷數卻同，或即滄葦所藏歟？

963　李學士新注孫尚書内簡尺牘

余向藏《孫尚書内簡尺牘》係成化刊本，趙靈均取元刻本校過，後爲葉石君收藏，可稱善本矣。最後得此宋本於郡故家，無刻書年月，於分類之目末葉有「蔡氏家塾校正」六字，合諸葉本鈔補序文，有云「慶元三祀閏餘之月，梅山蔡建侯行甫謹序」云云，未知即此蔡氏否也。葉本校語云：「元英宗天曆庚午刻本，分十六卷，而宋本分卷卻合，然遇宋諱皆闕筆，則非即英宗時本可知。」安知元翻宋本，分卷不仍其舊耶？余嘗取以覆校，實有勝於葉本處，可知宋刻定勝元刻也。

964 梁溪先生文集

《梁溪先生文集》世不多有，兹宋刻之斸存者爲卷第十三律詩九、卷第十四古律詩十〔一〕，爲卷第四十一表劄奏議三、卷第四十二表劄奏議四、卷第四十三表劄奏議五、卷第四十四表劄奏議六、卷第四十五表劄奏議七、卷第四十六表劄奏議八、卷第四十七表劄奏議九、卷第四十八表劄奏議十、卷第四十九表劄奏議十一、卷第五十表劄奏議十二、卷第五十一表劄奏議十三、卷第五十二表劄奏議十四、卷第六十二表劄奏議二十四、卷第六十三表劄奏議二十五、卷第六十四表劄奏議二十六、卷第六十五表劄奏議二十七、卷第六十六表劄奏議二十八、卷第六十七表劄奏議二十九、卷第六十八表劄奏議三十、卷第六十九表劄奏議三十一、卷第七十表劄奏議三十二、卷第九十一表劄奏議五十三、卷第九十二表劄奏議五十四、卷第九十三表劄奏議五十五、卷第九十四表劄奏議五十六、卷第九十五表劄奏議五十七、卷第九十六表劄奏議五十八、卷第九十七表劄奏議五十九、卷第九十八表劄奏議六十〔二〕、卷第一百表劄奏議六十一、卷第一百四十八迂論四、卷第一百五十三迂論九、卷第一百五十四迂論十、卷第一百六十一題跋上、卷第一百六十二題跋中、卷第一百六十三題跋下。末有跋云：「枚自髫齡就傅，時家嚴天申公諱令德於課文之暇，備述始祖忠宣公《梁溪文集》，自先大父可珮公諱士達入嘉定縣庠，館於婁城，時遭兵燹，是集遂失去。枚竊聞之，以始祖之豐功偉烈，爲宋代名臣，其箋劄奏議詩文之屬不得仰窺其全，深爲浩歎。越二十年，枚年甫三十，供奉内廷，時與名公鉅卿及海内藏書諸名儒訪《梁溪文集》，音耗竟無所聞。又越二十餘年，至雍正己酉下榻於衍聖公第之九如堂，見其牙籤玉軸充棟盈車，詢之守者，知《梁溪文集》爲舊族高陽相公持去。高陽諱霨，聖祖時甌卜者也。又越十餘年，枚抑鬱無聊，歷游幕府，過上谷所屬之地，道經高陽府第，半屬荒基，徐叩之，而是集猶在，乃求其發篋拜觀。實爲宋代鐫板，鴻文偉義，捧讀難竟，因以歷歲所餘館穀傾囊與之，而是集始得返趙。嗟乎！《梁溪文集》吾家故物也，越百年而無恙，物之來歸，亦有定數。乃詳述之，以示後之子孫。乾隆六年歲在辛酉四月望日，二十六世孫枚謹識。」則此書爲隴西鎮家之寶，雖殘缺亦可珍也。余按《書録解題》云：「《梁溪集》一百二十卷，丞相忠定公昭武李綱伯紀撰。父夔〔三〕，進士起家，至右文殿修撰，葬錫山。忠定嘗廬墓云。」故以是名集歟？今存三十八卷〔四〕，已遭剜改移易卷第，余就板心字迹推之，得其宜存卷數條載如右。卷末有「錫山安國家藏」印，又有「毛子晉」、「毛表」、「奏叔」印，知汲古亦曾藏此。

【校勘記】

〔一〕 卷第十四古律詩十　「十」下原衍「卷」字，據勞格抄本删。

〔二〕 卷第九十八表劄奏議六十　「六」原脱，據勞格抄本及上下文意補。

〔三〕 父夔　「父」原作「文」，勞格抄本同，據陳振孫《直齋書録解題》卷十八「梁溪集」條改。

〔四〕 今存三十八卷　「三十」原作「十三」。按，統計前文所述，今存《梁溪先生文集》卷數正爲「三十八」，據以乙正。勞格抄本原亦作「十三」，旁有乙改符號。

965 侍郎葛公歸愚集

侍郎葛公《歸愚集》載諸王漁洋《居易録》卷十六，有云：「宋葛立方常之《歸愚集》十卷。《詩》四卷，《樂府》一卷，《騷賦雜文》一卷，《外制》二卷，《表啓》二卷。」後見一鈔本，前有王阮亭、朱竹垞題識，即是《居易録》所載本，然卷第下不標數目，未知其本之何自來也。適於故家得一殘本，自五卷至十三卷獨全，足證《經籍志》「二十卷」之説。但並無《樂府》一卷，未知鈔本之何所本而有《樂府》一卷也。此本楮墨精好，如初印出者。然初未裝訂，余始重裝爲四册。

966 義豐文集

《義豐文集》者,王阮南卿所著也。題曰《文集》,而兹所存者僅《詩》一卷。前有大梁人趙希至敘,卷一目録以《水調歌頭》一首止,後空六行,結尾有「義豐文集目録終」,皆妄人割補所爲也。詩存五十七葉半,《和淵明歸去來辭》已不全,無所謂〔一〕《水調歌頭》一首矣。末有半葉,辨是文非詩,首尾俱闕,不可卒讀。最後有淳祐癸卯吴愈敘,據《四庫書目》以爲列於集前,則此又移置於後以充完善者之所爲。然趙序《四庫》本未之見,當是所傳本異耳。岳珂《桯史》以爲阮所作詩號《義豐集》,刻江泮,校官馮椅爲之序,未知其又何本也〔二〕。今據宋刻而言〔三〕,趙序云「淳祐戊申冬得《義豐集》,夜坐涉獵一過」,爲之推考,則「義豐」乃其全集之名。且標題曰《義豐文集》,而第一卷爲詩,又有文之殘闕者存,則《義豐集》之不專於詩可知。

【校勘記】

〔一〕所謂　「謂」原作「爲」,據勞格抄本改。

〔二〕也　原脱,據勞格抄本補。

〔三〕 宋刻而言 「言」原脱，據勞格抄本補。

967 北山小集

此程俱致道所撰《北山小集》四十卷，宋刻宋印，即其紙背之字已可徵信。余嘗持示錢少詹辛楣先生，先生云「古人公移案牘所用紙皆精好，事後尚可它用。蘇子美監進奏院，以鬻故紙公錢祀神宴客得罪，可見宋世故紙未嘗輕弃。此宋槧本《北山小集》四十卷皆用故紙刷印，驗其紙背，皆乾道六年官司簿帳，其印記文可辨者曰『湖州司理院新朱記』，曰『湖州户部贍軍酒庫記』〔二〕，曰『湖州監在城酒務朱記』，曰『湖州司獄朱記』，曰『烏程縣印』，曰『歸安縣印』，曰『湖州都商税務朱記』，意此集板刻於吴興官廨也。紙墨古足，洵是淳熙以前物，讀之殊不忍釋手」云云。余考《浙江采集遺書總録》載有知不足齋藏影宋槧寫本，吴之振識云：「此册昔爲季滄葦侍御所贈，侍御從絳雲樓宋槧本影寫者。」是宋本係東澗舊藏，今本首册有健菴圖章而無彭城印記，未必是絳雲燼餘矣。是集得於乙卯六月二十二日，正余被災之時，後器用財賄悉爲六丁取去，惟所儲書籍巋然獨存。閲兩日，并得此集，天之所以予我者豈淺鮮哉。卷尾有「黄氏淮東書院圖籍」印，未知吾宗何人，轉相授受，仍歸江夏家藏，我子孫其共寶之。

【校勘記】

〔一〕湖州户部贍軍酒庫記　「贍」原作「瞻」，勞格抄本字畫不清，據《百宋一廛賦注》改。

968　西山先生真文忠公集

西山先生《真文忠公文集》五十五卷，無序，有《目録》，分上、下二卷，已鈔補。有「楊氏家藏書畫」私印一，又有「御史之章」、「振宜珍秘」、「藏蒼葦」三印，「牧齋」一印，「顧阿霖藏」一印。自卷一至五十五，唯八、九、十、十一、二十五、二十六、二十七、二十八、五十一、五十三、五十四、五十五皆鈔補，其五十一空□□十葉，宋刻之存者僅四十二卷而已。余考《通考》所載卷數爲五十六，《延令書目》所載卷數爲五十一，皆不符五十五卷之數。今以目驗宋刻證之，刻本五十卷止，又未能臆斷其五十五卷之必無多少也。唯五十一卷明刻亦闕，則此之亡來已久。西山與鶴山並稱，余所藏真、魏皆宋刻，可云合璧。

969　魏鶴山集

《鶴山先生大全集》一百十卷，目録上、下兩卷全，卷一少一葉又四行，故詩自《寄題雅州胥園》起。嘗見明嘉靖時〔二〕邛州刊本竟以此題爲卷首，知亡來已久。又得錫山安國刊本，自九十八至一百九十與宋刻存卷並同，知明時所存已不全。卷首有淳熙己酉宛陵吴淵序，卷末有後跋，闕半葉，未知爲誰何作。吴潛後序從安本鈔補。蓋宋時所栞先有姑蘇、温溪兩本，皆止百卷，至是始以《周禮折衷》、《師友雅言》并他文增入爲百有十卷，故有重校之稱也。

【校勘記】

〔一〕嘉靖時 「嘉靖」二字勞格抄本無。

970 周益公集

《周益公集》宋刻罕有，余所收得殘本有《省齋文稿》一至八、二十八至三十六，《平園續藁》一至十五、二十七至三十、三十六至四十，《玉堂類藁》六至八、十一至十三，《歷官表奏》一至五、十至十二，《承明録》一至六，《書藁》九至十一，《附録》五卷，共六十八卷，幾得三分之一。疏行大字，與《歐陽修集》板刻悉同，蓋仿而爲之者。香嚴書屋中有舊鈔本，以宋刊校之，舊鈔殘缺殊甚，可知書必宋本乃佳。續收舊鈔本〔一〕《省齋文藁》九至十六、二十至二十三，《省齋别藁》五至九，《歷官表奏》六十七，而卷〔二〕雖宋本所無，然未敢爲據也。

【校勘記】

〔一〕「以宋刊校之」至此二十四字原脱，據勞格抄本補。

〔二〕卷　原作「予」，據勞格抄本改。

971　渭南文集

往聞絳雲一炬之先，有常熟某藏書家夢見一白鬚老翁云：「有《渭南文集》一部在絳雲樓，汝可往借之。」既寤而異其事，遂致詞於東澗，遣使假之以歸。未幾而火作，此集遂免於厄。今所得宋刻《渭南文集》殆即此歟？此書爲任蔣橋顧氏物，顧後質於蔣，蔣後歸於陶，余即從陶五柳得之。楮墨精妙，宋板中之傑出者。書刻於放翁之子遹，故遇「游」字皆避諱作「游」。前有序云：「蓋今學者皆熟誦劍南之詩，《續稿》雖家藏，世亦多傳本，惟遺文自先太史未病時故已編輯而名以《渭南》矣，第學者多未之見，今别爲五十卷，凡命名及次第之旨皆出遺意，今不敢紊。乃鋟梓溧陽學宫，以廣其傳。」渭南者，晚封渭南伯，因自號爲陸渭南。嘗謂子遹曰「《劍南》乃詩家事，不可施於文，故别名《渭南》」云云。末題「嘉定十有三年十一月壬寅，幼子承事郎知建康府溧陽縣主管勸農公事子遹謹書」，蓋《渭南文集》之初刻本也。明華氏曾用活字本印行，行款相同，字句略誤矣。毛氏取與《劍南詩藁》合刊者，非復此五十卷本矣。通體完好，其中闕葉識是錢磬室手鈔，間有紅筆校字處，當亦磬室筆。宋刻書之無殘闕、無點汙者，此種爲最，當亦放翁之精靈有以呵護之乎？

972 二謝詩

此書得諸貯書樓蔣氏，卷尾有蔣篁亭墨跡數行，敘述是書原委頗悉，蓋是書爲唐庚子西所集。《通考》據《中興書目》云然。近時大興朱竹君得此刻本，定爲宣城本。今卷中有「嘉泰甲子郡守譙令憲重修」，宋刻洵不誣也。在明有「邵氏僧彌收藏」印，又有「臣指之」一印、「思學齋」一印，并有「□氏木葉齋鑒定宋本」九字，皆未知其人。蔣氏又有贋本，予亦曾見之，不如此刻多矣。

973 新刊校定集注杜詩

《九家注杜詩》鋟板成都者，未之見也。寶慶乙酉曾噩子肅重摹梓於南海之漕臺，開板宏爽，刻鏤精工。余嘗見之小讀書堆，然亦不全。兹嘉定瞿木夫以一册見遺，卷耑有「楊氏家藏書畫」私印，標題下及板心俱割去「卷幾」字樣，不知其何卷矣。且抱沖已故，書籍封閉，不能假讀，余甚恨之。卷耑題曰「古詩爲秋行官張望督促東渚耗稻」云云，末一題曰「釋悶」。共五十五葉半，其後半已鈔補。

974 孟浩然集

余始得須溪先生批點《孟浩然集》元刻本，分三卷，自以爲佳矣，及得此宋刻三卷本，方知元本分卷雖同，而强分門類，脱衍甚多，不如宋刻遠甚。元刻但有宜城王士源序，「宜」誤作「宣」。序文首句云：「孟浩字浩然。」開卷即錯，通序之錯不可枚舉。惟宋刻卷首題「孟浩然詩集序，宜城王士源撰」，序首云「孟浩然字浩然」，古人名與字多同者，此其可證。王序後多重序一篇，爲「天寶九載正月初三日特進、行太常卿、禮儀使、集賢院修撰、上柱國、沛國郡開國公韋滔敘」。其每卷與元刻異同不可枚舉。即如《歲晚歸南山作》，《新書》所云「浩然自誦所爲詩，至『不才明主棄』句」云云，豈有史傳載其事，而本集反遺其詩者？元刻脱而宋刻有，此宋刻之妙，一也。如《除夕有懷作》元刻明知《衆妙集》中爲崔塗詩，而猶存之，余觀宋刻卻不如此，此宋刻之妙，二也。卷中有「翰林國史院官書」楷書朱記一，瞿木夫云此是元時印，余所見宋刻唐人文集多有此印，則在當時諒不下數十種，而今廑存者亦寥寥矣。

975 劉文房文集

余向藏《劉隨州集》係沈寶研齋臨何義門校宋本，然非此宋本也。嘗取勘何校本，知彼爲南宋刻，而此爲北宋刻也。即如卷九《白鷗》一首云：「泛泛江上鷗，毛色皓如雪。朝飛瀟湘水，夜宿洞庭月。洞庭歸客正夷猶，愛煞滄江閑白鷗。」明刻各本於「歸客正夷猶」上脱去「洞庭」二字，幾不成句，何校亦未之及。此刻「洞庭」二字巋然獨存，可信其佳絶。陳氏《書録解題》有「《劉隨州集》十卷，唐隨州刺史宣城劉長卿文房撰。詩九卷，末一卷，雜著數篇而已」。殘宋本與之合。建昌本十卷，别一卷爲雜著。何義門所校如此，蓋建昌本也。

976 孟東野詩集

此《孟東野集》十卷本，前有目録，無前序，有後序，序爲集賢校理常山宋敏求題，末附孟郊本傳、貞曜先生墓誌二篇，真古本也。余向藏洪武間人影寫書棚本，與此殊别，蓋此猶北宋舊刻矣。歷來諸藏書家，如崑山徐氏、泰興季氏，皆曾藏過。而「安麓邨藏書印」一則又在徐、季兩家後，「安岐之印」未知即是麓邨否。相傳麓邨爲北地人，善識骨董，係明珠家門客，渠所鑒定都爲可信。其餘「錢氏敬先」、「毘陵唐良士藏書」、「儀周珍藏」、「存威齋」等圖記皆未詳。此册爲余同年蔣賓嵎得於金陵之書攤，轉以贈余，良友之惠不可没云。

977 朱慶餘詩集

余所藏《朱慶餘詩集》有二本，一爲舊鈔本而崇禎年間葉奕苞校者，一爲柳大中鈔本而爲毛豹孫藏者。葉所據校謂出於柳氏原本，悉用朱筆校正，然余以柳本核之，實多不合，未知葉所據云何也。柳本有何義門手校字，如《送陳標》云：「滿酌歡僮僕，相隨即馬蹶。」何校「歡」爲「勸」，校「即」爲「郎」。舊鈔本有葉校字，如《看濤》云：「風雨驅□玉。」葉校「驅□玉」爲「翻前駐」。今見宋刻與兩鈔本多同，可知鈔本即從宋刻出，何、葉所校多屬臆改。今席氏《百家唐詩》本盡將何、葉所校之字入之，諺云「火棗兒糕」，此其是也。宋刻間有墨釘，余所藏宋刻諸唐人集多如是，此集兩鈔本亦復然。此刻多爲妄人填補，因裱托在先，未便改易，明眼人讀之自辨可爾。書凡目録五葉，詩三十四葉。兩鈔本以「目終」二字寫於第四葉後，遂比宋刻少一葉，非詩有缺也。末有「臨安府睦親坊陳宅經籍鋪印」墨書一行，所云書棚本者是。書舊爲文氏藏本，故有玉蘭堂諸印。徐健菴、季振宜亦藏之，惟「張雋之印」、「一字文通」二圖記余未知其人，瞿木夫爲余云張文通，似是吴江人，復社中名彦也。余家藏其手札數通，乃與金孝章者，是在徐、季之先矣。

978 許丁卯集

余於唐人集多所儲藏，而《丁卯集》一種尤多異本，一爲毛鈔影宋本，上、下兩卷，又有補遺本，又有元大德刻二卷本、明洪武刻二卷本、錢遵王家鈔二卷本、元刻二卷《遺篇》一卷《拾遺》一卷本。其二卷元明刻多同，《遺篇》一卷、《拾遺》一卷則大德、洪武刻所無也。然余所珍者斷推宋刻二卷，遵王雖云「元刻增廣者較宋板多詩幾大半，此又宋本不如元刻矣」，而余則未敢信之。此書末有義門跋，云「凡舊刻印久模糊處，最忌以新本填補。此集有二葉板壞，適心友有毛豹孫家所藏宋本景鈔者，對之補寫，庶異於不知而作」云。誠哉是言，可云信而好古矣。

979 甲乙集

余初得《甲乙集》宋本止四卷，無目録，爲汲古舊藏。此全本則季振宜藏書也。□□□□□從金陵購得，後以歸余。十卷俱全，惟目録缺首□□舊時鈔補，如錢遵王、徐健菴圖記，俱鈐於鈔補處，則由來久矣。毛氏無圖書，其時刻本亦不與之合，故字句多異，當是汲古搜訪未及爾。

980 甲乙集

此宋刻《甲乙集》一至四卷，爲毛汲古藏書，後歸席玉照家。余初得之，亦是殘本，後別得一全本於金陵書肆，遂命工影寫，目録并後六卷居然完璧矣。昔何義門先生於宋刻《許丁卯集》磨滅處，得毛豹孫影寫本乃敢補填，謂非不知而作，吾於是書亦復云然。

981 唐女郎魚玄機詩

此《唐女郎魚玄機詩》宋刻本，蘭陵繆氏物也，外間無別刻單行本，此其嚮見矣。書共十二葉，諸家藏書圖記羅列滿紙，其最著者如「檇李項氏」，所謂項元汴也。又有「朱子儋」一印、「朱承爵鑒」四字，其人曾刻《庾開府詩集》四卷於存餘堂，《讀書敏求記》曾言之，考《列朝詩集小傳》知爲江陰人。歷考國初藏書諸家書目〔一〕，無有及此者，可云罕秘矣。近時《全唐詩》所載頗與此刻爲近，然脱光、威、裒姊妹三人原唱一首，末衍《折楊柳》一首。□《小傳》云：「魚玄機，字幼微，長安里家女。喜讀書，有才思〔二〕。補闕李億納爲妾。愛衰，遂從冠帔於咸宜觀。以笞殺女童緑翹事，爲京兆温璋所戮。」集中《贈鄰女》一作《寄李億員外》，詩中三、四句云：「易求無價寶，難得有心郎。」是即其故夫也。又《情書寄李子安》，一本題下有「補闕」二字，子安殆李億之字歟？

【校勘記】

〔一〕 諸家書目 「書」字原脱，據勞格抄本補。

〔二〕 有才思 「才」字原脱，據勞格抄本補。

982 注胡曾詠史詩

此宋刻《胡曾詠史詩》，揚州江鄭堂得諸懸門橋書坊，後介洞庭鈕非石歸余。余未見之先，陽湖孫觀察曾見之，載入《藏書記》。記云：「宋刻《胡曾詠史詩》三卷，宋槧本，題『前進士胡曾著述并序，邵陽叟陳蓋注詩，京兆郡米崇吉評注并續序』。其續序云『近代胡曾』，是陳、米俱唐人也。詩一百五十首，自《烏江》終《滎陽》。《四庫》所收本二卷，自『不周』至『汴水』亦有注〔一〕，不著姓名，蓋後人重加編次，易其卷，偶失陳蓋、米崇吉署名耳。」據此則宋本與今本不合，且余檢《四庫總目》云「鉅橋詩中注曰」云云，又「渭濱詩句注曰」云云，皆與宋本注不合，可知宋本爲足寶矣。宋本舊爲延令季氏所藏，原裝二册，今並依之改裝云。

【校勘記】

〔一〕自不周至汴水亦有注　「至」原作「王」,「水」原作「山」,勞格抄本同,據孫星衍《廉石居藏書記》「胡曾詠史詩三卷」條改。

983　山谷黄先生大全詩注

任淵注《山谷集》明代曾有刻本,近時翁覃溪先生又刻諸豫章,不患無傳本矣。然宋刻之可寶,從未見有全者。余往歲游京師,得一本於琉璃廠,自卷一至卷十八,共裝一册,後皆失之,然書後有夾籤一條,云「一本永樂二年七月二十五日蘇叔敬買到」,知此爲明時内府珍藏舊物。余嘗考《讀書敏求記》所云「《古列女傳》七卷,《續列女傳》一卷,牧翁亂後入燕,得於南城廢殿者」。卷末一條亦如此。遵王云當時采訪書籍必貼進買人氏名,鄭重不苟如此。余後於城南小讀書堆見之,字蹟出於一手,愈知此本之足重。

984　參寥子詩集

余所見高僧之集而宋刻者,如《北磵集》、《鐔津文集》,皆宋刻。《北磵》在杭州而完,

《鐔津》在京師而闕，皆未之得也。向聞池上書堂蔣氏有宋刻《參寥子詩集》，久未得一見，今始由五柳居得之。書共十二卷，通體皆完而無闕，可謂亞於《北礀》而勝於《鐔津》矣。世行本向傳有二，以法嗣法潁編者爲勝，此其是也。卷耑序文係鈔補，而以貴與《經籍考》證之，當不謬。若以爲此序是餞參寥禪師東歸序，而非高僧參寥集序，是并《通考》而昧之矣，奚足以論古哉？此書向爲季振宜藏書，徐健菴有圖記，則又傳是樓中物也。如「村主人印」不知何人，而「黄子羽讀書記」則有明黄翼，吾宗之名賢。余所藏宋刻《湘山野録續》中亦有「黄翼圖書」，子羽何於高僧著述結此因緣耶？

985　新刊劍南詩稿

《劍南詩稿》二十卷，《續稿》六十七卷，《書録解題》並載之。而此宋刻殘本《劍南詩稿》前有「淳熙十有四年臘月幾望門人、迪功郎、監嚴州在城都税務、括蒼鄭師尹序」一通，即陳氏所云「初爲嚴州刻前集」者也。蓋放翁爲新定郡守，始刻淳熙丁未以前稿，其後幼子遹復守嚴州，續刻者又在嘉定庚午。《詩稿》、《續稿》本非一刻，毛氏合而刻之，面目無可考見。此本有一至四、八至十、十五至十七，雖未能復二十卷之舊，然毛刻所據者止此殘本，故於宋刻存卷皆注云「毛子晉校」，餘則不然，此其明驗。惟字句仍不能悉遵宋刻爲異耳。

986 友林乙稿

《友林乙稿》，四明史彌寧著。前有序一首，其文似不全，并多描寫字，作序之人僅有「域以庠序諸生」云云，可證其名爲域，而究未知其人。中云「掇拾《友林詩稿》」，而本書又名《友林乙稿》，不知先有甲稿否。目首尾多鈔補半葉，以詩證之，當是全本。字體華麗，有娟秀之態，又爲宋刻中之逸品，不多見也。《登雁峯》一首割去九字，以素紙補空，未知何故。嘗見翻刻本於割補處皆墨釘，蓋有自也。卷耑有「天錫收藏印」，卷末有「學古」一印，審是元人圖章。元有兩天錫，一爲薩，一爲郭。虞集有《道園學古録》。

987 文粹

此宋本《文粹》得於繆宜亭進士家，通體完善。序文後即接卷第一，有「宋本」橢圓印，「玉蘭堂」小方印，「季振宜印」、「滄葦」二小方印，「乾學」、「徐健菴」二小方印，「季振宜讀書印」。目録二本較本書字形略麤而肥，并無諸家圖書，不知何時補全。中有缺葉，余復借同邑蔣藝萱藏本影寫補之，未全，止得其半，爲故相國宋德宜家物，余欲易之而未果，今猶在其家。此本楮墨精妙，筆畫斬方，猶有北宋風味。末有栞刻地名年月官銜，云「臨安府今重行開雕《唐文粹》壹部，計二十策，已委官校正訖。紹興九年正月□日，右文林郎臨安府觀察推官林𡸁、左承直郎寧海軍節度推官周公才、右承直郎臨安府觀察判官蘇彦忠監雕，右從事郎浙西安撫司准備差遣劉□嶸重校，左從事郎臨安府府學教授陳之淵重校，右承奉郎特添差簽書寧海軍節度判官廳公事王遜、左承事郎添差臨安府府學教授周孚先重校，右朝散大夫簽書寧海軍節度判官廳公事梁宏祖、左宣義郎通判臨安軍府事朱敦儒、右朝散大夫通判臨安府事王榕、右朝議大夫充徽猷閣待制知臨安軍府事兩浙西路安撫使馬步軍都總管張澄」。最後有寶元二年嘉平月殿中侍御史吴興施昌言敘，以爲臨安進士孟琪代襲儒素，家富文史，爰事摹印，以廣流布。觀其校之是，寫之工，鏤之善，勤亦至矣。是此本蓋孟琪所刊本也。

988 迂齋先生標注崇古文訣

此書爲迂齋先生樓昉叔暘標注，共二十卷，目全，卷存一至八、十五至二十，餘鈔補，而仍缺十二、十四。此書亦爲毛褒華伯藏書，而其中有三印：一曰「吴郡西崦朱赤榮書畫印」，一曰「赤榮」，一曰「西崦」，此書之得於京師，蓋爲其西崦藏書也。余好藏書，而於吾郡藏書家思輯一小傳，每恨不能悉知其人。向見一楊誠齋《易傳》爲西崦朱赤榮藏書，始知吾郡有其人,并看其題識,知爲明初人,其書未之得,故於心耿耿焉。後見此本藏書之圖記恰合,因急收之,所以存藏書之人也。

989 聖宋文選

初余從顧千里處聞常州趙舍人味辛有《聖宋文選》,既而得殘宋本於常熟,始見其書,益思趙本之可以補我所缺。辛酉歲游京師,晤味辛,遂語及之。味辛其時適得青州司馬,將還家,余亦南還,至秋間以是書歸余,此即趙本也。首尾完好。與余所得本同一刻,而印本在先。間有缺葉,反賴余本足之,亦奇事也。《浙江采集遺書總録》於此書載有柯崇樸序,云:「乙丑歲至京師,朱檢討竹垞過余寓舍,因以訪之,轉假得是書。」是書藏自崑山徐立齋相國,原本宋刻甚工,今卷二十三尾有「司寇之章」一印,當必徐健菴圖章,其爲崑山徐氏本無疑。而何義門校《曾南豐集》,據以增文六篇者,謂出於石門吕太史家鈔本。今此本味辛於數年前得於吾郡宋氏,未有吕晚邨長跋,其付裝時去之。此長塘鮑緑飲親爲余言。味辛得是書,彼與味辛同往故也。今此本吕跋已無,即藏書圖記有剜去之痕,或并吕氏圖記而去之,亦未可定。兹所存者「司寇之章」而外尚有【下闕】

跋

右《百宋一廛書録》一卷，黄紹甫丕烈撰。紹甫又字蕘圃，江蘇長洲人。乾隆戊申舉人，大挑一等，改捐主事，籤分兵部。蕘圃藏書最富，賞鑒之名冠天下。嘉慶壬戌遷居縣橋巷，構專室貯所有宋槧本書，名之曰「百宋一廛」。請礀蘋居士爲之賦，而蕘圃自注之。身撰《所見古書録》，專論各本，以宋槧一、元槧二、毛鈔三、舊鈔四、雜舊刻五，並未編定。身後瞿木夫分爲二十卷，藁本歸陸存齋，亦售與日本巖崎氏。今此殘帙無意得之，宋槧本一百十二種較顧《賦》只短十種，亦罕見之秘笈矣。《宋文鑑跋》云：「北宋字體帶方。」《朱慶餘詩跋》云：「墨釘最多，多爲妄人填補。」《許丁卯集跋》云：「凡舊板印久模糊處，最忌以新本填補。」均賞鑒家之名言。至云「《後漢書》有紀傳而無志，當是孫宣公未請合并以前之書」，然已附劉攽校語，不得云宣公以前矣。王敬美、李廷相、高瑞南、淮東書院，均云不知其人。考敬美，王元美之弟，亦富收藏。廷相，明户部尚書，濮州人，謚文敏，有《雙檜堂書目》。高瑞南名丙，武林人，明中葉收藏家。淮東書院，黄琳所建。琳字美之，印記見於書畫卷中極多。《孟東野集跋》言「安麓村亦不詳」，麓村名岐，字儀周，朝鮮人，明相家人，爲主人經商兩淮，富收藏，與士大夫抗禮。書籍有「麓村」印記者必佳。《鶴山集》分書後跋爲南充游侶，《友林乙集》序之「域」爲鄭中卿。均未詳考。《黄詩大全集》有「蘇叔敬買到」一條，與錢虞山南城廢殿所得之《列女傳》同。近年内閣發出書《南史》亦有蘇叔敬買到年月，後《列女傳》三日。《顔氏家訓》有「國子監」、「崇文書院」印，圖書館内閣書内常見，是元時官印。《戰國策》爲錢虞山舊藏，跋云「缺目録、卷一至六，末册五六葉均鈔補」云，當是有虞山題識圖記，後人有意去之。去歲見盛意園之宋槧《方言》，錢跋見《滄葦書目》，《有學集》亦載之，今亦去目録末葉，而影鈔末行六字與蕘圃之言脗合。收藏既富，議論均合，無臆斷，無偏見，固天下後世讀書人所當推奉者。癸丑五月十一日，同人因蕘圃生日小集品書，歸而書之録後。　烏程張鈞衡識。

補遺

余鳴鴻　輯補

目録

990 蜀石經毛詩殘本

士禮居舊藏宋拓本　上海圖書館

蜀石經殘本《左傳》，爲吾吴陳芳林家所藏，其拓本余未之見，宫詹錢幸楣先生曾見之，載其文於《潛研堂金石文跋尾續》，計二十六行，云「右《春秋左傳》殘本三百九十五字，注二百六十七字」是已，珍寶之至，因世不多見，故特表而出之也。且云南宋時蜀石經完好無恙，曾宏父、趙希弁輩述之甚詳，而元明儒者絶無一言及之，殆亡於嘉熙、淳祐以後。近錢塘厲太鴻曾見《毛詩》《左傳》殘字，作詩紀之。予訪求四十年不可得，蓋流落人間者希矣。據此，則《左傳》而外尚有《毛詩》，爲國初時人所見。去年季冬之月，適有書友攜石經一册示余，開卷讀之，知爲《毛詩》。經下有注，信爲蜀本。遂袖呈辛楣先生閲之，詫爲奇絶，謂訪求四十年不可得者，今一旦遇之，豈非盛事！余亦備加寶貴，即屬塾師邵朗仙傳録一本，因物主本非求售者。其時，青浦王述菴少寇、儀徵阮芸臺中丞皆講求金石之學者，聞余有是册，或致書相索，或托友傳鈔，物雖未爲余有，而外間録本皆輾轉從余家出矣。余性喜讀未見書，而尤以必得爲幸。爰托書友謀諸物主，以重直購而獲焉。統計四十一番，自《召南》至《邶風》，存一卷有半，而闕其首葉。蓋《毛詩》二十卷，《周南》《召南》合一卷，《召南》爲一之二，故《召南》僅存卷一之半也。是册即爲厲樊榭所見之本，樊榭

《詩》「調」「輖」異文，此適闕《周南》耳，證以丁、趙二《詩》則更無可疑。丁云「百摺麻箋如梵册」，則裝潢之式同；「中間古印辨不真」，則圖記之痕合。而收藏所由來，趙《詩》小注以爲出於黄松石。今卷二有朱文楷書鈐記一方，所云「浙江杭州府武林門外廣仁義學」，至今彼都人士猶有能知爲松石所置者。惜小松司馬已作古，未能面與之賞析爲可慨已。余考洪邁《容齋隨筆》，孟蜀所刻石經，其書「淵」「世」「民」三字皆闕畫，蓋避唐高祖、太宗諱也。今卷中三字皆如此，可信洪説之確。乃卷中「察」皆作「詧」，前人未有言及者，辛楣先生以爲避其祖諱，特父諱「道」而「道」不避，或《五代史記》之作「道」不如《蜀檮杌》之作「巘」其説爲確耳，安得有《公劉》之篇一決斯疑乎？是册猶爲舊裝，覆背俱係宋紙，四圍亦以宋時皂紙副之，惜已蠹蝕破損，不得不爲之重裝，舊時葉數俱有朱書小號紀於每半葉上，今存者卅一號起，以所失號排之，尚有十五番，乾隆四年校刊《毛詩注疏》時作考證者猶及見《周南》《召南》《邶風》，想必此本未經散佚也。此本留傳，出於浙江人王溥雪浦家，卷中「蠹香樓藏」即其印記。余不欲没其相讓之美意，故并著之。時嘉慶歲在甲子孟夏之月芒種後一日，讀未見書齋主人黄丕烈識。

年來心緒亂如麻，鬚髩斑然感歲華。余于今春有喪明之痛，入秋又復喪兄，故云然。當世幾人能愛古，撫躬何學是專家。老成凋謝誰相訪，書卷飄零亦自嗟。近年力絀，以賣書爲買書計。留此聊爲金石佞，余每謂辛楣曰「我輩佞宋」，辛楣先生戲答曰：「若余，則佞金石。」匳中宋刻未須誇。余喜聚宋刻，顔所居曰「百宋一廛」，今此刻出蜀《廣政》，又在北宋前矣。

十月廿日，辛楣先生已入道山，重展遺札，題此寄慨。蕘翁黄丕烈。

余得蜀石經《毛詩》殘本已有跋語矣，後復爲七言古詩一章以紀其事，并呈辛楣先生以求屬和。蒙先生允諾，久而未果。蓋先生年紀既老，精神漸衰，艱於筆墨，故未敢促之也。十月廿日，先生無疾而逝于紫陽書院，余往視含殮，竊歎斯文將喪，讀書種子斷絶矣。今欲再求題識，烏可得乎！因追書拙作附此碑後，一以見此詩之得蒙先生許可者，固余之幸；一以見此書之未蒙先生題識者，又余之不幸也。

以經刻石始漢時，中郎書丹獨闕《詩》。一字《魯詩》魏代補，云漢鐫刻誤始隋。《毛詩》二卷載《七録》，梁亡唐出大可疑。《開成石經》稱大備，《詩》二十卷全無虧。繼其盛者蜀《廣政》，正經注語兼有之。十三經貯一石室，成都學宫專典司。南宋諸儒恣探討，宏父、希弁猶及窺。柱礎礪石誰取爾，一任消滅增傷悲。舊時拓本亦希有，宋裝一册洵足奇。《召南》《邶風》卷又半，《毛詩》所賸盡在兹。憶昔《禮記》同刻石，八册卷帙何紛披。

紹文書與延族刻，二張手筆無參差。那知散失十八九，《周南》第一在所遺。我記乾隆刊官本，借作考證常取資。樊榭諸人入題詠，異文曾與言輣飢。彼禯濡帆字亦古，我欲辨析參一知。此本收藏由義學，永爲公讀不自私。松石去後復流落，終賴神物謹護持。曾入市廛牙儈手，不爲覆瓿已可危。蠹香樓中亦偶得，我一見之勞夢思。出金相易務欲獲，書魔自笑何其癡。竹汀居士愛金石，袖以相示真解頤。避「察」作「㝓」乃祖諱，一語心得前無師。「淵」「世」「民」字避唐諱，卷中闕畫果若斯。想見十國僭據主，推蜀孟昶能文詞。更賴賢相毋昭裔，雍都舊本傳豐岐。至今膏馥幸沾溉，寸楮猶能獲厚貲。寶墨漆光尚黝黑，古印血色還淋漓。覆背素帋半零落，拂塵驅蠹重裝池。遺經雖少未爲損，《隸釋》亦載《詩》殘碑。況聞造物忘全美，完者必缺合者離。趨庭學詩有至樂，無端哭子嗟宣尼。我今有此衹自讀，一經之授欲教誰？世間不乏有志士，願爲傳録弗憚疲。思欲鉤摹復勒石，好古心切力不支。但得名公富編輯，全文俱載千古垂。陳家《左傳》僅六葉，《潛研跋尾》親手爲。並時又有王與阮，難得愛古同心期。從來寶物不可秘，争先快覩固其宜。敢效谷林會良友，作詩紀事聊共怡。

甲子十一月冬至前一日，微雪初霽，几净窗明，蕘翁書此於百宋一廛。

録時適有客至，草率寫畢，重閲知脱二韻，遂填補於旁。此種寶物，聊以自怡，不復再計工拙，且損裝更换殊事也。一笑。蕘翁又識。

991 春秋諸國統紀六卷 舊抄本

宋元經學大旨空疏，故《通志堂經解》家無其書。九月十三日，肩輿往東城，道由醋坊橋，崇善堂書友邀予觀書，見此册，有朱卧庵、宋蔚如吴枚庵三家圖書。卧庵及蔚如皆收藏家，枚庵亦好聚書人，而久客楚中，妻子亦隨去，家中書籍轉寄友朋處，近時往往流落在外。余偶見之必購歸，故此書未必合我意，反以收藏人重之，無怪乎人之樂有名也。書此以博一笑。嘉慶丁巳秋季望前一日，書於讀未見書齋。黄丕烈。

（《静嘉堂秘籍志》卷十五，上海古籍出版社二〇一六年版。）

992 漢書一百卷 明嘉靖汪文盛等刻周采等重修本　山東省博物館

吴江人有姚生者，館於郡中某家，余遇諸坊間，因識之。姚固能讀書者，某家卻多書，想姚因是館之，後率别去，遂出遊薊門。余於其未出門時曾彼此通假，知其家亦素儲書爲先世物，零落殆盡，余猶得窺見一二。姚又善詩，爲余題《第二祭書圖》七言長歌，屬枚丈寄余，未入卷。今聞其旅死，檢題稿不存，心殊怏怏。偶至坊間，見有渠手校書，始尚未了了，既見「輿案」字樣，方省近人中以「輿」名而於書能加案語者，殆是也。詢之果然，爰代儲之，此其一也。蕘夫記。

993 東都事略一百三十卷 宋刻本配明覆本　静嘉堂文庫

周香嚴丈家於郡中藏書爲最，蓋其用力於此者久，故所蓄多也。殘鱗片甲，收羅尤急，其所藏《東都事略》殘宋刻若干卷，而此册出於别本，與藏本不類，且與藏本爲重，余素稔知矣。後從書友得二册，度其版刻大約相同，因丐歸核之，竟是原書。香嚴遂輟贈余。離之則兩傷，合之則雙美，香嚴與余殆有同心也。裝訖並記。復翁。

994 三朝北盟會編存一百七十二卷 清吴縣袁廷檮貞節堂鈔本

此袁氏貞節堂鈔本，原廿四册，今闕，衹存十八册。會當補之。第一册書面。

（《蛾述軒篋存善本書録》甲辰稿卷二，上海古籍出版社二〇二一年版。）

995 國語二十一卷附國語札記一卷 嘉慶五年黄氏讀未見書齋影宋刊本

嘉慶辛酉，余計偕北來，與朝鮮使臣朴公修其相遇於琉璃廠書肆，筆談半日，蒙製楹帖以贈，並索鄙製。余自惟淺陋，無所述學。近嘗翻雕影宋本《國語》韋氏解略附《札記》，思舉以相質。而篋中又未携此，遂丐諸友人陳簡莊所携者贈之，亦以見縞紵之風於斯未墜爾。吴縣黄丕烈識。

（西泠印社二〇一一年春拍圖録。）

996 釣礬立談一卷

清康熙四十五年曹寅揚州使院刻楝亭藏書十二種本　國家圖書館

嘉慶丁卯春三月十有八日，散步玄妙觀前，遍覽書坊，於帶經堂獲此册，重其爲何小山手校本也。余先得何義門校本即出是書。小山從賨硯齋寄至都下，語詳彼跋中，而是册爲之左證，豈非異事。兩美必合，其信然邪？復翁黄丕烈。

己巳初冬，假五硯樓藏影宋鈔本手校異同於義門校本上，疑毛氏鈔本非即影宋，故時有不同。復翁識。

997 皇宋事實類苑六十三卷目録五卷（存三十二卷）

清鈔本　福建師範大學圖書館

辛亥仲冬，有書友自平湖來，攜陸子章家藏書數種求售。余因需值頗昂，惟揀得江少虞《皇宋事實類苑》一書，即以質諸紫陽山長錢竹汀先生。先生回書云，江少虞《類苑》一書,記昔於都門琉璃市中所見鈔本,較此似勝,彼時未及記其卷數,不審有異同否。《宋史·藝文志》此書凡兩見,俱云二十六卷,不知何故析爲六十三也。則是書之流播本少,而分卷之多寡亦殊,如以《宋史》記宋人之書爲得其實,則二十六卷之數誠哉可據。然少虞自序明明爲六十三卷,則自言者更較人言爲確矣。閱梅谷跋,所云牧翁所見固適符於《宋志》,阮亭所藏又不合於自序。古書難信,一至於此。倘遍訪諸海内藏書家,而能得一全本相證,盡破夙疑,何快如之!乾隆五十六年十一月冬至後一日,蕘圃黄丕烈書於聽松軒之北窗。

998 明刻繡像古列女傳七卷續一卷 萬曆三十四年黄嘉育刻本　曹大鐵舊藏

余家裝潢匠錢姓,每日工須三百青銅錢。余所得宋元舊刻需裝潢者,雖費,當弗惜也。一日,持明刻《繡像列女傳》求售。余愛其款式近古,而破損覆背,苟裝潢,不知其費多工夫,故仍置之。日來梅雨淹旬,一切生意寥落。今日天氣放晴,瑞老復持前書求易家刻《國語》《國策》各一部,約直青蚨三金餘,並謂余曰:「此裝潢費所易且不敷,恐外人視之不甚惜,故仍以歸君。」余笑而許之。五月廿八蕘翁記。

(中國嘉德二〇一三年春拍圖録。)

999 張乖崖事文録四卷

清康熙刻本　上海圖書館

嘉慶辛酉，余遊京師，謁同年船山太史於飛鴻延年之室。船山知余性好異書也，即舉《張乖崖先生集》以問。余曰：「此集有宋刻，係全本，家有其書，今問及此，得無有秘本乎？」船山曰：「近偶得之。」匆匆晤語，未及請觀。越一日，遣奴子借歸，見題籤古雅，卷中朱墨精瑩，知爲勾漏山房批閲一過者。余惟《忠定全集》在宋有二刻，陳振孫《書録解題》所收爲郭森卿宰崇陽時刻者，爲十二卷，附録一卷，已非原刻十卷之舊矣。此爲明人摭拾梓行之本，於乖崖先生文行未睹其全，而網羅參考，以傳信於後人，不可謂無功。然錢希白爲墓志，韓魏公爲神道碑，直齋猶兩存之，而此所録有神道碑無墓志，則其他之散佚者可勝言哉。船山喜讀全書，當舉家藏副本以贈。二月晦書於都門寓館。蕘圃黄丕烈識。

1000 張月霄遺像

清胡駿聲繪　國家圖書館

胡君寫我真，結跏收其神。今寫月霄照，斂手束其身。四體不言喻，動静互爲根。伊予有痼癖，所好在斯文。老年始觀空，貪癡愛俱泯。蒲團坐雙趺，萬慮歸煙塵。月霄後來彦,嗜好同鄙人。氣誼最相合,蹤跡亦常親。示我一小影,矜莊貌彬彬。拳拳服膺意,如有所秉遵。蓋其先世教,詒經庭訓真。取義固在此,豈徒留笑嚬。我因重相告,志鋭發硎新。慎勿學老朽,袁手觀逡巡。予無酒時圖,下體趺坐,上體亦作斂手狀,取袖手旁觀之意也。乙酉初秋,題奉月霄仁兄正之,黄丕烈。

1001 中吴紀聞六卷 影元鈔本 臺北「故宫博物院」

余於地志書喜蓄舊本,惟此向缺如。久聞任蔣橋顧氏有宋刻《吴郡志》,倩人訪求,得之華陽橋顧聽玉家。蓋華陽即任蔣之分支也。聽玉之祖雨時先生〔一〕喜蓄異書,手自讎校。余從其裔孫處得舊鈔本朱長文《吴郡圖經續記》,蓄之久矣。今日飯後,偕吾友陶蕴輝復觀書華陽,精刻名鈔,真令人目眩心悸。内龔明之《中吴紀聞》一書,係錢牧翁絳雲樓鈔本,前有淳熙元年自序,後有至正廿五年盧熊跋。熊字公武,洪武間曾纂修《蘇州府志》。首頁有「絳雲樓藏書印」朱記,後有「丁卯季冬借毛氏汲古閣藏元本影鈔」朱筆題識一行,未識誰氏筆。蕴輝識是東澗老人書。蓋余所見者皆暮年筆,兹或少壯時書,故娟秀如是,且以印記證之,理或然也。詢其值,需白鏹三十金,心愛甚而不之得也。聽玉言:「此書於子爲雙璧之合,吾且非子不售矣,子曷歸之以比延平劍乎?」惜錢之癖與惜書之癖,交戰而不能決。後余重其書之不易覯，遂以二十四金得之攜歸，取舊貯明刊校之，則訛誤已復不少，真書必宋元舊刻方爲可貴也。絳雲一炬，五車四部，盡爲六丁下取，獨留此書於人間，豈亦有神物護持耶？今後搜輯吾郡故實者，得此益詳備焉。癸酉中秋後一日，蕘翁黄丕烈識。

【校勘記】

〔一〕雨時先生　此本黄丕烈手跋「雨時」寫作「時雨」。顧珊祖父顧若霖，字雨時，據改。《題識》卷三及《百宋一廛書録》收宋刻本《吴郡圖經續記》三卷黄丕烈跋均作「雨時先生」。

1002 輿地廣記三十八卷

宋刻遞修本（卷一、卷二配清鈔本）　國家圖書館

凡宋刻字跡顯然，朱校改者不必依，他若已糊塗而朱筆校補者，竟照朱筆寫之。内有朱筆夾籤，切勿遺失。

1003 都城紀勝一卷

清康熙四十五年曹寅揚州使院刻楝亭藏書十二種本　國家圖書館

己巳春自杭歸，適得舊鈔本。此書久未取勘，頃因檢閲《釣磯立談》，遂手校此，卻有幾字勝於曹刻，並於「園苑門」增補十四字，始知舊鈔有佳處也。小雪日，復翁。

1004 石湖志略一卷文略一卷 明嘉靖刻本　國家圖書館

是書賈人攜來，索直餅金，尚未給直，故不付裝。吴丈枚庵喜傳舊志，遂借與之。還時適近中秋，因思八月十八串月之觀不遠矣。復翁記。

1005 營造法式三十四卷看詳一卷目録一卷 清張蓉鏡小瑯嬛福地抄本　上海圖書館

余同年張子和有嗜書癖，故與余訂交尤相得。猶憶乾隆癸丑間，在京師琉璃廠既讀玩市，一時有「兩書淫」之目。既子和成進士，由翰林改部曹，出爲觀察，偶相聚首，必以蒐訪書籍爲分内事。余亦因子和之有同嗜也，乘其乞假及奉諱之歸里時，輒呼舟過訪，信宿盤桓。蓋我兩人之作合由科名，而訂交則實由書籍也。子和有二丈夫子，皆能繼其家聲，所謂能讀父書者。今其冢孫伯元以手抄《營造法式》見示，屬爲跋尾。余謂此書世鮮傳本，而今得此精抄之本自娱，固爲美事，然人所難得者，最在「世守」一語。語云：「莫爲之前，雖美弗彰；莫爲之後，雖盛弗傳。」今伯元少年勤學，不但世守楹書，而又能搜羅繕寫，以廣先人所未備，得不謂之有後乎？余年已及耄，嗜好漸淡，所有不能自保，安問子孫。

兹讀伯元所藏之書並其題識，知其精進不已，於古書源流及藏弆諸家之始末明辨以晳，子和爲有文孫矣。他日當續泛琴川之棹，以冀博觀清秘，其樂又何如邪？道光元年正月十有二日，宋廛一翁。

1006 脈望館藏書目不分卷 清嘉慶七年黄氏士禮居鈔本 國家圖書館

此《脈望館書目》原本，計一百八十七頁，郡中周香嚴藏本也。余輯《所見古書録》，於諸家書目欲得所取證。香嚴爰出此相示，遂倩人傳寫之。原本於每門或空幾行，想便隨時增入。觀其所載，於有明一代事實多所述記，蓋其於本朝宜然。至目中間載老老爺、老爺手批書籍，閲者殊詫爲異。吾以爲此當時簿録，以備稽查，並非傳後著述，宜循文體，傳至今日，遂視此目爲古書淵藪，如見碎金殘璧，令人艷羨，不置安得重覩此舊藏善本，以爲摻券之得乎。庚申五月校畢，黄丕烈記。

1007 歷代鐘鼎彝器款識法帖二十卷（存十二卷） 宋拓宋江州公使庫石刻本

宋石刻江州公庫本《鐘鼎彝器款識帖》存七、八至十五、六卷，又十九、二十卷，共殘帙六册，相傳爲常熟歸氏物也，五柳居偶得之而售於余。明時兩刻，近時重刊，皆未溯源石刻，余故珍重獲之，此誠希世之寶，豈可以殘帙忽視乎！壬申除夕前六日，復翁。

(中國嘉德二〇一八年秋拍圖録。)

1008 説苑二十卷 宋咸淳元年鎮江府學刻元明遞修本(卷八至十三配清道光三年黄氏士禮居鈔本) 國家圖書館

此書爲余友顧抱沖所藏，余於去冬借歸傳校，因循半載，至今始得竣事，而抱沖已下世五十餘日矣。書中缺卷八至卷十三，余從周香嚴家借得錢遵王手校宋本，補校於余所校本上，惜抱沖不及見之也。還書之日，聊志數語以記感慨云。嘉慶二年歲在丁巳夏五月二十三日，黄丕烈識。

是書越二十五年而重得寓目，幾幾成棄物矣。小讀書堆所藏書一經散出，無大小盡入他人之室，惟此以殘缺獨存。余卒歸之者，蓋抱沖故後，余又見海昌吴槎客藏本，同此刻，而彼所失者，其第十四卷，卻可借顧本補；顧本所失亦可借吴本補之。時因顧本扃閉不輕借人，故未獲兩相鈔補。兹以余可借鈔於吴，故復收於顧也。時隔廿餘年，人與物之變幻不測如是。余猶得以一身周旋其間，抑何幸邪！然亦令人感慨繫之矣。道光紀元三月六日士禮居主人黄丕烈識。

劉向所著《新序》《説苑》於次行必記年號、官銜，如《新序》曰「陽朔某年」，此《説苑》曰「鴻嘉某年」是也，除宋刻外無有如此標題者。《新序》見過兩宋刻：一原刻，一覆刻，行款多同，稍有字句之異耳。《説苑》此本出咸淳間重刊，又見一宋刻，其行款與《新序》同，書名上有「重校」字樣，而不載年月，無從知刊在何時，其字句亦稍與此刻異，亦有校勘在程榮本上，可得兩本之優劣矣。是書非宋刻，皆有脱落，雖在程榮本前之舊刻更甚，此雖殘帙，真可寶也。六月二日午後檢此又識。蕘夫。

道光癸未裝成，其闕卷悉照吴槎客本補，影寫全缺葉亦如之，差異者不知而妄作矣。若宋刻廿二行本，别有校本在程榮本上，不復校此。蕘夫。

1009 賈誼新書十卷 明弘治十八年沈頡刻本　上海圖書館

《賈誼新書》以細字白口爲最佳。余向年以白金四兩易得一部，兹又續收者。收此本後，又見一殘本，較此多《目録》而缺弟一番第三葉。後有弘治乙丑勾吴沈頡志語六行，中有云「頡謹將洛本與他本三復參校，尚有傳疑」，是兹本從洛本出也。余所藏尚有潭本翻本，係黑口，未知同異又若何耳。余向收者似有《目録》，却無沈頡志語，或印時思爲贋本，故壓去之。辛未十二月廿有七日裝成並記。殘本附此，此又附於向所藏本云。半恕道人筆。

裝成後，因有前校模糊字，復借宋刻覆勘，又得幾處誤字應正者，長孫美鏐請附於後爲續校云。冬至日，復翁。

1010 丞相魏公譚訓十卷 清鈔本 國家圖書館

蘇魏公《譚訓》世鮮傳本，近於郡故家試飲堂顧氏分居在濂溪坊者。見之，後爲蕭家巷壽松堂蔣氏歸去。楮墨精好，宋刻之佳者。思欲傳録，功費浩繁，且恐物主未之許也。適胥門書坊經義齋有精抄本，遂取歸，並乞蔣氏借出宋刻，竭一、二日力粗校一過。抄本雖精，已非宋刻面目。宋刻原有缺失，其缺失之葉，前後尚有餘剩殘文，或有頭無尾，或有尾無頭。後來傳録，悉取完善者著録，非特缺葉無存，即缺葉前後之殘文亦不見録。若非親見宋刻，此抄本猶爲無用之物矣。去冬，但以殘楮記出，夾入每卷之紙腹。今秋無聊，以别紙録出，較爲完備。惜書之心尚復如是，殊自笑也。庚辰白露日黄丕烈跋。孫美鎬繕清。

1011 頤堂先生糖霜譜一卷 清康熙四十五年曹寅揚州使院刻楝亭十二種本 國家圖書館

向余收此册，因有小山校本《釣磯立談》也。《糖霜譜》二種特附存，未忍去爾。頊五柳主人攜示《糖霜譜》舊鈔本，爲清常手校者。取勘曹刻，實多補正，遂手録於上，可知書以舊本爲佳不謬也。復翁，丁卯午月午日記。是日丙午。

1012 壽親養老新書四卷 明初刻本 上海圖書館

「《奉親養老書》一卷，泰州興化令陳直撰，元豐中人。」此見諸陳直齋《書録解題》者也，茲□□□□老書》而編爲四卷□□□□□鉉以續編附入而□□□元人，錢少詹《補元□□□□》「□類」有鄒鉉《壽親養□□□□是矣。余收得此，已經□□□殘，然書友視爲秘本□□□三番，而補綴裝潢□□□□□□□過費此幾番爲□□□□□命耳，非特醫家□□□□壽親養老計者□□□□知也。裝成，志此顛□□□。嘉慶甲戌春三月望□，□翁。

戊寅新秋，書友以故書二册送□□，不知其爲何名。余初視之，亦但知□□□□諦觀其文，恍然曰：此《壽親養□□□□□末果有結尾一行，急出□□□□□本更舊，蓋印較前也。□□□□□□欠一葉，今後此書無□□□□□尾缺正同，不知他日□□□□□□□余得殘本補欠時，適又有□□□□□香家在此，何不往假之一對□□□□□□雖相識，蹤跡甚疏，因托吴枚□□□□□以應也。今歲有字館在余友

□□□□□托其假對，蓋意香愛書□□□□字館書或可與身偕，當必□□□□□訒菴家字期遂送全書去□□□□還余，而卷中蠹蝕及抄□□□□訒菴親筆全補爲之鈎□□□□□無似。惟最後一葉意□□□□補，而意香之書亦屬破□□□□□據，余予足之。甚哉，訒菴□□□□哉，書之難得完全，不可不適□□□□□哉。己卯閏四月廿三日，蕘□□。

卷中有「巽夫借閱」，即訒菴也。并記。

1013 傷寒百證歌五卷傷寒發微論二卷 影鈔元刻本　臺北圖書館

余向有許學士《傷寒百證歌》《傷寒發微論》二書，審爲元槧精本，以重直購之。厥後見是鈔本於坊友處，通體行款正同，字形、大小相類，知是影元槧而體未整齊，不能纖悉無異也。惟此多自序一篇，爲元槧所無。玩其字形帶行亦出影寫，斷非無本而來，何以元槧反無？推求其故，所藏元槧目録首已鈔補，想序亦並失，無從鈔補，故闕疑也。惜余未及據補，元槧已歸他所，而是書又從坊友收得，去其甲而守其乙。此乙本反有勝於甲本者一，序之未亡也。事之不能求全，而物之不能兼蓄，有如此者。蕘翁。

余所藏醫書，宋元板舊鈔皆有，年來散佚太半，許學士書唯殘宋《本事方》存矣。此種書醫家不但不之蓄，抑且不之知，可歎也。余不知醫而蓄醫書，亦取其舊而已，已無所用也。然已無所用而應人之用，如《本事方》爲葉氏取校，以刊其先世桂香嚴先生著述，是余之收藏爲有益於人也。因附記其事於此。戊寅夏，蕘翁。

1014 太平惠民和劑局方十卷指南總論三卷增廣和劑局方圖經本草藥性總論一卷 元刻本　南京圖書館

嘉慶丙寅秋，錢唐何夢華以此歸余。余重其爲元刻並舊鈔補全，以番錢十枚易之。是書源流，石冢嚴君跋之甚詳，惟是所述竹坨跋語尚未明晰。蓋竹坨云余家所藏乃元時雕本，後附太醫助教許洪《指南》三卷，係建安高氏日新堂板行。似許書與《局方》非一刻矣，抑日新堂即元時坊名也，俟考之。蕘翁。

丁卯夏，命工重裝。舊分四册，今倍之。通體俱以素紙軟襯，副其四圍，護之至也。余所收宋元刻本醫書甚夥，此刻與《永類鈐方》相似，皆小字密行者。彼出郡中故藏書家，裝潢精妙，僅以白金十兩易得。此重爲裝潢，工費與書價有過無不及，竊自笑。余之愛書而並愛裝潢，雖費，所弗惜矣。他日編《所見古書録》成，此二《方》者，於元刻中不儼然上駟乎！連日酷暑，殊困人，昨交夏至，一陰始生，天有雨意，涼氣襲衣，未知四野有得雨處否，抑遠方發水也。五月十八日，復翁黄丕烈。

1015 畫鑒一卷 明鈔本

《畫鑒》余舊藏鈔本，係沈與文家故物，疊經名人校勘者。此册亦取其舊鈔，故兼收之，取校舊藏，實多是正，彼已校改紛如。此本之妙，擬亦手校于彼，留此净本可耳。辛未冬至前二日，復翁。

(西泠印社二〇一一年秋拍圖録。)

1016 硯箋四卷 清嘉慶十五年陳鱣家鈔影宋本　盛宣懷舊藏

余蓄書喜舊刻名抄，時刻不存焉，故此書雖有揚州刻本，弗之收也。昨歲見髯翁借得舊抄本，擬亦傳録其副。尚未轉假，適西賓陸東蘿從冷攤獲一抄本，末有跋云從宋本傳録，因從髯翁借此傳録本手校一過。似陸本勝此，爰校其異同於此册上。陸本亦有一二訛字，尚當據此改正。髯翁抄此，愛護之至，故校揚州本僅用朱筆細書於旁。余素性粗疏，下筆草率，點污之咎知不免矣。辛未七月處暑節後六日，蕘翁黄丕烈校畢書。

續從坊間取揚州本對勘，知是本實與揚刻同，宜髯翁校此無大異也。今而後，不得不以余所校爲勝矣。復翁又識，七月十七日。

（西泠印社二〇一三年秋拍圖録。）

1017 史忠雜畫册 史忠（徐端本）繪 上海博物館

余不喜蓄書畫，而亦間蓄一二小品，大抵皆精妙絶倫。有識者以爲之鑒定方始購得，久之亦自能辨其真僞，故物雖無多，而僞者不存焉。昔年有友人張秋塘攜二癡翁畫册來，余塾師慫恿置之。蓋顧子千里善識古，余聽其言而置之也。後適爲揚州人轉售去，心殊怏怏。今夏，有杭州姚君名之麟字虎臣號南溪者過吴，囊中攜書畫數種，介海寧陳君仲魚示余。余揀得此册，即持示秋塘。秋塘覆札，中有「癡翁與蕘翁殆有夙緣耶」語。余亦不知其何以見癡翁筆墨而戀戀不置若斯也。姚君素擅長人物，於古衣冠皆能識其制度，聞余藏顧凱之所畫《列女傳》宋本，索觀而歎其精妙，並許爲余畫一人物卷軸相贈，旋即返杭。後探聽消耗已作古人。噫，筆墨之難得，今日之人已如是，何況古人邪？是册裝潢適成，因誌其購得之由，而並誌物主之姓名萩能以記逸事云。嘉慶歲在丁卯中秋，復翁黄丕烈識。

1018 陸龜蒙祠圖册

陸士仁、文從昌繪　南京博物院

余有方外友穹隆道士許師竹爲余言，甫里白蓮寺僧某藏有《甫里先生祠圖畫》《重建甫里先生祠書》《勸同志諸賢文字》，已將塵封蟻蝕，及今不爲之整理，恐致淪没，失其昔賢遺跡所在，因出資裝池之，而屬余題數語而歸於主僧。余聞其言，而善師竹之用心良厚；及觀其圖畫、文字，而歎師竹之爲功非淺也。蓋古來郡邑之志，兼載祠宇寺觀，況如甫里先生之祠與白蓮寺併在一所，則相得益彰，有不可偏廢者。余考明歸有光《保聖寺安隱堂記》：「長洲東南五十里，地名甫里，天隨先生之故居在焉，今爲保聖教寺。」而郡志又有白蓮講寺。然甫里無二寺，蓋白蓮，保聖之别院也。《志》云，寺創於唐大中間，熙寧六年僧惟吉重修。又謂，惟吉於祥符間創白蓮寺，今里俗所指以爲，白蓮者，僅在西廡，其後則爲天隨祠。據此，則祠與寺併其跡顯然。今觀陸、文兩先生圖畫，尤可印證。至於興舉廢墜，代不乏人。而歸公之《記》已抱憾於無文字可考。不但紹興、寶祐以來修創者少有紀載，即自成化至嘉靖修創，宜有記而復闕，直至主僧德慧請爲《安隱堂記》，而始有歸公之《記》存於郡志。由斯以觀，凡古跡之賴以存者，文字顧不重哉？今觀是册，圖畫之爲册者三，文字之爲册者二十餘，非僅歸公一人之著作比也。神廟時之去嘉靖時者，無幾何年，而諸賢翰墨洋洋灑灑，足見一時修復之跡。是册之重，其係於甫里先生祠及白蓮寺者奚啻天球、河圖也哉。今主僧某宜從此而什襲珍之也，他日倘有修志之舉，輯甫里故實者必有考焉，以附於歸《記》後矣。許道士，其俗家甫里人也，桑梓敬正，能爲昔賢存此遺跡，裝之而又徧乞人題識之，其於主僧則爲勸善而盡朋友之道，其於故里則爲念舊而能文獻之徵。宜余之樂爲是覼縷而歸之也。嘉慶十五年祭書日大除夕，吴縣黄丕烈跋。

1019 陶陶室聲畫卷

陶懷玉繪　國家圖書館

余室以「陶陶」名，因得兩《陶集》故也。陶公之詩有可畫者，余作《得書十二圖》，有曰「桃源歸往」，此專言陶也。又有《淵明詩意册》，各以己事與之比。此專言「學陶」也。茲以《客杭雜詠》倩筠椒書之、潤山畫之。此以人之「陶陶」寓己之「陶陶」也，名之曰「陶陶室聲畫卷」，蓋「人喜則斯陶，陶斯詠」，余亦猶存此意云爾。道光元年春王正月天生日，丕烈識。

書畢，知跋中兩《陶集》上脱「宋本」二字，「桃源規往」誤作「歸因」，注於後。再此《雜詠》作於庚辰小春望間客杭時，圖成已届歲除。今春付裝，乞三松題幀首，自爲跋尾。「聲畫」云者，取《聲畫集》之名也。

1020　問梅詩社圖册

汪梅鼎繪　南京博物院

問梅詩社第一集延月舫次韻

不是攢眉如社來，吟朋半出古城隈。山游獨我如靈運，佛學群公盡辯才。斗室最宜文飲樂，尋盟相戒綺筵開。喜神動與梅花會，打疊詩箋具別裁。癸未正月二十五日。蕘夫黄丕烈草。

昨日甚雨竟日，往邀同社諸公，以堅其行。春樊有「風高興亦高，可必快晴」等語，因采此意入詩。且天已晚晴，少焉月上，余謂誠無不格理，固然也。

報道風高興亦高，斯游真不負詩豪。即看皎月開花鏡，完卜晴曦綰柳條。天似鍾情憐我輩，人偏冷眼笑吾曹。芳郊雨過輕塵浥，識剪荒墟一徑蒿。

十六晨起快晴疊灰韻

今朝真個快晴來，路繞城西曲岸隈。非爲時花添酒債，卻因古木寓詩才。近攀龍樹行蹤合，謂龍樹庵，忠介與文、朱二公同行。遥接天池社會開。謂天池山落木庵鍾、譚、徐三人詩社。暫借已公茅屋下，詩吟幾疊費刪裁。

同日，偕竹堂、春樊葦間恭展忠介公墓，謹步南畇先生三月二十六日拜墓元韻

蓮涇屈曲遶孤墳，閲盡西山幾夕曛。一代文章二友合，謂公友文、朱兩先生。千秋俎豆五人分。參天松柏成春樹，没地蓬蒿起暮雲。我仰清忠躬展謁，靈祠此日正悽君。祠在衛前，裔孫今日適舉春祭。丕烈初稿。

青邱《梅花詩》有九，僉謂空前而絶後。梅花開落自年年，獨有詩人名最久。積善西院遺古梅，不比凡材易枯朽。蕭蕭松竹與爲鄰，此生直結歲寒友。蕊冷肯教蜂蝶媒，枝奇定使龍蛇走。看花盡是白頭人，但愛花妍忘己醜。肝霜肩月奚其辭，鐵心石腸有所受。詠花人作鳥聲春，一種芳香常在口。次竹翁韻。宋廛一翁手録。

道光癸未二月十有六日，舉行問梅詩社第二集於積善西院，雖爲看玉蘭計，實則欲展謁忠介公墓也，詩以代柬相邀同社諸公，謹賦五言古詩二十二韻。

春風次第來，春花逐漸盛。玉梅萼已殘，玉蘭苞乍迸。西郊古招提，積善最清净。似與詩社宜，聊爾寄吟詠。前度去問梅，三人一意併。同心臭如蘭，親遊不妨更。花乃爲詩媒，先使一力逌。歸述老僧言，花開爲我請。因此興益佳，訂期須踐盟。僉曰斯遊該，奔

走謹惟命。回想結社初，高山與景行。曾過小雲棲，肅然爲起敬。昔賢已步趨，鑒古勘作鏡。披尋到荒邱，正值三月令。我輩則效之，事事必究竟。僧寮且盤桓，稍養足力勁。兼有扶老資，一枝竹瘦硬。世勿笑我癡，好古有至性。花特其借端，詩亦爲談柄。索解果何人，竊慨題竹孟。謂余姻袁綬皆留題西院壁間。仰天笑口開，花若私相慶。四時不絕來，主莫勞將迎。宋廛一翁丕烈手稿。

青燈翠幕衆争誇，暮景飛騰日已斜。何似囊詩哀近草，不教杯酒酹時花。可閒歲月人忘世，最好情懷客到家。況是枝頭梅子熟，幾番風信入春賒。蕘夫次韻。

鱸鄉風景儘勘誇，莫待秋高詠日斜。三尺清波牽水荇，幾絲紅雨罥林花。采來滑膩資漁户，烹去芳馨付酒家。卻憶中吴吟課裏，當筵得句興何賒。食蒓葦間席上作疊麻韻。宋廛一翁。

竹翁柬招云吴江蓴至，請明辰過我一飯，即爲詩會第四集，因先賦一律呈同社諸公，喜有蓴羹之啜也。

鹽梅無意作和羹，羹煮蓴絲氣味清。種美地傳千里近，莖肥波泛五湖平。秋風興逐鱸腮動，春雨香從雉尾生。我向泮宫歌采茆，及時飲酒最關情。三月廿八日詩會，竹翁出示《食蓴羹詩》七言一章索和，復就題意和之録正。

未仕先歸忘世味，蓴鱸秋思幾人同。優遊田里師彭澤，笑傲湖山愛石公。每日但求疏食飽，良辰莫放酒杯空。筵前細數縣車者，識得吴中退讓風。蕘夫黄丕烈手稿。

四月二十二日，舉行問梅詩社第十五集。去冬太疏，今夏不妨太數也。時彭大吾岡折贈家圃紅豆花，予分贈三松老人。老人有詩爲答，得七言絶三首。因思向日王忘菴曾因東禪僧贈花，爲花寫影，並題詩答之。今三松已題詩，予不可不寫影。命三孫婦李慧生作畫，乞同人題之，體與韻俱步三松，予敍事，共得四絶句，屬和者隨興所至，不拘首數也。

學圃蕘夫病愈時，出門未久訪君遲。何期小隱葑溪叟，贈我名花有折枝。彭吾岡《贈紅豆花》。又是春歸欲盡時，奇葩莫道破胎遲。娑羅謝後開紅豆，眼福今誇見兩枝。潘三松《題紅豆花》。先是於三松處見娑羅花，皆有詩。贈花作繪憶當時，芳草王孫我見遲。文采風流今未替，東禪南圃挺雙枝。王忘菴畫紅豆花，有國初諸賢題詠立軸，藏毛叔美家，予向借並呈三松作疊韻二絶。讀畫哦詩又一時，昔賢莫笑我生遲。分明留得清芬在，不數琪花一兩枝。李慧生寫《紅豆花》一册一軸，各自出新意爲之。民山山民書楷。

借琪花作陪，言其希有爾，不知先我兩詠紅豆樹花者已有「琪花先許到人間」句，因用「折供胎仙閣」事，易「一兩」爲「折供」。老蕘記。

敬題周忠介公遺像

道光癸未歲，因刊忠介《制義》告成，於廟得拜觀遺像，並臨一幅於《制義》卷端。予又臨摹一幅藏於家。今歲權臬新城王蕢山觀察重修公讀書樓，擬貯之小雲樓。

神物由來謹護持，清風百世可爲師。文章久晦終當著，道影常新監在兹。韋布不更居室素，典刑惟有及門知。至今設供春秋日，廟貌同尊謁古祠。黄丕烈。

涼風颯然至，秋令仲夏行。君子節耆欲，一陰重泉生。陰陽互消長，寒暑多變更。漸覺鬢鬢改，當思心神清。隨時動佳興，好友聯舊情。乘此天氣爽，開筵各飛觥。意在薄滋味，適口屏大烹。鄉黨守古訓，膾細配食精。餚核列諸品，知味鮮知名。想見主人意，娱賓皆至誠。最憐齒牙缺，咀含必華英。食譜自心造，治庖費經營。飯罷且休息，赫曦光晶明。新泉煮活火，清音調瓶笙。卻嗤襏襫子，馳騖徒紛爭。不如定心氣，静事陰所成。宋廛一翁。

1021 花卉圖册　汪梅鼎、瞿中溶等繪　南京博物院

秋色老將盡，此花開獨雄。芳華因向日，飛舞欲凌風。不藉胭脂偏，成錦繡叢無。心隨絳幘報，曉入朝中染。分題得雞冠。蕘圃主人黄丕烈草。

此余辛酉年不就縣令時，歸與二三朋舊觴詠爲樂，以筆墨自娱所留書畫册也，久弆篋中矣。兒輩取出展閲，拋擲閒房亂紙堆中，今日晨起，料理筆墨事了，偶檢及此，因題數語，不勝今昔之感。此册書畫，賓主共得六人，或以一人兼書畫，或以二人合成書畫，或一人有書無畫，未有有畫無書者，蓋所書者即題畫之詩，故可兼可不兼也。此六人中，生死不同，聚散亦異，澥雲、綬階、子仙皆先後逝，而存者廉山、木夫與余耳。然廉山遠宦淮海，木夫歸隱瞟城，惟余則塊然爲東隅之獨樹。前此所與遊者，僅一木夫尚可彼此往來，可話舊事。如廉山者，雖尚在人間，已渺不可接，何論有死生之隔邪？展此册，如見故人之聲音笑貌洋溢於楮墨間，即種種花木亦若隨我身而俱在，其室則遠，其人則邇，吾將神遊於蕘圃之區矣。時道光三年癸未秋仲廿有二日秋社，是日將赴第八集詩社，於延月舫外刻書。秋清逸士漫識。

此册之作在王洗馬巷第一遷之新居，雅集在遷後之第六年辛酉冬初也。越歲壬戌冬

季，又遷於縣橋，距今已二十二年，回憶營蕘圃於王洗馬巷所居之隙地，廣蒔花木。今屋已易主，且隙地皆營室，毫無疏散之趣。當時所圖想，惟老槿、卧柏、紅椒存，菊花、芙蓉、雞冠草木同腐，有深慨矣！書前跋畢後，綴此五行誌感。蕘夫。

1022　芳林秋思圖卷

改琦繪　國家圖書館

探桂三首 五六七言體

壬午秋七月廿有七日，招三松老人爲聞思之遊，其復札云：「小圃亭角已漸放苞，旦晚出門，曷不先來一觀乎？」當頭棒喝，何必遠求，因賦三體詩寄意，即書諸《芳林秋思卷》上。此卷已於庚辰秋寫遍，無隙處可容，因録附卷首。

千花實一花，近取諸即是。可證木犀禪，吾無隱乎爾。右五言。記得歲云丙子，尋秋曾到高齋。所惜座無枚菴，重遊實愴我懷。右六言。借人亭館看黃花，萍菴京邸詩句。客子光陰語不差。我謂人生皆過客，君家或可當余家。右七言。

此圖之成及此詩之作，已歷七年之久，而看花人同之者，一主一賓依然無恙，可云樂矣。庚辰秋，敗興之至，故未看花。去秋及今秋興又重來，故有斯作也。蕘夫記。

疊石栽花自在忙，幽居最好是秋光。招來米友真堪拜，貌取三松倩七薌。一年一度記清遊，妙景都從畫裏收。花石無多工位置，憑君乞得幾分秋。九月望後四日，宋壥一翁。

己卯中秋後二日，陪慕園老人支硎看桂有作，附録於此。

借花來作踏山遊，指點中峰説最幽。一二寒蟬鳴遠樹，萬千修竹俯平疇。秋光到處逢巖客，木犀爲巖客，見《西溪叢語》。舊夢經年付水流。丁卯秋曾侍薌泉師至此。悔殺壯時腰腳健，未搜遺籍獨登樓。右中峰寺。

欲識禪家無隱旨，木犀香裏證潛修。筍輿屈曲穿林去，茅屋低迷望嶺投。户外松陰都入畫，階前石竇小於甌。呼僧預矢尋春約，莫忘澆梅八月秋。菴中多古梅，田家五行云「八月澆梅」。右無隱菴。第五句「都」字原稿「清」字，録時誤也。第八句「八月」字原稿「趁仲」，亦録誤。

慕園喬梓各有和章，又疊前韻爲答。

又是尋秋續昔遊，去秋已同遊覺海、華山，皆桂最盛處。老年情性愛耽幽。嬾隨健步登高閣，貪坐安輿度遠疇。廢宅法螺披舊迹，空亭放鶴憶名流。看花不覺歸舟晚，近水人家月滿樓。

天下名山僧占盡，琴涵和作有「泉清松古姑僧住」句。不知此福幾生修。未分禪榻中宵住，且乞清齋向午投。花雨繽紛彌法座，松風淅瀝起茶甌。白雲寄語清雲客，記取江南八月秋。時琴涵將解制入都，欲如戊、己二秋之暢敘，不可得矣。八月晦日蕘翁坐雨遣興書。

(自第一〇一八條「史忠雜畫册」至此，録自蘇州博物館編《須静觀止：清代蘇州潘氏的收藏》[畫册]，譯林出版社二〇一九年版。)

1023　白堤話别圖卷　王學浩、陶懷玉繪　陳清華舊藏

二月白堤柳，青青纔放芽。如何好春色，偏有客辭家。聞道京華好，君行信未遲。慚余終守拙，相見復何時。南雅庶常假滿入都，詩以送之。時甲子二月三日，黄丕烈。

(中國嘉德二〇二〇年秋拍圖録。)

1024　劉子十卷　宋刻本(卷一、卷二配明刻本)　上海圖書館

《劉子新論》十卷二本，載於《延令宋板書目》。兹本有「揚州季氏」圖記，其爲滄葦舊藏無疑。唯卷一、二失之，配以明刻，行款雖同，神采索然。且所載孝政注與《藏》本、活本皆異，《清神》至《專學》注較以上二本爲少；《辨樂》至《貴農》注較以上二本不同。惜宋本

失此，無從決其是非，姑存之可耳。淵如觀察留心《漢魏叢書》舊本，屬爲互相搜羅，故余於此等古書訪求甚切，讎校亦勤。是書先有《道藏》本、活字本，校過幾次，又以《子彙》本校正文，今得宋本，洵能一破群疑，獨標真諦。然宋本亦多脱文訛字，似仍當以《藏》本、活本參之。借校畢，書此以質淵如先生，未知以爲何如。古吴黄丕烈識。

1025 墨子十六卷 清乾隆四十九年畢氏靈岩山館刻經訓堂叢書本 山東省圖書館

壬子秋季，從朱秋崖處假得惠半農評閱《墨子》，有與此本可爲校正者。除秋帆注本已校勘外不復摘録，餘悉録其評語以備參考。至圈點處，擇其佳者録之而已。蕘圃黄丕烈識。

1026 夷堅甲志二十卷乙志二十卷丙志二十卷丁志二十卷 宋淳熙七年建安刻元修本 静嘉堂文庫

此書出郡中故家，爲白隄錢聽默收得。余其時識未老、膽未大，僅一請觀而已。後知爲嚴姓買去，亦遂置弗問也。事隔數年，嚴氏書畫爲余友錢唐何夢華買得，是書將歸浙中中丞阮雲臺。夢華知余愛此書，影鈔副本以贈，而酬其筆墨之費朱提二十金，謂可贖昔年交臂失之之過。及戊辰歲，阮中丞借余齋中未見書録其副，遂輟所得《夷堅志》甲、乙、丙、丁四集宋刊本贈余。余向所失者，一旦得之，可爲萬幸，而影鈔本乃爲筌蹄。適都中顧太史南雅致書於余，因有同館洪公名占銓者，欲購其先世所著諸書籍。余謂此書世鮮流傳，當可備録，急郵寄去，閲半載仍還余。蓋洪公係寒素出身，即館選，亦囊無錢，雖二十金亦不能置也。事之可歎如此。頃郡中忽有如洪太史者，長篇累牘，盡是洪姓人所著書名目。此卻未録入，以書本不經見也。書賈竟以是進，余猶恐其殘缺太甚，未必當意，乃越日而還價矣，又越日而交銀矣。向日余之得此，人以爲癡者，今忽有類余癡絶之人，還余原直不亦異哉。噫，同一洪姓也，同一購其先世著述之心也，而都中之洪公但有其心，郡中之洪公並有其力，歐陽子所云力足以副所好者，其篤論哉。惟余邀朋友之贈而得寶真本，又非分之福矣。癸酉莫春望後三日，記於百宋一廛。時余姻顧湘筠來，談及郡中《繡谷園圖》，蔣氏不能世守，遂棄諸他人，居繡谷之寓公又不識其屋爲名園，撤而新之，竟使其地、其圖一旦頓失，安得有一蔣姓人收藏是圖，如洪姓搜羅先世著述之心，豈不爲是物之大幸？乃竟無聞焉，何有力無心者之多耶？附書之以志慨。復翁黄丕烈。

1027 夷堅志八十卷支志七十卷三志三十卷 清影宋鈔本（配清鈔本） 上海圖書館

是書原本向多誤字，聊從時刻參校，録時遵改，已與原本不同，録誤者正之。復翁。在《夷堅支丙》十卷後。

此卷舊抄原本脱去《卜氏義僕》下半段、《真如院塔》上半段，案目應有。今從時刻補之，補其所當補也。復翁校畢記。在《夷堅三志己》卷七後。

原舊抄本無弟十卷，時刻有十二條，當從抄補。在《夷堅三志己》卷九後。

此《三志》之辛卷也，舊時抄本以之充補《支辛》，故仍之。復翁。在《夷堅三志辛》卷十後。

覆校此卷，紙多破損，故闕文獨多。在《夷堅三志壬》卷十後。

1028 會昌一品制集二十卷（存十卷） 南宋中期刻本 上海圖書館

此殘宋刻《會昌一品制集》十卷，卷中有舊抄配入，爲甫里嚴豹人家物，而余購之，重付裝池者也。先是，余得抄本《會昌一品制集》二十卷，爲沈與文所藏，已明中葉本矣。又得舊抄《李文饒集》，則不止《會昌一品制集》，與明刻合，而亦無甚佳處。惟此宋刻，較二本爲勝，雖殘本，實至寶也。卷中抄葉標題曰「李文饒集」，而列「會昌一品制集」於下，實非宋刻原本。然藏者爲李廷相，據白堤錢聽默云，已爲明時收藏家，其舊補可知。至宋刻卷第下皆剜補一行，未知所剜補者何字。由來既久，亦承之而已。裝成越日至十一月八日，書數語於後，以見唐集宋刻，雖殘不可輕棄爾。嘉慶歲在己未冬，蕘圃黄丕烈識。

余嘗謂宋刻之書，雖片紙隻字亦是至寶，此實有見而云然，非癖論也。百宋一廛中全者固不少，缺者亦甚多，其中拈出一二字，皆足動人心魄。即如此《會昌一品制集》，僅存十卷，卷中亦有舊時鈔補之葉，向時未經取校。新秋暑退涼生，無可消遣，輟兩日閒，手校於明刻本上。十卷中，佳處不可枚舉。鄭亞序文有句云「取封禪之書於犬子」，此用長卿小名也，明刻訛「犬」爲「太」，明人之不學無術，可慨也夫！戊寅七月既望，復翁識。

1029　樊川文集二十卷(存二卷)外集一卷別集一卷　明嘉靖刻本　上海博物館

《樊川文集》二十卷，翻宋雕者最佳。此見諸《讀書敏求記》，而外、别集不之及，豈以其附見故略邪？余向從朱秋崖家見一本，錢君景開以爲是即翻宋雕本，惜其時不甚置集，且索直頗昂，未及歸之。後聞其歸於東城陳肯堂處，肯堂子肇嘉與余爲同門友，屢欲假閲而未往，心殊怏怏。今秋得是集於五柳書居，内詩闕二葉，緣肇嘉兄假其父書鈔補以成完璧。陳本紙幅闊大，而楮墨殊淡，余本較爲古雅。爰喜而題數語於後。時乾隆甲寅寒露後一日，讀未見書齋主人黄丕烈識。

1030 子昂集十卷 明嘉靖四十四年王廷等刻本 國家圖書館

往聞前輩論古書源流，謂明刻至嘉靖尚稱善本，蓋其時猶不敢作聰明以亂舊章也。余於宋元刻本講之素矣。近日反留心明刻，非降而下之。宋元板尚有講求之人，前人言之，後人知之，授受源流，昭然可覩。若明刻，人不甚貴，及今不講明而切究之，恐澌滅殆盡，反不如宋元之時代雖遠、聲名益著也。即如此書，刻于吴中，余未之知，而儲藏之先于吾者亦未之知也，余故於是書之得，極爲欣賞云。嘉慶戊寅初冬望後六日，復翁識。

己卯仲春下澣，枯坐宋廛，偶取晉省初刻校此。此本有改正初刻訛字幾處，然亦有覆刻致誤者，略識於每字之旁。卷二末羨詩一首，初刻所無，大約據别本詩二卷本補入。廿止醒人記。

唐人文集舊刻甚少，《陳伯玉文集》其一也。往得弘治本，止前集五卷爲刻，而後集五卷已抄補，則罕見可知。戊寅初冬望後一日，路過胥門，憩西山堂書坊，插架有《權文公詩集》，詢之，知近收諸洞庭山周氏。有書一單，具在同業中有堂。歸途訪之，適檢及此嘉靖重録本,並知吾鄉名賢校勘,亦一快事也。燒燭記此一段情事。行款略同弘治本,稍有異云。復翁。

己卯仲春晦日,校晉本畢。此册六至十及附録皆晉本鈔補者。仍稱「晉本」者,以卷端有「新都楊春重編、射洪楊澄校正」字樣也。廿止醒人記。

1031 石屏詩集十卷東皋子詩一卷 明弘治十一年宋鑑、馬金刻本　上海圖書館

《戴石屏集》余於七年前始得之,然目録缺八卷以下,目録前無《東皋子詩》,其所附録皆失。是時雖借有香嚴書屋藏抄本,行款不同,無從補録,即卷三中缺葉,抄本亦失之,故抱殘守缺而已。頃書坊收郡中蔣辛齋氏書,適有此集,向所缺失都有,惟中多剜去字樣,蓋避明刻痕跡,卷末序亦間有扯去者。書賈欺人,致多傷損,甚爲可恨。幸有香嚴藏抄本在,得一一補之。後序「黄岩老」云云以後,皆就周香嚴本抄補,而行款依刻本爲之。卷二弟三十一葉及卷末後序弟二葉,則從前所得刻本影寫入也。噫,僅一明刻宋人詩集耳,已難得完璧如是,何論宋元舊本耶!士禮居重裝並記。丁卯十月廿二日,復翁黄丕烈識。

越歲丁丑,復從此本補完前所得刻本,已十年矣。此本余已歸執經堂張氏。又記。

1032 蘇學士文集十六卷 清康熙三十七年徐惇孝、徐惇復白華書屋刻本 上海圖書館

此校本爲余友澗薲所傳録，通體皆用朱筆，唯所校《麗澤集詩》皆以墨筆。余臨校改朱筆爲墨筆，於原本墨筆者皆以「麗澤」二字别之；《麗澤》與何校同者，原本皆有墨圈，今悉仍之；有與此刻同者，亦有墨圈，今亦仍之；惟《麗澤》與刻、校皆不同者，今改題曰「《麗澤》某作某」焉。嘉慶三年戊午夏六月，棘人黄丕烈識於讀未見書齋。

1033 太倉稊米集 影宋鈔本

嘉慶辛酉秋，書賈收得汪氏開萬樓書，中有舊抄《太倉稊米集》，缺五十六卷已下十五卷。因假郡中香巖書屋藏本影寫足之，以行款同也。卷中訛謬衍脱，亦復不少，聊以朱筆識之。想香巖本亦傳録，非影寫宋本故爾。丕烈。

（《静嘉堂秘籍志》卷三十六，上海古籍出版社二〇一六年版。）

1034 野處類稿二卷 清鈔本 國家圖書館

丙子秋七月，西畇草堂主人輟贈，展讀一過，誤字尚多，略爲勘正數處。宋廛一翁。

十一月七日，書友攜宋人集二十册求售，皆舊鈔本，中有《野處類稿》二卷，因據以校此本之誤，並證余意校之是，末多詩一首，手補於卷尾。復翁。

書友攜來之本，其序文上鈐有「上沙澗上」一圓印。其文「上」字居右下作重文爲「二」，中「少間」二字疊文，作作「水」字，卻居「少間」二字之偏旁，循環讀之爲「上沙澗上」，蓋俟齋先生所用印云。又記。

1035 雪溪詩五卷　明鈔本　南京圖書館

贈月霄先生

識面緣非偶，談心願始償。一家成學海，萬寶集書囊。賞析期良友，徵求到遠方。自慚聞見少，通假敢相當。君家藏書甚富，而又勤於搜訪，許相通假故云。録呈正削。己卯中秋，蕘翁丕烈草。

1036 周益文忠公集二百卷年譜一卷附録五卷　清金氏文瑞樓鈔本配黄丕烈家鈔本　南京圖書館

《周益公集》二百卷，余家收得殘宋刻本三分之一，載《百宋一廛賦注》中。去春從郡故家續收得蘭格舊鈔本，又缺其半，因向同郡周丈香嚴借述古舊藏本補録，以成全書。周本亦缺《省齋文稿》若干卷，余雖有之，較遜周本，欲以校勘，余本無有也。適有事往禾中，訪寓公邢佺山太守，晤談之，頃出文瑞樓抄本《益公集》相示，始憶周本有朱筆校勘者，皆宋賓王手筆，所據者即文瑞樓本也。文瑞樓爲金星軺藏書樓名，賓王即其家賓客，助星軺校勘書籍者。此卷端列目皆賓王收書，餘卷中亦多其筆。周本與此本當日曾相遇者，惜亦缺《省齋文稿》二十九至三十四計六卷，又缺附録第五卷、《年譜》一卷，屬爲鈔補。余亦請假以校敝藏。蒙佺山先生允諾，越歲壬申果得郵寄，悉從周本補全，蓋周本最爲舊也。然周本字跡潦草，亦多魚魯，復賴此本校勘異同。自是兩本參互，可謂盡美矣。唯是書以宋刻爲最善，倘得以宋刻之僅存者再加校勘，當必有出於兩本之外者。歲晚事冗，願以異日。壬申仲冬，吴縣黄丕烈識。

1037 存復齋文集十卷附録一卷 明成化十一年項璁刻本 上海圖書館

余向收朱《存復齋文集》凡三本：一從萃古齋得來，一得諸朱丈文游家，皆刻本；又從書船得宋賓王所抄本，行款與刻本不同，未知其何據也。朱本已歸五硯樓，因刻本與萃古本同，故未及校而去之。抄本似可補刻本缺字，然未明著何本，究未敢盡信。萃古本目録後跋較朱本似全，故所藏取之，已列諸《讀未見書齋目》矣。去冬，五柳主人自杭歸，示一刻本，與萃古本同而首已缺失，屬余借抄幾葉。余取與萃古本相勘，大有歧異。即如卷六末《趙承旨跋睢陽五老圖》已下，萃古齋本已削，而别以他文攙之，字跡顯然。因悟萃古本之多目録幾葉，其字跡亦與原刊不同也，並後跋幾葉亦係修改。乃知書經後人淆亂，遂致真本面目不存。五柳雖缺，猶喜是原刊，爰托澗蘋從萃古本影寫缺葉，補填脱字，即以萃古本易之，去其字紙之襯者而重裝之，分十卷爲二册，居然簡貴可寶矣。惟卷五中有小號顛倒者，萃古本已正之，見諸修刻時跋語，此是原刊，故未訂正。兹九葉當改作七葉，兹八葉不誤，兹七葉當改作九葉，一轉移間，文悉勘讀。裝潢不爲改正者，以見原刊、修刻各有面目在也。此本雖有元人序跋，各標元時年號，而重編校正皆出明代，以刻工時代驗之，當在化、治間，元集中自是可藏本已。嘉慶己未夏四月望後三日書於士禮居，棘人黄丕烈。

此本卷首俞序前，據萃古本原脱一葉，未知何故。既借向歸五硯樓本對，知朱本實係原刊，前多虞序一葉，後多《附録》二葉，急倩澗蘋影摹補入。惟俞序後多「鄉後學吴寬、王鏊拜贊」二葉，既非黑口，又無葉數，澗蘋謂是攙入，故仍不補入，自是可無缺憾矣。益信書非兩本相勘，或就一本審其原刊修補之跡而遽以爲善也，無有不錯誤者。余於萃古本、朱本之異同，其不能辨有如是。綬堦雖仍欲歸余，而余則不敢奪人所愛，明著之以志余過。適周香嚴亦以藏本見示，虞序亦脱，吴、王贊無，而《附録》不缺，附志之，以見古籍流傳，全者爲難，讀者能無詳審歟？五月朔，丕烈又記。

1038 鐵崖先生集四卷 明鈔本 上海圖書館

予藏鐵崖詩文稿最多。有《漫稿》一函，計四册，係舊本，後爲諸葛漱白購去，因漱白裒輯其文，爲伊鄉先生表章製述故。孰知天靳其緣，將付梓而漱白逝，可爲浩歎。其餘《東維子集》世亦鮮有，又爲藝芸書舍購去。所云《麗則》《復古》等集古本，時亦忽得忽失。檢篋中鐵崖詩文，絶無古本矣。茲因送考玉峰，於挹秀堂書坊適得此，乃江上李遜之藏本，洵舊物也。湖估云此書先經讀書人翻閲一過，知較外間傳本多至數十篇。中有籤云「見《東維子集》」者，想未籤記者皆傳本所逸也。惜《漫稿》不存，無從比較。聞海虞陳子準家有毛氏抄本，即余舊藏副本，當爲借勘一過。此番考棚坊間並無古籍寓目，而此種抄本，一經名人手跋，即爲珍重，亦頗自詫伯樂之顧云。道光五年乙酉二月五日昆山寓舍，復初氏記。

1039 揭文安公文粹一卷　清鈔本　國家圖書館

《揭文安公文粹》余家藏有刻本,係明初黑口板,卷首有《揭文安公傳》,卷中缺葉悉鈔補。舊爲金星軺所藏,其鈔補則金氏客宋賓王之手跡也。此册是余同年昭文小鄉嬛福地張君子和所藏,今其文孫伯元寄示屬題。余出藏本證之,亦出明刻,故行款多同。有不同者在字句間,或鈔偶脱耳。墨釘處茲悉空白,惟余鈔補處有與此鈔異者。茲本《劉福墓志銘》中有異文脱句,爲書於上方,於行間用墨點之,想伯元必不以余爲點污也。卷尾鈐有「蕘友氏識」,二十八字,以詩爲規。想見收書苦心如伯元者,非所謂「雒誦之兒孫不飽蟫魚」者邪?子和亦當含笑於地下矣。蕘友,子和自號。余常謂子和曰:「古人今人者,以『蕘』爲號者,惟君與余二人,又同嗜書。」蕘友者,其以蕘爲友乎?彼此之訂交,殆有前定者乎?附書之以當話舊云。道光元年辛巳元夕前一日,蕘翁識。

1040 杏庭摘稿一卷　清黄氏士禮居鈔本　臺北圖書館

《讀書敏求記》載元人詩集十六種,洪潛夫《杏庭摘稿》其一也,自來藏書家鮮有蓄此者。余舊藏藍格抄本,序目并詩一卷,末有清常道人跋,詳載書之源流。蓋書係元板,趙所録於書賈者，不知其行款一如元板否也。今余録自趙本，凡字體一如趙本，即有訛謬字，亦悉仍之，一則不失本來面目，二則辨文生義，讀者可自領之，勿勞校正也。夫書之不易得者，弗可聽其孤行，雖此元人小集，亦當傳録副本，俾永流傳，豈可以枕中秘矜爲獨得耶！癸酉四月望日，蕘圃氏黄丕烈識。

1041 坦齋文集五卷 舊鈔本 臺北圖書館

《坦齋文集》，吾友香嚴家藏舊物本也。是書世鮮傳本，命書童影抄三册。原稿多闕文，苦無從補校閲讀一過。丕烈識。

1042 在野集一卷 清初傳鈔明正統刻本 北京大學圖書館

海叟以《白燕》詩得名，余幼時已誦之，其集則向未之見也。竹垞《明詩綜》載有《在野集》，此是也。余以明初人集收之，且爲王蓮涇舊藏，無所珍重。卷中紅筆校改皆蓮涇筆也。余在收《孝慈堂書目》蓮涇著。遇書即按目證之無不合者，可知書不可無目，本書不可無圖記、題識，俾後之讀者一覽而知爲誰氏之書。雖書不必仍爲我有，而我卻與書俱存也。附驥益顯其斯之謂與。癸酉四月朔，復翁。

1043　牧齋有學集十四卷　清初鈔本　上海圖書館

《初》《有》箋注有抄、刻兩本流傳，《初》《有》刻本似又有原、翻兩種。向見一刻本，未知是原與翻，因見此抄本，因留抄去刻。彼時粗一對勘，似抄勝於刻。今取刻勘抄，取勘的係翻本，惜前易去之刻本未知是原與否。知彼此各有損益處。抄既潦草不可信，即刻亦訛謬不可通，擬校一定本，殊難也。始尚據刻之勝於抄本處録上，既知一事而注兩歧，且多未解處，引用釋典，素不明此，未敢據以校入，聊著於此，以見讀書之難如此。書魔識。

1044　古樂府十卷　元至正刻明修本　國家圖書館

辛未季冬月七日，積雪盈庭，閉門謝客。有書友持此元刻左克明《樂府》來，索番餅四枚。余留之，取足本《讀書敏求記》所載《焦仲卿妻詩》證之，語句都合。向得諸所聞，今得諸所見，可云快甚。其「小姑始扶床，今日被驅逐」二句，此本無之，雖在鈔補葉内，然行款不差，所據必元刻。且「寡婦赴彷徨」，依然「赴」字未改爲「起」，其爲元刻無疑。至於裝潢款式，猶是述古舊藏，古色古香，溢於楮墨，令人珍愛奚似。歲晚獲此，賞心樂事之一。越日十有四日，復翁識。

書名索引